新日本古典文学大系
69

初期俳諧集

森川昭
加藤定彦
乾裕幸
校注

岩波書店刊行

目次

解説

索引

凡例

一　底本には、各集の善本を採用した。底本については解題に記した。

二　翻刻本文の作成にあたっては、底本の原形を重んじるようにした。

1　底本に存する振仮名は、底本と同じく片仮名で残した。

2　底本の仮名遣いが歴史的仮名遣いに一致しない場合もそのままとした。

3　反復記号「ゝ」「ゞ」「〱」については、底本のままとし、読みにくい場合は、平仮名で読み仮名を傍記した。

三　翻刻本文の作成にあたって、底本の原形に対して、基本的に改訂を加えたのは、次の諸点である。

1　本文における連句の表記は、『犬子集』では底本のままとし、『大坂独吟集』『談林十百韻』では、長句・短句の区別を明らかにするため、長句に対して短句を一字下げて記し、その構成を知る便りとした。

2　本文には、適宜、句読点、「　」等を施した。

3　本文における漢字は、常用漢字表にあるものについては、その字体を使用した。異体字・古字・俗字・略字の類も、原則として通行の字体に改めた。

4　底本の片仮名表記は、特に意図的と思われるもの以外は平仮名に改めた。

5　仮名はすべて、現行の字体によった。

6　本文の漢字書きに、適宜、平仮名で読み仮名を施した。
7　清濁は校注者の判断により、これを区別した。
8　底本において明らかに誤りと思われる文字は、当時の慣用と思われるものまたは当て字以外はこれを改め、脚注で言及した。
9　同じく誤刻と推定される文字は訂正し、脚注で説明した。

四　本文の句番号は、本書における通し番号である。

五　脚注は、次の順で記した。

『犬子集』
発句（一―一五四二）　一・二・三…　語注、▽句意・解説、[季]季語
付句（一五四三―二六七一）　季（季語）、一・二・三…　語注、▽句意・解説、[付]付筋（付合、または寄合を文献によって示した）、[俳]俳言（『藻塩草』を参照して判定した）
なお、記号↓は縁語、＝は掛詞の意。

『大坂独吟集』
句の位置、季（季語）、○語注、▽句意、[判]宗因判詞

『談林十百韻』
句の位置、季（季語）、○語注、▽句意

六　『俳諧類船集』は頻出するので（類）の略号を用いた。

七　作者およびその他の人名の解説は、巻末に人名索引を付載し、簡単な解説を加えた。

八　脚注・解説文中の連俳用語については、付録「連句概説」を参照されたい。

九　各集の前に解題を掲げた。

十　校注の分担は左記の通りである。

『犬子集』　発句(一―一五三)　森川　昭
　　　　　　付句(一五三―二六七一)　加藤定彦
『大坂独吟集』『談林十百韻』　乾　裕幸

犬《えの》子《こ》集《しゆう》

森川昭
加藤定彦
校注

〔**成立**〕 俳諧と連歌とは、貞徳《ていとく》が『俳諧御傘《ごさん》』(慶安四年(一六五一)刊)の自序に「抑《そもそも》はじめは誹諧と連歌のわいだめなし」と述べるように源流を一にしていた。このことは、代表的な連歌選集『菟玖波集《つくばしゅう》』(良基《よしもと》編、延文元年(一三五六)成)巻十九の雑体連歌(誹諧ほか)に徴しても明らかである。心敬《しんけい》や宗祇《そうぎ》が活躍した頃になると、二つは完全に分離・発展し、当時の連歌選集『新撰菟玖波集』(宗祇ら編、明応四年(一四九五)成)から俳諧等の雑体は排除され、俳諧は俳諧で別個に『竹馬狂吟集《ちくばきょうぎんしゅう》』(編者未詳、明応八年成)の選集が編まれる。晴《はれ》と褻《け》の両面から享受者の要望に応えたのである。それから三、四十年後、俳諧の鼻祖とされる宗鑑《そうかん》・守武《もりたけ》が活躍、宗鑑は自他の詠吟を拾って『誹諧連歌抄』(天文八年(一五三九)以前成、通称「犬筑波集」)を編み、守武は史上初の独吟千句『守武千句』(天文九年成)を成就している。しかし、以後の約百年間、俳諧の道は戦乱のためほとんどが言捨てにされ、絶え絶えの状態であった。徳川氏の治平後、ようやく盛んとなって来たのを好機に、当代の句を中心に編集・刊行したのが『犬子集《えのこしゅう》』である。

寛永八年(一六三一)、重頼《しげより》と親重《ちかしげ》は、貞徳を顧問に戴き、作品の蒐集に着手した。ところが、同集による限り、俳壇の現状は一都五地方に一七八名の作者を数えるに過ぎず、しかも、京の五十一名に対し、守武以来の伝統をもつ伊勢山田は百名を擁し、すでに選集『伊勢俳諧大発句帳』さえ編まれていたらしく、京を完全に圧倒する先進性を誇っていた。その他、徳元《とくげん》著『塵塚《ちりづか》誹諧集』(未刊)・為春《ためはる》著『犬俤《いぬおもかげ》』(同)などの諸家の句集や独吟連句・紀行などを材料に編集は進んだが、途中で意見が衝突、ついに重頼は、寛永十年(一六三三)、単独で刊行したのである。

〔**底本**〕 早稲田大学図書館蔵の初版本を底本とした。初版は大本五冊で、構成は巻一—巻六(第一冊—第二冊)が四季の発句と句引《くびき》、巻七—巻十七(第三冊—第四冊)が四季・恋・神祇・釈教・雑の付句・魚鳥付謡《うたい》誹諧《はいかい》・百句付《ひゃっくづけ》ほか、第五冊には巻数を付けず、「上古誹諧」として『菟玖波集』から貴顕や名家の作品を抜粋、俳諧の伝統と権威を強く印象づけている(「近年之聞書」を付載)。彫工は京の時宗寺、大炊《おおい》道場の存故《ぞんこ》で、当初は私家版であった。刊行後、大反響を呼び、横本五冊の流布版二種が書肆により売り出され、俳諧流行の端緒となった。

(犬子集 一)

夫《それ》誹諧は昔より人のもてあそぶ事世〻にあまねし。されどもさかんにをこる事は、中比《なかごろ》伊勢国《いせのくに》山田の神官《じんくわん》に荒木田《あらきだ》守武《もりたけ》、又山城国《やましろのくに》山崎に宗鑑《そうかん》とて、此《この》道の好士《かうじ》侍り。かゝる時よりぞ事あらたまりけるとなん。されば守武は独吟《どくぎん》に千句をつらね、宗鑑は『犬筑波《いぬつくば》』をしるして、世〻の形見とぞなし侍る。然るにこれらの人もなくなりて以後は、此道すたれたるにや、たえ〴〵云捨《いひすて》のみとぞ聞え侍る。しかはあれども、今此御代《みよ》やしまの外迄《まで》もおさまり、国土安全にして民《たみ》の竈《かまど》もにぎはふ折からなれば、高き賤《いやしき》によらず諸道《しよだう》をおこす故に、誹諧も又さかんにしてけり。然れば云捨《いひすて》のみに過《すぎ》なん事も、且《かつ》は其《その》興《きよう》をうしなふにやと、古人の例にまかせて愚筆《ぐひつ》を染《そめ》ぬ。則《すなはち》『守武千句』・『犬筑波集』右之両本《りやうほん》に入《いり》たるはのぞき、其後《そののち》之発句《ほつく》・付句《つけく》其様宜《そのさまよろ》しく聞えけるを、身づから書集《かきあつめ》て或《ある》古老

〔序文〕

○荒木田守武　文明五年(一四七三)の生、天文十八年(一五四九)の没。享年七十七。伊勢神宮内宮禰宜。宗長(そうちやう)・宗牧(そうぼく)らの指導のもとに連歌を学び、兄弟・一族の人々とともに伊勢連歌壇の中心的存在となった。天文九年(一五四〇)、史上初めての独吟俳諧千句『守武千句』を完成し、宗鑑と並んで俳諧の始祖とされる。

○宗鑑　本名、支那弥三郎範重(のりしげ)。天文八年(一五三九)または九年の没。享年八十前後。将軍足利義尚(よしひさ)または義輝に仕えた。主君の没後に出家し、山城国の薪(たきぎ)・山崎などに隠棲した。宗祇・宗長・肖柏ら当代の代表的連歌師とも交流したが、『誹諧連歌抄』(通称「犬筑波集」)の編者として著名で、守武とともに俳諧の始祖とされる。

○好士　傑出した人物。

○やしま　日本国。

○民の竈　庶民の生活。仁徳天皇の国見のときの詠歌「高き屋に登りて見れば煙立つ民のかまどは賑はひにけり」(和漢朗詠集、新古今集ほか)による措辞。

○或古老　『玉海集追加』の貞室(ていしつ)自跋によれば、松永貞徳(ていとく)。

之披見《ひけん》に入《いれ》、用捨《ようしや》の詞《ことば》をくはへ、そゞろに此一集《いつしふ》となし、是《これ》を犬子集《ゑのこしふ》と号《なづけ》侍る。抑《そもそも》比《ころ》は寛永《くわんえい》八年如月《きさらぎ》より此かた二《ふた》とせあまりに国〻所〻《くにぐにしよしよ》より到来の句をもつて、同十年睦《む》月半《つきなかば》に記終《しるしをはり》ぬ。しかるを『犬子集』といふ事、『犬筑波』をしたひて書《かき》たる故也。凡《およそ》発句の数は一千五百三十、付句はこれかれ千句に余る。誠《まことに》此道に心をよする事切《せつ》なるによりて、今行《ゆく》末《すゑ》の人口、ことには神慮《しんりよ》のとがめをも恐《おそれ》ざるに似たり。されども和光同塵《わくわうどうちん》は本《もと》より結縁《けちえん》の初《はじめ》とかや。しからば是非をもゆるし給ふべし。返〻《かへすがへす》も世上のはゞかり其嘲《あざけり》は、ありそ海の浜の真砂《まさご》の数しらずなん思ひしかども、よし〳〵本より愚《おろか》なる身のおもひ出に、なにはの事をもかへりみず、只水茎《たゞみづぐき》に任《まか》せつゝ、種は尽《つき》せぬ言の葉の、ちりひぢ高き、足引の山鳥の尾のしだりおの、なが〳〵しくも書《かき》つゞけ侍る。

○用捨　取捨選択。「詞をくはへ」は、添削の上、入集させた句を念頭に置いた言廻しか。

○和光同塵　仏菩薩が衆生を救うため、本来の威光をやわらげ、仮の姿をこの世に現わすことをいう。「結縁」は仏道修行の道に入り、成仏の因縁を結ぶこと。「和光同塵結縁之始。八相成道以論二其終一」(摩訶止観六・下)による。

○是非　善悪。ただし、ここでは悪に重点がある。

○ありそ海　荒磯海。「我が恋はよむとも尽きじありそ海の浜の真砂はよみ尽くすとも」(古今集・仮名序)のたとえ歌による。「ありそ海の浜の真砂の」は、「数しらず」を引き出す序詞の役割をする。

○なにはの事　「何はの事」。諸事万端。万事。

○水茎　筆。

○種は尽せぬ　「青柳の糸たえず、松の葉のちりうせずして、正木のかづらながく伝はり、鳥の跡久しくとゞまらば、…」(古今集・仮名序)を踏まえる。

○ちりひぢ高き　「たかき山も、ふもとのちりひぢ(塵泥)よりなりて」(古今集・仮名序)による表現で、「足引の山鳥」の「山」にかかる。

○足引の…　「足引の山鳥の尾のしだりお(尾)の」全体で、「なが〳〵し」を引き出す序詞。

狗猧集題目録

春部

狗猧集《ゑのこしふ》巻第一

春上

[一]元日《ぐわんにち》

1 春《はる》立《たつ》やにほんめでたき門《かど》の松　徳元

2 [一]ありたつたひとりたつたる今年哉《かな》　貞徳

3 礼義とて[一]かざりわらにも[二]はかまかな　愚道

[一]古年《ふるとし》に雨ふりければ

4 去《こ》年《ぞ》は雨日《にっ》本《ぽん》晴《ばれ》や[二]けふの春　春可

[一]申《さる》のとしに至りて

5 去年よりもまさる目《め》出《で》度《たき》今年哉《かな》　慶友

6 年も人もそだつはじめは[一]む月哉《かな》　宗恕

7 [一]うたひ初《ぞめ》は人より先かとりの年　道職

1 一ガンニチ・ガンジツ両様のよみがある。▽春立つ＝門松が立つ。日本＝二本。春が立ち日本国中めでたく新年を迎え、家々の門には二本の門松が立つ。巻頭句にふさわしく句柄の大きい句。塵塚誹諧集の寛永六年(一六二九)以降発句のうち。功用群鑑に「門松や二ほん目出たき御代の春」。季春立つ・門の松。

2 一感動詞。普通は蹴鞠(けまり)の時に発する掛声。▽春が立つ＝子が立つ。今年＝子。知人の子のひとり立ちするようになったのを祝った句。横本上五「あつたつた」。季今年。

3 一飾藁。正月に玄関や床の間などに飾る藁の作り物。二植物の茎をまとい覆う皮。それに人の着る「袴」を掛ける。▽礼儀→袴。新年の礼儀作法として、人間ばかりでなく飾藁もちゃんと袴を着ている。季かざりわら。

4 一去年の歳末。二今日の春。新春を祝っていうことば。▽雨→晴。雨と晴の対照、晴と春の類似音。季けふの春。

5 一寛永九年壬申の年か。慶友(卜養)二十六歳。▽目出たさが増さる＝申。季今年。

6 一睦月(むつき)。正月)。「襁褓(むつき)。おむつ)」を掛ける。▽一年の初めは睦月、人の一生の初めには襁褓。季む月。

7 一謡初。新年に武家の家で能役者を招いて謡曲の謡いはじめをする儀式。徳川幕府初期は正月二日、承応三年(一六五四)からは正月三日で、これがすまぬうちは諸家で謡曲を謡うことができなかった。▽そこで酉の年を擬人化し、世間の人が謡曲を謡うことができぬうちに酉年が始まり、鶏が鳴いた、すなわち謡初をした。この酉年は寛永十年か。季うたひ初・とりの年。

8 ▽鶏＝酉。春来ることを告げるかの如く鶏が鳴く。そういえば今年は酉(とり)の年である。季春・とりの年。

9 一「年」にかかる枕詞。二年頭。新年。三舞楽の常装束に用いる冠り物。鳳凰の頭をかたどる。▽年の頭＝人の頭。酉年の年頭、人の頭には鳥甲をかぶる。季あら玉の年。

10 一玉打。毬(まり)を槌状の杖で打つ子供の遊び。毬打(ぎっちょう)。▽改まる＝あら玉＝玉打。今日は年も改まり、子供たちは毬打の玉を打って遊んでいる。季改年・玉打。

11 一白鑞(しろみ)の鏡。白銅製の鏡。▽餅は白＝白鑞の鏡＝鏡餅。鏡餅を白鑞の鏡に見立てる。当時の鏡は円形。季かゞみ餅。

8 春のくる時を告《つぐ》るやとりの年　　休音

9 [一]あら玉の年[二]の頭《かしら》や鳥《とり》[三]甲《かぶと》　　興之

10 年もけふあら玉[一]うてる子共かな　　春益

11 むかひ見る餅は白《しろ》[一]みのかゞみ哉《かな》　　親重

12 四《よ》方《も》に春立《たち》はだかれる日《ひ》[一]足《あし》かな　　利清

13 老《おい》[一]て今朝二たび児《ちご》のむ月かな　　貞継

14 今朝いはひ去年のしはすやの[一]し肴《ざかな》　　正直

15 数《かず》[一]の子は二《に》親《しん》をいはふ年《ねん》始《し》哉《かな》　　氏重

16 福[一]の神を今日のせ来るやむ[二]まの年　　良徳

17 けふの春笠きてたつか天《あめが》下《した》　　長吉

[一]歳徳《としとく》[二]亥《ゐ》子《ね》の方《はう》なりければ

18 米《よね》俵《だはら》をえ方はいねの間かな　　一定

19 草も木も目出たさう也《なり》けふの春　　良春

20 日のかほや今朝あ[一]かねさす申《さる》の年　　政昌

21 山は雪そ[一]りやさも候へけふの春　　一之

22 門《かど》に松は今朝来る春の奏《そう》[一]者《しゃ》哉《かな》　　重次

12 一 日脚。昼間の時間。また、日ざし。▽春立ち＝立ちはだかる→日脚。東西南北すみずみまで春が立ち、暖かい日ざしがさしている。季春立つ。

13 一 諺「老いて二たびちごになる」。老いると子供にかえる。▽睦月(むつき)＝襁褓(むつき)。人の一生は襁褓に始まり襁褓にかえるが、一年も睦月に始まり睦月にかえる。季む月。

14 一 熨斗肴。儀式用の肴とした熨斗鮑(のしあわび)。鮑の肉を薄くはぎ、ひきのばして乾かしたもの。▽師走＝皺(しわ)→伸す＝熨斗肴。今朝は熨斗肴で新年を祝い、去年の師走の苦労の皺をのばす。季去年・のし肴。

15 一 大勢の子供。それに食品のカズノコを掛ける。▽数の子＝カズノコ→鰊(にしん)＝二親。新年大勢の子供たちが父母の壮健を祝う。一家繁栄のさま。季数の子・年始。

16 一 福徳を授けるという神。二 寛永七年か。▽今日はうま年の新年だが、きっと福の神を乗せて来るだろう。歳旦発句集に上五「福の神」。季むまの年。

17 ▽天下＝雨が下。今日は天下に春が立つが、「天下」はアメガシタつまり「雨が下」だから、春も笠を着て立つことだろう。季けふの春・春たつ。

18 一 陰陽道で、一年の吉方(えほう)すなわちその年の最もよい方角を司る神。又その神のいる方角。二 亥子の方角は亥と子の間すなわち真北から西へ十五度寄ったところ。▽米俵を得＝吉方。亥子＝稲。米俵すなわち財宝を得ることができる吉方は、稲に縁のある亥子の方角だ。季え方。

19 ▽草も木も芽を出す＝めでたい。草も木も芽を出しそうなめでたそうな新年だ。季けふの春。

20 一 茜さす。赤く照り映える。▽茜→猿の顔。申年ゆえ初日の色も猿の顔の如く赤い。寛永九年作か。季申の年。

21 一 そりやさも候。狂言の決まり文句。それはその通りです。▽さも候＝寒う候。山にはまだ残雪があることゆえ、新年とは言えそりゃ寒いことです。季けふの春。

22 一 将軍・大名などに拝謁の取次ぎをする者。▽門松を新年の訪れを主に取次ぐ奏者に見立てる。季門松・今朝の春。

23 師《し》走《はす》たち正月きたる小《こ》袖《そで》かな　正信
24 めぐり来る年はひつじの車哉《かな》　政重
25 しめ縄《なは》は去年と今年のさいめ哉《かな》　常勝
26 年明《あけ》てひらかぬ梅や古《ふる》暦《ごゆみ》　正友

寛永七年午《むま》の年なりければ

27 寛永やあけ七歳のむまの年　玄札
28 けふさくは年づよなれや花の兄　望一
29 四国より来る春なれや申《さる》の年　正重
30 をしあけて今朝来る年のさる戸哉《かな》　成安
31 いむ事はけふきかざるの年始かな　一正
32 申がへり見てや立《たち》来るとりの年　真利
33 我《わが》朝《てう》に立《たつ》や小《せう》国《こく》のとりの年　長之

年内立春《としのうちたつはる》の心を

34 今朝の春は鸚《あう》鵡《む》返《がへ》しかとりの年　正章
35 天《てん》筆《ぴつ》やかすみをそめて和《わ》合《がふ》楽《らく》　重頼
36 大《だい》上《じやう》戸《ご》東にあるか西ざかな

23 ▽時が経ち＝布を裁ち。正月来たる＝着たる小袖。師走が過ぎ正月が来て、師走のうちに裁ち縫った小袖を着る。季正月小袖。
24 一羊に引かせる車の意か。▽めぐり来た新年は未の年だけに羊の車のめぐる如く長閑である。季来る年・未の年。
25 一境目。▽新年を明示する注連縄を去年と今年の境目に見立てる。季しめ縄・去年今年。
26 ▽暦のない山中で梅花の開くのを暦代りにすることを梅暦というから、年明けても開かぬ梅は古暦だ。季年明く・梅。
27 一馬の年齢の数え方。新年を迎えて七歳になること。▽明け七歳の馬＝午の年。季むまの年。
28 一年強。数えの年齢で、その年の前半の生れであること。二他の花に先がけて咲く梅の異称。▽梅花を擬人化し、一年のうち早く咲くところから年強といった。季花の兄。
29 ▽日本猿の異称を四国猿というところから、今年の申年は四国から来たかと興じた。季来る春・申の年。
30 一猿戸。戸締り用の猿というしかけを設けた戸。▽戸を開ける＝年が明ける。猿戸＝申年。猿戸を押し開けるように、年が明けて申年がやって来た。季来る年。
31 一忌む事。不吉な事。▽聞かざる＝申の年＝年始。めでたい新年には不吉なことは避ける。季申の年・年始。
32 一猿返。曲芸の一種。▽猿返りを見物していた人が立去るように申年が過ぎて酉年が来た。季年立つ・とりの年。
33 ▽「小国」は自国を謙遜していう語。また鶏の異名でもあるので酉の年と縁語になる。季年立つ・とりの年。
34 一人の言葉をそっくりに言い返す。▽年内立春と新年と二度同じことをくり返す。季今朝の春・とりの年。
35 一天帝の筆蹟。天筆和合楽は舞楽・万秋楽の異名。新年の書初めの文句。▽天帝が霞に書初めをする様か。季かすみ。
36 一大酒飲み。二西肴。螺肴。新年の祝儀に用いる肴。▽西肴の語があるからには大上戸が東にいるのだろう。誹諧発句帳など中七「東にありや」。季西ざかな。
37 一物まう。客が案内を乞う語。二どちらから。主のことば。▽新年の到来を客と主の挨拶に擬す。誹諧発句帳は上五

37 ものまうはどれから来るぞけふの春

38 物いはで立《たち》来る年やさる轡《ぐつわ》

39 世界をやけふ籠《こ》の内のとりの年

40 先《さき》立《だつ》や梅が香をかぐはなの春

元日屠《と》蘇《そ》白《びやく》散《さん》の心を

41 けさ汲《くむ》やとそつ天よりたつかすみ

42 来る春は何を荷なふぞ三が日

43 春のきて去年は何《いつ》所《く》へ申の年

44 しめ縄や春をもくゝる戌《いぬ》の年

45 三《さん》方《ばう》につみしをいかに西ざかな

46 年もひつじ紙だくさんに試《し》筆《ひつ》哉《かな》

47 きそ初《はじめ》してやいはゝん信《しな》濃《の》柿《がき》

48 霞さへまだらにたつやとらの年　貞徳

49 大こくの持《もつ》やつちのえ辰《たつ》の年　同

50 梅も先《まづ》にほひてくるや午の年　同

51 けさたるゝつらゝやよだれうしの年　同

「物んまう」、作者以重。[季]けふの春。

38 ▽申年＝猿轡。声も立てずにやって来る申年は猿轡をさせられているのだろう。[季]来る年。

39 一今日此の内。昨今、近頃。▽今日此の内＝籠の内→とり。世間が今日酉年の新年になった。[季]とりの年。

40 一横本「さきたつ」と振仮名。二花の春。花やかな新年。▽鼻＝花の春。新年早々梅の香を嗅ぐ。花の春ならぬ鼻の春だ。[季]梅・はなの春。

41 一新年の健康を祝って正月に飲むもの。二兜率天。仏教でいう弥勒の浄土。▽屠蘇＝兜率天＝天。自然現象の霞＝酒の意の霞。屠蘇→霞。元日の朝屠蘇白散を汲みかわし、空には霞が立つ。まるで兜率天のようだ。[季]とそ・かすみ。

42 ▽新年の擬人化。荷　三が日＝三荷、の掛詞から二・三の数字遊びか。[季]来る春・三が日。

43 ▽去る＝申の年。新年が来て去年の申年はどこへ去ったか。又は申年になって去年はどこへ去ったか。[季]春来る・去年。

44 ▽犬＝戌の年。縄→くくる→犬。戌年に飾られた注連縄を縁語・掛詞でいいなした。[季]しめ縄・戌の年。

45 一神仏や貴人に供する物を乗せる台。二西肴。三六参照。▽三方に乗せた物を、どうして一方だけを意味する西肴というのか。無理問答。[季]西ざかな。

46 一横本傍訓「しゆひつ」。▽羊は紙を好み食う。未年の新年だけに紙をたくさん用いて試筆をする。[季]未の年・試筆。

47 一着衣初。正月三が日のうち吉日を選んで新しい着物を着始めること。二信越・東北で栽培される柿。柿は正月の飾り物に用いる。▽着衣＝木曾→信濃。[季]きそ初。

48 ▽虎＝寅年→斑。寅年だけに霞までも斑に立つ。[季]霞・年立つ・とらの年。

49 一大黒天。七福神の一。米俵の上で打出の小槌を持つ。▽槌＝戊辰(つちのえたつ)。寛永五年(一六二八)の作。[季]辰の年。

50 ▽匂ひ＝荷負ひ→午(馬)。歳旦発句集は上五「梅もけさ」。崑山集は上五「梅もけふ」。[季]梅・午の年。

51 ▽丑年の元旦に垂れ下った氷柱(つらら)を牛の涎に見立てる。[季]うしの年。

52 鳳《ほう》凰《わう》も出《いで》よのどけきとりの年　同

53 子は親にすへてもちゐのかゞみ哉《かな》　徳元

54 飛《とび》梅《むめ》や年《とし》飛《とび》越《こえ》て花の春　同

55 大《おほ》ぶくの茶のあつさにやむめぼうし　愚道

みづのえさるの年に

56 汲《くみ》あぐる若《わか》水《みづ》のえの柄《ひ》杓《しやく》かな　同

57 年玉は手ぶりぶりなるお礼かな　春可

58 鶯《うぐひす》や梅に推《すい》参《さん》今日の春　同

59 としもけさこすや霞のにごり酒　同

60 けふくるや諫《かん》鼓《こ》苺《こけ》むすとりの年　同

申《さる》のとしに

61 今日年をさるでや太《た》刀《ち》の鞆《つか》頭《がしら》　慶友

年内立春の心を

62 年おとこするはさほ姫はじめ哉《かな》　同

63 あら玉子かへりて立《たつ》やとりの年　同

52 一想像上の瑞鳥。聖天子出生の前兆として出現。▽天下泰平の酉(鳥)の年、鳥は鳥でもめでたき鳳凰よ出現せよ。元和七年(一六二一)作か。元和偃武後七年。季のどけし・とりの年。

53 一餅の鏡。鏡餅。鏡餅を飾ることを据えるという。▽大小二個を重ねたさまを親子に見立てたか。季鏡餅。

54 一菅原道真の故事。▽その飛梅は京の道真邸から筑紫の太宰府に飛んだが、これは年を飛び越えて花やかな新春に咲いた。塵塚誹諧集に寛永六年(一六二九)以後作。季飛梅・花の春。

55 一大服茶。元旦に若水でたてた茶。梅干・山椒・昆布・黒豆などを入れる。▽梅干＝うめる(湯に水を入れぬるめる)。梅干入りの大服茶が熱いので水でうめる。季大ぶくの茶。

56 一壬申。寛永九年。二元旦に汲むめでたい水。▽若水＝みづのえ＝柄。壬申の元旦柄杓で若水を汲みあげる。季若水。

57 一新年の贈り物。二手で振る。ぶりぶり(正月の男児の玩具)をかける。▽手ぶり＝ぶりぶり。玉→ぶりぶり。年礼の年玉にぶりぶりを手にぶら下げて行く。季年玉・ぶりぶり。

58 一人の所へおしかける。▽推参＝酸(す)い→梅。初春に鶯が梅の木におしかけて来た。季鶯・梅・今日の春。

59 ▽越す＝漉(こ)す。年を越した今朝立つ霞のように濁った酒を漉して用いる。霞は酒の異称。季今朝越す年・霞。

60 一中国の聖天子が、諫言しようとする人民に鳴らさせるために設けた鼓。それをうけて和漢朗詠集に「諫鼓苔深ク鳥驚カズ」と天下泰平のさまを作る。▽諫鼓→とり。今日来る新年は諫鼓も鳴らず天下泰平の酉年だ。季とりの年。

61 一猿手。太刀の柄頭(つかがしら)の兜金(かぶとがね)につけた鐶。それに「古い年を去る」意を掛けるか。▽申年＝猿手。太刀＝立ち。猿手は太刀の柄頭についているが、今日は旧年が去り申年の新年が立つことだ。季申の年。

62 一年男。年末年始の諸儀式を司る男。二佐保姫。春を司る女神。三姫始。男女が新年に始めて交わること。▽佐保姫＝姫始。佐保姫が司る新春、年男が姫始をする。季年おとこ・さほ姫・姫はじめ。

63 一あら玉。九参照。▽あら玉＝玉子(卵)。孵(かえ)りて＝返りて(再び)。玉子→孵り→とり。酉年だけに、卵が孵る如く、

年立《としたつ》朝《あした》午《むま》の日なりければ
64 かけてくるはる日《び》はむまのあした哉《かな》　貞継

元[一]日は亥《ゐ》歳徳《としとく》同方《おなじはう》なりければ
65 年[二]徳もよき所とて亥のヨかな　休音
66 餅につくる三《みつ》[一]の初《はじめ》のいはゐ哉《かな》　同

元日霰《あられ》のふりければ
67 来る春の年[一]玉ならんあられ哉《かな》　親重
68 春《はる》[一]永《なが》といふやことばのかざり縄　同
69 ゆ[一]づりはや次第に家の大かざり　同
70 年も雪もみ[一]づのえとなす春《はる》日《び》哉《かな》　正直
71 しはのなきかみにうつすや若[一]ゑびす　同
72 天《あめが》下《した》てらせ日《ひ》[一]吉《よし》のさるのとし　氏重

寛永十年に
73 寛永の十[一]がへり立《たつ》や門《かど》の松　長吉

古[一]年の夜に雨降《ふり》ければ
74 夜の雨に今朝来る春やぬ[二]れ草鞋《わらぢ》　良徳

64 ▽春日＝腹帯(はるび)。足＝朝(あした)。かける→腹帯→馬の足。腹帯した馬のかけ来る如く午年の春が来る。季くるはる・春日。

「かへりて(二度も)」春が来た。季あらたまの年・とりの年。

65 一 元日が亥の日で、歳徳神のいる方角が同じく亥の方角だ、の意。二 一八参照。▽居＝亥の日。歳徳神も居心地がよいとて亥の方角(ほぼ北北西)にいらっしゃる。季年徳。

66 一 三元。年・月・日のはじめである元旦。▽句意不明。季三の初。

67 一 五七参照。▽年頭に降る玉状の霰を年玉に見立てた。季来る春・年玉。

68 一 昼間の長い春の季節。多く年の初めを末長く祝って言う語。▽言葉の飾り＝飾り縄。飾り縄の飾られた新年を春永というのは、いわば言葉の飾りだ。季春永・かざり縄。

69 一 楪葉。新葉出でて旧葉落ちるので父子相続家繁栄の意味で新年の飾りに用いる。▽次第に家が繁栄して大きくなり、楪葉の大飾りをする。季ゆづりは・かざり。

70 一 壬。寛永九年は壬申の年。▽壬＝水。壬の新年、春日がうららかで、雪もとけて水になる。季春日。

71 一 若夷。元日の早朝売り歩く、恵比須神の像を印刷した札。▽皺のなき→若。若という名を持つ若夷だけに、皺ひとつない紙に印刷してある。季若ゑびす。

72 一 日柄がよい。それに近江坂本の日吉(えひ)神社を掛ける。猿は日吉神社の使者だから、日吉→猿(申)となる。▽照らせ日＝日吉。申年の新年、猿に縁のある日吉、そのようにめでたい日が国中を照らせよ。寛永九年作か。季さるのとし。

73 一 十返り。松は百年に一度花を咲かす。それを十回繰返すところから、千年を経た松を十返りの松という。▽十返り経(た)つ＝立つや門の松。寛永の年号も十年経ち、門口には十返りの松ならぬ門松が立っている。季門の松。

74 一 大晦日の夜。二 濡草鞋。旅で濡れた草鞋を脱ぐというところから、初めて来た人。▽元旦、夜来の雨であたりが濡れているので、新春をその濡草鞋に見立てた。季今朝来る春。

古[一]としに立《たつ》春の心を

75 来る春や梶《かぢ》[二]原《はら》ならで二度[三]のかけ　同

76 年《とし》[一]徳《とく》へ四《よ》方《も》の霞[二]や引《ひき》[三]出《で》物《もの》　同

77 春たつと天に札《ふだ》[一]うつかすみかな　一之

78 宝をや今朝とてこ[一]ふのとりの年　一定

79 若[一]水を先《まづ》こそ上《あげ》め辰のとし　望一

80 鶯も暦《こゆみ》[一]をもつかけふの声　同

81 一番に耳より年ぞ鳥の声　同

82 けふ毎《ごと》にひらくは梅が嘉《か》[一]例《れい》哉《かな》　同

83 年こゆるあしをとするやけさの雨　同

84 鶯も初《はつ》音《ね》に口やあ[一]きの方　同

85 めでたいを今朝もて来るや若[一]ゑびす　重頼

86 来る春は去年を追[一]出し時分哉《かな》　同

癸[一]酉《みづのととり》の年に

87 春の日の威《ゐ》光《くわう》を見する雪《ゆき》間《ま》哉《かな》　同

88 みづのとの酉を先《まづ》酌《くむ》今年哉《かな》　同

75 一古年に立つ春。年内立春。二梶原景時。一の谷の合戦の「二度の駆け」で有名。▽年内に立春があり、更に新年(新春)が来るのを、梶原景時の二度の駆けに見立てる。季来る春。

76 一歳徳神。一八参照。二天然現象の霞に酒の意をかける。三客に贈る物品。▽霞→引く。新年、歳徳神へ、四方に立つ霞、すなわち酒を引出物にする。季年徳・霞。

77 一順礼者は自分の生国・姓名を書いた札を寺の戸や柱などに貼りつける。▽順礼者が札で自分の参拝を明示する如く、霞によって春立つことを明示する。季春たつ・かすみ。

78 一鸛。コウノトリ。古来鶴と混同される。▽取て来う(取って来よう)＝鸛。寛永十年(一六三三)作か。季とりの年。

79 一五六参照。▽水→辰。辰年の元旦、まずは辰に縁のある水を汲み上げ祝うことにしよう。季若水・辰のとし。

80 一横本傍訓「こゆみ」。▽拾遺集・藤原朝忠「鶯の声なかりせば雪きえぬ山里いかで春を知らまし」をふまえ、新春とともに鳴き始めた鶯は暦を持っているのか、といった。季鶯。

81 ▽一番鶏の鳴き声を聞いて、酉年の到来を先ず耳で知った、の意か。季酉の年。

82 一めでたい先例。▽梅が香＝嘉例。梅花はめでたい先例通り新年の今日開き芳香を放つ。季梅。

83 ▽元旦に降る雨の音を、「雨脚」の語をきかして、新年のやって来る足音に見立てた。季年こゆる。

84 一明きの方(かた・はう)。陰陽道で万事に大吉の方位。▽初音＝子(北)。口や開き＝明きの方。鶯が口を開けて初音を囀っているが今年は子(ね)の方角が明きの方である。季鶯の初音。

85 一若夷。七一参照。▽めでたい＝鯛。若夷の札の鯛を抱えた恵比須神がめでたい新年を持って来る。季若ゑびす。

86 一追出し鐘。遊里で明け六つに泊り客の帰る時刻を知らせる鐘。▽新年は追い出し時分に旧年を追い出すようにやって来る。当時は明け六つで日付が変った。季来る春・去年。

87 ▽威光＝光。威光を見する＝見する雪間。春日の光に雪が消え、雪間が見えて来る。季春の日・雪間。

88 一寛永十年。「酉」に酒の意をかける。▽癸酉の新年、まずめでたく酒を汲む。季今年。

若菜　付七種《ななくさ》　同茎立《くくたち》

89 [一]七種は[二]唐《たう》土《ど》の鳥の[三]すりえ哉《かな》

90 陰《かげ》にけぶる霜や[一]抹《まつ》香《かう》[二]仏《ほとけ》の座《ざ》

或人云《あるひといはく》、[一]菜を七ツ置《おき》て七種の発句せよとありければ

91 たくさんななはなな草のなづなかな

92 [一]ななつなのなかに[二]なまめくわかなかな　春可

93 つみたゝき後《のち》はくひつく若なかな　貞徳

94 うましとて[一]口をもたゝく若菜哉《かな》　同

95 [一]源氏ならで上《じやう》下《げ》にいはふ若菜哉《かな》　親重

96 籠《かご》共《とも》にかはゞ高ねや[一]鶯《うぐひす》菜《な》　松花

97 [一]くゝたちは八《はち》十《じふ》一《いち》期《ご》わか菜哉《かな》　光家

98 もえ出《いで》て又[一]芹《せり》やきの肴《さかな》かな　幽松

99 手《て》毎《ごと》にもたゝきならすは鈴《すず》菜《な》哉《かな》　永治

100 俗人もくふをやさとる[一]仏のざ　氏重

101 くゝたちのさびかと見ゆる赤《あか》葉《ば》哉《かな》　正友

89 一七草。二正月七日「唐土の鳥と日本の鳥と渡らぬさきに…」とはやしながら七草をたたく。三小鳥に与える餌の一種。▽七種を唐土の鳥に与えるすり餌に見立てる。季七種。

90 一粉末状の香。二七草の一。▽抹香→仏。仏の座の陰で霜が春日の光に当り湯気をあげているのを、抹香の煙に見立てた。季仏の座。

91 一一句の中に「な」を七回用いよという難題。▽たくさん「な」の音を含む菜は「七草の薺(なずな)」だ。季なな草・なづな。

92 一七つ菜。七草。二上品だ。情趣がある。▽七草の中でも若菜は、源氏の巻名になるくらいだから、上品である。これも「な」を多く詠み入れた。季なつな・わかな。

93 ▽摘み＝抓(つ)み(つねる)。抓み→叩き→食いつく。若菜を摘みたたき(八九参照)、最後には食ってしまう。季若な。

94 一よくしゃべる。それに「はやし叩く」(八九参照)を掛ける。▽たたきはやして料理した若菜を、うまいうまいと口々に言いながら食う。季若菜。

95 一源氏物語・若菜の巻は上下に分れている。▽その若菜の巻ではないが、身分の上の者も下の者も今日の若菜を祝っている。作者親重(立圃)には稚源氏(おさなげんじ)の著がある。季若菜。

96 一コマツナ・アブラナ・カブなどの類。▽鳥籠＝菜籠。飼はば＝買はば。高音＝高値。鶯＝鶯菜。籠ごと買うと鶯菜は高値だ。籠の中で飼うと鶯は高音で鳴く。季鶯菜。

97 一茎立。大根・菜類の蕾(つぼみ)をつけた茎の立ちのびたもの。▽茎＝掛算の九九(くく)。九九→八十一＝一期(一生、死ぬまで)。茎立は最後まで若菜だ。季くゝたち・わか菜。

98 一芹焼。焼き石の上で芹を蒸し焼きにした料理。▽萌え出で(草木が芽を出す)＝燃え出で。燃→焼。萌え(燃え)出て、芹焼きになって、酒の肴になる。季萌え出づ・芹。

99 ▽手ごとに鈴を叩き鳴らすのと、七草の鈴菜を叩きはやす(八九参照)のと、二つのイメージを重ねる。季鈴菜。

100 一仏の座。九〇参照。▽空＝食ふ。俗人もホトケノザを食い、一切空の仏の教えを悟る。季仏のざ。

101 ▽茎立(九七参照)＝太刀。赤葉＝赤刃→錆。茎立の赤葉を太刀の錆に見立てる。季くゝたち。

102 あらがねの土ふりおとす鈴菜かな　望一
103 七種をたゝく拍子《ひやうし》のすゞなかな　光貞
104 くゝたちの目《め》貫《ぬき》か蝶の一つがひ　便一
105 巣ごもりや雪の下なる鶯菜　吉久
106 野《の》遊《あそび》のしるしの杉《すぎ》菜《な》土産《みやげ》哉《かな》　成安
107 行《ゆく》駒《こま》の口引《ひき》とむるなづなかな　常好
108 此殿《との》のお肴にせん三《みつ》葉《ば》芹《ぜり》　重頼
109 参らせん用がましきは鈴菜草　同

狂言師《きやうげんし》の宿にて

子《ねの》日《び》

110 春の日は大あくびしてねのび哉《かな》
111 松《しよう》根《こん》に腰《こし》をさすつてねのび哉《かな》
112 御《ご》座《ざ》をはけこよひ初《はつ》子《ね》の玉箒《たまばはき》
113 ひかれては次第に松のねのびかな
114 松ならで穴へ餅引《ひく》子の日かな　貞徳
115 ねのびには足をやすむる今年哉《かな》　偸閑

102 一粗金の。「つち」にかかる枕詞。▽粗金→鈴。振り→鈴。鈴を振るように鈴菜の土を振り落す。季鈴菜。
103 ▽七草の一種に鈴菜がある。その鈴とは七草をたたきはやす時の拍子取りだ。季七種・すゞな。
104 一太刀に柄(かつ)をはめて留めるための金具。▽茎立＝太刀。茎立にとまる蝶を目貫に見立てる。季くゝたち・蝶。
105 一巣籠り。鳥が巣の中でじっとしていること。▽雪の下の鶯菜を鶯の巣籠りに見立てる。崑山集「巣籠りか」。季鶯菜。
106 一春野外で若草を摘んで遊ぶこと。二印の杉。目印となる杉。特に大和三輪神社の杉。▽それに杉菜をかけ、更に音の類似で三輪＝土産とする。季野遊・杉菜。
107 ▽薺(なずな)＝手綱(たづな)。道行く馬が路傍の薺を食べて立止るのを、手綱で馬を引止めるようだとした。季なづな。
108 ▽古今集・序「この殿はむべも富みけりさきぐさの三つ葉四つ葉に殿作りせり」を食事の事にして卑俗化。季三葉芹。
109 一様がまし。晴れがましい。▽謡曲・翁のうち三番叟は狂言方がつとめ鈴を持ち舞い、「あゝらめでたやな、さあらば鈴を参らせう」「あらやうがましやな」と謡う。その鈴ならぬ鈴菜をさし上げるのは晴れがましいことだ。季鈴菜草。
110 一正月初の子日に、野外に出て小松を引く。▽子日＝寝伸び＝根伸び。子日に根の伸びた小松を引いたが、大あくびをして手足を伸ばして寝てしまった。季春の日・ねのび。
111 ▽子日＝寝伸び。和漢朗詠集「松根ニ倚ツテ腰ヲ摩レバ」のパロディ。季ねのび。
112 一天子など貴人の席。それに「茣蓙」をかける。二初子の日に蚕室(さんしつ)を掃くのに用いる箒。蓍(めど)の木で作り子日の松に結びつける。▽御座→玉。初子の玉箒で茣蓙を掃くのに、縁語・掛詞をからませる。季初子の玉箒。
113 ▽子日＝根伸び。子日の遊びに引かれた小松の根が次第にのびる。季ねのび。
114 ▽子日＝鼠。野外では人が松を引き、家では鼠が餅を穴へ引く。崑山集に「鼠のあれければ」と前書。季子の日。
115 ▽子日＝寝伸び。今年の子日の遊びの日は寝ころんで足を休める。季ねのび・今年。

116 かごふだる小松もけふはねのび哉《かな》　一成
117 門松のみあかしも又ねのび哉《かな》　正直
118 けふはや鶯笛《うぐひすぶえ》もねのび哉《かな》　同
119 男《を》松《まつ》め松野に引《ひき》よせてねのびかた　長吉
120 今日ひけば小弓の矢さへねのび哉《かな》　重頼

梅

121 鑓《やり》梅《むめ》のはなつきとをす匂ひかな
122 鑓梅のそばにたてたる木《こ》だち哉《かな》
123 名におひて人の折《をる》をもばい花《くわ》かな
124 雨にけさひらかぬ梅の笠もなし
125 折《をる》袖《そで》の匂ひぶくろか梅のはな
126 状で送れ好《かう》文《ぶん》木《ぼく》の花のえだ
127 鑓《やり》梅《むめ》は大《だい》名《みやう》竹《だけ》のお供かな
128 鑓梅は世にぬけ出たる匂ひかな
129 ぬる鳥の沈《ぢん》のまくらかむめの花
130 香は四方に飛《とび》梅《むめ》ならぬ梅もなし　貞徳

116 一囲むはカゴムと読む。▽子日＝根伸び。句意不明。季ねのび。
117 一御灯。▽子日に門松に御灯を供える風習あるか。そうとすれば子日＝火。季門松・ねのび。
118 一鶯の声に似た竹製の笛。▽子日＝音延び。子日の今日、鶯笛の音ものびやかに聞える。季鶯笛・ねのび。
119 ▽子日＝寝伸び＝根伸び。男・女→寝。男松女松が引き抜かれ揃えておいてあるさま。季ねのび。
120 ▽小松を引く＝弓を引く。子日＝音延び。子日に小松を引くと根が延びる。弓の矢が音を長く引き飛ぶ。季ねのび。
121 一梅の一品種。▽鑓→突き通す。鑓梅はその名の如く鼻を突き通すような強い匂いがする。季鑓梅。
122 ▽木立＝小太刀。鑓→小太刀。鑓梅のそばに木立があるのを、縁語・掛詞で言いたてた。季鑓梅。
123 一名前として持つ。▽梅花＝奪ふ《うば》。梅(奪い)花の名を持つだけに、人が折り取るのをも奪い(梅)花という。季ばい花。
124 一梅の花笠。梅花を笠にたとえる。▽雨→笠。雨に傘が一斉に開くように春雨に濡れて梅花が一斉に開く。季梅の笠。
125 一匂袋。香料を入れた絹の小袋。袖に入れておく。▽梅花にふれて袖が匂うのを匂袋に見立てる。季梅のはな。
126 一梅の異称。▽好文木というくらいだから、梅花の枝を、状つまり「文」につけて送れ。季好文木の花。
127 一竹の一種。▽鑓→大名。鑓持は大名行列のお供をする。それで鑓梅を大名竹のお供といった。季鑓梅。
128 一ぬけ出る。群を抜く。それに鑓の穂先が鞘からぬけ出るのをかける。▽鑓梅の匂いは群をぬいている。季鑓梅。
129 一沈の枕。香木の沈で作った枕。▽良い匂いの梅花を、その枝に寝る鳥の沈の枕に見立てる。季むめの花。
130 一京都の菅原道真の邸から筑紫の太宰府まで一夜にして飛び生え匂ったという梅。▽梅の芳香が四方に匂い漂うさまを、四方に飛ぶといい、だから飛梅だといった。季飛梅。

131 打[一]かたげ行《ゆく》やり梅の長枝《ながえ》かな　同

132 藪の中に咲《さく》や鑓《やり》梅《むめ》四《し》[一]方《はう》竹《ちく》　同

133 勅《ちよく》[一]作《さく》にまさる梅《ばい》花《くわ》の匂ひ哉《かな》　同

134 うぐひすよかけて卵をうめの花　同

北[一]野にて興行に
135 紅[一]梅やうこんのばゞが[二]はれ[三]小袖　同

薄屋《はくや》之《の》興行
136 白《はく》梅《ばい》に声さへだむ[二]や金《きん》[三]衣《え》鳥《てう》　同

137 鑓《やり》梅《むめ》や先[一]がけをする花《はな》[二]軍《いくさ》　徳元

138 やり梅のちらしかゝれる木《こ》だち哉《かな》　同

御《み》[一]輿岡《こしをか》にて
139 鑓梅の長枝やつゞくみこし岡　同

北[一]野にて
140 正直な梅のたち[二]えや神ごゝろ　同

141 木[一]の母をたが云《いひ》初《そめ》て花[二]の兄　慶友

142 暮《くれ》て見よ薄《うす》[一]墨《ずみ》色《いろ》の綸《りん》旨《じ》梅《ばい》　貞行

131 一担げ。肩にかつぐ。▽鑓の長柄＝梅の長枝。鑓梅の長枝を担げ行くのを、長柄の鑓を担げ行くのに見立てる。崑山集に「梅の枝のおほきなるを持て行をみて」と前書。季やり梅。

132 一竹の一種。▽藪の中に咲く鑓梅を、竹矢来の中の鑓の試合に見立てるか。季鑓梅。

133 一勅銘の香。たとえば後陽成院勅銘の黒方(くろぼう)。▽梅花の匂いがその勅作にもまさる。季梅花。

134 ▽梅＝産め。鶯よこの梅の枝に巣をかけて卵を産めよ。季うぐひす・うめの花。

135 一京都の北野天満宮。その一の鳥居あたりが右近の馬場の跡地。二植物の名。それに織物の色の名をかける。紫色の経と紅色の緯で織る。三晴小袖。晴着の小袖。▽馬場＝婆。右近の馬場の紅梅を、老女の紅梅の晴小袖に見立てる。季紅梅。

136 一箔屋。金銀の箔を製造又は販売する人。箔屋十兵衛正直か。二彩む。金銀箔を貼る。三鶯の異名。▽白梅＝箔。彩む＝訛む(音がにごる)。金＝金衣鳥。白梅に鳴く鶯の声がまだたどたどしいのを箔の縁語で詠んだ。季白梅・金衣鳥。

137 一先駆。戦場で味方の先頭に立つ。二二組に分れ花の枝で打ち合う遊び。▽鑓→先駆→軍。鑓梅が他に先がけて咲くのを縁語仕立てで詠む。塵塚誹諧集所収寛永六年(一六二九)正月十九日江戸での作。中七「先がけすらん」。季鑓梅・花軍。

138 ▽木立＝小太刀。鑓→小太刀。鑓梅の花が木立に散りかかる。寛永五年十一月徳元千句の第一の発句。季やり梅。

139 一京都北野神社西方を流れる紙屋川西岸の地。▽長枝＝長柄。鑓梅の長枝が立ちつづくさまを、御輿の供の鑓の長柄に見立てる。崑山集に作者を長頭丸(貞徳)とする。季鑓梅。

140 一一三五参照。二立枝。高く伸び立った枝。▽「正直」に真っすぐの意をかける。諺「正直の頭(こうべ)に神宿る」をきかし、まっすぐな梅の立枝は神慮にかなう、とした。塵塚誹諧集所収寛永六年以後の作。季梅。

141 一「梅」の文字を分けていう。二梅の異名。▽文字は木の母なのに、花の兄とは誰が言い始めたのか。季花の兄。

142 一薄墨の綸旨。綸旨(蔵人が勅命を奉じて出す公文書)は薄墨色の紙に書く。▽綸旨＝綸旨梅(梅の一種)。季綸旨梅。

143 鶯は勅使かひらくりんじ梅　不案
144 飛《とび》梅《むめ》の葉づくろひする木《こ》立《だち》哉《かな》　富沢
145 花笠のえか梅ひらく園の竹　光貞
146 鼻の穴むめあまりたる匂ひかな　盛彦
147 梅が香をとむる臥《ふせ》籠《ご》や園の竹　覚玄
148 梅が枝はわが花笠やはるの雨　光貞妻
149 むめがえの南へさすは日笠かな　正友
150 遠《をち》近《こち》へ香をやり梅の嵐かな　望一
151 紅梅の花ぞひらけば朱がら笠　同
152 咲《さく》花の兄はあにほどの色香哉《かな》　同
153 梅が香にひかれて来ませ牛《うし》天《てん》神《じん》　同
154 花に先《まづ》つをひく梅の梢《こずゑ》かな　満候
155 鶯は梅の木《こ》だちの目《め》貫《ぬき》かな　盛親
156 松風にちらすや梅の笠とがめ　宗仁
157 梅が香やとめんさばき髪　元郷
158 花さかぬ梅の木だちは無《ぶ》作《さく》哉《かな》　盛一

143 ▽開花した綸旨梅に来鳴く鶯を、綸旨を開いて読みあげる勅使に見立てる。季鶯・りんじ梅。
144 ▽鳥の羽づくろいを、飛梅だから葉づくろいだ、ともじった。季飛梅。
145 ―梅花を笠にたとえる。▽その花笠の開いた庭園の竹を、笠の柄に見立てる。笠→柄→竹。季花笠・梅。
146 ▽埋め＝梅。穴→埋める。梅花の匂いが強いことを、縁語・掛詞を用いて詠んだ。季むめ。
147 ―香をたきしめる。臥籠に衣類をかけ中で香をたく。▽梅花薫る庭園の竹を臥籠に見立てる。季梅が香。
148 ▽貼る＝春の雨。春雨に濡れて梅花が開くのを、梅が枝が花笠を貼り作るのに見立てる。季梅が枝・花笠・はるの雨。
149 ▽梅が枝＝柄→さす→笠。梅の枝が南に伸び花開いているのを、日に向ってさす日笠に見立てる。季むめがえ。
150 ―強い風。▽香を遣(ャ)り＝鑓梅。強い風が梅の香を遠近に吹き送る。季やり梅。
151 ―朱傘。シュガサとも。朱色のからかさ。▽梅花を花笠というところから紅梅の花を朱傘といった。季紅梅の花。
152 ▽梅花を花の兄というが、兄というだけに色香もすぐれている。季花の兄。
153 ―天満天神の祭日の二十五日が丑の日に当った日。▽諺「牛にひかれて善光寺参り」。その牛ならぬ梅の香にさそわれて牛天神参りにやって来る。季梅が香。
154 ―よだれをたらす。唾をのみこむ。▽花の見事さに先ずつを引き、梅干になって又つをひく。季梅の花。
155 ▽木立＝小太刀。梅の木にとまる鶯を、小太刀の目貫に見立てる。一〇四と同想。季鶯・梅。
156 ―笠咎。他人の笠が自分の笠に触れた無礼をとがめること。▽松風が梅花を吹き散らすさまを、松笠に梅の花笠が触れたとて笠とがめするさまに見立てる。季梅の笠。
157 ―捌き髪。とき散らした髪。ざんばら髪。▽柳を髪に見立てそれに香をたきこめるとした。季梅が香・柳の髪。
158 ―技倆がないこと。▽木立＝小太刀。花咲かぬ梅の木立は、小太刀でいえば無作といったところだ。季梅。

159 をとくとなどあひどをの花の兄　文重
160 梅はたゞいく木の花か合《あはせ》香《かう》　連一
161 人《ひと》毎《ごと》に目をやり梅の盛《さかり》かな　孝晴
162 風さそふ梅の木だちにさやもなし　益光
163 落《おち》ゆくはまけか座《ざ》論《ろん》の梅《うめの》花《はな》　武元
164 声なふて人よぶ梅のにほひかな　良春
165 鶯の歌の会《くわい》所《しよ》やそのゝ梅　良徳
166 紅梅の色《いろ》上《あげ》するや夕日影　休音
167 鑓《やり》梅《むめ》の道具おとしは小《こ》枝《えだ》哉《かな》　同
168 春風のもみ紅梅はうら見哉《かな》　親重
169 鑓梅の石づきとなる岩ね哉《かな》　正直
170 春《はる》知《しる》は心《しん》易《えき》よりも梅花哉《かな》　同
171 鶯は実《げに》鑓梅の鳥《とり》毛《げ》かな　長吉
172 梅が香や鳥のね床の卓《しよく》香《かう》炉《ろ》　同
173 一ぱいにあまるか坪のこぼれ梅　友重
174 梅よりも先《まづ》惣《そう》領《りやう》や雪の花　氏重

159 一弟。「花の弟」は菊の異称。ニ間遠。間がへだたっていること。▽花の兄は早春、花の弟は晩秋、兄弟でありながらどうしてかくも間遠であるのか。季花の兄。
160 一香料を練り合わせて作った香。▽梅の香は何種類かの木の花を練り合わせた合香のようにすばらしい。季梅。
161 ▽目を遣り(視線を送る)=鑓梅。鑓梅の見事な花盛りに、誰もが視線を送って眺める。季やり梅。
162 ▽木立=小太刀。小太刀には鞘があるのに、梅の木立には風を防ぐ鞘もない。季梅。
163 一座して論じ合うこと。▽座論=座論梅(梅の一種)。座論梅の散るのを、座論に負けて逃げて行くとした。季座論梅。
164 一諺「声無うて人呼ぶ」。▽その諺の如く、梅花には声もないのに芳香で人を呼び寄せる。季梅。
165 一古今集の序に鶯は歌を詠むとされる。ニ歌会のための場所。▽梅の木は歌詠む鶯の会所だ。季鶯・梅。
166 一色を一そう美しく鮮やかにすること。▽紅梅に赤い夕日のさすさまを、色上げにたとえる。季紅梅。
167 一槍を巻き落す武器。▽小枝が風に揺れて鑓梅の花を打ち散らすさまを道具落しに見立てる。季鑓梅。
168 一紅絹(もみ)。べにで染めた絹布。袖裏や胴裏に使う。ニ織物の色の名をかける。一三五参照。▽揉み=紅絹。裏見=恨み。春風に揉まれて紅梅が散るのは恨めしい。季春風・紅梅。
169 一石突き。槍の地面に突き立てる部分。▽石→岩。鑓梅の生えている岩を鑓の石突きに見立てる。季鑓梅。
170 一筮(ぜい)竹を用いないで行う占いの一種。▽梅の花の咲ぐあいで、心易より確かに春の到来を知る。季梅花。
171 一長槍の鞘を鳥の毛で飾ったもの。▽鑓梅にとまる鶯を、槍の鳥毛に見立てる。季鶯・鑓梅。
172 一卓(しょく)の上に置く香炉。卓は机の一種。▽見立ての句。季梅が香。
173 一中庭。ニ咲き乱れる梅花。▽坪=壺。中庭に咲き乱れる梅花を、壺から溢れる酒などに見立てる。季こぼれ梅。
174 一長男。ニ雪を花に見立てていう。▽花の兄の異称を持つ梅花より早く咲く(降る)からこれこそ惣領だ。季梅。

175 鑓《やり》梅《むめ》や花ぬす人の自《じ》[一]身《しん》番《ばん》　同

北野にて梅花の散《ちる》を見て

176 落《らく》梅《ばい》に風は無《む》[一]実《じつ》を北野かな　重頼

177 君ならで誰にやり梅のと[一]さき哉《かな》　同

鶯

178 鶯になけとて手をもすり餌《ゑ》哉《かな》

179 鶯のほ[一]う法《ほ》花《け》経《きやう》や朝[二]づとめ　玄利

180 法花経ぞ鶯はよき声で候《そろ》　貞徳

181 うぐひすのほ[一]ころばすねや歌《うた》[二]袋《ぶくろ》　同

182 姥《うば》[一]竹《たけ》は老[二]の鶯のねぐらかな　徳元

183 鶯の声する宿や梅[一]が谷《ヤツ》　春可

184 鶯と飛《とび》[一]こぐらせよ梅の花　親重

185 黄《うぐ》鳥《ひす》は連歌もするや花《はな》[一]の本《もと》　同

186 鶯が憂《うき》世《よ》いとはゞ梅ほうし　長吉

187 鶯[一]の文《もん》の小袖は摺《すり》[二]絵《ゑ》かな　宗恕

188 をのづから鶯《うぐひす》籠《かご》や園《その》の竹　望一

175 一 失火などに備え町人が交代で警備した詰所。またその人。▽鑓梅は花盗人に備える自身番だ。季鑓梅・花ぬす人。

176 一 北野天満宮の祭神菅原道真は無実の罪で太宰府に配流。▽着た＝北野。北野天満宮の梅花が散って、風は無実の罪を着た。懐子に「心共ちりける物をさくら花何ぬれぎぬを風にきせけん」(家集・源俊頼)を本歌にあげる。季落梅。

177 一 戸前。出入口。▽古今集・紀友則「君ならで誰にか見せん梅の花色をも香をも知る人ぞ知る」。誰に遣り＝鑓梅。戸前＝利先(鋭い先端)。君以外の誰に鑓梅をやろうか。季やり梅。

178 ▽手をも擦り＝摺餌(小鳥の餌)。鶯に摺餌を与え、鳴いてくれと手を擦って頼む。季鶯。

179 一 鶯の鳴声に法花経をかける。二 朝仏前でする読経。▽朝鶯の鳴くのを朝勤めの法花経を読むのに見立てる。季鶯。

180 ▽ほうほけきょうと鳴く鶯の声はよい声で法花経を読むようだ。季鶯。

181 一 綻ばす。それにころばす(美声のたとえ)をかける。二 和歌の詠草を入れておく袋。▽綻ばす→袋。鶯の玉をころがすような美声は歌を歌っているようだ。季うぐひす。

182 一 雪の重みで曲った竹を老女にたとえていう。二 春過ぎて鳴く鶯。▽姥→老。見立ての句。塵塚誹諧集所収。季鶯。

183 一 鶯にふさわしい地名として創作したか。▽鶯宿梅(梅の一品種)をきかした句。季鶯。

184 一 飛びくらべ。▽飛梅(一三〇参照)の語があるくらいだから、鶯と飛びくらべせよと興じた。季鶯・梅の花。

185 一 花の下に花の本連歌をかける。諸社寺の花の下で行われた連歌。▽歌詠むとされた鶯だが、花の下に住むからには花の本連歌もするのか。崑山集「連歌をするや」。季黄鳥・花。

186 ▽梅法師＝梅干。鶯が憂世を厭うて出家したら、梅に縁ある梅法師になるだろう。崑山集に上五「うぐひすよ」。季鶯。

187 一 鶯の模様。二 布に染料を摺りつけて出す模様。▽摺絵＝摺餌。小袖の鶯の模様は、摺餌ならぬ摺絵である。季鶯。

188 ▽鶯鳴く庭のまわりの竹を鶯籠に見立てる。伊勢山田俳諧集所収。懐子は堀川院百首・藤原基俊「夜をこめて鳴く鶯の声きけば嬉しく竹を植ゑてけるかな」を本歌とする。季鶯。

189 鶯の初《はつ》音《ね》や経《きやう》の一の巻　松一

190 うぐひすや柳のいとのつなぎ鳥　正綱

191 鶯の経[一]よみうつや花[二]のりん　正利

192 歌や舞《まひ》蝶《てふ》鶯《うぐひす》のげいくらべ　末祐

193 鶯は[一]月《つき》星《ほし》日《ひ》をやか[二]ぞへ歌　良徳

[一]於ニ霊山一《りやうぜんにおいて》

194 霊山で聞《きく》鶯やいきぼとけ　正直

[一]百敷《ももしぎ》の辺《へん》にて

195 鶯も梅が枝うたふお[一]庭かな　氏重

196 生れながら知《しる》鶯や法《のり》[一]の声　当直

197 梅[一]坪に鶯い[二]なぬふたもがな　重勝

198 梅や先《まづ》鶯のよむ歌の題　重頼

199 じ[一]やうごはになるな鶯ほうほけ経　同

200 をのが音《ね》をしらべよきかん金《きん》[一]衣《え》鳥《てう》　同

霞

201 四《よ》方《も》山《やま》にか[一]ゝりがましき霞哉《かな》

189 ▽ほうほけきょうと鳴く鶯の初音を法華経第一巻に見立てる。山之井に「初音は序品(じよぼん)、あまたなくは千部などいへり」と教える。季鶯の初音。

190 ▽鶯→柳。糸→つなぐ。糸のような柳の枝にとまる鶯のさまを、柳の糸でつなぎとめる、とした。季うぐひす・柳。

191 一 鶯の別名は経読鳥。ニ 花の輪。一つの花の花びら全体。それに読経の時打ち鳴らす鈴(りん)をかける。▽経→鈴→打つ。鈴打ち経読む如く花の輪で鶯が鳴く。季鶯・花。

192 ▽蝶は舞い鶯は歌う。芸競べをするが如くに。季蝶・鶯。

193 一 鶯の鳴き声。ニ 月星日を数える、に古今集・序にいう数歌(かぞえうた)。六種の歌の一つ)をかける。▽鶯が月星日と鳴くのは、月や星や日を数えているのだ。季鶯。

194 一 京都東山三十六峰の一つ。句はそれに釈迦説法の地霊鷲山(りようじゆせん)をかける。▽霊山で法法華経と鳴く鶯の声を、霊鷲山での釈迦の説法に見立てる。季鶯。

195 一 禁裏。宮中。横本「もゝしぎ」と振仮名。▽謡曲・梅枝「軒端の梅に鶯の来鳴くや花の越天楽、謡へや謡へ、梅が枝」。宮中の庭で鶯がめでたく梅が枝を謡う。季鶯・梅。

196 一 読経の声。▽法法華経と鳴く鶯は生れながら法の声を知っている。崑山集に中七「知うぐひすの」。季鶯。

197 一 宮中の殿舎の一つ。ニ 往なぬ。飛び去らぬ。▽坪＝壺→蓋。梅坪の鶯が飛び去らぬような蓋が欲しい。季梅壺・鶯。

198 ▽古今集・序に鶯は歌を詠むとされているが、してみると梅は鶯が第一番に詠む歌の題だ。季梅・鶯。

199 一 情強。頑固、片意地。▽法華宗の宗風は情強であるという世評をふまえ、鶯は法法華経と鳴くからは法華宗かも知れぬが、お前は情強にならず素直に鳴け、とした。季鶯。

200 一 鶯の別名。▽音＝値。調べ(音を奏でる＝値を調べる)。名前の金のように素晴らしい声で鳴け。季金衣鳥。

201 一 わずらわしい。しつこい。▽霞がかかる＝かかりがまし。せっかくの春の山々を霞が隠しているのは残念だ。季霞。

202 一 霞を衣装に見立てていう。▽その霞の衣には経(たていと)も緯(よこいと)も見えない。季霞の衣。

202 たてよこも見えぬ霞の衣かな

203 世は広《ひろ》間《ま》天《てん》井《じやう》をはる霞かな

204 引《ひき》おほふかすみは山の頭《づ》巾《きん》哉《かな》

205 声せぬは風《かざ》口《ぐち》ふさぐ霞かな

206 すそ見する霞は山の羽《は》織《おり》哉《かな》

207 篠《しの》目《のめ》のうは日にかゝる霞かな　　利清

208 天《あま》の戸をあけつたてつの霞哉《かな》　　末武

209 ちぎれたる雲に霞やつぎ小袖　　末祐

210 山と山かくれとくするかすみ哉《かな》　　文定

酒もりの座にて

211 むさし野もさぞ一盃《パイ》の朝霞　　休甫

212 ならの京は酒のかすがの霞かな　　重次

三《み》輪《わ》にて

213 みわ山で杉だちするや春霞　　親重

於ニ兵庫一《ひやうごにおいて》

214 はく息か鉄《てつ》枴《かい》が岑《みね》の春霞　　重頼

203 ▽天井を張る＝春霞。広間→天井。この世界を広間、霞を天井に見立てる。[季]霞。

204 ▽引く→霞。素朴な見立ての句。[季]かすみ。

205 一風の吹き込む口、又は吹き出す口。▽風の音もしないのどかな春日を、霞が風口をふさいだからだ、とした。[季]霞。

206 ▽霞が山の上半にかかり裾の方にかかっていないさまを、裾の短い羽織に見立てる。[季]霞。

207 一不明。篠の芽か。あるいは東雲(しののめ)か。ニ上翳。外障眼。瞳の上に曇りが出来て物が見えぬ眼病。それに上辺(うわひ)(上方の意)をかける。▽霞のために日が霞むさまを、上翳のために目が霞むさまに見立てる。[季]霞。

208 一高天原の天の岩戸。又大空のこと。▽霞がかかったり晴れたりするさまを、天の戸を開けたり閉(た)てたりするさまに見立てる。[季]霞。

209 一継小袖。布を継いで作った小袖。▽雲がちぎれ霞が立つさまを継小袖に見立てる。[季]霞。

210 一不明。かくれんぼ遊びのことか。▽霞のかかった山々が濃く淡く見えるさまをかくれんぼに見立てる。[季]かすみ。

211 一武蔵野。地名、また大盃の名。▽霞に酒の意があるので、広い武蔵野いっぱいに霞が立つさまを、大盃になみなみと酒をついださまに見立てる。山之井に「むさし野にけさ一盃のかすみ哉」とする。[季]朝霞。

212 一奈良。名酒奈良酒の産地。▽酒の粕(すか)＝春日。「かすがのかすみ」と同音の繰返し。霞に酒の意をきかす。奈良の地に霞の立つさまを縁語・掛詞で言いなす。[季]霞。

213 一大和の地名。その地の大神(おおみわ)神社は酒の神。三輪の杉も古来歌に詠まれて有名。ニ杉立。逆立ち、また身動きせず真直に立つこと。▽杉に縁ある三輪山の霞だけに杉立ちをしている。「そらつぶて」に上五「三輪の山に」。[季]春霞。

214 一摂津の地名。近くに鉄枴が峰がある。その鉄枴が峰に、中国の鉄枴仙人をかける。気を吐いてその中に自分の姿を現出させたという。▽鉄枴が峰の霞を鉄枴仙人の吐く息に見立てる。崑山集に「鉄枴がみねにて」と前書。[季]春霞。

残《のこる》雪《ゆき》

215 一きさらぎをまたでな消《きえ》そ雪《ゆき》二仏《ぼとけ》　文性
216 一本《ほん》来《らい》の水にやかへる雪仏　興暖
217 一山のはにさはるやとけてゆきの水　正友
218 谷に残《のこる》雪や日《ひ》一足《あし》の踏《ふみ》はづし　弘政
219 一しつくいか残《のこる》瓦《かはら》の軒の雪　久永
220 一雪《ゆき》綿《わた》をへぐは春《はる》日《び》の仕事哉《かな》　武寿

春《はるのこほり》氷

221 一水ごゝろしりてながれぬ氷哉《かな》

一かざりや興行に
222 氷とくる水はびいどろ二ながし哉《かな》　貞徳
223 一水《みづ》口《ぐち》にとくるや今朝の氷《こほり》二餅《もち》　春可
224 とけにくきつらゝをはるの日影哉《かな》　休甫
225 薄《はく》氷《ひよう》を踏《ふみ》わるはるの日足かな　正直
226 一かつとくる氷や水の烟《けぶり》二出《だ》し　行一
227 春といへどはらで解《とけ》ぬる氷哉《かな》　一正

215 一如月。陰暦二月。二雪だるま。▽仏すなわち釈迦は如月十五日に入滅した、だから雪仏もその日までとけて消えるなよ。季きさらぎ・消ゆる雪。
216 ▽仏教でいう本来空（ほんらいくう）のもじり。雪だるまがとけて、仏の説く本来空ならぬ本来の水にかえる。季とくる雪。
217 一山の端。山の稜線。それに歯をかけるか。▽溶けて行き＝雪の水。山の端（歯）にふれ雪がとけて行く。季とくる雪。
218 一日ざしのこと。▽それを擬人化して、暖かい春の日足が雪を消して行くが、谷に残る雪は踏み外しだ。季残雪。
219 一漆喰。白色の塗料で、瓦のすきまを埋め接合補強する。▽軒の瓦に消え残る雪をその漆喰に見立てる。季残雪。
220 一白い綿を置いたように降り積った雪。▽暖かい春日に雪がとけるさまを、雪綿を剝ぐといった。季春日・雪とくる。
221 一水心。水泳の心得。▽氷には水心があるので流されたりしない。懐子に作者を云也（堺の人）とし、千載集・藤原隆季「すむ水を心なしとは誰かいふ氷ぞ冬のはじめをも知る」を本歌とする。季氷流るる。
222 一飾屋。金属でかんざしなどこまかい装飾品を作る人。二ガラスを溶かした状態。▽氷の溶けるさまをビイドロ流しに見立てる。崑山集に「飾屋長吉興行に、此長吉はびいどろながしをし初し人なり」と前書。季氷とくる。
223 一水を引き入れたり落したりする口。二寒中にさらして氷らせた餅。夏季の食物。▽今朝の氷＝氷餅。水口＝口→餅。早春の朝、水口の氷がとけ流れるさま。季とくる氷。
224 ▽溶け難き氷柱（つらら）＝憎き面（つら）。春＝撲る（はる）。平手で打つ）。溶けにくい氷柱を春の暖かい日ざしが溶かすのに、憎い面を撲るを言いかけた。季とくるつらゝ。
225 ▽春の日脚（ひあし）。日ざし）を擬人化し、諺「薄氷をふむが如し」をきかす。季氷解く・はるの日。
226 一一方からどんどん溶ける。二軒下や屋根に開けた窓や煙突。▽春日に氷がとけ水煙の立つさまを煙出しに見立てる。季とくる氷。
227 ▽春＝張る。張る（春）と言いながら、張らないで氷がとけて行く。季春・解くる氷。

春《はる》雨《さめ》

228 雨だれは只《ただ》[一]さほ姫の夜《よ》[二]尿《ばり》かな

229 ぬらすなよ春雨ざやの旅《たび》[一]刀《がたな》

木《この》目《め》

230 春雨やかすむ木の目のかけ薬

231 吹《ふく》風やかすむ木のめの晴《はれ》薬《ぐすり》　武富

232 露の玉はかすむ木の目の目がね哉《かな》　親重

世上寒帰《さえかへり》[一]けれは

233 春もまだかん[二]げて見えぬ木の目哉《かな》　重頼

柳

234 春雨にあらいてけ[一]づれ柳[二]がみ

235 きれ口をぬふや堤の糸[一]柳

236 居《ゐ》眠《ねぶる》か頭《づ》をふりやまぬ柳《やなぎ》髪《がみ》

237 気力なしと誰かは見ましこ[一]ぶ柳

238 飛《とび》かゝる柳の糸や小鳥あみ

239 川[一]よけのわくにかゝるや糸柳

228 一春の女神。二寝小便。日葡辞書にはヨジトのよみも記す。[季]さほ姫。

229 ▽春雨の雨だれは佐保姫の夜尿のようだ。[季]さほ姫。

一庶民が旅行中に護身用として身につけた刀。▽春雨＝鮫鞘(さめざや)。鮫の皮で作った鞘)。鮫鞘の旅刀を春雨に濡らすなよ。[季]春雨。

230 ▽空が霞む＝目が霞む。木の芽＝眼。霞む目に薬をかけるように木の目に春雨が降りかかって霞む。[季]春雨・かすむ・木の目。

231 ▽空が霞む＝目が霞む。木の芽＝眼。眼がかすむように木の芽にかかっていた霞を風が吹き払って晴れる。[季]かすむ・木のめ。

232 ▽霞のかかった木の芽に置く露の玉は、霞む目にかける眼鏡のようだ。[季]かすむ・木の目。

233 一冴返るとも書き、寒返(かんがえ)るともいう。春暖かくなりかけた頃寒さがぶり返すこと。二寒げる。冷えこごえる。▽寒さがぶり返してまだ木の芽も見えない。[季]春寒・木の目。

234 一梳る。櫛で髪をとかす。二柳髪。柳の枝の細くしなやかに垂れ下るさまを髪に見立てていう。また逆に女の長く美しい髪を柳に見立てていう。▽春雨に濡れる柳を、髪の毛を洗い梳るさまに見立てる。[季]春雨・柳がみ。

235 一しだれ柳。▽縫ふ→糸。堤の糸柳は、堤の切れ口(崩れた部分)を縫い合わせるようだ。[季]糸柳。

236 ▽柳の枝が風に揺れるさまを、柳髪の女性がこっくりこっくり居眠るさまに見立てる。[季]柳髪。

237 一瘤柳。柳の一種。▽和漢朗詠集「柳気力ナクシテ条(エダ)先ヅ動ク」。力瘤の瘤の字を持つ瘤柳を、誰が一体気力なしというだろうか。[季]こぶ柳。

238 ▽糸のような柳の枝が風に吹かれて小鳥にかかるさまを小鳥網に見立てる。[季]柳の糸。

239 一川除の枠。堤防の水害防止設備。▽川除の枠＝製糸用の枠。堤防上の糸柳を、製糸の枠にかかる糸に見立てる。誹諧発句帳に親重作とする。[季]糸柳。

240 一髪包。どのようなものか不明。▽春霞を髪包みに見立てる。[季]春霞・柳の髪。

240 春霞たつや柳の髪[一]づゝみ

241 青《あを》柳《やぎ》はふ[一]り分《わけ》髪《がみ》の禿《かぶろ》[二]かな　徳元

242 も[一]え出《いで》てけ[二]ぶるやふ[三]すべかは柳　同

243 ち[一]やうど打《うつ》や波[二]の鼓のかは柳　貞徳

244 を[一]のが枝《え》を上手にさすや箱[二]柳　同

245 川ばたで浪[一]のあやをれ糸柳　同

246 軒《のき》口《ぐち》にあまる柳や高《たか》[一]楊《やう》枝《じ》　同

247 き[一]りくゐの柳はか[二]ぶのぼさつ哉《かな》　慶友

248 [一]遊行聖堺へ下向之時《ゆぎやうひじりさかひげかう》
軒に糸たるゝはすだれ柳かな　同

249 枝はたはみ他《た》阿《あ》弥《み》は遊[二]行柳哉《かな》　同

250 春雨は柳のかみのあぶらかな　休甫

251 気力なきは風のこゝちの柳かな　同

252 川口やさ[一]ゞなみうたふ[二]ふし柳　休音

253 咲《さく》花《はな》の番に植《うゑ》ばや風《かざ》[一]見《み》草《ぐさ》　同

254 春雨や染《そむ》る藍《あゐ》汁《しる》いと柳　春益

241 一振分髪。子供の髪形。二上級遊女に仕える見習い中の少女。▽青柳を振分髪に見立てる。塵塚誹諧集所収。[季]青柳。

242 一萌え出づ。草木が芽ぐむ。二新芽や若葉が出そろい霞んだようになる。三燻革。松葉などの煙でいぶし地を黒くし模様部分を白く残した革。▽燃→煙→燻。萌え＝燃え。燻革＝川柳。川柳が一面に芽ぐむさま。塵塚誹諧集所収。[季]かは柳。

243 一物が激しくぶつかる音。二波の音。▽鼓の皮＝川柳。川柳の生える堤に波が打ち寄せ音をたてる。[季]かは柳。

244 一己が枝。自分の枝。二ヤマナラシの別名。▽「箱」は指物（さしもの。机・たんす・箱など）の一つ。そこで「さす」と縁語。箱柳は自分の枝を上手に指す、よい形にする。[季]箱柳。

245 一浪の綾。さざ波を綾織物にたとえていう。▽綾→織る→糸。糸柳生える川辺にさざ波の立つさま。[季]糸柳。

246 一無作法に楊枝を使うこと。▽軒口＝口。軒口を越える背の高い柳の枝を高楊枝といった。[季]柳。

247 一切杭。切株。二歌舞の菩薩。極楽浄土で天楽を奏し歌舞する。▽切杭→株＝歌舞。柳の切株を縁語・掛詞で言いたてる。新独吟集ほかに入集。山之井に「ぼさち哉」。[季]柳。

248 ▽枝垂柳を軒の縁で簾(すだれ)柳ともじる。[季]しだれ柳。

249 一相模国藤沢の遊行寺の住職の称。その代々が用いる通称が他阿弥。二西行の古歌や謡曲・遊行柳に因む名物の柳。▽撓み(たわみ)・他阿弥の類似音。他阿弥は遊行＝遊行柳。他阿弥の堺への遊行を縁語・掛詞で言いたてる。[季]遊行柳。

250 ▽見立ての句。懐子に新古今集・凡河内躬恒「春雨の降りそめしより青柳の糸のみどりぞ色まさりける」や「竜池柳色雨中深」を典拠にあげる。[季]春雨・柳のかみ。

251 ▽三七所引和漢朗詠集の詩による。風＝風邪。元気のない柳を風邪気味のせいにした。[季]柳。

252 一細波。神楽歌の小前張(こさいばり)の一つ。「細波や滋賀の辛崎や」と歌い出す。二伏柳。▽川口＝人の口。曲名の細波＝細波。伏柳＝節。川口に伏柳が生えさざ波が立つ。[季]ふし柳。

253 一柳の異名。▽その名の通り咲く花のそばに植えて風の番をさせたい。[季]花・風見草。

255 髪おほへ岸[一]のひたいのこぶ柳　空性

256 水に枝たるゝや鈎《つり》[一]のいと柳　千世

257 川口にほうばるや実《げに》米《こめ》[一]柳《やなぎ》　弘澄

258 波[一]のあや織《おる》や柳の糸[二]ぞろへ　中善

259 さ[一]ゝがにの糸むすびつく柳かな　武富

260 蜘《くも》の家の虹《こう》[一]梁《りやう》にひけ糸柳　南栄

261 さ[一]ほひめやかくる柳の長[二]かもじ　親重

262 陰《かげ》[一]うつす水や柳のびん[二]かゞみ　同

263 ふる雪は柳の髪のしらが哉《かな》　同

264 鑓《やり》梅《むめ》にまけぬ柳の木《こ》だち哉《かな》　同

265 彼《かの》[一]岸《きし》の柳や弥《み》陀《だ》の御《み》[二]手《て》の糸　長吉

266 春《はる》風《かぜ》は柳の髪の頭《づ》[一]風《ふう》かな　氏重

267 柳《やなぎ》髪《がみ》にさす半《はん》月《げつ》は小《を》櫛《ぐし》哉《かな》　正直

268 出《いづ》る目は柳の糸のこ[一]ぶし哉《かな》　同

269 さほ姫のへそくり物か糸柳　一正

270 なびきあふ竹をくだ[一]にや糸柳　末矩

254 ▽藍汁が糸をそめるように、春雨が降ると糸柳が芽ぐみ色づく。季春雨・いと柳。

255 一 岸の突き出た所。岸の額。▽額のこぶを髪で覆いかくすように、岸の額を柳の髪(三四参照)で覆う。季こぶ柳。

256 一「鈎」は本来はツリバリ。ここは「釣」に通用。▽釣りの糸＝糸柳。見立ての句。季いと柳。

257 一 犬行李柳の異名かという。▽米＝米柳。川口の擬人化。季米柳。

258 一 波の綾。二五参照。二 糸揃。布を織る時に糸を揃えることか。▽水には波の綾、岸には柳の糸揃え。季柳の糸。

259 一 蜘蛛(くも)のこと。▽蜘蛛の糸が糸のように細い柳の枝に結びついている。季糸柳。

260 一 反りを持たせて造った梁(はり)。▽蜘蛛の家の虹梁として糸柳を引き用いよ。季糸柳。

261 一 春の女神。二 長髢。髢は婦人の添え髪。▽佐保姫＝竿。柳の長い枝を、佐保姫が長髢を竿にかけて干すさまに見立てる。「そらつぶて」に「九条様にて」と前書。季さほひめ・柳。

262 一 影、つまり姿。二 鬢は頭の左右側面の髪。鬢鏡は小さな手鏡。▽柳髪を映す水を鬢鏡に見立てる。季柳。

263 ▽柳の枝の細くしなやかなのを柳の髪というので、柳の枝に降る雪を白髪に見立てる。季柳の髪。

264 ▽木立＝小太刀。鑓→負けぬ→小太刀。新芽を吹いた柳の木立も鑓梅に負けぬ風情がある。季鑓梅・柳。

265 一 向う岸に、仏語の彼岸をかける。二 阿弥陀仏像の手にかけた五色の糸。人が臨終の時この糸を手にとる。▽対岸の柳の枝を、彼岸の阿弥陀如来の御手の糸に見立てる。季柳。

266 一 頭痛。▽春風に柳が揺れるのを、頭痛で柳の髪を振るさまに見立てる。季春風・柳の髪。

267 ▽光がさす＝小櫛を挿す。柳に半月の光がさすのを、柳髪に半月形の小櫛を挿すのに見立てた。季柳髪。

268 一 小節。節は糸の所々太くこぶになった部分。▽柳の新芽を糸の小節に見立てる。季柳の糸。

269 ▽へそくり＝繰り→糸。春の女神を下世話にしたおかしみ。季さほ姫・糸柳。

271 [一]葛城一見之時《かづらきいつけん》
かづらきの[二]天《てん》狗《ぐ》だをしか[三]ふし柳　重頼

272 糸柳をのが木《こ》だちの[一]下《さげ》緒《を》哉《かな》　同

273 [一]火ざくらやけす水色の柳《やなぎ》陰《かげ》　同

274 鶯が引《ひく》琴の緒や糸柳　同

[一]松若緑《まつのわかみどり》
[二]於㆓北野㆒《きたのにおいて》

275 老《おい》枩《まつ》も[三]なりや[四]十八若みどり　正直

[一]住よしにまいりて

276 住吉の[二]まつだい物ぞ若みどり　重頼

春《はるの》草《くさ》

277 [一]たんぽゝの[二]あへ物[三]くてや舌つゞみ

278 たんぽゝやねもはる雨《さめ》の[一]ふりつゞみ

279 [一]よめがはげの[二]そへがみとなれ[三]かづら草《ぐさ》

280 たんぽゝにはやされて舞《まふ》胡《こ》蝶《てふ》哉《かな》

281 もえ出《いづ》る下は地ごくか鬼あざみ

270 一 管・筝。機(たは)を織る時、緯(よこいと)を巻いておく竹製の道具。▽糸柳のそばの竹を筝に見立てる。季糸柳。

271 一 大和の地名。天狗が住むという。二 深山で突然大木を倒したような音や風が起ること。三 伏柳。伏したように横に生えのびた柳。▽伏柳の姿を天狗倒しの結果とした。季ふし柳。

272 一 刀の鞘につけて下げる紐。▽木立＝小太刀。糸柳を太刀の下緒に見立てる。季糸柳。

273 一 緋(ひ)桜。桜の一種。▽火と水の対照。季火ざくら・柳。

274 ▽鶬(そう)の異名を琴弾鳥といい、その鳴くさまを琴を弾くという。鶬と鶯はしばしば混同される。そこで糸柳を鶯のひく琴の緒に見立てた。季鶯・糸柳。

275 一 松の新芽。二 京都北野天満宮。菅原道真の没後一夜に数千本の松が生えた。三 身なり。服装、からだつき。四 娘盛りの年頃。それに松の字を分解して十八公というのを掛ける。▽北野の老松も若返って娘盛りの若々しい姿である。季若みどり。

276 一 摂津の住吉神社。その松原は有名。二 末代物。末代まで も残るような物。▽住吉の松＝末代物。懐子に「慶友興行」と前書し、続後撰集・珍覚「跡たるゝ神やこへけん住吉の松のみどりはかはる世もなし」を本歌にあげる。季若みどり。

277 一 たんぽぽの異名を鼓草という。たんぽぽは鼓の擬音でもある。二 和物。野菜を酢・味噌・ごまなどに混ぜ合わせた料理。三 食てや。食ひてや。▽たんぽぽ→鼓。たんぽぽの和物を食ってうまいうまいと舌鼓をうつ。山之井に「あへ物くふや」、崑山集に「あへ物くふか」。季たんぽゝ。

278 一 振鼓。雅楽の舞楽で用いる楽器。またはそれに似せて作った玩具。でんでん太鼓の類。▽根も張る＝音も張る＝値も張る＝春雨の降り＝振鼓。季たんぽゝ・春雨。

279 一 嫁萩。嫁菜の異名。それを嫁が禿ともじる。二 添髪。毛の少ない人が補い入れる髪。かもじ。三 葛草。葛のこと。▽禿→添髪→かづら。民話的な世界。季嫁萩。

280 ▽たんぽぽに鼓の音をきかせ、以下縁語で言いたてる。崑山集「たんぽゝのはやさねど舞胡蝶哉」。季たんぽゝ・胡蝶。

282 若葉にて[一]我とややねをふきのとう　貞徳
283 中よかれ[一]蕗《ふき》のしうとめ[二]よめがはぎ　道職
284 ぬく人を[一]ぬくは[二]実《み》のなき[三]萋《つばな》哉《かな》　清親
285 [一]花は木の根にかへりてや桜《さくら》草《ぐさ》　盛常
286 雨《あめ》露《つゆ》を[一]すいもの草の若葉哉《かな》　氏久
287 たんぽゝの花を[一]見はやす[二]そのふ哉《かな》　氏重
288 目のうへの露は涙か鬼あざみ　良成

土筆《つくづくし》

289 [一]一《いち》の筆《ふで》にのせん肴《さかな》やつくぐし　貞徳
290 土筆うるや[一]はかまの町《まち》くだり　同

[一]絵所《ゑどころ》にて

291 土筆中《なか》でほそきや[二]絵《ゑ》書《かき》筆《ふで》　同
292 [一]よめがはぎの[二]かねつけ筆かつくぐし　政昌
293 [一]道《たう》風《ふう》にうごくや[二]ふるひ筆つ花　正直

[一]若《わ》和《か》布《め》

294 [二]汁の子もうみ出《いで》てよきわかめ哉《かな》　貞徳

281 ▽萌え＝燃え→地獄→鬼＝鬼薊（おにあざみ）。鬼という名を持つ鬼薊の萌え出た下は火の燃える地獄であろう。【季】鬼あざみ。
282 一 自分で。▽屋根を葺き＝蕗の薹（とう）。若葉を屋根に見立てる。【季】ふきのとう。
283 一 蕗の姑。蕗の薹の異名。二 嫁萩。嫁菜の異名。▽世上不仲の代表とされる嫁・姑を名に持つ植物の名に興じた句。【季】蕗のしうとめ・よめがはぎ。
284 一 だます。二 草の実がない。それに誠実さがないの意をかける。三 横本「いよう」と振仮名。節用集類は「ツバナ」。▽ふっくらしたツバナの茎に実があるかと抜いてみたら、穂綿ばかりで実はない。人をだますとは実（じつ）のないツバナだ。【季】萋。
285 一 諺「花は根に帰る。鳥は古巣に帰る」。物すべて元に帰ること。▽桜樹の下に桜草が生えた。諺にいう通り、花が散り根に帰って桜草として生え出たのであろうか。【季】桜草。
286 一 酸物草。カタバミの異名。▽雨露を吸ひ＝酸物草。雨露を吸い酸物草の若葉が生え出た。草の若葉は春季。【季】若葉。
287 一 見栄やす。見てほめたたえる。見てもてはやす。二 園生。庭。▽見栄やす＝囃す→たんぽぽ（二七参照）。たんぽぽの花を見栄やす。それに縁語・掛詞をからめる。【季】たんぽゝ。
288 ▽目＝芽。鬼＝鬼薊。鬼薊の若芽の上の露を、諺「鬼の目にも涙」によって、涙に見立てる。【季】鬼あざみ。
289 一 最初。筆頭。▽「土筆」の文字に興じて、ツクシの料理を肴の一の筆に書き記すとした。【季】つくぐし。
290 一 袴＝袴の襠（ちま）＝町下り。袴は土筆の茎を覆いまとう皮。襠は袴の内股の部分。町下りは町通りを歩き下手（しも）に行くこと。また町通り。▽土筆売りが町通りを売り歩く。【季】土筆。
291 一 絵画製作に当る役所。二 不明。▽土筆を絵筆に見立て、中でも細いものを絵書筆に見立てる。【季】土筆。
292 一 嫁萩。嫁菜の異名。二 鉄漿付筆。お歯黒で歯を染める時に用いる筆。禿の部分を黒めるのにも用いたか。▽嫁萩＝禿。【季】よめがはぎ・つくぐし。
293 一 小野道風。平安中期の書家。それに道路に吹く風をかける。二 古筆＝筆つ花。古筆は古人の書いた書画。とくに平安・鎌倉の和様の書。筆つ花は土筆の異名。▽路傍の土筆が風

295 [一]かづきする[二]海士《あま》の姿も若め哉《かな》　重勝

春月《はるのつき》

おぼろ月夜にむかひて

296 空に一重《ひとへ》[一]礬石紙《だうさがみ》をやはるの月

297 三《み》か月《づき》のいるをや空の[一]弓《ゆみ》初《はじめ》　偸閑

298 [一]月のかほかくす霞やほうかぶり　惟玉

299 [一]天のはらの[二]うゐ子か出《いづ》る[三]太《た》郎《らう》月《づき》　良徳

300 [一]槇《まき》原《はら》に[二]入《いる》月《つき》弓《ゆみ》のやよひ哉《かな》　正章

301 下手の[一]鋳《い》た鏡か[二]くもる春の月　重頼

春鷹《はるのたか》

302 [一]さほ姫の鷹や[二]たしなむ[三]かね付《つけ》羽《ば》　徳元

[一]帰《かへる》鴈《かり》

303 鳥ならで立帰《たちかへり》ゆくひがんかな

304 [一]玉《たま》札《づさ》の飛《ひ》脚《きやく》か急ぎ帰《かへる》鴈《かり》　貞徳

305 [一]かへり点の[二]文字か[三]跡《あと》先《さき》帰《かへる》鴈《かり》　同

306 [一]比《ひ》翼《よく》かやはねをならべて帰《かへる》鴈《かり》　同

に吹かれ動くのを道風の古筆に見立てる。季筆つ花。

294 一 陰暦一―三月頃刈り採る。二 汁の実(み)。▽汁の子＝子。海出でて＝産み出でて。若和布＝若女。汁の子→若和布。子→産み→若女。海から採取した若和布は汁の実によい＝よい若女が子を産む。季わかめ。

295 一 潜き。潜水。二 海女。▽若和布＝若女。若い海女が潜水して若和布を採る。季若め。

296 一 礬水(どう)を引いた紙。書画の用紙。▽張る＝春の月。朧月夜は空一面に礬水紙を張ったようだ。季はるの月。

297 一 年初に初めて弓射を試みる儀式。▽月の入る＝射る。弦を張った形をした月、すなわち上弦の月・下弦の月を月の弓という。ここは正月三日の月が西山に入る(射る)のを、空の弓始といった。季弓初。

298 一 月の顔。月の表面。また月の光。▽その光をかくす霞を、顔の縁で頬被りに見立てる。季霞。

299 一 天の原。大空。二 初子。最初の子。三 一年の最初の月、つまり正月のことだが、ここは空に出る月をいう。▽天の原＝腹。太郎月を天の原(腹)の初子に見立てる。季太郎月。

300 一 真木原。杉や松の林。二 二九七参照。▽入る＝射る。矢＝弥生。月弓の矢を射るように、弥生の月が槇原に入る。季やよひ。

301 一 鏡は金属で鋳造する。二 曇る。金属鏡の表面のつやがなくなる。▽鏡が曇る＝月が曇る。朧にかすむ春の月を、下手が鋳たため色つやのない鏡に見立てる。季春の月。

302 一 佐保姫。春の女神。二 嗜む。細心の注意を払う。身だしなみに気をつける。三 鉄漿付歯。お歯黒で染めた歯。それに鷹のくちばしのわきに生えている毛(鉄漿付の毛)をかける。▽佐保姫の手飼の鷹、すなわち春の鷹は、さすがに身だしなみよく鉄漿をつけている。塵塚誹諧集所収。季さほ姫・春鷹。

303 一 春北へ帰る雁。▽飛雁＝彼岸。彼岸が終る頃、飛雁も北へ帰る。誹諧発句帳に作者を良春と記す。季帰雁。

304 一 手紙。漢の蘇武が雁の足に手紙をつけて送った故事から手紙のことを雁書・雁札という。▽その雁が北へ急いで帰るのを飛脚便に見立てた。季帰鴈。

307 花よりも団子《だんご》やありて帰鴈《かへるかり》　同

308 [一]かりがねや[二]律義《りちぎ》に帰る[三]筆の跡　愚道

309 百姓《ひやくしやう》は雁をも[一]かへす田面《たのも》かな　徳元

310 [一]目なし鳥も[二]声についてや帰鴈《かへるかり》　親重

311 鳥の年は[一]いなずにもがな帰鴈《かへるかり》　玉琳

312 飛《とぶ》鴈《かり》の文字[一]かききやすかすみ哉《かな》　盛彦

313 舟にのれ[一]棹《さを》になりつゝ帰鴈《かへるかり》　重次

314 やぶりてや[一]かすみのあみを帰鴈《かへるかり》　重勝

315 にげ帰《かへる》かりにや[一]弓をはるの月　重頼

316 [一]玉章《たまづさ》の返事取《とり》てや帰雁《かへるかり》　同

317 卵《かひ》ならで[一]秋津洲《あきつす》よりやかへる鴈　氏重

雉子《きぎす》

318 かみくだくはをとや[一]ほろゝきじの声

319 妻《メ》には[一]はねをきせぬやきじの賢者《けんじや》ぶり

320 [一]子をおもふきじは涙のほろゝ哉《かな》　貞徳

321 むしられぬさきに[一]やけ野の雉子《きぎす》哉《かな》　利清

305 一 返り点。漢文の返り読みの符号。二 雁は文字の形をなして飛ぶ。三 順序が入れかわる。▽跡になり先になりして飛ぶ雁を返り点のついた文字に見立てる。季帰鴈。

306 一 楊貴妃・玄宗の故事から男女の深い契り。▽見立ての句。季帰鴈。

307 ▽折角の花を見捨てて雁が北へ帰って行くのは、諺に「花より団子」という、その団子があるからか。季花・帰鴈。

308 一 雁金。雁のこと。借金をかける。二 義理固い。三 文字。証文の意をかける。▽春になると雁が文字の形をしてちゃんと北へ帰る＝借金を証文通りきちんと返す。季帰雁。

309 一 田を返す。春、水田の土を起こし耕す。▽百姓が田を返す頃、雁も北へ帰る。塵塚誹諧集所収。季帰雁・田を返す。

310 一 目無鳥。目の見えない鳥。二 声に付く。声のした方に見当をつける。▽目無鳥も仲間の声を目当てに飛んで行く。季帰鴈。

311 一 往なずにもがな。行かないでほしい。▽今年は酉(とり)の年だから鳥の雁よ日本の国にとどまってほしい。季帰鴈。

312 一 掻き消やす。それに書き消すをかける。▽文字の形に飛ぶ雁が霞で見えなくなるさま。季帰雁・かすみ。

313 一 雁は棹の形であるいは鍵の形で飛ぶ。▽舟→棹。棹の形で飛ぶ雁よ、棹に縁ある舟に乗って行きなさい。季帰鴈。

314 一 霞網。鳥を捕獲する網。細い糸で作り、霞のように見える。▽霞の空を飛び行く雁を、破れた霞網のすき間を飛び行くかとした。崑山集に「破ては」。季かすみ・帰鴈。

315 一 月の弓。弦をはった弓のような月。上弦・下弦の月。▽春月の空を帰雁が飛び行くのを、月の弓で狙われて逃げ帰るとした。季帰雁・はるの月。

316 一 手紙。▽雁は手紙を運ぶという(三〇四参照)。去年の秋持参した手紙の返事を持って春は北国へ帰るとした。季帰雁。

317 一 日本の異名。▽秋津洲＝空きつ巣(あき巣)。帰る＝孵(かえ)る。卵が孵ると空巣になるが、空巣ならぬ秋津洲から、雁が北へ帰って行く。季かへる鴈。

318 一 雉子の鳴く声、また羽をうつ音。▽嚙み砕く→歯音＝羽音。雉子料理を嚙みくだく歯音は雉子の羽音のようだ。崑

蝶《てふ》

322 前《せん》栽《ざい》の月や胡蝶の舞《まひ》扇《あふぎ》

323 ちる花を飛《とび》去《さる》蝶や夢ちがへ

324 散《ちる》花《はな》や胡蝶の夢の百年め

325 春の野はこてふの舞の芝居哉《かな》　望一

326 花の前の胡蝶の舞や露はらひ　正直

327 かこひ置《おく》花は胡蝶の舞台哉《かな》　氏重

328 えんの下の舞かや庭に飛《とぶ》胡蝶　親重

329 初花になれこ舞する胡蝶哉《かな》　重頼

330 舞の後《のち》和歌を上《あげ》羽《は》の蝶もがな　同

山集に「雉子の骨」。季きじ。

319 一羽を着せる。羽を交す。男女の情愛のこまやかなこと。▽賢者＝けんけん(雉子の鳴き声)。雉子が羽を交さないのは、賢者ぶっているからだ。季きじ。

320 一諺「焼野の雉子(きぎす)夜の鶴」。子を思う情の強いこと。▽子を思う雉子はほろろと鳴いてほろろと涙を流す。季きじ。

321 一焼野の雉子。諺。前句参照。▽雉子は羽毛をむしり、残った毛をさっと焼いて料理するが、焼野の雉子はそうなる前に羽毛を焼かれてしまった。諺は言葉だけの利用。季雉子。

322 一草木を植えた庭。二胡蝶の舞。胡蝶楽のこと。雅楽の曲名。▽前栽に、謡曲・翁で翁の露払い役として歌い舞う人物千歳(せんざい)をかけ、従って「舞」と縁語になる。さらに胡蝶の舞＝舞扇。胡蝶の舞う前栽の空にかかる半月を胡蝶楽の舞扇に見立てる。季胡蝶。

323 一蝶の夢。荘子・斉物論「荘周夢に胡蝶となる」の故事より、夢と現実とが区分しがたいこと。世のはかなさにいう。二夢違。悪い夢を見た時それが正夢となって災難が来ないようにまじないをすること。▽今まで花にとまって眠ったように静かだった蝶が、花が散ると同時にぱっと飛び立つ。それを夢違かとした。季蝶。

324 一胡蝶の夢の百年目。諺。荘周の故事から人生をふり返って後悔すること。▽その諺を利用して、花の散るのはまことに惜しい、といった。崑山集に貞徳作とする。懐子は貞徳作とし、詞花集・大江匡房「百とせは花に宿りて過してきこの世は蝶の夢にぞありける」を本歌とする。季胡蝶。

325 一胡蝶の舞。三二の雅楽の曲名をもかける。二芝生に直接又は席をこしらえて座ること。▽胡蝶の舞う春の野を、雅楽を見物する芝居に見立てる。季こてふ。

326 一露払ひ。先導すること、演芸で最初に演ずること。▽花に先がけて舞い出る蝶を、露払いに見立てる。季胡蝶。

327 ▽三五が見物席を詠んだのに対し、こちらは舞台の方を詠んだ。季花・胡蝶。

328 一縁の下の舞。諺。人の見ぬ所で空しく労すること。▽人目にふれぬ縁の下で舞う蝶を諺をきかして詠んだ。季胡蝶。

狗猧集巻第二

春　下

椿《つばき》

331 しぼり出す椿[一]あぶらか花の露

332 花《はな》[一]入《いれ》の口よりはくや玉[二]つばき　　貞徳

333 木《こ》だちには過《すぎ》たぞ花の大つばき　　同

[一]例ならぬ人を見廻《みまひ》にまかりけるに折から八専《はつせん》[二]なりければ

334 比《ころ》も今八せん[三]ざいの椿かな　　同

或亭にて庭に椿のよせつぎ[一]の侍るを題にて

335 よせつぎの枝やれんり[二]の玉椿　　徳元

336 小《こ》椿《つばき》のはなのたゞれ[一]はちりげ哉《かな》　　可花

---

329 一初めて咲いた花。ニ馴講舞・馴子舞。親しみ合うため寄り集まって行う舞。▽初花に馴れ＝馴講舞。初花に蝶の集まり舞うさまを馴講舞に見立てる。季初花・胡蝶。

330 一揚羽蝶。蝶の一種。▽和歌を上げ＝揚羽蝶。揚羽蝶よ、舞だけでなく和歌をも詠みあげてほしい。季上羽の蝶。

331 一椿油。椿の種子からとる油。食用油・髪油にする。▽椿の花に置く露を椿油に見立てる。季椿。

332 一花をいける器。花生け。ニ玉椿。白玉椿などの異名。又単に美しい椿。▽花入れ↓口↓唾↓吐く。玉椿＝唾。花入れの口から吐き出されたように玉椿が生けてある。季玉つばき。

333 ▽木立＝小太刀。大椿＝大鍔。さほど大きくもない木に不釣合いに大きな花を咲かせた椿を、縁語・掛詞仕立てで詠む。馬鹿集に類句として「青柳の木立にかかるつばめかな」(崑山集)、「青柳の木立にかける燕の巣」(鷹筑波)などを挙げる。季つばき。

334 一病人。ニ壬子(みずのえね)の日から癸亥(みずのとい)の日までの十二日間のうち、丑・辰・午・戌の四日を除いた残りの八日。三八千歳椿(やちとせつばき)。八千年を春とし、八千年を秋とする伝説上の大椿。人の長寿を祝っていう語。▽八専＝八千歳＝前栽。八専に病臥なさっているが八千歳椿のように長生きされることでしょう。季椿。

335 一寄継。接木(つぎき)の一種。他の立木に生えたままの接穂(つぎほ)を寄せ合せて包んでおき癒合したのち接穂の根を切断する。ニ連理。楊貴妃・玄宗の故事から、男女の睦まじい契りを連理の枝・連理の契りなどという。二つの木の枝が相連なって、理(もくめ)。木目)が通じ合うこと。▽寄せ継ぎで癒合した二本の木を、連理の枝に見立てた。季玉椿。

336 一身柱・天柱と書き、頭に血の逆上する幼児の病気。▽花の爛れ＝鼻の爛れ。散り気＝身柱。小椿＝子。小椿の花が爛れて散り気である＝子どもの鼻が爛れて身柱である。馬鹿集に、この句の類句として「撫子の花をたるゝはちりげ哉」をあげる。季椿。

337 ひおどしに花もよろふや伊勢椿　正直

伊勢椿の白きを見て

338 岩戸かやひらけば白しいせ椿　親重

339 つぎわけにさけるや如意《によい》の玉椿　氏重

340 いろ〳〵にへんずる花はつばけ哉《かな》　重頼

桃《ももの》花《はな》

341 百《もも》色《いろ》にさかずはいかにもゝの花

342 礫《つぶて》にて花の鳥うてつばひ桃　貞徳

三月三日に

343 桃の酒もけふ口ひらくつぼみ哉《かな》　正直

344 迚《とても》さかばくはつとはぢかれもゝの花　重次

345 名におふやもゝのこびある花のかほ　玄心

杏子《あんず》

346 置《おく》露《つゆ》はさながら桃の木《き》酒《ざけ》かな　重頼

347 しほるゝは何かあんずの花の色花　貞徳

337 一 緋威。鎧(よろい)の威(おどし)の一種。ニ 植物ボクバン(卜伴)の別名。▽平家物語四「伊勢武者はみな緋威のよろひ着て宇治の網代(あじろ)にかかりぬるかな」をふまえ、伊勢武者ならぬ伊勢椿の花まで緋威の色をしている、とした。[季]伊勢椿。

338 一 天照大神の隠れた天の岩戸。▽白い伊勢椿の花が開いたさまを、天の岩戸が開けて明るくなったさまに見立てる。「そらつぶて」上に「千句巻頭に」と前書。[季]いせ椿。

339 一 接分。一本の木に色ちがいなど異種の枝を接ぐこと。ニ 如意宝珠。一切の願いが意の如くかなうという宝玉。仏徳の象徴。▽如意の玉＝玉椿。接分の玉椿が願い通りに色さまざまに咲いた。[季]玉椿。

340 一 変ずる。一本の木で何色もの花が咲き分ける。ニ ツバキをもじり「化け」を言いかけた。▽変→化。ツバケ＝化け。何色にも咲き分ける椿を、変の縁でお化けだとした。[季]椿。

341 ▽桃＝百色。百色に咲かなければどうして百の花(桃の花)と言えようか。[季]もゝの花。

342 一 椿桃・油桃。ツバイモモともいう。いっぽう、礫・飛礫(投げつける小石)をツバイ・ズワイという。▽礫→椿桃＝礫(いっぱ)。礫を自分の名として持つ椿桃よ、その礫で花を荒らす鳥を打ちなさい。[季]つばひ桃。

343 一 桃の花を浸した酒。三月三日これを飲めば百病を除く。▽壺＝蕾(つぼみ)。酒→壺。桃の花の蕾も開く今日、桃の酒の壺の口を開いて飲む。[季]桃の酒。

344 一 手や足を大きく広げる。▽桃＝股。どうせ咲くなら、桃の花よ、股をはじかるようにぐっと開け。[季]もゝの花。

345 一 名に負ふ。名前として持つ。ニ 百の媚。様々な媚態。長恨歌に楊貴妃を「眸ヲ廻ラシテ一タビ笑ヘバ百ノ媚生ズ」。三 花の顔。咲く花の姿。又花のように美しい顔。▽百＝桃。モモの名を持つ桃の花には百(もも)の媚がある。[季]もゝの花。

346 一 木の実を原料とした酒。▽桃の木＝木酒。桃の木(の花)に置く露を木酒に見立てる。[季]桃の酒。

347 ▽杏子＝案ず。杏子の花が萎れているが何を案じわずらっているのであろうか。古今集・小野小町「花の色はうつりにけりないたづらに我が身世にふるながめせし間に」をふまえる

一於二大原《おほはらにおいて》一

348 大はらや酒呑《のみ》たらぬはなの下

349 花の香をぬすみて走《はしる》嵐一かな

350 花の香を鼻で尋《たづぬ》る山路哉《かな》

一亀屋と云《いふ》所にて

351 万年も来て見ん花のかめや哉《かな》

352 雨にさかぬ花や親一にし不孝者

一須《す》磨《ま》にて

353 行《ゆき》平《ひら》は松《まつ》風《かぜ》いかに須磨の花

一誓願寺《せいぐわんじ》にて

354 立《たて》ニ花《ばな》は只《ただ》よ三いしんの浄土哉《かな》

追善に

355 行《ゆく》一人《ひと》は浄土の春の花見哉《かな》

356 落《おち》行《ゆく》は臆《おく》病《びやう》風《かぜ》か花一いくさ

子をまふけたる人興行

357 ねぶらせて養《やしなひ》たてよ花のあめ

貞徳

か。季あんずの花。

348 一京都北郊の名所。▽大原＝大腹。大原の花見で、大食ゆえいくら飲んでもなお飲み足らない。季はな。

349 一強い風。▽花に吹きつけ吹き去る強い風は、花の香を盗んで走り去るようだ。「けふの昔」に宗鑑作。季花。

350 ▽花と鼻と同音のくり返し。花の香を花ならぬ鼻で嗅いで探し歩く。三浦為春著、犬俤に所収。季花。

351 一京都には亀屋町がいくつかある。それらのうちの一つか。▽万年→亀。諺に「亀は万年」というから、この亀屋の花を万年も見たいものだ。季花。

352 一春暖の頃一雨ごとにつぼみがふくらみ開くので、雨が花を育てると見て、雨を花の親という。▽その親である雨が降るのに咲かないとは、子である花は不孝者である。季花。

353 一摂津の名所。謡曲・松風では在原行平がここに住み、松風・村雨という二人の海女を愛する。▽松風(松に吹く風)＝海女の名。海女松風を愛した行平も、須磨の花を吹き散らす松風はどう思うであろうか。季花。

354 一京都新京極の寺。ニ仏前に供える花。三良い心。「心」は立花の中心になるもの。それに「唯心(ゆいしん)の浄土」をかける。西方浄土も自己の心の現われであり心の中にあるという意の仏語。▽仏前の立花の心がまことによいぐあいで、唯心の浄土を具現している。真如蔵本犬筑波集に「又春の比(ころ)ある所へ行けるに、折ふし追善の事ありて、本尊にはあみだ、花の心に松をたてけり。花見ればげに唯心の浄土かな」。季花。

355 一浄土に行く人。死者。▽故人は極楽浄土に往生し、花見をしていることだろう。季花見。

356 一花軍。一三七参照。▽落行(花が落ち行く＝武者が落ち行く)。花軍で花が落ち散るのを、戦場で臆病風に吹かれた武者が落ち行くのに見立てる。季花いくさ。

357 ▽舐(ねぶ)る＝眠る。花の雨＝飴(あめ)。雨は花の親という通念による(三五二参照)。雨が花を美しく育てるように、飴を舐らせよく眠らせてすくすくと育てなさい。季花のあめ。

358 一花の顔。美しく咲いた花。▽歌も詠まずに花見る無風流な人を、花の方が笑って見ている。季花の顔。

358 歌よまで見るをや花のわらひがほ　同

359 咲《さき》散《ちる》もしらぬは春のはな毛哉《かな》　同

光堂《ひかりだう》の花を

360 花見せんいざやあみだのひかり堂　同

かざり屋にて

361 懸《かけ》がねのつぼまばひらけ花の窓　同

362 まんじてや風にはぢかるゝ花のさき　同

363 あまり見ば果《はて》や目ぼしの花盛《はなざかり》　貞成

364 毛をふくや虎の尾も散《ちる》花の風　清一

365 花のかほもちれば悪女の姿哉《かな》　同

366 花さけと催《さい》促《そく》するや雨の声　祐伝

367 牛の綱も香にひかるゝや花車《はなぐるま》　利清

368 待《まつ》に遅き花はすね木の心かな　末昆

369 又と見ぬ人は一《ひと》花《はな》ごゝろかな　孝晴

370 花を雨たゝき落すや後《のち》の親　望一

371 塩がまのにがりか落《おつ》る花の露　常利

359 一 鼻毛。愚か者。うつけ者。▽春の花＝鼻毛。春の花がいつ咲き散ったかも知らぬのは愚か者である。季はな。

360 一 京雀五・春日通光堂町条に「中頃この町にひかりだうとて寺あり。その本尊の阿弥陀光明を放給ひしとかや。今は寺町通にあり」。二 阿弥陀の光。阿弥陀様の後光(ごこう)。▽咲く花を阿弥陀の光に見立てる。「いざや」の謡曲調も狙いか。季花見。

361 一 飾屋。三三参照。二 懸金の壺。懸金を受ける留め金。三 花の咲きかかっている窓。▽懸金の壺＝蕾。「開け」は花の窓と両方。懸金の壺ならぬ蕾がふくらんだら早く咲け、そして窓を開いてそれを見なさい。季花の窓。

362 一 慢じて。慢心して。二 鼻を弾く。やりこめる。鼻を折る。▽花＝鼻。花が風に散らされるさまを擬人化。季花。

363 一 目星の花。疲れて目が霞み星のような物がちらつくこと。▽花を見過ぎて疲れて目星の花が盛んに散る。季花盛。

364 一 諺「毛を吹いて疵(きず)を求む」。他人の欠点をあばいてかえって自分の欠点をさらけ出す。二 虎尾桜。諺「虎の尾を踏む」をにおわす。▽毛→虎。諺にいう吹く息ならぬ、風が虎尾桜の花を吹き散らす。季花。

365 一 花の顔。花の美しい姿。又美人の顔。二 醜女。▽花も散れば見苦しい。美女も衰えれば醜女になる。季花のかほ。

366 ▽「雨は花の親」(三五三参照)をふまえ、雨の降る音は花よ早く咲けと催促しているようだ、とした。季花。

367 一 花見の車。▽心が惹かる＝手綱(たづな)が引かる。車での花見、牛は手綱に引かれ人は花の香に心惹かれる。季花車。

368 一 拗木。ねじ曲った木。▽拗木＝拗気(すねる心、ねじけ曲る心)。遅咲きの花を待ちこがれて悪態をつく。季花。

369 一 一花心。その時だけのなさけ心。▽折角の花を一度しか見に来ぬ人の心を軽く非難した。季花。

370 一 継親(ままおや)。義理の親。▽「雨は花の親」(三五三参照)というのに、子である花を叩き落す雨はむごい継親だ。季花の雨。

371 一 塩釜。海水を煮つめて製塩する釜。桜の一品種「塩釜桜」をにおわす。二 苦汁(にがり)。海水を煮つめ塩をとった後の残液。▽塩釜桜の花に置く露を塩釜の苦汁に見立てる。季花の露。

372 いくたびもうたれん物や[一]花の滝　易勝

373 花の為や[一]悪事千里の春の風　慶友

374 連《れん》歌師《がし》か[一]ふすは[二]何《なに》人《ひと》[三]花の本《もと》　同

375 とらの尾や散《ちる》共《とも》ふまじ花の庭　道茂

床《とこ》に花のいけたるを見て

376 ありかずに床なる花をみやこ哉《かな》　春可

377 花もけさ[一]ときをえたりや寺の庭　休音

378 紅《くれなゐ》やしんくをしたる花のたね　同

379 花の敵ぞ木《こ》だちで[一]よせな夕《ゆふ》嵐《あらし》　同

380 こぼれ落《おつ》る[一]十分《じふぶん》ぱいや花の雨　同

或寺にまかりて

381 散《ちる》花《はな》は[一]列子《れつし》か風に[二]法《のり》の庭　春益

382 春風にこそぐられてや[一]花の笑《ゑみ》　休甫

383 [一]吉野紙で山をや春の花ざかり　同

384 花の下《もと》でくふべき[一]菓子や[二]吉《よし》野《の》榧《がや》　氏重

385 蝶《てふ》鳥《とり》も[一]順《じゅん》の舞《まひ》せよ花の庭　同

372 一 激しく花の散るさま。▽滝に打たれるのはつらい修行だが、花の滝なら何度でもよい。[季]花の滝。

373 一 諺「悪事千里を走る」。悪い評判はたちまち広がる。▽春風は花を散らすという花のためには悪いことをしながら千里の遠くにまで吹き渡る。[季]花・春の風。

374 一 臥す。酔って臥す。連歌用語「賦す」をかける。二 誰か。連歌の賦物（ふしもの）「何人」をかける。三 花の下。「花の本連歌」をかける。▽花の下に酔い臥すのは誰か。連歌師か。[季]花。

375 ▽桜の一品種、虎尾桜に諺「虎の尾を踏む」を言いかけ、みごとな虎尾桜は散った後も踏まない、とした。[季]花の庭。

376 ▽見＝都。都人は出歩かずに床の花を見る。徒然草一三七段・花はさかりに条をふまえるか。[季]花。

377 一 時を得る。時流に乗って栄える。その「時」に斎（とき）をかける。斎は正午以前にとる僧の食事。▽花は朝の寺の庭に咲きほこり、僧は朝の斎を食べる。[季]花。

378 ▽真紅（しんく）＝辛苦。この真紅の花は種から辛苦して育てたのだ。[季]花。

379 一 寄せな。近寄らすな。▽木立＝小太刀。夕嵐は花の敵だから木立(小太刀)で守って近寄らせるな。[季]花。

380 一 十分杯。八分目つげば傾いていたのがまっ直ぐになり、満たすと全部こぼれてしまう仕掛の杯。▽雨に花が散るのを、十分杯に酒を満たしたさまに見立てる。[季]花の雨。

381 一 中国戦国時代の思想家。風に乗じて飛行したという。二 寺のこと。▽乗り＝法の庭。寺の花は列子が風に乗じたように、風に乗って散り行く。[季]散花。

382 一 花が美しく咲き開くこと。▽春風にこそぐられたのか、花が笑い出した、咲き出した。[季]春風・花笑。

383 一 吉野地方で産する紙。▽貼る＝春。吉野→花。桜の吉野山は吉野紙を貼りつけたようだ。[季]花ざかり。

384 一 木の実。果物。二 吉野地方の榧の実。酒の肴や茶受けにする。▽花の名所の吉野の名を持つ吉野榧は、花の下で食べるのがふさわしい。[季]花。

385 一 列席者が順々に歌舞の芸を披露すること。▽花のすばらしさに、蝶や鳥まで順の舞せよ。[季]蝶・花の庭。

386 墨で書《かく》花の色こそ絵一そらごと　一正

387 一志賀にまかりて
黒《くろ》二主《ぬし》のあるに手《た》折《をる》な志賀の花　正直

388 科《とが》一は何花をけちらす雨の足　同

389 高野《かうや》一見《いつけん》之時
花の名をかゝばや次一第不二動坂　貞継

390 けふは花さくじつ迄《まで》はつぼみ哉《かな》　成安

391 ぬ一る鳥は花二の錦をしとね三哉《かな》　良徳

392 ひもとくや実《げに》千金の花一ぶくろ　同

393 花の香は赤《しやく》一梅《せん》檀《だん》か釈《しや》二迦《か》の嵩《だけ》　同

394 風のおづ一る花に鍾《しよう》馗《き》二の札《ふだ》もがな　長吉

395 川の瀬の文《もん》所《どころ》かや花《はな》一筏《いかだ》　正信

396 花一いくさ仏もするや三《みつ》二具《ぐ》足《そく》　政直

397 ひなといへど花の都の細工哉《かな》　同

398 芳野にて
漆《うるし》ならで皆花一ぬりぞよしの山　親重

386 一絵空言。絵と実物がちがうこと。ありもしない嘘。▽墨の色の花などおよそあり得ない。季花。
387 一近江国の地名。花の名所。二大伴黒主。平安前期の歌人。謡曲・志賀の主人公。▽黒主＝(花の)主。黒主ならぬ花の主がいるのだから、志賀の花を手折るなよ。季花。
388 一過ち。過失。▽雨足の擬人化。雨足が花を蹴散らすが、花にいったい何の過失があるのか。季花の雨。
389 一次第不同。順序に基準がないこと。高野山山内の院々への触状(ふれじよう)に「次第不同…」として院々の名を書き並べる。二高野山の神谷から女人堂に至る十七丁余の坂。▽次第不同＝不動坂。花が多く美事なので順序よく書き記せない。季花。
390 ▽花咲く＝昨日。季花。
391 一寝(ぬ)る。二美しい花を錦にたとえる。三褥。寝る時の敷物。▽錦には花や鳥の模様が多い。季花の錦。
392 一花袋。五色の絹の布を縫い合わせて花形に作った香袋。においを袋。▽紐解く→袋。花の開き咲くのを、花袋をひもとき開けるのに見立てる。季花。
393 一牛頭栴檀(ごずせんだん)ともいい、香木の一種。仏像の材になる。二釈迦岳。大和の大峯山脈の一峰。頂上に釈迦像があり古くから信仰された。▽香→赤栴檀→釈迦。釈迦岳の花の香を、香木の赤栴檀にたとえる。季花の香。
394 一怖づる。おそれる。二玄宗皇帝の夢に現われ邪鬼を捕食して病気を治した鬼神。その札を風邪にかからぬまじないとして門口に貼った。▽そこで、風邪ならぬ風もおそれて近づかぬように、その札を花につけたいものだ。季花。
395 一水面に散った花びらが連なり流れるのを筏に見立てた語。紋所の一種にも花筏がある。▽瀬＝背。背→紋所。瀬→花筏。川瀬の花筏を背中の紋所の花筏に見立てる。季花筏。
396 一花軍。三七参照。二仏前に供える花瓶・燭台・香炉。それに武具の具足をかける。▽仏前に(三)具足があるくらいだから仏も(花)軍をするのだろう。季花いくさ。
397 ▽雛＝鄙(ひな)。田舎)。雛人形は鄙と同音の名を持つが、鄙どころか花の都の細工物なのだ。季花の都。

399 花を見る心はよしの静《しづか》かな　同

高野にて

400 花も火をともせやふだんかうやさん　同

401 天も花にゑゝるか雲の乱《みだれ》足《あし》　同

402 花ぶさにくみまぜぬるやいと柳　同

403 花あれば誰も目くらが垣《かき》のぞき　同

404 楊《やう》貴《き》妃《ひ》の花の御《ご》悩《なう》はあらし哉《かな》　重頼

405 彼岸とて慈悲におらする花もがな　同

406 鶯や水《スイ》鳥《テウ》となす花の滝　同

407 雨はおや雪は祖父《おほぢ》か春の花　同

408 思ふ中や垣する花の八《や》重《へ》霞《がすみ》　同

409 みよしのゝ花の盛《さかり》や四《し》海《かい》浪《なみ》　同

堺へまかりし時

410 塩がまといふべき花やうらの波　同

吉岑《よしみね》にて

411 芳岑の花や目薬気の薬　同

398 一花塗。漆の塗方の一つ。吉野は漆の産地。▽全山一面の花を吉野漆の花塗に見立てる。季花ぬり。

399 一▽謡曲・吉野静「余りに舞の面白さに、時刻を移して進まぬもありけり」。花に見とれて足が進まない。季花。

400 一火点(ひとぼし)。仏前に火をともす。＝不断香。仏前に絶え間なく焼(た)く香。▽不断香＝高野山。高野山の仏前に不断香をたき火を点すように、花も咲きなさい。季花。

401 一和漢朗詠集「天ノ花ニ酔ヘルハ、桃李ノ盛ナルナリ」。＝雲行があわただしいこと。▽天もこのすばらしい花に酔うたか、雲足まで乱れている。花見時の定めない空模様。季花。

402 一花房。群がって房のようになっている花。＝組み交ぜる。交ぜて組む。入りくます。▽房→組む→糸。房と糸を組み交ぜるように、花房と糸柳が入り交じっている。「そらつぶて」に「くみあはせてよ」。季花ぶさ・いと柳。

403 一諺「盲の垣のぞき」。むだなこと。▽邸内のみごとな桜を人々がのぞき見しているさま。季花。

404 ▽桜の一種の楊貴妃桜を詠んだ。楊貴妃桜のなやみは嵐である。それを楊貴妃にふさわしく御悩といった。季花。

405 ▽彼岸→慈悲。桜の一種の彼岸桜を詠む。彼岸だからお慈悲(お情け)で一枝折らせて欲しい。季彼岸・花。

406 一三七三参照。▽花の滝の中の鶯は、つまり水の中にいるのだから、水鳥になったようなものだ。季鶯・花の滝。

407 ▽「雨は花の親」(三五三参照)というが、してみると雨以前に降る雪は花の祖父だ。季春の花。

408 一諺「思ふ中には垣をせよ」。親しい間柄でもそれ相当の礼儀を尽くさなければならない。▽人々と、人々が見たいと思う花の間の八重霞は、諺にいう垣である。季花・霞。

409 一謡曲・高砂「四海波静かにて…君の恵みぞありがたき」の部分。天下太平のめでたき御代をことほぐ。▽吉野の花盛りはそのように天下太平である。季花の盛。

410 一塩釜。三七一参照。＝波の花。波の白く泡立つさま、又食塩のこと。▽白く泡立つ波を塩釜桜に見立てる。季波の花。

411 一京都西郊の善峰寺。京の盆地を一望し桜が多い。▽吉岑の桜花と眺望は目を楽しませ気を楽しませる。季花。

初瀬にて

412 花や爰《ここ》でふだらくに見ん初瀬寺　同

紀州にて

413 花に風は提婆《だいば》が悪《あく》か釈迦《しゃか》の嵩《だけ》　同

二月十五日東福寺《とうふくじ》へまかりて

414 禅《ぜん》寺《でら》は花に鳴《なく》迄《まで》さとり哉《かな》　同

花見にまかりて

415 見る花も気のばしをする梢《こずゑ》哉《かな》　同

桜

416 さかぬ間を待《まつ》やしんくの糸桜

417 見る人やわくやうにくる糸桜

418 山風の吹《ふき》口《ぐち》とぢよ椛《かば》ざくら

419 びやう〱とひろ庭にさけ犬桜

420 わびておれ七重の膝を八重桜

421 行《ゆく》春の跡にぎはしか遅ざくら

422 桜田はたゞさほ姫の知《ち》行《ぎゃう》哉《かな》

412 一 大和の初瀬寺。本尊十一面観世音菩薩。二 補陀落。インド南海岸にあるという観音の住所の山。山の華樹は光明と芳香を放つ。▽初瀬寺を観音の浄土補陀落山に見立てる。季花。

413 一 提婆達多の略。釈迦の従兄で釈迦と対立。二 三九三参照。ただしそれは大和ゆえ前書不審。▽花に対する風を、釈迦に対する提婆の悪に見立てる。季花の風。

414 一 釈迦入滅の日。二 京都東南部の禅寺。▽悟り＝鳥。禅寺では花に鳴く鳥までも悟っている。季花。

415 一 気延。気ばらし。気散じ。▽気延＝木延。見る人は気延しをし、見られる花も梢の木が延びるようだ。季花見。

416 ▽真紅＝辛苦。糸＝糸桜。真紅の糸桜の咲くのを待つ間は、待ち遠しく辛いことだ。季糸桜。

417 一 湧くやうに。次から次と。それに糸枠(いとわく)を言いかける。▽来る＝繰る。糸＝糸桜。枠→繰る→糸。季糸桜。

418 一 風などの吹き始め。吹き出す口。二 椛桜。樺桜。桜の一種。その皮を経木(きょうぎ)の曲物(まげもの)の綴じつけなどに用いる。▽そこで、花を散らす山風の吹口を、おのが名の椛で綴じつけてしまえ、とした。季椛ざくら。

419 一 犬の鳴き声。二 広庭。家の外の庭。三 桜の一種。▽びやう〱＝渺々→広。家に飼われる犬を名に持つ犬桜よ、家の庭に咲きなさい。季犬桜。

420 一 諺「七重の膝を八重に折る」。きわめて丁重に願い、又はわびをすること。▽折る(膝＝八重桜)。七・八の数字遊び。諺にいう七重の膝を八重に折って、ていねいにお願いして、八重桜を折り取りなさい。季八重桜。

421 一 後賑。旅立ちや嫁入りを送り出した後、残った人を慰める気持で親類縁者などが開く酒宴。▽他の桜が散りすぎた後で咲く遅桜を行く春の後賑しに見立てる。季行春・遅ざくら。

422 一 桜の木が多く生えている所。二 佐保姫。春の女神。三 主人が家臣に支給した土地。▽桜田は、春の女神佐保姫の知行にふさわしい。季桜田・さほ姫。

423 一 被(かず)く。頭にかぶる。「被ける綿」は被綿(かずきわた)。老婦人用の綿帽子。二 姥桜。葉が出るより早く花が開く桜の総称。▽被綿→姥。見立ての句。季姥ざくら。

423 白雲《しらくも》はかづける綿か姥《うば》ざくら

424 十《じつ》町《ちやう》もつゞけ豆腐のうば桜

425 我顔のしはをやわらふ姥《うば》ざくら

426 立《たち》ならぶ松は祖父《おほち》か姥《うば》ざくら

427 つぎのぶる人や手きゝの糸桜

428 雨《う》露《ろ》の恩しらずは是《これ》や犬桜

429 花の法《のり》そむくや枝をきりがやつ　宗二

430 二季に咲《さく》ひがん桜のたねもがな　貞徳

431 発《ほつ》心《しん》かちる熊《くま》谷《がえ》の花ざかり　同

432 三《さん》途《づ》川《がは》越《こし》ても見ばや姥《うば》ざくら　同

433 さかぬ間《ま》の春は桜のはなし哉《かな》　同

434 人くひか誰も木《こ》陰《かげ》にいぬざくら　同

北野にて連歌《れんが》二百韻《にひやくゐん》過又《すぎまた》誹諧を催ほされければ

435 二《に》百《ひやつ》韻《く》の花や合《あはせ》て八重ざくら　徳元

436 読《よむ》にさへ腰《こし》折《をれ》歌《うた》や姥《うば》ざくら　同

424 一 豆腐姥。ゆば。黄色でしわがある。▽十町(豆腐の名数＝距離の単位)。豆腐姥＝姥桜。姥桜よ、豆腐の十丁ならぬ距離の十町もつづけて咲きなさい。季うば桜。

425 一 笑う意に花の咲く意をかける。▽姥桜が笑って(咲いて)いるのは、自分の顔の皺を自嘲しているのか。季姥ざくら。

426 ▽老女の名を持つ姥桜のそばの松の木を老翁に見立てる。季姥ざくら。

427 一 糸を継ぎ延ばす。接木(つぎき)をかける。二 手利。熟練者。▽熟練者が糸を継ぎ延ばすように糸桜を接木する。季糸桜。

428 ▽「雨は花の親」というが、その親の恩を忘れては桜とは言えない、犬だぞ、犬桜よ。崑山集「恩をしらぬや」。季犬桜。

429 一 花の枝を切るのを禁じた制札か。義経が弁慶に書かせたものが有名。二 桐谷。桜の一品種。▽切り＝桐谷＝切る奴。桐谷を切る奴は花の法に背いている。季花・きりがやつ。

430 ▽彼岸は春と秋と二度あるのだから、彼岸を名に持つ彼岸桜は、その両方に咲いてほしい。季ひがん桜。

431 一 熊谷桜。桜の一品種。それに熊谷直実をかける。直実は一の谷で平敦盛を討取り無常を感じて出家する。▽熊谷桜の散るのを、その直実の出家に見立てる。季熊谷桜。

432 一 亡者が冥途に行く途中に越える川。鬼形の姥(奪衣婆)が居て衣を奪うという。▽美しい姥桜を、その名に縁ある姥のいる三途川を越してでももう一度見たい。季姥ざくら。

433 ▽話＝葉無し。桜の木に葉もなく花もない間は、いつ咲くかと桜の話でもちきりだ。季桜。

434 一 人喰犬。人にかみつく悪癖ある犬。▽犬＝居ぬ。犬桜の木陰に人が居ないのは人喰犬だからだ。季いぬざくら。

435 ▽かしこまった連歌のあとでくつろいだ俳諧を催した。その発句。百韻の中に花の句を四回詠む。二百韻だから計八回。それを八重桜といった。塵塚誹諧集の寛永三年(一六二六)条に前書付きで所収。季花・八重ざくら。

436 一 へたな歌。▽姥は腰が曲っている。その姥の名のある姥桜を詠んだ歌まで腰折歌である。塵塚誹諧集の寛永五年六月有馬入湯日発句のうち。季姥ざくら。

437 風にうごく枝やあや[一]つるいと桜　同

謡《うたひ》[一]誹諧に

438 花[二]のふる役《やく》者《しゃ》よはや[三]せ桜[四]川　同

439 香をかげば人や逸《いち》[一]物《もつ》犬ざくら　不案

花のまだしき比《ころ》木陰に立寄《たちより》て

440 柳にやさかでまが[一]ひの糸ざくら　慶友

441 ち[一]りつもりなをも山《やま》姥《うば》ざくらかな　同

442 折《をり》とれど礼にや腹[一]をいせざくら　愚道

443 たうとやと拝《をがみ》ても見ん伊勢桜　春可

444 孫や子に手をひかれ見ん姥《うば》桜《ざくら》　同

445 花を見ぬ人は人かは犬ざくら　望一

446 い[一]けてをけ名も火[二]桜の花の枝　同

447 花[一]瓶にもさす塩がまの桜かな　同

448 且《かつ》[一]さくは半《はん》[二]造《ざう》作《さく》か家[三]ざくら　孝晴

449 にほひけりこれぞじや[一]かうの犬桜　同

450 声[一]なふて人やよびこむ家ざくら　清親

437 一 操り糸。操り人形を踊らせる糸。▽風に揺れ動く糸桜の枝を操り糸に見立てる。塵塚誹諧集同前。季いと桜。

438 一 百韻の各句に謡曲名を詠みこんだ俳諧。二 花降(はなふり)は純良な銀貨。つまりすぐれたの意か。あるいは纏頭(はな)。芸人に与える金品)が多いの意か。三 はやす。声をあげて謡の調子をひきたてる。四 謡曲名。▽徳元千句(熱海千句・於伊豆走湯誹諧とも)の第二の百韻の発句。花→桜。季花・桜。

439 一 馬・犬などのすぐれたもの。▽その動物でなく、犬桜の香を嗅ぎまわる人間の方が逆に逸物だ。季犬ざくら。

440 一 紛(まが)ひ。まぎらわしい。それに紛糸(まがいいと)。釣糸)をきかす。▽まだ花咲かぬ糸桜は柳とまぎらわしい。季糸ざくら。

441 一 諺「塵積りて山となる」。▽山姥＝姥桜。塵積って山というがその山の上に姥桜の花が散り積っている。季姥ざくら。

442 一 腹を癒(いや)す。怒りを晴らす。▽腹を癒＝伊勢桜。折り取られ立腹したが礼を言われ腹を癒した。季いせざくら。

443 ▽伊勢神宮の伊勢を名に持つ桜ゆえ尊び拝む。季伊勢桜。

444 ▽姥が孫や子に手を引かれて姥桜を見る。季姥桜。

445 ▽犬桜を見ぬ無風流な人は人でなく犬畜生だ。季犬ざくら。

446 一 埋(い)ける。火を灰に埋める。二 緋桜。桜の一品種。▽埋ける＝(花を)活ける。火＝緋。緋桜の花の枝を活けるのを、縁語・掛詞仕立てで詠む。季緋桜。

447 ▽挿す＝(潮が)差す。花瓶に塩釜桜を挿すということを縁語・掛詞仕立てで詠む。季塩釜桜。

448 一 横本傍訓「また」。二 建築工事が未完成なこと。三 家桜。人家の庭に植えた桜。▽一度に咲かず次々に咲く家桜を、半造作の家に見立てる。季家ざくら。

449 一 麝香。麝香鹿の麝香腺を乾燥して作る香料。麝香鹿の別名を麝香犬という。▽麝香の犬＝犬桜。にほひ→麝香。よく匂う犬桜を麝香犬に見立てる。季犬桜。

450 一 声なうて人呼ぶ。諺。徳ある人の周りには自然に人が慕い寄る。▽家桜には自然と人が集まる。季家ざくら。

451 色に香にてまをとりてや遅《おそ》桜《ざくら》　　同
452 見る人を一けつくつなぐや犬ざくら　　文性
453 一虎の尾の花に追《おひ》つけ犬桜　　光貞妻
454 一風《かざ》袋《ぶくろ》口ぬいとめよいとざくら　　同
455 去年折《をり》し跡もや今年いへ桜　　正友
456 さく花はたゞしらかべぞ家《いへ》桜《ざくら》　　常廉
457 咲《さく》花は一老《おい》の果報ぞ姥《うば》桜《ざくら》　　弘澄
458 一山《やま》姫《ひめ》の二わたくし物かをそざくら　　盛澄
459 ちりて又一風《かざ》花《ばな》となる桜かな　　盛一
460 一いや〳〵二芝居やぶりの遅《おそ》桜《ざくら》　　末祐
461 掃《さう》地《ち》せぬ木かげや蜘《くも》の家桜　　広直
462 花に葉一のまじるや二ぶちの犬桜　　宗仁
463 火桜の陰でやけぶる松の枝　　春益
464 硯箱絵も一墨染のさくら哉《かな》　　光家
465 一ひざくらも二理を知《しり》て咲《さく》弥生哉《かな》　　貞継
466 花見にや酔《ゑひ》て一管《くだ》捲《まく》糸ざくら　　吉次

451 ▽化粧に手間どって咲くのが遅くなった。季遅桜。
452 一結句。とどのつまり。▽繋ぐ→犬＝犬桜。繋ぐに縁ある名を持つ犬桜が、その魅力で人を繋ぎとめる。季犬ざくら。
453 一虎尾桜。桜の一品種。▽虎→犬。犬桜よ、虎尾桜に追いついて早く咲け。季虎尾桜・犬桜。
454 一風神の持つ風が入れてある袋。▽糸桜よ。自分の名に持つ糸で風袋の口を縫いとめよ。季いとざくら。
455 ▽折った傷跡が癒え＝家桜。去年折られた傷跡も癒え、家桜が美しく咲いた。季いへ桜。
456 ▽白壁→家。白く咲く花を家の縁で白壁に見立てる。季家桜。
457 一年老いて得る幸せ。幸運。▽老→姥。姥桜が美しく咲くのは老の果報だ。季姥桜。
458 一山の女神。二私物。秘蔵の物。▽遅桜がなかなか咲かず人目にふれないのは、山姫の私物だからか。季をそざくら。
459 一風に乗って降って来る雪。風に舞う花びらか。▽一度木に咲いた桜の花が散っては風に乗って風花となる。季桜。
460 一否(いや)を重ねて強い否定をあらわす。二芝居破。芝居興行・見せ物・遊山などの終り。▽遅桜を最後に春の楽しい花見も終りになる。それがいやだ。季遅桜。
461 ▽蜘蛛(もく)の家＝家桜。掃除もしない家桜の木陰には、蜘蛛が巣を張っている。季家桜。
462 一「に」を「の」と墨書補正。二斑(ぶち)。まだら。▽斑→犬＝犬桜。葉と花の交ったさまを斑の犬に見立てる。季犬桜。
463 ▽緋＝火→煙る。緋桜の下で火を燃やし松枝を焚く。季緋桜。
464 一墨染桜。桜の一品種。▽硯箱→墨。墨に縁ある硯箱だけに、蒔絵(まきえ)も墨染桜が描いてある。季墨染桜。
465 一緋桜。二自然の摂理。▽緋＝非→理。緋桜は「非」どころか「理」を知っていて、弥生にはきちんと咲く。季ひざくら。
466 一糸を巻きつける竹製の管。それに「管を巻く」(酒に酔ってとりとめもないことをくどくどいう)をかける。▽糸桜の花見に来て酒に酔って管を巻いている。季花見・糸ざくら。

467 道ばたはおりてやおほきいと桜　重次
468 参宮のよきはなむけやいせ桜　重勝
469 花の口ひらかば物をいへざくら　正直
470 火桜の夕にちるは花火哉《かな》　永治
471 朶《えだ》は杖花はしらがぞ姥《うば》桜《ざくら》　長吉
472 普《ふ》賢《げん》象《ざう》の陰《かげ》もおそるな犬桜　同
473 庭《には》中《なか》に咲《さく》や手がひの犬ざくら　貞光
474 香は袖にそばえかゝるや犬桜　利清
475 姥《うば》ざくら花の盛《さかり》や雪をんな　氏重
476 心ぼそやちらふとおもふいとざくら　同
477 鼻に似て盛《さかり》ながゝれふげんざう　同
478 名にしおはゞ物がたりせよいせ桜　正信
479 あやかれや若木の花も姥《うば》桜《ざくら》　同
480 草《さう》木《もく》も成《じやう》仏《ぶつ》の縁《えん》か普《ふ》賢《げん》象《ざう》　同
481 鳴《なく》鳥をいなせぬへ緒《を》か糸桜　良徳
482 ひざくらは灸《やいと》ならねどちりげ哉《かな》　同

467 ▽道端(みちばた)＝機(はた)。折り手＝織り手。機→織手→糸。道端の糸桜を折る人が多い。季いと桜。
468 ▽参宮→伊勢。伊勢参宮の餞には、伊勢に縁ある名を持つ伊勢桜がよい。季いせ桜。
469 ▽物を言へ＝家桜。家桜を擬人化。季いへざくら。
470 ―緋桜。▽緋＝火→花火による見立ての句。季緋桜。
471 ▽杖→白髪→姥による見立ての句。季姥桜。
472 ―普賢菩薩が乗っている白象。また桜の一品種。▽普賢象などという大きな動物の名を持つ桜の陰だからとて、犬桜よ、少しも恐れずに美しく咲け。季普賢象・犬桜。
473 ▽丹精して咲かせた犬桜を手飼の犬に見立てる。季犬ざくら。
474 ―戯(そば)へる。馴れて戯れる。あまえる。▽犬桜の香が袖に移るのを、犬がじゃれつくのにたとえる。季犬桜。
475 ―雪女。雪の夜現われる、白衣を着、白い顔をした妖怪。▽姥桜の白い花の盛りを雪女に見立てた。季姥ざくら。
476 ▽細し→糸。今にも散りそうな糸桜は心細い。季いとざくら。
477 ―普賢象。桜の一品種。また普賢菩薩の乗る白象。▽象の長い鼻に似て花盛りよ長くつづけ。季ふげんざう。
478 ―名にし負はば。名前として持っているならば。伊勢物語九段「名にし負はばいざ言問はん…」。▽伊勢桜よ、伊勢という名を持つならば、伊勢物語の話をせよ。季いせ桜。
479 ▽若木の花も、姥の名にあやかって、いつまでも咲きつづけよ。季姥桜。
480 ―仏語に「草木国土悉皆成仏」。非情の物でも成仏できる意。▽植物が普賢象という尊い名を持つのは草木成仏の縁によるのだ。季普賢象。
481 ―往なせぬ。行かせない。＝綜緒(へお)。鷹の足につける紐。▽緒→糸。糸桜の木でいつまでも鳴く鳥を、綜緒で結びつけられているからかとした。季糸桜。

483 見あかぬは日本の神ぞいせ桜　同
484 すがきして花にや蜘《くも》の家ざくら　同
485 咲比《さくころ》を雨や指図《さしづ》の家ざくら　同
486 犬ざくら見ておどろくや猿眼《さるまなこ》　同
487 花に蝶のまふは神楽《かぐら》ぞいせ桜　同
488 熊谷《くまがえ》の後《うしろ》ぞなへかをそざくら　同
489 糸柳ゑぼし桜の懸《かけ》緒《を》哉《かな》　同
490 ほころぶや尻もむすばぬ糸桜　親重
491 目の出ぬはまだゑのころか犬桜　同
492 年《とし》〳〵《どし》に花をやるなり姥《うば》桜《ざくら》　同

謡《うたひ》誹諧に

493 東《こ》風《ち》かぜにちるは西行桜かな　重頼
494 花のちる跡やもえぎの糸桜　同
495 こざくらのはやめぐすりや春の雨　同
496 悦《よろこび》の眉をぞひらく山ざくら　同
497 脣《くちびる》かはぐきにそふてさくら花　同

482 一身柱(ちりけ)。灸のつぼの名。▽灸→身柱。緋＝火。散りそうな緋桜を、縁語・掛詞仕立てで詠む。季ひざくら。
483 ▽いくら見ても飽きないのは、さすがは日本の神の代表である伊勢神宮の伊勢を名に持つ伊勢桜だ。季いせ桜。
484 一巣掻。クモが巣をかけること。それに簀垣をかける。▽家には簀垣、そして家桜にはクモの巣掻。季家ざくら。
485 一家の設計図。▽指図→家。家桜の花期が雨の降りぐあいで決まるのを、家の縁語で指図といった。季家ざくら。
486 一猿のように丸い眼。▽犬桜のみごとさに人が目をみはるのを、犬の縁語で猿眼といった。季犬ざくら。
487 一神前で奏する舞楽。▽神楽→伊勢。伊勢桜に蝶が舞うのを、伊勢の縁で神楽といった。季花・蝶・いせ桜。
488 一熊谷直実。熊谷桜をかける。二後備。後方を守備する軍勢。▽遅桜は熊谷桜の後備だ。季熊谷・をそざくら。
489 一烏帽子桜。元服して烏帽子をかぶり始めることを桜にたとえて風流にいう。二あごの下で結ぶ紐。▽糸→緒。糸柳・烏帽子桜を元服の若者に見立てる。季糸柳・ゑぼし桜。
490 一尻結ばぬ糸。諺。しまりがないこと。▽綻(ほころ)ぶ→尻結ばぬ糸。糸桜が咲くさまを、諺を使って詠む。季糸桜。
491 一犬の子。生れた直後は目が開かない。▽芽→目。芽の出ぬ犬桜を出産直後の子犬に見立てる。季犬桜。
492 一花やかなさまをする。着飾る。▽姥桜が年々美しく咲くさまを老女が着飾るさまに見立てる。季姥桜。
493 一四三八参照。二謡曲名。また西行にゆかりある桜。▽東と西を対照的に詠みこむ。季東風・西行桜。
494 一萌葱・萌黄。黄と青の中間色。▽糸桜の散った後に萌え出る葉は萌黄色である。季花・糸桜。
495 一小桜。山桜の一種。山之井に小桜と児(ちご)桜は同一とする。二早薬。分娩を早める薬。▽小＝子→早薬。小桜の開花を促す春雨をお産の早薬に見立てる。季こざくら・春の雨。
496 一悦びの眉を開く。喜びが顔に現われる。▽そのように山桜が開く。眉を開く＝開く山桜。眉→山。季山ざくら。
497 一歯茎。▽歯茎＝葉茎。唇→歯茎。歯茎に沿うて唇がある如く、葉や茎に沿うて桜花が咲く。季さくら花。

498 酒よりもせんじ茶で見よ姥《うば》桜《ざくら》　同

499 一《いち》はなをかけよ山路の桜がり　同

500 遅く咲《さく》花はほれたか姥《うば》桜《ざくら》　同

501 犬桜風をばおどす声もがな　同

502 四《よつ》足《あし》の門《もん》に植《うゑ》ばや犬ざくら　同

503 いつ見てもあこぎといはじいせ桜　同

504 ちる時ぞ人間の苦も八重桜　同

505 花おらば手《た》ぶさやけがる普《ふ》賢《げん》象《ざう》　同

506 笛にまけ青葉の比《ころ》の椛《かば》桜《ざくら》　同

507 三《さん》春《しゆん》の役《やく》やわするゝ遅ざくら　同

桜《さくら》鯛《だひ》　付桜貝《さくらがひ》

508 花よりも実こそほしけれ桜鯛

509 浜やきの串や千本の桜鯛　徳元

510 ふきちらすいろこや花の桜鯛　休甫

511 桜鯛すゆるはゐびす折《を》敷《しき》哉《かな》　一正

512 鈎《つり》舟《ぶね》にいけて見よかし桜鯛　親重

498 ▽煎じ茶→姥。姥には酒より煎じ茶の方がふさわしいから、煎じ茶を飲みながら姥桜を見なさい。季姥桜。

499 一一端駆く。先頭に立つ。▽山路の桜狩に先頭に立って出かけよ。季桜がり。

500 一耄れる。年老いてぼける。▽耄れる→姥。遅く咲くのは、姥の名の通りぼけたのか。季姥桜。

501 ▽犬桜よ、ほえ声で風をおどして寄せつけるな。季犬桜。

502 一四足門。二本の主柱の前後に二本ずつ袖柱のある門。▽犬は四本足だから四足門のそばに植えたい。季犬ざくら。

503 一阿漕。しつこくずうずうしいこと。伊勢の地名で、源平盛衰記に「伊勢の海の阿漕が浦に引く網も度重なれば人もこそ知れ」。▽古歌に詠まれた引く網ならぬ伊勢桜は何度見ても阿漕だとは言わないだろう。季いせ桜。

504 ▽八重桜が散るのを惜しむ人間の苦しみも八重である。九(苦)→八の数字の遊びもあるか。季八重桜。

505 一手房(たぶさ)。腕。▽普賢象という尊い名を持つ桜(四七三参照)を折れば、その手が汚れる。懐子には作者無名で出し、後撰集・遍昭「折つれば手ぶさにけがるたてながら三世の仏に花たてまつる」を本歌に挙げる。季花・普賢象。

506 一一四八参照。皮は弓・矢・笛にも巻く。▽平敦盛遺愛の青葉の笛をきかして詠む。季椛桜。

507 一春の三か月。「三春の約」とは春が来て花が咲くという自然の約束。「役」は宛字。▽遅桜は約を忘れた。季遅ざくら。

508 一桜咲く頃の鯛。体色常より赤く美味。▽風雅より実益。新独吟集所収兼載独吟百韻の発句。季桜鯛。

509 一浜焼。鯛を竹串に刺し刀目を入れて塩焼きにしたもの。二千本桜。数多くの桜の木。▽浜焼の桜鯛が数多くあるのを千本桜に見立てる。塵塚誹諧集の寛永五年六月有馬入湯日発句のうち。徳元俳諧抄所収魚鳥之誹諧百韻の発句。季桜鯛。

510 一鱗をふく。魚を料理するとき鱗を取り去る。▽桜鯛の鱗を取り去りこぼれるさまは桜花の散るようだ。季桜鯛。

511 一恵比須折敷。恵比須膳とも。▽鯛→恵比須。作法に反する膳の据え方だが、桜鯛をすえるにはふさわしい。季桜鯛。

513 魚[一]も木にのぼるためしか桜鯛　宗俊

514 浜[一]やきや実《げに》塩[二]がまのさくら鯛　長吉

515 山[一]ぶしや芳野でふかば桜貝[二]　同

堺にて

516 鯉[一]は滝木に咲《さき》のぼれ桜鯛　重勝

517 桜鯛は浦の苫《とま》[一]屋《や》の花見哉《かな》　重頼

梨花《なしのはな》

518 桜かよそれではなしの花《はな》盛《ざかり》

519 花見れば病もなしの木《こ》陰《かげ》哉《かな》　春益

520 ちればわが身をこが[一]なしの花見哉《かな》　貞継

雨ふれど花の遅かりければ

521 卑下《ひげ》するや世[一]になしといふ花の種　氏重

522 咲《さき》やらで雨や面目なしの花　重頼

辛《こ》[一]夷《ぶし》

523 は[二]づれぬは順《じゅん》のこぶしの花見哉《かな》　成安

524 咲《さく》枝を折《をる》手もにぎりこぶし哉《かな》　重頼

512 一 釣舟。舟の形をし天井からつるす花入れ。▽桜花を釣舟に活ける＝桜鯛を漁舟の中で生きたまま見る。[季]桜鯛。

513 一 諺「魚の木に登るが如し」。およそあり得ぬこと。▽木の上に咲く桜を名に持つ桜鯛は、諺にいう木に登る魚の一例だ。誹諧発句帳は無記名で収める。[季]桜鯛。

514 一 浜焼。五〇九参照。塩浜にある塩釜に入れて蒸焼きにする方法もある。二 塩釜。製塩用の釜。それに塩釜桜をかける。▽塩釜の中の桜鯛、これこそ塩釜桜だ。[季]さくら鯛。

515 一 山伏。芳野はその霊場の一つ。二 貝の一種。その殻は桜色で光沢があり美しい。▽山伏の吹くのは法螺貝(ほらがい)だが、花の芳野だから桜貝というべきだ。[季]桜貝。

516 一 諺「鯉の滝登り」。立身出世すること。▽諺に「鯉の滝登り」というが桜の名を持つ桜鯛は木に咲き登れよ。[季]桜鯛。

517 一 苫屋。苫で屋根をふいた水辺の粗末な家。▽懐子に無記名で出し、新古今集・藤原定家「見渡せば花も紅葉もなかりけり浦の苫屋の秋の夕暮」を本歌にあげる。その本歌をうち返して、ぴちぴちはねる桜鯛を花に見立てた。[季]桜鯛・花見。

518 ▽それでは無し＝梨の花。桜の花か、いやそうではなくて梨の花だ。[季]なしの花。

519 ▽病も無し＝梨の花。美しい梨の花を見れば病気もなくなる。[季]梨の花。

520 一 古河梨・空閑梨。梨の一種。▽身を焦がす＝古河梨。古河梨の花の散るを惜しむあまり身を焦がす。[季]なしの花。

521 一 世に無し(者)。世間から冷遇されている者。世捨人。▽世に無し＝梨。世に無し者とは、梨の花よ卑下していることだ。[季]梨の花。

522 ▽面目なし＝梨。「雨は花の親」(三五二参照)というが、雨が降っても梨の花が開かぬのは、いわば親である雨の育て方が悪いわけで、雨としては面目ないことだ。[季]なしの花。

523 一 モクレン科の落葉喬木。二 諺「順の拳(こぶし)に外るな」。仲間外れになるな、の意。▽順の拳＝辛夷の花見。辛夷の花見に、仲間外れにならぬようについて行く。[季]こぶし。

524 ▽握り拳＝辛夷。辛夷の花を折る手も握り拳である。[季]こぶし。

海《かい》棠《だう》

525 人の目は覚《さむ》る海棠の睡《ねむり》哉《かな》　貞徳

526 海棠のねむる鼾《いびき》か風の音　正直

527 おらばやと手もかいだうの花見哉《かな》　氏重

528 海棠もつれて居《ゐ》眠《ねむる》胡蝶哉《かな》　親重

529 海棠や咲《さき》て散《ちる》迄《まで》一ねむり　重頼

小《こ》米《ごめ》花《ばな》

530 売《うり》かはゞ価《あたひ》なん石《ごく》こゞめ花

531 風に枝をふるひ落《おと》すか小米花　休音

茶《ちやの》花《はな》　同《ちやつみ》摘

532 はな香《が》あれば名もをのづからかぎ茶哉《かな》　久甫

533 手《て》初《はじめ》はいろはをえらぶ宇治茶哉《かな》　春可

534 宇治山のきせん群《くん》集《じゆ》は茶摘哉《かな》　重頼

535 つぼめるを先《まづ》袋《ふくろ》茶《ちや》の花《はな》香《が》哉《かな》　正直

躑《つゝ》躅《じ》

536 むらさきの色や小《あ》豆《づき》のもちつゝじ　貞徳

525 一バラ科の落葉低木。＝楊貴妃の故事から、美人が酔って眠った後の、いまだ眠り足りぬなまめかしい美しさを、「海棠の眠り未(まい)だ足らず」といい、また「海棠の眠り」も一種の成語。▽海棠の花はいまだ眠り足らずといった風情だが、それを見る人の方は目がさめるような思いだ。季海棠。

526 ▽「海棠の眠り」(前項)の縁で、海棠に吹きつける風の音を、いびきにたとえた。季海棠。

527 一折らばや。折りたい。▽海棠の枝にはやや刺(とげ)めいた部分があるので、海棠の花を折ろうとして手をひっかいたの意か。手も掻いた＝海棠。季海棠。

528 ▽「海棠の眠り」と「荘周胡蝶の夢」の故事を併せ用いた句。「そらつぶて」に中七「ともにいねぶる」。季海棠・胡蝶。

529 ▽海棠の花期は短くはらはらともろく散る。そういう実景をふまえ、「海棠の眠り」の語をきかせた。季海棠。

530 一蜆花(しじみばな)の異名。バラ科の落葉低木。＝価何石。米の値段が金一両につき何石かということ。▽売買↓値何石↓米。小米花の値段を、米の縁で値何石といった。季こゞめ花。

531 一振ひ落す。それに「篩(ふるい)」をかける。篩は粒状の物や粉状の物を選りわける道具。▽篩↓米。風に揺れる枝から小米花が散るさまを縁語・掛詞仕立てで詠む。季小米花。

532 一花香。花の香気。かぐわしい茶の香り。＝嗅茶。臭いによって茶の良否を判別すること。またその茶。▽鼻が＝花香。嗅ぐ＝嗅茶。花香ある嗅茶を鼻で嗅ぐ。季茶の花。

533 一いろは四十七文字のはじめ。それに色葉(色の良い葉)をかける。▽茶の名所宇治の茶摘の手始めには、色の良い葉を選んで摘む。季茶摘。

534 一貴賤群集。あらゆる階層の人々が多く集まること。それに喜撰法師をかける。▽古今集・喜撰法師「我庵は都のたつみしかぞ住む世を宇治山と人はいふなり」をふまえ、宇治山に喜撰ならぬ貴賤群集して茶摘をする。季茶摘。

535 一横本は「茶袋」。葉茶を入れておく袋。▽茶の花の蕾を香りのよい茶袋に見立てる。季茶の花。

536 一小豆餅。小豆の餡(あん)をまぶした餅。＝黐躑躅。ツツジの一種。▽モチツツジを小豆餅に見立てる。季もちつゝじ。

537 花よりや下戸《げこ》の目につくもちつゝじ　春可
538 だんごよりましたる花かもちつゝじ　親重
539 [一]うすいろに花も付《つき》けりもちつゝじ　良春
540 きる人や大《たい》てきゝよくの花の枝　盛親
[一]賀茂だんのつゝじ見にまかりて
541 織《おり》[二]色《いろ》に[三]うつさば段のつゝじ哉《かな》　重頼

菫《すみれ》

或《ある》[一]数寄《すき》者《しゃ》の興行に
542 露は[二]なだれむらさきや[三]土[四]つぼすみれ　貞徳
543 むらさきのこきはくろさにすみれ哉《かな》　徳元
544 春雨や[一]やけ野をけしてすみれ草《ぐさ》　正章

蕨《わらび》

545 [一]おさあひに先《まつ》[二]まいらせよ[三]わらべもち
546 おらるゝは蕨にやなきうで力　一正
547 誂《あつらへ》て折《をる》や[一]比《び》丘《く》尼《に》の[二]鑰《かぎ》わらび　休甫
548 春風に[一]腕《うで》押《おし》をするわらび哉《かな》　親重

537 ▽下戸にとっては、桜の花より餅の名を持つモチツツジの方が関心がある。目につく＝搗く↓餅。[季]もちつゝじ。
538 ▽「花より団子」というが、その団子よりうまい餅を名に持つモチツツジの花は団子より上である。[季]もちつゝじ。
539 一 薄色。薄紫色。▽薄色＝臼↓搗く（＝付く）↓餅。薄紫色の花をつけたモチツツジを縁語・掛詞仕立てで詠む。[季]もちつゝじ。
540 ▽大敵（たいてき）＝躑躅（てきちょく）。躑躅の花にとって切る人は大敵だ。[季]てきちょく。
541 一 賀茂段の躑躅。京都賀茂神社の山にあるツツジ。「段」はまた、横縞に染めた織物。二 染めた糸で織りあげた布の色。三 移す。植物の色を布に移す。▽賀茂段の躑躅を織物の色に移せば、段の模様になるだろう。[季]つゝじ。
542 一 茶人。二 陶芸品で釉（うわぐすり）が肩からなだれるように流れさがっていること。三 陶芸品の本体をなす陶土。四 壺菫。スミレの一種。▽壺菫の紫色の花に置く露を、壺のなだれに見立てる。[季]つぼすみれ。
543 ▽紫の濃いのは黒い墨の色に見えるからスミ（墨）レというのだ。塵塚誹諧集所収。[季]すみれ。
544 一 焼野。野火で焼けた野。野焼をした野。▽炭＝菫。春雨が焼野の火を消して菫が炭になった。[季]春雨・すみれ草。
545 一 幼児。二 参らす。食物をさしあげる。三 わらべ餅。「蕨餅」のもじりで、それに「童」をかける。蕨餅は蕨の粉で製した餅。▽童（わらべ）に似た名を持つ蕨餅は、まず幼子（おさなご）に食べさせよ。[季]わらべもち。
546 ▽蕨の若芽が人の握り拳に似ているところから蕨手の語がある。握り拳に似ているが蕨手には腕力がないから人に折られてしまう。[季]蕨。
547 一 諺「比丘尼の鍵誂へ」。必要のないこと。不似合いなこと。鑰は鍵に同じ。二 鑰蕨。鉤蕨。頭部が鉤の手のように曲った蕨の芽。▽諺の「比丘尼の鍵誂え」ではないが、比丘尼が人に誂えてカギワラビを折っている。[季]鑰わらび。
548 一 腕相撲。▽蕨手（五四六参照）の語から、早蕨（さわらび）の春風にそよぐさまを腕相撲に見立てた。[季]春風・わらび。

549 もえ出《いづ》るわらびをけすな春の雨　俊英

550 をのが名で其儘《そのまま》たくかわらび餅　氏重

551 さわらびでわかすかぬるむ谷の水　安利

552 あたゝかに成《なる》や手をのすかぎわらび　吉隆

553 はなはなし何の匂ひかかぎわらび　重頼

藤

554 姫一松の帯か腰《こし》巻《まく》藤ニかづら

555 藤づるのしむるや寸《す》一白《ばく》松ニふぐり

556 藤一こぶの力には似ぬしなニひ哉《かな》

557 くる〳〵とまはりて見るや藤かづら　貞徳

或人《あるひと》一祝義とて所望《しよまう》に

558 千年をいく七ニまはり松の藤　同

559 松にかゝる藤のし一なひや柳ニ生流　同

一大谷にて

560 行《ゆく》春の跡《あと》おふ谷の藤見哉《かな》　同

561 松ふぐりしむるや藤の力《ちから》瘤《こぶ》　慶友

549 ▽萌え出づる＝燃え。蕨＝火。萌え出る早蕨に春雨の降るさまを縁語・掛詞仕立てで詠む。季わらび・春の雨。

550 ▽自分の名ワラビのビ(火)で蕨餅を焼く。季わらび餅。

551 ▽早蕨＝火。早蕨の出る頃谷の水がぬるむのは、ワラビ(火)でわかすからだ。季さわらび・水ぬるむ。

552 ▽かじかんだ手のような形をした鉤蕨(五四七参照)が、暖かになると手を伸すように伸びて来る。季かぎわらび。

553 ▽嗅ぎ＝鉤。鼻もないのに、鉤蕨は何の臭いを嗅ぐのか。季かぎわらび。

554 一小さな松。また松の美称。ニ藤葛。藤のつる。▽松→藤。姫松に巻きつく藤づるを女性の帯に見立てる。季藤。

555 一條虫などの寄生虫。また、それによって起る病気。日葡辞書「その虫は陰嚢あるいは足に達しようとする」。ニ松陰嚢。まつかさ。▽藤づるは松陰嚢をしめつけ、寸白は陰嚢をしめつける。季藤。

556 一藤瘤。藤づるの瘤のようにふくれた部分。それに力瘤をかける。ニ撓ひ。しなやかにたわむ。▽藤瘤といえば力瘤のように力がありそうだが、藤の姿はしなやかである。季藤。

557 ▽ぐるぐると巻きついている藤づるを、人もぐるぐると廻りながら見る。季藤。

558 一祝儀。祝いの儀式。または祝いの挨拶や金品。ニ幾七まはり。七まわりを何度も。▽「松は千年」というが、その松を藤づるが幾七まわりも巻いている。貴家もそのように何千年も末長く栄えることでしょう。季藤。

559 一撓ひ。しなやかにたわむこと。ニ剣術の一派。▽撓ひ＝竹刀(しない)→柳生流。松にかかる藤の撓いを、松平(徳川)の指南番である柳生流の竹刀に見立てる。季藤。

560 一京都東山の名所。藤の名所。▽跡追ふ＝大谷。大谷→藤。春の行くのを惜しんで大谷の藤見をする。季行春・藤見。

561 ▽松→藤。締むる→力瘤。松陰嚢(まつふぐり)松笠)を瘤のある藤づるがしめつける。季藤。

562 ▽「出てから」の意不明だが、出—入を対照的に用いた句。季藤。

562 出《いで》てからいらぬや藤の力こぶ　氏重
563 藤つぼの花は薬のなだれ哉《かな》　貞光
564 さかばなど春より跡にさがり藤　盛一
565 松かさをうつるな藤の花の皃《かほ》　孝晴
566 藤が枝のさがるやたんな松ふぐり　同
567 永日《ながきひ》もながむる間にぞさがり藤　伊勢重次
568 藤こぶにたつるは松の葉《は》針《ばり》哉《かな》　吉貞
569 松笠の緒《を》か花ぶさのさがり藤　末長
570 姫松のさぐるや藤の花かづら　重勝
571 姫松にかゝれる藤や玉だすき　永治
友達の例ならぬと聞《きき》てつかはし侍る
572 松よりも寿命ながゝれさがり藤　重頼
款冬《やまぶき》
573 いきもどり見る山吹《やまぶき》や鋸葉《のこぎりば》
574 咲《さく》色はかな山ぶきのゐんす哉《かな》　慶友

563 一藤壺。宮中の殿舎の一つ。中庭に藤が植えてある。二釉薬(うわぐすり)。陶磁器の表面に塗ってつやを出すもの。三五五三参照。▽藤壺にたれ下がり咲く藤の花を、陶磁器の壺の表面の釉薬のなだれに見立てる。季藤の花。
564 一跡に下がる。おくれる。二下がり藤。垂れ下がった藤の花房。▽下がり藤はどうして春におくれて咲くのか。季さがり藤。
565 一松笠。松ぼっくり。それに病名の瘡(かさ)をかける。二花の顔。花の美しさを人の顔にたとえる。またその逆も。▽松笠＝瘡。松→藤。松笠にかかっている美しい藤の花よ、美しい顔に瘡をうつされるな。季藤の花。
566 一手綱(たんな)。馬の手綱(たづな)状の長い布。ふんどし。二松陰嚢(まつふぐり)。松笠。▽藤→松。手綱→陰嚢。松にかかる藤の花房を、ふぐりにかかるふんどしに見立てる。季藤。
567 一春の日永。二下がる。時刻が移る。▽下がり藤に見とれているうちに永い春日も暮れて行く。季永日・さがり藤。
568 一藤瘤。五五六参照。二立つる。医療用の鍼(はり)を突き刺す。三針状の松葉。それに「鍼」をかける。▽藤瘤のそばの松の葉を、こぶの治療のための鍼に見立てる。季藤。
569 ▽松笠＝笠→緒。松笠にかかる下がり藤の花房を、房つきの笠の緒に見立てる。季さがり藤。
570 一五五四参照。二花鬘。花糸で貫いたり花の枝を輪にして作った髪飾り。▽姫松から下がる藤の花を、女性の花鬘に見立てる。季藤の花。
571 一玉襷。襷(たすき)の美称。また「掛く」の枕詞。▽姫松にかかる藤を、女性のする玉襷に見立てる。季藤。
572 一病気であること。▽下がり藤に友人を寓し、「松は千年」というその松よりも長生きせよ、といった。季さがり藤。
573 一葉辺が鋸歯状の葉。鋸の歯は行きもどりする。▽往き来の度に見る山吹の葉は、往き戻りに縁のある鋸の歯のような形をしている。季山吹。
574 一金山。金銀を掘る山。山吹は大判・小判をもいう。「吹く」も鉱山用語。精錬の際強い風を送ること。二印子。印子金。良質の金。▽山吹を印子金に見立てる。季山ぶき。

寺にて興行に

575 山吹は是《これ》彼《かの》岸《きし》の金《こがね》かな　望一

576 款《やま》冬《ぶき》の散《ちり》敷《しく》庭や金《きん》梨《なし》地《ぢ》　重頼

永《ながき》日《ひ》

577 まん丸に出《いづ》れどながき春《はる》日《び》哉《かな》

弥生のつごもりに

578 ながき日はさやつきつめの刀哉《かな》　春可

579 永《ながき》日《ひ》を二日になせる昼ね哉《かな》　盛澄

580 天《あめが》下《した》にとづくはながき日《ひ》足《あし》かな　望一

581 永《ながき》日《ひ》で織《おる》はかすみの衣《ころも》かな　氏重

582 絵にかきし兎の耳の春日哉《かな》　堅結

高野にて

583 永《ながき》日《ひ》に諸国一見の卒《そ》都《と》婆《ば》哉《かな》　親重

584 延《のび》あがりのびあがる春の日《ひ》足《あし》哉《かな》　貞行

585 曲《きよく》水《すい》はげにゑひ日《じつ》の酒宴哉《かな》　重頼

蛙《かへる》

575 一彼岸(ひがん)。極楽浄土。極楽は黄金で荘厳(しょうごん)されている。また、「岸の山吹」は古歌に多く詠まれる。▽岸に咲き盛る山吹を、極楽浄土の荘厳に見立てる。季山吹。

576 一蒔絵(まきえ)の一種。金粉を施す。▽見立ての句。季款冬。

577 ▽太陽は丸く、日は長い。丸と長の対照。平出本犬筑波集に無記名で出、誹諧初学抄等に「出でてもながき」の形で出し宗鑑作とする。季ながき春日。

578 一鞘突詰め。鞘の先端がつまる。▽鞘突詰め＝月詰(月末)。長き→刀。長い刀が鞘突詰めになるように、永日のつづく春もおしつまった。季ながき日。

579 ▽永い一日を昼寝すること、つまり夜をはさむことによって二日に分ける。季永日。

580 一届く。ニ日の光。▽春の永日の日光が地上に降りそそぐさまの擬人化。季ながき日。

581 一機織(はたおり)道具の杼(ひ)をかける。ニ霞の衣。霞を衣に見立てていう。▽霞の衣を永き日(杼)で織る。季永日・かすみの衣。

582 ▽絵にかいた兎の耳は長い。すなわち長い春日。季永き春日。

583 一諸国一見の僧。謡曲の常用語。▽僧＝卒都婆。「そらつぶて」に「高野山に詣て諸国より建たりける卒都婆を見て」と前書。高野山には日本中の国々から納めた卒都婆があるので、諸国の名を一目で見ることができる。崑山集、「そらつぶて」に「諸国一見」の次の「の」なし。季永日。

584 ▽日足(五八〇参照)を擬人化し、春の日が永いのは、日足が伸び上り伸び上りするからだ、とした。季永き春の日。

585 一曲水の宴。三月三日の遊宴。▽永日＝酔ひ。曲水の宴は春の永日に行われ、人々は酒に酔う。季曲水の宴・永日。

586 一詠み兼ねて。うまく歌を詠めないで。古今集・序「花に鳴く鶯、水にすむ蛙の声を聞けば、生きとし生けるもの、いづれか歌を詠まざりける」により蛙は歌を詠むとされ、以下これをふまえる作が多い。ニ歌袋。和歌の詠草を入れておく袋。▽蛙また、蛙ののどの左右にあって鳴く時にふくらませる袋。

586 一よみかねて鳴《なく》や蛙の二歌ぶくろ

587 一立《たち》わかりなくや蛙の二歌あはせ

588 苗《なは》代《しろ》をせむる一蛙のいくさ哉《かな》　末満

589 和歌に師匠なき鶯と蛙哉《かな》　貞徳

590 鶯と蛙の声や歌《うた》合《あはせ》　親重

591 一やり水のついたかいたく鳴《なく》蛙　宗俊

592 おほく出て一田《た》顔《づら》あらすな二いもがいる　盛親

593 軍《いくさ》にや男うたせて一あま蛙　宗仁

594 一かいる子の二生《うぶ》湯《ゆ》かぬるむ池の水　道的

595 露の玉を一かづきあぐるやあま蛙　正章

596 川中で蛙が読《よむ》やせんどう歌　重頼

一喚《よぶ》子《こ》鳥《どり》

597 雫《しづく》たる山路の二ませんよぶ子鳥　重頼

春時鳥《はるのほととぎす》

598 春やげに一はな声に鳴《なく》郭公《ほととぎす》

599 鶯の子なら春なけ子規《ほととぎす》　徳元

が鳴いているのは、歌を詠みかねて泣いているのだ。季蛙。

587 一立ち分かり。二手に分かれて。二歌合。左右二組に分かれて歌の優劣を競う遊び。▽二手にわかれて鳴く蛙を、前項の故事によって歌合に見立てた。季蛙。

588 一蛙軍。古今著聞集の故事から蛙は軍をするとされる。実は群集して交尾するさま。▽苗代＝城。苗代(城)をめぐって蛙が攻防戦をしている。季苗代・蛙のいくさ。

589 ▽諺「和歌に師匠なし」。もと定家の詠歌大概に所出。和歌の修行は師匠に学ぶだけでなく古歌に学ぶべきだの意。ここはわざと文字通りに解し、鶯も蛙も別に師匠についたわけではない、とした。山之井に「独吟千句巻頭に」と前書し、中七「なくらうぐひすと」。写本貞徳独吟九百韻の第二百韻の発句。山之井と同形。季鶯・蛙。

590 ▽古今集・序(五八六参照)をふまえる。季鶯・蛙。

591 一遣水。庭園内に設けた流れ。▽遣水＝槍。甚(いた)し＝痛し。槍→突く→痛し。遣水でひどく鳴く蛙は、槍で突かれて痛がって泣いているのか。季蛙。

592 一横本「たがほ」と振仮名。田面(たづら)とも。二妹蛙。雌蛙。妹＝疱瘡(いも)。▽多数の蛙よ田を荒すな＝疱瘡の跡が多く残って顔を醜くするな。季蛙。

593 一雨蛙。それに尼をかける。▽蛙軍(五八八参照)で夫を討たれ尼になったか、雨(尼)蛙が鳴いている。季あま蛙。

594 一蛙子。オタマジャクシ。二出産時に新生児を洗う湯。▽春日水ぬるむ池の水を蛙の子の生湯に見立てる。山之井に上五「かへるこの」。季かいる子。

595 一被く。頭にかぶる。それに「潜く」(潜水する)をかける。謡曲・海士「明珠をかづきあげしも此浦の海士にてある」。▽雨蛙の頭におく露の玉を、海士のかずきあげた明珠に見立てる。季あま蛙。

596 ▽船頭歌＝旋頭歌(歌体の一種)。河のまん中で詠むから船頭歌、つまり旋頭歌だ。季蛙。

597 一時鳥の異称。二馬柵棒(ませんぼう)。馬小屋の入口の横木。▽馬に乗って山路を行くと喚子鳥の声に心惹かれて進むこと

600 春鳴《なく》や天[一]下一はの郭公《ほととぎす》　武清

暮《ぼ》春《しゅん》

601 暮《くれ》て行《ゆく》春や霞[一]の関[二]やぶり　休音

雑《ざふの》春《はる》

602 左《さ》[一]義《ぎ》長《ちやう》は唐《たう》土《ど》の鳥の毛[二]やき哉《かな》

603 初[一]とらの泥《あ》[二]障《ふり》で参れ鞍《くら》馬《ま》寺《でら》　貞徳

604 か[一]はゝがれからきめや見る山《さん》椒《せう》の木　同

605 寒《さえ》[一]帰《かへる》世はすゝ[二]ばなのさかりかな　同

606 牛の子にか[一]はゞ角《つの》[二]ぐむ真《ま》[三]薦《こも》哉《かな》　徳元

弥[一]生三日住吉にて

607 塩はけふ西の宮までひ[二]るこ哉《かな》　慶友

如月初午《きさらぎはつむま》[一]に

608 若草やけふ初むまのい[二]なりくひ　安重

609 白《あを》[一]馬《うま》を引《ひく》夜は空も月[二]毛哉《かな》　重勝

610 春風は梢そろゆるはさみ哉《かな》　正直

611 山[一]口の春の苺《こけ》[二]地《ち》やの[三]ぼり髭《ひげ》　同

が出来ない。そこで喚子鳥を馬柵棒に見立てる。季よぶ子鳥。

598 一鼻声。鼻にかかって濁った声。▽鼻＝花。時期外れでうまく鳴けぬのを、花にかけて鼻声とした。季春郭公。

599 ▽時鳥は卵を鶯の巣に産みつけ育てさせる。鶯の子として育ったのなら、春鳴けよ。塵塚誹諧集所収。季春子規。

600 一近世名工に与えられた称号。▽天下一＝一羽。春鳴く郭公はただ一羽、これこそ天下一の郭公だ。季春郭公。

601 一行く手をさえぎる霞を関にたとえていう。二関破り。不法に関所を通ること。▽霞が立っているのに春が暮れて行くのを、霞の関の関破りに見立てる。季暮春・霞。

602 一正月十五日の火祭り。とんど焼き。その囃し言葉「とうどとうど」を、七草の囃し言葉「唐土の鳥の」(八九参照)にかける。二毛焼。三一参照。▽左義長の火を唐土の鳥の毛焼の火に見立てた。季左義長。

603 一初寅。初寅参り。新年最初の寅の日に毘沙門天へ参詣すること。洛北鞍馬寺が有名。二馬具の一種。泥のはねかえりを防ぐ。▽泥障→鞍・馬。句意未詳。季初とら。

604 一山椒の皮。山椒の若い皮を材料にした食品。▽「山椒の皮」を作るために皮を剝がれ辛い目にあう。季山椒の皮。

605 一春寒さがぶりかえす。横本「ひへかへる」と振仮名。二洟(すすばな)。たれ下がる鼻水。▽寒さが戻ると、世間は桜の花ならぬ、洟の盛りだ。季寒帰。

606 一飼ふ。飼料として与える。二草木の芽が角のように出始める。三水辺に生えるイネ科の多年草。▽角ぐむマコモを角の生え初めた子牛に与える。塵塚誹諧集所収。季角ぐむ真薦。

607 一三月三日。汐干狩によい日。住吉海岸はその名所。二西宮神社の祭神は蛭子大神(恵比須)など。▽蛭子＝干る。潮は住吉から西宮まで一面に干ている。季塩干。

608 一二月の最初の午の日。稲荷神社の祭り。二居成喰。用があっても立たずに食いつづける。▽稲荷＝居成喰。初午の今日、馬が若草を居成喰している。季若草・初むま。

609 一白馬の節会(せち)(え)。引き天皇が御覧になる。朝廷の年中行事。正月七日白馬を庭に引き出す夜、空には月が出、月毛色だ。二馬の毛色の一種。▽白馬を引き出す夜、空には月が出、月毛色だ。季白馬。

612 二月十五日に
目《め》たゝきはしばし仏《ほとけ》一の別《わかれ》かな　盛彦

613 二月十五日一
天二命か月もねは三んの雲がくれ　良徳

614 さ一へづらば鳥二さし棹もし三のべ竹　政直

615 初春のなれ一こ舞かや万《まん》二歳《ざい》楽《らく》　親重

616 住よしにて一
す二みの江の八三景や此《この》浦《うら》の春　同

617 ならへまかりし時
正《しやう》体《だい》一もなら二もろはくのやよひ哉《かな》　同

618 天王寺《てんわうじ》にて一
万年もかう二ぞ亀井の春の水　同

610 ▽春風と共に枯木の梢に新芽が生え揃うのを、春風を鋏にたとえ、その鋏で切り揃えるとした。季春風。
611 一山の登り口。二苔の生えた地。三登髭。末端のはね上った口髭。▽口→髭。見立ての句。季春の苺。
612 一ひとみ。瞳孔。「仏の別」は釈迦入滅の日。涅槃会(ねはんえ)。▽まばたきをすると一瞬仏(ひとみ)が見えなくなる。つまり仏の別れだ。それに涅槃会をかける。季仏の別。
613 一釈迦入滅の日。その日行われる法会が涅槃会(ねはんえ)。二天の命令。めぐりあわせ。三涅槃の雲。釈迦が涅槃に入り(入滅して)見ることが出来ぬことを雲にたとえる。▽釈迦が涅槃の雲にかくれたこの日、天命であろうか折からの満月も雲にかくれた。季ねはん。
614 一囀(さえず)る。小鳥が鳴く。春の季語。二鳥刺竿。細い竹の先端に鳥黐(とりもち)を塗った竿。小鳥を捕える。三篠竹(しのべだけ)。竹の一種。鳥刺竿に用いる。それに忍び寄る意をかける。▽うかうか囀っていると鳥刺竿の篠竹が忍び寄る。季さへづる。
615 一馴講舞・馴子舞。三九参照。二雅楽の曲名。▽優雅でめでたい万歳楽を初春の馴子舞に見立てる。季初春・万歳楽。
616 一住吉。摂津の名所。住吉神社がある。二住吉・墨吉・墨江などと書き、住吉のこと。それに「墨の絵」つまり水墨画の意をかける。三中国の瀟湘八景。それにならって、その地域の代表的な八つの景色をいう。▽この住吉の浦の春の景色は、水墨画によくある八景のようだ。季浦の春。
617 一正体なし。前後不覚である。二奈良諸白。奈良で産する上等な酒。▽正体もなし=奈良諸白。弥生=酔ひ。春三月、奈良諸白を飲みすごし前後不覚になった。季やよひ。
618 一大坂の天王寺。今の四天王寺。天王寺七不思議の一つに亀井の水あり。京童跡追に「亀井の水は、天竺無熱池より竜宮城へ銀の樋をかけ、又竜宮より天王寺へかけたれば、絶(たゆ)べからざる者なり」。二斯(こ)うぞ。この通りだ。それに「劫(こう)」(仏教でいうきわめて長い時間)をかける。▽斯う=劫。亀井=亀居。天王寺の亀井は万年も昔から絶えることなく、万年も劫を経た亀が遊んでいる。季春の水。

狗猧集題目録

夏部

蓮
夏月
白雨
御祓

氷室
短夜
扇
雑夏

祇園会
蟬
納涼

狗猧集巻第三

夏

[一]更衣《ころもがへ》

619 ぬきてきよ[二]わたくしならぬ衣《ころも》替《がへ》　貞徳

620 毛《け》短《みじか》に鶉《うづら》もけふや衣がへ　徳元

621 いつの間に夏は[一]き布の衣がへ　良徳

[一]新樹《しんじゅ》

622 [二]きつさきや[三]葉ばやくみゆる夏木《こ》だち

623 夏山の木《こ》だちをとむる[一]手《て》鎌《がま》哉《かな》　愚道

624 [一]こまがへる若葉はいかに姥《うば》桜《ざくら》　徳元

625 木刀にせよ[一]かしの木の夏木《なつこ》立《だち》　同

626 [一]山《やま》姫《びめ》の[二]守《まもり》刀《かたな》か夏木《こ》だち　休音

619 一 四月一日に綿入れから袷(あわせ)に着替える。二 私ならぬ。自分勝手でない。世間並みの。それに綿をかける。▽綿＝私。綿入れの着物から綿をぬき取って着よ。そうすれば綿がないから袷ということになり、世間並みの更衣になる。崑山集に同作者の「けふぬくはわたくしもなし衣がへ」所収。それにつき馬鹿集に「一句の心けふまできたるきる物に、綿もなきといふやうに聞え侍る。犬子集に、ぬきてきよわたくしならぬ衣がへ、ともいへり。但なをしにや」とある。季衣替。

620 ▽鶉の毛が短いのは今日更衣をしたのだろう。鶉は頭小さく、尾短く、からだ全体が丸みを帯びる。季衣がへ。

621 一 生布。まだ練ったりさらしたりしてない、織ったままの布。織り目が粗く肌ざわりもさわやかなので、夏の衣服の材料によい。▽夏は来ぬ＝生布。いつの間にか夏が来て、生布の衣服に更衣をする。季衣がへ。

622 一 初夏のみずみずしい若葉を持った木。二 切先。刀の先端。三 葉早し。若葉が早い。それに「刃早し」(す早く切れる、鋭利である)をかける。▽夏木立＝小太刀。木先＝切先。葉早し＝刃早し。夏木立の木先(梢)は早くも若葉になった。それを縁語・掛詞仕立てで詠む。季夏木だち。

623 一 鎌の一種。六、七寸の木の柄をつけ、手もとに引いて柴や草を刈り取る。これは又武器にもなる。▽木立＝小太刀。夏山の木立の先端を手鎌で刈り止める＝小太刀を手鎌で受け止める。季夏山の木だち。

624 一 年老いた者が再び若い様子になる。若返る。▽こまがへる→若→姥。若葉＝若歯。姥桜に若葉が生えたのは、姥に若歯が生えて若返ったようだ。塵塚誹諧集の寛永五年(一六二八)六月有馬入湯日発句のうち。季若葉。

625 一 樫の木。木刀の材料になる。▽夏木立＝小太刀。樫の木の夏木立は小太刀と同音だから、木刀にしなさい。塵塚誹諧集の寛永五年六月有馬入湯日発句のうち。季夏木立。

626 一 山を守り治める女神。二 護身用にいつも身につける刀。▽夏木立＝小太刀。夏木立すなわち小太刀を山姫の守刀に見立てる。季夏木だち。

627 [一]むらさめをさやにかくるか夏木立《なつこだち》　徳元

628 夏咲《さく》や実《げに》[一]ねぢ藤の[二]花《はな》心《ごころ》　貞継

629 夏かけてだらりと咲《さく》や藤の花　長吉

630 夏山の道やふたする[一]つゞら藤　正直

[一]余《よ》花《くわ》

631 嵐より卯月は花の敵《かたき》かな　永治

杜若《かきつばた》

632 硯出せ[一]思ふ当座をかきつばた　春可

633 我と水に[一]すきうつし絵や杜若《かきつばた》　親重

634 絵師も此匂ひはいかでかきつばた　良徳

635 [一]水かゞみ見てやたしなむ[二]皃《かほ》よ花《ばな》　宗俊

636 見る人や諸《もろ》共《とも》に[一]笑《ゑむ》皃よ花　正直

637 見る人や何の[一]用事もかきつばた　重頼

[一]一《いち》八《はつ》

638 [二]すがりても名やいちはつの花の庭

639 [一]千《ち》種《くさ》あれど先《まづ》一はつの[二]花野哉《かな》　正満

627 一 村雨。それに鮫(さめ)をかける。鮫の皮は刀の鞘や柄(つか)に巻く。▽夏木立＝小太刀。夏木立に村雨が降りかかる＝小太刀の鞘に鮫皮を巻きかける。塵塚誹諧集所収。季夏木立。

628 一 捩藤。つるがねじ曲った藤。心がねじけている意を寓す。二 移りやすい心。うわき。▽季節はずれの夏に咲くとは、ねじ曲った藤の花心よ。季夏藤。

629 ▽だらりと垂れ下がり咲く藤の花、本来は春の花なのに、夏になって咲くとはだらしないことだ。季夏藤。

630 一 葛藤(つづらふじ)。ツヅラフジ科のつる性落葉木。それに葛籠(つづら)をかける。葛籠は葛藤で編んだかぶせ蓋の箱。▽夏の山道を覆うように咲く葛藤を、葛籠の蓋に見立てる。季夏藤。

631 一 咲き残った花。春におくれて咲く花。特に桜花。▽卯月(四月)になればせっかくの余花も相手にされないので、花を吹き散らす嵐以上に卯月は敵だ、の意か。季卯月・余花。

632 一 即興の作。▽書き＝杜若。硯を出せ、杜若を見て思いついた即席の作を書きつけるから。季かきつばた。

633 一 透き写し絵。透き写しにした絵。それに「映し」をかける。▽描き＝杜若。杜若が水に映った自分の姿を透き写しに描く。季杜若。

634 ▽描き＝杜若。いかにすぐれた絵師でも、杜若の匂いは描くことができない。季かきつばた。

635 一 水鏡。澄んだ水面に姿が映って見えること。二 顔佳花(かおよばな)。杜若の異名。▽杜若はその異名の通り美しい顔を水鏡に映して身嗜みをする。季皃よ花。

636 一 笑う。また、花が咲く。▽顔佳花もにっこり笑い(咲き)、見る人も喜び笑う。季皃よ花。

637 一 用事を欠く。用事をしそこなう。▽用事も欠く＝杜若。杜若の美しさに見とれて用事をしそこなう。季かきつばた。一 アヤメ科の多年草。花は杜若に似て紫の斑点ある薄紫色。

638 二 すがる。末枯の字を宛て、盛りをすぎて衰える。▽名や一＝一八。衰えても名は一番だ、一八の花は。季いちはつ。

639 一 いろいろの草。二 花の多く咲いている野。当時は秋の季語として定着していなかったか。▽先づ一＝一八。花野の数ある花の中で、一八は先ず一番だ。季一はつ。

牡《ぼ》丹《たん》

640 名にしおはゞさけ月〳〵の廿日《はつか》草《ぐさ》　徳元

641 しゝ舞もせよやぼたんの花見酒　同

642 月出《つきので》は亥《ゐ》中《なか》にも見よ廿日草　慶友

643 見ても〳〵さりとはよくのふかみ草　利清

644 御意《ぎょい》に入《いる》は今まいりかや廿日草　正直

牡丹見に行《ゆく》人遅帰《おそくかへり》ければ

645 猫づなも牡丹の陰《かげ》は道理哉《かな》　重頼

堺にて

646 連《れん》歌《が》せば只牡《ぼ》丹《たん》花《くわ》の盛《さかり》かな　同

芍《しゃく》薬《やく》

芍薬の盛《さかり》を見にまかりて

647 花おらばしんしやくやくの主哉《かな》　重頼

648 見にや来んしやくやくそくの花の友　正次

649 花の輪《りん》一尺やくのまはりかな　慶友

若《わか》楓《かいで》

640 一牡丹の異名。▽二十日の名を持つなら、年に一度といわず、毎月二十日に咲け。塵塚誹諧集の寛永五年(一六二八)六月有馬入湯日発句のうち。季廿日草。

641 ▽獅子→牡丹。牡丹の花見の余興に獅子舞をせよ。季ぼたんの花。

642 一亥中の月。陰暦二十日の月。亥の刻に東天に上る。亥の刻は午後九—十一時頃。亥中はその中間。▽牡丹の異名を二十日草といい、二十日の月を亥中の月というから、昼間だけでなく月の出る亥中の刻にも牡丹を見よ。季廿日草。

643 一深見草。牡丹の異名。▽欲の深み＝深見草。深見草をいくら見てもなお見たいとは、欲の深いことだ。崑山集に中七「さりとはよくや」。季ふかみ草。

644 一主人に気に入られること。諺「今参り二十日」。奉公人が来た当座は忠実に働くが、間もなく怠け出すこと。▽二十日草が人の気に入られるのは、諺に「今参り二十日」というやつで、当座だけのことだ。季廿日草。

645 一猫綱。猫をつないだ綱。また、強情で人の言葉に従わぬこと。▽猫→牡丹。牡丹がみごとだから、それを見に行った人が、いうことを聞かず遅く帰るのも道理だ。季牡丹。

646 一牡丹の花。それに堺に住んだ連歌師牡丹花肖柏をかける。堺の半井卜養はその子孫といわれ、この句も卜養への挨拶の句か。▽卜養さんは牡丹花肖柏の御子孫だけあって、連歌も牡丹の花盛りのようにみごとです。季牡丹花。

647 一斟酌。相手の気持を考慮してとりはからうこと。▽斟酌＝芍薬。芍薬の花を折り取る人に対して寛大な風流な主人。季芍薬。

648 一花を訪ねる風雅な友。▽芍薬＝約束。芍薬を見に来ると約束した花の友は、きっと訪ねて来るだろう。季芍薬。

649 一花の周囲。▽一尺＝芍薬。花の周囲が一尺もあろうかというみごとな芍薬の花。崑山集に中七「なん尺やくの」、作者無記名。それに対し馬鹿集に「犬子集慶友句に、花のりん一尺やくのまわり哉、といへるを直したる歟。さのみ花のりんのなんじやくあるべきにもあらず。一尺やくといへるこそ尤にあはしくは侍れ」。季芍薬。

650 題[一]にして読《よむ》や其名もわか楓　慶友

651 老《おい》の目に見るを嫌《きらふ》や若楓　同

卯《う》の[一]花《はな》

652 烏《からす》には似ぬうの[二]花ぞ鷺の色　貞徳

653 卯花はしらがぞ夏の月[一]がしら　同

654 盛《さかり》見て横手《よこで》[一]をちやうどうつ[二]木哉《かな》　慶友

655 卯花は庭にちり敷《しく》白《はく》砂《さ》哉《かな》　休甫

或寺にて

656 卯花をおど[一]し立《たつ》るや三《みつ》[二]具《ぐ》足《そく》　正直

657 寅[一]の時も先《まづ》卯花は見《み》物《もの》哉《かな》　重頼

葵《あふひ》

658 作るこそ実名《げにな》をえたるたち[一]葵

659 物[一]のけかいたむ葵[二]のうへなをし　慶友

榊《さかき》

660 花のえんつきて又見る葵哉《かな》　成安

661 榊葉は虫くひならで卯《う》月《づき》哉《かな》　氏重

650 一和歌の題。▽和歌＝若楓。若楓を題にして和歌を詠む。季わか楓。

651 ▽老と若の対照。老人のひがみで「若」を嫌う。季若楓。

652 一ウツギの花。初夏に白い五弁花が群がり咲く。二卯花に鵜(う)をかける。鵜は黒色の水鳥。▽鵜＝卯花。烏↓鵜↓鷺。鵜は烏と似て黒い鳥だが、鵜と同音の卯花は烏とは似ないで、白い鷺の色をしている。季うの花。

653 一月頭。月の初め。▽白髪↓頭。夏の月初めに咲く白い卯花を、頭の白髪に見立てる。季卯花。

654 一横手を打つ。深く感動して両手を打ちあわせる。二はっしと。ばしっと。▽打つ＝卯木。卯木の花盛りを見て、感動の余り横手を打つ。季卯木。

655 ▽単純素朴な見立ての句。季卯花。

656 一卯花威(おどし)。鎧の威の一種。二三九六参照。それに武具の具足をかける。▽仏前の三具足の花瓶に卯花が立ててあるさまを、白糸威の鎧に見立てる。季卯花。

657 一午前三―五時頃。卯の刻は午前五―七時頃。▽寅↓卯。卯の花の卯は卯の刻の卯だが、寅の刻に見てもやはり見物だ、すばらしい。季卯花。

658 一立葵。アオイ科の越年草。▽太刀＝立葵。刀を作る人、刀工には名を得た(有名な)人が多いが、この立葵も立派だ。謡曲・高砂「げに名を得たる松が枝の」をふまえるか。季たち葵。

659 一物怪(もののけ)。人にとりついて悩まし、病気にし、時には死に至らせる死霊・生霊(いきりよう)の類。二葵の上。源氏物語の主人公光源氏の正妻。源氏の愛人六条御息所(ろくじようのみやすどころ)の生霊に苦しめられ急死する。▽葵の上＝植ゑ直し。あの葵の上ではないが、物怪のせいか痛んでしまった葵を植ゑ直す。季葵。

660 ▽源氏物語で花の宴の巻が終ると、次は葵の巻。宴が終ることを尽きるというので、「花の宴尽きて」といった。季葵。

661 ▽榊葉＝歯。虫食(葉)＝虫食(歯)。卯月＝疼き(うずき)。四月の榊葉には虫食葉はないが、歯の方は虫食歯が疼くことだ。季榊・卯月。

毬花《てまりのはな》[一]

662 落《おち》て又あがれ手まりの花の露　親重

663 数《かず》多《おほ》くつくや手まりの花の庭　一正

紫陽草《あぢさゐ》

664 なめて見よ名もあぢさひの花の露　為松

橘《たちばな》[一]

665 たち花は思ひきられぬ匂ひ哉《かな》

木陰に人の多きを見て

666 見る人も橘[一]氏《うぢ》のごとくかな　貞徳

667 門[一]前に市も立《たち》[二]花《ばな》の盛《さかり》哉《かな》　同

668 香《かう》[一]類《るい》と名[二]に立花の匂ひ哉《かな》　同

669 来なかぬははらたちばな[一]や時鳥《ほととぎす》　弘政

670 鴈[一]がねと古《こ》郷《きやう》やひとつ常世《とこよ》[二]花《ばな》　重頼

柑子《かうじ》[一]

671 門《もん》[二]を出《いで》ず見るや柑子の花盛《はなざかり》　貞徳

672 夏の日にむされて咲《さく》や柑[一]子花　同

662 一 オオデマリの別名。▽手鞠は落ちても又あがる。そのように露よ落ちても又あがれ。季手まりの花。

663 ▽花が着く＝毬を突く。毬花が多く着いた(咲いた)庭で、手毬を数多く突く。季手まりの花。

664 ▽紫陽草＝味。舐める→味。アジという名を持つ紫陽草の花の露は味がよいだろうから舐めてみよ。季あぢさひ。

665 一 食用柑橘類の総称。▽太刀＝橘。太刀→切る。橘→匂ひ。切るに縁ある太刀と同音の橘だが、そのすばらしい匂いは思い切ることができない。季たち花。

666 一 古代の名族。氏は家系・家柄。▽橘→氏＝蛆(じう)。橘を見るため人が蛆の如く多く集まる。季橘。

667 一 諺「門前に市をなす」。門前に人が多く集まる。権力や名声を慕って出入りする人が多いこと。二 橘。▽市も立ち＝橘。橘の花盛りを見るべく人が門前に群集する。季立花。

668 一 柑類(こうるい)のもじり。柑橘類。二 名に立つ。有名になる。▽柑類＝香類。名に立ち＝橘。柑・香→匂ひ。匂いで有名な橘は柑類ならぬ香類といふべきだ。季立花。

669 一 腹立花。花橘のもじり。花橘は橘の花のこと。▽橘→時鳥。「時鳥来鳴きとよもす橘の花散る庭を見む人や誰」(万葉集)など、古来和歌に詠まれているのに、このみごとな花橘に来て鳴かぬとは、花橘ならぬ腹立花だ。季たちばな・時鳥。

670 一 雁金。雁。二 橘の花の異名。橘は田道間守(たじまもり)が常世の国から持ち帰ったといわれる。▽一つ所(こと)＝常世国。常世の国は海の向うのはるか遠い所の国と考えられて居り、雁も海の向うから渡って来るので、一つ所といった。季常世花。

671 一 ミカン科の落葉小喬木。在来ミカンの一種で実は小さい。二 諺「好事門を出でず」。よい行いは世間に伝わりにくい。▽柑子＝好事。外出もせず柑子の花盛りを見る。これこそ諺にいう「好事門を出でず」だ。懐子はこの句の典拠を事類全書の「好事不レ出レ門、悪事走二千里一」とする。季柑子の花。

672 一 麴(こうじ)の花をかける。麴は蒸した米・麦などに麴かびを繁殖させたもの。酒・みそ・しょうゆの主要原料。そのかびを麴の花という。▽夏の日に照らされ蒸されて柑子の花が咲く。米や麦が蒸されて麴の花が咲くように。季夏の日・柑子花。

673 花の香[一]や誰も心にかんじの木　　慶友

時鳥《ほととぎす》[一]

674 名《な》[二]乗《のり》せば氏《うぢ》や橘ほとゝぎす

建仁寺[一]にて

675 高[二]もりに声やあ[三]げ昆《こ》布《ぶ》子規《ほととぎす》

676 竹の子かお[一]やまさりなる時鳥

677 蟬に似ぬ耳の薬や郭公《ほととぎす》

678 本《ほ》尊《ぞん》かけたかにとらるな杜鵑《ほととぎす》

679 しんで四《し》[一]手《で》の山路かなかぬ時鳥

680 此《この》夏《なつ》は下手の薬かほとゝぎす

東寺《とうじ》[一]にまかりて

681 秘密する声や真《しん》言《ごん》郭公　　貞徳

くすしの宿《やど》にて

682 よく聞《きく》や医師《くすし》の宿の霍公《ほととぎす》　　同

或寺にて

683 本《ほん》尊《ぞん》ぞ心にかけた郭公　　同

673 一底本「木」を墨書で補正。▽柑子はコウジまたはカンジと読む。それに「感じ」をかけ、柑子の花の香に感じ入る、とした。季柑子の花。

674 一ホトトギス科の鳥。初夏南方より渡来し、初秋南方へ帰る。和歌・俳諧ではなかなか鳴かぬその一声を待つことを多く詠む。文字もさまざまに宛てる。二自分の名前・身分などを人に告げる。▽時鳥は花橘に来鳴く(六六九参照)というところから、名乗るなら橘氏を名乗れ、と詠んだ。季橘・ほとゝぎす。

675 一京都の有名な禅寺。二高盛り。椀などに飯や菜を高く盛り上げること。三揚昆布。七センチほどの長方形に切った刻み昆布を油で揚げた物。▽声やあげ＝揚昆布。仏前に揚昆布が高盛りにされ、時鳥が声高に鳴く。季子規。

676 一親優り。子が親よりすぐれていること。時鳥は鶯の巣に卵を産みつけ鶯に育てさせ、時鳥の子は親である鶯より大きくなる。▽そのさまを竹の子に見立てる。季竹の子・時鳥。

677 ▽耳鳴りはうるさい蟬の声に似ている。それに対して時鳥はなかなか鳴かないので「耳の薬」といった。季蟬・郭公。

678 ▽時鳥はホゾンカケタカと鳴く。それに鷹をかけ、うっかり鳴いて鷹につかまるなよ、とした。季杜鵑。

679 一死出の山路。死後越えて行く山の路。時鳥の別名を四手田長(しでのたおさ)ともいう。▽死出＝四手。時鳥が鳴かぬのは、死んで死出の山路にかかっているからか。季時鳥。

680 ▽下手の医師の薬は利かない＝聞かない、の洒落。崑山集に長頭丸(貞徳)の作とする。季ほとゝぎす。

681 一京都の真言宗の寺。▽仏語に「真言秘密」というが、真言宗の寺だけに時鳥も声を秘密にして鳴かない。季郭公。

682 ▽時鳥の声をよく聞く＝薬がよく効く。薬のよく利く医師の家だけに時鳥の声をよく聞く。季霍公。

683 ▽本尊を心にかけて祈る。それに時鳥の鳴き声ホゾンカケタカをかける。季郭公。

684 ▽斎藤別当実盛は加賀国篠原の合戦で討死。「名のれ名のれと責むれども終に名のらず」(謡曲・実盛)。季郭公。

685 ▽哀れな話を聞かせたいものだ。そうしたら泣く(鳴く)だろう。季子規。

時鳥きかざる折〳〵に

684 実《さね》盛《もり》か終《つひに》名のらぬ郭公《ほととぎす》　同

685 哀《あはれ》なる事きかせばや子規《ほととぎす》　同

686 猿《さる》轡《ぐつわ》はめられたるか時鳥《ほととぎす》　同

687 藤さける門でやそだつ時鳥　同

688 楽に世をわたるかなかぬ[一]含血《ほととぎす》　同

689 歌《うた》読《よみ》の宿《やど》を専《せん》にせよ鸞鳥《ほととぎす》　徳元

690 待《まつ》ほどは遅し[一]みろくの子規　同

691 [一]あきなひか空《そら》[二]ねも高き杜宇《ほととぎす》　同

692 [一]うはの空に鳴《なく》は寝《ね》語《ごと》か望魄《ほととぎす》　春可

693 夜《よ》鳴《なき》する子に立《たち》かはれ蜀魄《ほととぎす》　同

694 子規山をもくづす高ね哉《かな》　休甫

695 奥山にとんせいしたか郭公　休音

696 一《ひと》声《こゑ》は瘖《おし》とやいはん時鳥　親重

697 名《な》乗《のり》せば名《みやう》字《じ》も添《そへ》よ郭公　同

698 なのれかし虹《にじ》有《ある》空の郭公　正直

686 ▽時鳥が鳴かぬのは猿轡をはめられたからか。季時鳥。

687 ▽「藤―時鳥」(類)。句意未詳。季時鳥。

688 一 時鳥は鳴いて血を吐くといわれる。▽しかるに一向に鳴かないのは楽に世を渡っているからか。季含血。

689 ▽塵塚誹諧集所収。古今集・西行「きかずともここをせにせん子規山田の原の杉の村立」。この「せにせん」は聞く所にしようの意。それを専にせよと転じ、歌詠みの家にいつも居よ、歌詠みたちがお前を待ち兼ねているから、とした。季鸞鳥。

690 一 弥勒菩薩(みろくぼさつ)。釈迦入滅後五十六億七千万年して人間界に現れ衆生を救う。▽時鳥の一声を待つ間の長く感じられるのをそれにたとえる。塵塚誹諧集所収。季子規。

691 一 商ひ。商売。二 空値。実際より高く売りつける値段。かけ値。▽空値＝空音(空を飛びながら鳴く声)。空値が高い＝空で鳴く一声が高い。塵塚誹諧集所収。季杜宇。

692 一 上空に、人がぼんやりしているさまをかける。▽空の上で鳴いているのは、寝言を言っているのか。季望魄。

693 ▽夜泣きする子は嫌われる。時鳥が夜鳴くのは待ち遠しい。だからいっそ立ち代れ。交替せよ。季蜀魄。

694 ▽高音＝高嶺。高い山をも崩すような高い一声。季子規。

695 ▽さっぱり鳴かないのは奥山に遁世したからか。季郭公。

696 ▽惜し＝瘖。たった一声とは惜しい。それではまるで瘖のようだ。季時鳥。

697 ▽名乗る時、名だけでなく姓も添えればそれだけ長くなる。そのように長く多く鳴け。季郭公。

698 ▽虹＝二字。二字は人の実名・名乗り。空に虹が出た、時鳥よ二字の実名を名乗るように鳴けよ。季郭公。

699 ▽時鳥の産卵の習性(六七六参照)から、鶯の巣の中で育った時鳥が、育ての親のウグイスの末尾のスを受け継いでホトトギスと名乗る、とした。季ほとゝぎす。

699 子は親の名をや跡取《とる》ほとゝぎす　慶友
700 かしましき[一]太鼓にならへ時の鳥　同
701 [一]宗《しゆう》体《てい》は何の本《ほ》尊《ぞん》ぞ子規《ほととぎす》　光家
702 涅《ね》槃《はん》像《ざう》なれに見せばや時鳥《ほととぎす》　重勝
703 郭公《ほととぎす》なかばよ[一]しはら雀かな　同
704 沓《くつ》の代《しろ》ほしくばわめけ杜鵑《ほととぎす》　安利
705 山彦を弟子にとりたか郭公　利房
706 なつきては手にとまりなけ時鳥　成安
707 何《いつ》れ[一]きかん[二]伽《きや》羅《ら》の[三]初音と時鳥　堅結
708 [一]名《な》乗《のり》けり抑《そもそも》是《これ》は郭公　良春
709 連《れん》歌《が》せよはや口になく子規　良徳
710 [一]籠《かご》耳《みみ》にきかせん物か時鳥　長昌
711 [一]口きゝと人によばれよ杜宇《ほととぎす》　氏重
712 [一]地獄耳に[二]をちかへりなけ子規　望一
713 それと聞《きく》[一]そら耳もがな郭公　同
714 [一]天《あま》の戸や夜はにほと〳〵ほとゝぎす　利清

700 一時を知らせる太鼓。▽時の太鼓＝時の鳥。同じ時の字を持つ時の太鼓にならって、うるさいほど鳴け。季時の鳥。
701 一仏教の宗派本来の趣旨。宗風。▽ホゾンカケタカと鳴く時鳥は宗体は何でどんな本尊をかけるのか。季子規。
702 ▽釈迦入滅の姿を描く涅槃像には、生きとし生けるものが集まり泣く。それを汝(なれ)に見せれば、さすがの時鳥も泣く(鳴く)ことであろう。季時鳥。
703 一吉原雀。ヨシキリの異名。転じて口数多くうるさい人。▽無口な時鳥とよく囀る吉原雀との対比。季郭公。
704 ▽時鳥の異名沓代鳥(くつてどり)をきかし、時鳥よ、その異名の沓の代金が欲しくばわめけ、うんと鳴け。季杜鵑。
705 ▽時鳥が一声鳴くと山彦が同音に響くのを師と弟子に見立てた。季郭公。
706 ▽夏来ては＝懐(なつ)きては。懐子に後撰集・読人不知「時鳥なつきそめにしかひもなく声をよそにも聞きわたるかな」を本歌とする。季時鳥。
707 一聞く。香の匂いを嗅ぐ。それに声を聞くをかける。二香木中の最高品。三有名な香の名。▽伽羅の初音と時鳥の初音と両方すばらしいので、どちらをきこうか迷う。季時鳥。
708 一能や狂言で登場人物が先ず自分の身分氏名を名乗ること。▽時鳥の声を能の名乗りに見立てる。守武千句に「名乗りてやそも〳〵こよひ秋の月」の類句。季郭公。
709 ▽早口に一声しか鳴かぬ時鳥よ、連歌のようにつづけざまに鳴け。季子規。
710 一水が籠からつつ抜けするように聞いたことを忘れやすい耳。▽そんな耳に一声だけでは耳にとまらない。季時鳥。
711 一口利き。弁舌達者な人。▽口利きと呼ばれるように多く鳴け。季杜宇。
712 一人の秘事など素早く聞きこむ耳。二復(お)ち返り。もとに返る。くり返す。▽拾遺集「時鳥をちかへり鳴けうなゐ子がうちたれ髪のさみだれの空」をふまえ、地獄↓落ちの縁語を使い、地獄耳に聞かれるよう早く鳴け、とした。季子規。
713 一空耳。音もせぬのに聞えたように感じること。▽懐子に後撰集・伊勢「時鳥はつかなる音を聞き初めてあらぬもそれ

715 待《まち》〳〵《まち》てほとゝぎすんの隙《ひま》もなし　元郷
716 耳[一]のびくあつきが聞《きく》や杜鵑《ほととぎす》　正友
717 田歌うたふ音頭とりか時鳥《ほととぎす》　広直
718 我《わが》朝《てう》の鸚鵡《あうむ》[一]や木玉《こだま》ほとゝぎす　重頼
719 急雨《むらさめ》や声の典薬[一]郭公《ほととぎす》　同
720 鶯の継子《ままこ》か似ざるほとゝぎす　同
721 をのが名の四季共《とも》に聞《きく》声もがな　同

蛍《ほたる》

722 夏虫に尻の火をかせ飛《とぶ》蛍
723 篠《ささ》の葉の風や蛍の火《ひ》吹竹《ふきだけ》
724 にげ[一]尻の見えぬ蛍やすばる[二]星
725 宇[一]治川で火花をちらす蛍哉《かな》
726 貴布禰《きぶね》[一]にまかりて
とろゝ[一]草の陰の蛍は紙《し》[二]燭《そく》哉《かな》
727 貴布禰川鉄輪《かなわ》の火かや飛《とぶ》蛍
728 高野山谷の蛍もひ[一]じり哉《かな》　貞徳

とおぼめかれつつ」を本歌にあげる。季郭公。
714 一天界の入口にある門。▽天の戸をほとほと叩くように時鳥が鳴く。同音のくり返し。季ほとゝぎす。
715 ▽時鳥＝寸の隙。時鳥の声を待ちわびて、心は少しの間も休まることがない。季時鳥。
716 一耳たぶ。薄いのは不運、厚いのは幸運。▽時鳥の一声を聞き得たのは幸運な人。季杜鵑。
717 ▽時鳥の異名を「四手(でし)の田長(たおさ)」という。その田長から田植歌の音頭を取るとした。季時鳥。
718 一本来は外来の鳥。▽時鳥の一声をくり返す木玉(山彦)は、我国の鸚鵡といったところだ。季ほとゝぎす。
719 一宮中や幕府に仕えた医師。▽急雨↓時鳥。村雨が降ると時鳥が鳴く。それを今まで病気で声が出なかったのが村雨のおかげで治ったと見て、「声の典薬」とした。季郭公。
720 ▽時鳥の産卵の習性(六七六参照)をふまえ、育ての親の鶯に似ず一向鳴かぬのは継子のせいかとした。季ほとゝぎす。
721 ▽子規＝四季。四季と同音の名を持つのだから、四季ともに鳴いてほしい。季子規。
722 ▽素朴な童話的な句。三浦為春著、犬俤所収。季蛍。
723 ▽蛍の火＝火吹竹。篠の葉の蛍が風に吹き離されるさまは、火吹竹から火が吹き出されるようだ。季蛍。
724 一逃尻。逃げる者の尻。ニおうし座の散開星団プレアデスの和名。「すばる」はすぼまるの意もあり、尻と縁語。▽蛍の逃尻の見えぬのは尻がすぼまっているからだ。崑山集に作者を長頭丸(貞徳)とする。季蛍。
725 一蛍の名所。また宇治川の合戦で有名。▽昔は合戦で火花を散らし、今は蛍が火花を散らして飛ぶ。季蛍。
726 一底本「草薢」を見せ消ち。墨で「とろゝ」と傍書。草薢はトコロ、アマドコロ。とろろ草は黄蜀葵でその根をすりつぶした粘液は紙を漉くのに用いる。ニ照明具の一種。▽黄蜀葵の陰に光る蛍を、紙の縁で紙燭に見立てる。季蛍。
727 一洛北の名所。▽謡曲・鉄輪(かなわ)で、嫉妬に狂う女が鉄輪を頭に頂き、その三本の足に火をともし、貴布禰神社に丑

729 我とやく蛍の尻や[一]手あやまち　同
730 飛《とぶ》蛍竹より出るは花火哉《かな》　慶友
731 [一]芦の屋の火事かと見れば蛍哉《かな》　休音
732 ふりくらし火の雨まじるほたる哉《かな》　正慶
733 蛍火を昼は何《いつ》所《く》に池の水　光貞妻
734 蛍火は川の瀬中の灸《やいと》かな　孝晴
735 朝露はたゞ蛍火のしめし哉《かな》　円成
736 飛《とぶ》蛍二《に》疋《ひき》になれる川辺哉《かな》　正利
737 水と火の相《あひ》性《しやう》もよき蛍かな　望一
738 みがゝねど[一]夜光の玉は蛍哉《かな》　氏重
739 蛍火を[一]けし墨となす朝《あした》かな　良徳
740 篝《かがり》火《び》も蛍もひかる源氏かな　親重
741 [一]川《かは》顔《づら》に出くる[二]とび火は蛍哉《かな》　同
742 夜ひかる玉か水《すい》上《しやう》に飛《とぶ》ほたる　同
743 [一]田虫をば[二]送る火かげか飛《とぶ》蛍　一正
744 火をともし見る人をみん蛍かな　伊勢 重次

の刻参りをする。蛍の光をその火に見立てる。[季]蛍。
728 一 聖。高野聖。諸国を勧進して歩く。▽火尻＝聖。高野山の谷の蛍は聖ならぬ火尻を見せて飛ぶ。[季]蛍。
729 一 手過ち。過失。特に失火。▽蛍の尻の光を失火に見立てる。[季]蛍。
730 ▽蛍→竹。竹から飛び立つ蛍を花火に見立てる。[季]蛍・花火。
731 一 芦で屋根を葺いた粗末な小屋。とりわけ水辺の小屋。▽芦→蛍。ちょっと大げさな見立て。[季]蛍。
732 ▽降りつづく雨の中の蛍を火の雨に見立てる。[季]ほたる。
733 ▽池の水＝火を埋(い)ける。池畔の蛍の光が昼間は見えぬのは、火をどこかに埋けたのか。[季]蛍火。
734 ▽瀬中＝背中。瀬中の蛍火を背中の灸に見立てる。[季]蛍火。
735 ▽朝蛍火が消えるのを朝露がしめらせるとした。[季]蛍火。
736 ▽空中と水面に映ったのと。[季]蛍。
737 ▽水と火は本来は相性が悪いのだが、水辺を好む蛍の火の場合は例外だ。[季]蛍。
738 一 夜光るという宝玉。▽見立ての句。[季]蛍。
739 一 消炭。薪や炭などの火を消してつくる炭。▽火→消炭。蛍火が朝と共に消えるさまを消炭に見立てる。[季]蛍火。
740 ▽篝火も蛍も光る物だが、両方とも光源氏の物語の巻名である。親重は源氏物語梗概書稚源氏(おさなげんじ)の著者。[季]蛍。
741 一 水面。二 飛火。伝染性膿痂疹の俗称。皮膚上に水ぶくれを生ずる。▽水面の蛍火を顔の飛火に見立てる。[季]蛍。
742 ▽水の上を飛ぶ蛍の火を夜光の玉に見立てる。[季]ほたる。
743 一 水稲に害を与える虫。二 虫送り。稲の害虫を追いやる行事。松明をともし鐘や太鼓で「送った送った何虫を送った」とはやしつつ田のあぜを歩きまわり、最後に村外れまで送る。

於二宇治一《うちにおいて》
745 橋一姫の灯《とう》明《みやう》なれやとぶ蛍　重頼
746 はらふなよ扇一の芝に飛《とぶ》蛍　同
747 も一ろこしの褒二《はう》姒《じ》が玉《たま》か飛《とぶ》蛍　同
748 蛍火で撫《なで》子《しこ》見せよしんのやみ　同
蚊《か》　付夏虫《なつのむし》
749 蚊にもくはれくるしみのみの旅ね哉《かな》
750 蚊《か》一柱《ばしら》やたよりにたつる蜘《くも》の家
751 夏の夜を秋の夜になす蚤蚊哉《かな》　文性
752 我一と身をや二くたひなしや夏の虫　春可
753 蚊《か》一遣《やり》火《び》は窓つきとをす烟《けぶり》哉《かな》　同
754 天一くらふなる蚊遣火の煙《けぶり》かな　慶友
755 夏の夜は蚊の付《つけ》一声《ごゑ》の謡《うたひ》哉《かな》　重勝
756 名ぞ頼み野にぬる時の蚊《か》一帳《ちやう》草《ぐさ》　同
鹿《かの》一子《こ》
757 矢にあたり血のながるゝや紅《べに》鹿《がの》子《こ》　宗牟

▽水田の蛍火を虫送りの火に見立てる。季蛍。
744
745 ▽蛍が火で照らしつつ蛍見の人を逆に見て歩くの意か。見る・見んの同音のくり返しもねらい。季蛍。
746 一 宇治の橋姫。宇治橋の中央、川上に向って幅一間ほど橋板を張り出し、橋の守護神橋姫をまつった社殿に灯明を灯してあった。▽蛍火をその灯明に見立てる。季蛍。
747 一 宇治平等院にある扇形の芝。▽その辺りに飛ぶ蛍を所の名の扇で追い払うなよ。払ふ→扇。季蛍。
748 一 唐土。中国。二 金毛九尾の狐が中国では周の幽王の后褒姒に化け、日本では鳥羽院の玉藻前になり、ついに下野那須野で殺される。▽蛍火をその魂に見立てる。季蛍。
749 ▽源氏物語・蛍の巻で源氏が放った蛍の光に映し出された玉蔓の容姿に蛍兵部卿宮は恋のとりこになる。この玉蔓は帚木の巻や常夏の巻では撫子にたとえられる。蛍火の明りで闇の中の撫子の姿を見せてくれ。季蛍火。
750 ▽苦しみのみ(苦しみばかり)＝蚤。蚊や蚤にくわれ苦しみばかりの旅寝だ。季蚊・蚤。
751 一 夏の夕方蚊が群がり飛んで柱のように見えるもの。▽柱→立つ→家。蚊柱の立つあたりにクモが巣を作るさまを縁語仕立てでいう。季蚊柱・蜘の家。
752 ▽蚤蚊にせめられてまんじりともせず、短い夏の夜が秋の夜のように長く感じられる。秋＝倦き。季夏の夜・蚤・蚊。
753 一 自分から。諺「飛んで火に入る夏の虫」。二 益体無し。きちんとけじめがないこと。▽身を焼くとは益体もない。季夏の虫。▽身を焼く＝益体無し。自分から火に飛びこみ身を焼くとは益体もない。季夏の虫。
754 一 蚊を追い払うためにいぶす火や煙。▽蚊遣火＝槍→突く。蚊遣火の煙が窓からもれ出るさま。季蚊遣火。
755 一 天暗うなる。それに天九郎をかける。南北朝頃近江国犬上郡甘露の天九郎俊長が作った槍。▽蚊遣＝槍。日暮れ時蚊遣火の煙の立つさま。季蚊遣火。
一 他人の声に付いて共に唄う声。▽氷室守にこの句について「人の謡をうたへるに、蚊の啼きあひたるが、うたひの声の幽かなるに、助声をするやうのこゝろなるべし」。季蚊。

758 狩《かり》人《びと》にをはれて肝《きも》[一]やけしがのこ　親重

759 ゆふべ〳〵武蔵野行《ゆく》や江[一]戸鹿子　重正

鮎《あゆ》

760 水色に染《そめ》てう[一]るかや鮎のわた　良徳

撫[一]子《なでしこ》

761 撫子が虎と射る矢や石《いしの》[二]竹《たけ》

762 撫子の咲《さく》とつ[一]ぼむや兄《あに》弟《おとと》　貞徳

763 さ[一]かさ[二]ひのか[三]はら撫子南《な》無《む》地《ぢ》蔵《ざう》　同

764 撫子は夕[一]がほに似ぬかたち哉《かな》　望一

石《せき》[一]竹《ちく》

765 咲《さく》花のいろぞむらさき石の竹　慶峨

766 名におひていくるや石の竹[一]の筒　常廉

767 しほれてや気をせきちくの花《はな》作《づくり》　慶友

百合《ゆり》草

768 床《とこ》[一]迄《まで》もゆ[二]りに上《あげ》たる花瓶哉《かな》

769 す[一]ながねのたねになれかしゆりの花

756 一カヤツリグサの異名。▽野に寝る時は、蚊帳草の蚊帳という名だけをはかない頼りにする。季蚊帳草。

757 一鹿は五月頃子を産む。▽矢に当って血に染まった鹿の子を紅い鹿子絞(かのこしぼり)。染物の一種)に見立てる。季鹿子。

758 一肝を消す。非常に驚く。それに芥子鹿子をかける。普通の鹿子絞よりこまかい絞り染め。▽狩人に追われ鹿の子が肝を消す。崑山集に中七「いられて肝や」。季かのこ。

759 一江戸で流行した鹿子絞を上方で呼ぶ語。▽武蔵野を行く鹿子を江戸鹿子に見立てる。季鹿子。

760 一鱁鮧(うるか)。鮎の腸の塩漬。▽売る＝鱁鮧。季鮎。

761 一ナデシコ科の多年草。二カラナデシコのこと。▽中国楚の熊渠子(ゆうきよし)が石を虎と思いこんで射た矢が石を割った故事をふまえ、その熊渠子ならぬかわいい撫子が射る矢はかわいい石竹ですよ。崑山集に中七「虎と射る矢か」。季撫子・石竹。

762 一蕾む。つぼみがふくらむ。▽撫子を小児にたとえ、すでに咲いているのと蕾とを兄弟に見立てる。季撫子。

763 一逆さ。親が子のためにする供養を逆縁という。二賽の河原。冥途の三途川の河原。死んだ子がそこで石を積んで父母の供養塔を作ろうとすると鬼が来て崩す。それを地蔵菩薩が救う。三河原撫子。ナデシコの異名。▽逆さ＝賽の河原＝河原撫子。賽の河原→子→地蔵。愛子を失った親が河原撫子を供えて供養するさまか。季かはら撫子。

764 一夕顔。ウリ科蔓草。実から干瓢を作る。▽源氏物語の登場人物夕顔の娘玉蔓は撫子にたとえられる(四八参照)。物語では親子だが花の夕顔と撫子は似ていない。季撫子・夕がほ。

765 一カラナデシコのこと。▽石とか竹とか固い名を持つ植物に美しい花の咲くのに興じた句か。季石竹。

766 一花を活ける器物。▽石の竹＝竹の筒。竹筒に竹の名を持つ石竹を活ける。季石竹。

767 ▽気を急(せ)き＝石竹の花＝花作。崑山集に「しほれては」。季せきちく。

768 一床の間。二揺り上ぐ。金銭をつぎこむ。▽百合＝揺り。金銭をつぎこんだ花瓶に百合を活ける。季ゆり。

770 鬼百合《おにゆり》にあふ餓鬼《がき》[一]腹《ばら》の花瓶哉《かな》　愚道
771 見事やと誰も五体[一]をゆりの花　貞徳
772 百合の火[一]をともすほ[二]のこか飛《とぶ》蛍　弘澄
773 目に見えぬ鬼百合なれや草《くさ》隠《がくれ》　近周
774 さかぬ間や心[一]づくしの博多《はかた》[二]百合　貞継
常[一]夏《とこなつ》
775 ぬ[二]りぶちもせよとこなつの花ばたけ　貞徳
776 敷《しき》つめにせよ床夏《とこなつ》の花[一]むしろ　盛一
鳳[一]仙《ほうせん》花《くわ》
777 折《をる》あだはいかなる恩でほうせん花
銕[一]線《てつせん》花《くわ》
778 磁石《じしやく》[二]山《せん》に植《うゑ》ても見たや鉄線花
779 鉄線は花火の花のたぐひ哉《かな》　慶友
菖蒲《あやめ》
780 けふさすは印地《いんち》[一]のし[二]やうぶ刀かな
781 印地して人をあ[一]やめの節供《せつく》哉《かな》　慶友

769 一 砂金(さきん)の訓読。▽崑山集に長頭丸(貞徳)の作とする。句意不明。季ゆりの花。
770 一 「餓鬼」は、生前の罪により餓鬼道に落ちた亡者。首細く瘦せこけ腹だけ膨れているのを餓鬼腹といい、首細く胴の膨れた花瓶を餓鬼腹の花瓶という。▽鬼百合を活けるには餓鬼腹の花瓶がよく似合う。季鬼百合。
771 一 五体を揺る。感動のあまりからだをゆする。▽揺り＝百合の花。季ゆりの花。
772 一 咲くことか。「火ともす―百合」(類)。ニ 火の粉。▽見立ての句。季百合。
773 ▽古今集・序の「目に見えぬ鬼神をも、あはれと思はせ」をふまえ、草がくれの鬼百合は、目に見えぬ鬼神ならぬ目に見えぬ鬼百合だとした。季鬼百合。
774 一 心尽し。気をもむこと。ニ テッポウユリの異名。▽心尽し＝筑紫→博多。季博多百合。
775 一 撫子の異名。常夏花は金盞花(きんせんか)の異名ともいう。ニ 塗縁。器物の縁を漆塗りにすること。田畑の畔に泥を塗ることをかける。▽塗縁(二意)。床＝常夏。常夏の花を飾る塗縁の床のように常夏の花畑も塗縁にせよ。季とこなつの花。
776 一 花筵。綿糸又は麻糸で藺草(いぐさ)を織りこんだ物。また、草花が一面に咲きそろったさま。▽床夏の花＝花筵。一面に咲いた常夏の花のように花筵を一面に敷きつめよ。季常夏の花。
777 一 ツリフネソウ科の一年草。▽諺「仇は恩にて報ずる」。報ぜん＝鳳仙花。折る人を叱ったりしない。季ほうせん花。
778 一 鉄線花。キンポウゲ科の落葉性つる植物。ニ 磁気を帯びた山。▽磁石→鉄。季鉄線花。
779 ▽長いつるに花が咲いたさまを花火に見立てる。季鉄線。
780 一 印地打とも。河原での石合戦。ニ 菖蒲刀。五月五日に子供たちが遊んだ金銀彩色の反りの深い木刀。▽勝負＝菖蒲刀。菖蒲刀をさして印地の勝負に行く。季しやうぶ刀。
781 一 危(あや)め。殺傷する。▽危め＝菖蒲。印地は危険なので寛永年間に全国的に禁令が出た。季印地・あやめの節供。

782 軒にさす菖蒲《しやうぶ》はしのび返しかな　正信

783 ふきそゆるやねのくれはやあやめ草　望一

784 しやうぶをも水巻《みづまき》となす川辺哉《かな》　親重

785 五《いつ》つきはやねさへするや菖蒲《しやうぶ》帯《おび》　安利

五月雨《さみだれ》

786 五月雨は大《だい》海《かい》知《しる》や井の蛙　貞徳

787 五月雨や山鳥の尾のしだら天《でん》　慶友

788 五月雨は菖蒲《しやうぶ》刀《がたな》の砥《と》水《みづ》哉《かな》　親重

789 五月雨の雲は月日のあま戸哉《かな》　氏重

790 五月雨や海《うみ》竹《たけ》となす小《を》篠《ざさ》原《はら》　良徳

791 五月雨は水の出花のさかり哉《かな》　吉久

792 五月雨は道行《ゆく》馬も海馬《アジカ》かな　重頼

古寺の上《うは》ぶきに

793 仏壇の上もる雨やさあみだれ　同

794 五月雨や下界へうつす空の海　同

782 一五月四日夜、軒口に菖蒲を挿す。これを菖蒲葺くという。＝忍返。盗賊の侵入を防ぐため塀の上などにとがった木竹釘などを打ちつけたもの。▽見立ての句。季菖蒲。

783 一榑(くれ)。板屋根などを葺くのに用いる板。へぎ板。それに暮端(くれは)。日暮れ時)をかける。▽五月四日の日暮れ時、屋根の榑を葺き添えるように菖蒲を葺く。季あやめ草。

734 一菖蒲。それに菖蒲皮をかける。地を藍で染め、草花の模様を白く置いた鹿の皮。＝水巻皮。丸い筒に鹿皮をはり、細い糸を筋違いに巻いて燻(ふす)べ、糸の部分が白く残った文様の皮。▽皮＝川辺。菖蒲を水がとりまくさま。季しやうぶ。

785 一五月の意に五か月めの意をかける。＝端午の節供に、腰痛を防ぐまじないとして菖蒲の葉を編んで腰に巻く。▽屋根に菖蒲を葺くさまをその帯に見立てる。あるいは妊娠五か月めにする岩田帯もにおわせるか。季菖蒲。

786 ▽諺「井の中の蛙大海を知らず」。一面大水で大海の如くになり、井の中の蛙も大海を知ることになる。季五月雨。

787 一しだらでん。大雨や大風の様子を表わす語。▽百人一首「足引の山鳥の尾のしだり尾の長々し夜をひとりかも寝ん」のしだり尾をしだら天ともじり長雨の暗雲ただよう空にした。百人一句に下五「しだり天」。季五月雨。

788 一刀を砥石で研ぐ時に使う水。▽見立ての句。季五月雨・菖蒲刀。

789 ▽五月雨の雲が月日の光をさえぎるさまを雨戸に見立てた。季五月雨。

790 一ニオイガイ科の二枚貝。▽増水のため水没した小篠を海竹に見立てる。季五月雨。

791 一水の出端(でば)。水の出始め。▽水の出端＝花の盛り。五月雨に一気に増水するさま。季五月雨。

792 一易林本節用集「海馬(アジカ)」。▽増水で大海のようになった中を行く馬を海馬に見立てる。季五月雨。

793 一底本「仏檀」。▽五月雨＝阿弥陀。阿弥陀像を安置する壇の上から漏るのでサアミダレと洒落た。季さあみだれ。

794 一青空を海に見立てていう語。▽その空から大雨が降って来て、今度は下界が海になった。季五月雨。

梅《むめの》雨《あめ》

795 梅の雨をふらする空や太庾嶺《たいゆれい》

796 菖蒲《しやうぶ》酢《ず》もまじるや軒の梅雨　貞徳

797 山の神や水神《すいじん》となす梅の雨　長吉

早苗《さなへ》

798 取《とる》に先《まづ》汗ぼの出《いづ》る田草哉《かな》　辰彦

799 足引の山田の苗や中風《ちうぶ》やみ　宗牟

800 雨ごひの歌よむ小田《をだ》の蛙かな　重勝

801 腰《こし》折《をれ》はうふる田歌のすがた哉《かな》　重頼

若竹

802 あつさにやぬぐ竹の子のかは衣

803 かはぎぬは竹の子共の生着《うぶぎ》哉《かな》

804 竹の子は皆土《つち》性《しやう》の生れ哉《かな》

805 ぬがぬ間は皆かは竹の子共かな　貞徳

806 竹の子は実《げに》ちく類ぞかはかぶり　同

807 すゞの子は竹の一すんぼうし哉《かな》　徳元

795 一中国の山の名。梅の名所。▽梅→大庾嶺。梅の名を持つ梅雨空から梅の名所大庾嶺を連想した。季梅の雨。

796 一菖蒲の根を刻んでひたした酢。端午の節供に用いる。▽酢→梅。軒に葺いた菖蒲に梅雨の降るさま。季梅雨。

797 ▽降りつづく梅雨のため山も一面水びたし、これでは山の神も水の神といったところだ。季梅の雨。

798 一汗疹(あせぼ)。あせものこと。それに穂をかける。二田草取る。田の雑草を取り除く農作業。▽そんな苦労の結果穂が出るのだが、その穂ならぬあせぼがまず出ることだ。季田草。

799 ▽「足引の」は山にかかる枕詞だが、それを文字通り足をひきずるとして中風病みを出した。季苗。

800 ▽古今集・序に蛙も歌を詠むとされた。一方蛙が鳴くと雨が降るという。そこで蛙の声を雨乞いの歌とした。季雨ごひ。

801 一下手な歌。田植する農夫の腰を折った姿をかける。▽農夫の姿＝歌の姿(風体)。田植歌を歌いながら田植する農夫の姿は腰を折っている。下手な和歌も腰折れだ。季田植。

802 一皮衣・裘。毛皮製の衣。▽竹の子が皮をぬぎつつ成長するさまを暑さにたえかねて、裘をぬぐとした。季竹の子。

803 ▽竹の子の皮を皮衣に見立て、それをさらに赤ん坊の祝い着である産着に見立てる。季竹の子。

804 一普通はドセイ。五行説で土の気をうけた人の生まれつき。▽竹の子は土中から生え出るゆえ土性といった。季竹の子。

805 ▽皮竹＝川竹。「川竹の流れの身」は遊女のこと。皮竹の子は川竹の子つまり遊女だとの洒落。季竹の子。

806 ▽畜類は皮をかぶって生まれる。してみると皮をかぶって生まれる竹の子は畜類だ。そういえば名も竹類＝畜類だ。崑山集に上五「竹の子や」。季竹の子。

807 一篠の子。篠竹(すず)など細い竹の子の類。▽それを一寸法師に見立てる。塵塚誹諧集所収。季すゞの子。

808 一藪医師。やぶ医者。▽竹の子→藪。人の子を藪の縁で竹の子といったか。季竹の子。

808 竹の子に夏《なつ》痩《やせ》さすな藪[一]くすし　親重
809 を[一]など竹の中にでくるや父《てて》[二]無《なし》子《ご》　同
810 に[一]が竹やそだつ子共の虫[二]ぐすり　宗仁
811 垣の外《そと》にたてるは竹の捨子哉《かな》　利清
812 竹の子のぬ[一]かるゝはまだ若[二]げ哉《かな》　近周
813 や[一]せ藪は竹《たけ》子《のこ》はらむつ[二]はりかな　孝晴
814 竹の子のし[一]ちくは[二]ちくや兄《あに》弟《おとと》　怒一
815 それ〴〵に世をく[一]れ竹の子共哉《かな》　盛一
816 若竹のゆがみめた[一]むるけぶり哉《かな》　長昌
817 隣よりくれ竹の子のねざし哉《かな》　政直
818 竹の子にか[一]ぶりをしゆる嵐哉《かな》　連一
819 夏[一]ぶしの出くるは竹の子共哉《かな》　成安
820 竹の子の地を生《おひ》ぬくや藪《やぶ》[一]力《ちから》　一正
821 良《らう》薬《やく》か苦《にが》竹《だけ》茂る夏の雨　重頼

青《あを》梅《むめ》

822 枝ながら青梅漬《づけ》やつ[一]ぼのうち　慶彦

809 一女子竹。雌竹(めだけ)。二父親のわからぬ子。▽女子竹ばかりの中に生えた竹の子を父無子に見立てる。季竹の子。
810 一苦竹。竹の子に苦味(にがみ)があるところからマダケ・メダケの異名。二虫薬。小児の虫気を下す薬。▽苦し→薬。苦竹を虫薬にして竹の子がすくすく育つ。季竹の子。
811 ▽垣の外に生えて立っている竹の子を捨子に見立てる。季竹の子。
812 一抜かるる。竹の子が抜かれるに、だまされるの意をかける。二若気。経験不足による未熟。▽若い竹の子が盗まれるということを縁語・掛詞でいう。季竹の子。
813 一痩藪。地味悪き竹藪。二悪阻。妊娠初期、食物に片寄った好悪の生ずること。▽子→孕む→つはり。痩藪を妊婦がつわりのため痩せるのに見立てる。季竹子。
814 一紫竹。二淡竹(はちく)。皮は紫色。▽両種は近縁で色も似ているのでその竹の子を兄弟といった。季竹の子。
815 一呉竹。淡竹(はちく)の異名。▽節(よ)＝世。世送れ＝呉竹。呉竹の子たちはそれぞれに一生を送れ。季竹の子。
816 一矯むる。曲げたり伸ばしたりして形をつける。矯正する。▽竹を矯める時は火にあぶりながらする。季若竹。
817 ▽呉れる＝呉竹。隣家から呉れると言わんばかりに竹の根が伸びて来て竹の子が生えた。季竹の子。
818 一頭頭(かぶりかぶり)の略。幼児が頭を左右に振ること。▽竹の子に頭頭の芸を教えるかのように強い風が吹く。季竹の子。
819 一夏沸瘡(なつぶし)。夏に子供の頭に出来たあせもが化膿して頭瘡になったもの。▽人間の子供には夏沸瘡が出来、夏生える竹の子には節が出来る。季竹の子。
820 一藪に根を張った竹を引き抜くところから途方もない力。▽その藪から生い抜くのは藪力だ。季竹の子。
821 ▽諺「良薬口に苦し」をふまえ、苦竹(八一〇参照)を成長させる雨を良薬といった。懐子に「後漢書、忠言逆耳利於行、良薬苦口利於病」を典拠とする。季竹茂る・夏の雨。
822 一坪。中庭。▽坪の枝になったままの梅の実を、壺の中の梅漬に見立てる。季青梅。

823 花[一]の兄も世をのがれてや梅[二]法師　氏重

824 梅は実《み》[一]に匂ひ留《とめ》ぬやぶたしなみ　同

楊梅《やまもも》

825 山もゝのするゝは朶《えだ》のふとり哉《かな》　貞継

桃実《もものみ》

826 扇にものせてくはゞやはん[一]め桃　貞徳

827 打見ればいしさうなれや椿《つばき》[一]桃《もも》　良春

828 なつたるは十《とを》づゝ十《とを》やもゝの数《かず》　興之

栗花《くりのはな》

829 十里《とり》蓑《みの》や着て見ん九里の花の雨

830 風《かぜ》はう[一]やちりてさんぐ九里の花　良徳

梔子《くちなし》

831 口なしに不思儀《ふしぎ》やいたむ虫くひ葉　徳元

832 口なしもはゆる比《ころ》知《しる》若葉哉《かな》　親重

夏草《なつぐさ》

823 一梅花のこと。二梅干を擬人化していう。▽花の兄が出家遁世して梅法師になる。季梅法師。

824 一横本「げ」と振仮名するが「み」とすべきか。▽実＝身。花にあれだけの匂いを持つ梅が実(み)に匂いを薫きこめないのは身だしなみが悪い。季梅の実。

825 ▽楊梅＝腿(もも)。肥えた人は腿擦れがするように、楊梅が擦れるのは枝が太ったからだ。季山もゝ。

826 一横本「はんめもゝ」、誹諧発句帳「はん女桃」。毛吹草の山城名産に「半女桃　ハンジヨモ、」。それに班女をかける。▽和漢朗詠集「班女ガ閨ノ中ノ秋ノ扇ノ色、楚王ガ台ノ上ノ夜ノ琴ノ声」。漢の成帝の宮女班婕妤(はんしようじよ)。班女)は君寵の衰えた我が身を秋の扇にたとえて詩を作った。半女桃をその名に縁のある扇にのせて食いたいものだ。季はんめ桃の実。

827 一ツバイモモ・ズバイモモとも。現代のネクタリン。▽「打つ」の縁語で「石」を出し、それにおいしいの意の「いし」をかける。ちょっと見るとおいしそうだ、椿桃は。季椿桃の実。

828 ▽十の十倍は百(もも)＝桃。伊勢物語五十段「鳥の子を十づつ十は重ぬとも思はぬ人を思ふものかは」。季桃の実。

829 ▽崑山集は「十里蓑着てみよくりの花の雨」。上五ジュウリミノと読むことになる。しかし能楽に用いる小道具に鳥蓑あり、実用のものではないが九里を出すためにこれを利かしたか。とすれば鳥蓑＝十里(とり)、九里＝栗、十→九。季栗の花。

830 一憂(う)や。いやだ。▽散々に掛算の三三が九をかけ、九に栗をいいかける。季栗の花。

831 ▽梔子＝口無し。虫食葉＝歯。梔子の虫食葉を見て、口も無いのに虫食歯があると洒落た。塵塚誹諧集の寛永五年(一六二八)有馬入湯日発句のうち。季梔子。

832 ▽梔子＝口無し。若葉＝若歯。口もないのに若歯とは変だが、梔子にはちゃんと若葉が生える。季梔子。

833 一木槿。アオイ科の落葉低木。二凌霄花(のうぜんかずら)。ノウゼンカズラ科のつる性落葉木本。▽句意不明。ムクゲに公家を、ノウゼンソウに禅僧をかけるか。季なうぜんさう。

834 一茗荷。ミョウガ科の多年草。大きな葉の根本に卵状楕円形で赤紫色の包片を多数タケノコ状につけ白花を咲かせる。

[一]むくげとならうぜん[二]の花をいけて

833 むくげよりならうぜんさうの位かな

834 夏やせをせぬは[一]みやうがの子共哉《かな》

835 [一]夏来ては古《こ》筆《ひつ》とや見ん土筆《つくづくし》　一村

836 [一]本《もと》くらき[二]灯《とう》台《だい》草《ぐさ》の茂り哉《かな》　重頼

覆《い》盆《ち》子《ご》

837 山寺へゆかばいちごの土産《みやげ》哉《かな》　当直

838 花と実の二《に》期《ご》有《ある》も名はいちご哉《かな》　重頼

[一]美《び》人《じん》草《さう》

839 [二]みめいづれ花の姫ゆり美人草　良政

840 花《はな》〱《ばな》のかたきとやなる美人草　伊勢 吉久

[一]夕《ゆふ》顔《がほ》

841 夕顔を[二]けはふか白き花の色　正吉

842 たそかれに咲《さく》夕がほや[一]のぞき花　良春

麻《あさ》

843 あさおきは[一]賤《しづ》が[二]夏その[三]かせぎ哉《かな》　徳元

これを茗荷の子といい食用にする。それに冥加をかける。神仏の加護を受けること、幸福なこと。▽茗荷の子が夏痩せしないのは幸せなことだ。季みやうがの子。

835 ▽筆という字をもつ土筆、それも本来春の物だから夏が来た今は古筆だ。季夏の土筆。

836 一 諺「灯台下(もと)暗し」。身近の事は案外わからぬ。二 トウダイグサ科の二年草。▽ここは文字通り茂った灯台草の下が暗い。季茂る草。

837 ▽覆盆子＝一期。山寺→一期。一期は仏語で一生に一度しかないこと。諺「寺から里へ」は、寺から檀家に物を贈るようなめったにないこと。そこで山寺へ行ってめったにない土産に覆盆子をもらったという意か。季いちご。

838 ▽花と実と二期賞美するのにイチゴ(一期)とはこれいかに。無理問答形式の句。季いちご。

839 一 ヒナゲシの異名。二 見目・眉目・美目。容貌、また美貌。▽姫百合・美人草の美人比べ。季姫ゆり・美人草。

840 ▽諺「美女は悪女の仇(かたき)」。悪女は醜婦。醜婦が美女を目のかたきにすること。季美人草。

841 一 七六四参照。二 化粧する。▽夕顔の花が白いのを顔の縁で化粧しているとした。季夕顔。

842 一 覗鼻。鼻の孔が上を向いている鼻。▽源氏物語・夕顔の巻で源氏が夕顔を垣間見る、つまりのぞくことがあるのでのぞき花といい、それに覗鼻をかける。季夕がほ。

843 一 農民。二 夏麻。夏季に麻畑からとった麻。三 稼ぎ。それに桛木(かせぎ)をかける。桛木は、機織(はたおり)のとき経(たていと)を巻いておくもの。▽農夫は朝早起きして稼ぎ、夏麻から麻糸をつむぎ桛木に巻く。季夏そ。

844 一 切口が輪になるように切ること。▽瓜を何重にも切るのを、車の縁語で幾度もまわれといった。季瓜。

845 一 ウリ科のつる性多年草。夏の夕べ白花を開き、秋長さ五―七センチの赤い実をつける。非食用。▽葉＝羽。垣にまつわる烏瓜の葉を烏が羽を休めるのに見立てる。崑山集に「はを休むるや」。季烏瓜の葉。

瓜《うり》　付茄子《なすび》　同小角豆《ささげ》

844 いくたびもまはれや瓜の車切《くるまぎり》

845 垣に今葉をやすむるか烏《からす》瓜《うり》

846 あだ花は二九の十八小《さ》角《さ》豆《げ》哉《かな》

847 垣にまとひつるになりても木《き》瓜《うり》哉《かな》　徳元

848 有《ある》が中に真《ま》桑《くは》や瓜の一《いち》かしら　同

849 鴫《しぎ》炙《やき》や茄子なれどもとり肴《ざかな》　同

850 後《ご》藤《とう》判《はん》と有《ある》べき金《こがね》まくは哉《かな》　貞徳

851 氷ほどひえぬる物や砂糖瓜　同

852 日にまふや狛《こま》のわたりの瓜《うり》茄《な》子《すび》　慶友

853 田のはらにたがたねおろすこ姫瓜　親重

854 珍《めづら》敷《しき》あぢにや舌をまくは瓜　盛一

855 唐《から》瓜《うり》も照《てる》日《ひの》本《もと》をさかりかな　重頼

蓮《はちす》

856 鼻の穴さすほど匂ふ蓮《はちす》かな

857 水《みづ》茎《ぐき》といふ名や池の蓮《れん》花《げ》筆《ふで》　慶友

846 一咲いても実を結ばぬ花。二マメ科の一年草。食用。▽掛算の二九の十八、それに「憎し」をかける。季十八小角豆。

847 一胡瓜。▽胡瓜をわざと木瓜と書いて、蔓(つる)のくせに木瓜とはこれいかにと洒落た。鏖塚誹諧集所収。季木瓜。

848 一一頭と書き第一筆頭の意か。▽鏖塚誹諧集の寛永五年(一六二八)有馬入湯日発句のうち。季真桑瓜。

849 一茄子に油を塗って焼き、味噌を塗って更に焼いた料理。二取肴。各自に盛り分けて取る酒の肴。▽取肴＝鳥。鴫↓鳥。鴫焼は、材料は野菜の茄子なのに、鴫の名を持つだけに鳥(取)肴にされる。鏖塚誹諧集所収。季茄子。

850 一江戸初期後藤庄三郎によって作られた十両大判。「後藤」の署名と花押がある。二黄金真桑。黄色で艶のある真桑瓜。▽形といい色といい大判にそっくり、「後藤判」と署名があったらぴったりだ。「判」は花押のこと。季金まくは。

851 一真桑瓜のうち甘味の強いもの。▽氷↓砂糖。瓜は冷して食うのがよい。季砂糖瓜。

852 一日に舞ふ。畑の作物が枯れる。特に茄子についていう。二京都南方の地名。瓜の名産地。催馬楽に「山城のこまのわたりの瓜つくり…」。▽狛＝独楽(こま)↓舞ふ。狛の瓜茄子が日に舞う(枯れる)に独楽が舞う(まわる)のを重ねる。季瓜茄子。

853 一卸す。種をまく。二小姫。少女を親しんでいう。三姫瓜。小形の真桑瓜の一種。▽原＝腹。種＝胤。小姫＝姫瓜。田に姫瓜の種をまく＝小姫の腹に誰の胤を宿す。季姫瓜。

854 ▽舌を巻く(感心する)＝真桑瓜。季まくは瓜。

855 一胡瓜又は真桑瓜の異名。▽照る日の下＝日本。唐の名を持ちながら照る日の下(日本)で繁っている。崑山集に「照る日の寺」。横本「照(てらす)」。季唐瓜。

856 ▽花＝鼻。蓮(はちす)＝蜂↓刺。蓮の花が鼻をさすように強くかおる。三浦為春著、犬俤所収。季蓮。

857 一筆。▽蓮が茎の先に蕾をつけたさまを筆に見立て文字通り水中から生え出た茎だから水茎だとした。季蓮花。

858 一磁器の一種。▽染付の鉢＝蓮(はちす)。季はちす花。

858 花の色もよく染《そめ》一付《つけ》のはちす哉《かな》　安隆

859 さゝれてもよきは蓮《はちす》の花瓶哉《かな》　正継

一追善興行に

860 乗《のり》うつる人《ひと》玉《だま》ならし蓮《はす》の露　望一

氷《ひ》一室《むろ》

861 見て涼しひむろや出《いづ》るところてん

862 氷《ひ》室《むろ》山《やま》夏は何《いづ》所《く》へゆきまろげ　盛澄

863 一山口はくふや氷室の氷二もち　氏重

一祇《ぎ》園《をん》会《ゑ》

864 引《ひき》まはす長《なぎ》刀《なた》鉾《ぼこ》や水車　貞徳

865 月《つき》一鉾《ぼこ》を涼しく出すや扇二のざ　同

866 一慈童かや菊《きく》二水《すい》鉾《ぼこ》の鞨《かつ》三鼓《こ》打《うち》　同

867 一ひかへ縄《なは》に蜘《くも》二舞《まひ》させよ放《はう》三家《か》鉾《ぼこ》　同

868 山《やま》鉾《ぼこ》に一祇園ばやしのかつこ哉《かな》　春可

869 弓《ゆみ》持《もち》は一八まん山の警《けい》固《ご》かな　長吉

870 祇園会は筆をたのまぬ見物哉《かな》　重頼

859 ▽挿す＝刺す。蓮(はちす)＝蜂。蜂に刺されるのは困るが、花瓶に蓮は挿されてもよい。季蓮の花。

860 一死者の冥福を祈ること。▽極楽では蓮に坐るというが、目前の蓮の葉の露の玉はその人の魂のようだ。季蓮。

861 一冬の氷を夏まで貯えておく所。山陰の穴に厚い氷を貯え夏宮中に供する。▽出る所＝心天(ところてん)。箱から突き出される心天と氷室を出る氷との見立て。季ひむろ・ところてん。

862 ▽行き＝雪まろげ(雪のかたまり)。氷室山の雪まろげは夏はどこへ消えて行ったのか。季氷室山。

863 一山の登り口。二氷餅。寒中に搗いた餅を寒天にさらし凍らせたもの。▽山口の氷室の中に氷のあるさまを、山口を擬人化して氷餅を食うとした。季氷室。

864 一京都祇園社の祭礼。陰暦六月七―十四日。山車(だし)の一種である山鉾が多く出る。その先頭が長刀鉾。▽まはす↓長刀↓水車。長刀は水車の如くまわして戦うので、長刀鉾のひきまわしをそれに見立てる。季長刀鉾。

865 一山鉾の一つ。二扇の座。鉾の前面に乗り扇で音頭を取る。そのことか。▽扇で音頭を取り、その名の通り涼しげな月鉾をひき出す。崑山集に「出すや涼しき」。季月鉾・涼し・扇。

866 一菊慈童。中国の仙童。菊の露を飲んで不老不死になる。二山鉾の一つ。三雅楽の楽器の羯鼓を打つ人。菊水鉾で少年が腰につけて打つ。▽少年を菊慈童に見立てる。季菊水鉾。

867 一鉾の上部から地上へ張った縄。二蜘蛛舞。綱渡りなどの軽業(かるわざ)。三山鉾の一つ。放下鉾とも。放下は小切子(こきりこ)を打ちながら行う歌舞・手品・曲芸などの芸。▽縄↓蜘舞↓放家。鉾の名にちなんで縄の上で蜘蛛舞をさせよ。季放家鉾。

868 一祇園囃子。山鉾の上で行う囃子。それに祇園境内の林をかける。▽羯鼓＝郭公。山鉾で羯鼓も交えた祇園囃子が演じられ、祇園社の林で郭公が鳴く。季山鉾。

869 一八幡山。六月十四日に出る山鉾の一つ。▽弓↓八幡。巡行の際の弓持を言葉の縁で八幡山の警固とした。季八まん山。

870 ▽祇園会には鉾つまり武器が多く出るので筆つまり文は相手にせぬの意か。季祇園会。

夏月

871 あふぎ見る月はかな目[一]の薬かな　春可

872 空にもや近道あるか夏の月　休音

短《みじか》夜《よ》

873 みじか夜はあけてもあかぬまぶた哉《かな》

874 ねがへりのほどさへ夏の夜の間哉《かな》　盛彦

明石《あかし》にて

875 みじか夜はひとまろ[一]ねしてあかし哉《かな》　永治

蝉

876 虫の中でぬけ[一]出《いで》たりや蝉の声　貞徳

或寺の興行に

877 衣《ころも》[一]着てあまたに鳴《なく》やせ[二]みぶ経　同

878 [一]山の神の耳の病《やまひ》か蝉の声　同

879 長《なが》[一]歌《うた》か吟《ぎんじ》もやまぬせみの声　同

880 着ながらや蝉[一]の衣は土[二]用干　同

881 白《ゆふ》雨《だち》でせんだくするや蝉衣　休音

871 一目の楽しみ。▽仰ぎ＝扇→要(かなめ)＝目の薬。仰ぎ見る涼しげな夏の月は目の楽しみだ。目薬は上を向いてさすのもきかす。季扇・夏の月。

872 ▽夏の夜は短く明けやすく月の空に輝く時間も短い。それを近道を通ったかとした。崑山集に「大空に」。季夏の月。

873 ▽夏の短夜は明けたのに睡眠不足で瞼(まぶた)があかない。肯定と否定の対比。崑山集に「あくれどあかぬ」。季みじか夜。

874 ▽程さへ無し＝夏の夜。寝返りをうつ間もなく夜が明ける。夏の夜の短さの誇張。季夏の夜。

875 一丸寝。着物を着たまま寝ること。▽柿本人丸＝丸寝。明石＝明かし。明石の夏の夜はちょっとごろ寝する間に明けた。古今集・人丸「ほのぼのと明石の浦の朝霧に島がくれ行く舟をしぞ思ふ」。崑山集に「ひとまるねして」。季みじか夜。

876 一ぬけ出る。抜群だ。それに蝉の幼虫の脱皮をかける。▽幼虫から脱け出た蝉の声は抜群にすばらしい。季蝉の声。

877 一蝉の衣。蝉の羽。二蝉に千部経をかけてもじった。追善や祈願などのため同じ経を千僧または五百僧で一部ずつ読誦する法会。▽尼＝数多。蝉＝千部経。衣→尼→経。季蝉。

878 一山を司る神。▽蝉の声は山の神が耳の病で耳鳴りがしているのだろうか。耳鳴りは蝉の声に似ている。季蝉の声。

879 一三十一文字の現代の短歌のこと。読み上げる時に声を長く引いて吟ずるからという。▽見立ての句。季せみの声。

880 一八七七参照。二夏の土用に衣類などを干して虫やかびの害を防ぐ。▽蝉の衣の土用干は着たままする。季蝉の衣。

881 ▽蝉に夕立が降りかかるのを蝉衣の洗濯に見立てた。季白雨・蝉衣。

882 一え詠まぬ。詠めない。▽和歌集などは春夏秋冬恋…などに部立てがされるが、夏しか鳴かぬ蝉の歌は夏の部だけだ。「そらつぶて」に「外はよまぬや」。季蝉の歌。

883 一大和国。二唐衣。中国風の衣服。それに空衣(蝉のぬけがら)をかける。▽謡曲・三輪では三輪の神が神杉に唐衣をかけるが、蝉は神杉に空衣をかける。季蝉衣。

884 ▽蝉の薄衣(羽またはぬけがら)は一枚きりで着がえはない。季蝉のうす衣。

882 夏の部の外《ほか》やえ[一]よまぬ蟬の歌　親重

[一]和州にて

883 か[二]ら衣《ごろも》蟬もかくるや三《み》輪《わ》の杉　正直

834 着がへをばもたぬや蟬のうす衣　氏重

885 蟬の歌や木《こ》[一]の下《した》闇《やみ》はさ[二]ぐり題　重頼

白《ゆふ》雨《だち》

886 夕だちはさ[一]やばしりたる朝《あした》哉《かな》

887 ゆふだちのみ[一]だれやきばか空の雲

888 夕だちは只《ただ》一《ひと》[一]ふりをめ[二]いよかな

889 夕だちの朱《しゅ》ざやか赤き虹《にじ》の色

890 鳴《なる》神《かみ》は夕立ふるゝ太鼓哉《かな》

891 夕だちはあつさをはらふ剣かな

892 夕だちをふるや雲《くも》間《ま》の稲《いな》光《びかり》　貞徳

893 山の腰にはく夕だちや雲の帯　同

894 せを分《わけ》てふる夕立や午《うま》の時　同

895 ゆふだちや目[一]のさやはづす稲光　徳元

885 一 夏木立の下の暗いこと。二 探題。歌会で各自の題をくじ引きで決めて歌を詠むこと。▽闇→探るの縁語関係から、木下闇で鳴く蟬の歌を探題とした。季蟬の歌。

886 一 鞘走る。刀身が鞘から抜け出る。先走るの意も。▽夕立＝太刀→鞘。夕→朝。夕立が朝降るとは先走ったことだ。崑山集に「夕だちの」。季夕だち。

837 一 乱焼刃。刀身の焼刃の模様の一つ。▽夕立＝太刀→乱焼刃。夕立の乱雲を乱焼刃に見立てる。山之井に「ある人此句は玄旨法印(幽斎)の作といへり」。崑山集も同旨の左注。季ゆふだち。

888 一 一振り。刀は一振・二振と数える。二 名誉。世に稀なこと。不思議だ。▽夕立＝太刀。一降＝一振。名誉な太刀は只一振りだが、夕立ちも不思議にただ一降りだ。季夕だち。

889 ▽夕立＝太刀→鞘。夕立→虹。▽見立ての句。季夕だち。

890 ▽降る＝触る。鳴神→太鼓。雷鳴を夕立の先触れする太鼓に見立てる。季夕立。

891 ▽夕立＝太刀→剣。見立ての句。季夕だち。

892 ▽夕立＝太刀→振る＝降る。太刀を振る光のように、雲間に稲光がすると夕立が降る。季夕だち。

893 ▽夕立＝太刀。山の腰＝人の腰→佩く→太刀→帯。山の腰に、太刀を佩く帯のように夕立の雲がかかる。季夕だち。

894 ▽諺「夕立は馬の背を分ける」。夕立は馬の背の片側は降り片側は降らぬというように局地的だということ。その縁で「午の時」と言った。季夕立。

895 一 目の鞘外す。目を大きく見開いて油断しない。▽夕立＝太刀→鞘。夕立襲来の緊張の一瞬。塵塚誹諧集所収。季ゆふだち。

896 一 案内を乞う。ごめん下さい。二 雷の声。雷鳴。それに大声の意をかける。▽雷鳴は夕立の先ぶれだ。季夕だち。

897 一 鞘詰り。鞘の先端が詰まり抜けないこと。▽夕立＝太刀→鞘詰り。日照りつづきでにっちもさっちも行かぬのを太刀の鞘詰りに見立てる。季夕だち。

896 夕だちのふる案内やらいの声　春可
897 夕だちはさやづまりたる日でり哉《かな》　同
898 夕だちはたゞ天国《あまくに》のながれ哉《かな》　知国
899 いかづちは夕だちをうつ響哉《かな》　望一
900 雲ぎれはたゞ夕だちのしわざ哉《かな》　末光
901 夕だちのさやかそりたる虹の空　南栄
902 夕立は湯あらひなれや伊《い》駒《こま》山　良徳
903 夕だちの鍔《つば》か束《つか》の間《ま》入《いり》日《ひ》影《かげ》　同
904 夕だちに虹の銘《めい》打《うつ》雲井哉《かな》　利治
905 夕だちを打《うつ》いかづちやいなびかり　宗俊
906 鳴《なる》神《かみ》や白《ゆふ》雨《だち》雲をよせ太鼓　長吉
907 鑓《やり》水《みづ》にます夕だちのてなみ哉《かな》　正直
908 夕だちのしのぎ合《あはせ》かいなびかり　正信
909 天《あめ》地《つち》で打《うつ》や夕だち夏木《こ》だち　氏重
910 夕だちは雲のはら切《きる》気《け》色《しき》哉《かな》　吉久
911 打《うち》出《いで》よふる夕だちに星《ほし》目《め》釘《くぎ》　重頼

898 一刀工の祖。太宝年間(七〇一―七〇四)大和国の人。その作刀は抜けば必ず雨が降るという。▽夕立＝太刀→天国＝天国(空)。刀工天国の流れを汲むの意に空から雨が流れ下る意をかける。誹諧発句帳に親重作として所収。季夕だち。
899 一雷(いかずち)に刀を打つ槌(つち)をかける。▽夕立＝太刀。雷鳴を太刀を打つ槌の響きに見立てる。季夕だち。
900 一雲切れ。雲の切れ間。▽夕立＝太刀。夕立は「太刀」の音を持つだけに、すぐに雲の切れ間ができる。季夕だち。
901 ▽夕立＝太刀→鞘→反り。曲線の虹を太刀の鞘に見立てる。季夕だち。
902 一湯洗ひ。馬を湯で洗うこと。▽湯洗ひ→駒。生駒山に降る夕立を駒の湯洗いに見立てる。季夕立。
903 ▽夕立＝太刀→鍔→柄＝束の間。夕立はほんの一時ですぐ日がさす。季夕だち。
904 一二字をかける。刀の銘は正宗・国俊など二字の漢字で記す。ニ空。▽夕立＝太刀→二字＝虹。夕立のあとの空に虹が出た。太刀に二字の銘を打つように。季夕だち。
905 ▽八九九と同想。稲光を太刀を槌で打つ火花に見立てる。季夕だち。
906 一寄太鼓。攻め寄せる合図の太鼓。また、興行などで人を寄せ集めるために打つ太鼓。▽雷鳴がして夕立雲が寄せて来るので、雷鳴を寄太鼓に見立てた。季白雨。
907 一庭にひきこんだ流れ。ニ手並。武術の腕前。▽夕立＝太刀→鑓＝遣水。手並＝波。夕立のため遣水の水が増した。これは鑓にまさる太刀の手並だ。季夕だち。
908 一鎬合。刀の鎬を打ち合わせ激しく斬り合うこと。▽夕立＝太刀→鎬。稲光を鎬合せの火花に見立てる。季夕だち。
909 ▽天地＝槌。夕立＝太刀。夏木立＝太刀。天では夕立という太刀、地では木立という太刀を打つ。季夕だち。
910 ▽夕立＝太刀。雲の原(雲のたなびく大空)＝腹。雲の原から夕立が降る。太刀で腹を切るように。季夕だち。
911 一刀の中子(なかご)の穴に柄(つか)から挿し通して刀身の抜けるのを防ぐ釘。星をそれに見立てた。▽夕立＝太刀。打つ→太刀→目釘。夕立があがって早く星が出よ。季夕だち。

扇

912 山風を腰にさしたる扇かな
913 吹《ふく》風や一天津乙女の二袖あふぎ
914 一馬にのせ折《をる》は武者絵や二修《しゅ》良《ら》扇《あふぎ》
915 夏の日は一おこさで二きやす扇かな　貞徳
916 涼しさも一末ひろごりの扇かな　同
917 用《よう》次《し》第《だい》風つかひ出す扇かな　春可
918 一から風をくみこめたるか唐《たう》うちは　玄札
919 風は手の一ほねより出《いつ》るあふぎ哉《かな》　吉長
920 三《み》か月《づき》は末ひろごりの扇かな　長鈍
921 涼しさは価《あたひ》千金のあふぎ哉《かな》　弘政
922 あふぐ手もほねを折《をり》ぬる扇かな　光貞妻
923 一檜《ひ》扇《あふぎ》もてばすゞしき袂《たもと》かな　氏重
924 綸《りん》言《げん》の汗をあふぐや大《おほ》内《うち》は　慶友
925 諸《もろ》人《びと》のあふぐ扇や風の神　良徳
926 風をおってひそかにひらく扇哉《かな》　一正

912 ▽扇を腰にさしているのは涼しい山風を腰にさしているようだ。素朴豪放な見立て。季扇。
913 一天人。二袖扇。奥女中の中老以上の者の用いた扇。▽吹く風を天女の舞扇の風に見立てる。季袖あふぎ。
914 一扇作りの道具か。「馬―扇屋」(類)。二修羅扇。地紙に日の丸や月を描いた軍扇。▽馬→武者→修羅扇。武者絵を描いた修羅扇を馬に乗せて作っている。崑山集に「馬にのせて」とし長頭丸(貞徳)の作とする。季修良扇。
915 一熾(おこ)す。火を盛んにする。二消す。▽日＝火。扇は火を熾すに用いるが、逆に夏の日は消して涼しくする。季夏の日・扇。
916 一末広ごり。末広がり。扇の形状また扇の異名。▽その名のように涼しさもあたり一面に広がる。季涼しさ・扇。
917 ▽必要があればすぐ風を煽ぎ出すの意か。季扇。
918 一唐風(からふう)。中国風。▽唐団扇の名を持つからは唐の風が組みこんであるだろう。季唐うちは。
919 一骨。扇の骨に、手で扇を作る骨折りをかける。▽骨→扇。人手の骨折りで作り出された扇から涼風が出る。季あふぎ。
920 ▽細い三日月も末には広がって扇の形になる。季扇。
921 ▽価千金＝金の扇。金箔を押した扇から出る風の涼しさは、文字通り値千金だ。季涼しさ・あふぎ。
922 ▽扇を作ることを扇を折るというが、煽ぐ手も骨が折れる。季扇。
923 一細長い檜(ひのき)の薄板を綴じ連ねて作った扇。公家用。▽檜扇＝火。火の名を持つ檜扇も、持てば涼しい。季檜扇。
924 ▽綸言→大内＝大団扇。諺に「綸言汗の如し」(君主の言葉は一度口から出たら取消すことができない)というが、大団扇で煽ぐと汗がひっこんでしまうよ。季汗・団扇。
925 ▽仰ぐ＝煽ぐ。仰ぐ→神。煽ぐ→扇。諸人の煽ぐ扇こそ風の神というべきだ。季扇。
926 ▽和漢朗詠集「吹(ゼカ)ヲ逐ウテ潜カニ開ク」(立春の風が吹くにつれ梅花がそっと咲く)。開いた扇を静かに使う。季扇。

納《だふ》涼《りやう》

927 すゞしさをかはゞ価《あたひ》やたかむしろ　春可

928 涼しさや川辺でつかふ扇《あふぎ》網《あみ》　興嘉

929 打《うち》水《みづ》にさそはれいぬるあつさ哉《かな》　清親

930 風かほる雲の衣や丁《ちやう》子《じ》染《ぞめ》　幸光

931 呑《のむ》からに水《みづ》茶《ちや》三《さん》ぶくの夏もなし　徳元

932 汗はたゞ身よりわき出る泉哉《かな》　親重

江戸へまかるとて佐《さ》夜《や》にて

933 刀さへ汗かくさやの山路かな　長吉

934 颯《さつ》ゝ《さつ》のすゞしさや此松の声　玄竹

935 涼しさは扇のほねか園の竹　重頼

936 あつき日の煙は富士の灸《やいと》かな　氏重

937 立《たち》よらば大木の陰よ夕涼み

御《み》祓《そぎ》

938 一《ひと》夏《なつ》やけふみな月のしつぱらひ

927 一簟。竹で編んだむしろ。▽価や高し＝簟。簟に座る涼しさはお金で買えば高価である。季すゞしさ・たかむしろ。

928 一扇の形に開く四手網の一種。▽川辺でそれを使っているさまは名前の通り涼しげだ。季涼しさ。

929 一誘はれ往ぬる。誘われるように消えて行く。何となく歌語めいた表現。季打水・あつさ。

930 一風薫る。初夏の風。二雲を衣に見立てていう。三丁字を染料とした染物。丁字は芳香がある。▽薫る→丁字。衣→染。薫風の頃の雲は丁字染のようだ。季風かほる。

931 一冷茶。二三服に三伏をかける。陰陽道で夏の暑い期間。▽水茶三服飲めば三伏の夏の暑さも感じない。季三ぶく。

932 ▽見立ての句。季汗・泉。

933 一佐夜の中山。東海道日坂（につさか）と金谷（かなや）の間の名所。坂が多い。▽刀→鞘＝佐夜。佐夜の中山の険路に、人のみならず鞘の中の刀まで汗をかいた。季汗。

934 一松風の音。「ざざんざ」ともよむ。▽謡曲では「松の風颯々の鈴の音」（現在七面）の如く「鈴」に続ける例が多いから、「鈴」に「涼しさ」を掛詞にしたか。季すゞしさ。

935 ▽涼しげな庭の竹を涼風を送る扇の骨に見立てる。季涼しさ・扇。

936 一土用灸とて暑い日に灸をすえる。二富士山は寛永四年（一六二七）噴火、江戸に四日間降灰。▽日＝火→煙。熱き火＝暑き日→灸。富士山の煙を土用灸の煙に見立てる。季あつき日。

937 ▽諺「立ちよらば大木の蔭」の利用。季夕涼み。

938 一水無月祓（みなつきばらえ）のこと。陰暦六月の晦日に宮中や神社で行われる祓えの行事。二尻払。後払。退却する時、軍の最後尾に位置して敵を防ぐこと。また、その部隊。▽水無月＝皆尽き。夏が尽き尻払いならぬ水無月祓をする。季水無月祓。

939 一京都北部、高野川と賀茂川の合流する地。賀茂神社があり、その水無月祓は有名。六月十九―末日、諸人群参し、境内の御手洗川に足を浸し無病息災を祈る。川辺の茶店で御手洗団子を売る。▽御手洗→団子→味噌＝御祓。季みそぎ。

糺《ただす》へまいりて

939 御《み》手《た》洗《らし》や団子にぬるもみそぎ哉《かな》　重頼

雑《ざふの》夏《なつ》

940 かたびらも四五六月のさいみかな

酒もりの座にて祝義の心を

941 さあうたへしげれ松山千世の宿

942 墨《ぼく》跡《せき》のあかもぬけけり風《ふ》炉《ろ》の数《す》寄《き》　貞徳

943 朝《あさ》倉《くら》や木《きの》丸《まる》つぶぞ青《あを》山《ざん》椒《せう》　慶友

944 武士《もののふ》のもつや長《なぎ》刀《なた》かうじゅさん　徳元

945 絺《かたびら》の地にも立《たち》木《き》やつじが花　貞継

卯月八日灌《くわん》仏《ぶつ》の心を

946 仏もやいはふ生《うぶ》屋《や》のもちつゝじ　一之

947 をのが名にたゝき杖持《もつ》くゐな哉《かな》　孝晴

948 かみ〴〵にいのりそだつる桑《くは》子《こ》哉《かな》　重勝

949 野を分《わけ》てたつや鹿《かの》子《こ》の夏衣　正信

940 一帷子(かたびら)。夏用の単物(ひとえもの)。二細布(さいみ)。麻織物。夏用。▽細布＝際。細布の帷子は四、五、六月身につける。崑山集「さいめかな」。季かたびら・四五六月・さいみ。

941 一茂れ松山。繁栄を予祝する言葉。閑吟集「しげれ松山、しげらふには、木かげにしげれ、松山」。▽小歌の文句を用いてこの家の繁栄を祝った。崑山集「千代の声」。季茂る。

942 一禅宗の高僧の筆跡。二夏秋に用いる茶の湯の道具。「風炉の数寄」は風炉を用いてする茶の湯。▽風炉＝風呂↓垢。風炉(風呂)の茶の湯だけあって、床にかけた墨跡もさっぱりと垢ぬけて見える。季風炉の数寄。

943 ▽新古今集「朝倉や木丸殿に我が居れば名のりをしつゝ行くは誰(た)が子ぞ」をふまえ、「朝倉や木丸」でその歌を連想させ、「いや木丸粒ぞ青山椒(木についた丸い粒は青山椒の実)だ」と一転する。懐子「木の丸粒の」。季青山椒。

944 一長刀香薷。シソ科の一年草。それを乾燥粉末にしたのが長刀香薷散で、暑気払いや霍乱(かくらん)の薬として旅行者が携行。▽武士↓長刀＝長刀香薷散。季長刀かうじゅさん。

945 一音はチ、訓ホソヌノ。細い葛布のこと。横本に「にしきゝ」と振仮名。易林本節用集は「カタビラ」と傍訓。二辻が花。紅色を主とした色で草花などを染めあるいは刺繡した帷子(かたびら)。▽細布の地に立木の模様をあしらった辻が花染の帷子か。あるいは謡曲・錦木をふまえるか。季絺・つじが花。

946 一釈迦誕生日の法会(ほうえ)。二生屋の餅。出産後、産婦の実家から持って来る餅。▽生屋の餅＝餅躑躅(もちつつじ)。餅躑躅を釈迦誕生の時の生屋の餅に見立てる。季灌仏・もちつゝじ。

947 ▽初夏の風物詩である水鶏(くいな)。水鳥の名)の鳴き声は、戸を叩く音に似ている。その「たたく」に正月七日七草を叩きはやす棒をかけ、水鶏に「食い菜」をかけ、名前が水鶏(食い菜)だけに鳴き声もたたくつまりたたき杖を持つとした。季くゐな。

948 一蚕。横本「かいこ」と振仮名。蚕は紙に生みつけた卵を孵化させ育てる。▽紙々＝神々。居乗る＝祈る。神々に祈って紙の上の卵から蚕を育てる。季桑子。

949 ▽立つ＝裁つ。夏野を分けて鹿子が立つ＝鹿子絞りの布を裁って夏衣にする。季鹿子・夏衣。

（犬子集 二）

狗猧集題目録

秋部

十三夜

名木栬

茸

菊

紅葉

九月尽

色葉

紅葉鮒

雑秋

狗猧集巻第四

秋上

初秋《しよしう》

950 さびしさの一おさなそだちか二今朝の秋　貞徳

951 一よだるかりし手足も立《たつ》やけさの秋

952 一鼻あきも立《たつ》とはしるや風の音　同

953 風の神の袋の口やあきの空　重次

一七夕

954 七《たな》夕《ばた》の琴二や雲三井で乞《き》四巧《かう》奠《でん》

質屋《しちや》の亭にて

955 七《しち》夕《せき》にかす七《しち》月《ぐわつ》のしちやかな　貞徳

956 七夕のな一かうどなれや宵の月　同

950 一 幼育。幼い頃どんどん育って行くこと。二 立秋の日の朝。▽育ち＝立つ秋。立秋の日の朝、さびしい秋の気配が感じられ始める。山之井「おさなそだちや」。季今朝の秋。

951 一 よだるし。疲れきって非常にだるいこと。▽手足も立つ＝立つ秋。立秋の今朝、夏の間よだるかった手足もしゃんと立つ。季けさの秋。

952 一 鼻明き。だしぬかれること、またその人。▽鼻明き＝秋。風の音に鼻明きも秋立つことを知る。古今集・藤原敏行「秋来ぬと目にはさやかに見えねども風の音にぞおどろかれぬる」の卑俗化。季秋立つ。

953 ▽口や明き＝秋。風の神の袋の口が明いて秋空に秋風が吹く。季あきの空・秋風。

954 一 横本振仮名「しつせき」。もちろんタナバタとも読む。二 山之井の七夕条に「箏(うさ)のことに柱(ちこと)をたてゝ庭にたて」。三 大空。四 横本振仮名「きつかうでん」。陰暦七月七日の行事。もともと技工・芸能の上達を願う行事。▽雲井で聞かう＝乞巧奠。七夕に飾る琴は大空で星たちが聞こうというのであろう。季七夕・乞巧奠。

955 ▽同音のくり返し。季七夕。

956 一 諺「仲人は宵の程」。仲人は、式がすんだら、新婚夫婦の邪魔にならぬよう早く引き上げた方がよい。▽陰暦七月七日の月は比較的早く西に没するのを、一年に一度しか会えない牽牛・織女二星の仲人に見立てた。季七夕・宵の月。

957 織女《たなばた》一は手織にするやゆぐ二の布　同

958 衣《きぬ》一〳〵《ぎぬ》は憂《うき》七夕の手織かな　長吉

959 数《かず》有《ある》は孫彦一星のひかりかな　望一

960 牽《けん》牛《ぎう》の契《ちぎる》時分やゝう一しの時　重頼

一《いち》一葉《えふ》

961 一《ひと》葉《は》はや散《ちる》か木の二間があきの風　貞徳

962 一《いち》一葉《えふ》の舟の帆《ほ》二縄《なは》か糸柳　正直

963 一《いち》葉《えふ》といへどもちるは不同哉《かな》　慶友

秋《あき》柳《やなぎ》

964 秋は猶《なほ》柳の気力落葉かな　一正

965 秋風で髪一そりこぼす柳哉《かな》　氏重

一清水寺《せいすいじ》にて

966 金《こん》色《じき》に黄ばむ柳や観世音　正直

秋蛍

967 人《ひと》一玉《だま》か魂《たま》二祭《まつる》野にとぶ蛍　徳元

968 蛍《ほたる》火《び》や吹《ふき》けす秋の風の口　氏重

957 一 七夕の故事で、天帝の娘織女は雲霧の衣を織るのに巧みであった。二 湯具。腰巻。腰から下を覆う下着。▽機織(はたおり)の得意な織女は湯具の布も手織にする。季織女。

958 一 後朝(きぬぎぬ)。男女相逢うた翌朝の別れ。▽年に一度相逢うた七夕(織女)と牽牛はつらい後朝を迎える。それに織女の手織の衣(きぬ)を言いかける。季七夕。

959 一 牽牛星。それに曾孫(ひこ)をかける。▽天空の多数の星は彦星の孫や曾孫だ。季彦星。

960 一 丑の時。午前二時頃。▽牽牛→丑。牽牛が織女と契るのはその名の通り丑の刻だ。季牽牛。

961 一 淮南子「一葉落チテ天下ノ秋ヲ知ル」。木の葉、特に柳や桐の一葉が散ることにより、秋の気配を感じとること。▽木の間が空き=秋の風。秋風が吹き木の間が空いて見えるのは、一葉が早くも散ったからか。季一葉・秋の風。

962 一 一葉が水上に浮かぶさまを舟に見立てていう。二 横本振仮名「ほなは」。ホヅナとも。帆を操る縄。▽糸柳を一葉舟の帆縄に見立てる。季一葉の舟。

963 ▽一葉=一様。無理問答形式の句。季一葉。

964 ▽和漢朗詠集「柳気力ナクシテ条(エダ)先ヅ動ク」をふまえ、春にさえ気力ナシと詠まれた柳は、秋はなお一層気力が落ちて落ち葉している。懐子「秋風に」。季秋柳。

965 一 柳髪。柳の枝の細くしなやかに垂れ下がるさまを女の髪の長く美しい様にたとえる。その逆も。▽髪→柳。秋風に柳葉の散るのを髪を剃り落とす様に見立てる。季秋風・秋柳。

966 一 京都東山の寺。東海道名所記「清水の本尊は楊柳観音なり」。楊柳観音は三十三観音の一つで、右手に楊柳の枝を持つ。▽金色に黄葉した柳を、金色の楊柳観音の持つ楊柳の枝に見立てた。季黄ばむ柳。

967 一 人魂。死者の霊。青白い尾を引いて空を飛ぶ。二 七月十五日死者の魂を祭る。盂蘭盆会。▽蛍を人魂と見る例は古来多くある。季魂祭・秋蛍。

968 ▽秋風吹く頃蛍火も見かけなくなるのを秋風を擬人化して秋風が蛍火を吹き消すといった。季秋蛍・秋の風。

秋《あき》扇《あふぎ》

969 秋来ては誰しも左扇かな

970 今朝や秋露と扇の置《おき》こぐら　家久

971 秋風のたてばあふぎの別《わかれ》哉《かな》　一正

露

972 玉まつりせし夕に

袖よりやほろりと露の玉まつり　利清

973 追善に

無《なき》人《ひと》の置《おき》土《み》産《やげ》かや露の玉　長吉

974 みがけとや木《と》賊《くさ》にかゝる露の玉　玄札

975 芦《あし》の葉の露や達《だる》摩《ま》の眼《まなこ》玉《だま》　正直

霧

976 伊勢信仰《しんがう》の人病気本復《ほんぷく》の後まかりて

雲霧をおはらひの日やおいせ殿　貞徳

977 半《なか》天《ぞら》に立《たつ》は天地のしきりかな　重頼

荻《をぎ》

---

969 一 諺「左扇を使ふ」。安楽に暮らすこと。▽諺を使い、涼しい秋が来て暮らしやすいことを詠んだ。季秋来る・秋扇。

970 一「今朝や秋」は、立秋の朝。二 扇置く。涼しくなって不要となった扇をしまったり捨てたりすること。三 競争すること。飛びこぐらなど。▽立秋の朝涼しくなって競争するかのように扇を置き露も置くようになる。季今朝の秋・露・扇置く。

971 一 扇の別れ。「扇置く」と同意。▽立つ→別れ。秋風が立つと扇は不要になる。季秋風・あふぎの別。

972 一 袖の露。涙。二 魂祭。七月十五日の盂蘭盆会。▽露の玉＝魂祭。魂祭しつつほろりと涙をこぼす。季露・玉まつり。

973 ▽露の玉＝魂。露の玉は亡き人がこの世に残した置土産のようだ。季露。

974 一 草の名。茎は硬く物を磨くのに使う。▽磨く→木賊→玉。さあ俺を磨けとばかり露の玉が木賊にかかっている。季露。

975 一 芦葉達磨(あしのはだるま)。達磨は芦の葉に乗って日本に渡ったという俗伝。しばしば画題になる。▽芦の葉の露をぎょろりとした達磨の目に見立てる。季露。

976 一 伊勢神宮を信仰している人が病気全快の後その家へ私が行って、の意。二 お伊勢殿。伊勢神宮。日の神である天照大神を祭る。▽雲霧を払ひ＝お祓(はら)ひ。お祓ひをする日＝日の神。日の神であるお伊勢殿に祈りお祓いをして、雲霧を日の光が払うように病気が全快した。季霧。

977 一 半空。空中。空の中ほど。二 仕切り。へだてを設けること。また、そのもの。▽仕切り＝霧。半天にかかる霧を天と地との仕切りに見立てる。季霧。

978 一 水辺の湿地に生えるイネ科の多年草。風にそよぐ音を荻の声といい、古来多く歌に詠む。音を立てることを「おとづる」ともいい、それはまた訪ねること、声をかけることの意にもなる。二 いつもきまって泊る宿屋。▽秋風は必ず荻に吹きつけて音を立てる、つまりおとずれるので、荻を秋風の定宿といった。季秋風・荻の声。

979 ▽荻は「荻の声」（前項参照）、松は「松風」と風に縁があるので中風病みといったか。「かぶりふる―中風やみ」（類）とあるので、荻が風にゆれるさまか。季荻。

978 秋風の定《ちやう》宿《やど》なれや荻の声　貞徳

979 荻と松や草木の中の中《ちう》風《ぶ》やみ　同

伊勢へまかりし時

980 浜《はま》荻《をぎ》と伊勢あらそひか松の声　重頼

981 秋来《き》ぬと案内するか荻の声　同

秋草

982 紅葉する蓼《たで》やさながらから錦

或寺にて

983 ずゞ玉や風も押《おし》もむ寺の庭

984 ほえ出《いで》て人もくはぬや犬《ゑの》子《こ》草《ぐさ》

985 赤けれど鎌《かま》にはつかぬち草《ぐさ》哉《かな》　貞徳

986 うらがれて黄《き》葉《ば》も見えけり鬼《おに》薊《あざみ》　徳元

987 水《みづ》銀《かね》かぎがめく露のかゞみ草　良徳

988 なた大《ま》豆《め》の実に置《おく》露や玉《たま》刃《やきば》　同

989 野《の》辺《べ》の秋も立《たち》かたほめんすまひ草《ぐさ》　重頼

990 犬《いぬ》蓼《たで》のほえかゝるをも摘《つむ》手《て》哉《かな》　同

980 一 浜辺に生えている荻。諺「難波の芦は伊勢の浜荻」。二 伊勢争ひ。威勢争ひのもじり。互いの勢力を競うこと。三 伊勢の歌枕若松原が念頭にあるか。▽伊勢名物の荻と松が音を立てるさまを威勢争いとした。季荻。

981 一 古今集の歌(九三参照)をきかす。二 とりつぐ。告げ知らせる。▽荻の声は秋の到来を告げ知らせるようだ。季秋来る・荻の声。

982 一 水辺に生えるタデ科の植物。葉は香辛料や蓼酢にする。辛い。二 唐錦。唐織りの錦。紅色のまじった美しい模様を紅葉にたとえる。▽蓼↓辛＝唐錦。見立ての句。季蓼の紅葉。

983 一 数珠玉。漢名薏苡(よくい)。イネ科の多年生植物。実は一センチ弱、灰白色、数珠に作り、またお手玉に入れる。▽僧は数珠を揉み、風は庭の数珠玉を揉む。季ずゞ玉。

984 一 エノコログサ・ネコジャラシとも。イネ科の一年草。穂が小犬の尾に似る。横本振仮名「いのこぐさ」。▽穂へ＝吠え↓犬。犬という名をもつが穂へ(吠え)出ても人にかみつかない。季犬子草。

985 一 千草。千種。いろいろの草。特に秋の野の。▽赤↓血＝千草。チグサ(血草)の名を持ち赤い色をしているが、別に鎌に血のつくこともない。季ち草。

986 一 末枯る。草木の先の方が枯れること。▽黄葉＝牙↓鬼。末枯れた鬼薊の黄葉を鬼の牙に見立てる。塵塚誹諧集の寛永五年(一六二八)有馬入湯日発句のうち。季黄葉。

987 一 鏡をみがくのに用いる。二 きらきらと光り輝く。三 ガガイモ・アサガオその他種々の植物の異名。▽水銀↓鏡。見立ての句。季露・かゞみ草。

988 一 鉈豆・刀豆。鉈の形をした長さ三〇センチ、幅五センチ位の実をつけるマメ科の多年草。二 玉焼刃。玉模様の焼刃。刀の刃の上に出る模様。▽鉈↓刃。見立ての句。季なた大豆・露。

989 一 相撲草。オグルマまたはオヒシバの異名。▽秋立つ＝立ち方↓相撲。相撲の縁で立ち方(立合いのし方)といい、秋立つ頃の相撲草の立姿のよさに言いかける。季立秋・すまひ草。

990 一 タデ科の一年草。▽犬↓吠え＝穂へ。犬蓼の花穂の出かかったのを手で摘む。季犬蓼。

草《さう》一花《くわ》

991 秋の野や風に乱《みだれ》の花二いくさ　長吉

992 御《み》一簾《す》捲《まき》て見よ小《を》二車《ぐるま》の花ざかり　重勝

萩

993 ま一めに植《うゑ》しみ二そ萩《はぎ》やつく宿三の庭

994 茅《ち》一の陰《かげ》で小萩そだつる野はら哉《かな》

995 露分《わけ》て踏《ふむ》す一ねはぎの花野哉《かな》　徳元

996 露のよくそだてゝかゝる小萩哉《かな》　利清

一宮城《みやぎ》野《の》の萩を

997 手《た》折《をる》こそ子がみやげ野の萩の花　正章

998 馬鹿者や折《をる》駒《こま》一つなぎ鹿《しか》二鳴《な》草《ぐさ》　重頼

朝《あさ》顔《がほ》

999 白露は朝がほあらふ手水《てうづ》哉《かな》

1000 を一ぐるまに咲《さき》てかゝるや牽《けん》二牛《ぎう》花《くわ》　貞徳

1001 朝顔にしはよる花の日かげ哉《かな》　重勝

1002 朝がほにでくる水《みつ》一瘡《ぼ》や露の玉　重頼

991 一 横本振仮名「さうくわ」。二 花軍。一三七参照。季秋の野・野の花。▽秋野の花々が風に乱れるのを花軍に見立てる。

992 一 車の窓の簾(すだれ)。二 キク科の多年草。▽御簾→車。車の御簾を捲き上げて小車の花盛りを見よ。季小車の花。

993 一 忠実。勤勉である。二 ミソハギ科の多年草。ミゾハギとも。盆に仏前に供える。三 家。▽忠実＝豆。みそ萩＝味噌。着く＝搗く。豆→味噌→搗く。勤勉に植えたみそ萩が庭に根着く。それに縁語・掛詞をあやなす。季みそ萩。

994 一 横本「かや」と振仮名するが、ここは「乳」と掛詞にするために「ち」と読むべきか。▽茅＝乳。小萩＝子。野原＝腹。野原の茅の陰で小萩が成長する。腹をいためた子が乳のおかげで成長するように。季小萩。

995 一 脛脛(すねはぎ)。すねとはぎは同意。▽脛脛＝萩の花野。露のおいた萩の花野を脛脛で分けて行く。塵塚誹諧集、江戸にて千句の第六の発句。季露・萩・花野。

996 ▽斯かる＝掛かる。露→かかる。露がかかってこんなかわいい小萩を育てた。源氏物語・桐壺「宮城野の露吹きむすぶ風の音に小萩がもとを思ひこそやれ」によるか。季露・小萩。

997 一 陸奥の萩の名所。▽土産＝宮城野。宮城野の萩を手折って子の土産にする。源為仲は、陸奥守の任果てて都へ帰る時、宮城野の萩を長櫃十二合に入れて持ち帰った。季萩の花。

998 一 駒繋。マメ科の小低木。二 萩の異名。▽折角美しく咲いている駒(馬)つなぎと鹿鳴草(つまり馬と鹿)を折りとるとは、文字通り馬鹿者だ。季駒つなぎ・鹿鳴草。

999 ▽朝顔に白露が置いているさまを、朝顔を擬人化し白露を手水に見立てた。季白露・朝がほ。

1000 一 小車。キク科の多年草。二 アサガオの花。▽車→牛。その縁で小車に牽牛花が咲きかかるとした。季をぐるま・牽牛花。

1001 ▽朝顔の萎れるさまを人の顔の皺のよるさまに見立てる。山之井の朝顔の条に「露のたまれるをえくぼといひなし、しぼめるをひたひのしわとも見なせり」。季朝顔。

1002 一 水疣。ミズイボとも。皮膚病の一種。▽朝顔に置く露を人の顔の水瘡に見立てる。季朝がほ・露の玉。

木《む》槿《くげ》一

床《とこ》にむくげのいけたるを見て

1003 位あるむくげの花や床の上　　春可

1004 鳴《なく》鳥のとまり木迄《まで》もむくげ哉《かな》　　休音

女郎花《をみなへし》

1005 男山《をとこやま》一へたがなかうどぞ女郎花　　徳元

1006 女一郎花ちりなば男やまめ二哉《かな》　　光家

1007 頼《より》一風《かぜ》のふけばくねるや女郎花　　貞継

嵯《さ》一峨野《がの》にて

1008 見一ておち二ぬお僧はあらじ女郎花　　重頼

桔《き》梗《きやう》

1009 野一遊びや花二すり衣《ごろも》三桔梗笠　　徳元

田舎より帰京之人の許《もと》にて

1010 花よいつゐなか行《ゆき》してきゝやう草　　重頼

蘭《ふぢばかま》一

1011 我二もかう人もかく見んさかり哉《かな》　　慶友

1003 一 アオイ科の落葉低木。花は淡紅・白・淡紫色など。夏秋の茶花に用いる。▽木槿＝公家。位の高いクゲの名を持つムクゲだけに、床の上に生けてある。季むくげ。

1004 ▽椋＝木槿。椋(椋鳥の略称)が同じ名の木槿にとまって鳴く。季椋鳥・むくげ。

1005 一 京都南方の山。山頂に石清水八幡宮がある。▽男山あたりに女郎花の咲くさまを、男・女の文字に興じて、女郎花は誰の仲人で男山へ来るのかとした。季女郎花。

1006 ▽男山＝男鰥(おとこやまめ・おとこやもめ)。妻に死別または生別したひとり暮しの男)。男山の女郎花の散るさまを男・女の文字に興じて面白く言い立てた。季女郎花。

1007 一 謡曲・女郎花では、小野頼風と契りを結んだ都の女が男の中絶えを恨み、男山の麓の放生川に投身しその亡魂が女郎花となる。二 曲・拗の字を宛て、折れ曲る、くねくねする意。また、恨みがましさをすねる形であらわす意。謡曲・女郎花に「くねると書きし水茎の跡」「一時をくねるも夢ぞ女郎花」。▽頼風＝風。風に女郎花がくねる。それを女が頼風をうらみかこつさまに重ねる。季女郎花。

1008 一 京都西郊の名所。二 古今集・僧正遍昭「名にめでて折れるばかりぞ女郎花我落ちにきと人に語るな」。「落つ」は堕落する。落馬の際の歌とも。▽いや女郎花の魅力の前には遍昭に限らず落ちない僧はあるまい。季女郎花。

1009 一 野外で食事などして遊ぶこと。二 花摺衣。萩または露草などの花を衣に摺りつけて染めたもの。三 伏せた桔梗の花の形に似たかぶり笠。▽秋の野遊びにふさわしく花摺衣・桔梗笠を身につけるの意か。または花野の花々を花摺衣・桔梗笠に見立てたか。塵塚誹諧集所収。季花すり衣・桔梗笠。

1010 ▽帰京＝桔梗草。桔梗の花よいつ田舎へ行って帰京したのか。それに無事帰京を祝う意を寓する。季桔梗草。

1011 一 横本振仮名「ふじばかま」。キク科の多年草。秋の七草の一つ。藤袴の字も宛てる。音読してランともいう。二 我も斯う。我もこのように。それに植物ワレモコウ(吾亦紅)をかけてあるとすれば、題のフジバカマとは別。編集の誤りか。▽我も人も吾亦紅の花盛りをこのように夢中で見る。季吾亦紅。

1012 闇の夜も香でやしらんの花盛《はなざかり》　正綱
1013 風に露ちらし小《こ》文《もん》か藤《ふぢ》袴《ばかま》　政昌
1014 秋風に腰をおらする藤袴　氏重
1015 雨《あめ》露《つゆ》の恩の礼儀か藤ばかま　良徳
1016 黄《も》葉《みぢ》するらんぎくや実《げに》狐《きつね》色《いろ》　重頼
1017 あちこちにさくやらんぎく野べの秋　同

薄《すすき》

1018 はたをりの虫やよるらんいと薄　正利
1019 ちる露の玉結びせよ糸すゝき　清一
1020 花いくさとりむすぶ野や旗《はた》薄《すすき》　正直
1021 ぬる蝶や尾花が袖のもんどころ　重頼

葛《くず》

1022 花よりやくふてよしのゝ葛団子
1023 丸き露はだんごのたねか真《ま》葛《くず》原《はら》　貞徳
1024 くてほめぬ人はうらみよ葛だんご　重頼

秋《あき》田《た》

1012 ▽知らん＝蘭。闇の夜でも芳香によって蘭の花のあることを知るであろう。季蘭。
1013 一小紋。布に星・霰・小花など細かい模様を一面に染め出したもの。▽小紋→袴。露を散らし＝散らし小紋。藤袴に置いた露が風に散るさまを袴の散らし小紋に見立てる。季藤袴。
1014 ▽腰→袴。藤袴が秋風に吹き折られるさまを縁語仕立てで詠む。季秋風・藤袴。
1015 ▽雨露のおかげで育った恩に対する礼儀として藤袴は礼装の袴を名に持っている。季露・藤ばかま。
1016 一蘭菊。段菊の異名。または蘭と菊。▽白楽天・凶宅に「狐ハ蘭菊ノ叢ニ蔵ル」とあるが、なるほど蘭菊の黄葉は狐色だ。季らんぎく。
1017 ▽蘭菊の蘭に乱をきかして、蘭菊があちこちに咲き乱れるとした。季らんぎく。
1018 一機織。ショウリョウバッタの異名。二糸薄。薄の一変種。▽機織→撚(よ)→糸＝糸薄。糸薄の中で泣く機織虫は糸を撚っているのであろうか。季はたをり・いと薄。
1019 一紐の結び方の一つ。▽玉結び→糸。美しい露の玉を糸薄よしっかり結びとめよ。後撰集「白露に風の吹きしく秋の野はつらぬきとめぬ玉ぞ散りける」の俳諧化。季露・糸すゝき。
1020 一花軍。三七参照。二穂が旗のようになびいている薄。▽軍→旗。風になびく旗薄を戦場の旗に見立てる。季旗薄。
1021 一薄の花穂。それが風になびくさまを、古来、人を招くために揺れる着物の袖に見立てる。▽風に揺れる尾花にとまり眠る蝶を着物の袖の紋所に見立てる。季尾花。
1022 一マメ科の蔓性多年草。花は赤紫色。根から葛粉を作る。二葛粉で作った団子。▽食ふて良し＝吉野→葛。諺「花より団子」。吉野は花・葛が名物。季葛の花・葛団子。
1023 一葛の生えている原。京都には真葛が原という地名もある。▽団子→葛。見立ての句。季露・真葛原。
1024 ▽葛の葉は風に吹かれると白い葉裏が見えるところから、裏見＝恨みの掛詞が古来用いられる。季葛だんご。
1025 一手負鹿。負傷した鹿。▽句意不明。田の稲を食いに来た手負い鹿が体力なく逆に田に足をとられることか。季しゝ。

1025 くひに来て田にくはるゝや[一]手をいじゝ　貞徳

1026 [一]棹鹿《さをしか》のゐる田は是も[二]検地《けんち》かな　慶友

1027 山田もる[一]僧都《そうづ》は[二]わらはすがた哉《かな》　同

1028 かうぬ間《ま》は[一]しゝの居ぐひの山田哉《かな》　徳元

1029 刈《かる》迄《まで》は山田あづくる[一]僧都哉《かな》　重勝

1030 棹鹿も皆ほえ出《いづ》る[一]田顔《たづら》かな　氏重

1031 春はやがてかへすはづにてかり田哉《かな》　同

[一]やはたにて

1032 秋の田も八まんおだいぼさつ哉《かな》　重頼

稲《いな》妻《づま》

1033 をのづから霜[一]おくて田は[二]しらげ哉《かな》　正直

1034 稲妻の面影見てや[一]よばひ星　良徳

1035 いなづまも光《ひかる》源《げん》氏《じ》か[一]雲がくれ　重頼

虫

1036 寒き夜や壁に[一]身をもむきりぐす

1037 木も草もいたむや秋の虫くひば

1026 一 小牡鹿。雄の鹿。それに検地に用いる竿をかける。二 領主が農民の田畑を測量調査すること。▽棹鹿を検地竿に見立てる。季棹鹿。

1027 一 案山子(かかし)。多く藁(わら)で作られる。二 童姿。子供の姿。▽童姿＝藁。続古今集・玄賓僧都「山田もる僧都の身こそ悲しけれ秋はてぬれば訪ふ人もなし」を言いかすめる。季僧都。

1028 一 獅子の居食。中将棋の術語で獅子の駒が自分は動かずに周匝の敵駒を自由にとること。▽しし(鹿または猪)が刈り入れ以前の田の作物を食い荒すさまを獅子の居食に見立てる。徳元俳諧抄の寛永七年(一六三〇)以前条などに所収。季しゝ。

1029 一 一〇二七参照。▽僧都はまた僧官の一つでもあるので、僧都(案山子)に山寺ならぬ山田をあずけるとした。季僧都。

1030 一 田面。田のあたり。また、田そのもの。横本振仮名「たがほ」。▽吠え＝穂へ。田面には稲の穂が出、棹鹿も鳴きながら姿を現わす。季棹鹿。

1031 ▽春の農作業の田返し＝金品を返す。刈田＝金品を借りる。秋には刈田、春には田返しをする。それに金品を借り返すという思いがけぬことがらを掛詞にした。季かり田。

1032 一 八幡(やはた)。京都南方の地名。石清水八幡宮がある。▽その祭神八幡大菩薩に「おだい」(おだやかなこと)と「菩薩」(米の異称)をかける。八幡大菩薩のまわりの秋田も天気穏やかで米も豊かに実る。崑山集「秋の田は」。季秋の田。

1033 一 晩稲田。成熟の遅い稲の田。二 精白(しらげ)。玄米を搗いて白米にする。▽霜置く＝晩稲田。晩稲田が実る頃は霜が真白に置いて自然に精白をしたようだ。季晩稲田。

1034 一 夜這星。流れ星。「夜這」は、男が女の所へ忍び入ることもいう。▽積乱雲のあたりで稲妻が光り晴れた空に流星が飛ぶのを、擬人化して夜這いのさまに見立てた。季稲妻。

1035 一 雲隠。源氏物語の巻名。巻名のみで本文はない。主人公光源氏の死を象徴する。▽その光源氏のように稲妻も雲に隠れている。積乱雲の中で光る稲妻。季いなづま。

1036 一 身を揉む。もだえ苦しむ。▽きりぎりす＝錐を揉む＝身を揉む。寒夜壁中で鳴くきりぎりす(今のコオロギ)の声を縁語・掛詞仕立てで詠む。季きりぐす。

1038 は[一]たをりは鳴《なき》やむ程を夜間《よんま》[二]哉《かな》

1039 鈴虫の音《ね》にをとるなよくつは虫

1040 鈴虫の声にまじらぬなまり哉《かな》　貞徳

1041 つ[一]ゞりさせとち[二]く〳〵鳴《なく》やき[三]れ〴〵す　同

或亭にて

1042 秋は虫を聞《きく》や時《し》[一]雨《ぐれ》のちんちろり　同

1043 夕《ゆふ》露《つゆ》に野原ひえてや虫の声　利清

1044 行《ゆく》秋にと[一]りつき虫の声もがな　一正

1045 音せぬは地にさびつくか轡虫《くつわむし》　貞継

1046 は[一]りの木のもとやみ[二]ゝずの秋の声　利房

1047 はたをりの手足やまとふ糸《いと》薄《すすき》　親重

1048 駒[一]つなぎの葉に添《そひ》鳴《なく》や轡虫　同

1049 鳴《なく》虫にのまする露のち草かな　政直

鹿

1050 ひ[一]たとをはゞいねの中なる鹿の声

1051 か[一]いろとはふ[二]なゆるぎをや鹿の声

1037 ▽木草が傷む＝虫歯が痛む。秋の虫＝虫食歯＝虫食葉。虫食歯のように木草が傷み秋虫がわびしげに鳴く。季秋の虫。

1038 一 機織。虫の名。二 奉公人が夜間にもらう暇。密会の機会に利用。▽昆虫ハタオリを機(はた)を織る職人に擬人化し、鳴きやむすなわち仕事を休むのを夜間(よんま)とした。崑山集「よんま哉」、作者を長頭丸(貞徳)とする。季はたをり。

1039 ▽鈴も轡も共に馬に縁がある。そこでお互いに負けずに鳴けとした。季鈴虫・くつは虫。

1040 ▽鉛＝訛。鉛のまじらぬ純粋の金属で作った鈴のように、鈴虫が訛りのない美声で鳴く。山之井「鈴虫は」。季鈴虫。

1041 一 キリギリスの鳴き声。綴刺の字を宛てる。二 針で小刻みに突き刺すさま。三 キリギリスのもじり。それに裂(きれ)をかける。▽綴刺→ちくちく→裂れ。古今集・在原棟梁「秋風にほころびぬらし藤ばかまつづりさせてふきりぎりすなく」をふまえ縁語で仕立てた。崑山集「気をはり啼くや」。季きりぎりす。

1042 一 時雨の亭(ちん)。藤原定家の閑居の家。▽それに虫の声をかける。崑山集「秋は虫こゑや」。季秋・虫。

1043 ▽野原＝腹。昆虫の虫＝疳(かん)の虫。夕露が置き冷え冷えした野原で虫が鳴く。腹が冷えて疳の虫が起こる。季虫。

1044 一 うるさくまといついて離れぬもの。▽行く秋をひきとめ、趣のある虫の声を聞かせてほしい。季行秋・虫。

1045 ▽轡虫が鳴かないのを、金属で出来ている轡の縁で、地面にさびついたかとした。季轡虫。

1046 一 榛木(はりのき)。ハンノキとも。二 蚯蚓(みみず)。それに針の穴の意のみみずをかける。俳諧では蚯蚓を鳴くものとして詠む。▽榛＝針→みみず＝蚯蚓。季蚯蚓鳴く。

1047 ▽機織虫の手足に糸薄がまといつく。機織る人の手足に糸がまといつくように。季はたをり・糸薄。

1048 一 駒繋。マメ科の小低木。▽駒→轡。季駒つなぎ・轡虫。

1049 ▽秋の千草＝乳。泣く子に乳を飲ませる如く鳴く虫に千草の露を飲ませる。季虫・露・ち草。

1050 一 引板(ひた)。田畑の鳥・獣を追い払うしかけ。▽引板＝ひたと(はげしく)。稲＝往ね(向うへ行け)。稲を食い荒す鹿を

1052 くふよりも気の薬哉《かな》鹿の声　貞徳
1053 声きかば猶《なほ》しかるべき紅葉かな　同
1054 鹿《しし》笛《ぶえ》やはやす狸《たぬき》のはらつゞみ　徳元
1055 ふしどへやかいらふと鳴《なく》鹿の声　同
1056 月に声かぞへんしゝの十《じふ》六《ろく》夜《や》　親重
1057 紅《も》葉《みぢ》ばをしがらむ鹿や猩《しやう》ゝ《じやう》皮《ひ》　重頼

鶉《うづら》

1058 くはい〳〵となけやひろ野のかた鶉
1059 一声はあまり尾もなき鶉かな　貞徳
1060 詰《つめ》籠《こ》でもしくはくはひと鳴《なく》鶉哉《かな》　同
1061 野も憂《うき》か述《しゆつ》懐《くわい》くはひと鳴《なく》うづら　重次
1062 長《なが》鳴《なき》はをのが尾に似ぬ鶉哉《かな》　重頼

小鷹《たか》狩《がり》

1063 居ながらにつかふは紙の小鷹哉《かな》　慶友
1064 あはすればはや駒鳥にこのり哉《かな》　休音
1065 殺《せつ》生《しやう》をするはつみなり小鷹狩　乗正

引板の激しい音で往ねとばかり追う。崑山集に作者を長頭丸(貞徳)とする。[季]ひた・いね・鹿。
1051 一鹿の鳴く声。ニ船揺ぎ。船に乗って動揺すること。▽かいろ＝海路。船揺ぎをし＝鹿。鹿がかいろと鳴いているのは船揺ぎをしたからか。崑山集に作者を長頭丸とする。[季]鹿。
1052 ▽冬に薬喰(くすりぐい)と言って滋養のために鹿の肉を食うが、秋の鹿の声は気の薬(心の慰め)になる。[季]鹿。
1053 一立派である。▽しかるべき＝鹿。紅葉は鹿の声を聞くといっそうすばらしい。[季]鹿・紅葉。
1054 一鹿を誘い寄せる笛。▽鹿→狸。鹿笛をはやすかの如く狸の腹鼓が聞こえる。塵塚誹諧集所収。[季]鹿笛。
1055 一臥所。寝る所。ニ鹿の鳴き声。▽かいらふ＝帰らう。塵塚誹諧集の有馬入湯日発句のうち。[季]鹿。
1056 一鹿。掛算の四四の十六をかける。▽十六夜の月下に鳴く鹿の声を四四十六回も数えた。[季]月・しゝ。
1057 一柵む。からみつかせる。ニ猩々緋。黒みがかった深紅色に染めた舶来の毛織物。▽古今集・読人しらず「秋萩をしがらみ伏せて鳴く鹿の目には見えずて音のさやけさ」。[季]紅葉・鹿。
1058 一鶉の鳴き声。チチクヮイ。ニ片鶉。雌雄が離れている鶉。▽くはい〳〵＝恢々(広大なさま)。[季]かた鶉。
1059 ▽鶉の尾は短く、ないにひとしい。それに面無し(恥ずかしい)をかける。一声しか鳴かぬとは恥ずかしい。[季]鶉。
1060 一籠に入れること。▽狭い籠の中でもしくはくはい(鶉の鳴き声)＝恢々(広大なさま)と鳴く。[季]鶉。
1061 一ぐちを言うこと。▽述懐＝くはい〳〵(鶉の鳴き声)。[季]うづら。
1062 ▽鶉の尾の短さと鳴き声の長さとの対比。[季]鶉。
1063 一小型の鷹を使って小鳥を狩ること。それに小鷹檀紙(こたかだんし)をかける。▽小鷹狩は野山で、小鷹檀紙は居ながら使う。崑山集上五「居ながらも」。[季]小鷹。
1064 一合す。鷹狩で鳥を狙って鷹を放つこと。ニ兄鷂(このり)。鷂(はしたか)の雄。▽兄鷂＝乗り→駒。兄鷂を放つやいなや駒鳥に乗りかかるように捕える。[季]駒鳥・このり。

一色《いろ》鳥《どり》

1066 老《おい》の秋わたり初《そむ》るや二四十《しじふ》陵《がら》　徳元

1067 一錦《にしき》木《ぎ》は只《ただ》色鳥の二とまり哉《かな》　成安

一雁《がん》

1068 声にわが両がんも行《ゆく》雲井哉《かな》

1069 棹《さを》になりてわたるがんくびはきせる哉《かな》　貞徳

1070 露と霜と置《おく》やせなかも一腹まだら　同

1071 一文《ふみ》づらもみだして送る二鴈《がん》書《しょ》哉《かな》　慶友

1072 夕霧に雲井の鴈《かり》やあまへ声　親重

1073 月の舟の棹《さを》になれ〳〵天津《あまつ》鴈《かり》　同

1074 一かりがねは後に大儀《たいぎ》な料り哉《かな》　宗味

1075 一かりまたのかりまたを射る二矢のね哉《かな》　元宣

1076 鴈《かり》がねや一雲の衣の二ちらし文《もん》　氏重

一薄屋《はくや》之会に

1077 声きけば空にも一二季のひがん哉《かな》　同

1078 二はくがんを三こげいろとなす料り哉《かな》　重頼

1065 一雀鷂(みつ)。ワシタカ科の鳥。日本産のタカのうち最小。▽雀鷂=罪。季雀鷂・小鷹狩。

1066 一秋に渡って来る種々の小鳥。二四十雀。小鳥の名。人生四十歳を初老とするのをかける。▽初老の到来と渡鳥の渡来を重ねる。塵塚誹諧集の有馬入湯日発句のうち。季四十陵。

1067 一ニシキギ科の落葉低木。秋美しく紅葉する。二止木。鳥がつかまって休む所。▽錦→色。季錦木・色鳥。

1068 一カリまたはガン。秋北方より渡来し、春帰る。▽雁=両眼。空行く雁の声に思わずそちらを見る。季雁。

1069 ▽雁=雁首(煙管の火皿のついた頭の部分)→棹(煙管の柄の部分)。棹状隊列で飛ぶ雁を煙管に見立てる。季雁。

1070 一御傘に雁の一類とする。▽その腹まだらの背が露霜のために斑模様になった。季腹まだら。

1071 一文面。それに列(らつ。隊列)をかけ、下の「乱す」もそれに応じて両意。二漢の蘇武の故事から手紙のこと。▽隊列を乱し飛ぶ雁を文面の乱れた手紙に見立てる。季鴈書。

1072 ▽自然現象の夕霧に源氏物語の登場人物夕霧を、雲井の雁(空飛ぶ雁)に夕霧の妻雲井雁をかける。季夕霧・鴈。

1073 ▽月を舟に、雁の隊列をその棹に見立てる。飛ぶ雁に「棹になれ、鉤になれ」と呼びかける児戯を言い重ねる。季月の舟・天津鴈。

1074 一雁が音。単に雁をもいう。▽雁が音=借金。雁の料理も大変だが、借金もあとで返す時が大変だ。季かりがね。

1075 一雁股。先が二股に開いている矢じりを持つ矢。二つめの雁股は空行く雁の股。二矢の根。鏃(やじり)。矢の先端部分。▽雁股で雁股を射るという同音異義のおかしみ。季雁。

1076 一雲を衣に見立てていう語。二散らし文。飛び飛びに散らした着物の模様。▽空行く雁を雲の衣の散らし文の模様に見立てた。季鴈がね。

1077 一彼岸は春秋二度。▽彼岸=飛雁。雁は春秋二度渡りをするので二季鳥(ふたきどり・にきどり)の称もある。季雁。

1078 一箔屋。金銀などの箔を製造販売する人。二白雁。全身純白、風切羽は黒、嘴と足は赤紫。三焦色。黒みがかった茶色。貞室の俳諧百韵之抄の「こげばくのうつし心もうかれ妻」の

1079 最《いと》愛《ほし》き子も旅させよ秋の鴈　　同

1080 らくがんの中に苦《くるし》や番の鳥　　同

鴫《しぎ》

1081 も丶しぎは大宮人の肴《さかな》かな　　徳元

1082 かりがねも渡さん鴫のはがき哉《かな》　　休音

1083 よきしぎにきて声を聞《きく》沢辺哉《かな》　　重頼

渋《さび》鮎《あゆ》

1084 さび鮎の瀬《せ》ゞ《ぜ》に身をとぐ石《いし》砥《ど》哉《かな》　　光香

1085 落《おち》行《ゆく》は爰《ここ》やうき世のさがの鮎　　重頼

碪《きぬた》

1086 からぎぬや音もから〱しころうち

1087 こまかにもうつやさいみの麻ごろも

1088 手がき丶てうつは仕《し》立《たて》のきぬた哉《かな》　　貞徳

1089 たてに巻《まき》よこづちでうつきぬた哉《かな》　　慶友

木《この》実《み》

1090 御持参はかたじけなしの木実哉《かな》

注に「薄紙(はくがみ)は四方(よはう)にてしかもこげ色に黒き物也」。▽白雁を焦色に料理した。季はくがん。

1079 ▽諺「いとほしき子に旅させよ」をふまえ親子連れで渡りする雁を詠む。季秋の鴈。

1080 一落雁。池や沼に下りたつ雁。二マガンは昼間必ず一羽の歩哨を立てて休む。それに鷭(ばん)。夏季の鳥)をかける。▽落雁の中にまるで番の鳥のように季節ちがいの鷭が一羽まじっているさま。季らくがん。

1081 一「百敷の」は「大宮」の枕詞。▽百敷＝鴫。塵塚誹諧集の有馬入湯日発句のうち。山之井に「やんごとなき御もとにて、御鷹の鳥とてさかなにたうびければ」と前書。季鴫。

1082 一鴫の羽搔。鴫がしきりに嘴で羽をしごくこと。回数の多いこと。▽「雁が音」に借金をかけ、度々懇願するから借金を渡してやろうの意か。崑山集「かりがねを」。季かりがね・鴫。

1083 ▽よき仕儀＝鴫。たまたまうまいぐあいに沢辺にやって来て鴫の声を聞くことができた。季鴫。

1084 一陰暦七、八月頃約一尺の大きさで鉄錆のような色になった産卵期の鮎。落ち鮎。▽渋鮎＝錆。渋鮎が水底の石に身をすりつけるさまを石砥で錆を落すとした。季さび鮎。

1085 一落鮎。産卵場に向って川を下る鮎。二憂き世の性(さが)。それに嵯峨をかけ、謡曲・仏原の「浮世の嵯峨の奥深き」を言いかすめる。嵯峨は鮎の名所。▽憂き世の習いとて鮎が落ち行きやがて死を迎える。季落鮎。

1086 一砧。槌で布を打って柔らかくしつやを出すこと。二唐衣。中国風の衣服。唐絹と書けば中国製の絹。三錏打。槌で衣を打つこと。▽からぎぬ・からから・しころと同音・類似音のくり返し。山之井の擣衣条に「からころとなる唐衣(からごろも)の音をよそへ」。季衣打つ。

1087 一細布。あら目の麻織物。▽あら目の布をこまかに打つという対比。崑山集は作者を長頭丸(貞徳)とする。季衣打つ。

1088 一器用だ。▽仕立ての衣(きぬ)＝碪。手先が器用なので仕立ても碪も一人でする。季きぬた。

1089 一横槌。碪用の槌の一種。▽心木(しんぎ)に巻きつけた布を槌で打つのを、縦・横の対比で詠む。季きぬた。

1091 物の名をかるや言葉のゑんざ柿

1092 忘《わすれ》ては手をうち栗のみあげ哉《かな》

1093 大《おほ》峯《みね》へいらずとかぶれときん柿

1094 茶《ちや》入《いれ》ならでお菓子にもよき棗《なつめ》哉《かな》

1095 植《うゑ》し庭へ先《まづ》山がらやくるみの木

秀吉公唐入《ひでよしこうからいり》之時

1096 からたちの其《その》みは頓而《やがて》きこく哉《かな》　玄旨

1097 山がらも付《つけ》てまはすや姫《ひめ》胡桃《くるみ》　徳元

1098 かね付《つけ》てほゝゑむ栗や色ごのみ　同

讃岐国《さぬきのくに》へまかりし時

1099 所にてくふをやさぬき円《ゑん》座《ざ》柿《がき》　貞継

1100 さくる程なるや正《しやう》体《だい》なしの枝　利清

1101 おち椎《じひ》はやしなひ君の土産《みあげ》哉《かな》　一村

1102 山里《やまざと》や寒さに木《こ》練《ねり》あはせ柿　道職

1103 落《おち》椎《じひ》は車座《くるまざ》でくふお菓子哉《かな》　重頼

或人之追善に

1090 ▽かたじけなし＝梨。みごとな梨の実をお持ちいただいてかたじけない。季梨の実。

1091 一 円座柿。柿の一種。▽縁＝円座柿。物の名(この場合は円座柿)の音をかりて言葉の縁(掛詞)で句を仕立てるの意。季えんざ柿。

1092 一 打栗。栗を材料とした菓子の一種。▽手を打ち＝打ち栗の実＝土産(みあげ)。思いがけぬ打栗の土産を得て、うれしさの余り手を打って喜ぶ。伊勢物語八十三段「忘れては夢かとぞ思ふ思ひきや雪ふみわけて君を見むとは」。季栗。

1093 一 大和の大峯山脈。狭義には山上が岳。修験道の根本道場。ニ 兜巾柿。柿の一種。▽翳(かぶ)る＝冠る。兜巾柿＝兜巾(山伏の冠る頭巾)。兜巾を冠って大峯へ入らずに兜巾柿を翳れ。崑山集「大嶺へいらずとくへやときん柿　木食興山上人応其／右をかぶれと其比の好士直し申されたりと也」。季ときん柿。

1094 一 茶の湯で、濃茶(こいちゃ)を入れる陶製の器。ここは単に茶を入れておく器の意か。ニ 木の実の棗に、茶の湯で薄茶を入れておく木製漆塗りの器の意をかける。▽棗という名を持つからは、茶入れとしてではなく茶菓子にもよいだろう。季棗。

1095 一 山雀(やまがら)。小鳥の名。諺「山雀の胡桃回す」はもてあますこと。▽山雀＝山から来る＝胡桃。山雀→胡桃。庭に植えた胡桃の木に、まず山から山雀がやって来る。馬鹿集に長頭丸(貞徳)の「籠に入れて山から里へくるみ哉」の類句とする。季山がら・くるみ。

1096 一 豊臣秀吉の朝鮮出兵。文禄三年(一五九四)三月と慶長二年(一五九七)一月京都発。作者玄旨は細川幽斎。鷹筑波集に「太閤御所唐入をあそばす時、天満の森由己法橋がもとにて、長岡玄旨法印に俳諧の発句と仰せられける時、庭前の垣の枳殻を見ていちはやく、からたちはやがてそのまゝきこくかな」。ニ 枳殻。カラタチまたはキコク。落葉低木。春白花を開く。▽カラタチ＝唐立ち(唐へ出発)。その実＝その身。キコク＝帰国。枳殻の花開く今日唐立ちなさる秀吉公は、枳殻の実結ぶ秋の頃には無事帰国なさるだろう。季からたちの実。

1097 一 山雀。一〇九五参照。ニ 胡桃の一種。▽諺をふまえながら、山雀をかわいい女性(姫胡桃)をつけまわすプレイボーイに

1104 一有《あり》はなしなしはあり二の身の世間哉《かな》　　同

1105 一九《く》年《ねん》母《ぼ》や達《だる》磨《ま》尊《そん》者《じゃ》の二御《おん》袋《ふくろ》　　慶友

見立てる。塵塚誹諧集所収。季山がら・姫胡桃。

1098 一鉄漿(かね)。既婚女性が歯を黒く染めるための液。二果実が熟し裂け開くこと。▽微笑(ほほえ)む＝ゑむ。色好み＝色木実。色っぽい女性の微笑した口から鉄漿をつけた歯が見えるように、裂け開けた栗のいがの間から色づいた栗の実が見える。季栗。

1099 一讃岐円座。讃岐国から産する円座。円座は藺草(いぐさ)などで作った丸い敷物。二円座柿。柿の一種。▽讃岐円座＝円座柿。讃岐名物の円座に座って円座柿を食う。季円座柿。

1100 一前後不覚である。▽正体無し＝梨。余りに多くの実をならせ、その重みで枝が裂けてしまうとは不覚である。季梨。

1101 一落椎。風雨に吹き落された椎の実。それに御乳(おち)人。貴人の乳母)をかける。二養ひ君。乳母が養い育てた貴人の子を呼ぶ語。▽御乳人が落椎を養い君への土産にする。季おち椎。

1102 一木練柿。木になったまま熟し甘くなる柿。それに練絹(練絹の給)をかけ、さらに淡柿をかける。二淡柿(あわせがき)。アワシガキとも。渋をぬいた柿。▽練給を着たくなるような山里の寒さに木練柿が淡柿のように甘くなった。季木練・あはせ柿。

1103 一大勢が円形に座ること。▽椎↓車。謡曲・通小町に「拾ふ木の実はなになにぞ。いにしへ見慣れし、車に似たるは、嵐に脆き落ち椎」とあるのをふまえるか。季落椎。

1104 一「世にある」は世に認められること。「世に無し」は世に認められないこと。二ありの実。梨の実。▽崑山集「あるはなし梨子はありのみ世間哉」。懐子に「あるはなし梨はありのみの世間かな」で出し、新古今集・小野小町「あるはなくなきは数そふ世間にあはれいづれの日迄なげかん」を本歌とする。世に認められた立派な人が死に、私のような世に認められぬ者が生きながらえている。季なし・ありの実。

1105 一柑橘類の一種。二母親を敬っていう語。▽達磨尊者は面壁九年にして開悟したというが、してみると九年母はそのお袋さまだ。季九年母。

狗猧集巻第五

秋 下

月

1106 夜《よ》[一]目《め》遠《とほ》目《め》笠の内よし月[二]の顔[三]

1107 月かくす雲こそ二九の十[一]八夜

兵庫《ひやうご》にて

1108 御[一]免なれ兵庫の月に秋の雲

蠟燭屋《らつそくや》にて

1109 有[一]明は山へいらうのな[二]だれ哉《かな》

1110 秋風を出《いだ》すや月の大うちは

1111 雲は敵風はお月の味方かな

1112 こちむきて入《いり》ぬる月や尻しざり

1106 一 夜目遠目笠の内。諺。人の顔が実際以上に美しく見える。「笠」には、人がかぶりまたはさす笠と、月の周囲に現われるぼんやりした光の環の意をかける。二 月を擬人化した。三 底本「影」を「顔」と墨書補正。▽諺にいう通り、夜でもあり遠い空の上でもあり、その上笠までかぶっているので、月の顔が美しく見える。[季]月。

1107 一 陰暦の十八日の夜。▽憎＝二九の十八(掛算)。せっかくの十八夜の月をかくす雲はにくらしい。[季]月・十八夜。

1108 一 諺「兵庫の者は御免ある」。田舎者の失礼は見逃してもらえる。▽諺をふまえ、それ故月に雲のかかるのも大目に見てほしい。堺の半井云也(なからいうんや)の岩国下向之記寛永二年(一六二五)九月十三日条に所収。毛吹草に上五「御免あれ」。[季]月・秋。

1109 一 有明月。月がまだ天にありながら夜が明けること。それに有明行灯(夜明けまでともしておく行灯)をかける。二 したたり落ちること。▽入らう＝蠟。有明月が山に入ろうとする頃、有明行灯の蠟がしたたり積もっている。[季]有明。

1110 ▽月を大団扇に見立て、それが涼しい秋風を煽ぎ出すとした。おおらかな見立ての句。[季]秋風・月。

1111 ▽単純素朴な句だが、お月＝お付き(身分の高い人のそばに仕えその用をする人)の技巧もあるか。[季]月。

1112 ▽月を「月の顔」という。そこでその顔がこちらを向いているのだから尻しざりに入るといった。[季]月。

1113 一 欠。かけらの意。「欠け」は月の縁語。▽七月十五日盆の夜、金の盆のような月を見て、その一片なりと欲しいとした。貞徳独吟第五の発句。一異本には「かけぼしや」。[季]盆の月。

1114 一 月の笠。前出。それに盆踊にかぶる笠をかける。▽月が笠をかぶっているのは、月も踊に出ようというのか。[季]踊・盆の月。

1115 一 空腹。二 神仏の庇護恩恵。▽餅＝望月。望月を見て空腹を忘れたのは、望(餅)月という名のおかげだ。[季]もち月。

1116 一 山を守り治める女神。▽満月を山姫の鏡に見立てる。崑山集に長頭丸(貞徳)の作とする。[季]月の鏡。

1117 一 黒船。船体が黒塗りの西欧の帆船。▽月を「月の舟」というところから、それに黒雲がかかったのを黒船といい、黒

1113 [一]かけほしや金《こがね》の盆の秋の月
1114 [一]笠めすはをどらん為か盆の月
1115 [一]ひだるさのやむはもち月の[二]利《り》生哉《しやうかな》
1116 [一]山《やま》姫《びめ》の姿見や月の大かゞみ

長崎へまかりてくろ[一]ふねの入《いら》ざる年に

1117 雲のかゝる月や黒ふね空の海
1118 かほ見よと月も笠ぬぐ光かな
1119 むら雲やさながら月の[一]笠袋
1120 [一]ゑんこうの手や長月の夜と昼
1121 雲に月かくれんぼうか[一]桂のは
1122 ひつ付《つき》て入日の供か三ケの月　貞徳
1123 鈎《つり》針《ばり》で[一]慈悲をたるゝや三かの月　同
1124 夜《よる》射るはね鳥やねらふ[一]月の弓　同
1125 三《み》か月《づき》の弓もているや[一]とりの方　同
1126 [一]天《てん》筆《ぴつ》といふもや[二]月の兎の毛　同
1127 雲は蛇呑《のみ》こむ[一]月の蛙かな　同

船の入港しないのを暗示した。崑山集「雲かかる」。季月。

1118 ▽月の笠が晴れるさまを擬人化して詠んだ。季月の笠。

1119 一 旅行や行列で笠(傘)をしまって持ち運びする袋。▽見立ての句。季月の笠。

1120 一 猿猴。手長猿。「猿猴月を取る」とは、猿が水に映る月を取ろうとして枝が折れ溺死したという故事。▽猿猴→月。手や長＝長月(九月)。猿猴月を取る図では、片手を短く曲げて枝につかまり、片手を長く伸ばして月をとろうとしている。そのように長月の夜は長く、昼は短い。季長月・月。

1121 一 月世界に生えているという木。▽月が雲にかくれたのを児戯のかくれんぼうに見立てる。山之井、崑山集上五「雲に月は」。季月の桂。

1122 ▽三日月は、日没時西の山の端近くにあり、間もなく没する。それを入日の供といい、「ひつ付く」と俗語でいった。季三ケの月。

1123 一 慈悲心から何かをしてやる。▽山之井に「三日月のためる影を、西方に往生腰とも勢至腰などもいひなし、…空の海のつりばりとも見たて」。そこで釣針なら本来「釣をたるる」「糸をたるる」というべきところだが往生腰・勢至腰だから「慈悲をたるる」といったところだ、の意か。季三かの月。

1124 一 弦を張った弓のような形をした月。▽入る＝射る→弓。月の弓が夜入る、つまり夜射るのは寝ている鳥を狙うのだとした。崑山集「よる出るは」。季月の弓。

1125 一 酉の方。西の方角。▽入る＝射る。酉＝鳥。三日月が酉の方(西)に入るのを弓で鳥を射るとした。季三か月の弓。

1126 一 天帝の筆蹟。二 月中に住むという兎。▽天筆というのは天にいる月兎の毛で作ったからであろう。季月の兎。

1127 一 月中に住むという蛙。また、月そのもの。山之井に「月の蟾(かへる)とは、月を則(すなはち)玉とも云て、かへるの有といへばなり」。▽そこで月を呑みこむように覆う雲を蛙を呑みこむ蛇に見立てた。季月の蛙。

1128 ▽雲が月をかくした罰が当って秋風に吹き払われた。季月・秋の風。

1128 月の罰《ばち》あたるや雲に秋の風　同

1129 皆人のひるねのたねや秋の月　同

1130 梵《ぼん》天《でん》のまはり灯《どう》籠《ろ》か空の月　同

1131 山の端《は》はお月のためのなんど哉《かな》　同

1132 月の夜も友がなければしんきやみ　同

1133 庭の砂も皆白《しろ》銀《かね》の月夜哉《かな》　同

1134 雲はらふ嵐や月のかゞみとぎ　徳元

1135 誰も秋の影をや胸にもち月よ　同

1136 油《あぶら》月《づき》はあんどんげなる光かな　春可

十五夜月に雲のかゝりければ

1137 むら雲はまんずる月の天《てん》魔《ま》かな　同

十五夜月蝕《ぐわつしよく》に

1138 まん丸な月かきもちの夜《や》食《しよく》哉《かな》　慶友

1139 やばなしは弓はり月のまとゐ哉《かな》　同

1140 月と日のめぐるは車どけいかな　同

1141 半《はん》月《げつ》は扇ながしか銀《あまの》河《がは》　休音

1129 ▽夜もすがら名月を賞したので翌日は皆寝不足で昼寝をしている。名月は昼寝の原因だ、種だ。毛吹草に「心の俳諧」の例とし、山本荷兮は此の句を巻頭に「ひるねの種」を編み、三宅嘯山の誹諧古選には「平穏佳」と評された。季秋の月。

1130 一欲界を離れた寂静清浄の天。＝回り灯籠。回転する枠の紙に影絵が映るようにした灯籠。▽澄みきった空行く名月を清浄の天に映る回り灯籠に見立てる。季まはり灯籠・月。

1131 一納戸(なんど)。衣服・調度・金銀などを収蔵しておく部屋。▽月の沈み行く山の端を納戸に見立てる。季月。

1132 一心気病。病的に物事を心配すること。▽心気病＝闇。明るい名月の夜も、よき友と共に賞するのでなければ、気がくさくさして闇夜と同じだ。季月の夜。

1133 ▽名月の清光に照らされて庭の砂が白銀に見える。季月夜。

1134 一鏡研(かがみとぎ)。金属の鏡をとぎ磨く職人。▽月を鏡に見立てその表を覆う雲(曇り)を吹き払う風を鏡研に見立てる。寛永五年(一六二八)十一月の独吟千句第七の発句。季月のかゞみ。

1135 ▽胸に持ち＝望月夜。名月の清光を万人が心に待ち望んでいる。季もち月。

1136 一月光が水蒸気にうるみ周囲に油を流したようににぶく見える月。＝行灯気。行灯の光のように鈍いこと。▽油月＝油坏(油をつぎ灯心を入れ火をともす皿)→行灯。油月の鈍い光を行灯の鈍い光に見立てる。季月。

1137 一仏語。人の善事の邪魔をする悪魔。▽満ずる＝慢ずる。満月をかくす雲を慢心につけ入る天魔に見立てる。季月。

1138 一欠餅。鏡餅の小片。▽月欠き＝欠餅。蝕＝夜食。月蝕で満月が欠けたのを欠餅に見立てた。山之井「月蝕は望(もち)にあめる事なれば、おほくは餅をしよくするによせ」。季望月。

1139 ▽矢放し＝家咄し。的射＝円居(まとゐ)。団欒)。的に向って矢を射るが如き形の弓張月を円居しつつ見る。季弓はり月。

1140 一車土圭。ぜんまい仕掛の時計。▽めぐる→車。月日の運行を車時計に見立てる。季月。

1141 一扇流し。種々の美しい扇を川・池などに流す風流な遊び。▽扇のような半月が銀河にかかったのを扇流しに見立てる。

1142 西へ行《ゆく》月のきるをや阿《あ》[一]弥《み》陀《だ》笠《がさ》　同

1143 た[一]や色の紅《もみ》葉《ぢ》は月[二]のさはり哉《かな》　休甫

月蝕に

1144 もち月は上戸《じやうご》にもよき夜食哉《かな》　同

二階座敷にて月見に

1145 三《さん》[一]界《がい》も二階もてらす月見哉《かな》　玄札

1146 星[一]ひとつ弓はり月のめあて哉《かな》　宗恕

1147 月は是《これ》[一]世界見[二]ひらく鏡かな　家久

1148 水の月は只二《ふた》ツ輪《わ》のかゞみかな　不案

1149 鈎《つり》針《ばり》や目にさへかゝる三かの月　同

1150 うき雲やたゞ文月のうはづゝみ　富沢

1151 月《つき》星《ほし》は天[一]の戸びらの金《かな》具《ぐ》哉《かな》　同

1152 いる山は弓はり月のま[一]と場哉《かな》　文性

1153 水に月天[一]地和合の光かな　正次

1154 ほ[一]れば地の底から月も出《で》水《みづ》かな　正友

1155 初《はつ》[一]塩《しほ》の月は満《まん》[二]珠《じゆ》の光かな　武清

1142 一笠を仰向け加減にして笠の内側の骨が阿弥陀の光背に見えるようにかぶること。▽西へ行く↓阿弥陀。西に移る月にかかった笠を西方浄土に縁のある阿弥陀如来と同じ名の阿弥陀笠に見立てる。崑山集「月のめすをや」。季月の笠。

1143 一他屋。他家とも書き月経のこと。二月の障り。月経。それに月を見る支障の意をかける。▽他屋↓月の障り。赤い紅葉の枝が月見の障りになる。季紅葉・月。

1144 ▽餅＝望月。夜食＝夜蝕。餅は苦手の上戸にも、望月の夜の月蝕はよい夜食の興となる。季もち月。

1145 一仏語で、一切の衆生が生死流転する欲界・色界・無色界。▽その三界も二階もと数字を並べた洒落。季月見。

1146 一天体の星に、弓の的の中心の丸い形の点の意をかける。▽見立ての句。季弓はり月。

1147 一仏語で、衆生が住む時間と空間の全体。また、世間・世の中。二見開く。見つめる。▽名月は世間の人すべてが見つめている鏡のようなものだ。季月の鏡。

1148 ▽月を月輪(がちりん)とも一輪(りん)の月ともいい月の鏡の語もあるので空の月と水に映った月とは二輪の鏡だ。季月の鏡。

1149 ▽三日月を釣針に見立て、この釣針は魚ならぬ人の目にまでかかる、つまり人に賞せられるとした。季三かの月。

1150 ▽文月(七月)の月にかかる雲を文(手紙)の上包みに見立てる。季文月・月。

1151 一天の岩戸。また単に大空。▽空を扉に、月星をその補強のために打ちつけられた金具に見立てる。季月。

1152 一的場。的を懸けて弓の練習をする所。▽入る＝射る。見立ての句。季弓はり月。

1153 一世の中が平穏無事なこと。▽天の月が地上の水に映っているのを天地和合しているとした。季月。

1154 ▽月も出＝出水。地底からわき出る水に映る月を地底から月が出るとした。崑山集「底から月の」。季月。

1155 一初潮。秋の大潮。特に八月十五日の大潮。二海に投げ入れると潮が満ちるという珠。▽初潮に映る満月を満珠に見立てる。季初塩・月。

1156 三界を一まはりこぐらの月日哉《かな》　能康

1157 月は目に目は月に入《いる》夕《ゆふべ》かな　正景

1158 月や車めぐるも遅し一牛の時　親重

1159 月のかほふむは一慮《りよ》外《ぐわい》ぞ二雲の足　同

1160 聟《むこ》ならで一三《さん》国《ごく》一《いち》や空の月　同

1161 一水まさの雲には出《いで》よ二月の船　同

1162 一鑓《やり》水《みづ》の月すましたる汀《みぎは》かな　吉次

1163 一天《あま》衣《ごろも》ぬげばぞ月の丸はだか　政直

1164 山の一頭《かしら》の二こゆひゑぼしか三ケの月　正直

1165 三ケ月はちんしがわつた鏡かな　同

1166 山のはにかみちぎられなもち月よ　同

1167 一雲《くも》水《みづ》の魚《うを》釣《つり》針《ばり》か三かの月　同

信濃《しなの》へまかりし時

1168 月も恥《はぢ》をさらしな山のくもり哉《かな》　同

一十七夜《じふしちや》立待《たちまち》に

1169 月は今たちまち出《いで》ん十七夜　同

1156 一 回競（まわりこぐら）。異なる道を回ってある地点に早く到着するのを競う遊び。▽月と日の運行を回競にたとえる。[季]月日。

1157 ▽月は人の目に見え、人の目は月にひきつけられるの意で、同語のくり返しや逆転を狙った句。[季]月。

1158 一 丑の時。一―三時。▽車→牛。月を車に見立て足の遅い牛の刻ゆえ月の移り行くのも遅いとした。[季]月。

1159 一 心外だ。失礼だ。二 雲脚。低く垂れ下った雨雲。▽月に雲のかかるさま。「そらつぶて」に「月の顔を」。[季]月のかほ。

1160 一 日本・中国・印度の三国で最も秀れていること。世界一。婚礼の席で聟や嫁をほめたたえる語。▽その聟ならぬ名月もすばらしい。[季]月。

1161 一 水増雲。うろこ雲。二 大空を海にたとえ、空を渡る月を船にたとえる。▽水増雲に増水の意をきかせ、そこに出た月を船に見立てた。崑山集「雲に出けり」。[季]月の船。

1162 一 庭園の中の流水。▽遣水＝槍→突き。遣水の汀に澄んだ月が映っている。[季]月。

1163 一 天人の衣。ここは雲か。▽懐子に「雲の衣ぬぎてぞ月の丸はだか」の形で出し金葉集・源俊頼「山の端に雲の衣をぬぎ捨ててひとりも月の立のぼるかな」を本歌とする。[季]月。

1164 一 横本傍訓「かつら」。二 小結烏帽子。折烏帽子の一種。▽見立ての句。[季]三ケの月。

1165 ▽陳の徐徳言が乱にあって妻と別れ、割って半分ずつ持った鏡の縁でまた一緒になった故事か。欠けた月を破鏡ともいう。三日月をその破鏡に見立てた。[季]三ケ月。

1166 ▽山の端＝歯。望月＝餅。山の端近くの望月を餅に見立て、山の端ならぬ山の歯で食いちぎられるな、とした。[季]望月。

1167 一 ここでは雲を水にたとえる。▽雲の中に三日月があるのを雲水の中の釣針に見立てる。[季]三かの月。

1168 ▽恥をさらす＝更科山。月の名所の更科山なのに曇るとは恥さらしなことだ。[季]月。

1169 一 立待月。陰暦八月十七日の月。日没後立って待つ間に出る。▽立待＝忽ち。[季]立待月・十七夜。

1170 一 諺「柄のない所に柄をすげる」。無理な言いがかりをつける。▽笠を差す＝月の光が射す。月の笠には柄もないのに

1170 柄《え》一のなきをさすとはいかに月の笠　久家

1171 村雲にかゞむや月一の鼠《ねずみ》二舞《まひ》　一正

長崎へまかるとて鐘崎《かねがさき》一の海上《かいしやう》にて

1172 月出《いで》て響《ひびき》二の灘《なだ》や鐘が崎　政昌

1173 山《やま》一眉《まゆ》にかゝれる月は目がね哉《かな》　氏重

追善に

1174 西へ行《ゆく》月や弘《ぐ》一誓《ぜい》の渡し舟　同

1175 天のはらに充《じゆう》満《まん》したかもち月よ　同

1176 くもらぬや月のかゞみの天一下一　長吉

1177 池にうつるお月や何の底《そこ》一心《ごころ》　同

1178 万《まん》一灯《どう》にます一灯《とう》か盆の月　宗俊

1179 天の原の草かり鎌か三ケの月　同

1180 返《かへす》一ゝ《がへす》見る文月のひかりかな　良徳

1181 雨雲や笠一めす月のか二くれみの　同

1182 菊一月のつぼみかあやし空の星　同

射す＝差すとは諺にいう「柄のない所に柄をさす」だ。季月の笠。

1171 一月の鼠。仏説から出た語で、月日の過ぎ行くこと。二ぐずぐずすること。出たり入ったりすること。▽月の鼠＝鼠舞。雲に見えがくれする月を鼠舞に見立てた。季月の鼠。

1172 一筑前国宗像郡の北端。響灘に突出する岬。二本州西端と九州北端にはさまれる海域。▽月＝撞き→響→鐘。季月。

1173 一遠い山の稜線を美人の眉に見立てた語。▽眉→眼鏡。見立ての句。季月。

1174 一弘誓の船。仏が衆生を救って涅槃（ねはん）に送ろうとする誓願を、船が人を乗せて川向うに渡すのにたとえる。▽天空を西へ行く月を西方浄土に向かう弘誓の船に見立てる。季月。

1175 ▽天の原＝腹。望月夜＝餅。満月が大空をあまねく照らす＝餅でおなかがいっぱいになる。季もち月。

1176 一金属の鏡の裏面に富士山や草木をかたどり「天下一藤原政重」など作者名を入れる。▽それに天下一の名月を言いかけた。季月のかゞみ。

1177 一表面からは知り得ぬ奥深くの心。▽それに池の底をかける。季月。

1178 一諺「長者の万灯より貧者の一灯」。貧者の心のこもった少ない寄進は富者の虚栄による多くの寄進にまさる。▽それに盆の万灯会（仏前に一万の灯明を捧げて供養すること）をかける。仏前の万灯より一輪の空の月がまさる。季盆の月。

1179 ▽三日月を草刈り用の鎌に見立てる。季三ケの月。

1180 一相手からの手紙に対し「返す返す拝し参らせ候」などと書く書簡用語。▽返す返す→文（手紙）＝文月（七月）＝月。すばらしい満月を何度も見る。季文月・月。

1181 一周囲に暈（かさ）の現われた月。二隠れ蓑。着れば自分の姿を隠すことができるという蓑。▽笠→蓑。笠のかかった月が雲にかくれるさま。山之井に「うすらかに曇りて、笠など着たるは雨用意・かくれ笠などもいひ」。季月の笠。

1182 一陰暦九月の異称。▽菊→蕾（つぼみ）。月→星。陰暦九月の空の小さな星を、その異称の縁によって、月のつぼみに見立てた。季菊月・月。

豊国《とよくに》[一]へまかりて

1183 月《つき》[二]代《しろ》はあみだが岑《みね》の御《ご》光《くわう》哉《かな》　同

1184 横[一]雲は月さしのぼるはしご哉《かな》　正信

1185 天人の衣《え》[一]文《もん》かゞみか空の月　同

1186 月入《いり》てともすし[一]そくの狐かな　正章

1187 ぬ[一]りごめの弓はり月か雲の中　同

1188 白[一]川をかよふ夜舟や空の月　重頼

1189 か[一]つら男こ[二]ひやうな射《い》手《て》か月[三]の弓　同

1190 天《あま》[一]衣《ごろも》みがく猪《ゐ》[二]のきや三ケの月　同

1191 山のはや鏡台となる夕[一]月夜　同

1192 天[一]上へ便《びん》[二]せんとなれ月[三]のふね　同

1193 唐《から》までも日[一]本一の月夜かな　同

1194 満月はか[一]つらおとこの円[二]座哉《かな》　同

1195 梶《かぢ》取《とり》はかつらおとこか月の船　同

1196 目には見てくはれぬ物やもち月よ　同

月待《つきまち》に

1183 一京都の東山阿弥陀が峰山麓の豊国神社。豊臣氏滅亡後荒廃。二月が出ようとして東の空が白みわたること。▽阿弥陀が峰の月代を阿弥陀如来の後光(光背)に見立てた。季月代。

1184 一横にたなびく雲。多く明け方東の空に見える。▽横雲を梯子(はしご)の横木に見立てる。季月。

1185 一衣紋鏡。衣服を整えるために用いる鏡。姿見。▽空の月を天人の衣紋鏡に見立てる。季月。

1186 一紙燭(しそく)。小型の照明具。紙や布を細く巻き蠟を塗る。時には芯に細い松の木を入れる。▽紙燭＝四足→狐→灯す。月が没した後の暗夜にともす紙燭は狐火のようだ。季月。

1187 一塗籠弓。籐巻(とうまき)の弓の籐の部分をも含め全体を漆で塗りこめた弓。▽塗籠弓＝弓張月。雲中の弓張月を全体が真黒の塗籠弓に見立てる。季弓はり月。

1188 一京都市左京区を流れる川。諺「白川夜舟」はぐっすり寝込んで何が起ったか知らぬこと。▽夜ふけて白川の上を行く月を、人々はぐっすり寝込んで誰も知らないでいる。季月。

1189 一桂男。月世界に住むという男。二小兵。からだが小さいこと。弓を引く力が弱いこと。三弦を張った弓のような形の月。▽桂男を弓の射手に見立て空の弓張月が小さく見えるところから、射手の桂男も小兵かと言った。季かつら男・月の弓。

1190 一天人の着る衣。ここは雲をそれに見立てたか。二猪の牙(き)。▽三日月を猪の牙に見立て、三日月が雲から出たり入ったりするのを天衣で牙をみがくと見立てたか。季三ケの月。

1191 一陰暦七日頃までの夕方に出る月。▽月を鏡に見立て、その下にある山の端を鏡台に見立てる。季夕月夜。

1192 一仏教でいう天上界。二便船。便乗すべき船。三月の船。空を渡る月を船にたとえていう。▽月を天上へ行く便船に見立てる。季月のふね。

1193 一大げさにほめていう語。▽日本一の名月が日本ばかりか唐まで照らす。季月夜。

1194 一桂男。二六九参照。二敷物の一種で円形。▽満月を桂男の敷く円座に見立てる。季満月・かつらおとこ。

1195 ▽桂男を月の船の船頭に見立てる。季かつらおとこ・月の船。

1197 待《まつ》[一]人《ひと》はお[二]影かうぶる月夜哉《かな》　同

1198 雲《くも》[一]水《みづ》のそり橋なれや三かの月　是吉

名月　付十四日　付いざよひ

兵車《ひやうご》[一]にて

1199 無玉《なきたま》のひかりや残る名月女《めいげつによ》

十四日月のうすき夜にむかひて

1200 もち月の用意をするやう[一]す月よ　貞徳

1201 照月《てるつき》も今《こ》よひをはれのひかり哉《かな》　同

1202 雲霧や芋[一]明月のき[二]ぬかづき　同

いざよひに或所へまかりけるに人〻双六《すごろく》[一]をうちて居ければ

1203 うてやうてお月も出《でっ》[二]一《ち》[三]十六夜　同

1204 天に名の高さをとらじ今日の月　望一

1205 名月をむ[一]てんにかくす雨夜哉《かな》　春可

1206 めい月の伯父にはかつら男かな　休音

1196 ▽餅＝望月夜。懐子に「目にはいれど手にとられぬや月の弓　令巾」「目に見ねど手にとる月やびわ法師　広寧」の二句を出し、本歌として新勅撰集・湯原王「目には見て手にはとられぬ月の内の桂のごとき妹をいかにせん」をあげ、又玄仍「それと見て手にはとられぬ霞かな」を類句に挙げる。季もち月。

1197 一 念仏を唱えたり飲食したりして月の出を待つ。二 御蔭蒙る。恩恵を受ける。それに月の光を浴びる意をかける。▽月待ちする人は仏の恩恵を受けかつ月の光を浴びる。崑山集に上五「待人の」。季月夜。

1198 一 行雲流水の如く行くえ定まらぬこと。▽ここは文字通り雲を水にたとえ、三日月をそれにかかる反橋に見立てる。季三かの月。

1199 一 今の神戸。▽句意不明。半井云也の岩国下向之記寛永二年(一六二五)九月十三日条に所出。季名月。

1200 一 薄月。雲にさえぎられてほのかに見える月。▽餅＝望月。臼搗き＝薄月。餅→臼搗き。臼で餅をつく用意をする＝薄月はやがて雲晴れて望月が姿を見せる。季もち月・うす月夜。

1201 ▽晴天＝晴れがましい。晴れわたった今宵、名月も今宵を晴れとばかり明るく照らしている。季今よひの月。

1202 一 芋名月。十五夜に新芋を供える。二 衣被き。皮つきの里芋。きぬかつぎ。▽名月に雲霧のかかったさまを衣被ぎに見立てる。季霧・芋明月。

1203 一 盤上で行う遊戯。黒白各十五の駒と二個の采を使う。二 月が出るに、双六の采の目の呼称「重一(でっち)」をかける。三 十六夜に采の目の呼称「重六(じゅうろく)」をかける。▽采の目の呼称に縁のある名の十六夜の月も出た。さあ双六を打って遊びなさい。季月・十六夜。

1204 ▽天も高く、名月の評判も高い。季今日の月。

1205 一 無天。天が見えないの意に、筋道が合わない、むちゃだの意をかける。▽折角の名月を見えなくしてしまうとはひどい雨夜だ。季名月。

1206 ▽名月＝姪(め)→伯父。言葉の縁で桂男を名月の伯父に見立てた。季めい月・かつら男。

十四日ニ

1207 今《こ》よひよりちぎるやあすのもち月よ　慶友

1208 月も名にあふた所で笠をぬげ　同

或酒屋にて

1209 いざよひの月は斗《と》樽《だる》のかゞみ哉《かな》　正直

或寺にて

1210 寺にうつる月は羅漢か十六夜　長吉

1211 芋も子をうめば三五の月夜哉《かな》　西武

1212 名月の烏《え》帽《ぼ》子《し》親《おや》かや芋《いも》頭《がしら》　重頼

十三夜

月蝕《ぐわつしよく》に

1213 しよくするや栗《くり》名《めい》月《げつ》の虫くらひ　貞徳

1214 じみなるは栗名月の光かな　同

1215 月こよひでゝくひけりまめ男　春可

1216 もち月にかゝるは栗の木のは哉《かな》　政昌

1217 二《ふた》子《ご》なる栗名月の影もがな　親重

1207 ▽契る＝千切る→餅＝望月夜。今夜の空模様なら明日の夜の名月は約束できそうだ。季もち月。

1208 一名に負ふ。有名である。それに諺「逢うた所で笠をぬげ」をかける。人に出会ったらまず笠を取って礼をせよの意。その笠に月の笠をかける。▽名に負う名月だから、諺に言う通り笠をぬいですっきりした姿を見せよ。鷹筑波集に「逢うた時笠をぬげかしもち月夜　田井正則」の類句がある。季名月。

1209 一斗樽の鏡。酒樽の蓋を鏡という。▽十六夜＝酔。「月の鏡」という言葉があるが、十六夜(いざ酔い)の月は大きな一斗樽の鏡だ。季いざよひの月。

1210 一十六羅漢。仏教で正法を守護する十六人の阿羅漢。▽寺を照らす十六夜の月を十六羅漢に見立てる。季月・十六夜。

1211 ▽掛算の三五十五＝産後。親芋に子芋が出来て、つまり産後の頃、それを三五十五夜の名月に供えることだ。季芋・三五の月夜。

1212 一武士の男子の元服に際し、烏帽子を授け名乗りを与える仮の親。ニ里芋の親芋。▽十五夜の月を芋名月というので、その芋の親である芋頭を烏帽子親に見立てた。季名月・芋。

1213 一九月十三夜に栗を供える。▽月蝕＝食する。月が月蝕で欠けるのを虫が栗を食うのに見立てる。季栗名月。

1214 一滋味。美味であること。また搗栗(かちぐり)の一名。▽滋味↓栗。栗名月の光のすばらしさを栗の縁で滋味といった。季栗名月。

1215 一豆男。小男、また好色な小男。十三夜には枝豆を供えるので豆名月ともいう。▽今宵は豆名月とて、豆男が出て豆を食っている。季豆名月。

1216 ▽望月＝餅。栗の木の葉＝栗の粉。栗の粉餅は栗の粉をまぶした餅。望月に栗の木の葉がかかりかくすのを、餅に栗の粉がかかるのに見立てる。望月は十三夜と矛盾。季栗名月。

1217 一一つの毬(いが)に実が二つ入っている栗。▽二子↓栗＝栗名月。二子と縁ある名の栗名月よ、二子の月ほど明るい光で輝いてほしい。季栗名月。

1218 ▽豆名月の今宵、月世界に住むという桂男はきっと豆男にちがいない。季豆名月。

1218 今《こ》よひたゞ月のかつらやまめ男　氏吉

1219 くもる間やむねの九月の十三夜　重頼

菊

1220 瀬となるや節《せつ》句《く》過《すぎ》ての菊の淵

1221 あれはなぢよ白きはそよや白《はく》頭《とう》花《くわ》

九日《ここのか》に

1222 余《よ》所《そ》迄《まで》もさぞこゝのかや菊の花

1223 花はいつちりやたらりの翁《おきな》草《ぐさ》　益光

1224 酔《ゑふ》人やあらぬ口をもきくの酒　西武

1225 せんざいに立《たち》ならべるや翁草　氏吉

1226 露や是わきこぼれたる菊の酒　吉長

1227 置《おく》霜に諸《もろ》白《はく》なれや菊の露　氏持

祝言《しうげん》の座敷にて

1228 君が代ぞ千《ち》世《よ》ませ垣の菊の花　政昌

釣舟に翁草の生《いけ》たるを見て

1229 花《はな》入《いれ》や実《げに》つりぶねの翁草　長吉

1219 ▽胸の苦＝九月。折角の十三夜の月が曇ると胸が痛む。季十三夜。

1220 一陰暦九月九日は菊の節句。二菊花からしたたり落ちる露によって出来る淵。菊の露は延命長寿の薬。▽その淵も節句の間に皆が飲むので節句過ぎには浅瀬となる。古今集「世の中は何か常なる飛鳥川きのふの淵ぞけふは瀬となる」を言いかすめる。季菊の節句・菊の淵。

1221 一何というものか。二そうそう。ふと思い出した時、なるほどと思い当った時などに発する語。三菊の異名。▽あれは何だろう、あの白い花はそうそう白頭花だ。崑山集に下五「翁草」。季白頭花。

1222 ▽九日(ここのか)＝此所(ここ)の香。菊＝聞く(香りをかぐ)。九月九日菊の節句、ここのみごとな菊の香を余所でもかいでいることだろう。季菊の花。

1223 一笛の音。謡曲・翁の冒頭などに見える。二菊の異名。▽ちりやたらり＝散り。翁草の名に縁のある謡曲・翁の笛の音を出した。季翁草。

1224 一とんでもないことをいう。二菊の酒。菊花をひたした酒。▽口をきく＝菊の酒。菊酒に酔った人がとんでもないことを口走る。季菊の酒。

1225 ▽前栽(庭の植込み)＝千歳→翁。謡曲・翁に「千歳ましませ」「やあ千歳千歳」など多く出る「千歳」をきかす。季翁草。

1226 ▽菊花におく露を菊酒に見立てる。季露・菊の酒。

1227 一麹も米もよく精白して醸造した上等な酒。▽霜→白。菊花に置く露も白い霜が置くようになればいわば諸白の菊酒というべきだ。季菊の露。

1228 一籬垣。庭の植込みの周囲の低い垣。▽千代増せ＝籬垣(ませがき)。懐子に「君は千代ませおはしませませの菊　政昌」の形で出し、拾遺集・源順「老いぬればおなじ事こそせられけれ君は千代ませ君は千代ませ」を本歌とする。季菊の花。

1229 一釣舟。舟形の花入れ。▽釣舟の翁草＝釣舟の翁。謡曲・白楽天「小船一艘浮かめり。見れば漁翁なり」をふまえるか。「実(げ)」は謡曲の常套語。季翁草。

1230 曾《そ》[一]我《が》菊《ぎく》は十《じふ》番《ばん》切《ぎり》に霜もをけ　慶友

1231 [一]ませ垣は菊の匂ひのふせご[二]哉《かな》　親重

1232 [一]摘《つむ》袖の匂[二]ひの玉かきくの露　同

1233 [一]猩《しやう》ゝ《じやう》の乱《みだれ》となるや菊の酒　同

1234 山の辺《べ》で呑《のむ》や赤《あか》人《ひと》菊の酒　同

1235 花にねむる胡蝶や菊の酒の酔《ゑひ》　正直

1236 [一]山口や滝《たき》[二]呑《のみ》にせん菊の酒　重頼

1237 [一]曾我菊の其《その》名《な》や五郎弟《おとと》[二]草《ぐさ》　同

色葉

1238 花のいろはちりぬるを和歌の恨《うらみ》哉《かな》

1239 かけ子どもいろはちりぬる寺の庭

1240 [一]花にますとか[二]なに申さんいろは哉《かな》　貞徳

1241 山寺にいろはならはぬ木ゝもなし　春可

1242 ちりぬるをかくは蝦《かへ》[一]手《で》のいろは哉《かな》　親重

[一]西国衆《さいこくしゆ》参会に

1243 行《ゆく》秋のいろはも留《とめ》よ門[二]司の関　氏重

1230 一黄菊の異称。▽曾我兄弟は工藤祐経を討ち取った後十人を斬り倒したが、そのように曾我菊を十回も切り花にしてから霜よ降れ。季曾我菊。

1231 一籬垣。一三六参照。ニ伏籠。伏せた上に衣類を覆い、中に香炉を置いて衣類に香をたきしめる籠。▽見立ての句。「そらつぶて」に中七「きくのかほりの」。季菊。

1232 一匂玉。球形に作られた匂袋。身につけ、また物に掛ける。▽菊花を摘む袖が菊の露にぬれ菊の香がうつって匂玉のようだ。「そらつぶて」に下五「菊の花」。季きく・露。

1233 一謡曲・猩々で、酒に酔った猩々が波の上で乱舞するさま。猩々菊という種類があるので、猩々と菊は縁語。▽菊酒に酔って猩々の乱のようになる。季菊の酒。

1234 ▽山の辺で菊酒に酔って赤い顔になる。歌人山辺赤人をきかす。季菊の酒。

1235 ▽菊花に眠る蝶は菊酒に酔っているのだ。季菊の酒。

1236 一山の上り口。ニ酒を一気に飲み干すこと。▽山↓滝。口↓呑。山口の擬人化。季菊の酒。

1237 一一三〇参照。ニ菊の異名。▽菊の異名を弟草というから、曾我菊は曾我兄弟の弟の方の五郎だ。季曾我菊・弟草。

1238 ▽花の色＝色葉。花のように美しい色葉が散るのを和歌でも恨めしいことに詠む。いろは歌を折り込み、古今集「花の色はうつりにけりな…」を言いかすめる。季いろは。

1239 ▽いろは(文字)＝色葉(紅葉)。色葉が散る寺で、子供たちよ、いろはを書き習え。いろは歌を折りこむ。季いろは。

1240 一花に増す。花以上だ。ニ仮名に言う。わかりやすくいう。てっとり早くいう。▽仮名↓いろは＝色葉。てっとり早く言えば色葉は花より美しい。季いろは。

1241 ▽山寺は学問をする所だから、まわりの木々までいろはを習って色葉になった。「学問↓山寺」(類)。季いろは。

1242 一楓の意の常用文字。▽いろはを書く＝色葉を掻く。いろは歌の折りこみ。季蝦手・いろは。

1243 一「西国」は九州。ニ今の門司市にあった関。▽いろは＝色葉。文字＝門司。門司の関は通行人を引きとめるが、色葉

1244 おく山はけふこえて見るいろは哉《かな》　正信
1245 ちりぬれば山もあさぎのいろは哉《かな》　同
1246 ちりぬるは百千万のいろは哉《かな》　良徳
1247 置《おく》露はゑひもせずしていろは哉《かな》　重頼

名木紅葉《めいぼくのもみぢ》

1248 染《そめ》まして日にく　いろをかえで哉《かな》
1249 漆《うるし》色《いろ》に似せてぬるでの紅葉哉《かな》　由己
1250 紅葉にて又花をやる桜かな　貞徳
1251 我と酢《す》をさしたるべにか梅紅葉　同
1252 本《もと》よりもほのぐ　あかし柿紅葉　同
1253 かいで見よあたら紅葉にかざもなし　徳元
1254 爪《つま》紅《べに》をさすや蝦手《かへで》のうす紅葉　良春
1255 楓《かへで》さへまけん漆のもみぢかな　了俱
1256 袖《そで》塀《べい》のぬいか朽《くち》葉《ば》の蔦《つた》かづら　良徳
1257 蝦《かへ》手《で》にも手《て》水《うづ》やかけに北《きた》時《し》雨《ぐれ》　正直
1258 栗の木は紅葉せぬ間《ま》もにしき哉《かな》　氏重

をも散らぬように引きとめよ。季行秋・いろは。

1244 ▽山を越えて更に奥の山の色葉を見る。いろは歌の折りこみ。季いろは。
1245 ▽浅葱色(あさぎいろ)(緑がかった薄い藍色)＝色葉。燃える如き色葉が散って山が浅葱色に変る。季いろは。
1246 ▽いろは＝色葉。無数の色葉が散るさまに多くの文字を散らし書きするさまをだぶらせるか。季いろは。
1247 ▽(いろは歌の)ゑひもせず＝え干もせず。色葉に置いた露はかわくこともせずぬれぬれと美しい。季露・いろは。
1248 一染め増す。さらに染める。▽色を変え＝楓。染色の回数を重ねるように、日に日に楓の色が変る。季楓紅葉。
1249 一白膠木(ぬるで)。ウルシ科の落葉小喬木。▽漆→塗る＝白膠木。鷹筑波集、山之井、新独吟集所収。季白膠木紅葉。
1250 一華やかな様をする。▽花で一度、紅葉で一度、桜は美しい姿を見せる。山之井「桜の紅葉は又花をやるなどいへる心ばへをすべし」はこの句を念頭においての文。季桜紅葉。
1251 一「朱をさす」のもじり。▽朱＝酢→紅粉(べに)。酢→梅。梅紅葉が赤いのは自分で朱をさしたのだ。崑山集に「一条小紅粉屋にて」と前書。季梅紅葉。
1252 ▽赤し＝明石。「本」「柿」で柿本人丸をきかす。懐子に「明石の住人所望に」と前書。古今集・人丸「ほのぐ　と明石の浦の朝霧に島がくれ行く舟をしぞ思ふ」。季柿紅葉。
1253 ▽嗅いで＝楓(かいで)。美しい楓の紅葉に香(かざ)がないのは残念だ。塵塚誹諧集の有馬入湯日発句のうち。季楓紅葉。
1254 ▽瓜紅→手。手指の形の楓の紅葉を瓜紅をさした手指に見立てる。崑山集に下五「むらもみぢ」。季蝦手紅葉。
1255 ▽「負ける」に皮膚がかぶれるの意をかけ、漆の縁語になる。楓の紅葉も漆の紅葉には見劣りする。季漆のもみぢ。
1256 一門の両脇の低い塀。二繡(ぬい)。縫取り。刺繡。三朽葉色。▽袖塀＝袖→繡。見立ての句。季蔦かづら。
1257 一風を伴い北山から降り来る時雨。▽蝦手(楓)＝蛙。かけに来た＝北時雨。諺「蛙の面に水」。季蝦手。
1258 ▽栗の字を西と木に分解しそれに錦をかける。季栗紅葉。

1259 筆《ふで》[一]柿《がき》を染《そむ》る時《し》雨《ぐれ》や硯《すずり》水《みづ》　長吉

河内国錦郡《かはちのくににしきごほり》[一]と云《いふ》所にて

1260 秋や実《げに》柿の紅《も》葉《みぢ》の錦郡　貞継

1261 是や又秋は葉色の椛《かば》ざくら紅《も》葉《みぢ》　重頼

1262 上《じやう》戸《ご》下《げ》戸《こ》まじる座敷や村[一]紅葉

1263 時雨来てかざす紅葉や朱[一]がら笠

1264 山《やま》[一]姫《びめ》の赤まへだれか下[二]紅葉

1265 竜《たつ》[一]田《た》姫《ひめ》[二]たやをやこぼす下紅葉

公《く》[一]方《ばう》義昭《よしあき》高尾《たかを》[二]へ紅葉見に御出之時、御さかづきの中へもみぢの一《ひと》はちりうかびけるに、発《ほっ》句《く》せよと有《あり》ければ

1266 お手に一《いち》はすへて高尾の紅葉哉《かな》　玄利

1267 紅《も》葉《みぢ》ゝ《ば》はちらぬ秋よりたく火哉《かな》　貞徳

1268 手をらぬは又こうようの木《こ》陰《かげ》哉《かな》　同

1269 酒や時雨のめば紅《も》葉《みぢ》ぬ人もなし　同

1259 一 柿の一種。▽筆→硯。筆柿の葉を赤く染める時雨は、筆を染める硯の水のようなものだ。季筆柿紅葉。

1260 一 横本振仮名「にしきごほり」。▽柿紅葉を錦に見立て地名をかける。季秋・柿紅葉。

1261 ▽椛桜は、春は花が美しく、秋は葉がその名の通り美しい椛色になる。季秋・桜紅葉。

1262 一 濃淡まだらの紅葉。▽赤い顔の上戸と然らざる下戸とを村紅葉に見立てる。山之井「下口上口」。季村紅葉。

1263 一 朱傘。地紙を朱色に染めたさし傘。傘・笠は通用。▽急の時雨に紅葉の枝を朱傘のように頭上にかざす。季紅葉。

1264 一 山を守り治める女神。ニ 下葉の紅葉。▽見立ての句。季下紅葉。

1265 一 秋の女神。ニ 月経。▽見立ての句。崑山集は「さはりやこぼす」の形で出し長頭丸(貞徳)の作とする。季下紅葉。

1266 一 室町幕府最後の将軍足利義昭。ニ 京都右京区の紅葉の名所。▽一葉＝一羽。高尾＝鷹尾。手に一羽の鷹をすえる如く将軍様のお手の盃に高尾の紅葉が一葉散り浮かんだ。新旧狂歌誹諧聞書には、近衛殿の高尾の紅葉見物の折のこととし「一は手にすゆるたかをのもみぢかな」、無記名。季紅葉。

1267 ▽和漢朗詠集の白楽天の詩に「林間ニ酒ヲ暖メテ紅葉ヲ焼(タ)ク」というが、赤い紅葉は散らぬうちから火のようだ。崑山集は「こうえうはちらぬさきより焼火哉」。季紅葉ゝ。

1268 ▽来うよう(来よう)＝紅葉。すばらしい紅葉を手折らぬのは、また来て見ようがためだ。季こうよう。

1269 ▽時雨は木の葉を紅く染め、酒は人の顔を赤く染める。時雨が木の葉を紅く染めるのは古来の通念。季紅葉。

1270 ▽諺「故郷へ錦を着て帰る」。紅葉の山に沈む夕日を故郷に錦を飾る人に見立てる。季山の錦。

1271 ▽雨が真紅の紅葉に降りそそぐのを、油が赤い火に降りそそぐさまに見立てる。季紅葉。

1272 一 八幡・番舶・奪販の字を宛て、海賊行為または密貿易。ニ 唐錦。舶来の錦。▽秋風が吹くと山は唐錦のようになる。唐錦をもたらす。そこで秋風を「ばはん」に見立てる。季秋風・山の錦。

1270 山や古郷にしき着て行《ゆく》入日影　同

1271 火と見ゆる紅葉の雨は油かな　同

1272 秋風はばゝんか山のから錦　同

1273 あらけなき風や梢を一《ひと》もみぢ　盛澄

1274 紅葉たくりんかんなべの酒もがな　春可

1275 着るや山の錦の色も朱《しゆ》買《ばい》臣《じん》　休甫

1276 紅《も》葉《みぢ》ゝ《ば》の錦は谷の戸《と》帳《ちやう》哉《かな》　文性

1277 山口もべにをさしたる紅葉かな　望一

1278 あかきこそ実《げに》山口のした紅葉　正友

1279 立田姫入《につ》唐《たう》したかからにしき　休音

1280 色を見てあくさせべにの村紅葉　親重

1281 山の腰の枝《えだ》珊《さん》瑚《ご》樹《じゆ》かこいもみぢ　同

1282 散《ちる》音も色もさらさの紅葉哉《かな》　同

1283 色にそむ紅葉や露にぬれ心　一正

1284 松はけぶり紅葉はこがす夕日かな　宗俊

1285 露の後《のち》霜の紅葉や二《ふた》重《へ》染《ぞめ》　政昌

1273 ▽一揉み＝紅葉。荒々しい風が紅葉を一揉みする。[季]もみぢ。

1274 ▽白楽天「林間ニ酒ヲ暖メテ紅葉ヲ焼ク」。林間＝燗鍋（かんなべ）。林の中で紅葉を焼（た）いていると、古人のように燗鍋で酒を暖めていっぱいやりたくなる。[季]紅葉。

1275 一中国前漢の人。貧困の中から出世。▽色も朱＝朱買臣。諺「故郷へ錦を着て帰る」。山の紅葉を朱買臣の着た錦に見立てる。懐子に後撰集・読人不知「紅葉々を分けつつ行けば錦きて家にかへると人やみるらん」を本歌とする。[季]山の錦。

1276 一「谷の戸」は、谷の入口。ニ帳台や厨子などに垂らしたとばり。金襴・錦などで作る。▽谷の戸＝戸帳。帳↓錦。見立ての句。[季]紅葉ゝ。

1277 ▽山口（登り口）を擬人化し、紅葉を口紅粉に見立てる。[季]紅葉。

1278 ▽口の舌＝下紅葉。擬人化・見立ての句。[季]した紅葉。

1279 一中国へ行くこと。▽山の紅葉を唐錦に見立て、それを竜田姫の衣裳に見立て、入唐の土産の唐錦を着ているかとした。[季]立田姫・山の錦。

1280 一灰汁（あく）。灰を水に浸した上澄み水。洗濯や染物に使用。▽染色の発色のため灰汁を注ぎ足すように、濃淡のある村紅葉に灰汁をさしたらどうか。[季]村紅葉。

1281 一枝状の珊瑚。ニ濃い紅葉。▽山の中腹の濃い紅葉を人の腰に下げた煙草入れの根付の枝珊瑚樹に見立てる。[季]紅葉。

1282 一更紗。種々の模様を種々の色で染めた綿布。▽更紗＝さらさら（擬音）。紅葉は色も更紗のようだが、散る音も「さらさ」と聞こえる。[季]紅葉。

1283 一色に染む。容色におぼれる。ニ濡心。情交を望む心。▽露にぬれた紅葉を擬人化した。[季]紅葉・露。

1284 ▽夕日の光の中に黒ずんだ松と赤々とした紅葉を、夕日＝火の縁で煙る・焦がすといった。[季]紅葉。

1285 一一度ある色で染めた上に他の色で模様などを染め出すこと。▽露にぬれ、さらに霜に降られて、その度ごとに色を増す紅葉を二重染めに見立てる。[季]紅葉。

1286 一常《と》盤《きは》木《ぎ》か絶《たえ》ず紅《こう》葉《えふ》屛風の絵　正信

1287 虫くひ葉くち木に有《あり》や下紅葉　重次

一有馬《ありま》にて

1288 紅《も》葉《みぢば》ゝは鼓《つづみ》の滝の二しらべ哉《かな》　利房

和州にて

1289 色《いろ》付《づく》は一ならもろはくや二手《た》向《むけ》山《やま》　正直

1290 紅《も》葉《みぢば》ゝやくれ行《ゆく》秋の一置みあげ　重頼

一紅《も》葉《みぢ》鮒《ぶな》

1291 二川音の時雨や染《そむ》る紅葉鮒　貞徳

1292 山海の珍《ちん》物《ぶつ》なれやもみぢ鮒　同

1293 汁にせばをのが名をたけ紅葉鮒　長吉

1294 時《し》雨《ぐれ》にや海もあふみの紅葉鯽《ぶな》　重次

茸《くさびら》

1295 一ちゝとくへあなめづらしの二鼠《ねずみ》茸《だけ》　貞徳

1296 一猫《ねこ》足《あし》の膳にてくふや鼠茸　重頼

一九《く》月《ぐわつ》尽《じん》

1286 一常緑樹をいうが、ここは色が不変の樹の意。▽屛風に描かれた紅葉は色が変らず常に紅色だ。季紅葉。

1287 ▽虫食葉＝虫食歯。朽木＝口。下紅葉＝舌。朽ちかけた木の下紅葉が虫歯のように虫食葉になっている。季下紅葉。

1288 一神戸市兵庫区の温泉町。鼓の滝はそこの名所。ニ調の緒。鼓の両面の縁にかけて胴にまといつける朱色の麻ひも。鼓を打つ時締めつ緩めつして調子をとる。▽鼓の滝のまわりの紅葉を鼓の縁で朱色の調べ緒に見立てる。季紅葉ゝ。

1289 一奈良諸白。奈良で産する上等な酒。ニ奈良市若草山の西の一部。▽手向山の木の葉が色づいたのは、手向けられた奈良諸白に酔ったためか。季色付山。

1290 一置土産。「みやげ」は日葡辞書などミアゲ。▽秋が暮れ紅葉が残る。それを擬人化・見立てで詠む。季紅葉ゝ・行秋。

1291 一秋冬にひれが紅色になった鮒。ニ川音を時雨に聞きなす。▽時雨が紅葉を染めるという通念をふまえ、川音の時雨だから川に住む紅葉鮒を染めるとした。季紅葉鮒。

1292 ▽紅葉は山、鮒は海(湖)、だから紅葉鮒は山海両方を合わせた珍物だ。貞徳独吟(「近世文芸資料と考証」4)第七の発句。中七「珍物ぞこれ」。季もみぢ鮒。

1293 ▽紅葉鮒を入れた汁を作るなら、自分の名の紅葉を焼(た)いて作れ。季紅葉鮒。

1294 ▽時雨に逢ふ＝近江。山が時雨に逢えば木の葉が紅葉するが、近江の海(琵琶湖)が時雨に逢ったかしてそこに住む鮒が紅葉鮒になった。季紅葉鯽。

1295 一「ちち」は、小動物の鳴き声。それに「少し」の意をかける。ニきのこの一種。▽あな(感動詞)＝穴。鼠→穴→ちち。まことに珍しい鼠茸だから少し召し上りなさい。季鼠茸。

1296 一上部がふくらみ中程がやや細く下部が丸くなっている脚を持った膳。▽猫→鼠。季鼠茸。

1297 一陰暦九月の終りの日。▽秋の暮＝榑(くれ)。榑は板屋根をふくのに用いるへぎ板。明日から冬、時雨の季節だから榑を屋根にふけよ。季秋のくれ。

1298 一魚の名または鳥の名を各句に詠みこんだ連句。この句の場合は鱸(すずき)を詠みこむ。▽澄む→濁る→川。清音で読め

1297 やねにふけあすはしぐれん秋のくれ　貞徳

雑《ざふの》秋《あき》

[一]魚鳥誹諧《ぎよてう》に

1298 すめば草にごれば野べの川すゞき

[一]猫迫門《ねこせと》と云所《いふ》にて

1299 [二]みつ塩の[三]から猫せとや秋の海

[一]申待《さるまち》に

1300 さるの夜もまてば尾ながし鳥の声

世上[一]木曾躍とてはやり侍りければ

1301 夕《ゆふべ》より皆[二]麻衣《あさぎぬ》や木曾おどり

1302 [一]大口《おほぐち》にまいるなむせる粟《あは》の食《めし》

1303 [一]芋の子もなくか[二]ずいきの露涙

1304 [一]つらや猶《なほ》秋は色付《いろづく》[二]木《こ》のは猿

1305 [一]身にしむや香炉の煙秋の風　徳元

1306 そだてやう[一]ずいきにいもが子共哉《かな》　愚道

1307 [一]百《もも》とせの姥《うば》等《ら》も[二]小町おどり哉《かな》　貞徳

ば野原の薄、濁音で読めば川の鱸になる。季すゞき。

1299 一 猫瀬戸。尾道から広島に至る中間の水路。二 満潮。三 唐猫。中国渡来の猫。▽唐猫＝猫瀬戸。半井云也の岩国下向之記寛永二年九月十五日条によれば、ここを通過したのは夜半で向い潮で行き悩んだというから、満潮で潮のぐあいが悪く、猫瀬戸の秋の海を行き悩み倦き倦きしたの意か。季秋の海。

1300 一 庚申待(こうしんまち)に同じ。庚申(かのえさる)の日、青面金剛を祭り、徹夜で遊びながら過ごす。この夜に寝ると、体内の三尸虫(さんしちゆう)が天にのぼり、その人の悪事を天帝に告げるという。▽そのように過ごした明け方に長々しい鶏の声を聞いた。百人一首「足びきの山鳥の尾のしだり尾のながながし夜を独りかも寝ん」を言いかすめる。季夜長。

1301 一 近世初期は木曾踊・伊勢踊等多く流行。二 木曾の麻衣。木曾地方で着られた麻の着物。▽朝＝麻衣。朝→夕。着＝木曾踊。夕方から麻(朝)衣を着て木曾踊をする。季木曾おどり。

1302 ▽蒸せる＝噎(む)せる。小さな粟粒はあわてて食べると気管支にとびこんで噎せることがある。だから大口で召し上がるなよ。季粟。

1303 一 親芋から新しく出来た子芋。二 芋茎(ずいき)。サトイモの茎。食用になる。▽芋茎＝随喜(大喜び)。芋茎の露を芋の子の随喜の涙に見立てた。なお芋に妹をかけて、以下バレ句的な含意もあるか。季芋の子・露。

1304 一 面(つら)。顔。二 木の葉猿。樹上を身軽に伝う猿。▽木の葉猿は、木の葉の色づく秋は、もともと赤い顔がなおいっそう赤くなる。面や＝辛やもあるか。季秋・色葉。

1305 一 寒気・冷気がしみじみと感じられること。▽秋風も香炉の煙も身にしみ入るように感じられる。塵塚誹諧集の有馬入湯日発句のうち。季身にしむ・秋の風。

1306 一 芋茎(ずいき)。前出。それに随機をかける。本来仏語で、能力や性質に応じること。▽芋＝妹。親芋・子芋を擬人化し、その育て方を縁語の芋茎にかけて詠んだ。季ずいき・芋の子。

1307 一「百年の姥」は小町物の謡曲に多出。二 小町踊。江戸初中期に流行した踊の一種。▽それに老女まで多く出て踊る。百年の姥→小町。季小町おどり。

1308 歌いづれ小町おどりや伊勢おどり　同

1309 [一]頭《かしら》鼓《つづみ》うちておどるや[二]ぼんのくぼ　春可

1310 [一]後《ご》生《しやう》迄《まで》[二]孫の手頼む[三]せがき哉《かな》　同

[一]上京御霊祭《かみぎやうごりやうまつり》にまかりて

1311 頼《たのみ》たてまつる御霊の氏子《うぢこ》かな　同

[一]奥衆《おくしゆ》参会之座にて

1312 [二]亀井るか[三]鱸《すずき》のさぶらふ[四]衣《ころも》川《がは》　慶友

1313 [一]さばせかいにすゆるは盆の[二]祝義《しうぎ》哉《かな》　同

1314 名はあしよ秋風まねくほでのさき　同

1315 棚に置《おく》は実《げに》蒲《ぶ》萄《だう》酒《しゆ》のとくり哉《かな》　同

1316 身にしむは[一]わきあき風の袂《たもと》哉《かな》　玄札

1317 [一]山《やま》姥《うば》と終《つひ》には名にや[二]たつた姫　親重

1318 芋の子も風や身にしむ[二]きぬかづき　武寿

1319 難波江に見ゆるや芦のほかけ舟　政直

1320 [一]文月の晦《つご》日《もり》はたゞ[二]かしく哉《かな》　利房

1321 [一]ける鞠《まり》や[二]はなむらさきの[三]すり衣　休音

1308 ▽二種の踊の名に平安女流歌人小町・伊勢をかけ、両歌人に優劣なき如く、両踊も優劣なく面白いとした。貞徳誹諧記に所収の百韻の発句。季小町おどり・伊勢おどり。

1309 一 数人で小鼓をはやす時その頭となること。二 盆。盂蘭盆(うらぼん)。それに盆窪(ぼんのくぼ)をかける。頭のうしろ、うなじの中央のくぼんだ所。▽頭→盆窪。頭鼓に合わせて盆踊を踊る。季おどる。

1310 一 死後の世界。二 孫の手。それに背中などを掻く道具の「麻姑の手」をかける。三 施餓鬼。死者を供養する仏教行事。多く盆前に行われる。それに「背掻き」をかける。▽生前は麻姑の手で背中を掻く、死後は孫の手で行われる施餓鬼を頼りにする。季せがき。

1311 一 京都市上京区御霊神社の祭。陰暦八月十八日。▽神事のせりふによる句か。季御霊祭。

1312 一 陸奥の国の人。二 意味不明。義経の臣亀井六郎をかける。三 鈴木三郎。義経の臣。衣川の合戦で討死。四 平泉付近で北上川に注ぐ川。義経主従最期の地。▽句意不明。季鱸。

1313 一 娑婆世界。人間界。それに生飯(さば)をかける。散飯・三把とも書き、食事に際し少量をとりわけ鬼神・餓鬼・鳥獣に施すもの。二 おくり物。▽盂蘭盆にあたり生飯を供えて供養する。季盆。

1314 ▽秋風になびく芦の穂を手に見立て、芦＝足→手の掛詞・縁語をきかせた。季芦の穂・秋風。

1315 ▽葡萄は畠の棚にはわせて作り、その葡萄から作った葡萄酒は家の中の棚に置く。季蒲萄酒。

1316 一 脇明き。衣服の腋(わき)の下、袂(たもと)のつけ根より下方を縫わないで明けておくこと。▽脇明き＝秋風。そこから秋風が吹きこんで秋風の冷ややかさが身にしみて感じられる。季身にしむ・あき風。

1317 一 深山に住むという鬼女。「姥」から老女のイメージがある。二 竜田姫。秋の女神。「姫」から若いイメージがある。▽名にや立つ＝竜田姫。竜田姫もだんだん年をとり、ついには山姥だと評判されるようになるだろう。季たつた姫。

1322 色かへぬ姫[一]松の木は貞女かな　重頼

南[一]都にて

1323 落葉《らくえふ》はいく九重ぞなら[二]がしは　同

長崎へまかりし時筑前国《ちくぜんのくに》白川うかき所に相撲《すまふ》のあるをきゝて

1324 白川のみづ[一]わぐみ取《とる》すまひ哉《かな》　同

1325 芦の穂は人[一]を抜《ぬき》[二]出《で》の真《ま》綿《わた》哉《かな》　繁栄

1318 一 一三二参照。二 一三〇三参照。▽芋の子を擬人化して、秋風が身にしむので衣(きぬ)をかぶっているとした。季芋の子・身にしむ。

1319 ▽芦の穂＝帆かけ舟。難波江に芦の穂や帆かけ舟が見える。季芦のほ。

1320 一 七月。二 女性の手紙の末尾に用いる常套語。▽文月＝文→かしく。文という名を持つ文月の最後の日は「かしく」というべきである。季文月。

1321 一 蹴鞠。二 花紫。ムラサキソウの花。秋開く。三 摺衣。染め草の汁を摺りつけて種々の模様を出したもの。▽鞠→摺る。蹴鞠をする人の衣が花紫の摺衣のようだ。伊勢物語初段「春日野の若紫のすり衣しのぶの乱れ限り知られず」をふまえる。季はなむらさき。

1322 一 小松。▽万木紅葉する中で緑の色変えぬ姫松を貞女に見立てた。季色かへぬ松。

1323 一 奈良。二 楢柏。ブナ科の落葉喬木。▽詞花集「いにしへの奈良の都の八重桜けふ九重ににほひぬるかな」をふまえ、この楢柏の落葉はいく九重に落ち重なっていることだろうとした。季柏散る。

1324 一 瑞歯(みずは)ぐむ。年老いてから歯が生える。めでたいこととされた。▽白川の水＝瑞歯ぐみ＝(相撲を)組み取る。老いて元気盛んなさまか。季すまひ。

1325 一 「人を抜く」は、人をだます意。二 抜出綿。衣服・蒲団などからぬきとった古綿。▽人を抜く＝抜出の真綿。芦の穂はうっかり見ていると抜出の真綿かとだまされる。季芦の穂。

狗猧集題目録

冬部

狗猧集巻第六

冬

初冬《はじめのふゆ》

1326 天《あま》のはらも十月《とつき》めにうむ小《こ》春《はる》哉《かな》

1327 年の内に初《うひ》立《だち》をする小春かな

1328 先《まづ》かづく頭《かしら》はかみなづきんかな　貞徳

1329 しも月のあるに付《つき》てやかみな月　同

1330 薄ぐもり晴《はれ》ぬや風の神《かみ》無《な》月《づき》　広直

1331 霜はたゞ千早ふるらん神無月　玄札

有馬《ありま》湯治《たうぢ》之時

1332 出雲《いづも》への路《ろ》銭《せん》はいかにびんぼ神　親重

1333 やくしだに仏や有馬神無月　唯雪

1326 一陰暦十月の異称。▽天の原＝腹。小春＝子。人は妊娠して十月めに子を産むが天地自然も新年から十月めに小春になる。山之井の初冬の項にこの句を例句に出し、「小春は子にそへて、天のはらも十月めにうむとも、年の内にういだちすなどもいひ」と解説する。季小春。

1327 一子供が初めて歩き出すこと。横本振仮名「はつたち」。▽子＝小春。小春を子にたとえ、新年の春ではなく年内の小春だから子供の初立ちに見立てる。なお前の句に引用の山之井の解説参照。季小春。

1328 一神無月。陰暦十月の異称。▽髪無＝神無月＝頭巾。神無月つまり寒い冬になって、まず髪のない頭に頭巾をかぶることだ。季神無月・頭巾。

1329 一霜月。陰暦十一月の異称。▽霜月＝下。神無月＝上(かみ)。次に霜(下)月があるので、まず神(上)無月がある。季神無月。

1330 ▽風の神＝神無月。神無月で風の神もいないので、薄曇りを吹き払うことができず、従って晴れない。季神無月。

1331 一ちはやふる。神の枕詞。▽ちはやふる＝早降る。今は神無月で霜月でもないのに早くも霜が降る。季霜・神無月。

1332 ▽十月は諸国の神々が出雲に集まるというが、貧乏神はその旅費をどうするのであろうか。季神無月。

1333 一薬師。有馬温泉の温泉寺の本尊は薬師如来。▽仏やあり＝有馬。せめて薬師如来だけでも、これは神ではなく仏なのだから、神無月といえども有馬にいてほしい。季神無月。

1334 ▽時雨が降り過ぎたあと冷えこんで霜がおりた。それを時雨の置土産に見立てた。崑山集「置みやげ」。季時雨・霜。

時雨《しぐれ》

十月一日時雨のふりければ

1334 時雨行《ゆく》跡にや霜の置みあげ

1335 春と夏と秋とけふとの四ぐれかな　貞徳

1336 足はやき雲や時雨の一先《さき》ばしり　同

1337 一きつくふるをとやいたやとゆふ時雨　同

一渋谷《しぶや》紀州《きしう》興行に

1338 二山《やま》姥《うば》が尿《ばり》やしぐれの山めぐり　同

一六条道場《ろくでうのだうぢやう》にて

1339 時《じ》宗《しゆう》寺《でら》の時二雨の亭《ちん》や雨やどり　同

1340 一雲の浪たつと二ばしるか三村時雨　富沢

1341 一松笠の二えもりか陰《かげ》のむら時雨　吉貞

1342 一口《くち》切《きり》に時雨をしらぬ青《あを》茶《ちや》哉《かな》　徳元

1343 一山守と二めぐりこぐらを時雨かな　重頼

落《らく》葉《えふ》

1344 一木《この》葉《は》共《ども》のしたがふ風や大《だい》天《てん》狗《ぐ》

1335 ▽春の暮・夏の暮・秋の暮とすぎて今日降る時雨は四つめのクレである。季時雨。

1336 一先走り。主人の先に立って走り先触れをする従者。▽時雨を主人に、雲脚の早い雲を従者に見立てた。季時雨。

1337 ▽痛や＝板屋。言ふ＝夕時雨。板屋根に降る時雨の音は痛い痛いといっているようだ。季ゆふ時雨。

1338 一渋谷以重。能役者。「興行」は俳諧の会をすること。二山奥に住むという鬼女。謡曲に山姥がある。▽尿やし(尿をする)＝時雨。謡曲・山姥のシテ山姥が山廻りの様をする所があり、その一節に「冬は冴え行く時雨の雲の」とある。山姥が山めぐりをしながら尿をする、それがこの時雨であろうか。崑山集「山姥やしとをしぐれの山めぐり」。季しぐれ。

1339 一京都六条歓喜光寺の俗称。時宗六条派の本山。二藤原定家の閑居の住まい。歓喜光寺はその跡という。▽時雨の亭で同じ名の時雨の降りすぎるまで雨やどりをする。季時雨。

1340 一雲の重なっているさま。二とばしり。しぶき。三ひとしきり降りすぎる時雨。▽村時雨を雲の浪のしぶきに見立てる。季村時雨。

1341 一松ぼっくり。二柄漏。傘の柄をつたわって雨が漏れること。笠・傘は通用。▽松の幹が村時雨に濡れるさまを、松笠の縁で柄漏に見立てる。崑山集に「ゑもりすな志賀からかさの松の雪　末次」の同想句がある。季むら時雨。

1342 一陰暦十月の初め茶壺の口を開いて、初夏に封じ入れた新茶をとり出し行う茶会。▽その茶が初冬時雨の季節にもかかわらず青々としている。寛永五年(一六二八)十一月の独吟千句第九の発句。季口切・時雨。

1343 一山林を見廻り、番をする人。二廻りこぐら。遊戯の名。まわりっこ。▽廻りこぐらをし＝時雨。山守は山を見めぐり、時雨は山を降りめぐる。それをめぐりこぐらに見立てた。季時雨。

1344 一木葉天狗をかける。大天狗につき従う小天狗。▽風を大天狗、木葉を木葉天狗に見立てる。季木葉。

1345 ▽木の葉の散る音を時雨に見立てて木葉時雨という。夜音だけ聞くと時雨のように聞こえるのを化けるといった。木

1345 夜《よ》る〳〵は時雨にばくる木のは哉《かな》

1346 め[一]き〳〵と落《おち》葉《ば》は何をかみな月　貞徳

1347 冬ちらぬ紅葉や風がゆ[一]るし色　同

1348 ちり敷《しく》はか[一]い朱のお[二]しき紅葉哉《かな》　同

ひ[一]なや興行に

1349 山《やま》[二]賤《がつ》にみなべ[三]ゞ着する木のは哉《かな》　同

1350 木ゝのはのち[一]り穴なれや谷の底　文定

1351 木《こ》のはをや苺《こけ》[一]の衣の上[二]がさね　利清

十月一日に

1352 木《こ》[一]のは衣《ごろも》けふから冬もきぞめ哉《かな》　歌一

1353 毛《まう》氈《せん》かちり敷《しく》山の八重紅葉　良徳

[一]槙尾《まきのを》の山寺にて

1354 山[二]口で木の葉や妄《まう》[三]語《ご》ゆふ時雨　重頼

枇《び》杷《はの》花《はな》

1355 枇杷の花実《げに》一面にさかりかな

1356 蟬《せみ》[一]丸《まる》や歌に読《よむ》共《とも》枇杷の花　重頼

葉天狗の意も含めるか。[季]時雨・木のは。

1346 一 めっきりと。物を嚙む音をかける。▽落葉＝落歯。嚙み＝神無月。神無月になってめっきりと落葉が増えた、それに物を嚙み当てて落歯するイメージを重ねる。[季]落葉・神無月。

1347 一 聴色(ゆるしいろ)。誰でも用いてよい衣服の色。紅や紫の薄い色。▽聴色＝風が許す。冬になっても散らぬ紅葉は風が見許してくれたからだ。[季]冬紅葉。

1348 一 皆朱。全体を赤い漆で塗ったもの。二 折敷。四方に片木(へぎ)を折り廻して作った角盆。▽折敷＝惜しき。折角の紅葉が散り皆朱の折敷のように見えるが惜しいことだ。[季]散紅葉。

1349 一 野々口親重(立圃)か。その親重の編んだ誹諧発句帳には前書がない。二 木樵(きこり)。三 着物をいう小児語。▽擬人化・見立ての句。[季]木のは。

1350 一 塵穴。ちりを捨てる穴。▽散り＝塵穴。谷底を塵穴に見立てる。[季]木葉散る。

1351 一 苔の衣。苔のおおっているさまを衣に見立てていう。二 上襲。上着。▽一面の苔の上に散る木葉を上襲に見立てる。[季]木のは。

1352 一 木葉衣。紅葉した木の葉が身に散りかかるさまを衣服に見立てていう。▽冬も来初め＝木葉衣を着初め。[季]木のは。

1353 ▽毛氈→敷く。いく重にも散り敷く紅葉を毛氈に見立てる。[季]散紅葉。

1354 一 京都西北の紅葉の名所。寺は西明寺か。二 山の入口。麓。三 仏語。うそ。▽妄語言ふ＝夕時雨。木の葉の散る音が時雨の如く聞こえるのを、山口を擬人化しその口でいつわりをいうとした。[季]木の葉・ゆふ時雨。

1355 ▽枇杷＝琵琶。「一面」にあたり一面の意と琵琶を数える単位の一面をかける。琵琶は一面二面と数えるが、あたり一面枇杷の花盛りだ。[季]枇杷の花。

1356 一 平安初期の歌人。盲目で琵琶に長じ、逢坂の関の近くに庵を結んだという。▽枇杷＝琵琶。蟬丸は琵琶の名手だから、歌を詠むとしても枇杷の花を詠むことだろう。[季]枇杷の花。

1357 ▽冬咲くのに木偏に春と書くとはこれいかに、といった無理問答式の言葉遊び。[季]冬椿。

冬椿《ふゆのつばき》

1357 冬ながら木へんに春の花見哉《かな》

1358 冬咲《さく》はかんじ入《いり》たる椿かな　成安

早《さう》梅《ばい》

1359 梓《あづさ》弓《ゆみ》はるをもまたぬ野《や》梅《ばい》哉《かな》

1360 冬咲《さく》は季ちがひもよし梅《うめの》花《はな》　末直

1361 弟《おと》月《づき》に見せんとや咲《さく》花の兄　正直

冬《ふゆの》月《つき》

1362 たがくひてかくるぞ月の氷もち　貞徳

1363 寒ざらししてもや氷るもち月よ　休音

1364 そつたりやかみなし月とみかの空　長吉

1365 かつらおとこ法《ほっ》体《たい》してやかみな月　堅結

霜

1366 屋ねにふるもねてゐて知《しる》やしもばらけ

1367 つかぬ鐘ひゞくほどふるしもく哉《かな》　貞徳

1368 生《いけ》鳥《どり》に皆塩するや今朝の霜　同

1358 ▽寒じ＝感じ入る。冬のこんな寒い季節に咲くとは感心な椿だ。季冬椿。

1359 一梓の木で作った弓。▽張る＝春。矢＝野梅。弓→張る→矢。春をも待たず咲く野梅を縁語・掛詞で詠む。季早梅。

1360 ▽春咲くべき梅が冬に咲くのは季違いだが、これはこれで賞すべきだ。季冬の梅。

1361 一陰暦十二月の異称。ニ他の花に先がけて咲く梅の異称。▽兄の名を持つ梅の花が弟の名を持つ弟月に見せてやろうと早々と咲いた。季弟月・早梅。

1362 一「月の氷」は、澄んで氷のような月。ニ氷餅。寒中にさらして氷らせた餅。▽月の氷＝氷餅。夜ごとに月の氷が欠けて来たのは、氷餅のように誰が食いかじったのか。季月の氷。

1363 一寒曝。餅を寒中にさらして氷餅にする。▽氷る餅＝望月夜。氷のように澄んだ満月は寒ざらしした氷餅であろうか。季寒ざらし・月氷る。

1364 ▽反つたりや＝剃つたりや。神無月＝髪無し。見＝三日の月。反り返ったような形をした神無月の三日月＝すっかり剃り落とした髪無し頭。季神無月の三日月。

1365 一桂男。月中に住むという男。ニ僧形となること。▽神無月＝髪無し。神無月の月に住む桂男は法体して髪無しになったのであろうか。季神無月の月。

1366 一霜腹気。霜のおりる寒い夜などに起る腹痛の気味。▽目に見えぬ屋根に降る霜も霜腹気でそれと知る。季霜。

1367 一山海経「豊山ニ鐘有リ、霜降リテ自ラ鳴ル」。ニ撞木(しゅもく)。釣鐘をつく棒。▽霜＝撞木。今夜はひどい霜だ、撞木でつかぬ鐘も響くほど鳴ることだろう。懐子に千載集「高砂の尾上の鐘の音すなり暁かけて霜や置くらん」と、前掲山海経その他を典拠としてあげる。季霜。

1368 一塩づけにする。▽生きた鳥の背に霜のおいたさまを塩づけに見立てる。季朝の霜。

1369 一磨砂。歯や金属を磨くための粘り気のない白堊(しらつち)。▽朽葉＝口歯。朽葉においた白い霜を磨砂に見立てる。季霜。

1370 ▽真白な霜の置いた松の落葉を銀の針に見立てる。季霜。

1369 白くなす霜やくちばの[一]琢《みがき》砂《ずな》　重頼

1370 霜の置《おく》松の落葉や銀の針　可勝

霙《みぞれ》

1371 篠《ささ》の葉にふるやまことの[一]みぞれ酒

1372 [一]やねも今さかもりをするみぞれ哉《かな》

1373 [一]くはへかや酒つぐ折にふるみぞれ　貞徳

1374 [一]坪の内に[二]寒《かん》作《づく》りするみぞれ哉《かな》　親重

1375 [一]天《あま》水《みつ》の壺やあま酒みぞれ酒　氏重

1376 坪の内の杉やみぞれの[一]酒《さか》ばやし　正重

霰《あられ》

1377 玉よりも[一]酒になしたき霰哉《かな》

1378 [一]くすしの宿にて
[二]気のくすり[三]丸《ぐわん》じてふらす霰かな　貞徳

1379 ふるを見て[一]身にあられぬや上戸《じやうご》衆《しゆう》　同

1380 [一]三寸《みき》とてやあられの酒を[二]かんせうじやう　長継

1371 一 霙酒。麹(こうじ)が溶けず霙のようにまじっているみりん。奈良の名産。▽篠＝酒(ささ)。霙＝霙酒。篠の葉に降る霙をササの縁で霙酒に見立てる。山之井「みぞれはおほく酒によせ、篠の葉・杉葉をさかばやしといひはやし」。[季]みぞれ酒。

1372 ▽酒盛(酒宴)＝漏り。あるいは逆漏り(屋根の下から上へ水がしみ込み漏れること)の意もあるか。霙＝霙酒。霙が屋根から漏るのを、霙酒で酒盛をすると言いなした。[季]みぞれ。

1373 一 加へ。酒を杯や銚子に差し加えること。また、それに用いる酒器。▽霙＝霙酒の縁で、酒を注ぐ折から降る霙を加えに見立てた。[季]みぞれ。

1374 一 狭い中庭。二 酒を寒中に醸造すること。▽坪＝壺(酒壺)。霙＝霙酒。坪に降る霙を壺に入れた寒造りの霙酒に見立てる。[季]寒作り酒・みぞれ。

1375 一 天から降った水。雨水。▽天水はアマミズと読ませて甘酒と同音をくり返し、壺には中庭の意の壺をかけ、中庭に降る雨を甘酒・霙酒だとした。[季]みぞれ酒。

1376 一 酒林。杉の葉を束ねて球形にし、軒先にかけて酒屋の看板としたもの。▽坪＝壺。霙の酒＝酒林。坪の内に生えた杉に霙が降りそそぐ。それを霙酒を売る酒屋の酒林に見立てる。[季]霙酒。

1377 一 霰酒。奈良特産のみりん。もち米が溶けないで白いかすが混っているのを霰に見立てていう。▽霰は玉霰と玉に見立てるが、それよりは霰酒の方がよい。[季]霰。

1378 一 医者。二 気の薬。心のなぐさめになること、面白いこと。三 丸ずる。丸(まる)める。▽降る霰を見ていると心楽しく気の薬になる。[季]霰。

1379 一 自分の身も考えていられない。がまんが出来ない。▽あられぬ＝霰。降る霰を見ると、酒好きたちには霰酒に見えて、がまんができなくなる。[季]あられ。

1380 一 酒。二 菅丞相。菅原道真の異称。▽酒を燗(かん)＝菅丞相。酒を燗して神酒として菅丞相に供えるの意か。[季]霰酒。

1381 一 宇治平等院にある扇形の芝。頼政が戦に敗れ、ここで自害。二 銀砂子。銀箔をこまかい粉にしたもの。▽扇→銀砂子。扇の芝に降る霰を扇の銀砂子に見立てる。[季]霰。

宇治にて

1381 霰《あられ》ふる[一]扇の芝や[二]銀すなご　良徳

1382 木《この》葉《は》うつあられは[一]天《てん》狗《ぐ》礫《つぶて》かな　親重

1383 さら〳〵や音する数珠《じゅず》の玉あられ　長吉

1384 ふりかゝるかたやあられの[一]玉だすき　興之

1385 [一]手《て》拍《がしは》の[二]弄《しな》玉《だま》にとるあられ哉《かな》　重頼

雪

1386 ふらぬ間は只《ただ》白《しら》鷺《さぎ》を雪見哉《かな》

1387 白鷺の飛《とぶ》やさながら[一]雪つぶて

1388 烏《からす》鷺《さぎ》とあらそはゞ雪の朝《あした》かな

1389 [一]もち雪には[二]がたを付《つく》る[三]木《ぼく》履《り》哉《かな》

1390 今朝ふるやゆきゝの袖の[一]ちらし文《もん》

夜雪《やせつ》の心を

1391 夜ふるをしらぬは雪や[一]ねいり[二]ばな

1392 初《はじめ》からひらいて咲《さく》や雪の花

1393 くづのなき[一]つみわたなれや今朝の雪

1382 一 どこからともなく飛んで来る、天狗が投げるという礫。▽木の葉に降りかかる霰を木葉→天狗の縁で天狗礫に見立てた。季木葉・あられ。

1383 ▽数珠の玉＝玉霰。さらさらと降る玉霰の音は、さらさらと擦る数珠の音のようだ。季玉あられ。

1384 一 玉襷。たすきの美称。▽降りかかる＝掛かる。霰の玉＝玉襷。肩→襷。肩に降りかかる玉霰を肩にかけた襷に見立てる。季あられの玉。

1385 一 植物の児手柏（このてがしわ）の異名。横本「手拍（てびゃく）」。誹諧発句帳「手柏」。二 品玉。曲芸の一種。いくつもの玉や刀槍を空中に投げ上げて巧みに受けとめる。▽手＝手柏。手柏を擬人化し、降りかかる霰の玉を曲芸の玉に見立てた。季あられ。

1386 ▽雪降らぬうちは白鷺を雪とみることだ。季雪見。

1387 一 雪礫。雪を丸くかためたもの。▽単純素朴な見立ての句。季雪つぶて。

1388 ▽句意不明。季雪。

1389 一 餅雪。餅のようにふわふわした雪。綿雪。二 歯型。歯で噛んだあと。三 木製のはき物。高下駄。▽餅→歯→木履。餅雪についた木履の跡を餅についた歯型に見立てる。季もち雪。

1390 一 散紋。とびとびに散らしてつけた紋。横本「ちらしふみ」。誹諧発句帳「ちらし紋」。▽降るや雪＝往来。往来の人の袖に降りかかる雪をその袖の散らし紋に見立てる。季雪。

1391 一 寝入端。眠りについて間もない頃。二 雪の花。雪を花に見立てていう語。▽雪の花＝寝入端。夜雪の花が降るのを寝入端で気がつかない。崑山集「夜にふるを」。季雪の花。

1392 ▽雪の花にはつぼみがない。季雪の花。

1393 一 摘綿。綿や真綿を塗り桶にかぶせて袋形にひきのばしたもの。▽雪を綿に見立て、摘綿にはくずが出るがこちらはくずが出ないとした。季雪。

1394 一 雪打。雪合戦。▽雪の花という語がある縁で、雪打ちを春の花軍に見立てた。季雪うち。

1394 雪[一]うちやさながら春の花いくさ

雪の日堺《さかひ》より京へのぼる人にかくいひ侍る

1395 雪にまで袖ゑ[一]ひもせず京のぼり

1396 初雪もつれて口《くち》[一]切《きる》白《しろ》[二]茶《ちゃ》かな　貞徳

1397 跡《あと》付《つく》る人をふまばや今朝の雪　同

1398 富士のみか一夜にでくる雪の山　同

1399 すべりては人も雪[一]ころばかし哉《かな》　同

1400 雪《ゆき》[一]折《をれ》の竹をばなをせ藪《やぶ》[二]薬《くす》師《し》　同

1401 感《かんず》るも道理ぞ雪が作[一]り花　同

寛永《くわんえい》七《しち》霜月《しもつき》晦日《つごもり》西《にし》[一]御《ご》門跡《もんぜき》[二]遠行《ゑんかう》之《の》時《とき》

1402 山《やま》[一]姫《びめ》はか[二]たびら雪をか[三]づきかな　同

1403 御門跡西からはどちへ雪《ゆき》仏《ほとけ》　同

1404 九[一]重もかたびら雪の一重かな　徳元

1405 寒《さえ》し夜のね酒や五ッ六[一]ッの花　同

1406 初雪と是もいはゞや若《わか》白《しら》髪《が》　同

1407 黄にあらであは雪白き朝《あした》かな　同

1395 一 得干もせず。かわくことができない。▽得干もせず＝いろは歌の末尾「ゑひもせず京」＝京上り。雪の日袖を濡らしてわざわざ京上りをなさることよ。[季]雪。

1396 一 茶の湯の行事の口切(くちきり)に雪が初めて降る意をかける。二 極上の新芽で製した茶。▽白茶を用いて口切をする頃、雪も初めて降る。[季]初雪・口切。

1397 ▽せっかくの雪を心なく踏み荒すような人は、その人をこそ踏みつけてやりたい。[季]雪。

1398 ▽富士山は琵琶湖の土で一夜に造られたという伝説。一夜に積もった庭の雪の山をそれによそえた。[季]雪の山。

1399 一 雪玉をころがし大きな玉にすること。▽雪だるまを作っていて転んだ人が雪だるまになった。[季]雪ころばかし。

1400 一 雪折竹。雪の重みで折れた竹。二 藪医者。▽竹→藪。雪折竹を骨折に見立てた。[季]雪折の竹。

1401 一 紙または布の造花。▽感ずる＝寒ずる。冷い雪の花だから寒ずるつまり感心するのも道理だ。[季]雪の花。

1402 一 山を守り治める女神。二 帷子雪。薄く積もった雪。三 被衣。貴人の婦人が外出にかぶる布。[季]かたびら雪。

1403 一 崑山集に「西の本願寺唯如上人失(せう)給ふ冬」と前書。唯如光昭。寛永七年(一六三〇)十一月三十日没。五十四歳。二 死去。▽西に西本願寺を寓意。どちへ行き＝雪仏(雪達磨)。御門跡は死去されて西本願寺からどこへ行かれたか。折からの雪仏のように仏になられた(成仏された)ことだろう。[季]雪仏。

1404 一 宮中。▽帷子→一重。九重に降る雪も帷子(裏をつけない衣類)の名を持つ雪は一重に積もるというべきだ。塵塚誹諧集の寛永三年上京四年在京中の発句。また同書有馬入湯日発句の中に「九重も一重に寒しゆかたびら」。[季]かたびら雪。

1405 一 雪。▽夜＝四→五→六。雪降り冷える夜の寝酒は五杯六杯とついすごしてしまう。塵塚誹諧集所収。[季]六ツの花。

1406 ▽若白髪を初雪に見立てた。塵塚誹諧集の有馬入湯日発句のうち。[季]初雪。

1407 ▽淡雪＝粟。粟は黄色だが粟と同じ音を持つ淡雪は白い。淡雪は当時は冬の季語。塵塚誹諧集所収。[季]淡雪。

1408 土くれの雪道でよし鳩の杖　同

東国下《げ》向《かう》之時道すがら口ずさみ侍る

1409 つもりゐる雪や白みのかゞみ山　同

1410 烟《けぶり》にもすゝけず白し富士の雪　同

1411 雲やだし雪や白《しろ》胞《ほ》衣《ろ》ふじの嵩《だけ》　同

武州江戸にて

1412 武蔵野の雪ころばしか富士の山　同

1413 ふりまじる雪に霰《あられ》やさねき綿　玓心

1414 松笠や花笠となす今朝の雪　望一

1415 雪にたはむ竹やさながら木《き》綿《わた》弓《ゆみ》　永氏

1416 白鷺よなかずは雪の一《ひと》丸《まろ》げ　遊城

1417 我友を雪とや見らんすくみ鷺　光貞妻

1418 炭やきの猶《なほ》色黒し雪の山　正秋

1419 踏《ふみ》ちらす人のこびんよはつれ雪　乗正

1420 ふりかゝる雪や葛《くず》の粉《こ》よしの山　慶友

1421 山のみか三《さん》国《ごく》一《いち》期《ご》ふじの雪　同

1408 一土塊。土のかたまり。それに土塊鳩(きじ鳩)をかける。二にぎり部分に鳩の形を刻んだ老人用の杖。▽土塊→鳩。土の雪道では鳩の杖がよい。季雪。

1409 一白鑞の鏡。白銅製の鏡。二鏡山。中山道近江国の名所。▽雪や白＝白鑞の鏡＝鏡山。素朴な見立ての句。鷹塚誹諧集の寛永五年(一六二八)江戸下り条所収。季雪。

1410 ▽煙→煤→富士。鷹塚誹諧集江戸下り吉原条に次句と共に所収。富士山は前年噴火、江戸に四日間降灰。季雪。

1411 一出し。幟(のぼり)や冑(かぶと)につける飾り物。二横本振仮名「しらえな」だが「しろほろ」か。ホロは「母衣」、武士が背に負い矢を防ぐ武具。▽雲・雪を、出し・母衣に見立てる。季雪。

1412 一一三九九参照。▽白雪の富士山を広大な雪の武蔵野を転がした雪の玉に見立てる。鷹塚誹諧集所収。季雪ころばし。

1413 一実生綿。種子のまじっているもめん綿。▽霰まじりの雪を実生綿に見立てる。季雪・霰・綿。

1414 一松ぼっくり。二踊や祭礼用の造花で飾った笠。▽雪の積もった松笠が花笠のように見える。季雪。

1415 一繰り綿をはじき打って不純物を取り去り柔らかくする弓形の道具。綿弓。▽見立ての句。季雪。

1416 ▽白鷺は雪と見分けがつかず、声がなければ雪の一塊りとしか見えない。横本上五「白鷺に」。季雪。

1417 一片足をあげて静止した鷺。▽雪中に静止している白鷺は友でさえも見分けがつかない。季雪。

1418 ▽もともと黒い炭売の顔が白い雪との対比でいっそう黒く見える。季雪の山。

1419 一小鬢。頭の左右側面の髪。二「はつる」は、皮などをはぐ。「はつれ雪」は、はらはら降る雪。▽せっかくのはつれ雪を踏みちらす人の小鬢をはつってやれ。季はつれ雪。

1420 ▽葛の粉は吉野の名物。見立ての句。季雪。

1421 ▽富士山は一夜にして出来たというが(一三九八参照)、三国一の富士山の雪も一夜にして積もるの意か。季雪。

1422 一四肢(しし)。両手両足。二しなやかな竹。▽四肢＝節節(ふし)→竹。雪にしなうしなやかな竹のさま。季雪。

1422 よふしをやなよ竹となす今朝の雪　　氏重

於《たんしうにおいて》丹州

1423 つれ〴〵をすさむたんばの粉雪哉《かな》　　休甫

1424 雪も今いそがしぶりをしはす哉《かな》　　同

1425 光さゝぬうちにおがむや雪《ゆき》仏《ぼとけ》　　玄札

1426 面白と是やまうそう竹の雪　　一正

1427 枯《かれ》木《き》もや花《はな》咲《さき》実《み》乗《のる》雪あられ　　正信

1428 たまれ雪名も古寺の柿の枝　　同

1429 花といふ雪の莟《つぼみ》か玉あられ　　同

1430 雪ふれば鵄《とび》も鷹《たか》うむしらふ哉《かな》　　正直

1431 綿にはりをつゝむ心か雪の松　　同

1432 雪の夜は竹もかごふてねざゝ哉《かな》　　同

1433 長ねかや日たけてをくる雪の竹　　同

1434 篠《ささ》のはを風に吹《ふき》まけ雪ちまき　　一村

1435 雪やけやひえ入《いり》てするわり木《こ》腨《ぶら》　　重次

1436 浮《うき》島《しま》がおもりにやつむ富士の雪　　正直

1423 一慰み興ずる。▽丹波の粉雪に丹波の名産である多葉粉(煙草)をかける。季粉雪。

1424 ▽降り＝忙しぶり(忙しいそぶり)をし＝師走。師走は人も忙しいが雪も忙しそうに降る。季雪・しはす。

1425 一雪だるま。▽仏には後光がさしていて尊いが、雪仏は光がさしてとけてしまわないうちに拝む。季雪仏。

1426 一孟宗竹。竹の一種。▽申さう＝孟宗竹。季竹の雪。

1427 一横本傍訓「こほく」。▽千手観音は枯木にさえ花咲き実を生(な)らせたという。雪をその花に、霰をその実に見立て、玉だから「生る」を「乗る」ともじった。季雪・あられ。

1428 ▽降る＝古寺。類船集に「古寺―柿の木の雪」。フル寺なのだから雪よたまるほど降れ。季雪。

1429 ▽雪を花にたとえて雪の花というので、玉霰をそのつぼみに見立てた。季雪の花・玉あられ。

1430 一鳶が鷹を生む。諺。平凡な両親からすぐれた子が生まれる。ニ白斑の鷹。羽に白斑が入っている鷹。▽鳶の羽に雪が降りかかって白斑の鷹のように見える。季雪・しらふの鷹。

1431 一綿に針を包む。諺。うわべはやさしく底意地が悪いこと。▽針葉樹に綿のような雪の降り積もるさま。季雪。

1432 一根笹。竹の一種。▽寝＝根笹。囲はカゴムとも訓ずるので囲む＝籠→竹→節(よ)＝夜としたか。雪の夜は雪の重みで竹の折れることを案じて囲みをしてやって寝る。季雪。

1433 ▽長寝＝長根→竹。日高く昇り、雪溶けて、ぴんと起き上がる竹は、長寝をしていたのであろうか。季雪。

1434 一雪風巻。ユキシマキの変化した語。雪まじりの風が激しく吹くこと。▽雪風巻＝粽(ちまき)→笹の葉。粽を笹の葉で巻くように、吹雪の風に篠の葉を巻きつけよ。季雪ちまき。

1435 一雪焼。凍傷。ニふくらはぎ。▽「腨」の一字でコブラで、横本も腨に「こぶら」と傍訓するが、ここは割木(わりこ)腨(こぶら)か。雪中の割木作業で腨が凍傷になった。季雪やけ。

1436 ▽富士山の裾野吉原あたりに浮島が原があるが、雪の積もった富士山はその重りであろうか。季雪。

1437 山《やま》一姫《びめ》の餅《もち》花《ばな》二なれや木ゝの雪　是吉

一奥衆《おくしゆ》参会に

1438 名二におひて国や猶《なほ》ふるむ三つの花　良徳

1439 山《やま》一窓《まど》にふる薄雪や障子紙　同

1440 窓の竹やかたびら雪の棹《さを》一の台《だい》　同

1441 一もち雪のふる空に出よ日二の鼠　同

1442 雪《ゆき》一汁《じる》は軒のう二で木の手《て》水《うづ》哉《かな》　同

奈良へまかりし時

1443 佐《さ》一保《ほ》路《ち》なるかたびら雪やなら二ざらし　同

一北山辺《きたやまへん》にて

1444 雪に見よこれもしらふ二の鷹《たか》三が峯《みね》　長吉

1445 葉もなくてもち雪かぶるくち木哉《かな》　同

1446 御《ご》一出家《しゆつけ》の肩にかゝるやけさの雪　同

江戸へまかりし時富士一見に

1447 富《ふ》士《じ》山《さん》は雪で貴《たつと》き高ね哉《かな》　重頼

1448 雪一汁も湖ほどやふじの山　同

1437 一山の女神。二小さく丸い餅を柳の枝などにつけたもの。▽木々の雪を玩具の餅花に見立てる。季餅花・雪。

1438 一陸奥(つ)の人々。二名に負ふ。名として持つ。有名な。三六の花。雪。▽六の花＝陸奥。陸奥の人たちとのつどいにその名に縁のある六の花が降った。季むつの花。

1439 一山の間、または山家の窓。▽窓→障子紙→薄。▽見立ての句。季薄雪。

1440 一竹製の衣紋掛(えもんかけ)。▽竹→棹の台→帷子。帷子雪の積もる竹を棹の台に見立てる。季かたびら雪。

1441 一餅雪。一三六九参照。二月日の過ぎ行くこと。▽餅→鼠。仏説では日の鼠は井戸の中に居るというが、大好きな餅(雪)の降る空に出よ。季もち雪。

1442 一雪どけ水。雪汁は普通春の季語だが毛吹草は冬とする。誹諧発句帳はこの句削除。二腕木。柱から横に突き出し垂木や庇を支える木。▽腕→手。見立ての句。季雪汁。

1443 一「佐保」は、奈良にある地名。歌枕。二奈良晒。奈良名産の晒し布。上質とされる。▽佐保＝竿。帷子→奈良晒。佐保路の帷子雪を竿にかけた奈良晒に見立てる。季かたびら雪。

1444 一京都の北山。二白斑の鷹。三鷹が峰。京都北方の地。▽雪の降る鷹が峰を白斑の鷹に見立てる。季雪・しらふの鷹。

1445 ▽葉＝歯。餅雪＝餅。被る＝齧(かぶ)る。朽木＝口。葉のない朽木が餅雪を被る＝歯のない口で餅を齧る。季もち雪。

1446 一僧侶。▽今朝＝袈裟→出家。僧の肩に降りかかる雪を僧の肩にかける袈裟に見立てる。季雪。

1447 ▽諺「山高きが故に貴(たっと)からず」(外観だけ立派なのは真の価値があるとはいえぬ)をふまえ、富士山は高いだけでなく美しい雪でおおわれているので気高く貴い。懐子に「山高し雪あればこそ富士の景　重長」の類句を出し、実語教「山高故不貴、以有樹為貴」を典拠としてあげる。季雪。

1448 一一四四二参照。誹諧発句帳はこの句削除。▽富士山は琵琶湖の土で一夜に出来たというが、富士山の雪どけ水はなるほど琵琶湖にいっぱいほどだ。季雪汁。

1449 一天の与へ。天の与える物。たまもの。二見物。見るに値する物。▽謡曲の口調が感じられる。季雪。

1449 雪はげに天[一]のあたへの見[二]物哉《かな》　同
1450 もち雪や木葉《このは》[一]につゝむ心《こころ》指《ざし》　同
1451 ふる雪は京[一]おしろいとみやこ哉《かな》　同
1452 降《ふる》雪《ゆき》や雲[一]の衣のぬ[二]きで綿　同

氷

1453 手もなくて川づらをはる氷かな
1454 樋《ひの》口《くち》に白《しら》髭《ひげ》ながきつらゝ哉《かな》
1455 岩のはな寒さにたるゝつらゝ哉《かな》
1456 水[一]のあやのしははりなをすこほり哉《かな》
1457 穢《あ》多《た》ならでき[一]つね川はる氷哉《かな》
1458 水《すい》晶《しやう》でふたする池の氷かな
1459 魚の為鵜《う》の喉《のど》しむる氷哉《かな》
1460 釼《つるぎ》より水の道[一]切《きる》こほりかな　貞徳
1461 鮒《ふな》の住《すむ》池はこ[一]ゞりのかゞみかな　同
1462 腰かゞむ海《え》老《び》や氷のか[一]ゞみとぎ　同
1463 水《みづ》桶《をけ》にはつたは氷ざたう哉《かな》　同

1450 一 諺「志は木の葉に包め」。贈物は厚意がこもっていれば木の葉に包むような僅かの物でもよい。「志は木の葉」とも。▽木の葉に積もる餅雪を諺を使って詠む。季もち雪。
1451 一 京白粉。京都産の上等な白粉。▽京白粉と見＝都。見立ての句。崑山集上五「ふる雪を」。季雪。
1452 一 雲を衣に見立てていう語。二 抜出綿。衣服・ふとんなどから抜き取った古綿。▽衣→綿。見立ての句。季雪・綿。
1453 ▽川面（かわづら）＝顔（つら）。氷が張る＝撲（は）る（なぐる）。氷は手もないのに川面を撲る（張る）。季氷。
1454 ▽口→髭。樋の口の氷柱（つらら）を口のはたの白髭に見立てる。季つらゝ。
1455 ▽岩の端（なは）＝鼻。岩端から垂れる氷柱と、鼻から垂れる洟汁（はなじる）と、二つのイメージを重ねる。季寒さ・つらゝ。
1456 一 水の綾。水面に現れる波紋。▽布を張る＝氷が張る。水の綾＝布の綾。布の綾を洗い張りするように、氷が張ることにより水の綾がなくなり平らになる。季こほり。
1457 一 狐川。京都の南西、乙訓郡を流れる小泉川が淀川に合流するあたり。▽狐川＝狐の皮。氷が張る＝皮を張る。季氷。
1458 ▽池の水面の氷を水晶で作った蓋に見立てる。季氷。
1459 ▽鵜匠は鵜の首を鵜縄でしめて使うから、鵜→首しめる。魚にとって大敵の鵜も氷が張っては魚をとることが出来ない。季氷。
1460 一 途中でさえぎる。邪魔をする。▽剣→切る。剣→氷。剣は物を切り、氷は水の道を切る（流れをとめる）。季こほり。
1461 一 凝鮒（こごりぶな）。寒い頃煮て冷え固まらせた鮒。そのコゴリを「氷の鏡」にもじる。氷の表面が鏡のようであること。▽鮒の住む池に張って、凝鮒ならぬ氷の鏡になった。季氷。
1462 一 鏡磨ぎ。金属の鏡のくもりをみがいてつやを出すのを業とする人。腰を曲げて磨く。▽水面の氷を鏡に見立て、水中に住む腰のまがった海老を鏡磨ぎに見立てた。「近世文芸資料と考証」4に紹介する貞徳独吟第八の発句。季氷。
1463 ▽氷＝氷砂糖。桶→砂糖。水を入れた桶に張った氷を、桶に入れた氷砂糖に見立てる。季氷。

1464 波[一]のあやつよくはりなす氷かな　同

1465 うすばたにとぢつく水や氷《こほり》[一]餅《もち》　慶友

1466 きばと見しは軒のつらゝぞ鬼《おに》[一]瓦《がはら》　川権

1467 波[一]のつゞみうたでかはゝる氷かな　往一

1468 霜柱たつや氷[一]のはし作り　利清

[一]北野にて

1469 薄《うす》氷《ごほり》上手にすくや紙《かみ》[二]屋《や》川《がは》　徳元

[一]志賀にて

1470 さゞ[二]浪をとぢては志賀のこほり哉《かな》　同

[一]鞍馬《くらま》へまいりて

1471 をのが名の紅葉《もみぢ》[一]やとづるこゞり[二]鮒　同

1472 岩かどのつらゝや利《り》[二]劔《けん》不[三]動坂　良徳

1473 瓔《やう》[一]珞《らく》をさげたる軒のつらゝ哉《かな》　幽松

1474 川づらの浪のしはのす氷かな　永治

奈良にて

1475 猿[一]沢のいけにえなれやこゞり鮒　牽経

1464 一 波の綾。波立つ水面の模様。▽布の綾をぴんと張るように、氷が張ることによって波の綾が平らになる。季氷。

1465 一 寒中にさらして凍らせた餅。▽臼→餅。臼のはたにくっついた氷を、臼→氷の縁で氷餅に見立てる。季氷餅。

1466 一 屋根の棟(むね)の端の鬼の顔をした瓦。▽軒口の鬼瓦からたれ下った氷柱(つらら)を鬼の牙に見立てる。季つらゝ。

1467 一 波の鼓。波の音を鼓の音にたとえていう。▽川に氷が張る＝鼓に皮を張る。鼓に皮を張れば音がするのに、川に氷が張って水音がしなくなった。季氷。

1468 一 氷の橋。川や湖などの水面に厚く氷が張りつめて人馬がその上を渡るのを橋に見立てていう。▽柱→橋。霜柱を氷の橋を作る時の柱に見立てる。季霜柱・氷。

1469 一 京都の地名。二 北野天神の西を流れる川。▽薄氷をその川水で漉いた薄紙に見立てる。季薄氷。

1470 一 琵琶湖の南西部一帯の古名。二「さざ浪や」は、志賀にかかる枕詞。▽さざ浪(や)＝浪。志賀の郡(こおり)＝氷。志賀郡の湖面は一面に氷が張っている。塵塚誹諧集の寛永五年(一六二八)江戸下り逢坂山の条所収。季こほり。

1471 一 紅葉鮒。三九一参照。二 凝鮒。一四六一参照。▽氷が紅葉をとじこめるように紅葉鮒を凝鮒にする。誹諧独吟集所収「魚鳥誹諧」の発句。季こゞり鮒。

1472 一 京都北方の地名。鞍馬山・鞍馬寺があり毘沙門天(びしゃもんてん)を祭る。二 切れ味鋭い剣。不動明王は左手に利剣を抜き持つ。三 不明。鞍馬付近の坂か。▽不動坂の岩角に垂れる氷柱を不動の利剣に見立てる。季つらゝ。

1473 一 珠玉や貴金属を編み、頭・首・胸にかける装身具。仏菩薩(ぶつぼさつ)の装身具や寺院内の天蓋の装飾に用いる。▽見立ての句。季つらゝ。

1474 ▽川面＝顔。川面に氷が張ると波が消えて平らになるのを顔の皺をのばすのに見立てる。季氷。

1475 一 猿沢の池。奈良興福寺南大門前の池。昔帝に愛された釆女(うねめ)が帝の心変りを恨んで投身した伝説がある。▽猿沢の池＝贄(いけにえ)。右の伝説の変型でもあって、煮てこごらせた凝鮒を猿沢の池に供えられた贄に見立てたか。季こゞり鮒。

鼓滝《つづみのたき》[一]にて

1476 こほる夜は鼓の滝のね[二]川哉《かな》　唯雪

1477 蓮《はす》池《いけ》はいかにぐ[一]れんの厚《あつ》氷《ごほり》　親重

1478 浪はをし鳥は声する氷かな　同

1479 池にはる氷は魚の目がね哉《かな》　正直

1480 水[一]のあやにひ[二]のしをかくる氷かな　氏重

1481 川は氷一《いっ》[一]声《セイ》も浪[二]の鼓かな　重頼

水鳥

1482 水[一]鳥のはをと又聞《きく》お汁哉《かな》

1483 殺《せっ》[一]生《しやう》を思はゞ弓ないそ千鳥

七条東御門跡《しちでうひがしごもんぜき》[一]にて

1484 池ならで鈎《つり》[一]殿《どの》に迄《まで》鴨《かも》[二]居《ゐ》哉《かな》

1485 広[一]き池の鳥もを[二]しよふ御前哉《かな》　貞徳

東国下向《げかう》之時

1486 聞《きき》[一]あかでもどる汀《みぎは》や千[二]鳥足　同

1487 水鳥のはねや矰《くるり》[一]の矢はぎ川　徳元

1476 一諸所にあるが、有馬のが有名。二寝皮。使いこなして響きのよくなった鼓の皮。▽鼓の滝の音=寝皮=寝川。流れも凍りつき川も寝たように音を立てない。季こほる。

1477 一紅蓮。猛火の炎。▽熱(あつ)=厚氷。蓮池↓紅蓮。蓮池に厚氷が張っているのを縁語・掛詞仕立てで詠む。季厚氷。

1478 ▽鴛鴦(おし)=啞(おし)。氷が張って波音はなくなり鴛鴦は元気に声を立てる。季をし鳥・氷。

1479 ▽氷を眼鏡のレンズに見立てる。季氷。

1480 一水の綾。一四六六参照。二火熨斗(ひのし)。現代のアイロンに当る。▽波立っていた水面が氷が張って平らになるのを、布の皺に火熨斗をかけるさまに見立てる。季氷。

1481 一能の囃子事(はやしごと)の一つ。二浪の音を鼓の音にたとえていう。▽一声も無み=浪。一声↓鼓。能の一声には鼓が音を立てるが、氷の張った川の浪の鼓は音もない。季氷。

1482 ▽羽音=歯音。生きている時は羽音がし、料理されては食べる人の歯音がする。季水鳥。

1483 一仏の五戒の一つ。殺生戒。▽弓な射そ(射るな)=磯。殺生戒を考えるなら磯千鳥を射るな。三浦為春著、犬俤に中七「思はゞ弓で」として所収。季いそ千鳥。

1484 一釣殿。寝殿造りの建物のうち池に臨んだ建物。二引き戸・障子などを立てる溝のある上の横木。▽鴨居=鴨が居る。池には鴨が居、釣殿には鴨居がある。季鴨。

1485 一京都東本願寺の門跡。当時は宣如光従。二誹諧発句帳「をしあふ」。鴛鴦(をし)に押合ふをかける。▽門跡様の御慈愛を慕って、人間はもとより池の鴛鴦まで、御前に集まり押し合っている。季をし。

1486 一横本「聞(きき)あかて」、誹諧発句帳「声あかて」。二足を左右踏みちがえ、ふらふら歩くこと。▽戻る身=汀。千鳥の声を存分に聞くことが出来ずぶらぶら戻るの意か。季千鳥。

1487 一矰矢(くるりや)に同じ。水鳥や魚を射るのに用いる矢。横本に「いかだ」と傍訓するが誤りか。▽矰の矢=矢作川。矢作川で遊ぶ水鳥の羽は、水鳥を射る矰の矢を作るのにちょうどよい。塵塚誹諧集の寛永五年東下り矢作川条所収。季水鳥。

1488 淡《あは》路《ぢ》潟《がた》通ふや須磨の千鳥がけ　同

1489 水鳥のたぐひか是もはねつるべ　宗恕

1490 芦《あし》鴨《がも》は青《あを》羽《ば》の笛のねとり哉《かな》　休音

1491 水鳥は実《げに》かはいりの料り哉《かな》　慶友

1492 鴛《あん》鴦《あう》の長ねか池のひるむしろ　同

播州《ばんしう》にて

1493 誰をかもの汁ふるまはん友もがな　宗牟

1494 むら芦のほわたや鴛《をし》の敷《しき》衾《ぶすま》　良徳

1495 ちらし文《もん》に千鳥を島の小袖哉《かな》　長吉

1496 海の有《ある》故《ゆゑ》か千鳥のすゞり箱　同

1497 鴛《あん》鴦《あう》の羽ぬけはやぶれ衾《ぶすま》哉《かな》　慶友

1498 水鳥の塩鳥になる浜辺哉《かな》　望一

1499 水鳥はうき文《もん》なれや波のあや　怒一

1500 うす氷ふむはあぶなし千鳥足　文英

1501 主《しゅう》従《じゅう》か先《さき》鴨《がも》あればとも千鳥　重頼

1488 一千鳥掛け。斜めにうち違えること。左右を互い違いにすること。▽千鳥が須磨と淡路潟を千鳥掛けに往来する。塵塚誹諧集所収。懐子に金葉集・源兼昌「あはぢがたかよふ千鳥の鳴声にいく夜ねざめぬ須磨の関守」を本歌とする。【季】千鳥。

1489 一撥釣瓶。竿の一端に重しをつけその重みで他の一端につけた釣瓶をはねあげ水を汲む。▽水鳥＝水取。羽＝撥。ハネの名を持ちミズをトルものだから水鳥の類であろう。【季】水鳥。

1490 一芦辺に群がる鴨。二「青葉の笛」のもじり。平敦盛秘蔵の笛。三音取り。試みに楽器を奏して音程を決めること。▽鴨の青羽＝青葉の笛。寝鳥＝音取り。青葉の笛の音取りならぬ青羽の鴨が芦辺で寝鳥を決めこんでいる。【季】芦鴨。

1491 一皮煎り。皮を煎り、だしを加えた料理。▽皮煎＝川入。川に入っている水鳥を皮煎りの料理とする。【季】水鳥。

1492 一蛭蓆。水草の一種。▽長寝＝長根。蛭蓆の長根を鴛鴦の長寝の床に見立てる。蛭蓆は夏季故不審。【季】鴛鴦。

1493 ▽誰をかも知る＝鴨汁。折角の鴨汁をふるまってやる友がほしい。懐子に古今集・藤原興風「誰をかも知人にせん高砂の松も昔の友ならなくに」を本歌とする。【季】かもの汁。

1494 一夫婦仲のよいように鴛鴦の形をつけた夜具。▽綿→衾。群生した芦の穂綿を鴛鴦の敷衾に見立てる。【季】鴛の敷衾。

1495 一散らし文。飛び飛びに散らしてつけた模様。▽千鳥をし＝島＝縞(しま)。千鳥→島。縞模様の小袖に千鳥のちらし文がしてある。【季】千鳥。

1496 一硯の水を入れる部分。▽海→千鳥→硯箱。硯に海があるからか、硯箱に千鳥の模様がある。【季】千鳥。

1497 ▽鴛鴦の衾(一四九四参照)の語をふまえ、羽がぬけた故破れ衾とした。【季】鴛鴦の衾。

1498 一塩漬けにした鳥。▽塩水につかっているから塩鳥になるとした。【季】水鳥。

1499 一浮文・浮紋。浮織(うきおり)にした模様。また、その模様のある絹綾の衣服。二波の綾。波の模様。▽浮文→綾。波に浮く水鳥を綾布の浮文に見立てる。【季】水鳥。

1500 ▽薄氷をふむ千鳥の危なげな足どりを、諺「薄氷を踏むが如し」をきかせて詠む。【季】うす氷・千鳥。

1502 角田川《すみだがは》一見之時
京[一]に田舎ゐなかに有《ある》や都鳥　同

鷹《たか》

1503 は[一]い鷹は狩場の鳥の箒《はうき》哉《かな》　氏重

1504 箸《はし》[一]鷹《たか》は羽《は》をのし[二]つけの禁《きん》[三]野《や》哉《かな》　同

1505 飛《とぶ》鳥やおそれて通る鷹《たか》[一]が岑《みね》　政直

網《あ》[一]代《じろ》

奥衆《おくしゅ》[二]参会に

1506 衣川や鱸《すずき》がこもるあじろ哉《かな》　重頼

炉《ろ》火《くわ》

1507 手やさゝん寒き夜すへのたか[一]ごたつ　由之

1508 置《おき》[一]炭《ずみ》も皆ぜう[二]殿のしはす哉《かな》　重次

1509 寒からで心[一]ゆるりの置《おき》[二]火《び》哉《かな》　重頼

歳《せい》暮《ぼ》

1510 すゝはきは年くれ竹の箒《はうき》哉《かな》　慶友

1511 あけば春年くる[一]ゝ戸の一よ哉《かな》　貞継

1501 一 尾長鴨の異名。二 友千鳥。群れ集まっている千鳥。▽先↓供＝友。先鴨と友千鳥を主従に見立てる。季鴨・千鳥。

1502 一 諺「京に田舎あり」「田舎に京あり」。繁華な京都にも開けぬ田舎めいた所(風俗)がある。また、その逆。▽その京を都におきかえ、それに都鳥をかける。諺や伊勢物語九段角田川の条をふまえ、田舎に都の字のつく都鳥がいる。季都鳥。

1503 一 鷂(はいたか)。ワシタカ科の小形の鷹。▽はい鷹＝掃いた↓箒。鷂が小鳥を狩り尽くすのを箒に見立てる。季はい鷹。

1504 一 前項の鷂に同じ。二 熨斗付(のしつけ)。打刀の鞘や槍の柄に金銀類を薄く延ばした板をはりつけたもの。三 天皇の猟場として一般の狩猟を禁じた野。▽羽を伸す＝熨斗付。熨斗付の金＝禁野。箸鷹が禁野をのびのびと飛びまわるさま。季箸鷹。

1505 一 京都北方の地名。▽鳥がその名に恐れる。季鷹。

1506 一 川の瀬に設ける魚取りの設備。二 陸奥の国の人たち。▽鱸＝鈴木三郎(義経の臣)。網代＝城。昔衣川の城に鈴木がたてこもり、今は網代に鱸がかかる。季あじろ。

1507 一 高炬燵。櫓の高い炬燵。▽寒き夜末＝夜据(よすえ)の鷹(鷹狩の鷹を手にすえて夜連れ出すこと)＝高炬燵。寒夜、高炬燵に手をかざす。それに縁語・掛詞をからます。季寒夜・炬燵。

1508 一 置炭。茶の湯で炭を継ぎ足すこと。二 尉。炭火の白い灰を白髪にたとえていう。それに老人の意の尉をかける。▽尉→皺＝師走。寒い師走に置炭が次々に尉になる。それに縁語・掛詞をからませる。季炭。

1509 一 心がゆったりする。それに「囲炉裏」(当時はユルリとも読んだ)をかける。二 熾火・熰火。おこした火または薪の燃えつきた火。▽囲炉裏の熾火にあたると暖かくて心がゆったりする。季置火。

1510 ▽年暮れ＝呉竹。煤掃き→箒。年末、呉竹の箒で煤掃きをする。季すゝはき・年暮る。

1511 一 枢戸(くるるど)。枢の装置で開閉する戸。▽年暮る＝枢戸。年暮れ、枢戸を閉め、一夜明けて枢戸を明ければ新春が来る。季年くるゝ。

1512 つもりこし年は額のしはす哉《かな》　徳元

1513 くれた年人にやらぬはしはす哉《かな》　貞徳

1514 [一]尻もちもつきてよろこぶ歳暮哉《かな》　同

1515 韋《ゐ》[一]駄《だ》天《てん》もつれてめぐるか年の暮　同

1516 節《せち》分《ぶん》の夜ふる雨や鬼[一]あらひ　同

1517 行《ゆく》年《とし》[一]のやさきにはつく楯《たて》もなし　利清

1518 節分に門《かど》口《ぐち》もくふ[一]鰯《いわし》かな　長吉

1519 心[一]ざし[二]なやらふとよべ[三]やく払《はらひ》　重頼

雑《ざふの》冬《ふゆ》

[一]ゐのこの餅いはふとて

1520 食《めし》にせばしゝにやならん亥《ゐの》子《こ》餅《もち》

1521 羽《は》[一]箒《ばうき》は実《げに》[二]炭とりの[三]はがひ哉《かな》

1522 酒のめばかほのしはすや紅《べに》ちりめん

1523 猿の尻木《こ》[一]がらししらぬ紅《も》葉《みぢ》哉《かな》

1524 箒《ははき》木《ぎ》は[一]口《くち》切《きり》壺《つぼ》の掃《さう》地《ぢ》哉《かな》　貞徳

1512 ▽皺＝師走。過ぎ去った年月が額の皺となって刻まれる。塵塚誹諧集の有馬入湯日発句のうち。季師走。

1513 ▽暮れ＝呉れ。師走＝吝(わし)い。人は暮れた年を人にやらず自分が取ってしまうが、しわいことだ。季年暮る・師走。

1514 一尻餅。喜んでこおどりすること。▽尻餅＝餅搗き。年末餅搗きをし、尻餅をついて喜ぶ。季餅搗き・歳暮。

1515 一仏法の守護神。足が早い。▽年月の移り行く早さを、年月が韋駄天と共にかけめぐるとした。季年の暮。

1516 一鬼洗ひ。鬼遣(おにやらい)のもじり。鬼遣はオニアライとも。▽鬼遣を雨の縁で鬼洗いともじった。季節分・鬼あらひ。

1517 一年の矢。年月の経過の早いこと。▽行年＝年の矢＝矢先。早く過ぎ行く年を防ぐ手だてはない。季行年。

1518 一柊(ひいらぎ)に鰯の頭をさし門口にさす。▽門口を擬人化。人は鰯の身を、門口は鰯の頭を食う。季節分・鰯の頭挿す。

1519 一金品。二追儺(なやらう)。鬼やらいをすること。三厄払ひ。節分の夜、厄難を払う言葉を唱えて銭を乞い歩く人。▽金品をやるから厄払いよ「なやらう」と呼べ。季なやらふ・やく払。

1520 一亥子餅。十月亥の日に食う餅。▽猪(しし)＝肉(しし)。亥子餅を食えば肉(しし)となって身につく。季亥子餅。

1521 一鳥の羽製の小さな箒。茶の湯用。二炭斗(すみとり)。炭の容器。茶の湯では羽箒は炭斗に添えて出す。三羽交(はがい)。鳥の両羽が打ちちがう所。単に翼・羽をも。▽羽箒→炭斗＝鳥。炭斗を鳥にとりなして羽箒を羽交といった。季炭とり。

1522 ▽師走の酒に酔い赤くなった皺の寄った顔を紅縮緬に見立てる。季しはす。

1523 一木枯。秋末・初冬に吹き荒れる冷い風。▽木枯吹く初冬、猿の尻は秋の紅葉そのまま真赤だ。犬筑波集に「坂本より発句所望の由申しければ」と前書し、「おさあひなどの候ふ座敷にましまさば猿の顔と申すべしや」と左注。宗鑑筆の短冊もあり、また醒睡笑には宗長作とする。季木がらし。

1524 一「口切」は、初冬の茶の湯の行事。▽口切＝桐壺→箒木。口切に備えて壺(中庭・茶道具)を掃除する。桐壺・帚木ともに源氏物語の巻名。季口切。

或人冬ノ時鳥《ほととぎす》とある題を出され侍るに

1525 時鳥声つかへかし寒の中《うち》　同

1526 冬《ふゆ》籠《ごもり》虫けら迄《まで》もあなかしこ　同

1527 僧《そう》正《じやう》が谷《たに》の天狗や鞍馬ずみ　徳元

1528 白《しろ》ずみは烏を鷺のたとへ哉《かな》　同

東国下《とうごくくだり》之道中にて

1529 すゝばなや垂井《たるゐ》にひえて関が原　同

1530 吹《ふき》さます酒やあつたの寒の中　同

1531 下りゆく右に三島の暦《こゆみ》かな　同

1532 大《おほ》礒《いそ》の松風寒しとらの時　同

1533 おもて白き神楽《かぐら》乙女《をとめ》のけしやう哉《かな》　望一

小春《せうしゆん》に桜花咲《さくらばなさき》たるを見て

1534 あかゞりは日々《ひび》にましたるいたさ哉《かな》　春可

1535 根《ね》計《ばかり》か枝に二度《ふたたび》かへり花　慶友

1536 かけ置《おく》や軒のうで木の数珠《じゆず》蕪《かぶら》　同

1537 折《をり》くべて寒さをはぢく爪木《つまき》哉《かな》　玄佐

1525 一声を使ふ。寒中の発声練習。▽時鳥よ、夏に備えて寒中に発声練習せよ。難題をうまくこなした句。季寒の中。

1526 一手紙の結びの文言。穴に入りかしこまる意をかける。▽手紙の最後に「あなかしこ」と書くが、虫けらも一年の終りに穴に入りかしこまる。季冬籠。

1527 一鞍馬寺奥の院不動堂から貴船に至る渓谷。謡曲・鞍馬天狗にここに住む大天狗が登場。ニ鞍馬炭。鞍馬産の良質の炭。▽炭＝住み。僧正が谷の天狗は鞍馬に住み、そこからは鞍馬炭を産する。塵塚誹諧集に所収。季鞍馬ずみ。

1528 一白炭。特殊な製法により灰白色を呈する炭。ニ烏を鷺。諺。理を非に、非を理に言いくるめること。▽炭は黒いものなのに白炭とは、諺にいう「烏を鷺」というものだ。塵塚誹諧集の有馬入湯日発句のうち。季白ずみ。

1529 一嚔洟。垂れ下がる鼻水。ニ垂井・関ヶ原は中山道の宿駅。▽嚔洟が垂る＝垂井。咳＝関ヶ原。垂井の井の水で冷え、嚔洟が垂れ、咳が出る。塵塚誹諧集の寛永五年(一六二八)江戸下り条所収。季すゝばな。

1530 ▽酒や熱＝熱田。燗＝寒の中。寒さの折、熱い燗酒をふるまわれた事への礼。塵塚誹諧集の江戸下り条「あつたのみやにいにし年より知人の有り。その人のもとへ立より侍れば、かはらけとり出て先酒をすゝめ侍る」と前書。季寒の中。

1531 一三島暦。伊豆の三島神社の下社家川合氏で発行した暦。横本「暦」に「こゆみ」と傍訓。▽右に見＝三島。江戸へと下る右に三島暦の発行元が見える。塵塚誹諧集の江戸下り条「伊豆の三島にて、下る人の右に三しまのこよみ哉」。季暦。

1532 一寅の時。午前四時頃。それに曾我十郎の思い人であった大磯の遊女虎御前をかける。▽虎御前ゆかりの大磯に寅の刻に着いてみると、松風が寒々と吹く。塵塚誹諧集の江戸下り条「小磯を過て大磯に付」と前書。季寒し。

1533 一神楽巫女(みこ)とも。神前で舞楽を奏する女。▽面白し(おもてしろし)＝面白し(おもしろし)。顔を白く化粧した神楽乙女が面白い神楽を奏する。季神楽。

1534 一手足に出来るあかぎれ・ひび共に皹と書く。▽ヒビ＝日々。あかぎれはひび以上で日増しに痛くなる。季あかゞ

1538 こぎへては冬ざれ事を云《いふ》もなし　貞継

1539 となへぬる声や出《いで》入《いる》息《いき》仏《ぼとけ》　同

1540 咳《がい》気《き》してしはがれぬるや荻《をぎ》の声　親重

年内立春《としのうちりつしゆん》に

1541 年の内へをし入《いり》したる春《はる》日《び》哉《かな》　利清

1542 むかし〳〵時《し》雨《ぐれ》や染《そめ》し猿の尻　一正

り・ひび。

1535 一 陰暦十月の異称。二 帰り花。季節外れの開花。▽諺「花は根に帰る」をふまえ、根ばかりか枝にも再び帰ったとした。季かへり花。

1536 一 腕木。一四三参照。二 数珠つなぎに干した蕪。▽腕に数珠をかけるように、腕木に数珠蕪をかける。季蕪。

1537 一 薪。▽はぢく→爪＝爪木。爪木を折りくべ、燃えはじける火で寒さをはじきとばす。季寒さ。

1538 一 凍(こご)ゆ。「こごゆ」に同じ。二「冬ざれ」は、冬の荒れさびれたさま。▽冬ざれ＝戯言(ざれごと)。凍えて冗談をいう元気もない。季こぎゆ・冬ざれ。

1539 ▽出入息＝生仏。仏名会(ぶつみようえ)の句か。陰暦十二月の寒夜、三千の仏の名を唱えつつ、床に額を打ちつけ、五体投地の礼拝を何百回何千回とくり返す。そのため息が白く見え、まるで生仏のようだの意。崑山集中七「数や出入」。季仏名会。

1540 一 せきをすること。二 荻の葉が風にそよぐ音。▽枯れ果てた荻の声は、風邪のためしわがれた人の声のようだ。咳気・風邪は当時季語化して居らず、ここは、本来は秋の季語たる「荻の声」を、時移り枯れ果てたとして冬季としたか。季枯れ荻の声。

1541 一 十二月のうちに立春になること。古来の歌題。横本「としのうちりつしゆん」と傍訓。二 押入り。他人の家へ無理に入りこむこと。▽春日の擬人化。季年内立春。

1542 ▽時雨は木の葉を赤く染めるというが、猿の尻も時雨が染めてあんなに赤いのか。「むかし〳〵」は昔話風の言葉づかい。季時雨。

句数之事

読人不知　二百三十八句

京之住

由己　一句	玉琳　一句	可勝　一句	玄利　二句	良春　七句
氏重　四十八句	宗二　一句	道茂　一句	良徳　四十九句	愚道　八句
玄竹　一句	正直　五十句	松花　一句	宗味　一句	長吉　卅三句
貞徳　二百句	了俱　一句	重勝　十五句	倫閑　二句	繁栄　一句
正信　十六句	春可　卅七句	親重　七十七句	吉久　三句	休音　廿七句
光家　四句	利房　四句	春益　五句	政昌　七句	一村　三句
重次　十一句	永治　六句	正重　一句	政直　八句	長継　一句
政重　二句	俊英　一句	正章　七句	利治　一句	宗俊　七句
西武　二句	堅結　三句	当直　二句	牽経　一句	良成　一句
安利　三句	是吉　二句	重正　一句	由之　一句	久家　一句
重頼　百五十五句				

堺之住

宗恕　四句	武寿　二句	貞継　十五句	慶友　六十一句	成安　九句
一正　十七句	道職　三句	元宣　一句	一之　三句	宗牟　三句

吉次　二句
可花　一句
一定　二句
興之　三句
久甫　一句
玄佐　一句
安重　一句
真利　一句
長之　一句

大坂之住

休甫　十五句

伊勢山田之住

知国　一句
南栄　二句
末祐　三句
光貞妻　六句
正利　三句
広直　三句
千世　一句
文重　一句
重次　二句
惟玉　一句
盛親　三句
幸光　一句
末武　一句
利清　十六句
元郷　二句
宗仁　四句
弘澄　三句
武富　二句
易勝　一句
清親　四句
正満　一句
末満　一句
貞成　一句
末直　一句
為松　一句
興澱　一句
正友　八句
益光　二句
不案　四句
空性　一句
吉貞　二句
光貞　二句
氏久　一句
覚玄　一句
貞光　二句
家久　二句
貞行　二句
文定　二句
正綱　二句
文性　五句
久永　一句
末昆　一句
中善　一句
常勝　一句
末長　一句
玄心　一句
珈心　一句
正慶　一句
武清　二句
孝晴　九句
富沢　四句
盛彦　四句
盛澄　四句
常廉　二句
常利　一句
盛常　一句
常好　一句
道的　一句
祐伝　一句
永氏　一句

満候　一句　円成　一句　遊城　一句　光香　一句　慶峨　一句
正秋　一句　辰彦　一句　近周　二句　文英　一句　能康　一句
長昌　二句　川権　一句　氏吉　二句　慶彦　一句　末光　一句
吉長　二句　良政　一句　長鈍　一句　氏持　一句　正吉　一句
弘政　三句　正次　二句　安隆　一句　興嘉　一句　望一　卅三句
正継　一句　吉久　一句　盛一　六句　往一　一句　武元　一句
清一　三句　怒一　二句　正景　一句　行一　一句　松一　一句
末矩　一句　便一　一句　連一　二句　吉隆　一句　歌一　一句

江戸之住

徳元　七十六句　唯雪　二句　友重　一句　玄札　七句　乗正　二句

因幡之住

幽松　二句　一成　一句

句数合一千五百二十八句

（犬子集　三）

狗猧集巻第七

春

　　なべて天下の春のよろこび

1543 けふ初《はつ》に一《いち》花《げ》ひらくる梅を見て　　貞徳

　　いはひのうちにうき事もあり

1544 正月の来るより老のかさなりて

　　屋ねにもなくや蛙《かへる》鶯

1545 一天《てん》水《すい》に枝をさしたる梅《むめの》花《はな》

1543 春（春・梅）。▽前句の「天下の春」から謡曲・難波の詞章「難波の梅の名にしおふ、匂も四方に普く一花（げ）ひらくれば天下皆、春なれや」を想起し、その詞を取って付けた。付句の部巻頭にふさわしいめでたい作品。付天下―一花（げ）ひらくる（類）。俳天下・初に・一花。

1544 春（正月）。▽背反する事柄を難題ふうにこしらえた前句に、伝一休狂歌「門松は冥途の道の一里塚めでたくもありめでたくもなし」と同じ発想、心理で解答した付け。三浦為春（ためはる）著、犬俤（いぬおもかげ）に付句「正月の来（きた）るに老のさきだちて」の形で所収。付祝―年始（類）。俳正月。

1545 春（蛙・鶯・梅花）。一 雨水。屋根の上や軒先に天水桶を置いて雨水を溜め、防火用とした。▽屋根で鶯ばかりでなく蛙も鳴く、という難題ふうの前句に、梅の枝が挿してある天水桶を趣向して解決した付け。前句は、古今集・仮名序の「花に鳴く鶯、水にすむ蛙の声をきけば」を踏まえた着想。付鶯―梅（類）。俳屋ね・蛙（かへる）・天水。

1546 春（鶯・うそ）。一 燕雀（えんじやく）目スズメ科の小鳥。美しい声で鳴き、琴の音（ね）に譬えられた。▽前句の歌と琴の唱和を、付句では鳥同士が鳴き交わすさまに転じた。付歌―鶯（類）、琴―うそ（同）。俳吟ずる・うそ。

1547 春（松立つ・正月・かすみ）。一 門松。二「霞」と酒の異称との掛詞。三 京都鴨川の東、五条と七条の間の地で、平清盛の

1546 吟ずる歌や琴にあはする
鶯のあたりに一うその鳴《なき》かはし　重頼

1547 一小松をたてゝいはふ正月
二かすみをや三六はらさしてた四べぬらん　同

1548 けふの空行《ゆく》帰《き》鴈《がん》とゞまれ
北見れば一業《わざ》の網とも二夕がすみ　同

1549 知《しる》もしらぬも花を見物
是や此《この》関の一かすみをもりかはし　同

1550 から迄《まで》なびく時《とき》世《よ》なりけり
かすみぬる一松《まつ》浦《ら》の春は二おもしろや　同

1551 はる〳〵と花はちりぬる一坪《つぼ》の中
かすまぬ浪に蛸《たこ》ぞ見えたる　親重

1552 春の小《を》草《ぐさ》にふける北風
一舟《ふな》岡《をか》やかすむけぶりはたばこにて　貞徳

1553 山《やま》〳〵《やま》の一霞の衣たくさんに
二雲の帯をやしむる三さほひめ

館があった。「腹」にいい掛ける。四「給ぶ」で、飲むの意。▽前句の「小松」を小松殿即ち平重盛と取って「六はら(波羅)」と付けたのだが、実意「はら(腹)」とのいい掛けに無理があるため、主意が不明瞭となっている。付門松―霞む朝(あした)(竹馬集)。俳正月・かすみ(酒)・六はら(腹)・たぶ。

1548 春(帰鴈・夕がすみ)。一生業。二「言ふ」にいい掛ける。▽帰雁を惜しむ本情(ほんじやう)により「とゞまれ」と詠んだ前句を、付句では網が仕掛けてあって危険だから、と現実的な理由に引き下ろした。付北―帰鴈(類)。俳帰鴈。

1549 春(花・かすみ)。一一五四七参照。▽蟬丸の代表歌「これやこの行くも帰るも別れては知るも知らぬも逢坂の関」(百人一首)による付け。知らない者同士、花見酒を一緒に飲み交わすのである。付花―酌酒(くむさけ)(類)、酒盛―花見(同)。俳見物・かすみ(酒)。

1550 春(かすむ・春)。一佐賀県(肥前国)唐津湾の一帯。古代から中国大陸への港があった。歌枕。二興趣がある。▽「なびく」(従うの意)を「霞」のそれに取成した遣句(やりく)ふうの付け。俳諧性は稀薄。付唐土(もろこし)―松浦がた(類)、たなびく―かすみ(同)。

1551 春(花ちる・かすむ)。一坪庭。▽「坪」を壺に取成し、貴族の庭園の景からユーモラスで卑俗な小動物の世界に転じた付け。付花―波(類)、壺―蛸(同)。俳蛸。

1552 春(春草・かすむ)。一洛北紫野(むらさきの)の西南にある丘。殿上人たちが子日(ねのひ)の遊びなどをしたところ。▽前句は余寒の感じられる早春の野辺の景。付句では、その場を「舟岡」とし、霞と見えたのはタバコの煙であったと俗に落とし、早春の候に応じたもの。付船岡―子日(類)。俳たばこ。

1553 春(霞の衣・さほひめ)。一霞を衣に見立てた語(二〇三参照)。二雲のたなびく様を帯に見立てた語。「衣」と「帯」は縁語。三春の女神。▽自然を擬人化し、詞の縁により仕立てた対付(たいづけ)。俳諧性は稀薄。参考、「佐保姫の霞の衣ふゆかけて雪げの空に春は来にけり」(新後撰集)。付佐保姫―嶺の霞(竹馬集)。俳たくさんに。

1554 おらせじと梅咲《さく》庭に番をすへ
春にぞかけ一の碁《ご》をばうちぬる　親重

1555 はさみ切《きる》かやあたら髪さき
蟹《かに》の住《すむ》此《この》川岸のふし一柳　重頼

1556 わく一の糸こそ乱《みだれ》みだるれ
水二よけの堤の柳風三ふれて

1557 蜘《くも》の巣はたゞ多きせ一ど門《かど》
花見衆あれたる駒はつなぎをけ　貞徳

1558 鼠《ねずみ》穴《あな》有《あり》や小《を》倉《ぐら》一の花の陰
壁二の色紙の三のり気か四すめり　同

1559 雲一井にたかく経を読《よむ》声
花ざかり梢の虻《あぶ》二の鳴《なき》いでゝ

1560 ありがたうひらけ初《はじむ》る比一叡山
三千本も見ゆる花の木　親重

1561 源一左衛門も月も世に出る
庭二訓を夜《よる》読《よみ》ならふ花の春　貞徳

1554 春(梅咲・春)。一 賭け碁。▽前句の「番」を盤に取成し、梅の枝を賭けて碁を打つと付けたもの。[付]番―碁(類)。[俳]番・かけの碁。

1555 春(柳)。一 三四―二七四参照。▽人事を自然界に転じた付け。岸に枝垂(だし)れる柳の枝を、無惨にも蟹がその鋏でちょん切ったのである。[付]鋏(はさみ)―蟹(類)、髪―柳の緑(同)。

1556 春(柳)。一 籰(わく)。糸を巻き取る道具。二 防水堤。三 狂ったように風が吹くこと。▽籰を堤防の水除け施設の枠(三三九参照)に取成しての付け。[付]籰(わく)―川除(けよ)(類)、糸―柳(同)、乱(みだるる)―柳の糸(同)。[俳]わく・水よけ。

1557 春(花見)。一 裏門。▽謡曲・鉄輪(かなわ)などにより知られる古歌「蜘蛛の井(家とも)にあれたる駒はつなぐとも二道かくる人は頼まじ」による付け。花見の人々に、馬が荒れるので裏門に繋いでおけ、と命じたのである。[付]蜘蛛(くも)―あれたる駒(類)。[俳]蜘の巣・花見衆。

1558 春(花・かすむ)。一 洛西嵯峨の西部。定家の山荘があった。二 定家の山荘の壁には百人一首の色紙が貼られていた。三 糊のねばりけ。四 弱くなることと「霞む」の掛詞。▽前句を定家の山荘と見定め、その荒廃ぶりを色紙で表現した付け。[付]鼠―壁土(類)、小倉―色紙(同)。[俳]鼠穴・色紙・のり気。

1559 春(花ざかり・虻)。一 禁中。宮中。二 花虻(はなあぶ)。蜜や花粉を求めて飛ぶ羽音は、読経の声に似る。▽「雲井」を空の意に取成し、禁中の法会(ほうえ)から昆虫の営み・生態に転じた。[付]雲井―花(類)、経―虻(同)。[俳]経・虻。

1560 春(花)。一 京の鬼門(東北)に位置し、天台宗の根本道場延暦寺がある。開祖は最澄。▽開創の意の「ひらけ初る」を開花のそれに取成しての付け。「三千本」は、延暦寺の衆徒(しゅと)の数三千による(謡曲・兼平ほか)。[付]開(ひらく)―花(類)、比叡―桜花(同)。[俳]比叡山・三千本。

1561 春(花の春)。一 謡曲・鉢木(はちのき)の主人公、佐野源左衛門尉常世(つねよ)。二 庭訓往来。児童の教科書。正月の部に、藤原(返信の宛名は源(みなもとの))左衛門と石見守中原(いわみのかみなかはら)との往来書状を収める。▽常世の「源左衛門」を藤原左衛門に取成し、庭訓往来を出して学習するとした付け。[俳]源左衛門・庭訓。

1562 をどりはねつゝ舞《まひ》遊ぶ春
駒つなぐ花の木陰の蝶雀　重頼

1563 万事に物のいそがしき比《ころ》
塞《さい》[一]翁《をう》が馬に鞍《くら》をけ花《はな》盛《ざかり》　慶友

1564 べ[一]んとうなりと人や見るらん
こ[二]からとを花見の庭へ荷なはせて

1565 り[一]こんげにこそ道をしへけれ
論[二]語よむ詞に花やさかす覧《らん》　一正

1566 目のいたみよくなることを悦《よろこび》て
花のつ[一]ぎほぞのびて若やぐ　良徳

1567 にしきをかざる花のふ[一]るまひ
見わたせば柳[二]の樽《たる》に桜鯛　一正

1568 奈良の都も用心の比《ころ》
折《をら》せじとしまはす垣も八[一]重桜　同

1569 桜さくあたりを人やのぞく覧《らん》
遠《とほ》[一]山《やま》鳥《どり》のにげかへる声　慶友

1562 春(春・花・蝶)。▽前句に詠まれる三つの動詞から連想される動物三種を一句に仕立てた付け。付踊(をどり)―雀(類)、はぬる―馬(同)、舞―胡蝶(同)。俳をどる・はぬ。

1563 春(花盛)。一 塞(とりで)に住む老人。淮南子(えなんじ)に見える故事による。▽中国の故事による諺「人間万事塞翁が馬」(毛吹草二)と、謡曲・鞍馬天狗の詞章「花咲かば、告げんといひし山里の、〱、使は来たり馬に鞍」を踏まえた付け。「塞翁」に実意はない。参考、人間―塞翁が馬(類)。俳万事・塞翁。

1564 春(花見)。一 便当。裕福の意。二 小唐櫃。小ぶりの米櫃。▽前句は無心所着(むしんしよじやく)体に近い。「便当」を弁当に取成しての付けだが、「べんとう」に「こからと」は同意気味。付弁当―花の陰(類)。俳べんとう・こからと。

1565 春(花)。一 利根気。賢(かさ)しげ。二 儒教の代表的経典。▽「りこんげ」に道を説く人物を、言葉を巧む似而非(えせ)学者とした付け。「詞の花」は毛吹草では春季とするが、御傘(ごさん)以降では雑とする。参考、「子曰く、巧言令色、鮮(すくな)いかな仁」(論語・学而)。付道―儒(類)。俳りこんげ・論語。

1566 春(花)。一 接穂。台木につぐ苗木。▽「目」を芽に取成し、人事を植物のことに転じた付け。傷ついていた芽から無事枝葉が伸びて、美しく花を咲かせるのである。

1567 春(花・柳・桜鯛)。一 もてなし。二「柳」と「柳樽」をいい掛ける。柳樽は、両側に把手の付いた祝儀用の酒樽。▽「見渡せば柳桜をこきまぜて都ぞ春の錦なりける」(古今集)のパロディ。花見の宴に「桜鯛」を酒肴とするのである。付花―酌酒(くむさけ)(類)、樽―花の下(同)、花―柳(拾花集)。俳樽。

1568 春(八重桜)。一 五四四参照。「垣」の「八重」をいい掛ける。▽「いにしへの奈良の都の八重桜けふ九重に匂ひぬるかな」(百人一首ほか)による付け。金品の盗みでなく、花盗人の「用心」に転じた所が巧妙。付奈良―八重桜(類)。俳用心。

1569 春(桜さく・遠山鳥)。一 山鳥の異称。雉子の仲間で、尾が長く美しい。猟鳥。▽「桜咲く遠山鳥のしだり尾のながながし日もあかぬ色かな」(新古今集)による付け。山鳥は警戒心が強いので、人に覗かれてあわてて逃げたのである。慶友独吟「吹風の」百韻に所収。付遠山―桜(類)。

1570
花はまだ木《き》のめ峠に咲《さき》かねて
春を見かぎり鴈《かり》かへる山　徳元

1571
今奥《あう》州《しう》の春にこそあへ
塩がまのさくら見事に咲《さき》出《いで》て

1572
何ぞと見れば露の白玉
はやざきをしたる椿の花の雨　重頼

1573
あつまりうたふ春のお座敷
庭《てい》前《ぜん》の花をも作る詩の会に　同

1574
ねぶりざましか春雨の音
海《かい》棠《だう》の花はそろ〳〵ひらき出《いで》　同

1575
まだもながゝれ春の光《くわう》陰《いん》
しなひ見よ三尺四尺さがり藤　同

1576
猶《なほ》する墨に筆こゝろむる
鎌倉の馬《ま》草《ぐさ》にまじるつく〴〵し　同

1577
身のそれ〳〵に舞《まひ》をまひけり
胡蝶飛《とぶ》垣ねにすがるかたつぶり　徳元

1570　春(花・鴈かへる)。一 敦賀と今庄《いまじよう》の境にあり、都から北陸に越える要路に当る。二 木目(芽)峠から今庄寄りにある丘。歌枕。「鴈かへる」とのいい掛け。▽「春霞たつを見捨てゆく雁は花なき里にすみやならへる」(古今集)による付け。付花―帰鴈(類)。俳諧性は稀薄。徳元著、独吟千句十に所収。

1571　春(春・さくら咲く)。一 松島湾の南西部にあり、製塩地・漁港として知られた。陸奥の代表的な景勝地・歌枕。▽陸奥一の宮である塩竈神社に美しく咲く桜の古木があり、桜の品名ともなった(四四七参照)。「奥州の春」をその桜で代表させた付け。犬俤に所収。付陸奥《むつのおく》―千賀塩竈《しおがま》(類)。俳奥州。

1572　春(椿の花)。▽前句の「白玉」を「椿」の品種名に取成しての付け。白玉椿は中輪・白色で、筒状の一重咲き。極早咲種で九月頃から咲く。前句は「白玉か何ぞと人の問ひし時露とこたへて消えなましものを」(伊勢物語六段)による。付露―雨之類(連珠合璧集)。

1573　春(春・花)。▽「あつまりうたふ」に「詩の会」、「春」に「花」、「お座敷」に「庭前」を付けた四手付《よつでづけ》。一六〇二参照。付諷《うたふ》―詩(毛吹草)。俳お座敷・庭前・詩の会。

1574　春(春雨・海棠の花)。▽謡曲・皇帝の詞章「春雨の、風に従ふ海棠の眠れる花の如くなり」など、玄宗皇帝が楊貴妃を海棠の花に譬えた故事により、人事を植物に転じた付け。五三五参照。付春雨―海棠(類)、眠《ねむる》―海棠(同)。俳海棠。

1575　春(春・さがり藤)。一 もっと。二 時間。三 たわんでいる状態。五五六・五五九参照。▽時間の永さを物理的な長さに転じた付け。付長《ながき》―藤の花ぶさ(類)。俳光陰・三尺四尺。

1576　春(筆こゝろむ・つく〴〵し)。▽「する墨」を、梶原景季《かげすえ》が頼朝から拝領した名馬のことに取成しての付け。その馬に草を飼う草原に「つく〴〵し」が生えているのである。付筆―つく〴〵し(類)。俳する墨・馬草・つく〴〵し。

1577　春(胡蝶)。一 当時は清音(日葡辞書)。二 殻の形状から、異称を舞々《まいまい》、舞々螺《まいまいつぶり》などという。▽舞う当為者を人間から小動物(昆虫)に転じた。徳元著、塵塚誹諧集に所収。付舞―胡蝶・田螺《たにし》(類)。

1578
首《かうべ》にさせる日影のどけき
梅《ばい》花《くわ》こそ二《じ》月《げつ》の雪と見えわたれ　貞徳

1579
鶯は妙法花経と鳴《なき》出《いで》て
雪まの竹は廿八ぽん

1580
打《うち》わたしたる梅の木の枝
雪《ゆき》間《ま》をもわけつゝさいめあらためて　望一

1581
商人の似あはぬ物をきやしやぶりて
きぬ着て春の花の野あそび　慶友

1582
くちなはのなが〳〵し日にはひまはり　同

1583
こやしをしける藤の若ばへ
長《のど》閑《か》にも荷なひてかへる田《た》子《ご》の浦　望一

1584
はらりとちりし花染の袖
春ながら嵐の音の高もがり　同

1585
かすみはひやをすゝめこそすれ
春とてもいそがしかれや市の場《には》

1578　春(のどけし・梅花・二月)。▽「松根(しようこん)に倚(よ)つて腰を摩(す)れば千年の翠(みどり)手に満てり、梅花(ばいくわ)を折つて頭(かうべ)に挿(さしはさ)めば二月(じげつ)の雪衣(ころも)に落つ」(和漢朗詠集)による付け。梅の落花が時節遅れの雪と見紛(みまが)われる、との意。〔俳〕梅花(ばいくわ)・二月(じげつ)。

1579　春(鶯・雪ま)。一 日蓮宗の題目、南無妙法蓮華経の略。二 妙法蓮華経、略して法華経は、八巻・二十八品(ぼん)から成る。二「ぼん」は「本」と「品」に掛ける。▽「鶯」に「雪ま」、「妙法花経」に「廿八ぽん」と付けた。〔付〕鶯―雪消し庭(類)、鶯の鳴―雪きゆる(随葉集)。〔俳〕妙法花経・廿八ぽん。

1580　春(梅・雪間)。一 際(境)目。境界の意。▽「打わたしたる」から「さいめ」を連想、雅を俗に転じた付け。望一独吟「おのづから」百韻に所収(脇・第三)。〔付〕梅―雪消(類)、際目―生垣(いけがき)(同)。〔俳〕さいめ。

1581　春(春)。一 華奢振る。優美なふうをする、の意。二 郊外の野原で遊ぶこと。▽「あき人のよききぬ着たらんがごとし」(古今集・仮名序)による付け。商人が不釣合いな格好をして、雅びな遊びをしているのである。〔俳〕商人・きやしやぶる。

1582　春(なが〳〵し日)。▽「きぬ」を、蛇が脱皮した殻に取成しての付け。「なが〳〵し」は上下にいい掛ける。〔付〕絹―蛇(ちくはな)(類)。〔俳〕くちなは。

1583　春(藤・長閑)。一 若芽。二 富山県(越中国)氷見(ひみ)市布勢湖(ふせこ)の入江。現在は陸地。多祜・担籠とも。歌枕。「担桶」をいい掛ける。▽「多祜の浦の底さへにほふ藤浪をかざして行かむ見ぬ人のため」(万葉集)等を踏まえ、堆肥を人糞に取成し、雅を俗に落とした付け。「おのづから」百韻に所収。〔付〕田籠浦―藤(類)。〔俳〕こやし・田子(担桶)。

1584　春(花・春)。一 桜色に染めた袖。「花」をいい掛ける。二 竹虎落。枝付きの竹を並べた物干し。「高し」をいい掛ける。▽落花の下に遊ぶ風流な景を、染物屋の干場の景に転じた。同右に所収。〔付〕嵐―花(せわ焼草)。〔俳〕高もがり。

1585　春(かすみ・春)。一 一五四七参照。二 冷酒の略。▽のどかな春でも市場の人々は大忙しなので、冷酒を勧めるのである、と理由を付けた。〔付〕酒―市(類)。〔俳〕かすみ(酒)・ひや。

1586
霞のうちにかへる[一]がんくび
汁鍋へ味噌を[二]こしぢの春ならし　重頼

1587
寒《さえ》帰《かへる》[一]遊《ゆ》山《さん》所《どころ》はいやがりて
[二]朝鷹狩に毎日の供　親重

1588
[一]春日の里に[二]ゆかりこそあれ
ぬぎ着せん[三]若紫の[四]すり小袖　徳元

1589
度《たび》〳〵《たび》人の[一]手をばしめけり
[二]折《をり》やつす山の早《さ》蕨《わらび》たばねわけ　同

1590
鬼のくひつくゝ地こそすれ
あへ物の[一]あざみや虫に[二]あたるらん

1591
君がめす[一]小袖姿の花やかに
春は天子もだてやあそばす　慶友

1592
[一]あはれなる歌こそながく聞《きこ》えけれ
蛇《へび》にのまれて蛙《かへる》啼《なく》也《なり》　貞徳

1593
とへば[一]大《たい》夫《ふ》の年の若さよ
[二]あつもりとくみうちしたる一の谷

1586 春(霞・かへるがん・春)。一 雁首。二 越路。北陸道。「漉し」をいい掛ける。▽北に帰る雁を食物のそれに見なし、「こし」のいい掛けを用いて汁鍋料理に転じた。付鴈—越路(類)、越(こしの)白根—帰る鴈(同)。俳がんくび・汁鍋・味噌。

1587 春(寒帰・朝鷹狩)。一 行楽地。郊外の野や山。二 前夜、雉子の鳴いた場所の見当をつけて置き、翌暁に行う鷹狩。鳴鳥狩(ないとがり)。▽余寒の行楽を嫌っている人物を「朝鷹狩」の供の衆とした。主人にとってはこの上ない娯楽だが、供の衆にとっては迷惑千万なのである。俳遊山・いやがる・毎日。

1588 春(若紫)。一 奈良市春日野町。二 血縁者。三 紫草(むらさきそう)の異称。根を染料にする。四 すり付けて染めた小袖(一五九一参照)。「すり衣」のパロディ。▽「平城(なら)の京、春日の里にしるよしして…／春日野の若紫のすり衣しのぶのみだれ限り知られず」(伊勢物語一段)による付け。塵塚誹諧集に所収。付春日—若紫(類)、所縁(ゆかり)—むらさき(同)。俳すり小袖。

1589 春(早蕨)。一 男が女の手を握り締める。恋の詞(糸屑)。二 折って変形させる。▽「手」を「早蕨」に見替えた、恋離れの付け。「たばね」る時に「しめ」上げるのである。同右に所収。付手—わらび(類)、卜(しむ)—しばり縄(同)。俳手をしむ。

1590 春(あざみ)。一 二八一・二八八参照。二 癇(かん)。腹痛。▽前句の恐怖感を、鬼あざみの連想から癇の激痛に見替えて付けた。「あざみ」が癇の虫に障ったのである。犬俤に所収。付鬼—あざみ(類)。俳くひつく・あへ物・虫。

1591 春(春)。恋(君・だて)。一 袖を小さく、袖下を丸く縫った衣服。▽恋人を指す「君」を「天子」に取成した。最も権威ある者を庶民的なレベルにまで引き下げた滑稽。「吹風の」百韻に所収。付小袖—正月・花見(類)。俳小袖・天子・だて・あそばす。

1592 春(蛙)。一 情趣の深い。▽情趣のある秀歌が永く伝わるという風流韻事を、卑小な動物界の寸劇に転じた付け。「あはれ」を「憐れ」、「歌」を蛙の鳴き声に取成して巧妙。呑まれながら鳴いているのである。付歌—蛙(かはづ)(類)。俳蛇・蛙(かへる)。

1593 春(一谷(いちのたに)の合戦)。一 令制で五位の通称。二 平敦盛。従五位下だが官職がなく、無官大夫と称された。寿永三年(一一八四)二月七日、一谷の合戦で討たれた。享年十七。▽平家物語九

1594 春はたゞ帰る鴈《かり》がね追《おひ》〱《おひ》に
本《ほん》利《り》そろゆる燕《つばめ》さん用　一正

1595 花いくさ今を盛《さかり》と見えけらし
蛙《かへる》ほえぬる山ぶきのかげ　親重

1596 木こりも春はふべん忘るゝ
ほりてくふところのひげの永日《ながき》に　氏重

1597 胡蝶ひらりと飛《とぶ》は梅がえ
爰《ここ》かしこ読《よみ》かすめぬる源氏にて　一正

1598 七重八重霞は山をぬりこめて
月しら壁に遅き春の夜　慶友

1599 たゞうつくしき椿をぞおる
谷川へ油しぼりの春行《ゆき》て

1600 灯籠の火のかげかすか也《なり》
花の比《ころ》月の夜《よ》数寄《ずき》を催して　玄札

1601 春をしたへる歌やあんずる
お座敷は三月尽《さんぐわつじん》としづまりて

などによる。敦盛は、熊谷直実に問われても名を答えないまま討たれた(一六七参照)。「一谷合戦」を毛吹草二では春季とするが、一般的には雑(非季)。俳大夫・あつもり・くみうつ。

1594 春(春・帰る鴈がね・燕)。一元金と利子。「もとり」とも。＝収支の決算。▽「鴈がね」を借金に取成し、現実社会の卑俗に落とした。参考、「燕 鴈にかはりて来物也」(藻塩草十)。付燕—帰る鴈(類)。俳本利・燕さん用。

1595 春(花いくさ・蛙・山ぶき)。一二組に分かれ、桜の枝などで打ち合う遊び。＝鳴くことを、戦記ふうに表現した。▽「花いくさ」を山吹の花と蛙軍の二つに分けて付けた。ともに最盛期。付軍—蛙(類)、花—やまぶき(同)。俳蛙ほゆ。

1596 春(春・ところ・永日)。一不弁(便)。不如意の意。＝野老・萆薢。山芋の一種で、根はひげが多い。≡上下にいい掛ける。▽不如意を感じないのは、野老を掘って食べるから、との付け。参考、薢《とこ》《ろ》—山路(類)。俳ふべん。

1597 春(胡蝶・梅がえ・かすむ)。一読み掠む。少しずつ読み齧る。「霞む」にいい掛ける。＝源氏物語の略。▽「胡蝶」「梅がえ」を源氏物語の巻名に取成しての付け。付胡蝶—源氏の巻・霞む外面《そとも》(類)、梅・胡蝶—霞の笆《まがき》(同)。俳ひらり・源氏。

1598 春(霞・春の夜)。▽霞に塗り込められて白々と横たわっている山を、深夜の月が皓々と照らしている白壁に見替えた付け。俳諧性は稀薄。慶友独吟「伐杭《きりくひ》の」百韻に所収。付山—出る月(類)、塗《ぬり》物—壁(同)。

1599 春(椿・春行く)。一油絞り人足《にんそく》。＝「油しぼり」と「春」の二つを受ける。▽風流心からの行為を、生活のための営為に転じた付け。油のもとになる種子を取りに椿の咲く渓流の辺に行くのである。付椿—谷川・油(類)。俳油しぼり。

1600 春(花)。一夜の茶の湯。▽「灯籠」から草庵式の茶室の庭園(露地)を連想、花見を兼ねた月夜の茶会を趣向した。「夜数寄」は複合語で、「夜」は上下にいい掛ける。玄札独吟夢想百韻に所収。付灯籠《とう》《ろ》—炉路(類)。俳灯籠・夜数寄。

1601 春(春・三月尽)。一「しんと」にいい掛ける。▽恋い慕う意を惜しむ意に取って、惜春の歌会を付けた。やや展開に乏しい。犬俤に所収。一五七三参照。俳あんず・お座敷・三月尽。

狗猧集巻第八

夏

1602
きけば無常ぞ[一]桐壺の巻
鳴《なき》そむる[二]更衣《かうい》の比《ころ》の郭公《ほととぎす》　重次

1603
[一]村雨ふれば[二]あしだをやはく
子規《ほととぎす》鳴《なく》折からに碁をうちて　重頼

1604
[一]てうしの口にそふる橘
[二]一《いち》こつに名《な》乗《のる》五《さ》月《つき》の郭公　貞徳

1605
蛙《かへる》のあたまあぶなかりけり
沢水に[一]ぼうふり虫のあつまりて

1606
[一]壇の浦にて取乱す体《てい》
いかばかり[二]小袖に蚤《のみ》のおほからん

1602　夏(更衣・郭公)。一 底本、打越(未詳)との関係からか、「切壺」と誤る。源氏物語第一帖の巻名。二「かうえ」とも。衣がえの意と女官の官名(女御《にょうご》の次位)の意に掛ける。▽「郭公」の異名を無常鳥ということからの付け。源氏物語の巻名とその二つの付筋による四手付。付無常―ほとゝぎす(類)。俳無常・更衣。

1603　夏(子規)。一 にわか雨。二 雨天に用いる高歯の下駄。▽「あしだ」を「碁」の用語に取成しての付け。碁では、敵の石の脱出を封じる形の一つをいう。付村雨(むらさめ)―ほとゝぎす(類)、屐(あしだ)―碁(同)。俳あしだ・碁をうつ。

1604　夏(橘・五月・郭公)。一 酒を盃に注ぐのに用いる器。柄が長く、紙の雌蝶・雄蝶、松・橘の二木で飾り、婚礼などの時に用いる。二 十二律の第一音。これを主音とする雅楽の調子を「壱越調(いちこつでう)」という。▽「てうし」を調子に取成しての巧妙な付け。付橘―時鳥(類)、五月―橘(同)。俳てうし・一こつ。

1605　夏(ぼうふり虫)。一 ぼうふらの異名。▽無心所着、謎ふうの前句に、その理由を付けた。小動物を組み合わせ、滑稽に擬人化する。新撰狂歌集に、前句「かいるのつらぞあぶなかりける」で所収。付蛙―池水(類)。俳あたま・ぼうふり虫。

1606　夏(蚤)。一 山口県(長門国)赤間関にあり、源平最後の合戦があったところ(平家物語十一)。底本、「檀の浦」。二 袖口を狭くした方領(ほうりよう)の服。貴族が装束の下に用いた肌着。▽源氏方の攻勢にあって平家方が「取乱」したのを、付句では「蚤」のためと理由を転じ、俗に落とした。俳体・小袖・蚤。

1607　夏(ふなずし)。一 未熟なこと。二 能楽などで、囃子方(はやしかた)の小鼓が数人の場合、その中心となる人。一三〇九参照。▽

1607 なまなり[一]の頭《かしら》[二]鼓《つづみ》を打《うち》たゝき
すしのふなくひ味やほむらん

1608 ながくみじかく物おもふころ
虫のつく栗[一]やさゝげ[二]の花ざかり　重頼

1609 尻のかげにて名をやとる覧《らん》
蛍火を絶《たえ》さでしたる学《がく》[一]文《もん》者《じや》

1610 とんずはねつもあかす夏の夜
苦しさやのみにも蚊にもせめられて

1611 ふしこそかはれ歌の品〳〵
さ乙女に木こりやつれてかへるらん　徳元

1612 むかしの人のすがたとやみん
橘[一]のかたのつきたる小[二]袖着て

1613 蛇《へび》をおそれぬ人はあらじな
実をとればいちご[一]のむばら手にたちて

1614 貧《ひん》なる人の庭のあはれさ
物《もの》毎《ごと》にことかき[一]つばたうつろひて

「なまなり」を「鮨(すし)」の生熟(なまなり)、即ち一夜鮨の意に取成しての付け。付舌つゞみ―酒あぢはふ(類)。俳頭鼓・すしのふな。

1608 夏(栗の花・さゝげ)。一 花は黄白色で長く垂れる。二 小角豆。夏に栽培し、その莢(さや)・種子を食用とする。花は蝶形で、莢は長いものでは尺余に及ぶ。八四六参照。▽長短に「栗やさゝげの花」を連想し、恋(?)の物思いを農作物の出来の心配事に転じた付け。一三一三参照。付長(ながき)―栗の花(類)。俳虫つく・さゝげ。

1609 夏(蛍火)。一「ガクモンジャ(Gacumonja)」(日葡辞書)。「文」は、当時通用(三〇三五参照)。学者。▽「かげ(陰)」を影に取成し、蒙求(もうぎゅう)の「孫康映レ雪、車胤聚レ蛍」で有名な、車胤(しゃいん)の故事によって付けた。犬俤に所収(付句の下五「学文に」)。付尻―蛍(類)。俳尻・学文者。

1610 夏(夏の夜・のみ・蚊)。▽「とんず(づ)」に「蚊」、「はねつ」に「蚤」を連想、舞踏のことを詠んだ(?)前句を、夏の夜の地獄のような苦しみに転じた付け。犬俤に所収。七四九・七五一参照。付飛(ぶと)―蚤(類)。俳とんず(づ)・のみ・蚊。

1611 夏(さ乙女)。▽和歌のことをいった前句を、庶民的な労働歌謡のことに転じた。不釣合いな「さ乙女」と「木こり」の組み合わせが滑稽。鷹塚誹諧集に所収。八〇一参照。付歌―木樵(きこり)・田うへ(類)、謡(うたひ)―木樵・うふる田(同)。

1612 夏(橘)。一 橘の紋所(もんどころ)。二 一五九一参照。▽有名な歌「さつき待つ花橘の香をかげば昔の人の袖の香ぞする」(古今集、伊勢物語六十段)を踏まえ、判断の根拠を付けた。「むかしの人」(恋人?)らしく、「橘」の紋所の付いた小袖を着ているのである。犬俤に所収。付昔―橘(類)。俳小袖。

1613 夏(いちご)。一 茨(いばら)。イチゴの蔓には粗(あら)い毛がある。ただし、蛇苺はバラ科の多年草で、イチゴとは違って茨・刺(とげ)・剛毛の類はない。▽「蛇」を蛇苺(へびいちご)に取成しての付け。付蛇(くちなは)―覆盆子(いちご)(類)。俳蛇・いちご。

1614 夏(かきつばた)。一「杜若」と「か(欠)く」をいい掛ける。六〇七参照。▽貧者の庭の哀れさを、衰えいく杜若の花で象徴したのであるが、「物毎にことかき」は説明的で、前句の「貧」と同意気味。犬俤に所収。俳貧。

1615　富貴《ふっき》の体《てい》を見する此《この》[一]宿
広庭に[二]牡丹の花の盛《さかり》にて　重頼

1616　廿日ばかりは露も隙なし
牡丹さく比《ころ》は[一]方《はう》ゝ《ばう》振《ふる》舞《まひ》に　慶友

1617　空《そら》になりてもながき[一]鶴くび
[二]ひようたんのかづらは垣によれまどひ　良徳

1618　[一]五条川原の蓼《たで》をこそつめ
夕顔や[二]さしみにしてもくひぬらん　望一

1619　橋の下にはいとゞ大水
菖蒲《しやうぶ》をばかれどかられぬ雨《あめの》中《なか》

1620　色ゝに袋の数やそめつらむ
はたけ[一]な[二]芥《け》子《し》の花ぞ咲《さき》ける　貞徳

1621　[一]五条あたりに多きあき家
夕顔の[二]地《ぢ》子《し》にさいそく付《つけ》られて

1622　鬼とおもふも女なりけり
[一]いつくしや薊《あざみ》の中の[二]眉作り　貞徳

1615　夏(牡丹)。一 家。ニ 異称を富貴草という。▽富者の家のさまを庭の草花で具体化した付け。参考、「長者富(みと)にあかぬや牡丹の花の王」(崑山集)。付富貴(ふっき)—牡丹(類)、宿—花の庭(同)、庭—宿(同)。俳富貴・体・牡丹。

1616　夏(牡丹)。一「かたがた」とも。人々の尊称の意にも取れる。▽牡丹は二十日間咲くので二十日草とも呼ぶ(藻塩草八)(六四〇・六四三・六四四参照)。前句の理由を、客を招いて牡丹を披露し、御馳走する(または、逆に招かれて御馳走攻めにあう)ためと見定めた付け。付廿日(かはつ)—牡丹(類)。俳廿日・牡丹・方ゝ。

1617　夏(ひようたん)。一 細長い首。ニ 瓢箪(夕顔)の蔓。実(み)は秋季。▽「なる」を生(な)る、「鶴」を蔓に取成し、瓢箪が垣根に繁茂するさまを付けた。「鶴くび」と長細い瓢箪の形が似ることからの連想もあろう。俳鶴くび・ひようたん。

1618　夏(蓼・夕顔)。一 京都賀茂川の、五条あたりの河原。ニ 夕顔の実(秋季)は刺身にする。▽「蓼」を摘む理由を、「五条」の縁から「夕顔」の刺身のツマとするためとした。付句は秋季とすべきところ。「おのづから」百韻に所収。付五条—夕顔の宿(類)、夕顔—五条わたり(同)。俳五条・蓼・さしみ・くふ。

1619　夏(菖蒲)。▽洪水の状況を、庭園等における景に規模を縮小し、増水のために菖蒲を刈ることが出来ない、と素直に付けた。ここの「菖蒲」は花でなく、葺(ふ)くためのものである。七六〇—七六五参照。付雨—濁る河水(類)。俳大水・菖蒲。

1620　夏(芥子の花)。一 格助詞「の」の転。ニ 白・紅・紫などの色の花がある。▽前句の「袋」を芥子袋に見替えての付け。芥子は、異名を米嚢子(べいのうし)と称するように、袋の中に細かな種子(芥子粒)をもつ。種の種類だけ、色とりどりに芥子の花が咲く、との意。付袋—芥子(類)。俳芥子の花。

1621　夏(夕顔)。一 京の五条。ニ 地代(じだい)。▽「あき家」が多い理由を、地代を厳しく請求・催促されたから、とした。源氏物語・夕顔のパロディ。鷹筑波に玄旨作として所収。付夕顔—五条わたり(類)。俳五条・あき家・地子・さいそく。

1622　夏(眉作り)。一 品があって美しい。ニ 諸説あり、鬼薊説が有力だが、ここは美人草(ヒナゲシ)説による。▽人間のことを詠んだ前句を、植物のことに転じた、巧妙な恋離れの付け。

1623　瓦をば塔のまはりにつみ置《おき》て
苣《ちしゃ》ばたけもや築地《ついぢ》とはなる

1624　あつやとてしばし留《とどま》る道のべに
清《し》水《みづ》むすびて呑《のむ》柳かげ　重頼

1625　たかき物をもやすくこそうれ
富士の山扇にかけば二《に》三《さん》文《もん》

1626　旅人はすそ野の原に群《くん》集《じゅ》して
のぼらん比《ころ》を待《まつ》富士まいり

1627　駒をかふ袖に手ぬぐひ持《もち》けらし
汗をかきつゝのぼるあふさか

1628　持物は只《ただ》一《ひと》重《へ》なる布《ぬの》衣《ごろも》
夏こそ旅はしやすかりけれ　望一

1629　はねあがりたるきる物のすそ
さはやかにあらひたてたるかたびらん

1630　女のもてる乳《ち》こそ多けれ
手《て》毎《ごと》にも蚊屋を仕《し》立《たつ》る夏の日に　重頼

付鬼―あざみ(類)。俳薊・眉作り。

1623　夏(苣の薹《とう》)。一　苣は、春に若葉を摘んで食べる。初夏に花茎(薹)を伸ばし、花を付ける。二　土塀の上に瓦を葺(ふ)いたもの。▽「塔」を薹に取成しての付け。「苣ばたけ」の土を盛って「築地」塀をつくるのである。付瓦―築地(類)、塔―苣(同)。俳塔・苣ばたけ。

1624　夏(あつし・清水むすぶ)。▽有名な西行歌「道のべに清水流るる柳かげしばしとてこそ立ちどまりつれ」(新古今集ほか)による付け。内容・表現ともに本歌にもたれ過ぎで、作意に乏しい。付道のベ―清水・柳陰(類)。

1625　夏(扇)。▽「たかき」を値でなく、背丈のそれに見替えて日本の最高峰「富士の山」を付け、前句の難題に答えたのである。醒睡笑に「高き物をぞやすく売り買ふ／富士の山扇にかきて二三文」の形で所収(付句は秀忠の作か)。付高(たか)―山(類)、高根―富士(同)。俳二三文。

1626　夏(富士まいり)。一「クンジュ(Cunju)」(日葡辞書)。群り集まること。二　六月一日から二十一日の間、富士山に登り、山頂の富士権現社に参詣すること。▽「群集して」順番を待つ様。素直な心付。付裾―山(類)。俳群集・富士まいり。

1627　夏(汗をかく)。一　飼う。動物に飲食物を与える、の意。二　逢坂。大津市南部にある。東海道の京への出入口にあたり、関があった。▽遣句(やりく)ふうの軽い付け。付駒―相坂(類)、拭(のごふ)―汗(同)。俳手ぬぐひ・汗をかく。

1628　夏(一重(ひとへ)の衣・夏)。▽単(ひとえ)一着しか持たないのを窮乏のためでなく、夏季の旅中であるため、と転じた付け。望一独吟「梅やたゞ(梅ならば)」百韻に所収。

1629　夏(かたびら)。一　帷子。夏に着る麻の単(ひとえ)物(九四〇・九四五参照)。前句の「はね」を受けて、はね仮名「ん」を付けた。▽「きる物」を「かたびら」に特定し、「すそ」を着物自体でなく、言葉の末尾の意に取り、はね仮名を付けた。俳かたびら。

1630　夏(蚊屋・夏の日)。▽前句は謎ふうだが、乳の量の多さを言ったものとも取れる。「乳」を「蚊屋」の四隅の輪のことに取成し、謎を解決した。巧妙な恋離れの付け。付乳(ち)―蚊帳(類)。俳乳・蚊屋。

長刀《なぎなた》持《もち》てはしるいきほひ

1631 [一]暑気《あつけ》やむ人に[二]香薷《かうじゆ》やのますらん

[一]喝食《かしき》見る目はとろ〳〵とする

1632 灯心《とうしん》のみじかき夜《よ》はゝ打《うち》ねぶり　　貞徳

涼しくもむかふる風に肩ぬぎて

1633 [一]夏の茶つぼをえんにならぶる　　徳元

秋になるより煩《わづらひ》はなし

1634 [一]ねつきをもはらひ捨《すて》たる[二]御祓川《みそぎがは》

1631 夏(香薷)。一 暑気あたり。二 長刀香薷の茎葉を粉末にした暑気防ぎの薬。一六四四参照。▽武辺事を、詞の連想から医事に転じた付け。付長刀—香薷(類)。俳長刀・暑気・香薷。

1632 夏(みじか夜)。一「かつしき」とも。禅寺で食事を知らせたり、給仕したりする下げ髪の侍童。稚児(ちご)。▽喝食にうっとり見とれるという恋の前句を、喝食が睡魔に襲われている様に転じた。短くなった灯心を「喝食灯心(かつしきとうしん)」という(蠅打)ことからの付け。付喝食—灯心(類)。俳喝食・とろ〳〵・灯心。

1633 夏(涼し・夏の茶)。一 夏切りの茶。▽前句の「肩ぬぎ」を「茶つぼ」に取成し、茶壺を縁側に並べ、葉を詰めている光景を付けた。まだ碾(ひ)かない茶を入れ、保存して置く壺を「かたぬぎ」という(日葡辞書)。塵塚誹諧集に所収。付肩脱—茶つぼ(類)。俳肩ぬぎ・茶つぼ・えん。

1634 夏(御祓川)。一 熱気。暑気の意と熱病の意(一八〇三参照)に掛ける。二 夏越(なごし)の祓(はらえ)をする川(九三八・九三九参照)。祓は六月晦日に行う。▽「煩」を病気の意に特定し、「御祓」によりその病気と夏の暑さを流し去ると付けた。犬俤に所収。俳煩・ねつき。

狗猧集巻第九

秋

1635 目に見ぬ事ぞ聞《きい》ておどろく
ひやつくは秋のしるしか風の音　重頼

1636 大井の里に有《あり》付《つき》にけり
ほりよせて植《うゑ》しさがのゝ女郎花《をみなへし》

1637 花《はな》一《いつ》時《とき》のさかもりぞする
朝顔の日影まつまの客をえて

1638 是や入《いり》日《ひ》をまねく舞の手
西山の尾花がさきに飛《とぶ》胡蝶

1639 よどみはさぶる里の川水
落《おち》鮎《あゆ》を双《すご》六《ろく》うちにふるまひて

1635 秋(秋)。▽古今集・秋上の巻頭歌「秋来ぬと目にはさやかに見えねども風の音にぞおどろかれぬる」による付け。一般社会の事象について言った前句を、季節の推移のことに転じた。「ひやつく」を除けば、俳諧性は稀薄。一六五三参照。㊎ひやつく。

1636 秋(女郎花)。一 京の西郊を流れる大堰(井)川の、堰(せき)のある近辺。二 住みつく。三 洛西嵯峨野。古今集・仮名序に見える遍昭の歌以来、女郎花の名所(一〇〇八参照)。▽「有付」いた当為者を人間でなく、擬人化された花の呼称と地縁から、「さがのゝ女郎花」とした付け。㊀嵯峨—大井川(類)。㊎有付。

1637 秋(朝顔)。一 花が咲いている僅かな間。二 陽光。▽花見の宴を、「花一時」の語から「朝顔」に見替え、早朝の来客を迎えての饗応とした。白楽天の詩句「松樹千年終是朽、槿花一日自為レ栄」(和漢朗詠集)をもとにする諺「槿花一日の栄」(せわ焼草二)による着想。参考、露命—槿(あさがほの)花(類)。㊎一時・客。

1638 秋(尾花)。一 京都の西郊を南北に走る山地。二 薄(すすき)の穂。▽前句は、「入日(いりひ)を招き帰す手に」(謡曲・難波)などの慣用表現による。「入日」に「西山」、「まねく」「手」に「尾花」、「舞」に「飛胡蝶」との念入りな四手付。㊀夕日—西(類)、招(まねく)—尾花(同)、舞(まひ)—胡蝶(同)。

1639 秋(落鮎)。一 川の淀み。二 水渋(みしぶ)が溜って、水面が茶褐色などに変色すること。▽「よどみ」を双六の用語のそれ(一個所に止ってしまうこと)、「さぶる」を鮎のそれ(一〇八四参照)に取成して、双六うち(打)に落鮎をふるまうと趣向した付け。㊀渋(さびる)—鮎(類)、よどむ—双六の賽(さい)(同)。㊎双六うち。

1640
[一]末世にも妻《つま》恋《ごひ》の名や残す覧《らん》
[二]鹿を題にてよみし歌《うた》人《びと》　長吉

1641
足も[一]たよはくなる[二]中《ちう》風《ぶ》やみ
[三]かひ置《おき》しうづらや籠《かご》を[四]秋の暮

1642
籠《かご》もちつれて[一]帰るさの袖
暮《くる》るより[二]鶉《うづら》合《あはせ》や[三]みてぬらん　望一

1643
秋は柘《ざ》榴《くろ》の実をこのむ人
月ほどなかゞみのくもりとぎはらひ　重頼

1644
[一]身にしめてかくあかつきの爪の音
たゝみを猫があらす[二]月かげ

1645
貧《ひん》なるもともす灯《とう》籠《ろ》の暮ならし
月なき比《ころ》の[一]夜《や》番《ばん》物うき

1646
立《たち》て見居て見待《まつ》は苦しき
[一]十七夜[二]十八夜とて月遅《おそ》み　重頼

1647
伊予も讃《さぬ》岐《き》も立《たつ》秋の空
[一]簾《すだれ》捲《まき》[二]円座敷《しき》見る月のもと　同

1640 秋(鹿)。一 ここは、単に後の世の意。二 異称を妻恋(つまこい)鳥という(類)。「妻恋ふる鹿」の歌題は多い。▽愛妻家の評判をのこすという前句を、妻恋うる鹿を名歌に詠んで名を後世にのこす、と転じた付け。[付]妻—鹿(類)。[俳]末世・題。

1641 秋(うづら・秋の暮)。一 手弱し。力が弱い。二 一七九九参照。三 鶉は鳴き声を賞して籠に飼った(一六四三参照)。四「飽き」にい掛ける。▽「中風やみ」で足が弱ったのを、人間ではなく、鶉のこととした付け。鶉のたどたどしい脚もとのさま。参考、「中風やむと啼(なく)中風やめかひ鶉」(崑山集九)。[俳]中風やみ。

1642 秋(鶉合)。一 帰りみち。二 飼っている鶉の鳴き声の優劣を競い合う遊び。三 終了する。▽「籠」を「鶉」のそれと特定して、「鶉合」の帰路とした付け。前句の「袖」は、人物を象徴したもの。「おのづから」百韻に所収(前句の下七「帰るさの道」)。[付]籠—鶉(類)。[俳]鶉合。

1643 秋(秋・柘榴の実・月)。▽青銅の鏡のくもりを磨(と)ぐのに柘榴の実の汁や水銀等を用いた。果物としての柘榴を、鏡磨ぎのためと転じた付け。[付]柘榴—鏡とぎ(類)。[俳]柘榴。

1644 秋(身にしむ・月かげ)。一 深く身に感じさせる。二 月光。▽物思いに沈む当為者を、人間から猫に転じた付け。前句は、髪も爪も伸びほうだいで八年配所生活を送った崇徳(すとく)院(保元物語)とも、待ちぼうけをくった女の体(てい)とも取れる。[付]月—身にしむ枕(類)、爪—猫(同)。[俳]爪・たゝみ・猫。

1645 秋(灯籠・月)。一 火災・盗難防止のための夜番。▽諺「長者の万灯、貧女の一灯」(毛吹草二)を踏まえ、貧者も盆灯籠をともすとしたのを、「夜番」のためと転じた。貧乏人にも割当てられ、僅かな出費も憂鬱なのである。[俳]貧・灯籠・夜番。

1646 秋(月)。一 十七夜の月を立待月(たちまちづき)という。二 十八夜の月を居待月(いまちづき)という。▽待ち焦がれる対象を恋人から、異称の縁により月に転じた、恋離れの付け。[付]十七日—月待(類)、待(まつ)—月(同)。[俳]十七夜・十八夜。

1647 秋(立秋・月)。一 伊予(愛媛県)産が有名。篠で編む。二 讃岐産が有名。藁・菅(すげ)・藺(い)・菰(こも)などで円く平たく編んだ敷物。一〇九九参照。▽前句の国の名産品二つを出して一句に仕立てた付け。[付]伊予—簾(類)、讃岐—円座(同)。[俳]円座。

1648 夕《ゆふべ》にむかひみる物[一]のほん
遠《とほ》山《やま》の月こそ東[二]《あづま》鏡《かがみ》なれ　同

1649 うか〳〵と秋に鳴[一]海《なるみ》の野べにきて
[二]池《ち》鯉《り》鮒《ふ》の空の月ぞながむる

1650 山田は鹿の番をする比《ころ》
便《たより》[一]にも弓[二]はり月やたのまゝし　宗二

1651 わ[一]びたる人の袖の秋風
月[二]がたのやぶれ衣にあらはれて　宗及

1652 夜《よ》討《うち》をせんのたくみ身にしむ
暮《くれ》かゝる月にきぬたをさば[一]くりて　良徳

1653 庭《には》鳥《とり》の鳴《なく》尾《を》も長[一]き夜もすがら
月をたよりにする鑓《やり》のさや　重頼

1654 目くらさへ月には垣のもとへ出《いで》
菊のかほりやしたふか[一]げきよ　親重

1655 杖に樒《しきみ》[一]を持《もち》そゆる暮
月にさへあた[二]ごの坂やすべる覧《らん》

1648 秋(月)。一 学問の対象となるような書物。二 吾妻鏡(東鑑)。鎌倉幕府の歴史を編年体で記述したもの。当時、刊本が出ていた。▽「夕」に「遠山の月」、「物のほん」に「東鏡」と付け、一句に仕立てた。丸い月が鏡のように見えるのである。参考、遠山—月を待(類)。[俳]物のほん・東鏡。

1649 秋(秋・月)。一 愛知県(尾張国)名古屋市緑区。東海道の宿駅。歌枕。「成る」にいい掛ける。二 愛知県(三河国)知立市。同じく「鳴海」の隣の宿駅。▽伊勢物語九段の東下りを踏まえた付け(一七四参照)。[俳]うか〳〵と。

1650 秋(鹿・弓はり月)。一 よいついで。二 上弦、もしくは下弦の月。▽稲穂を荒されないための番を、「弓はり月」に頼もう、との擬人的な付け。やや類想的。[付]弓張月—秋の田のかゝし(連珠合璧集)、弓—案山子(かゞし)(類)。[俳]番。

1651 秋(秋風・月)。一 失意・零落の人。二 僧衣の身と襟とのつなぎ目にいれる月形の切(きれ)。▽「わびたる人」を質素な暮しぶりの僧に特定し、その着衣のさまを付けた。[俳]月がた。

1652 秋(身にしむ・月・きぬた)。一 手にとって扱う。▽曾我兄弟の夜討の企てを詠んだとおぼしき前句を、砧(きぬた)を打とうとする女のことに取成した付け。[付]夜討—月にきぬた(類)、身に入(むし)—衣うつ音(同)。[俳]夜討・さばくる。

1653 秋(長き夜・月)。一 上下にいい掛ける。▽前句の「長き夜もすがら」に、月明りの下、鑓を鞘に納めようと四苦八苦する体を付けた。[付]鶏(にはとり)—鑓の鞘(さや)(類)、月—永き夜(同)。[俳]鑓のさや。

1654 秋(月・菊)。一 悪七兵衛(あくしちびょうえ)景清。源氏に敗れて日向(ひゅうがの)国に落ちのび、盲目になったと伝えられる(謡曲・景清ほか)。▽「目くら」を景清に特定しての付け。[付]盲(めくら)—景清(類)、垣—菊(同)。[俳]目くら・かげきよ。

1655 秋(月)。一 当時、「樒」の字体が一般的(増補和玉篇)。モクレン科の常緑樹。枝を仏前に供える。二 京都北西部にある山。山頂の愛宕権現は火災除けで知られ、火札とともに樒の枝を分けて貰い、各家庭の竈の上に挿す。▽前句の不可解な行為を、愛宕詣の人がすべりやすい坂道に難渋している様と見た付け。[付]杖突(つゑつく)—のぼり坂(類)、樒—あたご(同)。

1656 露ふる谷へころぶゐのしゝ　親重
くるれば川に駒を立《たて》をく
1657 三味線を月にひかんのもよほしに　良徳
紙ぎぬに愚僧がつゞる浄土経
1658 西ふく秋の風やひくらむ　正直
1659 月の入《いる》窓に三味線よせかけて　同
あらいとおしやながさるゝ人
1660 有明の月にもたらぬ子を生《うみ》て　慶友
1661 出《いで》ぬる芋の数もすくなき　同
1662 ほうさうや露の間にたゞ仕廻《しまふ》らん　同
家を出《いで》てや身をらくにせん
1663 蓑《みの》虫《むし》は古《こ》木《ぼく》の枝にぶらめきて　重頼
紙袋こそやぶれ果《はて》けれ
1664 鳴《なく》虫をふきかへる野は露けくて
暮《くれ》て火ともす里の者ども
1665 稲につく虫を何《いつ》所《く》に送る覧《らん》　親重

1656 秋(露)。▽「すべる」当為者を人間から「ゐのしゝ」に転じ、その原因を「露(が)ふる」からだとした。[付]愛宕―猪(ゐのしゝ)(類)、露―月(同)。[俳]ころぶ。

1657 秋(月)。一 馬。▽「川」を「皮」、「駒」を三味線の器具のそれに取成しての付け。[付]駒―三味線(類)。[俳]三味線。

1658 秋(秋の風)。一 紙衣(かみこ)。紙製の衣服。二 綴る。したためる。三 浄土宗の経典。四 秋になって吹く西風。「風」は風邪との掛詞。▽「つゞる」を継ぎ合わせるの意に取成し、行為の動機を生理的なものに転じた。「西」は「浄土」のある方角。参考、西―あみだ(類)。[俳]紙ぎぬ・愚僧・浄土経・風ひく。

1659 秋(月)。一 寄せ掛く。もたせかける。▽風が吹いて、窓際に立てかけてある三味線を弾く、とした付け。[付]西―かたぶく月(類)、引(ひく)―三味線(さみせん)(同)。[俳]三味線。

1660 秋(有明の月)。一 流罪にされる。二 胎内にいるとされる十か月間。上下にいい掛ける。▽「ながさるゝ人」を流人でなく、水子(みずこ)に取成しての付け。「伐杭の」百韻に所収。[付]流(ながる・ながす)―子(類)。[俳]子を生む。

1661 秋(芋)。一 里芋。▽人間の未熟児のことを、畑で栽培する里芋のことに転じた。三二参照。同右に所収(下七「数ぞすくなき」)。[付]子―芋(類)、名月―芋(同)。[俳]芋。

1662 秋(露)。一 僅かな間をいう譬喩表現だが、季語をも兼ねる。二 済ます。▽「芋」を「疱瘡」に取成し、それが軽症で済んだ、とした。同右に所収。[俳]ほうさう・仕廻。

1663 秋(蓑虫)。一 毛吹草では八月。貞徳説では、「蓑虫鳴く」は秋季だが、ただの蓑虫は雑。▽出家遁世の心意を吐露した前句を、蓑虫のことに見替え、蓑から脱け出してぶら下がるさまを付けた。[付]家―蓑虫(類)。[俳]古木・ぶらめく。

1664 秋(鳴虫・露けし)。一 虫を捕えるとき、筒を用い、吹いて籠や袋に追い込む。▽「紙袋」を虫を捕えるためのものに特定し、それが「やぶれ果」てた原因を付けた。紙は水分に弱い。[付]紙袋―虫吹(むしふく)(類)。[俳]紙袋。

1665 秋(稲・田虫送る)。一 稲につく害虫。七月、出穂の時期に、村はずれまで害虫を送り出す行事をした。七四三参照。▽盆行事とおぼしき前句の「火」を、虫送りの行事に転じた付け。参

1666
野《の》辺《べ》はさい[一]〳〵秋風ぞふく
露《つゆ》[二]霜《じも》も[三]ちんちりりんと虫鳴《なき》て

1667
大《おほ》風《かぜ》ふけば月もあ[一]ひせぬ
猿《ゑん》[二]猴《こう》や木《この》実《み》ばかりをひろふ覧《らん》　重頼

1668
心なぐさむ二《じ》千《せん》里《り》の秋
野《の》[一]分《わき》し[二]てけをふく虎が行《ゆき》かへり　氏重

1669
つ[一]くばひまはる神の御《おん》前《まへ》
こま犬を盆の灯《とう》籠《ろ》にあやつりて　貞徳

1670
なげほうりたる皿やわれけん
膝《ひざ》のふし立《たち》もあがらぬすまひ取《とり》　同

1671
油断をせぬや関のまもりめ
かちまけを見るはすまふの行事にて

1672
踏《ふみ》やぶりたる菊のま[一]せがき
取《とり》捨《すて》よお庭の露の古《ふる》[二]笊籬《いかき》　親重

1673
寝物がたりに月ふかしぬる
肌《はだ》寒《さむ》や秋にあ[一]ふみの国ざかひ　徳元

考、火―夏の虫(類)。【俳】稲につく虫。

1666 秋(秋風・露霜・虫鳴く)。一 再々。たびたび。二 晩秋の頃、降りた露が凍って霜となったもの。三 松虫の鳴き声チンチロリンのもじりで、「散り」をいい掛ける。▽草の葉の「露霜」も風で、虫の音と同様に散る、との意。犬俤に所収。【付】野―虫(類)、虫―秋風(同)。【俳】さい〳〵・ちんちりりん。

1667 秋(月・木実)。一 愛(め)でることが出来ない。二 猿の総称。▽諺「猿猴が月に愛をなす」(毛吹草二)を踏まえた付け。大風のせいというより、大風で落ちた木の実を拾うのに大忙しだから、月をながめる暇もないのである。【俳】猿猴。

1668 秋(秋・野分)。一 秋から冬にかけて吹く暴風。二 以て、の意。▽前句は、白楽天の詩句「三五夜中新月色、二千里外故人心」(和漢朗詠集)を踏まえる。それを、諺「虎は千里往て千里戻る」(譬喩尽)により転じた。「野分」の中、虎は千里を往復して無聊(ぶりよう)を慰める、との意。【付】千里―虎(類)。【俳】二千里。

1669 秋(盆の灯籠)。一 しゃがむ。▽神前で「つくばひまはる」のを「こま(狛)犬」と見定め、それが「廻る」のは盆の廻り灯籠に仕込まれた(描かれた?)からであるとした。【付】回(まはる)―灯籠(類)、犬―神前(同)。【俳】つくばふ・盆の灯籠。

1670 秋(すまひ)。▽「皿」を膝の皿に取成し、それが負け相撲で割れたため関節が痛くて立上がることもできない、とした付け。【付】投(なぐる)―すまふ(類)、皿―膝(同)。【俳】皿・膝のふし。

1671 秋(すまふ)。▽「関」を関所でなく、関取(最上位の相撲取)に取成した付け。関相撲は最高位同士の取組みだから、行司もしっかり見守って勝敗を判定しなければならないのである。【付】関―相撲(類)。【俳】油断・行事。

1672 秋(菊・露)。一 庭の植込みの周囲に設けた低い柵(さく)。二 笊籬は、竹で編んで作った籠。ざる。▽垣が破れたと見えたのは、露の降りた古笊籬だった。菊の美しさを損なうのでそれを「取捨てよ」と命じているのである。【付】庭―菊(類)。【俳】古笊籬。

1673 秋(月・肌寒・秋)。一「逢ふ」と「近江」をいい掛ける。▽「寝物がたり」を地名に取成しての付け。中山道(なかせんどう)沿い、今須(美濃)と柏原(近江)の間の里をいう。塵塚誹諧集に所収。【付】寝物語―美濃と近江の堺(類)。

1674
月は[一]ちくりと萩にうつろふ
物うやの夜半《よは》も[二]長門の旅まくら　親重

1675
[一]筋ほねうづく[二]こつま商人
[三]住よしの市ではりあふいさかひに　同

1676
あはれにもたゞ名月を見る
[一]くにはるや涙露けくこぼすらん　慶友

1677
うたずとも只きぬを着て[一]およれかし
[二]富士が太鼓も残るながき夜　長吉

1678
虫だにもたゞ物ごのみせり
露ほども薬はきかぬ[一]積《しゃく》聚《じゅ》やみ　慶友

1679
月見よろこぶ[一]おくの秀《ひで》衡《ひら》
雲《くも》霧《きり》のはるゝ[二]西木戸ひらかせて　一正

1680
月にたゞむかし〱をおもひやり
夜《よ》長《なが》さに見る伊勢物がたり　慶友

1681
[一]物なりはよき[二]丹波地の秋ならし
いつ見るもたゞ栗の大きさ

1674　秋(月・萩・夜長)。一 少し。ちっくり。二「長し」にいい掛ける。「長門(ながと)」は、今の山口県西北部。▽「萩」を地名に取成し、遅々として進まぬ時間の推移に、夜長を眠りかねている旅人を付けた。[付]萩—長門(類)。[俳]ちくり。

1675　秋(住吉市)。一 当時、「ほ」は清音。二 勝間(こつま)は大阪府西成郡の地名で、木綿の産地。勝間木綿は絹布のまがい品として横行、勝間商人はいんちき商人の代名詞となった。三 大阪住吉大社で、九月十三夜に催される市。▽「筋ほねうづく」状況を、市場での喧嘩と設定した。[俳]こつま商人・いさかひ。

1676　秋(名月・露けし)。一 刀匠に国治(大和国住と肥後国住の二人)がいるが、ここに相応しい故事は未詳。▽「名」を銘に取って、刀匠の国治が名月をながめながら落涙する、と付けたか。参考、銘—刀(類)。[付]露—月(類)。

1677　秋(ながき夜)。一 御寝る。おやすみになる。二 住吉社の楽人(がくにん)で、太鼓の名人(謡曲・富士太鼓)。▽謡曲・富士太鼓による。不吉な夢を見た富士の妻は上洛し、夫が殺されたのを知る。形見の舞装束を渡された妻は、太鼓こそ夫の敵(かたき)であると、狂乱して打つ。[付]打(つう)—太鼓(類)。[俳]およる・太鼓。

1678　秋(虫・露)。一 腹部・胸部に起こる激痛。癪(しゃく)。▽秋の鳴く虫を腹の虫に取成し、「物ごのみ」の対象を「薬」とした付け。[付]虫—庭の露・腹のいたみ(類)。[俳]積聚やみ。

1679　秋(月見・雲霧)。一 陸奥平泉に勢力を誇った藤原秀衡。二 防衛のための柵(さく)に設けた、西側の門。「錦戸」との掛詞。秀衡の長男を錦戸太郎という。▽遺句ふうの付け。秀衡は義経記や舞・謡曲に登場する。[付]月—霧はるゝ峰(類)。[俳]秀衡。

1680　秋(月・夜長)。▽「昔、男ありけり」で始まるところから、懐旧の前句を伊勢物語の読書三昧に転じた付け。三〇九参照。[付]昔—夜長き枕・伊勢物語(類)。[俳]伊勢物がたり。

1681　秋(秋・栗)。一 田畑からの収穫。二「丹波路」を誤るか。▽「物なり」は、普通、穀物のことにいう。ここでは丹波名産、「父打栗(ていうちぐり)」(毛吹草四)に転じ、その大きさに驚く体(てい)を付けた。[付]丹波—栗(類)。[俳]物なり・丹波地。

1682　秋(柚の実)。一 柚の実は酒の味をうまくし、酒の毒を消すので盃に浮かべる(本朝食鑑四)。花も香気が強い。▽「打

1682 打《うち》ちらしたる盃の数
柚《ゆ》一の実こそ花にましたる匂ひなれ　重頼
猩一々《しやうじやう》の能の仕《し》二舞《まひ》の不出来さよ
1683 作りそこなふ此《この》秋のきく　成安
た一ぶ〳〵とをく梶二の葉の露
1684 ひや麦で残るあつさやはらふらん
一《ひと》かたならぬ果報なりけり
1685 あ一ふ人のつかさめ二しをもよくくひて
はらみぬる身の果《はて》いかにおぼつかな
1686 植《うゑ》し早苗の出《で》来《き》過《すぎ》てけり　徳元
竹の筒をも度《たび》〳〵《たび》にふく
1687 秋風はたる一きのはなに音《おと》信《づれ》て　同
余《よ》所《そ》にはなして我名もらすな
1688 犬一上《いぬがみ》の床《とこ》の山がら籠《かご》を出《いで》　慶友
爰《ここ》かしこあはするはたゞみ一くさにて
1689 桔《き》梗《きやう》か二るかや蘭の色〳〵　一正

ちらしたる」を、乱れた酒宴の状景から盃に浮かべた「柚の実」のことに転じた。付柚―さかづき(類)。俳柚の実。

1683 秋(秋・きく)。一 能楽の曲名。二 能の略式の舞。▽菊の一種に「猩々菊」(続山井・秋・菊)があることから、前句の「猩々」を菊に取成して付けた。一三三参照。俳猩ゝ・仕舞。

1684 秋(梶の葉・露・ひや麦・残るあつさ)。一 たっぷりと。溢れるように。二 七夕の夜、梶の葉に願いごとや歌を書いて、星に手向ける。▽星に手向けるためのものを、冷麦を食するためのものに転じた。禁中では、七夕の日、梶の葉で索餅(さくべい)を包み、梶の皮と索麺(そうめん)とで十文字に結び、お供えとした。民間では、梶の葉を敷いて索麺を贈り物とする風習もあった。冷麦はその転。参考、索麺―七夕(類)。俳たぶ〳〵・ひや麦。

1685 秋(つかさめし)。一「饗(あ)ふ」。饗応する。二 司召の除目(じもく)。八月十一日、在京諸司の官吏を任命する儀式。「食(めし)」にいい掛ける。▽大変な「果報」を、除目で官職を得た上、饗応されたこととした付け。犬俤に所収。俳果報・めし。

1686 秋(稲)。▽人倫(人事)を稲のことに転じた付け。過ぎたるは猶及ばざるがごとし。徳元千句一、鏖塚誹諧集(付句の上七「ふし立早苗」)に所収。付はらむ―稲(類)。俳はらむ。

1687 秋(秋風)。一 屋根の垂木(たるき)の端。▽笛の類を想定させる「竹の筒」を、軒端(のきば)の景に見替えた付け。鏖塚誹諧集に所収(前句の下七「ならすたび〳〵」、付句「秋風の…かよひ来て」)。付竹筒(たけのつゝ)―垂木(毛吹草)。俳たるき。

1688 秋(山がら)。一 滋賀県彦根市(近江国犬上郡)の正法寺山。鳥籠山とも書く。歌枕。▽「犬上のとこの山なるいさや川いさと答へて我が名もらすな」(古今集)による付け。「はな(話)して」を「放して」に取成し、「床の山」に「山雀(やまがら)」をいい掛け、一句に仕立てた付け。「犬上の床の」に実意はあまりない。「吹風の」百韻に所収。俳山がら。

1689 秋(桔梗・かるかや・蘭)。一 美草・真草と書く。草、とくに萱(かや)の類。二 刈萱。イネ科の多年草。山野に自生する。▽前句は遊戯の草合せのことであろう。付句では、「みくさ」を三種に取成して、秋の七種のうちの三種を列挙して仕立てた。付給(あはせ)―草(類)。俳桔梗・蘭。

1690 木より熟柿《じゆくし》の落《おち》てこそ行《ゆけ》

秋風に目白の鳥やさはぐらん　重頼

1691 いかにいふとも今は一なるまひ

去年《こぞ》植《うゑ》し垣二ほの柿を秘《ひ》三蔵《さう》して　貞徳

1692 一なまかべやたゞ二虫のどくなる

新《あたらし》き家にはなかぬきり〴〵す　同

1690 秋(熟柿・秋風・目白)。▽すなおな打添えの付け。付柿―目白(類)。囲熟柿・目白。

1691 秋(柿)。一できない。だめ。狂言によく用いられる語。二垣根。三大切にする。近世初期までは清音。▽「なる」を「生る」に取成しての付け。諺にも「桃栗三年柿八年」(和漢古諺)という通り、柿の実も植えてすぐには生らない。参考、「なりさうでならぬ物　一、去年植へた柿の木」(犬枕)。

1692 秋(虫・きり〴〵す)。一あばた顔をいう。疱瘡(ほうそう)のあとがいっぱいにあって、生壁を算盤(そろばん)で押さえたような顔(譬喩尽)のこと。二害虫。▽疱瘡による「なまかべ」を原義のそれに、「虫」を鳴く虫に取って、身体に毒だから「きり〴〵す」も「新き家にはなかぬ」とした付け。六月(晩夏―初秋)には、蛬は壁の中で鳴くとされた(七十二候)。付壁―蛬(類)、蛬(きりぎりす)―かべのすき間(同)。

狗猧集巻第十

冬

身の寒さをばいかでこらへん
1693 けふよりもつくる衾《ふすま》の神《かみ》無《な》月《づき》

ほそ布のせんだくをする賤《しづ》が屋に
1694 けふの郡のけふのさむさよ　徳元

首《かうべ》に人の頭《づ》巾《きん》する比《ころ》
1695 あら寒《さむ》や只正直な冬の空　重頼

1696 やねのつらゝはさらにさげ針　貞徳

衣をぬぎて置《おく》岩のうへ
1697 苺《こけ》ははや霜にばらりと枯《かれ》渡り　望一

1693 冬(寒さ・神無月)。一 夜具。ニ 陰暦十月の異称。「紙無(かみな)」にいい掛ける。▽「寒さ」に困り果てている原因を、材料の紙がなく、「衾」を着るに着られないから、とした心付。犬俤に所収(前句「寒き事をばなにとこらへん」)。参考、「風寒し破れ障子の神無月」(犬筑波集)。

1694 冬(さむさ)。一 狭布(けふ)は幅のせまい布。陸奥の名産品。奥義抄の頃から地名と誤解されるようになった。▽「ほそ布」に産地「けふの郡」、「せんだく」に「さむさ」を付け、別義の「けふ(今日)」を反復させて調子をととのえた。徳元千句三に所収。参考、「賤の女(め)が賤機布(しづはたぬの)の緯(ぬき)にうつ兎(う)の毛の布のほどのせばさよ」(藻塩草十八・けふの細布)。付細布―けふの郡(こをり)(類)。俳せんだく。

1695 冬(頭巾・寒・冬の空)。一「首(かうべ・かしら・はじめ)」(増補倭玉篇)の訓があるが、ここは「かうべ」。▽諺「神は正直のかうべに宿る」(せわ焼草二)による付け。人々が頭巾をかぶるのは、暦どおりの寒い気候だからである。付正直―頭(かうべ)(類)。俳頭巾・あら・正直。

1696 冬(つらゝ)。一 下針。家屋の壁や柱などの傾斜を検査する道具「正直」の部品で、長い木の上部の横木から下部の横木に垂らす錘(おもり)をいう。▽「正直」を測定具に取成しての付け。「やねのつらゝ」が寒さを反映して一層下がり、下げ針のようなのである。参考、正直―大工(類)。俳やね・さげ針。

1697 冬(霜枯(しもがれ))。一 すっかり。完全に。▽「岩のうへ」に置いた「衣」から霜枯れの「苺」を趣向した、遺句ふうの付け。俳諧性は稀薄。「梅やたゞ」百韻に所収。付衣―苔(類)、岩―苔(同)。俳ばらり。

1698
つかはれば大君《おほきみ》一さまにつかはれん
進物《しんもつ》になるいち二もつの鷹　貞徳

1699
賀一茂のおこりぞ聞伝《ききつたへ》ぬる
水《みづ》鳥《とり》の尻毛二やも月にふるふ覧《らん》　慶友

1700
くるり〳〵とめぐるさかづき
水鳥を射てはよろこぶ矢一ひろめに　徳元

1701
さうぢもしげき池の中嶋
鴛鴨《をしかも》一の羽《は》風《かぜ》やや二がて鳥《とり》箒《ばうき》三　宗及

1702
海士人《あまびと》やうしほにぬれて赤《あか》一頭《がしら》
浮藻がくれの鴨をとらばや　重頼

1703
大か小かもしられざりけり
鷹どもをすゑ一野は雪に暮《くれ》果《はて》て

1704
御前《ごぜん》一に台二をすへならべつゝ
せう〳〵三の鷹をば上《あげ》ぬ進物に　貞徳

1705
右も左もきいたう一でさき
から人にまけぬ日本の鷹二つかひ　重頼

1698　冬(鷹)。一 天皇、もしくは身分の高い人の尊称。ニ 優秀な鷹。▽どうせなら「大君」に仕(つか)えたいと希望する当為者を、人間から鳥、それも「大君」に相応しく「いちもつ(逸物)の鷹」に転じたのである。付使―鷹(類)、仕(つかふ)―進物(同)、君(みき)―御調(みつきもの)(同)。俳大君さま・進物。

1699　冬(鴨(賀茂)・水鳥)。一 京都の賀茂社。一六四九参照。ニ 尻に生えている毛。▽「賀茂」を鴨、「おこり」を瘧に取成し、その瘧のために「水鳥」は「尻毛」を「ふるふ」、とした荒唐無稽の付け。三二参照。付ふるふ―瘧(類)。俳尻毛。

1700　冬(水鳥)。一 矢弘。武家の男児が狩場で初めて鳥獣を射た時、餅をつき、射た鳥獣を料理して祝う儀式。▽曲水の宴(?)で盃の「めぐる」形容「くるり」を、水鳥を射る時に用いる矪(くるり)矢に取成し、「さかづき」を「矢ひろめ」のお祝いのそれに転じた付け。塵塚誹諧集に所収。

1701　冬(鴛鴨)。一 鴛鴦鴨。鴛鴦(おしどり)に同じ。ニ そのまま。三 羽箒。一五〇三参照。▽「さうぢもしげき」ゆえんを付けた。付池―鴛(類)。俳さうぢ・鳥箒。

1702　冬(鴨)。一 赤茶けた頭髪。▽「赤頭」を緋鳥鴨(ひどりがも)の異称のそれに取成しての付け。海水に濡れながら、「浮藻がくれ」に浮く「赤頭」を狙っているのである。付藻―海人(小傘)。俳赤頭。

1703　冬(鷹すゑ・雪)。一 末野。野原の末。「据う」をいい掛ける。▽大小を「鷹」の弟鷹(だい)・兄鷹(せう)と取っての付け。「暮果て」見分けることが出来ないのである。犬俤に所収。付大小―鷹(類)。俳大・小。

1704　冬(鷹)。一 貴人の前を尊敬していう。ニ 物をのせる平たいもの。三「少将(せうしやう)」と「せう(兄)の鷹」のいい掛け。▽「台」を「弟鷹(だい)」に取成し、「せうの鷹」ではなく、弟鷹だけを献上して据え並べるとした付け。弟鷹の方が狩猟向き。付台―進物・鷹(毛吹草)、大小―鷹(類)、居(すゆる)―鷹(同)。俳御前・台・せうの鷹・進物。

1705　冬(鷹つかひ)。一 機敏に働く。ニ 鷹匠(たかじやう)。▽両手とも自由自在に利くというのを、放鷹のことに特定して、唐人に負けぬ日本の鷹匠を趣向した付け。俳日本・鷹つかひ。

1706 おれふすまゝでをける[一]なら柴
鷹の尾を下手のすへて[二]やつかすらん　徳元

1707 何とて人のよくにきりなき
[一]熊鷹の股《また》さくる世の物がたり

1708 のめや宇治茶は[一]良《らう》薬《やく》ぞかし
[二]あがりめになる[三]網《あ》代木《じろぎ》の[四]つなぎ鯉

1709 かゞみによきは[一]白《しろ》み也《なり》けり
[二]ひともじにまぜて出《いだ》せる[三]こゞり鮒　貞徳

1710 [一]板屋のあられ音の高さよ
[二]にえ釜をしかけ置《おき》たるいろりにて　同

1711 冬はたゞ夏の事のみ云《いひ》まはし
[一]かたびら雪のかゝる[二]ませがき　同

1712 ひろ〴〵とたゞしたるいつはり
葉に雪のつもる芭蕉を絵図にして

1713 寒さに猿の身をぞもみぬる
梢よりさがる氷柱《つらら》はきりに似て

1706 冬(鷹)。一 楢柴。楢(なら)の木の小枝。鷹の異名を楢柴鳥という(歌林鋸屑集・四季詞)。二 下に着かす。▽「なら柴」を「鷹」に取成し、「おれふす」原因を付けた。徳元千句一、塵塚誹諧集に所収。[付]鷹―なら柴(連珠合璧集)。[俳]下手。

1707 冬(熊鷹)。一 鷹の一種で、大型。誹諧初学抄では秋季。▽諺「欲の熊鷹股裂くる」(毛吹草二)による付け。「何とて」を会話の口吻と取って、「物がたり」とあしらった。[付]欲―熊鷹(類)。[俳]よくにきりなし(諺)・欲の熊鷹股さくる(同)。

1708 冬(網代木)。一「ラゥヤク(Rŏyacu)」(日葡辞書)。「りゃうやく」とも。二 ここでは鯉が弱って浮きあがること。三 網代(一五〇六参照)に打ってある杭。四 捕らわれている鯉(新撰六帖)。▽人事を魚のことに転じた付け。鯉が弱った時には挽茶(ひきちゃ)が効く(広益秘事大全二)。[付]宇治―網代(類)、茶―弱る鯉・宇治(同)。[俳]宇治茶・良薬・あがりめ。

1709 冬(ひともじ・こゞり鮒)。一 白銅で、鏡の素材。二・一四〇九参照。二 葱(ねぎ)の女房詞。三 煮凝(にこごり)にした鮒。一四六一・一四七一参照。▽「かがみ」を「屈み」、「白み」を「白身」と取成し付けたもの。煮凝にしたため屈んでいるのである。[俳]ひともじ・こゞり鮒。

1710 冬(あられ・いろり)。一 音の高いものの代表(俚言集覧)。二 茶の湯のための釜。▽「あられ」を茶の湯の霰釜に取成した付け。それが煮立って音をたてるのである。[付]霰(あられ)―釜(類)。[俳]にえ釜・いろり。

1711 冬(冬・かたびら雪)。一 薄く積った雪。一四〇三参照。二 一六七三参照。▽「云まはし」を「結ひまはし」に取成し、冬と夏の矛盾を「かたびら(帷子)雪」で解消した付け。参考、「Yui, yŭ. ユイ、ウ(言ひ、ふ)　話す。これは本来の正しい言方でない」(日葡辞書)。[付]結(ゆふ)―垣(類)。[俳]かたびら雪。

1712 冬(雪)。▽謡曲・芭蕉の詞章「庭の面(おも)の雪の中(ちう)の芭蕉の、いつはれる姿の真(まこと)を見えば如何ならんと」を踏まえた付け。「ひろ〴〵と」したものを芭蕉の葉と見た。犬俤に所収。[付]偽(いつはり)―雪中芭蕉(類)。[俳]絵図。

1713 冬(寒さ・氷柱)。▽「寒さ」でみずから身をもむとの前句に、錐のような「氷柱」で応じた付け。[付]揉(もむ)―錐(類)、梢―猿のこゑ(同)。[俳]きり。

1714
から衣《ごろも》はるゞゆけばすそ切《きれ》て
[一]あかゞりずねに旅をしぞ思ふ　貞徳

1715
使《つかひ》もいやゝ小[一]野のほそ道
炭《すみ》薪《たきぎ》年貢のか[二]たにせがまれて　徳元

1716
うけつぐ法《のり》をやぶるかなしさ
[一]紙《かみ》子《こ》きて水かけあひは何ならん　同

1717
夜《よる》のちぎりの身の毛たつ也《なり》
[一]かづらきの紙子もたぬ我《わが》ふ[二]ぜい　慶友

1718
[一]泪《なみだ》をや鬼の目にさへこぼすらん
[二]柊《ひらぎ》のさきに見ゆる朝露　貞徳

1719
[一]よる人のまだあらはれぬ年の数
か[二]くいてくふや節《せち》分《ぶん》の大《ま》豆《め》　親重

1720
夜舟にのらばよひやまさらん
節分にいはひ事する酒呑《のみ》て　重頼

1721
[一]まめ男こそ夜あるきけれ
節分に云《いふ》事きけばや[二]く払《はらひ》　貞徳

1714 冬(あかゞり)。一 皹(あかがり)の切れた臑(ねす)。▽業平の「唐衣きつつなれにし妻しあればはるばる来ぬる旅をしぞ思ふ」(伊勢物語九段、古今集)のパロディ。囲あかゞりずね。

1715 冬(炭)。一 洛北八瀬(やせ)・大原一帯の古名で、比叡山の麓にあたる。平安貴族の幽棲の地。ニ 抵当。▽前句は、業平が惟喬(これたか)親王を小野に雪を踏みわけて訪ねた故事(古今集、伊勢物語八十三段)等を踏まえる。「いや」な理由を、「年貢のかたにせがまれて」炭や薪を持ち帰らされるからと転じた。徳元千句三、塵塚誹諧集に所収。付小野―炭竈・細道(類)。囲いや・年貢のかた・せがむ。

1716 冬(紙子)。一 紙衣(一六五八参照)。以下は、諺「紙子の水かけあひ」(せわ焼草二)による。無謀な行為の譬喩。▽「法(のり)」を糊に取成し、諺によって仕立てた付け。塵塚誹諧集に所収(付句「かみぎぬや水かけあひにきたるらん」)。付糊(ひそく)―紙子(類)、破(やぶる)―紙小(同)。囲紙子きて水かけあひ。

1717 冬(紙子)。一 奈良・大阪・和歌山三府県の境にある葛城山(かずらきやま)の神。一言主神(ひとことぬしのかみ)。容貌が醜いとされた。「神」と「紙子」をいい掛ける。ニ 風情。様子の意。▽「岩橋の夜のちぎりも絶えぬべしあくるわびしき葛城の神」(拾遺集)による付け。「身の毛たつ」理由を醜貌ゆえでなく、寒さゆえと転じた。「伐杭の」百韻に所収。付葛城―夜の契(類)。囲身の毛たつ・紙子・ふぜい。

1718 冬(柊)。一 諺「鬼の目にも涙」(毛吹草二)による。ニ 節分の夜、柊の枝と鰯の頭を門に挿し、悪鬼を払った。▽「鬼の目にも涙」の譬喩の証拠を、節分の風習にこと寄せ現実の景として示した付け。付鬼―ひらぎ(類)、露―袖の涙(同)。

1719 冬(節分)。一 寄る。ニ「隠して」の音便。▽主意不鮮明な前句を、節分の豆撒きのこととした付け。「年の数」を隠しごまかして「くふ」。付年の数―節分の大豆(類)。囲かくいて・節分の大豆。

1720 冬(節分)。▽酒の酔が舟酔でますますひどくなるとの前句を、節分の夜、宝舟の絵を敷いて寝る風習のことに見替えた。付船―節分(類)、酔(ゑふ)―船(同)。囲節分。

鰯《いわし》のかしらしんじから也《なり》

1722 節分《せちぶ》とてまことの鬼がとをらめや　同

初《はじめ》とやせんをはりとやせん

1723 年も十二《じふに》月《ぐわつ》晦日《みそか》に春立《たち》て

1721 冬(節分・やく払)。一 色好みの男。二 大晦日・節分などの夜、町を歩き、各家の厄難を祓う言葉を唱えて米銭を乞う者。▽「まめ男」を豆撒きの男と取って、歳末風景に転じた恋離れの付け。[付]菽(まめ)―節分(類)。[俳]まめ男・節分・やく払。

1722 冬(節分)。一 諺「鰯の頭(かしら)も信心から」(毛吹草二)による。▽前句の諺を、節分の風習(一七二八参照)をいったものと見なし、正真正銘の鬼が通るのであろうか、と疑って付けた。[付]鰯―節分(類)。[俳]鰯のかしらもしんじから・節分。

1723 冬(十二月晦日・年内立春)。▽前句付ふうの難問を、「年の内に春は来にけりひととせをこぞとやいはむ今年とやいはむ」(古今集)に着想を得て解決した付け。犬俤に所収。[俳]十二月。

狗猧集巻第十一

恋

つもるうらみをかたり申さん
1724 白雪のふり[一]ごゝろこそき[二]よくなけれ

朝夕おもふ十八の君
1725 玉[一]札《たまづさ》に杢《まつ》[二]といふ字をほのめかし　慶友

果《くわ》報《ほう》ある身や乗《のる》[一]玉のこし
1726 美女はたゞ氏《うぢ》の無《なき》をもてはやし　重頼

千万年と契るしうげん
1727 妻の持《もつ》かゞみのうらの鶴と亀

ほのぐと車の榻《しぢ》[一]にはひよりて
1728 百《もも》[二]夜《よ》も同じ人[三]まろねせん　慶友

1724 恋(うらみ・ふりごゝろ)。冬(白雪)。一「降る」に「振りごゝろ」をいい掛ける。二 愛想がない。すげない。▽「つもる」に「白雪」をあしらい、いい掛けで仕立てた心付ふうの付け。付積(つもる)―雪(類)。俳ふりごゝろ・きよくなし。

1725 恋(おもふ君・玉札・待つ)。一 手紙。三四参照。二「松」の異体字(三五参照)。松の異称を十八公という。「待つ」に掛ける。▽多感な年頃の娘が、男に「杢(待つ)」と書き送って謎を掛ける、との意。「伐杭の」百韻に所収。参考、「十七八」(せわ焼草一・恋之話)、「鬼も十八」(毛吹草二・誹諧恋之詞)。俳十八。

1726 恋(美女)。一 玉の輿。貴人の用いる美しい輿。▽諺「女は氏なうて玉の輿に乗る」(毛吹草二)による付け。諺ではまた、「眉目(みめ)は果報のもとひ」(同上)ともいう。付果報―眉目(類)、玉の輿―氏なき女(同)。俳果報・美女。

1727 恋(契るしうげん・妻)。▽諺「鶴は千年、亀は万年」(本朝俚諺)を踏まえた付け。新婦の持つ銅製の鏡の裏の文様が、「鶴と亀」だというのである。付千代―鶴亀(類)、契―いもせ(同)。俳千万年・しうげん。

1728 恋(百夜通ひ)。一 牛車(ぎつしや)の牛を取り放した時、轅(ながえ)の軛(くびき)をもたせかける台。二 深草の少将が小町のもとに百夜通った伝説による(謡曲・通小町ほか)。三「人麿」に「まろね(丸寝)」をいい掛ける。後者は、着衣のまま仮寝すること。▽「思ひきや榻のはしがきかきつめて百夜も同じまろねせむとは」(千載集)と人麿の「ほのぐと明石の浦の朝霧に島がくれ行く船をしぞ思ふ」(古今集)による付け。「吹風の」百韻に所収。

1729 恋(あふ・きぬぐ)。一 まるまる。二 鶏。六方詞では「玉子の親爺(おやぢ)」。三 後朝。男女が逢った翌朝の別れ。▽久し

稀《まれ》にあふ夜はを[一]まん丸ねもせいで

1729 [二]玉子のおやがいそぎ[三]きぬ〴〵　貞徳

みすの下より見るは[一]君さま

1730 車にも榻《しぢ》[二]といふ名はこのもしや　同

[一]ひる狐かや又は狸か

1731 真白にけはふ女の高《たか》[二]楊《やう》枝《じ》　同

秋の夕の蚊の[一]しんきさよ

1732 [二]ていどこふとおざらぬ文は露泪《なみだ》　同

尻よりさきに袖はぬれけり

1733 衣《きぬ》[一]〴〵《ぎぬ》の朝《あした》の道の川わたり　一正

[一]しほのなきにぞあきはてにける

1734 老《おい》[二]妻《つま》のおもはれがほのしれわらひ

初《はつ》[一]瀬《せ》の寺にいのりそこなふ

1735 [二]うかりける人にはげしくしかられて

似《に》合《あは》ぬ中と我もはづかし

1736 [一]こむすこと同じ年なる男[二]して

ぶりの逢瀬ゆえの不眠を、鶏が早暁から鳴き立てて別れを急がせるから、と転じた。「まん丸」に「玉子」を連想。俳玉子のおや。

1730 恋(君さま・榻(指似))。一「君」の尊称。ご主君。二 牛車の道具(一七二八参照)。幼児の陰茎「指似」との掛詞。▽起点を示す「より」を、近い意の「寄り」に取成し、「君さま」を恋人に見替えた付け。「指似」と同音の「榻」の名が好ましい、との意。付御簾(すみ)—小車(類)。俳君さま・榻(指似)。

1731 恋(けはふ女)。一 昼間の狐。転じて、日中、人をだます厚顔な人。二 食後などに悠然と楊枝を使うこと。▽昼間からたぶらかす獣を、厚化粧の遊女とした。「高楊枝」が利いている。参考、「仮粧して出る玉藻が姿こそ買手をばかす昼狐なれ」(後撰夷曲集七)。付狐—傾城(類)、楊枝—狸(毛吹草)。俳ひる狐・高楊枝。

1732 恋(しんき・文・泪)。秋(秋の夕・露)。一 いらいらすること。二 必ず来よう。▽いらいらの原因は蚊でなく、来ると言って来ないあなたのせいよ、と涙に濡れた手紙を書き送る、との付け。俳しんきさ・ていどこふ・おざらぬ。

1733 恋(袖ぬらす・衣〴〵)。一 後朝。一七二九参照。▽男色の恋を想定した前句に、川渡りで尻が濡れるより先に後朝の別れが辛くて涙で袖が濡れるのだ、と転じた付け。参考、「恋路、袖ぬらすとも」(藻塩草十六)。付尻—川(類)。俳尻。

1734 恋(しほ・老妻)。一 愛嬌。二 諺「老妻(おひつま)のしれわらひ」(せわ焼草二)による。気味の悪い譬喩。痴笑(しれわらい)は、おろかな様子で笑うこと。▽前句の人物と行動・状態を具体化して、「あきはて」た理由とした。俳しほ・老妻のしれわらひ。

1735 恋(初瀬を祈る・うき人)。一 長谷寺(はせでら)。奈良県桜井市初瀬(せは)にある真言宗豊山派(ぶざんは)の総本山。本尊は観音。一八九〇参照。二 憂き人。つれない人。▽「うかりける人をはつせの山おろしよはげしかれとは祈らぬものを」(千載集)のパロディ。犬俤に所収。付泊瀬(はっせ・せは)—いのる契(類)。俳しからる。

1736 恋(中・はづかし・男)。一 小息子。年若い、親がかりの息子。二 男と交わる。夫を持つ。▽前句の「似合ぬ中」を年齢に特定した付け。息子と同い年の男と恋仲になり、我ながら恥じ入る女の体(てい)。犬俤に所収。俳こむすこ・男す。

1737
ふしをもとめて何うらむらん
銭かねをくれたけならばなびかまし

1738
恋をするがの富士の山ほど
若衆のしほ尻に心まどはして

1739
尻にくひつき思ひはらさん
せめて君のゆぐの虱《しらみ》と生ればや

1740
いく夜かねつるさん用をせん
けいせいの銭にこゝろをつくば山

1741
身をなげしんで思《おもひ》出《で》にせん
君さまの小便水の淵もがな

1742
さはりありつゝ口もすはれず
我君の鼻のながきやきずならん

1743
うそは面の色に見えけり
泪《なみだ》にと硯のすみを目にぬりて

1744
刀を持《もち》て度《たび》〳〵《たび》になく
いくたりか男のもとをのがれ妻

1737 恋(うらむ・なびく)。一 節。心のとまる点。二「呉る」に「呉竹」をいい掛ける。▽恨んでいる相手に、金銭さえ呉れれば靡きますよ、と返答の体(てい)で付けた。犬俤に所収。〔付〕竹―ふし(連珠合璧集)。〔俳〕銭かね。

1738 恋(恋・若衆)。一「す(為)」と「駿河」をいい掛ける。二 男色(なんしよく)の対象となる少年。三 塩田で砂を円く塚のように積み上げたもの。▽「その山(富士)は、…なりは塩尻のやうになむありける」(伊勢物語九段)を踏まえ、「尻」とあるべきところを「しほ尻」とした付け。犬俤に所収。〔俳〕若衆・しほ尻。

1739 恋(思ひ・君・ゆぐ)。一 湯具。腰巻。▽男色を想像させる前句を、巧妙に女色に転じ、俗情に落とした付け。犬俤に所収。〔俳〕尻・くひつく・ゆぐ・虱。

1740 恋(けいせい)。一 傾城。遊女、特に太夫を指す。二 茨城県(常陸国)にある山。歌枕。「尽くす」にいい掛ける。▽古事記等で有名な「新治(にひばり)筑波を過ぎて幾夜か寝つる／かがなべて夜には九夜(ここのよ)日には十日を」の日本武尊と従者の問答による付け。犬俤に所収。〔俳〕さん用・けいせい・銭。

1741 恋(身をなぐ・君さま)。一 恋人。二 願望を示す助詞。▽悲恋を尾籠(びろう)に落とした付け。犬俤に所収(前句の上七「身なげてしぬと」)。〔付〕投(なぐ)る―淵に身(類)。〔俳〕君さま・小便水。

1742 恋(さはり・口すふ・君)。一 月経などによるさしつかえ。二 恋人。▽口づけ出来ない理由を、「鼻のながき」せいに転じた。源氏物語・末摘花のパロディ。犬俤に所収。〔俳〕口すふ。

1743 恋(うそ・泪)。一 表情。▽前句の「色」を彩色のそれと取り、平仲(へいちゆう)の墨塗(すみぬり)説話によって付けた。平仲は女の前で虚泣(そらなき)して見せるため、硯瓶(すずりがめ)を常に携帯したが、ある時、瓶に墨を入れられ醜態を演じた(狂言・墨塗ほか)。犬俤に所収。参考、「へい仲が空鳴もがな時鳥」(毛吹草五)。〔付〕偽(いつはり)―涙の墨(類)。〔俳〕うそ。

1744 恋(妻)。一 逃げ去り、夫婦関係を絶った女。▽前句の「度〳〵になく」理由を付けた。武家では、婿入(むこいり)の時、舅(しゆうと)が刀を引出物(ひきでもの)にしたというから、離縁の場合はそれを返す風習があったか。犬俤に所収。〔付〕刀―暇(いとま)遺女房(毛吹草)、刀―女房のいとま(類)。

1745 つかみつかれてかゞみこそすれ
妻は鷹我《われ》[一]浅《あさ》猿《まし》や雉子の鳥

1746 又ひれふしてなげく別《わかれ》路《ぢ》
唐《から》船《ふね》の帰朝をいつと[一]松《まつ》浦《ら》姫《ひめ》　重頼

1747 六十になれど心はわかやぎて
[一]高《かう》野《や》も今は恋の最《さい》中《ちう》　慶友

1748 [一]八《はち》幡《まん》といふにも人は難《つれ》面《なく》て
[二]男やまめに物おもはする　一正

1749 [一]柳にやれや人の世《よ》の中《なか》
[二]ちは文《ぶみ》を花に付《つく》るはことふりて

1750 やせおとろへて心ぼそしや
[一]かた糸を[二]よる昼となき恋やみに　重頼

1751 三尺ばかり[一]あひを置《おく》中
[二]手拭をなげつけあふも契《ちぎり》にて　貞徳

1752 [一]めのとも今は[二]すかしかねつゝ
[三]小《こ》宰《ざい》相《しやう》の局《つぼね》は終《つひに》身をなげて　同

1745 恋(妻)。一 情ない。「浅間敷、或作二浅猿一」(文明本節用集)。▽前句の動作を夫婦喧嘩の一場面と見定め、強妻を「鷹」、亭主を餌食(えじき)の「雉子」に見立てた。犬俤に所収。

1746 恋(松浦姫)。一 松浦佐用姫。任那(みまな)に赴く途中の大伴狭手比古(おおとものさでひこ)と契りを結び、離別に当り領巾(ひれ)を振って別れを惜しんだ。「待つ」にいい掛ける。▽謡曲・七騎落の「かの松浦佐代姫が、唐船(もろこしぶね)を慕ひ侘びて、渚にひれ伏しゝありさまも」などによる付け。[付]領巾振山―さよ姫(類)。[俳]帰朝。

1747 恋(高野六十・恋)。一 「高野六十、那智八十」(毛吹草二・誹諧恋之詞)による。高野山には六十歳、那智山には八十歳の稚児がいるという俗説。▽老いてますます元気な人物を、俗説によって高野僧と見定めた付け。「伐杭の」百韻に所収。[付]高野―六十の恋(類)。[俳]六十・最中。

1748 恋(難面し・男やもめ・物おもふ)。一 武士などが八幡宮に祈誓する語。二 「男やもめ」のもじりで、「男山」にいい掛ける。男山は京都の南部、綴喜(つづき)郡。山頂に石清水(男山)八幡宮がある。▽武事についての祈誓を恋に転じ、鰥夫の失恋を趣向した。[付]八幡―石清水(類)。[俳]八幡・男やまめ。

1749 恋(ちは文)。春(柳・花)。一 相手に逆らわないで適当に振舞え。当時、遊里で流行した語。二 恋文。▽「柳にやれ」を字義通りに取っての付け。桜に恋文を結ぶのは古臭い、柳の枝に結べ、の意。[付]花―柳(竹馬集)。[俳]柳にやれ・ちは文。

1750 恋(恋やみ)。一 片糸。撚(よ)り合わせる前の、片方の細糸。二 「夜」と「撚る」に掛ける。▽衰弱の身を恋の病ゆえと見定めた付け。「かた糸をよる」は前句の「ぼそし」を受け、序詞的に詠まれたもので、実意はない。[付]痩(やせ・やせる)―恋する身(類)。

1751 恋(中・契)。一 間。二 鯨尺で三尺(約一・一四㍍)が標準。▽諺「思ふ仲のつゞりいさかひ」(毛吹草二)を具現した付け。「三尺」を「手拭」と見たのである。[俳]三尺・手拭。

1752 恋(小宰相の局・身をなぐ)。一 乳母。二 なだめる。三 平通盛の妻。通盛が湊川の合戦で死んだことを聞き、めのとのすきを見て、懐妊中の身を鳴門の海に投じた(平家物語九、謡曲・通盛)。▽「すかしかねる」相手を乳呑児でなく、小宰相の局であると転じた付け。やや説明的。[俳]すかす・小宰相の局。

1753 長刀《なぎなた》や舞《まひ》のごとくにまはす覧《らん》
一静《しづか》がきつていづるほり二川　同

1754 巴《ともゑ》は波のもんでこそあれ
女房をつれたる木一曾の瀬《せ》田《た》軍《いくさ》　重頼

1755 一大原やくめるか二すみのきれざらん
三帯いはひせり身四もちなる人　親重

1756 名は立《たち》次第いざだきつかん
一床《ゆか》しさを目二なしどちにもか三こつけて　一正

1757 恋せじと思ひきられぬうさつらさ
一御《み》手《た》洗《らし》川《がは》でやむはら二うさい　重頼

1758 一兵《ひやう》庫《ご》のもののよ只《ただ》御免なれ
二けがをして行《ゆく》女三房の髪のわ四げ

1759 なんぼ仏一のわかれかなしき
清盛は世にすぐれたる色《いろ》好《ごのみ》　親重

1760 涙の川にはまる夕ぐれ
一舟《ふな》橋《はし》をはづすや親の無分別　正直

1753 恋(静)。一 源義経の愛妾。京都の白拍子(しらびやうし)で、歌舞をよくした。二 京都の中央を流れる堀川。六条の畔には義経の館があった。▽土佐房昌俊は堀川の館を夜討ちしたが、事前に察知され失敗した(平家物語十二)。前句を、夜討ちに対し打って出た静の姿と見た。付長刀―静(類)。俳長刀・静。

1754 恋(巴・女房)。一 源義仲。都で狼藉を働いたため、義経らに攻められて勢(瀬)田に落ち、粟津(あはづ)で討たれた。▽前句の「巴」を人名、「もん(紋)で」を「揉んで」に取成し、主従五騎となるまで巴らが義仲に従った故事(平家物語九、謡曲・巴)により付けた。「揉む」は、大勢が入り乱れ押合うことをいう。付巴―木曾のおもひもの(類)。俳女房・木曾の瀬田軍。

1755 恋(帯いはひ・身もち)。一 洛北叡山麓(一七二五参照)、あるいは洛西小塩(をしほ)山麓の大原が有名。二 酒の異称。三 妊娠五か月目に安産を祈って岩田帯を着ける祝い。四 妊娠している人。▽「大原」を大腹に取成し、帯祝いの宴に転じた付け。付大原―孕(はらみ)女・産前(類)。俳かすみ(酒)・帯いはひ・身もち。

1756 恋(名の立つ・だきつく・かこつく)。一 恋しさ。二 子供の遊戯、目隠し。三 口実にする。▽「立次第」を「名」でなく、動作に見替え、遊戯にかこつけての愛情表現を趣向した付け。付抱(いだく)―目なしどち(類)。俳次第・だきつく・目なしどち。

1757 恋(恋す・思ひきられぬ・らうさい)。一 神社の近くの流れで、参拝者が手や口を清める川。二 気鬱症。恋の病の一種。▽「恋せじと御手洗川にせしみそぎ神はうけずもなりにけるかな」(古今集ほか)のパロディ。恋ゆえの病。付御手洗川―恋をいのる(類)、癆瘵(らうさい)―恋(同)。俳らうさい。

1758 恋(女房)。一 諺「兵庫のものは御免ある」(毛吹草二)による。田舎者だからお許し下さい、の意。二 過失。三 婦人。四 髷。まげ。▽前句の挨拶を、流行の髪型、兵庫髷をした女が、過失をしでかした時のものとした付け。俳兵庫のものは・御免ある・女房。

1759 恋(仏・わかれ・色好)。一 涅槃(ねはん)。▽「仏」を仏御前に取成し、「清盛」を対(むか)わせた。清盛の寵を奪われた祇王(ぎわう)は尼となって奥嵯峨に隠棲、これを知った仏御前も後を追って尼となる(平家物語一)。俳なんぼ・清盛・色好。

1761
染《そめ》色《いろ》も君が小袖はうつくしや
ほるゝおもひはしゅみの山ほど　慶友

1762
きれいなりける芋の葉の露
我妻の楊枝をつかふ口の中　司

1763
軒の下にてとり〴〵に鳴《なく》
端《はし》居《ゐ》してちよつと二子や生《うみ》ぬらん　貞徳

1764
煩悩をこるね覚《ざめ》寒さよ
白雪のふるひ〳〵もよばひして　重頼

1765
心からつくりやまひをながくして
帯は三《み》重《へ》にぞまはる恋やせ　同

1766
そらごとも只世《よの》間《なか》のならひにて
なかうど人ぞえんを定むる　同

1767
いとゞ我《わが》身の恋ぞつもれる
いつかさて君の姿を見なの川　同

1768
打《うち》語《かたる》かげの灯くらふして
虞《ぐー》氏《し》が涙やをさへかねけん

1760 恋(涙・舟橋をはづす)。一万葉集・東歌「かみつけの佐野の舟橋とりはなし親は離(さ)くれどわは離かるがへ」や謡曲・舟橋で知られる悲恋説話による。▽「涙の川」の譬喩表現を実に取って、説話で付けた。親に舟橋をはずされた二人は溺死する。俳はまる・無分別。

1761 恋(君・ほるゝおもひ)。一須弥山(しゅみせん)。仏教で、世界の中心に位置し、大海に聳える高山とされる。程度がはなはだしいことの譬喩に用いられる。▽全くの心付。俳小袖・ほる。

1762 恋(妻)。一歯を清潔にする道具。▽「芋の葉」を「妹の歯」に取成しての付け。前句は七夕の行事の一場面を連想させるが、それを人倫(恋)に転じた。参考、「七夕の歌を書にいものはの露にてかくなり」(藻塩草八)。俳きれい・楊枝。

1763 恋(子生む)。一思い思いに。▽鳥か犬猫の子が鳴いているのを、人間のことに転じた。「端居」は「軒の下」に応じたもの。付鳥々の声―二子産(む)(類)。俳ちよつと。

1764 恋(よばひ)。冬(寒さ・白雪)。一「降る」に「震ひ〳〵」をい い掛ける。▽寝覚めに煩悩を発し夜這いをしたのだが、雪降りで寒さのためがたがた体が震える、との意。参考、ふるふ―夜這(類)。俳煩悩・よばひ。

1765 恋(帯長くなる・恋やせ)。一気の病。心身症。▽心因性の病気を恋ゆえのものと見定め、さらに「ながく」を受けて帯が三重に廻るほど痩せてしまった、と付けた。俳恋やせ。

1766 恋(なかうど・えん)。▽虚偽の横行するのが世の中だという一般真理を、諺「なかうどそらごと」(毛吹草二)による縁談に特定した。付偽(いつはり)―中人(類)。俳なかうど人・えん。

1767 恋(恋・君)。一「見る」に「男女川(みなのがは)」をいい掛ける。後者は筑波山から流れ出る川。▽「筑波嶺(ね)の峰より落つるみなの川恋ぞつもりて淵となりぬる」(百人一首ほか)による。逢いたさ、見たさが募る。付みなの川―恋の淵(類)。

1768 恋(虞氏・涙)。一楚王項羽の寵姫。▽和漢朗詠集や謡曲・千手(せんじゅ)などで流布した詩句「灯暗うして数行(すかう)虞氏が涙(なんだ)、夜深(ふ)けぬれば四面楚歌の声」を踏まえた付け。項羽と虞氏は帳中で四面を包囲する漢軍の楚歌を聞き、領国楚地が制圧されたことを知り、絶望した(史記・項羽本紀)。俳虞氏。

1769 兎《と》角《かく》[一]なにはのうらみある人
[二]芦ゞの[三]うすなさけこそ[四]うるさけれ　重頼

1770 [一]鑓《やり》おとがひの人は[二]あやにく
[三]と絶《だえ》つゝとふを[四]長《なぎ》刀《なた》あしらひに　同

1771 先《まづ》[一]引《ひき》出《で》ものの出《いだ》すべき事
[二]聟《むこ》殿《どの》に[三]あはん次第の[四]一《ひとつ》がき　親重

1772 [一]うす情《なさけ》かくる[二]若《わか》衆《しゅ》は[三]すばりにて
[四]星のあふせに一夜ねよかし　徳元

1773 口をひらいてわらふ正月
暦にもおくには見えぬ[一]姫はじめ　貞徳

1774 天狗も恋をするかあやしや
[一]矢のねより憂《うき》身《み》はほそくやせ果《はて》て

1775 双《すご》六《ろく》のさいはこゝろのまゝならで
后や物をおもふもろこし　同

1776 [一]くぜちをいひて送る一筆
妻にたゞいとまをやるも世のならひ

1769 恋(うらみ・うすなさけ)。一「難波の浦」と「何はの恨み」をいい掛ける。後者は何やかやの恨み。二 芦の茎の中にある薄皮。薄いものの譬えにいう。三 中途半端な愛情。四 煩わしい。▽恨みの原因を、中途半端に愛情を注いだため、と見た付け。俳諧性は稀薄。[付]難波―芦(類)。[俳]うすなさけ。

1770 恋(あやにく)。一 長くとがったあご。二 思うにまかせぬこと。三 途切れがちに訪う。四 適当にあしらうこと。▽「あやにく」を、ああ憎いの意に取成しての付け。たまに訪ねたところ、適当にあしらわれて憎らしく思うのである。「鑓」に「長刀」を対(かむ)わせた。[俳]鑓おとがひ・長刀あしらひ。

1771 恋(聟入)。一 祝宴・饗応の時、主人から客に贈る品物。二 聟とのみでは、恋でない。三 饗応する。一六八五参照。四 箇条書き。▽前句を聟引出物と見、「…べき事」の文体から目録の「一がき」を付けた。[俳]引出もの・聟殿・次第・一がき。

1772 恋(うす情・若衆・あふせ)。秋(星のあふせ)。一 一七六九参照。二 一七三八参照。三 窄。肛門が狭いこと。また、そうした若衆のこと。四 七夕のこと。九五四–九六〇参照。▽すばり若衆への口説き文句を趣向した付け。昴星(すばるぼし)によって「すばり」に「星」が付く。徳元千句二、塵塚誹諧集に所収。[俳]若衆・すばり。

1773 恋(姫はじめ)。春(正月・姫はじめ)。一 新年始めて男女が契りを結ぶ日。正月二日。▽「口をひらいて」を暦の口と取り、「わらふ」に「姫はじめ」を付けた。[俳]正月・姫はじめ。

1774 恋(恋・憂身)。一 鏃(やじり)。▽恋する天狗、と判断した理由を付けた。紀州名産の天狗矢ノ根(毛吹草四)による付合。徳元千句四に所収(前句の下七「するかあやしき」)。底本、作者名を欠落。[付]天狗―矢の根(類)。[俳]天狗。

1775 恋(后・物をおもふ)。▽「賀茂河の水、双六の賽、山法師、是ぞわが心にかなはぬもの」(平家物語一)という白河院の言葉が想定される前句を、平治物語・上に見える玄宗皇帝と楊貴妃の后位を賭けた采戦(さいたたかい)に転じた。徳元千句三に所収(付句の下七「なけくもろこし」)。[付]双六―后の位あらそひ(類)。

1776 恋(くぜち・妻)。一 口舌・口説。男女のいい争い。痴話げんか。▽「くぜち」の文を、夫側からの離縁状とした。[付]文―妻の暇(いとま)(類)。[俳]くぜち・一筆・いとまをやる。

1777 歌も妙《たへ》なり[一]紙燭《しそく》一すん
[二]これみつをめす[三]夕がほの花の宿　徳元

1778 やみの夜にさぐりまはせど人もなし
[一]ぬぎすべぎぬてあきれ果《はて》たる　徳元

1779 露にぞくさり果《はつ》る[一]錦木
[二]細布《ほそぬの》の[三]ひとへにおもふせんもなや

1780 あふよは蚊屋を何へだてけん

1781 鳥のなくと起《おき》さはぎつゝ
[一]をんみつの契りも世にや森の陰

1782 骨身にしめてにくき[一]後妻《うはなり》
月くらき屏風の内へしのび入《いり》　望一

1783 刀を腰にさせるさかづき
[一]はたさんと云《いひ》いさかふも中なをり　同

1784 思ふからこそ[一]りんきをばすれ　同

1785 恥を[一]しらみと成《なる》やこつじき
[一]小町こそ花見の比《ころ》に立《たち》出《いづ》れ　重頼

1777 恋(夕がほ)。夏(夕がほの花)。一 室内照明具。底本、「紙焗」。二 惟光。光源氏の臣。三 源氏が通った女の住居。庭に夕顔が咲く。▽一寸燃える間に詠ずる紙燭の歌のことを、源氏物語・夕顔の巻に転じた。紙燭で女からの歌を読む。徳元千句一に所収。付紙燭―夕がほの宿(類)。俳紙燭・これみつ。

1778 雑。一 滑(すべ)らすようにして脱いだ衣服。夜具として上に重ねて寝た。▽手探りするまでいないと分からなかった理由を、闇だからでなく、夜具に着衣がそのまま脱ぎ重ねられていたから、と転じた。源氏物語・空蟬(うつせみ)の巻の面影。徳元千句六に所収(付句の下七「あきれ果つゝ」)。内容は恋。

1779 恋(錦木・おもふ)。一 陸奥で、男が女に逢いたい時、女の家の門に立てた木片。二 狭布。一六六四参照。三「一重」と「偏」の掛詞。▽「錦木は立てながらこそ朽ちにけれけふの細布胸あはじとや」(後拾遺集)による付け。甲斐のない男の求愛。俳諧性は稀薄である。付狭布(ふけ)―錦木(類)。

1780 恋(あふ)。夏(蚊屋)。▽「蚊屋」一重を砦(とりで)として拒む女に、「なぜなのだ」と歎く男の体(てい)。俳蚊屋。

1781 恋(契り)。一 隠密。隠れて行為すること。▽「爰は山陰森の下、月夜烏はいつも鳴く、しめて寝(お)よれよ、夜はよなかの、うつゝなやなふ」(狂言歌謡・花子(はなご))を踏まえるか。世を忍ぶ恋のあやにく。付烏―森(類)。俳をんみつ。

1782 恋(後妻・しのぶ)。秋(身にしむ・月)。一 後妻(いごき)もしくは妾(めかけ)。▽後妻打(うわなりうち)の風習を付けた。後妻(うわなり)をめとった時、先妻や本妻が親しい女どもをかたらって後妻の家を襲った。「梅やたゞ」百韻に所収。付骨―屏風(類)。俳後妻・屏風。

1783 雑。一 殺す。▽武士の酒盃を、争論落着の時のそれと見定めた付け。俳はたす・中なをり。

1784 恋(中・りんき)。一 嫉妬。▽前句を男女間の痴話喧嘩と見替えた付け。愛情が強ければ、それだけ嫉妬心も強くなるのである。付いさかひ―悋気(りんき)(類)。俳りんき。

1785 恋(小町)。春(花見)。一「知らむ」をもじり、「虱(しらみ)」にいい掛ける。▽「こつじき」を「小町」のなれの果てと見込んでの付け。参考、謡曲・卒都婆小町。付虱―花見(類)、乞食(こつじき)―小町(同)。俳しらみ・こつじき・小町。

花のすがたにかざる侍
1786 聟《むこ》入《いり》の夕《ゆふべ》かすまぬ一賀茂の里
一道心や合戦半《なかば》におこすらん
1787 くみうちしてもいとし若衆
1788 玉《たま》札《づさ》に一下緒《さげを》そへてぞをくりける　良徳
山ぶしは一羽黒の方を心がけ
1789 二口すひまはる三小《こ》児《ちご》大《おほ》ちご　正信
すなほにも一産《さん》の紐《ひも》をやときぬらん
1790 見て面白き二占《うら》のまきもの　良徳
君に見とれて立《たち》もたゝれず
1791 物おもふ内に一しびりやきれぬらん　道職
一新《しん》筆《ぴつ》や古《こ》筆《ひつ》の文字の二目《め》聞《きき》して
1792 小町は智恵のふかき歌《うた》読《よみ》
一千寿の前《まへ》の二袖をひかふる
1793 見めよきや観音堂に参る覧《らん》　重頼

1786 恋(聟入)。春(花・かすむ)。一 京都御所の北東にあり、上賀茂社・下鴨社がある。現在は北区と左京区に所属。▽美しく飾り立てた武将から、聟入する賀茂侍の晴姿に転じた。賀茂侍は三十歳(後世は二十六歳)で娶(めと)ったという(扶桑記勝)。一八六二参照。[付]花—聟(類)、侍—賀茂(同)。[俳]侍・聟入。

1787 恋(いとし・若衆)。一 仏道を修めようとする心。▽平家物語九や謡曲・敦盛のパロディ。熊谷直実は、わずか十七歳の敦盛と組んでこれを討ち、道心を発した。一五九三参照。[付]組(くみ・くむ)—軍場(類)。[俳]道心・合戦・くみうち・若衆。

1788 恋(玉札)。一 刀の鞘につけて下げる紐(ひも)。▽数本の糸を組合わせて紐にすることを組むとか打つという。いとしさのあまり、恋文を組打ちした紐で飾り結び、下緒にして送るのである。[付]組(くみ)・打(うつ)—さげ緒(類)。[俳]下緒。

1789 恋(口すふ)。一 山形県(出羽国)の羽黒山。羽黒派山伏の根拠地。二 接吻する。三 寺院で召使う少年。年少者を「小児」、年長者を「大ちご」という。僧の性愛の対象とされた。▽「羽黒」を「歯黒」に取成し、お歯黒をしている児を目指し、接吻し廻る、と放埒に落とした。[俳]口すふ・小児・大ちご。

1790 恋(産の紐・占)。一 岩田帯を解く。出産する。二 うらないの巻物、秘伝書。▽「産」を「算」(うらないの意)に取成しての付け。「紐」に対して「まきもの」とあしらった。「占」は恋の詞だが、実情はない。[付]算—占(うらなひ)(類)。[俳]産。

1791 恋(君・物おもふ)。一 痺(しび)れ。▽立つことが出来ない理由を、見惚れていたためでなく、物思いに耽っていて足が痺れたためだとした。転じは不十分。[俳]しびり。

1792 恋(小町)。一 最近の人や昔の人の筆跡。二 目利。当時、「目聞(めきき)」(文明本節用集)も通用。▽鑑定しながら、思慮深い詠みぶりと麗しい筆跡に、さすが小町は違う、と感嘆している体(てい)。[付]筆—詩歌(類)。[俳]新筆・古筆・目聞・小町。

1793 恋(千寿の前・見めよし)。一 千手とも。一谷の合戦で生捕られ鎌倉に送られた平重衡(たいらのしげひら)を接待した遊女。駿河国手越(てごし)の長者の娘(平家物語十、謡曲・千手)。二 袖を捉えて引き留める。▽「千寿の前」を千手観音(一八九〇参照)の前に取成し、「袖をひかふる」相手を美形の参詣者に転じた付け。[付]千手(せんじゅ)

とにもかくにもまくる[一]からかひ
1794 若衆のむりをいふこそ[二]本意なれ　宗二

泪《なみだ》の袖は[一]さゞら浪こす
1795 恋すれば[二]末の松山おもひやり

[一]ふのりの上にのする[二]幣《へい》串《ぐし》
1796 祈《き》禱《たう》して[三]はやめ薬や呑《のみ》ぬらん　貞徳

[一]やぐらのぞくもれんぼ也《なり》けり
1797 若衆の足をこたつにさし入《いれ》て

窓さきへ返事もて来る文《ふみ》使《づかひ》
1798 [一]禿《かぶろ》やすらふ[二]のりものゝかげ　親重

さびしさや[一]座《ざ》禅《ぜん》衾《ぶすま》の内ならん
1799 [二]花《はな》子《ご》のむかしおもふ狂言

花よりもたいせつなるは妻ならし
1800 春に[一]ちぎりて団子くふ中

[一]ねごひと月に引《ひく》[二]びんの髪
1801 しのびより[三]ほとゝたゝく枕もと　親重

—観音(類)。[俳]千寿の前・観音堂。

1794 恋(若衆)。一 いい争い。二 本来あるべき姿。▽いい争いに負けてしまうのは、若衆への愛情に流されてである。惚れた弱みをついて無理をいうのが、若衆の常。[俳]若衆・本意。

1795 恋(泪の袖・恋す)。一 細かに立つ波。さざ波。二 陸奥国宮城郡にある名勝。歌枕。▽「君をおきてあだし心をわがもたば末の松山浪も越えなむ」(古今集)による付け。前句・付句ともに俳諧性は稀薄。[付]波—末の松山(類)。

1796 恋(はやめ薬)。一 布海苔・海蘿。藻の一種。難産のとき、妊婦に用いられた。また、伊勢参宮の土産品や御師(おし)の粗品とされた。二 祓(はらえ)に用いる串。三 分娩(ぶんべん)を促す薬。四九五参照。▽前句の謎を安産の「祈禱」と見定め、解決した付け。[付]海蘿—難産(類)。[俳]ふのり・祈禱・はやめ薬。

1797 恋(れんぼ・若衆)。一 櫓、もしくは矢倉。武器を収めておく倉。もしくは、展望などのための高楼。▽前句は謎ふう。建築物の「やぐら」を「こたつ」のそれと取って付けた。[付]矢倉—火燵(こたつ)(類)。[俳]れんぼ・若衆・こたつ。

1798 恋(文返す・禿)。一 遊女に使われる少女。二 駕籠の上等なもの。▽平安期の貴族間、あるいは男女間の「文使」を、遊女(太夫(たゆう))と客の間のそれに見替えた付け。「禿」が「文使」をするのである。[付]窓—乗物(類)。[俳]返事・禿。

1799 恋(花子)。一 座禅をするときにかぶる衣類。二 狂言の曲名。東国に旅をした時、男は美濃国で花子という女となじんだ。後を慕って花子が上京したので、逢うために男は座禅に一夜籠ると妻を偽り、太郎冠者を身代りとするが、見破られてしまう。▽座禅のときの静寂境を、狂言中の人物花子が返らぬ昔を偲(しの)ぶ「さびしさ」に転じた付け。[俳]座禅衾・花子・狂言。

1800 恋(妻・ちぎる・中)。春(花・春)。一 「契る」と「千切る」の掛詞。▽諺「花より団子」(せわ焼草二)による付け。[付]花—団子(類)。[俳]たいせつ・団子。

1801 恋(しのぶ)。一 寝濃い。よく眠ること。二 頭髪の左右両側の部分。三 戸などをたたく音。▽「ねごひ」といっている人物を、月夜に忍んで来た男と見定め、訪れたときの行動を付けた。[付]髪—うたゝねの枕(類)。[俳]ねごひ・びんの髪。

1802 汗くさくなる[一]曾我殿の閨《ねや》
[二]とらごぜの[三]煩《わづらひ》はたゞ[四]ねつきにて　同

1803 お手ひろ〴〵とまねく月の夜
[一]ほに出《いで》て薄《すすき》も我も[二]ざれごゝろ　慶友

1804 契りしは[一]気力づよなる人にして
別《わかれ》をおしみ引《ひく》[二]はだのおび

1805 いつか又あはんとかたる風呂の内

1806 はらのいたみもなをりこそすれ
やすく〱と玉のやうなる子を生《うみ》て　慶友

1807 [一]鳥のはねをもかはす御中　同

1808 夢かうつゝか心うか〱
おもひにはかしらも[一]宇津の山ならん　同

1809 ともすれば夢に日向《ひうが》の事計《ばかり》
泪《なみだ》ねぢきる[一]かげきよがつま　同

1810 涙にそひて汗の[一]したるさ
形見とてはだぎにしたる夏衣《なつごろも》　望一

1802 恋(とらごぜ)。一 曾我兄弟。付句では曾我十郎祐成(すけなり)とする。二 虎御前。大磯の遊女で、曾我十郎祐成の妾となった。三 病気。四 熱病。一六三四参照。▽やや卑猥・尾籠(びろう)の気味のある前句を、妾の虎御前が熱病のためと逃げた付け。付汗－病人(類)。俳汗くさし・曾我殿・とらごぜ・ねつき。

1803 恋(ざれごゝろ)。秋(月の夜・薄)。一 表面に現われる(古今集・仮名序)。二 男女間の痴戯をもいう。▽月夜に手を広げて招くのを「薄」とした付け。風と戯れている薄と同じように自分も戯れよう、との意。付招(まねく)－薄(類)。俳お手。

1804 恋(契る・はだのおび)。一 精神力、あるいは精力の強い人。二 下帯。ふんどし。▽前句では精神力とも精力とも取れる。後者に特定しての付け。俳気力づよ・はだのおび。

1805 恋(あふ)。▽「はだのおび」を取って風呂に入り、別れを惜しみつつ語る体(てい)。付下帯－風呂(類)。俳風呂。

1806 恋(子を生む)。▽胃腸の痛みを、陣痛に取成した。安産ゆえ回復も早いのである。「吹風の」百韻に所収(前句の下七「やがてやみぬる」)。付腹－懐妊(類)。俳子を生む。

1807 恋(中)。一 鳥が翼を接して飛ぶ様で、男女の仲睦まじさの譬喩。比翼の中。▽「玉のやうなる子」を卵に見替え、比翼の譬喩を趣向した。同右に所収。付玉－鶏(類)。俳御中。

1808 恋(夢・心うか〱・おもひ)。一 静岡県(駿河国)の東海道沿いの歌枕。「打つ」にいい掛ける。「かしら打つ」は、頭痛がすること。▽「駿河なる宇津の山辺のうつつにも夢にも人に逢はぬなりけり」(伊勢物語九段)による付け。恋の熱病のため頭痛に襲われたような状態。付宇津山－夢(類)。俳心うか〱。

1809 恋(夢・泪・つま)。一 平景清。一六五四参照。▽舞の景清では、景清は先妻あこおうと別れ、尾張の熱田神宮の大宮司の娘を娶る。その後、頼朝の暗殺に失敗、盲目となりながらも観音の加護があって日向庄を賜り、単身下る、という筋である。ここでは、尾張にとり残され、悲嘆に暮れる後妻を付けた。二〇九参照。付日向－景清(類)。俳泪ねぢきる・かげきよ。

1810 恋(涙・形見)。夏(汗・夏衣)。一 しめっぽさ。▽「したるさ」の理由を具体化した付け。「おのづから」百韻に所収。付涙－形見の衣(類)。俳したるさ・はだぎ。

けふの連歌におほきさしあひ一
1811 おや子ゐるあたりで恋二はなめされそ

琴の音《ね》に似た三味線を引《ひき》ならし
1812 一ごぜは二小《こ》督《がう》の子孫なるらし　貞徳

一枕ざうしに心うかるゝ
1813 恋をたゞせい二少納言が若ざかり

恋ゆへ神にまいる人〳〵
1814 おん中のよかれと文のうはがきし　慶友

むすぶちぎりをかたり給ふな
1815 一懐妊のおびとく迄《まで》は二おもはゆし　一正

世上《せじやう》には結ぶちぎりの隠《かくれ》なし
1816 一そもじを二まつと誰か三いはしろ　同

一りんきは恋の命なるべし
1817 いさかひしめおともさ二夜《よ》の中なをり　同

太刀は男鹿《をじか》の角《つの》靹《つか》一がしら
1818 一夜《いちや》ふす人と我との枕もと　慶友

1811 恋(恋)。一 差(指)合。連俳用語。二 恋の句。▽前句の「連歌」の「さしあひ」を、「おや子」同座での「恋」の句に特定した。「伐杭の」百韻に所収。[付]歌―恋(類)。[俳]連歌・さしあひ。

1812 恋(小督)。一 瞽女。三味線を弾き、歌を唄って米銭を乞い歩く盲目の女。二 中納言藤原成範(しげのり)の娘。高倉天皇に寵愛されたが、平清盛に憎しみを受け嵯峨野に隠れた。中秋名月の夜、勅使源仲国は琴の音をたよりに小督を探しあてる(平家物語六、謡曲・小督)。▽前句の難題を、小督の故事をパロディ化して解決した付け。三四二参照。[俳]三味線・ごぜ・小督・子孫。

1813 恋(枕ざうし・心うかるゝ・恋・せい少納言)。一 春画。付句では「枕の草子」と取る。二「清少納言」と「せい」(命令形)のいい掛け。▽古典の世話化。[俳]枕ざうし・せい少納言・若ざかり。

1814 恋(恋・中)。▽前句の「神」を紙、「まいる人〳〵」を手紙の宛名書きと取って、「おん中」と付け、それに男女の仲を掛けて、二人の幸福を祈る、としたのである。[俳]おん中。

1815 恋(ちぎり・懐妊)。一 岩田帯。一七五五参照。二 顔を合わせるのが恥ずかしい。▽「かたり給ふな」と禁じている理由を、内密にしなければならない恋だからでなく、妊娠中の姿が恥ずかしいから、と転じた。[付]むすぶ―帯(類)。[俳]給ふ・懐妊。

1816 恋(ちぎり・まつ)。一 そなた、の女房詞。二「待つ」と「松」の掛詞。三「言ふ」に「岩代」をいい掛ける。後者は紀伊国日高郡にあり、絞首された有間皇子(ありまのみこ)が枝を結んで歌二首を詠んだ「結び松」の伝説地(万葉集)。▽二人の恋路と同じく世間周知の旧跡「岩代の松」を秀句により裁(た)ち入れた付け。[付]岩代―むすび松(類)。[俳]世上・そもじ。

1817 恋(りんき・恋・めおといさかひ・中)。一 嫉妬。二 駿河国の歌枕「小夜の中山」をいい掛ける。東海道の日坂(にっさか)から菊川の間。▽西行歌「年たけてまた越ゆべしと思ひきや命なりけり小夜の中山」による。[付]いさかひ―悋気(類)、命―小夜の中山(同)。[俳]りんき・中なをり。

1818 恋(一夜ふす)。一 刀剣の柄の先端。▽前句は人麿歌「夏野ゆく牡鹿の角の束の間も妹が心を忘れて思へや」による。妻恋鳥と異名をいう「男鹿」に一夜の契り、「太刀」に「枕もと」を付けた。「伐杭の」百韻に所収。[付]刀―枕本(類)。[俳]靹がしら。

1819　貧《ひん》[一]の盗人腹くだすらん
あまりたゞ恋[二]の歌しき[三]給《たべ》[四]過《すご》し　同

1820　我ばかり物を思ふて[一]たしなみぬ
す[二]ばり若衆も人のゆるさず　慶友

1821　旅にたゞくたびれけりな[一]せいしごし
思ふをむかへとりし[二]呉の国　重頼

1822　あなかしましくならす横笛
しのびゆく夜《よ》半《は》に足手も[一]まめ男　同

1823　春の夜に[一]大らつそくをともし置《おき》
君と[二]会津し待《まつ》ねやのうち　慶友

1824　まん丸な盆のごとくの中にして　貞継

1825　[一]たしなみからに[二]武《ぶ》辺《へん》者《しや》となる
尻よりも先にぬるゝは[三]袖の露　慶友

1826　[一]文殊堂にて衣《きぬ》[二]〳〵《ぎぬ》の月　同

1827　是《これ》観音の[一]御利《り》生《しやう》の春
うれしやなたうとやよひの暇《いとま》乞《ごひ》　同

1819　恋(恋)。一 諺「貧の盗み、恋の歌」(毛吹草二)。二 同上。「鯉」をいい掛ける。三 助詞。ばかり。四 食べ過ぎる。▽下痢の原因を付けた。〔俳〕貧の盗人・腹くだす・しき・給過す。

1820　恋(物思ふ・すばり若衆)。一「窘む」で、苦悩するの意。付句では、「嗜む」と取る。二 男色対象の少年。一七三三参照。▽「我ばかり」「たしなむ」人物を若衆狂いとした。〔俳〕すばり若衆。

1821　恋(西施・思ふ)。一 勢至菩薩のようなすらりとした腰。二 中国、春秋時代の国の一つ。▽「せいし」を、越王勾践(こうせん)から呉王夫差のもとに送られた美女西施(せいし)に取成しての付け。〔付〕勢至―呉王(類)。〔俳〕くたびる・せいしごし。

1822　恋(しのぶ・まめ男)。一 上下にいい掛ける。達者。皮膚の水腫とも取れる。「まめ男」は色好み(一七三二参照)。▽横笛を吹く人物を、手も足も達者な「まめ男」と見定めた。〔付〕笛―忍びありき・あだめく人(類)、色好―笛(同)。〔俳〕まめ男。

1823　恋(君・待)。一「蠟燭(らふそく)」の転。二 陸奥岩代国の一郡名。会津・大沼・河沼・耶麻の四郡の総称でもある。「相図」に掛ける。▽蠟燭は会津の名産品(毛吹草四)。物付(ものづけ)の秀句仕立てであるが、無理のない付け。〔付〕蠟燭―会津(類)、閨―灯(同)。〔俳〕大らつそく・会津(相図)す。

1824　恋(中)。▽やはり会津の名産品である盆(毛吹草四)で趣向した付け。円満な男女の愛情関係。〔付〕盆―会津(類)。〔俳〕まん丸・盆。

1825　恋(袖の露)。一 心掛けゆえに。二 武事のすぐれた人。三 涙の譬喩。▽「たしなみ」を武道ではなく色道、それも男色と取っての付け。「武辺者」も恋の切なさに、まず涙するのである。一七三三参照。〔俳〕尻。

1826　恋(衣〳〵)。秋(月)。一 文殊師利菩薩を安置した堂。二 後朝。一七三九参照。▽「尻」を「師利」(文殊師利)と取って「文殊堂」での恋を趣向した。前句の「露」を実と取って「月」を投げ込んだ。〔付〕尻―文殊(類)、朝露―衣〳〵の涙(同)、露―月(同)。〔俳〕文殊堂。

1827　恋(暇乞)。春(春・やよひ)。一 仏などが衆生を利益(りやく)すること。▽謡曲・熊野(ゆや)の「あら嬉しや尊(たふと)やな。これ観音の御利生なり」による。遠江国池田の宿(しゅく)の熊野は平宗

所はなら一の京《きやう》暦《ごよみ》見て
1828 はるゞと大《だい》国《こく》までの婦《よめ》入《いり》に　玄札

1829 恋《こひ》路《ぢ》なりけり舟《ふな》路《ぢ》也《なり》けり　同

1330 海よりもふかき思ひをいかゞせん　同

1831 あふてこゝろをいつかは一れもの　同

1832 君の口すい一がうやくをねがひにて　同

敵《てき》よりも猶《なほ》こはき女房
1833 う一はなりのいかり来にける其《その》気《け》二色《しき》　由己

1834 小町が歌の夢一想あ二やしき　貞徳

つよからぬ力のほどや見えつらん
1835 き一ぬゞを二かいさまに着て立《たち》帰《かへり》　同

浦をながめて肝ぞつぶせる
1836 後《ご》家《け》は二たびよめ入《いり》ぞする　同

いにしへやね覚《ざめ》に思ひ出《いだ》す覧《らん》

盛に寵愛され、一緒に花見の宴を楽しもうと都に留められるが、詠歌によって暇乞いを許される。俳観音・御利生・暇乞。

1828 恋(婦入)。一 暦は奈良の名産品(毛吹草四)。二「ダイコク(Daicocu)」(日葡辞書)。律令制では、諸国を大・上・中・下の四等級に分ける。延喜式によると十三国が大国。▽奈良暦を見るのを、嫁入りのお日がらを調べるためとした付け。以下一八三まで夢想百韻に所収。俳大国・婦入。

1829 恋(恋路)。▽舟に乗ってはるばる嫁入りする。まだ見ぬ夫に恋心を育てているのであろう。遺句(やりく)。

1830 恋(思ひ)。▽「舟路」を受けて「海よりもふかき」の譬喩表現をとったもの。付海—船(類)。

1831 恋(あふ)。一 腫物。「晴らす」にいい掛ける。▽「海」を「膿」に取成し、秀句で仕立てた付け。いつか思いを晴らそう、の意。付海—腫物(しゆもつ)(類)。俳はれもの。

1832 恋(君・口すふ)。一 吸出膏薬。腫物の膿を吸い出すための膏薬。「口すふ」にいい掛ける。▽三句がらみの気味がある。恋する女の口を吸う、というのが念願だ、の意。付口吸(すふ)—腫物の膏薬(類)。俳すいがうやく。

1833 恋(女房・うはなり)。一 後妻(うはなり)ねたみ、の略。本妻の後妻(一七六二参照)に対する嫉妬。二 様子。表情。▽明快な心付。由己独吟「漆色に」百韻に所収。二四六参照。付敵(かたき)—後妻(類)。俳敵・女房・うはなり。

1834 恋(小町)。一 夢で神仏の啓示により詩歌を得ること。二 不思議だ。霊妙だ。▽古今集・仮名序の小町評「哀なるやうにて強からず。いはゞ、よき女の悩める所有るに似たり。強からぬは女の歌なればなるべし」による付け。小町の夢想の歌は、そうした特色が出ていて霊妙だ、との意。俳小町・夢想。

1835 恋(きぬゞ)。一 後朝。原義の衣服の意に掛ける。二 あべこべ。▽「浦」を「裏」に取成しての付け。女のところから帰った後、初めて裏返しに着ていたことに気付いたのである。付浦—着(きる)物(類)。俳肝つぶす・かいさま。

1836 恋(よめ入)。▽寝覚めに昔のことを回顧する人物を、老人から再婚した女に転じた。寝覚めのたびに初婚のときの記憶が甦るのである。俳後家・よめ入。

狗猧集巻第十二

神祇

1837
つれをかたらひ薪《たきぎ》[一]する山
猿《さる》[二]楽《がく》のおほき春《か》[三]日《すが》の神《じん》事《じ》能《のう》

1838
山《やま》[一]公《く》事《じ》やたゞはてぬ出《いで》[二]入《いり》
祇《ぎ》[三]園《をん》会《ゑ》に[四]わたす跡先あらそひて　徳元

1839
鍋と釜との数の多さよ
御《お》[一]湯《ゆ》だてもするや筑《つく》[二]摩《ま》の神祭　重頼

1840
柱の数は以上六本
鳥井より能の舞台を見渡して　貞徳

1841
[一]さし入《いり》の手《て》[二]水《うづ》がまへに事かきて
草[三]引《ひき》むすびまいる神前　重頼

1837 神祇(春日の神事能)。春(同上)。一 薪を焚く。二 能楽の古称。三 奈良興福寺の修二会(しゆにゑ)の期間中、陰暦二月七日から十四日まで南大門前の芝の上で毎夜催された能(期間は時代により小異がある)。薪の能。金春・金剛・観世・宝生の四座が参加した。▽「つれをかたら」う人々を見物客、「薪」を薪能と見定めての付け。[付]薪─奈良の能(類)。[俳]猿楽・神事能。

1838 神祇(祇園会)。夏(同上)。一 山林・山地に関する訴訟。二 紛争。三 京都の八坂神社の祭礼。八〇四参照。四 山鉾(やまぼこ)や神輿を巡行させること。▽「山公事」を山鉾の鬮に取成しての付け。祇園祭の山鉾の巡行の順番は、六角堂の前で鬮引きをして決める。徳元千句五、塵塚誹諧集に所収(ともに付句の中七「渡る跡先」)。[付]山・公事─祇園会(類)。[俳]山公事・祇園会。

1839 神祇(筑摩祭・御湯だて)。夏(筑摩祭)。一 巫女(みこ)が神の託宣を受けるとき、熱湯に笹の葉を浸して身体に注ぐ儀式。二 近江国坂田郡の筑摩神社の祭礼。四月一日、女たちは関係した男の数だけ鍋をかぶって参詣、奉納する習わしであった。▽謎ふうの前句を巧妙にいなした四手付。参考、「近江なる筑摩の祭とくせなんつれなき人の鍋の数見む」(伊勢物語一二〇段)。[付]鍋─筑摩祭(類)、釜─御湯立(同)。

1840 神祇(鳥井)。▽柱の数が合計六本である例を具体的に示した付け。能舞台にはシテ柱・目付柱・脇柱・笛柱の四本の柱がある。神社の境内に能舞台はよくあり、無理のない着想。[付]柱─鳥井・舞台(類)。[俳]六本・能・舞台。

1841 神祇(まいる・神前)。一 入ってすぐの所。二 社寺に参拝する前に手や口を清める水。三 草を結び合わせて男女の縁や幸福・成功を祈る。▽参拝して祈るのにも賽銭も何もないので、草を結んで祈るの意。前句の「まへ」に付句の「神前」は同字で、差合。[付]手水─仏神の前(類)。[俳]手水・神前。

1842 神祇(天神)。一 京都の通りの名。三条通りの北を東西に走る。昔から針屋が多かった(京雀跡追・人)。▽牛は天神の

1842
針にてなをす牛の煩《わづらひ》
天神や姉[一]が小路を守る覧《らん》　同

1843
住吉[一]の社頭の前はさび[二]わたり
神《じん》事《じ》ははて丶残る松風　宗二

1844
客人《きやくじん》の機嫌を取《とる》は世のならひ
日[一]吉の宮の神事もよほす　重頼

1845
数の車を引《ひく》や山かげ
祇園会の鉾[一]《ほこ》の跡先にぎはひて

1846
あらありがたや国の神[二]〱
わづらひももはや吉[一]田と宮《みや》所《どころ》　親重

1847
高[一]倉の宮をやいはひ[二]初《そめ》つらん
引《ひき》まはしたるしめの長池[三]　同

1848
こ[一]んにちはまだ初春の廿日なり
を[二]そくとまいれ此《この》や[三]はた山　貞徳

1849
親と子の上[一]《かみ》下《しも》を今拵《こしらへ》て
賀[二]茂も糺[三]《ただす》も御《ご》造《ざう》宮《ぐう》なり　同

使わしめ。鍼(はり)で牛の病気を治療するのを、主人である天神が見守る、との付け。「針」の縁からその場を「姉が小路」とした。付針―姉ヵ小路(類)、牛―天神(同)。俳針・天神・姉が小路。

1843 神祇(住吉社・神事)。一 大阪の住吉大社。二 古びて趣がある。▽社頭のさびた様子を、神事の後の人気(ひとけ)のない淋しさに転じた。「社頭の前」の重複表現は、拙い。付住吉―松・松原(類)、松風―住よしの浦(同)。俳社頭・神事。

1844 神祇(日吉宮・神事)。一 比叡山東麓坂本の日吉(ひえ)山王権現。▽「客人」を日吉山王宮の七社の一、客人社に取成しての付け。日吉祭は四月の中の申(さる)の日(増山井)。付客人―日吉宮祭(毛吹草)、客人―山王(類)。俳客人・機嫌・神事。

1845 神祇(祇園会)。夏(同上)。一 山車(だし)の一種、山鉾。八六八参照。▽前句の「山」を山鉾に取成しての付け。山鉾巡行のとき、鉾の前後は引く人々で賑やかなのである。付車―山鉾(類)、山―祇園会(同)。俳祇園会。

1846 神祇(神〱・宮所)。一 上下にいい掛ける。「吉田」は洛東神楽岡の西の地名。吉田神社があり、その根本斎場の大元宮は諸国の神々を勧請(かんじよう)、ここに参拝するとそれらの神々に詣でたことになるという。二 神の鎮座する所。▽吉田神社の神徳で全快した、との付け。付吉田―内外の宮(類)。

1847 神祇(いはふ・しめ)。一 以仁王(もちひとおう)。平家に謀叛(むほん)、宇治から奈良に落ちのびる途中、光明山の鳥居の前で射殺された。二 神として祀(まつ)る。三 上下にいい掛ける。「長池」は宇治と光明山の間にある地名。▽高倉の宮は射殺された所に高倉宮社として祀られた。付宮―注連(しめ)の内(類)。俳高倉の宮。

1848 神祇(まいる・やはた山)。春(初春)。一 今日。二 遅くてもよいからお参りせよ、の意。三 男山。石清水八幡宮がある。一七四八参照。▽八幡山は正月十九日、疫神参りで賑わった。付廿日―八幡花の頭(類、「九月」と注)。俳こんにち・廿日。

1849 神祇(賀茂・糺・御造宮)。一 上下とととのった礼装。二 上賀茂社。三 糺にある下鴨社で、御祖(みおや)の神玉依(たまより)姫を祀る。▽「上下」を衣服のそれでなく、上賀茂社は子の別雷(わけいかずち)の神を祀る。賀茂社のそれに取成しての付け。三二一参照。付上下―賀茂の社(類)。俳上下・御造宮。

1850
にる大豆《まめ》をすくひ上《あぐ》るや大杓子《おほしやくし》
御《お》[一]多《た》賀《が》の宮の神《じん》[二]馬《め》かふ袖

1851
柴と黒《くろ》[一]木《ぎ》ぞもてはこびぬる
野[二]の宮の鳥井い[三]がきを改《あらため》て

1852
人[一]丸の絵をも吉[二]野にこめ置《おき》て
勝手《かつて》[三]の宮《みや》の歌[四]仙をぞ見る　重頼

1853
杖打《うち》捨《すて》ておがむ神[一]がき
くらかりし目も白《しら》[二]ゆふの座頭《ざとう》の坊《ばう》　親重

1854
にえ釜のやけどはこゝやかしこにて
神の御《ご》罰《ばち》かころぶ御《お》[一]湯《ゆ》だて　休音

1855
千げんもむねをならぶる家つゞき
す[一]るがの国の神の宮[二]だち　重頼

1856
海士人《あまびと》もおそれをなすや鰐《わに》[一]の口
礒《いそ》山かげの神の拝[二]殿　同

1857
星のひかりのうつる大象《だいざう》
宮《みや》[一]寺《でら》の軒口よりも暮《くれ》初《そめ》て　同

1850 神祇(御多賀の宮・神馬)。一 滋賀県(近江国)犬上郡にある多賀大社。「御多賀」は俗称。二 神社に奉納した馬。▽「大豆」を馬の飼料と見なし、杓子の縁から多賀社の神馬とした。同社では参拝者に神符とともに杓子をわけた。付菽(まめ)—馬(類)、杓子—お多賀(同)。俳大豆・大杓子・御多賀。

1851 神祇(野の宮・鳥井)。一 竈で蒸し黒くした薪。二 皇女が斎宮になる時こもる宮殿で、洛西の嵯峨にあった。三 斎垣。神社の垣。▽大原女(おはらめ)の頭上に運ぶ「柴と黒木」を、「野の宮の鳥井」の黒木、同所の小柴垣の材料に見替えた付け。一八六八参照。参考、謡曲・野宮(ののみや)。付黒木—野々宮の鳥居(類)。

1852 神祇(勝手の宮)。一 柿本人麿。二 大和国の吉野山。三 吉野蔵王(ざおう)権現に属し、七曲坂にある。四 底本「歌撰」と誤る。▽「人丸の絵」を奉納の「歌仙」絵と見定めた付け。ただし、「歌仙」絵(狩野永徳筆)があるのは子守明神の拝殿で(吉野山独案内四)、「勝手の宮」ではない。付吉野—勝手(かつて)明神(類)。俳人丸・歌仙。

1853 神祇(神がき・白ゆふ)。一 神社のこと。二 白木綿。幣帛(へいはく)。榊・注連縄などにつける幣(ぬさ)。「白む」にいい掛ける。▽祈願が叶って座頭の視力が戻ったのである。付杖突(つゑつく)—座頭(類)、神垣—白木綿(同)。俳座頭の坊。

1854 神祇(神・御湯だて)。一 一八三九参照。▽前句の「にえ釜」を「御湯だて」のそれに見替え、「やけど」したのは神罰が下ったためかと疑った。付釜—御湯立(類)。俳やけど・御罰。

1855 神祇(千げん(浅間)・神・宮立)。一 駿河国の一宮は浅間(せんげん)神社で、富士郡(富士宮市(ふじのみやし))にあり、富士山を御神体とする。二 神社の建物。▽前句の「千げん(軒)」を「浅間」に取成した付け。富士登山表口の大宮は、六月一日から二十日にかけて富士詣で賑わった。付富士—千間(類)。俳千げん。

1856 神祇(鰐口・神・拝殿)。一 鮫(さめ)類の古称。二 礼拝のため本殿の前に造られた建物。▽「おそれ」を神仏への畏怖、「鰐の口」を鰐口(わにぐち)に取成しての付け。付鰐口—仏神前(毛吹草)。俳鰐・拝殿。

1857 神祇(宮寺)。一 神社に属する寺。神宮寺。▽「大象」を軒瓦に型どられた象のことに見替え、宮寺の夕景を趣向した付

1858
みがく春日《かすが》の宮のかなもの
いたゞくは一神さびにける二神子《みこ》の鈴　親重
1859
拝《をが》む神《じん》事《じ》は一ほうかにぞ似る
二こきりこをかしは手《で》にしも打添《うちそへ》て
1860
春は紙子をぬぎ捨《すつ》る床
一夜《や》叉《しゃ》神《じん》に二花の下《した》風《かぜ》吹《ふき》あてゝ　親重
1861
一宮《みや》居《ゐ》をもあがめ置《おき》けん藪の中
二かうの者なり三賀茂のさぶらひ　同
1862
七《しち》代《だい》迄《まで》も連歌師といふ
一天神を床の内にしかけ置《おき》て　慶友
1863
時《し》雨《ぐれ》やむともどりばしすな
一出雲路に行《ゆく》二貧《びん》報《ぼう》の三神《かみ》無《な》月《づき》　一正
1864
うらゝかねがひ猶《なほ》一かのへさる
二山王の宮まいりとて三こりかきぬ　慶友
1865
一めんをもくれぬ二殿の百姓
年《とし》毎《ごと》の三神《じん》事《じ》能《のう》さへ絶《たえ》けらし　同

けか。前句は、疵が癒える時象の肌にできる斑点(星)を詠んだもの。付星―夕(類)、象―宮寺の軒(同)。俳大象。

1858　神祇(春日の宮・神子)。一 古色を帯び、神々(こうごう)しい。「錆ぶ」をいい掛ける。二 巫女(みこ)が神託を告げたり、祈禱する時に鳴らす鈴。▽「かなもの」を「神子の鈴」と見定めた付け。俳かなもの(金物)。

1859　神祇(神事・かしは(拍)手)。一 放下。異形の芸能者が小切子(こきりこ)・編竹(ささら)などを鳴らし、街頭で演ずる滑稽な歌舞・曲芸。二 アズキを入れた五寸ほどの竹筒。楽器の一つ。▽「拝む神事」に「かしは手」、「ほうか」に「こきりこ」の二つの付筋による付け。俳神事・ほうか・こきりこ。

1860　神祇(夜叉神)。春(春・花)。一 仏教で、毘沙門天の眷属として、北方を守護する、容貌醜怪・猛悪な鬼神。二 桜の咲いている木の下に吹く風。▽前句の当為者を「夜叉神」に見替えた。京都下京区の因幡堂東の間に安置する夜叉神は紙衣を着る(類船集ほか)。付紙袍(かみこ)―夜叉神(類)。俳紙子・夜叉神。

1861　神祇(宮居・賀茂)。一 神が鎮座すること(所)。二 剛(ごう)の者。強く勇敢な者。三 賀茂社に奉仕する武士。▽諺「藪に剛の者」(毛吹草二)による付け。「藪」を、下鴨の糺(ただす)の森と見なした。一七六六参照。付藪―剛(かう)の者(類)。俳からの者。

1862　神祇(天神)。一 菅原道真のこと。▽連歌興行の時には、床の間に天神の名号や画像を掛ける(連歌初心抄)。天地開闢のとき生成した七柱の神を「天神七代」と総称するので、「七代」に「天神」を想起、それを道真のことに転じた付け。付天神―七代・連歌(類)。俳七代・連歌師・天神。

1863　神祇(貧報の神)。冬(時雨・神無月)。一 十月には日本中の諸神が出雲大社に集まるとされた。二 当時、「貧乏」と混用。三 上下にいい掛ける。▽戻って欲しくない相手を、人間でなく、貧乏神に転じた。付時雨―神無月(類)。俳貧報の神。

1864　神祇(かのへさる(庚申)・山王の宮)。一 庚申の夜は寝ずに過ごす風習があった。二 日吉(ひえ)神社(一八四四参照)。同社の使わしめは猿(七三参照)で、祭は四月の第二、もしくは中の申の日。三 垢離を掻く。▽庚申待ちを、山王社参拝のための垢離掻きに転じた。「伐杭の」百韻に所収。一八六七参照。付庚申(かうしん)―山

1866 唐《たう》の世の其《その》賢人の出《いで》合《あひ》て
舟にのりたる[一]住よしの神　由己

1867 春の夜の一《いつ》時《とき》もねず待《まち》申《まうし》
うらゝかねがひなを[一]かのへさる　慶友

1868 神は[一]火をいむ物とこそきけ
[二]不思議なは[三]黒《くろ》木《ぎ》の鳥《とり》井《ゐ》小《こ》柴《しば》垣《がき》　貞徳

1869 [一]番《ばん》匠《じやう》は料理のかたも心えて
よくこそけづれ神の[二]かつほ木　同

1870 [一]自《じ》在《ざい》のくさりつよく見えけり
[二]天神の御歌ならばよかるべし　氏重

王(類)、垢離―月日待(同)。[俳]山王。

1865 神祇(神事能)。一 免。災害・凶作の時など、年貢を減免すること。二 領主。三 神社の祭礼に催す能楽。▽年貢の減免の「めん」を「面」に取成し、物理的にも「神事能」が出来なくなったとした。[付]面―能(類)。[俳]めん・百姓・神事能。

1866 神祇(住よしの神)。一 一八四三参照。▽謡曲・白楽天による付合。白楽天が日本人の知恵を測りに来て、漁翁にやり込められる。漁翁は住吉明神と現じて舞楽を奏し、白楽天の船を唐に吹き返す。「漆色に」百韻に所収。[付]住吉―白楽天(類)。[俳]唐・賢人。

1867 神祇(かのへさる)。春(春の夜・うらゝか)。一 一八六四参照。▽恋の前句を、庚申の夜を明かしかねているさまに転じた付け。恋離れ。「伐杭の」百韻に所収。[付]待(まつ)―庚申(類)。[俳]一時・申。

1868 神祇(神・鳥井)。一 火を斎(い)む。汚れをはらい清めた火を使う。二「儀」は当時通用(恵空本節用集大全)。三 皮が付いたままの丸太。▽前句の「い(斎)む」を「忌む」に取成し、野の宮は黒木の鳥居といい、小柴垣といい、いずれも薪になり、火と縁があって矛盾する、ともどいた(とがめた)付け。一八五一参照。[付]神―鳥井(類)。[俳]不思議。

1869 神祇(神・かつほ木)。一 大工。二 神社の屋根の棟木の上に、横に並べて装飾とする木。▽難題ふうの前句を、「かつほ木」を着想することによって解決した付け。[俳]番匠・料理。

1870 神祇(天神)。一 自在鉤(かぎ)。二 天神の名号は、南無天満大自在天神。一八六二参照。▽前句の「くさり」「つよく」を、和歌の修辞上のこと、「自在」を「天神」(菅原道真)のことに取成しての付け。「くさり」は、語と語の連鎖を指す。[俳]自在・天神。

狗猧集巻第十三

釈教　哀傷　述懐《しゆつくわい》　無常

1871 つもる老《おい》をばはたとおどろく
大《おほ》かたは月をもめでじ南無阿みだ　重頼

1872 数珠《じゆず》すりあ一かの水を汲《くむ》桶《をけ》
二をり湯にや祈《き》禱《たう》坊主を入《いれ》つらん

1873 二《ふた》道《みち》やたゞきらふ観音
車一やどり馬とゞめ有《ある》清《きよ》二水《みづ》に　貞徳

1874 蓮一の糸引《ひく》弥陀の手二つゞみ
よぶ声を三中将姫やきかざらん　親重

1875 子は親の恩をたうとく思ふらし
尺《しや》一迦《か》の御《お》前《まへ》におほき花二ざら

1871 釈教(南無阿みだ)。▽「大方は月をもめでじこれぞこのつもれば人の老となるもの」(古今集、伊勢物語八十八段)による付け。老後は後生願いに専念するのである。付老(おひ)―めでこし月・願ふ後の世(類)。俳はたと・南無阿みだ。

1872 釈教(数珠・あか・祈禱坊主)。一 閼伽。仏に供える水。二 居湯。釜のない桶に沸かした湯を入れて入る風呂。▽「あか」を「垢」に取成しての付け。「数珠すり」ながら「祈禱坊主」が風呂に入り、垢を落とすのである。付珠数―山伏(類)、桶―風呂屋(同)。俳あか・をり湯・祈禱坊主。

1873 釈教(観音)。一 牛車を入れておく建物。二 清水寺には仁王門の西北に車宿り・馬留めがあった。▽神仏の祈願・参拝は二道掛けるのを嫌う。その「二道」を交通手段のことに転じた付け。付観音―清水(類)、二道掛(かくる)―神仏参り(同)。俳観音。

1874 釈教(弥陀)。一 蓮の葉からとった繊維。極楽往生の縁を結ぶもの。二 手で打ち鳴らす鼓。小鼓。「手」にいい掛ける。三 当麻(たいま)寺の曼荼羅(まんだら)を蓮糸で織り、極楽往生した女性。▽前句の「手つゞみ」を、人を呼ぶときの手拍子に見替えた付け。弥陀を人間界に引下ろし、「中将姫」と組合わせた滑稽。付蓮―当摩(たえま)(類)、当麻(たへま)―中将姫(同)。俳弥陀・中将姫。

1875 釈教(尺迦)。一「尺」は通用の略字。二 法会(ほうえ)の時、散華(さんげ)に使う花を入れる器。▽前句の親子を、仏と衆生(しゆじよう)の関係に見替えての付け。仏恩に報謝すべく、散華の花皿を用意するのである。参考、「仏は衆生を一子と思(おぼ)しめさるれば」(謡曲・土車)。付親子―仏と衆生(類)。俳恩・尺迦。

1876 釈教(阿みだ)。秋(月影・ながきよ)。一 平氏の旗。「明(あか)し」をいい掛ける。▽「赤はた」を平氏の旗でなく、西方浄

1876
月影も赤はたなびく舟の上
阿みだのむかへうれしながきよ　重頼

1877
只ほうびきのはやる鎌倉
大仏の別《わかれ》に施《せ》行《ぎやう》催ほされ　同

1878
秋の夜かくる蛸《たこ》のれう舟《ぶね》
霧立《たち》て絵《ゑ》馬《むま》はくらき薬師堂

1879
小弓に小矢ぞ身にしめて持《もつ》
愛《あい》染《ぜん》の御《み》戸《と》は野《の》分《わき》に吹《ふき》落《おと》し　徳元

1880
悦《よろこび》をなす野のはらの往《ゆき》来《き》にて
殺《せつ》生《しやう》石《せき》もくだく法力　同

1881
諸道具を入《いれ》てやはこぶ箱根山
物よみならふ寺《てら》住《ずみ》の児《ちご》

1882
地蔵菩薩や下るなら坂
錫《しやく》杖《ちやう》にこの手《て》柏《がしは》の枝をして　貞徳

1883
ぎやうぎわろしと人なしかりそ
観音もぜんたいくせの有《ある》ぞかし　慶友

土から阿弥陀様が迎えに来る(葬礼の)時の旗に見替えた付け。付阿弥陀が峰―月影(類)、旗―葬礼(同)。

1877　釈教(大仏)。春(ほうびき・仏の別)。一 宝引。正月などに行われた福引の一種。二「大仏」と「仏(ほとけ)の別」(六二三参照)をいい掛ける。三 功徳のため貧しい人々に物を施すこと。▽前句の宝引を、涅槃会(ねはんゑ)の際の施行と見定めた付け。付鎌倉―大仏(類)。俳ほうびき・はやる・大仏・施行。

1878　釈教(薬師堂)。秋(秋の夜・霧立)。一 漁船。二 京都市中京区新京極通四条の永福寺。蛸薬師の通称で有名。▽「かく(隠)る」を「掛くる」に取成して、前句の「蛸のれう舟」を「絵馬」の図柄と見成した付け。付蛸―薬師(類)、掛る―絵馬(同)。俳蛸のれう舟・絵馬・薬師堂。

1879　釈教(愛染)。秋(身にしむ・野分)。一 愛染明王。外は忿怒(ふんぬ)の相をし、内は愛で衆生を解脱(げだつ)させる。▽弓矢を持つ人物を愛染明王に見替えた付け。野分のため堂の戸が飛ばされ、吹く風が愛染明王の身に入(し)みるのである。徳元千句六に所収。付矢・弓―愛染(類)。俳愛染。

1880　釈教(法力)。一 下野国那須野の原。「な(為)す」にいい掛ける。二 那須温泉の近くにあり、悪狐の化身玉藻前(たまものまへ)が化した岩と伝える。人々に災をなしたが、玄(源)翁が杖で打ち割って後、災は止んだ(謡曲・殺生石)。▽上述の伝説によって付けた。付那須―殺生石(類)。俳殺生石・法力。

1881　釈教(寺住の児)。一「箱」にいい掛ける。▽「山」を寺と見なし、そこに「諸道具」を運んで学を修めようという「児」を付けた。一八〇四参照。付児―山寺(類)。俳諸道具・児。

1882　釈教(地蔵菩薩・錫杖)。一 奈良市内から、北方、京都方面に出たところにある坂道。二 僧が持つ杖。地蔵菩薩は右手にこれを持つ。三 ヒノキ科の常緑樹。▽「奈良坂の児手柏の二おもてとにもかくにもねぢけ人かも」(宗祇抄ほか)による付け。付柏―なら坂(類)。俳地蔵菩薩・錫杖。

1883　釈教(観音)。一 聖観音・千手観音・十一面観音など、形に従って多くの名称がある。二 総じて。▽「行儀わろし」といっている対象を、人間から「観音」に転じた。従って、叱るわけにはいかないのである。俳ぎやうぎ・観音・くせ。

1884 只永《ながき》日《ひ》のさびしくぞ有《ある》
山寺で月といふ字をかきならひ　一正

1885 ぶつといはざる尻やなからん
人の名に付《つく》[一]あみだ坊[二]文殊院　貞徳

1886 百[一]のおあしをつかひこそすれ
[二]毘《び》沙《しや》門《もん》の気にあふ物は[三]蜈《む》蚣《かで》にて　同

1887 かねにぞ残る人の執心
[一]道成寺《だうじやうじ》かたるをきけばおそろしや　同

1888 文をよみ〳〵涙こぼせり
[一]殊勝なは[二]一向宗のすゝめにて　同

1889 子共の中にまじる悪人
ばくちうち[一]さいのかはらにさまよひて　同

1890 [一]千じゆ観音手のおほき秋
月出《いで》て[二]初《は》瀬《せ》へ参りて鐘聞《きき》て

1891 [一]古具足つゆの中《うち》にはかびはえて
[二]掃《さう》地《ぢ》をもせぬ[三]仏壇の体《てい》　慶友

1884 釈教(山寺)。春(永日)。▽「永日」を「日」の字体に取成し、「さびし」に「山寺」で学ぶ児(ちご)の身の上を付けた。参考、学び―山寺の児(類)、淋敷(さびしき)―山居(同)。

1885 釈教(ぶつ(仏)・あみだ坊・文殊院)。一 僧の住居をいったものが、居住する僧の呼称となった例。二 寺院の呼称が院主の呼称となった例。▽前句を上下に分断、「ぶつ」から「阿弥陀仏」、「尻」から「文殊師利」を連想、前句の意に合わせて人の呼称(実在)にした付け。前句は犬筑波ふうの尾籠の作。〔付〕尻―文殊(類)。〔俳〕ぶつ(仏)・尻・あみだ坊・文殊院。

1886 釈教(毘沙門)。一 御足。銭の異称。二 毘沙門天。須弥山の中腹にあって、仏法を守護、福徳を授ける善神。三 毘沙門天の使わしめ。足が多いところから「百足」とも書く。▽「百のおあし」を百文の銭でなく、蜈蚣に取成しての付け。〔付〕蜈蚣―毘沙門(類)。〔俳〕百・おあし・毘沙門・蜈蚣。

1887 釈教(かね(鐘)・道成寺)。一 和歌山県川辺町にある天台宗の寺。旅の山伏に懸想した娘が、執心のあまり蛇体となって川を渡り、鐘に隠れた山伏を焼き殺した伝説で有名(謡曲・道成寺ほか)。▽「かね」を鐘に取成し、道成寺の伝説で付けた。〔付〕鐘―道成寺(類)。〔俳〕かね(金)・執心・道成寺・おそろしや。

1888 釈教(文・一向宗)。一 宗教上、ありがたく、心うたれる。二 浄土真宗。▽「文」(手紙)を蓮如上人の御文(おふみ)に取成して付けた。〔付〕文―一向宗(類)。〔俳〕殊勝な・一向宗。

1889 釈教(さいのかはら)。一 小児が死後苦しみを受ける、冥途の三途(さんず)の河原。▽さいところも「賽(さい)」というので、賽の河原に博奕打ちを登場させた。俳諧らしい作意。〔付〕子・童―さいの河原(類)。〔俳〕子共・悪人・ばくちうち。

1890 釈教(千じゆ観音・初瀬へ参る)。秋(秋・月)。一 六観音の一。一切衆生を救うべく、千眼・千手を備える。二 長谷寺(一七三五参照)。本尊は十一面観音。▽前句の「手」を、助詞の「て」に取成した付け。〔付〕泊瀬(はつせ・はせ)―観音(類)。〔俳〕千じゆ観音。

1891 釈教(仏壇)。一 古びた甲冑(かっちゅう)。二 当時、掃除・掃治とともに通用。三 底本、「仏檀」。▽「古具足」を仏壇の備品のそれに見替えた付け。梅雨時期には黴びやすい。「伐杭の」百韻に所収。〔付〕具足―仏壇(類)。〔俳〕古具足・かび・掃地・仏壇。

1892 かすむ野の月をながめて里帰《さとがへり》[一]
お児《ちご》風ひく山寺の春　同

1893 詩の上手《じやうず》杉の木《こ》陰《かげ》にやすらひて
もろこし人もまいる初瀬路　望一

1894 魚も仏になりやしぬらん
すし桶《をけ》の上に五輪[一]をつみ置《おき》て　貞徳

1895 [一]きたいにも有兄弟は五百人
[二]らかんを見ればしゆ[三]せうげぞます　良徳

1896 天もやひゞくけふの一[一]戦
まづしきも勧進入《いる》鐘《かね》鋳《い》にて

1897 初《はじめ》も後《のち》もつ[一]まる世《よ》中《なか》
となへみよ南無阿みだ仏ほつけ経　貞徳

1898 姥《うば》のあたりへ子共集《あつま》る
[一]三《さん》途《づ》川《がは》[二]さいのかはらや程ちかき　同

1899 はかなしや玉をぬす[一]まんはかりこと
[二]仏の目をもくじる末の世　同

1892 釈教(お児・山寺)。春(かすむ・春)。一 実家へ帰ること。▽「里帰」の理由を付けたもの。「伐杭の」百韻に所収。[付]里—お児(類)、霞—春風(同)。[俳]里帰・お児・風ひく。

1893 釈教(初瀬まいり)。▽「杉」を二本(ふたもと)の杉と見定めて、「初瀬」を付けた。素直な四手付。「梅やたゞ」百韻に所収。参考、謡曲・玉葛(たまかづら)。一九〇〇参照。[付]詩—高麗人(類)、唐(から)—詩(同)、杉—初瀬(同)。[俳]詩・上手。

1894 釈教(仏・五輪)。一 五輪塔。地水火風空の五大にかたどった墓や供養塔。石造のものが多い。▽「魚」に「すし」、「仏」に「五輪」の付筋による。「五輪」の石を「すし」の重しにすることで、前句の難題を解決した。俳諧らしい作意。[俳]すし桶・五輪。

1895 釈教(らかん)。一 希代。世にもまれなこと。二 阿羅漢。仏教修行に最も達した人。五百羅漢は、釈尊滅後の遺教結集などに来会した五百人の羅漢をいう。三 殊勝気。一八八八参照。▽付筋明快な遺句。[俳]きたい・兄弟・五百人・らかん・しゆせうげ。

1896 釈教(勧進・鐘)。一 近世では、梵鐘(ぼんしよう)新鋳のために、僧が勧進して歩くことが多かった。▽前句の「一戦」を一銭に取成しての付け。「貧者(女)の一灯」と同じ精神なのである。[付]響(ひゞき)—鐘(類)、銭—鐘鋳(同)。[俳]天・一戦・勧進。

1897 釈教(南無阿みだ仏・ほつけ経)。一 窮迫する。▽「つまる」を促音「つ」のことに取成しての付け。[俳]つまる・南無阿みだ仏・ほつけ経。

1898 釈教(三途川・さいのかはら)。一 死後、初七日に渡るとされる川。生前の悪業に応じて苦難を受ける。この川のほとりに亡者の衣を剝ぐ奪衣婆(だつえば)がいる。二 一八九九参照。▽「姥(乳母)」を奪衣婆に見替えての付け。[付]姥—三途川(類)、子・童—さいの河原(同)。[俳]子共・三途川。

1899 釈教(仏)。一 近世初期までは「こ」と清(す)む。二 諺「仏の目をぬく」(せわ焼草二)。神仏を神仏とも思わず悪事を働くこと。▽「玉(宝珠)」を仏像の目玉に見替えた付け。「はかなし」は、前句では不確実さをいい、付句では愚かしさ・あさましさをいう。[付]玉—眼(まなこ)(類)。[俳]くじる。

1900 釈教(初瀬の観音)。一 一八九〇・一八九三参照。▽謡曲・玉葛の「唐土(もろこし)までも聞ゆなる。初瀬の寺に詣でつゝ」による付け。

1900 唐《もろこし》に日本の事も聞《きき》及び　　重頼
たつとくおもふ初《は》一瀬《せ》の観音

1901 道作る奉《ぶ》一行《ぎやう》〳〵《ぶぎやう》を改《あらため》て
跡こそたえね役《えん》二のうばそく　　徳元

1902 気《き》遣《づかひ》もなくありくけだ物
春一日野や慈《じ》二悲《ひ》万《まん》行《ぎやう》の鹿《ろく》三野《や》園《をん》　　同

1903 鼻の穴さへふたがりにけり
木《もく》仏《ぶつ》を見れば行《ぎやう》一基《ぎ》の御《お》作《さく》にて　　重頼

1904 焼《たき》一物《もの》の代《しろ》は高二間やかづらきに
と三よらの寺の風呂のしげさよ　　宗及

1905 観音の前に花さし祈《き》禱《たう》して
日も長《なが》一数《じゆ》珠《ず》をする音二羽山　　望一

1906 滝の水ぬるむやこ一りに取《とり》ぬらん　　同

1907 敵をお一どしの具二足あつぱれ
仏法の守りめなれや四三天王　　親重

1908 たゞしく見ゆる当一宗の札二

付唐土（もろこし）―泊瀬（はつせ）の寺（類）。俳日本・観音。

1901 釈教（役のうばそく）。一 上の命を奉じて執行すること、またその人。二 役小角（えんのおづぬ）などとも。修験道の祖。大和葛城山で修行し、吉野の金峰山（きんぶせん）、大峰を開く。▽前句の当為者を、「道作る」という内容から修験道の祖、役優婆塞と見立てた付け。徳元千句四に所収。俳奉行・役のうばそく。

1902 釈教（鹿野園）。一 現在の奈良公園一帯をいう。二 春日明神の菩薩号をもいう（謡曲・誓願寺）。三 悟りを開いた釈迦が初めて説法した所。▽「けだ物」を、春日社の使わしめ鹿と見ての付け。徳元千句七に所収（付句の上五「春日山」）。付獣（けだもの）―奈良の御祭（類）。俳気遣・慈悲万行・鹿野園。

1903 釈教（木仏・行基）。一 奈良時代の高僧。東大寺大仏の造立や社会事業などで有名。▽行基作の仏像には素木（しらき）で彫りの粗いものが多い。俳鼻の穴・木仏・行基・御作。

1904 釈教（とよらの寺）。一 たきぎの材料。二 葛城山（一七一七参照）の一峰。三 奈良県高市郡明日香村豊浦にあった寺。▽「焼物の代」を探し求める理由を「風呂」と見たのである。付葛城―とよらの寺（類）、薫（きた）物―風呂（同）。俳風呂。

1905 釈教（観音・祈禱・数珠）。春（花・日長（永））。一 上下にいい掛ける。二 京都の清水寺東方の山。清水寺の山号でもある。奥の院の崖下に落ちる音羽の滝も有名。「音」をいい掛ける。▽祈禱のため数珠をする、との付け。「梅やたゞ」百韻に所収。付観音―清水（類）。俳観音・祈禱・数珠。

1906 釈教（こり取る）。春（水ぬるむ）。一 垢離。▽遺句ふうの素直な付け。俳諧性は稀薄。付音羽山―滝（随葉集大全）。

1907 釈教（仏法・四天王）。一「脅す」と「縅し」のいい掛け。後者は鎧の札（さね）を糸や皮でつづったもの。二 甲冑。三 仏法を守護する四神。須弥壇の四隅に位置し、武装する。▽武将を、仏界でのそれに転じたもの。付具足―四天王（類）。俳敵・おどし・具足・あつぱれ・仏法・四天王。

1908 釈教（当宗の札）。一 帰依・所属する宗派。二 神仏の守札。おまもり。▽前句の「四天王」をおまもり札の図柄と見立てた付け。付護（まもり）―札（類）。俳当宗。

1909 菊さく宿の軒にたゝずむ
仙人の姿に似たる[一]はちひらき　望一

1910 [一]さいのかはらや見て帰るらん
田舎よりのぞみて参る[二]誓願寺

1911 山伏もゐるか[一]盧《ろ》山《さん》の雨の夜に
是[二]蘭《らん》省《しやう》の花の[三]ときれう　慶友

1912 見るに猶《なほ》[一]なまぐさぼんと云《いひ》やせん
[二]真《しん》言《ごん》はたゞ[三]まんだばさらだ　同

1913 千本のあはれを歌に読《よみ》出《いで》て
[一]卒《そ》都《と》婆《ば》ながしをする[二]薩摩がた

1914 人こそつどへ蓮池の前
[一]当《たえ》麻《ま》寺《でら》の法事をいそげ[二]ねり供養

1915 大事の[一]香炉われ物ぞかし
[二]仏壇の前にてなどか[三]くるふ覧《らん》　望一

1916 まだ[一]おこなひのきかぬ気ちがひ　同

1917 怨《をん》霊《りやう》のうらみは余《あまり》ふかくして　同

1909 釈教(はちひらき)。一 鉢開。托鉢(たくはつ)して歩く乞食坊主。[付]▽前句の人物を鉢開と見た。「おのづから」百韻に所収。[俳]菊—仙人(類)。[俳]仙人・はちひらき。

1910 釈教(さいのかはら・誓願寺)。一 一八八九参照。二 京都市中京区にある浄土宗西山深草派の総本山。寺内の十王堂には冥途の十王、賽の河原を描いた絵がある(東海道名所記六)。▽京のぼりをした田舎人が、亡き子の成仏を見届けるためか、希望通り誓願寺の十王堂に参詣して帰るのである。[俳]田舎・誓願寺。

1911 釈教(山伏・ときれう)。春(花)。一 中国江西省の山。二 中国の官庁の一つ、尚書省の異称。三 僧侶の斎(とき)にあてる金銭や米。「時」にいい掛ける。▽白楽天の詩句「蘭省の花の時の錦帳の下、盧山の雨の夜の草庵の中」(和漢朗詠集)による。「吹風の」百韻に所収。[俳]盧山・蘭省・ときれう。

1912 釈教(なまぐさぼん・真言・まんだばさらだ)。一 生臭坊主。二 密教の呪文。陀羅尼。三 不動明王の呪文の一つ「南麼三曼多伐折囉赧(なまくさまんだばさらだ)」。▽「なまぐさ」を呪文の出だしに取成しての付け。[俳]なまぐさぼん・真言・まんだばさらだ。

1913 釈教(卒都婆)。一 一九三参照。俊寛らと鬼界が島に流された平康頼は、赦免を祈願して千本の卒都婆に和歌二首を書いて海に流した。二 薩摩国の南方の海浜。康頼の歌に詠まれる。▽平家物語二・卒都婆流による付け。二〇三八参照。[俳]千本。

1914 釈教(当麻寺・法事・ねり供養)。夏(当麻寺のねり供養)。一 奈良県北葛城郡にある真言宗の寺。二 中将姫の忌日、四月十四日に催される迎講(むかえこう)。▽前句を迎講の群集と見ての付け。一八〇四参照。[付]当麻—蓮池(類)。[俳]法事・ねり供養。

1915 釈教(仏壇)。一 香をたく器。陶磁器・金属製などがある。二 底本、「仏檀」。三 激しく動き廻る。▽破れるのを危ぶむ前句に、狂い廻って遊ぶ子供を付けた。以下、一九一八まで「おのづから」百韻に所収。[付]沈香(ちんかう)—仏壇(類)。[俳]大事・香炉・仏壇。

1916 釈教(おこなひ)。一 仏道の修行。▽「くるふ」を正真の「気ちがひ」と取った付けだが、同意気味。[俳]気ちがひ。

1917 雑。▽源氏物語・葵の巻や謡曲・葵上の俤による。葵の上は懐妊中、六条御息所(みやすどころ)の生霊にとり憑かれ、医療や加持祈禱を試みるが験(しるし)なく、産後とり殺される。[俳]怨霊。

1918 又む[一]らさきのうへにわかるゝ　同

1919 主《しゆう》の行《ゆく》衛《ゑ》もしらぬ大酒
むざんなは鎌《かま》[一]田《だ》兵《びやう》衛《ゑ》が最後にて　貞徳

1920 帰[一]るさを送る時[二]にぞ露涙
けふともす火は聖《しやう》霊《りやう》のため　重頼

1921 舟の中でもきかん庭《には》鳥《とり》
死骸をば尋《たづぬ》る水のあはれさよ　同

1922 閻《えん》魔《ま》のかたち拝《をがむ》千[一]ぼん
無《なき》がため卒《そ》都《と》婆《ば》を立《たつ》る五《ご》[二]七《しち》日《にち》　親重

1923 無がためとてなせる善[一]人
ふ[二]さゞきの海士のとぶらひお[三]びたゝし　重頼

1924 うらやましきは法師也《なり》けり
無《なき》玉に尋《たづね》あひたる不[一]思儀さよ　同

1925 海老くふむくひ有《あり》やあらずや
さとりぬる祖[一]師は地獄へ落《おち》ぬかは　慶友

1918 哀傷（わかるゝ）。恋（うらみ・むらさきのうへ）。一 源氏物語の登場人物。光源氏の正妻格として寵愛を受ける。▽源氏物語・若菜下による付け。六条御息所の死霊がとり憑き、病気勝ちのまま四年後に死去する。展開に乏しい付け。

1919 哀傷（最後（期））。一 鎌田兵衛正清。源義朝の臣。▽永暦元年（一一六〇）、義朝と正清は東国に敗走の途次、尾張国内海（うつみ）で長田忠致（おさだむね）に謀殺される。義朝は入浴中、正清は酒席を立ったところを斬殺されるる（無・鎌田）。[付]酒―鎌田（かまだ）（類）。[俳]主・むざんな・鎌田兵衛・最後。

1920 釈教（聖霊）。秋（露・送り火）。一 帰り道。二 死者の霊。底本、「生霊」と誤る。▽後朝（きぬぎぬ）の場面を、盂蘭盆（うらぼん）の送り火の行事に転じた付け。[付]送（をくる）―聖霊（類）。[俳]聖霊。

1921 哀傷（死骸・あはれさ）。▽溺死者の死骸が行方不明の時、鶏を筏に乗せ、鳴き知らせる場所を探せばよいという（和漢三才図会四十二）。[付]鶏（にはとり）―死骸たづぬる（類）。[俳]死骸。

1922 釈教（閻魔・卒都婆）。一 京都市上京区にある千本閻魔堂。日蔵上人（平安中期）が夢の告げにより舟岡山に千本の卒都婆を立て、創建したと伝える。二 死後三十五日目。仏事供養を行う日。▽縁起による付け。[俳]閻魔・千ぼん・卒都婆・五七日。

1923 釈教（善をなす・とぶらひ）。一「善」にいい掛ける。二 藤原房前。鎌足（かまたり）の孫、不比等（ふひと）の子。三「ヲビタタシイ（Vobitataxij）」（日葡辞書）。▽謡曲・海士（あま）による付け。不比等と契り房前を生んだ海女（あま）は、不比等のため竜宮から明珠を奪い返した後、息絶える。大臣となってから房前は、亡母のため種々追善の営みをなす。[俳]善人・ふさゞき。

1924 釈教（法師・玉（魂））。一「儀」は当時通用。一六六八参照。▽「法師」を方士（ほうじ）に取成し、長恨歌や謡曲・楊貴妃を踏まえて趣向した付け。方士は碧落・黄泉等を探索した後、蓬莱宮に楊貴妃の亡魂を尋ねあてる。[俳]法師・不思儀さ。

1925 釈教（むくひ・さとる・祖師・地獄）。一 宗祖。▽画題でも有名な蜆子（けんす）の故事による。「我宗の祖師にこそ、海老を喰ひて発明得道の眼（まなこ）を開き」（杉楊枝三）。[付]海老―祖師（類）。[俳]くふ・祖師・地獄。

1926 [一]利剣ひつさげ弥陀や出《いづ》らん
煩《ぼん》悩《なう》のつよききづなのきれかねて　一正

1927 日のかげは大仏殿にさしうつり
地ごくのけいこしたる[一]重《しげ》衡《ひら》

1928 紙子の袖は露にぬれけり
[一]花をつみ水を手《た》向《むく》る道《だう》心《しん》者《じや》

1929 柳桜も[一]仏になす
西行も[二]遊《ゆ》行《ぎやう》も同じ聖にて　貞徳

1930 あらむつかしや[一]懺《せん》法《ぼふ》のさた
問答は[二]東《とう》岸《がん》居《こ》士《じ》のうたひにて　同

1931 だいてねゝど[一]衾《ふすま》の下へ引《ひき》入《いれ》て　同
座禅の僧がくふ[二]かしき大《ま》豆《め》　同

1932 [一]着《き》笠《がさ》[二]さしがさ皆やぶれてよ
[三]会《ゑ》下《げ》僧《そう》と[四]高野聖といさかひて　貞徳

1933 いつよりも猶《なほ》いはふ[一]元《ぐわん》三《ざん》
[二]大《だい》師《し》をば心長閑《のどか》にあがめゐて

1926 釈教(弥陀・煩悩)。一 南無阿弥陀仏の名号が持つ法力を鋭利な剣にたとえる。▽素直な心付。[俳]利剣・弥陀・煩悩。

1927 釈教(大仏殿・地ごく)。一 平重衡。清盛の四男。▽前句の「日」を「火」に取成しての付け。重衡は治承四年(一一八〇)十二月、清盛の命で南都を攻め、東大・興福両寺を焼き払う(平家物語五・奈良炎上)。それを焦熱地獄の稽古と見たのである。[俳]大仏殿・地ごく・けいこ・重衡。

1928 釈教(手向く・道心者)。一 仏前に供える草花や樒(しきみ)。▽庶民の恋の情景を出家者の日常に転じた付け。[付]紙袍(かみこ)—貧僧(類)、露—立花(りつくは)(同)。[俳]紙子・道心者。

1929 釈教(仏・西行・遊行・聖)。一 成仏させる。二 時宗の総本山遊行寺の住職。▽謡曲の遊行柳・西行桜による付け。前者では、芦野の遊行柳の精は、遊行上人により成仏する。後者では、庵室の桜に都の人々が花見に押寄せるのを厭い、西行が桜の罪科を歌で責めると、桜の精が夢に現われ、無実を訴えて語り舞う。[付]柳—遊行(類)、桜—西行(同)。[俳]西行・遊行。

1930 釈教(懺法・東岸居士)。一 罪障を懺悔する法要。二 謡曲名。清水寺参詣の旅人に問われ、僧東岸居士が歌舞を奏しながら法語を説く。▽謡曲の詞章「むつかしの事を問ひ給ふや」による趣向。[俳]あらむつかし・懺法・問答・東岸居士・うたひ。

1931 釈教(座禅の僧)。一 寝具。二 煮焚きした大豆。座禅の時、小便を少なくするため食べた。「炊(かしく)」は近世初期まで清音(日葡辞書)。▽座禅衾(一六九九参照)により着想、さらに豆に転じて恋離れとした。[付]衾—座禅(類)。[俳]座禅・かしき大豆。

1932 釈教(会下僧・高野聖)。一 頭にかぶる笠。二 手に持って差す傘。三 寺を持たず、学寮にいる僧。四 高野山を本拠とする勧進聖。▽宗教者を卑俗に転落させた付け。会下僧の用いる傘を会下傘(えげがさ)、高野聖のかぶる大きな笠を高野笠という。[付]傘(からかさ)—会下僧(類)。[俳]会下僧・高野聖。

1933 釈教(大師)。春(元三・長閑)。一 元日、正月三日、あるいは正月三が日をいう。二 慈恵(えじ)大師。天台宗の僧良源。寛和元年(九八五)正月三日に入寂し、元三大師とも称される。▽延暦寺では元日から四日間、元三大師会(え)を営み、横川の大師像を開帳した。[付]元三—横川(よかは)の大師(類)。[俳]元三・大師。

1934
門一徒坊主のしのびぬる比《ころ》
月の夜に帰《き》ニ命《みやう》無《む》量《りやう》の頭《づ》巾《きん》きて

1935
後《のち》迄《まで》もわすれぬ君が情《なさけ》にて
江《え》一口《ぐち》て宿をかりし修《しゆ》行《ぎやう》者《じや》　重頼

1936
一首の歌をよみし山《やま》陰《かげ》
世一を宇治と知《しる》こそ喜《き》撰《せん》法師なれ　同

1937
むせやまひをもなをすまじなひ
老人のつくべき物は鳩一の杖　同

1938
度《たび》〱《たび》申《まうす》壬《み》一生《ぶ》の念仏
忠《ただ》ニ岑《みね》は夢のうき世をおどろき三て　同

1939
はりあひやせん此《この》仏達
弥陀薬師に一ぎりこぶしの木で作り

1940
糸をもちつゝなくばかり也《なり》
無《なき》親のかた見の小袖ほころびて

1941
露一のうき世に執《しふ》心《しん》もなし
一《ひと》ニ筋《すぢ》にねがふ浄土の花の春　望一

1934　釈教(門徒坊主・帰命無量)。恋(しのぶ)。一 浄土真宗の僧。ニ 真宗で勤行の時に読む正信偈(しようしんげ)の冒頭句「帰命無量寿如来」の略で、阿弥陀仏への帰依を表わす。「奇妙」にいい掛ける。▽門徒坊主らしく、月夜に忍び歩く際にも「帰命(奇妙)無量の頭巾」をかぶるのである。付頭巾―坊主(類)。俳門徒坊主・帰命無量・頭巾。

1935　釈教(修行者)。恋(君が情・江口)。一 摂津国の淀川・神崎川が分岐する辺の地名。船泊地として賑わい、江口の君と呼ばれる遊女達がいた。▽西行が、江口の君に一夜の宿を借りようとして拒絶された故事(撰集抄ほか)の反転。俳修行者。

1936　釈教(喜撰法師)。一 喜撰の歌「我が庵は都のたつみしかぞ住む世をうぢ山と人はいふなり」(古今集)による。「宇治」は「憂し」に掛ける。▽喜撰の隠家は宇治市の三室戸(みむろど)の奥と伝える(無名抄)。付貧僧―山陰(類)。俳一首・喜撰法師。

1937　述懐(老人)。一 握りの部分に鳩の形を彫った杖。昔、中国で老臣を慰労するため下賜され、我が国でも八十歳以上の功臣に下賜された。▽噎(むせ)ない鳩にあやかって杖の頭部に鳩を彫り付け、老人用とした(連集良材)。俳むせやまひ・老人。

1938　釈教(壬生の念仏)。一 京都市中京区の壬生寺で、三月十四日から二十四日まで行われる無言の狂言。ニ 壬生忠岑(みぶのただみね)。平安期の歌人。三 気付いてびっくりする。「夢」と縁語。▽「壬生」を「忠岑」に取成し、「念仏」を文字通りの称名念仏と取っての付け。人の世の無常をにわかに観じ、念仏を唱えるのである。付壬生―忠峰(類)。俳壬生の念仏・忠岑。

1939　釈教(仏・弥陀・薬師)。一「握拳」に「辛夷(こぶし)」をいい掛ける。▽「はりあひ」を暴力行為の意に取って、その原因を「こぶしの木で作」った弥陀や薬師達だからだ、と付けた。犬俤に所収。俳はりあふ・弥陀・薬師・にぎりこぶし。

1940　無常(無(亡き)親)。▽謎風の前句に、その原因・理由を付けた句。犬俤に所収。俳小袖。

1941　釈教(浄土)。春(花の春)。一 はかないこの世。ニ 一途(いちず)に。▽この世の無常な生をはかなみ、ひたすら極楽往生を願う、との付け。普通、「浄土の花」は蓮華である。「おのづから」百韻に所収。俳執心・浄土。

1942
五月雨の雲や此比《このごろ》さがり松
捨《すて》し水子《みづこ》をひろふ法然《ほふねん》

1943
祈禱をぞする水のかはりめ
殊勝なは二月堂の牛王《ごわう》にて　親重

1944
いせの国より旦那あしらひ
ひろまるや高田《たかだ》門徒《もんと》の法《のり》ならん　同

1945
聞及《ききおよ》ぶ太子《たいし》丹《たん》こそ只《ただ》ならね
がらんに絵の具ぬる天王寺　同

1946
ほうびに出《いだ》す知行折《をり》紙《かみ》
寒き夜に宿かる僧を馳《ち》走《そう》して　貞徳

1947
聞《きく》せつきやうのさゝら上手や
自然《じねん》居《こ》士《じ》出舟をはやく追《おひ》かけて

1948
神をたのみて仏とぞなる
誓願寺弥陀は春日《かすが》の御《お》作《さく》にて　慶友

1949
いはで叶《かな》はぬ時宜《じぎ》もこそあれ
はやくたゞそり捨《すて》ばやな乱《みだれ》髪《がみ》　由己

1942 釈教(法然)。一 枝の垂れた松。京都市左京区一乗寺の松が有名。「さがる」にいい掛ける。二 赤児(あか)。三 浄土宗の開祖、源空。▽謡曲・生田敦盛や御伽草子・小敦盛による付け。法然は賀茂への帰途、下り松の下で二歳ばかりの捨子(実は敦盛の遺児)を拾い、養育する。囲水子・法然。

1943 釈教(祈禱・二月堂の牛王)。春(二月堂の牛王)。一 東大寺二月堂から出す牛王の護符。お水取りのとき汲んだ聖水で貼って参詣者に分ける。▽「水のかはりめ」に、お水取りの行事を趣向。水を汲む井は空井戸だが、若狭国と地下で通じていて、二月七日・十四日の両夜、必ず聖水が涌出するという。付水鳥—二月堂(類)。囲祈禱・殊勝な・二月堂の牛王。

1944 釈教(旦那・高田門徒の法)。一 檀家への対応。二 三重県(伊勢国)津市一身田町にある専修寺(せんじゅじ)を本山とする、浄土真宗高田派。▽「いせ」「旦那あしらひ」から「高田門徒」を想起、その隆盛ぶりを付けた。囲旦那あしらひ・高田門徒。

1945 釈教(がらん・天王寺)。一 中国の戦国時代の国、燕(えん)の太子の名。燕丹太子。二 伽藍。三 四天王寺。聖徳太子の創建。▽「太子丹」を「太子」「丹」の二つに分けての取成付。付太子—天王寺(類)。囲太子丹・がらん・絵の具・天王寺。

1946 釈教(僧)。一 領地を与える際の公文書。「ヲリカミ(Vori-cami)」(日葡辞書)。▽謡曲・鉢木(はちのき)による。旅僧(実は北条時頼)を厚遇した佐野源左衛門常世は、その褒美に本領安堵の上、新しく領地を賜る。囲ほうび・知行折紙・僧・馳走す。

1947 釈教(せつきやう・自然居士)。一 説経。二 竹の先を細かに割った楽器。三 謡曲・自然居士のシテ。洛東雲居寺(うんごじ)の僧。▽自然居士は人買舟から少女を奪い返すため、舞ったり、ささら・羯鼓(かっこ)を鳴らすなどの芸を演ずる。付小編竹(ささら)—自然居士(類)。囲せつきやう・さゝら・上手・自然居士。

1948 釈教(仏・誓願寺・弥陀)。一 一九〇参照。本尊の阿弥陀仏は、春日大明神が仏工に化現(けげ)して作ったと伝える(京童一)。参考、「御本尊は慈悲万行の大菩薩、春日の明神の御作(さく)とかや」(謡曲・誓願寺)。▽難題ふうの前句をみごとに解決した付け。付神—春日(類)。囲誓願寺・弥陀・御作。

1950
仏道や直《すぐ》にと計《ばかり》をしゆらん
かへり点なきしんどくの経　貞徳

1951
女よろこぶ男よろこぶ
煩悩も菩提になるとく法《のり》に　同

1952
春《はる》秋《あき》の両度にまさる時はなし
彼岸は旦那馳走奔走　同

1953
お寺の内に樋《ひ》をぞかけゝる
たゝらにてわきたる鐘やながすらん　同

1954
見たやきゝたや一切の事
経《きやう》蔵《ざう》に残れる法はなき物を　同

道心からというより、鬱陶しいから剃り落したいのである。

1949 釈教(髪そる)。一その時にかなった挨拶。▽「いはで」を「結はで」(一七二参照)、「時宜」を時節の意に取成しての付け。「漆色に」百韻に所収。付結(ふゆ)—髪(類)。俳時宜。

1950 釈教(仏道・しんどくの経)。一真(信)読。経典を省略しないで全部読むこと。▽前句の「仏道」に「しんどくの経」、「直に」に「かへり点なき」と付けた四手付。俳仏道・かへり点・しんどくの経。

1951 釈教(煩悩・菩提・法)。一悟りの境地。▽バレ句ふうの男女のよろこびを、法悦に取成しての付け。恋離れ。俳煩悩・菩提。

1952 釈教(彼岸・旦那)。一檀家。ニ馳走に同じ。忙しく駆け廻ったり、歓待・饗応すること。▽「春秋の両度」から「彼岸」を連想、「まさる」事柄を読経に廻る僧に対する檀家側の饗応ぶりとした。付二八月—彼岸(類)。俳両度・彼岸・旦那・馳走・奔走。

1953 釈教(お寺・鐘)。一竹や木で作った長い管で、水などを流すもの。ニ踏鞴。足で踏んで風を送る大型の鞴(ふいご)。鋳造する時に用いる。▽飲料水や庭の池水などを引くための「樋」を、お寺に相応しく、鐘を鋳造するためのものと転じた付け。付寺—鐘(類)、樋(ひと)—鋳物師(同)。

1954 釈教(経蔵・法)。一寺院で、一切経などの経典を納めておく蔵。▽前句の好奇の心を、「一切」の言葉の縁から、仏道上の向学心に特定した付け。「法」は重複を嫌ったための語で、経を指す。付一切—経(類)。俳一切・経蔵。

（犬子集　四）

狗猧集巻第十四

雑　上

前[一]わたりする人にだきつく

1955 橋板をすべる御《お》[二]主《しゅう》の供をして

芦《あし》間《ま》のはたけ誰《たれ》つくるらん

1956 百姓の跡もな[一]にはのうらさびて

橋の板をも引《ひく》かとぞ見る

1957 大《おほ》鼠《ねずみ》長[一]《な》柄《がら》の里にあつまりて

1955 雑。一 恋する女の家の辺を行ったり来たりすること。二 御主君。▽前句の「前わたり」を先に渡るの意に取成し、渡橋する主従のこととした付け。恋離れ。付前渡―橋の供養・瀬ぶみ(類)。作だきつく・御主。

1956 雑。一 難波の浦。歌枕。大阪市の上町台地西側に面した海域。現在は陸地。「心寂(うらさ)びて」にいい掛ける。▽「芦間のはたけ」を「なにはのうら」の現況と見定め、百姓を点出した四手付。付芦―難波(類)。作はたけ・百姓。

1957 雑。一 大阪市大淀区長柄。孝徳天皇在位の九年間(大化元年(六四五)―白雉五年(六五四))、長柄の豊碕(とよさき)に朝廷が置かれた。橋でも有名な歌枕。▽高倉宮(一八四七参照)・源頼政の勢が、宇治川の橋板を引き去って平家の大軍を防ごうとした「橋合戦」(平家物語四)の状景を、荒唐無稽な異類物の世界に転じた付け。遷都の予兆として鼠の群が難波に大移動したという日本書紀二十五の記述を踏まえ、「長柄の里にあつま」る、としたのである。付橋―長柄(類)、引―鼠(同)。作大鼠。

1958 雑。一 武蔵国住の武士、岡部六弥太忠純(おかべのろくやたただずみ)。▽一谷の合戦で、薩摩守忠度(ただのり)は落ちて行くところを六弥太に追い掛けられ、討たれる(平家物語九)。忠度の姿を発見、六弥

1958
岡辺《をかべ》を見れば走《はしり》こそすれ
[一]六弥太が身のかんにんやならざらん

1959
[一]茶《ちや》湯《たう》釜《がま》でも魚をこそにれ
川水をこさでも桶《をけ》に入《いれ》て来て

1960
山ふかみ[一]くはつくと水の落《おち》て来て
庭鳥ながす川上のさと

1961
[一]鬧敷《いそがしき》ときゐぼしをなきそ
聞《きき》ふるす[二]おさな名こそは呼《よび》よけれ

1962
あつまる人の長《たけ》の高さよ
御座敷の歌《うた》読《よみ》は皆上手にて

1963
春夏秋をつなぎとめばや
青柳や蓮や薄《すすき》の糸もちて　貞徳

1964
目もとを見つゝひやしこそすれ
[一]伯《はく》楽《らく》の馬を川辺に引《ひき》入《いれ》て　同

1965
座敷の前後かこふむら竹
名をえたる[一]東《とう》坡《ば》が書《かき》し屏風《びやうぶ》の絵　重頼

太は思わず走って追い掛ける、との意。鷹筑波によると、前句の上七は「岡辺をさして」で、玄旨の作。付岡部―六弥太(類)。俳六弥太・かんにん。

1959　雑。一 仏前・霊前に供える茶を煎じ出す釜。参考、「茶湯桶(ちやたうをけ)」(恵空本節用集大全)。▽「茶湯釜」で不釣合いな魚を煮た原因を、たまたま魚もそのまま汲んで来たためである、とした付け。付魚―夏川(類)。俳茶湯釜。

1960　雑。一「活々(くわつくわつ)水のわきいづる㒵」(詩林良材四)、「聒々(くわつくわつ)数行のかり、鳴てかまびすしき㒵」(同六)。▽激しい水流を形容する「くはつく」を、かまびすしい「庭鳥」の鳴き声に取成す。付河―水(連珠合璧集)。俳くはつく。

1961　雑。一 当時は「いそがはしき」と読む例が多いが、ここは「いそがしき」。参考、「鬧敷(いそがわしく)」(増補下学集)。二 幼名。▽多忙な時には身なりを構うな、との前句。付句では、「ゑぼし」を烏帽子名(元服後の諱(いみな))と取って、幼名の方が慣れていて呼び易い、とした。二〇六一参照。付烏帽子―名付親(類)。

1962　雑。▽「長の高さ」を身長でなく、歌の格調のことに取成して付けた。「あつまる人」に「御座敷」、「長の高さ」に「歌読は皆上手」の付筋による。俳御座敷・上手。

1963　雑。▽「つなぎとめばや」に、「春夏秋」の糸に縁のある植物を付け、難題を解決したもの。柳は春季で、枝を柳の糸、蓮の花は夏季で、茎からとった繊維を蓮の糸という。薄(すすき)は秋季で、その一種に糸薄がある。

1964　雑。一 中国、春秋時代の人で、馬を見分ける名人。転じて、馬の良否を見分ける者や馬医・博労をいう。▽謎ふうの前句を、冷やし馬のことと見定めた付け。暑気あるいは病気で上がった体熱を下げるべく、馬医か博労が馬の「目もと」で体調・機嫌を測りながら、川で冷やすというのである。俳伯楽。

1965　雑。一 蘇軾(そしよく)の号。中国、北宋の文人。唐宋八大家の一。詩文の他に書画もよくした。▽実際の「むら竹」を、絵のそれに転じた付け。「座敷」と「かこふ」から「屏風」を連想、「むら竹」から「東坡が書し」「絵」を趣向した。画筌(がせん)にも「竹は東坡を以て上とす」として、東坡画の竹が掲げられる。俳座敷・東坡・屏風。

いくつになれどしなれざりけり
1966 [一]はやし置《おく》鱣《うなぎ》のきれの[二]びくめきて　貞徳

なが〱しくもねぶりこそすれ
1967 山鳥の[一]尾《をの》道《みち》酒《ざけ》を[二]給《たべ》酔《ゑひ》て　一正

目すひ鼻すひ[一]口をこそすへ
1968 色〻の魚のかしらを汁にして　貞徳

切《きり》ならべたる麩《ふ》こそ多けれ
1969 見事なは虎の皮又豹の皮　貞徳

むねのけぶりぞやまひとはなる
1970 呑《のみ》こむな只なぐさみにすふたばこ　同

海と川とを殿の[一]こしもと
1971 [二]鮫《さめ》ざや〻又[三]鯰《なまづ》尾《を》のさし刀　同

あぶらは水の中にこそあれ
1972 [一]ほり川や[二]西《にし》の洞《と》院《ゐ》川《がは》見渡して　同

我から人にわるくいはる〻
1973 海士のかる[一]ものしりがほは見《み》苦《ぐるし》や　同

1966 雑。一切るの忌詞。二「搐搦(びくめく)」(続無名抄・下)。びくびく動く。▽人間の年齢をいった「いくつ」を、数量のそれに取成した付け。鱣の生命力は強い。俳びくめく。

1967 雑。一備後国尾道の名産(毛吹草四)。「山鳥の尾」といい掛ける。二飲んで酔う。▽「山鳥の尾」は、万葉集以来、「長し」を導き出す序詞として使われる。二つの付筋をいい掛けで一句に仕立てた付け。付長(ながき)―山鳥の尾(類)、眠(ねむる・ねむり)―酒の酔(同)。俳尾道酒・給酔ふ。

1968 雑。一一七四三参照。▽バレ句ふうの前句を、巧みに飲食いの事に転じた付け。恋離れ。新旧狂歌誹諧聞書(以下、新旧聞書と略記)には前句「めすいくちすいはなをこそすへ」、付句の中七「魚のあたま」の形で所収。付吸(すふ)―汁(類)、口吸(すふ)―鯽汁・鯛の杉焼(同)。俳口すふ・汁。

1969 雑。▽「麩」を「斑(ふ)」に取成して「虎の皮」や「豹の皮」を付けた。付駮(まだら)―虎(類)、虎―竹のふ(同)。俳麩・虎・豹。

1970 雑。▽恋心を譬えていう「むねのけぶり」(御傘)を、実際のそれに転じた恋離れの付け。本朝食鑑四では、煙草の害毒に言及し、当時は煙を咽喉の間にとどめ、胃口まで至らぬように吸う、と記す。付煙―たばこ(類)。俳たばこ。

1971 雑。一侍女。小間使。二鮫の皮を巻いた鞘。三切先の部分を両刃にして平たく反らせた太刀。▽前句は、「海と川」をも御主君の僕(しもべ)とする、との意。付句では、「こしもと」を字義通りに取ったもの。参考、「つかをにぎればぬめりこそすれ／抜きて見る身は鯰尾の刀にて」(犬筑波集・雑)。付腰―刀(類)。俳殿・こしもと・鮫ざや・鯰尾・さし刀。

1972 雑。一堀川。京都市の中央を南北に流れる川。二堀川よりやや東部を、西洞院通に沿って南北に流れる川。今は暗渠。▽前句を京都市中の地理のことに転じた付け。堀川と西洞院川との間に油小路が南北に通っている。付堀河―油小路(類)。俳あぶら・西の洞院川。

1973 雑。一「藻」にいい掛ける。▽「蜑(あま)のかる藻にすむ虫のわれからと音をこそ泣かめ世をばうらみじ」(古今集、伊勢物語六十五段)による付け。俳わるし・ものしりがほ。

1974 名計《ばかり》残《のこる》のこりおほさよ
一などかゝぬ源氏の中の二雲がくれ　同

1975 十六迄《まで》は一かうけんもなし
聞《きき》初《そむ》る源氏の巻の二玉かづら　同

1976 まけに成《なり》たる相撲あらそひ
国の名の一相《さ》撲《がみ》の文字を書《かき》ちがへ　同

1977 一四《よつ》の海迄《まで》君のお二仕《し》置《おき》
三書《かき》出《だし》の硯は左右前後　同

1978 上は下下は上にや成《なり》ぬらん
膝にはかしら手には一肘《ひぢ》尻《しり》　同

1979 ぼさつをば尻のあたりに一いま〱し
かたへ引《ひき》上《あげ》もて米ぶくろ　貞徳

1980 一牛《ご》王《わう》共《とも》しらでよりぬる二もとゆひに
三竹田の子ども四火もじぐさする　同

1981 一本《ほん》卦《け》とりこそ二口たゝきなれ
かくし置《おく》わが年やたゞあらはれん　同

1974 雑。一源氏物語。二同上の巻名。巻名だけで本文なく、光源氏の死を暗示しているという。▽句意明瞭。参考、「雲がくれ六条(帖)は名ありて実なし。…／月さへもじやく(寂)は雨なり雲がくれ」(源氏鬢鏡・雲隠)。俳源氏。

1975 雑。一後見。後ろだてとなって世話すること(人)。二源氏物語の巻名。夕顔と頭中将の遺児玉鬘(二十一歳)は、北九州等を漂泊の末、長谷寺で右近(夕顔の侍女、後、源氏に仕える)と再会。花散里を後見に源氏の養女として迎えられる。▽玉鬘は、並びの巻を除くと十七巻目に当る。前句の「十六」を巻数と取って付けた。俳十六・かうけん・源氏・玉かづら。

1976 雑。一「相摸(さがみ)」(印度本節用集ほか)。▽「相撲あらそひ」を「文字」のそれに取成した付け。俳相撲・文字。

1977 雑。一四海。天下。二取り締まること。采配すること。三室町時代、官途受領を認める際などに出した簡単な文面の公文書。▽「海」を「硯」のそれに取成しての付け。「左右前後」で「四の海」となる。付海―硯(類)。俳お仕置・書出・左右。

1978 雑。一肘の中央の関節の部分。▽難題ふうの前句を、肢体の部分の呼称によって解決した付け。下半身にある脚の膝には、上半身にある頭の名が付いているし、上半身にある腕の肘には、下半身にある尻の名が付いている。俳肘尻。

1979 雑。一忌み嫌うべきだ。▽「ぼさつ(菩薩)」を米の異名と取っての付け。付ぼさつ―米(類)。俳ぼさつ・尻・米ぶくろ。

1980 雑。一牛王宝印。熊野神社・東大寺ほかから出す厄除の護符。一九四三参照。二髻(もとどり)を結い束ねる紙撚(こより)。三竹田昌慶(南北朝期)に始まる医家の名門で、牛黄円(ごおうえん)を家伝の秘薬とする。参考、「竹田ノ牛黄円」(毛吹草四・山城名物)。四火廻し。子どもの遊び。数人が車座になって、火を付けた紙撚などを順番に手にもち、尻取りなどの言葉遊びをする。▽護符で撚った元結で「火もじぐさ」をするとの意。「牛王」を牛黄円と取り、「竹田の子ども」と付けたもの。付竹田―牛黄円(ごわうゑん)(類)。俳牛王・もとゆひ・火もじぐさ。

1981 雑。一還暦(六十一歳)の人。生年と同じ干支(えと)の年、すなわち本卦に返った人。二おしゃべり。▽年齢がわかってしまった原因を、おしゃべりのためとした。俳本卦・口たゝき。

1982
ありきながらも聞《きく》笛の声
[一]清《きよ》経《つね》の能の[二]出《で》はこそ大事なれ　重頼

1983
貴《たつと》かりけり峰の[一]月《ぐわち》輪《りん》
見《み》物《もの》とは樹《き》有《ある》をもつて[二]ゆふは山　同

1984
神と仏はすこしへだゝる
額よりは目は程ちかき物なれや　慶友

1985
なのらずとても身は賤《しづ》の果《はて》
[一]朝倉や[二]木《き》の丸《まる》鞘《ざや》のさびがたな　同

1986
正《しやう》体《だい》もたゞ[一]浪のうき舟
[二]橘《たちばな》の小《こ》島《じま》酒《ざけ》にや酔《ゑひ》ぬらん　同

1987
公家衆がたで見る沓《くつ》冠《かむり》
よまれたる歌の[一]一《いつ》体《たい》おもしろや　重頼

1988
[一]天《てん》竺《ぢく》よりや秋は来にけん
牢《らう》人《にん》と目には[二]さやかに見《み》苦《ぐるし》や　慶友

1989
[一]古川の辺《べ》に家《いへ》居《ゐ》をやせん
[二]二《ふた》本《もと》の杉の丸太を柱にて　慶友

1982　雑。一 世阿弥の作。家臣から夫、平清経の入水(じゅすい)の報告を受けた妻が寝に就くと、夫の霊が夢に現われ、入水までの経緯と修羅道の苦しみを伝える。二 出端。能の後場で精霊などが登場する際の囃子。▽「笛」を能楽のそれと見定めた。清経は笛を嗜んだ。[付]笛―清経(類)。[俳]清経・能・出は。

1983　雑。一 満月。円満な境地をもいうが、ここでは愛宕山腹にある月輪寺を指すか。二 夕端山。夕方眺められる、連山の端の山。「言ふ」といい掛ける。▽「山高きが故に貴からず、樹有るを以て貴しと為(す)」(実語教)による。[俳]月輪・見物。

1984　雑。▽「神」を髪、「仏」を目の仏(瞳(ひとみ))に取成しての付け。前句は諺「神と仏は水波の隔て」(毛吹草二)によったもの。「吹風の」百韻に所収。[付]仏―目(類)。

1985　雑。一 斉明天皇の西征の時に行宮(あんぐう)を置いた所。福岡県(筑前国)朝倉郡。二「木丸殿」に「丸鞘」をいい掛ける。前者は丸木造りの宮殿。後者は肉厚の太刀身を納めるよう断面を楕円形にした鞘。▽神楽歌の朝倉や新古今集十七の「朝倉や木の丸殿にわが居れば名のりをしつつ行くは誰が子ぞ」により、刀のことに転じた付け。[付]名乗―木の丸殿・刀(類)、身―かたな(同)、賤―刀の作(同)。[俳]丸鞘・さびがたな。

1986　雑。一「なし」にいい掛ける。二 宇治市の宇治橋南方にあった小島。歌枕。備前産の「小島酒」(毛吹草四)にいい掛ける。▽源氏物語・浮舟のパロディ。匂宮と浮舟は同乗、橘の小島に暫く舟を着ける。「吹風の」百韻に所収。[付]橘小島―夜半の浮舟(類)。[俳]正体・小島酒。

1987　雑。▽前句の「沓冠」を歌のことに取成しての付け。「沓冠」は、和歌の各句の冒頭・末尾に一音ずつ順番に十音の語句を詠み込んだもの。[付]公家―歌(類)。[俳]公家衆・沓冠・一体。

1988　雑。一 インドの古称。二 明らか。▽「秋来ぬと目にはさやかに見えねども風の音にぞ驚かれぬる」(古今集)のパロディ。古来、和歌では、秋は西から来るものとされた。[付]天竺―牢人(類)、西―秋風(同)。[俳]天竺・牢人。

1989　雑。一 昔から流れている川。二 初瀬の有名な「二本の杉」に掛ける。▽古今集の旋頭歌や源氏物語・玉鬘の歌「二もとの杉のたちどをたづねずはふる川のべに君を見ましや」などによ

1990 おどりのさきに見ゆるねり物
膏《かう》薬《やく》をあたまのはれに付《つけ》置《おき》て　同

1991 都の伝《つて》は今ぞうれしき
くりはらのあねいもうともけな気《げ》にて　同

1992 みちのくへ腰《こし》引《ひき》人《びと》のたどりきて
足にいでたるつぼの石ぶみ　重頼

1993 ほそき流《ながれ》の溝の多さよ
番《ばん》匠《じやう》のけづる敷《しき》居《ゐ》に水もりて　一正

1994 世《よの》間《なか》は次《し》第《だい》〳〵《しだい》にすりきりて
さゝらの竹のみじかくぞなる　徳元

1995 身の毛もよだつ懺《せん》法《ぼふ》の声
猿《さる》楽《がく》にうてる太鼓は面白や　貞徳

1996 たそこひといふ声は楊貴妃
をしのくる九華の帳《ちやう》やおもからん　同

1997 糸ほどになる縄ぞあやしき
蜘《くも》舞《まひ》や高きところへあがる覧《らん》　同

る付け。付古川のべ―二本の杉(類)。俳丸太。

1990 雑。一 祭礼の時などにねり歩く行列。▽「おどり」を乳幼児の頭のひよめき、「ねり物」を膏薬に取成しての付け。「吹風の」百韻に所収(付句の中七「あたまのつぢに」)。付踊―童の頭(類)、練物―膏薬(同)。俳おどり・ねり物・膏薬・あたまのはれ。

1991 雑。一 ことづて。二「栗原の姉歯」をいい掛ける。宮城県(陸奥国)栗原郡。三 健康。▽「栗原のあねはの松の人ならば都のつとにいざといはましを」(伊勢物語十四段)のパロディ。恋の句とすべきところ。付栗原―都のつと(類)。

1992 雑。一 びっこ。いざり。二 壺の碑。坂上田村麻呂が蝦夷征伐のとき建てたと伝承される幻の古碑。歌枕。万治・寛文頃、多賀城碑が発掘され、壺の碑と同一視された。▽前句の「腰引」の原因を、出土した「つぼの石ぶみ」を引摺るためと付けた。付蝦夷陸奥・信夫陸奥―壺の石文(類)。俳腰引人。

1993 雑。一 大工。二 底本、「敷井」。▽「溝」を「敷居」のそれと取って、建築物のことに転じた付け。「多さよ」の対応はうまくいってない。付溝―敷居(類)。俳番匠・敷居。

1994 雑。一 経済的に行詰まる。窮迫する。二 一九四七参照。▽「世間」を「節(よ)の中」、「すりきりて」を摩耗する意に取って付けた。塵塚誹諧集に所収。付世の中―竹(類)、摺(する)―さゝら(同)。俳次第〳〵・すりきる・さゝら。

1995 雑。一 一九三〇参照。二 能楽の古称。一八三七参照。▽謡曲・朝長(ともなが)には、朝長の霊のため観音懺法が読まれる場面があり、その特殊演出は「懺法」と称され、特に太鼓方の秘事とされる。その連想と「身の毛」を受けて「猿楽」を付けた。付太鼓―懺法(類)。俳身の毛よだつ・懺法・猿楽・太鼓。

1996 雑。一 中国の代表的な美女。玄宗皇帝の寵妃。二 美しく飾られた帳(とばり)。▽長恨歌や謡曲・楊貴妃による。玄宗の命により方士が楊貴妃の亡魂を捜索すると、亡魂は海上の仙境(蓬萊山)に建つ宮殿の「九華帳裡」に眠っていた。遺句ふうの軽い付け。恋離れ。一九三四参照。俳たそこひ・楊貴妃・九華の帳。

1997 雑。一 綱渡りの軽業。▽前句の「あやしき」現象を、「蜘舞」で解決した付け。付糸―蜘蛛(類)、縄―蜘舞(同)。俳蜘舞。

1998　一とゝよか二ゝよと朝夕にいふ
鶏や犬飼《かふ》事を三のふにして　同

1999　中のあしきをさていかゞせん
猿まはし通りかぬるや犬のそば　同

2000　一筈《はず》をあはする人のかしこさ
二けつしたる身に薬をや呑《のま》す覧《らん》　重頼

2001　といきつく也《なり》一須磨の海士《あま》人《びと》
二鉄《てつ》枴《かい》が岺《みね》も間近き浦舟に　同

2002　兵《ひやう》具《ぐ》を舟につむ一八島浦
海《あ》士《ま》人《びと》の取《とる》や二魛《たち》魚《うを》三かぶと貝　同

2003　鼠のあるゝ古《ふる》家《いへ》のうち
花火して興《きよう》をもよほす広庭に　同

2004　筆につくせどたらぬことのは
一なりひらの歌を味《あぢは》ふ二古今集　同

2005　一いはけなき身も読《よむ》や二庭訓
三打《うち》ならふ鼓の皮を取《とり》あげて　同

1998　雑。一父をいう幼児語・愛称。二母をいう幼児語・愛称。三能力。▽前句の「とゝ」「かゝ」を「鶏」を呼ぶ時の声「とゝ」、「犬」を呼ぶ時の声「かゝ」に取成しての付け。新旧聞書にも所収。[俳]とゝ・かゝ・のふ。

1999　雑。▽仲の悪いものの譬喩「犬と猿」(皇朝古諺)による付け。句意明瞭。[俳]猿まはし。

2000　雑。一つじつまを合わせる。二「結す」で、便秘するの意。▽上々の心付。症状に合わせて適切な薬を与えるのである。[俳]筈をあはす・けつす。

2001　雑。一神戸市(兵庫県)須磨区。歌枕。二須磨区と明石市との境にある山。六甲山地の西南端に位置する。▽鉄枴は、中国隋代の仙人で、気を吐いて空中に自分の姿を吹き現わした。「といきつく」「須磨」に「鉄枴が岺」を付けた。二四参照。[俳]鉄枴。

2002　雑。一香川県(讃岐国)高松市屋島町辺の浦。源平の古戦場。二「魛魚　たう―」(改正増補多識編、太知宇於、異名)。「魛(たちうを)」(伊京集)。タチウオ科の海魚。全長一・五メートルほどになり、体形は太刀状。三ウニの別称。▽「兵具」を魚貝類に転じた付け。参考、「水の底にも武士はありけり／釣針にかゝりてあがるかぶと貝」(犬筑波集・雑)。[付]海人―浦・舟(連珠合璧集)。[俳]兵具・魛魚・かぶと貝。

2003　▽「鼠」を「花火」のことに転じた付け。鼠花火は、葦の管に火薬を詰め込んだもので、火をつけると地を走り廻る。なお、「花火」は貞門の季寄せでは秋七月なので、雑の部に入れるのは不適当。[付]鼠―花火(類)。[俳]鼠あるゝ・花火・興。

2004　雑。一在原業平(ありわらのなりひら)。平安初期の人で、六歌仙の一。二古今和歌集。延喜十四年(九一四)頃成。紀貫之ら撰。最初の勅撰和歌集。▽古今集・仮名序の業平評「その心余りて言葉たらず。しぼめる花の色なくて匂残れるが如し」による付け。やや説明的で、俳諧味に乏しい。[俳]なりひら・古今集。

2005　雑。一幼い。二一五六二参照。三打ち慣れる。▽幼児の勉学を自主的なものでなく、親などが強いたものとした付け。常日頃、好きで打ち鳴らしている鼓の皮を、親が取り上げて鳴らないようにしてしまったのである。[俳]庭訓・鼓の皮。

伊豆の三島の人のあらそひ

2006 [一]春《しゆん》栄《えい》は兄を従者と偽《いつは》りて　同

道を清めて[一]賓《ひん》客《かく》を待《まつ》

2007 詩の会は[二]白楽天にもよほされ　同

[一]一《いち》文《もん》字《じ》にやかけて行《ゆく》らん

2008 [一]菊つばを[二]備前刀に買《かひ》添《そへ》て　貞徳

[一]二《ふ》人《たり》静《しづか》の能のけんぶつ

2009 [一]年よりの碁には助《じよ》言《ごん》を云《いふ》もなし　同

[一]牛の日したる事ぞ長《なが》引《びく》

2010 えらべたゞ千里をかくる[二]とらの時　同

目くらの杖をつくぞあぶなき

2011 [一]あめ牛《うじ》が角ふりたてゝ行《ゆく》道に　同

[一]気をさんずるは鈴虫の声

2012 [一]望《のぞみ》ぬる[二]侍従の官になされきて　重正

[一]六《むつ》の道もやふさがりにけん

2013 [二]横笛の穴にひとつの指上《あげ》て　貞徳

2006 雑。一 謡曲・春栄(しゆんねい)の主人公。宇治橋の合戦(一九五七参照)で、三島の高橋権守家次の捕虜となる。▽謡曲・春栄によると、増尾種直は弟の身代りになろうと武蔵国から三島にやって来るが、弟春栄は家人(けにん)だと嘘をいって追い帰す。説明に終って作意不足。[俳]春栄・従者。

2007 雑。一 客。二 白居易(はくきよい)。中唐の有名な詩人。▽前句の「賓客」を、皇太子の輔導官のそれに取成し、「白楽天」を付けた。参考、「唐(の)太子賓客白楽天」(和漢朗詠集、平家物語、謡曲・白楽天等)。[俳]賓客・詩の会・白楽天。

2008 雑。一 菊花の形を透かし彫りした鍔。二 備前国住の刀工が製作した刀。▽「一文字」を刀工の一派の名に取成して付けた。一文字派は備前の人、一文字則宗(一一五二—一二一四)を祖とし、則宗は菊一文字と呼ばれた。[付]一文字—刀(類)、菊—一文字の刀(毛吹草)。[俳]一文字・菊つば・備前刀。

2009 雑。一 静御前(一七五三参照)の霊が、自身の乗り移った菜摘女とともに、同じ衣裳で舞を舞い、吉野の勝手社(一八五三参照)の神職に弔いを頼む、という内容。▽前句の「二人静」を、老人が打つ囲碁を黙って見ている様に見替えた付け。二一七四参照。[付]老人—能(類)。[俳]二人静の能・けんぶつ・碁・助言。

2010 雑。一 丑の日。二 寅の時。今の午前四時頃。▽牛は涎をだらだらと長く引き、虎は一日に千里行って、千里帰る(一六六八参照)。干支による対付(たいづけ)。[俳]千里。

2011 雑。一「黄牛　あめうじ」(和名抄)。赤味を帯びた黄色の牛。上等の牛とされた。▽「あぶなき」理由を具体的な状況・場面で付けた心付。[俳]目くら・あめ牛。

2012 雑。一 鬱屈した気分を発散させる。二 令制で中務(なかつかさ)省に属し、天皇に近侍する人。▽「鈴虫」を侍従の異名に取成した付け。参考、「侍従辞退し侍ける秋のころ、虫のこゑを聞てよめる／秋をへて我身ふりぬる鈴虫のよそになるにも音社(こそ)なかるれ」(藻塩草十五・侍従)。[俳]気をさんずる・侍従の官。

2013 雑。一 六道。地獄・餓鬼・畜生・修羅・人間・天上の六つの世界。二 歌口の他に七つの孔(あな)がある。▽ふさがった道を、空気の通路に見替え、「横笛」のことに転じた付け。参考、塞(ふさぐ)—鼠穴(類)。

2014 しぶからくも世をぞ渡れる
山椒《さんしよ》[一]の粉《こ》ひいた倍子《ふし》[二]と売《うり》まはり　　同

2015 [一]しごろくはまだかきも初《はじめ》ず
いろはをば一二三迄《まで》よみおぼえ　　同

2016 閼伽《あか》[一]の水汲《くむ》手こそいたけれ
[二]あつ風呂の[三]かいげの柄共《えども》[四]かどだちて　　同

2017 世に捨《すて》られてなんねんになる
[一]永楽《えいらく》は名をいひ出《いだ》す人もなし　　同

2018 [一]常盤《ときは》の子ども無病《びやう》息災《そくさい》
松の木に此《この》ほど鶴の巣をくみて

2019 [一]むさとあそぶは野辺の草刈
かの岡で銭や此ごろひろふらん　　貞徳

2020 道は[一]らつしもなき愛宕《あたご》[二]山《やま》
打落《うちおと》す[三]茶壺の茶こそ散《ちり》にけれ　　同

2021 [一]伯耆《はうき》の国を出《いづ》るたび人
珍敷《めづらしき》星を見つくる草[二]まくら　　同

2014　雑。一 ミカン科の落葉低木。葉と果実とは香気と辛味が強い。「山椒(さんしやう)」を、さんしよ」(かた言四)。二 五倍子(付子とも)。ヌルデの葉茎にできる虫こぶ。殻はタンニンを多量に含み、渋味が強い。▽かろうじての意の譬喩表現を原義に取って、渋い物・辛い物の代表を付けた。〔付〕からし―山椒(類)。〔俳〕山椒・倍子。

2015　雑。一 四五六。▽年齢の「四五六」を手習の「いろは」の順番に転じた。手習は、当時七歳から。〔俳〕四五六・一二三。

2016　雑。一 一八七三参照。二 熱風呂。三 掻(匙)笥。湯水を汲むための小桶。四 角立つ。角ばる。▽「閼伽」を「垢」に取成し、「風呂」のことに転じた付け。一八七三参照。〔付〕閼伽―風呂(類)、桶―閼伽(同)。〔俳〕あつ風呂・かいげ。

2017　雑。一 永楽銭。永楽通宝。中国明朝(みんちやう)、永楽六年(一四〇八)から二十二年(一四二四)にかけて鋳造された銅銭。わが国に大量に輸入され流通したが、模鋳銭が横行したため、慶長十三年(一六〇八)に使用が禁止された。▽「世に捨られ」たものを、「永楽」銭に特定した心付。〔俳〕なんねん・永楽。

2018　雑。一 常盤御前。源義朝の妾。平治の乱(一一五九)で義朝が敗死、牛若ら三児とともに逃げたが自首、母子の赦免を条件に清盛の妾となった。▽「子ども」を常磐の松に巣を営む「鶴」のそれに見替えた。〔付〕常磐―松(類)、子―夜の鶴(同)。〔俳〕常盤・子ども・無病息災。

2019　雑。一 むやみに。▽「かの岡に草刈るをのこしかな刈りそありつゝも君が来まさむみまぐさにせむ」(和漢朗詠集ほか)の旋頭歌による。「草刈」をして遊ぶ理由を付けた。〔付〕草かり―かの岡(連珠合璧集)。〔俳〕むさと・銭。

2020　雑。一 臈次も無い。めちゃくちゃ。二 一六五五参照。三 葉茶を貯蔵しておく陶製の壺。▽千日詣などで混雑している愛宕山道のさまを「らつしもなき」と詠んだのを、「茶壺」を落して茶が散乱したため、と転じた。〔俳〕らつしもなし・茶壺。

2021　雑。一 鳥取県の西部の旧国名。二 草を結んで野宿の枕とすること。▽「伯耆」を星のことに取り、旅人が国を出る理由を、箒星(彗星)を見つけたからとした。彗星は、古来、中国やわが国で吉凶の変を知らせるものとされた(和漢三才図会二)。

2022 野《の》[一]陣《ちん》の甲《かぶと》ぎ[二]がめきにけり　氏重
うつり虱《じらみ》のつたふくろ髪

2023 お[一]さあひをいつもうしろにおい馴《なれ》て　重頼

2024 浅瀬をしゆる川ばたの者　親重
口をかはかす蛍見の袖

2025 学《がく》[一]文《もん》者《じや》内《ない》[二]熱《ねつ》気《き》にや成《なり》ぬらん　貞徳
ゆびのなき手足やふかくかくすらん

2026 ほ[一]うこにながき小袖着せけり　同
皇《すべらぎ》も福をやあがめ給ふ覧《らん》

2027 大[一]こく殿《でん》をたてしいにしへ　同
若[一]衆の口をすふかとみえにけり

2028 古《こ》[二]今《きん》の上についたかうやく　同
ながく只成《なり》たがりぬる座敷にて

2029 ち[一]やく〳〵ととれ蠟《らふ》[二]燭《そく》の串　同
名の中にいく夜旅ねをいたすらん

2030 武蔵の国をとをる弁[一]慶　同

[付]箒(はうき)―星(類)、旅―草枕(同)。[俳]伯耆。

2022 雑。一 野に陣を張ること。二 きらきらと輝く。▽兜の鉢の鉄片を継ぎ合わせるため大形に作った鋲(びよう)の頭部を星と呼ぶ。前句の「珍敷星」をそれに見替え、「野陣」の景に転じた。[付]星―甲(類)。[俳]野陣・甲・ぎがめく。

2023 雑。一「おさなひ、稚　おさあひとも」(仮名字例)。▽「うつり虱」を、赤児から子守の女に移るそれとした付け。[俳]うつり虱・おさあひ。

2024 雑。▽諺「おふた子に教へられて浅き瀬を渡る」(毛吹草二)による付け。川端に住む者は、いつも背に負う子供によって「浅瀬」を教えることが出来るのである。

2025 雑。一 一六〇九参照。二 内熱。体内にこもって抜けない高熱。▽「口をかはかす」原因を「内熱気」と見定めた付け。蒙求で有名な車胤(しやいん)の故事のパロディ。一六〇九参照。[付]蛍―学びの袖(類)。[俳]口をかはかす・学文者・内熱気。

2026 雑。一 這子。幼児の這う姿に作った人形。凶事を負わせて厄除けとする。天児(あまがつ)。「這孤(はうこ)」(易林本節用集)。▽人間のことを人形に転じた付け。[俳]ほうこ・小袖。

2027 雑。一 大極殿。大内裏の八省院の北部中央にあった正殿。天皇が政務を見、儀式を行う所。治承元年(一一七七)焼失、以後再建を見ない。大黒天(だいこくてん)との掛詞。「ダイコクデン(Daicocuden) 内裏の宮殿内にある或る建物」(日葡辞書)。▽掛詞によってあしらった付け。[付]福―大黒(類)。[俳]福・大こく殿。

2028 雑。一 一七三八参照。二 二〇〇四参照。▽男色の濡場を、同音の「和歌集」に取成して転じた。恋離れ。一八三三参照。[付]若衆―古今(類)、吸―膏薬(同)。[俳]若衆・口すふ・古今・かうやく。

2029 雑。一 さっさと。二「らっそく」とも。一八三三参照。▽客が来訪、長居をするとの「ながく」を、「蠟燭」の長さに転じた付け。蠟燭を串に刺して「ながく」するのである。前句がやや無心所着体となっているためか、付句の転じは今一つうまくいってない。[付]蠟燭―座敷(類)。[俳]座敷・ちやく〳〵と・蠟燭の串。

2030 雑。一 武蔵坊弁慶。鎌倉初期の僧。源義経に仕えて勇名を馳せた。▽謎ふうの前句を、武蔵坊弁慶によって解決した付け。[俳]弁慶。

2031 扇ではらふ蚊も今はなし
焼《たき》[一]物《もの》のぜ[二]うに成《なり》たるはいの上　同

2032 のぼりばしをや又くだりばし
行《ゆき》ちがふ三[一]条口のたびすがた　同

2033 びやう〳〵[一]とせし与《よ》[二]謝《さ》の海《うみ》顔《づら》
竜《りう》[三]灯《とう》のかげにおどろく犬の声　同

2034 ち[一]ろりと蛍窓に飛《とぶ》暮
物よめば目[二]ぼしの花ぞ散《ちり》にける　同

2035 けふ馬[一]の日とまいる観音
灸《やいと》をばしめ[二]ぢがはらにすへはせで　重頼

2036 松《まつ》[一]浦《ら》いはしや多き此《この》海
沖見れば鯨のたつる塩けぶり　同

2037 うちたをされし人の腰[一]もと
長《なぎ》[二]刀《なた》を又わき[三]ざしに拵《こしらへ》て　休音

2038 熊[一]野まいりの道のさびしさ
ながされて鬼[二]界が島をいつ出《いで》ん　重頼

2031 雑。一 薫物。香木を粉にして練り合わせたもの。二 尉。炭火や燠(おき)の上に白く灰になったもの。▽「蚊」を「香」に取成しての付け。[俳]蚊・ぜう。

2032 雑。一 京都市三条通りの入り口。三条通りの鴨川にかかる大橋は、東海道五十三次の終点とされた。▽前句の矛盾を、旅人の往来する橋とすることによって解決した。[付]三条―大橋(類)。[俳]三条口。

2033 雑。一 渺々。広く果てしない様。二 天の橋立で有名な宮津湾の古称。京都府(丹後国)与謝郡に面する。歌枕。三 燐光などが海上に連なって、多くの灯を連ねたように見える現象で、竜神の献灯とされた。▽天の橋立では、毎月十六日の夜半、沖より竜火が灯り、文殊堂の北辺に浮き寄ると伝えられた(和漢三才図会七十七)。「びやう〳〵」を犬の鳴き声と取っての付け。二五〇五参照。[付]天橋立―竜灯(類)。[俳]びやう〳〵・竜灯。

2034 雑。一 ちらっと。二 目にちらつく星のようなもの。▽「ちろり」を「目ぼしの花」に取成した。[付]蛍―学びの袖(類)、ちらめく―目ぼしの花(同)。[俳]ちろり・目ぼしの花。

2035 雑。一 午の日。二 標茅原。栃木県(下野国)栃木市北部にある野。歌枕。「腹」にいい掛ける。▽清水観音の歌「ただ頼め標茅原のさしも草我世の中にあらむ限りは」による付け。京都では午の日、観音に詣でた。灸には十二支により禁忌の日がある。参考、馬―観音(類)。[俳]馬の日・観音・灸。

2036 雑。一 佐賀県(肥前国)北部の唐津湾辺でとれる鰯。参考、松浦―鰯(類)。▽ナガスクジラ科の鰯鯨は、鰯類を追って廻遊するので、その名がある(本朝食鑑九)。鰯を追う沖の鯨のさまを付けた。[付]鰯―鯨(類)。[俳]松浦いはし・鯨。

2037 雑。一 一九七一参照。二 一七三三参照。三 脇差。武士が腰に差す大小二本の刀のうちの小刀。▽「うちたをされし」を人物のことでなく、刀剣が徹底的に鍛え打たれるの意に取って付けた。[付]打(つ)・腰―刀(類)。[俳]腰もと・長刀・わきざし。

2038 雑。一 熊野三社参り。三社は熊野坐(くまのにます)神社・熊野速玉(くまのはやたま)神社・熊野那智神社。二 九州南方の諸島の古称で、罪人が島流しにされた。底本、「鬼海が島」と誤る。▽平家物語二や謡曲・俊寛で有名な故事による付け。流人丹波少将成経と平

2039 いく度《たび》もまけぬる人の歌合《うたあはせ》　親重
ぬ[一]り尺八のうるしひ[二]ぬ比《ころ》　重頼

2040 只物まねをするや世《よの》間《なか》　同
呉《くれ》[一]竹《たけ》にあ[二]ふむの鳥のとまりゐて

2041 前や後の人ぞ遠のく　重頼
鷹《たか》[一]師《じやう》や又鵜《う》[二]つかひの居ならびて

2042 さぞな務《つとめ》を望《のぞむ》番[一]衆　重頼
諸国よりのぼりこそすれ鍛[二]冶細工　親重

2043 口[一]をたゝくはもろこしの人
さやほそき刀[二]脇指ぬけかねて　同

2044 と[一]きがなければこはき神《かみ》鳴《なり》
ながされて何と源氏の須[二]磨の浦　同

2045 名所旧跡見るや人[一]丸
景《かげ》[二]清《きよ》を心[三]づくしに尋《たづね》行《ゆき》　重頼

2046 御《ご》法《はっ》度《と》や末の代迄も糺《ただす》らん
おさまる時につくる式[一]条　同

康頼は鬼界が島に熊野三社を勧請(かんじやう)して参詣、赦免がかなう。一九三三参照。付熊野—鬼界が島(類)。俳鬼界が島。

2039 雑。一 漆を塗った尺八。二「干ぬ」で、乾かないの意。▽「まけぬる」を「うるし」、「歌合」を歌謡のそれに取成した付け。付負(まくる)—漆(類)、歌—尺八(同)。俳ぬり尺八。

2040 雑。一 淡竹(はちく)の異称。二「あふむ、鸚鵡」(仮名字例)。▽前句の「物まね」を「あふむ」の口真似、「世間(よのなか)」を「節(よ)の中」と取って付けた。鸚鵡には「哀ともいはゞやいはん言の葉を返すあふむの同じ心に」(夫木抄二十七)の詠がある。付世の中—竹(類)。

2041 雑。一「鷹師(たかじやう)」(易林本節用集)。二「鵜匠(うつかひ)」(書言字考節用集)。▽「前や後の人」を狩猟の一行・見物人と見定め、「鷹師」「鵜つかひ」を付けた。付前後(まへうしろ)—鵜鷹(類)。

2042 雑。一 交替で番をする人。二 刀鍛冶。底本、「鍛治」と誤る。▽「番衆」を番鍛冶と見定めての付け。鎌倉初期、後鳥羽上皇は諸国から刀鍛冶を召し出し、毎月交替で勤番させた(諸国鍛冶寄)。付番—鍛冶(類)。俳番衆・諸国・鍛冶細工。

2043 雑。一 よくしゃべる。一九八二参照。二 刀と脇差。二〇三七参照。▽「もろこし(唐土)」を大小二本差しの意の諸腰(もろこし)に取成しての付け。「口」も刀・脇差のそれと見たのである。付唐土(もろこし)—刀脇指(類)。俳口をたゝく・さや・刀脇指。

2044 雑。一 時が定まってないこと。突然。二「す(為)」をいい掛ける。▽源氏物語、須磨・明石の巻による。光源氏は京都から須磨に流謫、三月上巳の日、祓の最中に突如暴風雨や雷に襲われ、その暴風雨は数日つづき、源氏の仮寓に落雷する。付神鳴—須まの浦(類)。俳こはし・源氏。

2045 雑。一 柿本人麿。歌聖。二 平景清。壇ノ浦の合戦後、源氏の軍門に降った。一八〇九・二一六六参照。三 気の揉めること。▽「人丸」を「景清」の娘のそれに取成しての付け。人丸は、父景清が盲目の乞食となって流謫する日向国宮崎に赴き、再会を果たす(謡曲・景清)。俳名所旧跡・人丸・景清。

2046 雑。一 式目。法規を箇条書にしたもの。▽句意明瞭。遺句ふうの付け。俳御法度・式条。

2047
[一]あらぬうそもつくや弁慶
通さねばいとゞ[二]あたかの[三]せきめんに　同

2048
津《つの》[一]国《くに》の方《かた》へと送る[二]文《ふみ》詞《ことば》
[三]有馬の出《いで》湯《ゆ》さぞや[四]相当　同

2049
[一]蛭《ひる》かひも臍《へそ》のあたりは憂《うき》思ひ
[二]麝《じや》香《かう》に水をかけなこぼすな　同

2050
[一]山鳥の尾や長き分《ふん》別《べつ》
さたもなき[二]化《け》生《しやう》の為の[三]矢をはぎて　良春

2051
そろ〳〵と[一]ふり分《わけ》髪《がみ》やのびぬらん
小馬かひ置《おき》[二]見まふたび〳〵

2052
けふははや衣を着がへ香を焼《たき》
たしなみふかき[一]一《いち》夜《や》検《けん》校《げう》　正直

2053
雪に難儀を[一]志賀の浦風
浪あれて網にかゝらぬ[二]堅《かた》田《た》鮒《ぶな》　休音

2054
うそとおもへど心みだるゝ
口笛で[一]猩《しやう》々《じやう》舞《まひ》やはやすらん　一正

2047　雑。一とんでもない。二石川県(加賀国)小松市安宅町。関があった。三「関」と「赤面」をいい掛ける。▽謡曲・安宅による。作り山伏となった義経・弁慶ら主従は、富樫(とがし)の守る安宅の関でとがめられ、弁慶が往来の巻物を勧進帳と偽って読みあげ、強力(ごうりき)姿の義経を杖で打ってやっと通行を許される。

2048　雑。一摂津国。二手紙や文章に用いる言葉(漢語)。三兵庫県(摂津国)神戸市兵庫区。古来、温泉地として有名。四大変すばらしい。▽「送る文詞」を手紙のことと見定め、手紙の文言を付けた。「相当」は、前句の「文詞」を受けたもの。俳相当。

2049　雑。一蛭飼。蛭に腫物の悪血を吸わせてする治療方法。二麝香鹿。その下腹部にある鶏卵大の麝香腺(へそ)を乾燥して得た香料をもいう。▽滑稽で濃厚な恋を、「麝香」のことに転じた付け。治療の際、貴重な香料の材料なので「水をかけなこぼすな」と注意した。付臍—麝香(類)。俳蛭かひ・臍・麝香。

2050　雑。一一九六七参照。二化物(ばけもの)。三竹に矢じりや羽をはめて、矢に作ること。▽平家物語四・鵺(ぬえ)や謡曲・鵺(ぬえ)による。源三位頼政は、毎夜主上を悩ます変化(へんげ)の物を山鳥の尾で矧(は)いだ矢で射落とした。三九四参照。俳分別・さた・化生。

2051　雑。一童児の髪形。髪を左右に振り分けて垂らし、肩の辺で切り揃えた。二見まわる。▽「ふり分髪」を「小馬」のそれに見替えた付け。付振分髪—馬(類)。俳そろ〳〵と。

2052　雑。一千両を納め、俄に盲官の最高位の検校になった者をいう。諺でもある(毛吹草二)。▽速やかな変身を「一夜検校」のことと見定めた心付。俳一夜検校。

2053　雑。一琵琶湖西南部、大津市および滋賀郡のあたりの湖岸。歌枕。「し(為)」をいい掛ける。二大津市北部の堅田(かた)あたりで捕れる鮒。「堅田小糸鮒」(毛吹草四)。▽「難儀」する人物を、漁をする浦人に転じた付け。俳難儀・堅田鮒。

2054　雑。一能楽・猩々における演出で、酒に酔った猩々が乱舞する場面。笛を主に大小鼓・太鼓ではやす。▽「うそ」を嘯(そう)に取成して「口笛」、「心みだるゝ」を能楽の場面と見て「猩々舞」をそれぞれ付けた。一三三・二三五参照。付乱(みだるゝ)—猩々(類)。俳うそ(嘘)・口笛・猩々舞。

2055 はねまはる魚も薬や呑《のみ》ぬらん
混《こん》元《げん》丹《たん》をおとす水うみ　貞徳

2056 明石の迫《せ》門《と》をこすや御《ご》座《ざ》舟《ぶね》
商《あき》人《びと》は蒲《びん》後《ご》おもてを買《かひ》のぼり　重頼

2057 平《へい》治《ぢ》のみだれいやな世《よの》中《なか》
ともすれば酔狂めさる上《じやう》戸《ご》衆《しゆう》　同

2058 難波の浦に風の用心
芦の屋に鍾《しよう》馗《き》の札やをしぬらん　長吉

2059 打《うち》かたげ行《ゆく》鍬《くは》の見事さ
判《はう》官《ぐわん》の甲やぬぎてもたすらん　貞徳

2060 右近左近とめされこそすれ
橘と桜をうへし紫震殿　重頼

2061 取《とり》上《あげ》て又ゑぼしをぞきる
生れ子の人なれば名やかはる覧《らん》

2062 春過《すぎ》て夏の日きつく照《てり》けらし
衣ほすてふあまのせんだく　慶友

2055 雑。一漢方薬の一種。練薬で、水か湯で溶いて飲む。健胃・強心・解毒などの効能がある。近江国産が有名(毛吹草四)。▽魚が薬を呑んだ理由を、誰かが湖に落としたから、と付けた。「混元丹」を呑んで元気に「はねまはる」のである。付魚―海辺・池(類)。俳薬・混元丹。

2056 雑。一明石海峡。明石と淡路島の北端との間。二貴人の乗る船。三備後(広島県)地方から産する上質の畳表。備後莫蓙。▽「御座」を「莫蓙」に取成しての付け。明石海峡は海上交通の要路。付御座―畳の表(類)。俳御座舟・備後おもて。

2057 雑。一平治元年(一一五九)、後白河上皇方の藤原通憲・平清盛を倒そうと、源義朝が藤原信頼と結んで挙兵した内乱。▽仮名違いだが、「平治」を「瓶子(へいじ)」に取成しての付け。「平氏」と「瓶子」の洒落は、すでに平家物語一・鹿谷(ししのたに)に見え、よく知られる。俳平治・いや・酔狂・上戸衆。

2058 雑。一芦で屋根をふいた粗末な小屋。二玄宗皇帝の夢に現われた進士の名で、疫病や悪魔をはらい除くとされた神。▽「風」を「風邪」に取成しての付け。付難波―芦の丸や(類)、鍾馗―疫癘(えきれい)(類)。俳風(風邪)・用心・鍾馗。

2059 雑。一検非違使(けびいし)の尉(じよう)、即ち判官であったことから源義経をいう。▽「鍬」を「甲」の鍬形に見成して転じた。義経の甲には鍬形がうってあった(平家物語九・河原合戦)。付鍬―判官甲(はうぐはんのかぶと)(せわ焼草)。俳鍬・判官・甲。

2060 雑。一右近衛府・左近衛府、もしくはその兵士。皇居の警備に当る。二紫宸殿。内裏の正殿。南側の階(きざはし)の左右に桜・橘が植えられる。当時、「紫震殿」の用字も通行。▽遣句ふうの付け。俳諧性は稀薄。俳右近・左近・紫震殿。

2061 雑。一元服した男子が略装につけるかぶりもの。二人成る。成人する。▽「取上て」を赤ん坊を取上げるの意に、「ゑぼしをぞきる」を元服するの意に取って付けた。元服のとき、幼名を改める。一六六二参照。付烏帽子―名付親(類)。

2062 雑。一「せんたく」と清音でも使った(日葡辞書)。▽新古今集、百人一首所収の「春すぎて夏来にけらし白妙の衣ほすてふ天の香具山」による付け。「あま」は「海人」「尼」の両意に取れるが、ここは釈教でなく、雑なので前者。俳せんだく。

2063
葎生《むぐらおひ》[一]あれたる宿もす[二]ごからで
かりにも鬼の瓦もぞなき　同

2064
声[一]に付《つき》てぞわめくわらはべ
読《よみ》[二]ばかり知《しり》たる文字の字[三]づめとく　一正

2065
あらはれぬるはあやし盗人
何事もいのればか[一]のへさるの夜に

2066
悲しさをしれとやわめく虫の声
病《やまひ》[一]づきつゝたのむ針[二]たて　休音

2067
甲《かぶと》の上をてらす半[一]月
れ[二]い人《じん》の舞もやうやく夜に入《いり》て　徳元

2068
舞台の能は四《よ》[一]座《ざ》の集《あつま》り
橋《はし》[二]立《だて》や浪[三]の鼓のうちよせて　同

2069
や[一]ぶれ車はめぐる共《とも》なし
しかけぬるとけ[二]いの時は定まらで　同

2070
祇《ぎ》[一]園《をん》会《ゑ》に渡[二]る跡《あと》先《さき》あらそひて
津[三]しまに舟を乗《のり》こぞりぬる　同

2063 雑。一 八重葎などの蔓草だが、雑草を総称してもいう。二 荒涼とはしていない。▽「葎おひてあれたる宿のうれたきはかりにも鬼のすだくなりけり」(伊勢物語五十八段)による付け。「すごからで」を恐ろしくないの意に取って、その理由を鬼瓦がないからとしたのである。付葎—鬼のすだく(類)。

2064 雑。一 漢字の音。二 漢字の訓。三 印刷物の組版に詰め込まれた活字を解きばらす。▽「声」を漢字の音の意に取成しての付け。訓しか知らないので、次々と解きばらす活字の音についてあれこれ大声で詮議、説明しかねているのである。付声—文字(類)。俳わめく・字づめ。

2065 雑。一「叶(かな)ふ」にいい掛ける。庚申の夜は徹夜で遊んだりして寝ずに過ごす。一八六四・一八六七参照。▽庚申の夜、禁をおかして情交すると、盗癖をもつ子が生まれる、との俗信による。盗人の出現を、盗癖の露顕に見替えた付け。付盗人—庚申(かうしん)(類)、庚申—盗人あらはるゝ(同)。

2066 雑。一「ヤマイヅク(Yamaizzuqu) 病気になる」(日葡辞書)。二 鍼医(はりい)。▽鳴く「虫」を腹病のそれに取成しての付け。鍼灸重宝記には諸虫に対する鍼の治療法が記されている。付虫—腹のいたみ(類)。俳わめく・針たて。

2067 雑。一 兜の前立(まへたて)で、半月形の薄板に金箔を置いたもの。二 伶人。音楽、特に雅楽寮で雅楽を奏する人。▽「甲」を伶人のかぶるとりかぶとに見替えた付け。徳元千句一に所収。付甲—伶人(類)。俳甲・半月・れい人。

2068 雑。一 大和猿楽から出た能の四家。観世・宝生・金春・金剛。二 天の橋立。三 波の音を鼓の音に譬える。▽「四座」を与謝(二〇三三参照)に取成し、天の橋立の絶景に転じた。徳元千句二に所収。付与謝—天の橋立(類)。俳舞台・能・四座。

2069 雑。一 こわれた車。二 土圭。歯車を使った機械時計。▽「車」を歯車に見替えた付け。徳元千句五に所収(付句の中七「とけいの音は」)。付車・回(まはる)—土圭(類)。俳とけい。

2070 雑。一 一八三八参照。二 一八三八では「わたす」。三 愛知県(尾張国)津島市。京の祇園社と同じ祭神をまつる津島神社は、船祭(六月十四日・十五日)で知られる。▽「祇園会」を津島祭に見替えた付け。津島祭は神輿・山鉾等を船で渡し、客も船上から見

浦の湊《みなと》にたはらをぞつむ

2071 難波津や三とせの未《み》進《しん》納《をさむ》らし　同

とり取《とる》音に目は覚《さめ》にけり

2072 出《しゆつ》頭《とう》のもとへたからは集りて　同

直《すぐ》にたてるは男なりけり

2073 碓《からうす》の二つのはしらほりすへて　同

いたゞく桶《をけ》にそふるべにざら

2074 いとまなくせがみつかふる一季《いつき》をり　同

作りたてゝはいはふ舟玉《ふなだま》

2075 おもひやる貨狄《くわてき》が亭のいか計《ばかり》　同

兵庫の浦に立《たつ》人ばしら

2076 海賊をはたものとなす浦づたひ　親重

月はむかしの友達ぞかし

2077 うたふこそ江口の能の次第なれ　重正

ほら貝のうらなひやする陰陽師《おんやうじ》

2078 餅屋の内のうせものは何　親重

物した。徳元千句五に所収。[付]祇園—津島(類)、船—祇園会(同)、渡(わたる)—舟(同)。[俳]祇園会。

2071 雑。一 未納の年貢。▽句意明瞭な心付。北浜あたりの光景。徳元千句五に所収。[付]湊—難波の浦(類)。[俳]たはら・未進。

2072 雑。一 幕府や大名家で、政務を執った要人。▽「とり取」を金銭・物品のことに取成し、権勢家の富み栄える様を付けた。徳元千句六に所収。[付]富貴—出頭人(類)。[俳]出頭。

2073 雑。一 臼を地に埋め、杵の端を踏んで穀物をつくようにした道具。▽「たてる」「男」を、「碓の二つのはしら」に見替えた付け。橋や階などの端にある太い柱を男柱というからである。徳元千句八に所収。[付]男—碓の柱(類)。

2074 雑。一 紅(べに)を付ける時に用いる皿。二 一年を期間として奉公する人。▽前句の不釣合な取合せに、ゆっくり化粧する暇もない、女奉公人を付けた。昔の女性は頭上に支えて物を運ぶことが多い。徳元千句九に所収。[俳]せがむ・一季をり。

2075 雑。一 船霊。船の守護神。二 中国古代の伝説上の存在である黄帝の臣で、柳の一葉が水に浮くのを見て、初めて船を造った人。謡曲・自然居士(じねんこじ)により有名。▽船大工のことを詠んだ前句を、船の創始者「貨狄」に特定し、「舟玉」が祀られるその邸内を想像する体(てい)を付けた。[俳]舟玉・貨狄・亭。

2076 雑。一 築堤・架橋などの時に、人を生けにえとして埋めること。二 磔(はりつけ)。▽前句は平家物語六・築島を踏まえる。福原に築島の際、人柱の代りに石に一切経を書いて築いた。「人ばしら」を磔のことに転じたのはよいとしても、「浦」に「浦づたひ」は差合。[俳]兵庫・人ばしら・海賊・はたもの。

2077 雑。一 観阿弥作。内容は、旅僧と江口の里の遊女の問答。二 役者が舞台に登場、出場の由来を述べるところ。▽謡曲・江口の次第「月は昔の友ならば、〳〵、世の外いづくならし、云々」による付け。[俳]友達・能・次第。

2078 雑。一 陰陽五行説によって吉凶等を占う人。▽当時、法螺貝の形をした法螺貝餅と称するものがあったので、「ほら貝」を「餅」に見替えて餅屋の紛失物を占う、と付けたのである。前句は謎ふう。[付]螺貝(ほらのかい)—餅(類)、占(うらなひ)—うせ物(同)。[俳]陰陽師・餅屋・うせもの。

2079
俄《にはか》の狩に出《いづ》る人〳〵
ひるだにも鼠のあるゝ家の内　同

2080
[一]御《み》かうしにかけぬる石の数もなし
公家の帯こそ古び果《はて》けれ　同

2081
草《くた》臥《びれ》てねる土佐の山《やま》陰《かげ》
岩をかく絵筆はさぞな古からむ

2082
[一]うたひの後《のち》は小歌にぞなる
庭《には》鳥《とり》におこされて行《ゆく》[二]舟《ふな》子《こ》共　氏重

2083
森こそ神の[一]御《ご》座《ざ》所《どころ》なれ
鯨つく伊勢の海づら船見えて　重頼

2084
袖にも露の[一]たるひ[二]赤坂
雨ふれば取《とり》出《いで》て着るみのゝ国　同

2085
あぐる柱はころびさうなり
[一]はた物となす[二]だいうすに異《い》見《けん》して　慶友

2086
[一]一《いっ》種《しゅ》とおもふ[一]せんざいのうち
集《しふ》歌《か》には[二]たゞのりがたき物なれや　同

2079　雑。▽武人の狩猟を想定した前句を、鼠駆除に転じた付け。人の寝静まった夜間だけでなく昼間も暴れるので、ついに鼠退治の挙に出ざるを得ないのである。【付】狩(かり)—鼠(類)。

2080　雑。一 御格子。格子の尊敬語。▽謎ふうの前句。「御かうし」を「御腰」に取成す。「石」から石帯(せきたい)を連想、「公家の帯」を付ける。石帯は束帯の時用いる革製の帯で、玉・瑪瑙(めのう)・蠟石などの飾りを付ける。その飾りの宝石が欠け古びている、との意。【付】石—帯(類)。【俳】公家。

2081　雑。▽「土佐」を大和絵の一派の土佐派のことと取り、「草臥てねる」を「絵筆」の毛のことに見替えた付け。【付】草臥(くたびれ)—古き筆(類)、山—岩(同)。【俳】草臥(くたび)る・絵筆。

2082　雑。一 謡曲。二 水夫。船乗り。▽「うたひ」を鶏の鳴き声、「小歌」を「舟子」の唄うそれに見替え、座敷などでの宴から転じた。【付】謡(うたひ)—船人・鶏(にはとり)(類)。【俳】うたひ・小歌。

2083　雑。一 貴人などの居室。▽「森」を銛、「神の御座所」を伊勢神宮に取成しての付け。参考、鯨—伊勢の海(類)。「鯨刺(つく)鉾を呼て森(もり)と曰ふ」(和漢三才図会五十一・鯨)。【付】森—鯢(くじら)とる(類)。【俳】御座所・鯨つく。

2084　雑。一「垂る」に「垂井」をいい掛ける。後者は美濃国の中山道(なかせんどう)の宿駅で、赤坂と関ヶ原の間にあった。二 中山道の宿駅。大垣市北西部に位置する。▽前句・付句ともに地(国)名を詠み込んだ秀句仕立て。【付】美濃—垂井・赤坂(類)。

2085　雑。一 二〇七六参照。二 デウス。キリシタン宗の信者。▽「ころ(転)」ぶをキリシタン教徒の改宗のそれに取成しての付け。磔寸前のキリシタン教徒に改宗するよう折伏(しゃくぶく)している様。幕府は元和末頃から屢々同教徒を処刑し、寛永十四年(一六三七)、島原の乱が起きる。【俳】ころぶ・はた物・だいうす・異見す。

2086　雑。一 前栽。庭の植込み。二 人名「忠度」にいい掛ける。▽「一種」を「一首」、「せんざい」を「千載」に取成しての付け。忠度は宿願かなって千載集に一首入集したが、勅勘の身のゆえに読み人知らずとされたことは、謡曲・忠度で有名。【付】前栽—和歌の集(類)。【俳】一種・せんざい・集歌。

2087　雑。一 京都市伏見区にある山で、東山三十六峰の南端。ふもとに伏見稲荷社がある。▽「たち別れいなばの山の峰に

2087 今かへりこん今かへりこん
たちわかれいなり[一]の山の狐ども　同

2088 ありとは見えてなきは埋火《うづみび》
そ[一]のはらやふせご[二]計《ばかり》を出《いだ》す覧《らん》　同

2089 土の中《うち》よりよし[一]は出《いで》けり
手ぎはにもしたる数寄《すき》[二]や下《した》地《ち》[三]窓《まど》　同

2090 ほそ谷川ですそをぬらいた
馬《むま》[一]取《とり》の行《ゆく》は丸木の橋の下　一正

2091 火をば焼《たく》衛《ゑ》士《じ》[一]かりまたのふぐりだし
松のち[二]ゝりのまじる切《きり》えだ　同

2092 宇治へは人のあまた頼政[一]
お茶《ちゃ》吞《のみ》[二]がむかしの事やおもふらん　道職

2093 かひぬるうしをむさと[一]はなすな
ゆがみたる家の柱を上《あげ》かねて　同

2094 数《す》[一]寄《き》者《しゃ》の心むつかしき物　慶友

生ふるまつとし聞かば今帰り来む」(古今集)のパロディ。「こん」を狐の鳴き声に取成して、「いなりの山の狐ども」とした。

2088 雑。一 園原。長野県(信濃国)下伊那郡阿智村の地名。曾原とも書く。二 伏せて置き中に香炉や火鉢を入れて衣服をかぶせ、香を移したり乾かしたりする籠。▽「その原や伏屋に生ふる帚木(ははきぎ)のありとは見えてあはぬ君かな」(新古今集)による付け。あると思っていた「埋火」が、とっくに尽きて灰になっていたのである。〔俳〕ふせご。

2089 雑。一 葭。二 茶の湯をする小座敷。三 壁下地のままにした窓で、丸竹・萩・葭などで格子枠を作ったもの。▽戸外の自然の景を、「数寄や」という建物の屋内の景に転じた、意外性のある付け。〔付〕葭—下地窓(類)。〔俳〕数寄や・下地窓。

2090 雑。一 馬丁。▽「すそ」を「馬の足」のそれに取成しての付け。参考、「我が恋は細谷川のまろ木橋ふみかへされて濡るゝ袖かな」(平家物語九)。「ウマノスソ(Vmano suso) 馬の足」(日葡辞書)。〔付〕細谷川—丸木橋(類)。〔俳〕ぬらいた・馬取。

2091 雑。一 諸国の軍団から交替で上洛、宮城の諸門や大極殿などを守った兵士。「ゑじかりまた(がにまたの意)」をいい掛ける。二 松笠。松ぼっくり。▽「ふぐり」を松笠に見替えたのだが、「ふぐり」に「ちゝり」は同意。枝と一緒に松笠を庭火に焚いたのである。〔俳〕ゑじかりまた・ふぐり・ちゝり。

2092 雑。一 源三位(げんざんみ)頼政。二〇五〇参照。「寄り」にいい掛ける。二 茶の銘。「廿一日」を合字すると「昔」となるので、三月廿一日に摘むのを初昔、その日以降を後昔といった(事林広記)。前者が最上。▽宇治の茶「昔」に茶人の関心が集まる、との意。頼政は宇治平等院で戦死。〔付〕宇治—茶(類)。〔俳〕頼政・お茶吞。

2093 雑。一 軽率に。「ムサト(Musato)」(日葡辞書)。▽「か(飼)ひぬる」を「支(か)ひぬる」、「うし」を牛梁(うしばり)の略語にそれぞれ取成しての付け。民家などで、重い重量を支える太い横木を牛梁、牛曳梁などという。〔俳〕むさと。

2094 雑。一 風流人。茶道を好む人。▽「ゆがみたる家の柱」を床柱(とこばしら)と見、好みのうるさい風流人・茶人を付けた。参考、曲(ゆがみ)木—床柱(類)。〔俳〕数寄者。

2095 そつとも霜はをかぬ山かげ
あたまさへ世にかまはぬは若やかに

2096 だてなるゑぼしわらはんもよし

2097 老《おい》松《まつ》にあやからん我《わが》年の暮
真《ま》砂《さご》ほどくふいり大《ま》豆《め》の数　玄札

2098 爰《ここ》かしこ浜辺の里に茶ごとして　同

2099 ならべ置《おき》たるはがましほ釜　同

2100 草《くさ》刈《かり》と海《み》松《る》刈《かり》人《びと》のやすらひに　同

2101 かいあつめたる扇なん本
蛤《はまぐり》にならぶあさりの与一殿　同

2102 戸をとぢて置《おき》し酒《さか》やの蔵びらき
所はならの京《きやう》暦《ごよみ》見て　同

2103 碁ばんは箱に入《いれ》て置《おき》けり
十《と》とぢあれど半《なかば》はしらぬ謡《うたひ》本《ぼん》　同

2095 雑。一少しも。▽「霜」を白髪に取成し、景気から人倫に転じた付け。白髪がないのは、世事に無頓着だからだ、というのである。[付]霜—黒髪(類)。[俳]そつとも・あたま。

2096 雑。▽諺「すきにあかゑぼし」(毛吹草二)に着想した付け。頭髪の若々しさから「ゑぼし」の派手々々しさに転じてはいるが、変化に乏しい。[俳]だて。

2097 冬(年の暮・大豆の数)。一数に限りのないものの譬え(古今集の歌による)。▽「老松」の長寿にあやかるべく、節分の豆を数限り無く食べる、との意。玄札独吟「夢想」百韻の発句・脇(以下、二一〇〇まで一続きである)。[付]年の数—節分の大豆(類)。[俳]くふ・いり大豆。

2098 雑。一世間話などに興じつつ、茶菓を飲食すること。▽節分の夜から、海村での茶事に転じた第三。[付]真砂—浜辺(類)。[俳]茶ごと。

2099 雑。一羽釜。周囲に鍔(つば)のついた炊飯用の釜。二海水を煮て塩を作るのに用いる釜。▽「茶ごと」の器具を付けた、軽い四句目ぶり。「しほ釜」は「浜辺」に対するあしらい。[付]釜—茶の湯(類)。[俳]はがま。

2100 雑。一海藻の一つ。浅海の岩に生える緑藻で、食用にする。▽「はがま」を「刃鎌」に取成しての付け。打越(二〇九八)からの場の変化は乏しい。[付]鎌—草(類)、海松布(みるめ)—汐汲(同)。

2101 雑。一源義成。甲斐国阿佐里(浅利)の出身。壇ノ浦で、平家方の仁井紀四郎親清を強弓で射倒す(平家物語十一・遠矢)。▽「か(掻)い」を貝に取成して「蛤」「あさり」を付け、「扇」に対して那須与一ならぬ「あさりの与一殿」をいい掛けてあしらったのである。同右に所収。[俳]なん本・蛤・あさりの与一殿。

2102 雑。▽造り酒屋が酒を貯えた甕や壺の並ぶ蔵を開く、との前句に、場と時を付けた。奈良は優良酒の産地。参考、「いにしへもなら酒て見ん八重桜」(毛吹草五)。同右に所収。一八二六参照。[付]奈良—酒(類)。[俳]酒や・蔵びらき・ならの京暦。

2103 雑。一十綴。十冊。▽「碁ばん(盤)」を「五番」に取成しての付け。謡曲は一曲を一番と数える。同右に所収。[付]番—能役者(類)。[俳]碁ばん・謡本。

狗猧集巻第十五

雑　下

2104
物知《もの》《しり》のはらより出《いづ》る[一]しやくじゆたう
[二]養《やう》性《じやう》せずはしのゝ[三]たうまく

2105
車にはつみあまるほど[一]物の本
火事を見《み》付《つけ》てさはぐもろこし　重頼

2106
是非共に[一]程《ほど》時《とき》すぐと音《ね》をきかん
[二]すがれる市にたつはばか者　慶友

2107
[一]腹《はら》立《だち》や広き所をせばくして
いらぬ[二]すみ碁を打《うち》てまけゝる　貞徳

2108
蜜も皆[一]まつ黒《くろ》方《ばう》に打《うち》けぶり
[二]南《なん》蛮《ばん》舟《ぶね》にたばこをやのむ　慶友

2104　雑。一積聚湯。腹部・胸部に起こる激痛を積聚(一六七八参照)といい、その治療のための煎薬。二「養性(やうじやう)」(運歩色葉)。三「のたまはく」に同じ。▽「物知」に論語に頻出する語句「しのゝたうまく」、「しやくじゆたう」に「養性」を付けた。当時、儒学者と医者を兼業する者が多く、儒医と呼ばれた。俳物知・はら・しやくじゆたう・養性す・のたうまく。
2105　雑。一本の総称。とくに学問的な書物、漢籍をいう。一六四八参照。▽文車に積まれた書物を、火事から避難する唐土の光景に転じた付け。付車―火宅を出る(類)、物の本―唐船(同)、唐土(もろこし)―学びの文(同)。俳物の本・火事。
2106　雑。一「ほととぎす」にいい掛ける。二盛りを過ぎ、さびれる。▽前句は、是非ともほととぎすの鳴き声をすぐに聞きたい、の意。やや無理ないい掛けをしているため、主意が取りにくい。「音」を「値」に取成しての付け。俳ばか者。
2107　雑。一はらたち・はらだちの清濁両用(日葡辞書)。二隅碁。碁盤の隅の方にばかり石を置く打ち方。▽地所の面積を、碁のそれに見替えた付け。付腹立(はらだち)―碁(類)。俳腹立・すみ碁。
2108　雑。一「まつ黒」と「黒方」をいい掛ける。後者は薫物で、沈香・麝香・白檀香などを蜜で練り合わせたもの。二室町末期からルソン・ジャワ・シャム方面から来航したスペイン・ポルトガルなどの商船。▽「まつ黒方」を「まっ黒坊」に取成しての付け。「蜜」を将来する「南蛮舟」で黒ん坊が「煙草」を吸っているのである。付蜜―唐船(類)、煙―たばこ(同)。俳蜜・まつ黒・黒方・南蛮舟・たばこ。

2109 夜《よ》長《なが》さに見る伊勢物語
ともすれば夢に日《ひう》向《が》の事計《ばかり》　同

びんぼう人はわらはれにけり
2110 一衣《え》文《もん》ばかり二銭《ぜに》持《もち》首《くび》に引《ひき》なをし　宗二

一秘《ひ》蔵《さう》する矢をば矢《や》立《たて》に立《たて》ならべ
2111 二賀茂のおこりぞ聞《きき》伝《つた》へぬる　慶友

地ごくは余《よ》所《そ》か目の前に有《あり》
2112 かけ置《おく》に其《その》儘《まま》落《おつ》る鼠とり　同

2113 何かならざる算用のうへ　同

夕日は海の底にこそあれ
2114 西《せい》窓《さう》にむかひて入《いる》る硯《すずり》水《みづ》

思ふが中は皆下《げ》戸《こ》ぞかし
2115 おさまれる世にはばけ物なかりけり　慶友

一勿《もっ》体《たい》なしや殺《せっ》生《しやう》の事
2116 氏なうて二関《くわん》白《ばく》迄《まで》やあがる覧《らん》　一正

2109 雑。▽諺「伊勢や日向の物語」(諺草一)による付け。昔、伊勢と日向の両国に同年同時に生まれ、同年同時に死んだ人がいた。閻魔の決定により伊勢の人は蘇生したが、日向の人の肉体を借りたため話すことがちぐはぐとなったという(伊勢物語知顕抄)。一六〇参照。俳伊勢物語。

2110 雑。一着物の襟(えり)を合わせる部分。二着物の襟を前に引きつめて着ること。銭を沢山懐中すると、その重みで襟が前に引かれるのでいう。▽「わらはれ」た理由を付けた。貧乏人の見栄。俗語がよく利いている。俳びんぼう人・衣文・銭持首。

2111 雑。一「ヒサウ(Fisŏ)」(日葡辞書)。二下鴨社の祖神は賀茂健角身命(かもたけつぬみのみこと)の娘玉依姫(たまよりひめ)で、姫はある時瀬見の小河で丹塗(にぬり)の矢を拾って男児を産む。この男児が後に昇天、別雷(わけいかずち)の神となり、上賀茂社の祖神とされたと伝える。▽縁起による付け。一六九九・一八四九参照。付矢—賀茂(類)。俳秘蔵す。

2112 雑。▽「地ごく」を鼠取りの器具「地獄落とし」に取成しての付け。前句は、「夫(そ)れ地獄遠きにあらず、眼前の境界」(謡曲・鵜飼)に着想したもの。付地獄—鼠おとし(類)。俳地ごく・鼠とり。

2113 雑。▽計略通りに鼠が鼠取りにかかり、何でも可能だと自慢している体(てい)。付鼠—算用(類)。俳算用。

2114 雑。▽硯の窪みの部分を海という(一九七七参照)ので、前句の「海」をそれに見替えて付けた。謎ふうの前句を巧みに転じている。付西—夕日(類)、海—硯(同)。俳西窓。

2115 雑。▽諺「下戸と化物はなし」(毛吹草二)による。前句は、恋する者同士はすべて下戸なのだ、の意。付句は、諺を踏まえて「下戸」に「化物」を対(む)わせた恋離れ。逃句(にげく)ふうの付け。参考、「つゐに見ぬ下戸とばけ物雪女」(貞徳誹諧記)。付下戸—化(けば)物(類)。俳下戸・ばけ物。

2116 雑。一もってのほかである。二「関白 くわんばく」(伊京集)。天皇を輔佐して政務を執る重職。▽「勿体なし」を「畏れ多い」の意に、「殺生」を「摂政」に取成しての付け。摂政は、天皇が幼少などのため、代って政務を執る官職をいう。豊臣秀吉のように、卑しい血筋の生れなのに「摂政」「関白」にまで出世するのである。参考、殺生—公家(類)。俳勿体なし・殺生・関白。

2117 けいせいを一祇《ぎ》園《をん》精《しやう》舎《じや》に伴ひて　同
二所《しよ》行《ぎやう》無用のかねつかひぬる

2118 清《し》水《みづ》ながるゝ油ながるゝ　望一
一相《あふ》坂《さか》の関二もて行《ゆく》は魚のわ三た

2119 わらやの内に猫ぞあれぬる　同
まけになりたる位一あらそひ

2120 大犬のそばへ小犬を引《ひき》一かけて　親重
月の末にぞ大小はある

2121 持《もつ》鑓《やり》に刀わきざしならべ置《おき》　重正
人のたまはる此《この》台一の物

2122 二短《たん》尺《ざく》にむかひて歌をあんじけり　休音
一判《はう》官《ぐわん》の東《あづま》二くだりは夜をこめて

2123 三見もどる空も四くらま山道　親重
口をすひつゝ帰る垣ごし

2124 一かふひるもとなりのみぞへ捨《すて》けらし　重頼

2117 雑。一 須達(すだつ)長者が釈迦のために中天竺の舎衛国に建てた寺。二「諸行無常」のもじり。▽平家物語冒頭の「祇園精舎の鐘の声、諸行無常の響あり」のパロディ。荘重で詠嘆的な無常観の表出を、近世的享楽の世界に落とした。付鐘―祇園精舎(類)。俳けいせい・祇園精舎・所行・無用・かね。

2118 雑。一 滋賀県(近江国)大津市逢坂。関や清水(しみず)で有名。歌枕。二「急(せ)く」にいい掛ける。三 腸。内臓。▽「相坂の関」を越える際、荷の魚の内臓から汁が滴り落ち、清水の流れに混じるのである。次句とともに「おのづから」百韻に所収。付逢坂―岩清水(類)、鯨―油(同)。俳油・魚のわた。

2119 雑。▽逢坂の関に住んだ蟬丸の歌「世の中はとてもかくてもすぐしてむ宮も藁屋もはてしなければ」(新古今集、和漢朗詠集―三句「おなじこと」)のパロディ。蟬丸の庵室を猫が荒らしたのである。参考、鰹―猫(類)。二三六参照。

2120 雑。一 引き合わせ、かかわらせる。▽「位あらそひ」を「喰らひ争ひ」に取成し、「犬」の喧嘩を趣向した付け。新旧聞書にも所収。付位争(あらそひ)―鳥部のゝ犬(類)。俳位あらそひ。

2121 雑。▽「月」を「突き」に、陰暦一箇月の日数についていう「大小」を、「刀」のそれに取成しての付け。三十日ある月を大、三十日未満の月を小という。付大小―刀脇ざし(類)、突(つく)―鑓(同)。俳大小・鑓・刀わきざし。

2122 雑。一 大きな台にのせて他人に贈る進物品。二「かんな(仮名)にてたんざくと書て、口に唱ふる時にはたんじやく、よしと云り」(かた言四)。▽「台」を題に取成しての付け。俳台の物・短尺・あんず。

2123 雑。一 二〇九九参照。二 鞍馬寺に預けられていた義経(遮那王)は、金商人吉次とともに奥州に下向する。三 底本、「見もどるの空も」とある。四「暗き」に「鞍馬」をいい掛ける。▽「承安(せうあん)四年二月二日のあけぼのに鞍馬をぞ出給ふ」(義経記一)や「住馴れさせ給ひたる東光坊をたゞ一人、小夜に紛れ出給ふ」(舞・くらま出)等による。付鞍馬―牛若(類)。俳判官。

2124 雑。一 二〇四九参照。▽「口をすう」当為者を「か(飼)ふひる」のことに転じた、恋離れの付け。付吸(すふ)―蛭(類)。参考、垣―となりいさかひ(せわ焼草)。俳口をすふ・ひる。

[一]うと〳〵ありく[二]春日野の里
2125 座《ざ》頭《と》の坊《ばう》[三]三笠に杖をくゝり付《つけ》　慶友
[一]むさしあぶみを[二]かけ出《いで》の駒
2126 [三]弁慶もけふを最後の軍《いくさ》ぶり　一正
あそこの木《こ》陰《かげ》爰《ここ》の山かげ
2127 追《おひ》つめてとらへにけりな猿《さる》狸《たぬき》　望一
ながらへ[一]きての衣《ころも》見ぐるし
2128 鶴の毛の所〳〵はぬけ残り　同
かくこしぬけにならんとは[一]いさ
2129 [二]つめをしてさせる刀もさやばかり
[一]ぶへんをしたる其《その》かひもなし　望一
2130 [二]ふか入《いり》にうたれぬるこそ哀《あはれ》なれ　同
2131 ほる〳〵くづれかゝる[一]かな山　同
月くらき梯《かけはし》よりも[一]どうど落《おち》
2132 虹たつ空に[二]きつく[三]鳴《なる》神《かみ》

2125 雑。一 おぼつかない様で。たどたどしく。二 一九三参照。三 山の名「三笠」と頭にかぶる「御笠」の掛詞。前者は春日大社の後ろの山。▽和歌的世界のパロディ化。「うと〳〵ありく」人物を「座頭の坊」と見定めたのである。「吹風の」百韻に所収。付 春日―三笠山(類)。俳 うと〳〵・座頭の坊。
2126 雑。一 武蔵国で産した鐙(あぶみ)。二 「掛け」と「駆け」を掛ける。三 二〇三〇参照。▽「弁慶、けふを最後(期)のかつせむに面を合(あは)(す)るものなし」(舞・高館)などと描かれる、衣川の合戦に取材した付け。「むさしあぶみ」から武蔵坊「弁慶」を想起したのである。付 武蔵―弁慶(類)。俳 弁慶・最後(期)。
2127 雑。▽句意明瞭。滑稽味は薄いが、安らかな遺句ふうの付け。「おのづから」百韻に所収(付句の中七「とらまへけりな」)。付 山・木葉―猿(類)。俳 あそこ。
2128 雑。一 「来て」と「着て」を掛ける。▽前句を仙人などの長寿者と見、その着衣「鶴の毛衣」の疲弊をつけた。同右に所収。付 千年・老(おひ)―鶴(類)。
2129 雑。一 下に「知らず」が省略されていて、予想だにしなかった事態に発する感動詞。さあ(知らなかった)。二 詰め物をして隙間をなくすこと。▽「こしぬけ」を「刀」のことに見替えた付け。俯いた時、刀身が腰に差す鞘から抜け落ちてしまったのである。付 腰―刀(類)。俳 こしぬけ・つめ・刀・さや。
2130 雑。一 武辺。武勇をふるうこと。二 敵陣深く入り込むこと。▽素直な心付。句意明瞭。次句とともに「おのづから」百韻、新旧聞書に所収。俳 ぶへん。
2131 雑。一 鉱山。金山(藻塩草四・山)。▽「ふか入」を「かな山」の発掘のそれに転じた付け。掘っても掘っても「くづれかゝる」土砂に「うたれ」て死んでしまったのである。
2132 雑。一 「ドウド(Dôdo)」(日葡辞書)。どすんと。二 激しく。三 鳴る神。かみなりのこと。▽前句の人物を、天界の存在に転じた付け。「梯」を「虹」と取ったのだが、「月くらき」に「虹たつ空」の付けは時刻から見て無理がある。二一三七参照。付 梯―虹(類)、落る―雷(いかづち)(同)。俳 どうど落・きつし。
2133 雑。一 胴亀。スッポンの異称。二 浮木。▽法華経や涅槃経を出典とする諺「盲亀(まうき)の浮木(ふぼく)」(毛吹草二)により、

鶴の立《たつ》跡にどう亀はひ上《あが》り

2133 松たをれてはうき木とぞなる

2134 住よしの岸もくづるゝ四海浪

2135 小袖になれや川水のあや

身《みの》上《うへ》はいつまで舟のわたし守

2136 関の戸にてやとぐきりのさき

蟬丸のいほりやたてもなをすらん

2137 月くらく神なりきびし旅の空

さぐりこそよれ桑の木のもと

2138 かけざまに長さくらぶる弓の絃《つる》

2139 降《ふる》雪にちと腰かけん松が本

志賀から笠のなきは無念や　慶友

2140 行《ぎやう》幸《がう》のかちの御供の五位六位　同

2141 玉をかゝへてゐる山の奥

鉄《てつ》炮《ぱう》のうすでおひたる猿の声　良徳

前句の課題を解決した付け。「立(たつ)」は「翔つ」の意。[付]鶴―松(類)、亀―浮(うき)木(同)。[俳]どう亀。

2134 雑。一 大阪府(摂津国)大阪市住吉区一帯の海岸。松の名所。歌枕。ニ 四方の海の浪。▽祝言小謡として有名な、「四海波静かにて、云々」(謡曲・高砂)の反転。やや不吉な内容となっている。[付]松―住よし(類)。[俳]四海浪。

2135 雑。一 紋様。▽「小袖になれや」と希望している人物を、「川水」の縁から「わたし守」に特定した付け。[付]河―舟(連珠合璧集)。[俳]小袖。

2136 雑。一 平安初期の歌人。盲目で琵琶に長じ、逢坂の関に庵を結び、隠遁生活を送った。▽前句の謎を解いた、パロディの付け。錐を研(と)ぐに対し建て直しとは大袈裟だが、そこが俳諧。二一九参照。[付]関―蟬丸(類)。[俳]きり・蟬丸。

2137 雑。一 雷。▽落雷除けの俗信による付け。一説に、菅原道真の配流後、彼の領地桑原だけには落雷しなかったので、落雷除けの呪文とされたという。転じて桑には落雷しないと信じられた。[付]神鳴―桑木(類)、鳴神(なるかみ)―桑原(同)。

2138 雑。一「かけ」は「掛け」「駆け」の両意に取れる。前者がよいか。▽中国の故事(礼記・内則篇)に従って、男児が生まれた時に桑の弓と蓬(よもぎ)の茎ではいだ矢で四方を射て邪気をはらった。この儀式のため、弓弦に見合った桑の木を伐ろうというのである。[付]桑―弓(類)。

2139 雑。一「志賀唐崎」に「傘(からかさ)」をいい掛ける。▽「志賀唐崎」は近江八景の一つ「唐崎夜雨」で知られ、一つ松が特に有名。前句の行動の理由を付けた。一つ松を傘の代用にするのである。[付]松―唐崎(類)。[俳]ちと・無念。

2140 雑。一 近世前期には、「行幸　ぎやうがう」(恵空本節用集大全)など、濁る方が優勢。天皇の外出。ニ 徒歩。▽傘を持たぬ人物を、身分の低い行幸のお供に見替えた付け。唐崎には桓武・嵯峨両天皇が行幸している。[付]辛崎―御幸(類)、傘(からかさ)―行幸(同)。[俳]行幸・五位・六位。

2141 雑。一 薄手。軽い傷。▽「玉」(珠玉)を「鉄炮」のそれに取成しての付け。[付]玉―鉄炮(類)、山居(さんきよ)―猿の声(同)。[俳]鉄炮・うすで。

2142 山家《やまが》のものはもたぬ一から糸
薪《たきぎ》おふ馬の二しりがいわらでして　貞徳

2143 つゝめる紙の中は一くろがね
二けさん置《おく》机の上をふく風に　同

2144 いつかさてたてなをすべき峰の寺
針もち見まふ児《ちご》のわづらひ　望一

2145 魚一鈎《つり》てしよくすゝめなんとばかりに　同

2146 一うはなりのいかり来にける其《その》二気《け》色《しき》
三はたゝ神こそねやに落《おち》けれ　由己

2147 扇のほねをならす物ごし
ふかぐ〵と屛風をたてゝ一謡《うたひ》講《かう》　徳元

2148 一五戒をばやぶりし事の口《くち》惜《をし》や
二三人して笠をろんずる　氏重

2149 一大将の今日のあそびのいかばかり
爰《ここ》をはれにときるや二さ衣《ごろも》　慶友

2142 雑。一 中国渡来の糸。二 馬の頭・胸・尾に繋げる緒。▽「から糸」から「鞦」を連想しての付け。糸で編んだ鞦を糸鞦という。[付]山家―薪(類)、糸―鞦(しりがひ)(同)。[俳]から糸・しりがい。

2143 雑。一 鉄。二 卦算・計算。横長の文鎮。易の算木に似ていることからの名。▽「紙の中」の「くろがね」を文鎮の「けさん」と見定めた付け。[俳]けさん。

2144 雑。▽改築の意の「たてなをす」を、「鍼(はり)」を「立て」て「治す」に取成しての付け。次句とともに「梅やたゞ」百韻に所収。[付]たつる―針(類)、寺―児(同)。[俳]針・児。

2145 雑。一「鈎」は「鉤」の略字で、「鈎 つりばり」(易林本節用集)と訓(よ)む。当時、「釣」に通用(一二四九・一二六七・二五六四参照)。▽病気の「児」に魚を釣って食べさせ、養生させようというのである。[付]針―魚つる(類)。[俳]しよく(食)。

2146 雑。一 一八三三参照。二 一八三三参照。三 霹靂・霆。強烈な雷鳴。▽「うはなり」を「上鳴り」と取っての付け。「うはなり(後妻)」打ちということで、閨に落雷したのである。「漆色に」百韻に所収。一八三三参照。[付]後妻(うはなり)―雷(いかづち)(類)。[俳]うはなり・はたゝ神。

2147 雑。一 謡曲の同好者の定期的な集まり。▽「扇」をもっての動作を能楽のそれと見定め、「謡講」を趣向した付け。腰までの高さの屛風を腰屛風というので、「腰」に「屛風」が付く。徳元千句六、塵塚誹諧集に所収。[付]扇―謡(類)、腰―屛風(同)。[俳]屛風・謡講。

2148 雑。一 在家の信者の守るべき五つの戒。殺生・偸盗・邪淫・妄語・飲酒の五悪を禁ずる。▽「五戒」を「五蓋(ごかい)」に取成しての付け。「笠」を数えるのに「蓋」の語を用いる。[付]破(やぶる)―傘(からかさ)(類)、五戒―笠(せわ焼草)。[俳]五戒・二三人・論ず。

2149 雑。一 禁中の警固に当る兵を統率する、近衛府の長官。二 ころも。「さ」は接頭語で、美称。▽狭衣物語の主人公、狭衣大将(さごろものだいしやう)による付け。前句の「いかばかり」を、付句では容姿の美々しさに取った。俳諧性は稀薄。「伐杭の」百韻に所収。[俳]大将。

2150
忍び〳〵にかたる一上《じやう》るり
らう人や二世界の図をば知《しり》ぬらん　重頼

2151
一包丁をめさる手もとはいかならむ
弓まりもたゞ上手なりけり

2152
走《はしる》にも道のはかこそ行《ゆき》やらね
帆かけし舟に一塩やむくらん　一正

2153
死ぬる共しらぬ身こそは悲しけれ
下《へ》手《た》の打《うつ》碁《ご》は物わらひなり　徳元

2154
上見ねば心に楽の有《ある》物を
鷲《わし》に一むまれぬ鳥のあはれさ　貞徳

2155
藪《やぶ》のうちへぞ人のあつまる
一典《てん》薬《やく》の其《その》礼《れい》物《もつ》は二おびたゝし　重頼

2156
見る〳〵もしぬる人をばなでさすり
つめりし跡の色ぞかはれる　慶友

2157
人を送るは山のこなたよ
狼や木こりの一かへさねらふらん　重正

2150 雑。一浄瑠璃。室町時代に起こった語り物・音曲の総称。「上るり」の宛字は「おくのほそ道」などにも見える。二近世前期には卵形の世界地図が屏風絵にされたり、刊行された。▽仏教で、東方にある薬師如来の浄土を浄瑠璃世界というので、「上るり」に「世界」を付けた。「らう(牢)人」は「忍び〳〵」に対するあしらい。浄瑠璃を語っているのは、世界の図を知っているからだ、というのである。俳上るり・らう人・世界の図。

2151 雑。一正しくは庖丁だが、中世から包丁も通用。▽「包丁」に、同じく嗜みごとの「弓まり」を添えた遺句ふうの付け。「弓・鞠・包丁・詩歌・管絃」(猿の草子)、「弓・鞠・庖丁・碁・双六」(類船集一・庖丁)とあるように、料理は、当時の男の嗜みごとの一つとされた。俳包丁・上手。

2152 雑。一潮・汐。海流。▽陸路のことを、海路のことに転じた付け。潮流のせいで、「走」るけれどもなかなか前進しないのである。付走(はしる)—舟(類)。

2153 雑。▽人間の「死」を「碁」のそれに見替えた心付。塵塚誹諧集に所収。付死(しぬる)—碁(類)。俳下手・碁・物わらひ。

2154 雑。一「むまる　生・産　うまる、とも」(仮名文字遣)。▽譬喩「上見ぬ鷲」(せわ焼草二)による付け。無限の欲望に囚われて苦しんでいる人物を、鳥のことに転じた。弱い鳥は常に猛禽の襲撃を警戒し、上を窺っているのである。俳楽。

2155 雑。一宮中や幕府に属した医師。二「ヲビタタシイ(Vobitataxij)」(日葡辞書)。▽「藪」を下手な医者のことに取成しての付け。優秀でなくても、役職がら、患者の高位・高官から治療の礼として沢山の品物が贈られるのである。付藪—医者(類)。俳典薬・礼物。

2156 雑。▽「しぬる」を身体の部分のことに転じた付け。打撲や抓った跡の皮膚が紫黒色に変ることを「死ぬ」という。「伐杭の」百韻に所収。付死(しぬる)—つめられし跡(類)。俳なでさする・つめる。

2157 雑。一帰る途中。▽「送る」当為者を、人間でなく送り「狼」であると転じた付け。付送(をくる)—狼(類)、山—木樵(きこり)(同)。俳狼。

2158
無理にたゞいやがる物を押付《おしつけ》て
生《いき》たる魚をすしにこそすれ　貞徳

2159
少《すこし》ある一唐墨《からすみ》やたゞおしむ覧《らん》
此比《このごろ》まれになりし魚の子　一正

2160
一簾《すだれ》よりみめよき白《かほ》を指出《さしいで》て
一いたち計《ばかり》やすめる二古《ふる》宮《みや》　貞徳

2161
杖にあたるも天ばちぞかし
一山《やま》姥《うば》がうしろに近き太《たい》鼓《こ》打《うち》　同

2162
一わやくものこそ世には多けれ
もろこしの人参《にんじん》などは稀《まれ》にして　重頼

2163
ならぬ間ぞたのみなりける
一さか馬にいられて後は二つめにくし　貞徳

2164
名《な》残《ごり》おしきはけふのお座敷
いつの間に連歌は三《み》一折《をり》過《すぎ》ぬらん　道職

2165
四方《よも》を見て慰《なぐさみ》給ふ山の神
一臘《をこ》魚《じ》やひろき海にすむ覧《らん》

2158 雑。▽人間同士の間でいう「押付」を、対「魚」の関係に転じ、物理的な意味に特定して付けた。句意明瞭。付押(おす)—鮓(すし)(類)。俳無理・いやがる・押付く・すし。

2159 雑。一中国製、書道用の墨。▽「唐墨」を鱲子(からすみ)、すなわちボラの卵巣を塩漬けにし、干したものに取成した付け。「おしむ」に対し、「まれになりし」とあしらったのである。付唐墨—魚の子(毛吹草)。俳唐墨。

2160 雑。一鼬。食肉目イタチ科の獣。体は細長く、体長二〇—四五センチ。主に夜間出没し、鼠や鶏を捕え、血を吸う。二古びた宮殿、あるいは神社。ここは雑なので、後者。▽イタチが出た時の呪文「鼬眉目良し」による付け。イタチの顔は醜いが、逆にいって凶事を避けた(本朝食鑑十一)。句意明瞭。付眉目好(みめよし)—鼬(いたち)(類)、簾(すだれ)—宮の内(同)。俳いたち。

2161 雑。一深山に住むと伝えられる老女の怪物。謡曲・山姥では杖をついている。▽「ばち(罰)」を「撥」に取成しての付け。「山姥」の「杖」に「太鼓打」の「ばち」が当るのである。付杖突(つえつく)—山姥(類)、罰(ばち)—太鼓(同)。俳天ばち・山姥・太鼓打。

2162 雑。一無法者。「枉惑者(わうわくもの・わやくもの)」(反故集・下)。▽「わやく」を「和薬」に取成しての付け。「もろこしの人参」は、朝鮮人参のことか。当時大変高価であった。参考、高麗(かうらい)—人参(類)、薬—唐土(もろこし)(同)。俳わやくもの・人参。

2163 雑。一将棋で、王将が敵陣の三段目以内に入りこむこと。二「つ(詰)む」は、相手の王将を逃げられないようにすること。▽「ならぬ」を将棋の駒のそれと取っての付け。敵陣に入っても王将は成らないが、それを守る駒が成ると詰めにくい。

2164 雑。一連歌の懐紙は、百韻の場合四折で、最後の一折を「名残の折」という。▽「名残」を「連歌」の折に取成しての付け。付余波(なごり)—連歌(類)。俳お座敷・連歌。

2165 雑。一カサゴ科オコゼ類の魚の総称。岩礁にすみ、体長約二〇センチ。山の神の供物とする風習があった。「鰧(おこじ)」、和名乎古之、俗云乎古世。…俗云、山の神、鰧見ることを好む」(和漢三才図会四十八)。「をこじ 臘魚」(仮名字例二)。▽「山の神」は好物の「臘魚」を見ただけで大喜びする、との俗信による。俳給ふ・臘魚。

2166
前よりもまさる契《ちぎり》はうしろにて
かぶとのしころもてる景清《かげきよ》　貞徳

2167
北枕をばせぬ事ぞかし
汁に入《いる》ふくたうならばなげてみよ　同

2168
まんまくを屛風の外にはしらせて
讃岐《さぬき》の海をすぐる御座《ござ》舟《ぶね》　重頼

2169
はづれにけりな閨《ねや》のかけがね
おとがひのいたみをいとふ床の上　同

2170
鳥井のきはにめぐる小車《をぐるま》
織《お》殿《どの》屋《や》の機《はた》に数多《あまた》の糸をへて　同

2171
しるしの杉ぞ尋《たづね》かねたる
暮《くれ》ぬれば酒屋の門《かど》をわすれ果《はて》　重正

2172
門《かど》に小松を立《たて》ならべけり
のうれんにしるしを見する縫物や　重頼

2173
せんさくは用《ゆう》付《づけ》のみの連歌にて
夜は更《ふけ》たるか庭《には》鳥《とり》の声

2166 雑。一 兜の鉢から左右や後に垂れて、首を庇護するもの。二 二〇四五参照。▽平家物語十一・弓流しや謡曲・景清などによる付け。景清は、屋島の合戦で三保谷(三穂屋(みおのや))十郎を追いかけ、その兜の錣(しころ)を二、三度引きちぎった。「契」を「千切」に取成しての、恋離れの付け。[俳]かぶと・しころ・景清。

2167 雑。一 釈迦入滅の時、「頭北面西右脇臥」であったので、北枕を忌む。二「フクタウ(Fucutŏ)」(日葡辞書)。河豚(ふぐ)。▽「北枕」をフグのことに転じた付け。摂津国で「北枕」と呼んだ毒フグは、「擲(なげう)つときは必(ず)北に向ふ故にこの名あり」(重訂本草綱目啓蒙四十)という。[俳]北枕・汁・ふくたう。

2168 雑。一 幔幕。「官家に之を用ゆ」(和漢三才図会三十二)。二 二〇五六参照。▽「屛風」を地名に取成しての付け。屛風浦は香川県善通寺市(讃岐国多度郡)にある。[付]まんまく―御座舟(類)、讃岐―屛風浦(同)。[俳]まんまく・屛風。

2169 雑。一 頤。下あご。▽「かけがね」を「おとがひ」の関節に取成しての付け。恋の趣を不体裁な体の故障に転じた諧謔。[付]閨―床(類)、掛金―おとがい(同)。[俳]かけがね・おとがひ。

2170 雑。一「ヲドノヤ(Vodonoya)またはヲリドノヤ(Voridonoya) 絹織りをする家」(日葡辞書)。二 綜る。経(たていと)を引きのばして機(はた)にかける。▽「鳥井」「小車」を「機」の部品に見替えての付け。[付]華表(とりゐ)―織物(類)。[俳]織殿屋。

2171 雑。一 目印の杉。特に古今集十八・雑下の歌や謡曲・三輪で有名な三輪神社(奈良県桜井市)の杉。一〇六八参照。▽「しるしの杉」を酒ばやしと見替えた付け。三輪神社の祭神は酒神でもあったので、神木の杉の葉を束ねて球状にし、軒先にかけて酒屋の看板とした。一三七八参照。[付]杉―酒ばやし(類)。[俳]酒屋。

2172 雑。一「暖簾　のうれん」(饅頭屋本節用集)。のれん。二 裁縫業。または、裁縫の教師。▽正月の景を「縫物や」の店先の暖簾に描かれた絵柄に見替えた付け。葉が針状の「小松」を商標とする様。[付]門(かど)―暖簾(のれん)(類)。[俳]のうれん・縫物や。

2173 雑。一 付録「連句概説」参照。▽「庭鳥」の異名を木綿付鳥(ゆうつけどり)・夕告鳥(同)といったので、「用付」に「庭鳥」を付けたのである。仮名字例・四の記述「ゆふづけとり　夕告鳥」によると、当時、ユウヅケともいったか。[俳]せんさく・用付・連歌。

そろひかねたる両の袖口

2174 下《へ》手《た》上《じやう》手《ず》二《ふ》人《たり》静《しづか》をつれ舞《まひ》て　貞徳

此《この》度《たび》は碁に打《うち》まけて物思ひ

2175 まて会《くわい》稽《けい》の恥をすゝがん

あふたびくにうれしさぞます

2176 剃《かみ》刀《そり》はちよつとゞにもはの付《つき》て

終夜《よもすがら》つまあたゝかにだいてねて

2177 たんぽはおそを巻《まき》たるぞよき　貞徳

すぢかひに見る沖の島山

2178 越後より佐渡にわたせる舟の上　重頼

親の留守とて人の音《おと》信《づれ》

2179 大江山いくのゝ歌をよみきかせ　同

雫ほどある松かげの水

2180 重《しげ》衡《ひら》の形見の硯すり出《いで》て　同

二《ふ》人《たり》居てこそ満足はすれ

2181 陰《おん》陽《やう》師《じ》くすしもよしといふ病《やまひ》　貞徳

2174 雑。一 伝世阿弥作の謡曲。二〇〇九参照。▽「そろひかねたる」を左右の袖の寸法でなく、二人の舞の動作である、と転じた付け。俳下手・上手・二人静。

2175 雑。一「会稽の恥をすゝぐ」(和漢古諺)の語で有名な故事。越王勾践(こうせん)は呉王夫差(ふさ)と会稽山で戦い、捕えられ、恥辱を受けたが、のち夫差を破って恥辱をすすいだ(史記・越世家、貨殖伝)。▽「碁」を「呉」に取成しての付け。俳碁・会稽。

2176 雑。一 刃が鋭く、切れるようになる。▽「あふ」を、研いで刃がよく切れるようになるの意味に取成しての付け。参考、「はばやくもあふや剃刀鶉鷹」(毛吹草六)。付逢(あふ)―剃刀(類)。俳剃刀。

2177 雑。一 湯婆。湯たんぽ。二「獺、和名乎曾(をそ)」(和名抄)。イタチ科の哺乳類。ここはその毛皮をいう。▽抱いて寝るものを「つま」から「たんぽ」に転じた、恋離れの付け。俳たんぽ。

2178 雑。一「佐渡と越後は筋向ひ、橋を架けたや船橋を」(山家鳥虫歌・佐渡)。佐渡の小木(おぎ)から越後の出雲崎まで海上十八里(和漢三才図会六十八)。▽「すぢかひ」と「島」から俗謡を想起し、「佐渡」と「越後」を結ぶ渡船を付けた。

2179 雑。一「大江山いく野の道の遠ければまだふみも見ず天の橋立」(金葉集、百人一首)。▽母和泉式部の留守中に宮中で歌合があり、母親への使いはまだ戻りませんか、などとからかわれた小式部内侍がこの歌を詠んで逆襲した、という有名な逸話(俊頼髄脳、袋草紙、十訓抄ほか)による付け。俳親・留守。

2180 雑。一 平清盛の四男(五男とも)。一谷の合戦で生け捕られ、南都の衆徒によって斬首された。▽重衡は、生け捕られた後に出家を望んだが、その罪業(一九一七参照)のため許されず、法然より受戒、このとき清盛形見の硯「松蔭」を返礼に奉った(平家物語十・戒文)。「松かげ」をその硯に取成しての付け。俳重衡。

2181 雑。一 民間では加持・祈禱や占いをした。二〇七六参照。二 医者。▽前句の「満足」を具体化した心付。慎重な人物が、健康であること、もしくは病気全快の保証を「陰陽師くすし」の二人から取付け、やっと安心するのである。俳陰陽師・くすし。

2182 雑。一 生後百日目、もしくは百二十日目に赤児に初めて飯を食べさせる祝。二 訴訟。三 常食以外に食する嗜好品。▽

2182 先《まつ》めでたしと[一]くゐ初《ぞめ》ぞする
かち栗《ぐり》を[二]公事《くじ》の門出の[三]菓子にして　同

2183 [一]ふしづけはたくさんなれや[二]堅田《かたた》浦《うら》
[三]みしんを[四]なさぬ志賀の百姓　良徳

2184 [一]大黒と[二]ゑびすは中やよかるらん
ゆがふだ紙につゝむ[三]いたがね　親重

2185 つかひにくゝは縄かけてをけ
[一]悪銭も尋《たづぬ》る人ぞ有《あり》ぬべき　貞徳

2186 竹の筒も[一]数《す》寄《き》道具とて売《うり》廻《まはり》
髪のあぶらや櫛《くし》のいろ〳〵　正信

2187 大臣もいま心なぐさむ
[一]はやされてうたひ出《いで》たる[二]能の脇　重頼

2188 恋路《こひぢ》には足がひゆれど立《たち》て居て
どぢやうをねらふ鷺のありさま　貞徳

2189 明石の浦にれうしあつまる
[一]人丸は歌書をかくべき用意して　重頼

赤児の「くゐ初」を「公事の門出」の予祝行為に転じた付け。「かち栗」は勝に通ずるので食べて縁起をかつぐのである。参考、「はたらいた／かちぐり持て公事見舞」(軽口頓作)。[俳]くゐ初・かち栗・公事・菓子。

2183 雑。一 柴漬。冬、束ねた柴を水中に漬け、集まった魚を捕る。二 二〇三参照。三 未進。年貢の未納。四「済(な)す」で、完納する。▽「ふしづけ」を、私刑のそれに取成した付け。簀巻(すまき)にして科人を水に漬ける。[付]罧(ふしづけ)―科人(類)。[俳]たくさん・みしん・百姓。

2184 雑。一 七福神の一つ大黒天。二 七福神の一つ。商家では福の神として祭る。三 板銀。特に丁銀。表面に銀座の責任者大黒常是の極印「常是」「宝」、大黒像が打たれる。▽裁ち残しの折れゆがんだ紙を「恵比須紙」といい、丁銀に大黒像を極印するところから趣向した付け。大黒天と恵比須は一緒に祭ることが多い。[付]大黒―丁銀(類)、恵美酒―紙(同)。

2185 雑。一 粗悪な質の銭。▽「縄」を銭差(ぜにさし)と取っての付け。銭貨は中央の穴に縄(銭差)を通し、百文差・二百文差・一貫文(千文)差などの単位で保管・運搬した。[俳]悪銭。

2186 雑。一 風流な趣味の器具。特に茶の湯道具を指す。▽「数寄道具」を「梳き道具」に取成しての付け。[付]筒―油(類)、髪―透(すく)(同)。[俳]数寄道具・売廻る・あぶら。

2187 雑。一 声や手拍子で調子づける意と、鼓・太鼓・笛で伴奏する意の二つを掛けた。二 主人公のシテ(仕手)についで重要な役。▽「大臣」を能楽の役のそれに転じて付けた。能楽(特に脇能)では、大臣は多くワキを演ずる。[付]大臣―能の脇(類)。[俳]大臣・能の脇。

2188 雑。▽「恋路(こひぢ)」を「泥(こひぢ)」に取成し、前句の行動・姿態を鷺が今にも啄(ついば)もうと片脚上げて、獲物を狙っている様に転じた。恋離れ。[付]足―鷺(類)。[俳]どぢやう。

2189 雑。一 柿本人麿。▽「れうし(漁師)」を「料紙」(用紙)に取成しての付け。「ほの〴〵と明石の浦の朝霧に島がくれ行く船をしぞ思ふ」(古今集、和漢朗詠集ほか)の伝人麿歌を記念して、明石には早くから柿本人麿社が建てられた。[付]明石―人丸(類)。[俳]れうし・人丸・歌書・用意。

2190
　か[一]れいひを朝[二]まだきより味《あぢは》ひて
三[三]川の宿《しゆく》を出《いづ》るなりひら　同

2191
　便《たより》[一]にも弓[二]はり月をたのまゝし
夜《よ》半《は》にたどりてしのぶ落武者　宗二

2192
　ふ[一]つてわきたることもこそあれ
誰《たが》世にかたくみ出《いだ》せるあ[二]られ釜　貞徳

2193
　かざす扇のかなめは[一]しれり
えらばるゝ矢先はな[二]すの与一にて　正信

2194
　あぶなくも思はず橋や渡る覧《らん》
ぐ[一]づめく体《てい》を見せぬ張《ちやう》[二]良《りやう》　良徳

2195
　さて〱折[一]の中の広さよ
跡先をちゞめてかける懐《くわい》[二]紙《し》面《づら》　由己

2196
　四[一]くのもんをぞたつとしと聞《きく》
物を知《しる》年は三十六なれや

2197
　山寺の聖《しやう》[一]人《にん》を只かろしめて
坂もかまはずまはす乗[二]物

2190　雑。一乾飯。旅行用の携帯食。二早朝。三古くから三河と混用。▽伊勢物語九段・東下りの一節、「三河の国、八橋といふ所にいたりぬ。…その沢のほとりの木の蔭に下りゐて、乾飯(かれいひ)食ひけり」による付け。八橋は東海道の宿駅知立(池鯉鮒)にある。付餉(かれい)―八橋のもと(類)。俳宿・なりひら。

2191　雑。一一六五〇参照。二一六五〇参照。▽打越からすると前句は、好都合なので弓張月を頼みにしよう、の意。付句は、頼みにしようとしている人物を、弓張月の縁から「落武者」と見定めたもの。一六五〇参照。付侍―弓(類)、月―永き夜(同)。俳落武者。

2192　雑。一思いも寄らない事が起きた時の譬喩。二霰形の細かな突起を外面に鋳出した、茶の湯の釜。▽「ふってわ(湧)く」を「降って沸く」に取成しての付け。俳あられ釜。

2193　雑。一飛び散る。二源義経の臣。屋島の合戦で、源氏の代表として扇の的(要ぎわ)を射落とした(平家物語十一・那須与一)。▽「扇のかなめ」が飛び散った原因を、那須与一の故事により付けた。俳なすの与一。

2194　雑。一ぐずぐずするさま。二漢の高祖の臣。▽張良は下邳(かひ)の土橋で、老翁黄石公が急流に落とした沓(くつ)を、危険を冒して拾い上げ、兵法の奥義を授かる(謡曲・張良ほか)。「あぶなくも思はず」に「ぐづめく体を見せぬ」は同意気味。貞徳点令徳(良徳)独吟「袖べいの」百韻に所収。付橋―張良(類)。俳ぐづめく体・張良。

2195　雑。一折櫃の略。ヒノキや竹などの薄板を折り曲げて作った箱。食物を入れる。二連俳の懐紙の表面。▽「折」を連俳用語のそれに取成した付け。「漆色に」百韻に所収。付折紙―連歌(類)。俳懐紙面。

2196　雑。一四句からなる偈(げ)の文句。▽「四く(句)」を「四九」と取って「三十六」と付けたもの。参考、謡曲・誓願寺に四句の文を語って聞かせる場面がある。俳四くのもん・三十六。

2197　雑。一上人。高僧の敬称。三〇〇参照。二引き戸のついた駕籠。▽軽視する意の「かろしむ」を物理的な意に取って転じた付け。俳聖人。

2198　雑。一鶴の雛。二びっしょりぬれる。三曾祖母。祖父母の母。▽「鶴の子」を曾孫(ひまご)の意に取成し、「ひ姥」で応じた

鶴の子は岩まの浪にしよぼぬれて

2198 ひ姥《うば》ときくも乗《のる》池のふね　良徳

あら海をたゞ知《ち》行《ぎやう》にぞとる

2199 内のもの持《もつ》は鯨も大名よ　貞徳

明《みやう》恵《ゑ》聖《しやう》人《にん》腹やたつらん

2200 とがの尾の茶園をあらす往《ゆき》来《き》にて

花はぼたんともてはやしけり

2201 重《しげ》衡《ひら》は一門の座につらなりて

行《ゆき》ちがひたる橋のまん中

2202 あはれにもいすかの鳥の餌《ゑ》をはみて　重頼

ながされてゐるはあはれや薩《さつ》摩《ま》がた

2203 鐘のゆつぼへ入《いる》るところ銭《せん》

名を後の世に残す実《さね》盛《もり》

2204 うち置《おく》は物きれなれや刀鍛冶　重頼

目もまひぬべき池の釣殿

2205 人《にん》参《じん》といふは平家のあまならし　休音

付け。[付]池―岩根(類)。[俳]しよぼぬる。

2199 雑。一 領有地。二 妻。または、家来・召使。▽鯨は五、六月頃、岸に寄って子を生み、七、八月頃、子を率いて外海に帰る。雄は鯨、雌は鯢(和漢三才図会五十一・鯨)。前句の当為者を「鯨」と見定めた付け。群をなして悠々と廻遊する鯨を「大名」行列に見立てた。[俳]知行・鯨・大名。

2200 雑。一 鎌倉初期の華厳宗の僧。栂尾(とがのお)の地に高山寺を復興した。二 京都市右京区梅ヶ畑栂尾町。京都北西部、清滝川沿いの地。▽明恵は栄西から茶の木を贈られ、栂尾で栽培を始めた。立腹の原因を、通行人が「茶園をあらす」からと付けた。[付]栂尾―明恵上人(類)。[俳]明恵聖人・腹たつ・茶園。

2201 雑。一 一九七・二一八〇参照。▽「先年、此(平家の)人々を花にたとへ候しに、この三位中将(重衡)をば牡丹の花にたとへて候しぞかし」(平家物語十・千手前)による付け。[付]牡丹―重衡(類)。[俳]重衡・一門。

2202 雑。一 アトリ科の鳥。上下の嘴が湾曲、交差している。▽「橋」を「嘴(はし)」に取成し、齟齬することの譬え「いすかの嘴」により趣向した付け。[付]著―いすか(類)。[俳]いすか。

2203 雑。一 一九三参照。二 鐘を鋳造する銑鉄(せんてつ)を入れた壺。三 磨滅した悪質の洪武通宝(明(みん)で鋳造)。▽「ゐる」を鋳ると取成し、島流し(一九三参照)のことを鋳造のことに転じた付け。薩摩国に多い洪武銭(毛吹草四)を熔(と)かし流して鐘を鋳造するのである。[付]流(ながす)―鋳物(類)、入―鐘(同)、薩摩―洪武銭(ころせん)(同)。[俳]ゆつぼ・ころ銭。

2204 雑。一 斎藤別当実盛。平安末の武将。老後、義仲追討の合戦で戦死。謡曲で有名。二「モノキレ(Monoqire) よく切れる刀」(日葡辞書)。三 底本、「治」と誤る。▽「実盛」を平安期伯耆国大原の刀工名に取成しての付け。[俳]実盛・物きれ。

2205 雑。一 寝殿造りの東西の対から出た廊の南端にあり、池に臨む建物。二 高麗人参。漢方薬の一つ。▽「池の釣殿」を池の禅尼に取成して、薬を求める体(てい)を付けた。禅尼は六波羅の池殿(平忠盛邸)に住んだので、池殿とも呼ばれた。「目まひ」薬には「人参」も調合する(衆方規矩大成・眩暈門)。

2206
[一]かるかやも世に[二]秋果《はて》し野べの色
涙とともにをこす[三]道心　重頼

2207
[一]愛《あ》宕《たご》山《やま》のぼれば寒き寒《かん》の中
[二]もたせの酒を[三]こゝろみの坂　同

2208
雨をふせがぬ[一]みのもこそあれ
[二]のりづけにはるは屏風《びやうぶ》の[三]下《した》地《ぢ》紙《がみ》　同

2209
くり返し又文うらをくり返し
[一]数《す》寄《き》屋《や》にねんをいるゝ[二]こしばり　一正

2210
当代は皆[一]公《こう》道《たう》に成《なり》て来て
[二]検《けん》校《げう》望む座頭おほさよ　同

2211
見れども山はまだはるか也《なり》
気みじかにおぼしめすなよ此《この》[一]もがさ

2212
新《あたらし》き[一]かたつきや只する覧《らん》
[二]無《む》文《もん》小袖をきるばかりなり　同

2213
よしあしに付《つけ》てもおもふ[一]鞍馬寺
[二]山《さん》椒《しよ》のたねを植《うう》る難波津　政昌

2206　釈教(道心)。一 イネ科の多年草。秋の七草の一つ。二「飽く」との掛詞。三 仏道に帰依する心。▽「かるかや」を、説経浄瑠璃のそれに取成した付け。九州の大領主、加藤左衛門繁氏は花の莟が散るのを見て剃髪、苅萱道心と名乗る。子の名、石童丸でも有名。㊀刈萱(かるかや)―道心(類)。㊁道心。

2207　雑。一 一六五五・二〇三〇参照。二 従僕などに持たせた酒。三 峠の名との掛詞。▽愛宕山の一の鳥居から五十町の坂があり、初めに「試(こゝろみ)」の峠がある。寒さに耐えられず、一寸酒を試みて身体を温めよう、との付け。㊀寒の中―酒造(つくる)(類)、試(こゝろみ)―あたごの坂(同)。㊁寒の中・もたせ。

2208　雑。一 蓑。二 糊付。糊を付けること。三 素地として貼る紙。▽「みの(蓑)」を「美濃(美濃紙)」に取成しての付け。参考、「厚紙・中折紙〈典具帖〉」(毛吹草四・美濃)。㊀蓑―屏風(類)。㊁のりづけ・屏風・下地紙。

2209　雑。一 二〇八九参照。二 腰張。壁・襖(ふすま)・障子などの下部に紙を張ること。▽「くり返す」行為を、「文」を読むことから「こしばり」を貼ることに転じた付け。㊀反故(ほぐ・ほうご)―腰貼(類)。㊁数寄屋・ねんをいる・こしばり。

2210　雑。一 質素・堅実なこと。また、礼儀正しいこと。「コウタウ(côtô) 礼儀作法のきまりを遵守(じゅんしゅ)すること」(日葡辞書)。二 座頭の最高位。▽「公道」を座頭の位「勾当」に取成しての付け。勾当は検校の下、座頭の上位。㊁当代・公道・検校・座頭。

2211　雑。一 疱瘡。天然痘。▽「山」を「疱瘡」のそれに取成した付け。疱瘡の最も危険な段階を「山」という。㊀山―疱瘡(ほうさう)(類)。㊁もがさ。

2212　雑。一 肩衝。肩のやや角張った茶入れ。二 模様・紋のない小袖。▽「かたつき」を「形付」に取成しての付け。作者「同」は、底本のまま。㊁かたつき・無文小袖。

2213　雑。一 京都市左京区鞍馬本町にある鞍馬弘教の本山。二 ミカン科の落葉低木。独特の芳香があり、果実は香辛料にされる。二〇一四参照。▽山椒の若い枝の皮を串にさした食品が鞍馬の名産(毛吹草四・山城)。二つの付筋により仕立てた付け。㊀善悪(よしあし)―難波入江(類)、鞍馬―山椒皮(同)。㊁山椒。

2214 海士《あま》人《びと》の持病に虫一やもちぬらん　同
　　羽《は》ばやくもたゞ見ゆる小鳥
2215 重《ちう》一代《だい》の太刀のつばニもとくつろぎて　重頼
　　あ一ひ口ばかりよりニあひの中
2216 いかにしてつばわき三指《ざし》のなきやらん　一正
　　氷と見しは砂糖なりけり
2217 次《つぎ》一信《のぶ》がぬきたる太刀をひらめかし　重頼
　　か一りやをばふきたるまねやいたすらん
2218 鵜《う》ニの羽の能はいまだ見ざりき　貞徳
　　柴かる山で文をこそ見れ
2219 学びにも情《せい》一を入《いれ》たる朱《しゆ》ニ買《ばい》臣《しん》
　　夜《よ》一ありきのしげき身は扨《さて》いかゞせん
2220 ぬす人こもる立《たつ》ニ田《た》山《やま》越《ごえ》　望一
　　淵の底よりふかき孝行
2221 打《うつ》杖のよはきにたらす泪《なみだ》川《がは》　同

2214 雑。一 回虫などによって起きる腹痛。癇(かん)の俗称。▽「山椒」は、漢方では回虫駆除薬として用いることからの趣向。付山椒―虫気(類)、難波―海士(同)。俳持病・虫。

2215 雑。一 代々伝わること。ニ 刀の鍔際をゆるめて刀をすぐ抜けるように身構える。▽「羽ばやい」を「刃早い」(よく切れる)に、「小鳥」を平家重代の宝刀(平家物語三・無文)に取成しての付け。付歯―太刀(類)。俳重代・つばもと。

2216 雑。一 互いに話の合う人。ニ 多数の人が集まる会合。三 鍔(つば)のある小刀(しょうとう)。▽「あひ口」を匕首(ひしゅ つばのない短刀)に取成しての付け。俳あひ口・よりあひ・つばわき指。

2217 雑。一 源義経の臣、佐藤継信。屋島(八島)で戦死。謡曲および舞・八島で知られる。▽「砂糖」を「佐藤」に取成しての付け。「氷」は研ぎすました剣の譬喩によく使われる。付氷―剣(けん)(類)。俳砂糖・次信・ひらめかす。

2218 雑。一 仮屋。まにあわせの家。ニ 日向国の鵜戸(うど)で、鵜の羽でふいた仮屋のいわれを聞き、其の夜、豊玉姫とその子鵜羽葺不合命(うのはふきあわせずのみこと)の故事が再現されるのを見る、という内容。記紀等に伝えられる神話による。廃曲。▽「まね」を、表面的な形だけを取繕った行為と取っての付け。諺「鵜のまねする烏は水を喰ふ」(日葡辞書ほか)も踏まえるか。せわ焼草一では、「鵜羽葺(うのはふく)」を神祇とする。俳能。

2219 雑。一 当時、「精」に通用。「情　なさけ・せい」(合類節用集)。ニ 中国前漢の人。貧困のため薪を背負いながら読書して独学、のちに会稽の太守となった(蒙求・買妻恥醮ほか)。▽朱買臣の故事による。付薪(たきぎ)―朱買臣(類)。俳情を入る・朱買臣。

2220 雑。一 「夜行　よありき」(文明本節用集)。ニ 奈良県と大阪府との境にある山。歌枕。▽伊勢物語二十三段(高安通いの段)に収められる歌「風吹けば沖つ白浪たつた山夜半にや君がひとり越ゆらむ」の「白浪」は、古来、盗人の意とされる(知顕集、藻塩草十五・盗人ほか)。二六〇〇参照。「梅やたゞ」百韻に所収(前句の下五「いかならん」、付句上七「盗人のある」)。

2221 雑。▽伯兪が過ちを犯して母に笞(ち)うたれた時、痛みを感じないほど母の力が弱ったことを知って泣いた故事(蒙求・伯兪泣杖ほか)による。同右に所収。付淵―涙(類)。俳孝行。

2222 一上《じやう》きこんにもするは手《て》習《ならひ》
六十になれどこゝろは若やぎて　慶友

2223 星《ほし》月《づき》夜《よ》にやよありきをする
盗人は一鎌倉山に昼ねして

2224 浅ましやとく法《のり》だにも絶《たえ》〲《だえ》に
米をもたねばならぬ一せんだく

2225 一上《じやう》品《ぼん》にいたらん事のうれしさよ
まだ日はたかしみの二ゝ中《なか》道《みち》　貞徳

2226 はやをしへなん九ゝの算用
一あき人は二八十六の子を持《もち》て

2227 あなたこなたに鬼や住《すむ》らん
一羅生門打《うち》見渡せば二大江山

2228 人のなさけはねてぞしらるゝ
一亭主より小袖を一つ二かり枕

2229 一四《し》もじをきらふ人ぞ二はかなき
持《もち》あかば三竜《りよう》虎《こ》梅《ばい》竹《ちく》くれよかし

2222 雑。一 根気のよいこと。▽諺「六十の手習」(諺苑)による付け。「伐杭の」百韻に所収。一七四七参照。俳上きこん・六十。
2223 雑。一 鎌倉市(相模国)周辺の山。歌枕。▽諺「盗人の昼寝もあてがある」(毛吹草二)による付け。和歌では「星月夜」と「鎌倉山」を詠み合わすことが多く、謡曲では枕詞ふうに「星月夜鎌倉山」と用いる例が多い。参考、「かまくら山。…ほし月夜」(藻塩草四)。犬俤に所収。付鎌倉—星月夜(類)。俳昼ね。
2224 雑。一 二〇六三参照。▽「とく法」を「溶く糊」に取成しての付け。同右に所収。付法(のり)—洗濯(せんだく)(類)。俳せんだく。
2225 雑。一 仏教で、極楽浄土を上・中・下に三分した、その上のこと。二 関ヶ原から養老山麓を経て伊勢へ出る牧田街道と推定される。▽「上品」を、美濃産の絹布のことに取成しての付け。参考、「美濃(みの)上品(ぼん)」(庭訓往来・四月状返)。付美濃—上品絹(類)。俳上品。
2226 雑。一 商人。▽「算用」が最も必要とされる階級「あき人」を付けた。古くから十六歳のことを「二八」といった(本朝文粋、太平記)ことにより趣向したのであるが、十六歳は算用を学び始める年齢としては遅いのである。俳九ゝ・算用・二八十六。
2227 雑。一 平安京の正門。朱雀大路の南端(現、南区千本九条)にあった。同名の謡曲で、渡辺綱は羅生門に出没する鬼の片腕を打ち落とす。二 京都府(丹後国)加佐郡大江町にある千丈ヶ岳の通称。源頼光・渡辺綱らが酒呑童子を退治した伝説で有名。▽「鬼」の住む「あなた」を「大江山」、「こなた」を「羅生門」と具体化した付け。付鬼—大江山・羅生門(類)。
2228 雑。一 泊った家の主人。二 「借る」と「仮枕」をいい掛ける。後者は旅寝、他人の家に宿泊すること。▽恋の意の「なさけ」を人情の意に転じた、恋離れの付け。犬俤に所収。付いぬる—枕(類)。俳亭主・小袖。
2229 雑。一 「四」は「死」に通じるので忌み嫌った。二 あさはかである。思慮がない。三 「竜虎」「梅竹」はともに中国・日本両国で画題として好まれた。▽「四もじ」を四つの文字と取り、「竜虎梅竹」と特定した付け。書というより画の軸物か。参考、「竜虎(れうこ)梅竹」(せわ焼草二・続詞)。俳四もじ・竜虎梅竹。

2230 つりにこゝろをいるゝ明《あけ》暮《くれ》
ほう髭《ひげ》を持《もち》ぬる人のた一しなみて

2231 扨《さて》も似《に》合《あは》ず口をすひけり
分別のありげな人も碁《ご》は下手で

2232 楊一貴妃の心いかほどせ二きぬらん
華《くわ》三清《せい》宮《きう》にもし四はぶきの声　慶友

2233 け一なげなる心や先にすゝむ覧《らん》
馬のり入《いれ》てわたす宇治川　望一

2234 暁がたに夜《よ》一討《うち》こそすれ
ねぶたくもなきや日《ひ》二待《まち》の碁の遊び　貞徳

2235 いくすぢも有《ある》野道山道
草木刈《かる》袖は縄帯なはだすき　望一

2236 まだ昨日けふおこす道心
つくもたゞ無《ぶ》一調《てう》法《はふ》なる鐘の音　同

2237 おれてからりと落《おと》す鐙《やり》のえ　同

2230 雑。一 身だしなみを整える。▽魚の「つり」を「つり髭」のことに転じた付け。普通、「つり髭」は口髭についていうが、頬から顎にかけてたくわえた髭をもいう。犬俤に所収。付釣(つる)—髭(毛吹草)。俳ほう髭。

2231 雑。▽「口をすふ」しぐさを進退に窮した時、失敗した時の舌打ちに見替えたものであろう。碁の腕前と知性は必ずしも正比例しない。恋離れ。同右に所収。俳口をすふ・分別・碁・下手。

2232 雑。一 一九九六参照。二 心がはやる。三 玄宗と楊貴妃が屢々遊んだ離宮で、長安の南東、驪山(りざん)にあった。「急」をいい掛ける。四 咳き。▽「せ(急)く」を「咳く」に取成しての付けだが、同意気味。「吹風の」百韻に所収(付句「華清急にもしはぶきをする」)。俳楊貴妃・せく・華清宮・しはぶき。

2233 雑。一 健気。勇猛な心。▽源頼政は以仁王(もちひとおう)を奉じて挙兵、宇治に敗退した時、宇治橋の橋板を外して防戦したが、平家方の足利忠綱は手勢三百騎をひきいて渡河、全軍がそれに続き、勝敗の結着を見た(平家物語四・橋合戦、謡曲・頼政)。前句の勇猛な前進から、宇治川の渡河の場面を想起して付けた。「梅やたゞ」百韻に所収。一八四七・一九五七参照。

2234 雑。一 夜、敵を襲うこと。二 正・五・九・十月の十五日などに潔斎して夜を明かし、日の出を拝む行事。眠らぬよう遊興などをした。▽「夜討」を「碁」のことに取成しての付け。付夜討—灯のかげの碁(類)。俳夜討・碁。

2235 雑。▽「すぢ」は「道」だけでなく、細長いものを数えるのに用いるので、「帯」「たすき」を付けた。「袖」は人体(じんてい)、身の上をも含んだ象徴的表現。「梅やたゞ」百韻に所収。付草—野(類)。俳縄帯・なはだすき。

2236 釈教(道心・つく鐘)。一 行き届かないこと。無器用。▽道心を起こしてからの経歴が浅く、鐘のつき方もぎこちない、との心付。次句とともに「梅やたゞ」百韻に所収。俳道心・無調法。

2237 雑。▽「つ(撞)く」を「突く」と取っての付け。ここでは「無調法」は、冴えないといった趣、「鐘」は「鉄(かね)」の意に取る。付晩鐘(いりあい)—鐙(類)。俳からり・鐙のえ。

折《をり》〳〵《をり》かはる[一]すきの道〳〵

2238 [二]赤ゑぼしきて世間《よのなか》やわたるらん　一正

にが〳〵し少《すこし》の[一]ふしをいひ立《たて》て

2239 となりざかひをしきる竹垣　徳元

柴刈の中に祖父《おほぢ》やまじる覧《らん》

2240 よろ〳〵とつく[一]うば竹の杖　同

[一]東《あづま》がたにぞおどりもよほす

2241 琴の音に似た三味線《しやみせん》を引《ひき》ならし　親重

[一]そゝうにもやぶれ暦をつぎ集《あつめ》

2242 [二]三島の里に屛風をぞはる　同

播磨《はりま》の者ぞ[一]湯の山に入《いる》

2243 [二]手はおへどてが[三]らしかまのかち軍《いくさ》　貞徳

[一]瀬田あたりより出《いづ》るあら駒

2244 [二]飼《かひ》鳥《とり》の手なるゝ程を[三]松本に

[一]物あやかりを本《ほん》[二]とこそすれ

2245 [三]若君を[四]とり上《あげ》ぬるは武蔵坊

2238　雑。一 風流な趣味。特に茶の湯。二 烏帽子は普通黒塗りなので、変ったものをいう。▽諺「すきにあかゑぼし」(毛吹草二)による付け。[付]折(をり)―ゑぼし(類)、数奇―赤ゑぼし(同)。[俳]赤ゑぼし。

2239　雑。一 節。心のとまる点、箇所。「五倍子(ふし)」(三〇一四参照)に掛ける。▽「いひ立つ」を「結ひ立つ」と取り(一七二一参照)、「ふし(節)」の縁から「竹垣」を付けた。境目(めさい)論である。徳元千句六に所収(付句の上七「となりのさかい」)。[付]結(ゆふ)―垣(類)。[俳]にが〳〵し・となりざかひ。

2240　雑。一 曲がった竹を老女に譬えていう。▽「祖父」に「うば(姥)」を対(かむ)わせ、それを杖のことに言い下した付け。徳元千句一、塵塚誹諧集に所収。[俳]よろ〳〵・うば竹。

2241　雑。一 東方、もしくは東国の方。▽「東がた」を、「東」(東琴、即ち和琴(わごん)の略)の型の意に取成し、「琴の音に似た」とした。一八二三参照。[付]三絃(しやみせん)―踊(類)。[俳]東がた・三味線。

2242　雑。一 粗略。二 伊豆半島のつけ根に位置し、東海道の宿駅の一つ。▽室町時代以降、三島大社から発行された暦は有名(一五三一参照)。その破れた古暦で屛風を貼るのである。[付]暦―三島(類)、反故―屛風(同)。[俳]そゝう・屛風。

2243　雑。一 温泉が涌く山。特に有馬温泉。二 傷。三「飾磨の褐(かち)」と「為(す)」「勝軍」をいい掛ける。「褐」は同地の名産。▽二つの付筋をいい掛けで仕立てた付け。[付]播磨―しかまのかちん染(類)、療治―湯の山(同)。

2244　雑。一 滋賀県(近江国)大津市南部の地名。二「カイトリ(Caitori)」(日葡辞書)。三 大津市東部の地名で、船着場として栄えた。「待つ」にいい掛ける。▽「あら駒」が馴れるまで待つ、との意。「飼鳥の」は序詞的用法で、実意はない。参考、「勢多―望月の駒」(類)、「馴(なるゝ)―飼鳥」(同)。

2245　雑。一 感化されること。二 本旨。三 まだ幼い主君。四 髪をたぐりあげ、束ね結ぶ。▽若君遮那王(義経)の元服の際、弁慶が御髪(みぐし)を取上げ、果報をあやからせようとしている体(てい)。参考、「男子(なんし)は七才まで物あやかりと承はる、若君の御果報あやからせ給はば、おぢ頼朝に御あやかり候へ」(浄瑠璃・安宅高館六)。[俳]物あやかり・本・武蔵坊。

宗盛一に暇《いとま》をこへど出《いで》かねて
2246 兵庫《ひやうご》二にかゝる西国《さいこく》三のふね　親重

月くらき夜盗《よーたう》にあへる美濃国《みののくに》
2247 青《あを》野《の》二がはらをたつる無念さ　重頼

おなじ丸《まろ》一ねをせん二かたのとき
2248 三とらまへて下戸《げこ》を上戸《じやうご》の酔狂《ゑひぐるひ》　慶友

一浄《じやう》海《かい》は島の普《ふ》請《しん》を心にて
2249 西《にし》二八《はち》条《でう》のあたりさびしき　貞継

座敷にちりはあらじとぞ思ふ
2250 寒《かん》一山《ざん》や又拾《じつ》二得《とく》の絵を書《かき》て　氏重

打《うち》なぐさむもひとり也《なり》けり
2251 山かげにすめる狸のはらつゞみ　同

人の病をなをしこそすれ
2252 むかしよりつたはり来たる和一歌の家　同

一しやく取《とり》てよき諸《もろ》二白《はく》の酒盛に
2253 ならのみやこを思ふ公家衆　休音

2246 雑。一 清盛亡き後の平家一門と天皇以下の公卿を率いて西国に落ちた。壇ノ浦で捕えられ、のち斬殺される。二 神戸市兵庫区にあった港。三「サイコク(Saicocu)…九州、または筑紫」(日葡辞書)。▽前句は謡曲・熊野(ゆや)による。熊野は暇乞いしたが、宗盛の許しがすぐには得られなかった(一二八七参照)。それを、平家の息のかかった西国船に転じた。俳宗盛・西国。

2247 雑。一「やたう」とも。二 岐阜県(美濃国)大垣市西方の地名。「腹」をいい掛ける。▽いい掛け仕立ての遣句。付美濃―青野が原(類)。俳夜盗・はらをたつ・無念さ。

2248 雑。一 一七三八参照。二「為ん方の時」。ここでは、しようとした時、の意と取ってよい。三 捕える。▽前句の当為者を酒乱の人と見定めた付け。前句の「せんかたのとき」は無理な措辞。俳とらまへる・下戸・上戸・酔狂。

2249 雑。一 平清盛の法号。病気になった清盛は、存命を祈って出家、入道となった。二 京都の朱雀大路より西側の八条通りの称。清盛邸があった。▽清盛は応保元年(一一六一)、福原に島を築こうとして失敗、同三年、経文を石に書いて築島に成功した(二〇七六参照)。清盛の心境を付けた。俳浄海・普請・西八条。

2250 雑。一 唐代の詩僧。拾得とともに天台山国清寺の豊干(ぶかん)禅師についた。脱俗の隠士としてよく画題にされた。二 同じく豊干に拾われ、寺の清掃や炊事に従った。底本、「十徳」と誤る。▽普通、拾得が箒をもち、寒山が巻物をもつが、当時、混同され、箒を持つ絵柄の芭蕉自画賛を許六らは「寒山自画賛」と称している。参考、箒―寒山(類)。俳座敷・寒山・拾得。

2251 雑。▽接頭語の「うち」を実(じつ)に取り、「狸」のことに転じた付け。参考、「人すまで鐘も音せぬ古寺に狸のみこそ鼓うちけれ」(夫木抄二十八)。付打(つ)―鼓(類)。俳はらつゞみ。

2252 雑。一 和歌の名門。冷泉(れいぜい)家・二条家など。▽「病」を「和歌」のそれに見替えての付け。付病(やまひ)―歌(類)。俳和歌。

2253 雑。一 杓。柄杓。二 精白した米で醸(かも)した上等の酒。▽「しやく」を「笏」に取成しての付け。笏は、文官が束帯のとき右手にもつもの。「諸白」を呑みながら、産地の奈良に思いを馳せるのである。付奈良―酒(類)、酌―公家(同)。俳しやく・諸白・公家衆。

狗猧集巻第十六

魚《ぎよ》鳥《てう》 付 謡誹諧《うたひはいかい》

2254 [一]をのが名の紅葉やとづる[二]こゞり鮒《ぶな》

2255 鍋の中でも鴨は[一]かはいり

2256 鶏やさむふて屋ねにのぼる覧《らん》

2257 杉むらはばら〱になる遠近《をちこち》に

天狗も今は余所《よそ》へいにけり

2258 月に啼《なく》鵄《とび》は日よりの声もなし

2259 倉にたはらをつみかさね置《おく》

[一]代官をうけつぐみこそめでたけれ

2260 百姓はたゞ[一]殿の田[二]つくり

※以下二二九四までは誹諧独吟集(以下、独吟集と略記)下に所収の徳元独吟「魚鳥誹諧」からの抜粋で、句毎に魚か鳥の名が賦物(よもの)として詠み込まれる。

2254 冬(こゞり鮒)。一 紅葉鮒という名。二一九一参照。二 一一七九参照。▽発句。紅葉鮒がその名どおり、紅葉を閉じ込めたように色鮮やかな煮凝りとなっている、の意。[俳]こゞり鮒。

2255 冬(鴨)。一 魚・鳥・獣類の皮を煎り、だしを加えた料理。「川入り」との掛詞。▽魚料理に鳥料理で対応した脇。鴨は水鳥。[付]江—鯽(類)。[俳]かはいり。

2256 冬(寒し)。▽諺「鴨寒うして水に入り、鶏寒うして木にのぼる」(毛吹草二)による付け。らん留めの第二一。[俳]屋ね。

2257 雑。▽杉林が散らばってしまったので、そこに棲む天狗も去った、との意。賦物は「こち(鯒)」と「けり(鳧)」。[付]杉—天狗(類)。[俳]ばら〱・天狗。

2258 秋(月)。▽鳶が鳴くと風が吹く(曲礼注)との俗信による。天狗が消え去った理由を付けた。[付]天狗—鵄(類)。

2259 雑。一 幕府直轄地を支配、年貢収納等の民政をつかさどった役人。▽前句の光景を「代官」屋敷のそれと見定めた付け。賦物は「つみ(雀鷂)」と「つぐみ(鶫)」。[俳]代官。

2260 雑。一 一八六五参照。二 「タツクリ(Tatçucuri)」(日葡辞書)。耕作すること。▽「代官」に支配される側の「百姓」を対(むか)わせた付け。賦物は「田つくり(ごまめ)」。[俳]百姓。

2261
切《きり》[一]ながす水に鯲《どぢやう》やうごくらん
川にはまれば鷺ぞぬれたる

2262
しらぎくのか[一]れたゞく[二]れはか[三]り捨《すて》て

2263
霜はお庭にけ[一]ぶり出《いで》けん
神[二]のます湯[三]だての釜の朝[四]清め

2264
月に鳥のお[一]くる古《ふる》宮《みや》
あ[二]りわふが熊[三]野参は冷《すさま》じや

2265
振《ふる》舞《まひ》にけづりちらせる花《はな》[一]鰹《がつを》
椀も折《を》[二]敷《しき》も燕《つばめ》[三]口《ぐち》なり

2266
つ[一]き上《あげ》窓に出《いづ》る日[二]を待《まつ》
ふりたつるこ[三]い茶の色のいかならん

2267
棚に野《の》[一]鴈《がん》の羽《は》箒《ばうき》を置《おく》

2268
竹くぎに孔《く》[一]雀《じやく》鳥《とり》毛《げ》をかけそろへ
目もさめはつる馬[二]よろひ也

2269
月に貝がら見るに[一]ほのうら
鶉《うづら》なく真《ま》[二]野《の》の入江はひあがりて

2261　雑。一 田圃の水の堰を切る。▽「鯲」を追うのに夢中で、「鷺」が「川にはま」ってしまったのである。付鯲―鷺(類)。俳鯲・はまる。

2262　秋(しらぎく)。一 枯れ。二 暮。三 刈り捨てる。▽菊の異名を濡鷺(日葡辞書)というので、「ぬれたる」「鷺」に「しらぎく」を付けた。賦物は「かり(雁)」。付鷺―菊(類)。

2263　冬(霜)。一 霜が解け気化する。二「神の坐す」。三 一八三九参照。四 朝の掃除。▽「けぶり」を「湯だて」のそれに見替えた付け。賦物は「ぶり(鰤)」「ます(鱒)」。

2264　秋(月・冷じ)。一 送る。ついて来る。二 有王(独吟集)。俊寛が召使っていた童で鬼界が島に流された主人を訪ねてその死をみとり、遺骨を持ち帰り高野山に納め、菩提を弔った。三 二〇三八参照。▽紀伊国熊野権現の境内には烏が群棲し、その神使とされた。諺「蟻の熊野参り」(尾張俗諺・京)と俊寛の鬼界が島における熊野参り(平家物語二)をミックスして、有王が紀伊の三熊野に詣でる様を趣向した。付句の賦物は「はす(鱘)」。付鴉―熊野(類)。俳ありわふ。

2265　春(花鰹・燕)。一 貞徳説では非季(御傘)。二 片木(へぎ)を折曲げて作った盆。三 外を黒く、内を赤く塗ったもの。▽前句の馳走の器具を付けた。賦物は明白。俳花鰹・椀・折敷・燕口。

2266　雑。一 棒で突き上げて開ける窓。二 お日待。二三三四参照。三 濃い目にたてた抹茶。賦物は「日を(氷魚)」「こい(鯉)」。俳こい茶。▽日待の睡気覚しに濃茶をたてる、との付け。

2267　雑。一 ノガン科の大形の鳥。秋季だが、ここでは「羽箒」を修飾するので雑の扱い。▽茶の湯のときに、炭の粉などを掃くために羽箒が置いてあるのである。一五三一・二四〇〇参照。俳野鴈。

2268　雑。一 孔雀の羽毛。二 軍馬につける防御用の武具。▽大坂の陣の時、秀忠は馬に孔雀の尾の馬鎧を掛けたという(武陰叢話)。賦物は「孔雀」「さめ」。俳孔雀鳥毛・馬よろひ。

2269　秋(月・鶉なく)。一 鳰(にお)の浦。琵琶湖の浦曲(うらわ)。二 琵琶湖西南岸、真野川河口付近の入江。▽「鶉鳴く真野の入江の浜風に尾花波よる秋の夕ぐれ」(金葉集)による付け。「貝がら見る」に「入江はひ(干)あがりて」とあしらった。賦物は明白。

2270
すなに[一]まろばる網の[二]うけ縄
ごみほこり[三]あしびを風の吹《ふき》はらひ

2271
難波わたりの賤《しつ》がすゝはき

2272
[一]むしろこもたゝくひとりや[二]定む覧《らん》
旅だつあとにゐるか女房

2273
[一]捨《すて》られて涙[二]ほろ〳〵[三]はらゝ子に

2274
ふそくをいひて[一]枕をしやる

2275
えにしたゞ[一]比翼の鳥にあやからん

2276
うなぎをすかばほねもつよかれ

2277
しとしとゝふる五月雨の比《ころ》
徒《と》然《ぜん》さをなぐさめとてか時鳥《ほとゝぎす》

2278
春も用心する[一]番どころ
[二]千《ち》代《よ》鶴《づる》がうちたる鑓《やり》をとぎみがき

2279
長《なぎ》刀《なた》はまたくちて[一]さびあゆ

2280
竹の雪とけ雫たら〳〵
われひしげ筧《かけひ》の水のにごり来て

2270 雑。一 転ぶ。二 浮子(きう)を付けた網縄(藻塩草)。三 葦火。▽疎句付。賦物は「あみ(醤蝦)」「しび(鮪)」。[俳]ごみほこり。

2271 冬(すゝはき)。▽「ごみほこり」の原因を「すゝはき」とした付け。前句とは逆に親句付。賦物は「はぎ」(萩鳥、即ちマシコ)か、「しす」(疣鯛の異名)。[付]難波―芦火(類)。[俳]すゝはき。

2272 恋(女房)。一 筵薦。藺(い)などで編んだ敷物。二 独吟集の句形「寒からん」がよい。▽「ひとり」を旅の留守番と見た付け。賦物は「ひどり(緋鳥鴨)」「ゐるか」。[俳]女房。

2273 恋(涙)。一 底本、「旅」。天理本は「捨」と墨書訂正。二 独吟集は「はら〳〵」。三 鰤。魚の子。特に鮭の子。塩漬にして食べる(本朝食鑑七)。▽「はらゝ子」は、ここでは人間の胎児。夫に捨てられた女が、妊娠して大きくなった腹の上に涙をこぼすのである。賦物は「はらゝ子」。[俳]はらゝ子。

2274 恋(枕)。一 男を拒絶するしぐさ。▽捨てられる前の状況を付けた逆付。賦物は「をし(鴛鴦)」。[俳]ふそく(不足)。

2275 恋(比翼の鳥)。一 雌雄一体となって飛ぶ、想像上の鳥。男女の仲むつまじいことにたとえる。▽愛情が足りないとすねる前句に、一層の愛情を求める女心を付けた。[俳]比翼の鳥。

2276 雑。▽「比翼の鳥」にあやかって「うなぎ」を好んで食べれば、骨も強いだろう、との付け。鰻を食すると「腰を暖め、陽(性的能力)を起こ」す(本朝食鑑七)。

2277 夏(五月雨・時鳥)。▽句意明瞭な心付。賦物は「しとゝ(鵐)」「時鳥」。参考、「シトト(Xitoto)」(日葡辞書)。[付]詠(ながめ)―つれ〳〵(類)、五月雨―ほとゝぎす(同)。[俳]徒然さ。

2278 春(春)。一 番人の詰める所。二 室町期、越前国の刀工。初春を祝う語でもある。▽正月だからといって浮かれてばかりいず、鑓をといで用心する、との付け。「千代鶴」は、前句の「春」のめでたさを受けてもいる。賦物は「番(鷭)」「鶴」。[付]鑓―番所(類)、千代―いはふ初春(同)。[俳]用心・番どころ・鑓をとぐ。

2279 秋(さびあゆ)。一 渋鮎(一〇八四・一〇八五参照)。「錆ぶ」をいい掛ける。▽「鑓」に同じく武具「長刀」を対わせた付け。[俳]長刀。

2280 春(雪とく)。▽「竹」を掛け渡した「筧」に転じた付け。「雪解け」の水は濁るとされた。賦物は「たら(鱈)」「ごり(鮴)」。[付]雫―筧(類)、水―雪消(同)。

2281 ほるともつきじ山田[一]はたけ田
　読《よみ》書《かき》も[一]まどはぬ年の[二]せいたうに
2282 [三]にしんから子へつくる[四]後《うしろ》見《み》
2283 [一]ふかくをも代《だい》〱《だい》かゝぬ家の風
　唐《たう》も日本も思へ[一]そのかみ
2284 詩をつくり歌を詠ぜしまじはりに
　春の山を[一]うへ見ぬ鷲《わし》と[二]奉行して
2285 縄を[三]引《ひき》はへたつる釈迦堂
2286 たか〲と先《まづ》鰐《わに》口《ぐち》を打《うち》ならし
　つもりやせまし[一]こゝな銭箱
2287 はたごやの[二]あいそふらしきをなごにて
2288 [一]いりこむ門《かど》におとす[二]玉《たま》章《づさ》
2289 [一]ざこねしていとゞ名のもるうさつらさ
2290 あひあふむかしいふはなにもの
　よごれたる手をしあらはゞ[一]いはし水
2291 おがむ[二]やはたのみやまたつとし

2281 春(耕す)。一水を引かない田。畑のこと。▽前句を水利に苦労する山間地の田畑の景と取った付け。「つきじ」は耕作の労苦をいったもの。賦物は「きじ(雉)」。[付]田―寛(類)。
2282 雑。一四十歳をいう(論語・為政)。二政道。「セイタウ(Xeitŏ)」(日葡辞書)。政治の道。三両親。四幼少の者、無能力者を世話、輔佐すること。▽前句は知恵・分別の備わった四十歳の為政者が政治を執る、の意。付句では政道を監督・取締りの意に取って、それを息子の後見人に任せるとした。賦物は「のせ(鵜鶘)」「にしん(鰊)」。[俳]読書・せいたう・にしん。
2283 雑。一不覚を掻く。思わぬ失敗をする。▽「後見」をつけるのは、用心深い家風だからとした付け。賦物は「ふか(鱶)」。[俳]ふかくをかく・代〱。
2284 雑。一その昔。▽句意明瞭。賦物は「へそ(恵曽魚《えそ》)」(愛知県知多郡では「へそ」と「鱏《えい》」)。[付]唐土《もろこし》―詩(類)、大和―歌(同)。[俳]唐・日本・詩・詠ず。
2285 春(春)。一二一五四参照。二主君の命令を受け、事を執行すること。三ひきのばす。▽「奉行」を「釈迦堂」建築のそれに具体化した付け。建築に際し、縄を張って位置を定めた。賦物は「鷲」「はへ(鮠)」。[付]奉行―普請(類)。[俳]奉行・釈迦堂。
2286 雑。▽無事落慶することを祈願、「先鰐口を打ならし」てから取掛かる、との付け。賦物は「鰐」。[俳]鰐口。
2287 恋(をなご)。一ここの。二愛想のよい。▽賽銭箱を「はたごや」の「銭箱」に転じた心付。賦物は「ましこ」「しぎ(鴫)」。[俳]銭箱・はたごや・あいそふ(さう)らし・をなご。
2288 恋(玉章)。一はいりこむ。二手紙。ここは恋文。▽旅籠女に恋文を落とす、との趣向。賦物は「いりこ(煎海鼠)」。
2289 恋(名のもる)。一男女が大勢入り交じって寝ること。▽「いりこむ」を入り交じると取っての付け。賦物は魚の「とゞ」。[俳]ざこね。
2290 恋(あふ)。▽「名のもる」を過去の艶聞のことに転じた付け。賦物は「あふむ(鸚鵡)」。
2291 雑。一石清水。二八幡。▽「いはし水」を男山八幡(一八四八参照)に取成しての付け。賦物は「いはし(鰯)」「はた(羽太)」(スズキ科の魚)。[付]石清水―八幡宮(類)。

2292 月もはや[一]鳩の峰ごしによつと出《いで》

2293 霧はれぬれば[一]くもだこもなし

[一]頼政が矢は山鳥ではぎぬらし

2294 [二]宇治の合《か》戦《せん》に[三]はくは[四]たち魚《うを》

こもりゐるかのおくのこざしき

2295 [一]とぜんにもふりくらしたる雨の中

[一]ぶりしやりとする[二]絹のふり袖

2296 腹《はら》立《だち》て[三]くねるもこいの憂《うき》うらみ

2297 なみだにしとゞぬるをみなへし

月に[一]鯨のかねはしやかだう

2298 [二]くらげなるやみを仏や照《てら》す覧《らん》

[一]縄《なは》手《て》の雫《しづく》露もたら〳〵

2299 [二]蜘《くも》舞《まひ》のあつさより先《まつ》[三]汗かきて

手をたゝきつゝはやす[一]もろごゑ

2300 祭には[二]さはらばひやせと計《ばかり》に

2301 御《み》こしの上にかざる鳳《ほう》凰《わう》

2292 秋(月)。一 石清水八幡宮は男山鳩嶺(はとのみね)にある。▽前句の場の背景を付けているが、打越からの転じが不十分。付 八幡―鳩(類)、石清水―鳩の峰(同)。俳 によつと。

2293 秋(霧)。一 蜘蛛蛸。手長蛸の異称。「雲」をいい掛ける。▽いい掛けを用いた遣句ふうの付け。賦物は「くもだこ」。付 月―霧はるゝ峰(類)。俳 くもだこ。

2294 雑。一 源頼政。山鳥の尾ではいだ矢で鵺(ぬえ)を退治した。二 三三参照。二 以仁王(もちひとおう)を奉じて平家と戦った。一五〇参照。三 佩く。四「太刀」をいい掛ける。▽平家物語四や謡曲・頼政による付け。付 宇治―頼政(類)。俳 頼政・合戦・たち魚。

※以下三二六までは、斎藤徳元独吟「魚鳥」百韻から抜粋したもの。徳元独吟千句(以下、千句と略記)に追加する。

2295 雑。一 徒然。▽句意明瞭。安らかな句ぶりだが、作意に乏しい。賦物は「ゐるか」「あめ(鯇)」。

2296 恋(ふり袖・こい)。一 揺れ動くさま。二 千句は「君」。三 すねる。▽「ぶりしやり」は「ぶらりしやらり」と同じく蠱惑的に揺れ動くさま。それをすねる様に取成して付けた。賦物は「ぶり(鰤)」「こい(鯉)」。俳 ぶりしやり・くねる。

2297 恋(なみだ)。▽古今集・序「女郎花の一時をくねるにも云々」の古注に伝えられる説話による付け。小野頼風(おののよりかぜ)の妻は夫の疎遠をはかなんで川に身を投げた。夫がその遺骸を埋めると、妻の化身である女郎花が一本生え、夫が近寄るたびに恨んで靡き退いた(謡曲・女郎花)。賦物は「しとゝ(鵐)」。

2298 秋(月)。一 釣鐘。梵鐘。二「暗気」に「海月」を掛ける。▽四手付ふうの付け。句意は明瞭。光明遍照。俳 釈迦堂。

2299 秋(露)。一 縄。千句には「綱手」。二 一九九七参照。三 貞徳説では雑(増山井・非季詞)。▽普請(ふしん)の「縄手」を「蜘舞」のそれに転じた付け。賦物は「たら」「さより」。付 縄―蜘舞(類)。俳 蜘舞。

2300 雑。一 一緒に発する声。二「冷やす」は切るの意。さわる者がいたら切ってしまえ。江戸や近江国坂本の山王祭のはやし言葉。▽「はやす」行為から「祭」を連想した。賦物は「もろこ」「さはら」。参考、「あつき日のさはらばひやせ神祭」(毛吹草五)。付 はやす―神事(じんじ)(類)。俳 さはらばひやせ。

この綿つみて雪をしのがん
2302 年《とし》寄《より》はか[一]ます頭《づ》巾《きん》を引《ひき》かぶり
2303 杖つく事は只四十から
日がらよしとい[一]つきの宮に立《たち》給ふ
2304 いはふ事とて出《いだ》すいせゑび
糸よ[一]りかけて琵琶をしらぶる
2305 蟬[二]丸やめ[三]くら鱣《うなぎ》のむくふらん
弓はりの月は山からうつりきて
2306 ゑをは[一]む鹿のさはぐ声〳〵
ひ[一]よくの中のいさかひは何
2307 たがひにし[二]か[三]れうびんがの声立《たて》て
よ[一]ろひつゝ着たる甲《かぶと》のか[二]ながしら
2308 山[三]鳥の尾の長きこ[四]しざし
2309 ね[一]り物やはれにあ[二]ふむの祇《ぎ》[三]園《をん》の会《ゑ》
忍ぶ身は霧ふる月に千[一]鳥足
2310 我《わが》ものにしてす[二]るめともが[三]な

2301 雑。▽句意明瞭。軽い遣句ふうの付け。参考、鳳凰—御輿(類)。[付]神輿(みこし)—祭(類)。[俳]鳳凰。
2302 冬(綿つむ・雪・頭巾)。一 前後に折って叺(かます)の形に作った長方形の頭巾。▽前句の人物を寒がりな「年寄」と見定めての付け。「かます」は「綿つみ」のあしらい。賦物は「この綿(海鼠腸)」「かます(魳)」。[俳]年寄・かます頭巾。
2303 雑。▽四十歳を初老と称することからの句作。賦物は「四十から(雀)」。[付]杖突—老人(類)。[俳]四十。
2304 雑。一 斎宮。天皇の即位後、代って伊勢に下り天照大神に奉斎した巫女で、未婚の内親王から選ばれた。▽斎宮が伊勢に発つ時、ゆかりの「いせゑび」を食べて祝う、との趣向。賦物は「日がら(雀)」「いせゑび」。[付]斎院(いつきのみや)—伊勢(類)。
2305 雑。一 縒(よ)って掛ける。二 盲目の琵琶の名手で、歌人。二一三六参照。三 メクラウナギ科の海魚。体長約五〇センチ。▽食べた報いで盲目となった、との付け。賦物は「糸より」(魚)、「めくら鱣」。[付]琵琶—蟬丸(類)。[俳]蟬丸・めくら鱣。
2306 秋(弓はりの月・鹿)。一 食う。▽「弓はりの月」に「鹿のさはぐ」さまを付けた。賦物は「山がら(雀)」「はむ(鱧)」。[付]山—鹿(類)、をどろかし—弓張の月(連珠合璧集)。
2307 恋(ひよくの中)。一 比翼の鳥(三七五参照)の仲。二「し」は意を強め、語調を整える助詞。三 迦陵頻伽。阿弥陀経に、極楽浄土にいて、美女のごとき顔をし、美しい声で鳴くとされる鳥。▽相愛の二人が、迦陵頻伽さながらの美声でいったい何を喧嘩しているのか、の意。[俳]ひよく・かれうびんが。
2308 雑。一 鎧(よろい)を着る。二 金属製の頭部。三「長し」を引き出す序詞。四 腰刀。常に腰に差しておく鐔(つば)のない小刀。▽武具の「甲」に「こしざし」、「かしら」に「尾」を対(むか)わせた付け。賦物は「かながしら」(ホウボウ科の海魚)、「山鳥」。[俳]甲・かながしら・こしざし。
2309 夏(祇園の会)。一 祭礼のとき練り歩く行列。二「逢ふ」に「鸚鵡」をいい掛ける。三 八六四参照。▽「こしざし」を差す人物を、「祇園会」の行列の人に見替えた付け。[俳]祇園の会。
2310 秋(霧・月)。恋(忍ぶ・め(妻))。一 よたよたした歩き方。二「為(す)る妻(め)」と「するめ(鯣)」を掛ける。三 願望を表わす

2311 鰐口《わにぐち》をたゝきて頼む神の前

2312 旅だつこゝろ一やすかたとのみ

2313 かるぐと一おひの二れんじやく打《うち》かづき

2314 一おち山ぶしのさはぐ二せんだち

2315 度《たび》ぐ《たび》に峯《みね》踏《ふむ》すねに一たこは出て

2316 つかれはつるも一わらぢくいなり

2317 うつぶきて一せき礼をすること二は作《づくり》
三折《をり》紙《かみ》に猶《なほ》そふる四たち魚

2318 いつより鯖《さば》一をつゝむ蓮の葉
二椎《しひ》柴《しば》にかくるは鷹の鳥ならし

2319 水にもすむか一すゞき兄弟
二わしの尾の十郎は山を家として

2320 一鳥《とり》毛《げ》よろひてつくる勝《かち》時《どき》
二かた〴〵と着たる甲《かぶと》の三かながしら

2321 一紫《し》衣《え》をきたるはたこの入道
二かぶりをやいたゞく三五位のくらゐ鷺

終助詞。▽月光が霧に遮られるのを幸便に、懸想する女を「我もの」にせんと通う、との意。付句下七の秀句は無理。賦物は「千鳥」「するめ」。俳千鳥足・するめ。

2311 恋(頼む神)。▽前句の願望を叶えんと神頼みする体(てい)を付けた心付。賦物は「鰐」。俳鰐口。

2312 雑。一「やすし」と「安方」のいい掛け。後者は、海鳥善知鳥(うとう)の異称(謡曲・善知鳥)。▽前句の祈願の内容を旅の安全に転じた、恋離れの心付。

2313 雑。一笈。山伏や行脚僧が荷物を入れて背負う。二連尺。荷物を括り付けて背負う道具。鳥の連雀に形が似ている。▽「やすかた」を「安肩」に取成しての付け。俳れんじやく。

2314 雑。一逃げ落ちて行く山伏。二峰入りの案内・指導をする先輩の山伏。▽義経ら作り山伏は、先達弁慶の機転により関を通過、奥州に落ち延びる(謡曲・安宅)。その俤付か。賦物は「たち」(太刀魚)。付連尺—山伏(類)。俳せんだち。

2315 雑。一皮膚の部分が角質化し、硬くなったもの。▽「さはぐ」理由を「たこ」が出来て痛むから、とした付け。賦物は「たこ(蛸)」。付山臥—大峰(類)。俳たこ。

2316 雑。一わらじの紐で足の皮をすりむくこと。▽同じ足の皮膚の損傷で対応した付け。賦物は「くいな」。俳わらぢくい。

2317 雑。一席についてする礼。二普通とは違った、改まった声を出すこと。三刀剣などの鑑定書。四「太刀」に賦物の「太刀魚」をいい掛ける。▽前句を改まった儀式と見、その時の進物品を付けた疎句付。俳せき礼・たち魚。

2318 秋(鯖(生飯(さば))・椎柴)。一一三三参照。二椎の木の小枝。椎は枝が細かく、葉が密生する。▽魚鳥の対付。俳鯖。

2319 雑。一鈴木三郎重家・亀井六郎重清の兄弟。「鱸」を賦す。二鷲尾三郎義久(平家物語九)とも。謡曲・摂待では十郎。洛東及び生駒(河内国)に鷲尾山がある。二六二三・二六二五参照。▽ともに義経の臣で、衣川の合戦で戦死した武士達を、魚鳥と海山で対(かむ)わせた付け。俳すゞき兄弟・わしの尾の十郎。

2320 雑。一緘毛(おどしげ)が鳥毛状の鎧を着する。二堅固で隙間のないさま。三二三〇八参照。▽武装した人物に同じく武具を着したさまを付けた。賦物は「鳥」「かながしら」。俳かながしら。

羽ぬけ鳥かあひるは終立《つひにたち》一もせで
2322 海の底にはあやしとび魚
淀一にまさるはいかに伊二勢鯉
2323 富《ふ》三士《じ》巣《す》より伊四予はゝ鷹の名を取《とり》て
翁一にはちり二やたらりとうたふたり
2324 鶴と亀とのよはひめでたや
以上七十句、右は徳元独吟二百韻之内抜書也。

謡《うたひ》誹《はい》諧《かい》

2325 猩《しやう》一ゝ《じやう》の舞の乱《みだれ》のおさまりて
ち二やうりやうふりやうと吹《ふき》し笛の音《ね》
2326 大二はんにやをばいかで読《よむ》べき
朝夕に気や関一寺の児《ちご》ならん
2327 しりたきは只お仏のはら一のうち
2328 いけにえかくる神はなまぐさ

2321 雑。一 高位の僧の着衣。二 冠。当時、「かむり」と発音。三 五位鷺をいう。当時、「かふり」と表記し、中形の鷺で、醍醐天皇が神泉苑の宴の折、五位の位を与えた故事(平家物語五・朝敵揃)による呼称。▽高位を表わす衣服をまとったもの同士を対(むか)わせた付け。俳紫衣・たこの入道・五位。

2322 雑。一 翔つ。▽魚鳥で、本来のあり方に反する機能・性質をもつもの同士を対わせた付け。俳あひる・とび魚。

2323 冬(はい鷹)。一 淀川の上流、京都市伏見区の辺。二 鯔(ぼら)の異称。三 富士山麓で捕えて雛から飼育した鷹。四 伊予国で捕えて飼育した鵰(はいたか)。底本、「伊与」。▽産地別の魚の優劣に、同様に鷹の優劣で対応した付け。参考、淀・伊勢―鯉(類)、富士―鷹(同)、白岑(しろみね)鵰(毛吹草四・伊予)。俳伊勢鯉。

2324 雑。一 能楽(謡曲)の演目。二 謡曲・翁の冒頭に唱える詞の一節。三三参照。▽「翁」の詞章「鶴と亀との齢にて」による付け。賦物は「たら(鱈)」「鶴」。俳ちりやたらり。

○二百韻 「三百韻」が正しいか。三三七以降の出典は未詳。

○謡誹諧 謡曲の曲名を句毎に詠み込んだ俳諧。

2325 雑。一 想像上の怪獣。謡曲名。三三・三〇五四参照。二 謡曲名「張良」と笛の音をいい掛ける。後者は近世歌謡、松の葉一・本手「琉球組」に「小原木買はひ〳〵黒木召さいの、てうりやうふりやう、ひゆやりやにひやるろ、あらよひふりやうるりひようふりやう」と見える。▽「舞」に「笛の音」を付けた。付舞―笛のこゑ(類)。俳猩ゝ・ちやうりやうふりやう。

2326 雑。一 「急(せ)く」にいい掛ける。二 大般若経で、六百巻ある。▽「気の急く」理由を、「大般若」六百巻を読誦しなければならないため、とした。賦物は「関寺(関寺小町)」「大般若」。俳大はんにや。

2327 雑。一 考え。▽「いかで」を手段・方法ではなく、動機・理由をいった語に読み替えた付け。賦物は「仏のはら(原)」。俳お仏・はらのうち。

2328 雑。▽仏神の心意を忖度(そんたく)した対付。仏の腹づもりはともかく、「いけにえ」を要求する「神はなまぐさ」いのである。賦物は番外曲の「いけにえ(生贄)」。付神―仏(類)。俳なまぐさ。

2329 きりりとひらく花の錦一戸
都には遊《ゆ》二行《ぎやう》柳《やなぎ》をはや植《うゑ》て

2330 二《ふ》一人《たり》静《しづか》にかたるばゝたち
せ二んじゆ茶をのむ〱よめやそしるらん

2331 風にさやけき月一弓やはた
なびきよる姿うつくし女郎花《をみなへし》

2332 露ときえしはいかに楊一貴妃
2333 あはれさや白一楽天が詩の心

2334 月に屋どりやか一すが竜神
鳴《なき》て来る鹿を度《たび》〱《たび》お二ふ社《やしろ》

2335 刀はいらぬ御《み》代《よ》にこそあれ
数《す》一寄《き》屋《や》には定二家の色紙花《はな》計《ばかり》

2336 軒《のき》端《ば》の梅の蜘《くも》のすをとる
2337 難波津の春や見一物おほからん

2338 手《て》習《ならふ》紙も金《きん》一札《さつ》にせよ
2339 浮一舟の君の道具のけつこうさ

2329 春(花・柳)。一 錦戸太郎(一六七九参照)を主人公とする謡曲名。「花の錦」をいい掛ける。二 謡曲名。二二四九参照。▽みちのくゆかりの「錦戸」に「遊行柳」を付けた。付花―柳(竹馬集)、花―都の春(類)。俳きりり・遊行柳。

2330 恋(静・よめ)。一 謡曲名。二〇〇九・二一七四参照。二 謡曲名「千手」(一七九三参照)を「煎じ茶」にもじる。▽「ばゝたち」の語る内容を、姑(しゆうとめ)の嫁そしりとした。新旧聞書にも所収。付茶―年寄・祖母(類)。俳ばゝたち・せんじゆ茶・よめそしる。

2331 秋(月・女郎花)。恋(なびく)。一 「月(の)弓」に謡曲名「弓八幡」をいい掛ける。「八幡」は男山(一七四八参照)。▽「此男山の女郎花は、古歌にもよまれたる名草なり」(謡曲・女郎花)ということで付けた。二三九七参照。付男山―女郎花(類)。

2332 秋(露)。恋(楊貴妃)。一 謡曲名。一九九六・二三三三参照。▽「女郎花」を人に見替えた付け。楊貴妃は安禄山の乱のとき、馬嵬(ばかい)が原で殺された。付女郎花―夕露(類)。俳楊貴妃。

2333 雑。一 玄宗皇帝と楊貴妃の悲恋をよんだ長恨歌の作者(二〇〇七参照)。謡曲名。▽前句を長恨歌の内容と見て、その作者名を付けた。付伯楽―長恨歌(類)。俳白楽天・詩。

2334 秋(月・鹿鳴く)。一 「貸す」に謡曲名「春日竜神」をいい掛ける。二 「追ふ」に謡曲名「大社」をいい掛ける。▽「屋どりをかす」相手を、「月」でなく「鹿」に転じた付け。付春日―鹿(類)、鹿―澄月(同)。俳かすが竜神。

2335 春(花)。一 二〇八九・二三〇九参照。二 歌人。百人一首の選者。▽時世としての平和を、茶の湯という場・時間に限定して付けた。賦物は「刀」「定家」。俳数寄屋・定家・色紙。

2336 春(梅)。▽疎句付。賦物は「梅」。付東屋―軒端の梅(類)、花―梅(連珠合璧集)。俳蜘のす。

2337 春(春)。▽「梅」を、謡曲・難波で謡われる名木と見定めての付け。付梅―難波(類)。俳見物。

2338 雑。一 金色の札。謡曲名。▽難波津の歌は、浅香山の歌とともに歌の父母で、手習いの初めに学ぶ、と古今集・仮名序にあるので、「難波津」に「手習」を付けた。俳金札。

2339 恋(浮舟)。一 源氏物語の登場人物。薫大将・匂宮の二人との愛に苦悩、入水を図る。助けられて尼となり、仏道修行

はじ[一]とみさゝず御《ご》[二]亭《てい》待《まつ》秋
2340 わかれしが頓而《やがて》[三]こ[四]ふうといひ置《おき》て

2341 かた見のあふぎはん[一]女《ちよ》にぞやる

あやうくも奥[一]に鈴[二]木や下るらん
2342 江《え》[三]口《ぐち》の浪に引《ひく》は大網

老《おい》[一]松《まつ》の枝にや花のとまる覧《らん》
2343 菅《くわん》[二]丞《しよう》相《じやう》のいにしへの春

2344 俊[一]寛が心[二]づくしも永《ながき》[三]日に

え[一]びらの矢[二]のねみがく共なし
2345 ま[三]すらおや今はせ[四]つしやうせきぬらん

2346 紅《もみ》葉《ぢ》がりしてくらすき[一]どくさ

月松[一]むしの鳴《なく》はおもしろ
2347 浪のうつ鼓[二]の滝の音[三]羽山

かけ出《いづ》る様子見事や玉[一]かづら
2348 右[二]近がこ[三]ゝろとりてたのまん

2340 恋(御亭待・わかる)。一 半蔀。上半分を外へ上げるようにし、下ははめ込みになっている蔀。謡曲名。二 御亭主の略。三 すぐに。四「来ふ」(正しくは「来う」)と謡曲名「項羽」をいい掛ける。▽留守をする妻が待っているわけを付けた。

2341 恋(はん女)。一 謡曲名。美濃国で花子(はなご)と契った吉田少将は、形見に扇を交換。帰洛後、賀茂社で扇をもった狂女班女(実は花子)と再会、夫婦となる。▽吉田少将は、帰りには連れて上洛する、と花子に約束して東国に下る。俳はん女。

2342 雑。一 陸奥。二 謡曲名。義経の臣鈴木重家(三三一九参照)は、途中頼朝勢に捕えられるが、欺いて逃れ、奥州に下る。三 大阪市東淀川区。淀川から神崎川が分かれる辺。謡曲名。▽前句の「鈴木」を「鱸」に取成しての付け。俳鈴木。

2343 春(花・春)。一 謡曲名。老松の精が神体として現われ、泰平の春をことほぐ。京都の北野天神の伝説による。二 底本、「菅相丞」。菅原道真のこと。謡曲名。▽老松の伝説に時世を付けた。付老―昔(類)、老松―北野(同)。俳菅丞相。

2344 春(永日)。一 謡曲名。二〇三八参照。二 心労。三「永」は上下にいい掛ける。▽太宰府に流された道真に、同じような身の上の「俊寛」を付けた。終日、物思いに耽るのである。俳俊寛。

2345 雑。一 矢をさし入れ、腰に背負う道具。謡曲名。二 鏃(やじり)。三 勇猛な男。四「殺生急(せ)く」に謡曲名「殺生石」(一八八〇参照)を掛ける。▽前句下七の理由を付けた。俳せつしやう。

2346 秋(紅葉がり)。一 奇特。賛美すべきこと。▽前句の「せき」を「塞く」(とどまる)に取成しての付け。動物を狩る代りに「紅葉がり(狩)」(謡曲名)をするのである。俳きどくさ。

2347 雑。一 松虫。謡曲名。「待つ」をいい掛ける。二 有馬にある滝。謡曲名。三 清水寺裏手の山(一九五五参照)。「音」をいい掛ける。▽虫の鳴き声に滝の落ちる音を対(むか)わせた疎句付。

2348 恋(玉かづら・たのむ)。一 源氏物語の登場人物。夕顔の遺児。巻名で謡曲名。二 同上。夕顔の女房で、のち紫上の侍女となる。謡曲名。三 意を察する。▽長谷寺で再会、右近の取持ちで玉鬘は養女として、源氏の六条院の邸に引取られる。

雨ふらば一よりまさせよや森の陰
2349 京へ二かへさのとをき三野の宮
2350 入《いり》相《あひ》は一ほうりんざうの方ならし
2351 一小《こ》督《がう》のひける琴ぞ聞《きこ》ゆる
もち月の夜はたゞ胸の一あこがれて
2352 二身にしむばかりくふは三まんぢう
秋の朝一大ゑかうする二ぜん／＼に
2353 露分《わけ》まいる此《この》三誓願寺
2354 一あみだ笠はる雨《さめ》につむ二花がたみ
以上三十句、右は或人独吟百句之内抜書也。

「玉かづら」が「右近」を頼りとするのである。俳右近。

2349 雑。一「寄る」に謡曲名「頼政」をいい掛ける。二 帰り。三 謡曲名。一八五一参照。▽謡曲・野宮に「これなる森を人に尋ねて候へば、野の宮の旧跡とかや申し候ふほどに」とあるように、「森」から「野の宮」を連想した遣句。付野宮―森の凩(類)。俳かへさ。

2350 雑。一「法輪」は京都市右京区、嵐山麓の法輪寺の略称。謡曲名「輪蔵」にいい掛ける。▽嵯峨野の「野の宮」から程近い「法輪寺」の「入相」の鐘を付けた。俳ほうりんざう。

2351 恋(小督)。一 謡曲名。▽嵯峨の奥に隠れ住む小督は、法輪寺辺に聞こえる琴の音によって発見され、連れ戻される(平家物語六)。一八三三参照。付嵯峨―小督の局(類)。俳小督。

2352 秋(もち月・身にしむ)。一 心を奪われて落ち着かない。二 季語としての意と、しみじみと味わうの両意を掛ける。三「饅頭」と謡曲名「満仲《まんぢう》」を掛ける。▽「もち月」を「餅搗き」に取成しての付け。付月―身にしむ枕(類)。俳まんぢう。

2353 秋(秋の朝・露)。一「大廻向」に謡曲名「大会《ゑだい》」をいい掛ける。廻向は、仏事・布施などによって自他の極楽往生を祈ること。二 漸々に。徐々に。三 謡曲名。一九一〇参照。▽「廻向」の場を付けた遣句。俳大ゑかう・ぜん／＼に・誓願寺。

2354 春(はる雨)。一 阿弥陀仏が光背を負うように、後ろに傾けてかぶった笠。二 花筐。花を摘み入れる籠。謡曲名。▽「誓願寺」の本尊が阿弥陀仏であることもあって「あみだ笠」を付けた。雨中、供華を摘んでから参詣するのである。付露―雨之類(連珠合璧集)、露―雨はるゝ跡(類)。俳あみだ笠。

狗猧集巻第十七

一句ニ付句百五十句　付、一句ニ付句十句同脇第三付

貞徳

2355 白き物こそ黒くなりけれ
[一]天もじの[二]天の岩戸を引《ひき》立《たて》て
2356 ことかけば雪を硯の水にして
2357 若き時の[一]ねはだや忍ぶ姥《うば》おうぢ
2358 [一]杉原のうら迄《まで》書《かく》や恋の文
2359 [一]上《じやう》らうのおかほにかゝるみだれ髪
2360 古《ふる》筆《ふで》は越後兎の毛でゆひて
2361 よめいりのいしやう[一]あやなく火は消《きえ》て
2362 [一]はらやをばかくして入《いる》る[二]丸《ぐわん》薬《やく》に

2355 雑。一 天照大神（あまてらすおおみかみ）を女性言葉めかしていう。二 高天原（たかまがはら）の入口にあるとされた岩の戸。▽記紀神話による付け。末弟須佐之男命の強暴ゆえ、天照大神は天の岩戸にたてこもった。前句の白黒を昼夜の明度と取っての付け。付 闇の夜・日―天の岩戸（類）。俳 天もじ。

2356 冬（雪）。▽水に不自由して、「雪を硯の水」にしたので、白いものが黒くなったのである。

2357 恋（ねはだ）。一 とも寝する人の肌。参考、「荒磯に荒波たちてあるる夜も君が寝肌はなつかしきかな」（曾丹集）。▽白黒を肌の色と取って付けた。老夫婦の述懐。

2358 恋（恋の文）。一 杉原紙の略。播磨国杉原産の紙。奉書より薄く柔らかで手紙に用いられた。▽前句の白黒を紙と墨の色と見定めての付け。真っ黒になるまで書いた恋文。

2359 恋（上らう・乱髪）。一 上臈。高位の女官。または貴婦人。▽白黒を顔の色・黒髪と趣向した。俳 上らう・おかほ。

2360 雑。▽白兎の毛で作った筆が使い古され、真っ黒になった、というのである。参考、越後―白兎（類）。俳 越後兎。

2361 恋（よめいり）。一 理不尽にも。▽火は消えたけれども、白無垢の嫁入り衣裳が、理不尽にも真っ黒焦げになってしまったのである。俳 よめいり・いしやう。

2362 雑。一 伊勢国産の白粉（おしろい）。二 練り合わせて小さな粒状にした薬。大体は黒い。▽現実にはありそうにもない虚構により前句の課題に答えたもの。俳 はらや・丸薬。

2363 火にくべてにせはいぶきや紏《ただす》らん

2364 頓《やが》而《て》其《その》わたにてあゆる貝あふひ

2365 重《ちう》代《だい》の源氏のはたを取《とり》出《いだ》し

2366 小刀をとぎたてしぶき柿むきて

2367 こはいよりふるごま塩やおほからん

2368 夕がほの花もふすぶる蚊《か》遣《やり》火《び》に

2369 それ〴〵の面《めん》は翁や式《しき》三《さん》番《ば》

2370 水晶のずゞに茶《ちゃ》染《ぞめ》の緒《を》をすげて

2371 実盛のくびは正《まさ》しきくびにして

2372 もち豆腐あぶりかげんや過《すぎ》ぬらん

2373 富士の山玉《ぎょく》礀《かん》やうの絵に書《かき》て

2374 百《もも》草《くさ》を入《いる》るやうすき紙袋

2375 夏《なつ》衣《ごろも》立《たち》居《ゐ》に蠅がふんをして

2376 銀《あまの》河《がは》下にいはれぬ雲のはし

2377 水《みづ》栗《ぐり》の上に木くらげもりかけて

2378 一《ひと》穂《ほ》をも残さぬ荻のやけ原に

2363 雑。一「灰吹」の方法で得られる良質の銀。▽銀よりも鉛の含有量が多い場合、加熱すると黒くなる。[俳]にせはいぶき。

2364 雑。一腸。内臓。二齏(あ)える。三貝殻を覆い合わせる遊び。▽貝の肉は白く、腸は黒っぽい。[俳]あゆる。

2365 雑。一代々伝わった。▽源氏の白旗を代々伝えて真っ黒なのである。[付]源氏—白旗(類)。[俳]重代・源氏。

2366 秋(柿)。▽磨ぎたてた「小刀」の白刃で「柿」をむいたところ、その渋がついて赤黒くなったのである。[俳]小刀。

2367 雑。一強飯(こわいい)。糯米(もちごめ)を蒸した飯。▽白を「こはい」、黒を「ごま」と見定めての付け。[俳]こはい・ごま塩。

2368 夏(夕がほの花・蚊遣火)。▽白い「夕がほの花」が「蚊遣火」の煙で黒くなったのである。

2369 雑。一能楽で、祝言に演じる三曲「千歳(せんざい)」「翁」「三番叟(さんばそう)」の総称。▽「翁」のときには白い老人の面、「三番叟」のときには黒い老人の面をつける。[俳]面・式三番。

2370 雑。一数珠(じゅず)。穴に通す緒で水晶も黒くなる。▽白を「水晶」、黒を「茶染の緒」と見定めた。[俳]水晶・ずゞ・茶染。

2371 雑。一三〇四参照。▽討ち取られた実盛の首は、白髪・白髭を墨で染めてあったので、洗って確かめた。[俳]実盛・くび。

2372 雑。▽白を「もち」「豆腐」、「黒」を焼き焦げの色と見定めての付け。[俳]もち・豆腐。

2373 雑。一南宋末から元初にかけての中国の画家。山水・墨梅・墨竹を得意とした。▽真白き富士も黒々と描く。[俳]玉礀。

2374 雑。一百種の薬草を煮つめて練った胃腸薬。▽中の薬の色が白く薄い紙袋を透けて黒々と見える、との付け。[俳]百草。

2375 夏(夏衣・蠅)。一翔(た)ったり止ったりすること。▽蠅が白衣を糞で黒く汚すのである。[俳]蠅・ふん。

2376 秋(銀河)。一余計な。▽白を「銀河」、黒を「雲」と見定めた付け。「雲のはし(橋)」は、無用の長物。

2377 雑。一栗を水煮したもの。慶賀の饗膳に、茶請けとした。二茶菓子にも用いた(料理物語六)。▽白い「水栗」に黒っぽい「木くらげ」を盛掛けるのである。[俳]水栗・木くらげ。

2378 秋(荻の穂)。▽穂が皆出て白かった荻原が、すっかり焼けて真っ黒になってしまった、との付け。

2379 み一がきねをいこむや的の星二の内
2380 鱈《たら》汁《じる》のみを尋《たづぬ》れば昆《こ》布《ぶ》計《ばかり》
2381 老《らう》人《じん》のかしらや枸《く》一杞《こ》で洗《あらふ》らん
2382 あ一んどうははるよりはやくふすぼりて
2383 そ一さうなる銀《かな》二貝《がひ》は皆なまりにて
2384 鵜《うの》羽《は》共ひろげて波やかくすらん
2385 宮《みや》一寺《でら》のへいは残らぬ落《らく》がきに
2386 大《おほ》鼓《つづみ》ふりたる皮は見苦しや
2387 持《もち》やうのぶ一たしなみなる鍋の体《てい》
2388 葛一の粉やにえ湯に入《いれ》てねりぬらん
2389 ぜ一うの後二うとふの能はか三しら着て
2390 夜とても天地は昼の天地にて
2391 かほも手もよく〳〵あらへ手《て》習子《ならひこ》
2392 人の身のは一たけの跡にあ二ざ出《いで》て
2393 物一いひは鷺二を烏とあらそひて
2394 目のうちのほ一しやじ二ねんになをる覧《らん》

2379 雑。一 磨いた矢の根。二 標的の中心を示す黒点。▽白を「みがきね」、黒を「的の星」と見定めての付け。俳みがきね。
2380 冬(鱈汁)。▽白を白身(しろみ)の「鱈」、黒を「昆布」と見定めての付け。「昆布計」が残って黒くなった。俳鱈汁・昆布。
2381 雑。一 強壮剤で、服すると髪も黒くなる(和漢三才図会八十四)。▽白髪を「枸杞」で黒くする。俳老人・枸杞。
2382 雑。一「行灯 あんどふ」(元和本下学集)。▽灯の油煙で、行灯の白紙が黒くなった、との付け。俳あんどう。
2383 雑。一 粗末な。二 銀の薄片を螺鈿(らでん)の貝代りにはめこんだもの。▽地の鉛が露出して、黒くなる。俳そさう・銀貝。
2384 雑。▽白を海の「波」、黒を「鵜羽」と見定めての付け。俳諧性がやや稀薄。
2385 雑。一 神宮寺。一六五七参照。▽白い塗壁の塀が、びっしり書かれた「落がき」で真っ黒なのである。俳へい・落がき。
2386 雑。▽「大鼓」に張った白い皮が、長い歳月を経て真っ黒になったのである。
2387 雑。一 不嗜。不用意。八三四参照。▽うっかり持って、白い手を鍋墨で汚したのである。俳ぶたしなみ・体。
2388 雑。一 くずこ。葛の根から取った澱粉粒で、色は白い。▽「葛の粉」を「にえ湯」で練ると、暗い透明色となる。
2389 雑。一 尉。老翁。二 善知鳥。三 能楽で、長い髪毛のかぶりものをいう。▽能楽の「善知鳥」の前ジテは立山(たてやま)の白髪の尉、後ジテは猟師の霊で黒頭をかぶる。俳ぜう・能。
2390 雑。▽白を「昼」、黒を「夜」と見ての付け。「昼」から「夜」に時は移っても「天地」は同じである。俳天地。
2391 雑。▽白を子供の肌の色、黒を墨の色と見定めて、「手習子」を趣向した。俳手習子。
2392 雑。一 疥。皮膚病で、白色の斑紋が乾燥、かさかさとなる。二 痣。▽皮膚病で白黒の推移を付けた。俳はたけ・あざ。
2393 雑。一 弁説の巧みなこと、またはその人。二 諺「烏を鷺」(毛吹草二)による。▽強引な弁論で、白を黒といいなすのである。俳物いひ。
2394 雑。一 瞳にできる小さな白い点。二 自然に。▽「目のほし」が治り、元通りの黒い瞳になる。俳目のほし・じねん。

2395 花も実も用にたゝぬや[一]藪《やぶ》椿《つばき》
2396 [一]こそげたる牛《ご》房《ばう》をよくやにしむらん
2397 わりて見る玉子は中で[一]かへり果《はて》
2398 [一]はくたんにたばこのしるやまじるらん
2399 [一]せゝなぎに[二]米かす水や捨《すて》ぬらむ
2400 羽《は》箒《ばうき》は[一]野《の》鴈《がん》も[二]鶴にゆひかへて
2401 [一]つかざめのわろきはぬりやかくす覧《らん》
2402 しつくいの上を漆《うるし》で又つめて
2403 取《とり》かへよ古かはらけの[一]あぶらつぎ
2404 [一]かまぼこの板を炭火やとをすらん
2405 海にてはひかる海《く》月《らげ》を取《とり》上《あげ》て
2406 [一]からかみの障子に[二]もりやかゝる覧《らん》
2407 [一]あら熊が身ぶるひをする雪の中
2408 [一]粉《こ》をふきしたゝみのおもて古び果《はて》
2409 はねは皆むしれる鷺の[一]毛やきして
2410 [一]深草の桜を歌によみ出《いで》て

2395 夏(藪椿)。一 モクセイ科の小高木。夏、白い花を咲かせ、紫黒色の実を結ぶ。▽白を「花」、黒を「実」と見て付けた。
2396 雑。一 かき削る。▽削って白い「牛房」が煮染められて黒っぽくなる、との付け。[俳]牛房・にしむ。
2397 雑。一 孵る。卵が雛になる。▽白い「玉子」の殻を割ると、既に孵っていて、黒っぽい姿を現わした、との付け。
2398 雑。一 吐く痰。▽白いはずの「たん」が煙草のニコチンなどで黒っぽい、との付け。[俳]たん・たばこ。
2399 雑。一 溝。二 米をとぐ。▽白いとぎ汁が溝に捨てられて黒っぽくなるのである。[俳]せゝなぎ・米かす。
2400 秋(野鴈)。一 三六七参照。二 古今和漢諸道具知見抄(万宝全書八)の羽箒の部に野鴈とともに黒鶴を挙げる。▽白い「野鴈」の羽箒を黒い「鶴」の羽に結い替える、との付け。[俳]野鴈。
2401 雑。一 刀の柄に巻く鮫皮。▽刀の柄を巻いた白い鮫皮の質が粗悪なので、漆で塗り隠すのである。[俳]つかざめ。
2402 雑。▽石や瓦などの接合部分を白い「漆喰」で詰め、さらに黒い「漆」で塗り固める、との付け。[俳]しつくい。
2403 雑。一 油注。行灯(あんどん)などに補給する油の容器。▽「あぶらつぎ」の土器が油で汚れたのである。[俳]あぶらつぎ。
2404 雑。一 白肉の魚をすりつぶして練り、蒸した食品。▽白い「蒲鉾」が「炭火」で黒焦げとなるのである。[俳]かまぼこ。
2405 夏(海月取る)。▽「海月」と書くように、海の中では白く光る海月も、取上げてみると黒っぽい、との付け。
2406 雑。一 唐紙。二 漏り。▽雨漏りが白い「唐紙障子」にかかって黒ずむのである。[俳]障子。
2407 冬(雪)。一 荒熊。▽雪にまみれた「あら熊」が「身ぶるひ」をして雪を払い、黒い姿を現わすのである。
2408 雑。一 黴が粉のように表面に発生する。▽黴びていた畳の表が古びて黒くなった、との付け。[俳]粉をふく・たゝみ。
2409 雑。一 鳥の毛をむしり、肌に残った細毛を焼き除くこと。▽白鷺が「毛やき」され黒くなるのである。[俳]毛やき。
2410 春(桜)。一 京都市伏見区深草の墨染桜。▽「深草の野辺の桜し心あらば今年ばかりは墨染にさけ」(古今集)の歌に感応、墨染に咲いた故事(謡曲・墨染桜ほか)による。

2411 鍋かねもみな南《なん》鐐《れう》で買《かひ》取《とり》て
2412 笠も着ず日にてらされし旅やつれ
2413 ひら蜘《ぐも》の家にはすゝのかさなりて
2414 あらめにてふきたる鮒や巻《まき》ぬらん
2415 鶴のしほかきまぜ呑《のむ》やみぞれ酒
2416 わらびもちうへにぬりたる粉がはげて
2417 うしろかげかゞみにうつる玉かづら
2418 ぬる蝶にかね付《つけ》とばうゐかはりて
2419 あかは先《まづ》付《つく》や肌着の練《ねり》貫《ぬき》に

右六十五句

白き物こそ黒くなりけれ　徳元
2420 筑《つく》摩《ま》にはけはひしかほに鍋を着て
2421 餅《もち》花《ばな》をあまにつるせばすゝたれて
2422 綿《わた》ぼうし後《のち》はまうすに取《とり》かへて
2423 花は根にかへれば土にくさり果《はて》

2411 雑。一 鍋・釜などを鋳るための銑鉄や屑鉄。二 銀貨。▽白い銀貨が黒い鍋・釜に変るのである。俳鍋かね・南鐐。
2412 雑。▽肌白の人が笠なしで長旅をし、すっかり日焼けして黒くなった、というのである。平凡な着想。
2413 雑。一 平蜘蛛。一㌢ほどのクモ。二 巣。四六一参照。▽白い蜘蛛の巣が、煤で黒くなっている、との付け。俳ひら蜘。
2414 雑。一 魚の鱗を取り除く。▽鱗が取られて白い鮒の体が、荒布に巻かれて黒くなった、との付け。
2415 雑。一 未詳。純白の塩をいうか。二 一三七一参照。▽白い塩も「みぞれ酒」に入れると黒くなる。俳みぞれ酒。
2416 春(わらびもち)。一 五四五・五五〇参照。▽「蕨餅」は黄粉などをまぶして食べる。白を黄粉の類、黒を蕨餅と見ての付け。蕨餅は、季吟説では雑(増山井・非季詞)。俳わらびもち。
2417 雑。一 女性の髪の美称。▽白っぽい鏡面が、長い黒髪が映って黒くなるのである。
2418 秋(かね付とばう)。一 寝る。二 鉄漿蜻蛉。羽黒蜻蛉の異称。「蜻蜓 とばふ」(易林本節用集)。▽白い蝶の後に羽黒蜻蛉が止って黒くなった、との付け。俳かね付とばう。
2419 雑。一 生糸と練糸で織った絹布。▽白い「肌着」が「あか(垢)」で黒くなったのである。俳あか・肌着。
※以下の三十五句は、徳元著、塵塚誹諧集(以下、「塵塚」と略記)所収の百句付からの抜粋。
2420 夏・恋(筑摩祭に鍋をかづく)。一 塵塚には「たれ」。二 一八三九参照。三 化粧する。四 塵塚には「かづき」。▽筑摩祭で鍋をかぶったため、化粧して白い顔が鍋墨で汚れた、との付け。
2421 冬(餅花)。一 正月飾りの一つで、柳の枝に餅をちぎって花のように付けたもの。二 竈(かま)の上の煙のかかる所。▽白い餅花が煤けて黒くなったのである。俳餅花・あま。
2422 冬(綿ぼうし)。一 真綿で作る防寒用のかぶりもの。塵塚には「綿頭巾」。二 「帽子」の唐音。布製円形のかぶりもの。多く僧尼が着用。▽帽子は濃い灰色のものが多い。俳綿ぼうし・まうす。
2423 春(花)。一 諺「はなはねにかへる」(毛吹草二)。▽白を「花」(桜)、黒を「土」と見ての付け。俳くさる。

2424 [一]やうかんに氷ざたうをこねまぜて

2425 [一]麻がらは皆鉄炮《てつばう》のはいに[二]やき

2426 [一]さばへなす食《めし》[二]の上をばはらひかね

2427 いつの間に刀のさ[一]やはぬりつらん

2428 かうばしき湯[一]の粉も先のめしにして

2429 [一]あし毛馬に[二]鳥毛《とりげ》よろひを打《うち》きせて

2430 [一]虫の子はけづり捨《すて》たる乱髪《みだれがみ》

2431 いくたびかけぶりの上の[一]ふすべ皮

2432 秋ふかき川瀬の鮎は[一]さび果《はて》て

2433 有馬山湯には楊枝《やうじ》[一]をつけ置《おき》て

2434 [一]ゆかたびら上にきながらすゝはきて

2435 [一]さかやきはそりし間もなく生出《おひいで》て

2436 [一]生烏賊《なまいか》はをのがわたでやよごるらん

2437 [一]常香《じやうかう》に地蔵のかほはふすぼりて

2438 [一]帯に似る雲の行衛《ゆくゑ》も[二]かきくれて

2439 [一]かきがらの上に捨置《すておく》しゞみ貝

2424 雑。一 羊羹。赤みがかった黒色をしている。▽白い氷砂糖が羊羹色となるのである。塵塚所収「雪餅にあめやさたうを押ぬりて」の改案か。［俳］やうかん・氷ざたう。

2425 夏(麻がら)。一 大麻の皮をはいだ茎。白くて軽く、焼いて火口(ほくち)の炭や火薬の合わせ薬などに使う。▽白い「麻がら」を焼いて「鉄炮」の火口用の黒い炭にする、との意。［俳］鉄炮。

2426 夏(さばへ)。一 五月の蠅が群がり騒ぐ。二 塵塚は中七「おだひ(御台)のうへを」。▽句意明瞭。［俳］食。

2427 雑。一 装飾により木地鞘・塗鞘・懸鞘(かけざや)等がある。▽白地の鞘を漆で黒く塗ったのである。

2428 雑。一 湯の子。釜底の焦げた飯を用いる湯漬。▽黒焦げの湯の子ももとは白い御飯だ、との付け。［俳］湯の粉・めし。

2429 雑。一 白い毛に黒・青・褐色などの毛が混じった馬。二 三六参照。▽白っぽい「葦毛馬」に黒い「鳥毛鎧」を着せた、との付け。塵塚には七五「鳥毛のよろひ打かけて」。［俳］鳥毛よろひ。

2430 雑。一 虱の卵。▽白く見えた虱の卵が除かれて黒髪に戻ったのである。塵塚は、「虫」を秋に扱う。［俳］虫の子。

2431 雑。一 煙ですすけさせ、白い模様を残した革。二四三参照。▽白い革がふすべられて黒くなるのである。［俳］ふすべ皮。

2432 秋(秋ふかし・さび鮎)。一 鉄錆のような色に変る。一〇四参照。▽白銀色に輝く魚体が渋びて黒っぽくなったのである。

2433 雑。一 一七六三参照。▽白い楊枝が、温泉の硫黄分で黒くなるのである。楊枝は有馬温泉の土産品(毛吹草四)。塵塚には七五「やうじにもしむ塩湯にて」。［俳］楊枝。

2434 冬(すすはく)。一 入浴時や浴後に着る単衣(ひとえ)。▽白い湯帷子が煤で黒くなるのである。［俳］ゆかたびら。

2435 雑。一 月代。前額の髪の半月形に剃り落した部分。▽剃った月代が、すぐ又黒々と生えた、との付け。［俳］さかやき。

2436 雑。一 腸。▽烏賊の白い体が内臓の墨で汚れたのである。烏賊の墨は、腹部の墨汁嚢に納められる。［俳］生烏賊。

2437 雑。一 仏前に絶やさず供える香。▽常香の煙で地蔵の顔がすすけて黒くなったのである。［俳］常香・地蔵。

2438 雑。一 一五五三参照。二 辺りが暗くなる。▽白雲の行先も漆黒の闇に閉される、との意。夕闇か、あるいは天候の急変か。

2440 さらしをも一繻子《しゆす》の一重《ひとへ》にぬぎ替《かへ》て

2441 むしりくふ一鰈《かれひ》のはらを打《うち》返《かへ》し

2442 一あら釜の二かなけに三茶巾《ちやきん》よごれ果《はて》

2443 一重《しげ》籐《どう》に巻《まき》たる弓の二とはとけて

2444 一かねの緒《を》は取《とり》つくからにあかなれて

2445 一なしものにあはする塩はきえはてゝ

2446 一けづりたる座敷の柱色《いろ》付《づき》て

2447 一手ばなした二継《つぎ》尾《を》の鷹は夜《よ》籠《こも》りて

2448 見る内に一桑《くは》子《こ》は紙に二ひり付《つけ》て

2449 置《おく》霜は消《きえ》て残らぬかはらぶき

2450 どろ水に霰《あられ》は落《おち》てきえけらし

2451 一ひいた二ふしはにぬりつゝもかね付《つけ》て

2452 一眉ふとくつくり出《いだ》せる二姫瓜に

2453 一竜《りう》脳《なう》を二麝《じや》香《かう》と共にすりまぜて

2454 釜のそこ一ぜうのうへにやすへぬらん

右三十五句

2439 春(しゞみ貝)。一牡蠣殻。内側は特に白い。▽白い牡蠣殻の上に蜆(しじみ)が捨てられ黒くなったのである。【俳】しゞみ貝。

2440 冬(更衣)。一厚手で光沢のある絹織物。▽塵塚は「ねもじをもしゆすの小袖にぬぎかへて」。【俳】さらし・繻子。

2441 雑。一上面は暗褐色、下面は白黄色。▽上面は背、下面は腹ということで着想した付け。【俳】鰈。

2442 雑。一新釜。二鉄気。赤黒いしぶ。三茶の湯で、茶碗をぬぐう布。▽茶巾が鉄気で黒ずむのである。【俳】かなけ・茶巾。

2443 雑。一底本、「重藤」。弓の幹(から)を黒漆塗りにし、上に籐を繁く巻いたもの。二「籐(とう)」の略。▽籐がほどけて下の黒塗りが露われるのである。【俳】重籐。

2444 雑。一鐘(鉦)の緒。神社の拝殿に掛けてある鈴や鰐口に付けてある緒綱。▽句意明瞭。塵塚は中七「とり付まゝに」。

2445 雑。一鯘鮧。塩辛の類。▽振った白い塩がとけて黒っぽい魚肉等の色に同化するのである。【俳】なしもの。

2446 雑。一塵塚には「けづり立し」。▽白木が「色付て」黒っぽくなる、との付け。【俳】座敷。

2447 春(継尾の鷹)。一塵塚には「手ばなせる」。二尾羽を鵜(うこ)・鶴などの白い羽で継いだ鷹。▽放った鷹が闇にそまる。

2448 春(桑子)。一蚕(かいこ)。幼虫は黄褐色。二排泄する。▽蚕の蛾が白い蚕卵紙に黒くなるほど卵を生みつける、との付け。塵塚は五七「みるがうちにかみに桑子を」。【俳】ひる。

2449 冬(霜)。▽白い霜が消えて黒い瓦が露われたのである。塵塚は「かはらぶきにをく朝霜のきえ果て」。【俳】かはらぶき。

2450 冬(霰)。▽白い霰がとけて泥水と同じ色になるのである。【俳】どろ水。

2451 雑。一臼で挽(ひ)く。二二〇二四参照。五倍子(ふし)の粉を鉄漿にひたしてお歯黒に用いる。▽句意明瞭。【俳】ふし・かね。

2452 夏(姫瓜)。一小形の瓜で、人形遊びに用いる。八三三参照。▽塵塚には「ひめ瓜のまゆよかみよとすみぬりて」。【俳】姫瓜。

2453 雑。一竜脳樹の割れ目にできる透明な結晶。香料。二黒褐色。二〇四九参照。▽白黒二色の香料による。【俳】竜脳・麝香。

2454 雑。一二〇三一参照。▽白い尉(うじょ)が釜の墨で黒くなる。塵塚は「ぜうとのみすがるいるりに炭置て」。【俳】釜・ぜう。

白き物こそ黒く成《なり》けれ

2455 秋《あき》三《み》月《つき》過《すぐ》れば冬のたち来《きた》り　慶友

2456 雪《ゆき》間《ま》よりほり出《いだ》しては干《ほし》蕨《わらび》

2457 はりたつる団扇《うちは》を渋や漆《うるし》にて

2458 古ゑぼし貴《き》人《にん》頭上にひつかぶり

2459 まがい糸を南蛮舟に売《うり》はてゝ

2460 唐《たう》の土かけてやきぬるせと茶碗

2461 椎《しひ》茸《たけ》のうらがなしくもほしかねて

2462 身の虱《しらみ》髪の虫とや化《け》しつらん

2463 闇の夜に御所の御紋の幕はりて

2464 きりたてゝいく夜火ともす石《いし》灯《どう》囲《ろ》

2465 つゝみ紙とけば名《めい》香《かう》真《まな》盤《ばん》に

2466 索《さう》麵《めん》や久しく置《おき》てくみぬらん

2467 作りたてやくなら風《ぶ》炉《ろ》にしくはなし

2468 法《ほふ》印《いん》のはかまのうへの長《なが》衣《ごろも》

※以下の五十句は「卜養軒慶友法眼百句付」(寛永九年(一六三二)成、貞徳点)からの抜粋。以下、同資料を「百句付」と略記。

2455 冬(冬来る)。▽中国では秋の異称を白蔵、冬の異称を玄帝といい、それぞれ白と黒の色で表わす。

2456 春(雪間・蕨干す)。▽白い雪間から掘り出した蕨を干すと黒っぽくなるのである。[俳]干蕨。

2457 夏(団扇)。▽白紙を張った団扇を柿渋や漆で黒く塗り上げる、との付け。[俳]団扇。

2458 雑。▽貴人の白髪が烏帽子をかぶって黒くなる、の意か。[俳]貴人・頭上・ひつかぶる。

2459 雑。一 似せものの絹糸。二 二二〇八参照。▽白い「糸」が南蛮船(黒船)に売られる。[俳]まがい糸・南蛮舟。

2460 雑。一 瀬戸焼の茶碗。▽瀬戸焼は、一説では加藤四郎左衛門が「唐(うた)」の土をもとめ帰り、尾州瀬戸の里、瓶子竈におひて焼」いたのが始め(万宝全書・和漢名物茶入肩衝)。古くは灰色無釉。瀬戸黒と呼ぶものもある。[俳]唐・せと茶碗。

2461 秋(椎茸)。▽椎茸の裏は白、表は濃い茶褐色。その裏を干しかねて、表向きにした、というのである。[俳]椎茸。

2462 雑。▽「虱は頭に処(る)て黒く、云々」(文選・嵆叔「養生論」)などによる着想。[俳]虱。

2463 雑。一 後鳥羽上皇は菊を好み、以降、天皇家の紋となった。▽幕が闇にそまるのである。[俳]御所・御紋。

2464 雑。一 百句付も同表記。灯籠は「灯炉」とも表記するので、囲炉裏の類縁から「囲」を宛てたか。▽石山から切り出して立てた白い石灯籠が、煤けて黒くなったのである。[俳]石灯囲。

2465 雑。一 真南蛮(斑)。インド東海岸マルバラ産の香木。▽白い包紙から黒い真南蛮が現われたのである。[俳]名香真盤。

2466 雑。一 「索麵　さうめん」(増補下学集)。「索麪」とも。▽索麵は保存が利かず、黴びると黒くなる。[俳]索麵。

2467 夏(風炉)。一 奈良名産の茶の湯用の土風炉(毛吹草四)。侘び好み。▽土風炉は焚くうちに黒くなる。[俳]なら風炉。

2468 雑。一 僧侶の最高位。▽白袴の上に長めの僧衣を着る体(てい)。百句付の七五は「はかまの上に衣きて」。[俳]法印。

2469 塩をふく跡に鯨のうかび出《いで》
2470 いつふきて板やのくれはそこねけん
2471 かんぺうをむきをく比《ころ》の長雨に
2472 焼《ぜう》亡《まう》てやすてもしるし槙《まき》柱《ばしら》
2473 楽天が年よりて身にしにぼくろ
2474 寒《さゆ》る夜の月は皆ゝ蝕《しよく》をして
2475 光《くわう》の滝《たき》やきそこなひてけし炭に
2476 きり口を程へて見ればなまなすび
2477 砂糖にはあつまる蟻の唐《たう》わたり
2478 象にのる普《ふ》賢《げん》の堂の火は消《きえ》て
2479 木《き》地《ち》にひくわんを其儘《そのまま》ぢさびして
2480 大《お》原《はら》木《ぎ》を老のかしらにいたゞきて
2481 石ずりの文字やたしかに見えざらん
2482 夕だちや法《ほ》論《ろ》味《み》噌《そ》桶《をけ》に入《いり》ぬらむ
2483 粉《こ》をふけるそのつり柿にさ夜《よ》時《し》雨《ぐれ》
2484 つまいたふこがし過《すぎ》たる扇《せん》子《す》にて

2469 雑。▽白い潮を吹いたあと、黒い鯨の巨体が浮かび出る、との付け。俳鯨。
2470 雑。一 榑。屋根を葺(ふ)く板。七三三参照。▽白い屋根板も歳月とともに古び、汚れる。俳くれ。
2471 夏(干瓢《かんぺう》むく)。一 夕顔の果肉をむき干したもの。▽むきたての白い干瓢が黴びて黒くなるのである。俳かんぺう。
2472 雑。一 火事。二 真木柱。檜や杉の立派な柱。▽白木の柱が黒焦げとなる。百句付の中五は「やけ残りたる」。俳焼亡。
2473 雑。一 白楽天。二〇〇七参照。二 死黒子。死ぬ前にできるほくろ。▽人名によって着想した諧謔。俳楽天・しにぼくろ。
2474 冬(寒《さゆ》る)。一「寒　さむし、さゆる」(増補以呂波雑韻)。▽白い寒月が皆既月蝕で黒くなる、との付け。俳蝕。
2475 冬(炭)。一 大阪府(河内国)南河内郡の光の滝寺付近から産した白炭(和漢三才図会七十五)。▽句意明瞭。俳光の滝。
2476 夏(なすび)。▽茄子の果肉は、空気に長い間触れると白から茶褐色に変色する。俳なすび。
2477 雑。一「蟻の門渡(とわたり)」に同じ。蟻が一筋の列をなして往来すること。▽句意明瞭。俳砂糖・蟻の唐わたり。
2478 雑。一 普賢菩薩。釈迦に脇侍、白象に乗る。▽白象が灯が消えたため、暗黒に吸い込まれるのである。俳普賢。
2479 雑。一 椀。二 地錆。砥粉(とのこ)に生漆(きうるし)をまぜて下地に塗る。▽白い木地に錆塗りをする。俳木地・わん・ぢさび。
2480 雑。一 洛北の大原産の黒木(くろぎ)。一八五一参照。▽老いた大原女が白髪の上に黒木をのせて運ぶ体(てい)。
2481 雑。一 石碑などの字を油墨などで紙に摺り取ったもの。▽石摺りの白く浮き出た文字が汚れ、読みづらいのである。百句付の下七五は「文字をば紙にあらはして」。俳石ずり。
2482 夏(夕だち)。一 焼味噌を干し、胡麻などの香辛料を混ぜたもの。水分を嫌う。▽夕立の異称「白雨」と諺「ほろみその夕立」(せわ焼草二)により着想。俳法論味噌桶。
2483 冬(さ夜時雨)。一 吊柿(つるしがき)。二 夜降る時雨。▽白く粉をふいた吊柿が闇と時雨で黒くなる。俳つり柿。
2484 夏(扇子)。一 端。二 香をたきしめる。▽「こがす」を焼き焦がすの意に用いた付け。百句付の下五「扇にて」。俳扇子。

2485 うすのりをか[一]ちんの布に取《とり》[二]かひて
2486 鳥[一]の子を十《とを》づゝと[二]を火やきこがし
2487 目を見つめしにかゝれるがいきかへり
2488 ほる板《はん》木《ぎ》すりての後のいかばかり
2489 灯《とう》[一]心《しん》のたちし行《ゆく》衛《ゑ》は油煙にて
2490 無《なき》人《ひと》のきるか[一]たびらに経かきて
2491 若[一]衆のはだへにいらぬい[二]れぼくろ
2492 春の夜のやみはあらいや梅《むめの》花《はな》
2493 銀《ぎん》屏《びやう》は引《ひき》たてながら年ふりて
2494 み[一]だれ碁は西の方もやかちぬらん
2495 すさわらをたきての後はあ[一]くのかす
2496 鷹[一]の爪いるゝな[二]つめのふたをして
2497 象[一]牙をばひきわりぬればす[一]のありて
2498 野《のの》[一]宮《みや》の鳥井の雪やきえぬらん
2499 天[一]神の一《いち》夜《や》の髪に冠きて
2500 けづりぬる木にもい[一]りこをつらぬきて

2485 雑。一 褐。濃い紺色。二 衣類に糊づけするのを、糊を飼うという。▽布に取った糊が褐色(かちいろ)となる。[俳]のりかふ。
2486 雑。一 淡黄色の和紙。二「十」に「遠火」をいい掛ける。▽「鳥の子を十づつ十は重ぬとも思はぬ人を思ふものかは」(伊勢物語五十段)のパロディ。焦げて黒くなるのである。
2487 雑。▽白目をむいて死にかかっていた人が生き返り、元通り目の玉が黒くなった、との付け。
2488 雑。▽彫りたての白い板木が墨で摺られた後はさぞかし黒いだろう、との付け。[俳]板木。
2489 雑。一 灯油に浸して火をともすもの。細藺(ほそい)の心を使う。▽白い灯心が燃え、黒い油煙を出す。[俳]灯心・油煙。
2490 雑。一 経帷子。▽死者に経文・名号などを一杯に書いた帷子を着せて葬るのである。[俳]かたびら・経。
2491 恋(若衆・いれぼくろ)。一 一七三八参照。二 心中だてのため、肌に彫った入墨(いれずみ)。▽句意明瞭。[俳]若衆・いれぼくろ。
2492 春(春の夜・梅花)。▽「春の夜の闇はあやなし梅の花色こそ見えね香やはかくるる」(古今集)のパロディ。白い梅の花も闇に閉ざされる。[俳]あらいや。
2493 雑。▽白い銀屏風が長年使われ、錆びて黒ずんだのである。[俳]銀屏。
2494 雑。一 らんご。数人で東西に分かれ、盤上の白黒の碁石を指先で拾い取り、その多少を争う遊び。▽東方の白が劣勢となり、西方の黒が優勢となったのである。
2495 雑。一 灰汁(あく)の上澄のみずをとったあとの滓(かす)。▽すさ藁の灰は白く、灰汁の滓は黒い。[俳]すさわら・あくのかす。
2496 雑。一 上製の茶の銘。二 棗。茶入れの一種。▽鷹の爪は白く、棗の蓋は黒いのである。[俳]鷹の爪・なつめ。
2497 雑。一 鬆。空洞のこと。▽象牙が白いので、鬆は黒っぽく見える。[俳]象牙。
2498 春(雪消ゆる)。一 一八五一参照。▽野の宮の鳥居に積もった白い雪が消え、黒木が露われたのである。
2499 雑。一 太宰府に流された道真は天帝に祈念、一夜のうちに髪や鬚(ひげ)が真っ白になった(天満宮御伝記略ほか)。▽白髪となった天神が黒い冠を着たのである。[俳]天神・一夜。

2501 まきどゐはかけて久敷《ひさしく》有《あり》ぬらし
2502 うつくしきはだへに灸《きう》の点をして
2503 散米《さんまい》や僧の衣につゝむらむ
2504 くちなしの花をほしつゝお肴《さかな》にて

右五十句

一句ニ付句十句

有《あり》とは見えて又なかりけり
2505 橋立《はしだて》や竜《りう》の灯《ともしび》あぐる夜に
2506 ひらきつゝむかふ源氏の物語
2507 声かくる鞠《まり》や梢にとまる覧《らん》
2508 神変《じんぺん》は手のしな玉《だま》の物ならし
2509 何として仙境界にいたりけん
2510 ばけ物のかたちこそ只あやしけれ
2511 長からぬ夏野の鹿の袋角
2512 世間《せけん》をば何にたとへん水の淡《あは》

2500 雑。一煎海鼠。海鼠(なまこ)の腸を除き、煮乾しにしたもの。▽白く削った串で黒い煎海鼠を刺すのである。[俳]いりこ。
2501 雑。一真木(槙)樋。木の樋。▽白木の樋が歳月を経て黒く汚れたのである。[俳]まきどゐ。
2502 恋(美しきはだへ)。一灸をすえるところに墨で印(しるし)した点。▽真っ白な女性の肌に黒々と灸点を打つ。[俳]灸の点。
2503 雑。一神饌(しんせん)として神前にまく米。▽句意明瞭。僧の神社参拝の体(てい)。[俳]散米。
2504 夏(梔子《くちなし》の花)。▽梔子の花は白く、盛りが過ぎるに従って黄から褐色となる。料理物語七・青物之部に、梔子の花は刺身・煮物にして食すると記す。[俳]お肴。

2505 雑。一天の橋立。二〇六八参照。▽天の橋立の文殊堂に出現する竜灯は、蜃気楼現象で、実体は捉えられない。二〇三三参照。
2506 雑。▽源氏物語は迫真の描写力をもって綴られているが、絵空事なのである。[俳]源氏の物語。
2507 雑。一蹴鞠の時、「あり」「ありあり」などと掛声を発する。▽「あり」と声を発するが、鞠はないのである。[俳]鞠。
2508 雑。一不思議なこと。ニ「手品」に「品玉」をいい掛ける。ともに玉などを用いた奇術。▽句意明瞭。[俳]神変・しな玉。
2509 雑。▽中国の神仙思想では、東海に蓬莱・方丈・瀛州(えいしゅう)の三神山があり、不老不死の仙人が住むとされた。これは蜃気楼から生れた説で、多くの仙境訪問譚が伝わる。どうやってその仙境に至ったのか、といぶかる体(てい)。[俳]仙境界。
2510 雑。一狐狸妖怪などが姿を変えたもの。▽句意明瞭。参考、「下戸と化物はなし」(毛吹草二)。[俳]ばけ物。
2511 夏(夏野・鹿の袋角)。一初夏の頃の、生え替わり掛けた角。袋状の皮膚で包まれている。一八一八参照。▽短な鹿の袋角がわずかに見えているのである。[俳]鹿の袋角。
2512 雑。一消え易くはかないものの例。▽「世の中を何にたとへむ朝ぼらけ漕ぎ行く船のあとの白波」(拾遺集、和漢朗詠集)による付け。[俳]世間。

2513 不思議なは雪の芭蕉を絵に書《かき》て

2514 かげろふのもゆる野中をへめぐりて

同一句ニ付句十句

2515 いにたくもありいにたくもなし

京の事おもふ山路に花を見て　貞徳

2516 跡にする上手《じやうず》の能を待《まち》かねて

2517 妹《いも》がりと留守をもをかず宿出《いで》て

2518 あかぬ中姑《しうとめ》ゆへに家出して

2519 御《お》目見《めみ》えのすまぬ間に日はたけて

2520 殊勝なる御《み》法《のり》の庭のをしあひて

2521 山《さん》中《ちう》でおといたかねや尋《たづ》ぬらん

2522 腎《じん》虚《きよ》せし男もさすがかね持《もち》て

2523 講《かう》尺《しやく》の半に腹のいたみ出《いで》

2524 行《ゆく》旅の道で夢見のわろくして

2513 冬(雪)。一 一六八参照。二 有り得ないもののたとえ。一七三参照。▽王維が「袁安臥雪図」に雪中の芭蕉を描いた故事(謡曲・芭蕉、禅林句集ほか)による。[俳]不思儀。

2514 春(かげろふもゆる)。▽「かげろふ稲妻水の月かや、姿は見れども手に取られず」(謡曲・熊坂)と謡われるように陽炎(かげろう)は実体のないものの代表。

2515 春(花)。一 往ぬ。行く・去るの意。▽京に早く行きたいし、そのまま山路の桜花を見ていたいし、との葛藤。[俳]京。

2516 雑。▽下手な能にうんざりして、上手な能楽者の登場を待ちかね、じりじりしているのである。[俳]上手・能。

2517 恋(妹がり)。一 妹許。妻・恋人のいる所。▽女の所へ行きたいが、留守番がいなくて気になるのである。[俳]留守。

2518 恋(中)。▽夫への愛情はまださめていないけれども、姑との折合い悪く、後髪をひかれながら家出する女の体(てい)。[俳]姑・家出。

2519 雑。一 貴人・主君等、身分の高い人に謁見すること。▽拝謁したいのだが、長々と待たされいらいらしているのである。[俳]お目見え。

2520 雑。一 仏事を営む場所。道場。▽有難い説経を聞きたいのだが、大混雑に閉口の体(てい)なのである。[俳]殊勝。

2521 雑。▽山中で金を落とし、早く立ち去りたいけれども、金が惜しく捜し廻っているのである。[俳]山中・おといた。

2522 恋(腎虚)。一 房事過多のための精力欠乏症。▽性的不満で離婚はしたいが、男の財産にひかれて決断できないのである。[俳]腎虚・かね。

2523 雑。一 太平記などの軍談の朗読。「尺」は、「釈」の略字。▽句意明瞭。[俳]講尺。

2524 雑。一 途中。「途 みち」(易林本節用集)。▽途中、夢見が悪く、旅を続けることを逡巡しているのである。

脇・第三之付句

春

2525 大《だい》こくの持《もつ》やつちのえ辰の年
正《しやう》月《ぐわつ》たりとふくは白《しろ》銀《かね》

同

2526 今朝汲《くむ》やとそつ天より立《たつ》霞
大《おほ》ぶくわかす竹《たけ》自《じ》在《ざい》釜《がま》

同

2527 春の日は大あくびしてねのび哉《かな》
酔《ゑひ》醒《ざめ》かすむ茶のまふの声

同

2528 もえ出《いづ》るわらびをけすな春の雨
比《ころ》待《まち》えたるけふの爆竹《さぎちやう》

同

2529 きりくゐの柳はかぶのぼさつ哉《かな》
さくやさくらの名もふげんざう

※以下の「脇・第三之付句」の発句は、ほとんど巻第一―六の発句の部に入集。

2525 春(つちのえ辰の年・正月)。一「ぐわつたり」にいい掛ける。二 噴出する。三 銀。「シロカネ(xirocane)」(日葡辞書)。▽大黒の槌から沢山の銀が湧き出て来る、めでたい正月である。「ふく」は鉱石を精練することをもいう。「白銀」と付けたのは、銀座の最高責任者は大黒常是(じようぜ)で、丁銀に大黒の極印が押された連想からである(二一八四参照)。発句は四九参照。付大黒―丁銀(類)。俳大こく・正月・ぐわつたり。

2526 春(とそ・霞立つ・大ぶく)。一 五五参照。二「他化自在天」にいい掛ける。仏教で、六欲天の最上位。そこでは、他の楽事を自由に自分のものとして楽しむことができる。▽「とそ」に「大ぶく」、「とそつ(兜率)天」に「竹(他化)自在」を付け、いい掛けで仕立て上げた脇。「他化自在天」に実意はない。発句は四一参照。俳とそつ天・大ぶく・竹自在。

2527 春(春の日・ねのび・かすむ)。一 季語としての働きと、頭脳が朦朧とすることの譬喩を兼ねる。二「頼まふ」をもじるか。▽宿酔をさますべく茶を所望するのである。茶には酔や眠気をさまさせる働きがある。参考、茶―酔さむる(類)。発句は二一〇参照。俳大あくび・茶のまふ。

2528 春(わらび・春の雨・爆竹)。一 六〇三参照。▽「わらび」(蕨)を「藁火」に取成して左義長を付けた。左義長は小正月(十四、五日)に行うところが多い。発句は五四九参照。付蕨―左義長(類)。俳爆竹。

2529 春(柳・さくら・ふげんざう)。一 桜の品種名。四七七参照。▽「柳」に「さくら」、「かぶのぼさつ(歌舞の菩薩)」に「ふげん」(二四七八参照)を対(つい)わせ、後者を桜の品種に掛けた付け。慶友独吟百韻(新独吟集所収)の発句(二四七参照)・脇。付柳―桜(類)。俳かぶのぼさつ・ふげんざう。

同
舞《まひ》の後《のち》和歌を上羽《あげは》の蝶もがな
2530 花のはやしの有《ある》坪《つぼ》の内
2531 酒《さか》部《べ》屋《や》の麹《かうじ》のいげやかすむ覧《らん》

夏
木刀にせよかしの木の夏こだち
2532 す鑓《やり》のごとし庭の竹の子

逍遥院殿へ宗鑑法師始而《はじめて》伺候之時、宗長法師伴ひてまかり出《いで》けるに、逍遥院殿御当座、
宗鑑が姿を見ればがきつばた
2533 のまんとすれど夏の沢水
2534 蛇《くちなは》におはれていづちかいるらん
右、脇は宗長、第三は宗鑑云〻

秋
稲妻も光源氏か雲がくれ
2535 月出《いで》たまへ夕霧の空

2530 春(揚羽蝶・花)。一 一五二一参照。▽蝶の「舞」や「和歌」の朗詠にふさわしい場、桜の花が咲き乱れる邸宅の中庭を付けた脇。発句は三〇参照。参考、「さては神代も和歌を上げ、〱、舞をまひけるめでたさよ」(謡曲・放生川)。付蝶—花園(類)。俳上羽の蝶。

2531 春(かすむ)。一 酒を貯えておく部屋。二 湯気。「饇 ゐげ、飯気 同」(書言字考節用集)。▽「花」を「麹」のそれ、「坪」を「壺」に取成して転じた第三。発酵する麹が湯気を立てる。付花—麹(類)。俳酒部屋・麹・いげ。

2532 夏(夏こだち・竹の子)。一 穂先がまっすぐで枝のない槍(やり)。▽武器「木刀」「こだち」に同じく武器「す鑓」を対(むか)わせた、見立ての脇。発句は六二五参照。俳木刀・す鑓。

2533 夏(かきつばた・夏)。一 底本、「称遥院」と誤記(再出箇所も同様)。二 三条西実隆の法号。二 序の注を参照。三 参上してご機嫌を伺うこと。四 連歌師。享禄五年(一五三二)没、享年八十五。宗祇の弟子。五「餓鬼」に「杜若(かきつばた)」をいい掛ける。前者は、餓鬼道に落ちた亡者をいう。痩せて腹だけが異様にふくれた姿をしている。六「無し」にいい掛ける。▽宗鑑の風体は杜若、というのは褒め過ぎで、むしろ餓鬼にそっくりだ、との発句。脇は、水を飲もうと口を近づけると沢水が無くなってしまう、の意。餓鬼が飢渇を癒そうとすると一切の食物は炎と化す、とされる。昨日は今日の物語・上にも所収(発句の五七「あれをみよ花のすがたも」)。付杜若—沢(類)。俳宗鑑・がき。

2534 雑。一 何方。どっちへ。二「帰る」に「蛙」を掛ける。「蛙かいる」(元和本下学集)。▽脇の「のまんとすれど」を、蛇が蛙を呑むことに見替えた第三。一五九二参照。付沢—蛙(類)、呑(の)む—蛇(同)。俳蛇・かいる。

2535 秋(稲妻・月・夕霧)。一 一九七四参照。二 光源氏の長男(一〇七三参照)。源氏物語の巻名でもある。▽雲隠れの稲妻に月の出を冀(こいねが)うのである。源氏物語の登場人物・巻名を対(むか)わせた脇。発句は一〇三五参照。付稲妻—霧間・月遅き夜(類)。俳光源氏・たまふ。

同
紅葉《もみぢ》する蓼《たで》やさながらから錦
2536 野《の》辺《べ》の千《ち》種《ぐさ》は花のあいまぜ
2537 山のはに大皿ほどの月出《いで》て
同
つらや猶《なほ》秋は色《いろ》付《づく》木のは猿
2538 夕日しぐるゝ栗柿の山
同
じみなるは栗名月のひかりかな
2539 夜も長ばかま着ての酒盛
2540 五つ子の寿命は千代の秋かけて
冬
天《あま》のはらも十《と》月《つき》めにうむ小《こ》春《はる》哉《かな》
2541 時《し》雨《ぐれ》の雲は山のこしおび

2536 秋（蓼紅葉・千種の花）。一 和交（あえまぜ）。ごちゃまぜ。精進物を交ぜ、煎酒（いりざけ）・水・酢であえた料理をもいう。▽「から（唐）錦」のように「紅葉」した「蓼」に、「野辺の千種」の「花」を付け、それらが一緒に咲き乱れるさまを「あいまぜ」と捉えた。誹諧初学抄には、発句（九六三参照）の作者仙吟、付句の作者宗長（句形は「千種の野辺の花のあへまぜ」）として所収。参考、「蓼のはも紅葉しぬればよそめにはから錦とぞみえまがひける」（散木奇歌集、夫木抄二十八）、「すりざまにたでの紅葉をみつる哉／からにしきとやいふべかるらむ」（菟玖波集十九）。[付]からし―あへ物（類）。[俳]あいまぜ。

2537 秋（月）。一 誹諧初学抄には「白皿」。▽脇の「あいまぜ」を料理に見替え、「大皿ほどの月」との譬喩表現で受けた第三。誹諧初学抄では作者宗祇とする。[俳]大皿。

2538 秋（秋・木の葉色付く・栗・柿）。▽「色付」の原因として「夕日」「時雨」、「猿」の好物として「栗」「柿」をそれぞれ付け、一句に仕立てた脇。俳諧性は稀薄。発句は一三〇四参照。[付]色葉―時雨・秋の山へ（類）、小猿―栗（同）。

2539 秋（栗名月・夜長）。一 「長し」と「長袴」をいい掛ける。後者は裾の長い袴。▽「じみ」を衣服の汚れの「しみ」に取成して、その原因を付けた脇。発句は三二四参照。[付]酒―月の詠（類）。[俳]栗名月。

2540 秋（秋）。▽前句を袴着の儀式に見替えての第三。近世前期には、袴着は通常五歳の正月に行われた（女重宝記三）。袴着の儀式で、幼子の千秋万歳の寿命を祈って酒盛りをするのである。[付]袴―五つ子（類）、酒―賀（同）。[俳]寿命。

2541 冬（十月・小春・時雨）。一 抱え帯、あるいは腰紐など腰に締める帯。▽自然界を擬人化した付合。「天」と「山」とをそれぞれ擬人化した句作。「はら（腹）」に「こしおび」を締める、との打添えの脇。発句は一三六参照。[付]時雨―神無月（類）。[俳]小春・こしおび。

同　東御門跡《ひがしごもんぜき》にて

2542 広き池の鳥もをしあふお前《まへ》哉《かな》
雪に目白のとまる松がえ

同

2543 御門跡西からはどちへ雪仏《ゆきぼとけ》
見えさせられぬ霜月の影

同

2544 尻もちもつきてよろこぶ歳暮哉《かな》
借銭《しやくせん》ともにはらふすゝはき

寺町二条二町上
大炊《おほひ》道場存故開板

2542 冬(をし・雪・目白)。一一四八五には「よふ」と誤る。▽池の鴛鴦に、松が枝にとまる目白を対(むか)わせた脇。発句は一四八五参照。付押(をす)―目白(類)、池―松(同)。俳お前・目白。

2543 冬(雪仏・霜月)。一「霜月」と「月の影」をいい掛ける。▽御門跡が示寂されたため、この霜月には月影、すなわちその尊影にお目にかかることが出来ない、との意。真宗では十一月二十二日から親鸞聖人の正忌の十一月二十八日まで報恩講を営み、俗に御霜月と称する。発句は一四〇三参照。付西―かたぶく月(類)。俳御門跡・どち・雪仏・見えさせられぬ。

2544 冬(もちつく・歳暮・すゝはき)。▽歳暮のよろこびを具体化した付け。煤と一緒に借銭も払い終えて安堵するのである。発句は一五一四参照。俳尻もち・歳暮・借銭・すゝはき。

○大炊道場　京都寺町二条上ルの聞名寺(時宗)の別称。

（犬子集　五）

上古《しやうこ》誹諧

一 二《に》品《ほん》親王北野社千句に

2545 鳥の二《ふたつ》ぞ羽をかさねたる
鶯のあはせ二の声はこまかなり三　四関白前左大臣

2546 有《あり》とはきけどかへらざりけり
鳥の子のひとつ残るは巣一もりにて　乗阿上人

2547 ちかづきがたき恋をするかな
おく山に巣かくる鷹一のおとしがひ　読人不知

2548 只一《ひと》時《とき》のたのしみもゆめ
いかにして百年《ももとせ》蝶となりぬらん　前大納言尊氏

※以下の「上古誹諧」はすべて菟玖波集（以下、菟玖波と記す）からの抜粋。出典は所収の巻数のみを示した。

2545 春（鶯）。一 菟玖波は「二品法親王」。梶井宮尊胤法親王。延文四年（一三五九）没。二 鳴き比べすること。三 感情がこもっている。菟玖波には「こまかなれ」。四 二条良基。菟玖波集の選者。嘉慶二年（一三八八）没。六十九歳。▽鶯鶯の情愛深き様を、当代に流行した鶯合わせに転じた付け。十九に所収。

2546 春（鳥の巣）。一 他の卵は皆孵化し巣立った後に、一つだけ孵化せず巣に残っている卵。▽前句は、自分の所に帰って来ないという失恋を詠んだもの。付句では「かへ（帰）る」を孵化の意に取成し、鳥の卵のことに転じた。十二に所収。付帰―鳥のかひ子（連珠合璧集）。

2547 春（鷹の巣）。一 親鷹が巣より高い枝に止って子鷹に餌を落して養うことをいう。▽「恋」を「木居（こゐ）」に取成しての付け。後者は、鷹狩の鷹が木の枝にとまっていること。小鳥からすれば、まさしく「ちかづきがたき」なのである。十九に所収。付恋―鷹（連珠合璧集）。

2548 春（蝶）。▽荘子が夢の中で胡蝶となった寓話（荘子・斉物論）や、その寓話に基づく歌「百年（ももとせ）は花に宿りてすぐしてき此世は蝶の夢にぞありける」（詞花集）による付け。「一時」というのに何故「百年蝶とな」るのか、と疑った。十九に所収。三四参照。付夢―とてふ（連珠合璧集）。

2549 糸[一]桜花のぬい[二]よりほころびぬ　前大納言為世
と侍りければ花見る人の中に
霞[三]のころもたちもはて[四]ぬに　よみ人しらず

名はあり[一]はらの跡ふりにけり
2550 雨《あめ》露《つゆ》に[二]しぼめる花の色見えて　藤原重宣

ものごとに心[一]と叶《かな》ふ時なれや
2551 月に雲なし花に風なし　周阿法師

なく〳〵おしき春のわかれぢ
2552 花を見し庭の朽木《くちき》のふしまろび　藤原信藤

月のわづかにかすむ夕ぐれ
2553 熊《くま》のすむう[一]つほ木ながら花咲《さき》て　救済《ぐさい》法師

阿[一]弥陀講をおこなひける処に、雪のふり入《いり》ければ、聴聞《ちやうもん》の人の中に
極楽に行《ゆき》にけるとも見ゆる哉《かな》
と侍るに
2554 空より花のふるこゝちして　弘円法師

2549 春(糸桜・霞の衣)。一 枝垂桜。二 二〇三参照。四「裁ち」に「立ち」を掛ける。二 縫目。三 霞のこと。二〇三参照。四「裁ち」に「立ち」を掛ける。▽花の縫目から綻びるかの如く、糸桜が咲き始めた、との前句に、霞もまだ十分立っていないのに、と天象で時節を付けた。「糸」「ぬい」「ほころぶ」「ころも」「たつ」の縁語仕立て。十二に詞書「花の頃、法勝寺にて」を付して所収。

2550 春(花)。一 在原業平の旧跡。「あり」はいい掛け。「名ばかりは、在原寺の跡旧りて」(謡曲・井筒)。二 古今集・仮名序の業平評「その心余りて、言葉足らず。しぼめる花の色なくて、匂残れるが如し」による。▽在原業平の旧跡に、雨露に濡れて萎んだ花がながめられるのである。十二に所収。

2551 春(花)。一 菟玖波には「心に叶ふ」。▽万事思うがままになるという前句に、風流の代表である「月」「花」を存分に楽しむ、と具象化した付け。現実は「月にむら雲、花に風」が常。十九に所収。

2552 春(春・花)。▽人との離別を、桜の花との離別に見替えた付け。今まで楽しませてくれた桜の老樹がついに朽ち頽(くずお)れてしまったのである。「ふしまろび」は前句の「なく〳〵」を受けた措辞。十九に所収。付花のちる―くれの春・春をおしむ(随葉集大全)。

2553 春(かすむ・花咲く)。一「ウツヲギ(Vtçuogui)」(日葡辞書)。幹の中が空洞になっている木。▽春の夕の景気を詠んだ前句の「月のわ」を熊の喉にある半月形の白毛のことに見替え、その住処(すみか)である空木を付けた。幹は老樹ゆえ朽ちて空洞となっているが、枝は見事な花を咲かせている。十二に所収。付熊―月の輪(連珠合璧集)。参考、熊―うつほ木(同)。

2554 春(花)。一 阿弥陀仏を念じて極楽往生を願う仏事。▽極楽に行ったようだ、との前句に、その理由を、空から一杯雪が降って極楽世界の散華のように見えるから、と付けた。十九に所収。続詞花集・聯歌(れんが)には「前中宮の越後、あみだかうをこなひけるに、僧どものゐたる所に雪のふりいりけるをみて、歌のかみをいひいでたりければ、するを、相円法師」として所収(上句は中七「行きかゝるとも」)。囲極楽。

一法勝寺《ほふしようじ》花見侍《はべり》けるに人〻酒たうべて

山桜ちれば酒こそのまれけれ

と侍るに

2555 花にしゐてや風はふくらん　法眼《ほふげん》顕明《けんみやう》二

おやにしられぬ子をぞまうくる

2556 我《わが》庭にとなりの竹の一ねをさして　よみ人しらず

一たかんなははや末高く成《なり》にけり

2557 土より出《いづ》る蟬とおもふに　前大納言為氏

くらげもほねはありとこそきけ

2558 舟《ふな》人《びと》のもてる扇や一うみの月　良阿法師

すぐなるは一縄を結びしまつりごと

2559 麻の中《うち》にもみちはありけり　二二《に》品《ほん》親王《しんわう》

前右大将頼朝上洛《しやうらく》之時、一もり山を過《すぎ》給ふに、いちごのさかりなるを見て、連歌せよとのたまひければ

2555 春(山桜・花)。一 京都市左京区岡崎にあった寺。白河天皇の勅願により、承暦元年(一〇七七)創立。元暦二年(一一八五)の地震で倒壊、のち火災で焼失。二五四九参照。二 菟玖波には「顕昭」。▽山桜の散るのが嘆かれてつい酒が進む、との前句。それを、酒を飲めと花に強いるように、風が盃の上に吹き散らしているのだ、と擬人化して付けた。十九に所収。付酒を酌かはす―花の下(随葉集)。

2556 夏(竹の子)。一 根を張る。▽親の知らぬ間に娘が子を生んだ、との不穏当な前句を、竹の子(筍)のことにいなした付け。十九に所収。参考、「折〳〵人にぬかるゝはうし/竹の子のとなりのにはにねをさして」(竹馬狂吟集、犬筑波集)。八〇九参照。付子―竹(連珠合璧集)。

2557 夏(たかんな・蟬)。一 筍(たけのこ)。▽筍の成長の早さに驚くとの前句に、初めは蟬が土を割って出て来たかと思ったのに、と付けた。帆柱や旗竿の先にある小滑車を「蟬」というので、前句の「末高く」から「蟬」を趣向したものか。十九に所収。

2558 夏(くらげ取る・扇)。一 「海月　くらげ」(易林本節用集ほか)の用字による着想。▽前句の難題を、舟人のもつ扇が海に映って海月(くらげ)のように見えるからだ、と解決した。十二に所収。参考、「みづはさす八十ぢ余りの老の波くらげの骨にあふぞ嬉しき」(今昔物語集ほか)。付海月(くらげ)―うみの月(連珠合璧集)、扇―骨(同)。

2559 夏(麻)。一 中国では、文字のなかった太古、縄の結び方で文字に代えて政治をした(易経)。二 菟玖波は「二品法親王」。二五四五参照。▽縄を結んで文字に代えた太古の政道はまっすぐである、との前句に、同じくまっすぐな麻の中の道を付けた。麻はまっすぐなものの代表。付直(すぐなる)―麻畑・道(類)。

2560 夏(いちご・むばらの花)。一 滋賀県(近江国)守山市。中山道の宿場。二 「苺」に「市子(いちご)」を掛ける。後者は町家の子供。三 かしこい。または、丈夫である。四 実る意と成長する意とに掛ける。五 「棘(むばら)」と「乳母(ばう)ら」に掛ける。▽守山の苺(市子)は立派に(賢く)育った、との前句に、そのお守りをした棘(乳母たち)は、どんなに嬉しかろう、と付けた。十九に所収。古今著聞集五では伊豆の守山での作、前句は上五「もる山の」の

もり山の[二]いちご[三]さかしくなり[四]にけり　　平時政朝臣《たひらのときまさあそん》
2560 [五]むばらがいかにうれしかるらむ　　前右大将頼朝

おく山に舟こぐをとは聞《きこ》ゆなり
2561 なれるこのみやう[一]みわたるらん　　紀貫之

夕《ゆふべ》にのぼる月のとを山
2562 枝は椎《しひ》木をおり猿の一さけび　　道誉法師

[一]関白《くわんばく》、[二]報恩寺《ほうおんじ》にて百韻連歌侍りしに
弓につくるは[三]はじとこそ見れ
2563 まへうしろ竹有《ある》里に鵙《もず》鳴《なき》て

右のかたにぞ[一]千鳥なくなる　　素阿法師
と云句《いふく》に
2564 [二]釣《つり》針《ばり》の棹《さを》のかはらの[三]夕霧に　　頓阿法師

むしり捨《すつ》るは花さかぬ草
2565 [一]栽《うゑ》たつる[二]笆《まがき》の菊に[三]わたきせて　　読人不知

人は秋[一]なる我《わが》こゝろざし
2566 置《おく》露や[二]木の葉のうへにあまる覧《らん》　　藤原親秀

形で所収。沙石集では梶原景時の歌として所収。[付]覆盆子(いちご)—むばら(類)。

2561 秋(このみ)。一「熟(う)み」に「海」を掛ける。▽前句の難題を「熟み(海)」の掛詞で解決した付け。十九に所収。俊頼髄脳に前句「…音のきこゆるは」、作者躬恒で所収、「是は躬恒と貫之とがぐして物へまかりけるに、おく山にそま人の木ひく音のふねこぐに似たりければ、聞きてしけるとぞ」と付記。竹馬狂吟集七・秋には、前句「音の」、付句の上七「よもの木の子や」で所収。[付]木のみ—奥山(拾花集、竹馬集)。

2562 秋(月・椎)。▽前句は、月が遠山の上に昇る遠景。付句は、椎の枝をつたって降りる猿が鋭い叫び声をあげる様。「おり」は「折り」とも取れるが、前句の「のぼる」の対と見たい。「椎」(四位)は、頼政の歌徳説話(平家物語四)により、「のぼる」を受けた措辞か。十九に所収。[付]山—猿のこゑ(拾花集)。

2563 秋(はじ・鵙)。一 二条良基を指す。二 京都市上京区小川通上立売上ル射場町の寺。三 櫨(はぜ)の木。▽前句は、弓の素材は櫨の木と知られる、の意。付句は、櫨弓が前後に竹を副(そ)えて籐を巻いてあることから着想したもの。付合は「鵙のゐるはじの立枝の薄紅葉たれわが宿のものとみるらむ」(金葉集)による。十九に所収。[付]鵙—はじの立枝(連珠合璧集)。

2564 秋(夕霧)。一「千鳥　露をむすび、霧をむすびても秋なり」(無言抄)。二「釣」に通用(二二四五参照)。莵玖波には「狛鉾(こまぼこ)の佐保」。続草庵集には「玉鉾のさほ」。三 続草庵集には「秋霧に」。▽千鳥は本来、左舞の「青海波」の方に鳴かねばならないのに、何故か右の方に鳴いている、と疑った前句に、高麗楽の右舞では、狛鉾と呼ばれる棹を持って舞うが、その佐保(さほ)の河原に夕霧が立ち込めて左右を間違えた、と答えた付け。「夕されば さほの河原の河霧に友まどはせる千鳥鳴くなり」(拾遺集)による付け。十九に所収。[付]ちどり—さほの河(拾花集)。

2565 秋(菊のきせ綿)。一 底本、「裁」と誤る。二 竹や柴で編んだ垣。三 綿を菊の花に着せ、その露と香を移し、重陽の節句の時にその綿で身を撫でて長寿を祈る。▽「花さかぬ草」は捨てるのと対照的に、大切に菊を栽培して着せ綿をする、との付け。十九に所収。

2567
爰《ここ》に住《すむ》とは誰かしるべき
うき草をかきわけ見れば水の月　よみ人しらず

2568
それをや人の弓はりといふ
さゝがにははじの立《たち》枝《え》に糸かけて　法印《ほふいん》兼深

2569
是迄《まで》もはらむ薄《すすき》ぞ時を知《しる》
十《と》月《つき》にならば秋はのこらじ　素阿法し

2570
人のかほこそあまた見えけれ
杣《そま》木《ぎ》引《ひき》正木のつなに手をかけて　平尭重《たひらのたかしげ》

2571
あやしくもひざより上の寒《さゆ》る哉《かな》
こしのわたりに雪やふるらむ　実方朝臣

2572
死《しし》たるをしに札を付《つけ》て書付《かきつけ》侍る
おしと思へば誰《たが》ころしけん
と侍るに
水鳥はいけながらこそ見るべきに　良心法師

源氏物語巻名《まきのな》と古今《こきん》作者とを賦物《ふしもの》とし侍《はべり》ける
連歌に

2566 秋(秋・露)。一「厭(あ)く」に掛ける。二 菟玖波は「ちの葉」。▽前句は、「ち」(茅)はイネ科の多年草。草原や荒地に群生する。付句は、秋には自分は他人が厭わしく思われる、の意。そうした心象をうら悲しい秋の景気で象徴したもの。「露」は涙の暗喩。十二に所収。

2567 秋(月)。▽前句の「住(すむ)」を「澄む」に取成しての付け。「広沢の月を見てよめる。すむ人もなき山里の秋の夜は月の光もさびしかりけり」(後拾遺集)を踏まえるか。参考、広沢―月見、住人もなき(類)。十二に所収。

2568 秋(はじ)。一 蜘蛛の異称。二「黄櫨(はじ)。…其材作レ弓」(大和本草十二)。二五六三参照。三 菟玖波は「兼源」、あるいは「窓深」。▽前句は弓張月などを詠んだものと想定されるが、それを櫨の枝に張られた蜘蛛の糸に転じた付け。櫨は弓の素材とされることからの見立て。十二に所収。

2569 秋(薄・ゆく秋)。一 穂を出そうとふくらむ。二 産月(うみづき)十月十日のそれと暦上の十月とに掛ける。一三六参照。▽薄は毎年、時期を心得て秋になると穂を孕む、との前句に、産月の「十月」にこと寄せて、稔りの秋も終りだ、と付けた遺句。菟玖波十二によると、救済の北野社千句に所収。

2570 秋(正木)。一 杣山から材木を切り出す人。二 真栄(まさき)の葛(かずら)の略。定家葛(ていかかずら)の古名。綱の代りとした。▽前句の大勢の顔を、杣木を引く人々と見定めた付け。十三に所収。

2571 冬(寒る・雪)。一「腰」と「越」を掛ける。後者は「越の国」、北陸地方。二 あたり。▽前句の無心ふうの謎を、掛詞を用いながら巧みに処理してみせた付け。十九に所収。実方集には、「雪降れるあした、弘徽殿(こきでん)の北おもて、左京の大夫みちながのきみ、あしのかみひざよりしものさゆるかな、とあれば…」として所収。続詞花集は前句作者を道信朝臣として実方集と同形で所収。

2572 冬(おし・水鳥)。一「鴛鴦(をし)」に「惜し」を掛ける。二「生け」と「池」を掛ける。▽菟玖波十九には、前句の上七「おしとおもはで」。惜しいと思わずに誰が鴛鴦を殺したのか、との前句に、水鳥は池に生かしてながめるべきものなのに、と付けた。付鴛―池にすむ(連珠合璧集)。

2573 紅葉《もみぢ》[一]のかぜにちりてまふ比《ころ》
時雨《しぐれ》なりひら[二]の高ねの神無月《かみなづき》　前大納言為家

2574 淡路の国は浪の遠しま
影あれば月と水との二[一]こほり　権少僧都《ごんせうそうづ》永運

2575 歌のすがたは今もわすれず
古《いにしへ》の夢を見し人[一]丸《まろ》ねして　関白[二]左大臣

2576 ふすをおこすぞ夜[一]のおこなひ[二]
子《ね》[三]も寅《とら》も六時《ろくじ》[四]のうちに定《さだま》りて　導誉法師

2577 金《こがね》といふはくつる[一]事なし
木のねよりいさごながるゝ三山川《みやまがは》[二]　救済《ぐさい》法師

2578 瓜にも見ゆる青葉なりけり
笛の名のこま[一]のわたり[二]の家ゐして　藤原長泰

2579 千《ち》とせや終《つひ》のかぎりなる覧《らん》
是よりも北なる国の名をきけば　救済法師

2580 廿《はたち》はすぎし年《とし》〳〵《どし》の数
富士のねをかさね上《あげ》たる山と見て　左近少将善成《よしなり》

2573 冬(紅葉のちる・時雨・神無月)。一 源氏物語の巻名「紅葉の賀」を賦す。二 賦物「業平」と「比良の高根」をいい掛ける。後者は比叡連峰の北峰。▽前句の景気の場を「比良の高ね」とし、時節を「時雨」降る「神無月」とした付け。十二に所収(前句の下七「ちりまがふころ」)。付紅葉―時雨(連珠合璧集)、もみち―時雨降山(拾花集、竹馬集)、比良山―紅葉(随葉集大全)。

2574 冬(こほり)。一「二氷」と「二郡」を掛ける。▽淡路国が三原・津名の二郡から成ることから発想、空に照るのと水に映る二つの月影がともにさえざえと氷のように輝いている、と付けた。十二に所収。付淡路島―月残る(随葉集大全)。

2575 雑。一「人麿」を賦す。一七三八参照。二 菟玖波(広島大学本―以下、広大本と略記)、「関白前左大臣」。▽秀歌を忘れられないでいる人物が、歌聖人麿を夢に見たというのである。讃岐守兼房が人麿の霊夢を見、絵師にその姿を描かせ常に拝して歌が上達したという故事(十訓抄四)による。十三に所収。付夢―忍ぶむかし(拾花集)。

2576 雑。一 菟玖波は「夜半」。二 勤行(どんぎょう)。三 諺「子に臥し寅に起くる」(せわ焼草二)。勤勉なさま。子は午後十二時、寅は午前四時頃。四 仏家では一昼夜を六分、晨朝(じんちょう)・日中・日没・初夜・中夜・後夜の六時に勤行する。▽「おこす」のも夜の勤行のため、との前句に、寝起きも「六時」の日課で決っていると付けた。十三に所収(詞書「関白、報恩寺にて百韻連歌侍りけるに」)。付六時―勤行(類)。俳六時。

2577 雑。一 菟玖波は「つくる」、あるいは「みつる」。二 菟玖波(広大本)には「深山川」。▽本文は「つくる」「深山川」がよい。根際の土が少しずつ削り流され、砂金が尽きることがない、との意。十三に所収。付金―いさご(連珠合璧集)。

2578 雑。一 高麗。狛。二 菟玖波は「わたりに」。▽前句は句意明瞭。催馬楽・山城「山城のこまのわたりの瓜作り」により場を付けた。「笛の名の」は、「青葉」(二五六九参照)を受け、雅楽に高麗笛があるところから、枕詞ふうに用いたもの。十三に所収。付瓜―こまのわたり(連珠合璧集)、笛―青葉(同)。

2579 雑。▽長寿も千年が限度であろう、との前句に、北にある国の名を聞くとそう判断される、と付けた。諺「北州の千

後醍醐《ごだいご》院《ゐん》御時節会《せちゑ》のばにて御剣《ぎょけん》うせたりける
に

御《み》一はかせを誰《たれ》つかのまに取《とり》つらん　蔵人清藤《くらんどきよふぢ》

2581 身をばいづくにおき二つしらなみ　紀宗基《きのむねもと》

たゞ一《ひと》すぢの水を頼《たのみ》て

2582 ひ一だたくみ杣《そま》二の筏《いかだ》をくだすかな　六条内大臣

みどりなる柳一の眉はみだれけり

2583 岸二の額《ひたひ》をあらふしらなみ　慈顔法師

秀衡《ひでひら》一征討の為に奥州《あうしう》へむかひ侍りける時、名
取川を渡るとて

我《われ》ひとりけふのいくさに名二とり川　前右大将頼朝

2584 君もろともにかち三わたりせん　平景時《たひらのかげとき》

めぐりあひてもかひなかりけり

2585 初《はつ》一瀬《せ》川《がは》くめどたまらぬ水車《みづぐるま》　後嵯峨院御製《ごさがゐんぎょせい》

とにかくにまぎれやすきは市の中

2586 檜《ひ》一ばらのあらし二三輪の川をと　木鎮法師《もくちん》

年も限あり」(せわ焼草二)、あるいは都の北、丹波国の千歳山による着想。十三に所収。付千年―北州(類)。

2580 雑。▽年齢のことをいった前句を、富士山の大きさのことに転じた付け。伊勢物語九段の「比叡の山を二十ばかり重ねあげたらんほどして、なりは塩尻のやうになんありける」による。十三に所収。

2581 雑。一御佩刀(みはかし)。貴人が腰に帯びる刀。二「沖つ白波」に「置き」「知らなみ」を掛ける。「白波」は盗賊の異名。▽前句は句意明瞭。付句は、盗賊に掠(かす)めとられ、臣下としては身の置処も知らない、と恐懼(きょうく)する体(てい)。十四に所収。

2582 雑。一飛驒国の工匠。ここは飛驒人の技術・工夫でもよい。二山から伐り出した材木。▽頼む水を運輸手段と見定め、「とにかくに物は思はず飛驒たくみ打つ墨縄の唯一すぢに」(拾遺集)によって「ひだたくみ」を付けた。十四に所収。付一筋―遣水(類)、筏―水上(連珠合璧集)。

2583 雑。一柳の芽の萌え出たさまを眉に見立てていう。二岸の突き出た所を額に見立てていう。▽擬人化表現による景気の対付。十四に所収。参考、「気霽(は)れて風は新柳の髪を梳(けづ)り、氷消えて浪は旧苔の鬚(ひげ)を洗ふ」(和漢朗詠集)。付柳―岸(連珠合璧集)。

2584 雑。一藤原秀衡。平泉に居して勢威をふるい、頼朝に追われる義経を庇護した。文治三年(一一八七)没。二宮城県(陸前国)南部の川。歌枕。「名を取る」をいい掛ける。三「徒渡り」に「勝ち」をいい掛ける。▽自分ひとり今日の戦で手柄を挙げよう、との前句に、いやいやご主君と一緒に徒渡りして戦に勝ちましょう、と応えた付け。十四に所収。沙石集五にも所収(前句の上五「頼朝が」)。付勝負(かちまけ)―軍(いくさ)(類)。

2585 雑。一奈良県(大和国)桜井市初瀬町の峡谷を流れる川。▽男女の邂逅を水車に転じた付け。「初瀬川」は恋の成就を祈る初瀬寺(一七五参照)の下を流れる川で、右近が玉鬘にめぐりあったのも同寺においてである(源氏物語・玉鬘)。十四に所収。付車―めぐる(連珠合璧集)。

2586 雑。一檜原。ヒノキの林。とくに桜井市の三輪山・巻向山・初瀬山一帯を指してもいう。二桜井市の地名。大神(おおみわ)神

2587
一貞任《さだたふ》・宗任《むねたふ》は衣川《ころもがは》の城《じやう》を落行《おちゆく》を追《おつ》かけてかく云《いひ》侍る

二ころものたてはほころびにけり　源義家朝臣

と侍るに、馬のはなを返して

年をへし三糸のみだれの苦《くる》敷《しき》に　四安倍貞任

2588
ひだりも右も袖ぬらしけり

うき恋のこゝろをよめる歌《うた》合《あはせ》　順覚法師

2589
一青《あを》葉《ば》とは笛の名にこそ聞《きき》つるに

竹にさはぐやね二とりなるらむ　妙《めう》葩《は》上《しやう》人《にん》

2590
十《とを》にひとつも頼《たのみ》なの世や

鳥の子の巣一もりの有《ある》も身をしらで　良阿法師

2591
あやうきかたに身をかへりみて

三《み》度《たび》おもひ後にことの葉いひ出《いだ》せ　藤原宗秀

2592
一おもしろしとも始《はじめ》てぞいふ

都にて聞《きき》つる富士をけふは見て　木鎮法師

社の門前町で、宿場・市場として賑わった。初瀬川の下流、三輪川が流れる。▽市場の雑踏に、周囲の山川が立てる物音が加わり、熱鬧(ねっとう)の度をいよいよ増すのである。十四に所収。付三輪―市人(随葉集)、市―三輪の里(随葉集大全)。

2587　雑。一安倍貞任・宗任兄弟。陸奥国衣川の館を根拠とし、父頼時とともに朝廷に反抗、源義家らの追討を受けた。二「衣の経」に「衣の館(たて)」を掛ける。平泉の古名を「衣の里」と呼んだ。三「経し」に「綜し」を掛ける。後者は経糸(たていと)を引き延(は)えて機にかけるのをいう。四底本、「安阝(部の略字)」と誤る。▽衣のことに託して衣川の館の落城をいった前句に、歳月の経過のため糸が乱れてどうにもならなくなって(城内家臣の統制が破綻したことの譬喩)、と敗戦の原因を縁語仕立てで付けたもの。十四に所収(詞書「貞任・宗任が衣(川)の城おとしておひかけて」、付句の下五「くるしさに」)。古今著聞集九にも所収(句形同上)。菟玖波広大本には前句の上七「衣の関は」、付句「年ごろはたてをそろへてをりしかど」。

2588　恋(袖ぬらす・うき恋)。▽前句は両袖ともに濡らした、の意。付句では「ひだりも右も」を「歌合」のそれに取り、袖を濡らした理由を「うき恋」を詠んだ歌に一同そろって感動したためとした。十四に所収。付右左―歌合(類)。

2589　雑。一敦盛遺愛の笛の名。二五七六参照。二「寝鳥」に「音取り」を掛ける。後者は、楽器を試奏して音程を決めること。▽寄合(よりあい)の語と秀句で仕立てた付け。付笛―竹(連珠合璧集)。

2590　雑。一二五四六参照。▽「鳥の子を十(をと)づつ十は重ぬとも思はぬ人を思ふものかは」(伊勢物語五十段)による。前句は、何もあてにならない、頼りにならないのがこの世だ、との述懐。付句は、あてにならない具体例を挙げ、わが身も同じ身の上と知らないで過して来たことよ、と反省したもの。十六に所収。

2591　雑。▽前句は、自身の言動が過っていないかどうか、あやぶんで反省する、の意。付句は、論語・学而篇の「吾日(ひび)に三たび吾が身を省(かへりみ)る」を踏まえ、口は禍(わざわい)の門だから、熟慮してからものは言え、としたもの。十六に所収。

2592　雑。一愉快である。興趣がある。▽漠然とした「おもしろし」の対象を、景色のすばらしさに特定した付け。三国一

2593 法《のり》のうへにものりはありけり
人わたす此《この》川舟に馬たてゝ　藤原俊顕《としあき》朝臣

2594 こゝろのなきも君にしたがふ
勅なれば名もしら[一]鷺の羽をたれて　教済法師

2595 あしもてかへるなには津の浪
乱れ藻は[一]すまひ草にぞ似たりける　源頼義朝臣

建久元年上洛し給ひし時、[一]浜名橋《はまなのはし》の宿《しゆく》につきて酒たうべてたゝんとしけるに

2596 [二]はしもとの君にはなにかわたすべき　前右大将頼朝
たゞ[三]そま山の[四]くれであらばや　平景時

熊野へまいりけるに[一]孔子《くじ》の山といふ所にて

2597 くじの山たふれしぬべき[二]いはね哉《かな》　鴨長明
あなづりますな[三]かづらもぞある　証心法師

[一]瞻西上人《せんさいしやうにん》、[二]雲居寺《うんごじ》の極楽堂に住侍《すみ》る時、坊をふかせけるを見て

の山容を誇る「富士」を見て、初めて「おもしろし」と感動するのである。十七に所収。

2593 雑。▽大乗・小乗の仏教についていった前句の「法」を「乗」に取成しての付け。乗物である舟の上にさらに乗物の馬を乗せているのである。仏法を舟に譬えて「法(のり)の舟」というところからの着想。十七に所収。[付]法—舟・馬(連珠合璧集)。

2594 雑。一「知らぬ」をいい掛ける。▽風雅心や人情を解さない者も君の徳に従う、との前句。付句は、「心のなき」を禽獣虫魚の類に見替えたもの。名も知らない白鷺も従順に勅に従う、の意。平家物語五に見える五位鷺の故事を踏まえた付け(三三一参照)。十八に所収。[俳]勅。

2595 秋(すまひ草)。一白慈草(藻塩草八)。雄日芝(おひしば)の異名。イネ科の一年草で、路傍によく生える雑草。貞門の季寄せでは秋七月の季語。▽前句は、浪花津の浪が芦辺に寄せては返している、の意。その「芦」を「足」に取成しての付け。汀に打ち寄せられた乱れ藻は「すまひ草」によく似ている、の意。十九に所収(広大本は、前句「かくる」)。[付]足—相撲(すまふ)(類)。

2596 雑。一菟玖波は、「浜名の宿」。二浜名湖と外洋の間にあった橋本宿の遊女。三材木を伐り出すための山。四榑。山から伐り出した板材。「呉れ」に掛ける。▽前句は、橋本の遊女たちには何をやったらよいだろうか、の意。付句の上七は序詞的用法で、実意は、何もやらなくてよいでしょうの下七にある。遊女達をじらした応答。十九に所収。吾妻鏡・建久元年(一一九〇)十月十八日条に「於二橋本駅一、遊女等群参、有二繁多贈物一」と記し、付句上七「たゞそまがはの」として所収。増鏡二にも前句中七「君になにをか」の形で所収。

2597 雑。一三重県(伊勢国)南牟婁郡御浜町の神志山(こうしやま)。二岩根。岩山の岩。三葛。▽前句は諺「孔子の倒れ」(世俗諺文)により、峨々と聳える孔子の山は、今にも倒れ死にそうな岩山だ、の意。これに、諺「あなづりかづらにたふれすな」(毛吹草二)により、軽視してはいけません、葛もあるから、と付けた。「くし(櫛)」に「かづら(鬘)」で対応。十九に所収。[付]髪—くし(連珠合璧集)。[俳]くじ・あなづりますな。

2598 三ひじりの屋《や》をば四めかくしにふけ
といはれければ
五あめがしたもりて聞《きこ》ゆる事もあり　六読人不知
一皇后宮のすけあき国のもとにまかりて、物申《ものまう》さんとしけるに、人も出《いで》ざりければ、人して云送《いひ》りて侍《はべり》ける

2599 二やり水のこゝろもゆかでかへるかな　俊頼朝臣
後に女房の語《かたり》て是《これ》をえ付《つけ》ざりしと申《まうし》ければかくいへと申《まうし》ける
たてならべたる三いはまほしさに　藤原顕国《あきくに》朝臣

2600 舟をたゝくはおきつしらなみ
夜になれば笘屋《とまや》の窓をたてにけり　前大納言尊氏

2601 又見るも海又見るもうみ
賤《しづ》のめが一ぬきなき二はたを立《たて》置《おき》て　読人不知

2602 一ぬる程やしばし心を休《やすめ》けん
やまがらの子は夕がほのうち　同

2598 恋(め(妻)・もるゝ名)。一 雲居寺の勧進聖。二 京都市東山区下河原町にあった寺。応仁の乱で焼失。三 聖。瞻西を指す。四 釘穴を覆って雨が漏らぬように葺(ふ)く仕方。「妻(め)隠し」に掛ける。五「天」と「雨」に掛ける。六 菟玖波は、前句の作者「京極前太政大臣」、付句の作者「瞻西上人」。▽前句は、聖の屋根は、妻を隠すようにめかくし葺きにしなさい、の意。それに、雨と同様、噂はとかく漏れて広まりやすいですからね、と理由を付けた。十九に所収。今物語は、付句の上五「あめの下に」。付名—もらす・人目をつゝむ(連珠合璧集)。

2599 雑。一 皇后宮亮。二 庭園に導き入れた水流。三「岩間」に「言はまほし」をいい掛ける。▽前句は、庭の遣水が十分奥の方まで流れることなく帰って来るように、私も空しく帰ることだ、の意。付句は、あまり沢山いいたいことを並べ立てすぎるからだ、と反論したもの。遣水の岩は余り並べ立てない方がよい、とされる(作庭記)。「たて」(楯)は、「やり」(槍)に対応させた措辞。十九に所収。俊頼の散木奇歌集には、前句の詞書「皇后宮亮顕国、人のがりおはしたりけるに、あはざりければ」、付句の詞書「後にこれをえつけざりしことのはぢがましかりしと、人にかたりけるを聞きて、かうい へなどて、つけゝる」として所収。付やり水—岩間(連珠合璧集)。

2600 雑。▽前句は、舟べりをたたくのは沖の白波である、の意。付句は、「白波」を盗賊の意(三三〇参照)に取って、夜になると笘屋の窓を締めて用心する海士の体を付けた。十九に所収。

2601 雑。一 緯(ぬき)。横糸。二 機。▽前句の「海」「うみ」を「績(う)み」に取成しての付け。緯糸がないので、一々、苧(お)から糸を縒り合わせては機を織るのである。十九に所収。参考、あさ衣—しづがうみを(連珠合璧集)。付賤—うみ苧(を)(類)。

2602 夏(夕がほ)。一 寝る。▽「籠(こ)の内も猶うらやまし山がらの身のほどかくす夕顔の宿」(玉葉集、夫木抄、平家物語)による付け。前句は、寝ている間だけ暫くは心を休めたであろう、の意。これを鳥のことに見替え、山雀の子も夕顔の花の中に身を潜め、安心して眠っている、とした。籠の中で瓢箪を巣にして山雀を出入りさせるので、「夕がほのうち」は夕顔の花と実(瓢箪)を想定した二重表現であろう。十九に所収。

2603
風と嵐はなぞかはりける
上にたゞ山の見えたるばかりにて　敬心《きやうしん》法師

2604
石の上にてやすらひにけり
一双六の手をうちわづらふゆびのさき　救済法師

2605
鶯の子の山ほとゝぎす
おやの名の末《すゑ》一《ひと》文字《もじ》や取《とり》ぬらん　敬心法し

2606
とをき所へまかり立《たつ》道に一あにの社《やしろ》と中《まうす》神の御
前にて
あにのやしろはこの二神の名か
と侍《はべり》けるに、十四五ばかりなりけるわらはべ
のたてりけるに付侍《つけはべり》ける
三ちゝぶ山は四その森のことゝはん

2607
狩に出《いで》ける道に狐の走出《はしりいで》たるを見て
一しらけて見ゆるひるぎつね哉《かな》
契《ちぎり》あれば夜こそ二こんといふべきに　平景時

2603 雑。▽自然現象としての「風」と「嵐」の相違をいった前句を、文字の上から捉え直し、その相違をいった付け。「吹くからに秋の草木のしをるればむべ山風を嵐といふらむ」(古今集)を踏まえる。十九に所収。付嵐—山(連珠合璧集)。

2604 雑。一古くはスグロク。当時は、スゴロクとも。▽前句は、旅人などが石に腰掛けて休息するさま。付句は、「石」を「双六」のそれに取成し、「やすらひにけり」を駒の石の進め方を躊躇逡巡している体(てい)に転じた。十九に所収。撃蒙抄、筆のすさび、犬筑波集等にも所収。付石—双六(連珠合璧集)。

2605 雑。▽前句は、万葉集の「鶯の生卵(かひご)の中に霍公鳥(ほととぎす)独り生れて…」の長歌などに詠まれる、鶯の巣の中で孵化する時鳥の習性によったもの(七三〇参照)。付句は、「ほととぎす」は親の「うぐひす」の末一文字を取って名が付けられている、との意。十九に所収(前句の下七「子規かな」あるいは「ほとゝぎすにて」、付句の下五「とりつらん」)。犬筑波集(穎原本)には、前句の下七「ほとゝぎすとて」、付句の下五「取りつらむ」として所収。俳末一文字。

2606 雑。一岡山県(備前国)邑久(おく)郡にある安仁神社。西国航路の寄港地牛窓の西方。二「此神」に兄の意の「このかみ」を掛ける。三武蔵国の西端の山々。歌枕。四京都府(山城国)相楽郡精華町にある森。紅葉の名所。歌枕。▽「あけくれ思(おもひ)を信濃なる秩父の山、秋はてぬれば柞の森の、云々」(謡曲・竹雪(たけのゆき))と同発想の句。前句の問い掛けに、父母に訊ねてみよう、と答えたもの。「あにの社」に「ちゝぶ山」「はゝその森」を対(むか)わせた付け。十九に所収(前句の作者「藤原清輔朝臣」、付句の中七「はゝその杜(もり)に」)。

2607 雑。一興ざめする。二「来ん」と狐の鳴き声を掛ける。▽昼狐が興ざめである理由を付けた。女性ならば、縁があれば夜にまた参りましょう、というべきなのに、コンとも鳴かずに消え去った、の意。昼の「しら(白)けて」に夜の「こん(紺)」を対照させてもいる。十九に所収(前句の作者「前右大将頼朝」、付句の上五「契あらば」、広大本は付句中七「夜こそこうと」)。沙石集五には、前句の詞書「故鎌倉右大将家の狩の時、狐の野に走りけるを」、付句の詞書「とのたまひて、梶原付けよと仰せけ

2608
川のほとりに牛は見えけり
水わたる馬のかしらや出《いで》ぬらん　読人しらず

2609
軒の下にて夜をあかすなり
籠《こ》の中《うち》のねぐらたづぬるはなち鳥　同

2610
いかでなをさん心[一]つよさを
あら牛の岸にむかへる淀車[二]　読人不知

2611
[一]ひだるきにつの[二]ひかるゝぞ心えぬ
やぶれ車にかくるやせうし　救済法師

2612
鎌倉へ下向《げかう》し侍るに、行《ゆき》つれたる男の口ずさびに云侍《いひはべり》ける
[一]あしあらひてやくつ[二]のやをはく
是を聞《きき》て
[三]てごしよりわらしな[四]川をわたる人　鴨長明

2608 雑。▽「午(まう)」の字形から、見えている「牛」は、実は「牛」でなく、「午(馬)」の頭部が上に突き出たものであろう、とひねった付け。文字の謎解き。十九に所収。

2609 雑。▽他人の家の軒下を借りて夜を明かす人物を鳥に見替え、放たれた飼鳥が、住み慣れた籠の中を恋い慕っているとした付け。十九に所収。参考、「籠のうちの名残(なごり)忘るな放ち鳥心のまゝにあくがれぬとも」(夫木抄二十七)。

2610 雑。一 強情さ。つれなさ。二 大阪と京都を往復した運搬車。▽つれない、または強情な女性に手を焼く体(てい)を詠んだ前句を、牛のことに見替え、気性の烈しい淀車の牛が、川岸に直進する様を付けた。十九に所収。

2611 雑。一 ひもじい。二 唾(つば)が出る。▽空腹なのに唾が出るのは不可解だとの前句に、「つの」を「唾(つ)の」「角」の両意に取って、飼料も十分与えられてない「やせうし」が「やぶれ車」を牽くと趣向した。十九に所収。付牛—角(連珠合璧集)、角・涎(よだれ)—牛(類)、引—牛(同)。囲ひだるし・つひく。

2612 雑。一 静岡県(駿河国)安倍郡の地名「足洗」にいい掛ける。二 同地の地名「沓谷(くつのや)」に掛ける。三 同上、手越。藁科川西岸、鎌倉海道の宿駅。「手輿」に掛ける。四 安倍川の支流。▽「足」と縁のある地名を縁語仕立てで詠み込んだ前句に、「手」のつく地名で対応した付け。沓谷で沓を履く人に、手越から手輿に乗って渡る人を対(むか)わせたのである。長明の東下は建暦元年(一二一一)で、菟玖波十七に参議雅経とともに下向した折の作が見える。十九に所収。

2613 雑。一 洛東霊山(りようぜん)の別称。桜の名所。二六一五参照。二 猿丸大夫。三十六歌仙の一人。猿を擬人化してもいう。三 諺「犬の星まもる」(皇朝古諺)による。身の程を知らない、愚かな犬。▽前句は、「春霞たつを見捨ててゆく雁は花なき里にすみやならへる」(古今集)のパロディ。「さる丸」の無風流を咎めた前句に、無風流な行為をとった理由を付けた。「犬猿の仲」の犬

れば」とともに所収。曾我物語五には「夜ならばこう〳〵とこそなくべきにあさまに走る昼狐かな」、犬筑波集(真如旧蔵本)には、前句の下七「ひる狐かは」、付句「契るには夜こそこんとはゆうつらん」として所収。一七三一参照。

2613
[一]驚の尾の花の下《もと》より帰《かへり》けるに
花を見すてゝかへる[二]さる丸《まる》
といひかけければ　皇太后宮大夫俊成女《くわうたいこうぐうたいふとしなりのむすめ》
[三]ほしまもる犬のほゆるにおどろきて

2614
人のためにも二子《ふたご》こそあれ
隠岐《おき》佐渡は[一]八島の内にあらはれて　[二]読人不知

2615
世中《よのなか》にふしぎの事を見つる哉《かな》
[一]鷲の尾にこそ花はさきけれ　同

2616
くづるゝ土ぞながれ行《ゆき》ける
軒にもる雨の[一]ふるやの壁ぬれて　[二]素阿法師

2617
わらひはすれどあなづりはせず
鷹のゐる森の梢のむら鳥　[一]読人しらず

2618
[一]ちまき馬くびからさきぞ似たりける
[二]きうりの牛は引《ひき》力《ちから》なし　俊頼朝臣

2619
[一]青き鬼とも成《なり》にけるかな
古《ふる》寺《でら》の軒のかはらに苺《こけ》むして　敬心法師

がうるさく吠えるので、驚いて帰るのである。十九に所収。十訓抄三には、白河の最勝光院の梅の花を見ての作として所収。〔付〕猿―犬(類)。〔俳〕猿丸。

2614　雑。一 記紀の国生み神話に見える八島で、淡路島・四国(伊予の二名島《ふたなのしま》)・隠岐(三子島《みつごのしま》)・九州(筑紫島)・壱岐・対馬(つし(まし))・佐渡・本州(大倭豊秋津島《おおやまととよあきずしま》)。二 莬玖波には「前関白左大臣」(良基)。▽「二子」を国生み神話のそれに見替え、伊邪那岐命・伊邪那美命の二神は、人間のために八島の中に「隠岐・佐渡」の二島を生んだのである、とした。十九に所収。

2615　春(花さく)。一 鳥の「鷲の尾」に地名(三六三参照)を掛ける。▽「不思議」の具体例を挙げた付け。地名「鷲の尾」を実の鳥と見れば、不思議となる。十九所収。〔俳〕ふしぎ。

2616　雑。一「降る」に「古家」をいい掛ける。二 莬玖波(広大本)は「乗阿法師」。▽降雨や河流の水勢に土砂が崩壊し、流される景を詠んだ前句を、古家の壁の崩壊現象に卑小化した付け。十九に所収。〔付〕土―壁(連珠合璧集)。

2617　冬(鷹)。一 莬玖波は「救済法師」。▽人間同士のことを詠んだ前句を、鳥の世界に転じた付けで、諺「鷹は賢けれども鳥に笑はるゝ」(毛吹草二)による。鳥はカアカアと笑い声を上げてはいるけれど、恐ろしい鷹を侮るわけにはいかないのである。十九に所収。〔付〕鳥―わらふ(連珠合璧集)。

2618　秋(きうりの牛)。一 茅や菰で作った馬で、端午や七夕の時の玩具。二 底本、「きこりの牛」と誤る。盆や七夕の時に胡瓜で作る牛。▽ちまき馬は首から先だけが馬に似ている、との前句に、胡瓜の牛は物を引く力がない、と対応させた付け。十九に所収。散木奇歌集は、前句は詞書「おさなきちごのちまきむまを持たるをみて」、句形「ちまきむまはくびからきはぞにたりける」、付句は詞書「つくる人もなしときこえしかば」、同句形で所収。〔俳〕ちまき馬・きうりの牛。

2619　雑。一 地獄で罪人を責める鬼の一。▽鬼になるものを人間(?)から物体に転じた付け。鬼瓦が「苺むして」「青き鬼」となったのである。十九に所収。〔付〕鬼―かはら(連珠合璧集)。

2620
[一]しらげの米《よね》はたゞ人のため
神垣《かみがき》の庭の真砂《まさご》をうちまきて　救済法し

2621
[一]おこなひ人や手をたゝくらん
室《むろ》[二]の戸の花ふみちらす鳥を見て　良阿法師

2622
[一]犬蓼《いぬたで》といふ物の中にゑ[二]のこ草生《ぐさおひ》たるを見て
犬たでの中におひたるゑのこ草　読[三]人不知
と云《いふ》を聞《きき》て
こゝと見置《おき》て後にひかせん　同

2623
東にくだり侍《はべり》しに伴ひたる人
手にとるばかりて[一]ごしをぞ見る
と中侍《まうし》るに
嶺高きあし[二]がらこゆる足もとに　頓阿法師

2624
梨をやきたりけるに、やけざりければ
[一]からくしたれどやけぬなしかな　前大納言為家
と侍るに
あ[二]ふのうら海士《あま》の[三]もしほ火焼《たき》さして　[四]安嘉門院四条《あんかもんゐんのしでう》

2620　雑。一しらげごめ。精白した米。▽精白米は人間だけのためにある、との前句に、だから神前には真砂を撒くのだ、と付けた。「米」から神前に撒く打撒米(うちまきよね)を連想、趣向したもの。十九に所収。付米—神前(類)。併しらげの米。

2621　春(花)。一勤行する人。二僧房。▽前句は、勤行をしている人が手をたたいて人を呼んでいるらしい、との意。付句では「手をたたく」行為の目的を見替え、僧房の戸口に咲いている桜の花を、鳥が枝移りしては踏み散らすのを追い払うため、と逆付したのである。十九に所収。

2622　雑。一あかのまんま。九九〇参照。二ゑのころぐさ。九九四参照。三菟玖波には「藤原実清」。▽犬蓼が群生している中に犬子草が生えている。ここだと確認して置いて後刻引抜かせよう、との意。十九に所収。俊頼髄脳は、前句の作者「するきよ」、付句下七「のちにつませむ」として所収。犬筑波集(潁原本)は、「親子といへどおや子には似ず」に前句「犬たでの…」を付ける。付引—草・犬(類)。

2623　雑。一二六三参照。二駿河・相模の国境にある足柄峠。中世以前の東海道は、箱根より内陸部の同峠を越えた。▽「手」に「手越」を重ねた前句の措辞に、付句でも「足柄」に「足もと」を重ねて対応した。足柄峠から眺望すると、足下に手越の宿駅が手にとるように見える、の意。十九および続草庵集五に所収。

2624　雑。一ひどく。二三重県(志摩国)の斎宮の庄で、古来、梨を献じた所。三海藻を焼いて製塩するための火。四十六夜日記の作者、阿仏尼。▽懸命に焚いたけれどもどうしても梨が焼けない、というので、生の浦の海士も藻塩を焚くのを中止した、の意。参考、「生の浦に片枝さし覆ひなる梨のなりもならずも寝て語らはむ」(古今集・伊勢歌)。十九に所収。付梨花—生(おふ)の浦(竹馬集)。

2625 広きそらにもすばる星かな
ふかき海にかゞまる海老の有《ある》からに　西行法師

2626 玉章《たまづさ》や同じ儘《まま》にてかよふらん
春のかりがね秋のかりがね　よみ人しらず

2627 春《はる》秋《あき》立《たつ》る市は此《この》市
花《はな》紅《もみ》葉《ぢ》うりかふ人はよもあらじ　素阿法師

2628 犬こそ人のまもりなりけれ
みどり子の額《ひたひ》にかける文字を見よ　良阿法し

2629 たづさはる杖こそ老の力なれ
おもへばとてや子をばうつらん　救済法師

2630 わが心なたねばかりに成《なり》にけり
人くひ犬をけしといはれて　西音法師

2631 修行し侍《はべり》けるに、奈良路を行《ゆく》とて、尾もなき山の丸《まろ》きを見て
世の中はまん丸《まろ》にこそ見えにけれ　西住法し
あそこも爰《ここ》もすみもつかぬに　西行法師

2625 雑。一昴星。牡牛(おうし)座にある散開星団。漢名、昴宿(ぼうしゅく)。「統(すばる)」から付けられた名。「窄(すばる)」と両意に掛ける。一七三参照。▽広い空にもすぼまっている昴星がある、との前句に、深い海にもかがまっている海老がいるのだから、と対応させた付け。十九に所収。〔俳〕すばる星。

2626 秋(かりがね)。一手紙。▽前句は、遣わした手紙がつれない女性からそのままそっくり送り返された、の意。付句は、中国の蘇武の故事(漢書・蘇武伝)により、春、北に帰った雁がまた秋になって渡って来た、とした。「かよふ」使者を付けたのである。十九に所収。〔付〕雁―玉づさ(連珠合璧集)。

2627 雑。一菟玖波(広大本)には「乗阿上人」。▽春秋二季に開かれる市とはいえ、腹の足しにならぬ「花」「紅葉」を売買する人はまさかいないだろう、との意。商売と風流韻事の乖離を詠む。十九に所収。〔付〕商人―市・うる・かふ(連珠合璧集)。

2628 雑。▽前句は、番犬としての犬を詠んだもの。付句は、それを幼児の額に「犬」の字を書いてお守り・まじないとする風習(「いんのこ」と呼ぶ)に転じたもの。十九に所収。参考、「皃々(いんのこ)」(反故集・下)。〔付〕額―犬の子(類)。

2629 雑。▽身に携えている杖は、老人にとって何よりの力添えになる、との前句に、伯兪の故事(蒙求・伯兪泣杖、三三一参照)によって、その力添えと頼む杖で子を打って叱るのも、子のことを愛するからこそである、と付けた。十九に所収。〔付〕杖―うつ・親の子(連珠合璧集)。

2630 雑。一犬をけしかける時の掛声。「芥子」に掛ける。▽前句は、私の心は菜種のように小さく縮んだ、の意。付句は、それは、人喰い犬をけしかけられたからだ、と原因を付けたもの。前句の「なたね」が黒、「けし」(芥子)の種子が白で、黒白賦物連歌における付合と推定される。十九に所収。

2631 雑。一裾を引いていない山。二「角(すみ)」と「住み」を掛ける。▽謎ふうの前句に、角がないから丸く見えるのだと理由を付け、かつ一所不住の境涯を詠み込んだ付け。十九に所収。〔俳〕まん丸・あそこ。

2632 [一]鯉つきたるものゝ馬に乗《のり》たるを見て
[二]力がはよりのぼる鯉かな
と云《いひ》ければ
馬の[三]瀬にいかなる[四]淵のあるやらん　[五]為家

2633 [一]さんのまとこそいふべかりけれ
[二]引《ひき》目《め》いる[三]うぶやの古だゝみ　順覚法師

2634 老《おい》たる鼠ゐる[一]そらはなし
[二]古ぐらの[三]壁まばらなる[四]犬ばしり　救済法師

2635 連歌をば立《たち》ながらこそ始《はじめ》けれ
と侍るに
[一]こしおれ歌は[二]ゐてぞよむべき　従二位行家《ゆきいへ》

2636 [一]毛車にのりて花を見侍《はべり》けるに、誰《たれ》ともなくて
云《いひ》ける
やぶれては[二]かたわに見ゆる車哉《かな》
など[三]よこがみのたすけざるらむ　前大納言為氏
[一]夢窓国師[二]西芳精舎《さいはうしやうじや》にて[三]本尊の[四]ほういのゆがみ

2632 雑。一 膕(いこ)。膝から下が腫(は)れて鯉のようになる病気で、罹病することを「つく」という。前句では「鯉」と「膕」を掛ける。二 鞍の両側に垂れて鐙(あぶみ)を釣っている革。「川」にいい掛ける。三「背」に掛ける。四「斑(ぶち)」に掛ける。五 菟玖波は「前大納言為家」。▽前句は、膕を病んでいる人が鐙を踏み、何とか馬に乗ったことを、力革という川から鯉が登った、とからかったもの。付句は、馬に川があるなら、その瀬(背)にはどんな淵(斑)があるのだろうか、と縁語・掛詞で応じたもの。十九に所収。付鯉―淵(類)。俳力がは・鯉(膕)。

2633 雑。一 菟玖波(広大本)は「さむのまとゝぞ」。「三の的」は流鏑馬(やぶさめ)の三番目の的。二 蟇目とも。鏃(やじり)の代りに大形の鏑(かぶら)を付けた矢。音を発するので悪魔祓いとしてお産のときに射られた。三 産室。▽前句の「さんのまと」を「産の間と」に取成しての付け。産室の前で古畳に向って射て、蟇目の式を行っているのである。十九に所収。俳さん(産)のま・古だゝみ。

2634 雑。一 気が気でない。菟玖波は「穴ぞなき」、あるいは「あなはそれ」。二 菟玖波の一本、「古寺」。三 菟玖波は「まだらなる」。四 築地と溝との間にある帯状の空地。▽老鼠の心落着かぬ様を詠んだ前句に、その場と状況を具体的に設定した付け。「犬ばしり」は、実際の犬の往来をも描出した二重表現。十九に所収。付鼠―蔵・壁土(類)。俳犬ばしり。

2635 雑。一 下手な歌。二 坐る。▽花の下(もと)の連歌の千句、または万句を立ったまま始めた、との前句。付句は、「腰折れの歌」は腰折れにふさわしく坐って詠むべきだ、と応じた対付。十九に所収。菟玖波(広大本)は、前句の作者「前大納言為家」。俳連歌・こしおれ歌。

2636 雑。一 底本は「己車」。菟玖波は「毛車」、あるいは「車」。毛車は、牛車の車箱を撚り糸で飾った、婦人用のもの。二「片輪」と「片端(かたは)」を掛ける。三 軸。車輪を支える心棒。「神」をいい掛ける。▽諺「横紙を破る」(皇朝喩林)による付け。前句は、毛車の飾糸がちぎれて文字通り片輪車に見える、との意。付句は、どうして「軸(よこがみ)」があるのに、その神が助けてくれないのか、といぶかったもの。十九に所収。付軸(ちく)―車(類)。

たるを見て

2637 ほういをばゆがみてしたる阿弥陀哉《かな》

と云句《いふく》をせられけるに

これを観音[五]せいしたまへよ　救済法師

2638 [二]二《ふた》本《もと》の杉の木陰に水あびて

[一]ふるかは衣《ごろも》ぬぎぞ捨《すて》たる　[三]素阿法し

たゝみに[一]ふなむしといふ虫のあるを見て

舟虫はたゝみの[二]うらをわたりけり

と侍るに

2639 [三]からいよりや[四]さしてきつらむ

風呂に入《いり》たりける人、をばをよびければ

ふろのうちにて[一]をばをよびけり

2640 我《わが》おやの[二]姉が小路《こうぢ》の湯に入《いり》て　十仏法師

曾阿弥《そあみ》、夕ぐれにきたれるを見て云《いひ》ける

あらぬかとよく〳〵見れば[一]そあみだ仏　無生《むしやう》法師

2641 [二]無《む》生《しやう》のものゝ[三]老《おい》のひがめや　曾阿弥法師

2637　雑。一 臨済宗の高僧(一二七五―一三五一)。二 苔寺の通称で知られる西芳寺。夢窓国師の築庭。三 阿弥陀三尊。四 菟玖波は「へうほい」(表褙)。表装。五 「制し」に「勢至(菩薩)」を掛ける。▽表装をゆがんで仕立てた阿弥陀様の掛軸だ、との前句に、左右に脇侍する「観音・勢至」の二菩薩よ、そのゆがみを制して直して下さいよ、と呼び掛けた付け。十九に所収。[俳]ほうい・阿弥陀・観音・せいし。

2638　雑。一 古革衣。二 一九六九参照。三 菟玖波(広大本)は「素俊法師」。▽「古かは(のべ)」に「二本の杉」、「衣ぬぐ」に「水あぶ」と二つの付筋によって仕立てた付け。十九に所収。一九六九参照。[付]古川のべ―二本の杉(類)。

2639　雑。一 甲殻類等脚目の節足動物。海辺の岩や船板に棲息する。二 「浦」に見立てる。三 高麗。四 「差す」(棹差す)と「指す」「刺す」を掛ける。後者は「畳」の縁語で、畳の表や縁(へり)を太い針で縫うのを「刺す」という。▽前句は畳を海上に見立てて、舟虫がその名のように畳の浦を渡る、と詠んだ。付句は、畳の高麗縁(べり)に寄せて、高麗からこの浦を指して舟を操って来たのであろうか、としたもの。十九に所収。[付]高麗(かうらい)―畳のへり(類)、指物(さしもの)―畳(同)、さす―舟(連珠合璧集)。[俳]舟虫・からい。

2640　雑。一 「姥」とも「伯(叔)母」とも取れる。二 「姉」に「姉が小路」をいい掛ける。後者は京都の三条通りのすぐ北を東西に走る通り。▽前句の「をば」を「伯母」と取っての付け。「姉が小路」以下が実意。「我おやの」は「をば」へのあしらい。「ふろ」に「湯」、「をば」に「我おやの姉」は同意。十九に所収。竹馬狂吟集十には前句の下七「おばやよぶらん」として所収。[俳]ふろ・姉が小路。

2641　雑。一 「曾阿弥」に「阿弥陀仏」をいい掛ける。二 「無性(むしやう)」に掛ける。正常な理性をもたないこと。三 年を取ると、とかく見誤りが多いことをいう。▽前句は、阿弥陀仏ではないかと思ってよくよく見ると曾阿弥という阿弥陀仏だった、の意。付句は、そう見えたのは、無生の名の通り理性が正常に働かず、寄る年波で目もまともに見えないからだ、と反撃したもの。十九に所収。[俳]そあみだ仏・無生・ひがめ。

2642
人の家の庭に楯《たて》のふしたるをみて
ふしたるを一たてといふこそ心えね
と申侍《まうし》りければ
ふしたればこそ二たてといふらめ　念阿法し

2643
一わらべは歯こそ二つ白けれ
雪の上に二あしだやはきて遊ぶらん　導誉法師

2644
仏だにがき物をやこのむ覧《らん》
極楽はよき一ところなりけり　敬心法師

2645
一わたのくづ迄《まで》額《ひたひ》をぞゆふ
大ひげの二御車そひて北南　前中納言定家

2646
いのる一こん世は今もおそろし
二優《う》婆《ば》塞《そく》は三鬼ある峯《みね》におこなひて　四静円《じやうゑん》法師

一天文博士なりける人の妻を、朝日の二あざりと
いふものぬすみける折ふし、男に行《ゆき》あひて西
の方へにげければ

2642　雑。一「楯」と「立て」の掛詞。二同上。▽句意明瞭。付句の「たて」は命令形。十九に所収。犬筑波集(穎原本)にも「ふしたるを楯とはいかでいひぬらん／ふしたればこそたてといふなれ」の形で所収。

2643　冬(雪)。一菟玖波は「わらはべは」。底本、「わら(笑)へば」とも読める。二二枚歯の下駄。▽前句は、幼児の生え初めの(あるいは、笑った時に)歯が二本白く見える、の意。付句は、二つの「歯」を「あしだ」のそれに見替えたもの。十九に所収。付二葉―あしだ(類)。俳あしだ。

2644　雑。一「野老(ところ)」に掛ける。▽難題ふうの前句を、掛詞で巧みに処理した付け。根茎は苦味を抜いて食用とする。よい野老があって、よい所だ、の意。十九に所収。極楽はよい野老があって、よい所だ、の意。

2645　雑。一菟玖波(広大本)は「わたのくづにて」。二菟玖波(同上)には「御車ぞひの北おもて」。「北おもて」は北面の武士。▽前句は、禁中の正月の行事、「男踏歌(をとこだふか)」で、冠の額にかざしの綿を結びつけたさま。貧乏公卿なので綿の屑で結びつけたのである。付句は、その従者である武士が牛車に付添い、警護する体(てい)を詠んだもの。前句は白、付句は黒と、黒白の賦物を取っている。十九に所収。

2646　雑。一来世。二在俗のまま仏道修行をする男。三菟玖波は「鬼すむ峰」。四菟玖波は「教円法師」。▽来世でどう生れ変るか恐ろしい、との前句に、修験(しゆげん)の修行をする峰には鬼が住むので、と理由を付けた。修験道の開祖、役小角(えんのおづぬ)は役の優婆塞とも呼ばれ、前鬼(ぜんき)・後鬼(ごき)を配下とした。十九に所収。付うばそく―こん世(連珠合璧集)。

2647　雑。一令制で、陰陽(おんよう)寮に属し、天体を観測して吉凶を占ったり、天文生を教授する官。二阿闍梨。真言・天台両宗での僧位。参考、「阿闍梨(あじやり)を、あざりは如何。あざりとかんなに書(かき)ても、あじやりとよむがよしと云り」(かたこと三)。▽前句は、朝日阿闍梨が人妻を盗み出して西へ逃げた椿

2647 あやしくも西より出《いづ》る朝日かな　　読人不知
と云《いひ》ければ
天文はかせいかゞ見るらむ　　同

何とてか[一]たでゆのからくなかる覧《らん》
2648 [二]むめ水とてもすくもあらばや　　[三]従二位家隆

連歌はてゝ人のねたりけるに
連歌師は皆[一]ふし物に成《なり》にけり
といひければ
2649 [二]何《なに》木《き》をとりて枕にはせん

あはずはてのいかゞあるべき
2650 [一]玉くしげ[二]あらぬ[三]かけごをとりかへて　　小槻《をつぎ》千《のち》宣《のぶ》

[一]福原の京にて月くまなかりける夜、[二]登蓮法師、
文を持《もち》て簾《みす》の前を過侍《すぎ》りけるに　　[五]六波羅入道前太政大臣
[三]ふみに見つべき月の[四]あしかな
と侍るに
2651 大空は[六]手かく計《ばかり》も覚《おぼえ》ぬに　　登蓮法師

事を、太陽が西から出るというあり得ない現象に仮託したもの。付句は、妻を盗まれた亭主である当の天文博士は、職業がらこの現象をどう解釈するのだろうか、と揶揄したもの。十九に所収。沙石集七には、前句「あやしくも西に朝日のいづるかな(天文博士)」、付句の下七「いかに見るらむ」、作者「朝日阿闍梨」として所収。囲天文はかせ。

2648 雑。一「蓼」と「沸(た)て湯」をいい掛ける。ニ「梅(むめ)」と「埋(む)め水」をいい掛ける。三菟玖波は無記名。▽「蓼湯」というのに何故「沸て湯」は辛くないのだろうか、との前句に、「埋め水」も「梅」と名が付いているけれども酸くはない、と応酬した付け。十九に所収。竹馬狂吟集、犬筑波集(穎原本)にも所収。

2649 雑。一「臥し」に「賦物(ふしもの)」をいい掛ける。ニ連歌の「五箇賦物」(山何・何路・何木・何人・何船)の一つに掛ける。▽連歌師は皆臥して、賦物になってしまった、との前句に、賦物の一つに「何木」があるけれど、本当に何の木を切り取って枕としようか、と応じた付け。「枕木」が賦し込まれることになる。十九に所収(日本古典全書では前句の作者「右大将頼朝」、付句の作者「梶原景時」)。囲連歌師・ふし物。

2650 雑。一櫛などの化粧道具を入れておく箱の美称。ニ他の。三外箱の縁(ふち)に掛け、内部を二重にするための平たい箱。▽前句は、逢わないでいるとこの先どうなってしまうかわからない、との恋句。付句は、「あはず」を寸法のそれに取成し、櫛箱の掛籠(かけご)を取り違えてしまったため、寸法が合わず当惑している体(てい)とした、恋離れの句。十四に所収。

2651 雑。一清盛が、治承四年(一一八〇)、暫く都をうつした所。今の神戸市兵庫区。ニ中古六歌仙の一人。養和元年(一一八一)頃の没。「ますほの薄」の故事で有名(無名抄)。三「文」(踏み)と「あし」は縁語。菟玖波は「ふみも」、あるいは「ふみを」。四光線。五平清盛。六「手掛く」に「手書く」を掛ける。後者は字を達筆に書くことをいう。▽手紙が読めることで月の脚(あし)、光線の明るさがよく分かる、との前句に、大空は高くて手を掛けることも、字を書くことも出来るとは思わなかったのに、と応じた付け。「あし」に「手」が対応。十九に所収。

御前にて人〻酒たうべけるに、かれこれも盃をおほく[一]さしたりければ、[二]左京大夫《さきやうだいふ》なにがしとかや申《まうし》ける

2652 [三]あさなべのこゝちこそすれ[四]千はやふる
[五]ちくまのかみのなにならねども　崇徳院《すとくゐん》御製

2653 水にたまれる花を見る哉《かな》
山もとのかけひの末に舟[一]をきて　読人しらず

2654 金《こがね》のいろに菊やさくらん
山ぢよりほりもとめたる草なれば　藤原為守

[一]禅林寺仙洞《せんとう》にて[二]為言朝臣《ためゆきあそん》、[三]二《ふた》あひの[四]狩衣《かりぎぬ》にうらしたりけるをきたりければ
[五]後西園寺入道太政大臣

2655 二《ふた》重《へ》に見ゆる一《ひと》重《へ》かりぎぬ
と申侍《まうし》るに
うらもなき夏の[六]直衣《なほし》も[七]みへだすき　藤原為言朝臣

2652 夏(筑摩祭)。一 底本、「さしたせければ」と誤る。二 続詞花集には「左京大夫顕輔」。三 浅鍋。四「神」の枕詞。この頃は清音。五 一八三九参照。▽前句はいい差しの形で、無心体。(こう沢山お酒を頂戴すると)浅鍋のような気持がする、の意。付句は、「なべ」と「千はやふる」に「ちくまのかみ(祭)」を想起し、(女が関係のあった男の数だけ鍋をかぶるという)筑摩神社の祭じゃないけれども、と応じたもの。十九に所収。続詞花集は付句「つくまの神のまつりならねど」の形で、作者を「前左京大夫教長」として所収。付鍋―筑摩(つくま)祭(類)。

2653 雑。一 水などの液体を入れる箱形の器。水槽。花を活ける器をもいう。▽水に桜の花片が散り浮いている場を、前句の池あるいは潦(にわたずみ)から、山裾の筧(掛樋)の先に置いた水槽に転じた付け。水とともに花片も溜っているのが美しい。「山」と「舟」の取合わせが妙。十九に所収。付船―花(類)。

2654 雑。▽黄菊の異称を金草(こがねぐさ)という(藻塩草八)ところから句作した前句に、その異称の由縁を二つの寄合(よりあい)によって説明した付け。十九に所収。参考、「仙宮に菊をわけて人のいたれるかたをよめる。濡れて干す山路の菊の露の間にいつか千年をわれは経にけむ」(古今集)。付金―ほる(連珠合璧集)、菊―山路(同)。

2655 夏(一重・夏)。一 亀山院。二 二条家の祖藤原為氏の男。三 紅花と藍とで染めた色で、盛夏用。底本、「こあひ」と誤る。四 公卿・殿上人などの略服。狩衣で院参は許された。五 藤原実兼(さねかね)。六 貴人の普段用の略服。七 三条の斜線を打ち違えた模様で、夏の直衣に用いる(装束抄)。▽一重のはずの夏用の狩衣が何故か二重に見える、と揶揄した前句に、裏のない直衣だって夏は三重襷(みえだすき)の模様のを着るのだから、別におかしくない、と反論した付け。十九に所収。

2656 雑。一 清涼殿の殿上(てんじょう)の間にあり、上戸(かみのと)に向けられた衝立(ついたて)障子。二 散木奇歌集は「さとよりまいりける

一年中行事のさうじのもとに居させ給ふて、人こに連歌せさせてあそばせ給《たまひ》けるに、二今参りたる人の殿上《てんじやう》に居て申《まうし》けるを聞《きき》て、三中納言国《くに》信《ざね》下《しも》におはしますに、四あしうもゐたるものかな、と申さるゝを聞召《きこしめし》て、五御口《おんくち》すさびのやう六にて仰《おほせ》ごとありける

2656 七雲の上に雲のうへ人のぼりゐぬ　堀川院御製
俊頼《としより》つかうまつれ、と中納言国信申《まうし》ければ
八下《しも》さぶらひにさぶらへかしな九　俊頼朝臣

2657 かたきうちたる一曾我の二殿ばら
三十郎がおもひ四きりたる五五郎ぜよ　敬心法師

2658 墨を引《ひく》かと見ゆるくろかみ
一思ふすぢ書《かき》やる文のむすびめに　良阿法師

2659 散《ちる》花を追《おひ》かけて行《ゆく》嵐かな
と侍るに
大《おほ》長《なぎ》刀《なた》にくぐるうぐひす　読人不知

人」、今鏡二は「誰れにか有りけむ、殿上人の参りて、殿上にのぼりてゐたりければ」。三源国信。四けしからん所にいるものだ。散木奇歌集は「あしうのぼりたるかな」。五思い浮ぶまま口で吟ずること。六底本は「して」。七殿上の意に掛ける。八清涼殿の殿上の間《ま》の南にある、侍臣の詰所。九今鏡二は「候ひもせで」。▽年中行事の障子の辺で連歌に興じていたところ、殿上の間にやって来た人々の話声がうるさいので、国信が「けしからん所にいる」と怒っているのを堀河院が耳にして口吟したのが前句である。雲の上、即ち殿上に、雲の上人、即ち殿上人が登っているのだから咎めるに及ばない、の意。それに対し、国信の命により俊頼が詠んだ付句は、やはり下侍にいるのがよいのです、と答えたもの。重ね詞に重ね詞、「うへ」に「下」で応じた対付。十九に所収。俳下さぶらひ。

2657 雑。一神奈川県(相模国)足柄上郡の地名。曾我兄弟の父、祐信の由縁の地。二身分の高い人々、特に武人の敬称。三曾我十郎祐成(すけなり)。四「思ひ切り」に「斬り」をいい掛ける。五曾我五郎時致(ときむね)。「御覧(ごらう)ぜよ」にいい掛ける。▽曾我物語九によると、富士野の巻狩の折、宿願の父の敵、工藤祐経(すけつね)を討った曾我兄弟は、騒ぎを聞きつけた頼朝配下の手勢と対峙(たいじ)、五十人余を斬り伏せた(「十番切り」として特に有名)。敵を討ったという前句に、祐経を討った後の兄弟の目の醒めるような闘いぶりを付けたのである。十九に所収。参考、殿原―曾我兄弟(類)。俳かたきうつ・殿ばら・十郎・五郎(御覧)ぜよ。

2658 恋(思ふ・文)。一恋心の趣。▽墨で線を引いたように見える黒髪を、思いのたけを綴った女の手紙の結び目に、封として墨を引く替りに結び付けてあるもの、と恋に転じた付け。十九に所収。付髪―心のすぢ(連珠合璧集)。

2659 春(散花・うぐひす)。▽桜の花を追い散らすように嵐が吹き抜けていく、との前句に、花を散らす「嵐」を「大長(薙)刀」に見立て、梢にいた「うぐひす」も驚いて逃げる、と付けた。ともに擬人法を取った俳諧らしい作。十九に所収。玉海集ほかは、前句のみを発句として所収、定家の作とする。参考、「うぐひすの花ふみちらすほそはぎを大なぎなたでざぶときらばや」(扇の草紙)。付花―鶯(類)。俳大長刀。

2660 こう〳〵とこの腹はなりけん
川船のあさ瀬もちかく成《なり》ぬれば

2661 常に聞《きく》大和言葉のかはらぬは
久方の空あし引《びき》の山

2662 けぶりに成《なり》て匂ふたきもの
そのすがた富士とふせごとひとつにて　導誉法師

あぶらわたをさし油にしたりけるにいとかう
ばしくにほひければ
ともしびはたき物にこそ似たりけれ　上西門院兵衛《じやうさいもんゐんひやうゑ》
2663 丁子《ちやうじ》がしらの香やにほふらん　待賢門院堀川

2660 雑。一 正しくは「こほこほ」。雷や腹の鳴る音などに用いる擬音語。二 菟玖波(広大本)などは、「こそ腹はなりけれ」。▽人間の腹について言ったものを船のそれに見替えて、鳴る原因を付けたもの。句意は明瞭。十九に所収。沙石集五には「有心無心の連歌」として所収。[付]瀬—腹(類)。[俳]腹なる。

2661 雑。一 菟玖波(広大本)は「大和言の葉」。漢語に対し、日本固有の語をいう。また歌語をいう。二「久方の」は天(あめ)・空・月などにかかる枕詞。三「あし引の」は山・峰(を)などにかかる枕詞。▽日本固有の美しい言葉が不変であることを称えた前句に、その言葉を特に歌語の枕詞に限定、天と地の語例を一つずつ挙げて付け、天長地久の意を込めた。十九に所収。

2662 雑。一 当時、「けふり」と表記、「けむり」と発音。二 二〇三一参照。三 衣類に香をたきしめるために伏せる籠。▽前句は、薫物が煙になって匂う、との意。「富士とふせご」が同じような形をしていて、ともに煙を出すこと、香の種類に「富士」「富士煙」があること、臥籠を富士籠(ふせご)ともいう(元和本下学集)ことからの付け。作者導誉(佐々木氏)は香道家として知られる。十九に所収。参考、臥籠(ふせご)—富士(類)。[付]煙—富士(連珠合璧集)。[俳]ふせご。

2663 雑。一 油に香料を入れて綿にひたしたもの。整髪料。二 灯火に注ぎ足す油。三 灯心の燃えさしの頭にできる塊。丁子の果実の形に似ているのでいう。▽油綿の油を灯火にさしたので、灯火がさながら薫物のようだ、との前句に、油綿に入れた丁子の香が燃えて匂うのであろう、と理由を付けたもの。十九に所収。今物語では、前句・付句の作者が入れ替っている。[付]丁子—灯(類)。[俳]丁子がしら。

2664 春(はるの雨・早蕨)。一「張る」と「春」の掛詞。▽山々に積もった雪の頭をはるように春雨が降って解かす、との前句に、早蕨も握り拳のような新芽を地上に突き出している、と付けた。自然を擬人化した諧謔。醒睡笑八は将軍秀忠の作とする。

近年之聞書

2664 山〳〵の雪のあたまやはる一の雨
にぎりこぶしを出《いだ》す早《さ》蕨《わらび》

2665 むさし一鐙《あぶみ》ふんばつてたつ二霞哉《かな》
声い三かつにも名《な》乗《のる》鶯

2666 たま一りやせぬたまりやいたさぬ花の露
風に柳は頭《づ》をふるはなふ

2667 歌《うた》読《よみ》か雪一ひらめける春の空

2668 筆に似て地やか一きわくる天花菜《つくづくし》

2669 汁一の子や出す度《たび》〳〵《たび》に帰《かへる》二鴈《かり》

2670 しぶ柿はをのが手一染の紅葉かな

世上に楊弓《やうきう》一のはやり侍《はべり》ければ

2671 楊弓の下手の座敷や夏ごたつ

新旧聞書にも所収。俳あたま・は(張)る・にぎりこぶし。

2665 春(霞・鶯)。一 武蔵国産の鐙。二 上下にいい掛けられる。三 いかめしく。たけだけしく。▽武蔵国に春が到来、名産の鐙を踏んばって立つように霞が立った、との前句に、同じく擬人法で、鶯が鳴くことを大仰に「名乗る」と表現した付け。醒睡笑八(発句のみ、作者秀忠)、新旧聞書(発句・脇とする)に所収。俳ふんばる。

2666 春(花・柳)。一「堪(たま)る」と「溜る」を掛ける。▽流行語で花の美しさを称えた前句に、同じく会話調で、風に靡く柳のしなやかな新緑を官能的に捉えた付け。新旧聞書には、近衛殿での作で、近衛信尹(のぶただ)の発句(下五「花の雨」)、烏丸光広の脇(下七「ふるはひのふ」)として所収。付花—柳(竹馬集)、風—こぼる、露(類)。俳たまる・いたさぬ・頭・なふ。

※以下、すべて発句。

2667 春(春)。一「行平」(在原業平の兄)に「ひらめく」をいい掛ける。▽空に雪がちらつくことを、同音のいい掛け「行平」によって「歌読(詠み)か」と疑ったのである。俳歌読・ひらめく。

2668 春(天花菜)。一「書く」と「播く」を掛ける。▽つくしの形が筆に似ている所から発想された句。形と同様、つくしは地を播(書)き分けて出て来ることだ、の意。俳天花菜。

2669 春(帰鴈)。一 汁の実。二「替ふ」に掛け、「鴈」は「雁首(かりくび)」即ち亀頭を暗示する。▽表面は、雁を入れた汁料理を、度々お替りするの意だが、裏に男女の性行為を暗示する。醒睡笑八には「振舞の汁や度々かへる雁」(作者は秀忠)、槐記には「下さるる御汁いくたびかへる鴈」(作者は酒井雅楽頭(うたのかみ))以下、脇(伊達政宗)・第三(秀忠)の類句をそれぞれ所収。解説参照。俳汁の子。

2670 秋(しぶ柿・紅葉)。一 手ずから染めること。▽渋柿の紅葉は、自らの渋で染めた色だ、の意。俳しぶ柿。

2671 夏(夏ごたつ)。一 遊戯用の小さな弓。室町期には公家の間で行われたが、近世には裕福な町人の娯楽となった。▽座敷で下手な人々が楊弓を射ているが、丁度それは「夏ごたつ」のようで、誰も当らない、と洒落たもの。俳楊弓・下手・座敷・夏ごたつ。

大《おお》坂《ざか》独《どく》吟《ぎん》集《しゅう》

乾　裕　幸　校注

〔**成立**〕初期の大坂俳壇は、京中央俳壇の出先機関としての色合が濃かった。その中核は、天満宮連歌所宗匠西山宗因《そういん》を囲んで連俳両道に遊ぶ摂河泉の上流町人によって形成されたが、その座も当初は京俳人松江重頼《しげより》の捌きに委ねられていた。ところが、大坂の俳諧好士において特徴的なことは、中央俳書への投句にさいしほとんど流派を選ばなかったことであり、そこにおのずから流派の次元を超えた大坂色の俳風が育まれた。そしてそれがやがて、地位・名声・実力と三拍子揃った宗因を盟主と仰ぐ、反貞門的な新風運動へと発展していったのである。

寛文期（一六六一―七三）から延宝期（一六七三―八一）にかけて、宗因に俳諧の批点を乞う人びとが長蛇の列をなした。そうした人びとのうち、大坂の新風を代表する古老・新進の作者九名による宗因合点の独吟百韻十巻が、おそらくは書肆の手によって編まれ、延宝三年（一六七五）四月村上平楽寺から、横本二冊、題簽に「大坂独吟集 西山宗因点取十百韻上（下）」とうたって上梓された。宗因の名を掲げるのは、その声望を頼んで売らんとする意図からであろう。

本書は、一定の青写真に基づいて制作されたものではなく、版本または稿本として伝わる宗因点俳巻を集め、発句の季の順に配列し、版式を改めて出版したものであった。そのことは、各俳巻の成立年時・宗因加点時期のばらつき、単行本の存在、既刊書への抄出入集などから明らかである。

各俳巻の成立年時は、種々の表徴から推定すると、(1)幾音巻が寛文十三年春、(2)素玄巻および(3)三昌巻が延宝二年春、(4)意楽巻が延宝二、三年春、(5)鶴永巻が寛文七年夏、(6)由平巻一が寛文十年秋以前、(7)由平巻二および(8)未学巻が延宝二年秋、(9)悦春巻が寛文十一年冬―延宝元年冬、(10)重安巻が延宝二年冬である。

〔**意義**〕本書の存在意義は、宗因が点を加え評語を書き込んでいる点にあろう。それは、差合《さしあい》・去嫌《さりきらい》などを指摘する在来型の加点様式から大きく外れ、付句との間に軽妙洒脱な軽口の応酬を愉しむていのものであり、批評形式を利用した文芸作品の成立を占わせるに足るものであった。しかしもとより、梅翁流新風俳諧の教書的性格をも失わぬものであったから、広く長く読みつがれていった。屢次にわたる改訂・覆刻の事実が、そのことをよく物語っている。

〔**底本**〕国立国会図書館蔵本。現蔵者によって合本されており、題簽も下巻にしか存在しないが、伝本中最善本と認められる。

大坂独吟集

西山宗因批判
十百句

上巻	下巻
幾音	由平
素玄	同
三昌	未学
意楽	悦春
鶴永	重安

○幾音　中堀氏。柳和軒。初号器音。中堀初知の弟。大阪の俳諧点者。梶木町のち尼崎町に居住。初め貞門の成安につき、のち宗因門に転じた。著書に、家土産(天和二年自序)がある。

○素玄　中林氏。通称桜井屋(「さくらや」とも)源兵衛。商賈であろう。初め季吟門か。寛文初年より活躍。本集所収の百韻をもって宗因への入門を果たしたかと推定される。

○三昌　浜野氏、また高山氏。「寛文比誹諧宗匠並素人名誉人」の「三政改名」が正しいとすれば、宗因とは正保四年(一六四七)以来の交遊で、大阪俳壇の古老ということになる。季吟・重頼にも親しく、連俳両道をよくしたと考えられる。

○意楽　辻尾氏。後号江林。通称太郎右衛門。俳諧執筆を業とし、西鶴大矢数でも執筆をつとめた。俳諧点者としても知られ、毎月四日と二十四日の夜、大阪中町で月次の会を開いている。本集の百韻は、詞書と発句とから四十歳の折の作とわかる。

○鶴永　井原氏。後号西鶴。別号西鵬・四千翁・二万翁、松風軒・松寿軒・松魂軒。延宝元年(一六七三)、生玉万句の興行により頭角を現し、矢数俳諧に名を挙げた。晩年の十年は好色一代男以下数々の浮世草子を著し、小説家として、より有名になった。

○由平　前川氏。通称江介(助)、由兵衛とも。薙髪して半幽・自入・舟夕子・破瓢叟とも号する。能筆家和気仁兵衛(俳号由貞)の子。大阪の俳諧点者。元天満町の住。月次日は五日・六日・十六日夜会、二十六日昼会。宝永三年(一七〇六)以後没。

○未学　渡辺氏。大阪の香具屋。初め数多くの堺俳書に名が見えるから堺の出身と推定される。本集所収百韻の宗因評に「人しれぬ塊にうづもれたる土竜」とあるから、当時なお無名であったと思われる。

○悦春　岡田氏。通称大文字屋二郎兵衛。商賈であろう。正保期以来主要俳書に入集する古参俳人。俳家大系図に「始ハ令徳ニ随ヒ、後宗因ニ属ス」とあるが、重頼に近い、超流派的存在であった。

○重安　伊勢村氏。名は宗善。通称伊勢村屋弥右衛門。別号難波津散人。仏師。長堀こんや町の住。明暦期以来の古参俳人。初め貞門の梅盛に師事、のち宗因門。編著に、大坂俳諧雪千句(寛文五年刊)、糸屑(延宝三年刊)がある。天和期没か。

（大坂独吟集　西山宗因点取 十百韻　上）

独吟

寛文十三癸丑《みづのとうし》のとしの内に春立《たち》ければ

幾音

1 ＼去年《こぞ》といはんことしとやいはん丑のとし

え方うしの年とは今こそ承候《うけたまはり》へ

2 ＼庄屋のそのゝうぐひすの声

3 ＼青《あを》柳《やぎ》も殿にやこしをかゞむらん

草木もなびくばかり也

4 ＼其《その》一国をふくはるの風

〔詞書〕○寛文十三癸丑　実は寛文十二年(一六七二)壬子十二月二十日が年内立春。寛文十三年は九月二十一日に改元されて延宝元年となった。

1 発句。春(去年・ことし)。○ことい　ことい=うし。「特牛古止比(ことひ)、頭大牛也」(和名抄)。「ことし」のもじり。▽寛文十二年の歳暮十日間ほどを、去年というべきか、ことし、いや「ことい」というべきか、おおいに迷うことだ、の意。「ふる年に春立ちける日よめる。年の内に春は来にけり一年を去年とやいはん今年とやいはん」(古今集)のパロディ。判恵方(えはう)が丑の方角にある年とはいま初めて聞いたと、句作の奇抜さを賞した。恵方(吉方)は、節分詣の歳徳神を祭る方角。

2 脇。春(うぐひす)。○庄屋　ことい牛からの連想。○その　園。庭。▽ことい牛のいる庄屋の庭に、立春を告げる鶯の声も聞かれる、のどかな初春の情景。

3 第三。春(青柳)。○青柳　「鶯―青柳」(類)。○殿　庄屋。貢租納入の決算や水利の管理など、村落共同体の長として威勢を有した。▽庄屋の威勢に草木のなびくごとく、青柳も腰をかがめて従うであろう。「柳…腰」に柳腰を効かす。判「君は船、臣は瑞穂の国々も、残りなく靡く草木の恵も色もあらたなる」(謡曲・弓八幡)などによる。

4 初オ四。春(はるの風)。○はるの風　諺「柳に風」。▽「殿」を領主に取成し、その善政に万民の喜ぶ意を、領内を吹く春風に青柳の靡くさまで寓した。四句目ぶりの軽い句作。

5 初オ五。秋(きり・月)。○きり晴て　「春風―霞はるゝ」(類)を霧に転じた。「霧は四季共に立物也」(誹諧初学抄)。○価千金月に影　東坡の詩「春宵一刻値千金、花有二清香一月有

5 きり晴《はれ》て価《あたひ》千金月に影

6 墨《ぼく》跡《せき》かけて鴈わたるらし

本尊かけ鳥より風味よく候

7 折《をれ》釘《くぎ》もうつや碪《きぬた》の槌《つち》の音

からりころ〳〵こち〳〵まじりに、聞事《ききごと》に候

8 蘇《そ》鉄《てつ》まじりの浅《あさ》茅《ち》生《ふ》の宿

新しき取合《とりあはせ》候

9 日《ひ》覆《おほひ》も霜よりしもに朽《くち》果《はて》て

10 大工つかひや橋のつゞくり

11 昼めしの櫃《ひつ》川《かは》さしてはこぶらし

秀《す》句《く》あたらしく候

レ陰」(謡曲・西行桜等)。▽春風が霧を吹き飛ばし、月光隈なき価千金の宵が現出したという意。月の座を二句引上げた。

6 初オ六。秋(鴈わたる)。○墨跡かけて ほととぎすの擬声語「本尊かけたか」を、「雁点二青天一字一行」(和漢朗詠集)などによってもじる。○鴈 「月─鴈がね」(類)。▽雁が一行の墨跡のごとく列を成して渡る。それが霧の晴れた月に影をうつす風情は価千金である。判もじりの妙を賞した評。「本尊かけ鳥」は、ほととぎす。「風味よく」は、雁汁の縁語。

7 初オ七。秋(碪)。○折釘 墨跡を掛ける鉤。また「鉄釘の折のやう。書の拙きを云」(俚言集覧)。○碪 「碪─鴈」(類)。「衣うつ。…白妙の衣うつきぬたの音もかすかにこなたかなたに聞わたされ、空とぶかりのこゑとりあつめて、と夕白巻にかけり」(類)。▽折釘を打つ音が碪の音に交じって聞える。判「虫の音、交りて落つる露涙、ほろほろはらはらはらといづれ砧の音やらん」(謡曲・砧)を踏むか。源氏物語の卑俗化を賞したのである。

8 初オ八。雑。○蘇鉄 ソテツ科の常緑裸子植物。枯れかかったとき、鉄釘を打込むと蘇生する。「釘─蘇鉄」(類)。○浅茅生の宿 「長き夜の霞の衣うち侘びて寝ぬ人しるき浅茅生の宿」(新千載集)。「衣うつ─あさぢふの宿」(類)。▽蘇鉄に釘を打ち込む音と、浅茅生の宿に碪打つ槌音とが入れ混じって聞える。判蘇鉄の新・俗と浅茅生の古・雅の取合せが新奇である。

9 初ウ一。冬(霜)。○日覆 ひさし。○霜よりしもに 「あはれ知れ霜より霜に朽ち果てて世々にふりにし山あゐの袖」(拾遺愚草)。「浅茅生」に付く。「亡き身の果は浅茅生の霜に朽ちにし名ばかりは」(謡曲・定家)等。▽日覆も度々の霜に朽ち果ててしまった浅茅生の宿の有様。

10 初ウ二。雑。○橋 「日覆」を階隠(はしがくし)とみた付け。「霜─橋の上」「橋─置霜」(類)。▽階隠も度重なる霜に朽ち果て、階(はし)も老朽したので、大工を使って修理するとみた。

11 初ウ三。雑。○櫃川 北山科の藤尾大谷に発し、六地蔵で宇治川と合流。「橋」に付く。櫃川橋は六地蔵にあり、伏見・宇治間の境界をなす。▽櫃川橋を修理する大工に昼飯の櫃を運ぶ。判昼飯の櫃と櫃川の秀句仕立が新しいという意。

12　ふしみ竹田も植《うう》るたゞ中

13　かり駕《か》籠《ご》のねぶりを覚《さま》す郭公《ほととぎす》

14　たばこのけぶりむら雨の雲

15　槙のはに霧立《たち》のぼる高《たか》桟《さ》敷《じき》

16　芝居もはてゝ秋はさびしき

17　むしの声かんぜぬ物はなかりけり

18　かゝる名句もあり明の月
自まんほどに候

19　臨終にうち向ひぬる西の空

12　初ウ四。夏(田植)。○ふしみ竹田　ともに山城国紀伊郡。「櫃川」に付く。「伏見―ひつ河の橋」(類)。○竹田も植る　田植の言かけ。「竹田・伏見―早苗」(類)。▽伏見・竹田も田植の最中。昼飯の櫃を運ぶ相手を百姓に転じた観音開き。

13　初ウ五。夏(郭公)。○かり駕籠　借駕籠。○郭公　「伏見―時鳥」(類)。▽伏見の宿を朝立ちして借駕籠にうとうとしていると、郭公の一声に仮眠を覚まされたというのである。

14　初ウ六。雑。○たばこ　「多波粉―寝起/旅人の馬上はねむりのきざしてうるさしとかや」(類)。○むら雨　「村雨―ほとゝぎす」(類)。▽寝覚めの一服。煙草の煙が村雨の雲のごとく立ちこめるという談林一流の誇張表現。

15　初ウ七。秋(霧)。○槙のはに　「むらさめの露もまだひぬ槙の葉に霧立ちのぼる秋の夕暮」(新古今集)。○高桟敷　「多波粉―物見の芝居」(類)。▽野外に掛けられた芝居の高桟敷に霧のたちこめる風景。「霧」は見物客がふかす煙草の煙。

16　初ウ八。秋(秋)。○秋はさびしき　「さびしさはその色としもなかりけり槙立つ山の秋の夕暮」(新古今集)。▽芝居も果て見物人の散った後の寂しさ。

17　初ウ九。秋(むしの声)。○かんぜぬ物は　古浄瑠璃常套のキリ「かんぜぬものこそなかりけれ」。▽芝居に感じ、また芝居果てて草むらにすだく虫の声にも感じない者はいない。

18　初ウ十。秋(あり明の月)。月の定座。○あり明の月　「名句もあり」に掛けた。「月―虫のね」(類)。▽有明月に虫の声を賞する。当然感ぜぬ者のないこんな名句も生まれる。判句に自讃の意を汲んで、自慢するだけの名句であると賞した。

19　初ウ十一。無常(臨終)。○西の空　西方浄土の方向。死に際し頭北面西に直る。「有明の行方は西の山なれど眺めは四方の秋の空」(謡曲・井筒)、「いる月を見るとや人は思ふらん心をかけて西に向かへば」(千載集・釈教)。▽臨終に際して西方浄土に向かい、有明月を眺めて、こんな辞世の名句を残した。

20　初ウ十二。雑。○そこのき給へ　「今は叶はじと思し召して、そこのき給へ人々よ、西拝まんと宣ひ」(謡曲・忠度)。▽臨終に際し、西向きに直りたいので、看とりの人々はどなたもそこをおのき下され。忠度らしい人物の臨終である。

20 ＼そこのき給へ人ゝいづれも

21 ＼花をふんで勿躰《もつたい》なしや御神木

さりとては〳〵

22 ＼梅の立枝《たちえ》にこく鳥のふん

23 我宿《わが》の箒木《ははき》の先やかすむらん

24 ありとは見えて棟《むね》の天水《てんすい》

25 ＼一生は棒ふり虫のよの中に

狂言綺語《きぎよ》観念のたよりに候

26 ＼かち荷もちして日ぐらしの声

27 山《やま》姥《うば》や月もろ共に出《いで》ぬらん

21 初ウ十三。春(花)。神祇(御神木)。花の定座。○花をふんで 「踏レ花同惜少年春」(白氏文集)。「やさればこそ人の候。落花狼藉の人そこのき給へ」(謡曲・雲林院)。▽御神木の落花を踏んで勿躰ないことよ。いずれもそこをのき給へ。判これはまた全く(勿躰ないことよ)。

22 初ウ十四。春(梅)。○梅 御神木。天神社境内か。○立枝 新しく生い出た枝。○鳥 「鶯の花ふみ散らす細脛を」(謡曲・花月)。▽御神木の花を踏むはおろか、梅の若枝に糞を垂れるとは、何と勿躰ないことをする鶯であろう。

23 二オ一。春(かすむ)。○我宿の…らん 「わが宿の梅の立枝や見えつらん」(謡曲・江口)。○箒木 遠くからは見え、近寄れば見えなくなると伝える木。ここは掃除道具。▽わが宿の梅の立枝で鳥が落した糞を掃けば、箒の先も霞んでみえる。

24 二オ二。雑。○ありとは見えて 「園原やふせ屋におふる帚木(ははきぎ)のありとはみえてあはぬ君かな」(新古今集)。○天水 防火用天水桶。「箒―天水桶」(類)。▽我が宿の棟の天水桶も、箒木同様、ありとは見えながらのどかに霞んでいる。

25 二オ三。夏(棒ふり虫)。○棒ふり虫 ぼうふら。諺「天水桶のぼうふら」。世間を知らぬものの譬え。▽人の一生は天水桶のぼうふらに似て、あってなきがごとく、棒に振ってしまうという意。判俳諧のごとき狂言綺語でも、観念悟道の便りとするに足る。「浮世をめぐる一節も狂言綺語の道すぐに讃仏乗の因ぞかし」(謡曲・山姥)。底本「綺」を「椅」に誤る。

26 二オ四。秋(日ぐらし)。○かち荷もち 徒歩で荷を肩に担ぎ運搬する仕事。「棒ふり」を棒手振り(振売)に取成した。○日ぐらし 「その日ぐらし」に蜩(ひぐらし)を掛けて「虫」をあしらった。▽天秤棒を振り振り徒歩荷持ちしてその日暮らしに世を過す、一生はまるで棒振り虫のようにはかない。

27 二オ五。秋(月)。○山姥 深山に住む女の妖怪。○月もろともに 「ある時は山賤(やまがつ)の樵路にかよふ花の蔭、休む重荷の肩をかし、月もろともに山を出で、里まで送るをりもあり」(謡曲・山姥)。▽徒歩荷持ちして日が暮れ、山路にさしかかる。やがて月と共に山姥が現れるだろう。月の座を八句引上げた。

28 はるゝ舞台のまへの前きり

29 巾《きん》着《ちやく》も大慈大悲の観世音

30 南をはるかに見る遠めがね

31 鉄炮の先にあぶなきおとこ山

32 ふるぐそく着てたてりとおもへば

33 ひかへたるかのやせ馬に針の跡

34 姉《あね》が小《こう》路《ぢ》をくろ木は〱

八《や》瀬《せ》一ばんのだてものゝ句躰に候

35 えいやえい三条殿の床ばしら

28 二オ六。秋(きり)。○舞台　能舞台。前句「山姥」を演ずるとみた。○前きり　前方の端に尾能(きりのう)と霧を掛ける。▽能舞台の先端まで霧が晴れ、月の出と共に山姥が登場する。

29 二オ七。釈教(観世音)。○巾着　「前きり」を前巾着切りと解した。「芝居―巾着切」(類)。○大慈大悲の観世音　「巾着も大事」に掛ける。前句「舞台」を清水の舞台とみた。「清水寺の滝つ波、真(まこと)一河の流を汲んで…是ぞ則ち大慈大悲の観音擁護(おうご)の結縁たり」(謡曲・田村)。▽観音様の大慈大悲は巾着も大事に護り給う。寺社は演能などで浄財の喜捨を受ける。

30 二オ八。雑。○南をはるかに　「南を遥に眺むれば、大悲擁護の薄霞」(謡曲・熊野)。「観音―南ノ方」(類)。▽南を遥かに望遠鏡で眺めると、観音浄土まで見えた、という意。

31 二オ九。雑。○おとこ山　京の男山を南の山という。「南―男山」(類)。▽望遠鏡で南を遠望すると男山がみえる。いまそれは鉄砲の焦点となっていて危ない。合戦の場面である。

32 二オ十。雑。○たてりとおもへば　「女郎花うしとみつつぞ行き過ぐる男山にし立てりと思へば」(古今集)。▽鉄砲の先に、古具足を着て立つ男の危なさ。

33 二オ十一。雑。○ひかへたる　「ちぎれたる具足を着、錆びたる長刀を持ち、痩せたる馬を自身控へたる武者あるべし」(謡曲・鉢木)。○やせ馬に針　諺。弱ったものをさらに弱らせる意。○針の跡　古馬の切疵を縫った針跡。「針―馬・切疵」(類)。▽佐野源左衛門常世の俤取り。古具足を着た武者、針跡のある瘦馬、ともに歴戦の古つわものである。

34 二オ十二。雑。○姉が小路　京都木屋町から神泉苑町に至る東西の筋。「縫針師、都において根本姉小路に住して其名高し」(人倫訓蒙図彙)。「針―姉ガ小路」(類)。○くろ木　八瀬大原の里より売り出す蒸し焼にした薪の木。「村婦頭上ニ載キ、村夫肩背ニ負ヒ、又牛馬ニ之ヲ載セ来リ京師ニ売ル」(雍州府志)。「やせ馬」を八瀬の馬に取成す。▽姉が小路を呼び歩く八瀬の黒木売の瘦馬には針の跡がある。判黒木売の伊達姿に縁を求めて、振声で句を成した妙を賞した。

35 二オ十三。雑。○三条殿　将軍足利尊氏の弟直義。「直義卿の館は三条坊門高倉にありし故三条殿といふ也」(貞丈雑

36 鳶《とび》口《ぐち》もつてくるよしもがな
「人にしられで」のうたに候や

37 〽いかにせん火事ほどもゆる我《わが》おもひ

38 〽折ふし恋風はげしかりけり
かろくやすらかにてかんしんにて候

39 〽忽《たちまち》に家もつぶるゝおごりやう

40 〽目《め》貫《ぬき》小《こ》づかも後はふるかね

41 〽奈良の都ねるは御《ご》座《ざ》れの地《ぢ》黄《わう》せん

42 たゝく太鼓の音もなる川

43 明《あけ》ぬとて起《おき》別れ行《ゆく》道のもの

記)。姉が小路に並行する。○床ばしら　黒木を黒檀に取成した付け。▽三条殿の床柱に用いる黒檀を引くさま。

36 二オ十四。雑。○くるよしもがな　「三条殿」を三条右大臣藤原定方に取成し、その歌「名にしおはば逢坂山のさねかづら人に知られでくるよしもがな」(後撰集・恋)を出す。▽鳶口を持ってきたいものだの意。判本歌の指摘。

37 二ウ一。恋(もゆる…おもひ)。○火事　「鳶―焼亡」(類)。○おもひ　「思ひ」の「ひ」に火を掛けた。▽火事ほど燃えて身を焦がすわが恋の炎を、鳶口をもってきて消したい。

38 二ウ二。恋(恋風)。○恋風　「誹諧恋之詞」(毛吹草)。「焼亡―風」(類)。▽折節恋風激しく吹き、火事と燃えるわが恋は募るばかり。判恋句特有のねばりがない点を賞美。

39 二ウ三。雑。○家もつぶるゝ　家財の分散する意。▽遊女に入れあげ、奢りを極めた生活で家財たちまち倒産した。

40 二ウ四。雑。○目貫　刀剣類の柄にすえる飾り物。○小づか　小柄。○ふるかね　使い古した金属器具。▽贅を尽し数奇を凝らした目貫・小柄も、やがては古鉄に。奢りの結末。

41 二ウ五。雑。○奈良の都　「しろがねの目貫の太刀をさげはきて奈良の都をねるはたが子ぞ」(拾遺集)。また鈍刀の代名詞に奈良刀。「刀―奈良」(類)。○ねる　煉る。「練物―薬・飴・地黄煎・鉄仕事」(類)。○御座れ　地黄煎売の呼び声。○地黄せん　地黄煎。麦のもやしや米の胚芽の粉を焚き、地黄の汁を混ぜて練った精力剤。「地黄和州ノ産良シ…和州高市郡地黄村相伝、往昔始メテ地黄ヲ出ス」(和漢三才図会)。「奈良―溜《シル》飴《アメ》」(類)。▽地黄煎に代えて古がねを集める様子。

42 二ウ六。雑。○たゝく太鼓　飴売の風俗。○なる川　「音も鳴る」に大和国生駒郡の地名鳴川を掛ける。▽太鼓をたたきながら、鳴川から奈良の都へ、地黄煎を売り歩く。

43 二ウ七。恋(道のもの)。○明ぬとて　「あけぬとて野辺より山に入る鹿のあと吹きおくる萩の下風」(新古今集)。○道のもの　「遊女を道の者と云事、曾我物語に出」(屠竜工随筆)。▽前句「なる川」を奈良の遊廓鳴川と取り、その太鼓の音に起き別れゆく遊女を出したのである。「太鼓―傾城」(類)。

44 まくらのゆめもやぶれ草鞋《わらんぢ》

45 小《こ》づかひの銭《ぜに》懸《かけ》松《まつ》を吹《ふく》あらし

度ゝ一見の心ちし候

46 しぐれもめぐる念仏講《かう》中《ちう》

47 十四日五日の暮の月寒《さえ》て

48 大しほさせば千鳥なく也《なり》

49 ちり〳〵やちつた所が花の波

面白とは此《この》ときか

50 春風誘ふ滝の糸くづ

51 山姫やのこれる雪の綿仕事

44 二ウ八。恋(まくらのゆめ)。○ゆめもやぶれ 「うつつにも別れし鐘の声なれば逢ふと見し夜の夢もさめけり」(続古今集)。○やぶれ草鞋 「道―捨わらぢ」(類)。▽旅籠(はたご)の出女と一夜共枕の夢を契った旅人の朝立ちのさま。

45 二ウ九。雑。○銭懸松 津市西北豊久野にあった松。伊勢神宮へ奉る賽銭をこれに掛けて祈願した。「銭―鞋(ワランヂ)」(類)。○吹あらし 「浅茅生や袖に朽ちにし秋の霜忘れぬ夢を吹く嵐かな」(新古今集)。▽小遣銭も乏しくなり、新しい草鞋も買えないわびしさ。判自分も度々寓目した記憶がある。

46 二ウ十。冬(しぐれ)。釈教(念仏講)。○しぐれ 「嵐―時雨」(類)。○めぐる 「時雨もめぐる」に、念仏講の輪番が「めぐる」を掛けた。○念仏講中 念仏を修行する信者の会合。会費を積み立てて旅・会食・葬儀等の費用に当てた。▽時雨と共に念仏講の輪番がめぐってきて、掛金を集めるというほどの意。

47 二ウ十一。冬(暮の月・寒て)。○十四日五日 月の中頃。二七日(釈迦供養)・盆等のかかりから、「念仏講」の例日としてあしらう。○暮の月 十二月の月。「時雨―月」(類)。▽師走の望月が冴える念仏講の寄合の夜。月の座を一句こぼした。

48 二ウ十二。冬(千鳥)。○大しほ 毎月、新月(朔日)と満月(十五日)の二回、潮の最も高くなること。○千鳥なく也 「湊江や芦の枯葉に風さえて霜夜の月に千鳥なくなり」(新拾遺集)。▽耿々たる満月下、大潮に乗って千鳥の声が聞える。

49 二ウ十三。春(花の波)。花の定座。○ちり〳〵や 「浜千鳥の友呼ぶこゑは、ちり〳〵やちりちり…釣するところに、釣つた所がおもしろいとの」(狂言小唄・宇治のさらし)。○ちつた所が 右の小唄「釣つた所が」のもじり。○花の波 花の散り浮いた波。正花。▽千鳥の鳴声がちりちりと花の散るように、大潮の高波に散りかかる。判「宇治のさらし」の文句を踏まえ、面白い句作だと賞したのである。

50 二ウ十四。春(春風)。○誘ふ 底本「誘ふ」。○滝の糸くづ 「滝―散くる花」(類)。また「ちり〳〵」を塵と読んで糸屑をあしらう。▽滝の白糸が春風に誘われて糸屑のような飛沫をあげる情景。波に散り込んだ花びらを塵に見立てた前句に対応。

52 立《たつ》田《た》のおくは手《て》習《ならひ》どころ

53 歌よみや紅《もみ》葉《ぢば》ゝ分《わけ》て入《いり》ぬらん

54 猿《さる》丸《まる》太《だい》夫《ふ》きく鹿の声

55 ＼判《はう》官《ぐわん》のまなこさやかに月更《ふけ》て

「太夫」よく付《つき》候

56 ＼すゝめ申せば寝酒何《なん》盃《ばい》

静が杓おもひやられ候

57 小《さ》夜《よ》衣《ごろも》おもき咳《がい》気《き》の枕もと

58 鍾《しよう》馗《き》のせいかゆめかうつゝか

51 三オ一。春(のこれる雪)。〇山姫　山の女神。「山姫や染め残すらむもみぢ葉のかげより落つる滝の白糸」(新続古今集)。▽山の残雪を、山姫が滝の糸でする綿仕事に見立てた。

52 三オ二。雑。〇立田　竜田。「竜田―山姫」(類)。〇手習どころ　糸綿の道を習うところ。▽立田の奥に手習どころがあって、山姫が嫁入前の綿仕事に励んでいる。

53 三オ三。秋(紅葉)。〇歌よみ　立田は歌枕。〇紅葉　「竜田―紅葉」(類)。▽前句の「手習どころ」を歌道場に取成し、歌人が修行のため、もみじ葉を分けて通うであろうとした。

54 三オ四。秋(鹿)。〇猿丸太夫　三十六歌仙の一人。百人一首は「奥山に紅葉ふみわけ鳴く鹿の声きく時ぞ秋はかなしき　読人しらず」(古今集)の作者とする。▽前句の歌人を猿丸太夫とみなし、鹿の声に耳を傾けてこの詠をなしたと付けた。

55 三オ五。秋(月)。〇判官　九郎判官源義経。俗伝に、その風貌は向歯反り猿眼であったと言い、「猿丸太夫」に付く。〇まなこさやかに　「秋来ぬと目にはさやかに見えねども風の音にぞ驚かれぬる」(古今集)。〇月更て　「鹿―澄月」(類)。▽猿丸太夫は鹿の声に耳傾け、判官は澄んだ眼に月を賞する。月の座を八句引上げた。[判]五位の称「太夫」から、検非違使五位の尉「判官」への連想を賞した。

56 三オ六。雑。〇すゝめ申せば　「船子どもはや纜をとくとくと、勧め申せば判官も旅の宿を出で給へば、静はなくなく」(謡曲・船弁慶)。〇寝酒　「とくとく」を酒をつぐ音に擬した。「酒―月の詠」(類)。▽目が冴えて寝つかれぬ判官に寝酒をすすめる。[判]船弁慶には「菊の盃静にこそは勧めけれ」とあり、これを逆転して静が判官に酒を勧めたと趣向。「杓」は「酌」の宛字。

57 三オ七。雑。〇小夜衣　夜着。「さらぬだに重きが上の小夜衣わがつまならぬつまな重ねそ」(新古今集)により「おもき」と続けた。〇咳気　風邪。▽前句の「寝酒」を薬用に転じた。

58 三オ八。雑。〇鍾馗　唐逸史から出た伝説上の人物。謡曲・皇帝に、楊貴妃についた病魔を退治する話がある。また「正気散、四季の感冒(ガイキ)・傷寒・瘟疫等々を治す」(昼夜重宝記)。〇せい　精・所為の掛詞。▽正気散を飲んだせいか、夢うつつの間に重い風邪の枕もとに現れたのは鍾馗の精だろうか。

59 節句までありてなければかみのぼり
　　誠によく書物《かくもの》に候

60 菖蒲かる野《の》ゝ《の》末のはつけ木

61 池《いけ》波《なみ》のよる〳〵来るやおちひねり

62 ときはの里にばけものゝさた

63 後《うしろ》からぞんぞとしたる松の風

64 芭蕉はやぶれて肌着一枚

65 古寺のからうすをふむ庭の月

66 菩提もとこれ木おとこ冷《すさま》じ

59 三オ九。夏（かみのぼり）。○節句 「鍾馗は端午の節物也」（耽奇漫筆）。○ありてなければ 「世の中は夢かうつつかうつつとも夢とも知らずありてなければ」（古今集）。○かみのぼり 紙幟。鍾馗を画く。▽端午の節句まであってやがてなくなる紙幟の鍾馗は、夢うつつのごとくはかない。判鍾馗の絵は紙幟などにまことによく書くもので、よい付合だ。

60 三オ十。夏（菖蒲かる）。無常（はつけ）。○菖蒲 「菖蒲―のぼり・端午の節供」（類）。○はつけ木 磔木。▽前句の紙幟を重罪人を引廻す行列のそれに取成し、罪人は菖蒲刈る野末の磔木にかかって果てた、と付けたのである。

61 三オ十一。雑。○波のよる〳〵 「波の寄る寄る」に夜夜の言いかけ。「うど浜のうとくのみやは世をばへん波のよる〳〵あひ見てしがな」（新古今集）等。○おちひねり かもじ屋。「昔者五月之節、常用二菖蒲一為レ縵」（続日本紀）。▽池波の寄り来るように、かもじ屋が夜な夜な受刑者の落ち髪をかすめにやってくる。

62 三オ十二。雑。○ときはの里 常盤の里。現在京都市右京区。当時かもじ製造が盛んで、落髪買の女達が洛中を呼び歩いた（雍州府志）。「常磐―落かみ売」（類）。▽夜な夜な池に流れ寄る落髪の無気味さから、化物の沙汰を出した。

63 三オ十三。雑。○ぞんぞ ぞくぞくと身の毛立つ意。○松の風 「常磐―松」（類）。▽松林の中で化物の噂を思い出し、後ろからぞっとするような松風に見舞われたというのである。

64 三オ十四。秋（芭蕉）。○芭蕉 「芭蕉―秋風」（類）。○一枚 底本「一牧」に誤る。▽謡曲・竹雪の月若の俤取り。

65 三ウ一。秋（月）。釈教（古寺）。○古寺の…庭 「芭蕉―古寺の庭」（類）。▽古寺の庭で、月下破れ肌着一枚で唐臼を踏む図。月の座を九句引上げた。

66 三ウ二。秋（冷じ）。釈教（菩提）。○菩提もとこれ木 「菩提本無レ樹、明鏡亦非レ台、本来無一物」（六祖恵能頌）。○木おとこ 不粋で恋情を解さぬ男。粗野な男にもいう。▽前句を六祖恵能が蘄州黄梅山東光寺の五祖弘忍のもとで唐臼を搗く姿と見、菩提証果を得た男は元来冷じい木男であったとした。

67 ぼんなうのきづなをきるや向髪《むかうがみ》

68 恋の山また遁《とん》世《せい》のやま

69 やもめでは物の淋しき事ばかり

70 始《し》末《まつ》をしても入《いり》あひのかね

71 一《ひと》かせぎいのちのうちにと存《ぞんじ》候《そろ》

御こゝろがけ尤に候

72 江戸まで越《こゆ》る佐《さ》夜《よ》の中《なか》山《やま》

73 甲《か》斐《ひ》がねをさやにもみじか旅がたな

74 似せ侍もいさやしら雪

67 三ウ三。恋。釈教(ぼんなう)。○向髪 前髪。▽恋の煩悩の絆を断って前髪を切ると、元来が冷じい木男であった。

68 三ウ四。恋(恋の山)。釈教(遁世)。○恋の山 積った恋の譬え。「連歌恋之詞」(毛吹草)。○遁世の山 俗世を遁れ隠栖する山。造語。▽人生は前句のごとく、恋の山・遁世の山、至るところ青山あり、という意。

69 三ウ五。恋(やもめ)。○やもめ 「連歌恋之詞」(毛吹草)。○物の淋しき事 「山里は物の寂しき事こそあれ世の憂きよりは住みよかりけり」(古今集)。「淋敷―山居・やもめ」(類)。▽恋の山を越え、遁世の山に入ってみたものの、山里のやもめぐらしでは、物の淋しいことばかり。建礼門院の俤がある。

70 三ウ六。雑。○入あひのかね 「入相の鐘」と「要る金」の掛詞。「今日も暮れぬと告げ渡る声も淋しき入相の鐘」(謡曲・羅生門)。▽やもめぐらしでは、いくら始末をしても金は要り、何かにつけて事欠く生活である。

71 三ウ七。雑。○いのちのうち 説経僧の常套歌「今日もはや命の内に暮れにけり明日もや聞かん入相の鐘」。▽いっそ命ある内に一稼ぎしてみよう。参考、[判]前句のような暮らし向きなら、付句の心掛けは尤もだ。「入相の鐘にはいつとても命の内、句作によりて聞度に興有」(物種集)。

72 三ウ八。雑。○佐夜の中山 静岡県大井川下流の右岸、牧原台地を越える峠。東海道の一難所。歌枕。「小夜の中山なかなかに命のうちは白雲の又越ゆべしと思ひきや」(謡曲・賀茂物狂)。▽前句の理由で、江戸へ出稼ぎに行くことになった。

73 三ウ九。雑。○甲斐がねを 「かひがねをさやにもみしかけけれなく横ほりふせる佐夜(さや)の中山」(古今集)。○さやに 明らかにの意に刀の鞘を掛けた。○みじか 見しか・短の両意。○旅がたな やや短めの道中差。▽佐夜の中山を越える旅人は、鞘短な旅刀を帯して、甲斐が嶺をはっきり見わたしたことであろう。

74 三ウ十。冬(しら雪)。○似せ侍 道中の難を免れるための変装。○いさやしら雪 知らずの意を掛ける。「甲斐―白嶺」(類)。▽旅刀を帯する人物が似せ侍とはよも知るまい。

75 たつときも団左衛門《だんざゑもん》も花に来て

76 ＼あるひは猿楽《さるがく》蝶ゝの舞
猿かれにあふては猫のまへの蝶に候

77 ＼春日野《かすがの》は七日が間のどやかに
近ゝ来《ちかぢかくる》春も見るやうに候

78 ＼若菜つみつゝ今朝は増水《ぞうすい》

79 かせ所《じょ》帯《たい》我《わが》衣手にたすきがけ

80 ＼妻《つま》子《こ》にまよふ闇の鵜《う》づかひ

81 滝つせやいとゞかはいの涙川

82 ＼岩ねの床にだいたかしめたか

75 三ウ十一。春(花)。○団左衛門　弾左衛門とも。近世被差別階層の長吏。帯刀を許された。○花　「雪―花」(類)。▽「遥見ニ人家一花便入、不レ論貴賤与ニ親疎一」(和漢朗詠集)の心。似せ侍を花見の仮装とみた。花の座を二句引上げた。

76 三ウ十二。春(蝶ゝ)。○猿楽　団左衛門支配の営業に、座頭・舞々・猿楽・陰陽師・非人・猿引・石切・土器師・傀儡師・傾城屋・山守・関守・鋳物師ほかの十六種があった。○蝶ゝの舞　未詳。「花―蝶」(類)。▽花見の座では猿楽や蝶の舞が演じられている。判「猿」は、団左衛門支配の湯女。「猫のまへの蝶」は、油断がならぬという意。

77 三ウ十三。春(のどやか)。○春日野　奈良興福寺の東にある野。歌枕。○七日が間　興福寺南大門の芝生で二月七日から七日間、四座の猿楽によって薪能が演ぜられた。▽一句は薪能の抜句。「春日―奈良・薪の能」「猿楽―奈良」(類)。判「見るやうに」は連歌以来常套の褒辞。抜けを賞した。

78 三ウ十四。春(若菜)。○若菜つみつゝ　前句「七日」を正月七日に取成し、「春日野のとぶ火の野守出でて見よ今いくかありて若菜摘みてん」(古今集)を踏む。「七日―菜摘川の神事」(類)。○増水　雑炊。下学集・飯食「増水」。正月七日、七種粥を食する。▽長閑な春日野で摘んだ七種を今朝は雑炊にして食した。

79 名オ一。雑。○かせ所帯　悴所帯。貧しい生活。○我衣手に　「君がため春の野にいでて若菜摘むわが衣手に雪は降りつつ」(古今集)。▽わが衣手に襷がけして、菜を摘んできて雑炊をつくる。菜摘の神事を貧乏暮しに転じた付合。

80 名オ二。夏(鵜づかひ)。○妻子にまよふ闇　「人の親の心は闇にあらねども子を思ふ道に迷ひぬるかな」(後撰集)。○闇の鵜づかひ　「闇の夜―鵜飼」(類)。「藤の衣の玉だすき、鵜籠を開き取りいだし」(謡曲・鵜飼)。▽悴所帯を侘びる妻子への恩愛の情に迷って、夜陰に乗じ禁断の鵜を使う、というのである。

81 名オ三。恋(涙川)。○滝つせや…涙川　「せきかぬる心のうちの滝つ瀬や果は涙の川となるらん」(続千載集)。「鵜―滝川」(類)。「涙川」は「連歌恋之詞」(毛吹草)。○いとゞ　「織女

83 奥山に扨《さて》も狸のはらつゞみ

84 東西〳〵さるさけぶ声

85 入《いり》みだれ軍《いくさ》はその日七つ時

86 飯《めし》焼《たき》すてゝかまくらの里

87 鮨《すし》桶《をけ》を由《ゆ》井《ゐ》の汀《みぎは》に急ぎけり

88 ゆめぢをいづる使者にや有《ある》らん

御盃すしを肴にこそ

89 口《こう》上《じやう》のおもむき聞《きけ》ば寐言にて

90 ねつきはいまださめぬとばかり

にぬぎてかしつる唐衣いとどなみだに袖やぬるらむ」(拾遺集)。また糸に掛けて上五「滝つせ」の縁語。▽恩愛の情は滝つ瀬のごとく、果ては涙の川となってあふれ流れる。

82 名オ四。恋(句意)。○岩ねの床　「滝—岩根」(類)。▽岩根の床に、いとど可愛いと抱きしめて寝る意。

83 名オ五。雑。○はらつゞみ　腹鼓。鼓は「しめる」の縁語。▽奥山の岩根の床に抱きしめて寝たあげくの腹鼓である。

84 名オ六。雑。○東西〳〵　芝居の幕あき前の口上。○さるさけぶ　成語。「猿—深山」「奥山—獣」(類)。▽奥山に狸が腹鼓を打ち、東西東西と猿が叫ぶ。

85 名オ七。雑。○軍　「叫(サケブ)—軍陣」(類)。○七つ時　午前または午後四時。後者は申の刻。「猿—七つ時」(類)。▽東西入り乱れての合戦は、その日午後四時に始まった、という意。

86 名オ八。雑。○飯焼すてゝ　朝飯を炊く暇もなく。前句「七つ時」を午前四時と解した付け。○かまくらの里　鎌倉に「釜」を掛ける。「鎌倉—合戦」(類)。▽午前四時に合戦が始まりいざ鎌倉と、朝飯を炊きもやらず、駆けつける、というのである。

87 名オ九。雑。○由井の汀に　「牢より籠(ろう)の輿にのせ、由井の汀に急ぎけり」(謡曲・盛久)。「由井」に「結ひ」を掛け、鮨桶を「結ふ」と続けた。「由井の汀」は鎌倉由井ヶ浜。▽飯を炊く暇もなかったので、鮨桶をしつらえて、鎌倉由井ヶ浜へ急ぐ。

88 名オ十。雑。○ゆめぢをいづる　夢から覚める意。「夢路を出づる曙や、後の世の門出なるらん」(謡曲・盛久)。○使者　盛久の赦免の使いを、鮨桶を届ける使いに取成す。▽早朝、鮨桶を届ける使者が由井の汀に急いでいる。[判]この使者への御盃は、献上した鮨を肴にすることであろう。

89 名オ十一。雑。○寐言　底本「寐言」。▽口上の趣が寝言のようにとりとめもないのは、夢路を出た使者だからであろう。

90 名オ十二。雑。○ねつき　熱気。▽前句の寝言のような口上を、熱にうかされた病人のうわ言と解した付け。

91 夕月や額《ひたひ》のまはり照《てら》すらん

92 けぬきはなさぬ袖の秋風

93 ＼人はたゞはたち前後か花《はな》薄《すすき》

冬がれたる身にもうらやましく候

94 いたづらぐるひのらくの露

95 ＼夜《よ》這《ばひ》には庭もまがきものり越《こえ》て

96 かけがねもはや更《ふく》る閨《ねや》の戸

97 ＼をとがいを水鶏《くひな》やたゝきやまざらん

いかほどたゝく共《とも》あき有《ある》まじく候

98 さてもさしでた洲《す》崎《ざき》嶋さき

91 名オ十三。秋(夕月)。月の定座。▽前句の熱気を炎暑に取成し、日中の残暑がまださめない頃、端居する男の額のまわりを夕月が照らすといったのである。

92 名オ十四。秋(秋風)。〇けぬき 毛抜き。前句から月代(さかやき)を連想。〇袖の秋風 歌語。「月」のあしらい。▽秋霜を得た額まわりの白髪を抜くべく、毛抜きを放さぬ男の姿。

93 名ウ一。秋(花薄)。〇花薄 「秋風にあひとしあへば花薄いづれともなく穂にぞ出でぬる」(後撰集)。本歌同様思春期の象徴。「袖―尾花」(類)は招くの縁。▽柳亭種彦の還魂紙料に「昔の男子は髭を好、その際の美しからん事を嗜むがゆゑに、常に毛抜をはなたず、既に客を招請するとき、煙草盆に毛抜をそへて出ししとぞ」とあり、袖に毛抜を放さぬ前句の人物を、二十歳前後の伊達男と見定めて付けた。[判]延宝元年(一六七三)宗因は六十九歳。「冬がれ」は「花薄」の縁。

94 名ウ二。秋(露)。恋(いたづらぐるひ)。〇いたづら 淫奔。〇のら 野良と放蕩者の意の「のら」を掛ける。「野―薄」(類)。〇露 「薄―露」(類)。▽野道の露にしおたれて所定めず惑い歩き、放蕩の限りを尽す、二十歳前後の若者。

95 名ウ三。恋(夜這)。〇庭もまがきも 「里は荒れて人はふりにし宿なれや庭も籬(まがき)も秋の野らなる」(古今集)。▽色狂いのいたずら者が、夜這いにうつつを抜かす体。

96 名ウ四。雑。〇かけがね 懸金。錠。▽庭も籬も乗り越えて忍んでは来たものの、夜更けて閨の戸に錠が下りている。

97 名ウ五。雑。〇をとがい 頤。「かけがね」(下顎の骨)に付く。「掛金―おとがい」(類)。〇たゝき よく喋る意の「頤をたたく」に、水鶏の鳴き声をいう「たたく」を掛けた。▽夜更けて錠の下ろされた閨の戸を、水鶏の叩くようにしきりにかき口説くという意。[判]いかほど叩いても埒があかぬのに、飽くこともなく叩くことであろう。

98 名ウ六。雑。〇さしでた 差出口をはさむ。「おとがいがさし出た、やり頤で候もの」(狂言・今まゐり)。〇洲崎 洲が海中に差し出た所。〇嶋さき 島の尖端。▽前句の水鶏の叩く場所を、頤に縁をもたせつつ指定した付句。

99 〽きく王や舟に其《その》比《ころ》花の春

其《その》日の形勢此《この》句にあり

100 異国もなびく御代のどか也《なり》

愚墨五十四句

長廿九

西幽子判

即興からもあらふか

こていうしにからすきかけて、もつてひらく作においては、かへすぐ\も申《まうす》ばかりはなかりけり。

99 名ウ七。春(花の春)。花の定座。○きく王　菊王丸。能登守教経の従童。八島の合戦で嗣信の首を取ろうとし、かえって忠信の矢に当たって討死した。生年十八歳。○舟に　「舟には菊王も討たれければ」(謡曲・八島)。○花の春　菊王丸の若盛りを花に譬え、匂いの花の座を満たした。▽前句「洲崎嶋さき」を八島の渚ととり、そこで合戦が行われたとき、菊王丸は花の春を謳歌していたという意。［判］その日の合戦の情勢がよく表れている。史実とはかかわりなく、菊王側の優位と解した判詞。

100 挙句。春(のどか)。○異国もなびく　「菊王」を異国の王と解した付け。▽菊王も唐船に乗じて来朝し、わが国に恭順を誓う。まことに長閑でめでたい御代である。

○愚墨　褒美の点を掛ける意の「付墨」を謙遜していう。ヘは佳作に対する平点(ひらてん)、〽はとくに優れた作に対する長点(ながてん)。

○西幽子　西山宗因の俳号。

［奥書］○からもあらふか　狂言詞。こう言ってみたらどうか。○こていうし　特牛。発句の「ことい」に照応。○からすき　唐鋤。牛馬にかけて田畠を耕す農具。○もつてひらく　改まった態度でのぞむ。唐鋤の縁語。○かへすぐ\　唐鋤の縁語。▽こてい牛の句を発句に展開された百韻には、間然すべき余地がない、という意。

101 松にばかり嵐や花の片贔屓《かたびいき》　素玄

102 かづらき金剛山のむかし思《おもひ》やられ候
仰《おほせ》のごとくなびく藤がえ

103 小うなづき二つ三つめに春暮《くれ》て

「三つめ」あたひ千金の所也

104 ねぶるあいだもみじかよの月

105 酒すこしきいて味《あぢ》はふ郭公《ほととぎす》

聞《きき》やうにおいて此《この》うへあるまじく候

106 宿《しゆく》はづれにてはらすむら雨《さめ》

107 旅の空日はまだ残るつかひ銭

101 発句。春(花)。○片贔屓　一方だけをひいきすること。▽松にばかり強く当たり、花にやさしく吹く嵐は、花をかたひいきしているのであろう。判この発句を、「発句ヲバ長崎九郎左衛門師宗、サキ懸テカツ色ミセヨ山桜　トシタリケルヲ、脇ノ句、工藤二郎右衛門尉、嵐ヤ花ノカタキナルラン　トゾ付タリケル」(太平記七・千剣破城軍事)によるとみた評。花の座は本来裏十三句目。

102 脇。春(藤)。○藤がえ　藤が枝。「松―藤」(類)。▽風向のままにそよぐ藤が枝を、片ひいきされる女性に見立て、殿の仰せ次第になびくとした付合。「靡―風すさぶ」(類)。

103 第三。春(春暮て)。▽御意のままにと藤が枝が二つ三つ小うなずきする間にも春の日は暮れてしまった。判「三つめ」は、「小うなづき二つ三つめ」に、三句目を掛ける。春宵一刻値千金というが、この「三つめ」は姿態の艶を思わせて一字千金、この三句目も値千金というべきである。

104 初オ四。夏(みじかよの月)。▽「小うなづき」をまどろむさまに取成し、ついうとうととして二つ三つ小うなずきする間に、短い夏の夜は明けていたという意。月の座を三句引上げた。

105 初オ五。夏(郭公)。○酒　「眠―酒ノ酔」(類)。○きいて　酒を味わい試す意に、郭公を「聞く」を掛けた。○郭公　「夏の夜のふすかとすれば郭公鳴くひと声に明くるしののめ」(古今集)。「短夜―ほとゝぎす」(類)。▽酒をすこし味わいながら郭公を聞く醍醐味に、短い夏の夜を眠っているひまなどない。判酒・郭公ばかりか、聞きようにおいてこの句作は最高です。

106 初オ六。雑。○むら雨　「郭公―村雨」(類)。▽諺「一むらさめの雨やどり」(毛吹草)の体。宿はずれの茶屋でひとつきこしめしながら雨の晴れ間を待っていて郭公を聞いた。

107 初オ七。雑。○旅の空　「郭公―旅の空」(類)。○日はまだ残る　「一村雨の雨やどり、日はまだ残る中宿に仮寝の夢を見るやと」(謡曲・邯鄲)。○つかひ銭　路銀。小遣い銭。▽宿はずれで雨の晴れ間を待つ。日はまだ空に残るし、路銀も残っている。今宵の宿《やど》を思案する体。

108 初オ八。雑。○船　「旅―船路」(類)。▽前句の旅人に対し、渡し舟を出そうか出すまいかと船頭の思案するさま。

108 わたしの舟を出さふ出すまひ

109 都鳥とへばしれたる似せなまり
京の似せ侍、よく見立《みたて》られ候

110 歌の師匠をとるやむなぐら
弟子坂東《ばんどう》ものにや

111 目に見えぬ鬼もやはらで打《うち》たふし
鬼《き》泣躰《きふてい》相見え候

112 年《とし》越《こし》の夜はたゞ一《ひと》寐《ね》入《いり》

113 する〳〵と往《わう》生《じやう》申《まうす》鉢《はち》たゝき
うらやましく候

114 うづめば土と成《なり》しへうたん
何もかもひよ〳〵らへうたんに成《なり》候

109 初ウ一。雑。○都鳥 ゆりかもめ。都の人の意を持たす。「京には見えぬ鳥なれば皆人見知らず、渡守に問ひければ、これなむ都鳥といふ」(伊勢物語九段)。▽なまじ風流ぶって「あれは何鳥か」などと尋ねたばかりに田舎訛が顕れて、身元がばれてしまった。判「似せなまり」の人物を似せ侍と解した評。旅中の難を避けるため、町人などが武士に変装する。

110 初ウ二。雑。○歌 「歌—都人」(類)。○とる 「師匠を」と「むなぐら」の両方にかかる。▽都人だというので歌の師匠にとったが、似せなまりがばれ、おこった弟子が胸ぐらをとって投げとばしたというのである。判「名のれ名のれと責むれども終に名のらず。声は坂東声にて候と申す」(謡曲・実盛)から、実盛の俤取りとみたか。「なまる—関東・武士／声は坂東声にて候といひしもなまりたるにや。町人も道中にてはにせなまり専なり」(類)。

111 初ウ三。雑。○目に見えぬ鬼 古今集・序による「目に見えぬ鬼神をもやはらげ」(謡曲・蘆刈)。○やはら 柔術。「師匠—兵法」(類)。▽歌の師匠の胸ぐらをとるほどの弟子なら、目に見えぬ鬼神を柔らで打ち倒すだろう。判「鬼泣躰」は歌体「鬼拉躰(きりよてい)」のもじりまたは誤刻。鬼の泣くさまが目に見えるような句躰である意。

112 初ウ四。冬(年越)。○年越 節分。「鬼—節分」(類)。▽前句の結果、年越の夜はただもう一寝入りするだけ。

113 初ウ五。冬(鉢たゝき)。○鉢たゝき 「鉢扣。…霜月十三日に開闢して四十八夜の勤行大晦日に廻向するとぞ。…空也上人そこばくの詠歌をもて無常をすゝめ、念仏を修する行ぞかし」(類)。▽前句の「年越」を大晦日の夜に取成した。この夜鉢叩は四十八夜の勤行に疲れ果てて、ただぐっすりと眠るだけ。判「往生」を字義通り、開悟の安楽死と解した。

114 初ウ六。雑。○へうたん 「瓢簞—鉢扣」(類)。「成し」の縁語。▽苦もなく往生した鉢叩が生前叩いて廻っていた瓢簞も、埋めれば土にかえる。判何もかも瓢簞のように空しくなった。「折節風が吹いて来て、あなたへちやつきりひよ、此方へちやつきりひよ。ひよひよらひよ、瓢簞つるいて面白や」(狂言・節分の小歌)。

115 貧しきが住《すみ》こし跡を田畠に

116 いつくたまゝぞよはる虫の音

貧家の旧跡、虫までめいわく尤に候

117 露《つゆ》霜《じも》の置《おけ》ばさび付《つく》鼻毛ぬき

118 座敷の壁に月の鏡を

119 肴《さかな》舞《まひ》鍾《しやう》馗《き》の精《せい》霊《れい》あらはれて

120 ぞつとするほどきれな小《こ》扈《ご》従《しやう》

121 もみうらのだての薄着を吹《ふく》あらし

122 頭《づ》巾《きん》の山やまたこひの山

115 初ウ七。雑。▽住み捨てられた貧家の跡地が田畠になり、残された瓢箪一つも土になった。「一箪食、一瓢飲」(論語・雍也)の卑俗化。瓢箪一つに喰いつぶした貧乏人。

116 初ウ八。秋(虫の音)。○くた 食た。○まゝ 飯・儘の両意。○よはる虫の音 「さりともと思ふ心も虫の音も弱り果てぬる秋の暮かな」(千載集)。▽いつ飯を食ったままなのか、虫の音が弱ってきた。貧家の跡地の虫だから当然。判「虫—古跡」(類)から、「貧家の旧跡」といった。

117 初ウ九。秋(露霜)。○露霜 「霜—よはる虫の音」(類)。○鼻毛ぬき 毛抜。「虫—髪」「毛—虫」(類)。▽前句の虫の音の弱るのを露霜のせいとし、虫から髭を連想、露霜が置いて毛抜が錆びつくと算用を合わせたのである。

118 初ウ十。秋(月)。月の定座。○壁 「渋(サビ)—壁」(類)。○月の鏡 「不レ知明鏡裏、何処得二秋霜一」(李白・秋浦歌)。▽座敷の壁に月光がさしこみ鏡をなす。毛抜に露霜の置く道理。

119 初ウ十一。雑。○肴舞 床上げの祝いの舞。○鍾馗 鍾馗(五八参照)。謡曲・皇帝に、「鍾馗の精霊」が現れ、明王鏡にうつり出た鬼神を平らげ、楊貴妃の病を治したと作る。「月の鏡」を明王鏡に見立てて付けた。▽床上げした座敷に射しこむ月の鏡に誘われて、鍾馗の精霊が現れ出で、共に肴舞を舞う。

120 初ウ十二。恋(小扈従)。○きれな きれいな。○小扈従 小小姓。▽ぞっとするほど美しい若衆の肴舞に、鍾馗大臣の精霊が現れたという意で、念者の関係を思わせる。

121 初ウ十三。恋。○もみうら 裏が紅の衣類。○だての薄着 諺。「小扈従—伊達」(類)。▽いかにも伊達なもみうらの衣装が風に翻る。前句の小扈従に具象性を与えたのである。

122 初ウ十四。恋(こひの山)。○頭巾の山 頭巾の形を山に譬える。柳亭筆記に「赤裏頭巾」を挙げ、「浮世狂ひの若とのばら」(宝蔵)がかぶるとする。「嵐—山」(類)。○こひの山 六八参照。▽伊達の薄着に伊達頭巾。恋の山を幾つも越える。

123 二オ一。恋(羽かはしたる中)。○梟 赤頭巾を着せ囮(おとり)にする。「頭巾—をとり・みゝづく」(類)。○羽かはしたる中 比翼の仲。鴛鴦を通俗化。「梟の恋」(毛吹草)。▽頭巾を着た恋とは、梟の比翼の契のことか。判鴛鴦ならぬ梟の羽とは、

123 〽梟《ふくろふ》の羽かはしたる中なれや
めづらしき羽にて候

124 手《て》水《うづ》鉢《ばち》ても廻《めぐ》る清《きよ》水《みづ》

125 〽炉《ろ》釜《がま》にや音《おと》羽《は》の滝をしかくらん
「羽」の字ちかきさし合ながら

126 〽初雪の景くろき筋なし
明白也

127 〽山《やま》眉《まゆ》の小袖がさねの朝風に

128 〽味噌酒過《すご》す陸《みち》奥《のく》のたび

129 〽薄《うす》鍋《なべ》を亡《まう》者《じや》は泣《なく》〻《なく》見《み》送《おくり》て
さては彼《かの》猟師も一つ成《なり》候哉《や》

130 地ごくのさたも悪銭かする

また珍しい羽であるといい、着想の奇抜さを賞した。

124 二オ二。雑。○清水 清らかな水に、京都東山五条坂上の音羽山清水寺を言いかけた。「梟—古宮」(類)。▽梟の夫婦が仲むつまじく、都の名所めぐりに清水寺を廻る。その手水鉢にも清水が廻り流れている。「廻《メグ》ル—都の名所〳〵」(類)。

125 二オ三。雑。○炉釜 「手水—茶の湯」(類)。○音羽の滝 「影ものどかに廻る日の霞むそなたや音羽山、滝の響も静かなる清水寺に着きにけり」(謡曲・田村)。「清水—音羽の滝」(類)。▽手水鉢に清水が廻るほどだから、炉釜に音羽の滝を仕掛けても不思議のない道理。判打越(一二三)に「羽」の字があって差合うこと。「同字幷恋・述懐等可レ隔二五句一」(和漢篇)。

126 二オ四。冬(初雪)。○初雪 「茶—初雪」(類)。▽茶室からの眺め。初雪に覆われて一面に白く、黒い筋は髪の毛ほども見当らない。「比叡の山なる音羽の滝を見て詠める。落ちたぎつ滝の水上年積り老いにけらしな黒き筋なし」(古今集)。判景色・句意ともに明白である。「明白」は雪の白さの縁。

127 二オ五。雑。○山眉 眉のように見える遠山と、山繭糸の両義をもたせ、前者で「初雪」の景を、後者で「くろき筋なし」をあしらった。○朝風 「朝—初雪」(類)。▽山繭の小袖重ねを着て朝風に起き立ち眺めれば、遠景の山眉は初雪を冠って、山繭同様黒い筋がないという意。

128 二オ六。雑。○味噌酒 酒で溶いてあたためた味噌汁。○陸奥 「陸奥—仙台紬」(類)などの縁で「山眉の小袖」に付くか。▽陸奥の旅路、朝風の寒さしのぎに、つい味噌酒を過したという次第。

129 二オ七。無常(亡者)。○薄鍋 銅製の鍋。○亡者は泣〻 「遥々と客僧は奥へ下れば、亡者は泣く泣く見送りて、行く方知らずなりにけり」(謡曲・善知鳥)。▽味噌酒を与えられぬこの亡者は、娑婆で不飲酒戒を破ったという含み。判善知鳥の亡者は猟師の霊。「一つ成」は一盃いける口。

130 二オ八。釈教(地ごく)。○地ごくのさたも 諺「地獄の沙汰も金次第」。○悪銭 不正に得る金銭。○かする 掠めとる。「薄鍋」の縁語。▽銭がなく、薄鍋まで取りあげられてしまった亡者。

131 博奕《ばくち》打《うつ》子は三界《さんがい》のくびかせよ

132 こゝろはやみに夜もろくにねず

133 俄《にはか》めくら夢かうつゝかうつの山

134 時宜《じぎ》にて人にあはぬ也《なり》けり

135 夕ぐれの月のさはりの女かも

136 下《しも》十五日かよひ路《ぢ》の露

137 秋の海浅瀬は西に有《ある》と申《まうす》
新しき通路《かよひぢ》にて候

138 上《うは》荷《に》とるらし彼《かの》岸《きし》の舟

131 二オ九。釈教(三界)。○子は三界のくびかせ　諺。三界は過去・現在・未来。▽現世ばかりか、地獄に落ちても博奕を打って悪銭を掠めとるわが子は、まさに三界の首枷である。

132 二オ十。雑。○こゝろはやみに　「人の親の心は闇にあらねども子を思ふ道にまどひぬるかな」(後撰集)。「げにや世々ごとの親子の道にまとはりて〳〵、なほ子の闇を晴れやらぬ朧月の薄曇、わづかに住める世になほ三界の首枷や」(謡曲・百万)。▽博奕打つわが子のことが案じられ、暗澹として闇の夜もろくに眠れない親の情を付け寄せた。

133 二オ十一。雑。○うつの山　宇津の山。静岡県にある歌枕。「夢かとよ闇のうつつの宇津の山」(謡曲・定家)。▽宇津の山を辿るように、夢と現の境界の定かならぬ俄めくらとなって、心も闇となり、夜もろくに眠れない、というのである。

134 二オ十二。恋(人にあはぬ)。○時宜　その時の具合。前句「俄めくら」がそれ。○人にあはぬ也けり　「駿河なる宇津の山辺のうつつにも夢にも人に逢はぬなりけり」(伊勢物語九段)。▽俄盲になって夢うつつの状態だから人に逢わぬ、の意。

135 二オ十三。秋(月)。恋(月のさはり)。月の定座。○月のさはり　月経。▽恋人と契らぬ女の時宜とは月の障りのこと。

136 二オ十四。秋(露)。恋(かよひ路)。○下十五日　一月中の後半。月経のことを「下をみる」という(俚言集覧)。また下半月は月が次第に欠けるから「月のさはり」といえる。▽下十五日夕暮、露にぬれつつ女のもとへ通う。

137 二ウ一。秋(秋の海)。○浅瀬は西に　「此海を馬にて渡すべき処やあると尋ねしに、彼の者申すやう、さん候河瀬の様なる所の候。月頭には東にあり、月の末には西にあると申す」(謡曲・藤戸)。▽秋の海の浅瀬が西にあると聞いて、下十五日浪の露に濡れながら通った。判新奇な趣向の「通い路」だと、句作の新しさを称したのである。

138 二ウ二。釈教(彼岸)。○上荷とる　津に入った船舶の上荷を、小船に分載して陸揚げすること。○彼岸　前句「西に有」から西方浄土の意を効かす。「彼岸の舟」は弘誓の舟。ここは字義通り。▽彼の岸に来た船は、西が浅瀬になっているというので、着岸出来ず、上荷舟で荷を陸揚げしているらしい。

139 ＼薪《たきぎ》買《かひ》百《ひやく》味《みの》飲《おん》食《じき》とゝのへて

140 ＼あたごの坊の納《なつ》所《しよ》ともみゆ

141 ＼＼しこためしかねや鳥井に成《なり》ぬらん

落《らく》堕《だ》ならで鳥居建《こん》立《りふ》きどくに候

142 ＼家《いへ》蔵《くら》其《その》外《ほか》たつる天びん

143 ＼どのかうのかたり付《つけ》たる仲《なこ》人《ど》口《ぐち》

144 ＼よいとしをして紅《べ》粉《に》やおしろい

145 ＼＼この異見耳にあたるもしらね共《ども》

心いきさても〳〵

146 君をながすの御沙汰冷《すさま》じ

139 二ウ三。釈教(百味飲食)。○薪買 「薪―供養・法の修行」(類)。○百味飲食 仏または死者の霊に供える山海の珍味。▽彼岸へ揚げる荷ゆえ、薪や百味の飲食である道理。

140 二ウ四。釈教(坊・納所)。○あたごの坊 京都愛宕神社の坊。和漢三才図会に教学院・福寿院・長床坊・法蔵院・威徳院・大善院の六坊舎を記す。○納所 納所坊主。施物・会計などを掌る僧。▽前句の人物を特定した。愛宕神社は火の神であるから「薪買」からの連想か。

141 二ウ五。神祇(鳥井)。○しこためし 頻溜の義で、どっさりためる(近松語彙)。○かねや鳥井に成 「かね」は金銭と鉄の両意。愛宕神社の鳥居は鉄製。「華表(トリヰ)。…野宮は黒木、愛宕はくろがね」(類)。▽しこたまためこんだ浄財の金が、文字通り鉄の鳥居になったことであろうと、納所坊主の手腕を付けた。判坊主の蓄財は往々堕落に繋る(そういう句作が多い)が、鳥居建立とは奇特な志(珍しい句作)だと褒めたのである。

142 二ウ六。雑。○天びん 天秤。分銅の重さとの釣合によって重量を知る秤。形が鳥居に似る。「華表(トリヰ)―天秤」(類)。▽天秤を立つるとは商売をする意。商売繁昌で家・蔵その他が建つというのである。前句の「鳥井」は寄進。

143 二ウ七。恋(仲人口)。○どのかうの ああやこうや。○かたり付たる 説きつけた。「かたる」には騙す意がある。○「偽(イツハリ)―仲人」(類)。▽あれこれうまい仲人口で縁談を説きつけたというのである。前句は仲人口の内容。

144 二ウ八。恋(紅粉やおしろい)。○紅粉やおしろい 「誹諧恋之詞。…けしやう・口べに」(毛吹草)。▽口も達者な仲人かかの若づくり。

145 二ウ九。雑。○耳にあたる 聞いて癪にさわる。▽この異見は耳に当たるかもしれぬが、思い切って言おう。前句は異見の内容。判言いにくいことを言う心意気に感じた意。

146 二ウ十。秋(冷じ)。○君 主君。ここは後白河法皇。○ながす 島流しにする。「湊川夏の行くては知らねども流れて早き瀬々のゆふしで」(風雅集)。▽前句を平重盛が諫言するとみて、後白河法皇を流し奉るとの御処置は、すさまじくも畏れ多いことだと受けた。「冷(スサマジ)―乱国」(類)。

147 京はたゞひそ〳〵として秋淋《さび》し

148 七つさがれば門《かど》をさす月

149 花の火もあだにちらすな城の内

用心時花の火までに心を付《つけ》たる珍重《ちんちよう》

150 くま手鳶《とび》口《ぐち》ならびに鑓《やり》梅《うめ》

151 雪とけて流木取《とり》がち国ざかひ

152 角《すみ》田《だ》がはらの浪のわれぶね

153 いくたりか浅草橋にこもかぶり

154 おたすけたまはれなむくわんぜ音

147 二ウ十一。秋(秋)。〇ひそ〳〵　恐るべき噂をささやき交す意を含み、「御沙汰」をあしらう。▽君を流すの御沙汰によって、京の町はひっそりと静まり返り、淋しい秋である。

148 二ウ十二。秋(月)。〇七つ　八五参照。〇さがれば　過ぎると。京の町は上ル(北上)・下ル(南下)という。〇さす　上下に掛かる。▽「七つ過ると背戸門をさいて用意致しまする」(狂言・伯母が酒)。この句の結果が前句。月の座を二句こぼした。

149 二ウ十三。春(花)。花の定座。〇花の火　咲く花に火を掛ける。〇あだにちらすな　花の散ると火の粉の散るの両意。〇城の内　「門―城」(類)。▽敵襲に備え、夕暮城門を閉ざし、火花のみならず花の火まで無駄に散らすな、という厳戒ぶり。判火を「花の火」として花の定座を満たしたことを賞した。

150 二ウ十四。春(鑓梅)。〇くま手鳶口　火事に備える道具。「鳶―焼亡」(類)。〇鑓梅　梅の一品種。槍に掛けた。「匂ひをば風に添ふとも梅の花色さへあやな仇に散らすな」(拾遺集)。▽城中の火の用心に熊手や鳶口その他槍まで取り揃えた。

151 三オ一。春(雪とけて)。〇雪とけて　「梅―雪消」(類)。▽国境では雪解けの水に押し流されてくる木を、熊手・鳶口・槍まで持ち出してきて、われがちに取り合っている。

152 三オ二。雑。〇角田がはら　角田川(隅田川)は武蔵と上総の国境を流れる。〇われぶね　破船。▽前句を国境の紛争によみかえ、その結果隅田川原に破船が残骸をさらすと付けた。

153 三オ三。雑。〇浅草橋　隅田川近く神田川にかかる。〇こもかぶり　乞食。「非人―河原」(類)。▽隅田川の水難で船を失い、破産して乞食となり、浅草橋に物乞いする身となった。

154 三オ四。釈教(くわんぜ音)。〇なむくわんぜ音　「観音―浅草」(類)。▽「大慈大悲の観世音、後の世助けおはしませ」(謡曲・籠祇王)を物乞いの詞に転じた。

155 三オ五。無常(引取息)。▽南無観世音後の世助けてと、臨終のまぎわまで謡をうたう諷好きだという意。判臨終のまぎわまで謡をうたうこの諷好きの正念に、観世音ばかりか観世太夫まで驚き覚えることであろうと、句作・付合の妙を賞した。「臨終正念」は、臨終にさいしてひたすら往生を願うこと。

155 諷《うたひ》ずき引《ひき》取《とる》息の下までも

臨終正念南無観世太夫もおどろくべし

156 箸はすたらぬなら茶なるらん

「奈良」用に立《たつ》一字千金也

157 小豆《あづき》さゝげ粟嶋殿の初尾《はつを》にて

158 かぶり太鼓も秋のかたみに

159 いたいけを抱《だい》て恨《うらみ》の露なみだ

160 鎌田《かまた》が酔《ゑへ》るさかづきの影

161 上留《じやうる》りの扨《さて》も其後《そののち》さゆのみて

162 やくしの反化《へげ》がなをす痳病

156 三オ六。雑。○箸はすたらぬ　箸は捨てられぬ。食欲だけ旺盛な病人を「箸のすたらぬ病人」という(譬喩尽)。○なら茶　奈良茶飯。再煎の淡茶に塩を加え、炒大豆・炒小豆・焼栗等を交ぜて炊いた飯に初煎の濃茶を注いで食す(本朝食鑑)。もと奈良の東大寺・興福寺などで製した。前句の諷好きに応ずべき奈良座(春日神社に奉仕する能座)のもじり。▽食欲旺盛な諷好きの病人が死ぬまぎわまで願ったのは、奈良座ならぬ奈良茶であった。判奈良座を奈良茶ともじったのは役に立つ一字、一字千金というべきだ。「一字千金、徳馨難レ忘」(明衡往来)。

157 三オ七。雑。神祇(粟嶋殿)。○小豆さゝげ粟　ともに奈良茶の材料。○粟嶋殿　和歌山県加太にある粟島明神。腰より下の病に霊験があるという。茶は痳病に障るというから「奈良茶」に付く。○初尾　神仏に供える、その年最初に収穫した穀物。▽住吉さまに離縁されても奈良茶の箸が捨てられぬ粟島明神の初尾だから、小豆・ささげ・粟は当然だというのである。

158 三オ八。秋(秋)。○かぶり太鼓　頭振り太鼓。振ると糸に付けた豆で鳴る。「小豆—振鼓」(類)。▽粟島明神参詣の折に買ったかぶり太鼓も暮れゆく秋の形見となった。

159 三オ九。秋(露)。○いたいけ　愛児。「形見—みどり子」(類)。○露なみだ　露のように降る涙。「暮れ果つる秋の形見とあすや見む袖に涙のつゆを残して」(新拾遺集)。▽かぶり太鼓を形見に死んだ愛児を抱いて、恨みの涙を流す。

160 三オ十。秋(つきの影)。○鎌田　鎌田兵衛正清。○さかづき　月の隠し題。▽幸若舞曲・鎌田を、呑んべえの夫鎌田を恨んで、妻らうの方が幼児を抱いて泣くと俳諧化した。月の座を三句引上げた。

161 三オ十一。雑。○上留り　鎌田から浄瑠璃・鎌田兵衛正清への連想。○扨も其後　古浄瑠璃各段出語りの常套句。▽浄瑠璃を語り終ってさ湯を飲む。鎌田が酔いざましにさ湯を飲んだと前句に付く。

162 三オ十二。釈教(やくし)。○やくし　薬師如来。浄瑠璃菩薩ともいう。「瑠璃—薬師」(類)。○反化　変化。古浄瑠璃に多い。○痳病　茶は障るのでさ湯を飲む。▽薬師如来の化身(医者であろう)が痳病を治すといっただけ。

163 土の籠《ろう》出《いづ》れば虎のいきほひに

164 のびたる髭を吹《ふく》風の音

165 みめよしはおどろかれぬる松浦人《まつらびと》

166 〽たがしのびてかはらむ佐与姫《さよひめ》

左手彦留守の間しれまじく候

167 〽恋《こひ》衣《ごろも》おもきが上に打《うち》かけて

168 〽待宵《まつよひ》のかねはらふ町役《ちやうやく》

恋よりも公役及難義《こうやくなんぎにおよび》候か

169 家主《いへぬし》はわかぬ別れの牢人に

170 〽委細の事はたがひに江戸から

163 三オ十三。雑。〇土の籠　土牢。大塔宮が鎌倉二階堂の薬師堂谷で土牢に監禁された太平記の話によって「やくし」に付く。〇虎　虎薬師。「虎—薬師」(類)。▽薬師の生れかわりの虎が、土の籠で麻病の癒るのを待ち、治るやいなや虎の勢いで放尿したという意。「出れば」は小便が出るにかけた。

164 三オ十四。雑。〇吹風　諺「虎嘯けば風騒ぐ」(毛吹草)。「虎—風吹」(類)。▽「土の籠」を虎のすみかに見立て、虎が穴を出るや天に嘯き、伸びた髭に吹く風の音はすさまじい。

165 三ウ一。恋(みめよし)。〇みめよし　美貌。「誹諧恋之詞。…みめの善悪」(毛吹草)。〇おどろかれぬる　「秋来ぬと目にはさやかに見えねども風の音にぞ驚かれぬる」(古今集)。〇松浦人　太平記十八に「見ルモ恐ロシク、ムクツケ気(ゲ)ナル髭男」とある松浦五郎。▽松浦五郎が尊良親王の御息所を奪った話を踏まえ、御息所は松浦五郎のむくつけき風貌に驚いたというのである。

166 三ウ二。恋(しのぶ・はらむ・佐与姫)。〇たがしのびてか　「心つくしの果にある忍びし夫(つま)を松浦潟」(謡曲・唐船)。〇佐与姫　松浦佐用姫。領巾(れひ)を振って狭手彦との別れを惜しんだ。「驚かぬ身のはかなさよ佐用姫が松浦潟」(謡曲・江口)。▽美貌の佐用姫に誰が忍んで通ったのか、孕んでしまった。判狭手彦の留守中ならありかねないことと、着想の奇抜を賞した。

167 三ウ三。恋(恋衣)。〇恋衣　身から離れぬ恋の譬え。〇おもきが上に　「不邪婬戒。さらぬだに重きが上のさよ衣わがつまならぬつまな重ねそ」(新古今集)。「重(オモキ)—小夜衣」(類)。▽佐夜姫は身重である上に、さらに夫を重ねたという意。

168 三ウ四。恋(待宵)。〇待宵のかね　「待宵の更けゆく鐘の声きけばあかぬ別れの鳥はものかは」(新古今集)。鐘を金・銀に転じた。〇町役　底本「町役」。大阪町人に賦課した町入費。▽人待つ心の重きが上に町入費を払わされ、更に負担が重なった。判恋の重荷よりも公役の方が荷が重いだろう。「公役」は、町奉行・惣会所の経費のために課せられる金。

169 三ウ五。恋(わかぬ別れ)。〇家主　町政運営に参加、公役・町役を負担する。〇わかぬ別れの　前出本歌。▽前句「かねはらふ」を破産と解し、家主は町内の人々とつらい別れを

171 ＼道づれと箱根の切手見《み》合《あはせ》て

172 やぶれつゞらを明《あけ》て悔《くや》しき

173 ＼あるゝとやにくき鼠を取《とり》にがし

174 へる油《あぶら》火《び》も消《きゆ》る秋風

175 ひら岡へくる姥《うば》玉《たま》のよるの月

176 宮《ぐう》司《じ》が衣《ころも》うちかへしけり

177 ＼神《しん》木《ぼく》の花《はな》見《み》虱《じらみ》やうつるらん

178 ＼かすむ塩《しほ》垢《ご》離《り》身もふくれつゝ

「身もふくるゝ」よく出申《いでまうし》候

して浪人になったという意か。

170 三ウ六。雑。▽前句を、一家の主が牢人となり、出稼ぎのため家族との別れを惜しむとみて、委細のことは江戸に出てから、互に手紙で知らせ合おうと付けたのである。

171 三ウ七。雑。○箱根の切手　東下りのさい通る箱根の関の通行手形。○見合て　互に見比べて。▽前句を江戸下りの道連れが交すことばと解した付け。

172 三ウ八。雑。○やぶれつゞら　破れ葛籠。○明て悔しき　諺「あけて悔しき玉手箱」。「箱」のあしらい。▽「道連。…盗人は道づれとなりてたぶらかす常の事と也」(類)で句意明白。

173 三ウ九。雑。▽前句を荒れ鼠のせいにした付け。

174 三ウ十。秋(秋風)。○油火　「鼠―油」(類)。▽憎き鼠めに油をなめられ、細くなった灯火が秋風に吹き消される。

175 三ウ十一。秋(月)。○ひら岡　河内国(大阪府)平岡明神。「姥ガ火。雨ノ夜、尺バカリノ火ノ珠、徐ニ近郷ニ飛行シ、コレニ逢ヘバ恐神シ、死ニ至ル者少カラズ。俗ニ伝ヘテ曰ク、昔一ノ姥アリ、平岡ノ社ノ神灯ノ油ヲ盗ミ、毎ニ私用トナス者、死後燐火ト成シテ」人を害する(和漢三才図会)。○姥玉の「夜」の枕詞。伝説の姥に掛ける。▽前句の原因を「姥が火」伝説によって説明した句。月の座を一句こぼした。

176 三ウ十二。秋(衣うつ)。恋(衣うちかへし)。神祇(宮司)。○衣うちかへし　「いとせめて恋しき時はうば玉のよるの衣を返してぞぬる」(古今集)。「月―衣うつ」(類)。▽月の夜、平岡神社の宮司が衣を打ち返して寝ると、その衣を擣つために老女がやってくる、というのである。

177 三ウ十三。春(花見虱)。神祇(神木)。花の定座。○花見虱　花見頃にわく虱。▽宮司が衣をひっくり返しているのは、境内の桜に来た花見の衆の虱がうつったため。

178 三ウ十四。春(かすむ)。神祇(塩垢離)。○塩垢離　潮水を浴びて身を清めること。○身もふくれつゝ　身体躍動する意。▽霞む海辺で潮垢離をとると、身も清められ、花見虱のためにふくれた体もせいせいして、躍動するようだ。判「身もふくれつつ」を虱のせいと躍動の両意に働かせた点を賞した。

179 吉《きち》日《にち》と舟乗《のり》初《そむ》るちからこぶ

又「ちからこぶ」玄〻也

180 喧《けん》𫫇《くわ》におよぶ尼《あまが》崎《さき》うら

181 焼《ぜう》亡《まう》の煙をかづく壁隣

「かづく」妙の一字に候

182 何のかのとてしれぬ境《さかひ》目《め》

183 たうとさや同じやう成《なる》仏ぼさつ

184 十方はみな浄土すご六

185 お日《ひ》待《まち》の光明遍照あらた也

186 おこりまじなふよし水のみね

179 名オ一。春(舟乗初る)。○舟乗初る 「本邦孟春の月の二日、船のりぞめをするなり。いゑ〳〵吉日を選て吉例の日あり」(和漢船用集)。▽前句の人物を、具体的に漁師と特定した。判身体躍動に力瘤で応じた妙。「玄々」は、深遠なるさま。

180 名オ二。雑。▽喧𫫇におよぶ蜑人(漁師)に尼崎浦を掛けた。尼崎浦からの初舟出。漁師の力瘤の力余って喧嘩にまで発展したというわけ。「喧嘩―船頭」(類)。

181 名オ三。雑。○焼亡 火事。「焼亡―船」(類)。○煙をかづく 煙をかぶる。「松蔭に煙をかづく尼崎」(謡曲・雲林院)。▽常は塩焼く煙のあがる尼崎浦だが、壁隣もろとも火事の煙をかぶって、火元争いの喧嘩に及んだという意。判海に潜る意の「かづく」を蒙る意に転じた妙を賞した。「妙の一字」は仏語。

182 名オ四。雑。▽壁一重で区切られた隣同士、焼けてしまえば、何のかのと言っても、その境界はわからない。

183 名オ五。釈教(仏ぼさつ)。▽仏・菩薩にもいろいろあってその違いが何のかのと説かれるが、尊さはみな同じ。

184 名オ六。釈教(浄土)。○十方 四方・四隅・上下。無量無辺に諸仏の浄土があるとみて十方浄土と名づける。○浄土すご六 「南無分身諸仏の六字を、四角あるひは六方の木に書いて目安とし、南閻浮州よりふり出し、あしき目をふれば地獄へ堕、よき目をふれば天上に登り、初地より十地等覚妙覚等を経て、仏に止るを上りとするの遊戯なり」(還魂紙料)。▽十方は皆浄土というのを浄土双六と言い延べた。その仏の絵は初地から十地までまったく「同じやう」だからである。

185 名オ七。釈教(光明遍照)。○お日待 前夜より斎戒沐浴し、徹夜して日の出を待つ行事。前句の浄土双六はその折の慰み。「双六―日待」(類)。○光明遍照 「光明遍照十方世界、念仏衆生摂取不捨」(観無量寿経)。○あらた 霊験あらたか。▽お日待の夜に浄土双六に興じれば、十方はみな浄土、霊験あらたかに日が射し昇り、光明遍く行きわたった。

186 名オ八。雑。○おこり 瘧。マラリア。「法華経―瘧おつる」(類)。○よし水 京都東山の大谷。法然上人庵居の跡。観経の文句に付く。▽瘧を呪おうと吉水の峰にお日待をすると、霊験あらたかに、東山の峰に日がさしのぼった。

187 東山に位有《ある》人のあがり膳

188 蒔《まき》絵《ゑ》に見ゆる半《はん》切《ぎり》の数

189 能《のう》衣《い》裳《しやう》松の村《むら》立《だち》はしがゝり

190 未明にはじまる此《この》宮うつし

191 ヘ月くらく三井寺さして落《おち》たまふ

作例も不存《ぞんぜず》、此《これ》はじめて承《うけたまはり》驚《おどろき》入《いり》候

192 むかしにかへる妻をよぶ秋

193 身《しん》入《いれ》ていろはにほへと書《かき》くどき

194 恋の重荷のしるしや有《ある》らん

187 名オ九。雑。○あがり膳 食事を終えたあとの膳。▽東山に瘧を呪うための高位の人が来、そのあがり膳が置いてある。源氏物語の若紫の俤取りであろう。

188 名オ十。雑。○蒔絵 漆・金銀粉・金貝などで器物に絵模様を施したもの。○半切 底の浅い盥状の桶。▽数ある半切はみな高級な蒔絵のように見える。前句を東山山荘(銀閣寺)と見て、足利義政などのあがり膳を想像したか。

189 名オ十一。雑。○能衣裳 「半切」を能衣裳の袴とみた付け。○松の村立 能舞台の一から三までの松。「玉くしげ二見の浦の貝しげみ蒔絵に見ゆる松のむら立ち」(金葉集)。○はしがゝり 能役者の出入する欄干のある道。▽半切・松の村立・橋懸りは、そのまま蒔絵のように見えるという意か。

190 名オ十二。神祇(宮うつし)。○宮うつし 神殿の改築修理などのために、神座を権宮・本宮へ移すこと。▽前句を遷宮の情景と見立てた付けか。

191 名オ十三。秋(月)。月の定座。○三井寺さして 「名も高倉の宮の内、雲居のよそに有明の月の都を忍び出でて…三井寺さして落ち給ふ」(謡曲・頼政)。三井寺は滋賀県大津の園城寺。▽前句を高倉宮の遷御とみた付け。判「宮うつし」の取成しには前例がなく、斬新奇抜である。

192 名オ十四。秋(秋)。恋(妻をよぶ)。○むかしにかへる「三井の古寺鐘はあれど、昔に返る声は聞えず」(謡曲・三井寺)。▽夜逃げ同然に家を出てやっと三井寺に落ちついたので、昔の暮らしに返るべく妻を呼び寄せることにした。

193 名ウ一。秋(いろは)。恋(書くどき)。○いろはにほへと いろは歌の文句に色葉(色づく木の葉)の言いかけ。「むかしにかへる」を還暦と取成し、一歳からの出直しで、いろは歌をあしらった。○書くどき かき口説く意に手習の書く意を掛ける。「口説—妻を引」(類)。▽昔別れた妻を呼び寄せるべく、身を入れて思いのたけを綴りかき口説いたという意。

194 名ウ二。恋(恋の重荷)。○恋の重荷 恋の苦しさの譬え。同名の謡曲による。○しるし 効験。▽恋の重荷をかつぐように身を入れてかき口説いたからには、きっと効果があろう。

195 〽さらぬのみか尻にしかるゝ百貫目

196 欲には人のよくまよふ也《なり》

197 六《ろく》道《だう》の辻《つじ》切《ぎり》をする夕まぐれ

198 〽なふかなしやとてなく鳥《とり》辺《べ》山《やま》

付心《つけごころ》やすくて有感《かんある》か

199 〽咲《さく》花を引《ひき》むしるてふずぼろ坊

かなしの心かはりてめづらしく候

200 〽気まゝにそだつ少年の春

愚墨五十九句

長廿八

もとより御作意存知ながら、独吟ははじめて

195 名ウ三。恋(さらぬ)。○さらぬ 「然らぬ」に「去らぬ」を掛ける。去るは離縁する意。○百貫目 金子の量。「重荷」のあしらい。▽恋の重荷を負うばかりか、持参金百貫目のしるしで、離縁もならず、かえって女房の尻に敷かれる仕末。

196 名ウ四。雑。▽欲と「よく」の語呂を合わせ、調子よく仕立てた遺句(やりく)。欲に迷った結果が前句。

197 名ウ五。釈教(六道の辻)。○六道の辻 天道・人道・修羅道・畜生道・餓鬼道・地獄道に分れる辻。「迷ふ―六道の辻」(類)。▽亡者は六道の辻で迷うというが、六道の辻で辻切りをはたらくのは欲に迷ったせいである。

198 名ウ六。春(なく鳥)。無常(鳥辺山)。○なふかなしや 謡曲や浄瑠璃などによくある文句。○なく鳥辺山 鳴く鳥に鳥辺山の言いかけ。鳥辺山は洛東阿弥陀峰の麓で、古来火葬場があった。六道珍皇寺のある「六道の辻」に近い。▽六道の辻で辻切りにあって死んだ人が鳥辺野で荼毗(だび)に付される。「なふかなしや」と泣くのはその縁者。[判]無常の重苦しい内容であるにもかかわらず、安らかに付いていて感じが出ている、という意。

199 名ウ七。春(咲花)。花の定座。○咲花 「なく鳥」のあしらい。○ずぼろ坊 ずんべら坊主。近松語彙に「芥子の花もぐずんぼろ坊主」(会稽山)の用例を示し、「蓋し「すべりばうず」(滑坊主)の「ず」を略して転訛した語であらう」とする。「鳥辺山」に坊主のあしらい。▽咲く花をひきむしってずんべらぼうにするというので、「なふかなしや」と鳥が鳴く。[判]無常を付け放した「かなし」の転化を賞した。

200 挙句。春(春)。○少年の春 「踏レ花同惜少年春」(和漢朗詠集)。「ずぼろ坊」を童子に取成した付け。▽前句を、気ままいっぱいに育った少年の行為と読んだのである。

〔奥書〕○御作意 俳諧の手並み。○さくらや 作者素玄の屋号「桜屋」(桜井屋とも。二八五頁参照)に桜を言いかけた。この桜(素玄)は、諸木(作者衆)に抜きん出て茂り(俳諧の作意が)深いといったのである。○西梅花翁 西山宗因の延宝二年(一六七四)以後の俳号。

一覧、句毎におどろき入《いり》、老眼あらたなる心ちして

ぬきんでたその

さくらやの茂りかな

西梅花翁

西山のかいあるかげに猿さけぶ独狂言尾もない事を

三昌

201 かしらは猿足《あし》手《て》は人よ壬《み》生《ぶ》念《ね》仏《ぶつ》

202 扨《さて》火をともす花の最中

〔詞書〕○西山のかい　西山宗因の甲斐に「山の峡」を掛けた。○独狂言　一人で演じる物真似狂言。狂言の演目「猿」の縁語。「狂言―猿」(類)。また「俳諧は狂言なり」ともいうから、独吟俳諧を意味する。○尾もない事　根もないこと。猿の縁語。▽「法皇西川におはしましたりける日、猿山のかひにさけぶといふことを題にてよませ給うける。侘しらに猿(ましら)な鳴きそ足引の山のかひある今日にやはあらぬ」(古今集・誹諧歌)を踏まえ、「猿」に自己を寓して、宗因の俳莚に列することの幸せを述べ、拙い自作の一巻を批点に供するというのである。

201　発句。春・釈教(壬生念仏)。○かしらは猿　「さて火をともし能く見れば、頭は猿、尾は蛇(くちなは)、足手は虎の如くにて」(謡曲・鵺)。○壬生念仏　三月十四日から二十四日まで、京都の宝幢三昧院(壬生寺)で行われる大念仏会。壬生狂言また壬生猿楽と称する仮面無言劇が演じられる。「猿―壬生念仏」(類)は演目による付合。▽「頭は猿、足手は虎」と言えば鵺だが、壬生念仏の狂言は、頭は猿でも足手はまさしく人。

202　脇。春(花)。○扨火をともす　前出「鵺」の文句。また「壬生の小猿火ともしの上手」(謡曲・熊坂)。○火をともす花開花。「火ともす―花」(類)。▽壬生念仏の行われる三月中・下旬は「花の最中」。花の座を裏十三句目より引上げた。

203 〽春の日や名《な》残《ごり》のうらに暮《くれ》ぬらん

204 さらばといひてかへる波風

205 なま魚《いを》の塩路《しほぢ》はるかにいらぬ事

206 へうたん一つ山のはの月

207 肩さきや裾《すそ》野《の》に結ぶ露分《わけ》て

208 〽矢つぼ慥《たしか》になく鹿の声

209 〽秋の田の其《その》まゝそこに五百石

210 〽されば御《ぎよ》製《せい》もうかむ廻船

「廻船」妙所に候

203 第三。春(春の日)。○名残のうら　浦に裏を掛ける。名残の裏は、百韻を記す最終懐紙の裏。七句目が花の定座で、次の挙句も春季。▽前句を花の定座で秉燭するとみて、春の一日が余波の浦ならぬ、名残の裏に暮れたのだろうと付けた。

204 初オ四。雑。○さらばといひて　謡曲の常套句。○波風「名残のうら(浦)」のあしらい。▽春の夕暮、連句一巻巻きおさめた連衆たちが帰る。浦の日暮れに波風の帰るごとく。

205 初オ五。雑。○なま魚　塩をしていない鮮魚。または活魚。○塩路はるかに　「わたの原しほぢ遥かに見渡せば雲と波とは一つなりけり」(千載集)。○いらぬ　入荷しない。▽潮路遥かに送られてくる鮮魚が入荷しないので、空手で帰るという意か。

206 初オ六。秋(月)。○へうたん一つ　「いらぬ事」を不用の意に取成し、「一箪の食、一瓢の飲」(二五参照)を付けた。○山のはの月　「暗きより暗き道にぞ入りぬべきはるかに照せ山の端の月」(拾遺集)。▽許由らしい清貧の士が、生魚などは無用と、瓢簞一つを傾けて山の端の月を賞する図。月の座を一句引上げた。

207 初オ七。秋(露)。▽肩先に瓢簞をかついでぶら下げ、裾野に結ぶ露を分けつつ、山の端に月がのぼる。月の擬人化。

208 初オ八。秋(鹿の声)。○矢つぼ　矢壺。矢の的。○鹿の声　「ますらをがやたけ心の梓弓、入る野の薄露分けて…落ちくる鹿の声すなり」(謡曲・紅葉狩)。▽裾野の露を分けて鹿を狩る。矢壺誤たず肩先の急所に命中した、の意。

209 初ウ一。秋(秋の田)。○秋の田　「鹿―田面」(類)。▽秋の田に実る五百石の稲を食い荒しにくる鹿を射とめて、即座に五百石の恩賞にあずかった、というのである。

210 初ウ二。雑。○御製　天智天皇「秋の田の刈穂の庵の苫をあらみ我が衣手は露にぬれつつ」(後撰集)。○廻船　商品を輸送する海船。ここは米を運ぶ大型の五百石船。▽秋の田の豊かな実りのおかげで、帝の頭に御製も浮かべば、それを運ぶ廻船も海上に浮かぶ。[判]「廻船」で水辺(すゐ)に転じた妙を賞する。

211 浦《うら》切《ぎつ》手《て》上《じやう》代《だい》風《ふう》で有《ある》まひか

212 〽もの毎《ごと》かたき須磨の関守

213 〽木枕に幾夜ね覚《ざめ》の丸はだか

214 蚊ばらひ一本松の下《した》陰《かげ》

215 線香の烟《けぶり》乱るゝあらし山

216 〽滝のしら波はやい句作り

217 水《すい》辺《へん》にしばしもためず打《うち》こみて

218 〽月をのせてやかへるからぶね

211 初ウ三。雑。○浦切手　難破船が浦役人から受ける残り荷・船具の証明目録。○上代風　平安中期の書風。浦切手は天正二十年秀吉の諸法度に始まる。▽御製の浮かぶような廻船なら、浦切手の書体も上代風ではないかと洒落たのである。

212 初ウ四。雑。○もの毎かたき　「上代風」は何事も物堅い。○須磨の関守　「昔は西国海陸の関処なるよし」(和漢船用集)。▽前句、浦切手を詳しく吟味するとみて、物堅い関守を付け寄せたのである。

213 初ウ五。雑。○幾夜ね覚の　「淡路島かよふ千鳥の鳴く声に幾夜寝覚めぬ須磨の関守」(金葉集)。▽木枕に丸裸では、千鳥の声でなくとも、ものすべて堅くて寝つかれまい。裏に、賄賂をとらぬ関守の律義貧乏の意を含ませるか。

214 初ウ六。夏(蚊)。○蚊ばらひ　蚊払。扇子・団扇の類。○一本　蚊払一本に一本松の言いかけ。○松の下陰　「松が根枕」の成語によって、前句「木枕」をあしらった。▽前句を山賊に会って丸裸にされたとみて、蚊払一本の野宿を付けたのであろう。「裸―盗人にあふ」(類)。

215 初ウ七。雑。○線香　前句を行人(ぎやうにん)とみて腕香を出したか。○烟　「蚊―烟」(類)。○あらし山　嵐山。「松―嵐」(類)。▽腕の皮膚に香をたいて熱さをこらえる荒行、腕香の煙が嵐山に乱れる。一句は二尊院・法輪寺などでたく香であろう。

216 初ウ八。雑。○滝　「嵐山―滝つ瀬」(類)。○はやい句作り　「口走(クチバシル)―滝ノ水」(類)。速吟俳諧の時間を線香ではかる。▽滝の白波のように速い句作りに打ち興じる。前句の原因。

217 初ウ九。雑。○水辺　海・川・池・滝の類をいう連俳用語。「滝の白波」「句作り」に付く。○打こみて　滝の落ちるさまに、句作りに打ちこむ意を掛けた。▽前句の滝の落ち様を、滝の白波が速吟俳諧に興じると擬人化したのである。

218 初ウ十。秋(月)。月の定座。○月をのせて　「夜の車に月を載せて、うしともおもはぬ汐路かなや」(謡曲・松風)。○からぶね　空船・唐船の両意。▽前句を、唐船が水辺に次々と積荷を下ろす情景に見立て、空船になって帰ると付けた。

219 鴈がねや貨物と成《なり》て渡るらん

220 色づく山やうへのまち人

221 夕日影ゆびさす事もなるまひぞ

句にも自慢相見え候

222 雲のはたてにはづす両《りやう》馬《うま》

223 ひつくんで名《な》乗《のる》中にもほとゝぎす

よき名乗所に候

224 鷲《わしの》尾《を》亀井片岡の森

よくつゞき候

225 まはり状其《その》かみ山の奥迄《まで》も

226 松むしの声のこす口上

219 初ウ十一。秋(鴈がね…渡る)。○鴈がね 「秋風に声をほにあげてくる船は天のと渡る雁にぞありける」(古今集)。「月―鴈がね」「船―鴈のこゑ」(類)。○貨物 唐船の積荷。特に長崎での市法売買による輸入商品。○…と成て渡る 雁が棹となり鉤となり、などという。▽月が唐船に乗せられて海を帰るとすれば、雁が貨物となって空を渡ってくることもあり得る理。

220 初ウ十二。秋(色づく山)。○色づく山 「しぐれぬと見ゆる空かな雁鳴きて色づく山の秋のむら雲」(続古今集)。○うへ 「山の上」に上人(殿上人)の言いかけ。▽「貨物 クワぶつタカラモノ」(伊呂波字類抄)を献上品とみた付けか。

221 初ウ十三。雑。○夕日影…さす 「夕日影さすや高嶺のもみぢ葉は空もちしほの色ぞ移ろふ」(新拾遺集)。○ゆびさす うしろ指さす。「さす」は夕日影の縁。▽高貴の待人はおそれおおくて、指さすこともなるまいぞ。判この句自身にも、指をささせまいというほどの自信が感じられる。

222 初ウ十四。雑。○雲のはたてに 「夕日影雲のはたてにうつろひて月待つ程の空ぞさびしき」(新拾遺集)。○はづす両馬 「ゆびさす」を指でさす意に取成し、飛車・角行の両馬外しの将棋を付けた。▽実力に差がありすぎて将棋になるまいから、両馬をはずすというのである。

223 二オ一。夏(ほとゝぎす)。○名乗中にも 「つづく兵誰々と名乗る中にもまづ進む…むずと組んで二疋が間にどうと落ち」(謡曲・実盛)。○ほとゝぎす 「名乗―郭公」(類)。「もろともに鳴くや五月の時鳥晴れぬ思ひの雲のはたてに」(続後撰集)。▽雲のはためくところ、名乗り合い、取っ組み合って落馬するのは場所がらほとゝぎすというわけ。判ほととぎすの名乗り所として「雲のはたて」は理にかなって最高。

224 二オ二。雑。○鷲尾 義経の郎等鷲尾三郎義久。○亀井 同亀井六郎重清。○片岡の森 同片岡三郎経春に、山城国(京都府)の地名を掛けた。「ほとゝぎす―片岡のもり」「片岡―三郎経春」(類)。▽謡曲・吉野静に「片岡増尾鷲の尾さて忠信は」と列挙するのにならい、義経の郎等の名を連ね、ほととぎすの名所と思わせた。判人の名から名所へうまく繋げたものだ。

227 〽たゞいまが芝居破りの秋の風

228 火縄のけぶりはらふ雲霧

229 狼のまなこさやかに月更《ふけ》て

230 いきてはたらくとらの刻限

231 あそばした一字の夢やさますらん

232 〽其《その》時てい家《か》むねに手ををく

一字題の歌の時歟《か》

233 〽はたさんとゆふべちかづく揚屋町《あげやまち》

234 〽恋にひかるゝ弓矢八幡

225 二オ三。雑。○其かみ山　古からの神山。山城国の歌枕。「片岡―神山」(類)。▽義経から挙兵の廻状が、鷲尾・亀井・片岡のみか、その神山の奥まで廻されてきた。

226 二オ四。秋(松むし)。○松むしの声　「幾千世か鳴きて経ぬらむちはやぶるそのかみ山の松虫の声」(続千載集)。▽その神山の奥まで、廻状持参の使者が口上を残す。

227 二オ五。秋(秋の風)。○たゞいまが芝居破り　芝居の終りを告げる口上。○秋の風　掛小屋の芝居を出来なくさせる風。▽秋の風に、松虫の口上を残して芝居は幕。

228 二オ六。秋(霧)。○火縄　観客が煙草に火をつけるためのもの。○はらふ　「けぶり」「雲霧」ともに払う。▽芝居果てて火縄の煙が散り失せ、秋風が雲霧を払い去った。

229 二オ七。秋(月)。○狼　「火縄」を鉄砲のそれとみた付け。○まなこさやかに月更て　「秋来ぬと目にはさやかに見えねども」(古今集)、「更け行く月こそさやかなれ」(謡曲・松風)。▽雲霧晴れて深更の月と共に狼の眼が輝く。それを鉄砲がねらうという構図。月の座を六句引上げた。

230 二オ八。雑。○いきてはたらく　よく活動する。○とら　虎・寅の言いかけ。寅の刻は夜の七ツ時。午前四時頃。「狼―虎」(類)。▽狼の眼冴え、活動するのは月更ける寅の刻。

231 二オ九。雑。○一字　一筆書。○夢やさます　寅の刻限に付く。▽あそばした一筆書の虎の絵が、寅の刻に目を覚まし、生きてはたらくというのである。

232 二オ十。雑。○てい家　藤原定家。前句を一字題の詠歌に取成す。○むねに手ををく　「わが身にあたらぬ歌人さへ、胸に苦しき手を置けり」(謡曲・草子洗小町)。▽一字題の歌を案ずる夢が覚めたとき、定家は胸に手を当てて寝ていた。[判]定家の拾遺愚草員外に一字百首あり。

233 二オ十一。恋(揚屋町)。○揚屋町　遊廓で揚屋の多く集まる町。▽今宵こそ思いを遂げようと、どきどきする胸をおさえながら、揚屋町へ近づくのが藤原定家であるという滑稽。

234 二オ十二。恋(恋)。○ひかるゝ　弓矢の縁。○弓矢八幡　「はたさん」に打果す意をくむ。▽武勇の神弓矢八幡でも、恋に引かれてかくの通り。

235 〽爰《ここ》に又はたち計《ばかり》のおとこ山
弓力の盛《さかり》にて候

236 〽三《さん》月《ぐわつ》五《いつ》日《か》たてりとおもへば
近日に罷成《まかりなり》候

237 関《せき》札《ふだ》のかすみや春をしらすらん

238 〽鬼門にあたる鶯の声

239 一《ひと》うちの針の先より雪消《きえ》て

240 出《いづ》る日影やうつる天《てん》秤《びん》

241 〽蜻《かげ》蛉《ろふ》の命惜《をし》くば落《おち》ませい
「責《せめ》」の字なくておもしろく候

242 〽我等は城を枕の下露

235 二オ十三。雑。○はたち計の…山 「(富士山は)比叡の山をはたちばかり重ねあげたらむ」(伊勢物語九段)。○おとこ山 山城国(京都府)の歌枕。「八幡」を石清水の男山八幡宮とみた付け。「八幡(やはた)—男山」(類)。▽ここにまた二十歳ばかりの、恋に引かれた若者がいる。判「弓力」に精力を寓意する。

236 二オ十四。春(三月五日)。○三月五日 半季奉公人の春の出替り日。○たてりとおもへば 「女郎花うしとみつつぞ行過る男山にし立てりと思へば」(古今集)。▽出替りの三月五日がたったと思えば、またここに二十歳ばかりの屈強の若者が奉公してきた。判寛文八年(一六六八)二月一日江戸大火により二月二日の出替日が翌九年一月から三月五日に変更された。「近日」はそれも含め、本巻に対する宗因合点の日に近いことを示す。

237 二ウ一。春(かすみ・春)。○関札 関所通行手形。「三月五日たてり」をその文句とみた付け。○かすみ 「たてり」のあしらい。霞が関を暗示。▽三月五日出立。なるほど関札の霞が春を知らせることになる道理。

238 二ウ二。春(鶯)。○鬼門 陰陽道で、百鬼の出入する門があるとする東北の方角。転じて苦手な場所。前句の「関」。○鶯の声 春告鳥という。「関—鳥のこゑ」(類)。▽鶯の声のする方角は鬼門に当たっているという意。

239 二ウ三。春(雪消て)。○針 鍼。○雪消て 「鶯—雪消し庭」(類)。命の消える意を寓する。▽一うちの鍼が急所に当たって絶命するごとく、鬼門に当たって雪が消えた。

240 二ウ四。雑。○うつる 「移—月日」(類)。○天秤 針口を小槌でたたいて振動させ微調整する(一四三参照)。▽前句の原因を、天はもとより天秤に日光がうつるからだと説いた。

241 二ウ五。秋(蜻蛉)。○蜻蛉 とんぼ。「うつる」をうつろう意に取成して付けた。○命惜くば落ませい 拷問のことば。白状せよ。「落ル—科人責ル」(類)。▽前句の天秤を罪科をはかるそれとみて、閻魔大王の呵責のことばを付け寄せた。判「責」の語の抜体(ぬきてい)を賞したのである。

242 二ウ六。秋(下露)。○城を枕 討死。「落ル—城責」(類)。○枕の下露 はかないものとして「蜻蛉の命」をあしらう。「露—命」「蜻蛉。…かげろふはいのちかけたる夕露に玉の緒す

243 大石のかたぶく月に手木《てこ》の者

244 ざいふり出してみねの白雲

245 かづらきの神はあがらせ給ひけり

246 もはや久《く》米《め》路《ぢ》のはしごひく也《なり》

珍重〻

247 埋《うもれ》木《ぎ》や鋸《のこぎり》の柄《え》になしぬらん

248 釿《てうな》のさきをかけ波の音

249 散《ちる》花を踏《ふん》ではおしむむかふずね

250 ふ屋が軒《のき》端《ば》に匂ふ梅が香

がくくもの糸すぢ」(類)。▽二句、落城間近い評定の場の忠臣のことば。「命―忠臣」(類)。

243 二ウ七。秋(月)。○大石　城の大石。○かたぶく　大石・月ともに傾く。○手木　木挺。「木挺―大石」「枕―木挺」(類)。▽昼夜築城に励む。城を木挺枕として傾く月を持ち上げるという滑稽。月の座を三句引上げた。

244 二ウ八。雑。○ざい　采。手下を指揮するのに振る、柄に房をつけたもの。「ざい―大物引」(類)。▽大石を石切場の峰から運び出すのであるが、「月に手木」の誇大表現にふさわしく、采を白雲に見立てた。

245 二ウ九。神祇(かづらきの神)。○かづらきの神　葛城一言主の神。「よそにのみ見てや止みなむ葛城や高間の山の峰の白雲」(新古今集)より、「葛城―峰の白雲」(類)。○神はあがらせ給ひけり　謡曲常套のキリ。「ふり出し」に「あがる」は、双六による付合。▽前句を双六の賽を振り出すとみて、葛城の神が上がると付けた。神に双六をさせた俳諧。

246 二ウ十。雑。○久米路のはしご　久米路の橋に梯子の言いかけ。「葛城―久米路の橋」「梯(カケハシ)―葛城」(類)。○ひくはずす。▽前句の結果、不用になった久米路の梯子をはずす。判常套の褒辞。非論理の論理の整合性を賞したのであろう。

247 二ウ十一。雑。○埋木　「埋木はなかむしばむといふめれば久米路の橋は心してゆけ」(拾遺集)。○鋸　「引―鋸」(類)。▽久米路の橋を引く鋸は、埋木を柄にした鋸であろう。

248 二ウ十二。雑。○かけ　欠け・駆けの両意。○波の音「波」は「埋木」に付く。鋸を引く音からの連想もあるか。▽鋸の柄にすべく埋木を削ると、堅くて釿の先が欠けた。釿の先を波の音がよぎると読ませ、「埋木」をあしらったのである。

249 二ウ十三。春(花)。花の定座。○散花　「花―波」(類)。○花を踏ではおしむ　「踏レ花同惜少年春」(三二参照)。▽落花を踏んで春を惜しみ、釿の先を引っかけて痛む向う脛を惜しむ。

250 二ウ十四。春(梅が香)。○ふ屋　麩屋。「踏―麩」(類)。○軒端に匂ふ梅　歌語。前句の「花」を梅に転じた。▽麩屋の軒端に匂う梅の花びらが、足でこねる粉に散り交る。それを踏みしだくのはいかにも惜しい。

251 春のよの価《あたひ》千金十《じふ》分《ぶ》一《いち》
此《この》ほど爰元《こゝもと》に下居《さがりゐ》候

252 月もいづくにかけ落《おち》の跡

253 ながらへて年より親のおもひ草

254 又くる秋にいたむよはごし

255 ねぢまはすにぎりこぶしに露ちりて

256 うるし吹《ふき》こす風は有《あり》けり

257 三よしのゝ吉野を出《いで》て独《ひとり》すぎ

258 へよんな事する妹とせの山
「瓢事《ひよんなこと》」何事とは不知《しらず》候へども、いか様《さま》

251 三オ一。春(春のよ)。○春のよの価千金　東坡詩「春宵一刻値千金、花有清香月有陰」。▽麩屋のように悪臭のする軒端の梅の香では、春宵の価も十分の一だという意。「ふ屋」を文屋(ふや＝学問所)ととり、算用の手習い「価千金十分一」を出したとも解せる。判数日来、麩屋の近くに宿下りしています。「下」は相場の下落する意を含み、句の「価千金十分一」に応じた。

252 三オ二。秋(月)。○月…かけ　諺「十分はこぼるる、月満てれば欠く」(毛吹草)。「十分一」に付く。○かけ落　駆落ちに欠ける意の言いかけ。▽月がどこかに欠落ちした春の夜は、価千金の十分の一もいいところだ。月の座を十一句引上げた。

253 三オ三。秋(おもひ草)。○ながらへて　多く「憂き」を呼び出す歌語。○おもひ草　煙草・女郎花・しおん・竜胆等諸説あるが、ここは「思い種」に掛けただけ。▽生きながらえた年寄親の思いぐさは、駆落ちした子供のことばかり。

254 三オ四。秋(秋)。○よはごし　弱腰。「腰—年寄」(類)。▽前句「年より親のおもひ草」を腰痛に転じたのである。

255 三オ五。秋(露)。▽握り拳をつくって腰の痛む部分を捩じ廻す意。「露」は投げ込みで、「秋」のあしらい。

256 三オ六。秋(うるし…こす)。○うるし　「漆取」は九月(をだまき綱目)。○吹こす風　「草の原吹きこす風のするゑの露たまらでもろき世の習かな」(新続古今集)。「こす」に「漉す」意をもたせた。▽前句の原因。漆を漉すさい、漆漉と呼ぶ吉野紙に包み、細布をつけて捩じって絞る。「似延紙而甚軽薄者可以漉漆及油、出於吉野余国全無」(和漢三才図会)。

257 三オ七。雑。○三よしのゝ　「みよしのの山のあなたに散る花を吹きこす風の便りにぞ知る」(玉葉集)。○吉野　大和(奈良県)の漆の産地(毛吹草)。「漆—吉野」(類)。○独すぎ　独身生活。▽前句の「うるし…風」を漆負けとみて、漆職人のさびしいひとりぐらしを付け出したか。

258 三オ八。恋(妹とせ)。○へよんな事　思いがけぬこと。○妹とせの山　妹と背に、吉野の歌枕妹背山を言いかけた。▽独り暮らしの眼に映じた夫婦生活の意外さ。判「瓢事」は底本「独事」と誤刻。「瓢」の草体は「西」の部分が欠けると「獨」の草体に酷似する。「用有さう」は仔細ありげ。

用有《あり》さらに候

259 麻衣《あさごろも》たつ名もしらで後から

無理若衆になしたる歟《か》

260 汗になりぬる恋《こひ》路《ぢ》はい〳〵

261 倫《りん》言《げん》はおほせのごとく馬に鞍《くら》

262 双六のさいでつちはくるか

263 お日《ひ》待《まち》の更《ふけ》行《ゆく》空に湯のみたい

264 岩戸をすこしひらく弁当

265 花に来て鬼一口にならばなれ

259 三オ九。恋(たつ名)。○麻衣 「妹背山―あさ衣」(類)。ただし寄合の妹背山は紀伊国(和歌山県)の歌枕。○たつ名 浮名が立つ。「裁つ」の言いかけ。○後から この一句では衆道を意味する。▽前句「へよんな事」の内容。浮名の立つのも知らず若衆の契りを結んだという意。「麻衣」は序詞的用法。判「後から」が若衆道をいうこととの解説を兼ねる。

260 三オ十。夏(汗)。恋(恋路)。○汗になりぬる 「麻衣」のあしらい。○はい〳〵 這う意の幼児語。「たつ」に応じる。▽男色転じて男女の行為。

261 三オ十一。雑。○倫言 「綸言」の宛字。君主のことば。諺「綸言汗のごとし」(漢書・劉向伝)。○おほせのごとく 前句の「はい〳〵」を命令に従うと解した付け。○馬に鞍 「花咲かば告げんといひし山里の使は来たり馬に鞍」(謡曲・鞍馬天狗)。▽綸言汗のごとく、一度発せられれば取り消しのできぬもの。ただ仰せのごとく「はいはい」と従って、馬に鞍置き、「はいはい」と馬を追って、恋路を辿る準備をするのみ。

262 三オ十二。雑。○双六 双馬(スゴロクノイシ)・白馬(シロイシ)・黒馬(クロイシ)などの縁で「馬」に付く。○でつち 重一。賽の目が二個とも一と出ること。丁稚に掛けて前句をあしらった。○くるか 前出鞍馬天狗の「使は来たり」を踏む。▽一句は、双六の賽の目に重一の出るのを期待する意であるが、「おほせのごとく」丁稚が「馬に鞍」置きにやって来るかの意で、前句に応じる。

263 三オ十三。雑。○お日待 一六五参照。○更行 「更」に「耽け」を掛ける。▽お日待のつれづれ、双六に熱中して喉が乾く。「湯のみたい」と催促しても、この深夜、はたして丁稚は来るか。

264 三オ十四。雑。○岩戸をすこしひらく 「お日待」から天照大神の岩戸がくれを連想。「天照大神その時に岩戸を少し開き給へば、又常闇の雲晴れて、日月光り輝けば」(謡曲・三輪)。「ひらく」は弁当にも掛かる。○弁当 日待―弁当、「茶―弁当」(類)。▽天照大神の出御を待ちくたびれて、弁当を開いたその時に、大神は岩戸を少しお開きになった。

265 三ウ一。春(花)。○花に来て 花見に来て。○鬼一口 「鬼はや一口にくひてけり」(伊勢物語六段)。「鬼―岩屋」

266 諸行無常のかねかすむ暮

267 煩《ぼん》悩《なう》の夢はやぶれて春の風

268 そもじつれない雁かへるとて

269 御《ご》誓《せい》文《もん》跡なき雲と成《なり》にけり

270 驪《り》山《ざん》宮《きう》にものこるくさ墨

271 もろこしもかいばらの庄有《ある》やらん

かいばらは不存《ぞんぜず》、くさきすみおほく候

272 六《ろく》丁《ちやう》道《だう》につゞくわらぶき

273 世の中はとてもかくてもかはせ駕子《かご》

(類)。一口は弁当の縁語。▽鬼一口もええままよと、花に浮かれるてい。花の座を十二句引上げた。

266 三ウ二。春(かすむ)。釈教(諸行無常)。○諸行無常 「鬼一口」のあしらい。「初夜の鐘を撞く時は、諸行無常と響くなり」(謡曲・三井寺)等。○かね…暮 「山里の春の夕暮来てみれば入相の鐘に花ぞ散りける」(新古今集)。▽鬼一口もものかはと花に興ずれば、入相の鐘も諸行無常と響くというのである。

267 三ウ三。春(春の風)。釈教(煩悩)。○煩悩の夢はやぶれて 前出三井寺に「煩悩の夢を覚ますや」とあり、「諸行無常のかね」を受ける。▽諸行無常の鐘の音に、煩悩の夢を覚まされた。「かね」「やぶれて」に破産の意も寓するか。

268 三ウ四。春(雁かへる)。恋(つれない)。○そもじ あなた。女性語。○雁かへる 「春の風」のあしらい。▽雁が帰るからと言ってあなたまでが帰るなんてつれないじゃありませんか。「夢はやぶれて」から、きぬぎぬの別れに転じた。

269 三ウ五。恋(御誓文)。○御誓文 起請文。○跡なき雲 「下もえに思ひ消えなむ煙だに跡なき雲のはてぞかなしき」(新古今集・恋)等、恋歌に多い語。「鴈―白雲」(類)。▽誓紙のおことばも雲散霧消、去っていっておしまいになるなんて、つれないあなたのなさりようです。

270 三ウ六。雑。○驪山宮 玄宗が驪山に建てた華清宮。長恨歌によって「御誓文」に付く。○くさ墨 臭墨。安物の墨。▽驪山宮で交した玄宗・貴妃の誓文も跡なき雲と空しくなり、いまはただ筆跡が残るばかり。

271 三ウ七。雑。○もろこし…有やらん 「名におはば虎やふすらん東路にありといふなる唐土が原」(夫木抄)。○かいばらの庄 現在兵庫県柏原。墨の産地。「墨―柏原」(類)。▽驪山宮に臭墨が残るとすれば、唐土にも柏原の庄があるのだろうか。判唐土に柏原の庄があるかどうかは知りませんが、臭墨は多くあります。「墨―唐」(類)。

272 三ウ八。雑。○六丁道 唐土では一里が六丁。○わらぶき 「藁屋―辺土」(類)。▽前句が事実なら、六丁道に藁ぶきの家が続いていることだろう、といったにすぎない。

274 あまの小《を》ぶねのさかなは〳〵

275 引《ひき》塩《しほ》にさゝれてのぼる新酒にて

276 月を片荷にかくるうら役

277 いろかへぬ松の梢や千《ち》木《ぎ》ならん

278 時《し》雨《ぐれ》の雨や白き水かね

279 骨うづき定《さだめ》なき世のならひなり

280 あばら三まひ化《あだし》野《の》ゝ《の》はら

281 かすがいも柱にのこる夕あらし

273 三ウ九。雑。○世の中は 「世の中はとてもかくてもおなじこと宮も藁屋もはてしなければ」(新古今集)。○かはせ駕子 為替のように代金の支払ができる駕籠か。▽今の世の中は便利第一、為替駕籠まである。

274 三ウ十。雑。○あまの小ぶね 「世の中は常にもがもな渚こぐ海人の小船の綱手かなしも」(新勅撰集)。○さかなは〳〵 魚売の振声。「籠―肴」(類)。▽前句の「駕子」を籠に取成し、しがない棒手振の魚売を出した。

275 三ウ十一。秋(新酒)。▽都から指定された新酒が、船に乗せられ、引潮に乗って、酒所から沖へ漕ぎ出す。

276 三ウ十二。秋(月)。○月 「初塩―月」(類)。○片荷 天秤棒の片方の荷。○うら役 底本「役」を「伇」に誤る。浦役人、また浦人足。▽中央のお召しで、新酒を片荷に、月を片荷にかけて上洛する。月の座を二句こぼした。

277 三ウ十三。秋(いろかへぬ松)。○千木 社殿の屋上に破風の先を交叉させた木。また一貫目以上のものを量る大桿秤、杠秤(きち)。▽一句は、秋になっても色変えぬ松の梢は、社殿の千木のように見える、の意。付意は月を片荷にかけるとは、松の梢を杠秤にしてのことだろうというのである。

278 三ウ十四。冬(時雨)。○時雨 「わが恋は松をしぐれの染めかねて真葛が原に風さわぐなり」(新古今集)。○白き水かね 水銀。楠葉・松葉などはよく水銀を制するという。○水かね 「いろかへぬ」のあしらい。▽時雨に色を変えぬ松の梢が千木ならば、降りかかる時雨は水銀であろう。

279 名オ一。雑。○骨うづき 骨疼。梅毒。水銀はその治療薬。○定なき世 「夕の露の村時雨定めなき世にふる川の」(謡曲・放下僧)等。▽時雨のように定めなく骨に疼痛がやってくる。これも定めなき世のならいである。

280 名オ二。無常(化野ゝはら)。○あばら三まひ 肋骨の上から三枚目。○化野 京都嵯峨、火葬場のあったところ。▽肋骨三枚目の胸が痛む。化野に肋骨三枚さらすのも世の定め。

281 名オ三。雑。▽「あばら三枚」をあばら屋の三昧場に取成し、夕嵐吹き残り、かすがいも柱に残して吹きとんだ家の有様を付けた。

282 白《しら》波《なみ》落《おと》す橋のまん中

283 茶の水に釣《つる》瓶《べ》の縄をくりかへし

284 ふり分《わけ》髪《がみ》より相《あひ》借《がし》屋《や》衆《しゆう》

285 講まいりすでに伊勢馬立《たて》られて

286 さいふに入る銭かけの松

287 帳面にあはせてきけば蟬の声

288 娑《しや》婆《ば》で汝《なんぢ》が白《ゆふ》雨《だち》の空

289 一生はたゞほろ味噌のごとくにて

282 名オ四。雑。○橋 「柱—橋」(類)。▽激しい白波が橋の真中を落とした。前句はその情景。柱は橋脚。

283 名オ五。雑。○茶の水 「橋→宇治→茶」の連想。「橋—宇治川」「宇治—茶」(類)。○釣瓶の縄を 「水むすぶ釣瓶の縄の繰返し、昔に帰れ白河の波」(謡曲・檜垣)。▽宇治橋の真中から釣瓶の縄を下ろして茶の水を汲み込む情景。

284 名オ六。雑。○ふり分髪 肩の長さに切って左右に分け垂らした童児の髪型。伊勢物語二十三段から「井筒—振分髪」(類)。○相借屋衆 同じ家主から家を借りている仲間。▽振分髪の昔から、仲良く一つ井戸の水を分け合ってきた相借屋衆である、の意。

285 名オ七。神祇(伊勢講)。○講まいり 中の句から伊勢講。○伊勢馬 伊勢参りの道中馬。人や荷を左右に振り分けて乗せる三方荒神(三人乗り)・二方荒神(二人乗り)などがあった。「ふり分」に付く。▽借屋仲間で組んだ伊勢講、準備もすっかり調って、いざ出発という次第。

286 名オ八。雑。○銭かけの松 四五参照。▽伊勢馬も仕立てられ、財布に道中の小遣銭を入れる。銭懸松に掛けることになる銭だが、松を財布に入れると聞かすのが談林。

287 名オ九。夏(蟬)。○帳面 出納帳。「銭」に付く。○蟬の声 「松—蟬」(類)。▽銭懸松が財布に入るのだとすれば、松の蟬の声は、出納帳に合わせて聞く道理。

288 名オ十。夏(白雨)。○娑婆 前句の「帳面」を、在世中の罪業を書き記した閻魔の帳とみて付ける。○白雨 「言ふ」に掛けて、二枚舌を責めるてい。「蟬—夕立」(類)。▽地獄の閻魔大王が帳の罪科と照合しつつ、罪人を呵責する趣向。

289 名オ十一。雑。○一生はたゞ…のごとく 「一生は唯夢の如し。…閻魔法王の呵責の言葉を聞く」(謡曲・歌占)。○ほろ味噌 法論味噌。焼味噌に胡麻・麻の実・山椒などを交ぜて作る。諺「法論味噌売の夕立」(もののいたむのを気づかう意)。▽娑婆で夕立に会い、たちまち腐ってしまった法論味噌のごとく、人の一生ははかないものである。

290 名オ十二。雑。○たのしみは又…にあり 「子曰、飯二疏食一飲レ水、曲レ肱而枕レ之、楽亦在二其中一矣」(論語・述而)。

290 たのしみは又さかしほにあり

291 二日まで肱《ひぢ》を枕の今朝の月

292 姥《うば》がそへ乳《ち》もこの秋ばかり

「二日」の字殊勝に候

293 一《ひと》かさね仕着せの外に紅葉《もみぢ》して

294 入日こぼるゝ鼻紙のうへ

295 さし出《いだ》す楊枝《やうじ》にかゝる淡路嶋

296 焼鳥にする千どり鳴《なく》也《なり》

297 おとこめが妹《いも》許《がり》行《ゆけ》ばへ緒《を》付《つけ》て

○さかしほ　酒塩。煮物の味つけに加える少量の酒。▽人の一生ははかないから、せめてほろ味噌を肴に酒塩をなめて楽しもう、というのである。

291　名オ十三。秋(月)。月の定座。○二日まで　二日酔のてい。○肱を枕　前出論語による。○月　二日月。▽酒塩に酔って、二日までごろ寝の枕に朝月を眺めることになった。

292　名オ十四。秋(秋)。○姥　乳母。前句「二日」を出替りのヨとみた付け。出替りは寛文八年(一六六八)以前は二月二日と八月二日。ここは後者。三六参照。▽乳母が肱を枕に添え乳して差上げるのも、この秋の二日までとなってしまった。判「二日」の語の、二日酔から出替日への転を賞した。

293　名ウ一。秋(紅葉)。○仕着せ　奉公人に与える季節の着物。○紅葉　上五「一かさね」から紅葉襲。「紅葉―衣・羽二重」(類)。▽去りゆく乳母への引出物は仕着せの外に紅葉の衣。

294　名ウ二。雑。○入日　「紅葉―峰の夕日」(類)。○鼻紙　仕着代(しきせだい)を包む。▽紅葉襲に入日がこぼれるように、仕着代を包んだ鼻紙の上に有難涙がこぼれる意か。

295　名ウ三。雑。○楊枝　「鼻紙―楊枝」(類)。○淡路嶋　「浦とほき難波の春の夕なぎに入日かすめる淡路島山」(続拾遺集)など。「かゝる淡」と続けて「こぼるゝ」をあしらった。▽鼻紙の上に入日がこぼれるという大・小の取合せに照応させて、楊枝の先に淡路島がかかると、やはり大・小を取合せた。一句は、「鉾の滴露こりて一島となりしを淡路よと見つけし」(謡曲・淡路)の国産み神話の「鉾」を「楊枝」に取りかえた滑稽。

296　名ウ四。冬(千どり)。○焼鳥　「楊枝」に付く。○千どり「淡路潟―千鳥」(類)。▽前句の奇抜さに照応させ、ここも千鳥の焼鳥と奇抜をやったのである。

297　名ウ五。恋(おとこめ)。○おとこめ　男妾。○妹許行ば「思ひかね妹がりゆけば冬の夜の川風寒み千鳥鳴くなり」(拾遺集)。○へ緒付て　「韈(へを)」は鷹の足に結びつける紐。用心にも用心を重ねる意の諺「焼鳥にもへをつけよ」(毛吹草)。▽男妾が女の所へ出かけてゆくと、逃げないようにしっかりと韈をつけられた。

298 御《おん》身《み》いかなる門《かど》に立《たつ》らん

299 斎《とき》米《まい》をひらける法《のり》の花《はな》衣《ごろも》

300 願《ぐわん》以《に》至《し》功《く》徳《どく》あけぼのゝ春

愚墨五十三句

長廿二

梅翁判

かしらは猿、尾は猛竜、其吟《そのぎん》虎のいきほひあり。たれか是をおそれざらんや。

298 名ウ六。恋(門に立)。○御身いかなる…らん　謡曲の常套句「御身いかなる人やらん」。○門に立　女を訪う意。「誹諧恋之詞。…門に立」(毛吹草)。「門―妹が家」(類)。▽男妾に攣を付けて、どんな女のもとに通うかつきとめてやろう。謡曲・三輪の卑俗化であろう。

299 名ウ七。春(花衣)。釈教(斎米・法の衣)。花の定座。○斎米　僧侶に施す米。「門に立」を門つけとみた。「門立―乞食」(類)。○ひらける　鉢を開く。花・門の縁語。○法の花　仏に供える花。花衣の言いかけ。○花衣　桜襲の衣。花やかな衣にもいう。▽御身はいかなる門に立って、斎米の布施を受けるのか。「うち開くる法の華心」(謡曲・砧)を踏む。

300 挙句。春(春)。釈教(願以至功徳)。○願以至功徳　「願以至功徳普及於一切我等与衆生皆供養」(法華経)。前句「法の花」を「法華」とみたのである。○あけぼのゝ春　「ひらける…花」のあしらい。▽前句の僧の唱える経の文句。

○梅翁　西山宗因の延宝二年(一六七四)以後の俳号。

〔奥書〕発句に照応させて、吟声竜虎の勢いありと賞したのである。

鼻は袂《たもと》、涎《よだれ》は懐《ふところ》をうるほし、余念なき腹の上に指を折《をる》も、いくつね幾つ起《おき》て、それも是《これ》もと待《まち》かねし春の日も、ちよろり暮《くれ》ては又〻明《あけ》て、わが年も今朝老《おい》て、二度児《ふたたびちご》の楽《たのしみ》とあどなきことば、ふつふと出次第、しからば怒れしかるとまゝよ

意楽

301 十《とを》といひて四つの時めく年始哉《かな》

発句よりは若老うら山しく候

302 春《はる》日《ひ》かゝやく算《そろ》盤《ばん》の上

303 積《つも》り高《だか》何程ととふ雪消《きえ》て

304 膝ぶし際《ぎは》に来《き》鳴《なく》うぐひす

〔詞書〕○鼻は袂、涎は懐をうるほし　幼児のさま。「富潤ㇾ屋徳潤ㇾ身」(大学)のもじり。○余念なき　無邪気な。○腹の上　心中の言いかけ。○指を折　指折り数える。幼児のしぐさ。○いくつね　幾つ寝。下の「幾つ起て」とともに幼児が日を数えるのに言う。○ちよろり　わずかの間に。○今朝老て　今日初老を迎えたこと。この百韻はそれを記念して巻かれた歳旦吟と推定される。○二度児　諺「老いて再び児になる」(毛吹草)。○あどなきことば　あどけないことば。作品が幼稚であるという謙遜の意を含む。○ふつふと　息や声が楽に出ること。○まゝよ何とでもなれ。

301 発句。春(年始)。○十といひて四つ　十を四度繰返すこと、四十。「手を折りてあひ見し事をかぞふればとをといひつゝ四つは経にけり」(伊勢物語十六段)。○四つの時　春・夏・秋・冬の四季。○時めく　時世に恵まれて栄える。▽四十の初老を迎え、時に合って、四時を通して繁栄する、めでたい年の始めであるよ。[判]発句の老巧さはもとよりだが、それよりむしろ初老の前途ある作者の身の上が羨ましい。

302 脇。春(春日)。○春日かゝやく　「四つの時日はくもりなくて」(謡曲・御裳濯)。「四つの時」を午前十時と解した。○算盤　「十といひて四つ」を計算に取成した。▽商売繁昌のめでたい新年、初商いに置く算盤の上に春の日が輝く。

303 第三。春(雪消て)。○積り高　積雪量に算用の積り高(合計額)を掛け、「算盤」をあしらう。「積(ﾂﾓﾙ)─算用」(類)。▽積り高は何程と問うた雪も消えて、算盤の上に春が輝く。

304 初オ四。春(うぐひす)。○膝ぶし際　ひざがしらの部分。積雪の深さによるあしらい。○うぐひす　「うぐひす─雪消し庭」(類)。▽積り高は何程と問われて膝ぶしぎわと答えた雪も消えて、いまはその膝ぶしぎわに鶯が来てさえずっている。

305 ＼道《だう》服《ふく》のすそより霞む山つゞき

306 領内ひろくはやり出の医師

307 ＼百姓のかくのりものに月をのせて

308 塩《しほ》屋《や》の一《いつ》家《か》花野の遊舞

309 夕《ゆふ》露《づゆ》は浦辺におゐて隠《かくれ》なし

310 ＼とふにおよばぬあれは船持

311 ＼呑《のむ》酒の其《その》壺許《ばかり》は合《がつ》点《てん》じや

312 市《いち》立《たち》さはぐ中の目くばせ

305 初オ五。春(霞む)。○道服　公家の乗馬に着る羽織の一種。○すそ　道服の裾に山裾を掛けた。道服の裾は膝ぶし際まである。○霞む「鶯」のあしらい。▽道服の裾から山々へかけて霞がたなびく。鶯が膝ぶし際まで来て鳴く道理。

306 初オ六。雑。○医師　道服を着る人物。「羽織―医者」(類)。▽前句の人物を具体的に医者と定めた。「霞む山つゞき」は領境であろう。

307 初オ七。秋(月)。月の定座。○かく　舁く。担ぐ。○のりもの　引手のある特製の駕籠。はやっている医者を乗物医者という。「乗物―医者」(類)。○月をのせて　「みつ潮の夜の車に月をのせて、憂しとも思はぬ汐路かなや」(謡曲・松風)。▽はやり出の医師は百姓に乗物を担がせ、往診は深夜に及ぶ。

308 初オ八。秋(花野)。○塩屋　謡曲・松風に、前引の詞章に続け、「塩屋の主の帰り候」、また「是なる海士の塩屋に立ち寄り」などとあるによるが、ここは塩焼く小屋でなく、裕福な製塩業者。▽前句を塩屋の一家が花野の遊舞に日を暮し、月明の下帰路につくさまに転じたのである。

309 初ウ一。秋(夕露)。○夕露　人の名に掛ける。○露…隠なし　「いかにせむ葛のうらふく秋風に下葉の露の隠れなき身を」(新古今集)。○おゐて　於て・置いての両意。○隠なし　「盛久は…乱舞堪能の由聞し召し及ばれたり。…北山にて茸狩の遊路の御酒宴において、主馬の盛久一曲一奏の事、関東までも隠れなし」(謡曲・盛久)。▽塩屋の一家の夕露の舞のことは、この浦一帯誰知らぬ者はない。

310 初ウ二。雑。○とふ　「白玉かなにぞと人の問ひし時露と答へて消なましものを」(伊勢物語六段)。▽問うまでもなく、かれが船持であることはこの浦一帯知らぬ者はない。

311 初ウ三。雑。○呑酒　「船―酒」(類)。○合点じや　前句の発話体に対応。▽問うに及ばぬ、あれは船持だから、酒の一壺ぐらいは出してくれるはずという意。

312 初ウ四。恋(目くばせ)。○市立　「市―酌酒」「酒―市」(類)。○目くばせ　「連歌恋之詞」(毛吹草)。▽市の雑踏で、酒を手に入れるよう目くばせしたら、前句のように答えたというのであろう。次句が付いて恋となる。

313 〽とらへぬる盗人は是《これ》妹《いも》と背《せ》と

314 美《み》豆《づ》野《の》の里に簀《す》垣《がき》かく也《なり》

315 白《ゆふ》雨《だち》や扨《さて》京ちかき瓦ぶき

316 〽奉加すゝむる山ゝみね〳〵

317 〽客僧は北《ほく》陸《ろく》道《だう》に拾二人

318 きのふも三度発《おこ》るものゝけ

319 〽難産を告《つげ》る使は追《おひ》〳〵《おひ》に

葵《あふひ》の上の御産尤ゝ

320 酯《す》をもとめてよ馬でいそがせ

313 初ウ五。恋(妹と背)。○盗人 「市―盗人」「盗人―市」(類)。○妹と背と 「目くばせ」に付く。▽市の雑踏で目配せする盗人を捕えてみると、それもそのはず夫婦であった。

314 初ウ六。恋(簀垣かく)。○美豆野の里 山城国(京都府)綴喜郡。「妹―美豆野里」(類)。○簀垣かく 竹の透垣を結う。須佐之男命の「出雲八重垣」の神話(恋)の俳諧化。「垣―盗人の道」(類)。▽美豆野の里に八重垣ならぬ簀垣を作っていた盗人を捕えてみると、なるほど夫婦であった。

315 初ウ七。夏(白雨)。○白雨 「綴喜原山城―夕立の空」(類)。○扨京ちかき 「さて京近き山々山々愛宕の山の太郎坊」(謡曲・花月)。▽京に近い里の瓦葺の軒下で夕立をしのぐ。美豆野の里はさすがに京に近く、簀垣をめぐらし、瓦で屋根を葺いた家が多いという意で、前句に付く。

316 初ウ八。釈教(奉加)。○奉加 寺院建立の奉加、「瓦ぶき」に付く。斎宮の忌詞に寺を「瓦ぶき」という。○山ゝみね〳〵 前引の花月に「山々嶺々里々をめぐりめぐりて、あの僧に逢ひ奉るうれしさよ」とある。瓦葺屋根の形容。▽寺院建立のために、京近き里々を寄進をすすめて歩く意。前句、勧進僧が夕立に逢ったとみる。

317 初ウ九。釈教(客僧)。○客僧 旅の僧。▽「これは南都東大寺建立の為に、国々へ客僧をつかはされ候。北陸道をば此の客僧承つて罷り通り候。…判官殿は奥秀衡を頼み給ひ、十二人の作り山伏となつて下向の由」(謡曲・安宅)による付合。

318 初ウ十。雑。○きのふも三度 前引の安宅に「いや昨日も山伏を三人まで斬つたる上は」とある。○ものゝけ 生霊や死霊。▽前句を、物の怪調伏の修験者を招くとみた付け。

319 初ウ十一。雑。○難産 「物の恠―懐姙」(類)。▽源氏物語・葵の巻により、前句「ものゝけ」を、葵の上の夕霧出産の折とりついた六条御息所の生霊とみて付けた。判物の怪から葵の上への連想は常套。「物の恠―あふひの上」(類)。

320 初ウ十二。雑。○酯 酢。「産婦房中常以二火炭一沃二醋気一為レ佳。酸益レ血也。胞衣不レ下者、腹満則甚危。以レ水入二醋少許一噀レ面神効也」(和漢三才図会)。▽難産で産婦が危険という次々の使に、馬で急がせて酢を求めてこい、といったわけ。

321 花の宿に醤油《しやういう》舟《ぶね》は月の暮

322 長閑《のどか》にすめる江戸の川口

323 殿《との》風《かぜ》に立《たつ》春風やおさるらん

324 〵弓はふくろに雲はどちやら

一句の取合《とりあはせ》不都合にてよく又相叶《あひかなひ》候

325 〵天下みな見えすくやうに治《をさま》りて

眼力奇妙候

326 〵紙一枚に名所旧跡

327 〵扇まつ歌人居《ゐ》ながら抜《ぬけ》出《いだ》し

328 みださゞりける大うちの時宜《じぎ》

321 初ウ十三。春(花)。花の定座。○花の宿 「居所也。花を宿とするは居所に非ず」(御傘)。「馬―花咲」(類)。○醤油舟 上方から江戸へ、酒・醤油・油などを輸送する樽廻船。「酯」のあしらい。○月の暮 「着き」を掛けた。▽花咲く宿の月の夕暮、海路を醤油が運ばれてきた。宴に必要な酢を、陸路を急いで求めよ、というのである。月の座を三句こぼした。

322 初ウ十四。春(長閑)。○長閑に 「霞みわたれる朝ぼらけ、のどかに通ふ船の道」(謡曲・竹生島)。○すめる 川口も月も。▽前句の船の入ってくる場所を江戸の川口と限定した。

323 二オ一。春(春風)。○殿風 殿さまの威風。「江戸」に付く。○立春風 立春の言いかけ。▽江戸の川口に「長閑にす(住)める」殿の威光に春風も圧倒されるという意。

324 二オ二。雑。○弓はふくろに 「弓を袋に入れ、剣を箱に納むるこそ、泰平の御代のしるしなれ」(謡曲・弓八幡)。○雲はどちやら 雲はどこへ消えさったやら。「殿風」「春風」のあしらい。▽殿の威風によって、暗雲はどこかへ消え去り、弓を袋に納める天下太平の世となった。判「弓は袋に」と「雲はどちやら」の取合せは一見不合理だが、謡曲・鵺に黒雲に乗じた化物を矢で退治した例もあり、もっともな取合せになっている。

325 二オ三。雑。○天下みな…治りて 「治る御代のためしとて、弓は袋に、矢車丹州様出さんした」(小唄・吉原紋尽しのたたき)等。○見えすくやうに 前句の「袋」から占算(うらやさん)を連想し、その口上を出した。「袋―占やさん」(類)。▽弓を袋に雲も消え、天下は見えすくように治まった。判「眼力奇妙」は占算の看板の語。作者の目のつけどころが奇妙との意。

326 二オ四。雑。▽前句の「治りて」を「収りて」に取成し、名所旧跡の絵図を付けた。天下が一望に見渡せる道理。底本「枚」を「牧」に誤る。

327 二オ五。夏(扇)。○扇まつ 扇の出されるのを待つ間の意か。未詳。○歌人居ながら 諺「歌人は居ながら名所を知る」(毛吹草)。○抜出し 体から魂が抜け出す意。▽扇面に名所旧跡の歌を認(したた)めるべく案ずる歌人の魂は、身はそこにありながら、抜け出して名所旧跡に遊ぶ。

329 果《くわ》報《ほう》力《りき》つよき上戸《じやうご》の差合《さしあひ》に

330 耳引《ひき》手をねぢ分《わけ》も御座《ござ》らぬ

331 喧《けん》嘩《くわ》をばかやう〳〵に仕ちらかし

下〻のありさま見るやうに候

332 目《め》安《やす》にのするより棒の事

たゝかれたるよしを申上《まうしあげ》候哉《や》

333 私儀《わたくしぎ》木戸のものにて候《さふらひ》き

334 銭はもどりに慈悲を給《たま》はれ

335 月影も廻《めぐ》り忌日の寺まいり

336 随《ずい》気《き》のなみだ袖に置《おく》露

328 二オ六。雑。○大うち　禁中。○時宜　礼儀。▽「扇まつ」を、古代朝廷で孟夏の旬に諸役人に扇をわかち与えた「扇の拝」で、歌人が扇の下賜を待つ意と解し、私用でも歌人は居ながら抜け出すことが出来るので、禁中の礼を失することはなかった、と付けたのである。

329 二オ七。雑。○果報力　前世の所為が原因になって、現世でよい報いを受ける力。仏説に、天子は前世に十善戒を保った果報によるという。「大うち」を受ける。○つよき　上下にかかる。○差合　差支え。▽酒席で差障ることが起ったが、果報力の強い大上戸だけに、禁中の礼を乱すことはなかった。

330 二オ八。雑。▽前句を泥酔者の喧嘩とみ、当人が得意気にしゃべる内容を、発話体で付け寄せた。

331 二オ九。雑。▽喧嘩を、前句のように仕ちらかしたというのである。判下層社会の人間模様が目に見えるようである。

332 二オ十。雑。○目安　奉行に出す原告の訴状。○より棒　寄棒。相手をたたき伏せたり、刃物を払い落したりする、長さ六尺ほどの樫の木の棒。○…の事　目安の書式に模した。▽前句の「かやう〳〵」を訴状の内容に転じ、相手が寄棒を所持しており、明らかに加害者である旨を書きのせた、というのである。判寄棒でたたかれた由をお奉行に言上したのですか。

333 二オ十一。雑。○木戸のもの　江戸市中の町々の境に設けた木戸の番人。夜中巡邏して不審者を取締る。▽寄棒の所持者にふさわしい木戸番を出した。前句の目安の書式に、「私儀云々」という句調で応じたのがみそ。

334 二オ十二。雑。○銭はもどりに　小芝居の木戸番の口上。▽前句の「木戸のもの」を見世物小屋の木戸番に転じ、その口上を付けた。

335 二オ十三。秋(月影)。釈教(寺まいり)。月の定座。○月影も　「影ものどかに廻る日の…大慈大悲の春の花」(謡曲・田村)。○忌日　「慈悲—年忌」(類)。▽前句を、寺院の門前などで物を乞う乞食のことばとみて、命日に寺参りする人を付けた向付(むかいづけ)。「慈悲—乞食」(類)。

336 二オ十四。秋(露)。釈教(随喜)。○随気　「随喜」の宛字。五悔の一。人の善事に歓喜するさま。▽忌日に寺参りして

337 芋《いも》の葉《は》風《かぜ》只ぶりしやりと別れ様

338 男にくみのいそぐ畝《あぜ》みち

339 ＼布を経《へ》る所は爰《ここ》と余《よ》所《そ》心《ごころ》

340 ＼あれたる駒をつなぐ打《うち》杭《ぐひ》

341 昼休みあたりにちかき国《くに》境《ざかひ》

342 狩《かり》場《ば》の御供これまでにこそ

343 ＼かたみわけ三《さん》日《じつ》かけて以前より

344 ＼書《かき》置《おき》にする五人組判

有難い説法を聞き、随喜の涙で袖を濡らす。

337 二ウ一。秋(芋)。恋(ぶりしやり・別れ)。○芋の葉風　荻の葉風などの卑俗化。「芋」は「随喜」を「芋茎(ずいき)」に取成したあしらい。「五すゐてんでん、ずゐきの功徳又は涙とも解かせられたる法問な」(狂言・宗論)。○ぶりしやり　すねて相手の気を引くさま。○別れ　「別—涙」(類)。▽芋の葉が風に鳴るようにただぶりしゃりと別れてきてしまったが、後悔の涙が袖を濡らす、というのであろう。

338 二ウ二。恋(男にくみ)。○男にくみ　夫を嫌って家出した女。「誹諧恋之詞」(毛吹草)。▽夫を憎んでぶりしゃりと別れた女が、芋の葉が風にざわめく畝道を急ぐといっただけ。

339 二ウ三。恋(余所心)。○布を経る　織る前に経糸(たていと)を揃えて機に掛けること。○余所心　よそよそしくする心。▽機に糸を引きはえて布を織るところはここと、ことさら無関心をよそおう。「男にくみ」の行為の延長である。蘇秦の故事「初出レ遊困而帰、妻不レ下レ機」(十八史略)。

340 二ウ四。雑。○あれたる駒を　「げにや蜘蛛の家に荒れたる駒は繋ぐとも二道かくるあだ人を頼むまじと」(謡曲・鉄輪)。「経る→蜘蛛→あれたる駒」の連想。○つなぐ　糸の縁語。○打杭　経糸を掛ける杭からの連想。「賤の布ををらんとて、へぐゐとて糸をかくる事あり」(類)。▽こころの馬(意馬心猿)をとり鎮めようと機織に専念するのである。恋離れ。

341 二ウ五。雑。○国境　「杭—堺目」(類)。▽打杭を国境の標識とみて、それに悍馬を繋ぐといったのである。

342 二ウ六。雑。▽殿の狩猟に扈従(こしよう)する家来のことば。若い領主が他領に踏み込むのを案じるてい。

343 二ウ七。無常(かたみわけ)。○三日かけて以前より　古浄瑠璃・夜討曾我の常套句。舞の本にも。▽曾我兄弟は、仇討実行の三日前から、形見の品を従者の鬼王・団三郎に分ち与え、故郷に帰すに当って言ったセリフが前句というわけ。

344 二ウ八。雑。○五人組　惣百姓または地主・家主の近隣五戸で組織された民間団体。法令の遵守・相互監察による犯罪の防止・告発、それに対する連帯責任の負担、貢納確保・相互扶助などを行う。私法的な法律行為では、保証人・立会人など

345 慥《たしか》にも見とゞけ中《まうす》鰹ぶし
土佐ぶし上〻

346 うたがひもなき初《はつ》雁《かり》の汁

347 律《りち》儀《ぎ》者《もの》の下屋敷にて月の会
鴈汁しそこなはぬ亭主歟《か》

348 所もところ和歌も身にしむ

349 咲《さく》花は紀《きの》路《ち》の山のとつとおく

350 しぶぢの椀《わん》も霞む弁当

351 春の風古道具みせ音《おと》信《づれ》て

352 一条通り雪はすつきり

として、連判する義務を有した。▽死亡の三日前から形見分けの書置に、五人組の連判をとっておいたという意。

345 二ウ九。雑。○鰹ぶし 前句の「書」を「搔く」(削る)に取成した付け。▽「書置」を後日の証拠に書残す文書とみ、その内容を付け寄せた。判句の鰹節は土佐節の上々、句も上々。「土佐―鰹ぶし」(類)。

346 二ウ十。秋(初雁)。○初雁の汁 「鴈の汁にに、くらげ大豆を二ッ三ッほど入事あり。そのときにはいつにてもあれ、初雁とほむべし。しさい有事也。口伝」(食物服用之巻)。▽前句の鰹節を雁の青搗汁のだしとみて、雁汁を振舞われた客の賞めことばを趣向。「青かち汁の事、鳥の肉を細に作り、すりひしほをして、鳥の腸を能ときて鍋に入いり付、酒を少しずつ指、能時分に水を入もみ鰹を入煮立、鳥を入心見て、胡椒の粉をはなし、柚を入奉る也。大事の汁也」(庖丁聞書)。

347 二ウ十一。秋(月の会)。▽さすがは律儀者、別荘での月見の会に、本物の初雁の汁を饗応した。月の座を一句こぼした。判実直な人だけに、大事な雁汁を仕損なわぬ亭主か。句作も同じく。

348 二ウ十二。秋(身にしむ)。○身にしむ 「月―身にしむ枕」(類)。▽前句を観月の歌会とみた付け。

349 二ウ十三。春(咲花)。花の定座。○咲花 「身に入(むし)―花の匂ひ」(類)。○紀路 「和歌→玉津島→紀伊」という連想(類)。○とつとおく ずっと奥。▽咲く花の匂いばかりか和歌も身にしむのは、所も所、紀路の奥の奥だから。

350 二ウ十四。春(霞む)。○しぶぢの椀 渋地椀。木地に渋を下塗りした漆器の椀。「紀伊。…黒江ノ渋地椀」(毛吹草)。○弁当 「弁当―花の陰」(類)。▽紀の路の山の山奥へ花見に来ると、弁当に持参した渋地の椀ものどかに霞む。

351 三オ一。春(春の風)。▽渋地の椀や弁当箱が霞むのは、春の風が古道具屋を訪れているせい。

352 三オ二。春(雪はすつきり)。○一条通り 「古道具や。一条通ほり川より西」(元禄五年(一六九二)刊諸国万買物調方記)。▽春の風が古道具屋を訪れたものだから、一条通りの雪は跡かたもなく消え去った。

353 夏の月入《いり》てあとなき鬼のさた

354 極楽らくにきくほとゝぎす

355 夕涼み草のいほりにふんぞりて

356 頓死をつぐる鐘つきの袖

卒中風《そつちうぶ》、夕涼み過《すぎ》候歟《か》

357 高《たか》砂《さご》や尾《を》上《へ》につゞく親類に

358 かしこはすみのえ状のとりやり

「かしこはすみのえ」耳なれ候へども、いつも面白《おもしろく》候

359 相場もの神の告《つげ》をも待《まち》たまへ

信心殊勝に候

353 三オ三。夏(夏の月)。○夏の月入て 「あとなき」を引出すための序詞。○鬼のさた 「一条室町に鬼ありとののしり合へり。…はやく跡なき事にはあらざめりとて」(徒然草五十段)。▽一条通りに鬼が出るという噂は、何の証拠もなく、すっきりと消えてしまった。月の座を十句引上げた。

354 三オ四。夏(ほとゝぎす)。○極楽らくに 「極楽」に「らくらく」の言いかけ。「鬼→地獄→極楽」の連想。○ほとゝぎす 「時鳥あかですぎぬる声によりあとなき空に眺めつるかな」(金葉集)。▽夏の夜の鬼の噂もあとなく消えて、極楽にいるように、楽々とほととぎすの鳴音を賞でるというのである。

355 三オ五。夏(夕涼み)。○草のいほり 「郭公―草の庵」(類)。▽草庵に一人、誰に気兼ねなくふんぞり返ってほととぎすの音に耳を傾けるのはまさに極楽の境地。

356 三オ六。無常(頓死)。○鐘つき 「草の庵」のあしらい。○袖 「袖の涙」の略か。▽「ふんぞりて」を卒中風で頓死したさまに取成した付け。住職の遷化であろう。判卒中風の原因は夕涼みを過したためかと言い、付合の妙味を賞した。

357 三オ七。雑。○高砂や 「高砂の尾上の鐘の音すなり暁かけて霜やおくらん」(千載集)より、「鐘―尾上・高砂」(類)。「尾上」を導く序詞。▽尾上に住む諸親類に頓死を知らせるというのである。

358 三オ八。雑。○かしこはすみのえ 「すみのえ」は摂津国(大阪府)の歌枕。住吉神社がある。「光やはらぐ西の海の、かしこは住の江、ここは高砂、松も色そひ春ものどかに」(謡曲・高砂)。▽ここは高砂尾上、かしこは住吉の親類に手紙のやりとりをしている、という意。判「かしこはすみのえ」の文句は、謡で聞き馴れているが、いつ聞いても面白い。

359 三オ九。神祇(神の告)。○相場もの 相場師。住吉神社では九月十三日、新嘗会として升市(宝市)を立てる。米相場師が信仰する。○神の告をも待たまへ 「神の告をも待ちて見ん」(謡曲・老松ほか)と「夢の告をも待ち給へ」(謡曲・忠度)の合成。▽かしこは住の江からの状に、米の売買については神の告をも待てと言ってよこした。判俳作も殊勝という余意をこめる。

360 七日まんずる夜の入ふね

よくまんじ候

361 墓まいり扱《さこ》茶の子には餅ならん

362 なみだかた手に提る重箱

363 とはじとの便《たより》うらむる下《しも》女《をんな》

364 おもひはいろに出がはり時分

365 一ぱいの付《つけ》ざも霞む小宿にて

366 ぬるめる水ももりませぬ中

367 入《いれ》なをす桶の輪竹の永《ながき》日《ひ》に

360 三オ十。雑。〇七日まんずる　七日で満願となる。▽前句の相場師が、神の告を待って、祈願をこめていると、七日目の満願の夜、米を積んだ船が入津して、大いに利益を得たというのである。[判]よく七日の祈願を満たしたものと言い、「七日まんずる」の付合を賞した。

361 三オ十一。無常(墓まいり)。〇墓まいり　前句「七日まんずる」を初七日に取成した付け。〇茶の子　茶うけの菓子。仏事の配り物。〇餅　牡丹餅を女房詞に夜舟という。「おはぎ、やわやわ、よふね。牡丹餅」(女中詞)、「母多餅…一名夜舟(ヨフネ)」(本朝食鑑)、「牡丹餅…或は夜舟といふはいつの間につくともしれぬと云意なり」(物類称呼)。▽初七日を迎えて墓参りをする。さて法事の配り物には牡丹餅がよかろう。

362 三オ十二。雑。▽涙ながらの墓参り。片手に下げた重箱には茶の子の餅が入っているのだろう。

363 三オ十三。恋(うらむる)。〇とはじ　「訪はじ」。尋ねてゆくまいの意。▽前句の人物を主家の用事をつとめる下女と解し、涙をこぼすのを薄情な男への恨みによるとみたのである。

364 三オ十四。春(出がはり)。恋(おもひはいろに出)。〇おもひはいろに出　諺「思ひ内にあれば色外にあらはる」(毛吹草等)、「忍ぶれど色に出にけりわが恋は物や思ふと人の問ふまで」(拾遺集)。〇出がはり　三六参照。▽訪ねまいという便りをよこした男を、出替りで去った下男とみた付けか。恋慕の情が出替りの季節になって出たという意。

365 三ウ一。春(霞む)。恋(付ざ)。〇付ざ　「付差し」の略。口をつけた盃または煙管を相手に与える愛情表現。「誹諧恋之詞。…杯の付ざし」(毛吹草)。〇小宿　商家の奉公人が遊びに泊った宿。密会の場。▽前句の奉公人の密会の現場である。

366 三ウ二。春(ぬるめる水)。恋(水ももりませぬ中)。〇水ももりませぬ中　男女の交情の緊密なこと。▽付差しを交わす小宿の男女は、水ももらさぬ仲だといったにすぎない。「霞む」に「ぬるめる水」はたんなるあしらい。

367 三ウ三。春(永日)。〇永日　輪竹の長きに掛けて、「ぬるめる水」をあしらった。▽桶の輪竹を入れなおしたから、水が漏らないという理屈。

368 久しくなりぬうどん商売

369 〽我見ても常住《じやうぢう》おろすこせうのこ

370 〽同じ拍子にくさめくつさめ

拍子専一に候

371 〽雨だれの落《おち》くる風や引《ひき》ぬらん

372 〽おかはもあらひ戸障子もさせ

又拍子よく候

373 はひ出《で》もの月さす閨《ねや》に呼《よび》よせて

374 〽露の情《なさけ》はいやでもをふでも

申され分無余気《よぎなく》候

375 秋風にあふた時こそ縁ならめ

368 三ウ四。雑。▽うどん商売も久しくなって、桶にゆるみを生じたから、輪竹を入れ直すというだけのこと。

369 三ウ五。雑。〇我見ても 「我見ても久しくなりぬ住吉の岸の姫松いくよ経ぬらむ」(伊勢物語一一七段)。〇おろす 薬研《やげん》でつぶして粉にする。〇こせうのこ 胡椒の粉。「胡椒―うどん」(類)。▽あの家のうどん商売も久しくなって、自分がみてもふだんに胡椒の粉をおろしているようだ。

370 三ウ六。雑。〇同じ拍子 前句の「おろす」動作を受ける。「われ見ても久しくなりぬ住吉の…夜の鼓の拍子を揃へて」(謡曲・高砂)。▽同じ拍子でくさめをするのも道理、私が見ても、いつも同じ拍子で胡椒をおろしているのだから。判くさめばかりか、句の拍子にも乱れがないという意。

371 三ウ七。雑。〇雨だれ 拍子を等間隔に打つ意の和楽用語「雨垂拍子」による「拍子」のあしらい。〇落くる風 「夕の雲も立ち騒ぎ〳〵汀に落くる風の音…拍子をそろへて夜遊の舞楽は有難や」(謡曲・白髭)。▽前句の原因を風邪によるとみた付け。鼻水の垂れる意も寓するか。判前句同様拍子がよろしい。雨垂拍子にかけて、句調のよさを賞したのである。

372 三ウ八。雑。〇おかは 「御厠《おかはや》」の略。便器の女房詞。▽風邪を引いたようなので、便器も洗い、戸障子もしめよ。

373 三ウ九。秋(月)。〇はひ出もの 山出しの下女。▽前句がセリフだとすれば、この句はその卜書。月の座を一句引上げた。

374 三ウ十。秋(露)。恋(情)。〇露の情 「主の情深き夜の月もさし入る閨のうちに」(謡曲・黒塚)。▽山出しの下女を月さす閨へ呼び入れて、否応なく情をかけるという意。判主人の仰せであるから、余儀なく従わざるを得ない。一句の申し分にも、従わざるを得ない、秀作である。「余気」は「余儀」の宛字。

375 三ウ十一。秋(秋風)。恋(あふ)。〇秋風に 「秋風にあふたのみこそかなしけれわが身むなしくなりぬと思へば」(古今集)の上句のもじり。また「真葛原露の情もとどまらず恨みしなかは秋風ぞ吹く」(新後拾遺集)により、「露の情」をあしらう。▽前句のこころを逆転し、逢った時こそ縁なのだから、否でも応でもお情が頂きたい、といったのである。

376 後の彼岸の善《ぜん》智《ち》識《しき》様《さま》
西こそ秋の門跡《もんぜき》様にや

377 高座には異《い》香《きやう》薫《くん》ずる花散《ちり》て

378 弥《み》陀《だ》の来《らい》迎《がう》目《もく》前《ぜん》の春

379 ふつとふく息やうらゝに出《いで》ぬらん
善導大師満悦たるべく候

380 浪《なみ》間《ま》かき分《わけ》およぐ海《あ》士《ま》人《びと》
一句新しく候

381 破《は》損《そん》舟実《げに》それよりは十三艘
ことばよく直され候

382 四《し》国《こく》九《く》国《こく》のうら手形也《なり》

376 三ウ十二。秋(後の彼岸)。釈教(後の彼岸・善智識)。○後の彼岸 「秋風」に付く。○善智識 底本「識」を「職」に作る。衆生を仏道に導き解脱させる高徳の僧侶。▽秋の彼岸に善智識様に会ったのが機縁となって、仏道に入ることになった。判秋風に会うた時が入仏道の機縁ならば、秋風の吹いてくる西方こそ善智識にふさわしい門跡であろう。「西」に西本願寺を寓するとすれば、「門跡様」はその管長。「同じえをわきて木の葉の移ろふは西こそ秋の始なりけれ」(古今集)。

377 三ウ十三。春(花)。釈教(高座)。花の定座。○異香薫ずる 弥陀来迎を告げる謡曲の常套句(吉野天人、寝覚、九世の戸、当麻ほか)。▽善智識が高座に上がって説法すると、異香薫じ花びらが降って、さながら極楽世界。

378 三ウ十四。春(春)。釈教(弥陀の来迎)。○弥陀の来迎 念仏行者の命終にさいし、阿弥陀如来が観音・勢至菩薩などと共に来現し、極楽に導く(観無量寿経)。前句はその有様。▽弥陀来迎の有様は目前の春を見る思いである、という意。

379 名オ一。春(うらゝに)。○息 「息―弥陀三尊」(類)。▽弥陀の来迎を目前にして、念仏行者のふっと吹く息も楽々と出ることだろう。「息―死際」(類)。判善導大師も満足の句体と言いかけた。「善導大師」は中国の他力念仏宗を大成した唐の高僧。法然の浄土教が継承。

380 名オ二。雑。○海士人 「息―海士」(類)。▽海底から浮上し、波間をかき分けて泳ぐ海士の、ふっと吹く息はいかにもうららかそうである。判一句、転じようが新しいというのであろう。

381 名オ三。雑。○実それよりは十三艘 「げにそれよりは十三年、さては疑ふ所なし」(謡曲・海士)のもじり。▽難破した舟の実数は、言われているより十三艘多い。前句を難船によると見た付け。判謡曲・海士の詞章のパロディを賞したのである。「直す」は、もじる意。

382 名オ四。雑。○四国九国 四国と九州。合計十三国で、前句「十三艘」のあしらい。○うら手形 三二「浦切手」参照。▽破損舟の浦手形が、四国・九国合わせて十三艘分にのぼった。

383 米俵あらためらるゝ吉《き》利《り》支《し》丹《たん》

384 大黒のある銀弐百まひ

385 お住《ぢう》持《ぢ》の不儀はへちまの皮袋

念比《ねんごろ》に被付《つけられ》句作《くづくり》やすらかに候

386 からかさ一本女郎町の湯屋

387 飴《あめ》を売《うる》人の心もうつり瘡《がさ》

右同前

388 虱《しらみ》はひ出る神前の月

389 秋まつり古ふんどしも時を得て

390 相撲の芝居ゆるされにけり

383 名オ五。雑。○米俵　「九国」に付く。「筑紫―米」(類)。○あらためらるゝ　浦手形を受取って海難の実態をしらべることを浦改めという。代官・手代・庄屋等立会のもとに行う。○吉利支丹　「九国」に付く。▽米俵の残留貨物のほか、キリシタン改めも行われたという意。

384 名オ六。雑。○大黒のある銀　大黒天の像の極印のある丁銀。「俵―大黒」(類)。○銀弐百まひ　島原の乱後、寛永十五年(一六三八)十月、吉利支丹伴天連(バテレン)の訴人に銀二百枚、伊留満(イルマン)の訴人に銀百枚、吉利支丹門徒の訴人に銀五十枚または三十枚を与える旨の法令が発布された。▽吉利支丹の宗門改めで、伴天連を訴え出たものは、米俵を踏まえた大黒天の極印のある銀が、二百枚もらえるというのである。

385 名オ七。恋(不儀)。釈教(お住持)。○お住持　「大黒」を僧の妻に取成した付け。○へちまの皮袋　諺「へちまの皮のだん袋」。何の意にも介さないことの譬え。「袋―大黒・金・銭」(類)。▽銀二百枚もの蓄えがあるものだから、梵妻は、住持の不義など一向意に介さない。判あまさず付けて、しかも一句すなおに仕立てられている。「念比」(懇ろ)は男女関係にもいう。

386 名オ八。恋(女郎町)。○からかさ一本　女犯戒などをおかした僧が、傘一本だけ与えられて寺を追放されること。○湯屋　「へちま」に付く。▽傘一本で追い出されたお住持は、通いなれた女郎町の湯屋で、へちまを握って嫖客の垢を擦る三助奉公をすることになった、という意。

387 名オ九。恋(人の心もうつり)。○飴を売人　飴屋は傘を指す。「傘―飴商」(類)。○うつり瘡　梅毒。「女郎町」に付く。▽飴売が女郎町の湯屋で梅毒を移され、心変りがしたという意か。判打越の評に同じ。

388 名オ十。秋(月)。神祇(神前)。○虱　「虱―瘡頭(カサガシラ)」「移(ウツル)―虱」(類)。○神前　飴を売る場所。▽神前で飴を売っている瘡頭の飴売から、虱が這い出してきて移るという意であろう。月の座を三句引上げた。

389 名オ十一。秋・神祇(秋まつり)。▽秋祭には、神輿舁などで古ふんどしも時節を得る。神前に虱が這い出る道理。

391 位にも昇る四条の役者共

清和の御位河原者に成《なり》候か。乍恐《おそれながら》誹諧御免とこそ

392 引《ひく》三《しやみ》線《せん》は座頭よりなを

393 鯨よる浦づたひしてふなあそび

394 五《ご》分《ぶ》一《いち》は先《まづ》たつ友千鳥

395 勘定帳幾夜ね覚《ざめ》にとぢぬらし

396 手代のこらずきくかねの声

397 下《しも》くだりあかぬ別《わかれ》や惜《をし》むらん

390 名オ十二。秋(相撲)。○相撲の芝居　秋祭の奉納相撲の興行に構える芝居。▽秋祭で古ふんどしが時を得る場合の一つを、奉納相撲と定めたのである。

391 名オ十三。雑。○位　「相撲—位あらそひ」(類)。○四条の役者　四条河原の芝居者。▽四条河原の役者どもは、芝居の中で相撲を演じ、高位にものぼるというのである。判清和の御位が河原者となったか、おそれおおきことながら、遊びの俳諧ゆえ御免あれ。「清和の御位」とは、惟仁親王(清和天皇)が惟喬親王と東宮の位を争い、紀善雄と紀名虎とを相撲わせた故事(平家物語など)。「河原者」は歌舞伎役者に対する差別語。

392 名オ十四。雑。○三線　「三絃(シヤミセン)—歌舞妓」(類)。○座頭　琵琶・三味線・鍼・按摩などを業とする盲人の位。検校・別当・勾当・座頭の四官がある。「三絃—座頭」(類)。▽四条の役者どもの引く三味線は、専業の座頭より巧みで、きっと高い位に昇ることであろう。

393 名ウ一。雑。○鯨よる　座頭鯨によって「座頭」をあしらい、「浦」を導く序詞とした。▽浦づたいに舟逍遥して遊ぶお大尽の三味線は、専業の座頭も顔負け。

394 名ウ二。冬(友千鳥)。○五分一　捕獲した鯨の運上の歩合。○友千鳥　「夕波千鳥友寝して〳〵処も須磨の浦づたひ」(謡曲・知章)。「友」は「ふなあそび」のあしらい。▽鯨寄る浦伝いに船遊びを楽しんでいると、友呼び交す千鳥の五分の一くらいが、物音に驚いてまず飛び立った。それもそのはず、鯨の運上は五分の一だもの、といったのである。

395 名ウ三。雑。○勘定帳　「五分一」に付く。○幾夜ね覚　「淡路島通ふ千鳥の鳴く声に幾夜寝覚めぬ須磨の関守」(金葉集)。▽前句の「たつ」を「截つ」意に取成し、勘定帳に綴じるべき用紙のまず五分の一ほどを截断したという意。幾夜寝覚めに綴じたというのは、「友千鳥」をあしらうため。

396 名ウ四。雑。○手代　「勘定帳」に付く。○かねの声　「寝覚—鐘」(類)。▽手代のこらず夜明けの鐘の音を聞くことになった原因が前句。

397 名ウ五。恋(あかぬ別)。○下くだり　西国下り。○あかぬ別　「待つ宵のふけゆく鐘の声きけばあかぬ別れの鳥はも

398 堺のうみのしほよなみだよ

399 和泉《いづみ》灘《なだ》花の浪立《たつ》うき名立《たつ》

400 恋《こひ》風《かぜ》東《こ》風《ち》ゝ《かぜ》吹《ふき》とばすふね

愚墨五十六句

長廿三

梅翁判

毎句金言えり分《わけ》がたく、僻墨《ひがずみ》おほかるべく候。

此《この》上両がへに見せらるべし。

のかは」(新古今集)。▽商家の主人が西国へ下るので、手代たちは残らずあかぬ別れを惜しむことだろう。

398 名ウ六。恋(句意)。○堺のうみ　泉州(大阪府)堺の港。「下くだり」に付く。▽堺の港から西国下りに舟出する人と、涙ながらに別れを惜しむ。一句の主語は堺の遊女か。

399 名ウ七。春(花)。恋(うき名立)。花の定座。○和泉灘「堺のうみ」に付く。○花の浪　花の散り浮かぶ波、また白波のようにみえる花。「正花也。水辺に三句也。但、可レ依二句躰一」(御傘)。「うみ」「しほ」のあしらい。▽和泉灘に花の波ばかりか、浮名も立つ。

400 挙句。春(東風)。恋(恋風)。○恋風　三九八参照。▽和泉灘を吹く春風に、恋の風が加わって、花の浪ばかりか、浮名の波も立てて、舟までも吹きとばす勢いである。

[奥書]○僻墨　まちがった評点。○両がへ　「金言」の縁語。▽毎句が金の作で、優劣を選別しがたく、加点に間違いも多いことでしょう。この上は金の値打を評定するのが専業の両替屋に見せられたがよろしい。

伏見の里に日高《ひだか》につき、下り舟待《まつ》いとまありければ、西岸寺のもとへ尋ねけるに、折ふし淀の人所望にて、任口
鳴《なき》ますかよ〳〵よどにほとゝぎす
めづらしき句を聞《きき》、我もあいさつに此《この》句を言《いひ》捨《すて》、其《その》よもすがら、ひとりねられぬまゝに書《かき》つゞけ行《ゆく》に、あかつきのかね八軒屋《はちけんや》の庭鳥におどろき侍る。

鶴永

401 軽口にまかせてなけよほとゝぎす
郭公《ほとゝぎす》も追付《おひつき》がたくや
402 瓢《へう》簞《たん》あくる卯の花見酒
403 水心《みづごころ》しらなみよする岸に来て

〔詞書〕○伏見の里に日高につき　この時のことは名残之友二「今の世の佐々木三郎」の章に、「都を出て櫃川を渡り、心の行水につれて、伏見の里の日高く、茶筅売も見えず、酒商人も出ず、下り舟待つ夕暮までの淋しさに、油掛の地蔵の立せ給ふ西岸寺の長老任口の許へ尋ね、たがひに世の物語りも珍敷、難波にかへる事を忘れぬ」とある。○下り舟　伏見から大阪八軒屋まで六時間で淀川を下る三十石舟。○西岸寺　任口。別号如羊。伏見東本願寺三世住職、宝誉上人。重頼門の俳人。○淀の人　未詳。○鳴ますか　淀の人への任口の挨拶。淀のほととぎすは、夜な夜な、よよと鳴きますか、という意。「君によりよよよよよよとよよよよとねをのみぞなくよよよよよよと」(古今和歌六帖)。この句寛文七年(一六六七)作。したがってこの百韻も同年の制作。○其よもすがら　伏見から八軒屋まで六時間をかけての制作。一句平均三分強で詠まれたことになる。○庭鳥　「鶏—あふ坂」(類)。

401 発句。夏(ほとゝぎす)。○軽口にまかせて　滑稽なことばを軽妙に喋りちらす意。宗因・西鶴らの俳風を、当時流行の軽口咄に引かけて軽口俳諧と呼ぶ。「口に任(まか)せて」に任口の二字を詠み込んだ挨拶。▽ほととぎすよ、軽妙な口調で囀りなさい。判西鶴の軽口にはいかなほととぎすも追いつけまい。

402 脇。夏(卯の花)。○瓢簞　成句「瓢簞の軽口にまかせて」によるあしらい。○卯の花見酒　「ほとゝぎす—卯の花」(類)。卯酒は「夜中のむにあらず、卯時に飲を云」(嬉遊笑覧)。▽卯の花を賞でながら瓢簞酒を傾ける。郭公よ、軽口に任せて鳴いて興をそえてくれ。

403 第三。雑。○水心　水泳の心得。瓢簞を体につけて水泳を習う。「瓢簞—水游」(類)。○しらなみ　「知らな」の言いかけ。「白浪の音せで立つとみえつるは卯の花咲ける垣ねなりけり」(後拾遺集)。▽瓢簞を提げて白波の寄せる岸に来たのは、泳ぎ習いのためではなく、卯酒を傾けるため、という意。

404 〽こぎ行《ゆく》ふねに下《へ》手《た》の大つれ

405 〽橋がゝり今をはじめの旅ごろも

下手にはあらで、句躰は春藤・高安に見え候

406 虹立《たつ》そらの日《ひ》和《より》一段

407 〽文月や爰《ここ》元《もと》無事にてらすらん

408 きんかあたまに盆《ぼん》前《まへ》の露

409 〽懸《かけ》乞《ごひ》も分《ふん》別《べつ》盛《ざかり》の秋更《ふけ》て

410 〽こらへ袋に入《いり》相《あひ》のかね

よき商人と見え候

404 初オ四。雑。○こぎ行ふね 「世の中を何にたとへむ朝ぼらけ漕ぎ行く舟の跡の白波」(拾遺集)。○下手の大つれ 諺(毛吹草)。凡人が衆を頼んで何も出来ないことの譬え。▽誰ひとり水泳の心得がなく、漕ぎゆく舟に群がり乗ってなすすべを知らない。

405 初オ五。雑。○橋がゝり 能役者が舞台に出入りするため、斜めにかけた欄干のある道。「ふね」のあしらい。○今をはじめの旅衣 謡曲・高砂の発端。ワキ・ワキヅレが橋がかりから登場して謡う。「大つれ」の「つれ」から能のツレへの連想か。▽大勢の人びとが舟に乗って旅立つ意に、謡の術語や詞章をからませた付合。判「春藤」は金春流、「高安」は金剛流の脇師。「下手の大つれ」に縁を求めて出来映えを賞した。

406 初オ六。雑。○虹 「橋―虹」(類)。○日和 「旅人―日和」(類)。○一段 謡曲の術語。▽空に虹の橋のかかる一段とよい日和の日に旅立つという意。

407 初オ七。秋(文月)。月の定座。○文月 七月。下に「てらす」を伴って天象の意をもち、月の定座を満たす。手紙の「文」に言いかけた。○爰元無事に 手紙の文句。「爰元」を二人称に用いた。○てらすらん 「おはすらん」とあるべきところ。▽前句を時候の挨拶とみて、手紙の口調に仕立てたのである。

408 初オ八。秋(盆前・露)。○きんかあたま 「てらす」の縁。○盆前 最も暑い頃。諺に熱いものを譬えて「上戸の額、盆の前」(毛吹草)という。○露 汗の意を効かす。▽禿頭に汗の露を結ぶ。それを文月の月が照らす息災ぶりである。

409 初ウ一。秋(秋更て)。○懸乞 売掛金を集め歩く者。「盆前」を節季とみた付け。○秋更て 「露」をあしらい、兼ねて年齢の高いことを言った。▽掛取は四十の坂を越えていて、禿頭に汗をかきかき集金して廻る。

410 初ウ二。雑。○こらへ袋 堪忍袋。「分別」袋と類語。○入相のかね 入相の鐘に、袋に入る金の言いかけ。「袋―金・銭」(類)。▽辛抱強く集金して廻る分別盛りの商人の袋に掛金は集まる。判商人の本意を捉えた句作を賞したのであろう。

411 初ウ三。恋(かひなつく)。○かひなつく 衆道の誓いに腕を刀で傷つけ合うことを「腕引く」という。「つく」は鐘の縁。

411 かひなつく命のうちのしかみがほ

412 前髪はゆめさよの中山

413 菊川の鍛冶が煙と弟子は成《なり》て

414 仕《し》きせの羽織のこる松風

415 今朝見れば霜月切《ぎり》の質《しち》の札

416 道場に置《おく》二十八算
おとりこしの折からお殊勝に存《ぞんじ》候

417 知恵の輪や四条通にぬけぬらん
払子《ほっす》はうたがひなく候

418 竹の薗《その》生《ふ》の山がらの籠《かご》

「誹諧恋之詞。…かいな引」(毛吹草)。○命のうち　命ある内。説教歌「今日もはや命の内に暮れにけり明日もや聞かん入相の鐘」。▽腕引の痛さに顔をしかめるのも命あればこそである。

412 初ウ四。恋(前髪)。○前髪　「誹諧恋之詞。…若衆」(毛吹草)。○さよの中山　佐夜の中山。歌枕。静岡県小笠郡。「小夜の中山なかなかに命の内は白雲の又越ゆべしと思ひきや」(謡曲・賀茂物狂)。▽前髪の若衆になって腕引に顔をしかめたのも、覚めてみれば夢であった。

413 初ウ五。無常(煙と成)。○菊川　静岡県。「此所に矢の根鍛冶の名人有」(一目玉鉾)。「佐夜ノ中山―菊川」(類)。▽菊川の鍛冶の煙と成って弟子は死に、前髪も夢となった。

414 初ウ六。雑。○仕きせの羽織　時候に応じて主人から貰う羽織。○のこる松風　「今朝みれば松風ばかりや残るらん」(謡曲・松風)。「煙―松原」(類)。▽菊川の鍛冶の弟子は、仕着せの羽織を残して若死した。一句は謡曲・羽衣の通俗化か。

415 初ウ七。冬(霜月)。○今朝見れば　前引の松風を踏む。○霜月切　十一月で期限が切れる。「今朝みれば霜」に掛ける。○▽たった一枚残っていた仕着せの羽織も、今朝見れば質札と化していた。寛文七年(一六六七)質屋に関する規制の布告があった。

416 初ウ八。釈教(道場)。○道場　寺。○置　「霜」「質」の縁語。○二十八算　親鸞(弘長二年(一二六二)十一月二十八日没)の正忌に八算を掛ける。▽親鸞の正忌、質ぐさの流れを目前に、住持は算盤をはじいてやりくり。判御取越(報恩講)にさいして、窮迫打開に懸命な住持の態度が「お殊勝」だというのである。

417 初ウ九。雑。○知恵の輪　輪を組み合わせ、抜き差しなどする玩具。諺「知恵を置きて来たり」。○四条通　河原芝居・見世物・悪所で知られる。▽前句をなまぐさ坊主とみて、悪知恵を働かせて四条通りへ抜け出すと付けた。判かほど知恵の働く程の者なら、払子頂戴は疑いなし。「払子」は僧が一人前になったときに与えられる仏具。皮肉な句作への褒美であろう。

418 初ウ十。秋(山がら)。○山がら　輪抜けの芸をする。「輪―山雀籠」(類)。▽山雀を飼っている籠が竹製であることを、前句とのことばの縁で言いたてたのである。

419 わこさまは人間のたね月澄《すみ》て

420 とりあげばゞもくれて行《ゆく》秋

421 〽見わたせば花よ紅葉よおだい櫃《びつ》

まかなひのばゞ見るやうに候

422 浦のとまやのさら世《せ》態《たい》也《なり》

423 〽朝夕に随《ずい》縁《えん》真《しん》如《によ》の波立《たて》て

424 〽きけばこそあれ住吉の公《く》事《じ》

和田のはら立《だち》たる公事者尤《もつとも》〳〵

425 〽駕《か》籠《ご》かきや松原さして急ぐらん

426 〽医者もかなはぬ木曾の御最期

419 初ウ十一。秋(月)。○人間のたね 「竹の園生の末葉まで人間の種ならぬぞやんごとなき」(徒然草一段)。▽山雀の籠が竹の園生の生まれであるのに対し、吾子様は間違いなく人間の種子で、月のように美しい顔だ。月の座を一句こぼした。

420 初ウ十二。秋(秋)。○とりあげばゞ 産婆。▽晩秋の日が暮れて、産婆が人間の種を取りあげに出かけて行く、の意。

421 初ウ十三。秋(紅葉)。花の定座。○見わたせば 「見わたせば花も紅葉もなかりけり浦の苫屋の秋の夕暮」(新古今集)。○紅葉 産婆の手の見立て。○おだい櫃 飯櫃。▽産婆も招待に与る豪勢な出産祝い、見渡すと花よ紅葉よと目を見はるばかりの御馳走。判「とりあげばゞ」を「まかなひのばゞ」に取成した付けと見て、歌学の「見様体」の術語を以て賞した。

422 初ウ十四。恋(さら世態)。○浦のとまや 前出新古今集の本歌取り。○さら世態 新世帯。▽「花よ紅葉よ」を新調の家具に見立て、浦の苫屋に新世帯を営むていを付けた。

423 二オ一。釈教(随縁真如)。○随縁真如 真実不変の真如が縁に従って万法に現れることをいう仏語。「随縁真如の波の立たぬ日もなし」(謡曲・江口)。▽新世帯の生活は痴話争いなどが絶えず、朝な夕な煩悩の水波が立つ。

424 二オ二。雑。○きけばこそあれ 正しくは「きかばこそあれ」。「朝夕に見ればこそあれ住吉の浦よりをちの淡路しまやま」(新後拾遺集)。○住吉の公事 天王寺と住吉神社の境界線をめぐる所領争い(百錬抄、古今著聞集)。「永らへんよにも忘れじ住吉の岸に波立つ松の秋風」(新拾遺集)。▽人の忠告を聞かばこそ、住吉の公事に打ち込んで、朝夕心の波、争いの波を立てている。判「和田のはら立」は、「風はただ思はぬ方に吹きしかどわたのはら立つ波はなかりき」(後拾遺集)に、短気一徹の和田(舞曲・和田酒盛など)の言いかけ。「はらだち―和田殿」(類)。「尤〳〵」は句作・付合の論理的整合性を賞したか。

425 二オ三。雑。○松原 「住吉―松原」(類)。▽駕籠かきが松原さして急ぐのは、住吉の公事で火急の用向が生じたため。

426 二オ四。無常(御最期)。○御最期 底本「御最後」。▽木曾義仲の最期に、医者が駕籠で急いでも、何の役にも立たぬ。「さてその後に木曾殿は心細くも唯一騎…松原さして落ち給ふ」

さても〳〵道三《だうさん》、半井家《なからゐ》も叶《かなひ》がたく覚《おぼえ》
候

427 はや七日寐覚《ねざめ》の床《とこ》のゆめうつゝ

428 勧進ずまふありてなければ

「ゆめからつゝか有《あり》てなければ」の本歌、此《この》句のためによみ置《おき》たるかと思《おもは》れ候。但《ただし》丸山岸左門にたづねたく候

429 白《しら》紙《かみ》は外聞《ぐわいぶん》ばかりの花野にて

430 まだくれがたの月に挑《てう》灯《ちん》

431 約束も時付《ときづけ》をして仲人《なこど》かゝ

432 一《いち》順《じゅん》箱《ばこ》は恋のよび出し

(謡曲・兼平)。判道三は曲直瀬氏、半井氏とともに医の名家。句意に応じて、何びとも及び難い句作だと賞した。

427 二オ五。雑。○寐覚の床 「信濃の国木曾の郡に寝覚の床とて在所あり」(一目玉鉾)。○ゆめうつゝ 「君や来しわれや行きけむおもほえず夢か現か寝てか覚めてか」(伊勢物語六十九段)。▽寝覚の床で夢うつつの間に、医者もかなわぬ最期を遂げてからはやくも初七日を迎えた。

428 二オ六。秋(勧進ずまふ)。○勧進ずまふ 寺社の再建・修復などのために興行する相撲。晴天十日か七日が決まり。○ありてなければ 「世の中は夢かうつつかうつつとも夢とも知らずありてなければ」(古今集)。▽あまり強すぎて、七日間の勧進相撲も夢うつつの内にはや楽日。判「丸山岸左門」は丸山岸右衛門が正しい。延宝期(一六七三―八一)の相撲の大関。

429 二オ七。秋(花野)。○白紙 後に現金と取替える祝儀の白紙。土俵場で力士が手を拭く白紙は現金にならぬ花。○外聞 表向き。○花野 花に掛けて相撲の場。▽白紙は外聞ばかりの花で少しも有難くない。これでは相撲はあってないに同じ。

430 二オ八。秋(月)。○月に挑灯 諺「月夜に挑灯も外聞」。▽暮れかけの夜の月に挑灯を灯して外聞を飾る意と、花をまだ呉れないとの二様の連接。月の座を五句引上げた。

431 二オ九。恋(仲人かゝ)。○時付 急用の使者・手紙が一定の時刻までに届くよう指定すること。○仲人かゝ 「挑灯―娌入(よめいり)」(類)。▽仲人嬶は、まだ呉れ難い娘との縁談をまとめるために、挑灯を灯して出かけ、時刻まで限って約束をとりつけた、というのである。

432 二オ十。恋(恋)。○一順箱 連俳で、連衆が各自一句ずつ付けて一巡するまで、懐紙を入れて廻す箱。○恋のよび出し 次句に恋を出させるためにくふうすること、またその句。連俳用語。▽前句の「時付」を句を付ける時間を制限するとみた付け。

433 物まふは夜分《やぶん》に成《なり》てどれからぞ

434 芝居のしくみ明日《あす》はつらみせ

435 看板に偽《いつはり》のなき神無月

436 時雨《しぐれ》ふり置《おく》うらやさん也《なり》

437 年の比《ころ》雲なかくしそ手かけもの

高安《たかやす》の女のおもかげもうかび候

438 晦《つご》日《もり》までの末のかねこと

439 やどがへやすめば都の町はづれ

440 こしばりにする公《く》家《げ》衆の文《ふみ》

433 二オ十一。雑。○夜分　夜間に関することばをいう連俳用語。「恋のよび出し」をあしらった。▽夜分になってから「物申」の声はどこから来たのか。一順箱を持参して作者のところを廻っているというのがその答え。

434 二オ十二。冬(つらみせ)。○つらみせ　顔見世狂言。十月に役者を入れかえ、十一月に新しく加入した役者を加えて行う一座総出演の芝居。▽顔見世狂言をあすに控え、その打合せのため、夜分も奔走する。

435 二オ十三。冬(神無月)。○看板に偽のなき　諺。芝居・見世物の常套句。○神無月　芝居が新規契約の看板を出すのは十月二十五日。「偽りのなき世なりけり神無月たがまことより時雨れそめけむ」(続後拾遺集)。▽顔見世狂言の看板に偽りなし、というのである。

436 二オ十四。冬(時雨)。恋(うらやさん)。○時雨ふり置「げにや世の中は定めなきかな神無月時雨降り置く奈良坂や」(謡曲・千手)。「置」は算木を置くに掛けた。○うらやさん占算。「誹諧恋之詞。…占算(ウラサン)」(毛吹草)。▽看板に偽りなくぴたりと当たる占いだ、という意。

437 二ウ一。恋(手かけもの)。○雲なかくしそ「楢の葉の時雨降りおく天が下に身を隠すべき便りなき」(謡曲・大仏供養)、「君があたり見つつを居らむ生駒山雲なかくしそ雨は降るとも」(伊勢物語二十三段)。○手かけもの「誹諧恋之詞」(毛吹草)。▽手かけ者の年の頃を雲よかくすなとも、年頃手かけ者の居所を雲よかくすなとも解しうる。判宗因は後者ととり、伊勢物語の「高安の女」の話を踏まえて、このところ足の遠のいている男のことを、妾が占って貰っているとみたらしい。

438 二ウ二。恋(かねこと)。○末　将来。○かねこと　予言。約束したことば。日葡辞書「カネコト」。「連歌恋之詞」(毛吹草)。▽前句の「手かけもの」を一年契約の妾ととり、晦日までと期限を切ったはかない将来の約束事だといったのである。

439 二ウ三。雑。○すめば都　諺。▽前句を晦日までと期限を切った借家契約に取成し、期限切れの引越しを付け寄せた。

440 二ウ四。雑。▽公家衆と文通のあったほどの身分の者が、落魄して町はずれに越して来たという趣向。

441 〽取《とり》売《うり》もその跡とふや小倉山
いかさまほり出し可有《あるべく》候

442 〽十《じふ》分《ぶ》一《いち》ほどさく花すゝき
半金一二十枚は此《この》句に有之《これあり》

443 虫のねも世間各別鳴《なき》そめて

444 うてば身にしむ針は当流

445 食後にも今《こ》宵《よひ》の月をこゝろがけ

446 はたごやたちて名どころの山

447 〽かりごろも花《はな》見《み》虱《じらみ》やのこるらん

448 〽ほとけのわかれなげく生《しやう》類《るい》
五十二類の中よりみぐしに取付《とりつき》候哉《や》

441 二ウ五。雑。○取売　古道具屋。○小倉山　小倉山荘に定家書百人一首の色紙があるという。また百人一首一夕話に、小倉百人一首が腰張になっていた話が見える。▽前句の人物を古道具屋とみ、上洛のさい一度は小倉山荘を訪ねるというのである。判この句が掘出物である意を効かす。

442 二ウ六。秋(花すゝき)。○十分一　一割。取売の口銭。○花すゝき　「小倉―花すゝき」(類)。▽口銭一割の取売が訪ねる小倉山であるから、花薄も十分の一ほど咲く道理。判「取売―十分一」の付合に応じ、大判金(十両)の語を以て賞した。

443 二ウ七。秋(虫のね)。○虫のね　「薄―虫の音」(類)。○各別　格別の意か。▽花薄が十分の一ほど咲き、虫の音も世間より格別早く鳴きそめたというのであろう。

444 二ウ八。秋(身にしむ)。○うてば身にしむ　「秋風は身にしむばかり吹きにけり今やうつらん妹がさごろも」(新古今集)。○針　鍼。「砧」とあるべきところを俳諧風に転じ、「砧の音夜嵐悲しみの声虫の音」(謡曲・砧)などから、「虫のね」をあしらった。○当流　いまはやりの。▽うてば身にしみて効能顕著な鍼は、世間格別はやり出の当流の鍼である。

445 二ウ九。秋(月)。○今宵の月　「月―身にしむ枕・衣うつ」「衣うつ―月のもと」(類)。▽当流の鍼医から療養上の注意を受ける。食後の養生である。月の座を一句引上げた。

446 二ウ十。雑。▽食後、名月を賞せんものと心に掛けつつ、旅籠屋を発って名所の山にさしかかった。

447 二ウ十一。春(花見虱)。○かりごろも　旅衣装。○花見虱　花見時に繁殖する虱。「名所―花」(類)。▽名所の花を見て廻り、残ったものは狩衣の虱だけ。花の座を二句引上げた。

448 二ウ十二。春・釈教(ほとけのわかれ)。○ほとけのわかれ　二月十五日の涅槃《ねはん》。○なげく　「花もにほはぬ春をなげくとゝも詠ぜり」(類)。▽釈迦入寂にさいして別れを嘆く五十二類の生物の中に虱もいて、「人将ニ死ナントスルトキ虱身ヲ離ル」(類)というにもかかわらず、仏の狩衣を離れず嘆くとした滑稽。判悲しみのあまり、一切衆生の中から虱が這い出して、仏の御髪にとりついたか、という意。「五十二類」は底本「五十一類」。横本により訂。

449 盤《はん》得《どく》がぐちのなみだに雪消《きえ》て

450 こよみえよまず春をしらまし

451 けぶり立《たつ》夷《えぞ》が千嶋の初《はつ》やいと

452 あまのあか子も田《た》鶴《づ》もなく也《なり》

453 小便やもしほたれぬる朝ぼらけ

行平《ゆきひら》卿の捨子にやといたはしく候

454 須磨の上野にはゆるつまみな

塩汁にても旅行の砌《みぎり》は賞味たるべく候

455 山《やま》家《が》までかまぼこ汁に霧晴《はれ》て

456 まつりや秋のとまり客人

449 二ウ十三。春(雪消て)。○盤得 「槃特」の宛字。釈迦の弟子。暗愚でありながら悟りを開いた。諺「槃特が愚痴」(毛吹草)。○雪消て 涅槃の雪を雪の果という。▽普段から愚痴の槃特が仏の別れを嘆いて泣いたので、雪が消えてしまった。

450 二ウ十四。春(春)。▽槃特のように暦の読めない男でも、雪消えによって春の到来を知るであろう。「鶯の声なかりせば雪消えぬ山里いかで春を知らまし」(拾遺集)。

451 三オ一。雑。○けぶり立 「いたけもるあまみる時になりにけりえぞが千嶋を煙こめたり」(夫木抄)。○初やいと 二月二日にすえる。▽夷が千嶋の煙を島人の初灸の煙に見立て、暦が読めなくてもそれをみて春を知るであろうとした。

452 三オ二。雑。○あか子 「灸―小児」(類)。○田鶴もなく也 「翁さび人なとがめそ旅衣今日ばかりとぞたづもなくなる」(伊勢物語一一四段)。▽夷が千嶋の海士の赤児が初灸をすえられて泣けば、鶴も鳴く。

453 三オ三。雑。○もしほたれぬる 「わくらばに問ふ人あらば須磨の浦にもしほたれつつわぶと答へよ 在原行平朝臣」(古今集)。「塩垂るる蜑(あま)の衣にことなれや浮きたる波に濡るる我が袖」(源氏物語・早蕨)。▽寝小便に濡れて海士の赤児が泣く。判「捨子」は、謡曲・松風にえがく、行平と松風・村雨姉妹の蜑との悲恋に基づいた宗因の創作。

454 三オ四。雑。○須磨の上野 須磨の山手の地名。「波かけぬ須磨の上野の露にだに猶しほたるる旅衣かな」(新千載集・羇旅)。○はゆる 生ゆる・映ゆる。○つまみな 諺「青菜に塩」。▽須磨の上野に生えるつまみ菜が小便に濡れて朝ぼらけに映える。判須磨の塩焼などの縁から「塩汁」を出し、本歌の羇旅によって、「旅行の砌」と言った。この句もまた賞味に価する。

455 三オ五。秋(霧)。○かまぼこ汁 魚肉の蒲鉾とつまみ菜を入れて作る。▽須磨の海岸が近いので、山家まで蒲鉾汁を食す。

456 三オ六。秋(秋)。▽秋祭に泊りがけの来客があり、貴重な蒲鉾汁を馳走するというのである。

457 〽御造《ざう》作《さ》や夕月ながる竜《たつ》田《た》川《がは》
「泊《とまり》なるらん」と云《いへ》る幽成《かすかなる》所よく被思召出《おぼしめしいでられ》候

458 〽からくれなゐのせんだくぞする

459 のり鍋や衛《ゑ》士《じ》の焼《たく》火《ひ》のもえぬらん

460 禁《きん》裏《り》の庭に蠅は一むら

461 大師講けふ九重《ここのへ》を過《すぎ》越《こえ》て

462 匂《にほ》ひけるかな槙《ま》木《き》のお違《ちがひ》

457 三オ七。秋(夕月)。〇御造作　もてなし。〇夕月ながる竜田川　「年毎にもみぢ葉流る竜田川みなとや秋のとまりなるらむ」(古今集)。竜田川は奈良県生駒の大和川。▽夕月の影を浮かべて流れる竜田川は、秋祭に来た客人へのよきもてなしである。月の座を六句引上げた。判本歌の「泊」を「宿」に換えた点を賞した。

458 三オ八。雑。〇からくれなゐ　「千早振る神代もきかず竜田川からくれなゐに水くくるとは」(古今集)。▽「御造作」を厄介の意に取成し、からくれないの衣を洗濯した結果、竜田川に夕月が流れるとした。猥雑の意を含むか。

459 三オ九。雑。〇のり鍋　「せんだく」に付く。〇衛士の焼火　衛士は宮中護衛の兵士。「御垣守衛士のたく火の夜はもえ昼は消えつつ物をこそ思へ」(詞花集)。▽前句の洗濯糊を、衛士が焼火で炊くとした付合。

460 三オ十。雑。〇蠅　灰を掛ける。▽衛士が焼火をして糊を炊いたので、禁裏の庭に蠅と灰の一群が残ったというわけ。

461 三オ十一。冬・釈教(大師講)。〇大師講　天台開祖智者大師の忌日十一月二十四日に行う法事。俗説に蠅は大師講までいるという。「蠅—大師講」(類)。〇けふ九重を　「旅衣けふ九重を立ち出でて」(謡曲・第六天)。〇過越て　既に行われて。「大師が山を一つ越え、二つ越え」という。▽大師講が今日宮中でとり行われた。前句は小豆粥を食いに来た蠅。

462 三オ十二。雑。〇匂ひけるかな　「古の奈良の都の八重桜けふ九重に匂ひぬるかな」(詞花集)。〇槙木　真木(ひのき)であろう。〇お違　仏家などのお違棚か。▽九重で大師講にしつらえた新しい真木のお違棚が強く匂うという意か。存疑。

463 井戸輪《ゐどがわ》の下行《ゆく》水やかするらん

464 焼亡《ぜうまう》は三里よその夕ぐれ

465 御見《み》廻《まひ》に尾上《をのへ》のかぜも声添《そへ》て

466 脉うちさはぐ松陰のみち

風邪とはやゆびの先に見え候

467 料理してむれゐる鷺《さぎ》やたゝるらん

468 鬼門にあたるまな板の角

王城の鬼門よりおどろきが鬼一口にたゝるべく候

469 ひえの山高さをつもるさしものや

463 三オ十三。雑。○井戸輪　井戸側。井桁。「違ひゐづつ・輪ちがひ」等紋所の名で「お違」に付く。○かする　掠る。▽井戸の底を行く水が汲みあげられて少なくなっている意。井戸輪はひのき作りでよく匂うというのである。

464 三オ十四。雑。○焼亡　火事。○よその夕ぐれ　歌語。「下行水」のあしらい。▽井戸水が掠れているが、火事は三里も余所であるから安心だ、といったにすぎない。

465 三ウ一。雑。○御見廻　諺「連がな三里廻らん」、また小唄「直に通へば一里十八丁廻らば三里」(落葉集)。○尾上のかぜ「年もへぬ祈る契は初瀬山尾上の鐘のよその夕ぐれ」(新古今集)のもじり。「焼亡―風」(類)。○かぜも声添て「頃しも秋の夕つ方…今の砧の声添へて君がそなたに吹けや風」(謡曲・砧)。▽火事見舞に、尾上の風が声を添えるという皮肉。

466 三ウ二。雑。○脉うちさはぐ　「かぜ」を風邪に取成す。「風―脉」(類)。○さはぐ松陰　「田鶴こそは立ち騒げ四方の嵐も音添へて」(謡曲・松風)。▽医者が風邪の患者を往診の帰途、風の騒ぐ松陰道で、胸がどきどきするという意。「風邪」に取成したのが明白、的確であることを賞した。判「風」を「ゆびの先」は医者の指先。

467 三ウ三。雑。○むれゐる鷺　「さぎのゐる松ばらいかにさはぐらん」(類・松原)。「白鷺の群れゐる松みれば」(謡曲・清経)。▽群がる鷺を次々と料理したこの身にたたりがあるだろう、というのである。

468 三ウ四。雑。○鬼門　陰陽道できらう艮(北東)の方角。「たゝる」に付く。▽料理して鷺がたたるのは、俎の角が鬼門に当たるため。判句作・付合の妙に驚いたというのを、付句に応じることばで言いたてた。「王城の鬼門」は比叡山。延暦寺は平安城の鬼門を守るための建立。「それ我が山は王城の鬼門を守り」(謡曲・兼平)。「おどろき」は茨木童子のもじり。「鬼一口」は伊勢物語六段のそれに、料理の一口を掛ける。

469 三ウ五。雑。○ひえの山　「鬼門」に付く。○さしものや　「まな板」に付く。▽さしもの屋が比叡山の高さを測る。

470 三ウ六。雑。○はたちばかり　「比叡の山をはたちばかり重ねあげたらん」(伊勢物語九段)。○年切　二年以上の長

470 はたちばかりの年《ねん》切《きり》ぞをく

471 手形にもたしかに見ゆる力こぶ

472 二王もとほす白川の関

秀平《ひでひら》が光堂よりと手形に出し候哉《や》

473 都をばあうんと共に旅立《だち》て

474 出《いで》入《いる》息やのむ若たばこ

475 うかれめも十七八の秋の月

476 初《はつ》瀬《せ》をいのるかほは冷《すさま》じ

477 さばき髪けはい坂より花やりて

期契約の奉公人。▽前句のさしもの屋が、年の頃二十歳ばかりの年切奉公人を置く、というのである。

471 三ウ七。雑。〇手形　奉公人の出す保証書。▽二十歳ばかりの年切奉公人が力の強い丈夫な若者であることの保証。

472 三ウ八。釈教(二王)。〇二王　密迹金剛と那羅延金剛の二体。手形を奉納する。〇白川の関　「爰を二所の関といへり。抑〻孝徳二年に諸国の関を定め給ふ最初なり」(一目玉鉾)。▽前句の「手形」を関所手形に取成し、「力こぶ」から二王を連想した付け。判藤原秀衡建立の光堂から、ということであれば、通さざるを得ない。付合の必然性を賞したのであろう。

473 三ウ九。雑。〇都をば　「都をば霞とともにたちしかど秋風ぞ吹く白河の関」(後拾遺集)。〇あうん　阿(開口)・吽(閉口)。「二王」をあしらった。▽都を霞ならぬ阿吽と共に旅立ったのであるから、白川の関は秋風ならぬ二王を通す理屈。

474 三ウ十。秋(若たばこ)。〇出入息　「出入る息に阿吽の二字をとなへ」(謡曲・安宅)。〇若たばこ　新煙草。七、八月頃葉を取り入れる。辛味あり若者向き。「旅」に付く。▽旅人が眠りのきざさぬため若煙草をうまそうにすっているさま。

475 三ウ十一。秋(秋の月)。恋(うかれめ)。〇うかれめ　傾城。「多波粉―傾城」(類)。▽遊女も十七、八歳だと澄みきった月のように美しい。前句の人物を遊女とみた。月の座を一句こぼす。

476 三ウ十二。秋(冷じ)。恋(初瀬をいのる)。〇初瀬をいのる　長谷の観音に恋を祈る。「うかりける人を初瀬の山おろしよはげしかれとは祈らぬものを」(千載集)。初瀬はまた遊女の源氏名。新町新屋又七郎抱えの太夫にその名が見える。▽初瀬に恋を祈る十七、八歳の遊女の顔は、十七、八夜の月光を浴びて凄艶を帯びる。

477 三ウ十三。春(花)。花の定座。〇さばき髪　結ばずに乱した髪。〇けはい坂　大和(奈良県)榛原から初瀬へ入る直前の坂。〇花やりて　「年わかき時の風流なるさま」(嬉遊笑覧)。「初瀬―花」(類)。▽捌き髪の女が粧坂から派手に装って初瀬参りに出かけるのである。

478 風呂屋の軒をかへるかりがね

479 行灯《あんどん》のひかりのどけき天《あま》のはら

480 〽ふりさけ見れば淀のはしぐゐ

481 かうぶりの声も跡なき夕まぐれ

482 みゝづくさはぐ萩の下露

483 野《の》ゝ《の》色もあかい頭巾《づきん》やそよぐらん

484 〽木やりで出《いだ》す山のはの月
おききやるか〳〵、明白なる月に候

485 〽くらきよりくらきにまよふ日《ひ》用《よう》共

478 三ウ十四。春(かへるかりがね)。○風呂屋 売春屋の一。前句「けはい坂」を鎌倉扇が谷から西へ行く、遊里のあった坂に取成したか。○かへるかりがね 「花」のあしらい。▽捌き髪の湯女が、軒先を雁が帰るように、おしゃれをしてけわい坂を帰って行く、というほどの意。

479 名オ一。春(のどけき)。○行灯 「行灯—湯屋」(類)。○ひかりのどけき 「久方の光のどけき春の日にしづ心なく花の散るらん」(古今集)。○天のはら 二階を意味する方言。風呂屋は二階建て。「雁がねの帰り行く天路」(謡曲・羽衣)。▽行灯の光が天の原をのどかに照らすとは不合理だが、風呂屋の軒先を雁が帰るという前句からみると、理屈にかなっている。

480 名オ二。雑。○ふりさけ見れば 「天の原ふりさけ見れば春日なる三笠の山に出でし月かも」(古今集)。○淀のはしぐゐ 淀の小橋に夜間の航路標識として行灯を吊した。▽光のどけき天の原は月の光かと振り仰げば、淀の小橋の行灯の光であった。三十石船の船上からの眺めである。

481 名オ三。秋(かうぶり)。▽蝙蝠(こうもり)が一声鳴いただけで、あとは夕闇が漂うのみ。

482 名オ四。秋(萩)。▽蝙蝠が一声鳴いたあとは、木兎梟が騒いで萩の下露をこぼす、夕まぐれの情景。

483 名オ五。秋(野ゝ色)。○野ゝ色 秋の野の草木が紅葉しているさま。○あかい頭巾 小鳥を捕る囮に、木兎梟にかぶせる赤頭巾。「みゝづく—頭巾」(類)。「野ゝ色もあかい」に掛けた。▽紅葉した野原に赤い頭巾のそよぐのは、鳥を捕える囮の木兎梟にかぶせた赤頭巾が、揺れ動いているのであった。

484 名オ六。秋(月)。○木やり 木遣。材木を引く時に歌う唄。○山のは 山の端。「頭巾—山」(類)。▽「あかい頭巾」を木遣の音頭取りの投頭巾に取成し、木遣で山の材木を出さず、山の端の月を招き出したという、談林一流の寓言。月の座を七句引上げた。[判]「おききやるか」は木遣音頭の囃し。「お聞きやるか」の意を掛けた褒辞。「明白なる月」は、「あかい頭巾」の見立てが明白である意。

485 名オ七。雑。○くらきより 「くらきよりくらき道にぞ入りぬべきはるかに照らせ山の端の月」(拾遺集)。○日用

486 わらんづ脚《きや》半《はん》六道の辻

487 たつたいま念仏講はおどろきて

488 〽そのあかつきに見えぬ銭箱

489 明《みやう》星《じやう》が市立《たつ》跡のあれ屋敷

490 上《じやう》戸《ご》も下《げ》戸《こ》もばけ物もなし

491 〽君が代は喧《けん》花《くわ》の沙汰も納《をさま》りて

492 〽苺《こけ》のむすまでぬかぬわきざし

493 〽うで香《かう》や富士の煙の立《たち》次《し》第《だい》

共 日傭共。▽前句を、木遣人足が山の端に月がのぼるまで働くとみて、朝から夜まで生活苦に迷う日傭人足を付け寄せた。

486 名オ八。釈教(六道)。○わらんづ脚半 「草鞋—日傭」(類)。○六道の辻 地獄・餓鬼・畜生・修羅・人間・天上の六道への分岐点。「くらきよりくらきにおもむく六道の街《ちまた》には迷はぬ所もなく」(謡曲・東岸居士)。▽暗きより暗きに迷う日傭共なら、草鞋脚半で六道の辻を行く野辺送りの人足に相違ない。

487 名ウ九。釈教(念仏講)。○念仏講 念仏宗の信徒の寄合。▽前句を死者の装束ととり、たった今講仲間の訃を聞いて驚くさまを付けた。

488 名オ十。釈教(そのあかつき)。○そのあかつき 「夜分に非ず。釈教也。弥勒出世の暁の事也」(産衣)。「おどろきて」をあしらった。▽念仏講の翌朝、掛金の銭箱が紛失して講中の驚くさま。

489 名オ十一。雑。○明星が市 伊勢国多気郡明星村(現在明和町)にあった茶屋。市が立って賑わった。「暁—明星」「銭—市」(類)。▽明星が市の立った翌朝、その跡は元の荒屋敷で、銭箱も持ち去られて見当たらない。

490 名オ十二。雑。○上戸 底本「上下」と誤刻。○下戸もばけ物もなし 諺「下戸と化物はなし」(毛吹草)。「化者—荒たる宿」(類)。▽明星が市の荒屋敷には酔っぱらいも下戸も化物もいない、という意。

491 名オ十三。雑。▽上戸の酒の上の喧嘩もなく、下戸の無粋ないさかいもなく、世間を騒がす化物沙汰もなく、君が代は天下泰平だというのである。

492 名オ十四。雑。○苺のむすまで 「君が代は千代に八千代にさざれ石の岩ほとなりて苔のむすまで」(隆達小唄)。○ぬかぬわきざし 「弓を袋に入れ、剣を箱に納むるこそ、泰平の御代のしるしなれ」(謡曲・弓八幡)等。▽苺のむすまで脇差を抜かないから、君が代は喧嘩一つなく泰平である。

493 名ウ一。雑。○うで香 乞食が腕に刀を突き立てて物乞いすること。もと修行僧が腕に香をたいてした荒行。○富士の煙 伽羅より製した名香にこの名のものがある(名香目録等)。▽「富士の煙の立次第」と口上を述べて、物乞いは腕香の刀を抜

494 ならびに料《れう》足《そく》あしたかの山

495 〽はなれ駒九十九疋《ひき》やつゞくらん

496 〽あとのまつりにわたる神ぬし

497 素《さう》麵《めん》も白《しら》木《ゆ》綿《ふ》なれやゆでちらし

498 茶屋もいそがし見せさし時分

499 〽花のなみ伏見の里をくだり舟

500 〽あげ句のはては大坂の春

天満橋八軒屋なりと吟じあげ句、南無天神ばしにひゞきて、感応うたがひなくこそ

愚墨六十句

かない。

494 名ウ二。雑。○料足　見物の料金。○あしたかの山　愛鷹山に銭高の言いかけ。「富士—あしたか山」(類)。▽富士の並びに愛鷹山がある縁で、腕香の見物料も銭高であるという意。

495 名ウ三。雑。○はなれ駒　綱を放れた駒。また駒引銭の一種、十文銭。「料足」のあしらい。○九十九疋　一疋は古くは銭十文、後に銭二十五文相当。百疋ざしあり、一疋が放れると九十九疋が続く。▽愛鷹山の放馬の景に、金銭のことを絡ませた付合。

496 名ウ四。神祇(あとのまつり・神主)。▽前句を加茂の競馬か祭の渡御の駒とみ、本社祭が済んで末社に詣でる神主を点出した。「あとのまつり」は諺を兼ね、前句に駒が次々逃げ出した意を読みとらせる。

497 名ウ五。神祇(白木綿)。○素麵　底本「素麪」に誤る。神主の精進食。○白木綿　榊などのしで。「祭—かくるしらゆふ」(類)。▽ゆでちらした素麵は、白木綿に似ている。

498 名ウ六。雑。▽前句「ゆでちらし」の語調から、忙しい茶屋の閉店時分を連想した。

499 名ウ七。春(花)。花の定座。○花のなみ　花の群落、また花の散り浮く波。▽前句を下り舟を待つ花見客で賑わう茶屋とみた。

500 挙句。春(春)。○あげ句　揚句(挙句)。連俳の最後の句。諺「あげ句の果」の出所。▽伏見から下り舟で大坂に到着した意と、百韻一巻を大坂到着と同時に巻きおさめた意を兼ねる。

[判]「天満橋八軒屋」は、伏見からの舟の到着場所。「吟じあげ句」は、吟じ上げに挙句の言いかけ。「天神ばし」は天満橋の西隣。天神は文学神菅原道真を祭る。

長十九

ほとゝぎすひとつも声の落句《おちく》なし

とや申《まうす》べからん。是こそ誹諧の正風とおぼゆるはひがこゝろへにやあらん。しらずかし。

西翁判

〔頭書〕○ほとゝぎす　発句のそれを鶴永自身と解した評。○落句　劣った句。○ひがこゝろへ　僻心得。心得ちがい。○西翁　寛文三年(一六六三)から延宝元年(一六七三)にかけて用いられた宗因の俳号。

（大坂独吟集　西山宗因点取 十百韻　下）

独　吟

くさめを誘ふ夜寒のあらし、何としてかはしのがんといひもあへねば、煮豆腐うり是へをそしと夕なみの、所もところ松がはな、はぢけば落《おつ》る血のなみだの、白川よぶねにはあらで、淀の河づらしかめて、かくおもひよりぬ

舟夕子　由平

501 へ鼻のあなや紅《くれなゐ》くゝる唐がらし
おなじ紅も染《そめ》やうにて新らしくこそ

502 へ夕日こぼるゝすりこぎの露

〔詞書〕○くさめを誘ふ夜寒のあらし　底本「誘」を「諉」に誤る。「くさめ」は下文と発句の「鼻」の伏線。「誘ふ…あらし」は歌語。○煮豆腐　煮奴豆腐であろう。「冷豆腐(ヒヤッコ)のさまに切て、醤油もて烹あたゝめ、大根おろしなどを香味にして用るをいふ」(松屋筆記)。○夕なみ　「言ふ」に「夕波」を掛ける。○松がはな　松が鼻。現在大阪市西区千代崎町。当時寺島と呼ばれ、その北端に有名な蛭子松(寺島松とも)があり、松が鼻と呼ばれた。従って「煮豆腐うり」は木津川の煮売船であろう。人の鼻に掛けて「はぢけば落る」を導いた。○血のなみだ　「血の涙落ちてぞたぎつ白川は君が世迄の名にこそありけれ」(古今集)によって、「白川」を引出す。○白川よぶね　熟睡して前後を知らぬ意。○淀の河づら　「つら」に顔の意を掛けた。○かくおもひよりぬ　次の発句を案じ詠んだ意。

501 発句。秋(唐がらし)。○鼻のあなや　詞書の「くさめ」「松がはな」の縁。○紅くゝる　紅色のくくり染に染める。「ちはやぶる神代もきかず竜田川から紅に水くくるとは」(古今集)。▽煮豆腐の香味の唐辛子にむせんで鼻の孔が赤くなったのを、くくり染にしたと言い立てた句。判本歌の紅葉を唐辛子に転じた妙を、同じくくり染の紅でも、紅葉と唐辛子では色合が違う、これは新しいと褒めたのである。

502 脇。秋(露)。○夕日こぼるゝ　すりこぎから唐辛子のこぼれるさま。摺鉢の紅を夕日の照り映えるさまに見立てた。○露　「こぼるゝ」は、唐辛子が目にしみて涙がこぼれる意にあしらう。「こぼるゝ」に縁をもたせた投込み。▽唐辛子を摺鉢で摺ると、赤く染まって夕陽が照り映えたように見える。判「飛鳥

飛鳥井《あすかゐ》殿の夕日もきえ可申《まうすべく》候

503 〽古《ふる》筆《ふで》の先より秋の雨はれて

504 飛《とび》ゆく鴈をみちの記の末

505 〽それの年のその比《ころ》そこの月の景

貫之が筆の跡めづらしく候

506 聞《きい》たやうなる松風の声

507 等《とう》類《るい》はのがれがたしや磯のなみ

508 〽其《その》外《ほか》悪《あく》魚《ぎよ》鰐《わに》のかるくち

観世が音曲聞《きく》心ちし候

509 〽火《ほ》ゝ《ほ》出《で》見《み》の尊《みこと》も腹をかゝへられ

神代のかる口もこれにはよもや

井殿の夕日」は、飛鳥井雅章の歌「うつせみの鳴く音も冷し夕づく日森の下かげ露深くして」を指す。この名歌も由平の脇句に比べると劣る、という意。

503 第三。秋(秋の雨)。○古筆の先　すり切れて、前句の「すりこぎ」の頭のようになっている。○秋の雨　「夕日こぼるゝ」を雨後の晴色とみた付け。▽「すりこぎ」(俗)に「夕日」(雅)を取合せた前句に、「古筆」(俗)に「秋の雨」(雅)を取合せて応じただけの付合。一句は筆先より水滴のこぼれるさま。

504 初オ四。秋(鴈)。○みちの記　旅日記。「み」に「見」を掛けた。▽道中、秋の雨あがりの空に飛んでゆく鴈を認め、旅の記の末に一首の歌を、禿筆で書きとめたというわけ。

505 初オ五。秋(月)。○それの年の　「それの年のしはすの二十日あまりのひとひの戌の時に門出す。其の由いささか物に書きつく」(土佐日記)。○月の景　「鴈―月」(類)。▽前句から道の記の文体を連想。月の座を二句引上げた。判土佐日記のもじりがおもしろいというのである。

506 初オ六。雑。▽「それの年のその比そこの」をあやふやな記憶を探る意に取成し、その月の夜にたしか松風の声を耳にしたような気がする、と付けた。

507 初オ七。雑。○等類　和歌・連俳用語。先作と類似して独創性のない作品。前句「聞たやうなる」からの連想。○のがれがたしや　和歌・連俳で、等類をのがれる・のがれぬなどという。○磯のなみ　「磯の波松風ばかりの音寂しくぞなりにける」(謡曲・八島)。▽前に聞いたような松風の声が等類なら、寄せては返す単調な白波もまた等類の難を逃れがたい、という意。

508 初オ八。雑。▽「八竜並み居たり、其外悪魚鰐の口、遁れ難しやわが命」(謡曲・海士)をもじった付け。「かるくち」は「等類」から軽口俳諧への連想。判観世流の節廻しまでが聞こえて来そうだと言い、謡曲詞章の一字切り換えの妙を賞した。

509 初ウ一。雑。○火ゝ出見の尊　兄の火闌降命(ほのすそりのみこと)の釣針を魚に取られ、竜宮に尋ね入って歓待を受け、潮満潮干の二玉を得て、大鰐に乗じて帰った(謡曲・玉井等)。▽かの火々出見の尊も鰐の軽口には腹をかかえて笑われたことであろう。判神代の軽口もこの軽口にはよもやかなうまい。

510 いま人倫に疝《せん》気《き》もつぱら
つたへをかれたる末世の病にこそ

511 だいぐもうけがたき世に身をうけて

512 吹《ふき》矢《や》の先にかゝる秋風

513 散《ちる》露のこまかな所御らんぜよ
よき所ねらはれ候

514 月をそむいてしはひこゝろね

515 つきあひも鳴《なく》音《ね》淋《さび》しきむしの声

516 穢《ゑ》多《た》が軒ふる霜の朝風

517 つなぬきの革を葎《むぐら》やとぢぬらん

510 初ウ二。雑。○いま人倫に 「されば和歌のことわざは、神代よりも始まり、今人倫に遍し」(謡曲・蟻通)、「げにや和歌の家に生れ、その道を嗜み、敷島の蔭に寄つし事、人倫に於て専らなり」(同・忠度)。○疝気 腰腹部の痛む病気。▽前句の「腹をかゝへ」を腹痛とみて、いま人間界に疝気が専らはやっていると付けた。判疝気とは神様が伝えおかれた末世の病か、と付合を読み解いて珍奇な句作を賞した。

511 初ウ三。秋(だいぐ)。○だいぐ 代々に橙(だいだい)の言いかけ。橙の乾皮は疝気の薬(和漢三才図会)。○うけがたき世に身をうけて 成句。謡曲・忠度に前引の部分に続け「中にも此の忠度は文武二道を受け給ひて世上に眼高し」とある。▽人身(にんじん)のみならず、橙まで生れ難いこの世に生を受けて、人間の疝気を治すのに役立っている、というほどの意。

512 初ウ四。秋(秋風)。○吹矢 橙を的とみた付け。▽せっかくこの世に生を受けた橙も、吹矢の先にかかって、秋風に誘われるように落ちた。

513 初ウ五。秋(露)。○散露 「秋風」のあしらい。▽吹矢の見せものの口上であろう。判吹矢にかけて句作のねらい所のよさを賞した。

514 初ウ六。秋(月)。○月をそむいて 月に背を向けて。「背レ燭共憐深夜月」(和漢朗詠集)。▽前句の「露」を露銀と解し、月の美景に背を向けて、うす暗い灯の下で、細かな豆板銀を算えるのは、吝い心根であると言ったのである。月の座を四句引上げた。

515 初ウ七。秋(むしの声)。○鳴音 「無く」に掛ける。▽虫が月を背いた吝い心根のため、付合もなく淋しく鳴いているとした談林風の擬人法。

516 初ウ八。冬(霜)。○穢多 江戸時代、非人と共に四民より下の身分に固定され、特定の地域に住まわせられた被差別民。○霜 「霜—よはるむしの音」(類)。▽世間付合もなく淋しい穢多の古軒端に霜の朝風寒く、虫の音も衰えてあわれである。

517 初ウ九。冬(つなぬき)。○つなぬき 綱貫。底に鉄の釘を打った牛革製の雪沓(せった)。穢多の細工物。○革を葎やとぢぬらん 「門は葎や閉ぢつらん」(謡曲・三輪)のもじり。「葎—荒

扨《さて》もよき細工にて候

518 〽下《した》樋《ひ》の水をはこぶ六尺

519 山《やま》陰《かげ》に半季先よりすみ衣

520 二月二日に松の木ばしら

521 〽旅芝居花のさかりにとてもなら

522 まへ髪ごそり少年の春

523 〽親のあと踏《ふん》では惜《をし》む雪消《きえ》て

いかほどの知行職にも器量之仁《のじん》

524 〽死《しに》一《いち》倍《ばい》をなせ金《きん》衣《え》鳥《てう》

耳いたき子共衆あるべく候

たる宿」(類)。▽網貫の革を糸で綴じるというべきを、「軒古る」との関係で「葎が閉ぢる」と作意したのである。判一句を細工物に見立てた褒辞。

518 初ウ十。雑。○下樋　地下を通した樋。謡曲・三輪に前引の部分に続け「下樋の水音も苔に聞えて」とある。○六尺　駕籠かきや庭ばたらきの男。▽網貫の革沓を履いた六尺が、下樋の水を運ぶ。

519 初ウ十一。雑。○山陰　「貧僧―山陰」(類)。○すみ衣「住み」に掛けた。▽山陰の庵にわび住まいする主の僧のため、六尺も半季前からの奉公で下樋の水を運んでいる。

520 初ウ十二。春(二月二日)。○二月二日　奉公人の出替りの期日。寛文八年(一六六八)二月一日江戸大火以前はこの日と八月二日。翌九年以後は三月五日と九月十日。○松の木ばしら　粗末な家。「世を捨人、よしよしかかる海士の家、松の木柱に竹の垣」(謡曲・松風)。▽半季前の二月二日から、山陰にあるわびしい庵に住むようになった。

521 初ウ十三。春(花)。花の定座。▽旅芝居をいっそ見るなら花の盛りに見たいもの。「松の木柱」は芝居の小屋がけ。

522 初ウ十四。春(春)。○まへ髪　「旅芝居」から歌舞伎若衆。○ごそり　ばっさり剃り落とす。○少年の春　「踏レ花同惜少年春」(和漢朗詠集)。▽前髪をどうせ剃り落とすならいっそ花の盛りにと、青春を惜しむ旅芝居の若衆のさま。

523 二オ一。春(雪消て)。○親のあと踏　親のあと目をつぐ。○踏では惜む　前引和漢朗詠集による。▽前髪をごそりと剃り落として元服し、親の跡目を継いだ。判底本「知行職」を「知行識」に誤る。どれほどの知行の職にも耐えうる器量の持主だと、句中の人物を褒めて、句作を賞したのである。

524 二オ二。春(金衣鳥)。○死一倍　親の死亡時に二倍にして返す約束の借金。○なせ　返済せよ。○金衣鳥　鶯の異名。金子に掛ける。「鶯のねぐらのたけをしめおきて親のあと踏む郭公かな」(夫木抄)。▽父が死んで財産を相続した息子に、死一倍の借金を惜しまずに返済せよ、といったのである。判現実に、耳の痛い子供衆もいることであろう。

525 ＼呉《くれ》竹《たけ》のよこにねる共《とも》ねさせまひ

526 ＼ふるき軒《のき》端《ば》につよきつつぱり

527 乱以後もかはらで住《すめ》る月更《ふけ》て

528 ＼子をさかさまに老《おい》が身の秋

珍重〳〵

529 ながらへてあられうものか露の間も

530 ＼八《や》重《へ》のしほぢを推量せられよ

531 酢《す》醤《しやう》油《いう》もろこしかけて生《なま》肴《ざかな》

532 ＼けふぞ我《わが》せこはな鰹《がつ》をかけ

525 二オ三。雑。○呉竹の　「よ」にかかる枕詞。「呉竹―鶯」(類)。○よこにねる　借金を踏み倒す。▽前句のセリフの続き。借金を踏み倒そうとしてもそうはさせないぞ。

526 二オ四。雑。○軒端　「竹―軒端」(類)。▽古家がつぶれぬよう強い支柱をした意。諺「弱き家に強きこうはり」(毛吹草)。

527 二オ五。秋(月)。▽争乱以後も変わらず、ずっと古い軒端に強いつっぱりをして住んでいる。その上に深更の月が輝く。月の座を八句引上げた。

528 二オ六。秋(秋)。○子をさかさまに　子を先に死なせる意。○老　「負ひ」に掛けた。諺「うろたへて子をさかさまどう負うたやら」。▽争乱で子に先立たれて、生きながらえている老の身を歎く。判褒辞の常套語。

529 二オ七。秋(露)。▽前句の「子をさかさまに」を逆さまに背負われてと、子に先立たれての両意に解し、共に「露の間も永らえていられようか」と付けたのである。

530 二オ八。雑。○八重のしほぢ　遥かな海路。▽八重の潮路を隔てられた、この遠島の身の辛さを推量せられよ。前句に続き、遠島の身の述懐である。特定の人物を想定する必要はあるまい。

531 二オ九。雑。○酢醤油　「しほ(塩)」に付く。○もろこしかけて　「松浦潟唐土かけて見渡せばさかひは八重の霞なりけり」(風雅集)。「かけて」に酢醤油をかけての意をもたせた。○生肴　塩をしていない魚。▽わが国ばかりか、八重の潮路の唐土まで、酢醤油をかけて生肴を賞味している、という意。

532 二オ十。恋(我せこ)。○けふぞ我せこ　「曲水の宴をよめる。から人の舟を浮かべて遊ぶてふ今日ぞわがせこ花かづらせよ」(新古今集)。○はな鰹をかけ　花鰹を削れ。本歌「花かづらせよ」のもじり。▽風流な曲水の宴を庶民の宴に引おろし、わが夫に、花鰹を削れと呼び掛けさせた趣向である。

533 二オ十一。恋(恋衣)。○恋衣　恋人の着る衣。また身につ いて離れない恋心の譬え。○おもひたつ日を吉日に　「今一度対面申さんと思ひ立つ日を吉日と」(謡曲・唐船)。「たつ」に「裁つ」の意をかけ、恋衣に縁をもたせた。▽前句を、今日わが

533 〽恋衣《こひごろも》おもひたつ日を吉日に
折から節《せち》小袖の用意大悦〱

534 あしにまかせてかのが行《ゆく》末《すゑ》

535 てゝめにはかくせ嵯《さ》峨《が》野《の》ゝ《の》かた折戸

536 ＼はづいて来たぞ千代の古道

537 ＼ふところへつつと押《おし》込《こむ》松のかぜ

538 〽かたみのあふぎこなたはわすれず
行平《ゆきひら》のゑみがほ思《おもひ》やられ候

539 君すまば朝鮮国のはてまでも

540 ＼その鬼しやぐはんゆるせかよひぢ

夫になる人が祝宴の準備をするとみ、思い立った日を吉日とばかり、婚姻の契りを結ぶとした付合。判付句の「衣…裁つ」から、折から節振舞に着る小袖の用意も出来ていて大悦至極だ、といったのである。

534 二オ十二。恋(かの)。○あしにまかせて 「たつ」のあしらい。○かの かの様。女から男を指していう恋人。▽思い立つ日を吉日と、足にまかせて恋しい人のあとを追う。

535 二オ十三。恋(句意)。○てゝめ 父親。「かの」と同類の俗語。○嵯峨野 小督の局が清盛の怒りにふれて隠れ住んだ処。「羊の歩み隙(ひま)の駒、足にまかせて行く程に、都の西と聞えつる嵯峨野の寺に参りつつ」(謡曲・百万)。○かた折戸 片方だけ開く折戸。「嵯峨にてはただ片折戸したる所」(謡曲・小督)。▽前句を駈落ちとみ、清盛ならぬ「ててめ」に、嵯峨野の片折戸のすまいを隠せ、といったのである。

536 二オ十四。雑。○はづいて 「はづして」の音便形。よける・かわす等の意。○千代の古道 「嵯峨の山みゆきたえにし芹川の千代の古道跡はありけり」(後撰集)。「嵯峨―千世の古道」(類)。▽ててめをうまくかわして、嵯峨野の密会宿へ、千代の古道をやって来たぞ。

537 二ウ一。雑。▽「はづいて」をちょろまかす意に転じ、松の風が盗品を懐へつっと押込むと、擬人化して付けた。

538 二ウ二。夏(あふぎ)。恋(形見)。○かたみのあふぎ 「連歌恋之詞。…形見」(毛吹草)。「風―扇」「形見―扇」(類)。○こなたはわすれず 「待たば来んとの言の葉を、こなたは忘れず松風の立ちかへりこん御音信」(謡曲・松風)。▽懐へつっと押し込んでいった形見の扇を見るにつけ、こなた(松風)はあなた様のことが忘れられずにおります、という意。判謡曲・松風の俤取の妙を賞した。

539 二ウ三。恋(君)。○君 「連歌恋之詞」(毛吹草)。▽君が住むところなら、たとえ朝鮮国の果てまでも訪ねて行きたいものだ。

540 二ウ四。恋(かよひぢ)。○鬼しやぐはん 鬼舎官。朝鮮人が加藤清正に付けた名。▽加藤清正の朝鮮遠征を、はるばる恋人を慕っていったとみ、通い路を許してやれといったわけ。

541 〽約束でゆけば極楽はるか也《なり》

542 釈迦はやりてと夕暮の空

543 〽西《さい》方《はう》は十万貫目一いきに
廿《はたち》あまりに成《なり》かへり、此《この》分限にて一いき有《あり》
度《たく》候

544 〽入《いり》くる〳〵《いりくる》おらんだ船が

545 〽早《はや》飛《び》脚《きやく》武州をさして時《とき》津《つ》風《かぜ》

546 御《ご》譜《ふ》代《だい》家《け》とてひかる月の夜

547 〽鬢《びん》つきも出《しゆつ》頭《とう》はげに秋のいろ

548 〽露のしのはらたてふとふせうと

541 二ウ五。恋(約束)。釈教(極楽)。○約束　「誹諧恋之詞」(毛吹草)。▽前句「鬼しやぐはん」から狂言鬼物の常套句「いかに罪人、地獄遠きにあらず、極楽はるかなり」に導かれた。前句をあの世の関守の鬼に呼びかけたことばと解し、独白を付けたのである。

542 二ウ六。恋(やりて)。釈教(釈迦)。○釈迦はやりて　「釈迦はやり、弥陀は導く一筋に」(謡曲・柏崎等)に、遊廓で諸事を切りまわし、遊女の監督などをする「遣手」を掛けた。○夕暮の空　「日暮而途遠、我生既蹉跎」(白氏文集)の趣で「はるか也」をあしらう。▽釈迦は遣手婆だという、この世の極楽(遊廓)へ約束で行けば、遥かに道遠く日が暮れてしまった。

543 二ウ七。雑。○西方は十万貫目　「西方は十万億土」(謡曲・実盛等)のもじり。▽前句の「やりて」を手腕家の意に取成し、釈迦は西方で十万貫目を一息に儲けたというのである。[判]二十歳ばかりの若者に返って、それ程の分限者になって、一息いれたい。

544 二ウ八。雑。▽西国の港長崎へ、オランダ船が続々入港し、十万貫目の貨物を一息に運ぶ。

545 二ウ九。雑。○時津風　潮時に吹く風。「船」をあしらう。▽オランダ船の入港を報せるため、早飛脚が時津風のように江戸をさして急ぐ、という意。

546 二ウ十。秋(月)。月の定座。○御譜代家　底本「譜」を「普」と誤る。関ヶ原の合戦以前から徳川家に仕え、高禄をもって幕府の要職を占めた譜代大名。○月の夜　「時津風」のあしらい。▽武州をさして早飛脚をとばすのは、権勢月のごとく光る御譜代家である。

547 二ウ十一。秋(秋のいろ)。○鬢つき　鬢の恰好。○出頭　主君に近侍して要務に与った人。また主君の寵愛を得て権勢を振う者。○秋のいろ　禿げあがった鬢の色。▽御譜代家とて月のごとく光れば、その出頭人の鬢つきもみごとに禿げあがって秋の色をしている。

548 二ウ十二。秋(露)。○しのはら　篠原。「秋のいろ」に付く。篠原の池で鬢鬚を洗った実盛の俤によって「出頭」にも付くか。「原」に腹を掛けた。▽篠原殿が腹を立てようと立てまいと、

549 鑓《やり》持《もち》は花の安《あ》宅《たか》の関越《こえ》て

550 きのふも三人出がはる小もの

551 不《ふ》埒《らち》なる酒のかよひの朝がすみ

552 念《ねん》比《ごろ》しられぬ晋《しん》の七《しち》賢《げん》

酒代《さかて》さしのべらるべし。不律義はいかなれ、七賢に候

553 法《はつ》度《と》ぞと孔子のいはく衆《しゆ》道《だう》事《ごと》

554 遊女のいきは論におよばず

555 絵草紙と成《なり》はつべきの心中に

平然とした分別盛りの出頭人である。

549 二ウ十三。春(花)。花の定座。○鑓持　槍を立てる・ふせるということから、「たてふとふせうと」を受ける。○花の安宅　「蘆の篠原波よせて、靡く嵐のはげしきは、花の安宅に着きにけり」(謡曲・安宅)。▽露の降りた篠原を分けて、鑓持は花咲く安宅の関を越える、というのである。

550 二ウ十四。春(出がはる)。○きのふも三人　「いや昨日も山伏を三人迄切つたる上は」(謡曲・安宅)。○出がはる　五二〇参照。○小もの　武家奉公の下僕。「鑓持」に付く。▽行列は花の安宅の関を越えてゆく。折からその時期とて、昨日も三人鑓持の小者が出替った。

551 三オ一。春(朝がすみ)。○かよひ　通い帳。○朝がすみ　朝酒の意を寓し、季をあしらった。▽不埒にも通い帳で朝酒まで喰らっていた小者が三人、主家を出された、というのである。

552 三オ二。雑。○念比　懇ろ。次句では男女関係に転じる。恋の呼び出しである。○晋の七賢　「七賢」はシチゲン(下学集)。晋の時代、竹林に隠れ住んで、琴・詩・酒を友に清談をこととした嵆康・阮籍・阮咸・向秀・劉伶・山濤・王戎の七賢人。▽竹林の七賢が不埒にも通い帳で酒を飲んでいて、酒屋と懇ろなことが知られてしまった、という意。判酒代を差しあげなさい、不律義なことはいかがなものか、いやしくも七賢人と言われる人たちですぞ。

553 三オ三。恋(衆道事)。▽七賢の交わりを男色関係にみなし、子曰く衆道事は法度なり、と付けたのである。

554 三オ四。恋(遊女)。○いき　仕様・流儀。○論　論語を匂わせて「孔子」に付く。▽遊女の流儀は論ずるまでもない、衆道事も法度である、と孔子は言われた。

555 三オ五。恋(心中)。○絵草紙　天災地変・敵討・心中・罪人仕置などの事件を絵に描き、一、二枚の読みものにして触れ売った印刷物。触れ売・読売・瓦版とも。▽「遊女のいき」を遊女の意気地と解し、絵草紙に書き立てられる心中死にまで至った、と付けたのである。

556 銭一もんのかねことのするゑ

557 わかれより始末を告《つぐ》る鳥の声

558 〽又あふ坂とおもふ腎《じん》水《すい》

559 〽道《だう》鏡《きやう》や音に聞《きこ》えし音《おと》羽《は》山《やま》

560 かたりもつくさじ其《その》果報者

561 身《しん》躰《だい》も次第にはり上《あげ》〳〵《はりあげ》て

562 〽天竺震《し》旦《だん》からかさの下

ありがたくも此《この》寺の一本からかさか

556 三オ六。恋(かねこと)。○銭一もん　絵草紙一枚の値段か。○かねこと　四三六参照。「かね」に金を掛けた。▽わずか銭一文の約束のため、心中死の破目になった。銭一文にふさわしく絵草紙のネタになるにちがいない、というのである。

557 三オ七。恋(わかれ)。○わかれより　「待つ宵に更けゆく鐘の声きけばあかぬ別れの鳥はものかは」(新古今集)によって、「かねこと」の「かね」に付く。○始末　節約。▽銭一文のかねことが原因で死別したときから、鳥の声は節約せよと告げているように聞える。

558 三オ八。恋(腎水)。○又あふ坂と　「帰りこむまた逢坂とたのめども別れは鳥の音ぞ鳴かれける」(続古今集)。○腎水　精液。▽別れる時、また女に逢おうと思うのだが、夜明けの鳥は腎水を節約せよと告げている。

559 三オ九。雑。○音に聞えし音羽山　「音羽山おとに聞きつつあふ坂の関のこなたに年をふるかな」(古今集)。▽前句の人物を、精力絶倫で音に聞えた弓削道鏡に特定した句。

560 三オ十。雑。○かたりもつくさじ　前引古今集の歌を引く謡曲・融に「さて〳〵音羽の嶺つづき、次第次第の山並の名所名所を語り給へ。語りも尽さじ言の葉の」とある。▽一介の禅僧から法王にまで成りあがった果報者道鏡の出世話は、語り尽せないという意。

561 三オ十一。雑。○身躰　身代。財産。○はり上〳〵て　財産をいやましに築きあげること。前句「かたり」(声をはりあげる)をあしらうための言いざま。▽前句の果報者を、幸運な蓄財者と解した付け。

562 三オ十二。雑。○天竺震旦　印度と支那。○からかさ「はり上て」からの連想。▽次第に「はりあげ」た財産だから、印度も中国も「からかさ」の下に覆うほどの羽振りである理屈。判「一本からかさ」は、破戒僧が傘一本だけもって寺を追放されること。その傘一本のおかげで財を成すに至ったと考え、「ありがたくも」と言ったのである。「毘首羯磨が造りし赤栴檀の、尊容やがて神力を現じて、天竺震旦(しん)わが朝三国に渡り、ありがたくもこの寺に現じ給へり」(謡曲・百万)を、付句と踏み分けたのである。

563 大きにもやはらげ来《きた》る飴《あめ》はく〳〵

564 あつかひ口もねぢた月影

565 御もたせの手樽ののみの露落《おち》て

566 羽織の下にはるゝ秋霧

567 夕あらし膝ぶしたけに吹《ふき》通《とほ》り

568 湯ぶねにけづる杉のむら立《だち》

569 めづらしき御《み》幸《ゆき》をまてる大天狗

570 さて京ちかき山ほとゝぎす

563 三オ十三。雑。○大きにもやはらげ来る 「それ天竺の霊文を唐土の詩賦とし、唐土の詩賦をもって我が朝の歌とす。されば三国を和げ来るを以て、大きに和ぐと書きて大和歌と読めり」(謡曲・白楽天)。○飴はく〳〵 飴売の呼び声。大傘を立て商う。「傘―飴商」(類)。▽練りに練って大いに柔らげて来た飴だから、天竺震旦が傘の下にある道理。

564 三オ十四。秋(月影)。○あつかひ口 仲裁の弁舌。「和(ハヤグヮ)」―扱(アツカヒ)」(類)。○ねぢた 捩り飴の縁。○月影 投込み。▽人の不和を和らげる扱い口も、飴を和らげるように、ひとねじりねじれている。月の座を一句こぼした。

565 三ウ一。秋(露)。○御もたせ 手土産。○手樽 角のような柄のついた酒樽。○のみ 飲み口。「あつかひ口」に付く。○露落て 酒の雫がこぼれる意を寓して「月影」をあしらった。▽扱いの謝礼に頂いた手樽の飲み口が、扱い口同様ねじれていて、そこから酒の雫がこぼれる、というのである。

566 三ウ二。秋(秋霧)。▽羽織の下に袖の下の意を持たせ、前句手樽を持参した人物を出した。

567 三ウ三。雑。○夕あらし 「はるゝ秋霧」のあしらい。○膝ぶしたけ 膝がしらまでの丈。▽夕嵐がちょうど羽織の丈の膝がしらの辺を吹通ったからと、前句の原因を付けた。

568 三ウ四。雑。○湯ぶね 浴槽。その深さが膝節丈。○杉のむら立 歌語。「嵐―杉」(類)。▽夕嵐が膝節丈を吹き通るのも道理、その丈の湯船に削る杉なのだから。

569 三ウ五。雑。○めづらしき御幸 「珍しく御幸を三輪の神ならば験あり馬のいでゆなるべし」(千載集)。前句を有馬の湯とみた。○大天狗 「杉―天狗」「天狗―杉村」(類)。▽大天狗は杉の村立を湯船に削って、珍しい御幸を待つ。

570 三ウ六。夏(ほとゝぎす)。○さて京ちかき山 「天狗よりもおそろしや。さて京近き山々」(謡曲・花月)。○山ほとゝぎす 「山郭公の一声も君の御幸を待ち顔なり」(謡曲・大原御幸)。▽さて京近き山々は、郭公ばかりか大天狗までが珍しき御幸を待っている。

571 ＼はせよしの残らずめぐるむら雨に

572 ちりさふらふよ花の中《なか》宿《やど》

573 ＼今朝見れば春風計《ばかり》の文ことば

574 猶《なほ》うらめしき寺のわか衆

575 ＼竹《しっ》篦《ぺい》をくるゝものとはしりこぶた

576 ひねるとこそはかねて聞《きき》しか

577 ＼三枚のかるたの外に月の暮

578 気《け》疎《うとき》秋ののらのより合《あひ》

571 三ウ七。春(はせよしの…めぐる)。○はせよしの　長谷・吉野。共に桜の名所。その行楽を春季に扱わないと、春季は次句・次々句の二句捨てとなって不都合である。○残らずめぐる　前引の謡曲・花月に「山々嶺々里々をめぐりめぐりて」とある。○むら雨　「郭公―村雨」(類)。▽一句の主体は村雨であるが、付意は、郭公が京近き山々ばかりか、村雨の降る長谷・吉野まで残らずめぐる、というのである。

572 三ウ八。春(花)。○ちりさふらふよ　「げにげに村雨の降り来つて花を散らし候よ」(謡曲・熊野)。○中宿　目的地に着くまでの途中の宿。▽長谷・吉野など名所を残らずめぐる途中、村雨のため中宿の花は散ってしまったよ。花の座を五句引上げた。

573 三ウ九。春(春風)。恋(文ことば)。○今朝見れば　「今朝見れば松風ばかりや残るらん」(謡曲・松風)。○文ことば　前句の候文を手紙とみ、「中宿」を出合茶屋に取成した付け。▽今朝みれば花は散って春風ばかりが残っていたと言い、裏に恋人は消え失せて手紙だけが残されていた意を寓した。

574 三ウ十。恋(うらめしき・若衆)。釈教(寺)。○うらめしき　「連歌恋之詞。…恨」(毛吹草)。▽今朝見ると若衆は書置を残して逃げてしまっていた。それがうらめしい、というのである。

575 三ウ十一。釈教(竹篦)。○竹篦　禅家で指導のため修行者を打つ、一尺五寸程の篦形をした竹の杖。○くるゝものとはしりこぶた　「明けぬれば暮るゝ物とは知りながらなほ恨めしき朝ぼらけかな」(後拾遺集)のもじり。「しりこぶた」は尻小端。男色の縁で「わか衆」に付く。▽尻こぶたには竹篦を呉れるものとは知りながら、やはり打たれると恨めしい、と寺の若衆が歎く意。

576 三ウ十二。雑。▽尻こぶたはひねるものだとかねてから聞いていたのに。

577 三ウ十三。秋(月)。○三枚のかるた　底本「枚」を「牧」に誤る。札の点数の合計の末尾が九を最高点とするカブ賭博の一種。▽前句「ひねる」を考案する意に取成し、三枚のカルタのほかに暮の月をひねり出したといったか。たんに、三枚ガルタ

579 〽その犬のまたほえかゝる村《むら》薄《すすき》

580 〽夜ふけて誰じゃ萩の下道

581 〽火打箱さがすや露の置《おき》所《どころ》

582 手きざみたばこ風にみだるゝ

583 〽むら消《ぎゆ》る雲にしやくりの声す也《なり》

584 〽引《ひき》立《たて》見ればひづむ天の戸

585 〽ぬか釘も時雨もみねによこおれて

586 磯部の松の針とがり行《ゆく》

をひねるという意か、未詳。月の座を三句こぼした。

578 三ウ十四。秋(秋)。○気疎秋ののら 「見たまへこゝもおのづから気疎き秋の野らとなりて」(謡曲・夕顔)。野良に放蕩者の意をかけた。▽人気のない野原に寄合って、夕暮の月の光を頼りにカルタ博奕を打っている。

579 名オ一。秋(村薄)。○犬 「のら」を野良犬に取成した。○村薄 「野—薄」(類)。▽一句は、犬が群薄の招くのを怪しい影と勘違いして吠えかかるという意。付合は、犬が気疎き野原に寄合っているというのである。

580 名オ二。秋(萩)。○萩 「萩—薄」(類)。▽番犬がまた吠えかかる。この夜更けに萩の下道をやってくるのは誰じゃ。

581 名オ三。秋(露)。○露の置所 「火打箱…の置所」とも続く。「萩—露」(類)。▽夜更けて訪ねて来たのは誰じゃと、急いで火打箱の置所をさがすという意。

582 名オ四。雑。○たばこ 「火—多波粉(タバコ)」(類)。○風にみだるゝ 「置くとみる程ぞはかなきともすれば風に乱るゝ萩のうは露」(源氏物語・御法)。▽前句を、自分で刻んだ煙草に火をつけるためと解した付け。一句は「煙」の抜け。

583 名オ五。雑。▽たばこの煙をむら消える雲に譬え、それにむせたしゃくりの声がするといったのである。「うつりゆく雲に嵐の声すなりちるか正木のかづらきの山」(新古今集)のもじり。

584 名オ六。雑。○引立見れば 「ひき立て見れば身には縄、口には綿の轡をはめ、泣けども声が出でばこそ」(謡曲・自然居士)。○天の戸 雨戸の意を寓する。「天の岩戸を引立て」(謡曲・三輪)。▽雲にしゃくりの声がするから雨戸ならぬ天の戸を引立ててみると、歪んで隙間風が吹き通っていた。

585 名オ七。冬(時雨)。○ぬか釘 諺「糠に釘」。○よこおれて 歌語。▽天の戸が歪んでいれば、時雨も峰に横折れて降る。引立てて釘を打てば、これも横折れて糠に釘同然、役に立たない。

586 名オ八。雑。▽前句の「ぬか釘」を細かい釘の意に転じ、それと同じように、時雨が横折れて降るごとに磯辺の松の針がとがってゆく、といったのである。

587 はれもの〻うみすこし有《ある》須磨のうら

588 瘤《こぶ》はかたほに見ゆる舟人

589 柴かりのいはれぬはなし又一つ

590 雪の山路もくちへ出るま〻

591 照《てる》月の氷も谷へさら〳〵〳〵

592 湯《ゆ》漬《づけ》も玉をみだす春風

593 油断すな花ちらぬまの早使

594 頓死をなげく鶯の声

587 名オ九。雑。○はれもの 「針―腫物(シュモツ)」(類)。○うみすこし有 「雪の中に海少しある夕波のたちくる音や須磨明石の」(謡曲・安宅)。「うみ」は海・膿の掛詞。「これはや津の国須磨の浦とかや申し候。またこれなる磯辺を見れば様ありげなる松の候」(謡曲・松風)によって「磯部の松」に付く。▽須磨の浦には海ならぬ膿が少しある。磯辺の松の葉は、それを潰す針のように先がとがってゆく、というのである。

588 名オ十。雑。○瘤 「はれもの」に付く。○かたほ 片頬・片帆の掛詞。「うみ」「うら」に付く。○舟人 「船―須磨」(類)。▽須磨の浦に腫物があるという前句に対して、舟人の片頬には瘤が見えると応じたのである。

589 名オ十一。雑。○柴かり 鬼に片頬の瘤を取られた柴刈の翁の話(宇治拾遺物語)によって前句に付く。○いはれぬはなし 無用の話。○又一つ 柴刈の隣の翁は、また一つ瘤をふやされて帰った。▽柴刈の翁は、無用の話をまた一つしたために、片頬に瘤のある舟人はまた一つ瘤をふやされた、という意。

590 名オ十二。冬(雪)。○山路 「柴―山路」(類)。▽雪の山路を、山の口へ出るままにさ迷い歩いたという意。柴刈の口から出まかせの話の一齣。

591 名オ十三。冬(氷)。月の定座。○照月の 「雪―月」(類)。▽凍る月光の下、氷が谷底へさらさらさらと流れ落ちる、と前句に情景を添えたのである。

592 名オ十四。春(春風)。○湯漬 「さら〳〵〳〵」を湯漬をかきこむ音に取成し、湯玉に掛けて下の「玉」を導いた。○玉 「氷→水晶→玉」の連想。▽前句を、春になって氷が解け谷へ流れ込むさまと解し、春風が玉を乱すと応じた付合。

593 名ウ一。春(花)。○早使 「湯漬」に付く。○花ちらぬま 「春風」のあしらい。▽花散らぬ間の急ぎの使者が、湯漬をかきこむ図。「花咲かば告げんと言ひし山里の使」(謡曲・鞍馬天狗)であろう。花の座を六句引上げた。

594 名ウ二。春(鶯)。無常(頓死)。○鶯の声 「法華経」と鳴く。「花を散らすは鶯の羽風」(謡曲・雲林院)。▽前句の「早使」を、頓死をしらせる急ぎの使者とみなしたのである。

595 跡《あと》職《しき》の公《く》事《じ》は霞《かすみ》てみとせまで

596 〽彼《かの》行《ゆき》平《ひら》のちうな分《ふん》別《べつ》

597 〽無《む》疵《きず》ものあげて一尺五六寸

598 〽命しらずの麻の手ぬぐひ

599 〽柄《ひ》杓《しやく》よりつたふ雫のよの中に

600 〽あらんかぎりはのめよ酒壺

愚墨六十句

長廿七

伝《つたへ》きく天宝の唐がらし、鼻より入《いり》て口よりい

595 名ウ三。春(霞て)。○跡職　底本「跡識」に誤る。跡式・跡敷とも書く。跡目のこと。○公事　訴訟。▽頓死による家督相続の訴訟が、霞のごとくわやわやとして結着のつかぬまま、三年もの歳月が経った。

596 名ウ四。雑。○彼行平のちうな　「かの行平の中納言」(謡曲・松風)のもじり。「ちうな」は「中な」で、中ぶらりの状態。「行平の中納言三年はここに須磨の浦」(同)によって「みとせ」を受ける。▽跡目相続の訴訟が三年も解決がつかないのは、扱い人である行平中納言の決断力のない分別のせいである。

597 名ウ五。雑。○無疵もの　名刀。前句の行平を刀工の名に取成した。大和の刀匠、名刀鬼切の作者左衛門太夫行平ほか、同名の刀工が多い。○あげて　仕上げて。○一尺五六寸　中脇差の寸法。「ちうな」に付く。▽かの刀匠行平は、一尺五、六寸の名刀を仕上げた。中脇差だから、「ちうな分別」からだろうという理屈。

598 名ウ六。雑。○命しらず　無鉄砲な振舞をする人の意で前句に付く。「あげて」は振り上げての意になる。一句中では丈夫で長持ちする物の意。○手ぬぐひ　一尺五、六寸を手拭の長さに取成した。▽麻の手拭は擦り切れもせず(無疵)丈夫で長持ちする、というのである。

599 名ウ七。雑。○柄杓　「手拭」と共に手洗用具。○雫のよの中　はかないこの世。▽雫のようにはかないこの世では、一寸先の命はどうなるかわからない。「柄杓よりつたふ」は「雫」を導く序詞。

600 挙句。雑。○酒壺　「柄杓」に付く。前句の「雫」を酒のそれに取成した。▽雫のようにはかないこの世だから、生きている限りは酒を飲んで憂さを忘れよ、という意。

〔奥書〕○天宝　唐の玄宗の年号。下の「唐(がらし)」を呼び出す。○唐がらし鼻より入て口よりいづる色あひは　発句の出来映えは、の意。○たちうり染　京四条立売のしぼり染。「立売纐(タチウリノククシ)染物、外ヨリ宜」(毛吹草)。○もみ紅梅　べに色で無地に染めた絹布の紅梅襲。○おいま　お今。紅梅染をよくした女郎か。未詳。「からくれなゐを何とそめどの／おいま女郎朝日かゝや

づる色あひは、たちうり染のもみ紅梅、一句〳〵のこまやかなるは、おいまがけしかのこ、後藤がほり、すがたうるはしくやすらかなるは、柳に桜、あさぎにうこん源左衛門が海道下り、筆でかくとも即《そく》点合、おそれながらも候《そろ》べく候《そろ》

西幽子判

いもは〳〵先月《まつ》をうる夕《ゆふべ》哉

是《これ》は名高き天満《てんま》の市より、貴賤の口にふれ腹にあぢはひ、禁好物《きんかうもつ》のきらひなき種をもとめて

舟夕子由平

601 芋掘《ほり》て見れば月こそ籠《ふご》にあれ

く花見さい／うぐひすよりも初娌の声」(宗因千句)。〇けしかのこ　普通の鹿子より細かい絞り染。〇後藤がほり　後藤の彫物。後藤は彫金家。初代祐乗。〇柳に桜　柳の木に桜の花が咲いたように姿うるわしいの意。〇あさぎにうこん　配色のよい組み合せ。「うこん」は、鬱金染に人名の右近を言いかけて下に続く。〇うこん源左衛門　右近源左衛門。上方の名女形。一説に元和八年(一六二二)生れとする。〇海道下り　右近源左衛門の当たり演目。〇筆でかくとも　下に「及ばず」等の語を省略。「筆に書くとも及ばじ」(謡曲・放下僧)など。〇点合　点をかける意に、冗談の意の「転合」を言いかけた。〇候べく候　いい加減になげやりにしておくこと。〇西幽子　西山宗因の俳号。

〔詞書〕〇いもは〳〵　この句西山宗因の作。寛文七年(一六六七)刊貝殻集(成安・秀政編)初出か。その後諸集に出て、揮毫も多く、自他共に許す名句であったらしい。「いもは〳〵」は芋売の呼び声。「先月をうる」は「水に近き楼台はまづ月を得るなり」(宋の蘇麟の詩句)の「得る」を「売る」にもじる。仲秋の名月を芋名月というにより上五に応じる。「芋は、芋は」の呼び声は、仲秋の名月の今宵は、芋よりもまず芋名月を売る声に聞きなされる、という意。〇天満の市　大阪天満橋西の竜田町から天神橋筋一丁目にわたる大川沿いにあった青物市場。芋はそこの名物。また宗因は天満宮連歌所の宗匠。〇禁好物　医者に禁じられた飲食物。病気によって良い悪いとされる食物。「病人の禁好物は目録にして医師にあつらへ侍る」(類)。〇きらひなき　誰の口にも合う。宗因の句を暗示。〇種　芋種にかけて、句の素材をいった。

601 発句。秋(芋・月)。〇見れば月こそ籠にあれ　「さしくる汐を汲み分けて、見れば月こそ桶にあれ」(謡曲・松風)のもじり。〇籠は四隅に綱をつけ、天秤棒で担いで運ぶ、もっこ。▽芋を掘って籠に入れると、芋の名のある名月を籠に見る思いがする。月の定座は七句目。[判]芋の風味を賞すると見せて、句の味

風味すぐれて月と共に名物なるべし

602 鴈は朸《あふご》と成《なり》て行《ゆく》空

603 秋風や腰の骨までなぎぬらん

604 慮《りよ》外《ぐわい》千《せん》万《ばん》野路の夕露

605 旅送り此《この》盃をそれへとは

てにはひとつにて付《つけ》られたる、めづらしくこそ

606 とかふ申せば馬かさうと云《いふ》

607 くだり舟まだ宵ながら是は扨《さて》

608 雲のいづこにやどる煮どうふ

わいを褒めた。

602 脇。秋(鴈)。○鴈　「鴈—月」(類)。○朸　底本「枴」に誤る。天秤棒。雁は鉤となり竿となりという。「籠」に付く。▽月が籠にあれば、鴈は天秤棒となって空を行く道理を付けた。

603 第三。秋(秋風)。○秋風　「鴈—秋風」(類)。○なぎぬらん　薙ぎぬらん。▽「棒—喧嘩」(類)で、天秤棒からいさかいが連想され、秋風が腰の骨まで薙ぐと、誇張に過ぎる表現をしたのである。

604 初オ四。秋(夕露)。○慮外千万　まったく無礼だの意。○野路　「野—秋風」(類)。▽秋風が横なぐりに吹きつけ、野路の夕露を吹き散らしたのは、慮外千万である。

605 初オ五。雑。○盃　「露」に酒の意を汲んで付く。○それ　おまえ。▽前句の「慮外千万」を逆の意味に取成し、旅送りの宴で、「この盃をお前に」とは、慮外千万かたじけないといったのである。判「それへとは慮外千万」と、「とは」のてには一つで前句にかかる、連歌の「かけてには」の手法。初期俳諧には数少ない高等手法である。

606 初オ六。雑。○とかふ　とかう。とやかく。○馬　馬の餞(はなむけ)の縁で「旅送り」に付く。▽旅送りの場で、あれこれと旅の難儀を歎いていたら、親切な人が馬を貸そうと言ってくれた、という意。

607 初オ七。雑。○くだり舟　四〇一詞書参照。○是は扨　思いがけぬことに驚くさま。▽まだ宵だのに、何とまあ、はや下り船は出てしまっていた。前句は、それを聞いて馬方が馬をすすめたというのである。

608 初オ八。雑。○雲のいづこにやどる　「夏の夜はまだ宵ながら明けぬるを雲のいづこに月やどるらん」(古今集)。○煮どうふ　五〇一詞書参照。三十石船の乗客相手の「くらはんかぶね」の縁で「下り舟」に付く。▽月ならぬ煮豆腐が雲のいづこにやどるのかという談林一流の無心所着。前句には、何とまあ、まだ宵ながら下り舟はいず、煮豆腐売りの船も見えない、の意で付く。

609 胡《こ》椒《せう》の粉むせんで声を郭公《ほととぎす》

をし鳥をころしたるさたは無之《これなき》物を

610 薬《や》研《げん》のそこな爰《ここ》なむら雨

611 鍔《つば》屋《や》殿わざと呼ふだと御座らふか

「そこなこゝな」よくうつされ候

612 ひごろのうらみ根はぬけました

613 うつり瘡《がさ》やみぬるうちはどのかうの

614 いかいやつかいかくるゆの山

615 だんかうにいでそよ今日も五人組

616 負《おほ》せかたなる入《いり》相《あひ》のかね

609 初ウ一。夏(郭公)。○胡椒　底本「胡椕」。煮豆腐の薬味。○むせんで声を　「さけばんとすれども、猛火の煙にむせんで声をあげ得ぬは、をしどりを殺しし科やらん」(謡曲・善知鳥)。○郭公　「過ぎぬなり有明の空のほととぎす雲のいづくに声やどるらん」(壬二集)。▽前句の非論理に対し、郭公が胡椒の粉にむせんで声をあげることが出来ぬという非論理で応じた。判付句の本説善知鳥の詞章を踏んで、句作の妙を賞した。

610 初ウ二。雑。○薬研　薬種などを押しつぶし粉末にする金属性の舟形の器具。「胡椒の粉」を作る。○そこな爰な　そこらここら。「底」にかけたか。○村雨　「声はして雲路にむせぶほととぎす涙やそそく宵の村雨」(新古今集)。▽郭公が胡椒の粉にむせて、薬研のそこらここらに村雨の涙を降らす。

611 初ウ三。雑。○鍔屋殿　鍔の古物・新調の商人。薬研鍔の縁で前句に付く。○わざと　ほんの形ばかり。▽鍔屋殿は、形ばかりの振舞いに呼んだとて、折からの村雨ではおいでになろうか。判「そこな爰な」に人を見下す下心があるとみた評か。

612 初ウ四。恋(うらみ)。▽日頃の恨みが根から抜けた仲直りに、鍔屋殿を食事に招こうというわけ。根が抜けたといったのは、「鍔」のあしらい。目釘がはずれると刀身が抜ける。

613 初ウ五。恋(うつり瘡)。○うつり瘡　伝染性の皮膚病で、黴毒をいう。「根―腫物」(類)。▽移り瘡を病んでいたうちはとやかく言って恨んでいたが、瘡の根が抜ける(根治する)と同時に、恨みの根も抜けたというのである。

614 初ウ六。雑。○いかい　たいそうな。○かくる　下の「ゆ」(湯)の縁語。○ゆの山　有馬温泉。「湯―瘡かき」「瘡・療治―湯の山」(類)。▽移り瘡を病んでいるうちは、湯の山で湯治するとか何やかやで、いかい厄介をかけたという意。

615 初ウ七。雑。○だんかう　談合。○いでそよ　「有馬山ゐなの笹原風吹けばいでそよ人を忘れやはする」(後拾遺集)。○五人組　村方では惣百姓、町方では地主・家主の五戸一組の隣保組織。▽さあそれよ、今日も湯の山へ五人組の談合に出かけよう。いかいやっかいをかけることだ、というのである。

616 初ウ八。雑。○負せかた　貸方。○入相のかね　入相の鐘に入費の金銭の意をかける。「今日も暮れぬと告げ渡る、

617 味噌こし碁又まいらふか峰の坊

毎度はやり事ながら、句作にははじめて也

618 おせきもつ共《とも》遅き月影

619 はるかなるからかね鍋の酒のかん

上戸衆まちかねられ候はん

620 仲《なか》丸《まろ》髭につけんしら露

621 花のあぶら天《てん》平《ぴやう》の比《ころ》ねりそめて

622 延《えん》宝《ぽう》二年竹べらの春

623 君が代はのどかに造る腰ふさげ

声も寂しき入相の鐘」(謡曲・羅生門)等。▽前句を、分散した財産の評価など、債権取立てのための債権者会議を今日も開く(何日もかかる)とみて、入費の大きさを歎いた句。判出費のかさむ債権者会議は毎度はやり事だが、句作には初めてで面白い。

617 初ウ九。釈教(坊)。○味噌こし碁　笊碁。寺院の縁。「勝負(カチマケ)—碁」(類)。○峰の坊　「峰—古寺」「晩鐘(アイリ)—山寺」(類)。▽峰の坊よ、もう一番笊碁をやろうか。たびたび勝って貸しのある人物の科白。

618 初ウ十。秋(月)。月の定座。○おせき　お急ぎ。囲碁用語「関」の意を含んで「碁」をあしらう。○もつ共　尤も。○月影　「峰—月」「待(ツマ)—岑の月」(類)。▽峰の月の出が遅くてお急ぎになるのは尤もです。前句を月の出を待つ体とみた。

619 初ウ十一。秋(酒のかん)。○はるかなる　「遅き月影」をあしらい、下の「から」(唐)を引き出す。「遠(トヲ)—唐」(類)。○からかね鍋　青銅の鍋。▽唐金鍋で酒の燗をすると時間がかかる。前句から月見酒。判「おせきもつ共」の理由がよく転じられているのを暗に賞した。

620 初ウ十二。秋(しら露)。○仲丸　安倍仲麻呂。天平の人。養老元年(七一七)より在唐五十四年。○髭　「髭—唐人」「濁酒—髭」(類)。○しら露　酒の滴。▽仲麻呂は、遥かなる唐の国で、唐金鍋の燗酒を呑み、髭にその滴をつけていることだろう。

621 初ウ十三。春(花)。花の定座。○花のあぶら　前句「髭」から、鼻の油のもじり。あるいは高級な鬢付油として重宝された「花の露」をいうか。▽いま世間に名高い花の油は、天平の頃初めて製せられ、かの仲麻呂も髭につけたであろう。ただし、「花の露」は寛永末、芝神明前せむし喜右衛門の創製。

622 初ウ十四。春(春)。○延宝二年　この百韻は同年秋成立。▽天平のころ練り初めた花の油は、延宝二年(一六七四)の今日もなお竹箆で練り続けられている。

623 二オ一。春(のどか)。○君が代は　「君が代はのどかに澄める池水に千歳をちぎる秋の月かげ」(新拾遺集)。○腰ふさげ　腰塞。間に合わせの粗末な刀。「竹べら」を竹光とみた付け。▽延宝二年のこんにち、君が代は平安で、腰ふさげの竹光をのんびり作っていることだ、という意。

624 袴《はかま》の山も苺《こけ》のむすまで

625 おとなしやなづともつきぬ岩之介

両句、天津《あまつ》乙女《をとめ》もほの字でかゝらんか

626 我《わが》くろかみは法《ほつ》躰《たい》をせん

627 一かせぎもはや望みもなかりけり

628 もとの江戸とはちがふ分別

629 穴蔵の沙汰もほつとり納《をさま》りて

御褒美あるべく候

630 地獄おとしをかくるといなや

631 ぬれものにたとへいかなる御僧も

624 二オ二。雑。○袴の山　高く山のようになっている袴の後方。「山―袴の腰」「腰―袴」(類)。○苺のむすまで　「君が代は千代に八千代にさざれ石の岩ほとなりて苔のむすまで」(隆達小唄)。▽君が代の常磐なることを、「腰ふさげ」の縁で「袴の山」も苔のむすまで、と言ったのである。

625 二オ三。恋。○なづともつきぬ　「君が代は天の羽衣稀にきてなづともつきぬ岩ほならなむ」(拾遺集)。○岩之介　岩の擬人化。▽袴をつけると一層大人びて見える岩之介の姿は、いつまで(苺のむすまで)愛撫しても飽くことがない。判「ほの字」は、惚れること。「緑の空にたなびく白雲は、天つ乙女の天つ梣領巾(たくひれ)撫づとも尽きせぬ巌も」(謡曲・梅)。

626 二オ四。釈教(法躰)。○我くろかみは　「はじめて頭おろし侍りける時、物にかきつけ侍りける。垂乳めはかかれとてしもうば玉の我が黒髪をなでずやありけん」(後撰集)。▽「撫づとも尽きぬ」と言われたこの黒髪を剃り落として出家しようと、岩之介の決意を付け寄せたのである。

627 二オ五。雑。▽事業に失敗して、もはや再起の望みもない。前句の出家の原因。

628 二オ六。雑。▽かつては上方の喰いつぶし者が、一攫千金を夢みて東下したものだが、いまの江戸はそんなところではなくなった、と分別した意。

629 二オ七。雑。○穴蔵　財宝・証文などを入れる防火用地下金庫。○ほつとり　すっかり。○納りて　穴蔵の縁語。「納(オサム)―庫(クラ)」(類)。▽火災が頻繁に起こった以前の江戸と違い、穴蔵騒ぎもすっかり納まった。判防災の心得が行き届いて、お上から御褒美を頂くことだろうと言い、御褒美あるべき句作だと賞したのである。

630 二オ八。釈教(地獄)。○地獄おとし　鼠を殺す装置。鼠が餌を食おうとすると、落とし蓋が落ちて圧殺される仕掛け。「穴―鼠」「地獄―鼠おとし」(類)。▽地獄落としを仕掛けるや否や、ぴたりと穴蔵に鼠が出入りしなくなった。

631 二オ九。恋(ぬれもの)。釈教(御僧)。○ぬれもの　情事に通じた女。○御僧　「落ル―出家」(類)。▽前句の「地獄おとし」を出家落とみ、濡れ者の手練手管には、たとえいかなる

ぢごくおとし新しく候。おとさるゝ人おほかるべく候

632 そこをはらはん布《ふ》施《せ》のかねこと

633 なき跡に残しをかれし皮袋

634 三とせがほどのへちま也《なり》けり

だんぶくろもかく物にこそ

635 ふるさとの月もきびすやみがくらん

きびすはしらず、句はみがきたて候

636 にやりと志賀の山越の露

637 松の色似せ侍はどこやらが

638 いひたいがいにあらし吹《ふき》行《ゆく》

高僧も堕落して、還俗するといったのである。判「地獄おとし」の取成し・見立ての新しみを賞した。

632 二オ十。恋(かねこと)。釈教(布施)。○はらはん　金の縁語。○布施のかねこと　布施の金に兼言を掛けた。▽底つく程の約束をさせられ、布施の金も財布の底を払うことであろう。たとえどんな高僧でも、濡れ者の手管にかかっては。

633 二オ十一。無常。○なき跡「布施―野をくり」(類)。○皮袋　財布。▽生前の約束で、遺産の皮袋は布施に底をはたいてしまった。恋から無常への転。

634 二オ十二。秋(へちま)。○三とせがほどの「亡き跡とはれ参らせつる…さても行平三年が程…こゝに須磨の浦、都へ上り給ひしが、此の程の形見とて、御立烏帽子狩衣を残し置き給へども」(謡曲・松風)。○へちま　つまらぬものの譬えに「へちまの皮のだん袋」。▽行平が亡き跡に残し置かれた皮袋も、三年経てば中味は使い果たし、へちまの皮同然になってしまった。判段袋(布製の荷物袋)は肩に舁《か》くものだが、垢を掻くへちまに変ってしまった。これも「かく」ものにはちがいない。

635 二オ十三。秋(月)。月の定座。○ふるさとの　謡曲・砧によって「三とせがほど」に付く。○月もきびすやみがくらん「月も光や磨くらん」(謡曲・金札)のもじり。▽三年が程留守にした故郷の月も、へちまできびすを磨いて輝いていることだろう。判付句の趣向・詞を用い、句作の妙を賞した。

636 二オ十四。秋(露)。○志賀の山越　京白河から近江へ越える山道。「古郷《フルサト》―滋賀」(類)。○露　投込み。「露―月」(類)。▽前句を、故郷で女がきびすを磨いて待つ意と解し、ほくそ笑みながら志賀の山を越えると付けたのである。

637 二ウ一。雑。○松の色　不変のもの。志賀辛崎の一つ松から「志賀」をあしらう。○似せ侍　歯参照。○どこやらが侍らしくない、の省略。▽本物の武士はめったに顔色を変えないが、似せ侍はどことなくにやにやしていて、正体がばれる。

638 二ウ二。雑。○いひたいがいに　言いたい放題に。たいへんの意の「がいに」を掛ける。○あらし吹行「松―吹あらし」(類)。▽本物の武士に見せようと言いたい放題を吹いていったが、かえって不自然で似せ侍らしい。

639 〽借銭《しやくせん》を仰《おほせ》はさにて候へど
　いひのこしたる心底ふかし

640 〽先《せん》書《しよ》に申《まうし》入《いる》る物ぎは

641 〽雪の事手《て》前《まへ》忘却是非もなし
　つれ〴〵草の色をまし候

642 〽見らるゝ躰《てい》の杉の下《した》庵《いほ》
　詞ひとつにてこと〴〵しく付《つけ》られたる、奇妙〳〵

643 〽一宿《いつしゆく》はやすき義なれどさりながら
　又「さりながら」おとらず候

644 〽亭主にとはん須磨のうら風

645 〽鷗とやいや〳〵あれは夕ちどり

639 二ウ三。雑。○借銭「わめきさけぶ・声高—借銭乞(シャクセンゴヒ)」(類)。▽言いたい放題なことを言って借銭の返済を迫られる、仰せはごもっともでございますが…。[判]言いよどんだ部分に困惑する気持がこめられているのを賞した。

640 二ウ四。雑。○物ぎは　物際。物日(紋日)の際。盆・正月など節季前の繁忙時。▽銭を貸せという仰せは尤もでございますが、先の手紙で申し入れましたように、この物際では、ちょっと融通がつきかねます。

641 二ウ五。冬(雪)。○雪の事「この雪いかがみると、一筆のたまはせぬ程のひがひがしからん人の仰せらるる事、聞き入るべきかは」(徒然草三十一段)。○忘却　底本「却」を「脚」に誤る。▽徒然草の手紙の再返事。先書に雪の事を忘却しておりましたのは、折節多忙な物際のせいで、是非もございません。[判]無風雅を物際のせいにしたのはみごとな着想で、徒然「草」の色を増した。

642 二ウ六。雑。▽見られるていの杉の下庵だから、雪に埋もれて、お手前が見忘られたのも致し方がない。[判]「詞ひとつ」は、ものの言い方一つ。「見らるゝ躰の」という発話体で前句をあしらったのをいう。

643 二ウ七。雑。▽一晩お泊め致すのはたやすい御用ですが、ご覧の通りの粗末な庵で…。謡曲がかりの付合。発話体を賞する。[判]「さりながら」の言いまわし一つで前句に付いた、

644 二ウ八。雑。▽一宿はやすき儀なれどさりながら、亭主に問うてみました上で、と須磨の浦風が言ったというのである。謡曲・松風による趣向。句はツレの科白。

645 二ウ九。冬(鷗・ちどり)。○鷗「鷗—須磨」「千鳥—鷗」(類)。○ちどり「須磨—千鳥」(類)。▽須磨の浦に遊ぶ鳥は鷗ですか、と亭主に問うと、いやいやあれは夕千鳥です、と答えたという意。謡曲・隅田川のシテとワキの問答を念頭に置いた作。

646 二ウ十。冬(かれ芦)。月の定座。○かれ芦「鷗—芦原」「芦—鷗・千鳥」(類)。▽「いや〳〵」と「かぶりふる」の主格を、鷗・千鳥にふさわしく枯れ芦と見立てたのである。

646 見よかぶりふるかれ芦の月

647 細工人祖《そ》師《し》西《せい》来《らい》意《い》生《いき》うつし

648 肱《ひぢ》をたちぬる小刀の先

649 衆《しゆ》道《だう》ずき数《す》度《ど》の高《かう》名《みやう》花《はな》盛《ざかり》

誰も感状を出すべく候

650 安《あん》堵《ど》の誓紙うぐひすの声

651 秀《ひで》平《ひら》が命のうちに雪消《きえ》て

652 あすまたきかん浄るり芝居

653 くもりくるちりてれてんもはれよかし

647 二ウ十一。釈教(祖師西来意)。○細工人 「かぶりふる」のはだるま人形。○祖師西来意 達磨大師が印度から中国に渡来した意味を問う公案(碧巌録)。達磨大師は一枝の葦に乗って揚子江を渡ったという(達磨三朝伝)。「芦—達磨」(類)。▽細工人の作ったただるま人形は、祖師西来意の公案にかぶりまで振ってみせるほど、本ものそっくりである。

648 二ウ十二。雑。○肱をたちぬる 禅宗第二祖慧可が達磨に入門を断られ、自分の左腕を切断して決意のほどを示した、慧可断臂の故事による。▽細工人が生きうつしの達磨像を彫りあげたが、誤って小刀の先で自分の肱を切ってしまった。

649 二ウ十三。春(花盛)。恋(衆道ずき)。花の定座。○衆道ずき 前句を衆道の誓いとみた付け。四二参照。○数度 スド(書言字考節用集)。たびたび。○高名 「小刀」を敵の首をとる刀に取成す。▽幾度も小刀の先で腕引の衆道の誓いをした、軍に譬えれば度々の手柄で名を挙げた、人生花盛りというべきだ。判「感状」は武勲に対して主君から与えられる賞。句に対する感状を兼ねる。

650 二ウ十四。春(うぐひす)。○安堵の誓紙 土地の知行権・領有権などを承認する安堵状。▽数度の武勲をあげると安堵の御教書を頂くが、衆道の上のこととて安堵の誓紙を頂くことになった。

651 三オ一。春(雪消て)。○秀平 藤原秀衡。「起請—秀平最後」(類)。○雪消て 「うぐひすの声」のあしらい。▽秀衡存命中に、子供を枕元に集め、義経に味方すべく起請文を書かせて安堵した、というのである。

652 三オ二。雑。○あすまたきかん 「命のうちに」に付く。四一一参照。○浄るり芝居 判官物の続き浄瑠璃。▽秀衡の出る判官物の浄瑠璃の続きを、あすまた聞こう、という意。

653 三オ三。雑。○ちりてれてん 三味線の音。「てん」に天を掛けて、「はれよかし」と続けた。▽あすまた浄瑠璃芝居を観に行こうと思っているのに、空が曇ってきた。どうか天よ晴れておくれ。当時の芝居小屋には屋根がなく、雨天休演。

654 親《おや》仁《ぢ》が留守にしぐる松風
655 こつそりと窓よりくゞるかねの音
656 その手をとつてわかれうかいの
657 やわらにも恋のくせものわげられず
658 はづしのきいた君はきよくなや
659 まだ明《あけ》ぬ閨《ねや》の懸《かけ》がねいつのまに
660 言《こと》伝《づて》せうもの旅の行《ゆく》末《すゑ》
661 千万里へだつこゝろも不《ぶ》性《しやう》から

654 三オ四。冬(しぐる)。○しぐる松風　松風が時雨のごとき音を立てる。「なほ晴れ残る音とてや松風ひとりしぐるらん」(謡曲・道明寺)。「ちりてれてん」を琴の音に取成した付けでもある。「松風―琴の音」(類)。▽父親の留守中に時雨が降ってきた。前句の空も晴れよと願うゆえん。
655 三オ五。恋(句意)。○窓　「時雨―窓とづる」(類)。「秋寒き窓の内、軒の松風」(謡曲・三輪)。○くゞる　底本「る」欠。西山宗因点由平独百韻によって補う。▽前句の「しぐる」を濡る(情交する)意と解し、夫の留守中こっそり窓から男を引入れて情事すると付けたのであろう。「留守―密夫(マヲトコ)」(類)。
656 三オ六。恋(わかれ)。○わかれうかいの　「別―鐘の音」(類)。▽前句を、夜明けを告げる鐘の音が、窓をくぐって聞えてきた意と解し、きぬぎぬの別れを惜しむ情を付けた。その手をとって別れようものか、別れはしないぞ、の意。
657 三オ七。恋(恋)。○やわら　「その手をとつて」のあしらい。○恋のくせもの　「来し方より今の世までも絶えせぬものは恋といへる曲者」(謡曲・花月、閑吟集)。○わげられず　「わぐ」は綰ぐ。たわめ曲げる意。「離別河辺綰二柳条一」(三体詩)。▽いくら柔術の達者でも、恋の曲者だけはとりおさえることが出来ない。前句を、別れようとしたが別れられない意に解した。
658 三オ八。恋(君)。○はづし　攻撃を避ける意で「やわら」に付き、思惑をかわす意で前句の比喩をあしらった。○きいた　巧みである。○君　「連歌恋之詞」(毛吹草)。○きよくなや　つれない。「曲―相撲」(類)。▽柔らのような手を使って恋を仕掛けるが、君はそれをかわすのが巧みで、つれないお人だ。
659 三オ九。恋(句意)。▽まだ夜も明けぬ内に、いつのまに閨の懸金を外して君は帰ってしまったのか。つれない人だ。
660 三オ十。恋(句意)。▽前句を、夫が妻の睡眠中未明に旅立ったと解し、旅の行末を案じる気持を誰かに言伝したいものだ、と付けたのであろう。
661 三オ十一。恋(句意)。○へだつ　「言伝」のあしらい。「使(ツカヒ)―へだつる中」(類)。○不性　「不精」の宛字。▽千万里を隔つような疎遠な心も、結局は不精が原因であるから、旅の先々からせっせと言伝をしたいものだ。

662 たがひにかよふあしもあらはず
よごれあし、句におゐては玉より明《あきらか》也

663 月におもふそなたの風を引《ひき》そへて

664 いまは芭蕉葉にうん〳〵と計《ばかり》

665 置《おく》露の身は古寺の米をうち
六祖もきねをわたさるべく候

666 狸のみこそ与七なるらめ

667 案《あ》内《ない》もうしり声もなし跡もなし

668 おくすり一ぷくよはり果ぬる
門からにげられたる有《あり》さま見るやうに候

662 三オ十二。恋(たがひにかよふ)。○たがひにかよふ　「山川万里をへだつれども、たがひに通ふ心づかひの妹背の道は遠からず」(謡曲・高砂)。▽たがいに通う妹背が、汚れた足も洗わないような不精なことをしていると、やがて心が千万里も隔たってしまう。判汚れ足の句が、明珠以上に輝いてみえる。

663 三オ十三。秋(月)。恋(おもふそなた)。月の定座。○そなたの風　「別路は雲居のよそになりぬともそなたの風の便すぐすな」(新古今集)等。ここは、「風」に風邪を掛ける。▽そちらから風が吹くごとに、月を眺めながらあなたのことを思いわびている、という意。付合はたがいに通う内に風邪が移り、その結果足を洗わずにいる、という意。恋九句連続は法外。

664 三オ十四。秋(芭蕉)。○芭蕉葉　解熱・利尿剤。「風をいとふ―芭蕉」(類)。▽あなたの風邪が移り、いまは病床に芭蕉葉の煎じ薬を飲みながら呻吟している、というのである。

665 三ウ一。秋(露)。釈教(古寺)。○置露の身は古寺の　「身は古寺の軒の草、忍ぶとすれど古も、花は嵐の音にのみ、芭蕉葉のもろくも落つる露の身は、置き所なき虫の音の」(謡曲・芭蕉)。「古寺―破れしばせを」「芭蕉―古寺の庭」(類)。▽露のようにはかないこの身は、いまは出家して古寺の芭蕉のかげで、うんうんと米を搗いている。判六祖も伝を継がしめるであろう。「六祖」は禅宗第六代慧能。無学文盲、臼を踏んで頓悟したという。「臼―恵能禅師」(類)。

666 三ウ二。雑。○狸　「狸―古寺」(類)。○与七　下男の通称。○こそ…なるらめ　「声はせで身をのみこがす蛍こそ言ふよりまさる思ひなるらめ」(源氏物語・蛍)。▽古寺に住むのは狸ばかり、米を搗いている与七は狸の化けた姿であろう。

667 三ウ三。雑。○しり声もなし　前引の本歌「声はせで」による。▽与七の声で案内を乞うので出てみると、尻声もなく、姿かたちもない。さては狸が化かそうとしたのらしい。

668 三ウ四。雑。○よはり果ぬる　「さりともと思ふ心も虫の音も弱り果てぬる秋の暮かな」(千載集)。▽前句を玄関先から逐電したと解し、その人物を藪医者と見て、お薬一服盛ったが、患者は少しもよくならず衰弱しきった、と付けたのである。判「見るやうに候」は、歌学の「見様体」からきた評語。

669 〽むねぐるし夜の目もあはぬ相場もの
人参《にんじん》にても療治如何《いかが》、ましてびんろうじ
不及沙汰《さたにおよばず》に候

670 〽行《ゆき》てはかへりかへり手形に

671 逢坂山なしくづしにやくづすらん

672 〽かるたのまんをくるよしもがな

673 おそらくもなんごうならば一こぶし

674 もつてまいらふさかづきの影

675 むしの音《ね》のりんといふ下女いま爰《ここ》へ

676 〽へしたふしてよ恋《こひ》草《くさ》の露

669 三ウ五。雑。○相場もの　相場師。▽前句を、薬を飲まなければならぬほど衰弱した意に取成し、相場の高下が気がかりで夜も眠れず、胸苦しい相場師を付け寄せた。判高麗人参でも治療してはどうか、檳榔子では問題にならない。「檳榔子」は檳榔の実、健胃・利尿・駆虫薬。

670 三ウ六。雑。○行てはかへり　「行きては帰り、帰りては行き…百夜までと通ひて九十九夜になりたり。あら苦し、目まひや、胸苦しやと悲しみて」(謡曲・卒都婆小町)。○かへり手形　預り証文。ここは信用なく返されてくる手形。▽手形が行ったり来たりして、結局返されてきてしまう。前句の相場師の心痛の原因。深草少将の百夜通いの伝説の卑俗化。

671 三ウ七。雑。○逢坂山　「これやこの行くも帰るも別れつゝ知るも知らぬも逢坂の関」(後撰集)。▽預り証文を返して貰うため、逢坂山ほどの借金をなしくずしにすることだろう。

672 三ウ八。雑。○まんをくる　幸運に出会うこと。「繰(く)—運気」(類)。○くるよしもがな　「名にしおはば逢坂山のさねかづら人に知られで来るよしもがな」(後撰集)。▽かるた博奕で少しずつ負けがこんで来たので、幸運な札を繰る方法はないものか、という意。

673 三ウ九。雑。○なんごう　何個。握った一文銭の数を当てさせる博奕。「ナンゴ・ナンゴウ」(日葡辞書)。○一こぶし　一握り。▽かるたの「まん」(運)はなかなか引き当てられないが、なんごう博奕ならおそらく一握りで当ててみせる。

674 三ウ十。秋(つきの影)。月の定座。○さかづきの影　「月の影」を隠す。▽「なんごう」を、握った箸の数を当てる酒席の遊びに転じ、当たらなかった罰に酒を呑ませると付けた。

675 三ウ十一。秋(むしの音)。○むしの音の　「りん」を呼び出す序詞。○りん　鈴虫・松虫などの音に下女の名を掛けた。▽りんという名の下女が、いまここへ盃を持って参りましょう。

676 三ウ十二。秋(露)。恋(恋草)。○へしたふしてよ　押し倒してよ。「よ」は詠嘆。○恋草の露　「恋草の露も思ひも乱れつつ」(謡曲・松風)。「虫—色草」「虫—庭の露」(類)。▽りんという名の下女を押し倒して、恋草の露に濡れる。判「へしたふして」が戦を連想させるので「手がら」といった。恋の手柄・早業

すでに手がら早わざ相見え候

677 花に垣それをいはせて置《おく》物か

無理破《や》り所望、花の執心不斜《なゝめならず》

678 小蝶もともにとんだ作者の

679 のら猫にはねをはやしてさへづらせ

換骨《くわんこつ》羽化《うげ》したる句躰に候

680 劫《こふ》へてをどるまな板のあし

681 むぐら生《おひ》あれたる宿の台所

682 つれなきかゝをよぶとせしまに

本歌一字をかへて千金也

683 目かけもの内へいれんとおもひきや

である。

677 三ウ十三。春(花)。花の定座。○花に垣 「垣—植る花」「草—垣根」(類)。○それ 垣。○いはせて 結わせて。「結—垣」(類)。▽恋草の花に垣を結いめぐらしてあるが、垣根をそのままにしておくものか、へし倒して摘みとってやるぞ。判無理やり花を所望とは、なみなみならぬ執心ぶりだ。

678 三ウ十四。春(小蝶)。○小蝶 胡蝶。「胡蝶—かすみの笆(マガキ)・花園」(類)。○とんだ 「飛ぶ」は付合を飛躍させる意。談林俳諧の特徴。○作者の 「の」留りは談林の流行。▽飛体の作者なら、「花」に「垣」を結ぶような平凡な付合は許すまいぞ。花の垣を破る点では、胡蝶も飛んだ作者と同じという論理。

679 名オ一。春(さへづる)。○のら猫 「胡蝶—猫」(類)。○はね 「はね—蝶」(類)。▽「とんだ作者」の作品がこの句。判「換骨羽化」は、俗骨が仙骨となり、人体に羽が生えて仙人になること。野良猫がそうなったという奇妙の作意を賞した。

680 名オ二。雑。○劫へて 底本「刧へて」。年功を経て。「凡十有余年老牡猫有ニ妖為レ災者一、相ニ伝純黄赤毛者多作レ妖」(和漢三才図会)。○まな板 「台所—猫」(類)。▽野良猫に羽が生えて囀るほどなら、俎も劫を経て踊り出すはず。

681 名オ三。夏(むぐら)。○むぐら生 「葎おひて荒れたる宿のうれたきはかりにも鬼のすだくなりけり」(伊勢物語)。▽葎が生い茂り荒廃した宿の台所では、俎が劫経て踊り出す。

682 名オ四。恋(つれなき・かゝ)。▽家を捨てて出て行ってしまった嬶(かか)を呼び戻そうとしているうちに、わが家はすっかり荒れ果てた。「わが宿は道もなきまで荒れにけりつれなき人を待つとせしまに」(古今集)のもじり。判本歌のパロディが一字千金である。

683 名オ五。恋(目かけもの)。▽つれない嬶を呼び戻そうとひたすら努めていたわけで、その留守中に妾を内へ入れようなどとは思いもしなかった。

684 名オ六。恋(かよひ)。▽ときどきこっそりと通うことこそ恋の妙味なのであり、妾を内へ入れようなどとは思ったこともない。「妻といふものこそ、をのこの持つまじきものなれ。…よそながらときどき通ひ住まんこそ、年月経ても絶えぬなか

684 とき〲かよひたらんこそ〱

685 はらますはあたまのくろい鼠ずら

686 法師に申せあのいたづらを

687 手《て》習《ならひ》の手ぬるくさぶらふ二郎太郎

688 そのきつさきで天狗とはよも

二刀のむさしが中分《まうしぶん》か

689 むなぐらをとられて行《ゆき》しやんま山

花月があり様、色白なる天狗たるべく候

690 巾《きん》着《ちやく》しぶいたみねの松風

691 月に影あたいはこぎり申《まうす》まひ

らひともならめ」(徒然草一九〇段)。係助詞「こそ」を擬態語の「こそ〱」に転じたのがみそ。

685 名オ七。恋(はらます)。〇あたまのくろい鼠　諺。人間、とくに犯人など。〇ずら　推量の助動詞「ずらう」の変化形。▽ときどきこそこそと通ってきては、女を孕ましたのは頭の黒い鼠であろう。

686 名オ八。恋(いたづら)。釈教(法師)。〇いたづら　前句に付いて男女の不義密通。▽娘にいたずらをしかけて孕ませた男の不実を、坊さんに申して戒めてもらえ、という意。「鼠↓大黒↓法師」の連想か。

687 名オ九。雑。〇手習　「法師」を寺小屋の師匠に取成した付け。〇さぶらふ　「候ふ」に「三郎」を掛けた。▽三郎・二郎・太郎の手習に身が入らないのはいたずらばかりしているせいだから、師僧に言いつけて叱ってもらえ。

688 名オ十。雑。〇天狗　「御供の天狗はたれたれぞ。…飯綱の三郎、富士太郎」(謡曲・鞍馬天狗)、「愛宕の山の太郎坊、比良の峰の次郎坊」(謡曲・花月)。▽「手習」を剣術の稽古とみて、三郎・次郎・太郎よ、その切っ先で天狗を切ろうなんてとても出来ない、まだまだ稽古は手ぬるい、といったのである。判これは二天一流、二刀流の達人宮本武蔵玄信の言いぐさか。

689 名オ十一。雑。▽天狗に太刀打ちできる力量がなく、胸ぐらをとられてあちらこちらの山々を連れ廻された、という意。「さてもわれ筑紫彦山に登り、七つの年天狗にとられて行きし山々を、思ひやるこそ悲しけれ」(謡曲・花月)。判「やんま」(女郎の意がある)の語を聞きとがめて、謡に出てくる花月とは、実は色白な女天狗だったにちがいない、と言った。

690 名オ十二。雑。〇巾着　女郎を「やんま」というのに対して、お客を「巾着」という。〇しぶいた　雨風が激しく吹きつける意と、無理に連行する意。一句は前者、付合は後者。▽「むなぐらをとられて」を巾着をすられての意に取成し、峰の松風が巾着を吹きさらったと付けたとも、巾着をかすめとったのがばれて、胸ぐらをとられてしょっ引かれた意とも、解せる。

691 名オ十三。秋(月)。月の定座。〇月に影　「峰―月」(類)。〇あたいはこぎり申まひ　「あたひはこぎりますまい」(狂

692 〽ざれ絵をざつと末広の露

693 〽かる口の方《かた》にみせたら荻薄

694 守《もり》武《たけ》以後の夕ぐれの秋

695 七《なな》十《そぢ》の翁は無事に摂州住《ぢう》

696 ゆつくり千代をみつの浜松

697 〽屠《と》蘇《そ》白《びやく》散《さん》まちこひぬらん花の春

698 一《いち》類《るい》その以《い》下《げ》霞にくるり

699 〽はり上《あげ》て武略さまぐ\うたひぞめ

観世が一曲、年頭之《の》御祝義万歳楽に納《をさめ》候

言・仏師)。「しぶいた」を吝嗇の意に取成した付け。▽峰の松に掛かる、月光価千金、それを値切るようなことは致すまい。

692 名オ十四。秋(露)。○ざれ絵をざつと 「骨にみがきをあて、かなめもとしつととして、ざれ絵ざつとしたを求めて来い」(狂言・末広がり)。前句の狂言詞に付く。○末広 「扇―月」(類)。○露 豆板銀。▽戯れ絵をおおまかに画いた末広を、価を値切らずに求めよう。

693 名ウ一。秋(荻薄)。○かる口の方 洒落や冗談の上手な人。○荻薄 共に招くものとして「末広」に付く。▽軽口の上手な人に戯れ絵をかいた扇子を見せたら、絵の下手なことを揶揄して、荻か薄か分からぬという意をこめて「荻薄だ」と言った。

694 名ウ二。秋(秋)。○守武 俳諧の鼻祖とされる荒木田守武。前句の「軽口」を軽口俳諧とみた付け。○夕ぐれの秋 「荻薄」に付く。▽守武以後の軽口の方に見せたら、荻を薄と言いくるめ、秋の夕暮を夕暮の秋と逆さまに言った、という意。

695 名ウ三。雑。○七十の翁 西山宗因。延宝二年(一六七四)当時七十歳。守武流を今様に再生。○摂州住 宗因は正保四年(一六四七)九月大阪天満の天満宮に赴任。明暦二年(一六五六)九月十五日、境内の仮寓有芳庵から碁盤屋町の向栄庵へ移居。▽守武以後の俳諧の達人、古稀を迎えられた宗因翁は矍鑠(かくしやく)として摂州に住し、秋の夕暮を楽しんでおられる。

696 名ウ四。雑。○千代をみつの浜松 千代を「見つ」に地名「御津」を掛ける。「七十にみつの浜松老いぬれど千代の残りはなほぞはるけき」(新古今集)。「みつの浜」は難波の港。ただし本歌の「三津浜」は近江国の歌枕。▽西山宗因先生は、七十を迎えて健やかに摂州にお住いだが、なおゆっくりと千代の末来をご覧になることであろう、といったのである。

697 名ウ五。春(花の春)。○屠蘇白散 正月に飲む薬酒。○まちこひぬらん 「いざ子どもはや日の本へ大伴のみつの浜松まちこひぬらん」(新古今集)。▽千代の齢を延べるために、花の春の屠蘇白散を待ち恋うことであろう。花の座を二句引上げた。

698 名ウ六。春(霞)。○一類 一族。○以下 郎党をさす。○霞 酒。「花の春」のあしらい。▽一族とその郎党の者ども

700
万《まん》歳《ざい》楽《らく》は関東までも　愚墨六十一句
長廿九
西梅花翁

句毎に目をおどろかし、是かかれかとまよひ候而《て》、付墨《つけずみ》正躰有《ある》まじく候。

俳諧の道、率土《そつと》の下の土竜《うごろもち》、いまだ土気のさらぬ百韻に、普てんの上を請《こひ》奉りて、鍬かまでの慈竹《じちく》のねかぶこそ、槿花《きんくわ》一日おのづからえいの余り　末学

701
朝顔の花のあるじやうごろもち

も、みんな霞にくるりととり囲まれている。すなわち、待ちわびた屠蘇白散に酔っぱらって、酔眼朦朧としている。

699 名ウ七。春(うたひぞめ)。〇武略さま〴〵「一類その以下武略さまざまに多けれど」(謡曲・景清)。▽前句を、一類その以下がくるりと輪になって、謡い初めをするとみ、声を張り上げてさまざまな武略を曲に謡った、と付けたのである。[判]観世の一曲を、年頭の御祝儀として、万歳楽と謡い納めたという意。「万歳楽」は三番叟(翁)のキリ。「義」は「儀」の宛字。

700 挙句。春(万歳楽)。〇万歳楽　賀宴に六人または四人で舞う平調の唐楽。これは文の舞。前句からは「太平楽」とありたいところ。〇関東までも「盛久は平家譜代の侍武略の達者…主馬の盛久一曲一奏の事、関東までも隠れなし」(謡曲・盛久)。▽声を張り上げてさまざまな武略を謡う万歳楽の声は、関東までも届く、とめでたく巻き納めたのである。

〇西梅花翁　西山宗因の俳号。

[奥書]〇目をおどろかし　目の覚める思いがして。〇付墨　点を加えること。〇正躰有まじく　正しい状態になっていない意。

[詞書]〇率土の下　陸地の続く限りをいう「率土の内」「率土の浜(ひん)」のもじり。地中の意。〇土竜　作者の卑下。〇土気のさらぬ百韻　洗練されない百韻の出来映え。「率土の下」「土竜」の縁語。〇普てんの上　付点の上をもじり、「率土の下」に対せしめた。「上」は宗因への尊敬語。普通、「普天の下、率土の浜」と並列して天下(全世界)をいう。〇鍬かまで　鍬鎌手。鍬や鎌の使いよう。〇慈竹のねかぶ　慈竹の根株。「慈竹」は笹竹。母子相寄って叢生するよりの名。土竜のすみか。〇槿花一日おのづからえい　白居易の詩「松樹千年終是朽、槿花一日自為レ栄」による。あさがおはわずか一日だけの開花を栄えとして自足している意。「槿(アサガホ)―竹」(類)。

701 発句。秋(朝顔)。〇花のあるじ　歌語。例「露だにも名だたるやどの菊ならば花のあるじやいくよなるらん」(後撰

前書首尾さもあるべく候

702 蚓《みみず》も穴に露の一《いっ》時《とき》

和歌の徳によび出さるゝ蚓一時の大悦歟《か》

703 釣針とうたがふ三ケの月入《いり》て

704 又雲上の風ぞおどろく

705 絵にかける竜のいきほひさても〳〵

706 虎すむ竹の友づれの声

707 千里行《ゆく》道は股《また》よりはじまりて

708 塵つもりてや鼻と成《なる》らん

集)。▽うごろもちは、花の主は主でも、朝顔の花の主であるよ。判うごろもちが槿花一日の栄を楽しむという前書の趣旨からすれば、たしかにそう言えるかもしれない。

702 脇。秋(露)。○蚓　うごろもちの餌食。○穴　「穴—土竜」(類)。○露の一時　はかないものの譬えに「朝顔の花の上の露」、諺に「朝顔の花の一時」という。▽あのはかない朝顔の花の主がうごろもちならば、みみずも穴に一時の露命をつなぐだけで、あわれうごろもちの餌食になる、というのである。判俳諧も和歌の一体なので、和歌の徳でみみずまでが素材にされ、一時の大悦を味わうことであろう。「歌—蚯蚓」(類)。

703 第三。秋(三ケの月)。○釣針　「蚯蚓—魚つる」(類)。▽釣針のごとく見えていた三日月が沈み、みみずも命拾いして穴にもぐりこむ。「黛の色に三日月の影を舟にも譬えたり、又水中の遊魚は鉤(つりばり)と疑ふ」(謡曲・融)。月の座を四句引上げた。

704 初オ四。雑。○雲上の…おどろく　「雲上の飛鳥は弓の影とも驚く」(謡曲・融)。▽釣針と疑う三日月が雲に入ってきたので、風が驚いて吹き騒ぐ、というのである。

705 初オ五。雑。○竜のいきほひ　「竜吟ずれば雲起り、虎うそぶけば風生ず」(謡曲・竜虎)。▽生きているように威勢のよい竜の絵に、雲上の風が「さてもさても」と感じ入るさま。

706 初オ六。雑。○虎すむ竹　「絵にかける竜」に対して、竹林の虎も画題。○竹の友づれの声　「仏法はなべのさかやき石のひげ絵にかく竹の友ずれの声」(一休咄)。「竹馬の友」に「友連れ」「共擦れ」を掛けた。▽竹馬の友が談笑する声。本物そっくりの竜の絵をみて感じいっているのである。

707 初オ七。雑。○千里行…はじまりて　「千里の行も一歩より始まる」(諺)。「千里—虎」(類)。○股　稀なものの譬えに「竹の二股」。▽千里行く道も最初の一股(一歩)から始まる。竹馬の友同道の旅である。

708 初オ八。雑。▽諺「塵積りて山となる」の「山」を、「山—鼻」(類)の類似から「鼻」として、「股」をあしらう。俗説に「病は股より始まり鼻で終る」という。白楽天の続座右之銘に「千里始二足下一、高山起二微塵一」とあり、前句と一対の諺を付けたわけである。

709 中《ちう》天《てん》狗《ぐ》みるや〳〵とみねにかけり

710 杉の木《こ》末《ずゑ》に鳶がまひまふ

711 大《だい》がしら旅立すれば日和《ひより》にて

712 古《こ》郷《きやう》の妻がせんだくののり

713 すり鉢のすりこすらるゝ中はうし

714 猪《ゐ》の牙《き》より猶《なほ》あらきさめはだ

715 あだな立《たつ》波のぬれ衣《ぎぬ》紋付《つけ》て

716 染《そめ》川《かは》といふ我はけいせい

句のすがたにも恋そめ川にて候

709 初ウ一。雑。○中天狗　中くらいの天狗。「鼻―天狗」(類)。○みるや〳〵と　「塵積って山姥となれる、鬼女が有様みるやみるやと峰にかけり」(謡曲・山姥)。▽塵積って鼻となった中天狗が、みるみるうちに峰に駆けあがった。

710 初ウ二。雑。○杉　「杉―天狗」(類)。○鳶　「鳶―天狗」(類)。▽前句を鴉天狗とみ、峰に駆けあがったとみるや、杉の梢を鳶のごとく舞い舞っている、と付けた。

711 初ウ三。雑。○大がしら　大頭。幸若舞の座。「まひまふ」に付く。○日和　諺「鳶高く空にまへば日和」。▽舞々の大頭一座が旅立てば、空は快晴、杉の梢に鳶が曲舞を演じている。

712 初ウ四。恋(妻)。○古郷　「古郷―旅」(類)。○せんだく　「天気―洗濯」(類)。▽「大がしら」を多人数の長に取成し、その旅立を送った妻が、故郷で洗濯の糊を練って夫の帰りを待ちわびるとした。蘇武の妻の砧の故事の俳諧化。

713 初ウ五。恋(中はうし)。○すり鉢　「摺―糊」(類)。○すりこすらるゝ　互いの気を引くため、体や袖を触れ合うことを「擦り合ふ」という。▽擦り合いの度を越して、摺鉢の中の洗濯糊のように擦りこすられる古妻との仲はかえって憂きもの。

714 初ウ六。恋(句意)。○猪の牙　「磨(トグ)・摺(スル)―猪の牙」(類)。▽猪の牙より粗い鮫肌で擦りこすられる仲は辛い。

715 初ウ七。恋(あだな立)。○あだな　浮名。○紋付て　鮫の表皮に似た、霰地の模様に染めた小紋を鮫小紋というから、「さめ」に付く。▽たいへんな鮫肌だったと無実の浮名を立てられた。着せられた濡衣には鮫小紋が付いている。

716 初ウ八。恋(けいせい)。○染川　筑前国(福岡県)の歌枕。「染河をわたらむ人のいかでかは色になるてふことのなからん。女返し、名にしおはばあだにぞあるべきたはれ島浪の濡衣きるといふなり」(伊勢物語六十一段)。「染川―なき名たつ」(類)。○けいせい　傾城。遊廓定めの五節句など特別の日には、紋付きの小袖を着て必ず客をとる。▽一句は染川を遊女の名に見立てた趣向。前句はその行状。判遊女染川の紋付小袖の姿もさることながら、句の姿にも惚れました。

717 初ウ九。恋(ひぜんがさ)。○をのづから　「花の散る木の下かげはおのづからそめぬさくらの衣をぞ着る」(千載集)。

717 をのづから書《かき》つくしてよひぜんがさ

718 猿とゆふべの露に水かね

719 月のかゞみとぎ立《たて》見れば訴人にて

720 御褒美も穂に出《いづ》る小《を》山《やま》田《だ》

721 点《てん》取《とり》の巻の奥成《なる》花紅葉《もみぢ》

722 尋ねて来ませ宗《そう》鑑《かん》が庵《いほ》

723 油屋のしめ木の音をしるべにて

724 しのびて明《あけ》る戸やきしむらん

○書つくしてよ 「陸奥のいはで忍ぶはえぞしらぬかきつくしてよ壺の石ぶみ」(新古今集)。「書」に「掻く」を掛け、「つくし」に筑紫を隠す。○ひぜんがさ 疥癬。「瘡―遊女」(類)。▽恋文に思いのたけを書き尽くす意に、疥癬を掻き尽くす意を掛けた。

718 初ウ十。秋(露)。○猿 湯女。客の垢を掻くよりの名。「かく―猿」(類)。○ゆふべの露 一夜の契りを結ぶ意か。○水かね 水銀。疥癬の特効薬。▽湯女と一夜のあだ情から皮癬掻く身となり、水銀を用いるはめになった、という意。

719 初ウ十一。秋(月)。○月のかゞみ 明月、また月影をやどした水面。猿猴水の月をとる図から「猿」に付けた。○とぎ立 磨ぎ立て。「水かね」に付く。○訴人 前句の「猿」とともに目明しをいう。▽月の鏡に映った猿は目明しだったという意か。月の座を一句こぼした。

720 初ウ十二。秋(穂に出る)。○御褒美 「訴人」の恩賞。「褒美―訴人」(類)。○穂に出る 秀(ほ)に出る(優秀の意)の言いかけ。秋の実りの約束される、出色の。▽訴人の恩賞に、出穂豊かな小山田を与えられた、という意。

721 初ウ十三。雑。花の定座。○点取 点取俳諧。「御褒美」はその賞品。○巻の奥 巻軸。「小山田」の縁で、山の奥の意を効かす。○花紅葉 「正花なれども雑也」(御傘)。巻軸の褒辞をいう。「小山田」のあしらい。▽点取俳諧の巻軸に、最高の褒辞を頂戴したという意。

722 初ウ十四。雑。○尋ねて来ませ 「我がやどに尋ねて来ませ文作る道も教へむ逢ひも見るべく」(和泉式部日記)によるか。○宗鑑 山崎宗鑑。犬筑波集の撰者に擬せられ、俳諧の祖とされる。「点取」に付く。▽点取の巻の奥に宗鑑の庵があって、花紅葉が見事だから、一度尋ねていらっしゃい。

723 二オ一。雑。○油屋 宗鑑は庵の竹を切って油筒を作り、生計をあがなったという。○しめ木 上下二本の木を螺旋によって締めつけ、油を搾りとる装置。○しるべにて 「訪(とぶら)ひ来ませ、杉立てる門をしるしにて」(謡曲・三輪)。▽油屋の締木の音をたよりに、宗鑑の庵を尋ねていらっしゃい。

724 二オ二。恋(しのびて)。▽人目を忍ぶ恋に、戸の軋むのは困りもの。そこで油屋を尋ねることになる。油は潤滑油。

725 ＼ひづんだる君が心の奥ふかし

726 ＼大工のかねにつもる恋やみ

727 ＼命こそ棹《さを》なぐるまのもめんぎれ

728 ＼冥《めい》途《ど》黄《くわう》泉《せん》はくわらぢがけ
此《この》旅支度、目をおどろかすありさま也

729 ＼罪《つみ》科《とが》のおもきをかへる駕《か》子《ご》の者
閻魔庁《えんまのちやう》までいかほどのかごにか

730 ＼煮うりとなれる鵜づかひのはて

731 ＼大井川田《でん》楽《がく》串《ぐし》を筏《いかだ》にて
此《この》筏孔子も飛《とび》のらるべく候

732 ＼行《み》幸《ゆき》ふりにしせつかい一つ

725 二オ三。恋(君)。○心の奥ふかし 「しのぶ山忍びて通ふ道もがな人の心の奥も見るべく」(伊勢物語十五段)、「妻戸をきりりと押し開く、御簾の追風匂ひくる、人の心の奥深き」(狂言・花子)。▽忍んで開ける君の心の戸が軋むのは、歪んでいるせいであろう。心の奥が深くて見えないのがかなしい。

726 二オ四。恋(恋やみ)。○大工のかね 「かね」は曲尺。まがりがねとも。○つもる 計る意と、重なり加わる意。▽大工の恋煩いがつのる。その曲尺で歪んだ君の心の奥を計る。

727 二オ五。雑。○棹なぐるま 束の間。「大工のかね」に付く。▽命などは、すぐぼろになって捨てられる木綿切れのようにはかないものだ。前句の恋煩いの大工の思い。

728 二オ六。無常(冥途黄泉)。○わらぢがけ 草鞋をはくときに用いる足の甲掛また足袋。「木綿—足袋」(類)。▽束の間に命尽きて、わらじがけの死装束で、冥途黄泉を行く。[判]「兼平が最期の仕儀、目を驚かす有様なり」(謡曲・兼平)を踏む。

729 二オ七。雑。○罪科のおもきを 「重ねておもき罪科を受くるや冥途の道までも」(謡曲・阿漕)。○かへる 担い手を替える。○駕子 駕籠。▽乗客の生前積み重ねた罪科の重さに、冥土の駕籠かきは担い手を替えて行く。[判]閻魔の庁まで駕籠賃はいかほどか。

730 二オ八。夏(鵜づかひ)。○鵜づかひ 「抑(そもそも)かの者、若年の昔より江河に漁つてその罪おびただし」(謡曲・鵜飼)。▽「あはれこの業を御とまりあつて、余の業にて身命を御つぎ候へかし」(謡曲・鵜飼)の忠告に従い、鵜使いが罪科の重きを悔いて、煮売り屋に業をかえた。

731 二オ九。雑。○大井川 「大井川山城—鵜飼舟」(類)。○田楽 田楽豆腐。○筏 「筏—大井川」(類)。▽田楽串を筏に組んで大井川を下る。前句の煮売りの商いのさま。[判]「子曰、道不レ行、乗レ桴浮二于海一」(論語)により、孔子も田楽豆腐を食べたくて、この筏に飛び乗られることだろう、というのである。

732 二オ十。雑。○行幸ふりにし 「行幸」は底本「幸行」。「もみぢ葉のふりにし世より大井川絶えぬみゆきの跡をみるかな」(続拾遺集)。○せつかい 切匙。飯杓子を二分した形のへら。▽田楽串の筏に乗り、使い古した切匙一つ持って、大井川

733 看板の跡は有《あり》けり山おろし

734 関《せき》路《ち》の鳥の銭はもどりじや

735 やりませうから尻《じり》馬に月をのせて

ゆや女郎ものられべく候

736 うしともおもはぬ土《と》佐《さ》坊《ばう》が秋

737 山里の小《を》鹿《じか》をうつす金屏風

738 一むら薄《すすき》まねくふるまひ

739 乞《こつ》食《じき》やわつぱさつぱと荻の声

740 いせのうみづらよく見しつたぞ

に行幸されることだ。

733 二オ十一。雑。〇看板　味噌屋の看板は切匙の形。〇跡は有けり　「嵯峨の山みゆき絶えにしせり河の千世の古道あとはありけり」(後撰集)。▽山颪の風が吹きおろした跡に、切匙形の看板の跡が残る。昔の行幸の跡である。

734 二オ十二。雑。〇関路の鳥　「吹くや後の山おろし、関路の鳥も声々に」(謡曲・松風)。〇鳥の銭　鳥目(ちょうもく)を効かす。〇銭はもどりじや　芝居・見せ物などの木戸番が客を呼び込む文句。▽前句の「看板」を見世物小屋のそれに取成し、からくり細工の鳥の見せ物に客を呼び込む口上を付けた。

735 二オ十三。秋(月)。月の定座。〇やりませう　「もどりじや」から空荷の戻り馬を連想し、馬子の勧誘で応じた。〇から尻馬　荷二十貫または人ひとりと荷五貫を乗せる軽尻馬に空尻馬を掛けた。▽軽尻馬に月を乗せて運びましょう。空荷の戻り馬だから、駄賃は安くしておきます。「関―旅人・駒」(類)。判「ゆや女郎」は謡曲・熊野のシテ熊野。曲中「牛飼車寄せよとて、これも思案の家の内、はや御出と勧むれど」とある。

736 二オ十四。秋(秋)。〇うしともおもはぬ　「夜の車に月を乗せて、憂しとも思はぬ汐路かなや」(謡曲・松風)。〇土佐坊　舞曲・堀河夜討に、弁慶に脅され、馬の尻におびえながら同乗して堀河御所に向かう場面がある。「馬・駒―土佐」(類)。土佐は名馬の産地。▽軽尻馬に月を乗せて行けば、土佐坊も義経に会うのを憂しと思わぬの意。

737 二ウ一。秋(小鹿)。▽「土佐坊」を土佐派の絵師に取成し、山里の小鹿を金屏風にえがくと付けた。前句は山里のわび住いを憂しとも思わぬ芸術家の心境である。

738 二ウ二。秋(薄)。〇一むら薄まねく　歌語。「鹿―花野」(類)。〇ふるまひ　饗応。▽山里の小鹿を描いた金屏風を立て廻し、一群薄が客振舞いをするという寓言。

739 二ウ三。秋(荻)。〇わつぱさつぱ　わいわい騒ぐさま。▽施しに乞食が群がってさわぐ。戦国時代の群盗わっぱ・すっぱが効くとすれば、荻が乞食か盗人かと騒ぐ意になる。

740 二ウ四。雑。〇いせ　諺「近江泥棒、伊勢乞食」。「伊勢―浜荻」(類)。〇つらよく見しつたぞ　「やらうさふとく出申

741 いとゞしく過《すぎ》行《ゆく》かたの久しぶり

742 七世の孫がもつかたの上

743 つたはりし瘤《こぶ》や人めをつゝむらん

代ゝの瘤無双の一物《いちもつ》に候

744 鬼にとられて風呂敷もなし

鬼もきもつぶすべし

745 まことかはあだちが原のばくち事

同前

746 ま弓　月弓　右　三ケ条

三ケ条の内前句に出されたる、珍重〱

747 かりがねや秘鳥と成《なり》て渡るらん

古今《こきん》のひ鳥くはゝり候

すな、をのが先祖はよく知つた」に類する、罵言の意を含む小唄または流行語。▽「わつぱさつぱ」を喧嘩に取成し、「先祖は乞食か」「つらは見知つた」と罵り合うさまを付けた。

741 二ウ五。雑。〇いとゞしく過行かたの　「伊勢おはりのあはひの海づらを行くに、浪のいと白く立つを見て。いとどしく過ぎゆく方の恋しきにうらやましくもかへる浪かな」(伊勢物語七段)。▽たいそう御無沙汰して久しぶりに会いますが、顔はよく見覚えています。

742 二ウ六。雑。〇七世の孫　「謬入二仙家一雖レ為二半日之客一、恐帰二旧里一纔逢二七世之孫一」(和漢朗詠集)。▽久しぶりに仙家を出て帰ってみると、月日がめぐり七代目の孫がいて肩の上に負ぶさってくる。

743 二ウ七。雑。▽七世の孫の肩の上に、代々伝わった瘤があり、人目をしのんで隠している。肩の瘤は荷持によるもの。判七世も伝えているとは、この瘤恐らく無双の一物であろう。

744 二ウ八。雑。〇鬼にとられて　宇治拾遺物語「鬼に瘤とらるる事」などの説話から、「癭(コブ)―鬼」(類)。▽鬼に何もかも取られて、瘤を人目から包み隠す風呂敷もない。判瘤の見事さ(句作の新奇さ)には鬼も肝を潰すことでしょう。

745 二ウ九。雑。〇まことかは　「陸奥の安達が原の黒塚に鬼こもれりといふはまことか」(拾遺集)。▽安達が原で鬼を相手の博奕事、丸裸にされて風呂敷一枚残らない。判前句同様、着想の奇抜さを賞した。

746 二ウ十。秋(月弓)。月の定座。〇ま弓月弓　「弓といへば品なきものを梓弓真弓槻弓しなこそあるらし」(神楽歌)など。「安達―檀(マユ)」(類)。〇三ケ条　御触書めかす。▽「一博奕事、一ま弓、一月弓、右三ケ条可被相触候」などと、御触書にあるというのである。判三ヶ条の内一ヶ条を前句に出した付合の趣向を賞した。

747 二ウ十一。秋(かりがね…渡る)。〇かりがね　「月―鴈金」(類)。〇秘鳥　古今伝授の三鳥、喚子鳥・百千鳥・稲負鳥。「三ケ条」に付く。▽真弓・槻弓に矢を射かけられる雁は、秘鳥となって空を渡ることだろう。判雁は古今伝授の三鳥にはないが、この句によって新たに加えられた。みごとな出来である。

748 まつ毛の先をはらふ雲霧

749 〽つげの小櫛《をぐし》花の火をもてあたゝめて

750 なだのしほやの紅《べ》粉《に》かねの春

751 〽女《をんな》方《がた》かすむ一夜の宿をかせ

752 〽爰《ここ》なひじりは男なりひら
東にてばけられたる形《すがた》顕然也

753 〽ある時はかり衣《ぎぬ》のすそきり売に
高野ひじりにもなられ候哉《や》

754 〽峨《が》ゝ《が》たる山の狼〱
遠山狩のえもの新しく候

755 柴の庵《いほ》つぶるゝほどの雨もりて

748　二ウ十二。秋(霧)。○まつ毛　諺「秘事はまつげのごとし」(毛吹草)。「秘鳥」に付く。○はらふ雲霧　「神風に雲霧を払って」(謡曲・浦島)。▽睫の先にかかる雲霧を払って雁が空を渡る、というにすぎない。

749　二ウ十三。春(花の火)。花の定座。○花の火　桜の花を火に見立てていう。▽黄楊の櫛を火で温めて睫を撫でると、ものもらいが治るという俗説による付合。

750　二ウ十四。春(春)。恋(紅粉かね)。○なだのしほや　「芦の屋のなだの塩焼いとまなみ黄楊の小櫛もささず来にけり」(伊勢物語八十七段)。○紅粉かね　「誹諧恋之詞。…けしやう・ロべに」(毛吹草)。▽春が来て花も咲いた。灘の塩焼小屋の女は黄楊の小櫛を髪にさし紅粉鉄漿をつけて化粧する。

751　三オ一。春(かすむ)。恋(女方)。○女方　「恋の詞。女」(誹諧初学抄)。○一夜の宿をかせ　「いかにこれなる塩屋の内へ案内申し候。…これは諸国一見の僧にて候。一夜の宿を御貸し候へ」(謡曲・松風)。▽灘の塩屋の女方よ。春霞のどかな一夜の宿を貸してくれ。

752　三オ二。釈教(ひじり)。恋(なりひら)。○男なりひら　「男なり」に「なりひら」(業平)を掛ける。「昔男の冠直衣は、女とも見えず、男なりけり業平の面影」(謡曲・井筒)。業平は前句に引かれて恋(誹諧初学抄)。▽ここな宿借りの聖は、女房も霞むほどの美男、業平である。判色好みの業平が、東下りに際して聖に変装したことは明白だ。「形」はスガタ(書言字考)。

753　三オ三。雑。○かり衣のすそ　「おとこの着たりける狩衣の裾を切りて、歌を書きてやる」(伊勢物語一段)。▽ある時は、狩衣の裾を切り売りしながら勧進を続けるのは業平の聖。判業平は高野聖にでもなられたのか。高野聖はもと仏前の垂れ衣などを配り歩き、のち呉服などを売り歩いた。

754　三オ四。雑。○狼〱　寒疝冷積に効くという狼の肉を売る振り声。諺「狼に衣」。▽峨々たる山で射とめた狼の肉はいかが、と切り売りする意。判着想の新奇さを賞した。

755　三オ五。雑。○柴の庵　峨々たる山に結びかけた庵であろう。○雨もりて　昔話「古屋の漏り」によって「狼」に付く。▽峨々たる山の狼よりも怖い古屋の漏りで、柴の庵は潰れそう。

756 義《よし》朝《とも》殿のねぶとさびしき
長田館《をさだやかた》にてねぶとのさたはじめて承《うけたまはり》候。
「さびしき」金言に候

757 おもひ出《いづ》る常盤《ときは》ばらをやさするらん
さすりたる後いかゞ、ねぶとのいたみたる
べく候

758 いはねばこそあれ恋の重荷を

759 あほうげな心の馬をつながせて

760 太郎次郎も手を合《あは》せつゝ

761 奥州の金《こがね》仏《ぼとけ》をほり出《いだ》し
秀平《ひでひら》が子共衆信心尤に候

762 善のつなにもけふの細《ほそ》布《ぬの》

756 三オ六。雑。○義朝殿　「父義朝はこれよりも…長田を頼み給へども、頼む木のもとに雨漏りてやみやみと討たれ給ひぬ」(謡曲・朝長)。○ねぶと　癰の一種の腫物。「つぶす―腫物」(類)。▽雨漏りのおびただしい柴の庵で、義朝殿はひとりさびしく癰をわずらっている。判義朝が長田館で根太をわずらったとは初めて聞く話だ。「さびしき」は義朝の心境を言い得て金言である。「長田館」は、頼ってきた義朝を裏切り、湯殿で暗殺した長田忠致の館。

757 三オ七。恋(おもひ出る)。○おもひ出る　「思ひいづるときはの山の岩つつじいはねばこそあれ恋しきものを」(古今集)。○常盤ばら　常盤腹。常盤は義朝の妾。その腹に三子をなす。▽義朝殿の根太を思い起こすとき、常盤御前はその子を身籠った腹をさすることだろう。前句は義朝殿の一人寝の淋しさ。「根太」を卑猥の意に取成したのであろう。判常盤の陣痛は、義朝の根太による痛みであろう。

758 三オ八。恋(恋の重荷)。○いはねばこそあれ　前引の本歌による。○恋の重荷　本歌の「岩」から、恋つのる苦しみを譬えた。▽口に出しては言わないが、恋の重荷とは何をかくそうこの孕み腹、と常盤は腹をさすることだろう。

759 三オ九。雑。○あほう…つながせて　愚かさを強めて「あほうの鼻毛で蜻蛉つなぐ」という。○心の馬　意馬心猿。制し難い心情。「荷物―馬」(類)。○馬をつながせて　へつらうことを廓詞で「馬繫ぐ」という。▽愚かにも高貴な人に恋をして、はやる心の馬を繫ぎとめ、こびへつらっている。謡曲・恋の重荷の卑俗化。

760 三オ十。雑。○太郎次郎　「馬も嘶き轡も鳴るに、いいい次郎よ太郎よ、どつこいさて馬ととんとつつんつ繫あいだ」(小唄・ずんぼろ節)。▽馬を馬どめに繫いで、太郎・次郎は神社へ祈願の参詣をする、というのである。

761 三オ十一。釈教(金仏)。○奥州　「陸奥。…沙金」(毛吹草)。▽「太郎次郎」を奥州藤原秀衡の長男錦戸の太郎と次男泰衡とみ、「西に向ひて手を合せ、弥陀仏助け給へと祈念して」(謡曲・錦戸)の「弥陀仏」を奥州の縁から「金仏」としたわけ。判掘り出したのが金だから有難がるのは当然だ。「秀平」は空一参照。

ならざらしもいかでかおよぶべき

763 むねあはぬ法《ほっ》花《け》浄土の法《のり》の月

764 信《のぶ》長《なが》時代の秋風ぞふく

765 地《ち》子《し》ゆるす都の柳かつちりて

明智《あけち》日向守《ひうがのかみ》が善根、是《これ》一つに候

766 蜘《くも》てふむしの家の売《うり》かひ

あれやしきと見え候。北野西陣たるべし

767 樽《たる》肴《さかな》詩につくつてや見せぬらん

768 衣《きぬ》きぬ山の帯のいはひに

白天《はくてん》もにこ〳〵たるべく候

769 昨日かもころびあいしが朝ぼらけ

「朝ぼらけ」祝義のたゞ中也

762 三オ十二。釈教(善のつな)。○善のつな　阿弥陀如来が西方浄土に衆生を導くため手にかけた五色の糸。○けふの細布　奥州希婦で産する細い白布。▽善の綱にもけふの細布が用いられる、奥州の金仏だから。判奈良晒は当時よく用いられた。「けふの細布」にはとても及ばぬ。

763 三オ十三。秋(月)。釈教(法花・浄土)。月の定座。○むねあはぬ　かなない難い恋。ここは宗旨が合わぬ意に転用。「錦木はたてながらこそ朽ちにけれけふの細布むね合はじとや」(後拾遺集)。○法の月　仏が衆生の迷いをはらす譬え。▽法華と浄土の宗旨が合わぬことを、前句とのかかりからこう言った。

764 三オ十四。秋(秋風)。▽天正七年(一五七九)、信長が安土浄厳院で法華・浄土両宗に法論をたたかわせ、浄土を勝として法華宗を弾圧した、安土宗論の故事による付合。

765 三ウ一。秋(柳散る)。○地子　土地に課する税。○柳かつちりて　「もろくなる柳の下葉かつ散りて秋もの寒き夕暮の雨」(風雅集)。▽信長時代、地租の免ぜられた都の柳は早くも散り、秋風が吹く。判明智光秀の三日天下(天正十年六月)に都の地子を免じたのが、光秀の唯一の善根だというのである。

766 三ウ二。雑。○蜘てふむし　「寒き嵐に散る柳の一葉水に浮かみしに、又蜘蛛といふ虫…其の一葉の上に乗りつつ」(謡曲・藤栄等)。▽地租が免ぜられたので、都では家の売買も多くなった。判北野西陣に荒屋敷が多かったのか、未詳。

767 三ウ三。雑。○樽肴　家の売買に伴う祝儀。○詩につくつて　在唐中楼内に幽閉された吉備真備が、蜘蛛の跡を辿って謎の詩文を解読した故事(江談抄等)から、「詩―蜘蛛」(類)。▽移徙祝いの様子。即興の詩を吟じるのは蜘蛛の移徙だから。

768 三ウ四。恋(帯のいはひ)。○衣きぬ山　「いでさらば目前の景色を詩に作つて聞かせう。…苔衣着たる巌はさもなくて衣着ぬ山の帯をするかな」(謡曲・白楽天)。判白楽天の妻の懐妊とみた。▽岩田帯の祝儀に樽肴を持参し、詩を賦して祝う。

769 三ウ五。恋(ころびあい)。○ころびあい　野合などで夫婦になること。「苔衣きたる巌はまろびけん衣着ぬ山の帯するはなぞ」(江談抄等)。○朝ぼらけ　「衣きぬ」を「きぬぎぬ」(後朝)に取成した。▽ころび合いで夫婦になったのは昨日かと思

770 なみだの雨にかくる下踏《げた》のは

771 石《いし》原《はら》や苺《こけ》の生《むす》まで物おもひ

772 のどへとをらぬ山川の水

773 一《いっ》休《きう》に風のかけたる小脇ざし

774 まくらもとには猫も杓子も

775 月花のながめはえてにほたて貝

776 いの字のついた国の東《こ》風《ち》ゝ《かぜ》

777 のこる雪いやそれにてもさふらはず

ぞく〳〵とうき立《たつ》心ちし候

ったのに、はや帯の祝いの朝ぼらけを迎えた。判「朝ぼらけ」の語は祝儀のただ中である。「ただ中」は褒辞。

770 三ウ六。恋(なみだ)。▽涙の雨に、履いた下駄の歯が欠ける。「ころびあい」を転倒の意に取成した付け。

771 三ウ七。恋(物おもひ)。○石原　石ころの多い平地。下駄の歯の欠けるゆえん。▽石原の石に苺のむすまでの長い長い物思い。「君が代は千代に八千代にさざれ石の巌となりて苔のむすまで」(隆達小唄)。

772 三ウ八。雑。▽水も咽喉へ通らないのは物思いのせい。「山川の水」は「石原」のあしらい。

773 三ウ九。雑。○一休　一休宗純。奇行で知られる室町時代の臨済宗の僧。○風のかけたる　「山河に風のかけたるしがらみは流れもあへぬ紅葉なりけり」(古今集)。○小脇ざし　「一休ばなし」に口は鎌倉街道ゆえ貴賤ともに通ると、平気で魚を食う一休が、刀を抜いてこれも通るかと難問をしかけられ、頓智でさばいた話が見える。▽いくら一休でも、小脇差は咽喉へ通らぬ道理。

774 三ウ十。雑。○まくらもと　「刀―枕本」(類)。○猫も杓子も　「生れては死ぬるなりけりおしなべて釈迦も達磨も猫も杓子も」(一休ばなし)。▽一休の枕元には小脇差はおろか猫も杓子も置かれている。俗説に「死人の枕元に猫は置かぬもの」。

775 三ウ十一。春(月花)。○えてにほたて貝　諺「得手に帆をあぐ」に帆立貝を掛ける。帆立貝は杓子貝ともいう。▽好機到来と、枕元に品々をとり揃え、月花の遊山の準備はすべて調ったという意。月の座を一句こぼし、花の座を二句引上げた。

776 三ウ十二。春(東風ゝ)。○いの字のついた国　伊勢の国。「伊勢。…帆立貝」(毛吹草)。「伊勢―貝杓子」(類)。▽東風に帆を上げ、伊勢国の月花に遊ぶ。

777 三ウ十三。春(のこる雪)。○いやそれにてもさふらはず　「いの字のついた国ならば、伊賀の国のことかなう。えいそれにても候はず」(狂言・伊文字)。▽伊勢の国の東風に吹かれて見えるのは残雪か。いやそれでもございませんよ(花の雪ですよ)。判「桜か、雪か、波か、花かと浮き立つ雲の河風に」(謡曲・桜川)による。

778 かぶりふるまにうぐひすのなく

779 はりぬきの人形らしき高間《たかま》山《やま》

780 ふのりたなびくみねの白雲

781 天《あま》乙《をと》女《め》まちつと先にけがついて
ぬら〳〵すら〳〵と誕生、ぼさつも爰《ここ》によろこびたるべし

782 あかい羽ごろも扠《さて》一かさね
帝釈天《たいしやくてん》より拝領か

783 ひろぶたや梢によする三保の松

784 富士のけぶりは鍋《なべ》釜《かま》にこそ

778 三ウ十四。春(うぐひす)。○かぶりふる　拒否の身振り。▽残雪ではないと首振る間に鶯の鳴く春になった。

779 名オ一。雑。○はりぬきの人形　「かぶりふる」に付く。○高間山　高天山。奈良金剛山。「高天(タカマ)大和―鶯」(類)。高間山は力士か。▽頭振る高間山は張抜人形のように見える。

780 名オ二。夏(ふのり)。○ふのり　海蘿。煮汁は糊となる。○みねの白雲　「よそにのみ見てややみなん葛城やたかまの山の嶺の白雲」(新古今集)。▽高間山が張抜人形なら、その峰にたなびく白雲はさしずめ海蘿である道理を付けた。

781 名オ三。雑。○天乙女　「乙女―雲の通路」(類)。○けがついて　産気づいて。海蘿の煮汁は陣痛を促す。「海蘿―難産／大義なる産婦に用る事も有とかや」(類)。▽峰に白雲まがいの海蘿がたなびくのは、ついさっき天乙女が産気づき、海蘿の煮汁を服用したせいである。判海蘿は「其性滑滑然」(和名抄)。そのおかげでぬらぬらすらすらと安産、亭主の菩薩もさぞ喜んでいることだろう。「菩薩もここに来迎す」(謡曲・葵上など)。

782 名オ四。雑。○あかい羽ごろも　産着。▽さて一かさねの赤い羽衣が産着として調えられた。判付句の羽衣を、帝釈天から天乙女に賜った品かと想像した。帝釈天は、須弥山切利天の喜見城に住み、東方を守護する神。

783 名オ五。雑。○ひろぶた　広蓋。衣装箱の蓋。「羽ごろも」に付く。○梢によする　「和歌の浦を松の葉越しに眺むれば梢に寄するあまの釣舟」(新古今集)。○三保の松　羽衣伝説の松。いま静岡県清水市の湾岸。▽和歌の浦ならば、松の梢に蜑の釣舟を寄せるのであるが、ここは三保の松原ゆえ天の羽衣を乗せる広蓋を寄せる、という意。

784 名オ六。雑。○富士のけぶり　「富士―三保の浦」(類)。○鍋釜　広蓋と同類の器財。▽三保の松の梢に寄せるのが広蓋なら、富士山の煙はさしずめ煮たきの煙といったところか。

785 からき世はしほじりの様に所帯して

786 山《さん》椒《せう》ばゞと人はいふなり

787 目づかひのたつみの方やたゝるらん

788 常《じやう》ふり坊に引《ひき》茶《ちや》ぬるとは

789 おもひきやかびのはへたる夕まぐれ

790 かうかつ物に秋をしるらし

791 親の〱とつとの山のあなたの月

792 手がらばなしに蜩《ひぐらし》の声

しづが嵩《たけ》か関が原か、いか様《さま》千石所《どころ》あり

785 名オ七。雑。○しほじりの様に　塩尻は円錐形に積んだ塩田の砂。「富士の山を見れば…なりは塩尻のやうになむありける」(伊勢物語九段)。▽世智辛い世の中を渡るために、塩尻のように塩辛い世帯をすることよ。富士山に鍋釜をしかけ炊事の煙をあげるのもその一例。

786 名オ八。雑。○山椒ばゞ　造語か。底本「山椒」を「山桝」に作る。「からし―山桝」(類)。▽塩尻のように辛い所帯をしていると、世間の人は山椒婆と悪口をいう。

787 名オ九。雑。○目づかひ　目つき。諺「山椒目の毒腹薬」。「目―山桝」(類)。○たつみの方　「わが庵は都のたつみしかぞ住む世をうぢ山と人はいふなり」(古今集)。○たゝるらん　艮(東北)ならぬ巽(東南)を鬼門とみて上に続く。▽目つきがよくないから山椒ばばと人はいう。

788 名オ十。雑。○常ふり坊　いつも客を振る遊女。「ふる」は「目づかひ」のあしらい。○引茶ぬる　煎茶に塩を少量加えて目を洗うと流行性結膜炎に効く(本朝食鑑)。▽振られた客の恨みが祟って目を病む常ふり坊に、煎茶ならぬ引茶を塗るとは。

789 名オ十一。雑。○おもひきや　「…とは」にかかる語法で前句に付く。▽夕間暮に黴が生えるとは思いもしなかったよ。前句「常ふり」を常降りと解し、引茶に黴の生えた意を含む。

790 名オ十二。秋(秋)。○かうかつ物　交割物。代々伝わる宝物。▽古色蒼然たる重代の宝物に、凋落の秋を知るというのである。

791 名オ十三。秋(月)。月の定座。○親の〱　「さてもそれがしの親の親は祖父よな…とつとあなたの世のことなるに」(狂言・二千石)。▽宝物が親の親のそのまた親のずっと昔から伝えられてきたという意。

792 名オ十四。秋(蜩)。○手がらばなし　前引二千石の詞章は先祖の手柄話。▽親の親のと際限のない手柄話をしているうちに、蜩が鳴いて日が暮れて、山のあなたに月ものぼる。判 賤ヶ岳の合戦か、関ヶ原の合戦かは別として、この句はいかさま千石ほどの手柄あり。「千石」は狂言「二千石」の縁。

793 名ウ一。雑。○むかふ疵　疵の由来が手柄話。○森の陰「蜩―森・山の夕かげ」(類)。▽長々と手柄話をするので、

793 〽むかふ疵《きず》とおもへば森の陰なれや

794 〽斎院《いつきのみや》の毛をふかせられ

795 〽これも又いむとていはぬ鳥のしり

此《この》「鳥のしり」衆道《しゆだう》ならば五百石はかならず〱

796 〽鉄かほたるかあまのたく火か

797 〽捨舟《すてぶね》のすはれてのぼる磁石山《じしやくせん》

798 〽生死《しやうじ》のうみはたゞいまの事

799 〽やす〱とねがひのまゝの花ざかり

浄土不退の花盛、愚老が望む所なれば

額にあるのは名誉の刀傷かと思ったら、森の影であった。

794　名ウ二。雑。○斎院「われこの森の蔭に居て…古へ斎宮に立たせ給ひし人の仮に移ります野宮なり」(謡曲・野宮)。○毛をふかせられ　諺「毛を吹いて疵を求む」(毛吹草)。▽斎院の毛を吹くように調べてみると、向う疵ではなく森の影だった。

795　名ウ三。雑。○いむとていはぬ　「斎院―いみことば」(類)。○鳥のしり　「毛を吹く」に付く。▽前句を、斎院の雛の雌雄鑑別と読みかえた。斎宮は不吉を忌んでさまざまな忌み詞を使うが、「鳥のしり」もまた忌み詞であるというのである。判この「鳥の尻」、武道は知らず衆道においては五百石の恩賞はかたい。鳥の尻が排泄・生殖同一孔であることから「衆道」が出た。

796　名ウ四。夏(ほたる)。○鉄　夜、小鳥の雄の尾が光って、谷を隔てた雌の影がうつるという「尾ろの鏡」の説から「鳥のしり」に付く。○ほたるか　「はるる夜の星か河辺の蛍かもわが住むかたのあまのたく火か」(伊勢物語八十七段)。「尻―蛍」(類)。▽あの光っているものは、鉄か、蛍か、蜑のたく火か。鳥の尻とわかっていても、忌み詞ゆえ言えないのである。

797　名ウ五。雑。○捨舟　歌語「蜑(あま)の捨舟」によって「あま」に付く。○磁石山　唐と日本の潮界(しおざかい)にある山。そこに住む磁石の精が鉄を吞むという(狂言・磁石)。▽磁石山に吸われてのぼる蜑の捨舟は鉄か。一句は諺「船頭が多うて船が山へのぼる」(毛吹草)による仕立て。

798　名ウ六。無常(生死のうみ)。○生死のうみ　生死流転の苦しみの譬え。「罪障の山高く生死の海深し」(謡曲・柏崎)等。○たゞいまの事　「われらが生死の到来ただいまにもやあらん」(徒然草四十一段)。▽前句「捨舟」に、身を捨てる・世を捨てるなどの意をくんで、生死の到来は遠い未来ではなくただいまのことと観念して入山得度するとしたわけ。

799　名ウ七。春(花ざかり)。花の定座。○やす〱と　「生死の海を渡りて願のままにやすやすと彼の岸に至りて」(謡曲・藤戸)。▽ただいま生死の海を渡って、やすやすと願いのままに花咲く浄土に至ったという意。判「浄土不退」は修行を積んで浄土不退転の境地に至ること。安楽死は愚老(宗因)の望むところ、というのである。

800
雪《ゆき》間《ま》に見ゆる竹の子は〱

愚墨六十二句
長廿六
梅翁判

人しれぬ塊《つちくれ》にうづもれたる土竜《うごろもち》、はねがはへて飛《とび》きつたる作意には、世になりわたる花におごる鶯、よこ飛《とび》のかはづも、音《ね》をいれらるべくぞおぼゆ。但《ただし》又老《おい》ぼれのひがめにやあらん。世人《よひと》さだめらるべし。

俳諧の小兵者《こひやうもの》、やり句を提《ひつさげ》、硯にむかひ、上《かみ》の五文字にまかす

悦　春

800 挙句。春(雪間・竹の子)。▽病床にある父のため、天に祈願して雪中に筍を得た孝子孟宗の故事を踏まえ、願いのままにやすやすと雪間に筍をとると趣向したのである。「竹の子は〱」は振売の呼び声。初物商いでめでたい。

○長廿六　実数は二十七句。宗因の数え違いであろう。

〔奥書〕○人しれぬ塊にうづもれたる土竜　作者未学が無名の新人であることをいう。詞書「俳諧の道率土の下の土竜いまだ土気のさらぬ百韻」に対せしめた。○はねがはへて　土竜の羽化について「月令季春田鼠化為レ鴽(カヤ)、八月鴽為レ鼠。是二物交(コモゴモ)化如二鷹鳩一然也」(和漢三才図会)という。○飛きつたる作意　句作・付合において、初心性を脱して破格を志向する作意。○花におごる鶯、よこ飛のかはづ　世上に驕慢をふるう古風俳人や、独善的な珍奇をたくらむ新風俳人。「花に鳴く鶯、水にすむかはづ」(古今集・序)による。○音をいれらるべくぞおぼゆ　声を収めるように思われる。すなわち羽化した土竜とはとうてい太刀打ち出来ないであろうの意。○老ぼれのひがめ　老耄した私の偏見。○世人さだめらるべし　善悪の判定を世人に任せる意。「かきくらす心の闇に迷ひにき夢うつつとは世人さだめよ」(古今集)。

〔詞書〕○小兵者　作者の謙遜。○やり句　武器の「槍」に「遣句」を掛けた。遣句は連俳用語。句並の渋滞を解き、難句・禁句などを付け放す、軽妙な付句。技巧を排し、去嫌の制を無視することが多く、初心者の付句に似るから、謙遜の意で用いた。○提　ヒッサグル(書言字考節用集)。○上の五文字　発句の「ちいさくて」。「小兵者」に対応する。

801 ちいさくて天地まろめし霰《あられ》哉《かな》
禅話を聞《きく》心ち仕《し》候

802 紙袋より風寒《さむき》空

803 あさぎ椀《わん》朝市立《たつ》る袖見えて

804 お国のふねもあすは出て行《ゆく》

805 かたほ波あしべをさして早《はや》飛《び》脚《きやく》

806 浦の苫《とま》屋《や》の門たゝく音

807 月を見る畳の上に立《たつ》ほこり

808 麁《そ》相《さう》ものには秋の夕ぐれ

801 発句。冬(霰)。▽芥子の小粒に須弥(しゅみ)を蔵する譬えを、俳諧風に言いなした句。判発句に禅話の趣を読みとった評。

802 脇。冬(寒)。○紙袋 菓子袋。「霰」を霰餅に取成し、また諺「天地を袋に縫ふ」によって「天地」にも付けた。▽紙袋より寒風の吹くのは、天地を丸めた霰の入っているせい。「袋より風」は風神からの着想か。

803 第三。雑。○あさぎ椀 浅黄椀。「紙袋—塗物」(類)。○朝市立る 「有明寒き朝風に袖ふれつゞく市人の」(謡曲・松虫)。○袖見えて 類「紙袋」に「袖みればうれしき物を包みたる袋かへしつかけてのみみん」(和泉式部集)を引く。▽早朝、浅黄椀などを商う市人の袖が、寒風に翻って見える。

804 初オ四。雑。○お国のふね 故郷へ帰る船。「市—さす船」(類)。「船よするをちかた人の袖見えて夕霧うすき秋の川波」(続拾遺集)。▽市に貨物を船載した故郷の船は明日帰国する。浅黄椀は京土産であろう。「[京]新町ニ…浅黄椀」(毛吹草)。

805 初オ五。雑。○かたほ波 「和歌の浦に潮満ちくればかたをなみ葦辺をさして鶴鳴き渡る」(万葉集)。▽国表への急便を託された飛脚が、明日の出船に乗らんと、波寄せる葦辺へ急ぐ、というのである。

806 初オ六。雑。○浦の苫屋 歌語。「芦—苫屋」(類)。▽葦辺をさして急ぐとみた早飛脚は、浦の苫屋に急便を届けた。

807 初オ七。秋(月)。月の定座。○月 「浦—月」(類)。○畳 「扣(タヽ)—畳」(類)。▽たんなる縁語による付合で、門を叩くと畳の上に埃が立つというのでは、意味が通じない。

808 初オ八。秋(秋)。○麁相 底本「相麁」に誤る。▽秋の夕暮ほど趣深いものはないのに、粗忽者が無作法にも月見の畳に埃を上げた。「むらさめの露もまだひぬ槙の葉に霧立ちのぼる秋の夕暮」(新古今集)の「霧」を「埃」に変えたわけ。

809 白玉じや玉じやと露をあらそひて

810 蝸《くわ》牛《ぎう》の角の先やまひきり

811 砥《と》石《いし》にも苔のむすまで遣《つか》ひ捨《すて》

812 代《よ》は万年に鳴《なる》滝《たき》の山

砥《と》取山《とりやま》ちかく尤に候

813 広沢のいける仙人無事なれや

いかにも無事たるべく候。但《ただし》さたは不承《うけたまはらず》候

814 さそふ水あらば穴へはいらん

815 食《しよく》物《もつ》に彼《かの》浮草をところてん

めづらしき穴を尋出《たづねいで》られ候

809 初ウ一。秋(露)。○白玉・玉　真珠。○露をあらそひて　「ある人の月ばかり面白きものはあらじと言ひしに、またひとり露こそあはれなれとあらそひしこそ、をかしけれ」(徒然草二十一段)。▽秋の夕暮、粗忽者が露を真珠と見違えて奪い合うというのである。「白玉かなにぞと人の問ひしとき露と答へて消なましものを」(伊勢物語六段)、「蓮葉の濁りにしまぬ心もてなにかは露を玉とあざむく」(古今集)も効く。

810 初ウ二。夏(蝸牛)。○蝸牛の角　些事の争いを「蝸牛角上の争」という。○まひきり　舞錐。数珠玉などに孔をあける廻転錐。また蝸牛の異名「まひまひ」。▽蝸牛の角先を舞錐に見立てた。白玉を数珠繋ぎにする道具を出したわけである。

811 初ウ三。雑。○砥　底本「砥」。○苔のむすまで　「君が代は千代に八千代にさざれ石の岩ほとなりて苔のむすまで」(隆達小唄)。▽前句の小に大を取合せた付合。

812 初ウ四。雑。○代は万年　前引の本歌による。○鳴滝の山　滝音の響く山の意に、京の地名(現在右京区)を兼ねしめた。鳴滝の山地は良質の砥石を産する。「鳴滝山城―砥石」(類)。▽君が代は、滝つ瀬の万年も鳴り響く山のように永遠であるという意。その山から採れた砥石であるから、苔のむすまで遣う道理。判「砥石」を「鳴滝の山」であしらった功を賞した。

813 初ウ五。雑。○広沢　現在京都市右京区上嵯峨。「鳴滝―広沢」(類)。○いける　「池」に「生ける」を掛けた。▽万年も生き続けている広沢の池の仙人は無事息災であろうか。判たしかに無事でしょう。ただしその報せは受けておりません。

814 初ウ六。雑。○さそふ水あらば　「わびぬれば身を浮草のねをたえてさそふ水あらばいなんとぞ思ふ」(古今集)。○穴　「仙―岩穴」(類)。▽誘う者がいれば岩穴に入って仙人の無事を確かめよう。「猿沢のいける身と思すかや、我は采女の幽霊とて池水に入りにけり」(謡曲・采女)によるか。

815 初ウ七。夏(ところてん)。○浮草　前引の本歌による。▽かの浮草(天草)から心太(ところてん)を製して食物とする意。心太は穴から水中に突き出されて細条になる。判前句の「穴」を心太突の孔に取成した珍奇さを賞したのである。

816 霍《くわく》乱《らん》ならばうかりける旅

817 初《はつ》瀬《せ》路《ぢ》に残るあつさをへその下

灸ならずばさめ申《まうす》まじく候。余熱と見え候

818 尾《をの》上《へ》のかねに一寸の秋

さればこそへそ一寸の灸穴にて候。秋の残《のこり》なき心尤に候

819 ちつくりと月影赤き猿の尻

「一寸」は尾上にゆづられたる、奇妙

820 たのふだ人は狂言のすき

「猿の尻」是《これ》は慥《たしか》弥右衛門末子に候歟《か》

821 大わらひ次手《ついで》に花もわらひけり

822 具足の櫃《ひつ》をあけぼのゝ春

彼形《かのすがた》を取出《とりいで》たる歟《か》

816 初ウ八。夏(霍乱)。○霍乱 吐瀉を伴う暑気あたり。心太は「用二薑酸沙糖等一食レ之、能避レ暑也」(和漢三才図会)という。○旅 「浮草」に付く。▽暑気あたりで上げ下しのつらい旅。暑気払いの食事に心太を食べるという前句はもっとも。

817 初ウ九。秋(残るあつさ)。○初瀬路 「うかりける人を初瀬の山颪よはげしかれとは祈らぬものを」(千載集)。▽初瀬寺へ参る旅路はいまだ残暑の候で、霍乱の下腹部に一層こたえる。判下腹部に灸でもすえなければ、霍乱の熱はさめまい。

818 初ウ十。秋(秋)。○尾上のかね 「年もへぬ祈るちぎりは初瀬山尾上の鐘のよその夕暮」(新古今集)。○一寸の秋 わずかな秋。「かね」に矩(曲尺)の意を掛けて「一寸」とした。▽初瀬路はまだ残暑が厳しいが、尾上の鐘の音に、矩尺に積もれば一寸ほどの秋が感じられる。判「へその下―一寸」の付合から灸の「一寸」はまた前句「へその下」に付いて、灸穴を暗示。▽初瀬路「抜け」であることがはっきりした。なるほど秋意がじゅうぶん感じられる、というのである。

819 初ウ十一。秋(月影)。○ちつくりと ちょっと。前句の「一寸」と同意。○猿の尻 「尾上」に付く。▽尾上一寸の秋にふさわしいものは、ちっくり赤い月かげと猿の尻。月の座を一句こぼした。判「一寸」を「へその下」から「尾上」に譲った転じを賞したか。「奇」は底本「寄」。

820 初ウ十二。雑。○たのふだ人 頼うだ人。主人をいう狂言詞。○狂言 「狂言―猿」(類)。▽主人と頼む人は狂言数奇であるから、ちっくり赤き月影同様猿の尻を賞でる。判弥右衛門は大蔵流狂言師。代々弥太郎・弥右衛門を名乗る。「末子」は宗因の創作。子供に昔話を聞かせるときの常套句が「猿の尻はまつかいな」というによる。

821 初ウ十三。春(花)。花の定座。○大わらひ 「笑―狂言」(類)。○花もわらひけり 花の咲く意。「笑(ワラフ)―花」(類)。▽狂言数奇の頼うだ人の大笑い、ついでに桜の花も咲き笑う。

822 初ウ十四。春(春)。○具足の櫃 鎧櫃。前句「大わらひ」から、笑い道具、張形・春画などへの連想。▽春の曙、鎧櫃の蓋をあけて、その底に入れてあった春画などを取り出す。判「彼形」は張形・春画等の意。「形」は七五三参照。

823 三よしのゝ山もかすみて落《おち》たまふ
「落たまふ」大手がらなる句躰に候

824 判官殿のお返事の文
さては前句は大塔のみやにや

825 恋はたゞ僧正坊のふところに
むつかしき懐《ふところ》、牛若殿なればこそ

826 たんぽあたゝめ奥の杉むら
殊に此《この》谷寒《さむく》候。尤に候

827 敷皮に狸は逃《にげ》ておらばこそ

828 筆屋尋《たづね》て行《ゆく》由井が浜
盛久《もりひさ》おもしろく取被成《とりなされ》候

829 順礼もはらみ地蔵をふしおがみ

823 二オ一。春(かすみて)。○三よしのゝ 「春立つといふばかりにやみ吉野の山も霞みてけさは見ゆらん」(拾遺集)、「み吉野は山も霞みて白雪の降りにし里に春は来にけり」(新古今集)。▽戦況不利、折からの春霞を幸いと、甲冑に身を固めて、三吉野の山を早朝ひそかに落ち給う。判敗北を意味する「落たまふ」の語の働きを、逆に「大手柄」と賞した洒落。

824 二オ二。雑。○判官殿 吉野落ちの故事による付け。○文 「三よしのゝ山もかすみて」を手紙の文句に見立てた。▽吉野山を霞にまぎれて落ちのび給うた判官殿に、その後の消息を尋ねたらお返事があったという意。判太平記七・吉野城軍事に、大塔宮吉野落ちにさいし、村上義光が宮の鎧甲を着て影武者に立った話が見える。評は、この句が義経の吉野落ちならば、打越と前句は大塔の宮の吉野落ちであったかと、観音開きの難に当たらぬことを弁じたのである。

825 二オ三。恋(恋)。○僧正坊 鞍馬山僧正が谷に住む大天狗。▽牛若が僧正坊の懐に守られて兵法の奥儀を伝受した故事を衆道事に転じ、牛若の返事の恋文は僧正坊の懐に間違いなくおさめられたと創ったのである。判僧正坊などのむさくるしい者の懐に抱かれ得るのは、平家討伐を志す勇者牛若なればこそ。

826 二オ四。冬(たんぽあたゝめ)。○たんぽ 「火桶・たんぽやうの物は老人のかならずなくてかなはぬもの也」(類・煖(タム)の条)。○あたゝめ 「温(アタヽカ)―懐ノ内」(類)。○奥の杉むら 「天狗―杉村」(類)。▽僧正坊を老僧に取成し、たんぽで懐をあたためながらの稚児遊びを趣向。判たんぽを付け寄せた必然性を賞した。「此谷」は、僧正が谷。

827 二オ五。雑。▽前句の「たんぽ」を酒を温める器のちろりに取成し(俚言集覧に「たんぽ。大坂詞酒のちろりなり」)、山奥の杉の樹間でちろりを温め酒盛りすると読んで、それは狸に化かされての所為で、ふと正気に返ると敷皮の上には誰もいなかった、と付けたのである。

828 二オ六。雑。○筆屋 「狸―筆」(類)。○由井が浜 現在神奈川県鎌倉市にある海岸。謡曲・盛久に、平家の侍大将盛久が源氏に捕えられ、刑場の「由比の汀に着きしかば、座敷を定め敷皮しかせ」、斬られる寸前に観音経の功徳で助かるとあ

830 へ仏も本《もと》は発《ほっ》句《く》なりけり
いか成《なる》発句も不聞置《ききおかず》候へども、経の偈《げ》連歌の由に候

831 青〳〵と樒《しきみ》は春の季なるべし

832 へかすむ山坂道五十丁
愛宕《あたご》といはずしてよく聞え候

833 へ駕《か》籠《ご》かきも友達かたらひ帰《かへる》雁《かり》

834 鳥《と》羽《ば》田《た》の末は雨がふる〳〵

835 無になすな今夜の月のいもあらひ

836 後《のち》の出がはり過《すぎ》るますらお

り、「敷皮」に付く。▽筆屋が筆の毛を求めて由井ヶ浜に着いたときには、すでに狸は逃げ去っておらばこそ。判謡曲の盛久を踏まえて、まったく別事を創作した妙を賞した。

829 二オ七。釈教(地蔵)。○順礼 「順礼—筆」(小傘)。○はらみ地蔵 妊娠を祈れば霊験のある地蔵。▽筆屋が由井ヶ浜を訪ねるという前句に対し、順礼が観音ならぬ孕み地蔵を伏し拝むと、同じ不自然な取合せをもって応じた。

830 二オ八。釈教(仏)。○発句 予め用意した句を連俳用語で孕句(はらみく)という。「はらむ—連歌の句」(類)。▽仏教歌謡「仏も本は凡夫なり」。順礼も所詮はただの女性で孕み地蔵を伏し拝む。それも無理からぬこと、仏も本来は凡夫、いや発句なのだから。判仏の本体という発句は聞いたこともないが、経の偈が即連歌の由である。「連歌は天竺にては偈と申すなり。もろもろの経の偈を説きたるは則連歌也」(筑波問答)。

831 二オ九。春(春)。▽仏前に供する樒は青々として、仏の本体である発句に因んで言えば、春の季をもつとすべきだ。

832 二オ十。春(かすむ)。○山坂道五十丁 愛宕登山道、清滝から神社まで五十丁。前句から「樒が原」を連想。▽愛宕山道五十丁は春霞につつまれ、樒が原は青々として春の季とするにふさわしい。判「愛宕」の「抜け」を賞した。「愛宕山城—樒・樒が原」「坂—愛宕」(類)。

833 二オ十一。春(帰雁)。▽霞む山坂道五十丁を旅人を乗せて運んだ駕籠かきが、相棒と語らいつつ帰る。

834 二オ十二。雑。○鳥羽田 「雁—鳥羽田」(連歌寄合、類)。▽駕籠かきが友達と語らって帰るのを降雨のせいにした付合。京・大坂を結ぶ鳥羽街道を、駕籠かき連中が急ぐ情景。

835 二オ十三。秋(月)。月の定座。○いもあらひ 「芋洗ひ」で今夜は芋名月。鳥羽田の末にはしきりに雨が降っているが、その一里ばかり南にある一口に雨が降って、芋洗い、つまり月見の楽しみをふいにしてくれるな。

836 二オ十四。秋(後の出がはり)。○後の出がはり 五三〇参照。▽前句で、芋名月の八月十五夜を無為に過すなと呼びかけた対象を、後の出替りが過ぎた下男とみた付け。

837 相撲取高《たか》円《まど》山《やま》と名のりけん
高円のむさゝびの介となのり候か

838 雲の余《よ》所《そ》なる布《ほ》袋《てい》大こく

839 安楽を天《あま》津《つ》乙《をと》女《め》に尋《たづね》ばや

840 須《しゆ》弥《み》の四州は生老病死
天上寿命、仏説まことならばうら山しく候

841 釈迦如来つれ〴〵草をかんぜられ
世尊も褒美有《ある》べき文章に候

842 嵯峨と吉田のあいのちかさよ

843 浄るりに所《ところ》〴〵《どころ》やかたるらん
都めぐり所〴〵おぼえたると聞え候

837 二ウ一。雑。○高円山 「高円大和―ますらお」(類)。▽前句の出替りを相撲の弟子入りと解し、ますらお(丈夫)はその後高円山と名乗ったことだろう、と付けたのである。[判]「ますらおの高円山にせめくれば里に下りくるむささびぞこれ」(万葉集)から成立した「鼯(ムササビ)―高円山」(類)の寄合による駄洒落。

838 二ウ二。神祇(布袋大こく)。○雲の余所なる 「葛城やたかまの山の花盛り雲のよそなる雲を見るかな」(続古今集)等。○布袋大こく 大津絵にある越中がけの図柄から、「相撲取」に付く。▽和歌に「雲のよそなる雲・月」と続ける常套を破り、「相撲取」をあしらうべく「布袋大黒」を出した。

839 二ウ三。雑。○天津乙女 「天つ風雲の通ひ路吹き閉ぢよ乙女の姿しばしとどめん」(古今集)等。▽布袋・大黒のいる雲のよそなる安楽国の様子を、天つ乙女に尋ねよう。

840 二ウ四。釈教(須弥の四州)。○須弥の四州 仏教の世界説。世界の中心に須弥山が聳え、これを囲んで南瞻部州・東勝身州・西牛貨州・北倶盧州の四大州が浮かぶ、生老病死の支配する世界。▽生老病死を免れぬ須弥の四州に生きる身は、天上にあるという安楽世界への道を天つ乙女に尋ねたいというのである。[判]仏説に、「天上」は一部須弥山、一部青空の中にあり、天人が住むという。生老病死を超越した天上世界が、仏説の通り実在するとすれば、羨ましいことである。

841 二ウ五。釈教(釈迦如来)。○つれ〴〵草 「生老病死」の語が頻出する。▽無常を観じて生老病死を超越せよと説く徒然草の文章を、釈迦如来も感心して読まれる。[判]徒然草を指すと見せて、右の付合を文章に見立てて賞したのである。

842 二ウ六。雑。○嵯峨 現在京都市右京区。清涼寺の釈迦堂が有名。○吉田 京都市上京区。吉田兼好の縁で「つれ〴〵草」に付く。▽釈迦如来のいます嵯峨と、兼好の吉田とはごく近い距離にある。釈迦が徒然草を読まれるのも道理。

843 二ウ七。雑。○浄るり 浄瑠璃御前物語の都めぐりによって前句に付く。▽浄瑠璃に、嵯峨・吉田などの所々をかたる意。[判]付合が「都めぐり」によることを指摘し、平点。

844 二ウ八。恋(名のたつ中)。○中に名のたつ 「所〴〵」に対応する。○くせ物 曲(癖)物。「今の世までも絶えせぬも

844 中に名のたつ中はくせ物

845 待《まつ》といふ使《つかひ》は来《きた》り馬に鞍《くら》

846 御朱印あればお手かけも有《あり》

847 鏡台の箱根の関を江戸下《くだり》

詞つゞき上手のさし物に候

848 腹にたゝるや水うみの水

849 盃にさゞなみよする花見酒

850 さて〳〵藤のながき日ぐらし

851 暮春まで悔《くい》の八千度《やちたび》郭公《ほととぎす》

のは恋といへるくせもの、げに恋はくせもの」(謡曲・花月)。「くせ」に、アクセントによって詞章をきわだたせる語りの技法クセを言いかけて「浄るり」をあしらった。▽前句を、所々の世話を浄瑠璃に語ると解し、中でも名に立つ艶聞をクセに語るとしたのである。

845 二ウ九。恋(待といふ使)。〇待といふ使 「名の立―あだし使」(類)。〇馬に鞍 「花咲かば告げんといひし山里の使は来たり馬に鞍」(謡曲・鞍馬天狗)。諺「癖ある馬に能あり」。「癖者―馬」(類)。▽名の立つ中の相手から、お待ちしますという使が来たので、馬に鞍を置いて出かけよう。

846 二ウ十。恋(お手かけ)。▽御朱印伝馬の使もあれば、お手かけからのお迎えの使もある。句調は「煩悩あれば菩提あり」(車僧)、「衆生あれば山姥もあり」(山姥)等の謡がかり。

847 二ウ十一。雑。〇箱根の関 「御朱印」を関札とみた付け。「判―関所」(類)。また、女の吟味が厳しく、「お手かけ」にも付く。「関所―女」(類)。▽箱根の関を越えて江戸へ下る者には、巡見使のごとき御朱印状持参者もいれば、鏡台持参のお妾もいる。判「鏡台の箱」に「箱根」を掛けた妙を、鏡台の箱に因む「さし物」の語で賞した。「指物―箱」(類)。

848 二ウ十二。雑。〇腹にたゝる 「江戸下」の「下」を下痢に取成して付けた。「下(クダル)―腹中」(類)。〇水うみ 芦の湖。「箱根相模―湖」(類)。〇水 「鏡」の縁語。▽箱根で飲んだ湖の水が腹にたたって下痢、とんだ江戸「下り」になってしまった。

849 二ウ十三。春(花見酒)。花の定座。〇さゞなみ 「湖(ニホ)海近江―東々浪(サザナミ)」(類)。▽琵琶湖畔の花見、盃の花見酒に土地がらさざ波が寄せる。酒が湖水なら腹にたたる道理。「盃」に月の座をもたせたか。

850 二ウ十四。春(藤・ながき日)。〇藤の 「なみよする花」を藤とみた付け。「ながき」の序詞。▽さても永い春の一日を、花見酒に酔い暮らす。盃に寄せるさざ波は藤波である。

851 三オ一。春(暮春)。〇悔の八千度 「さきだたぬ悔の八千度かなしきは流るる水の帰りこぬなり」(古今集)。〇郭公 「藤―時鳥」(類)。▽永き日を郭公はひねもす悔を歎き暮らす。

852 〽石蔵《いはくら》山《やま》をたゝくよこ槌《づち》

853 〽うごきなき代ゝのむかしのもめんたび

854 炉《ろ》路《ち》の松《まつ》陰《かげ》腰かけの上

855 〽草履取まねきよせつゝ衆《しゆ》道《だう》して

草履取の衆道所さも有《ある》べき事とたゞいま存《ぞんじ》候

856 医者は医心又あだ心

857 〽付《つけ》ざしも過るを以《もつて》毒ならし

百薬長《ひやくやくのちやう》、多分見あやまり候

858 寝ての朝けの鯸《ふくたう》の汁

852 三オ二。雑。○石蔵山　石倉山。歌枕。現在京都市左京区。「石倉―ほとゝぎす」(類)。▽「さきだたぬ悔の八千度百夜草…うてやうてやと報の砧」(謡曲・砧)により、郭公の縁で、砧ならぬ石倉山を横槌で叩くとしたのである。

853 三オ三。雑。○うごきなき代ゝ　「うごきなき石倉山に君が代を運びおきつつ千代をこそつめ」(拾遺集)。○もめんたび　槌で叩いて作る。「槌―足袋屋」(類)。▽古より代々伝わる木綿足袋。石倉山を横槌で叩くごとく不変。

854 三オ四。雑。○炉路　茶室の庭園。「足袋―数寄屋」(類)。○腰かけの上　「すみなれし代々の昔のこと問はんしばし休らへ雲の上の月」(新千載集)のもじり。▽代々変わらぬ木綿足袋を履き、茶庭の松陰、腰掛けに腰を下ろしてしばし休らう体。

855 三オ五。恋(衆道)。○草履取　表向きは草履取として武家に召し抱えられた男色の若衆。「炉路」を路次に取成した付け。「路次―破草履」「路地口―供」「供―腰懸」(類)。▽路次の松陰に腰を下ろし、小草履取を招き寄せては色事に耽る。判前句が草履取という名の若衆相手の色事にふさわしい場所だといま気づいたというのである。

856 三オ六。恋(あだ心)。○医者　衆道の腕引・股突などは外科医を必要とする場合もある。○あだ心　浮気心。古来医師は多淫とされる。▽前句の人物を医者と特定した付け。

857 三オ七。恋(付ざし)。○付ざし　三六五参照。▽付ざしの酒も飲み過ぎは毒になろう。医者の医心から出たことば。判「酒は百薬の長」と言われる。それを多分誤診したのであろう。

858 三オ八。冬(鯸の汁)。○寝ての朝けの　「水茎の岡の館に妹とあれと寝ての朝けの霜の降りはも」(古今集)。「朝け」は「朝明け」の略。ここは朝餉(あさけ)の意。「寝(ネル)―酒の酔」(類)。○鯸の汁　「濁酒―河豚(フクトウ)汁」「毒―河豚」(類)。▽付ざしを過して朝寝して、さて朝餉に河豚汁を食するという意。

859 三オ九。雑。○水茎のおかし　前引の本歌による。「し」は間投助詞。○堺の浦　「鯸」に付く。▽前句を朝に夕に河豚汁を食すると読みかえて、堺の浦育ちであるからと受けた。

859 水茎《みづくき》のおかし堺の浦そだち

860 〽葛《くず》のはなしの末は舳《へ》の松

861 〽蛬《きりぎりす》一つ林に秋の蟬

一林おもしろく候

862 〽いづれの歌《か》書《しよ》の切《きれ》ぞ身に入《しむ》

863 〽忠《ただ》度《のり》の留守の盗人月更《ふけ》て

歌書ならで内方《うちかた》もあぶなく候

864 ひよんな事ある須磨の浦風

865 〽蝦《かはづ》にもなるやうしろの山のいも

866 鵜《う》のまねしたる鳥むれゐる

860 三オ十。秋(葛)。○葛のはなし　信太(しのだ)の森の白狐の話を介して「堺」に付く。○葛のはなし　「水茎ノ岡―葛葉」(類)。○はなしの末は舳　「話は下で果てる」と同意の成句「話の末は屁」に、堺の東南百舌鳥野にある地名「舳の松」を掛けた。▽前句「おかし」を可笑しの意に取成し、「おかし堺の浦育ち」だから、話の末は屁ならぬ舳の松で果てると滑稽をやったわけ。

861 三オ十一。秋(蛬・秋の蟬)。○蛬　一葛―蛬」(類)。○一つ林　底本「一再」と誤刻。○秋の蟬　「松―蟬」(類)。▽前句を、葛の葉が松にからみつくと解し、それぞれにきりぎりすと秋蟬を配して、それらが同じ林の中で鳴くとしたのであろう。「相思夕上二松台一立、蛬思蟬声満レ耳秋」(和漢朗詠集)。判底本は「一林」を「一書」と誤刻。

862 三オ十二。秋(身に入)。○いづれの歌書　「花の内の鶯、又秋の蟬の吟の声、いづれか和歌の数ならぬ」(謡曲・蟻通)。▽歌書切れのどれかに前句のようなことが書いてあった。秋意切々として身にしむことだというのである。

863 三オ十三。秋(月)。月の定座。○忠度　「歌書」に付く。○月更て　「月―身にしむ枕」(類)。▽泥棒が月の夜更け忠度の留守宅に押入って歌書の切れを盗んだという創作。歌書とは千載集のつもりであろう。判歌書ではなく奥方も危ないことです。「留主―密夫(マヲトコ)」「盗人―密夫」(類)。

864 三オ十四。雑。○ひよんな事　三五八参照。○須磨　謡曲・忠度により「須磨」に付く。▽「ひよんな事」の内容が前句。

865 三ウ一。雑(蝦は春。山の芋は秋)。○うしろの山　源氏物語・須磨に普通名詞として初出、後世固有名詞化する。▽俗説に「山の芋が鰻になる」というが、後ろの山の薯蕷は蛙にもなることだろうか。「ひよんな事」の内容。

866 三ウ二。夏(鵜)。○鵜のまねしたる鳥　諺。○鳥むれゐる　徒然草十段に、小坂殿の棟に鳥が群れていて蛙をとるので、縄を張って防ぐ話が見える。▽後ろの山の薯蕷が蛙にでもなるのだろうか、鵜の真似をする鳥がそれをねらって群がっている。

867 三ウ三。夏(扇)。○ばつと　鳥の一時に多く四方へ飛び立つさまで前句に付く。「鵜籠を開き取り出し、鳥つ巣おろ

867　ばつとひろげ森の木《こ》陰《かげ》の扇の手

868　〽野《の》〻《の》宮《みや》人も的《まと》矢《や》をぞゐる

869　まくをはる行《ゆく》衛《ゑ》もつゞく峰の雲

870　葬礼半《なかば》にはか風ふく

871　あるときはちよこ〳〵ばしり練《ねり》供《く》養《やう》

872　〽二《ふた》上《かみ》山《やま》の狐ばけぬる

873　椎《しひ》柴《しば》の葉がくれ見ゆる馬のふん

874　箒の先にはらふ薄霧

し荒鵜ども、この河波にばつと放せば」(謡曲・鵜飼)。○森「鴉—森」(類)。○扇の手　鳥の尾羽の見立て。▽一句は、森の木陰で扇をぱっと開いて舞うという意。付意は鳥がそのように尾羽をひろげたというのであろう。

868　三ウ四。雑。○野〻宮　京都嵯峨野にある斎宮の宮殿。「かたしくや森の木陰の苔衣…車の前後にばつと寄りて」(謡曲・野宮)。○的矢　「的—扇」(類)。▽森の木陰でぱっとひろげた扇を的に野の宮人も矢を射るという意。

869　三ウ五。雑。○まくをはる　的矢の射場を設営する意で前句に付く。○行衛もつゞく　前引の野宮に「宮どころを清め御神事をなす所に、行衛も知らぬ御事なるが」とある。▽張り廻らした幕のゆくえに峰の雲が続く射場の景。

870　三ウ六。無常(葬礼)。○葬礼　「幕—葬礼場」(類)。○風ふく　「世の中をなににたとへん風吹けば行くへも知らぬ峰の白雲」(続古今集・哀傷)。▽葬儀半ばに俄に風が起こり、幕のはためく彼方に、無常の雲が流れてゆく。

871　三ウ七。無常・釈教(練供養)。○練供養　葬礼の行列。「練物(ネリモノ)—葬礼」(類)。▽葬礼最中に俄風が吹いて、練供養の行列がちょこちょこ走りになる。

872　三ウ八。雑。○二上山　大和から河内へ越える境にある歌枕。麓に当麻寺(現在奈良県北葛城郡当麻町)があり、五月十四日中将姫の忌日に仏事を修する。「練供養」をこれに取成して付けた。○狐ばけぬる　「走(ハシ)—狐」(類)。▽菩薩の仮装をした練供養の行列は、二上山の狐が化けたものらしく、時にちょこちょこ走りをする、という意。

873　三ウ九。雑。○椎柴の葉がくれ　「二上山」の上山を神山に取成した付け。「かみやまに夕かけて鳴くほととぎすしひしばがくれしばしかたらへ」(続古今集)等。▽椎柴の葉がくれに見える馬糞は、二上山の狐が化けるときの小道具。

874　三ウ十。秋(薄霧)。▽椎柴で作った箒の先で馬糞を掻き捨てるのである。一句は例の無心所着。

875　三ウ十一。秋(月)。○十徳　脇縫の小素襖。当時、儒者・絵師・医師・俳諧師等の外出着。▽十徳姿の風流人は、箒で庭を清めるのではなく、毎夕薄霧を払って月を友とするの意。

875 十《じつ》徳《とく》や夕べ〳〵の月の友

876 衣《ころも》の棚《たな》の仕事身にしむ

877 丸薬の匂ひに花も咲《さき》次第

878 さゆを茶碗に入《いれ》てきさらぎ

879 お歯ぐろの次手《ついで》おもしろ春の色

「おもしろ」紅粉《べに》の色あひ見るやうに候

880 八百八《や》公《く》家《げ》誰を忍び路

881 うきおもひ重きが上の銭の数

882 奉加帳にも入《いり》相《あひ》のかね

月の座を一句こぼした。

876 三ウ十二。秋(身にしむ)。○衣の棚　京都三条通りの地名。衣服を仕立てる店に掛けた。「三条、袈裟・衣…頭巾・木綿袴」(毛吹草)。▽毎晩月を友の夜なべ仕事で、衣のたなの寒さが身にしみる。

877 三ウ十三。春(花)。花の定座。○丸薬　紙の衣に包む。「衣─丸薬」(類)。○匂ひに花も　「身に入(ムシ)─花の匂ひ」(類)。▽「鼻薬を嗅がせる」の成句を下敷に、丸薬の匂いを嗅がせると花も咲き次第、その花の香が身にしむ、というのである。

878 三ウ十四。春(きさらぎ)。○きさらぎ　「入れて来(キ)」に掛けた。「眺めやる四方の山べも咲く花の匂ひに霞むきさらぎの空」(玉葉集)。▽丸薬を服用するため白湯を茶碗に入れて来た、というにすぎない。

879 名オ一。春(春の色)。恋(句意)。○次手おもしろ　「春日野の若紫の摺衣しのぶの乱れ限り知られず、となむおひつぎていひやりける。ついでおもしろき事ともや思ひけん、陸奥のしのぶ文字摺誰ゆゑに乱れそめにしわれならなくに」(伊勢物語一段)。○春の色　「紅粉」の謎であることは判詞に明らか。「誹諧恋之詞。…けしやう・口べに」(毛吹草)。▽紅粉・鉄漿・白粉で美しく化粧した様子は、まさにおもしろい春の色と称すべきであるの意。前句を美顔料を溶かす白湯とみた付け。「湯─化粧」(類)。判白粉顔に紅粉の美しい色合が目に見えるようである。句の「面白様」に「見様」をもって賞した。

880 名オ二。恋(忍び路)。○八百八公家　前句の化粧の人物を公家衆とみなした。○誰を忍び路　前引の本歌「しのぶもじずり誰ゆゑに」による。▽どの公家衆も白粉顔にお歯黒染をして、いったい誰に恋をしているのだろうか。

881 名オ三。恋(うきおもひ)。○重きが上の　「さらぬだに重きが上のさよ衣わがつまならぬつまな重ねそ」(新古今集)。○銭の数　「八百八」に付く。▽忍ぶ恋の重荷の上に、さらに借銭の重荷を重ねる、貧乏公家の人目を忍ぶ姿である。

882 名オ四。雑。○入相のかね　鐘の鋳造に銭を熔かす。「銭─鐘鋳(カネイ)」(類)。▽奉加帳に寄進の金が入ってくるという意。前句は勧進元・肝入の苦労である。

883 はり出しをならの都にしつらひて

884 名所によする三笠からかさ

885 茸《たけ》狩《がり》のあるが中にも是《これ》見さい

886 紅《も》葉《みぢ》のあきの色　上《じやう》戸《ど》也《なり》

887 あたら月いかにいびきをかく計《ばかり》

888 うちあをのきにむさしの丶原

889 しがみつくたか声をして零《たつ》鳴《なき》て
すけ取《とり》手がら見え候

890 大名風のあとのまよひ子

883 名オ五。雑。○はり出し　宣伝用の張札。○ならの都　謡曲・安宅により「奉加帳」に付く。▽東大寺大仏建立の勧進に、宣伝びらを奈良の都に張出したのは、弁慶の知恵といいたいのであろう。

884 名オ六。雑。○名所　「三笠」と共に「ならの都」に付く。○からかさ　「はり出し」に付く。▽奈良の都でこしらえた傘は、名所三笠山に因んで三笠傘と名づけられた。

885 名オ七。秋(茸狩)。○茸狩　「傘(カラカサ)―松だけ」(類)。▽名所多くあるが中にも三笠山をごらん、というべきを、笠の縁で、取った松茸の中でもこの傘みたいに見事なのをごらん、と得意がるていを、発話体で仕立てたのである。

886 名オ八。秋(紅葉のあき)。○紅葉　「紅葉―茸狩」(類)。○上戸　「酒盛―茸狩」(類)。▽紅葉の秋の色はまるで上戸の顔の色と同じだ、という意。付合は、茸狩の酒盛りで酔っぱらった上戸の顔は、時節がら紅葉のように赤い、というのである。

887 名オ九。秋(月)。○いびき　「眠る―酒の酔」(類)。○かく計　鼾を「かく」に「斯くばかり」を掛けた。▽あたら月も観ずに、紅葉色に酔っぱらって、いかなればかように鼾をかくばかりなのであろうか。月の座を四句引上げた。

888 名オ十。雑。○むさしの丶原　「武蔵野―月」(類)。▽月の障りとなるものが何もない武蔵野の原で、仰向きにひっくり返って、あたら月も眺めず鼾をかくばかりである。

889 名オ十一。雑。○たか声　「鷹」に「高声」を言い掛けた。▽武蔵野の鷹狩の情景。鷹が鶴にしがみつく、鶴は仰向に組み敷かれて高声で鳴くというのであろう。判「すけ取」は節会相撲で最手(ほて)に次ぐ助手(すけて)。関脇に当たる。付合を相撲に見立てた評。

890 名オ十二。雑。○大名風　大名風を吹かして威張り散らすこと。「大名―鷹野」(類)。○まよひ子　諺「焼野の雉夜の鶴」で「零鳴て」に付く。▽大名行列が威張り散らして去ったあと、迷い子が親を見付けて高声で泣きながらしがみつく、という意。

891 へ鎌倉の谷《やつ》七郷に札を立《たて》

892 かねも秤《はかり》もいらぬ世の中

893 法楽の能見にとてやいそぐらん

894 衛士《ゑじ》のたく火は未明なりけり

895 大《おほ》団《うちは》八《や》瀬《せ》の里より拵《こしらへ》て

896 天狗飛《とび》行《ゆく》比えの山〳〵

897 三《さん》熱《ねつ》のひよろ〳〵と鳶鳴《なき》て

898 鼠の知恵ははかられもせず

891 名オ十三。雑。○鎌倉の谷　扇が谷・藤が谷・梅が谷等。▽前句の迷い子を求めて、鎌倉全土に尋ね札を立てる、というのである。

892 名オ十四。雑。▽前句の立札を租税免除などの徳政とみ、漢の高祖の法三章の故事を背景として仕立てた。史記・高祖本紀に、殺人・傷害・窃盗のみを罰したとある。

893 名ウ一。雑。○法楽の能　神仏に手向ける猿楽能。木戸銭は不要である。▽付合は現世極楽のありさま。

894 名ウ二。雑。○衛士のたく火　「み垣守り衛士のたく火の夜は燃え昼は消えつつ物をこそ思へ」(詞花集)。「篝火(カガリビ)―能」(類)。▽「衛士のたく火はおためなり」(謡曲・鉢木)の句調を借り、衛士は未明に及んで焚火を収め、法楽の能見に急ぐといったのであろう。

895 名ウ三。夏(大団)。○八瀬の里　京に近く、駕輿丁・衛士など禁中へ徴用されたらしい。▽衛士のたく火を煽る大団扇を八瀬の里よりこしらえてゆく。もちろん史実ではない。

896 名ウ四。雑。○天狗　「団扇―天狗」(類)。○比えの山　西麓に八瀬の里がある。「八瀬山城―比叡の山」(類)。▽謡曲・善界に、唐の天狗善界坊を、日本の天狗太郎坊が、比叡の山々を案内して飛行するところがある。一句はそれによったか。付合は、天狗は八瀬の里で大団扇をこしらえ、比叡の山々を飛行するというのである。

897 名ウ五。釈教(三熱)。○三熱　竜・蛇などが畜生道で受ける三苦。「比叡の山」に付く。○ひよろ〳〵　鳶の鳴声。「冷えろ冷えろ」の意を効かす。○鳶　「天狗―鵄」(類)。▽比叡山上を天狗が飛ぶと見たのは鳶であった。この酷暑を「ひよろ〳〵」と鳴きながら飛んでゆく。

898 名ウ六。雑。○鼠　「鳶―鼠」(類)。○はかられもせず　推量し難い。「三熱」の縁語。▽鳶が獲物の鼠を見つけて鳴くが、鼠は知恵深く容易に捕われない。

899 へ算用におく〳〵もなき花盛

900 東西南北日本の春

付墨四十八句
長廿一句
西翁判

ちゞむれば芥子《けし》の中にも入《いり》、ひろぐれば虚空に満《みつ》る作意、発句にあらはれ候。

独吟

重安

901 へ薬《くすり》喰《ぐひ》や七日干《ひ》ざらん料理鍋

此《この》本歌今まで残《のこり》候哉《や》、珍重〻

899 名ウ七。春(花盛)。花の定座。○算用 鼠算用の縁で「鼠」に付く。「鼠—算用」「知恵—算」(類)。▽この花盛りは、算用の置きようもない。ただ見事の一語に尽きる。

900 挙句。春(春)。▽東西南北、算用にはとても置き表わせぬ花盛り、日本国中は春一色である、とめでたく巻き収めた。

〔奥書〕発句「ちいさくて天地まろめし霰哉」に寄せて、一巻の出来映えを賞したのである。「芥子」は極小の譬え。

901 発句。冬(薬喰)。○薬喰 「寒に入て、三日・七日或ひは三十日が間、其効用に応じて鹿・猪・兎・牛等の肉を食ふ」(滑稽雑談)。○七日干ざらん 「河社篠にをりはへほす衣いかにほせばか七日干ざらん」(新古今集)。▽薬喰の肉を煮た鍋は、脂がついて七日間も乾くことがない意とも、七日間喰いつづけるので鍋の乾くひまがない意とも解せる。判この新古今の本歌取が珍奇との意。

902 霜さき鴨も冬ごもるゆき

903 狩場には出《で》立《たち》ごゝろの駒留《とめ》て

904 殿の目見えを待《まち》て有《あり》明《あけ》

905 秋風の手分し尋ぬ中《ちう》扈《ご》従《しよう》

906 弐《ふた》百俵と雁に告《つげ》こす

907 北《きた》前《まへ》の舟賃ちろり虫の声

908 荷をつくらする小《を》田《だ》の綿《わた》買《がひ》

909 御年貢は一《ひと》村《むら》里《ざと》の九十月

902 脇。冬(霜さき鴨・冬ごもる・ゆき)。○霜さき鴨　十月頃の鴨。脂がのって美味。薬喰はこの頃に多く行われる。▽前句を、鴨の薬喰をして冬籠る人とみ、当の霜先鴨も雪には冬籠ると付けたのである。

903 第三。冬(狩場)。○出立ごゝろの駒　「出立ち心」に「心の駒」を掛ける。○駒留て　「駒とめて袖うち払ふかげもなし佐野のわたりの雪の夕暮」(新古今集)。▽前句を狩場の景とみ、狩に出立とうと逸る心を制しかねているさまを付けた。

904 初オ四。秋(有明)。○殿　「殿―鷹野・馬」(類)。○待て有明　「待ちて有り」に「有明」の月を掛ける。▽有明月のかかる早暁、狩場の供侍が逸る駒を押しとどめて、殿のお出でを待つのである。月の座を三句引上げた。

905 初オ五。秋(秋風)。○秋風の手　「風の手」は物を吹き動かす風の擬人化。「手分し」に掛ける。○中扈従　小姓組と徒士衆の中間、三両一人扶持の下級武士。ここは殿が寵愛の中小姓をいうのであろう。▽秋風が草木を吹き分けるように尋ねてゆくと、中小姓は殿のお目見を待って控えていた。

906 初オ六。秋(雁に告こす)。○雁に告こす　蘇武の故事から手紙。「ゆく蛍雲の上までいぬべくは秋風吹くと雁に告げこせ」(伊勢物語四十五段)。▽中扈従を手分けし探していたら、吉報が届いた。禄高二百俵でどうか、というのであろう。

907 初オ七。秋(虫の声)。○北前の舟　中世から近世初期にかけて海運の中心をなした千石積ほどの大形廻船。○舟賃ちろり　「舟賃」に松虫の異称「ちんちろりん」を掛けた。舟賃は当時越後から大坂まで西廻りで百石につき十九石。○虫の声「米―虫」(類)。▽越後あたりから北前船で廻送しますという報せがあった意。使が雁だけに、舟賃も虫の声ほどというわけ。

908 初オ八。秋(綿買)。○小田　「虫―田」(類)。○綿買　北前船の下り荷に木綿・繰綿などがあった。「虫―綿」(類)。▽北前船の下り荷に、小田郷の商人は、畿内の綿を買いこんで荷に造らせるというのである。

909 初ウ一。雑。○九十月　綿買の時節。▽九・十月に綿を売り渡すと、一村は年貢の納めどきを迎える。

910 〽春をえまたで奉公のくち

911 〽自身番添《そへ》番《ばん》太郎町〳〵に

912 〽光る灯《とう》心《じみ》三《み》筋《すぢ》四つ辻

913 〽小まものや出見せのめがねめさるべし

914 長崎よりものぼるまたう人《ど》

915 耳のあか取《とり》梶《かぢ》はらではやるらし

916 やすさに入《いり》のある芝居銭

917 〽簡略の世は皆酔《ゑへ》りかぶき子に

910 初ウ二。冬(春をえまたで)。▽九月十月に年貢を納めると、春の出替り(五三〇参照)まで待てず、奉公口を求める貧農。

911 初ウ三。雑。○自身番　十月から翌年二月末まで、火の用心のため、町々の四辻の番小屋に交替で詰めた町内組織。○添番太郎　自身番に添えられた番人。番所の隣に小屋を設けて住み、小商をした。▽前句の奉公口がこの番太郎。

912 初ウ四。雑。○灯心　トウジミ(下学集)。「灯心(とうじみ)をとうしんとうずみなどはわろし」(かたこと)。ただし類船集にはトウシン。○三筋　三筋町を掛けた。○四つ辻　「四辻―番屋」(類)。▽三叉路や十字路に、灯火が三つ四つ光る。それは番太郎が自身番小屋に点ずる灯である、という意。

913 初ウ五。雑。○めがね　「灯心―目がね」(類)。▽三叉路や十字路に三筋四筋と灯心が光るのは小間物の夜店。さらに、前句を灯心が三筋にも四筋にも見えると読んで、眼鏡をお求め下されと勧めるていを付けた。

914 初ウ六。雑。○長崎　「出見せ」を長崎本店に対する支店とみた付け。「長崎土産物、眼鏡細工」(長崎夜話草)。○またう人　真人。純朴で正直な人。▽正真正銘の長崎の眼鏡細工と称してインチキな商売に及ぶ小間物屋が多いが、長崎からは正直な商人も上ってくる。

915 初ウ七。夏(梶はら)。○耳のあか取　唐人が多く、偽者もいた。「耳垢取、唐人越九兵衛」(京羽二重)、「長崎一官と名をつき、都ではやる耳の療治人の似せをして」(甲子夜話)等。前句「またう人」を真唐人に取成した。○取梶　「耳の垢取」に「梶原」を接続。「のぼる」のあしらい。○梶はら　梶原。げじげじ。「昔以二梶原景時一比二蚰蜒一。言心動則入二讒於耳一為レ害也」(和漢三才図会)。▽げじげじが繁殖し、耳に入って害をするため、耳垢取が繁盛し、長崎からも本物の唐人が上ってくる。

916 初ウ八。雑。○芝居　「梶はら」を、芝居の敵役・憎まれ役の梶原平三景時に取成した。▽席料が安いので、梶原の出る判官物がよくはやる。耳の垢取るほどの保養にはなるだろう。

917 初ウ九。恋(かぶき子)。○簡略　倹約。○世は皆酔り　「世は皆酔へり…舞ひかなで遊ばん」(謡曲・松虫)。○かぶき子　男娼を兼ねた歌舞伎の若衆方。▽諸事倹約の今の世は、

918 かの裏小袖ひきちぎる月

919 ＼千《ち》話《わ》ぐるひぬいておどする太刀の露

920 座興がましく夕ぎりかほる

物語に候哉《や》。源氏頭中将《とうのちうじやう》の事歟《か》

921 花の比《ころ》はかし銀《がね》済せ懸《かけ》碁《ご》うたん

922 ＼やらふやるまい此《この》家ざくら

923 ＼談《だん》合《かふ》は永〳〵の日の縁組に

924 ＼膝を直する我《わが》恋の山

925 ＼若後家の手代と中もよい所《しよ》帯《たい》

席料の安い歌舞伎芝居を観て、歌舞伎子の色香に夢中になる。

918 初ウ十。秋(月)。恋(ちぎる)。月の定座。○裏小袖　袖口が二枚に見えるように仕立てた小袖の裏の袖口。○ひきちぎる　小袖を引出物にすることをいう「小袖ひき」に、男女相会する意の「袖ちぎる」を掛けた。▽世人は皆歌舞伎子の色香に酔って契りを結び、裏衣の小袖を贈ったりする、という意。

919 初ウ十一。秋(露)。恋(千話ぐるひ)。○千話ぐるひ　痴話喧嘩。「千話」は宛字。○露　「抜けば玉ちる」(譬喩尽)で「太刀抜く」の縁。▽情痴の果て、裏小袖を引きちぎるやら、刀を抜いて威すやら、暴力沙汰に及ぶというのである。

920 初ウ十二。秋(夕ぎり)。○夕ぎりかほる　秋季の「夕霧薫る」に、源氏物語中の人物「夕霧」と「薫」を言い掛けた。▽夕霧と薫が座興の戯れめかして、太刀を抜いて威す痴話狂いを演じたという意。判源氏物語・紅葉賀に、源氏と好色の老女房源内侍の寝所に忍びこんだ頭中将が、戯れに「いみじう怒れる気色にもてなして、太刀をひき抜」いておどすのを、源氏が「中将の帯を引き解きて脱がせ給へば、脱がじとすまふを、とかく引きしろふ程に、綻びはほろほろと絶えぬ」とあるエピソードを、夕霧と薫のことに誤った付合を咎めた評。作者は後にこれを恥じ、「念比ぶりしやりいふも冷じ」と改作した。

921 初ウ十三。春(花)。花の定座。○かし銀　借銀。○懸碁　「賭碁」の宛字。▽花の咲く三月の節季には借銀を返済して、また賭碁を打とうの意。夕霧と薫が座興に賭碁を打つとみた。

922 初ウ十四。春(家ざくら)。○家ざくら　山桜に対して庭前の桜。▽碁の賭物として家桜を出したのである。

923 二オ一。春(永〳〵の日)。恋(縁組)。▽前句の家桜を愛娘の譬えとみ、嫁にやろうかやるまいか、縁組の条件がなかなか折り合わず、永い春の日に長々と談合が続くとした。

924 二オ二。恋(恋の山)。○膝を直する　諺「膝とも談合」(毛吹草)。「膝―談合」(類)。○恋の山　「恋が山のごとく積てたかきと云心也」(御傘)。▽恋の山を登りかねるように、縁組の談合が長々と続き、痺れを切らして膝を崩すことである。

925 二オ三。恋(句意)。○手代　商家の丁稚あがりで、元服後番頭に次ぐ地位を得た者。▽主の死後、若後家が手代と深

926 〽数の鍋《なべ》尻《じり》やくたいもなし

927 〽大船のあかかへ修理をとくせなん

928 住よし参《まゐり》浪にぬらすな

929 〽蛤《はまぐり》を磯立《たち》ならしにじるとて

930 腰からげ見る松もはづかし

931 〽おさあひを一里塚までおい女房

932 つれ待《まち》合《あはせ》やすむ在郷

933 草むらにたふれ死《じに》さへ生《いき》かへり

い仲になり所帯を結んだ。前句は膝を崩してしなだれかかる図。

926 二オ四。夏(数の鍋)。神祇(同)。恋(同・鍋尻やく)。○数の鍋　四月一日、近江筑摩神社の祭礼に、女が関係した男の数だけの鍋を頭に頂いて参詣する。「誹諧恋之詞。…つくま祭に鍋をかづく」(毛吹草)。○鍋尻やく　夫婦が世帯を結ぶ意。「尻やく」は忍耐心のないこと。▽若後家が尻軽女で何度も所帯をかえるため、筑摩祭には沢山の鍋を頂いて参詣する、埒もないことだ、というのである。

927 二オ五。雑。○あかかへ　船底に溜った水を汲み出すこと。大船は戽(すっぽん)と呼ぶ木製のポンプを、小舟は淦替柄杓を用いた(和漢船用集)。○とくせなん　「近江なる筑摩の祭とくせなんつれなき人の鍋の数見む」(伊勢物語一二〇段)。▽大船のあか替えは普通戽でするものだのに、いくら数が多くても鍋を用いるなんて埒もない。早く汲み出して修理してほしいものだ。

928 二オ六。神祇(住よし参)。○住よし参　住吉祭は夏(六月三十日)だが、参詣は季を定めない。「船―住吉の神」(類)。▽前句の「大船」を住吉参りの船とみ、裾を海水に濡らさぬため、早く修理をしてほしい、といったのである。

929 二オ七。春(蛤をにじる)。○蛤　「住吉大社　毎歳三月三日汐干祭、此日当社ノ浦辺ヨリ淡路ノ海ニ至リ白浜ト成テ、人皆州中ニ遊ブ」(摂陽群談)。○磯立ならし　「こよろぎの磯立ちならし磯菜つむめざし濡らすな沖にをれ浪」(古今集)。○にじる　躙る。「蛤をにじるといふは海辺にて取ること」(改正月令博物筌)。▽前句の「住吉参」を、住吉の浦での汐干狩に転じ、磯に立って蛤を躙ると付けた。春季の一句捨て。

930 二オ八。雑。○松もはづかし　「いかでなほありと知らせじ高砂の松の思はんこともはづかし」(古今和歌六帖)。「松―磯・塩干」(類)。▽汐干狩に裾をからげた女のあられもない姿態は、磯の松の目にも恥かしい。「蛤」に淫靡の意を寓したか。

931 二オ九。恋(おい女房)。○おさあひ　幼児。○一里塚　多く松を目印とする。○おい女房　「負ひ」に「老い」を掛ける。前引の本歌は老残を恥じる文脈。「誹諧恋之詞。…老女房」(毛吹草)。「老―松」(類)。▽幼児を一里塚まで負ってきた老女房の尻からげした姿は、松の木の見る目も恥かしい。

934 ＼分《ぶん》散《さん》衣類売《うり》しあだし野
935 ＼十《そ》露《ろ》盤《ばん》の露塵《ちり》埃《ほこり》払《はらひ》捨《すて》
936 ＼橋の掃除は月の明《あけ》ぼの
937 大《おほ》寺《でら》は浄《きよ》き流れの水《みづ》施《せ》餓《が》鬼《き》
938 ＼念《ね》仏《ぶつ》の声もちる柳陰
939 身を投《なぐ》る最期たゞしきつれ〴〵に
940 雨より詩作しつぽりとして
941 なが〳〵の旅道の記をおもひ侘《わび》

932 二オ十。雑。○つれ　「連―旅の道・夫婦」(類)。▽老女房を田舎道の松陰で待合せて一休みする、という意。

933 二オ十一。無常(たふれ死)。▽連れと待合せの間草むらに寝転んで休むと、倒れ死にが生き返ったように元気になった、というのである。

934 二オ十二。無常(あだし野)。○分散　自己破産。全財産を債権者の処分に委ね、弁済する。「倒(タヲルヽ)―身躰(シンダイ)・商人」(類)。○あだし野　京都愛宕山の麓の墓地。「叢(クサムラ)―墓原」(類)。▽分散衣類を売却換価して、倒産から立ち直ったという付意。

935 二オ十三。秋(露)。▽算盤の塵埃を払って、分散衣類売却の計算をする。「露」に零細の意を寓するか。

936 二オ十四。秋(月)。○橋　現在山口県岩国市の錦川下流にかかる五橋の反り橋錦帯橋を俗にそろばん橋というにより、「十露盤」に付く。▽月の残る早朝、そろばん橋の掃除をして露とともに塵埃を払い捨てた。月の座を一句こぼす。

937 二ウ一。秋(水施餓鬼)。釈教(大寺・水施餓鬼)。○大寺　現在京都市伏見区下鳥羽にある勝光明院の俗称。○水施餓鬼　経木を水に流して亡霊を慰めたり、水辺に竹・板塔婆を立てて難産で死んだ女の霊を弔ったりする仏事。▽早朝橋の掃除をしているのは、今日大寺の清流で水施餓鬼を行うため。

938 二ウ二。秋(ちる柳)。釈教(念仏)。○柳陰　「清水―柳陰」(類)。▽「ならあの向の柳の本に人の多く集りて候は何事にて候ぞ。さん候、あれは大念仏にて候」(謡曲・隅田川)の趣。前句に場を合せてその状況を付け寄せたのである。

939 二ウ三。無常(身を投る・最期)。○身を投る　謡曲・清経より、「身を投る―柳が浦」(類)。○つれ〴〵に　一念集中するさま。▽柳の葉とともに散るごとく、水中に身を投げる最期の一念、臨終正念仏を唱える、というほどの意。

940 二ウ四。雑。○雨　源氏物語・帚木より、「徒然(つれづれ)―永雨」(類)。○詩作　楚の屈原が讒にあって江南に遷され、懐沙之賦を作って汨羅に身を投じた故事(史記・屈賈列伝)。▽身を投げるに際して左遷のつれづれにふさわしい詩を作ったが、それはかの源氏の雨よりしめやかである、というのであろう。

942 ほさぬ袖なし羽織枕に

943 足軽は野にふし山にとまり狩

944 くみしかすみにいのち延《のば》はる

945 花の下《もと》此《この》春中はかへるまじ

946 巣立の鳥の声いつきかん

947 月の有《ある》夜は専《もつぱら》に日高く起《おき》

948 秋いろこのむ国はういたり

949 たをやめとおどりかたびら恥さらし

941 二ウ五。雑。○旅道の記　旅日記。「雨―旅の中宿」(類)。▽長雨に降りこめられた長旅の逗留中、詩作を旅日記に記して旅愁を慰めるという意。

942 二ウ六。冬(袖なし羽織)。○ほさぬ袖　涙に乾かぬ袖。「うらみわびほさぬ袖だにあるものを恋にくちなむ名こそ惜しけれ」(後拾遺集)。○袖なし羽織　上着の上に羽織る両袖のない道中着。▽一句は涙に乾かぬ袖無し羽織を枕にして寝る意であるが、「干さぬ袖」と「袖なし羽織」の矛盾が滑稽。

943 二ウ七。春(とまり狩)。○足軽　「袖なし羽織」を着る。○野にふし山にとまり　「野に伏し山に泊る身のこれぞ誠の栖なる」(謡曲・卒都婆小町)。○とまり狩　春、野宿して早朝の狩に備えること。▽前句を夜露に濡れて野宿する勢子と解し、殿の泊狩に従う足軽を付け寄せた。

944 二ウ八。春(かすみ)。○くみしかすみ　酌みし霞。「霞」は酒。「狩の使―酌酒(クムサケ)」(類)。○いのち延はる　「到ニ天上一仙人以ニ流霞一盃一飲レ之」(抱朴子)。▽勢子にかり出された足軽は、仙人のごとく野に伏し山に泊る苦労を味わうが、霞ならぬ酒を酌めば命の延びる思いがする。

945 二ウ九。春(花・春)。○花の下…かへるまじ　「花下忘レ帰因ニ美景一」(白氏文集)。▽霞を酌めば命が保てるから、この春中は花の美景に酔って、家には帰るまい。花の座を四句引上げた。

946 二ウ十。春(巣立の鳥)。▽鳥は巣立ったままこの春中は花下遊舞して古巣に帰らないので、その鳴声をいつ聞くことができるだろう。「花は根に鳥は古巣に帰るなり春のとまりを知る人ぞなき」(千載集)。

947 二ウ十一。秋(月)。○夜は専に　「春従ニ春遊一夜専レ夜」「春宵苦レ短日高起」(長恨歌)。▽早朝巣立つ鳥の声が聞けない理由を、月見の宴で夜を更かして朝寝をするせいだと説明したのである。月の座を一句こぼした。

948 二ウ十二。秋(秋いろ)。恋(いろこのむ)。○秋いろこのむ　源氏物語の秋好中宮を、女色を好む意に転用した。「漢皇重レ色思ニ傾国一」(長恨歌)。▽夜遊の好色に、日高まで起きず、国中浮かれ騒ぐ、これでは国が傾くというのである。

950 〽わか気《げ》のいたりいまに直らず

951 〽喧《けん》咜《くわ》してたゝかれ疵《きず》も晴がまし

952 〽男はならぬ引《ひつ》込《こみ》思あん

953 〽いざよひの月の踏《だふ》歌《か》は拍子きゝ

女踏歌ときこえ候

954 百《もも》敷《しき》もよき機嫌うらゝに

955 〽揚《あげ》鞠《まり》をけふもかざしの花の陰

956 かはき砂《すな》子《ご》も散る袴《はかま》ずり

957 〽鳥《とり》辺《べ》野《の》ゝ《の》煙はたえぬ葬礼場

949 二ウ十三。秋(おどりかたびら)。恋(たをやめ)。○たをやめ　色道大鏡に遊女のこととする。「連歌恋之詞」(毛吹草)。○おどりかたびら　盆踊りに着るひとえの着物。○恥さらし　中七から布を晒すに掛ける。▽国を挙げての色好み、傾国の美女と盆踊りに浮かれて恥さらしもよいところだ。

950 二ウ十四。雑。▽前句を若気の無分別による、と付けひろげたにすぎない。

951 三オ一。雑。▽若気の至りはいまもって直らず、喧嘩の叩かれ傷を自慢するていたらく。

952 三オ二。雑。▽男たるもの弱気はならぬ、と喧嘩に及んだ結果が前句である。

953 三オ三。春(踏歌)。○踏歌　「踏歌節会。正月十四日也。但、男だうか也。女だうかは十六日也。…京中の遊女の声よきともがらにうたはせらるゝ事あり」(誹諧初学抄)。○拍子きゝ　拍子とりの上手。拍子は笏拍子。▽十六夜の月の下、踏歌をおどる京女はみな拍子ききばかり。この美女をものにするためには、男は引込思案ではならぬ。月の座を十句引上げた。判「いざよひの月」と前句とから、十六日の女踏歌と読んだ、というのである。

954 三オ四。春(うらゝに)。○百敷　大宮の枕詞。ここは大宮人。天皇は紫宸殿にて踏歌の叡覧あり。▽女踏歌を御覧になって、大宮人は御機嫌がうるわしい、という意。

955 三オ五。春(花)。○揚鞠　鞠場の木の下枝より鞠を高く蹴上げること。「公家―鞠」(類)。○けふもかざしの　「百敷の大宮人はいとまあれや桜かざしてけふも暮らしつ」(新古今集)。○花の陰　鞠場のかかりに植えられた桜の木陰。「鞠―花の下」(類)。▽百敷の大宮人は今日も桜の花陰で、天気も機嫌もうららかに蹴鞠に興じる。裏の花を引上げた。

956 三オ六。雑。○かはき砂子　鞠場に敷きならす。「真砂―鞠場」(類)。○袴ずり　袴の裾が地を摺ること。「袴―鞠」「足摺―鞠」(類)。▽蹴鞠で散るのは桜だけでなく、袴ずりで乾き砂も舞い散ることだ。

957 三オ七。無常(葬礼場)。○鳥辺野　現在の京都市東山区にあった火葬場。○葬礼場　「袴―葬礼」(類)。▽乾き砂子を

958 ＼鳶もからすもくさめはせぬか
めづらしく候
959 ＼さがりたる蛸《たこ》売《うり》憎み譏《そし》る也《なり》
960 ＼はしり痔《ぢ》病《やみ》の口はさがなき
961 若衆のみちはすたりし心だて
962 独《ひとり》ねまくらなげ打《うつ》にこそ
963 ＼年《とし》越《こし》の夜におとづるは鬼やらん
964 ＼せんだく衣《ごろも》ぬはゞ戸をさせ
965 ＼押《おし》入《いり》のあらぬ先より比《び》丘《く》比《び》丘《く》尼《に》

葬礼場に敷きつめた砂とみ、人焼く煙は絶えることなく、会葬者の袴摺りでそれが濛々と散る、といったのである。

958 三オ八。雑。〇鳶もからすも　ともに屍肉をついばむ。「骸―鳶・鴉」(類)。▽鳥辺野に棲む鳶や鴉は、絶えることのない火葬の煙にむせんで、くさめをしないだろうか。判鳶・鴉にくさめをさせた奇抜な趣向を褒めた評。

959 三オ九。雑。〇さがりたる　魚肉の腐ること。〇蛸売　蛸の口中にある一対の咀嚼器をからすとんびという。〇憎み譏る　「謗(ソシル)―鼻ひる」(類)。▽腐った蛸を売りつけた商人を憎み譏れば、烏鳶はくさめをするのではなかろうか。

960 三オ十。雑。〇はしり痔病　患部から出血する痔を病む人。本朝食鑑に、蛸は「療二痔漏一逐二産後瘀血一」とある。「蛸―痔病」(小傘)。▽腐った蛸を売りつけられたはしり痔病みは、患部の口がそうであるように、口さがなく相手を憎み謗る。

961 三オ十一。恋(若衆)。▽前句「はしり痔」を衆道関係の結果とみ、そうなったからといって口さがなく言い触らすようでは、若衆の道もすたった心掛けである、と付け寄せた。

962 三オ十二。恋(独ね)。▽前句を、約束を破って尋ねて来ない若衆をなじることばとみて、独り寝の床の枕を投げ打って、やり場のない感情をはらすとした付合。

963 三オ十三。冬(年越)。〇鬼　前句を女とみて狂言・節分を背景に付けた。「女―鬼」(類)。▽節分の夜、独り寝の女のもとを訪れるのは鬼くらいなもの。豆ならぬ枕を投げ打ちにするというのである。

964 三オ十四。雑。〇せんだく　諺「鬼の居ぬ間に洗濯」。〇戸をさせ　「鬼―戸がくし山」(類)。▽年越の夜、鬼の来ぬ間に洗濯をして衣を縫ったならば、戸を閉じて鬼を中に入れるな。

965 三ウ一。釈教(比丘比丘尼)。〇押入　押込み強盗。〇比丘比丘尼　出家した男女。恐れる意の「びくびく」に掛けた。「鑰(カギ)―比丘尼」(類)。▽比丘と比丘尼は、押込強盗の来ぬ先から、洗濯衣を縫い終ったら、びくびくと戸閉りをする。

966 三ウ二。釈教(うばそくうばい)。〇うばそくうばい　優婆塞と優婆夷。俗体のまま五戒を受け仏門に入った男女。比丘・比丘尼に対応せしめ、「奪ひ」に掛けて「押入」をあしらった。

966 人のものをもうばそくうばい

967 御《ご》法《はっ》度《と》を背《そむく》灯《ともしび》くらがりに

968 博《ばく》奕《ち》うつけがぬいつぬかれつ

969 親達のいけん突《つき》たてしなんとや

970 書《かき》置《おき》の事とはゞとへかし

971 撰集に入《いり》ても秘する歌の道

972 勅《ちよっ》勘《かん》の身に通《つう》路《ろ》はならず

973 蕨《わらび》掘《ほる》山高うして里遠し

▽前句の比丘・比丘尼とは対照的な、人のものを奪いとる優婆塞・優婆夷を出したわけ。

967 三ウ三。雑。○背灯　白楽天の「背レ灯共憐深夜月」を踏むか。▽御法度に背き、灯を背けた暗がりで人のものを奪う。

968 三ウ四。雑。○博奕うつけ　「博奕打つ」に「うつけ」の言掛け。博奕にうつつをぬかす愚か者。○ぬいつぬかれつ　勝ったり負けたり。▽前句を賭場の情景とみ、博奕に打ちこむ愚か者のていを付けた。

969 三ウ五。雑。○いけん　「異見」に「剣」の言掛け。「剣」は「ぬく」のあしらい。「博奕―異見」(小傘)。○突たて　剣を突立てる意に、異見に盾を突く意を掛けた。▽親たちの異見に逆らって、博奕にうつつを抜かした挙句、喧嘩沙汰に及び、刀を抜いて互いに突き合って死のうというのか。「博奕―喧嘩」(小傘)。

970 三ウ六。雑。○書置の事　「一、書置申候事」などと書く遺言状。○とはゞとへかし　「いきてよもあすまで人もつらからじこの夕暮をとはばとへかし」(新古今集)。▽前句を親の異見も聞かず自害すると読んで、わが心情は遺言状に書き置いたから、尋ねたければ尋ねよ、というのである。

971 三ウ七。雑。▽前句の「書置」を歌の秘伝書に取成し、たとえ撰集に入集するほどの歌人でも、和歌の奥義は知らせてはならぬ、と付けた。

972 三ウ八。雑。○勅勘　天子の咎めを受けて閉門謹慎すること。「何中々の千載集の歌の品には入りたれども、勅勘の身の悲しさは、よみ人知らずと書かれしこと、妄執の中の第一なり」(謡曲・忠度)。○通路　自由な往来。「道」のあしらい。▽勅勘の身ゆえ、撰集に歌を採用されても、歌の「道」を秘せられているため自由に「通路」が出来ない。

973 三ウ九。春(蕨)。○蕨掘　殷の紂王を討とうとした周の武王を諫めて容れられず、禄を辞して首陽山に隠れ、蕨を食って餓死した伯夷・叔斉の故事による。○山高うして里遠し「殊にわが住む山家の景色、山高うして海近し、谷深うして水遠し」(謡曲・山姥)。▽勅勘の身の置き所は山高く人里遠く離れている。自由な往来が出来ず、蕨を食って露命をつなぐ。

974 へ池田の市町《しちやう》かすむ竹べら

975 札《ふだ》紙《がみ》を押《おさふ》る木綿《ゆふ》の糸《いと》遊《ゆふ》に

976 定《ぢやう》宿《やど》しるきまくの紋がら

977 へ水の月巴《ともゑ》にめぐる湯口にて

978 つかふ長《なぎ》刀《なた》打《うち》直す秋

979 兵《ひやう》法《はふ》を習ふに露の隙もおし

980 臣下を待《まち》し諸事の訴《うつたへ》

981 へ写《うつし》絵《ゑ》の影に形は添《そひ》よりて

974　三ウ十。春(かすむ)。○池田　現在大阪府池田市。市場町である。○市町　市朝。市人の集まる所。市中。○竹べら　竹篦。蕨を掘る道具。▽山高く分け登って蕨を掘れば、池田の市中は遠く霞んでみえる。竹篦も霞む、というのである。

975　三ウ十一。春(糸遊)。○札紙　本の表紙。○木綿　「摂津…池田ニ呉服《クレハ》綾羽《アヤハ》ノ御衣」(毛吹草)。「木綿《モメン》―摂津国」(類)。○糸遊　「木綿の糸」に掛ける。「糸ゆふ―霞の衣」(類)。▽春霞に包まれた池田の市朝の書物屋は、表紙を竹篦で押さえ、名産の木綿の糸で書物を綴じている。

976　三ウ十二。雑。○定宿　「札―旅宿」(類)。○まく　「木綿―幕」(類)。▽前句の「札紙」を、「何々様御宿」などと書くとまり札に取成し、本陣にめぐらした幔幕の紋柄から、誰の定宿か明白である、と付け延べたのである。

977　三ウ十三。秋(月)。○水の月　水に映る月影。○巴　「巴―紋所」(類)。○湯口　「幕―有馬の湯口」(類)。▽温泉の湯の湧出口に映る月影が巴の紋のように廻っている。「定宿」の湯の有様。月の座を三句こぼした。

978　三ウ十四。秋(秋)。○長刀　「手取にせんとて長刀投げ捨て大手をひろげて…取らんとすれども陽炎稲妻、水の月かや姿は見れども手に取られず」(謡曲・熊坂)、「夕波に浮かめる長刀取り直し、巴波の紋あたりを払ひ」(謡曲・船弁慶)。▽巴御前のつかう長刀を打直す。前句を鍛冶場の景とみた付け。

979　名オ一。秋(露)。▽前句から寸暇を惜しむ武技の稽古を導いた。「露」は句に秋季をもたせるはからい。

980　名オ二。雑。○待し　頼る意。▽兵法に熱中して、諸事の訴訟は臣下に裁かせた、というのである。

981　名オ三。雑。○影に形は添より　「臣之事レ主也、如二影之従一レ形也」(管子)。▽まるで写し絵のように、君臣相寄り添って離れず、諸事の訴えを裁く。

982　名オ四。夏(扇)。恋(恋)。○扇　「絵―扇」(類)。▽扇に書いた絵のごとく、いつも寄り添っているのが恋の要。「かなめ」は扇の縁語。「月を出せる扇の絵の…かたみの扇そなたにも身に添へ持ちしこの扇」(謡曲・班女)によるか。

982 みせぬる扇恋のかなめぞ

983 雲井よりたゞもり給へ立《たつ》名さか

984 鶴にのつたる人はまことか

985 馬さへもおそろしければ余所事《よそごと》に

986 負《まけ》し軍《いくさ》のあはれ落《おち》あし

987 運は天に任《まかせ》て三年《みとせ》山ごもり

988 父のあとしきかねへらばへれ

989 飛騨たくみ細工道具を又もせん

983 名オ五。恋(立名)。○雲井より 「忠盛又仙洞に最愛の女房をもて通はれけるが、ある時その女房の局に、妻に月出したる扇を忘れて出られたりければ、かたへの女房たち、これはいづくよりの月影ぞや、出どころおぼつかなし、と笑ひ合はれければ、かの女房、雲井よりただもりきたる月なればおぼろげにては言はじとぞ思ふ、とよみたり」(平家物語一)。○立名さか 悪い評判が立つ意。▽悪い評判が立たぬように、雲居からただ月光の洩りくるように忍んでおいで下さい、の意。また、悪評の立たぬように雲居からじっと見守っていて下さい、の意とも解せる。月の「抜け」。

984 名オ六。雑。○鶴にのつたる人 「荀瓌憩二江夏黄鶴楼上一、望二西南一、有レ物飄然降レ自二雲漢一、乃駕レ鶴之賓也、賓主歓対、辞去、跨レ鶴騰レ空眇然烟滅」(述異記)。「雲井―鶴」(類)。▽「名さか」を奇異な風聞というほどの意に解し、鶴に駕して雲居より飄然と降り来る人があると聞いたが、まことか、といったのである。

985 名オ七。雑。○余所事 「背くとて雲には乗らぬものなれど世の憂きことぞよそになるてふ」(伊勢物語一〇二段)。▽自分は馬に乗るのさえ恐ろしくて、余所事のようにしているのに、鶴に乗った人がいるなんて、本当でしょうか。

986 名オ八。雑。▽軍に敗れて落ちゆく武者の哀れさ。馬からも落ちそうで、恐ろしいから乗らないというのである。

987 名オ九。雑。○運は天に任せ 諺「運は天にあり」。○三年山ごもり 「三年―那智の山籠り」(類)。▽運を天に任せ、三年間山に隠れ住む、落武者の行く末。

988 名オ十。雑。○あとしき 跡職(類)。相続すべき遺産。▽父の跡を継いだが、遺産の減るのもかまわず、三年間那智山に籠って喪に服する、という意。「三年―喪にゐる」(類)。

989 名オ十一。雑。○飛騨たくみ 飛騨国から毎年交替で朝廷に上り、公役に従事した工匠。「かね」を大工道具の曲尺に取成した付け。▽飛騨の匠が、父の遺品の曲尺が使い減ろうとままよ、新しい道具をまた造るまでだと、心意気を見せているのである。

990 禁裏の御普《ふ》請《しん》おいそぎの比《ころ》

991 月夜よし東《あづま》の君の上洛に

992 露またずしもあらぬ商ひ

993 新米の出《で》来《き》世の中は窕《くつろ》ぎて

994 秋まつり客したる行《ぎやう》水《ずい》

995 生《いけ》るをば放つ手《て》毎《ごと》は腥《ナマグサ》し

996 みやげにかたれしま好む池

997 紀《き》伊《の》国《くに》の千《せん》里《り》の浜の石の景

990 名オ十二。雑。▽前句の原因。延宝元年(一六七三)五月京都大火、皇居、仙洞御所すべて焼失。延宝三年十一月土御門内裏落成。

991 名オ十三。秋(月夜)。月の定座。○月夜よし　「月夜よし夜よしと人に告げやらば来(こ)てふに似たり待たずしもあらず」(古今集)。○東の君　徳川将軍。当時は家綱。○上洛　底本「上落」に誤る。▽徳川将軍の上洛を待って、禁裏の普請は月の夜も突貫工事で進められている。

992 名オ十四。秋(露)。○露　副詞(少しも)に名詞(豆板銀)を兼ねしめた。○またずしも　前引の本歌取。○商ひ　「商(アキナヒ)―御上洛」(類)。▽徳川将軍の上洛で、商人たちはその恵みの余滴を受けぬでもない、という意。因みに寛永十一年(一六三四)七月家光上洛、銀十二万枚を京衆に与えている。

993 名ウ一。秋(新米)。○世の中　米作の出来具合により、世の中がよいとか、悪いとかいう。▽今秋は豊作で、世上は寛(くつろ)ぎ、商いの方も潤いが期待出来る。

994 名ウ二。秋・神祇(秋まつり)。▽新米の出来がよく、余裕が出来たので、秋祭に客を呼んで、のんびり行水などして寛ぐことだ、というのである。

995 名ウ三。秋・神祇(生るを放つ)。○生るをば放つ　八月十五日石清水八幡宮で放生会を行う。▽魚を放った手がなまぐさいので、祭の客人は行水をするという次第。

996 名ウ四。雑。○しま好む　「しま」は泉水・築山などのある庭園。「三条の大御幸せし時、紀の国の千里の浜にありける、いと面白き石奉れりき。大御幸の後奉りしかば、ある人の御曹司の前の溝にすゑたりしを、島このみ給ふ君なり、この石奉らんとのたまひて、御随身、舎人して取りにつかはす」(伊勢物語七十八段)。▽数奇を凝らした林泉の放生池に、手毎に魚を放ったことを、故郷への土産話にせよ、という意。この林泉は「神泉苑―放生」(類)の連想による付けであろう。

997 名ウ五。雑。○紀伊国の千里の浜　現在和歌山県日高郡南部の海岸。前引の本説による。▽前句の「しま好む池」は、紀の国の千里の浜の石の景をうつした林泉である。

998 拾ふ貝がら盆《ぼん》山《さん》に見ゆ

999 花《はな》入《いれ》に籠を懸《かけ》たる床の内

1000 節《せち》ぶるまひに来なけ鶯

愚墨六十句

長廿六

梅翁判

于時延宝三乙卯歳初夏仲日

板行

村上平楽寺

998 名ウ六。雑。○拾ふ貝がら　「紀の国のなくさの浜に貝ひろふあまのめざしの音なかりせば」(夫木抄)。○盆山　雅趣のある石を盆の上に置き、山岳に模して愉しむもの。▽紀の国の千里の浜を模した盆景では、拾ってきた貝殻はちょうど盆山のように見える。

999 名ウ七。春(花入)。花の定座。○籠　類船集「籠」の条に、前引夫木抄の歌を挙げ、「此歌はおさなき物かと藻汐草に出しは、大かたかご也」とある。○床　「床―盆山」(類)。▽床の間に盆山があり、籠の花活けが掛かっている。

1000 挙句。春(節ぶるまひ・鶯)。○節ぶるまひ　年始を祝い親類縁者などに酒食をもって饗応する行事。「節」は「籠」の竹の縁。○鶯　「籠―鶯」(類)。▽床の間に花入れの籠を掛けたから、今日の節振舞に鶯も来て鳴いてくれ。前句を、鶯に対する節振舞と読めばよい。

○長廿六　実際は廿五。

○初夏仲日　四月十五日。

○村上平楽寺　京都二条通り玉屋町の法華宗書専門の書物屋。当主村上勘兵衛元信。俳書出版は野々口親重著のはなひ草(寛永十三年自奥)が最初。本書に次いでは、富尾似船編の安楽音(延宝九年三月刊)を手がけている。いずれも俳諧史上重要な書で、前二書はベストセラー。

談《だん》林《りん》十《とつ》百《ぴやく》韻《いん》

乾　裕幸　校注

〔**成立**〕談林俳諧の盛期に当たる延宝期(一六七三―八一)の江戸俳壇は、神田蝶々子《ちょうちょうし》・岸本調和《ちょうわ》ら古風の一派を中心として、西山宗因《そういん》の梅翁流を奉ずる、すくなくとも三派があったと推定される。一つは、奥州磐城平七万石の城主内藤左京亮義概＝俳号風虎《ふうこ》の江戸藩邸に集まる、高野幽山・山口信章(来山)・松尾桃青(芭蕉)・小西似春ら気鋭の青年俳人たち、一つは、今治藩江戸留守居役江島長左衛門為信＝俳号山水《さんすい》らの「夕方」を名乗る一派、いま一つが田代松意《しょうい》・由比雪柴《せっさい》・野口在色《ざいしき》らの「談林」派であった。

在色の『暁眠起《ぎょうみんき》』『俳諧解脱抄《げだつしょう》』等によれば、神野忠知について俳諧を学び、江戸俳壇の固陋さに批判的であった在色は、世務を引退して点業への夢を燃やしていた松意らと語らい、寛文十三年(一六七三)春頃、神田鍛冶町の松意草庵を本拠に俳諧談林派を結成したという。談林とは同名の僧徒の学場になぞらえた命名で、かつて里村紹巴が連歌師になりえぬときは下って談義を説きならわんと決意したと伝える大厳寺を含む、いわゆる関東十八檀林に影響されるところが大きかったと考えられる。

延宝三年(一六七五)夏、風虎の招きによって宗因が東下し、江戸藩邸に在ることを知った談林派の人びとは、前年大坂を訪れすでに宗因に師礼をとっていた在色との因みにすがり、これに巻頭の発句を乞い得て十百韻を興行した。すなわち『談林十百韻』である。

〔**意義**〕談林派の俳風は、付合連想の常識を破った飛躍的転化によって「飛躰《とびてい》」と呼ばれており、随所にその片鱗が窺われるけれども、初心の連衆が多いせいもあって、付筋の単純さが目につく。典型的な男性都市江戸の気風を反映してか、『平家物語』など軍記物による付合が多いのも特徴の一つであろう。

とまれ、本書は貞門古風にはない大胆な発想の転換を喜ばれ、宗因の盛名も手伝って「西は長崎、東は仙台を限りて、是道の好士耳を洗はぬと云事なし」(『解脱抄』)と自賛するほど世に行われ、江戸の一無名結社の呼称にしかすぎなかった「談林」の名を、梅翁宗因流の汎称として普及せしめた。

〔**底本**〕天理図書館蔵綿屋文庫本。中本二冊。田代松意編。延宝三年十一月刊。題簽の角書に『江戸俳諧』をうたう。出版書肆は明らかでないが、翌四年、京都の寺田与平次から板下を異にする横本一冊(北海道大学付属図書館蔵)が重版されており、本書の流布ぶりを裏付けている。底本の不備を同書によって補った。

御代ゆたけき余慶に、此道《このみち》甚《はなはだ》さかむにをよび、その風俗まち〳〵たり。あすか川の昨日の淵にふかくのぞき入《いり》て、けふの瀬をしらず。今日の瀬をあさく踏《ふみ》て、浮洲《うきす》に首たけはまるもおほし。爰《ここ》に八九人の侘《わび》のひやみ、久堅《ひさかた》の天の御下、あらがねの槌音絶《たえ》ぬ鍛冶町と云所《いふ》へ時〳〵《ときどき》会合して、向後の初心悪にそまらん事を悲《かなし》み、端々此《はしばしこの》事をのべておほくまよへるをたすくる其《その》中に、此《この》席をば我等ごときの俳諧談林とこそ申《まうす》べけれなど、たはぶるゝよりおこりて、皆人談林と云《いひ》ならはす。この折節、難波江より道の名僧梅翁不計《ばいをうはからずも》下向し給ふ。是《これ》ぞ幸ひ渡《わたり》に舟と、江戸の海の広き思ひをなし、談林にこもるやつがれしたしみより、発句《ほつく》を乞得《こひえ》て既《すでに》百韻を興行《こうぎやう》す。次《つい》而《で》面白きに、人々発句せよ、十百韻などうなづきあひて、六七座にして終《つひに》みたし畢《をはんぬ》。談林へ勤《つとむ》る疎学《そがく》の曰《いはく》、此《この》十百韻の事、ねがはくはそれがし躰《てい》の新発心《しんぼち》済度《さいど》のために、板行して見せ

○御代ゆたけき余慶　徳川氏の治世を賞め、その余光にあずかる喜びをいう。当代は四代将軍家綱。
○此道　俳諧。
○風俗　俳風。
○あすか川の…　旧風に深くなずんで新風を知らず、逆に新風を浅薄に理解して動きのとれなくなった者も多い。「世の中は何か常なる飛鳥川昨日の淵ぞ今日は瀬になる」(古今集)を踏む。「首たけはまる」は、首まではまり込んで溺れる意。
○侘のひやみ　底本「侘」を「佗」に作る。日頃俳諧に病みつきになっている者。
○あらがねの槌音　「土」にかかる枕詞「あらがねの」によって、同音の「槌」を呼び出した。
○鍛冶町　現在東京都千代田区神田鍛冶町。暁眠起に「去し寛文十と三の丑のとし、春の花より催されて、東府の隠士田代氏松意が草庵を誹諧談林と称して、折々点をとりて其の日の批判を興とせり」とあり、俳諧解脱抄に「由比雪柴老人・田代松意・三輪一鉄、その外は初心の中にも其器あるをまねきて、鍛冶町に会所をしつらひ」とあるのによると、松意草庵はここにあったらしい。
○俳諧談林　「諧」は底本「偕」。俳諧の修行所。談林(檀林とも)は寺、または僧の学問所。「まよへるをたすくる」にちなむ。
○梅翁　大阪天満宮連歌所宗匠西山宗因の俳号。寛文十年(一六七〇)、豊前小倉の広寿山福聚寺の法雲禅師の許で出家した。
○渡に舟　諺。都合よく物事が運ぶ意。仏語「如渡得船」による。
○江戸の海の　「渡に舟」を受け、下の「広き」を引き出した。
○発句を乞得て　延宝三年(一六七五)五月十六日、松村吟松亭の宗因一座の百韻興行に途中から参加した松意が、十百韻興行の企てを述べ、宗因から巻頭の発句を得た。宗因は談林の興行に一座してはいない。
○次而面白きに　この機会に興を発して。「ついでおもしろき事ともや思ひけむ」(伊勢物語一段)による。ただし暁眠起に、「千句をおもひ立侍しに、又人有て千句は作法もむづかしく、とても慰めならば十百韻にして板にあらはし、世に鳴さんなど云出るに、折からの連衆、雪柴・一鉄・正友・一朝・卜尺・志計・松

しめたらんやと乞《こふ》。もとより談林のことぐさ辞《じす》べきにあらず。ともかくもとゆるしつかはす。凡《およそ》市中に多年よしと思へるふるくさきものと、今又あたらし過《すぎ》て一句のたゝざる二《ふたつ》の悪を見れば、水火の二河たり。中に四寸の白道《びやくだう》あり。此《この》白道のあかりをはしらんとのみ立《たつ》る所、談林の法也。見る人爰《ここ》を専《もつぱら》に眼《まなこ》を付《つけ》らるべし。

臼・在色なりし、かかる所に難波津の好士宗因七十余にて下向有しに…十百韻の巻頭の発句を翁にこひて、日数は千句の法にまかせ三日二夜になんみちぬ」とあり、十百韻興行の企てはすでにあったことがわかる。
○疎学　初心者。
○新発心済度　初心者の教導。談林にちなんでいう。
○談林のことぐさ　日頃の談林の言いぐさからして。「向後の初心悪にそまらん事を悲み」、「おほくまよへるをたすくる」等。
○多年よしと思へるふるくさきもの　貞門古風。神田蝶々子・岸本調和らの俳風を指すか。
○あたらし過て　江島山水独吟十百韻の宗因評に「抑近き年比檀林と号し、あるは一方夕方と名乗て、十面はり肱のをの〳〵、めん〳〵気々のことばたゝかひ、両陣たがひに新しきを求めらるゝ」とある、ライヴァルの結社「夕方」の新風を指すか。
○一句のたゝざる　一句として独立しない、いわゆる無心所着の作風。
○水火の二河たり…　談林の名にちなみ、二河白道の譬えによって、極端な新古両道の中間に進むべき道のあることを言った。「正しく水火の中間に一の白道有り、闊さ四五寸許」(教行信証)。
○此白道のあかりをはしらんとのみ立る所、談林の法也　西鶴も「古流当流のまん中に広き道筋あり、是を君が代の東の果、西国の末迄も」(珍重集)と言い、高政にも中庸姿(つねのすがた)の著があるごとく、中庸の宣言は、新風各派に共通する。

1 されば爰《ここ》に談林の木あり梅の花　西山氏梅翁

2 世《せ》俗《ぞく》眠《ねむり》をさますうぐひす　雪柴

3 朝《あさ》霞《がすみ》たばこの烟《けぶり》よこおれて　在色

4 駕《か》籠《ご》かき過《すぐ》るあとの山風　一鉄

5 ながむれば供《とも》鑓《やり》つゞく峰の松　正友

6 追《おう》手《て》にちかきかけはしの月　志計

7 小《さ》男《を》鹿《じか》や藁《わら》人形におそるらん　一朝

1 発句。春(梅の花)。○されば爰に　発端詞。○談林の木　檀林の栴檀木になぞらえ、梅の木をいう。○梅の花　京から太宰府まで飛んだという天神の飛梅伝説から、「飛躰《とびてい》」と呼ばれる談林風の木に擬した。梅翁自賛の意はない。▽さてここに梅の花が馥郁と咲き匂っている。いうならばこの木は談林の園に生い出でた木と称すべきであろう。談林→飛躰→飛梅→梅の木という連想である。千句構成上の約束に従い、当季(夏)によらず、春季の句をもってした挨拶吟。

2 脇。春(うぐひす)。○眠をさます　「いで聴衆の眠覚まさん」(謡曲・自然居士)などから「談林」を受ける。▽「梅が枝に来ゐる鶯春かけて…時守の眠覚むる難波の」(謡曲・難波)などを下心に、鶯の声に世間の人びとが眠りを覚すといい、裏に、宗因の挨拶に応えて、その新風が世間俗俳の迷妄を破る意を寓したのである。

3 第三。春(朝霞)。○たばこ　「寝起―多波粉」(類)。○よこおれて　道・雲などの横に折れ曲る意。煙草の煙を誇大化した。▽鶯に目覚めてまず一服。煙草の煙が横にたなびいて、朝霞かと見紛うばかりである。

4 初オ四。雑。○あとの山風　歌語。「朝霞」のあしらい。▽駕籠を舁き過ぎた後に、乗客のふかす煙草の煙が残ってたなびくという意。四句目ぶりの軽い付け。

5 初オ五。雑。○供鑓　行列の供侍の持つ槍。○峰の松　「山風」のあしらい。▽峰の松の立ち並ぶ遠景は、供侍の槍が続くように見える。「駕籠」を大名行列のそれに見立てた付け。

6 初オ六。秋(月)。○かけはし　断崖にかけ渡した桟道。「松―橋がゝり」(類)。○月　「峰の松」のあしらい。▽城廓の追手門に近い谷の桟道に月がかかり、いましも軍兵の行列が渡ってゆく。月の座を一句引上げた。

7 初オ七。秋(小男鹿)。○小男鹿　「鹿―澄月」(類)。▽城の追手門近く敵を欺くために立てた藁人形に、小男鹿が恐れをなして逃げ出すだろう。太平記七・千剣破城軍事による。

8 五《ご》色《しき》の紙に萩の下露　松臼

9 星《ほし》合《あひ》の歌を吟ずる夕の風　卜尺

10 頭《づ》をかたぶけて水《みづ》銀《かね》茶碗　松意

11 香《かう》薷《じゆ》散《さん》召《めし》上《あが》られて御覧ぜよ　執筆

12 なふ〳〵旅人三《さん》伏《ぶく》の夏　在色

13 なみ松の声高ふして馬やらふ　雪柴

14 礒《いそ》うつ波のさはぐ舟《ふな》着《つき》　正友

15 傾《けい》城《せい》をあらそひかねてまくり切《ぎり》　志計

8　初オ八。秋(萩の下露)。〇五色の紙　「茅(ち)の人形(ひとがた)を人尺に作り…五色の幣おのおの供物を調へて」(謡曲・鉄輪)。〇萩の下露　「鹿―萩原」(類)。▽「藁人形」を調伏のそれとみて五色の幣を付出し、それに小男鹿が驚くとしたわけ。

9　初ウ一。秋(星合)。〇星合　七月七日夕、牽牛・織女の二星が天の川を渡って逢引きすること。乞巧奠(きつこうでん)と称して、竿の端に五色の糸を掛けて一事を祈る。〇夕の風　「萩の下露」に付く。▽夕風の吹き過ぎる声は、七夕祭の五色の短冊に書くための歌を吟ずるように聞える。

10　初ウ二。雑。〇頭をかたぶけて　歌を案ずるさま。〇水銀茶碗　水銀を容れる器。▽七夕祭の行事として、茶碗の水に銀河を映し、歌を案じつつ覗き込んでいるさま。裏に、二星のごとく会った報いの瘡頭に水銀を塗る意があろう。

11　初ウ三。雑。〇香薷散　暑気あたりの薬。「暑ヲ解シ小便ヲ利ス。又水腫ヲ治ム。甚ダ病暑ヲ治スルニ捷ナリ」(和漢三才図会)。▽前句を暑気あたりで吐逆する人とみて、薬をすすめる人物の詞で応じた、発話体の句。

12　初ウ四。夏(三伏の夏)。〇なふ〳〵旅人　「なうなう旅人あれ御覧ぜよ」(謡曲・頼政)。〇三伏の夏　夏中極暑の頃。▽甚暑のさなか、暑気当りの旅人に呼び掛けて、香薷散を売りつけるか、親切で与えようとしているのであろう。

13　初ウ五。雑。〇なみ松　並松。「時は三伏の夏の日の…松風の声」(謡曲・源太夫)等。▽松並木の風が高声に極暑に悩む旅人に馬をすすめる道中の景。馬子とせず松の声とした滑稽。

14　初ウ六。雑。〇礒　国訓「イソ」。「磯うつ波の声松風は琴を調べ」(謡曲・白髭)等。▽舟が着いて、馬子が客を勧誘する高声などで騒然とした舟着場の情景。前句と同巧の句仕立をねらって、「礒うつ波」が騒ぐとした。

15　初ウ七。恋(傾城)。〇傾城　「舟着―傾城」(類)。〇あらそひかねて　「時雨の雨間なくし降れば槙の葉も争ひかねて色づきにけり」(新古今集)。〇まくり切　「大勢を粟津の汀に追ひつづめて、磯うつ波のまくり切り」(謡曲・兼平)。▽傾城を張り合って敗れた腹いせに、相手をめった切りにしたの意。舟着場での刃傷沙汰である。

16 泪《なみだ》の淵をくゞるさいの目　一朝

17 勘《かん》当《だう》や夢もむすばぬ袖枕　松臼

18 つよくいさめし分別の月　卜尺

19 お盃《さかづき》存じの外《ほか》の露しぐれ　松意

20 ふらるゝうらみ山の端《は》の色　雪柴

21 一《いち》分《ぶん》は男自慢の花ざかり　一鉄

22 小《せう》知《ち》をすてゝ帰る雁《かり》金《がね》　志計

23 欠《かけ》鞍《ぐら》の春やむかしに墨《すみ》衣《ごろも》　在色

16 初ウ八。恋(泪の淵)。○泪の淵　淵になるほどの大涙。○くゞる　潜る。「くくれ一六」など「賽の目」の縁語でもある。○さいの目　「泪」の縁語。さいの目切りの詞から「まくり切」に付く。▽賽の目に賭けて傾城を争ったが、結果は刃傷沙汰にまで発展した。賭博はいつも涙を伴う、というのである。

17 初ウ九。雑。○袖枕　「泪」のあしらい。▽袖を枕の侘寝は苦しくて夢も結ばない。賽子(さいころ)賭博にうちこんで家業をおろそかにし、勘当を受けたどら息子の悲哀である。

18 初ウ十。秋(月)。月の定座。○分別の月　分別の尽(末)に掛ける。▽分別の上にも分別を重ねた末のこわいけんであった。前句を、勘当はしたがやはり気掛りとの親心に転じた。

19 初ウ十一。秋(露しぐれ)。○お盃　「諫―酒宴」(類)。○露しぐれ　時雨のごとく降る露。涙の意を効かす。「月」のあしらい。▽前句を主君への諫言に取成し、思いがけず盃を頂戴して喜びの涙にかきくれるとしたのである。

20 初ウ十二。秋(山の端の色)。○ふらるゝ　降らるる・振らるるの両意。○山の端の色　山の端が紅葉で色づくこと。「露時雨漏らぬ三笠の山の端も秋の紅葉の色は見えけり」(続古今集)などにより、「露しぐれ」をあしらう。▽表に、時雨に降られて山の端の紅葉が色づくと言い、裏に、女に振られた恨みが顔色に表われたことを匂わせた。「お盃」は縁切りの盃、「露しぐれ」は恨みの涙であろう。

21 初ウ十三。春(花ざかり)。花の定座。○一分　面目。○男自慢　男が自分の器量を自慢すること。○花ざかり　男盛りの意を効かす。「山の端の色」を春色に転じたあしらい。▽花にとっては雨に降られるのが恨みである意と、男自慢が女に振られては一分がすたるの意とを兼ねて、前句に接続する。

22 初ウ十四。春(帰る雁金)。○帰る雁金　「花を見捨つる雁金の、それは越路我はまたあづまに帰る名残かな」(謡曲・熊野)など。▽わずかばかりの知行に大丈夫の志を屈していては男がすたると、雁金は故郷へ帰るというのである。

23 二オ一。春(春)。釈教(墨衣)。○欠鞍　掛鞍。○春やむかしに　「さても身の春や昔にかはるらむありしにもあらず霞む月かな」(新葉集)。○墨衣　「衣を墨に染めもせで…智を捨

24 いで其《その》時の鉢ひらきにぞ　松臼

25 去《さる》間《あひだ》衆《しゆ》生《じやう》済《さい》渡《ど》の辻談議　正友

26 三千世界からかさ一本　松意

27 ふんぎつて樹《じゆ》下《か》石《せき》上《じやう》をめくら飛《とび》　一朝

28 子どもがまなぶ吉野忠《ただ》信《のぶ》　一鉄

29 草《くさ》双《ざう》紙《し》より〳〵是《これ》を窓の雪　卜尺

30 風腰《こし》張《ばり》をやぶる柴《しば》垣《がき》　在色

31 ゐりうすき衣かたしくす浪人　雪柴

ても愚ならず」(謡曲・東岸居士)。▽かつては立派な掛鞍の馬にも乗る身分であったが、今は出家して墨の衣を身にまとっている。「小知」を小禄から仏教の小智に取成した付け。

24 二オ二。釈教(鉢ひらき)。○鉢ひらき　托鉢僧。▽「いでその時の鉢の木は」(謡曲・鉢木)をもじり、「これこそいつぞやの大雪の宿かりし修行者よ」(同)を俳諧流に言いかえて、前句の人物を最明寺入道と特定した付け。

25 二オ三。釈教(衆生済度・辻談義)。○去間　語り物常套の発端詞。○済渡　済度。○辻談議　辻談義。街頭での説法。▽前句の「鉢ひらき」が辻に立って説法する様子。

26 二オ四。釈教(三千世界)。○三千世界　仏語「三千大千世界」の略。仏化の及ぶ全世界。○からかさ一本　僧侶の境涯。「僧・辻・説経—傘」(類)。▽前句「辻談義」の内容として、三千世界も傘一本の下にありの意と、その境涯として、三千世界を傘一本で渡り歩く意を兼ねる。

27 二オ五。雑。○ふんぎつて　踏み切って・思い切っての両意。○樹下石上　文字通りの意に、沙門の境涯を掛ける。▽傘を開いて樹下石上をめくら飛びすれば、三千世界は眼下に収まる。

28 二オ六。雑。○吉野忠信　佐藤忠信。吉野の合戦で義経の身代りとなり覚範を討つとき、臥木を飛び越えたり、磐石に飛び降りたりする場面がある(義経記、古浄瑠璃・判官吉野合戦など)。▽前句は、子供が吉野忠信を真似て遊んでいる図である。

29 二オ七。冬(雪)。▽中国の孫康を真似て、窓の雪明りで時々草紙を読み、忠臣忠信の物語を子供が学ぶというのである。

30 二オ八。雑。○やぶる　「腰張」と「柴垣」とに掛かる。▽破れた柴垣を吹き抜けてきた風が、腰張にした草双紙まで破る。貧家のさま。

31 二オ九。雑。○ゐりうすき衣　襟もとの寒々とした単衣。○かたしく　片袖を敷いて独寝をすること。「さむしろや待つ夜の秋の風ふけて月をかたしく宇治の橋姫」(新古今集)。▽前句の貧家に住む素浪人である。

32 住《ぢう》持《ぢ》のやつかい小《さ》莚《むしろ》の月　正友

33 山門の破損に秋やいたるらん　志計

34 手《て》代《だい》にまかせをけるしら露　一朝

35 御《お》祓《はらひ》に伊勢の浜荻声そへて　松臼

36 上《うは》荷《に》をはねる大《おほ》淀《よど》の舟　卜尺

37 生《なま》肴《ざかな》五《ご》分《ぶ》一《いち》わけて帰る波　松意

38 すでに城下の明《あけ》ぼのゝ風　雪柴

39 つき鐘《がね》に夢を残して代《かはり》番《ばん》　一鉄

32 二オ十。秋(月)。釈教(住持)。○住持「牢人―寺」(類)。○小莚「きりぎりす鳴くや霜夜のさむしろに衣かたしき独りかもねむ」(新古今集)等。▽素浪人が食客として寺にころがりこんでいて、住持の厄介である。月の座を三句引上げた。

33 二オ十一。秋(秋いたる)。釈教(山門)。○秋やいたるらん　白楽天の詩「城柳宮槐漫揺落、秋悲不レ到二貴人心一」(和漢朗詠集)の裏返し。▽破損した門前に莚をぶら下げたりしたまま、身にしむ秋を迎えるのは、貧乏寺の住持の頭痛の種子だ。

34 二オ十二。秋(しら露)。○手代にまかせ　「手代」は山門奉行の小吏。「君が手にまかする秋の風なればなびかぬ草もあらじとぞ思ふ」(和漢朗詠集)。▽手代に任せておいたところ、いっこう埒があかず、山門は破損したまま秋を迎える。

35 二オ十三。夏・神祇(御祓)。○御祓　六月(みなづき)祓。○伊勢の浜荻　底本「荻」を「萩」に誤る。「草の名も所によりてかはるなり／難波の芦は伊勢の浜荻」(菟玖波集)から、芦の異名。▽伊勢大神宮の御祓で、御祓串の幣に芦吹く風が声を添える。前句を、商家の主人が留守を手代に任せて伊勢参りするとみた付け。

36 二オ十四。雑。○上荷をはねる　入津した船舶の荷を、上荷舟と呼ぶ小船に少しずつ分けとって運ぶこと。○大淀　伊勢国(三重県)気多郡の海辺。「大淀のうらみて帰る波にしも声立てそへて行く千鳥かな」(新千載集)。「大淀伊勢―御祓」(類)。▽大淀の浦に入港した荷船から上荷をとるにさいし、御祓があったというのであろう。

37 二ウ一。雑。○帰る波　「大淀―うらみて帰る波」(類)。▽上荷舟が、積載した生魚の五分の一を運んできて、再び本船に引返すというのである。

38 二ウ二。雑。○風　「帰る波」のあしらい。▽前句を夜釣りから帰るとみて、城下の夜明けを配した。

39 二ウ三。雑。○夢を残して　次句に恋を呼び出すはたらき。○代番　勤番交替。「朝―番替」(類)。▽夜明けを告げる鐘の音をうつつに聞きながら番替りで帰る夜勤の武士か、鐘撞きの勤番交替か。前句を、そうした人物が曙の風に吹かれて城下を帰るとみて付けたのである。

40 あかぬ別《わかれ》に申《まうす》万《まん》日《にち》　志計

41 移り香《が》の袖もか様《やう》に葉《は》抹《まつ》香《かう》　在色

42 思ひつもりて瘡《かさ》頭《あたま》かく　松臼

43 百《もも》とせの姥《うば》となりたる道の者　正友

44 むばらからたちすゑのはたご屋　松意

45 用心は残る所も候はず　一朝

46 風やふきけす有《あり》明《あけ》の月　一鉄

47 扨《さて》こそな枕をまたく虫の声　卜尺

40 二ウ四。恋(あかぬ別)。無常(万日)。○あかぬ別「待つ宵の更け行く鐘の声聞けばあかぬ別れの鳥はものかは」(新古今集)。○万日　万日供養。▽前句「つき鐘」「夢を残して」から、愛する者との死別にさいして万日供養の念仏をあげるという無常の意と、後朝の別れにさいして心変りのせぬことをくどくどと約束するという恋の意が導かれた。

41 二ウ五。恋(移り香)。○葉抹香　安ものの香。「万日」を受けては仏前の香。▽前句の無常の意には、万日供養を営むうち袖に抹香の匂いがしみついたと応じ、恋の意には、安ものの香の移り香から女を偲んでいると応じた付け。

42 二ウ六。恋(思ひつもりて)。○瘡頭かく　梅毒に感染して途方にくれる。▽比丘尼宿に通いつめたあげく、瘡頭をかかえ込んで悩んでいるさま。

43 二ウ七。恋(道の者)。○百とせの姥となりたる「諸人に恥をさらし、嬉しからぬ月日身に積って百年の姥となりて候」(謡曲・卒都婆小町)。○道の者　遊女。「瘡—遊女」(類)。▽遊女がなれの果てに百歳の老婆となり、積悪の報いに瘡頭を掻く仕儀とはなった。檜垣の女や小野小町の卑俗化であろう。

44 二ウ八。雑。○むばらからたち「百年に一年たらぬつくも髪我を恋ふらし面影に見ゆ、とて出で立つ気色を見て、むばらからたちにかゝりて、家に来てうちふせり」(伊勢物語六十三段)。○はたごや「遊女—旅籠屋」(類)。▽百歳の遊女が住むにふさわしい茨・からたちの生い茂る山奥の旅籠を出した。

45 二ウ九。雑。▽「むばらからたち」を泥坊よけのバリケードに取成し、用心堅固な場末の旅籠屋とした。「のら猫や盗人犬のかよふはにくしと、其道をむばらもてふさぐ也」(類)。

46 二ウ十。秋(有明の月)。月の定座。○風「用心—風吹」(類)。○有明の月　有明行灯に掛ける。▽風が出て有明行灯ならぬ有明月を吹き消したと、無心所着(むしんしよじやく)の滑稽をねらった。前句の「用心」は火の用心である。

47 二ウ十一。秋(虫の声)。○枕をまたく　枕を交すことを急ぐ。○虫の声「月—虫の音」(類)。▽風が有明の月の光を吹き消すとみると、案の定虫が床入りを急いで鳴き立てる、の意。

48 童子が好む秋なすの皮　在色
49 花《はな》娵《よめ》を中につかんでかせ所《じよ》帯《たい》　雪柴
50 りんきいさかひ春風ぞふく　正友
51 大《おほ》泪《なみだ》そこらあたりの雪消《きえ》て　志計
52 五十二類や野辺の通ひ路　一朝
53 とめ山は下《した》葉《ば》しげりて分《わけ》もなし　松臼
54 爰《ここ》にあら神《がみ》千年の松　卜尺
55 要《かなめ》石《いし》なんぼほつてもぬけませぬ　松意

48　二ウ十二。秋(秋なす)。○童子　「しかも妙なる童子の姿…われ古あやまつて御枕を越えしにより」(謡曲・枕慈童)。「枕をまたぐ」を枕を跨ぐ意に取成した付け。○秋なす　虫の好物。▽童子の食べ捨てた秋茄子の皮をねらって、虫が枕を跨いでやってくるというのである。

49　二ウ十三。恋(花娵)。花の定座。○花娵　「恋也。雑也。正花を持也。人倫也。植物に非ず、春に非ず」(御傘)。諺「秋茄子嫁に喰はすな」(毛吹草)。○つかんで　「秋茄子」のあしらい。○かせ所帯　貧乏所帯。▽花嫁を中心にしっかりと据えて貧乏所帯を営む。秋茄子を食べて子供は空腹をいやす。

50　二ウ十四。春(春風)。恋(りんき)。▽「つかんで」をつかみ合いの争いとみて、貧乏所帯の痴話喧嘩を構想。新世帯らしく春風のように甘美な夫婦喧嘩である。

51　三オ一。春(雪消て)。恋(大泪)。▽春風のような痴話喧嘩をしたため、大涙であたりの雪が解けたという誇大表現。

52　三オ二。春・釈教(五十二類)。○五十二類　底本「五十一類」。横本によって訂正。釈迦入滅にさいし群集して嘆き悲しんだという五十二種の生物。○野辺の通ひ路　「降り積みし去年の白雪むら消えてあらはれそむる野辺の通ひ路」(新続古今集)。▽五十二類の生類が野辺の通い路を通うとき、釈迦入滅を悲しむ大涙で、あたり一面の雪が消える。一句に季を認めないと春二句捨てとなる。

53　三オ三。夏(下葉しげりて)。○とめ山　狩猟・伐木を禁じた山。▽とめ山は鬱蒼と下葉が茂り、五十二類の動物たちの通い路は見分けがつかない。

54　三オ四。神祇(あら神)。○あら神　神霊あらたかな神。「とめ山」に付く。▽ここに鎮座ましますのは霊験あらたかな神で、とめ山の神域を守る松は千年を経て下葉が茂っている。

55　三オ五。雑。○要石　常陸国(茨城県)鹿島神社の境内にある霊石。俗に地震の原因である大魚をおさえた石と伝え、その深さは測り知れぬという。「あら神」に付く。▽ここあら神の鎮座する鹿島神社の松は千歳を経、境内の要石はいくら掘ってもびくともしない。鹿島の神詠と伝える「揺ぐともよもや抜けじの要石鹿島の神のあらん限りは」を踏まえた。

56 鯰《なまづ》の骨を足にぐつすり　雪柴

57 はきだめに瓢《へう》箪《たん》一つ候《さうら》ひき　一鉄

58 肱《ひぢ》をまげたるうら店《だな》の秋　志計

59 藪《やぶ》医者も少《すこし》工《く》夫《ふう》のさぢの月　在色

60 諸《しよ》方《はう》のはじめ冷《ひえ》ておどろく　松臼

61 其《その》形こりかたまりて今《け》朝《さ》の露　正友

62 灰かきのけて見たるあだし野　松意

63 穴《あな》蔵《ぐら》の行《ゆく》衛《ゑ》いかにと忘《わすれ》水《みづ》　一朝

56 三オ六。雑。○鯰　地下で地震を起こすという。「要石」に付く。▽鯰の骨を足裏に踏み立てたというので、「鯰の骨はなかなか抜けぬ」という俗説によって前句に寄せた。

57 三オ七。雑。○瓢箪一つ　「許由隠㆓箕山㆒、無㆓盃器㆒、以㆑手捧㆑水飲㆑之、人遣㆓一瓢㆒、得㆓以操飲㆒、飲訖掛㆓於木上㆒、風吹瀝々有㆑声、由以為㆑煩、遂去㆑之」(蒙求逸士伝)の故事による。諺「瓢箪で鯰をおさへる」。「鯰―瓢箪」(類)。▽一句は瓢箪一つも煩わしいとて掃溜に打ち捨てられてあるの意で、「掃溜に鶴」(諺)と思わせて、「鯰」との関係から「瓢箪」を出した滑稽。

58 三オ八。秋(秋)。○肱をまげたる　「子曰、飯㆓疏食㆒、飲㆑水、曲㆑肱而枕㆑之、楽亦在㆓其中㆒矣」(論語・述而篇)を踏み、「子曰、賢哉回也、一箪食、一瓢飲、在㆓陋巷㆒」(同・雍也篇)によって「瓢箪」に付けた。○うら店　路地裏などにある家。▽うら店に、肱を枕として一瓢の飲を愉しむ悠々自適の隠士。

59 三オ九。秋(月)。▽「肱をまげたる」を「三折㆑肱知㆑為㆓良医㆒」(春秋左氏伝)の意に転じ、藪医者でも腕をこまねき今度は少し匙加減を工夫するようになった、と付けたのである。「月」は投込みの月で、定座を四句引上げた。

60 三オ十。秋(冷て)。○諸方　処方。▽最初の処方で病人が冷え込んで驚き、少し薬の調合をかえてみた、の意。

61 三オ十一。秋(露)。○こりかたまりて…露　「振り下げし鉾の滴露こりて一島となりしを」(謡曲・淡路)を踏み、淡路を国の初めというにより、前句「はじめ」をあしらった。▽諸方」を表記通りの意にとり、諸方から急に冷えてきて驚いていると、今朝は凝り固まって露となった、というのである。

62 三オ十二。無常(あだし野)。○かきのけて　「青海原をかき分けかき分け探り給へば、矛の滴り凝り固つて国となれり」(謡曲・逆鉾)。○あだし野　京都愛宕山麓にあった墓地。「あだしの―露」(類)。▽あだし野で火葬の灰を搔きのけてみたら、露と消えた生命は、凝り固まって白骨となっていた。

63 三オ十三。雑。○穴蔵　火災の難を避けるため地中に穴を掘って作った蔵。「焼亡―土蔵」(類)。○行衛　行方の慣用。○忘水　野中を流れて人に知られぬ水。「あだし野」に付く。▽火災に会って灰と化した焼跡に穴蔵を探すことを、忘れ水が穴

64 宿がへをせし東《あづま》路《ち》の果《はて》　一鉄

65 借《しやく》銭《せん》は人のこゝろの敵となり　ト尺

66 桓《くわん》武《む》天皇九代の呑《のみ》ぬけ　在色

67 道《だう》外《け》舞《まひ》塩《しほ》辛《から》壺《つぼ》とはやされたり　雪柴

68 戸棚をゆらりと飛《とぶ》猫の声　正友

69 恋せしは右《う》衛《ゑ》門《もん》といひし見世守リ　志計

70 お町《ちやう》におゐて皆きせるやき　一朝

71 起《き》請《しやう》文《もん》既に宿《しゆく》老《らう》筆《ふで》取《とり》にて　松臼

のような窪地をたずねて流れてゆく、と作意したのである。

64 三オ十四。雑。○東路　「東路の道の冬草茂りあひてあとだに見えぬ忘水かな」(新古今集)。▽「六蔵」を隠れ家などに取成し、宿替えをして忘れ水のごとく行方不明になった身を案じているさまをえがいた。

65 三ウ一。雑。▽借金返済に窮して肩身がせまく、東路の果てへ夜逃げ同然に引越していった。借銭は人の不和を招く。

66 三ウ二。雑。○桓武天皇九代　「桓武天皇九代の後胤平知盛幽霊なり」(謡曲・船弁慶)。類船集「敵」の条に「平家は頼朝を朝敵といへりしかども、後には平家が朝敵になれり」とあり、「人のこゝろの敵」を受ける。○呑ぬけ　大酒呑み。▽桓武天皇から九代目(平知盛)は大上戸で、借銭が重なり、しぜん人から敵視されるに至った、と作り立てたのである。

67 三ウ三。雑。○道外舞　滑稽な所作をする舞。○塩辛壺とはやされたり　「忠盛御前の召に舞はれければ、人々拍子を替へて伊勢瓶子は醯甕(すがめ)なりけりとぞはやされける」(平家物語一・殿上闇討)のもじり。「塩辛壺」は「呑ぬけ」に付く。▽桓武天皇九代の大上戸が酔っぱらって道外舞を舞い、人々から塩辛壺とはやされた。

68 三ウ四。雑。▽塩辛壺をねらって猫が戸棚を飛ぶ。「ゆらりと飛」に道外舞の所作をこめるか。

69 三ウ五。恋(恋せし)。○右衛門　源氏物語・若菜上の柏木右衛門督の俳諧化で、「猫」に付く。○見世守リ　店の目付。▽右衛門という名の棚守りが恋をして、商品監視の目が届かぬのをよいことに、戸棚は猫の意のままになっている。

70 三ウ六。恋(きせるやき)。○お町　公許の遊廓。○きせるやき　煙管の火で肌を焼き入黒子のようにする、遊女の心中立の方法。▽吉原では右衛門以下皆きせるやきをする。「見世守り」を遊廓の横目付に取成した付け。

71 三ウ七。恋(起請文)。○起請文　誓紙・誓文。「誹諧恋之詞。…誓文之類」(毛吹草)。「起請―傾城」(類)。○宿老　町内の年寄役。○筆取　右筆・書役。▽前句を、きせるやきまでして心中立をした仲と解し、かための誓紙も町年寄の立会の下、筆取の手で既に済ませた、といったのである。

72 今《こ》度《たび》の訴訟白《しら》洲《す》をまくら　卜尺

73 網《あみ》引《びき》場《ば》月の出はには西にあり　松意

74 木《き》仏《ぼとけ》汚《よご》す蠣《かき》がらの露　雪柴

75 秋風をいたむ小寺の片《かた》庇《びさし》　一鉄

76 新《しん》発《ぼ》心《ち》寒く成《なり》まさるらん　志計

77 久《ひさ》堅《かた》の天狗のわるさ花の雪　在色

78 先《まづ》谷ちかき百《もも》千《ち》鳥《どり》なく　松臼

79 音羽山かすみを分《わけ》て礼返し　正友

72 三ウ八。雑。○訴訟　「筆取」に付く。○まくら　恋の移り。▽「宿老」を、裁判で誓紙を出す評定衆とみなし、既に誓紙も提出された、白洲を枕に討死の覚悟で裁判に臨むの意とする。

73 三ウ九。秋(月)。○網引場　「白洲」に付く。○月の出はには西にあり　「河瀬の様なる所の候。月頭には東にあり、月の末には西にあると申す」(謡曲・藤戸)。▽網引場は月の出端には西にあり、また時には東にあったりしてややこしく、遂に訴訟にまで発展した。訴訟の争点が網引場であってみれば、白洲を枕は当然の覚悟ということになる。月の座を一句引上げた。

74 三ウ十。秋(露)。釈教(木仏)。▽西方にある網引場の網に、西方(浄土)にふさわしく木仏がかかって引上げられた。

75 三ウ十一。秋(秋風)。釈教(小寺)。○いたむ　傷む(悲しむ)・痛む(壊れる)の両意。○片庇　片流れの庇。「浜辺のやねにはをそへのためにをくとかや、庭石に蠣の付たるを重宝とせり」(類)。▽秋風にいたんだ小寺の片庇の下で秋風を悲しむ風情。屋根押さえの石についた蠣殻の雫が、いたんだ片庇の隙間から漏れて、木仏を汚すという付意。

76 三ウ十二。冬(寒く)。釈教(新発心)。○新発心　仏門に入って間もない者。○寒く成まさるらん　「み吉野の山の白雪積もるらし故郷寒くなりまさるなり」(古今集)。▽秋風の吹き抜ける小寺の片庇の下で、新発心は寒さにふるえるだろう。

77 三ウ十三。春(花の雪)。花の定座。○久堅の　「天」の枕詞。○天狗　「新発心」は天狗の稚児。○花の雪　雪のごとく降る花。「正花也…ふり物に非ず」(御傘)。「雪」は前引古今集の本歌によって付く。▽天狗が悪戯に散る花を雪と見紛わせ、新発心を寒からしめた、の意。

78 三ウ十四。春(百千鳥)。○谷ちかき　「天狗よりもおそろしや、さて京ちかき山々〳〵」(謡曲・花月)。○百千鳥　古今伝授三鳥の一。鶯とも、百鳥の囀りとも。▽奥山谷に住む天狗が花の雪を咲かせたので、まず谷近くの百千鳥が囀り出した。

79 名オ一。春(かすみ)。○音羽山　京都市東山区の東方、逢坂山の南にある。「音羽山―鶯」(類)。○かすみを分て　歌語。「百千鳥」に付く。▽音羽山の谷近く、百千鳥の囀りを聞きながら、春霞の中を清水寺へ返礼の参拝に出掛ける。

80 関のこなたにばさ〳〵あふぎ　　松意

81 俄《にはか》ぞりかゝる藁《わら》屋《や》を命にて　　一朝

82 あはれ今年の内に病《びやう》功《こう》　　一鉄

83 青表紙かさなる山を枕もと　　卜尺

84 一《ひと》ツぷしかたる松の夜あらし　　在色

85 色をふくむ二三の糸の片《かた》時《し》雨《ぐれ》　　雪柴

86 君が格《かう》子《し》によるとなく鹿　　正友

87 文《ふみ》使《づかひ》山本さして野《の》辺《べ》の秋　　志計

80　名オ二。夏(あふぎ)。○関のこなたに　「音羽山音に聞きつつ逢坂の関のこなたに年を経るかな」(古今集)。○ばさ〳〵あふぎ　粗末な扇。「礼返し」に付く。▽関の手前で粗末な扇を使って音羽山の霞を分ける、という無心所着。

81　名オ三。釈教(俄ぞり)。○俄ぞり　俄剃。俄坊主。○藁屋　「関のこなたと思ひしに…これなる藁屋の内よりも撥音(おと)けだかき琵琶の音聞ゆ」(謡曲・蟬丸)。「関―蟬丸」(類)。▽こんな粗末な藁屋を命と頼んで俄発心となった、の意。関のこなたの藁屋で粗末な扇を使っている俄坊主は蟬丸の俤。

82　名オ四。雑。○あはれ今年の　「契り置きしさせもが露を命にて哀れことしの秋もいぬめり」(千載集)。○病功　病気の全快する意か。▽俄出家も、今年中には病を治したいという切実な願いからである。

83　名オ五。雑。○青表紙　経書の類か。▽青表紙本を枕元に山と積みあげての闘病生活。今年中には全快したい。

84　名オ六。雑。○一ツぷしかたる　「青表紙」を、浄瑠璃の稽古本に取成した。○松の夜あらし　「青…山」に青山を読みとり、「青山(せいざん)の琵琶…糸竹の手向…月に双(ならび)の岡の松の、葉風は吹き落ちて」(謡曲・経政)の趣を点出。▽松を吹き鳴らす夜嵐の声を、浄瑠璃の一節をかたると見立てたのである。

85　名オ七。冬(片時雨)。○色をふくむ　「黄纐纈の林色を含むといへども、朝の霜にうつろふ松風羅月に」(謡曲・江口)。○二三の糸　三味線のそれ。○片時雨　一方が時雨し一方が晴れること。ここは三味の拍子。「時雨―松風」(類)。▽木の葉を色づかす片時雨のように、色・綾を含んだ拍子で松風は三味線をかき鳴らし、一っ節語る。

86　名オ八。秋(なく鹿)。恋(君)。○格子　女郎屋の見世格子。○鹿　京都島原で太夫(松)・天神(梅)に次ぐ遊女、「かこひ」。「時雨―鹿の啼」(類)。▽見世格子に飄客が近づくと、「かこひ」女郎がしきりに声を掛ける。前句は遊廓の風情。「君が方にぞ寄ると鳴くなる、それは萩狩る鹿の声」(謡曲・横山)。

87　名オ九。秋(秋)。恋(文使)。▽文使が秋の野辺を山麓に向って急ぐのは、文を託す遊女が鹿だから。「明けぬとて野辺より山に入る鹿の跡吹き送る萩の下風」(新古今集)。

88 衆《しゆ》道《だう》のおこり嵯《さ》峨《が》の月影　一朝

89 追《おひ》腹《ばら》やその古塚の女《を》郎《みな》花《へし》　松臼

90 千石の家たてりとおもへば　卜尺

91 倹約を守《まもる》といつぱ手《て》鼻《ばな》にて　一鉄

92 水《すい》風《ふ》呂《ろ》よりも寧《むしろ》洗《せん》足《そく》　松意

93 旅衣幾《いく》日《か》かさねて気むつかし　志計

94 その沢のほとりあと付《つけ》枕　松臼

95 切《きり》どりはにげて野中の朝《あさ》朗《ぼらけ》　一朝

88 名オ十。秋(月影)。恋(衆道)。○衆道のおこり　釈迦を男色の元祖とする。○嵯峨　釈迦堂がある。▽月下の嵯峨野を山本さして文使が急ぐのは、衆道の文使である。月の座を三句引上げた。

89 名オ十一。秋(女郎花)。無常(追腹)。○追腹　殉死の切腹。○女郎花　「嵯峨—女郎花」(類)。▽念者のあとを追って切腹した男の古塚に、女郎花が咲く。謡曲・女郎花の俗化。

90 名オ十二。雑。○たてりとおもへば　「女郎花うしとみつつぞ行過る男山にし立てりと思へば」(古今集)。▽千石の家が立ったかと思うと、追腹切らされる仕儀になった。あまりのおとり立ても良し悪しである。

91 名オ十三。雑。▽千石もの家が立ったにもかかわらず、手鼻かむほどの倹約をしている。諺「百石とつても手鼻かむ」。

92 名オ十四。雑。○水風呂　蒸風呂などに対して湯風呂をいう。▽湯風呂に入って水を使うより、洗足で済ませておく。倹約の具体例を追加した付合。

93 名ウ一。雑。○旅衣幾日かさねて　「旅衣日も重なりて」(謡曲・敦盛)。○気むつかし　いとわしい、めんどうだ。▽水風呂よりはむしろ洗足で済ませたいというのは、幾日もの旅の疲れで、気むずかしくなっているからだ、と転じた。

94 名ウ二。雑。○その沢のほとり　「その沢のほとりの木蔭におり居て餉(かれいひ)くひけり…旅の心を詠め」(伊勢物語九段)。○あと付　客を乗せた馬の後方に結びつけた荷。▽その沢のほとりで、後荷を枕にして寝る。こんな旅寝を重ねるから気むずかしくなるというのである。

95 名ウ三。雑。○切どり　辻切・強盗。○朝朗　「枕」のあしらい。▽昨夜の辻切強盗は逃げ去って、野中は何事もなかったかのように朝ぼらけを迎えた。野中の沢のほとりに野営して、切どりの難に会ったという次第。

96 名ウ四。雑。○ひゞく松風　歌語。「野中の朝朗」のあしらい。▽松に吹く風の音が、代官殿へ響く。「ひゞく」に通報の意を持たせ、強盗の沙汰が代官殿へ通報されるとした。

97 名ウ五。雑。▽代官殿の善政で杵の音も高らかに響く。仁徳天皇の「貢ぎ物許されて、国富めるを御覧じて。高き屋

96 代官殿へひゞく松風　雪柴

97 つき臼を民のかまどに立《たて》ならべ　在色

98 難《なに》波《は》の京に大《だい》力《ちから》あり　一鉄

99 連《れん》俳《ばい》や何を問《とう》ても花《はな》衣《ごろも》　松意

100 一座の崇《すう》敬《けい》万年の春　正友

梅翁　一句　正友十一句　卜尺　十句
雪柴十一句　志計十一句　松意十一句
在色十一句　一朝十一句　執《しゅ》筆《ひつ》　一句
一鉄十一句　松臼十一句

にのぼりて見れば煙立つ民のかまどは賑ひにけり」(新古今集)の近世版。

98 名ウ六。雑。○大力　日葡辞書「ダイヂカラ　ヲウキナチカラ」。大力持ち。▽前出仁徳天皇より「難波の京」を付け出し、そこに住む力持がつき臼を立て並べた、というのである。

99 名ウ七。春(花衣)。花の定座。○花衣　「正花也…衣類也。これらに紅花にてそめたれば、雑なるべけれど、只あかきをみて、春の花にたとへたる也」(御傘)。▽連俳のことについて、何を問うてもうるわしい。「何を問ても花」と言い掛けた。前句を、難波より下向の連俳の大力、西山宗因のことと見立てたのである。

100 挙句。春(春)。○万年の春　「花衣」に付く。▽われら談林一座の連衆が崇敬おくあたわざるところである。発句の挨拶に呼応して、西山宗因を賛美し、めでたく巻きおさめた。

○雪柴　本名池村彦太夫。町与力。談林軒端の独活の肩書に「高師山」。著書に鱗形(延宝六年(一六七八)刊)。生没年未詳。
○在色　本名野口甚八郎利直。材木商。神野忠知に師事。著書に暁眠起・俳諧解脱抄。享保四年(一七一九)没、七十七歳。
○一鉄　本名三輪三左衛門。岡瀬氏とも。本書以後高野幽山に属し、江戸八百韻に一座等活躍。生没年未詳。
○正友　本名遠藤伝兵衛。延宝三年宗因招待吟松亭興行に一座。松意との両吟、江戸談林三百韻あり。生没年未詳。
○志計　本名中村庄三郎。初心者か。俳歴等未詳。
○一朝　豊島氏。初心者か。俳歴等未詳。
○松臼　出来氏。初心者か。俳歴未詳。談林軒端の独活・談林功用群鑑等に見える「出来松花跡」は後号か。
○卜尺　本名小沢太郎兵衛。本船町住。名主。北村季吟門。芭蕉に便宜をはかったことで知られる。元禄八年(一六九五)没、享年未詳。
○松意　本名田代新左衛門。暁眠起に「東府の隠士」。著書に幕づくし・夢助・談林軒端の独活・談林功用群鑑等。
○執筆　差合・去嫌などを吟味して懐紙に書く役。

101 青がらし目をおどろかす有様也《なり》　出来氏　松臼

102 礒《いそ》うつなみのその鮒《ふな》鱠《なます》　卜尺

103 客《かく》帆《はん》の台所ぶねかすみ来て　一鉄

104 小づかひのかねひゞく夕暮　一朝

105 巾《きん》着《ちやく》の尾《をの》上《へ》に出《いで》し月の影　正友

106 瑚《こ》珀《はく》のむかし松の下露　松意

107 きのふこそ稲《いな》葉《ば》と見しか塵《ちり》と変じ　雪柴

101 発句。春(青がらし)。○青がらし　芥菜。からし粉の原料。○目をおどろかす有様也　「兼平が最後の仕儀、目を驚かす有様なり」(謡曲・兼平)。▽青がらしが青々と一面に生い茂るさまは、目を驚かすばかりである。「目をおどろかす」は、からし粉が鼻をついて、涙の出ることに因んだのであろう。千句の約束に従い、第二巻春季の発句。

102 脇。春(鮒鱠)。○礒うつなみの　「粟津の汀に追つつめて、磯打つ波のまくり切り」(謡曲・兼平)。○鮒鱠　「芥青菜合ㇾ醋和ニ魚鱠ニ」(和漢三才図会)。▽この鮒鱠は、磯打つ波からとれた鮒を鱠切りにしたものだが、その酢和えに用いた青がらしは、目にしみるばかり。

103 第三。春(かすみ)。○客帆　客船。また遊興の船。○台所ぶね　本船に従って食事を調える船。○かすみ来て　「霞―静なる浦半」(類)。▽客船に随行する台所船で、鮒鱠を調理する。

104 初オ四。雑。○小づかひ　檜垣船・樽船、また使者船・鯨船。○かね　「霞―鐘の音」(類)。▽小使船が夕暮時、霞の中に鐘を打鳴らしながら本船の用を足している光景。

105 初オ五。秋(月の影)。○巾着の尾上　「小づかひのかね」を小遣銭に取成してあしらった「巾着の緒(を)」に、「かねひゞく」から「尾上」を言い掛けた語法。「高砂の松の春風吹き暮れて尾上の鐘も響くなり」(謡曲・高砂)。「鐘―尾上」(類)。▽ただの鐘ならぬ小遣の金が響く夕暮は、ただの尾上ならぬ巾着の緒の上に月が出て輝く。辻褄合せである。月の座を二句引上げた。

106 初オ六。秋(下露)。○瑚珀　琥珀。埋没した松の樹脂が化石したもの。○松　「尾上トアラバ、松」(連珠合璧集)。▽巾着の緒につけた琥珀は、その昔松の下露が化したものだ。

107 初オ七。秋(稲葉)。○稲葉　「露―稲葉」(類)。○塵　琥珀は塵を吸いとるという(大和本草等)。「塵―琥珀・走り松」(類)。▽きのうは稲葉がそよぐとみたが、今日は塵に変じてしまった。時の推移を共通点として応じた。

108 初オ八。秋(秋風)。○ねこだ　猫播とも。藁で編んだ莚。○くみし　編んだ。▽「昨日こそ早苗とりしかいつの間に稲葉そよぎて秋風ぞ吹く」(古今集)を踏み、昨日までは秋風に

108 ねこだをくみしあとの秋風　在色

109 火《ほ》影《かげ》立《たつ》へついの外に飛《とぶ》蛍　忘計

110 でんがく〳〵宇《う》治《ち》の川舟　執筆

111 日《ひ》傭《よう》取《とり》ともに印《しるし》をなびかせて　卜尺

112 材木出す山おろしふく　松臼

113 こもりくの泊《はつ》瀬《せ》の寺の奉《ほう》加《が》帳《ちやう》　一朝

114 檜《ひ》原《ばら》を分《わけ》し僧にて候　一鉄

115 淡《あは》雪《ゆき》の夕《ゆふべ》さびしき宿《やど》からふ　松意

そよぐ稲葉とみたが、今日はねこだに組まれて、そのあとに藁屑が散らばる、としたわけ。

109　初ウ一。夏(蛍)。○へつい　竈。「ねこだ」を竈の前に敷く莚とみなした。○蛍　「ゆく蛍雲の上までいぬべくは秋風吹くと雁に告げこせ」(伊勢物語四十五段)。▽飛ぶ火を蛍火に見立てた句。ねこだを編んだ竈の火影の外に蛍が飛び、秋風を感じる、というのである。

110　初ウ二。雑。○でんがく　田楽豆腐。○宇治の川舟　蛍見の納涼船。宇治は蛍と納涼の名所。「蛍―宇治」(類)。▽宇治の納涼船に田楽売りが呼びかける情景。前句の竈に立つ火影を田楽を焼く火に見立てたのである。

111　初ウ三。雑。○日傭取　日雇い人足。前句から川人足。○ともに印をなびかせて　「宇治橋の中の間引き離し…共に白旗を靡かして」(謡曲・頼政)。「印」は印袢纏であろう。▽「田楽」を田楽舞に取成し、その舞うさまを付けたか。川人足の田楽豆腐を食うさまか。

112　初ウ四。雑。○材木　「判・印判―材木」(類)。▽「日傭取」を材木を運び出す人夫に転じ、山嵐に印を靡かせながら、山から材木を運び出す情景に付けかえた。

113　初ウ五。釈教(泊瀬の寺)。○こもりくの　泊瀬にかかる枕詞。○泊瀬の寺　大和国(奈良県)式上郡豊山神楽院長楽寺。「うかりける人を初瀬の山嵐よはげしかれとは祈らぬものを」(千載集)。○奉加帳　神仏への寄進は材木が多い。▽前句の山から伐り出す材木を、泊瀬寺修築の寄進とみて、奉加帳を出したのである。

114　初ウ六。釈教(僧)。○檜原　「初瀬山夕越え暮れて宿とへば三輪の檜原に秋風ぞ吹く」(新古今集・羇旅・禅性法師)。▽泊瀬寺修築の奉加帳を携えて勧進する僧の名乗り。謡曲調。

115　初ウ七。冬(淡雪)。○淡雪　「檜原―淡雪」(類)。○夕さびしき　「さらぬだに夕さびしき山里の霧のまがきに雄鹿鳴くなり」(千載集)。▽前句の「檜原」から三輪を介して佐野を連想、「あら笑止や、又雪の降り来りて候。此処に宿を借らばやと思ひ候」(謡曲・鉢木)の俤に導かれた。

116 駒牽《ひき》とめてたゝく柴《さ》イ門《もん》　正友
117 さればこそ琴かきならす遊び者　在色
118 膝をまくらに付《つけ》ざし三盃　雪柴
119 腕《かひな》を引《ひき》漸《やうやく》こゝろを取直し　松臼
120 口《く》話《ぜつ》のゝちに見る笑ひ皃《がほ》　志計
121 さく花の床《とこ》入《いり》いそぐ暮の月　正友
122 中《ちう》腰かけにかすむどらの音　卜尺
123 山寺の乗物下《げ》馬《ば》に雪消《きえ》て　雪柴

116　初ウ八。雑。○柴イ門　寂しいすみか。前出の本歌「山里のまがき」がこれ。▽謡曲・鉢木に引く「駒とめて袖うち払ふ蔭もなし佐野のわたりの雪の夕暮」(新古今集)を踏み、旅人が駒をとめて柴の扉をたたき、雪の一夜の宿を乞うと付けた。

117　初ウ九。恋(遊び者)。○さればこそ　「控へてこれを聞きければ…想夫恋といふ楽(がく)なりけり。さればこそ君の御事思ひ出で参らせて」(平家物語六・小督)。○遊び者　遊女。小督の俤取り。▽琴の音に引かれて柴門をたたくと、案に違わず琴かき鳴らすのは遊女であった。仲国が片折戸と琴の音をたよりに、嵯峨野に小督を訪ねた「平家物語」の話を卑俗化した。

118　初ウ十。恋(付ざし)。○膝をまくらに　「琴を枕の短か夜のうたたね」(謡曲・千手)をもじって「琴」に付けた。○付ざし三盃　小唄「君が盃つくつくつつてん、つけざし三盃飲めや歌へや」(落葉集)。「付ざし」は口をつけた盃を人に与える親愛の表現。▽琴かき鳴らす遊女の膝を枕に、付ざし三盃。

119　初ウ十一。恋(腕を引)。○腕を引　腕を刀で傷つけて誠を誓う衆道の誓約。「誹諧恋之詞。…かいな引」(毛吹草)。▽腕引の誓約をしてようやく機嫌がなおり、膝を枕の付ざし三盃。

120　初ウ十二。恋(口話)。○口話　口舌・口説とも。痴話喧嘩。▽誓約の腕引でようやく口論も収まり、笑顔が戻った。

121　初ウ十三。春(さく花)。恋(床入)。花の定座。○さく花「笑―花」(類)。○床入　諺「夫婦喧嘩は寝て直る」。○暮の月　夕暮の月。▽痴話喧嘩が治まると、暮の月にはや床入を急ぐ新婚夫婦。月の座を三句こぼし、花・月同居を試みた。

122　初ウ十四。春(かすむ)。○中腰かけ　前句「いそぐ」意の中腰に、茶席の中立の時の腰かけを言い掛けたか。○かすむ　「眺めやる四方の山辺も咲く花の匂ひに霞むきさらぎの空」(玉葉集)等。▽「床入」を、茶席の床に花を活けると取成し、茶会で初入(はついり)が終わって中腰掛けに休んでいるとき、後入(のちいり)の合図のどらの音を聞いた、といったのである。

123　二オ一。春(雪消て)。釈教(山寺)。▽山寺の下馬先は参詣の人々の足跡で雪が解けた。前句を、中腰掛けに腰かけて貴人の下向を待つ従者に、山寺のどらの音が霞に乗って聞えてきた、という意に転じた。

124 禅《ぜん》尼《に》の分《わく》る苔《こけ》の細道　一朝

125 ぬり笠に松のあらしやめぐるらん　一鉄

126 手拍子ならす庭の夕暮　松意

127 だうづきも月にはみだるゝ心あり　志計

128 五《ご》人《にん》張《ばり》よりわたる鴈《かり》また　在色

129 わだつ海みさごがあぐる素《そ》波《は》の露　卜尺

130 須《す》佐《さ》の入舟さす棹《さを》の歌　松臼

131 汐《しほ》風《かぜ》に袖ひるがへす伽《とぎ》やらふ　一朝

124 二オ二。釈教(禅尼)。○苔の細道　「苔―古寺の道」(類)。▽苔の細道を踏み分けて山寺を下りてきた禅尼が、山門で乗物に乗る情景。

125 二オ三。雑。○ぬり笠　薄板に紙をはり漆黒を塗った笠。○松のあらし　「苔の下道たどり来て、風の音さへすさまじき松山に早く着きにけり」(謡曲・松山天狗)等。▽苔の細道を踏み分ける禅尼の塗笠に、松吹く嵐が吹きめぐる。

126 二オ四。雑。○庭　「松―庭」(類)。▽夕暮の庭先で、塗笠をかぶり手拍子打って踊っていると、庭の松に吹く嵐も踊りの輪と共にめぐる、というのである。

127 二オ五。秋(月)。○だうづき　胴突。地突とも。建築の地固めをする者。○月にはみだるゝ心あり　「庭の木蔭に休らへば…かほどの聖人なりしだに、月には乱るる心あり」(謡曲・三井寺)。▽拍子を揃えて庭の地突をしている心なき日傭取も、月の美しさに心が乱れるだろう。月の座を八句引上げた。

128 二オ六。秋(わたる鴈)。○わたる鴈また　わたる雁に雁股の矢を掛ける。▽「だうづき」を筒木(城攻めの敵に落としかける材木)に転じ、月下に筒木は乱れ落ち、五人張の弓より矢が放たれる激戦の場面としたのであろう。

129 二オ七。秋(露)。○わだつ海　「鴈―秋の海顔(ウミツラ)」(類)。○みさご　海中の魚を降下してとる猛禽。○素波の露　白波の水しぶき。▽本間孫四郎重氏が、魚を窺うみさごを射、翼を断って敵中に落とした故事や、無津留兵衛尉が池の鯉をくわえたみさごの足を雁股矢で射、どちらにも傷をつけなかった故事(古今著聞集)などによる。

130 二オ八。雑。○須佐　現在愛知県須佐湾。当時、大坂・鳥羽・江戸を往来する千石船の寄港地。「みさごゐるすさの入江にさす塩のからしや人に忘らるる身は」(夫木抄)。○棹の歌　入舟の棹さしつつ歌う舟歌。▽波荒い須佐の入江に舟歌が聞え、みさごが白波をはねあげている。

131 二オ九。恋(伽やらふ)。○伽やらふ　伽遣らう。また伽野郎。舟着あたりに舟をとめて客をとる下等遊女。「舟もかげさす棹の歌…今も遊女の舟遊び」(謡曲・江口)。▽汐風に袖を翻し、停泊中の舟を相手に春をひさぐ比丘尼舟。

132 烟《けぶり》はそらにすひ付《つけ》たばこ　正友

133 朝ぼらけへだての雲にさらば〱　松意

134 よしのゝ里のするゝのはたご屋　雪柴

135 水《すい》風《ふ》呂《ろ》に滝の流《ながれ》をせき入《いれ》て　松臼

136 ちろりの酒に老《おい》をやしなふ　一鉄

137 腰もとは隠居の夢をおどろかし　在色

138 かはす手枕珠《じゅ》数《ず》御免あれ　志計

139 思ひの色赤地のにしき袈《け》裟《さ》衣《ごろも》　正友

132 二オ十。恋(すひ付たばこ)。○すひ付たばこ　遊女が吸い付けた煙草を客に吸わせること。▽伽やろうの吸つけ煙草の煙が、汐風に乗って空に立ちのぼる。

133 二オ十一。恋(句意)。○へだての雲　「別れ路を隔つる雲のためにこそ扇の風をやらまほしけれ」(拾遺集)。▽別れを惜しむ吸つけ煙草の煙をへだてに別れを告げる情景。

134 二オ十二。雑。○よしのゝ里　「あさぼらけ有明の月と見るまでに吉野の里に降れる白雪」(古今集)等。▽前句の別れを朝立とみて付け寄せただけ。「朝―旅立」(類)。

135 二オ十三。雑。○水風呂　一二三参照。○滝　「吉野―滝」(類)。▽吉野の里の旅籠屋は、滝の流れをせきとめて、その水を引き入れて風呂を沸かす。

136 二オ十四。雑。○ちろり　酒を温めるのに用いる金属製の器。○老をやしなふ　養老の滝の故事から前句に付く。▽ちろりの酒を温めて老の慰めにする意。前句の豪勢さから、楽隠居の身分とわかる。

137 二ウ一。恋(句意)。○夢をおどろかし　「老らくの寝覚ほどふる古を」(謡曲・三井寺)。▽若い腰元が隠居の眠っていた色心をゆり起した。ちろりの酒に老を養って、いざ、という次第。

138 二ウ二。恋(かはす手枕)。釈教(珠数)。○珠数　重々を掛ける。▽交す手枕にも数珠をはなさない、信心深い老人のわび言。

139 二ウ三。恋(思ひの色)。釈教(袈裟衣)。○思ひの色　「思ひ」の「ひ」を火に掛けて赤色をいう。ここは恋心を兼ねる。○赤地のにしき　「老後の思出これに過ぎじ、御免あれと望みしかば、赤地の錦の直垂を下し賜りぬ」(謡曲・実盛)。▽前句を破戒僧の色恋に取成し、色欲の炎は、その身にまとう緋衣そのままである、といったのである。

140 二ウ四。恋(児性ずき)。釈教(和尚)。○あつぱれ　「あつぱれおのれは日本一の剛の者」(謡曲・実盛)。○児性　小姓。ここは寺の稚児。▽前句を和尚の衆道事に転じた。

141 二ウ五。雑。○万石　「和尚」の前身を武人とみなした。○茶　茶の名人を和尚という。○身しりぞき　隠退。▽万石

140 あつぱれ和尚児《こ》性《しやう》ずき也《なり》　卜尺

141 万《まん》石《ごく》を茶の具にかへて身しりぞき　雪柴

142 遠《ゑん》嶋《たう》をたのしむ雪のあけぼの　一朝

143 そなれ松七《しち》言《ごん》四句や吟ずらん　一鉄

144 蔵《ざう》主《す》の名《な》残《ごり》見する古塚　松意

145 すみ染《ぞめ》の夕《ゆふべ》の月に化《ばけ》狐《ぎつね》　志計

146 深草の露ちる馬の骨　松臼

147 秋は金《きん》たのめしすゑの秤《はかり》ざほ　卜尺

の俸禄をなげうって、茶の楽しみに余生を送ろうというこの和尚は、実はあっぱれな衆道好きである。

142 二ウ六。冬(雪)。○遠嶋をたのしむ　自然の景色を楽しむ。「功成り名遂げて身退くは天の道と心得て、小船に棹さして五湖の遠島をたのしむ」(謡曲・船弁慶)。○雪のあけぼの「茶―朝ぼらけ・初雪」(類)。▽功成り名遂げ、万石を捨てて、雪の朝の自然の風景を楽しみながら、茶を立てて過ごす、悠々自適の生活。

143 二ウ七。雑。○そなれ松　磯馴松。枝が地に伏すようになっている磯辺の松。「雪―寒(サユ)る松風」(類)。▽前句との関係から、磯馴松の潮風に鳴ることをいう。すなわち「遠嶋」を遠流の島とみて、罪なくして配所にあり、雪の朝を楽しみつつ七言絶句を吟ずる高雅の士を創出したのである。

144 二ウ八。釈教(蔵主)。○蔵主　経蔵を司る禅僧。後には一般の僧。「七言四句」を偈に転じて付けた。○古塚　「塚―松風」(類)。▽いまは蔵主の名残をとどめるばかりの古塚に生い出た松を吹く風が、七言四句の経偈を吟じているかのようだ。

145 二ウ九。秋(月)。釈教(すみ染)。○すみ染　闇夜の意に、墨染の衣を掛ける。○化狐　「狐―古塚」(類)。▽前句の「蔵主」「古塚」から狂言・釣狐を連想。狐が狐釣りに仕返しせんと、闇の夜、その伯父の伯蔵主に化けて古塚を出るのである。月の座を一句引上げた。

146 二ウ十。秋(露)。○深草　固有名詞(京都市伏見区の地名)として「深草の野辺の桜し心あらばこの春ばかり墨染に咲け」(古今集)から「すみ染」を、普通名詞として「狐―草村」(類)から「狐」をあしらう。○馬の骨　狐は馬の骨や糞で人を化す。諺にも「狐馬に乗せたるごとし」(毛吹草)。▽深草の野辺に捨てられた馬の白骨に、草むらの露が散りかかる。闇夜化狐に化かされてふと気付くと馬の骨であったという次第。

147 二ウ十一。秋(秋)。○秋は金　五行説では秋は金に当たる。○たのめしすゑ　「思ひいる身は深草の秋の露頼めしすゑや木枯しの風」(新古今集)。▽約束して頼りにさせた挙句、天秤にかけて金の方へ傾いた。「馬の骨」をつまらぬ我が身に転じたのである。

148 水冷《ひややか》にくむくすり鍋　在色

149 湯の山や花の下枝《しづえ》のかけ作《リ》　一朝

150 宗《そう》祇《ぎ》その外《ほか》うぐひすの声　正友

151 手《て》鑑《かがみ》に文字をのこして帰《かへる》鴈《かり》　松意

152 刀わきざし朧《おぼろ》夜《よ》の月　雪柴

153 難《なに》波《は》潟《がた》質屋の見せの暮過《すぎ》て　松臼

154 出《で》格《がう》子《し》の前海わたる舟　一鉄

155 あだ波のながれの女小《こ》うなづき　在色

148 二ウ十二。秋(冷に)。○水冷に　五行相生説で金は水を生ずという。○くすり鍋　「秤―薬調合・薬種」(類)。▽「秤ざほ」を薬を秤る天秤の衡に取成し、秋は病気本復と秤棹に頼みをかけて調合した薬を、冷水で煎じる、というのである。

149 二ウ十三。春(花)。花の定座。○湯の山　多く摂津有馬温泉をさす。○かけ作リ　谷に懸け出して建てた家。▽湯の山の谷につき出した花の下陰に造りかけた別荘で、病気養生をする。

150 二ウ十四。春(うぐひす)。○宗祇　花の下連歌師。飯尾氏。文亀二年(一五〇二)相模湯本で客死。湯山両吟・湯山三百韻あり。▽湯の山の花の下陰、懸造りの宿で、宗祇その外の花の下連歌師が集い、鶯の吟を競い合う。

151 三オ一。春(帰鴈)。○手鑑　古人の筆蹟を集めたもの。▽帰雁は手鑑の文字のように見える意。能書家で宗祇流を編み出した宗祇その他の筆蹟が手鑑に残されている、という付筋。

152 三オ二。春(朧夜)。○朧夜の月　「朧月夜―帰る雁」(類)。▽手鑑に文字を残した人物のスタイルか、帰雁が刀・脇差のように見える意か、二様の連想が可能である。月の座を十一句引上げた。

153 三オ三。雑。○難波潟　底本「難波濕」。「難波潟霞まぬ波も霞みけりうつるもくもるおぼろ月夜に」(新古今集)。▽難波の質屋に、日暮れて人目につかぬ頃をみはからい、武士の魂たる大小を入質に来た貧乏浪人であろう。

154 三オ四。雑。○出格子　質屋のそれ。○海わたる舟　「難波津を今朝こそ三津の浦ごとにこれやこの世をうみ渡る舟」(伊勢物語六十六段)。▽難波津の質屋の出格子の前の海を、暮れ方過ぎて舟がゆく。

155 三オ五。恋(ながれの女)。○あだ波の　前句「海」をあしらい、下の「ながれの女」を導く序をなす。○ながれの女　遊女。「今も遊女の舟遊び、世を渡る一節を歌ひて」(謡曲・江口)。▽前句の「出格子」を遊廓のそれに、「前…渡る」を女の前を男が見栄を繕って通る意の恋の詞に取成し、前渡る船客に、格子女郎が頷きつつ合図を送る、といったのである。

156 すゝりなきには袖のぬれもの　志計

157 敷《しき》たえのふとんの上の恋の道　正友

158 あはでうかりし文《ふみ》枕《まくら》して　卜尺

159 むば玉の夢は在《ざい》所《しょ》の伝となり　雪柴

160 道《だう》心《しん》堅《けん》固《ご》あゝ南《な》無《む》阿《あ》弥《み》陀《だ》　一朝

161 斎《とき》米《まい》やあるかなきかの草の庵《いほ》　一鉄

162 筧《かけひ》のしづくにごる水《あか》棚《だな》　松意

163 縄《なは》たぶら峰の浮雲引《ひき》はへたり　志計

156 三オ六。恋(ぬれもの)。○すゝりなき　「小うなづき」に付く。○袖のぬれ　「音にきく高師の浦のあだ波はかけじや袖の濡れもこそすれ」(金葉集)。「憂き節しげき河竹の流れの身こそ悲しけれ、分け迷ふ行方も知らで濡衣」(謡曲・班女)。○ぬれもの　美人。▽すすり泣きなどされると、いかなる恋の通人でも袖を濡らすことである。「袖の濡れ」を濡れ者に掛けた。

157 三オ七。恋(恋の道)。○敷たえの　枕・袖・床などにかかる枕詞。「ますらをと思へるわれも敷妙の衣の袖は通りて濡れぬ」(万葉集)。▽前句の「すゝりなき」を嬉し泣きの意に転じたのであろう。

158 三オ八。恋(あはで・うかりし・文枕)。○文枕　枕の下に手紙を入れて寝ること。▽逢うことが出来ないので、せめて手紙を枕に敷いて、独り寝の憂さをかこつ。

159 三オ九。恋(句意)。○むば玉の　夢・夜などにかかる枕詞。○夢　「文枕」のあしらい。○伝　噂。▽恋しい人に逢うことも出来ず、文枕の夢に面影を結ぶばかりのはかない恋が、在所の噂になってひろがった。

160 三オ十。釈教(道心・南無阿弥陀)。▽「むば玉」を道心堅固な老女に取成し、その有難い夢のお告げが在所の伝になっている、という意。恋を釈教に転じたのである。

161 三オ十一。釈教(斎米)。○斎米　僧の斎にする米。○あるかなきか　「住む人もあるかなきかの宿ならし芦間の月のもるに任せて」(新古今集)。前句には「思ふべき我が後の世はあるかなきかなければこそは此の世には住め」(新古今集)によって付く。▽乏しい斎米と粗末な草庵に安んじて、修行を怠らぬ道心堅固な僧の姿は、思わず南無阿弥陀仏と拝みたくなる。

162 三オ十二。釈教(水棚)。○水棚　仏前に供える花や水を扱う閼伽《かあ》棚と、台所の流しの両意を兼ねる。「手に結ぶ水に宿れる月影のあるかなきかの世にこそありけれ」(拾遺集)。▽粗末な草庵の水棚は、乏しい斎米をかしぐ筧の雫さえ濁っている。徒然草十一段の風情。

163 三オ十三。雑。○縄たぶら　束ねて太くした縄。「水棚」を洗うためのもの。○引はへたり　這いのびるようにした。▽峰の浮雲を縄たぶらに見立てた句。前句が近景、これは遠景。

164 山陰《やまかげ》にして馬のすそする　松臼

165 明日《みやうにち》はかまくら入《いり》と聞《きこ》えけり　卜尺

166 うきかぎりぞと夫すて行《ゆく》　在色

167 所帯くづし契《ちぎり》を余所《よそ》に身を売《うり》て　一朝

168 大くべのはてむねの火とこそ　正友

169 扨《さて》も此《この》野辺の土とは仕なしたり　松意

170 城《しろ》山《やま》すかれてそよぐ粟《あは》稗《ひえ》　一鉄

171 わたり来る小鳥たがへぬ時の声　松臼

164 三オ十四。雑。○山陰にして　「吉野なる菜摘の川の河淀に鴨ぞ鳴くなる山蔭にして」(新古今集)等、「川」と取合される歌語。一句はその川を抜いて仕立てた。○馬　「縄―馬」(類)。○すそする　馬などの四肢を洗う。▽峰の浮雲を縄たぶらにして、山陰の小川で馬の四肢を洗うという奇抜な趣向。

165 三ウ一。雑。▽謡曲・鉢木の俤取り。明日に迫った鎌倉入りに備え、佐野源左衛門常世が痩馬を洗っている、の意。

166 三ウ二。恋(句意)。○うきかぎりぞと　「明けもやすらん星月夜、鎌倉山に入りしかば、憂き限りとぞ思ひしに」(謡曲・千手)。○夫すて行　前句「鎌倉」を鎌倉山東慶寺いわゆる縁切り寺に限定。同寺は逆境にある人妻の入山に保護を与えた。▽夫の冷遇に耐え切れず、ついに夫の許を去って、明日は鎌倉山東慶寺に駆けこむ様子である。

167 三ウ三。恋(所帯くづし・契)。○所帯くづし　離婚。▽所帯を解き、夫婦の契を破って苦界に身を沈める。ぐうたら亭主に愛想をつかした揚句の果の、妻の悪所奉公である。

168 三ウ四。恋(むねの火)。○大くべ　薪炭を浪費する意で、所帯もちのよくない譬え。○むねの火　もえる思い。▽大くべの果が胸の火を募らせるに至ったというので、薪炭をどんどんつぎ込んだために、恋の業火が胸を焦がすという意。

169 三ウ五。無常(句意)。▽前句「むねの火」を字義通りに解し、屍体の焼却ととって、野辺の土としなしたと付けた。

170 三ウ六。秋(そよぐ粟稗)。○すかれて　鋤かれて。「出二郭門一直視、但見二丘与レ墳、古墓犂為レ田、松柏摧為レ薪」(文選)。▽城山を鋤いて野辺の土すなわち畠にしてしまったが、今は粟稗が風にそよいでいる、というのである。

171 三ウ七。秋(わたり来る小鳥)。○小鳥　「粟稗」に付く。○時の声　鬨の声に掛けて「城山」をあしらった。▽渡り鳥が秋の時節を違えずにやってきて鳴き立てる。城山あとにそよぐ粟稗にやってくる小鳥だから、その声も鬨の声であろう。

172 三ウ八。秋(月)。恋(句意)。○月落…鐘　「さる程に寺々の鐘、月落ち鳥鳴いて霜雪天に」(謡曲・道成寺)。○おひ出しの鐘　「目ヲ醒マサセルモノ」(日葡辞書)。明六つの鐘。▽前句を時告げの朝鳥の鳴音と聞き、月も落ち、追出しの鐘の音が、

172 月落《おち》すでにおひ出しの鐘　雪柴

173 置《おき》銭《せん》や袖と〳〵の露なみだ　在色

174 おもひをつみてゆく舟問屋　志計

175 浦《うら》手《て》形《がた》此《この》もの壱《いち》人《にん》前髪あり　正友

176 詮《せん》議《ぎ》におよぶしら波の音　卜尺

177 山《さん》類《るい》の言葉をかりて花の滝　一鉄

178 いかに老翁かすむ岩橋　一朝

179 有《あり》難《がた》や社頭のとびらあけの春　雪柴

後朝の別れを迫るかのごとく響く。月の座を二句引上げた。

173 三ウ九。秋(露)。恋(置銭)。○置銭　一夜を共にした女に与える銭。○袖と〳〵の露なみだ　「はやきぬぎぬに引離るる、袖と袖との露涙」(謡曲・千手)。▽追出しの鐘に、互いの袖を涙に濡らし、置銭をして立ち別れる。「鐘—うき別」(類)。

174 三ウ十。恋(おもひ)。○舟問屋　船主と荷主の間に立ち廻送の周旋を業とする者。▽前句の人物を舟問屋とし、恋の重荷を舟に積んで舟出してゆく、と付けた。伊勢踊の文句に「思ひと恋と笹舟に乗せて」とある。

175 三ウ十一。恋(前髪)。○浦手形　海難に際して船主の作成する残留貨物・船具等の現在目録。○此もの壱人…あり　浦切手の書式に模す。○前髪　男色の稚児。▽思いを積むとは、衆道の稚児を舟に乗せることであった。

176 三ウ十二。雑。○詮議におよぶ　浦切手は代官・手代・庄屋ら立合の上作成する。○しら波　盗賊。▽白波の難に会って浦手形を作成するとき、怪しい一人の前髪が浮かび上がってきたという意。

177 三ウ十三。春(花)。花の定座。○山類　連俳の分類用語。水辺(すいへん)に対する。○花の滝　「滝のごとくの落花をも、又花のちり交て落る滝をも、又、花の中に落る滝をも申詞なり」(御傘)。「戸無瀬に落つる白波も散るかと見ゆる花の滝」(謡曲・嵐山)。▽山類・水辺混合の「花の滝」が「植物に三句、山類・水辺にも三句嫌」(御傘)っているかなど、詮議するという意。

178 三ウ十四。春(かすむ)。○岩橋　「岩橋は山類にあらず、水辺也」(御傘)。「滝—岩根」(類)。▽いかに老翁よ、「霞む岩橋」を何と詠むか、という問いかけに、山類の詞を借りて「花の滝」と詠んだ、というのである。謡曲・白楽天の俤を取って、「如何に漁翁…」の口調を借り、白楽天と漁翁の問答に見える「巌」から岩橋を出したのであろう。

179 名オ一。春(あけの春)。神祇(社頭)。○あけの春　新春。▽有難くも社頭の扉をおし開き、老翁に姿をかえて岩橋の上にお立ちになった。葛城山岩橋の故事から神を引出し、「われは人間に非ずとて社壇の扉をおし開き御殿に入らせ給ひければ、翁も水中に」(謡曲・竹生島)によって、「翁」も生かした。

180 鏡のおもてしろ〴〵と見る　松意

181 口《こう》中《ちう》に若《わか》衆《しゅ》のいきやみがくらん　志計

182 兼《かね》保《やす》のたれおもひみだるゝ　松臼

183 しのび路《ち》はつらき余《よ》所《そ》目《め》の関の住《ちう》　卜尺

184 首たけはまる中の藤《ふぢ》川《かは》　在色

185 から尻の駒うちなづみけし飛《とん》で　一朝

186 とある朽《くち》木《き》をこすはや使　正友

187 すり火打《うち》きせる袋にがらめかし　松意

180 名オ二。雑。▽「天照大神その時に岩戸を少し開き給へば…人の面しろじろと見ゆる」(謡曲・三輪)を踏み、社頭の扉を開けると、有難くも御神体の鏡が白々と輝いて見える、といったのである。

181 名オ三。恋(若衆)。○いき　息に意気を掛けた。▽若衆が息を吹きかけて鏡の面を磨くという意に、鏡を前に若衆意気を磨くと掛けたか。

182 名オ四。恋(おもひみだるゝ)。○兼保　横本「兼康」が正しい。同名の歯科医(雍州府志「丹波康頼之孫、号二兼康一、治二諸病一、特得下療二歯牙一之術上、自レ茲為下治二口舌一之医上」)と歯磨商(江戸名物誌「兼康祐元歯磨、柴井町、看板仮名文字曰く、兼康数代歯磨き香はし、口中の諸病奇薬多し、尽く是れ祐家秘方」)がある。山城・畿内の名産に「兼康元康歯薬」(毛吹草)。「口中…みがくらん」に付く。○たれ　誰。「江につなぐ舟の中にて昔たれみがくさ月のかがみなるらん、とよめり」(類)によって「みがく」に付くか。▽前句の若衆は、兼保家の誰を思い乱れて、口中を磨き、男意気を磨くのだろうか。道歌「口中の悪る香のあらぬやうにせよ側なる者の深き迷惑」(百首和歌・小々姓)。

183 名オ五。恋(しのび路・余所目)。○しのび路…関　「人知れぬ我が通ひ路の関守は宵々ごとに打ちも寝ななん」(伊勢物語五段)等。○余所目の関　人目が妨げとなって思うに任せぬこと。○関の住　「兼保」を美濃の刀匠兼安に取成して付けた。▽関の住兼安家の女に通う忍び路を、余所目の関に妨げられて千々に思い乱れるという付意。

184 名オ六。恋(首たけはまる中)。○首たけはまる　序参照。○藤川　美濃国(岐阜県)関の歌枕。遊女の名を兼ねしめる。▽表面は、余所目をしていて関の藤川に首まではまったの意。裏に、遊女藤川とは首たけはまる深い仲である、の意を含む。

185 名オ七。雑。○から尻の駒　積荷の重量十八貫の馬。○なづみ　行きなやむ・執心するの両意。▽軽尻馬を御し損ね、けつまずいて関の藤川に首たけはまったというのである。

186 名オ八。雑。▽前句の「から尻の駒」を早馬に取成し、朽木にけつまずくとしたのである。

188 こまもの店《だな》にわたる夕風　一鉄
189 寺《てら》町《まち》の鐘に命のおもはれて　松臼
190 かつしきのわかれ又いつの世か　雪柴
191 身が袖に出《で》舟《ふね》うらまん今日の月　在色
192 悋《りん》気《き》いさかひ浜荻の声　志計
193 あたら夜の床をひやしてうき思ひ　正友
194 此《この》子のなやみうばがいたづら　卜尺
195 青き物又ある時はつまみ喰《ぐひ》　一鉄

187 名オ九。雑。○すり火打　火打石。「古へ旅行には必持しもの也」(嬉遊笑覧)。「朽木―つけだけ」(類)。○がらめかし　がらがら鳴り響かし。▽早使が朽木を飛び越すとき、煙管袋の火打石ががらがら音を立てる。

188 名オ十。雑。▽小間物屋の店棚に吊した火打石・煙管などを入れた袋に、夕風が吹き当ててがらがら鳴るのである。

189 名オ十一。無常(句意)。▽寺町の小間物店に夕風が吹きわたり、折から寺で撞き出す鐘の音に、命のはかなさが思われる。寺町には参詣客目当ての小間物店が多かった。

190 名オ十二。釈教(かつしき)。○かつしき　喝食。僧の給仕をし、また雑芸を演じる有髪の僧。▽別れ行く喝食に、またいつの世か逢い得よう。寺町を去りゆく喝食に、会者定離・愛別離苦の無常感をそぞろ誘われるというのである。男色の間柄だった侍童との別れを思わせ、恋の呼び出しとなる。「鐘―うき別」「命―思中(おもふなか)」(類)。

191 名オ十三。秋(今日の月)。恋(句意)。月の定座。▽十五夜の月に舟出してゆく喝食との別れを恨み、涙にわが袖を濡らすという意。

192 名オ十四。秋(浜荻)。○浜荻　「芦の事なれ共、荻と云名に付て秋也」(御傘)。「荻は風にこたへて声のあなれば…ふるひ声・そゝやき声にもきゝなす」(山之井)。▽嫉妬に狂った争いの末、家を出て袖に涙の恨みをかこつことになった。

193 名ウ一。秋(ひやす)。恋(句意)。○床　「床―萩のこゑ」(類)。▽痴話喧嘩の末のわびしい独り寝である。

194 名ウ二。恋(いたづら)。○いたづら　淫奔。男狂い。▽男狂いの乳母が添寝の床を抜け出し、寝床の冷えるのが、この子の悩みだというのである。「床―そひ臥」(類)。

195 名ウ三。雑。○青き物　未熟なものの譬えで、「此子」に付いて猥雑の意があろう。▽前句の「うばがいたづら」の内容を転じ変えたので、ちょいちょいと青いものをつまみ食いするのが、此の子の悩みだという意。「うば」より謡曲・山姥を連想し、「柳は緑、花は紅の色々…またある時は織姫の」を綾に句を成した。

196 盆に何〳〵むすび昆布《こぶ》あり　一朝

197 岩代《いはしろ》の野辺《のべ》に宗匠座をしめて　雪柴

198 たのむうき世の夢の追善　在色

199 一《ひと》通《とほり》義理をたてたる花《はな》軍《いくさ》　志計

200 その七本のすゑの鑓《やり》梅《うめ》　松意

松臼十一句　正友十一句　志計十一句
卜尺十一句　松意十一句　執筆　一句
一鉄十一句　雪柴十一句
一朝十一句　在色十一句

196 名ウ四。雑。○何〳〵　「都の町青物踊」の唱歌「都町々に売ったる物は何々なんぞ、青菜小なもみ大根大根」(落葉集)により、「青き物」をあしらった。○…あり　前出山姥の「仏法あれば世法あり、煩悩あれば菩提あり、仏あれば衆生あり、衆生あれば山姥もあり」の口調を借り、「又ある時は」を受けとめた。▽盆に盛った青い物や結び昆布などを、時々つまみ食いする、というのである。

197 名ウ五。雑。○岩代　和歌山県日高郡岩代村、現在南部町。有馬皇子が松の枝を引結んだ地。名産物に昆布がある。類船集「むすぶ」の条に「岩代の野中にたてる結松とも、いはしろのはま松がえを引むすびとも詠ぜり」とみえる。▽岩代の野辺における連俳の興行で、盆には当地の名産の結び昆布があるという意。

198 名ウ六。無常(追善)。○たのむうき世の夢の　「岩代の神はしるらんしるべせよ頼む憂世の夢の行末」(新古今集)。○追善　「連歌―追善」(類)。▽前句の「野辺」に無常の匂いを感じ、浮世を夢と消えた故人のために、追善連句を催すと転じた。

199 名ウ七。春(花軍)。花の定座。○花軍　「正花也。春也。是は玄宗と楊貴妣と立別、花にて打あひあそばれし事を云へり」(御傘)。ここは花々しい軍というほどの意。「頼む―軍勢」(類)。▽主君のとむらい合戦に、花々しい軍をして、一通り義理を立てたというのである。

200 挙句。春(鑓梅)。○その七本　立花の七つ道具「七本」を匂わせ、「立てたる花」をあしらった。○七本…鑓　小豆坂・蟹江・賤ヶ岳等の戦で手柄のあった七本槍を効かす。○鑓梅　梅の一品種。▽花軍に手柄のあった七人の末に連なり、自分も鑓ならぬ鑓梅で一通り義理をたてる働きをした。

201 いざ折《をり》て人《ひと》中《なか》見せん山桜　雪柴

202 懐《ふところ》そだちの谷のさわらび　正友

203 鼻紙の白《しら》雪《ゆき》残る方もなし　松意

204 楊《やう》枝《じ》の先に風わたる也《なり》　卜尺

205 朝ぼらけ氷をたゝく手《て》水《う づ》鉢《ばち》　松臼

206 なぐる一銭霜に寒《さえ》ゆく　在色

207 今日の月宿かる橋にあめ博《ばく》奕《ち》　志計

201 発句。春(山桜)。○人中　世間。諺「人は人中」。▽山桜は人里離れた山中に咲くものであるから、折りとって世間を見せてやろう。千句の約束に従い、第三巻春季の発句。

202 脇。春(さわらび)。○懐そだち　親の膝下で育ったため世間馴れぬ意。早蕨が山懐に生い出たことに掛けた。○さわらび　小児の擬人化。「紫塵嫩蕨人拳手」(和漢朗詠集)。▽山桜と同様、山懐の谷間で育ったさわらびもまた世間知らずである、というのである。

203 第三。春(白雪残る方もなし)。○鼻紙　「懐—鼻紙」(類)。▽白雪は残る方なく消え、さわらびの萌え出る春になったという付筋。「鼻紙の」と冠したのは「懐」のあしらい。

204 初オ四。雑。○楊枝　底本「揚枝」。「男女ともに楊枝さしと云へるもの昔はなく、はながみの間に入るまでなり」(嬉遊笑覧)。「鼻紙」に付く。▽楊枝の先に春風が吹いて、鼻紙も白雪も残る方なく消えた、の意。

205 初オ五。冬(氷)。○氷をたゝく　「冬の夜の月影寒き谷の戸に氷をたたく山颪の風」(新拾遺集)、「清水もる谷のとぼそも閉ぢはてて氷をたたく峰の松風」(夫木抄)等。○手水鉢「楊枝—手水」(類)。▽手水鉢の氷を割って顔を洗う朝ぼらけ、楊枝を使う手もとを冷い冬の朝風が吹き抜ける。

206 初オ六。冬(霜)。○一銭　「銭—神仏参り」(類)。▽冬の早朝社寺に参拝し、手水鉢の氷を割って手を浄め、賽銭を投げると、たちまち霜に冴えてゆく。

207 初オ七。秋(今日の月)。月の定座。○あめ博奕　「飴宝引とて、辻々橋際などに初春飴屋どもが…縄を幾筋も出だして、だいだいをふんどんにして、飴を宝引にしたり」(嬉芋環)などとみえる飴宝引かとも思われるが、前句「なぐる一銭」から銭打であろう。銭打の一種ケシについて、嬉遊笑覧に、「地にうづ巻をかき、投る銭その正中によるほどを勝とす。うつ銭をバッソウと名付、二文又は三文を飴をもてかさねつける」とある。▽名月の下、今夜の宿となった橋のたもとで安博奕に興ずるというのである。

208 馬士《うまご》籠《かご》かき秋の雲《くも》介《すけ》　一鉄

209 御《ご》上《じやう》使《し》や勢ひ猛《まう》にわたる鴈《かり》　一朝

210 草《さう》木《もく》黄《きば》みすでに落城　執筆

211 獄《ごく》門《もん》の眼《まなこ》にそゝぐ露時《し》雨《ぐれ》　正友

212 にせ金《がね》ふきし跡のうき雲　雪柴

213 看板に風もうそぶく虎つかひ　卜尺

214 十郎なまめき　松意

215 挙《あげ》屋《や》入《いり》たがひにゑいやと引《ひく》力に　在色

208 初オ八。秋(秋)。○秋の雲介　「秋の雲」に「雲介」を掛ける。雲介は、風俗文選に、「馬士駕籠舁は…一生を漂々飄々とすまして雲介の号を蒙り」とある。▽馬子・駕籠舁は飄々として居所を定めず、秋の雲介とでも称すべきである。前句の賭博の常連を付け出した。

209 初ウ一。秋(わたる鴈)。○御上使　将軍の使者。○勢ひ猛に　将軍の権勢ぶりを示す。○わたる鴈　鴈の使を効かす。「秋の雲」のあしらい。▽「馬士籠かき」を早使いのそれとみて、将軍の使者が猛々しい勢いでおしわたるとしたのである。

210 初ウ二。秋(草木黄み)。○草木黄み　漢武帝の詩句「草木黄落兮雁南帰」(秋風辞)。▽草木の黄落するごとく、戦に敗れて城も落ちた。前句の「御上使」を、城明け渡しの上意を伝える使者とみての付け。

211 初ウ三。秋(露時雨)。○露時雨　時雨のごとく降る露。悲哀の涙の譬え。杜甫「春望」の詩の心あるか。▽落城によって城中一門が処刑されるとし、さらし首の眼に注ぐ悲しみの涙を、「草木黄み」をあしらうため「露時雨」に譬えた。

212 初ウ四。雑。○ふきし　鋳造した。○うき雲　憂きに浮雲を掛け、「露時雨」をあしらう。▽前句の「獄門」を贋金作りの極刑に転じ、あとの報いを歎くという付合。

213 初ウ五。雑。○看板　諺「看板に偽あり」から、「にせ金ふきし」を似せの金看板に取成した。○風もうそぶく虎　「竜吟ずれば雲起り、虎嘯けば風生ず」(謡曲・竜虎)。▽風も嘯く虎使いの絵看板であるが、実は客をたらしこむいんちきな広告であった。

214 初ウ六。恋(なまめく)。○十郎　前句の「虎」を大磯の遊女虎とみて、曾我十郎を出した。▽この句下七文字を欠く。一句意味不分明だが、前句「看板」を芝居のそれとみ、その演し物を曾我物と踏んだ付けであろう。ただし、この十郎は虎使いらしい。

215 初ウ七。恋(挙屋入)。○挙屋入　遊女が置屋から揚屋に行くこと。○たがひにゑいやと引力に　「うしろへ引けば三保の谷も、身を遁れんと前へ引く。互にえいやと引く力に、鉢付の板より引きちぎつて」(謡曲・八島)。▽客と遊女の、互いに

216 成《なる》ほどおもき恋のもと綱　松臼

217 上《のぼ》り舟やさすが難所の泪《なみだ》川《がは》　一鉄

218 さかまく水に死骸たづぬる　志計

219 すつぽんは波間かき分《わけ》失《うせ》にけり　雪柴

220 からさけうとき蓼《たで》の葉の露　一朝

221 楽《たのしみ》や月花同じ糂《じん》粏《だ》瓶《がめ》　松臼

222 世《せ》間《けん》をよそに春の山風　正友

223 抹《まつ》香《かう》の煙をぬすめ薄《うす》霞《がすみ》　松意

えいやと引く力があってこそ、揚屋入りとなるわけ。「十郎」を三保谷十郎に取成し、大力無双の武将に傾城遊びをさせた滑稽。

216 初ウ八。恋(恋)。○おもき恋のもと綱　恋の辛さの譬え。「恋草を力車に七車、積むとも尽きじ、重くとも引けや、えいさらえいさと」(謡曲・百万)。▽思う男を引き寄せることの難しい憂さ辛さを、前句との縁に引かれてこう言ったのである。

217 初ウ九。恋(泪川)。○さすが難所の　「橋は引いたり水は高し、さすが難所の大河なれば」(謡曲・頼政)。○泪川　「連歌恋之詞。…涕(なみだ)川」(毛吹草)。▽恋のもと綱が重いのは、上り舟が難所の涙川にさしかかったためである。

218 初ウ十。無常(死骸)。○さかまく水に　「忠綱兵を下知して曰く、水の逆巻く所をば岩ありと知るべし」(謡曲・頼政)。▽前句を、難所で舟が難破したとみて、水死者の探索を付けた。

219 初ウ十一。雑。○すつぽん　人の肛門から生血を吸うという。○失せにけり　謡曲常套のキリ。▽前句の死骸を、すっぽんによる被害者とみた付け。謡曲・海士の俤もある。

220 初ウ十二。夏(蓼の葉)。○からさけうとき　「からはけうとき山の中にをさめて」(徒然草三十段)のもじり。○蓼「齷悪レ蓼。戯捕レ齷入二蓼於齷口一則出レ泪苦矣」(和漢三才図会)。「蓼—洞亀」(類)。▽うとましい蓼の辛さに閉口して、すっぽんは波間かきわけ逃げ去った。

221 初ウ十三。春(花)。花の定座。○糂粏瓶　「糂粏」は糠味噌。「造二酒麴一者用二其(蓼)汁一」(和漢三才図会)。「蓼—糠味噌」(類)。▽楽しみは、月にも花にも同じ糂粏をさかなに酒を酌むにある。月の座を三句こぼし、月花を同居させた。

222 初ウ十四。春(春)。▽前句を、生涯糂粏瓶一つに楽しみを求める出世間者の生き方と解し、俗世間をよそに、春風をわがものとして、悠々自適の山住いをする、と付けたのである。「後世を思はむものは、糂汰瓶一つも持つまじきこと也」(徒然草九十八段)。

223 二オ一。春(薄霞)。○煙をぬすめ　「花の色は霞にこめて見せずとも香をだにぬすめ春の山風」(古今集)。▽世間をよその霊山、薄霞よ、抹香の煙を盗んで濃くなれ。

224 卒《そ》都《と》婆《ば》の文字に帰る雁《かり》金《がね》　卜尺

225 破《は》損《そん》舟《ぶね》名こそおしけれ薩《さつ》摩《ま》潟《がた》　志計

226 かくなり果《はて》て肩に棒《ばう》の津《つ》　在色

227 玉《たま》章《づさ》に腸《はらわた》を断《たつ》なま肴《ざかな》　一朝

228 あゝ鳶《とび》ならば君がかたにぞ　一鉄

229 すて詞《ことば》こはよせじとの縄ばりか　正友

230 おもひは色に出《いで》し葉たばこ　雪柴

231 若《わか》後《ご》家《け》や油ひかずの髪の露　卜尺

224 二オ二。春(帰る雁金)。釈教(卒都婆)。〇卒都婆　底本「卒䰟婆」。卒塔婆。経文の句などを記した塔形の板。〇帰る雁金　「霞—帰雁」(類)。▽抹香の煙が薄霞に溶けて消えてゆく。雁は卒塔婆の文字の形になって帰る。「文字—鴈」(類)。

225 二オ三。雑。〇名こそおしけれ　「帰る雁いまはの心あり明に月と花との名こそ惜しけれ」(新古今集)。〇薩摩潟　底本「薩摩潟」。鹿児島県。鬼界が島に流された康頼入道が、千本の卒塔婆を作り、望郷の歌などを記して薩摩潟より流したところ、都の家族に届いたという(平家物語二・卒都婆流し)。▽薩摩潟の海難で死んだ、名を惜しむ薩摩武士を悼んで、雁も卒塔婆の文字になって帰る、というほどの付意。

226 二オ四。雑。〇肩に棒の津　棒手振りに、薩摩国川辺郡の地名「坊の津」を掛けた。▽薩摩潟での海難のためにおちぶれて、いまは坊の津で棒手振りになり果てた。

227 二オ五。恋(玉章)。〇玉章　「連歌恋之詞」(毛吹草)。▽前句の人物を遊蕩の果に零落した魚商人に見立て、馴染の女から愛想づかしの手紙を送られて断腸の思いに泣くという筋書。

228 二オ六。恋(君)。〇鳶　「玉章」に雁を付けず、「なま肴」をあしらった。〇君がかたにぞ　「み吉野のたのむの雁もひたぶるに君が方にぞ寄ると鳴くなる」(伊勢物語十段)。▽玉章を読んで断腸の思いである。鳶ならば直ぐにも君の方に飛んで行こうものを。歌謡・吉原名寄きぶね「ああ君ならば、我もまた、いちさが方へ伴ひて、積る思はく語らんと」(長歌古今集)。

229 二オ七。恋(すて詞)。〇すて詞　別れに際していうことば。〇よせじとの縄ばり　「後徳大寺の大臣の寝殿に、鳶居させじとて縄を張られたりけるを西行が見て」(徒然草十段)。▽鳶にでもなって、あなたのもとに飛んで行きたいほどに思っているのに、鳶に縄ばりするように、このつれない捨詞は、私を寄せまいとの下心からですか。

230 二オ八。秋(葉たばこ)。恋(おもひは色に出し)。▽縁切りを匂わせる捨詞に対し、相思草の異名をもったばこの葉の色づくように、恋心が表面に出たと付けた。諺「思ひ内にあれば色外に現はる」(毛吹草)。

232 おりやうのしめしすむ胸の月　松臼

233 鹿の角きのふは今日《けふ》のびんざゝら　在色

234 をどりはありや〳〵山のおくにも　松意

235 今ぞ引《ひく》宮木《みやき》にみねの松丸太　一鉄

236 禰《ね》宜《ぎ》も算《そろ》槃《ばん》三一六二　志計

237 注《し》連《め》にきるあまりを以《もつて》帳にとぢ　雪柴

238 かざりの竹をうぐひすの声　一朝

239 袴《はかま》腰《ごし》山もかすみて門《かど》の前　松臼

231 二オ九。秋(露)。恋(若後家)。▽若い未亡人が髪に油もひかず、慎ましく空閨を守っているが、想いはうらはらに、すでに色に見えそめた。

232 二オ十。秋(月)。釈教(おりやう)。○おりやう　御寮。主に婦女を対象に地獄変相図を説示して歩いた比丘尼。○胸の月　胸中の澄む譬え。▽御寮の説示で胸中が澄みわたり、前句のような貞節となったわけ。月の座を三句引上げた。

233 二オ十一。雑。○鹿の角　「雑也」(御傘)。○きのふは今日の　諺「きのふは今日の昔」(毛吹草)。○びんざゝら　拍板。竹または鹿の角。小片を重ね合せて一端を綴じ他端を鳴らせる楽器。素材は鹿の角。御寮を熊野比丘尼の転落して売春婦となった歌比丘尼に取成し、その楽器を付けた。▽昨日までは峰に立ちならした鹿の角が、今日は変じて拍板となった。御寮のしめしを無常の教えとした付合である。

234 二オ十二。雑。○をどり　「躍はいつと時しわかね」(山之井)。松の落葉に「ささら踊」が見える。○ありや〳〵　踊りの拍子に驚くさまを掛けた。○山のおくにも　「世の中よ道こそなけれ思ひ入る山の奥にも鹿ぞ鳴くなる」(千載集)。▽鹿の角で作ったささらを持って踊る踊りだから、あれあれ山の奥までも、ということになる道理。

235 二オ十三。神祇(宮木)。○宮木　宮殿建築の用材。▽前句を木遣音頭とみて、宮木にするため峰の松丸太を今引くとした。「杣人は宮木ひくらし足引の山のやまびこ呼びとよむなり」(古今集)。

236 二オ十四。神祇(禰宜)。○算槃　算盤。○三一六二　算盤勘定。前句には木遣の掛声として付く。▽神社造営の多忙さを付心として二句連なる。

237 二ウ一。神祇(注連)。○あまり　「算盤」のあしらい。▽神前を飾る注連縄の紙四手を取った残りの紙を、帳に綴じて使うというので、算盤を任された禰宜の倹約ぶりである。

238 二ウ二。春(うぐひす)。○かざりの竹　門松の竹。▽前句を、正月の注連作りとみて、門松の竹に鶯が来て新年を寿いで鳴くとした。商家の正月ならば、前句の「帳」は大福帳の類であろう。

240 八《はっ》丁《ちゃう》鉦《がね》もさへかへるそら　正友

241 莚《むしろ》なら一枚敷《じき》ほど雪消《きえ》て　松意

242 飼《かひ》付《つけ》による雉子《きぎす》鳴《なく》也《なり》　卜尺

243 山《やま》城《しろ》の岩田の小野の地《ち》侍《ざむらひ》　志計

244 そうがう額《びたひ》尾《を》花《ばな》波よる　在色

245 夕《ゆふ》間《ま》暮《ぐれ》なく虫薬虫ぐすり　一朝

246 あれ有《あり》明《あけ》のゝさまを見よ　一鉄

247 山《やま》颪《おろし》の風うちまねくぬり団《うちは》　正友

239 二ウ三。春(かすみて)。○袴腰　袴の後の台形の部分。その形から「山」と続ける。○山もかすみて　「み吉野は山も霞みて白雪の降りにし里に春は来にけり」(新古今集)等。▽袴腰で年頭の挨拶を述べるとき、門前の飾り竹で鶯が鳴く。

240 二ウ四。春(さへかへる)。○八丁鉦　八挺の鉦を首に掛け、風車のように廻しながら曲打ちをする大道芸人。「袴―八丁鐘」(類)。▽八丁鉦が門前に来て曲打ちする。鉦の音は霞の空に冴え返って響く。

241 二ウ五。春(雪消て)。○莚　大道芸人の持ち物として「八丁鉦」をあしらう。○枚　底本「牧」に誤る。▽八丁鉦の曲打ちの踊りで、莚一枚分の範囲の雪が消えた、という意。

242 二ウ六。春(雉子)。○飼付　飼い馴らすこと。「莚」に付く。○雉子　「雉子―雪間」(類)。▽飼付鳥の餌こぼれを狙って雉子がやってきて鳴く。その結果、莚一枚分の広さに雪が解けた、というのである。

243 二ウ七。雑。○岩田の小野　京都市伏見区。歌枕。「雉子鳴くいはたの小野の壺菫しめさすばかりなりにけるかな」(千載集)。▽雉子を飼い馴らす人物を、所がら山城の岩田の小野の地侍と特定したに過ぎない。

244 二ウ八。秋(尾花)。○そうがう額　総髪額。月代を剃らず後で束ねた髪型。地侍の野暮ったいそれ。▽地侍の総髪額に皺のよっていることを、「小野」のあしらいで「尾花波よる」と言ったのである。

245 二ウ九。秋(なく虫)。○夕間暮　癇症の幼児の泣く時刻。「鶉鳴く真野の入江の浜風に尾花波よる秋の夕暮」(金葉集)。○虫薬　小児の癇の虫を治す薬。繰返しは売り歩く呼び声。「尾花―虫」(類)。▽年老いた薬売が、日暮れに虫薬を売り歩くというに過ぎない、薬売は撫で付髪の総髪額が多い。

246 二ウ十。秋(のゝさま)。月の定座。○のゝさま　神仏・日月等をいう小児詞。ここは有明月。▽癇の虫が出て泣く子供に、あれ、あの有明ののゝさまをごらん、とあやすことばを出したのである。

247 二ウ十一。夏(ぬり団)。○山颪の風　「ほのぼのと有明の月の月影に紅葉吹きおろす山颪の風」(新古今集)。○ぬり

248 麓のまつりねるせうぎ持チ　雪柴

249 神《しん》木《ぼく》の余《よ》花《くわ》は袂《たもと》に色をかし　卜尺

250 垢《こ》離《り》かく水の影をにごすな　松臼

251 うごきなき岩《いは》井《ゐ》に立《たて》る売《まい》僧《す》坊《ぼん》　在色

252 無《む》辺《へん》なりけり山のむら雲　松意

253 一《いち》流《りう》の寸《す》鑓《やり》の先や時《し》雨《ぐ》るらん　一鉄

254 分《ぶん》捕《どり》高名冬《ふゆ》陣《ぢん》にこそ　志計

255 焼《やけ》あとに残る松さへさびしくて　雪柴

団　割り竹を編み、両面に漆を塗った団扇。「月―団扇」(類)。▽夕涼みに出て子をあやす情景。月を団扇に見立て、塗団扇で山颪の風をうち招くとは、談林風の誇大表現。

248　二ウ十二。夏・神祇(まつり)。○麓のまつり　四月第二の酉の日、京都愛宕山麓の賀茂神社で行われる祭。○せうぎ　床几。神輿の台。▽前句を、祭の練行列が塗団扇であおぐ場面とみて、神輿の床几持ちを出した付合。

249　二ウ十三。夏(余花)。神祇(神木)。花の定座。▽神木に咲いた季節おくれの桜の花が、祭の練衆の袂に色を添えて美しい。

250　二ウ十四。神祇(垢離かく)。○垢離かく　冷水に浴して身心を浄め、神仏に祈念すること。○水の影をにごすな　「木華開耶姫の御神木の花なれば、風もよぎて吹き、水も影を濁すなと、袂をひたし」(謡曲・桜川)。▽神木の余花の影が、清浄な水の上に映り、垢離かく人の袂に色を添える。この水を濁してはならぬ、という意。

251　三オ一。釈教(売僧坊)。○うごきなき　「岩」に掛かる枕詞。○売僧坊　僧の卑称。商売僧。▽岩井に立つ売僧坊よ、この清浄な水を穢してくれるな。乞食願人の類であろう。

252　三オ二。雑。▽山の叢雲が際限なく広がっている。聖僧なら無辺光が満ちるところだが、売僧坊だから無辺の叢雲が広がる、という理屈。

253　三オ三。冬(時雨)。○寸鑓　素槍。穂先の真直な普通の槍。「無辺」から槍術の一流派無辺流を想起。○時雨る　「むら雲―時雨」(類)。▽山を無辺の叢雲がおおっている。一流の素槍の先を時雨が廻っているのだろう。辻褄合せである。

254　三オ四。冬(冬陣)。▽大坂冬の陣で、一流の素槍によって数々のぶんどり功名を立てた。いわゆる槍の功名。

255　三オ五。雑。▽戦火の焦土に焼け残って悄然たる松の姿。「冬の来て山もあらはに木の葉降り残る松さへ峰に寂しき」(新古今集)。

256 三《さん》昧《まい》原《ばら》に夕あらしふく　一朝

257 千《せん》日《にち》をむすぶ庵《いほり》の露ふかし　松臼

258 邪《じゃ》見《けん》の心に月はいたらじ　正友

259 長き夜も口《く》説《ぜつ》其《その》間《ま》に明《あけ》はなれ　松意

260 なみだの末は目やにとぞなる　卜尺

261 記念《かたみ》とはおもはぬ物をふくさもの　志計

262 あらためざるは父の印判　在色

263 借金や長《なが》柄《がら》の橋もつくる也《なり》　一朝

256 三オ六。無常(三昧原)。○三昧原　火葬を行う原。「焼あと」に付く。○夕あらしふく　歌語。「嵐―松」(類)。▽墓原に夕嵐が吹く凄まじい情景。前句を火葬場に転じた付けで、墓地の松に通う嵐のすさまじさを言ったのである。

257 三オ七。秋(露)。無常(千日)。○千日　一千日行う念仏。「三昧原」から、刑場と墓地のあった大阪の千日を連想した付け。○千日をむすぶ庵　千日念仏を唱えるために庵を結んだ意。▽夕嵐の吹く三昧原に、千日の庵を結び、死者供養の念仏三昧にふけっていると、秋深く露もしっとりと降る。

258 三オ八。秋(月)。釈教(邪見)。○邪見　念仏の障りとなるよこしまな考え。○心に月はいたらじ　心の月は澄むまい。▽邪見を抱くと心の月は澄むまいという意。前句「千日」を千日講に取成し、法華経講説の講師の説法を付けたとも、千日行者がいかに行を修しても、邪見のある限り悟りに至らぬと付けたとも解せる。月の座を五句引上げた。

259 三オ九。秋(長き夜)。恋(口説)。○長き夜　「月―長き夜」(類)。○口説　一三〇参照。▽「邪見」を邪慳に取成し、夫婦の間のわだかまりが解けず、心の澄むことがない意と前句を解し、さしも長い秋の夜も痴話喧嘩の間に明けはなれたと付けた。

260 三オ十。恋(なみだ)。▽口説の涙変じて、長き夜が明けると、目やにとなっていた。

261 三オ十一。恋(記念)。○記念とはおもはぬ物を　「我が身世になからむ後の形見とは思ひも入れず書きや置きけん」(新千載集)。「連歌恋之詞。…形見」(毛吹草)。○ふくさもの「なみだ」「目やに」から、思いも寄らぬものを「拭く」意を寓した。▽この服紗物が、まさか形見になろうとは思いもしなかったのに。前句は、形見の服紗物を前にしての悲嘆。

262 三オ十二。雑。▽前句の「記念」を父の形見と解し、形見になろうとは思いもしなかったので、服紗の中味を調べもしなかったが、いま見ると父の印判であった、というのである。

263 三オ十三。雑。○長柄の橋もつくる也　「難波なる長柄の橋もつくるなり今は我が身を何にたとへん」(古今集)。「物言へば父は長柄の人柱鳴かずば雉子もうたれまじきを」(神道集)によって「父」をあしらう。▽父の印判をべつに改めてもみ

264 しまつらしきを何にたとへん　　一鉄

265 初《はつ》娵《よめ》は飯《いひ》がい取《とつ》てわたくしなし　　正友

266 家《け》子《こ》が中《なか》言《ごと》うらみなるべし　　雪柴

267 返《かへり》事《ごと》神《しん》ぞ〳〵とかく計《ばかり》　　卜尺

268 あはれふかまを待《まち》し俤《おもかげ》　　松臼

269 友だちのかはらでつもる物語　　在色

270 十《じふ》万《まん》億《のく》の後《ご》世《せ》のみちすぢ　　松意

271 珠《じゆ》数《ず》袋《ぶくろ》こしをさる事すべからず　　一鉄

なかったが、気がつくと、父はたいそうな借金を残していた。

264 三オ十四。雑。○何にたとへん　前出の本歌による。▽「つくる」を尽る意に取成し、借金返済のための、譬えようのない倹約ぶりを付け寄せたのである。

265 三ウ一。恋(初娵)。○初娵　ハツヨメ(小傘)。初婚の嫁。○飯がい取て　食事の世話をして。家事に精出して。「飯がい」に飯匙。○わたくしなし　私心がない。上の「取て」を受け、「いやとよ弓を惜しむにあらず、義経源平に弓矢を取つて私なし」(謡曲・八島)から「しまつ」をあしらった。▽貧乏世帯をやりくりして誠心誠意家事の切り盛りに精出す新妻の姿である。

266 三ウ二。恋(中言・うらみ)。○家子　召使。○中言　告げ口。▽花嫁は下心なく仕えているのに、召使の中傷で、夫や舅から辛く当たられるのを、さぞや恨みに思うであろう。

267 三ウ三。恋(句意)。○神ぞ〳〵　神への誓言。誓って。○かく計　「かく」は斯く・書くの両意。「かくばかり恨むとだにも知らせぬや忍ぶる中のつらきなるらん」(新千載集)。▽召使などの中傷で、他人との情事を詰問された女が、「神かけて」さようなことはない、と誓約する意。

268 三ウ四。恋(ふかま)。○ふかま　情交の深い間柄。○俤「かくばかり面影にのみ思ほへばいかにかもせむ人目しげくて」(万葉集)。▽前句を、情人のつれない手紙に対する哀願の返事とみて、間夫のよい消息を待ちこがれる俤を付けた。

269 三ウ五。雑。○かはらでつもる　「面影のかはらで年のつもれかし、とよめり」(類)。▽幼なじみ(ふかま)と会えば積る思いを打ちあけ合う。謡曲・井筒の面影か。

270 三ウ六。釈教(十万億の後世)。○十万億の後世　「後レ是西方過二十万億仏土一有二世界一、名曰二極楽一」(阿弥陀経)。○みちすぢ　「それ西方は十万億土、遠く生まるる道ながら」(謡曲・実盛)。▽年老いて変らぬ友との語り合いは、当然後世を願うといった内容になる。

271 三ウ七。釈教(珠数袋)。○こしをさる事　「老眼の通路なほ以て明らかならず…ここを去る事遠かるまじや」(謡曲・実盛)。▽西方十万億の後世を願うほどの者ならば、片時たりとも数珠袋を腰から離してはならぬ、というのである。

272 隠居の齢《よは》ひ山の端《は》の雲　志計

273 御《ご》病《ばう》者《ざ》は三《み》室《むろ》の奥の下屋敷　雪柴

274 たゞ好色にめづる月影　一朝

275 虫の声かるゝも同じぬめりぶし　松臼

276 釜《ふ》中《ちう》になきし黒豆の露　正友

277 あをによし奈良茶に花の香をとめて　松意

278 一座の執《しゆ》筆《ひつ》鳥のさへづり　卜尺

279 遠《をち》近《こち》の春風まねく勢《せい》揃《ぞろへ》　志計

272 三ウ八。雑。○山の端の雲　余命いくばくもない譬え。▽隠居の余命いくばくもなく、片時も数珠袋を離さない。

273 三ウ九。雑。○三室　大和国(奈良県)生駒郡斑鳩にある山。歌枕。「みむろ山峰にや雲の晴れぬらん神なび河に月ぞさやけき」(続千載集)。▽余算山の端に近い高貴の老人が、竜田の紅葉に囲まれた三室の奥の別荘で療養しているのである。

274 三ウ十。秋(月影)。恋(好色)。月の定座。○たゞ好色にめづる　ただその色を好んで賞翫する意。「竜田の山の朝霞、春は紅葉にあらねども、ただ紅色にめで給へば」(謡曲・竜田)。▽三室山で紅葉や月の色を賞しつつ病気療養する意であるが、「三室」に遊女のいたことや、下屋敷に女を囲うことが多かったことから、「紅色」ならぬ「好色」にふけったための病いとした。

275 三ウ十一。秋(虫の声)。恋(ぬめり)。○虫の声「月―虫のね」(類)。○かるゝも同じ「萌え出づるも枯るるも同じ野辺の草いづれか秋にあはで果つべき」(平家物語一)。○ぬめりぶし　万治―宝永期嫖客の間に大流行した小唄。「ぬめる」は浮かれる意。▽好色にふけりすぎて、秋深く虫の音がかれるのと同様、ぬめり節を唄う声もかれてしまった。

276 三ウ十二。秋(露)。○黒豆　万病に効くから、声がれの薬として前句に付く。▽曹植・七歩の詩「煮レ豆持作レ羹、漉レ鼓以為レ汁、萁在二釜下一然、豆在二釜中一泣、本是同根生、相煎何太急」を踏んで、黒豆の煮える音を「なきし」といった。豆についた虫が煮られて鳴く心もあるか。

277 三ウ十三。春(花)。花の定座。○奈良茶「まつ茶を少しいりて袋に入れてあづきと茶ばかり煎じ候。扨、大豆と米入れ候を半分づついり候うてよく候。大豆は引きわり、皮を捨ててよし。又ささぎ・くわゐ・焼栗などもいるるよし。山椒のこ、塩かげん有」(料理物語)。○香をとめて「ほととぎす花橘の香をとめて鳴くは昔の人や恋しき」(新古今集)。▽前句を奈良茶を作るとみ、「あをによし奈良の都は咲く花の匂ふがごとくいま盛りなり」(万葉集)などから、奈良茶にも花の香が通ってくる、といったのである。

278 三ウ十四。春(鳥のさへづり)。○一座　連歌の一座。▽連歌の書き役が、鳥の囀りのように忙しい付句を書き留める。

280 山もかすみてたつ番がはり　在色

281 大《だい》伽《が》藍《らん》雲に隔《へだ》たる朝《あさ》朗《ぼらけ》　一朝

282 つとめの鐘に仏《ぶつ》法《ぽふ》僧《そう》なく　一鉄

283 煩《ぼん》悩《なう》の夢はやぶれし古《ふる》衾《ぶすま》　正友

284 小《こ》部《べ》屋《や》の別れおしむ妻蔵　雪柴

285 玉ぶちの笠につらぬく泪《なみだ》しれ　卜尺

286 かたじけなさの恋につらるゝ　松臼

287 かはらじと君が詞《ことば》のやき鼠　在色

花の下連歌のこととて奈良茶に花の香をとめる。

279 名オ一。春(春風)。○遠近　連俳用語「出合遠近(であひゑんきん)」による。付句が同時に出たとき、遠い人の句を採ること。▽連歌興行のため、執筆を初め連衆が遠近から集まり勢揃いした。

280 名オ二。春(かすみて)。○山もかすみて　「春立つといふばかりにやみ吉野の山も霞みてけさは見ゆらん」(拾遺集)。○たつ　霞の立つに番替りに発つを掛ける。○番がはり　番衆の勤務交替。▽前句の勢揃いは、番替りのためといっただけ。

281 名オ三。釈教(大伽藍)。○大伽藍　大伽藍。○雲に隔たる　「鐘は寒雲を隔てて声の至ること遅し」(謡曲・熊野)。○朝朗　「朝―番替」(類)。▽大伽藍が雲の彼方に見える。守護の夜警が、早朝交替にたつ。

282 名オ四。夏(仏法僧)。釈教(つとめ)。○鐘　前引謡曲・熊野による。○仏法僧　深山の霊鳥。「ぶっぽうそう」と鳴くのはコノハズクという。▽暁の鐘に鶏が鳴くという常套に対し、勤行の鐘に仏法僧が鳴くと一ひねりした句。前句とも、大伽藍をめぐる情景。

283 名オ五。釈教(煩悩)。▽勤行の鐘、仏法僧の声を聞いて、破れ衾で結んだ煩悩の夢が破れた、というのである。

284 名オ六。恋(別れおしむ)。○小部屋　大名屋敷などの召使の部屋。○妻蔵　下等遊女「百蔵」などの類語で、男色の相手か。▽破れ衾の夢破れ、妻蔵は小部屋で後朝の別れを惜しむ。

285 名オ七。恋(泪)。○玉ぶちの笠　万治・寛文頃江戸で流行した婦人用の編笠。▽「妻蔵」を一夜妻などに取成し、小部屋の別れを惜しんで出立つ、玉縁笠に貫くこの涙を知れ、といったのである。小唄に、「思へば涙玉を貫く」(淋敷座之慰)。

286 名オ八。恋(恋)。○かたじけなさの　「何ごとのおはしますをば知らねどもかたじけなさの涙こぼるる」(西行法師家集)。▽身にあまるばかりの恋の情にほだされた意。前句の「泪」を有難涙に転じた。

287 名オ九。恋(かはらじ・君)。○やき鼠　狐を釣る餌。「年を経て君をのみこそねづみつれことはらにやは子をばらむべき」(拾遺集)。▽心変りはしないという身にあまる君の詞は、私にとっては狐に焼鼠のようなもので、見事に釣られました。

288 鶉《うづら》ごろものしきせ何ぞも　松意

289 見世《みせ》守り床《とこ》の山風夜寒《よさむ》にて　一鉄

290 秤《はかり》のさらにあふみ路《ぢ》の月　志計

291 合薬《がふやく》や松原さして匂ふらん　雪柴

292 真砂《まさご》長じて石火矢《いしびや》の音　一朝

293 敵味方海山一度にどつさくさ　松臼

294 浄瑠離《じやうるり》芝居須磨《すま》の浦風　正友

295 巾着《きんちやく》や三とせは爰《ここ》にすりからし　松意

288 名オ十。秋(鶉ごろも)。〇鶉ごろも　鶉の毛のごとく裾の破れた衣。「鶉—田鼠」(類)。〇何ぞも　「鶉鳴く古りにし里ゆ思へども何ぞも妹に逢ふよしもなき」(万葉集)。〇しきせ　仕着せ。雇人に支給する時節の衣服。ここは客から遊女へ贈る衣服。▽心変りはしないなどと甘いことばを囁きながら、一体このお粗末な仕着せは何ですか。

289 名オ十一。秋(夜寒)。〇見世守り　六九参照。〇床の山　近江国(滋賀県)犬上郡鳥居本の鳥籠山。「鶉—床の山」(類)。▽床の山から吹き下ろす夜寒の風に、見世守りの勤めは辛く、鶉衣の仕着せくらいでは問題にならぬ。

290 名オ十二。秋(月)。〇秤　前句の「見世」を両替屋に取成した付け。〇あふみ路　「床の山」のあしらい。▽秤の皿で月を計るという寓言。月の座を一句引上げた。

291 名オ十三。雑。〇合薬　「秤—薬調合」(類)。〇松原さして　腹さしてに掛ける。さし込みの腹痛。「木曾殿は此の近江路に下り給ふ…粟津の松原さして落ち給ふ」(謡曲・兼平)。▽秤の一方に近江路の月をかければ、一方の腹痛の合せ薬が松原まで匂う道理。

292 名オ十四。雑。〇真砂長じて石　「いさご長じて巌となる」(古今集・真名序)。〇石火矢　大砲。弾丸の重量一—四貫目のもの。▽「合薬」を火薬に取成し、大砲を撃ったあと、火薬の匂いが松原一帯に立ちこめる、としたのである。

293 名ウ一。雑。〇海山一度に　「砂長じては又巌の陰より山河も震動し天地も動きて」(謡曲・氷室)、「鬨の声矢叫びの音…海山一同に震動して」(謡曲・八島)。▽敵味方が、海と山から同時に大砲を撃ち合い、混雑するさま。

294 名ウ二。雑。〇浄瑠離　浄瑠璃。▽前句を一の谷合戦を演じる浄瑠璃芝居とみての付け。一の谷は兵庫県西須磨。「海山かけて須磨の浦…剣は雨と降りかかつて、天地をかへす如くにて、山も震動海も鳴り」(謡曲・箙)。

295 名ウ三。雑。〇巾着　「芝居—巾着切」(類)。〇三とせは爰に　「行平の中納言三年はここに須磨の浦」(謡曲・松風)。〇すりからし　貯えのなくなる意。用例「巾着といふは奉公人のすりからしにて」(傾城禁短気)。▽芝居に入れあげて、三年

296 傾《けい》城《せい》あがり新《にひ》まくらする　在色

297 伊《だ》達《て》衣《ごろも》今は小《さ》夜《よ》ぎの袖はへて　志計

298 旅のり物に眠る老《おい》らく　卜尺

299 道の記やちりかいくもる四方《よも》の花　一朝

300 あふのく山の春雨のそら　一鉄

雪柴十一句　松臼十一句　一朝十一句
正友十一句　在色十一句　執筆　一句
松意十一句　志計十一句
卜尺十一句　一鉄十一句

の間に巾着の中味をすっかりすってしまった。

296 名ウ四。恋(新まくら)。▽三年間通いつめ、財産を入れあげた傾城が、ようやく自分のものになって新枕を交す。「巾着」に私娼、「すりからし」にすれっからしの女の意がある。

297 名ウ五。恋(伊達衣)。○伊達衣　「伊達―傾城」(類)。○小夜ぎ　夜着。○袖はへて　袖を引のべて。▽傾城時代の伊達着を、人妻となった今は夜着に裁ち直し、その袖を引きのべて新枕する、というのである。

298 名ウ六。雑。▽伊達衣を着飾って旅をしたのは若かりし頃、今は夜着に老の身をいたわりつつ、眠りがちに道中を行くことである。

299 名ウ七。春(花)。花の定座。○ちりかいくもる　「桜花ちりかひ曇れ老らくのこむといふなる道まがふがに」(伊勢物語九十七段)。▽老人の旅はそう急ぐ旅でもなく、快い仮眠を楽しんだり、四方の桜の散り交い曇る様を旅日記に記したりしながら、続けてゆく。

300 挙句。春(春雨)。▽道中、山を振り仰ぐと、桜花の散り交う花曇の空から、春雨が降ってくるというのである。

301 郭公《ほととぎす》来べき宵也《なり》頭痛持《もち》　野口氏在色

302 高まくらにて夏山の月　松意

303 涼《すず》風《かぜ》や一句のよせい吟ずらん　正友

304 旅乗物のゆくすゑの空　松臼

305 うき雲や烟《けぶり》をかづくたばこ盆　志計

306 時《し》雨《ぐれ》をまぜて亭《ちん》に手たゝく　雪柴

307 欄《らん》干《かん》もあらしにうごく大《おほ》笑《わらひ》　一鉄

301 発句。夏(郭公)。〇来べき宵也「わが背子が来べき宵なりさゝがにの蜘蛛のふるまひかねてしるしも」(古今集)。▽雨は頭痛に障って嫌だが、雨の夕べには時鳥が訪れて鳴くというからむしろ嬉しいと、「よくもやまひに勝たる好の道を、われながら称する」(俳諧解脱抄)句。「雨」の抜け。千句の約束に従い、第四巻夏季の発句。

302 脇。夏(夏山)。〇高まくら　頭痛病みの高枕。〇月「月―郭公」(類)。▽高枕して夏山の月を賞しつつ郭公の来鳴くを待つ。月の座を五句引上げた。

303 第三。夏(涼風)。〇涼風「涼(スヾ)―月」(類)。〇よせい余情。▽夕風が涼やかな音を立てて吹き過ぎることを、擬人的に句を吟ずると見立てた句。前句とのかかりは、枕上の吟と洒落た点にある。

304 初オ四。雑。▽行く末遥かな旅の空、乗物に揺られながら一句を吟ずる風流である。四句目ぶりの軽い遣句。

305 初オ五。雑。〇烟をかづく　煙をかぶる。「松蔭に煙をかづく尼が崎」(謡曲・雲林院)。「行く末の空はひとつにかすめども山もとしるく立つ煙かな」(続拾遺集・羇旅)。〇たばこ「乗物」に付く。▽たばこ盆から紫煙の立ち昇るのを浮雲に見立てた。「浮雲」に行末遠い旅の「憂き」を言いかけたか。

306 初オ六。冬(時雨)。〇時雨をまぜて「山の端を村雲ながら出でにけり時雨にまじる秋の月影」(新後撰集)。〇亭藤原定家の時雨の亭による。▽亭に手を打つ音が、時雨の音にまじって聞こえる。前句のたばこをすう人物が所用を命じるため人を呼ぶのである。定家に煙草をすわせた趣向か。

307 初オ七。雑。〇欄干「欄干―亭」(類)。〇あらし「嵐―時雨」(類)。〇大笑　虎渓三笑の故事により「手たゝく」に付く。「一度にどつと手をうち笑つて、三笑の昔となりにけり」(謡曲・三笑)。▽嵐のような大笑いに欄干も揺らぐ。亭主と客が手をたたき、談笑する光景。

308 初オ八。雑。〇酒酔「酒―虎渓の橋」(類)。〇をくる　送る。〇あとのしら波「世の中を何にたとへん朝ぼらけ漕ぎ行く船の跡の白波」(拾遺集)。前句の「欄干」は橋のてすり。▽橋の欄干も揺らぐほどの高笑いを残して酔客が去ったあとは、

308　酒《さか》酔《ゑひ》をくるあとのしら波　一朝

309　蜑《あま》人《びと》の喉《のど》やかはきてぬれ衣《ごろも》　、尺

310　かの海《かい》底《てい》の玉のあせかく　執筆

311　さら〳〵ともみにもふでぞ一《ひと》いのり　松意

312　くだけて思ふ散《さん》銭《せん》なげさい　在色

313　まつ宵の更《ふけ》行《ゆく》かるた大明神　松臼

314　泪《なみだ》畳の塵《ちり》にまじはる　正友

315　腹《はら》切《きり》はあしたの露と消《きえ》にけり　雪柴

白浪の音がするばかり、その行方は知らぬ。

309　初ウ一。雑。○蜑人　「白浪の寄する渚に世をつくす海士の子なれば宿も定めず」(新古今集)。▽酔ざめの喉のかわきをいやすために飲んだ水で、海士の衣が濡れたという意。

310　初ウ二。夏(あせかく)。○かの海底の　「かの海底に飛入れば…かの珠を籠めおき」(謡曲・海士)。○玉のあせ　「ぬれ衣」に付く。▽海底に玉を求めて潜った謡曲・海士を卑俗化し、海士がかの海底の玉のごとき汗をかくとしたのである。喉のかわくのは暑さのせいであった。

311　初ウ三。釈教(句意)。○さら〳〵ともみにもふで　「珠数さらさらと押しもんで…祈り祈られ」(謡曲・船弁慶)、「赤木の数珠のいらたかをさらりさらりとおし揉んで、一と祈りこそ祈つたれ」(謡曲・葵上)。「もみにもふで」は「あせかく」のあしらい。▽「玉」を数珠玉に取成し、海底より浮かみ出た怨霊退散の祈禱に、玉の汗を流して数珠さらさらとおしもんで祈る、というのである。

312　初ウ四。恋(くだけて思ふ)。○くだけて思ふ　千々に思い乱れる。「かの岡に萩かる男子縄をなみねるやねりそのくだけてぞ思ふ」(拾遺集)。○散銭　賽銭。また、銭さしを揉んで紐が切れ、ばら銭になった意を効かすか。▽思い悩んで心を決めかね、神仏を念じたり、賽を投げて吉凶を占ったりする。

313　初ウ五。恋(まつ宵)。○まつ宵　「待つ宵に更け行く鐘の声聞けばあかぬ別れの鳥はものかは」(新古今集)。○かるた大明神　勝負を司る博奕の神か。「此事偽ならば、かるた大明神の御罰を蒙、重て仕合いたさぬ法もあれ」(五箇の津余情男)。▽恋人を待つ宵、千々に思い乱れて、投賽や歌留多などで気を紛らしている。夜は更けて行くが恋人は来そうにない。

314　初ウ六。恋(泪)。○塵にまじはる　諺。「塵に交はる神慮」(謡曲・竜田)等。「大明神」に付く。▽待ち人は来たらず、涙が畳を濡らす。かるた大明神だから、畳の塵に交わる道理を付け寄せた。

315　初ウ七。秋(露)。無常(腹切)。○腹切　畳を重ねた上で行う。○露　「泪」の縁語。▽涙が畳にしたたる原因を、失恋から切腹の悲しみへと転じたのである。

316 軍《いくさ》散《さん》じて野《の》辺《べ》のうら枯《がれ》　志計

317 虫の髭《ひげ》人もかくこそ有《ある》べけれ　一朝

318 目がねにうつる夕月の影　一鉄

319 唐《たう》船《せん》は遠《をち》の嶋山乗《のり》すてゝ　在色

320 何万斤《ぎん》のいとによる波　卜尺

321 見あぐればあゝ千《せん》片《べん》たり花の滝　志計

322 孤《こ》雲《うん》の外《そと》に鳥はさえづる　松意

323 打《うち》かすむ山ふかうして谷の庵《いほ》　正友

316 初ウ八。秋(うら枯)。▽戦火果てて武将も自刃し野辺の朝露と散った。あとには末枯の野辺ばかりが残った。

317 初ウ九。秋(虫)。○虫の髭　「野―虫」「髭―蛬(きりぎりす)」(類)。○人もかくこそ有べけれ　「鬢を洗ひて見れば、墨は流れ落ちてもとの白髪となりにけり。げに名を惜しむ弓取は、誰もかくこそあるべけれや」(謡曲・実盛)を踏み、「軍散じて」に接続した。▽戦果てた末枯の野辺に虫がすだく。人もこの虫のように立派な髭を持ちたいものである。

318 初ウ十。秋(夕月)。月の定座。▽望遠鏡に夕月の影が映るという意。付合は、虫眼鏡で夕月の光に虫の髭を拡大観察する意となる。

319 初ウ十一。雑。○乗すてゝ　碇泊していた舟が離れて行くさま。▽唐船が通商を終えて帰るところを、遠眼鏡で望見する。遠見の景を付け出して、展開したのである。

320 初ウ十二。雑。○いとによる波　糸に縒るに寄る波を掛ける。「糸」は唐船の積荷。「糸によるものならなくに別れ路の心細くも思ほゆるかな」(古今集)。▽何万斤の糸を縒るように白波が打ち寄せている。唐船の別れから「糸による」、「遠の嶋山」から「よる波」を引出して辻褄を合せ、情景を付け加えた。

321 初ウ十三。春(花の滝)。花の定座。○千片たり　「風翻㆓白浪㆒花千片」(和漢朗詠集)。○花の滝　一七参照。▽見上げると、何万斤という滝の白糸に、桜の花びらが千片と降りかかっている。

322 初ウ十四。春(さえづる)。○孤雲の外に　「簫笛琴箜篌、孤雲の外に充ち満ちて…緑は波に浮島が払ふ嵐に花降りて」(謡曲・羽衣)。▽千片として花びらの散り込む滝を見あげれば、空中に鳥のさえずる声がある。

323 二オ一。春(打かすむ)。○山ふかうして…　「殊にわが住む山家の景色、山高うして海近く、谷深うして水遠し…おぼつかなくも呼子鳥の声」(謡曲・山姥)。▽春霞におおわれた深山の谷間に庵を結んで、虚空の鳥のさえずりを楽しみながら、悠々自適の生活を送る、隠者の境界である。

324 二オ二。春(わらび)。○わらびよぢ折る　「爪木に蕨折り添へたるは大納言の局なり」(謡曲・大原御幸)。○苔の衣

324 わらびよぢ折る苔《こけ》の衣《ころも》手《で》　松臼

325 これも又王《わう》土《ど》をめぐる鉢《はち》ひらき　一鉄

326 慈悲はこゝろの鬼をほろぼす　雪柴

327 わつさりと一たび咄《はな》せなふ女《ぢよ》郎《らう》　卜尺

328 うき名は何《なん》のそれからそれ迄《まで》　一朝

329 御《お》仕《し》置《おき》ややぶれかぶれの衆《しゆ》道《だう》事《ごと》　松意

330 家老をはじめすでに付《つけ》ざし　在色

331 城の内あすをかぎりの八九人　松臼

僧侶・隠者などの衣。「山深き谷の垣ほの苔衣露けき程も誰かきてみん」(夫木抄)。▽平家物語などの建礼門院の佛取り。深山の谷の庵、大原寂光院に出家した女院の、生活の一齣。

325 二オ三。釈教(鉢ひらき)。○王土　王の統治する国。○鉢ひらき　三四参照。「蕨―世を捨人/夷斉食レ之而天ス」(類)。▽前句の人物を伯夷叔斉とみての付け。蕨をよじ折りつつ托鉢して廻る鉢坊主も、夷斉と境界を同じゅうするものである、の意。

326 二オ四。釈教(慈悲)。○慈悲　「慈悲―乞食」(類)。○こゝろの鬼　邪慳・慳貪など。○鬼をほろぼす　「普天の下率土の中いづく王地にあらざるや…千方といひし逆臣に仕へし鬼も…忽ち亡び失せしぞかし」(謡曲・田村)等。▽慈悲は邪慳の心を捨てさせ、人を善へと導く。「鉢ひらき」が布施を得ようとして唱える文句であろう。

327 二オ五。恋(女郎)。○一たび咄せ　「大悲の弓には智恵の矢をはめて、一度放せば千の矢先、雨霰と降りかかつて」(謡曲・田村)。▽のう女郎よ、気ばかり持たせないでさっぱりと一度話してみてくれてはどうか。客が女郎を口説く文句。「心の鬼」を猜疑・嫉妬などの意に取成したのである。

328 二オ六。恋(うき名)。○それからそれ迄　吉原太夫くどき木遣「ゑいい、わつさりとしめかけやれ…あれからこれまで、ゑいや八幡様や」(淋敷座之慰)。▽たとえ浮名が立ったとしてこうなった以上は仕方がないからなあ女郎よ、一度さっぱりと話してくれてはどうか。前句の口説の延長。

329 二オ七。恋(衆道事)。▽浮名は何のそれからそれまでとばかり、やぶれかぶれの衆道沙汰は、お仕置も覚悟の上、という意。

330 二オ八。恋(付ざし)。○付ざし　一六参照。▽城中の風紀は乱れに乱れて、取締役の家老までが付ざしをやりとり、衆道事に夢中である。前句の「御仕置」は幕府の下す刑罰。

331 二オ九。雑。▽「付ざし」を、討死前夜の訣宴の盃に取成し、城中討死を覚悟に、家老を初め八、九人が盃を交すさまとしたのである。

332 しまひ普請《ぶしん》のから堀の月　志計
333 金《かな》山《やま》の秋をしらする鴈鳴《なき》て　雪柴
334 訴訟のことは菊の花咲《さく》　正友
335 我《わが》宿の組《くみ》中《ちう》名ぬし罷《まかり》出《いで》　一朝
336 売渡し申《まうす》軒の下風　一鉄
337 一《ひとつ》此《この》ざうりわらんぢ雨過《すぎ》て　在色
338 死骸をおくる山ほとゝぎす　卜尺
339 奥の院花たちばなや匂ふらん　志計

332 二オ十。秋(月)。○しまひ普請　建築の仕事が終わること。○から堀　水を満たしていない、空のままの濠。▽前句の八、九人を、築城の大工か土工とみての付け。完工前夜の徹夜作業であろう。月の座を三句引上げた。

333 二オ十一。秋(秋)。○金山　鉱山。「堀―金山」(類)。○秋をしらする　「吹く風になびく浅茅は我なれや人の心のあきを知らする」(後拾遺集)等。○鴈鳴て　「月―鴈がね」(類)。▽前句の「から堀」を、採掘の終わった鉱山の穴に取成し、金山にも秋を告げる雁が鳴き、月が輝くというのである。

334 二オ十二。秋(菊の花)。○訴訟　「訟(ウッタヘ)―金山」(類)。○菊の花咲　「菊」に聞くを掛けた。「鴈鳴きて菊の花咲く秋はあれど春の海辺に住吉の浜」(伊勢物語六十八段)。▽金山で起った訴訟事件について、奉行が訴えを聞き入れた、の意。

335 二オ十三。雑。○我宿の　我が町の。「わが宿の菊の垣根に置く霜の消え返りてぞ恋しかりける」(古今集)。○組中　組頭を筆頭とする五人組。○名ぬし　訴訟はたいてい名主の玄関で解決したが、和解不成立の時は、差添人として奉行所へ出頭した。▽わが町の五人組・名主が訴訟の裁定に罷り出た。

336 二オ十四。雑。○軒の下風　軒は家の意。「我宿の軒の下草」(万葉集)をもじって前句に付く。▽前句の訴訟を転じて家の売却を出し、その立会人として組中・名主が罷り出た、といったのである。

337 二ウ一。雑。○一此　「売り渡し申」から売渡し証文の口調に模した。○雨過て　「軒の下」のあしらい。▽雨があがってまた必要となった草履わらじを、軒下に吊して売っている。

338 二ウ二。夏(ほとゝぎす)。無常(死骸をおくる)。○ほとゝぎす　冥土から来て死者の道しるべをするという。「暮れかかる山田の早苗雨過ぎてとりあへずなく郭公かな」(続後撰集)。▽雨過ぎてほととぎすの鳴く中、草履わらじを履いて野辺の送りをするという意。

339 二ウ三。夏(花たちばな)。釈教(奥の院)。○奥の院　寺院の本堂より奥に仏を安置するところ。○花たちばな　香の一。伽羅・真南蛮より製する。「郭公―橘」(類)。▽花橘の匂う奥の院に遺骸を納める、というのが主意。

340 むかしは誰がたてし常灯《じやうとう》　松意
341 舟入《ふないり》も広きめぐみの守護代リ　正友
342 四面《しめん》にさうかの歌うたつてくる　松臼
343 銭さしに泪《なみだ》つらぬく夜の空　一鉄
344 念仏講も欠《かけ》てゆく月　雪柴
345 相店《あひだな》の人の世中《よのなか》するゐの露　卜尺
346 分散《ぶんさん》何《なに》〱《なに》なく虫の声　一朝
347 舟板のわれからくゞるあかの道　松意

340 二ウ四。釈教(常灯)。○むかし 「昔―橘」(類)。○常灯 神仏の前に灯す常灯明。▽今も輝き続けている、奥の院のこの常灯明は、昔は誰が立てたものであろうか。

341 二ウ五。雑。○舟入 蔵屋敷へ荷船を漕ぎ入れる舟入場。○広き 上下にかかる。▽守護代の広き善政によって、舟入場も広いという意。「常灯」を舟入場の灯に取成した。

342 二ウ六。雑。○四面にさうかの歌 楚の項羽が漢軍の包囲に落ち、四面楚歌の声を聞くとある故事をもじり、守護代を項羽に見立てたのであろう。「さうか」は早歌。曲節の早い歌謡。▽繁栄する舟入場に、四方から早歌を歌いながら舟を漕ぎ入れてくる、というのである。

343 二ウ七。恋(泪)。○夜の空 「灯火暗うしては数行虞氏が涙の雨さへしきる夜の空、四面に楚歌の声のうち」(謡曲・千手)。▽前句の「さうか」を路傍で袖を引く私娼総嫁(そうか)に取成し、四方から総嫁が歌を歌いながら集まってくる意と解して、銭さしに貫き通すは銭ならぬ涙である、と付けた。恋一句捨て。

344 二ウ八。秋(月)。釈教(念仏講)。○念仏講 念仏信者の寄合。寺社参詣や借金返済などのために掛金をすることもあった。▽月の欠け行くとともに、念仏講の講中も一人二人と数が減ってゆく。その上掛金はわが方に落ちず、銭さしに貫くは涙ばかり。月の座を二句引上げた。

345 二ウ九。秋(露)。○相店 一棟続きの借屋に間借りすること。○世中するゐの露 「するゐの露もとの雫や世の中のおくれ先立つためしなるらん」(新古今集・哀傷)。▽相店の店子同士で組んでいる念仏講も講中が欠けてゆく。後に残ったものも、露のようにはかない人生である。

346 二ウ十。秋(虫の声)。○分散 自己破産。身代限(しんだいかぎり)即ち強制破産と異なり、全財産を債権者に換価提供して弁済する。○何〱 わけどりの品目何々。▽「相店」を同商の者と解し、相店が多くて立ち行かず倒産したという意。

347 二ウ十一。雑。○舟板 船中の揚板。下に物を貯える。○われから 海藻に付着する虫の名に、割れ目からの意を掛ける。「海人の刈る藻にすむ虫の我からと音をこそ鳴かめ世をばうらみじ」(伊勢物語六十五段)。○あか 船底に溜った汚水。

348 あらがねの土うがつ穴蔵《あなぐら》　在色

349 久堅《ひさかた》の天目《てんもく》花生《はないけ》瀬戸物屋　松臼

350 目利《めきき》はいかゞ見る庭の梅　志計

351 出《で》替《がは》りや大宮人《おほみやびと》の御座《ござ》直《なほ》し　雪柴

352 けはひけずりてけふもくらしつ　正友

353 俤《おもかげ》やきり狂言におしむらん　一朝

354 半畳敷《しい》ても命さまなら　一鉄

355 護摩《ごま》の壇思ひの烟《けぶり》よこをれて　在色

▽舟板の割れ目から浸水して下に貯えたものが流出した意と、破産によって船主が倒産した意とを掛けた。

348 二ウ十二。雑。○穴蔵　六三参照。「舟板」を蓋板に取成した。▽土を穿って穴蔵を作ったら、蓋板から浸水してきた。

349 二ウ十三。春(花)。花の定座。○久堅の天　「あらがねの土」に対応。○天目　抹茶を立てる茶碗。▽「穴蔵」を窯に取成し、瀬戸物屋の扱う商品として、天目・花生を出した。

350 二ウ十四。春(梅)。▽茶器・花器の鑑定。「花」の縁で庭の梅花を目利はどう評価するか、としたのである。

351 三オ一。春(出替り)。○出替り　奉公人の交代期日。江戸では、元和元年(一六一五)頃から二月二日としたが、寛文八年(一六六八)、幕府の令によって三月五日と改められ、後さらに三月二十日に変更された。○大宮人　「わが国の梅の花とは見たれども大宮人はいかが言ふらん」(平家物語・剣巻)。○御座直し　莚敷とも。寝具の世話などする一種の妾。▽出替りの奉公人(ここは妾)が大宮人に拝謁するの図。前句から目利。

352 三オ二。恋(けはひ)。○けはひ　化粧。「誹諧恋之詞。…けしやう」(毛吹草)。○けふもくらしつ　「百敷の大宮人はいとまあれや桜かざして今日もくらしつ」(新古今集)。▽化粧し髪を梳(くしけず)って今日も暮す、前句から大宮人の御座直しにふさわしい日常を付け出したのである。

353 三オ三。恋(俤おしむ)。▽前句の人物を芝居の花形役者とみて、その俤を切狂言に惜しむといったのである。

354 三オ四。恋(命さま)。○半畳　劇場の切落し(大入場)の土間などで、観客に貸す一尺五寸四方の畳・莫蓙。新小夜嵐物語に「半畳の銭五文」とある。○命さま　命をかけて想う人。▽贔屓役者のためならば、切落しに半畳敷いても厭いはせぬと、切狂言にうつつを抜かす打ち込みようである。

355 三オ五。恋(思ひの烟)。釈教(護摩)。○護摩　中央に火炉で薪を焚き、火中に物を投じて祈る、真言宗の秘法。○思ひの烟　「思ひ」の「ひ」に火を掛け、煙に譬えて恋い焦がれるのをいう。▽「半畳」を修法者の坐する壇上の畳に取成し、護摩を修しても思う人をわが方へ靡かせようというのである。煙の横折れたのは験の現れか。

356 しゝつと笑ひさる狐つき　卜尺

357 鮗《このしろ》や舟ばたをたゝいて取上《とりあげ》たり　忘計

358 源平たがひにたうがらし味噌　松意

359 さもしやなかたぐは皆やつこ風《ふう》　正友

360 金《かね》にはめでじ恋はいきごみ　松臼

361 労《らう》瘵《さい》の声にひかれて樽《そん》をいだき　一鉄

362 内二階より伽《きや》羅《ら》の追《おひ》風《かぜ》　雪柴

363 ことさやぐ唐《たう》人《じん》宿《やど》の月を見て　卜尺

356　三オ六。雑。○狐つき　「煙―狐」「護摩―物の怪・調伏」（類）。▽前句の「護摩」を狐つきの折伏と解し、その結果狐が「ししつ」と無気味に笑いながら去る様子を付け寄せた。

357　三オ七。雑。○鮗　初午のとき狐の好物として供えられた。○舟ばたをたゝいて　「叩ㇾ舷来往月明中」（和漢朗詠集）。▽然（さ）る狐つきが、好物の鮗を「ししつ」と喜びの笑みをもらしつつ、舟ばたを叩いて取上げる不可解な行為を詠んだ付合。

358　三オ八。雑。○源平たがひに　平家物語に材を得た謡曲の常套句。「沖には平家舷を叩いて感じたり、陸には源氏…」（平家物語十一）によって付く。▽舟ばたを叩いて釣り上げた鮗を膾にし、唐辛子味噌に和えたのをさかなにして、源平互いに酒宴を張っている。源平に分かれてする酒戯を効かせたか。

359　三オ九。雑。○さもしやな　「さもうしや方々よ、源平たがひに見る目も恥かし」（謡曲・景清）。○やつこ風　下僕の風儀。やつこ豆腐を効かせて「たうがらし味噌」をあしらった。▽唐辛子味噌のごときものを争って食うのは由緒ある源平の武人ともみえぬ。諸君はみな浅ましい下僕風だ、と嘲笑した句。

360　三オ十。恋（恋）。▽前句の「やつこ風」を勇み肌の寛濶六方に取成し、金力には頼むまい、恋は意気ごみだ、という威勢のよい啖呵を付け寄せた。二句ともに発話体。

361　三オ十一。恋（労瘵）。○労瘵　底本「労療」に誤る。歌謡の一。弄斎節とも。「労瘵―恋」（類）。▽前句を労瘵節の文句ととり、それに励まされて樽を抱き、勇気づけの酒を痛飲すると付けたのであろう。

362　三オ十二。恋（句意）。○伽羅　香の一。「閨の伽羅の香睦言よ」（松の葉）など、同類の伽羅節の縁で「労瘵」をあしらった。○追風　動くと衣などの香を伝える風。「御簾の追風匂ひくる…御つれづれを慰めんと樽を抱きて参りつつ」（謡曲・千手）。▽前句を、遊女に労瘵節を歌わせて酒をくむ意と解し、内二階から伽羅の香の漂ってくる妓楼の有様を付け出した。

363　三オ十三。秋（月）。月の定座。○ことさやぐ　言喧ぐ。「唐人」の枕詞。○唐人　伽羅をつけ、また商う。▽唐人が月をみて、さざめくさま。前句は唐人宿の様子である。

364 長き夜《や》食《しよく》のにはとりぞなく　一朝

365 下《した》冷《びえ》や衣かたしく骨うづき　松意

366 打《うち》たをされし道芝の露　在色

367 追《おひ》からし昨日はむかし馬捨《すて》場《ば》　松臼

368 志賀のみやこにたかる青蠅　志計

369 から崎の松がね枕昼ね坊　雪柴

370 朽《くち》たる木をもえる丸太舟　正友

371 石《せき》台《だい》や水緑にしてあきらか也《なり》　一朝

364 三オ十四。秋(長き夜)。○長き夜　「月を見てあかぬ心に秋の夜の長きをかこつ人やなからん」(新千載集)。▽「長き夜の夢さめよとやにはつとり明けゆく空を人に告ぐらん」(夫木抄)等より、長い夜の夜食に食う鶏が鳴くとした無正体の句。前句を唐人の宴会とみて、鶏料理の夜食を打ち出したのである。

365 三ウ一。秋(下冷)。○下冷　初秋の冷気。○衣かたしく　歌語。「長き夜」に付く。○骨うづき　黴毒による骨の疼き。俗に山鳥などは、体内にひそむ黴毒や淋病を引き出すという。▽下冷えのする夜、骨疼きに悩みつつ独り寝をする。「しし食うた報い」の意か、薬喰として鶏を食った意か。

366 三ウ二。秋(露)。○道芝の露　歌語。「下冷」のあしらい。▽喧嘩か何かで、露深い道芝の上に打ち倒され、骨が疼くと転じた付け。

367 三ウ三。雑。○追からし　役に立たなくなるまで追い使うこと。○昨日はむかし　諺「昨日は今日の昔」(毛吹草)。▽昨日までは客や荷を運んでいた馬が、今日は空しく馬捨場の露と消えた。酷使の末打ち捨てられたのである。

368 三ウ四。夏(青蠅)。○志賀のみやこ　「昔―志賀の都」(類)。「大津―馬・馬借」(類)。○青蠅　「馬―蠅」(類)。▽一句謎めくが、付合は、昔栄えた志賀の都はいま馬捨場と変わり、青蠅がたかっている、というのである。

369 三ウ五。夏(昼ね)。○から崎の松　「志賀のみやこ」に付く。○松がね枕　歌語。松の根を枕の旅寝をいう。○昼ね坊　「蠅―昼寝」(類)。▽志賀の山越えをしてきた僧が、辛崎の一つ松の木蔭で、たかる青蠅を払いながら昼寝をきめこむさま。

370 三ウ六。雑。○朽たる木をもえる　「宰予昼寝。子曰、朽木不レ可レ雕也」(論語・公冶長篇)。○丸太舟　琵琶湖を往来した客・荷物を運ぶ船。「枕」から「丸太」への連想もある。▽朽木をも彫って丸太舟を作る。ただし琵琶湖の丸太船は、底の方から両側に板をはね上げて作る(和漢船用集)。

371 三ウ七。雑。○石台　箱庭。○水緑にしてあきらか也　底本「緑」を「縁」に誤る。銭起の詩「水碧沙明両岸苔、二十五絃弾二夜月一」。▽石台の水は、瀟湘の美景のごとく緑に、白砂に映えて澄む。前句を、箱庭の水に浮べる小舟を作るとみた。

372 二十五間の物ほしの月　一鉄

373 秋の空西にむかへば角《かど》屋《や》敷《しき》　在色

374 両《りやう》替《がへ》見《み》世《せ》のするゑの雲霧　卜尺

375 袋もと峰立《たち》ならす鹿の皮　志計

376 山の奥より風の三郎　松意

377 神《かみ》鳴《なり》の太鼓の音に花散《ちり》て　正友

378 罪《ざい》業《ごふ》ふかき野辺のうぐひす　雪柴

379 雪《ゆき》汁《じる》のながれの女と成《なり》にけり　一鉄

372 三ウ八。秋(月)。○二十五間　前引の詩句「二十五絃」のもじり。▽「石台」を洗濯の台石に取成し、澄みきった緑の水で洗濯した衣を干した物干場に、翌日の好天を知らせる月が出た、と付けたのである。「二十五間の物ほし」は談林的誇張。月の座を二句引上げた。

373 三ウ九。秋(秋の空)。○秋の空　「西より西の秋の空、月を行方のしるべにて」(謡曲・雨月)等。○西にむかへば　底本「西」を「面」に誤る。「いる月を見るとや人は思ふらむ心をかけて西に向へば」(千載集)。▽秋空の下、西に向かうと間口二十五間の角屋敷がある。江戸日本橋通り町あたりの景か。

374 三ウ十。秋(雲霧)。○雲霧　「秋の空」のあしらい。○両替見世　本両替町・駿河町に軒を並べていた。▽「角屋敷」を両替店ととり、「西にむかへば」を衰運に向かったと解した付け。両替店の末はただの角屋敷に雲散霧消した、の意。

375 三ウ十一。秋(鹿)。○袋　金・銀の携帯・輸送等に用いる革袋。○もと　「するゑ」に対応。○峰立ならす鹿　「小倉山峰立ならしなく鹿の経にけむ秋を知る人ぞなき」(古今集)。▽この袋はもと峰立ちならした鹿の皮で作ったものである。

376 三ウ十二。雑。○山の奥　和歌の常識で「鹿」を受ける。○風の三郎　風神。「袋—風の神」(類)。▽山の奥から吹いてくる風の神は、鹿の皮で作った風袋を持っていることだろう。

377 三ウ十三。春(花散て)。花の定座。○太鼓　底本「太鞁」。▽「風の三郎」に同類の「神鳴」、「山の奥より風」に「花散て」と付け、奥山から風が吹き、神鳴が鳴り、桜の花も散る、といったのである。

378 三ウ十四。春(うぐひす)。○うぐひす　「花を散らすは鶯の羽風」(謡曲・雲林院)等。▽前句に弥陀来迎を告げる謡曲常套の詞章「音楽聞え異香薫ずる花散りて」の俳諧化を読みとり、花を踏み散らす罪深い鶯を付け寄せたのであろう。

379 名オ一。春(雪汁)。恋(ながれの女)。○雪汁　「ながれ」を呼び出す序詞として、鶯をあしらった。「雪…女」で雪女も利かす。○ながれの女　一五五参照。「罪業深き身と生れ、殊にためし少なき河竹の流れの女となる」(謡曲・江口)。▽罪業深き身と生れた野辺の鶯が末は遊女になったという、無心所着体。

380 袖に筏《いかだ》のさはぐそらなき　松臼

381 毒かひやむなしき跡の事とはん　卜尺

382 うはのが原にあはれ里人　一朝

383 これやこの鷹場《たかば》の役に幾《いく》十《そ》度《たび》　松意

384 黒羽織きてたなゝし小《を》舟《ぶね》　在色

385 津《つの》国《くに》の難《なに》波《は》堀江のはやり医者　雪柴

386 玄関がまへみゆるあしぶき　志計

387 さび鑓《やり》や門《かど》田《た》を守る気《け》色《しき》なり　松臼

380 名オ二。恋(そらなき)。○袖に筏のさはぐ　「思ほへず袖に湊のさわぐかなもろこし舟の寄りしばかりに」(伊勢物語二十六段)から、「袖の湊に筏のさわぐ」というのを、奇抜に約めた。「袖の湊」は涙の海。筏がさわぐとして「雪汁」をあしらった。○そらなき　遊女の流す偽りの涙。▽袖にたまった涙の湊に筏のさわぐほど空泣きする、の意。流れの女の手練手管。

381 名オ三。無常(句意)。○毒かひ　毒飼。毒殺。○むなしき跡　「眺むれば心の空に雲消えてむなしき跡にのこる月影」(新勅撰集)。▽何食わぬ顔で葬儀に列席し、空泣きしてみせる毒殺者。趙王呂后の故事などを下心に置いたか。

382 名オ四。雑。○うはのが原　甲斐・相模両国係争の地、甲州街道の宿駅上野原か。○あはれ里人　頼政の空しき跡をたずねた旅僧がその亡霊に相会する段に、「あはれ里人の来り候へかし」(謡曲・頼政)とある。▽上野が原の国争いに絡んで毒殺された里人の野辺送りであろう。

383 名オ五。冬(鷹)。○これやこの　歌語。次句の注参照。○鷹場の役　鷹匠。○役　底本「役」に誤る。▽里人は鷹匠として、あっぱれ幾十度となく上野が原の鷹狩に功があった。

384 名オ六。雑。○黒羽織　前句の鷹匠の衣裳。ただし故実とは相違する。「これやこの天の羽衣うべしこそ君がみけしとたてまつりけれ」(伊勢物語十六段)。○たなゝし小舟　「葦べ漕ぐ棚なし小舟幾十度行き帰るらむ知る人もなみ」(同九十二段)。▽黒羽織を着た鷹匠が、棚無小舟に乗って幾十度となく狩場に往復した、というのである。

385 名オ七。雑。○堀江　「堀江―たななし小舟」(類)。○医者　「羽折―医者」(類)。▽津の国の難波堀江の流行医は、黒羽織を着て棚無小舟に乗り、忙しく往診するであろう。

386 名オ八。雑。○玄関　諺「医者の玄関」。○あしぶき　芦葺屋根。「命あらば今帰りこむ津の国の難波堀江の芦のうらわに」(後拾遺集)。▽芦で屋根を葺いた玄関は、津の国の難波堀江の流行医の住居である。「玄関がまへ」に豪勢さが偲ばれる。

387 名オ九。雑。○門田　門外の田。「夕されば門田の稲葉おとづれて芦のまろ屋に秋風ぞ吹く」(金葉集)。▽芦葺の玄関に立て掛けてある銹び槍は、門田を荒らす獣を追い払うため

388 一《いっ》犬《けん》ほゆる佐《さ》野《の》の夕月　正友

389 こもかぶり露打《うち》はらふかげもなし　一朝

390 疵《きず》に色なる草まくらして　一鉄

391 追《おひ》剝《はぎ》や此《この》辻堂のにし東　在色

392 弓《ゆん》手《で》に高《かう》札《さつ》め手に落《らく》書《がき》　卜尺

393 下《げ》馬《ば》先《さき》に御かご童《どう》僕《ぼく》みち〳〵たり　志計

394 遠《あん》所《しょ》の社《やしろ》花の最中　松意

395 ゆふしでやあらしも白し米《よね》桜《ざくら》　正友

らしい。謡曲口調で仕立てた。

388 名オ十。秋(夕月)。○一犬ほゆる　「守レ家一犬迎レ人吠」(和漢朗詠集)。○佐野　群馬県高崎市。歌枕。謡曲・鉢木によって「さび鑓」に付く。▽銹び槍に門田を守り、一犬はまた家を守って、佐野の月下に吠え立てる。前句は佐野源左衛門常世の仮の姿。月の座を三句引上げた。

389 名オ十一。秋(露)。○こもかぶり　野非人。かぶり乞食。○露打はらふ…　「駒とめて袖うち払ふかげもなし佐野のわたりの雪の夕暮」(新古今集)。▽一犬に吠え立てられ、露をしのぐねぐらもない乞食。

390 名オ十二。秋(色なる草)。○色なる草　霜に色づいた草。▽「こもかぶり」を変死人に取成し、切り疵からの出血のため朱に染った草を枕に臥している、といったのである。

391 名オ十三。雑。▽辻堂を根城に、東西に暗躍する追剝。前句はその犠牲者。「草まくら」から旅人か。

392 名オ十四。雑。○弓手・め手　「にし東」に対応。○高札　法度・掟等を記した板札。「辻—制札」(類)。○落書　「楽—堂」(類)。▽左に高札、右に落書の見えるのは辻堂の眺めであるが、この高札は、追剝に関するお触れ書であろう。

393 名ウ一。雑。○下馬先　乗物・乗馬を遠慮すべき場所。「高札」を下馬札に取成した付け。○童僕　しもべの童。「落書」に付く。○みち〳〵たり　「そのあひ三里が程はみちみちたり」(謡曲・箙)。▽下乗下馬の立札のあるあたりに、御駕籠が止まっていて、お付きの童僕が大勢待機している情景。

394 名ウ二。春(花)。神祇(社)。▽下馬先を神社のそれに限定し、花見を兼ねた参詣客で賑わう、遠見の景を付け出したのである。花の座を五句引上げた。

395 名ウ三。春(米桜)。神祇(ゆふしで)。○ゆふしで　木綿四手。玉串・注連縄(しめなわ)などに垂れ下げた木綿の布。○あらしも白し　「み吉野の高根の桜散りにけり嵐も白き春のあけぼの」(新古今集)。○米桜　花弁の小さい桜。米の白きに掛けた。「米—神前」(類)。「花に桜は付侍る」(御傘)。▽社前の米桜に張りわたした注連縄の木綿四手に風が吹くと、真白な桜が散る。木綿四手も白く、嵐も白い。

396 雀は巣をぞかけ奉《たてまつ》る　雪柴

397 やぶれては紙くずとなる歌枕　一鉄

398 ねり土にさへ伝受ありとや　松臼

399 見ひらくやさとりの眼《まなこ》大《おほ》仏《ぼとけ》　卜尺

400 三千世界芝の海づら　一朝

在色十一句　志計十一句　卜尺十一句
松意十一句　雪柴十一句　執筆　一句
正友十一句　一鉄十一句
松臼十一句　一朝十一句

396 名ウ四。春(雀巣をかく)。○雀 「米—雀—神社」(類)。○かけ奉る 奉納の絵馬に書く文句「奉掛御宝前、年月日、願主何某」。▽米桜の木に、雀が巣を作ったというに過ぎない。

397 名ウ五。雑。▽訪う人もなく門前雀羅を張るばかりに荒廃した歌枕は、紙屑同然という意。「やぶれて」に、歌枕という枕が、その中味をねらう雀につつき破られる意を寓する。

398 名ウ六。雑。○ねり土 紙屑などを混ぜて練り合わせる。○伝受 古今伝授によって「歌枕」をあしらった。▽和歌には古今伝授があるが、破れて紙屑となった歌枕を練りこむ、練り土の方法にまで伝授があるというのか。

399 名ウ七。釈教(大仏)。▽大仏開眼の一句。前句から、大仏造立の練り土には秘伝があるという意になる。また、練り土の伝授を得て悟りの眼を開いたとも解し得る。

400 挙句。釈教(三千世界)。○三千世界 仏説にいう一切の世界。「三千世界は眼(まなこ)に尽き」(謡曲・三笑)等。▽大仏の御眼から俯瞰した眺め。芝増上寺のある一帯か。ひとたび悟りの眼を見開けば、三千世界は芝の海面のごとく一望の下にある。挙句は必ず春季に結ぶべしとされたが、匂の花を五句引上げたため、ここは雑となった。

401 くつろぐや凡《およそ》天下の下涼み　小沢氏卜尺

402 民のかまどはあふぎ一本　松臼

403 はやりぶし感ぜぬ者やなかるらん　一朝

404 乗かけつゞくあけぼのゝ空　在色

405 遠《とほ》山《やま》の雲や烟《けぶり》のきせる筒　雪柴

406 杣《そま》がうちわる峰の松風　一鉄

407 岩がねやかたぶく月に手《て》木《こ》枕《まくら》　志計

401 発句。夏(下涼み)。○下涼み　木蔭で涼をとること。「天下の下」に言い掛けた。▽およそ天下にあるほどの民草は、うちくつろいで下涼みを楽しんでいる。千句の約束に従い、第五巻夏季の発句。

402 脇。夏(あふぎ)。○民のかまど　「高き屋にのぼりて見れば煙立つ民の竈は賑ひにけり　仁徳天皇御製」(新古今集)。○あふぎ　「くつろぐ」「下涼み」をあしらう。▽天下様の扇一本の采配に民の竈は賑わい、木蔭に納涼を楽しんでいる。発句の太平の気分を承けて、仁徳帝の御製を出した。

403 第三。雑。○はやりぶし　「扇―謡」(類)の常識を破り、談林らしく扇に三味線歌謡を付けた。○感ぜぬ者やなかるらん　古浄瑠璃常套のキリ「感ぜぬ者はなかりけり」の「けり」を、第三の句留りの約束から「らん」とした。▽庶民の世界では、扇一本で拍子をとる流行歌に感動しないものはない、というのである。

404 初オ四。雑。○乗かけ　乗掛馬。両側に明荷(あけに)二〇貫(約七十五キログラム)、その上に人ひとりを乗せて運んだ馬。▽馬子か客の歌う流行歌に聞きほれながら、乗掛馬を連ねてゆく、夜明頃の街道筋の景。

405 初オ五。雑。○遠山　「遠山―旅」(類)。○雲　「雲―明ぼの」(類)。○きせる筒　「多波粉(タバコ)―馬主(マゴ)・寐起」(類)。▽乗掛馬の客が目覚しに喫う煙草の煙が、曙の空にたなびいて遠山の雲かと見紛われる。

406 初オ六。雑。○杣　きこり。「多波粉。…日傭・船頭・荷持やうの者、きせるをもたぬはなし」(類)。○峰の松風　「音羽山峰の松風通ひ来て明けわたる横雲」(謡曲・夕顔)等。▽「山河の岩ゆく水もこほりしてひとりくだくる峰の松風」(新古今集)により、樵夫が峰の松ならぬ峰の松風をうち割るとした。

407 初オ七。秋(月)。月の定座。○岩がね…枕　「岩が根の枕はさしも馴れにしになに驚かす松の嵐ぞ」(続千載集)。○手木　梃子。▽杣人が峰の松風を打ち割るという超自然の前句に照応させ、岩が根を枕に梃子を差し込み、傾く月を惜しんで引き起す、としたのである。

408 そこなる清水橋《けう》台《だい》の露　松意

409 芋《いも》籠《かご》の下くゞり行《ゆく》さゝら浪　正友

410 平《ひら》鍋《なべ》ひとつ志賀のから崎　執筆

411 火がふるや大《おほ》宮《みや》人《びと》の台所　松臼

412 神《かみ》鳴《なり》とんとみまくほしさよ　卜尺

413 何と〳〵法《ほつ》性《しやう》坊の腰の骨　在色

414 比《ひ》叡《え》の山よりやいとの烟《けぶり》　一朝

415 吹《ふき》をろす杉の嵐の味噌くさい　一鉄

408 初オ八。秋(露)。○そこなる清水　「女いと悲しくて、後に立ちて追ひゆけど、得追ひつかで、清水のある所にふしにけり、そこなる岩におよびの血して書きつけける」(伊勢物語二十四段)。▽橋台の岩根が傾いたため、梃子入れをする意。

409 初ウ一。秋(芋)。○芋籠　「芋—清水」(類)。○さゝら浪　芋を擦り洗う簓《ささら》に掛けた。▽橋台にかがみ、橋下の清水で籠の芋を洗う。その下を、簓ならぬさざれ波が流れている。

410 初ウ二。雑。○平鍋ひとつ　近江国(滋賀県)の筑摩祭で、女が関係した男の数だけ鍋を頭に頂いて参拝したことから、女の貞節をいう。○志賀のから崎　「さゝら浪」に付く。▽平鍋一つの貞節な女房が、芋籠の芋を湖水で洗う貧乏世帯。

411 初ウ三。雑。○火がふる　壬申の乱による火災。また極貧の譬え。「さざ浪や志賀のから崎風さえて比良の高峰に霰降るなり」(新古今集)のもじり。○大宮人　「辛崎—大宮人」(類)。▽壬申の乱によって志賀の都は焼亡し、大宮人の台所も平鍋一つの斜陽をかこっている。

412 初ウ四。夏(神鳴)。○神鳴　菅公の霊が雷となり、清涼殿の台盤所に落ちた故事から、「大宮人の台所」に付く。○とんと　しかと。○みまくほしさよ　「千早振る神のいかきも越えぬべし大宮人の見まくほしさに」(伊勢物語七十一段)。▽「火がふる」を落雷に取成し、その正体をしかと見届けたいとした。

413 初ウ五。釈教(法性坊)。○法性坊　比叡山延暦寺第十三代座主尊意僧正。菅公の霊を祈り伏せた人。▽何と何と法性坊の腰骨の強いことよ、雷が落ちてもびくともしない。

414 初ウ六。雑。▽比叡山から、座主法性坊の腰骨にすえた灸の煙が漂ってくる。

415 初ウ七。雑。○吹をろす…嵐　「ふきおろす比叡の山風夜や寒きみつのはま人衣うつなり」(夫木抄)。○杉　「比叡—杉」(類)。○味噌　「引灸には味噌をしきてすへるも一つの療治なり」(類)。▽比叡山から杉の木の間をぬって吹き下ろす嵐は、味噌灸の煙の匂を運んでくる。

416 初ウ八。夏(ほとゝぎす)。○雑水腹　雑炊で満腹した腹。「味噌」に付く。○ほとゝぎす　「杉—郭公」(類)。▽雑炊を食して時鳥を聞く。吹きおろす杉の嵐の味噌くさいのも道理。

416 雑《ざふ》水《すい》腹《ばら》にきくほとゝぎす　雪柴

417 村《むら》雨《さめ》の空さだめなきつかへもち　松意

418 こはひ夢見し露の世の中　志計

419 たまいだる女の念《ねん》力《りき》月ふけて　卜尺

420 挙《あげ》銭《せん》のかねうごく秋風　正友

421 口《く》舌《ぜつ》には花も紅《もみ》葉《ぢ》もなかりけり　一朝

422 のきざりの身は谷の埋《うもれ》木《ぎ》　松臼

423 すご〳〵とかたげて過《すぐ》るつゞら折《をり》　雪柴

417 初ウ九。雑。○村雨の空　「いかにせむ来ぬ夜あまたの郭公待たじと思へば村雨の空」(新古今集)。○つかへもち　積などで胸のふさがる持病もち。▽定めなく降る村雨の空のように、痞(つかえ)の発作が不規則に襲ってくる持病もち。「雑水」を病人の食事とみたのである。

418 初ウ十。秋(露)。○こはひ夢　悪夢。「夢―病人」(類)。○夢…世の中　「夢の世なれば驚きて捨つるや現なるらん…空定めなき旅衣」(謡曲・敦盛)。▽村雨の空のように定めなく、露のようにはかないこの世は、痞持ちのみる悪夢に似ている。

419 初ウ十一。秋(月)。恋(句意)。○たまいだる　「魂消(たまぎ)たる」の音便。「すなはち御悩しきりにて、玉体を悩まして怯え、魂消らせ給ふことも」(謡曲・鵺)の「魂消らせ」はタマイラセと謡う。▽月の夜更け、恐るべき女の念力によって、男が悪夢にうなされる。謡曲・鉄輪の俤取りか。月の座を一句こぼす。

420 初ウ十二。秋(秋風)。恋(挙銭)。○挙銭　遊女の揚代。ここは女のあげた賽銭。○かねうごく　「何のうらみか有明の、撞鐘(つきがね)こそ、すはすは動くぞ祈れただ」(謡曲・道成寺)。▽前句を丑刻参りとみ、月の夜更け、秋風の身にしむ頃、男を恨む女の念力で挙銭が動いたと付けた。「女の念力岩をも通す」趣である。女の念力で挙銭が引寄せられる意も含むか。

421 初ウ十三。雑。恋(口舌)。花の定座。○口舌　口説。一三〇参照。○花も紅葉も…　殺風景の意。「見渡せば花も紅葉もなかりけり浦の苫屋の秋の夕暮」(新古今集)。▽口説は、花も紅葉もない浦の苫屋の秋の夕暮にも似て殺風景なものだ。前句を秋風の立った二人の仲では、挙銭の金額も動くと解した付け。

422 初ウ十四。恋(のきざり)。○のきざり　家財道具の少ないときなど、妻を家に残し離別すること。○身…埋木　「埋木の花咲くこともなかりしに身の成る果ぞ悲しかりける」(平家物語四)。▽花も紅葉もない口説の挙句、ついにのきざりの身となった。この上は谷の埋木のように朽ち果ててゆくしかない。

423 二オ一。雑。○かたげて　傾げて・担げての両意。○つゞら　羊腸・葛籠の両意。▽妻を家に残して離別し、肩を傾けて、葛籠を担ぎ、すごすごとつづら折の谷道を過ぎてゆく。

424 やけ出されたるあとのうき雲　在色

425 落城や朝あらしとぞなりにける　志計

426 はや馬はい〳〵松の下道　一鉄

427 此《この》浦に今とり〴〵の生《なま》肴《ざかな》　正友

428 酢《す》樽《だる》にさはぐ沖《おき》津《つ》しら波　松意

429 半《はん》切《ぎり》や入日をあらふそめ物屋　松臼

430 上《かみ》京《ぎやう》下《しも》京《ぎやう》しぐれふり行《ゆく》　卜尺

431 ひかれ者木《こ》の葉《は》衣《ごろも》を高《たか》手《て》小《こ》手《て》　在色

424 二オ二。雑。〇うき雲　「浮き」に「憂き」を掛ける。▽火災に遭って、浮雲のごとく居所定めず流れ歩く憂き境遇となり果てた、という意。

425 二オ三。雑。〇朝あらしとぞなりにける　「関の声と聞えしは浦風なりけり。高松の浦風なりけり。高松の朝嵐とぞなりにける」(謡曲・八島)。「うつりゆく雲に嵐の声すなり散るか正木の葛城の山」(新古今集)。▽焼打にあって落城し、一族離散。朝嵐に吹き漂う浮雲のごとき運命とはなった。

426 二オ四。雑。〇松の下道　「嵐―松」(類)。▽朝嵐吹く松の下道を、落城を告げる急使が早馬で駆け抜けるさま。

427 二オ五。雑。〇浦　「松―浦」(類)。〇とり〴〵　とり立ての意とさまざまの意。▽この浦でいまとり立ての色々な鮮魚を町に届けるため、早馬を飛ばして輸送する、と転じた。

428 二オ六。雑。〇酢樽　「酢―生魚」(類)。〇沖津しら波　「波―浦」(類)。▽いまとり立ての鮮魚を酢樽に漬けると、酢は沖の白波のごとく波立つ。

429 二オ七。雑。〇半切　盥に似て底の浅い桶。〇入日をあらふ　「なごの海の霞の間より眺むれば入り日を洗ふ沖つ白波」(新古今集)。〇そめ物屋　「酢―茶染」(類)。▽前句の酢を染物の定着に用いるとみて、染物屋を出し、半切桶で赤い染物(茶染か)を洗っているのを、前句に合せて誇大に表現したのである。

430 二オ八。冬(しぐれ)。〇上京下京　「染物。…京都は上京染・下京染あり」(類)。〇しぐれふり行　時雨が木の葉を染めるという和歌の常識から「染物―時雨」(類)。▽前句を、上京・下京あたりの情景とみた単純な付け。

431 二オ九。冬(木の葉衣)。〇木の葉衣　(1)木の葉を編んで作った、仙人などの衣。(2)木の葉が衣に散りかかる譬え。ここは(2)。「時雨せぬ夜も時雨する、木の葉の雨の音づれに…木の葉衣の袖の上」(謡曲・雨月)。〇高手小手　首から肱にかけて、後手に厳しく縛り上げること。▽高手小手に縛り上げられた罪人が時雨に木の葉の散る中、上京・下京を引廻される情景。

432 二オ十。雑。〇神農　中国古代の伝説的帝王。医薬の祖神として医家・薬屋に祀る。木の葉衣(1)を着る。▽にせ薬売

432 神《しん》農《のう》のすゑ似せくすりうり　一朝

433 なで付《つけ》の額《ひたひ》を見ればこぶ二つ　一鉄

434 鬼が嶋よりやはら一流　雪柴

435 辻喧《げん》咙《くわ》度《ど》〻《ど》に鎮《ちん》西《ぜい》八郎兵衛　松意

436 公儀の御たづね二《じ》千《せん》里《り》の月　志計

437 廻《くわい》状《じやう》に初《はつ》雁《かり》金《がね》のあととめて　卜尺

438 明《みやう》後《ご》夕がた雲霧のそら　正友

439 引《ひき》入《いれ》は山の腰もとがつてんか　一朝

りも神農の末裔にはちがいなく、木の葉を着るが、いま捕えられて刑場へ引かれてゆく。当時毒薬を売った者は獄門。

433 二オ十一。雑。〇なで付　頭髪を後へ撫でつけて垂らした、神農の髪型。〇こぶ二つ　神農の額にある。▽神農の末裔だと名乗るにせ薬売りを見ると、なるほど祖先と同じように、撫付額に瘤が二つある。

434 二オ十二。雑。〇鬼が嶋　「瘤―鬼」(類)。〇やはら　柔術。「目に見えぬ鬼神をもあはれと思はせ、男女のなかをもやはらげ」(古今集・仮名序)。▽撫付の髪型を柔術家のそれとみ、鬼が島から一流の柔術を伝えた、というのである。

435 二オ十三。雑。〇鎮西八郎兵衛　鎮西八郎為朝の卑俗化。「鬼―為朝」(類)。▽度々の辻喧嘩に名をあげた鎮西八郎兵衛は、鬼が島から渡来した一流の柔術家である。

436 二オ十四。秋(月)。〇二千里の月　白居易の詩句「三五夜中新月色、二千里外故人心」(和漢朗詠集)。▽史実の鎮西八郎為朝は兄義朝と戦い、追われて伊豆大島に流刑されたが、こちらは市井の無頼の徒鎮西八郎兵衛、その横暴を追及する公儀のおたずねは二千里にまで及ぶ。月の座を一句こぼした。

437 二ウ一。秋(初雁金)。〇廻状　容疑者追及の廻し文。〇雁金　匈奴に永く囚われたとき、雁の脚に手紙を着けて漢朝に通信したという蘇武の故事によって上の「廻状」を受ける。「月―鴈がね」(類)。〇あととめて　「雁金の連なれるを書きたる文字にも見なし」(山之井)。▽公儀から二千里までも遠くへ手配書が廻された、という付筋。

438 二ウ二。秋(雲霧)。〇雲霧　「雁金」のあしらい。▽明後日の夕方、雲霧に紛れて事を起こそうというので、前句の「廻状」の内容である。

439 二ウ三。恋(腰もと)。〇引入　手引。〇山の腰もと　山の腰に腰元を掛けた。「白雲帯に似て山の腰をめぐる。心得たるか漁翁」(謡曲・白楽天)。〇がつてんか　白楽天の「心得たるか」の俗化。▽明後日の夕方、雲霧に紛れて腰元が手引して引入れてくれる手筈になっているが、合点か、という意。

440 泪《なみだ》の滝の水くらはせう　松臼
441 待《まち》ぶせやおもひの淵へ後から　雪柴
442 いかに前髪比《ひ》興《きよう》さばくな　在色
443 御恩賞今つゞまりて九寸五分　志計
444 隠居このかた十《じつ》徳《とく》の袖　一鉄
445 貝がらの内をたのしむ名《めい》膏《かう》あり　正友
446 蒔《まき》絵《ゑ》に見ゆる棚《たな》先《さき》の月　松意
447 町人の奢《おごり》をなげく虫の声　松臼

440 二ウ四。恋(泪の滝)。○泪の滝　滝のように落ちる涙。「連歌恋之詞。…滝津泪」(毛吹草)。「山―滝」(類)。○水くらはせう　水責めの拷問にかけてやろう。▽腰元の手引で忍んでくる男に、思いのたけを涙にこめてかき口説いてやろう。

441 二ウ五。恋(おもひの淵)。○おもひの淵　淵のように深い思い。「泪の滝」に対応。▽憂き人を待ち伏せて、思いの淵へ後から突き落とし、涙の滝の水責めにかけてやろう、の意。

442 二ウ六。恋(前髪)。○前髪　前髪若衆。「後から」に男色の意を読みとった付け。「後」に「前」のことば遊びも。○比興さばくな　卑怯な振舞をするな。「さばく」は「髪」の縁語。▽なんと前髪若衆よ、待ち伏せていて、後から淵へ突き落とすような卑怯な振舞はするな。

443 二ウ七。雑。○つゞまりて　結局は。短くなる意に掛けた。○九寸五分　鎧通しの短刀。腹切り刀。▽御恩賞に与(あずか)るほどの身であれば、当然追腹も覚悟しなければならぬ。結局九寸五分の御恩賞である。気おくれして卑怯な振舞をするな。

444 二ウ八。雑。○十徳　上半身に着る丈の短い衣服。「九寸五分」をその袖丈に取成し、「つゞめて」をあしらった。▽かつては勲功によって御恩賞に与った身も、隠居以来は袖丈九寸五分の十徳などを着て、のんびり余生を楽しんでいる。

445 二ウ九。雑。○貝がらの内をたのしむ　「壺中の天地」の俗化。女色を楽しむ意を効かせるか。○名膏　媚薬であろう。▽表に、貝殻に入った効能高い練り薬のあることを言い、裏に猥雑の意を寓して、隠居の女道楽を付け寄せた。

446 二ウ十。秋(月)。月の定座。○蒔絵に見ゆる　蒔絵は、金粉・銀粉・貝殻などで絵模様を施した漆工美術。「玉櫛笥二見の浦の貝しげみ蒔絵に見ゆる松のむら立」(金葉集)。▽店先の月が美しい蒔絵のように見える。前句を名膏を売る薬屋に見立てたのである。

447 二ウ十一。秋(虫の声)。○町人の奢　「蒔絵の天秤棒かつぎ」で、町人の高あがりをいう。○虫の声　底本「虫の」欠。横本によって補う。「月―虫のね」(類)。▽店先の月が蒔絵に見えるという前句に対し、虫が町人の奢を歎くと寄せて、論理を整えた。

448 庄屋九代のすへの露《つゆ》霜《じも》　卜尺

449 花の木や抑《そもそも》これはさかい杭《ぐひ》　在色

450 国まはりする春の山風　一朝

451 鶯や小首をひねる歌まくら　一鉄

452 かうしてどうして雪のむら消《ぎえ》　雪柴

453 むかふからうつてかゝらば飛《とぶ》火《ひ》野《の》に　松意

454 羽《は》買《がひ》の山の天狗そこのけ　志計

455 八重の雲見通すやうな占《うら》算《さん》　卜尺

448 二ウ十二。秋(露霜)。○露霜　晩秋に降る霜。「霜—よはるむしの音」(類)。▽九代続いた庄屋も、贅沢な生活のため、末は露霜に枯れる草木のごとく亡んでしまった。

449 二ウ十三。春(花の木)。花の定座。○抑これは　「そもそもこれは桓武天皇九代の後胤平の知盛幽霊なり」(謡曲・船弁慶)。○さかい杭　境界線を示す杭。▽庄屋九代の末は露霜に朽ち果てて屋敷の境界さえにっきりしないが、花の木があって毎年花を咲かせ、初代以来の境杭の役割を果している。

450 二ウ十四。春(春)。○国まはり　「さかい杭」を国境を示す杭に取成した付け。○春の山風　「花の木」のあしらい。▽国中をめぐって吹く春の山風を擬人化し、廻国の途中、国境の花の木を「抑これは」と案ずる体にしなしたのである。

451 三オ一。春(鶯)。○鶯　異名「歌詠み鳥」による連想。「春の山風」に付く。▽春の山風に乗って国廻りする鶯が、歌枕に来て歌を案ずべく小首をひねっている、という意。

452 三オ二。春(雪のむら消)。○雪のむら消　「鶯—雪消し庭」(類)。▽「小首をひねる」を、歌を案ずる意から不審がる意に転じ、鶯が、どうしてこんな雪のむら消えが出来たのだろうと、いぶかるていに付けなしたのである。

453 三オ三。雑。○うってかゝらば飛　「斬ってかかれば牛若は…そむけて右に飛びちがふ」(謡曲・橋弁慶)。○飛火野　大和国(奈良県)春日野。「若菜摘む袖とぞ見ゆる春日野の飛ぶ火の野辺の雪のむら消え」(新古今集)。▽前句を、向うから打って来たらどうしてやろうと案ずる意に解し、雪残る飛火野へ飛んでやろうと、応じたのである。

454 三オ四。雑。○羽買の山　大和国春日三峰の一。「飛火—羽買山」(類)。▽飛火野に飛ぶほどの伎倆なら、羽買山の天狗そこのけの神術だというほどの意。「天狗」が牛若からの連想とすれば三句にわたる。

455 三オ五。恋(占算)。○占算　占・卜者。「手占見通しなどとて信仰するなり」(人倫訓蒙図彙)。「天狗—投算(ナゲサン)」(類)。▽八重の雲を見通すとは、羽買の山の天狗そこのけの眼力を持った占算であることよ。

456 乙女が縁組しばしとゞめん　正友

457 色好みしかも漁父にて大《おほ》上《じやう》戸《ご》　在色

458 よだれをながすなみだ幾《いく》度《たび》　松臼

459 肉《にく》食《じき》に牛も命やおしからん　一朝

460 はるかあつちの人の世《よの》中《なか》　一鉄

461 祖《ぢ》父《ぢ》と姥《うば》同じ台《うてな》の念《ね》仏《ぶつ》講《かう》　雪柴

462 つらぬく銭の高《たか》砂《さご》の松　松意

463 秋の月外《と》山《やま》を出《いで》て宮一つ　志計

456 三オ六。恋(縁組)。〇乙女…しばしとゞめん「天つ風雲の通ひ路吹きとぢよ乙女の姿しばし留めん」(古今集)。〇縁組「占—縁辺」(類)。▽占の結果、良縁でないことが分かったので、乙女の縁談をしばらく見合せておこう、というのである。

457 三オ七。恋(色好み)。〇漁父「漁夫」の宛字。前出の本歌は謡曲・羽衣に所引。この漁夫は伯竜の俤取りであろう。▽前句の縁組を見合せた理由。相手の男が色好みで大上戸、しかもいつ遭難して命を落とすかもしれぬ漁夫である、という意。

458 三オ八。雑。〇よだれ「大上戸」に付く。「涎—酒屋の門外」(類)。▽女とみれば涎を流し、果ては泣きをみるこの漁師、大酒を喰らっては涎を流す泣き上戸でもある。

459 三オ九。雑。〇牛「涎—牛」(類)。▽前句の人間を畜類に取成した、いわゆる未来記の付けよう。牛のことだから、屠殺されるとき涙のほかに涎も流して命乞いをするというのである。

460 三オ十。雑。〇はるかあつちの人　紅毛人・南蛮人。〇世中「命やおし」の縁語。▽単なる薬喰いから、牛肉を常食とする紅毛人の世界へ転じた付け。

461 三オ十一。釈教(念仏講)。〇同じ台「憂き世の中をとく出でて、先考先妣諸共に、同じ台に生まれんと」(謡曲・自然居士)。「台」は蓮台。〇念仏講　三四参照。▽「はるかあつち」の意味を転じて後世のこととし、祖父と姥は極楽世界で同じ蓮台の上で念仏講を結ぶ、としたのである。

462 三オ十二。雑。〇銭の…松　銭掛松。津市の西北豊久野にあった大神宮の遥拝所で、賽銭を枝にかけて祈願した松。〇高砂の松　謡曲・高砂の尉と姥を介して「祖父と姥」に付く。▽祖父と姥の念仏講ならば、銭掛松ならぬ高砂の相生の松に、掛金を貫きとめることであろう。

463 三オ十三。秋(月)。月の定座。〇外山「高砂—外山の霞」(類)。〇宮　底本「官」に誤る。前句から高砂明神。▽一句は、秋の月が外山を出た、外山を出ると宮が一つある、という意。その宮の松に銭を掛けて願いを祈る、というのである。

464 狐飛《とび》こすあとの夕露　卜尺

465 からばしう爰《ここ》に何やら野べの色　正友

466 柴の折《をり》戸《ど》にすりこぎの音　在色

467 去《さる》間《あひだ》ひとり坊《ぼっ》主《ち》の朝ぼらけ　松臼

468 いや〱舟にはあとのしら波　一朝

469 革《かは》袋《ぶくろ》たしか桑名の泊《とまり》まで　一鉄

470 古がねを買ふなみ松の声　雪柴

471 焼《ぜう》亡《まう》は片《かた》山《やま》里《ざと》にきのふの雲　松意

464 三オ十四。秋(夕露)。○狐「宮」を稲荷に転じた付け。「狐―古社・稲荷」(類)。▽外山を出たあたりにある宮は稲荷神社なのか、狐の飛び越したあとは夕露しげき草むらである。

465 三ウ一。秋(野べの色)。▽狐の飛び越した秋の野辺に、それと同じように茶褐色に色づいたものが、何やら香ばしい匂いを放っている、と言い、狐を捕えるために仕掛けた鼠の油揚げを暗示した。抜けの句。

466 三ウ二。雑。○柴の折戸「野べ」に付く。○すりこぎの音　胡麻味噌を擂る音。「からばしう」を受ける。▽謡曲・小督の俳諧化。柴の庵に、琴の音ならぬすりこぎの音が聞えるとした滑稽。

467 三ウ三。雑。○去間　さて。○ひとり坊主　味噌すり坊主の縁で、「すりこぎ」に付く。▽柴の折戸の一人暮しは、まずすりこぎの音から一日が始まる。

468 三ウ四。雑。○舟　諺「一人子と一ぱい船は持たぬがまし」によって「ひとり坊主」に付く。○あとの白波　「世の中を何にたとへむ朝ぼらけ漕ぎ行く舟の跡の白波」(拾遺集)。▽謡曲・七騎落の俤取りであろう。同曲に「さる間謂あつて陸に残し置きて候」ともある。乗船を断られ、いやいやひとり取り残されてしまった、というのである。

469 三ウ五。雑。○革袋　財布。○桑名の泊　東海道五十三次の宿駅。宮から桑名まで七里の渡しを船で渡る。▽たしか桑名の泊まであったはずの財布がない。前句の「いや〱」は、金子盗難の時間や場所について、さまざま思案をめぐらす体。「しら波」に盗賊の意があり、盗難のことが付けられた。

470 三ウ六。雑。○古がね　古物・廃品。「革袋」を古鉄入れの袋に取成した。○なみ松　並松。「桑名の泊」のあしらい。「松―東海道」(類)。▽沿岸に立ち並ぶ松の風に鳴る音を、古鉄買いの呼び声に見立てたのである。

471 三ウ七。雑。○焼亡　火事。火事場で古鉄を買うのである。ちなみに、このことは慶安五年(一六五二)に禁止されている。○きのふの雲　前句の「松の声」とも歌語。▽片山里に火事があって、家も器財もきのうの雲と消えてしまった。松吹く風の音が焼け残った古鉄を買いあさる声に、聞きなされる。

472 糰《だご》にくみこむ滝の水《みな》上《かみ》　志計

473 そげ者はやせ馬引《ひき》て帰る也《なり》　卜尺

474 談《だん》合《かふ》やぶる佐《さ》野《の》の秋風　正友

475 ぬすまれぬかねこそひゞけ月の下　在色

476 目ざとく見えてうつから衣《ごろも》　松臼

477 花は根に夫はいまだ旅の空　雪柴

478 思ひは石のつばくらのこゑ　一鉄

479 春雨やなみだ等分手《てう》水《づ》鉢《ばち》　一朝

472 三ウ八。雑。○糰 餅米を煎って粉にした非常食。水で練って団子にする。○滝の水上 歌語。「きのふの雲」に応じる。▽滝の水上の水を汲みこみ、糰を練って当座の飢をしのぐ。焼け出された人のありさま。

473 三ウ九。雑。○そげ者 変人。○やせ馬 「水の水上たづねきて…弱き馬をば下手に立て」(謡曲・頼政)。▽非常食を常食にしているような変人に飼われている馬は、たぶん痩せているであろうと発想し、その痩せ馬に滝の水を担わせて山小屋に帰る、としたのである。

474 三ウ十。秋(秋風)。○談合やぶる 相談がまとまらぬ意。○佐野 三六八参照。謡曲・鉢木から、「やせ馬」に佐野源左衛門常世の「佐野」を付けた。▽馬の売買に関する商談が、売手が変人の上、馬が痩せているとあって、不成立に終わった。

475 三ウ十一。秋(月)。○かねこそひゞけ 「かね」は金子に鐘を掛ける。「ここは正しく東路の佐野の船橋とりはなし、鐘こそ響け夕暮の空」(謡曲・船橋)。▽金子盗難を報せる鐘の音が月下に鳴り響く。前句はそのために談合を破られた人々が立ち騒ぐ体。月の座を一句こぼした。

476 三ウ十二。秋(うつから衣)。○目ざとく 目の覚めやすい意。「から衣うつ声きけば月きよみまだ寝ぬ人を空にしるかな」(新勅撰集)。○うつから衣 「衣うつ―月のもと」(類)。▽月下に盗まれぬ鐘の音の殷々と響く夜半、眠られぬ人と見えて碪を打っている。鐘の音に目覚めた趣がある。

477 三ウ十三。春(花)。恋(句意)。花の定座。○花は根に 「花は根に鳥は古巣に帰るなり春のとまりを知る人ぞなき」(千載集)。○夫はいまだ… 謡曲・砧による。「衣うつ―旅人待かぬる」(類)。▽花は根に帰ったが、夫はまだ旅に出たまま。夜寒の寝覚に砧をうちつつ旅の夫を思う妻の姿である。

478 三ウ十四。春(つばくら)。恋(思ひは石)。○思ひは石 夫を恋うて化石した松浦佐用姫の故事による付け。「石―夫を思死」(類)。○石のつばくら 岩燕。▽花は根に岩燕は古巣に帰ってきたのに夫はまだ旅の空。夫を待ちわびる思いは、佐用姫にも劣らない、というのである。

480 一《いち》儀《ぎ》何とぞ神ならば神　松意

481 敵《かたき》めを御《み》鬮《くじ》にまかせてくれう物　志計

482 かけたてまつる四尺八寸　卜尺

483 看板はいづれ眼《まなこ》のつけどころ　正友

484 用の事どもおこたるべからず　在色

485 置《おき》頭《づ》巾《きん》分別くさくまかり出《いで》　松臼

486 しもく杖にて馬《ば》場《ば》乗《のり》を見る　雪柴

487 朝まだきうら門ひらく下屋敷　一鉄

479 名オ一。春(春雨)。恋(句意)。○春雨　「燕—春雨」(類)。▽仏前の手水鉢に溜った春雨と同じ程、亡き人を偲ぶ涙が流れる。

480 名オ二。恋・神祇(神ならば神)。○一儀　一件。情事にもいう。○神ならば神　「連歌恋之詞。…神を祈」(毛吹草)。「天の河苗代水にせき下せあま降りますか神ならば神」(金葉集)。「三六　神仏の前」(類)。▽神ならば神よ、なにとぞこの一儀をかなえさせ給え。春雨さながらの涙を流しながらの祈願。

481 名オ三。神祇(御鬮)。○まかせて　任せて・負かせての両意。▽前句を御鬮を引く時の祈り詞と解し、かたきの処置を御鬮に任せて、うち負かしてやろう、というのである。

482 名オ四。雑。○かけたてまつる　三九六参照。○四尺八寸大太刀。「敵」に付く。▽涅槃の鬮取のかけ物に四尺八寸の大刀もある。「二月の涅槃にいろ〳〵の道具を仏前にそなへおきて、後人々鬮取の札を入てとることあり。これを世俗にかけ物となんいふ」(類)。大刀の奉納とも解せるが、打越に響くので採らない。

483 名オ五。雑。○看板　「四尺八寸」を看板の寸法に取成した付け。▽看板をかけるときは、人の目によく立つ場所を選ぶべきだ、の意。

484 名オ六。雑。▽前句を、看板はいずれ自分のものにしてやろうという魂胆と解し、諸事怠りなく相勤むべしと自らに命じると付けたのである。

485 名オ七。雑。○置頭巾　服紗のような布帛を二つに畳んで頭巾としたもの。「時にあふて旦那様とよばれて置頭巾・撞木杖」(日本永代蔵)。▽前句を、分別くさくまかり出た置頭巾の旦那の説教に転じた。

486 名オ八。雑。○しもく杖　撞木杖。頭部が丁字形の老人用の杖。○馬場乗　馬場で馬を乗りまわすこと。▽置頭巾をかぶり、撞木杖をついた分別くささそうな隠居が馬場乗りを見物するさま。

487 名オ九。雑。○下屋敷　別宅。▽早朝、別宅の裏門から撞木杖をついて出て、勇壮な馬場乗りを見物するのである。

488 露と命はいづれ縄《なは》付《つき》　一朝

489 観音の首より先に月おちて　松意

490 奉《ほう》加《が》すゝむる荻の上風　志計

491 衣《ころも》手《で》が耳にはさみし筆《ふで》津《つ》虫《むし》　卜尺

492 名所旧跡とをざかりゆく　正友

493 帆柱や八合もつてはしり舟　在色

494 すばる満《まん》時《どき》沖の汐さい　松臼

495 久《ひさ》堅《かた》の天《てん》地《ち》同《どう》根《こん》網の魚　雪柴

488 名オ十。秋(露)。○縄付　罪人。縄付・引廻しなどは裏門から出る。▽露も命もいずれ縄付となって消えるはずのもの。裏門をあけて出てくる縄付は、不義を犯した男女であろうか、という意。

489 名オ十一。秋(月)。釈教(観音)。○首…おちて　斬首。「縄付」に付く。▽謡曲・盛久の俤取り。前句の「縄付」を盛久ととり、その身替りとなって観音の首が落ちたというのである。同曲に「盛久やがて座に直り、清水の方は其方ぞと、西に向ひて観音の御名を称へて待ちければ、太刀取後にまはりつつ、称念の声の下よりも、太刀振り上ぐればこは如何に、御経の光眼に塞がり、取り落したる太刀を見れば、二つに折れて段々となる」とある。月の座を二句引上げた。

490 名オ十二。秋(荻)。釈教(奉加)。○荻の上風　歌語。「荻は風にこたへて声のあなれば…ふるひ声・そそやき声にもききなす」(山之井)。ここは勧進の声にききなした。「荻―月」(類)。▽首の破損した観音像修復のため奉加をすすめる。月も欠け落ちたので、荻の上風が奉加をすすめるという理屈。

491 名オ十三。秋(筆津虫)。釈教(衣手)。○衣手　僧侶。○筆津虫　きりぎりすの異名。俗説に、古筆が化してきりぎりすになるという。「荻の上風」に付く。▽荻の上風が奉加をすすめるというからには、僧侶が耳にはさんでいるのも、ただの筆ならぬ筆つ虫である、と筋を通した付合。

492 名オ十四。雑。○とをざかりゆく　「きりぎりす夜寒に秋のなるままに弱るか声の遠ざかりゆく」(新古今集)。▽諸国一見の僧が、道の記を認(したた)めつつ、名所旧跡を遠ざかってゆく。

493 名ウ一。雑。○八合もつて　帆を八分に張って。○はしり舟　「波吹上の浦風に、跡遠ざかる沖つ舟」(謡曲・淡路)。▽帆を八分に張って舟を走らせる。名所旧跡は次第に遠ざかる。

494 名ウ二。雑。○すばる満時　諺「すばるまん時子(ね)八合」。すばる星が空の真上に来るときは、子の刻すなわち真夜中に近い、という意。○汐さい　潮騒。▽すばる星が空の真上に来るとき、沖に高潮が立ち騒ぐ。潮もかなったので、すばるを舟路の指針として、帆を八合に張って舟を走らせる。

496 七《しち》歩《ほ》のうちにたつ鰯雲《いわしぐも》　一鉄

497 棒《ばう》手《て》ぶりそのまゝそこに卒中風《そつちうぶ》　一朝

498 家主所謂《いはゆる》大法四《よつ》あり　松意

499 一《いつ》町《ちやう》の公事《くじ》あひ半《なかば》花散《ちり》て　志計

500 証拠正しきうぐひすの声　正友

卜尺十一句　雪柴十一句　正友十一句

松臼十一句　一鉄十一句　執筆　一句

一朝十一句　志計十一句

在色十一句　松意十一句

495 名ウ三。雑。○天地同根　天も地も、もと同一の根元から生じたという意。「すばる」を天地を統べる星とみた付け。○網の魚　「汐さい」を日本近海に産する魚鰯(しおさいふぐ)に取成したのであろう。▽万物は、網にかかった魚のごとく、天地の間から逃れることができない。「天地同根」に「古天地未レ剖」(日本書紀)という天地開闢の原初を思い、波立ち騒ぐ沖合にそのさまを想像したのであろう。

496 名ウ四。雑。○七歩のうちに　魏の曹植が、豊かな詩才のゆえに兄文帝の憎しみをかい、七歩のうちに詩を作ることを強要され、即時に「煮レ豆持作レ羹、漉レ鼓以為レ汁、其在二釜下一然、豆在二釜中一泣、本是同根生、相煎何太急」と吟じたという故事(世説・文学篇)によって、「天地同根」を受けた。○鰯雲　「網の魚」のあしらい。▽鰯雲が七歩のうちに立ったという無正体の句。七歩の内に吟じた詩が前句だというのであろう。

497 名ウ五。無常(句意)。○棒手ぶり　商品を担って売り歩く人。江戸では魚商のみをいった。「鰯雲」に付く。○そのまゝそこに　「七歩のうちに」を受ける。▽ぼてぶりの鰯売りが、荷をかついで七歩歩いたところで、そのままそこに卒中風で倒れてしまった。

498 名ウ六。雑。○大法四　未詳。▽家主は自身番へ出頭して非常の町用を行う義務があった。ここは前句行商人の行倒れに関する法的手続きであろう。

499 名ウ七。春(花)。花の定座。○公事　訴訟。「家主」に付く。▽一町に訴訟事件があり、その裁判も終わらぬうちに花が散ってしまった。訴訟が長びいた場合、特別に定められた法制があったものか。

500 挙句。春(うぐひす)。○証拠正しき　「公事」に付く。○うぐひす　「花を散らすは鶯の羽風に落つるか」(謡曲・雲林院)。▽一町の訴訟係争中に花が散ったのは、鶯が羽風ならぬ正しき証拠を申しあげたせい、という理屈。

501 髪ゆひや鶏啼《ない》て櫛の露　豊嶋氏一朝

502 口すゝぎする手《て》盥《だらひ》の月　志計

503 秋の夜の千《ち》夜《よ》を一《ひと》夜《よ》の大酒に　卜尺

504 詞《ことば》のこりて意趣となりけん　雪柴

505 馬《うま》士《かた》は二疋があひにだうど落《おち》　在色

506 そこのきたまへみだけ銭《ぜに》あり　松臼

507 追《おひ》出《だ》しの芝ゐ過《すぎ》行《ゆく》夕嵐　正友

501 発句。秋(露)。▽鶏鳴と共に起き出で、櫛の露を払って髪を結う。多忙な一日の始まりである。千句の約束に従い、第六巻秋季の発句。

502 脇。秋(月)。○口すゝぎする　「子事㆓父母㆒鶏初鳴咸盥漱」(小学)。○手盥の月　底本「盥」を「盤」に誤る。「水の月」の卑俗化。▽手盥の水で口を漱ぐと、その水に有明月が映っている。発句に情景を付け添えた。月の座を五句引上げた。

503 第三。秋(秋)。○秋の夜の…　「秋の夜の千夜を一夜になせりともことば残りて鶏や鳴きなん」(伊勢物語二十二段)。▽痛飲のあと嗽するともとれるが、「月」に「杯(つき)」の意をもたせ、手盥のような大盃で、千夜分の大酒を一夜のうちに飲んでしまったと解すべきである。

504 初オ四。雑。○詞のこりて　口論の末。前出伊勢物語の本歌による。○意趣　「酒酔—喧嘩」(類)。▽相手のことばが心にわだかまりを作り、感情のいきちがいを生じた、という意。酒席での暴言、失言のせいである。

505 初オ五。雑。○馬士　「喧嘩—馬追」(類)。○二疋があひに…　「六弥太やがてむずと組み、両馬があひにどうど落ち」(謡曲・忠度)。▽馬方二人口論の末つかみ合いの喧嘩となり、取組み合ったまま二匹の馬の間にどうとばかり落ちた、というのである。

506 初オ六。雑。○そこのきたまへ　「今は叶はじと思し召して、そこのき給へ人々よ」(謡曲・忠度)。○みだけ銭　銭さしに差さないばら銭。▽地に落ちているばら銭を先に拾おうとして、馬士二人が同時に落ち合った、と転じた。

507 初オ七。雑。○追出しの芝ゐ　最後に演じる一幕狂言・総踊など。軽く賑やかなもので、見物を場外へ追い出す。「銭—物見」(類)。▽小屋を出ると、夕嵐が吹き過ぎてゆく。前句を、木戸あたりの雑沓の中にばら銭が落ちていると見た付け。

508 初オ八。雑。○茶弁当　従者に担わせる茶道具と弁当。「弁当—芝居」(類)。○うき雲　「憂き」に浮雲を掛けた。「夕嵐」に付く。▽煩わしい茶弁当よりも、気がかりなのは一雨来そうな浮雲の空。芝居見物の帰途である。

508 茶弁当よりうき雲の空　松意
509 小坊主の袖なし羽織旅衣　一鉄
510 川《かは》御《ご》座《ざ》下すあとのしら波　執筆
511 夕涼み淀《よど》のわたりの蔵屋敷　志計
512 いて来し手かけと月を見る也《なり》　一朝
513 大《おほ》分《かた》のかねことの末鴈《かり》の声　雪柴
514 勘《かん》当《だう》帳《ちやう》に四《よ》方《も》の秋風　卜尺
515 町《ちやう》中《ぢう》を以《もつて》碪《きぬた》の小袖ごひ　松臼

509 初ウ一。雑。○小坊主　前句から茶坊主。○袖なし羽織　袖のない道中着。○旅衣　「空定めなき旅衣」(謡曲・敦盛)などによって、「うき雲の空」をあしらった。▽一句、小坊主の着る袖無し羽織は、旅人の着る袖のない道服に似る、という意。付合は、武家などの旅行にお供して茶弁当をかつぐ小坊主は憂きものである、というのである。

510 初ウ二。雑。○川御座　川を上下する屋形舟。「旅—船路」(類)。○あとの白波　「世の中を何にたとへむ朝ぼらけ漕ぎ行く舟の跡の白波」(拾遺集)。▽川御座を漕ぎ出した跡に白波が立つ。袖なしの道中着を羽織った小坊主が船中の雑用を行う。

511 初ウ三。夏(夕涼み)。○淀のわたり　普通山城国(京都府)の歌枕をいうが、ここは大阪の淀川べりを指す。「淀—川舟」(類)。○蔵屋敷　中之島・土佐堀・江戸堀等にあった。▽蔵屋敷の立ち並ぶ淀川に御座船を下し、夕涼みするさま。

512 初ウ四。秋(月)。恋(てかけ)。○いて来し　率て来し。連れて来た。○月を見る　「高瀬さす淀の渡りの深き夜に川風寒き秋の月かげ」(新拾遺集)。▽「蔵屋敷」を金蔵のある分限者の邸宅に取成し、連れてきた愛妾と夕涼みを楽しみながら夏の月を賞する、というのである。月の座を六句引上げた。

513 初ウ五。秋(鴈)。恋(かねこと)。○大分の　「おほかたは月をも賞でじこれぞこの積れば人の老となるもの」(伊勢物語八十八段)。○かねことの末　約束の末。○鴈の声　便りが聞かれた意。「月—鴈がね」(類)。▽大方の約束の末便りがあって、手かけと月見の宴を設けたのである。

514 初ウ六。秋(秋風)。○勘当帳　勘当された者の名を登録する奉行所の帳簿。○四方の秋風　「吹き迷ふ雲居を渡る初雁の翅にならす四方の秋風」(新古今集)。▽「かねこと」を金銭上のことに取成し、浪費がかさんで勘当され、親元との縁が切れてしまえば周囲も冷淡で秋風が身にしみる、というのである。

515 初ウ七。秋(碪)。○碪　「碪—秋風」(類)。○小袖ごひ　謡曲・小袖曾我によって「勘当」に付く。▽勘当されて収入の道を失い、町中を乞食して歩くというにすぎない。

516 十市《とをち》の里の愚僧《ぐそう》也《なり》けり　在色

517 眼玉《まなこだま》碁槃《ごばん》にさらして年久し　松意

518 どつとお声をたのむ蜘舞《くもまひ》　正友

519 旦那方《だんながた》まさるめでたき猿廻し　一朝

520 常風呂《じやうぶろ》立《たて》て湯女《ゆな》いとまなし　一鉄

521 伽羅《きやら》の香に心ときめく花衣　在色

522 出《で》合《あひ》の余《よ》情《せい》春の夜の夢　志計

523 打《うち》果《はた》す野《の》辺《べ》はあしたの雪消《きえ》て　卜尺

516 初ウ八。釈教(愚僧)。〇十市の里　大和国(奈良県)の歌枕。「更けにけり山の端近く月冴えて十市の里に衣擣つ声」(新古今集)。▽町中を小袖を乞い歩くにふさわしい人物として、十市の里の勧進僧を出したのである。「小袖―布施」(類)。

517 初ウ九。雑。〇碁槃　「碁盤」の宛字。〇年久し　「数ふれば十市の里に衰へていそぢあまりの年ぞ経にける」(続古今集)。▽「仏道修行し給ふ事、其功既に年久し」(謡曲・輪蔵)ではなく、十市の里の愚僧は眼を碁盤にさらして年久しい、の意。

518 初ウ十。雑。〇蜘舞　綱渡りの曲芸。「蜘の糸を引はへるさまに似たれば名づくるにや」(嬉遊笑覧)。「碁盤」を、碁盤の上の操人形、また操りを真似る見せ物芸に取成して付けた。▽この綱見事に渡れましたら、どっとお声を頼みます、という軽業の口上。前句を年久しく修練を積んだ意と解した。

519 初ウ十一。雑。〇まさるめでたき　「増さる」に猿を掛ける。猿舞の唄「猿が参りてこなたの御知行まつさるめでたき能仕る」(狂言・靱猿)。▽旦那方の御知行が増えて、めでたい猿の曲芸をお目にかけます。「蜘舞」を猿の曲芸とみなした。

520 初ウ十二。恋(湯女)。〇常風呂　いつでも入れるように立てた風呂。〇湯女　風呂屋に置いた下級遊女。客の垢を搔くから「猿」ともいう。〇いとまなし　「芦の屋の灘の塩やき暇なみつげの小櫛もささず来にけり」(伊勢物語八十七段)。▽湯女風呂にやってくる旦那方へのサービスで、垢搔き女は大多忙。

521 初ウ十三。春(花衣)。恋(句意)。花の定座。〇伽羅　香の一。「伽羅―風呂あがり・客待」(類)。▽湯女のなまめかしい花衣から匂い出る伽羅の香に心をときめかす、という意。

522 初ウ十四。春(春)。恋(出合)。〇出合　逢びき。〇余情なごり。〇春の夜の夢　「風通ふ寝覚の袖の花の香にかをる枕の春の夜の夢」(新古今集)。▽伽羅の香に心をときめかした出合も、はかなく春の夜の夢と消え去って心残りである。

523 二オ一。春(雪消て)。〇打果す　「出合」を仇同士の出合に取成して付けた。〇あしたの雪消て　「消えがての花の雪踏む朝戸出に雲は昨日の春の夜の夢」(新千載集)。▽敵と出合い果し合いをした春の夜の夢が覚めても、まだ胸がどきどきしている。

524 御《ご》公《こう》儀《ぎ》沙《ざ》汰《た》のうぐひすの声　雪柴

525 谷の戸に拝《はい》借《しやく》米《まい》やわたるらん　正友

526 二《ふた》度《たび》家をうつす金《かな》山《やま》　松臼

527 傾《けい》城《せい》は錦を断《たち》て恋ごろも　一鉄

528 然《しかれ》ば古歌を今ぬめりぶし　松意

529 鬼神もころりとさせん付《つけ》ざしに　志計

530 あるひは巌《いは》をまくら問答　一朝

531 山道や末《すゑ》口《くち》もの丶手《て》木《こ》つかひ　雪柴

524 二オ二。春(うぐひす)。○御公儀沙汰　御公儀の取扱う事件。表向の沙汰。○うぐひすの声　「雪消て」のあしらい。▽野辺の果し合いが御公儀沙汰になった、というにすぎない。

525 二オ三。雑。○谷の戸　谷の入口。「鶯―霞谷の戸」(類)。○拝借米　夫食拝借とも。凶作による農民の窮乏を救うため、幕府の貸しつける米。▽農民の窮状が御公儀沙汰となり、谷の戸に拝借米が送られる。

526 二オ四。雑。▽拝借米では事足りず、窮乏を重ねた百姓が、二度も家を移し、金山に走ったというのであろう。

527 二オ五。恋(傾城・恋ごろも)。○傾城　「金山」を遊女の名に取成した付け。「傾城―金山」(類)。○錦を断て　錦衣を脱ぎ捨て。「かみなびのみ室の山を秋行けば錦たちきる心地こそすれ」(古今集)を踏み、孟母三遷の故事によって、「二度家をうつす」に付けた。○恋ごろも　恋する人の着る衣。▽前句を、遊女の金山が二度家を移したと解し、廓衣裳を脱ぎ捨てて、恋の所帯を持ったと付け寄せたのである。

528 二オ六。恋(ぬめり)。○然ば古歌を　「赤地の錦の直垂を下し賜りぬ。然れば古歌にも、もみぢ葉を分けつつ行けば錦着て家に帰ると人や見るらん」(謡曲・実盛)。○ぬめりぶし　飄客が遊廓に通うときの唄。「ぬめる」はなまめかしくする、浮かれ歩く等の意。▽さような次第で、古歌を今ぬめり節に歌いかえることである。

529 二オ七。恋(付ざし)。○鬼神も…　「目に見えぬ鬼神をもあはれと思はせ」(古今集・仮名序)によって「古歌」に付く。○付ざし　二八参照。▽古歌ならぬぬめり節を唄い、付ざしをすすめて、鬼神をころりとたらしこもうという意。

530 二オ八。恋(まくら問答)。○あるひは巌を　「不思議や今までありつる女、とりどり化生の姿を現し、或は巌に火焔を放ち」(謡曲・紅葉狩)。○まくら問答　寝物語。「問答」としたのは「巌をまくら」に山伏の修行が匂うから。▽或は付ざし、或は巌を枕の寝物語によって、鬼神をころりと参らせてやろう。

531 二オ九。雑。○末口もの　両端を切断した丸太。○手木つかひ　「枕―てこ」(類)。▽伐り出した丸太材を、或は巌を梃子枕として、山道を運び下ろしてくる、というのである。

532 たばこのけぶりみねのしら雲　　在色

533 籠《ろう》鳥《てう》の羽《は》虫《むし》をはらふ松の風　　正友

534 月は軒《のき》端《ば》にのこる朝《あさ》起《おき》　　卜尺

535 露《つゆ》霜《じも》の其《その》色こぼす豆腐箱　　松臼

536 小《を》鹿《じか》の角《つの》のさいの重《ちよう》六《ろく》　　一鉄

537 汐ふきし鯨《くぢら》油火かき立《たて》て　　松意

538 浦の苫《とま》屋《や》にすむ番太郎　　志計

539 辻《つじ》喧《げん》哗《くわ》侘《わぶ》とこたへてまかり出《いで》　　一朝

532 二オ十。雑。○みねのしら雲　「尋ねきていかにあはれと眺むらむ跡なき山の峰の白雲」(新古今集)等から「山道」をあしらった。▽山道で梃子使いの喫う煙草の煙が、峰の白雲のようにみえる、という談林一流の誇張表現。

533 二オ十一。雑。○籠鳥　「籠鳥の雲を恋ひ」(謡曲・敦盛)。○羽虫をはらふ　羽虫は煙草を嫌う。○松の風　「峰—松」(類)。▽籠の鳥が、吹き過ぎる松風に気持よさそうに羽虫を払っている、というのである。

534 二オ十二。秋(月)。○軒端　「松—軒端」(類)。▽軒端に月の残る早朝、起き出てみると、籠の鳥が松風に羽虫を払っている。月の座を一句引上げた。

535 二オ十三。秋(露霜)。○其色こぼす　露霜で色づいた紅葉の色をうつす。「紅葉」の抜け。○豆腐箱　底に水を切る孔のある箱。ここは、紅葉の型を捺した紅葉豆腐のそれであろう。▽月がまだ軒端に残っている早朝に起き出て紅葉豆腐を作る。その豆腐箱から紅葉色の雫がこぼれている。

536 二オ十四。秋(小鹿)。○小鹿　前句に抜いた「紅葉」に付く。「紅葉—男鹿」(類)。○さい　賽。孔のある豆腐箱の見立て。○重六　賽の目が二個とも六と出ること。▽露霜に色づいた紅葉を踏み分けた小鹿の角で作った賽をこぼすと、六六の重目が出た、というのである。

537 二ウ一。雑。▽かつては汐を吹き上げた鯨からとった油の灯火の灯心を掻き立てて。賭博場の情景。

538 二ウ二。雑。○浦の苫屋　歌語。「汐」「鯨」のあしらい。○番太郎　町内の木戸番。夜警その他の任に当たる。▽浦の苫屋に住む番太郎なら、おそらく前句のような夜を過すことだろうというので、もちろん虚構である。

539 二ウ三。雑。○辻喧哗　番小屋は四つ辻にあったから「辻」(類「辻—番屋」)とし、「番太郎」に「喧哗」と付けた。○侘とこたへて　「わくらばに問ふ人あらば須磨の浦に藻塩たれつつ侘ぶと答へよ」(古今集)。「侘」は「詫」の意であろう。▽辻番の喧嘩仲裁を趣向。辻喧嘩に「許せ」と答えてまかり出たの意。

540 二ウ四。雑。○博奕　「辻—博奕」(類)。○たゞすべら也正そうというのらしい。▽前句の喧嘩の原因を辻博奕にあ

540 博《ばく》奕《えき》の法たゞすべら也《なり》　雪柴

541 見《けん》台《だい》に子《し》曰《のたまはく》くりかへし　在色

542 裏座敷なる窓の月影　正友

543 かこひ者心やすまず秋の暮　卜尺

544 親ぢさくればうき袖の露　松臼

545 かの町《ちやう》へかよひ路の橋取《とり》はなし　一鉄

546 ばつと川波苔《こけ》に名の立《たつ》　松意

547 かゞり焼《やき》一寸先や胸の月　志計

るとみて、博奕の法を正そうとまかり出たのらしい、と付けた。

541 二ウ五。雑。○見台　書物を乗せて見る台。○子曰　「不レ有二博奕者一乎、為レ之猶賢二乎已一」(論語・陽貨篇)。前句の「べら也」を訓読の口調とみた付けでもある。▽博奕の法を正そうとするらしく、見台に論語を繰返し読んでいる。

542 二ウ六。秋(月影)。▽裏座敷の「窓の雪」ならぬ、「窓の月影」を頼みとして、論語を繰返し学ぶ姿。月の座を四句引上げた。

543 二ウ七。秋(秋の暮)。恋(かこひ者)。○かこひ者　別宅に囲っておく女。「裏座敷」に付く。○心やすまず　「待ちえても心休むる程ぞなき山の端分けて出づる月影」(新勅撰集)。▽秋の暮のものさびしさに、裏座敷の囲い者は心安まる暇がない、という意。

544 二ウ八。秋(露)。恋(うき袖)。○親ぢさくれば　「わが目妻人はさくれど朝顔の年さへこごとわはさかるがへ」(万葉集)の「わが目妻」を「かこひ者」と見立てた付け。○袖の露　袖が涙に濡れる意。▽親父が二人の仲をさこうとするので、憂き袖に涙の露を結びつつ、囲い者は心安まることがない。

545 二ウ九。恋(かの町・かよひ路・橋取はなし)。○かの町　遊女町。○橋取はなし　「誹諧恋之詞。…舟橋を取放」(毛吹草)。「上つ毛野佐野の船橋とりはなし親はさくれど我はさかるがへ」(万葉集)。▽遊女町に通う通い路の橋板を、親父に外され、遊女との仲をさかれて憂きことである。謡曲・船橋の俗化。

546 二ウ十。恋(名の立)。○川波…立　「宇治橋の中の間引きはなし、下は河波上に立つも」(謡曲・頼政)。○苔　虚仮(けこ)に掛けた。「苔―岩橋」(類)。▽通い路の橋から転落して、橋台の苔に虚仮の名が立った。

547 二ウ十一。雑。○かゞり焼　鵜を使って捕えた鮎を篝火に炙る。「島つ巣おろし荒鵜ども、この河波にばつと放せば…不思議やな篝火の燃えても影の暗くなるは、思ひ出でたり、月になりぬる悲しさよ」(謡曲・鵜飼)。○一寸先　諺「一寸先は闇」。○胸の月　三三参照。▽鮎を炙る篝火の一寸先は闇だが、鵜使いの心は仏果菩提に至って真如の月のごとく澄んでいる。月の座を一句こぼした。

548 さらされ者にうしろゆびさす　一朝

549 かたわなる捨《すて》子《ご》の命花散《ちり》て　雪柴

550 首の木《き》札《ふだ》に東《こ》風《ち》かぜぞふく　在色

551 組討の手柄を見せて帰る鴈《かり》　正友

552 春の海辺にはか道心　卜尺

553 念仏は破《や》る舟《ふな》板《いた》の名《な》残《ごり》にて　松臼

554 法《ほふ》水《すい》たゝゆる波のしがらみ　一鉄

555 叡《えい》山《さん》の嵐を分《わく》る夕月夜　松意

548 二ウ十二。雑。▽前句を、胸先一寸の乳首を焼く火炙りの刑に取成して、刑後三日二夜の晒しを付けたのである。

549 二ウ十三。春(花)。無常(命…散て)。花の定座。▽「さらされ者」を「捨子」に読み替え、片輪の捨子が衆目にさらされつつ死んだのを、世間ではさまざまに取沙汰している、というのである。

550 二ウ十四。春(東風かぜ)。○木札　生年・名などを記した札か。「札―捨子」(類)。▽捨子の首の木札に東風が吹き、あわれ花の散るごとく短い生を終える。

551 三オ一。春(帰る鴈)。▽打ちとった首級に木札を付けて戦場から引きあげてゆく。主体を「鴈」としたのは、「東風かぜ」をあしらうためである。

552 三オ二。春(春)。釈教(にはか道心)。○春の海辺に　「鴈鳴きて菊の花咲く秋はあれど春の海辺に住吉の浜」(伊勢物語六十八段)。○にはか道心　急な出家。▽熊谷次郎直実が一の谷の海辺で敦盛を討ちとり、出家して蓮生法師と名乗った謡曲・敦盛の俤取り。同曲に「帰雁列を乱るなる」と見える。

553 三オ三。釈教(念仏)。○念仏　「新発意(シンボチ)―念仏」(類)。▽春の海辺に打ち上げられた難破船の舟板を見て、急に道心を発して念仏を唱える、という意。

554 三オ四。釈教(法水)。○法水　衆生の煩悩を洗い清める仏法の譬え。○しがらみ　流れを堰くため、杭を打ち粗朶・竹などをわたしたもの。▽前句の破損した舟板を柵に取成し、法水湛える岸辺で念仏会を執行している隅田川などのありさまを言ったものであろう。「念仏―すみだ川」(類)。

555 三オ五。秋(夕月夜)。○叡山　比叡山。麓に止観の海(琵琶湖)がある。○嵐を分る…　「さらしなや姥捨山の高根より嵐を分けて出づる月影」(新勅撰集)。○夕月夜　「月の行く波の柵かけとめよ天の河原の短か夜の空」(新拾遺集)。「十乗の床のほとりに瑜伽の法水を湛へ、三密の月を澄ます」(謡曲・葵上)。▽叡山の嵐を分けて澄みのぼった月が、法水を湛えた琵琶湖に影を映している。月の座を八句引上げた。

556 三オ六。秋(色かへぬ杉)。恋(句意)。○児　「児―ひえの山」(類)。○心中…杉　「心の杉は直成事なり。又数寄と云

556 児《ちご》の心中色かへぬ杉　志計

557 しらせばや破《わり》籠《ご》のかい敷《しき》露泪《なみだ》　一朝

558 硯《すずり》懐《くわい》紙《し》は手《た》向《むけ》也《なり》けり　雪柴

559 御《おん》前《まへ》のぬさ取《とり》あげてふし拝《をが》み　在色

560 既《すで》にあがらせたまふ神託　正友

561 武《もの》士《のふ》のかうべをてらす星《ほし》甲《かぶと》　卜尺

562 霰たばしる菊水の幕　松臼

563 風寒《さえ》て吹《ふき》上《あげ》にかゝる屋形舟　一鉄

心也。さるによりて好色の事に読みたる歌おほし。恋にも成なり」(御傘)。「嵐・比叡―杉」(類)。▽叡山の嵐を分けて会いに来る児の心中は、色を変えぬ杉のように心変りをしない。

557 三オ七。秋(露)。恋(露泪)。○破籠　内部に仕切りをした白木の弁当箱。徒然草五十四段に、児を誘い出して遊ぼうと企み、破子を土中に埋める話がある。「破子―児をいざなふ」「杉―折重」(類)。○かい敷　食物を盛る器に敷く南天などの葉。▽破籠の掻敷に涙をこめて、変らぬ心中を知らせたい。

558 三オ八。無常(手向)。▽前句を、霊まつるわざの破籠の掻敷に悲しみの涙がこぼれると読み、硯懐紙に一首を手向けて、この心を亡き人に報せたいものだと付けたのである。

559 三オ九。神祇(ぬさ)。○ぬさ取あげて「この度は幣もとりあへずたむけ山紅葉の錦神のまにまに」(古今集)。▽前句「手向」から、旅人の安全を祈るために、懐紙などを細かに切り裂き、幣袋に入れて手向ける手向神、道祖神を伏し拝むとしたのである。

560 三オ十。神祇(神託)。○神託　底本「神詫」に誤る。▽「御幣も乱れて…珠数を揉み、袖を振り、高足下足の舞の手を尽し、是までなりや、神は上らせ給ふ」(謡曲・巻絹)などによる。神の託宣が終わって、すでに天上にあがらせ給うという意。

561 三オ十一。雑。○かうべ　諺「正直の頭に神宿る」。○星甲　鉢に凸形の鋲を打った甲。▽凛々しく鎧った武士の甲に星が輝いている。前句を、出陣を前にした勝利の祈願に神託が下ったとみての付け。

562 三オ十二。冬(霰)。○霰たばしる「もののふの矢並つくろふ籠手の上に霰たばしる那須の篠原」(金槐集)。○菊水　一輪の菊花が流水の上に半ば浮び出た紋所。楠氏の定紋。「星―菊」(類)。▽武士の甲に星が輝き、菊水の紋を染め抜いた幕に霰がほとばしる。

563 三オ十三。冬(風寒て)。○吹上　風の吹き上げる浜辺。「菊―吹上」(類)。○かゝる　碇泊する。▽吹上の浜に繋留した貴人の屋形舟に張り廻らされた幕の定紋は、所がら菊水である。

564 小歌三《しや》味《み》線《せん》田《た》鶴《づ》鳴《なき》わたる　松意

565 妹《いも》にこひ松原越《こえ》て一《ひと》をどり　志計

566 ほゝへさし込《こむ》文月の影　一朝

567 後《きぬ》朝《ぎぬ》の露をなでたる鬢《びん》鏡《かがみ》　雪柴

568 挙《あげ》屋《や》の手《て》水《うづ》かけまくもおし　在色

569 心ざし起《き》請《しやう》の面にたつた今　正友

570 五人の子ども田《でん》地《ち》あらそひ　卜尺

571 草《くさ》分《わけ》の名主も終《つひ》は老《おい》にほれて　松臼

564 三オ十四。雑。○田鶴鳴わたる　「吹上」を紀伊国(和歌山県)の歌枕吹上浜ととり、「和歌の浦に潮満ちくれば潟をなみ葦辺をさして鶴鳴き渡る」(万葉集)を寄せた。▽前句の「屋形舟」を遊女の乗る遊山舟と見、和歌の浦らしく鶴の鳴声とともに、三味の音、小唄が聞えてくる、といったのである。

565 三ウ一。秋(をどり)。恋(妹にこひ)。○妹にこひ　「妹に恋ひ和歌の松原見渡せば潮干の潟に田鶴鳴き渡る」(新古今集)。○松原越　松原踊の文句。松原踊は伊勢の盆踊伊勢踊の「これはどこをどり松坂越て伊勢踊」(寛永十二年跳記)の「松坂」を「松原」と歌い替えたもの。○一をどり　踊唄の常套句。▽妹を恋うて松原を一とびに躍り越えた、という意。

566 三ウ二。秋(文月)。恋(句意)。▽ほゝ　懐をいう小児語。○文月　陰暦七月の意に恋文・月光を掛ける。▽懐まで月光が差し込む意に、懐へ懸想文を差し入れる意を掛けた。前句をたんに盆踊の情景とみなしたわけ。月の座を八句引上げた。

567 三ウ三。秋(露)。恋(後朝)。○後朝　「文―後の朝」(類)。○鬢鏡　鬢のほつれなどを直す小形の鏡。懐中に携帯する。▽後朝の乱れた鬢の毛を手鏡に映して撫で付けている女の懐へ、有明の月影が差し込むという、艶麗な情景。

568 三ウ四。恋(挙屋)。○挙屋　置屋から遊女を呼んで遊ぶ家。○手水　遊女の身仕舞に手や顔を洗う水。○かけまくもおし　言葉に出して言うのも残念だという意の歌語を、水を掛けてやるのも口惜しいの意に転用した。▽きぬぎぬの別れに、手水の水を注いでやるのも別れ難くてつらいことだ、という意。

569 三ウ五。恋(起請)。○起請　神仏を勧請して誓いを立てること。「起請―傾城」(類)。▽「かけまくも」を起請文の書出しとみて、起請文の面にたったいま変らぬ心ざしを誓ったばかりだ、といったのである。

570 三ウ六。雑。○五人の子ども　秀吉の死後、誓約を破って争った五大老、五奉行を下心に置く。○田地あらそひ　田地の相続争い。▽たった今起請文で誓い合ったばかりの五人の子供は、親が死ぬとたちまち田地争いを始めた。

571 三ウ七。雑。○草分の名主　江戸草創以来の名主。「五人の子ども」に五人組の意を汲んで付けた。▽大地主である

572 御《ご》伝《てん》馬《ま》役に駑《ど》馬《ば》をさす也《なり》　一鉄

573 旗の文かく行《おこなふ》とかゝれたり　松意

574 木の下かげにおくるゑきれい　志計

575 山伏や清《し》水《みつ》を垢《こ》離《り》にむすぶらん　一朝

576 そこなる岩を火《ひ》打《うち》つけ竹　雪柴

577 さかむかへ関をへだてゝ花《はな》莚《むしろ》　卜尺

578 家中の面〳〵雲《うん》霞《か》のごとし　正友

579 軍《いくさ》ぶれ忽《たちまち》きほふ春の風　在色

草分の名主もついに老ぼれて、五人の子供は田地争いを始めた。

572 三ウ八。雑。○御伝馬役　底本「役」を「役」に誤る。公辺の旅の道筋に当たる宿駅に、予め人馬を徴する役。助郷と言い、付近の村に供出を命じた。○駑馬　鈍足の馬。諺「騏驎も老いぬれば駑馬に劣る」。○さす　その役目に当てる。▽助郷に当たった村の名主が耄碌していて、御伝馬に駑馬を当てた、という次第。

573 三ウ九。雑。○旗の文　罪人引廻しの際、捨札または紙幟に罪科の次第を書いた。○行　処刑する。▽「御伝馬」を罪人引廻しの駑馬に取成した付け。旗の文に、かく引廻しの末処刑を行うと書いてある、というのである。

574 三ウ十。雑。○ゑきれい　疫癘。悪性の流行病。▽藁などで疫神をかたどり、鉦・太鼓を鳴らして送り出す。「木の下かげ」は村外れか神社のそれであろう。前句を、この行事の次第を記した旗の意に取成したのである。

575 三ウ十一。夏(清水)。○清水　「浅ましや木の下かげの岩清水いくその人のかげをみつらん」(拾遺集)。▽山伏が木の下影の清水で、疫神退散の垢離を行うという意。

576 三ウ十二。雑。○そこなる岩　「清水のある所に伏しにけり。そこなる岩におよびの血して書きつけける」(伊勢物語二十四段)。○つけ竹　先に硫黄を塗り、付木の代りにした竹。「山伏」に付く。▽そこにある岩を火打石とし、付竹で火をおこして焚火をし、垢離でこごえた体を暖める。

577 三ウ十三。春(花莚)。花の定座。○さかむかへ　京を発着する旅人を逢坂の関で送迎し馳走すること。○花莚　花見の座。▽逢坂の関に旅の客人を迎えて花見の宴を催したという意。そこにある岩を火打石とし、煙草を喫ったり火を起したりする様子であろう。

578 三ウ十四。春(雲霞)。○雲霞　「関のこなたの朝霞」(謡曲・源氏供養)。「花」にも付く。▽豪勢な武家一族の坂迎えを趣向した。

579 名オ一。春(春の風)。○軍ぶれ　軍の布告。○春の風「雲霞」をあしらった。▽戦闘開始の触れに、たちまち競い立つ雲霞のごとき家中の面々。

580 天狗といつぱ鳥のさへづり　一朝

581 朝戸明《あけ》て看板てらす日の鳥　一鉄

582 膏《かう》薬《やく》かざる森の下町　松意

583 飛《とび》神《かみ》や爰《ここ》に時《し》雨《ぐれ》の雲晴《はれ》て　正友

584 謹《きん》上《じやう》再《さい》拝《はい》あり明《あけ》の月　松臼

585 見わたせば山《さん》河《が》草《さう》木《もく》紅《くれなゐ》也《なり》　雪柴

586 坐《そぞろ》にあひすあき樽《だる》の露　卜尺

587 紙くずに泪《なみだ》まじりの文《ふみ》一つ　一朝

580 名オ二。春(鳥のさへづり)。○天狗といつぱ鳥　天狗の正体はじつは鳥。「強ニ守ル時ニ大キナル屎鵄の翼折タルニ成テ」(今昔物語・天狗現レ仏坐二木末一語)とあり、天狗は鵄の形をすると考えられた。天狗廻状から「軍ぶれ」に付く。○鳥のさへづり　「春の風」をあしらう。▽天狗が軍触れすると見えたのは、じつは鳥の囀りであった、というのである。

581 名オ三。雑。○朝戸明て　歌語。「鳥のさへづり」に付く。○看板　見世物小屋に天狗の看板があった。○日の鳥　太陽。「天狗」の縁。▽早朝戸を開けて見渡せば、太陽が天狗の看板を照らし、鳥が心地よさそうに囀っている。

582 名オ四。雑。○膏薬　「看板」を膏薬屋のそれに取成した。○森　「鴉―森」(類)。▽下町の膏薬屋の看板に、朝日が照り映える。

583 名オ五。冬(時雨)。神祇(飛神)。○飛神　移り神。空を飛んで降臨するという神。▽時雨を降らした雲が晴れ、ここに飛神が来臨した。膏薬屋の宣伝文句であろう。

584 名オ六。秋(月)。○謹上再拝　「日月光り雲晴れて…謹上再拝」(謡曲・鱗形)。▽時雨の雲晴れ、有明月の光とともに来臨する飛神を、謹上再拝と伏し拝むのである。月の座を七句引上げた。

585 名オ七。秋(草木紅)。○山河草木　「謹上再拝再拝と山河草木国土治まりて」(謡曲・竜田)。▽見渡せば有明の月の残る朝やけで、山河草木が紅に染まっている。

586 名オ八。秋(露)。○坐にあひす　杜牧詩「停レ車坐愛楓林晩、霜葉紅二於二月花一」。○あき樽の露　「露」は酒の意。季節のあしらい。▽見渡すかぎりの紅葉を賞でつつ、空樽に残った酒の雫をそぞろにいとおしむ、というのである。

587 名オ九。恋(泪まじりの文)。▽紙屑の中に、昔、涙ながらにかき口説いた遊女の文殻が一枚混っている。おちぶれた蕩児の姿である。

588 名オ十。恋(思ひにやけて)。○思ひにやけて　思いに身を焼いて。石灰の焼くに掛けた。○はたく石灰　紙袋の石灰をはたく。石灰が目に入ると沁みて涙の出ることから「泪」をあしらった。▽思いに身を焼いて、涙混りの文を認めた、の意。

588 思ひにやけてはたく石灰《いしばひ》　　在色
589 あはでのみ女郎《ぢよろ》は鰹《かつを》の棚ざらし　　松臼
590 人《ひと》音《おと》まれに鎌倉海道　　一鉄
591 草庵はちかきうしろの山の内　　松意
592 岩《いは》井《ゐ》の水にかしぐ斎《とき》米《まい》　　志計
593 すりこぎの松のひゞきに如《によ》是《ぜ》我《が》聞《もん》　　卜尺
594 たゝけばさとるせんだく衣《ごろも》　　雪柴
595 おもはくが故人なからん旅の空　　在色

589 名オ十一。恋(あはで・女郎)。○あはでのみ「言へば得に焦るる胸の逢はでのみ思ひ暮せる今日の細布」(新千載集)。○鰹　鰹節を石灰に入れて保存する。▽女郎は、思う人にも逢うことが出来ず、石灰ならぬ思いに身を焦がしつつ、棚ざらしの鰹節のごとく、久しく見世にさらされている。

590 名オ十二。雑。○人音まれに「逢はでのみあまたの夜をも帰るかな人目の繁き逢坂に来て」(後撰集)の「人目の繁き」を逆に言い換えた。○鎌倉海道　鰹は鎌倉の名物。「鰹―鎌倉の海」(類)。▽人通りの少ない鎌倉街道では、宿場女郎は客もなく、名物の鰹のように棚ざらしになっている。

591 名オ十三。雑。○ちかきうしろの山「人音まれに須磨の浦、近きうしろの山里に」(謡曲・忠度)。○山の内　山の中の意に鎌倉の旧庄名を掛けた。▽草庵は鎌倉山の内の山中にあり、訪れる人もまれである。

592 名オ十四。釈教(斎米)。○岩井　井としている岩間の泉。○かしぐ　炊ぐ。飯をたく。○斎米　僧の斎に施す米。▽山中の草庵に閑居し、岩井の水で斎米を炊ぐ僧のありさま。

593 名ウ一。釈教(如是我聞)。○すりこぎ「斎米」に付く。○松「松―いは井の水」(類)。○如是我聞　底本「如是」を「是如」に誤る。経文の常套句。かくのごとくわれ聞く、の意。▽岩井の水に斎米をかしぎ、ただの松ならぬ、すりこ木の松の響を仏の声と聞きなして、悟りを開いた、というのである。

594 名ウ二。雑。○たゝけばさとる「すりこぎ」を臨済禅の三十棒に取成した付け。○せんだく衣「すりこぎ」を砧(きぬた)の槌に取成した。「松」に「衣」は謡曲・羽衣による常套のあしらい。▽一句は、洗濯衣を砧棒で打つとたちまち清浄になる意。付合は、三十棒を喰らわせて一喝すれば、松の響に応ずるごとく悟りを開いた、というのである。

595 名ウ三。恋(おもはく)。○おもはく　恋人。廓では別れ難い客をいう。○故人なからん　王維詩「渭城朝雨浥二軽塵一、客舎青々柳色新、勧レ君更尽二一杯酒一、西出二陽関一無二故人一」。○旅の空「洗濯―立帰る旅人」(類)。▽恋しい夫は旅の空で、旧知もなく寂しい思いをしているだろうと、妻は故郷で砧を擣ちつつその帰りを待ち侘びている。謡曲・砧の俤取りである。

596 一盃《いっぱい》つくすひとりねの床　松意
597 恋《こひ》侘《わび》ておもきまくらの薬鍋　一鉄
598 うき中《なか》言《ごと》の返事をうらむ　松臼
599 咲《さく》花のあるじをとへば又留主じや　志計
600 すましかねたる金《きん》衣《え》鳥《てう》なく　正友

一朝十一句　在色十一句　一鉄十一句
志計十一句　松臼十一句　執筆　一句
卜尺十一句　正友十一句
雪柴十一句　松意十一句

596 名ウ四。恋(ひとりね)。○一盃つくす　前出王維詩による。▽昔なじみの恋人のいない旅の空では、一杯の酒を友とし、独り寝の憂さをはらすしかない、という意。

597 名ウ五。恋(恋侘て)。○恋侘て　「恋ひわびて独りふせやに夜もすがら落つる涙や音無しの滝」(詞花集)。○薬鍋「一盃つくす」を煎薬を飲む意に取成した。「薬―酒」(類)。▽恋煩いで頭の上がらぬ枕元に、薬鍋を置いて、煎薬を飲みつづけるというのである。

598 名ウ六。恋(うき中言)。○中言　中傷。▽中傷を真に受けて、つれない返事を寄こした人を憾みに思ううち、恋煩いの枕元に薬鍋を置く仕儀になってしまった。

599 名ウ七。春(花)。花の定座。○花のあるじ　歌語。花を宿とするもの。▽中傷を真に受けて、つれない返事を寄こした花の主を訪ねてゆくと、また留守だといって逢ってくれず、ますます恨めしいことである。

600 挙句。春(金衣鳥)。○すましかねたる　返済しかねた。○金衣鳥　鶯の異名。「金」に言い掛けた。「植ゑて見し花のあるじもなき宿に知らず顔にて来ゐる鶯」(源氏物語・幻)。▽借金を返しかねて鶯が鳴く。この鶯は花の主で、借金の催促にあって居留守をつかうとみた付合である。

601 峰高し上《じやう》ゝ《じやう》めどをり松の月　中村氏志計
602 揚《あげ》て無類な岩の下露　一鉄
603 礒《いそ》清《し》水《みづ》喉《のど》に秋もやくゞるらん　松臼
604 葛《くず》の粉ちらす浜荻のこゑ　正友
605 海《あ》士《ま》の子がせんだく衣《ごろも》はり立《たて》て　雪柴
606 旅の幸《かう》便《びん》さだめかねつる　一朝
607 取《とり》あへず一筆令《けい》啓《たつせ》達《しめ》候《そろ》　卜尺

601 発句。秋(月)。○めどをり　目の前・目の高さ等の意。▽峰高く上った月が、松の枝のちょうど目の高さにかかって、上々の眺めである。陶潜詩「秋月揚㆓明輝㆒、冬嶺秀㆓孤松㆒」を和に翻した趣がある。月の定座は七句目。千句の約束に従い、第七巻秋季の発句。

602 脇。秋(下露)。○無類　「極上上吉の位を無類と直す」(客者評判記・下)。立役・女形にいう詞。▽峰のはざまを流れる谷川の岩を揚げると、類のないくらい美事な下露が宿っていた、という意。発句にふさわしい情景を付け添えたのである。

603 第三。秋(秋)。○礒清水　磯辺に湧き出ている清水。○喉に秋もやくゞるらん　「下くぐる水に秋こそ通ふなれ結ぶ泉の手さへ涼しき」(和漢朗詠集)によるか。▽岩の下に湧く磯清水を掬んで飲むと、いかにも冷たく、秋が喉をくぐりぬけるような思いがする。

604 初オ四。秋(浜荻)。○葛の粉　解熱剤になる。▽葛の粉を磯清水で溶いて食べると、熱気がさめて、喉に秋がくぐるようにすがすがしい。主体を「浜荻」としたのは、「礒」「秋」をあしらうため。

605 初オ五。雑。○海士の子　「声―海士」(類)。▽海士の子が葛の粉を糊にして、洗濯衣を張り立てているさま。

606 初オ六。雑。○幸便　よいって。○さだめかねつる　「伊勢の海に釣する蜑のうけなれや心一つを定めかねつる」(古今集)。▽都合のよい便りは定めがたいが、一心に洗濯衣を張り立てて、旅先へ送る準備をしている海士の子の姿であろう。

607 初オ七。雑。▽手紙に用いる常套句。前句の「幸便」を手紙の書出しの詞、また書き添える語とみて付けた。幸便は定め難いが、とりあえず一筆認めましたという意。

608 出来《でき》合《あひ》料理御こゝろやすく　在色
609 居つゞけに是非と挙屋《あげや》の内二階　松意
610 誓紙その外中事《まうしごと》あり　執筆
611 足《あし》利《かが》の何左衛門が役がはり　一鉄
612 御《お》蔵《くら》にこれほど残ルそめ絹　志計
613 入《いれ》札《ふだ》は他《ほか》の国より通ひ来て　正友
614 一座をもれて伽《きや》羅《ら》の香ぞする　松臼
615 酒盛はともあれ野《や》郎《らう》の袖枕　一朝

608 初オ八。雑。○出来合料理　俄づくりの粗末な料理。▽あり合せの料理ですから、お心安くお出掛け下さい。前句を手紙の書出しそのものととって、それに続く内容を付け寄せたのである。

609 初ウ一。恋(挙屋)。○居つゞけ　帰宅せず遊廓に居続けること。○挙屋　五六八参照。○内二階　中二階。▽前句を挙屋の女将のことばと解し、中二階にあげて、是非居続けに、と発話体を連ねた付合。

610 初ウ二。恋(誓紙)。○誓紙　遊女と交わす誓紙。○中事　言い立てるべきこと。▽誓紙のこと、その他申したい儀があるから、ぜひ挙屋の内二階に居続けてほしい、という意。発話者を遊女に転じた。

611 初ウ三。雑。○足利の何左衛門　室町幕府の将軍職足利氏の俳諧化か。「誓紙」を南北両朝分立にからむものとして付けたか。○役　底本「役」。▽足利何左衛門という人物の役替りに際し、誓紙そのほか申し立てるべきことがある、という意。

612 初ウ四。雑。○そめ絹　「足利」を下野国(栃木県)の地名に転じた付け。当地の足利織は有名。▽足利何左衛門を蔵役人とし、その役替りに際して、引継ぎのために蔵の中味を一々点検吟味している模様を付けた。

613 初ウ五。雑。▽御蔵に大量に残る染絹を競売に付したところ、わが国ばかりか、他の国からもやって来て、入札に加わる、というのである。

614 初ウ六。恋(伽羅)。○伽羅　五三一参照。「他の国より通ひ来て」に付く。「伽羅—唐船」(類)。▽入札の一座に外国人も交っており、伽羅の香が漂ってくる。「通ひ来て—伽羅」は恋の詞のあしらいにすぎず、句には恋の意味はない。

615 初ウ七。恋(野郎)。○野郎　男色を売る者。○袖枕　袖を枕にする意であるが、伽羅をたく引出しの付いた枕があり、前句に付く。▽酒盛なんぞはどうでもよい。伽羅の香のする陰間の袖を枕に寝てみたい、というほどの意であろう。

616 初ウ八。恋(思ひみだるゝ)。○思ひみだるゝ　「いかにせむ忍振摺とにかくに思ひ乱るる袖の涙を」(新拾遺集)。○薩摩ぶし　寛永の頃、江戸で薩摩浄雲の語り始めた浄瑠璃節。

616 思ひみだるゝその薩《さつ》摩《ま》ぶし　雪柴

617 立《たち》わかれ沖の小嶋の屋形舟　在色

618 花火の行《ゆく》衛《ゑ》波のよるみゆ　卜尺

619 いざや子ら試《し》楽《がく》を照《てら》す秋の月　志計

620 神慮にかなふ鈴虫の声　松意

621 金ひろふ鳴《なる》海《み》の野辺のぬけ参《まゐり》　松臼

622 草のまくらに今《け》朝《さ》のむだ夢　一鉄

623 ばか〳〵と一《いち》樹《じゅ》の陰《かげ》の出《で》合《あひ》宿《やど》　雪柴

「薩摩―野郎」(類)。▽野郎の歌う薩摩節に、酒盛はともかく、その袖枕で寝てみたいものだと、千々に思い乱れるという意。

617 初ウ九。恋(立わかれ)。○立わかれ　「思ひの煙立ち別れ稲葉の山風吹みだれ」(謡曲・恋重荷)。○沖の小嶋　「薩摩―沖の小嶋」(類)。▽恋人に立ち別れて沖の小島に屋形船を浮べたのだが、薩摩節を聞くと心が乱れる、というのであろう。

618 初ウ十。秋(花火)。○波のよるみゆ　「箱根路を我が越え来れば伊豆の海や沖の小島に浪の寄る見ゆ」(金槐集)。▽屋形船での花火見物。花火が立ちわかれては消えゆく彼方に、白い波の寄せるのが見える。花の座を三句引上げた。

619 初ウ十一。秋(秋の月)。○いざや子ら　歌語。さあ皆さん。○試楽　公式の舞楽の予行演習。ただしこれが本番の晴の試楽があった。▽「花火」を試楽開始の合図とみて、さあ試楽を始めましょうと、楽人や舞妓に呼びかけたというのであろう。月の座を一句こぼした。

620 初ウ十二。秋(鈴虫)。神祇(神慮)。○鈴虫の声　「鈴」に「鈴虫」を掛け、「秋の月」をあしらった。▽前句「試楽」を祭礼の神楽とみて、その鈴の音が神慮にかなった、といったのである。

621 初ウ十三。神祇(ぬけ参)。○鳴海の野辺の　「鳴海」は尾張国(愛知県)の歌枕。「古里にかはらざりけり鈴虫の鳴海の野辺の夕暮の声」(詞花集)。○ぬけ参　両親・主人・村役人などの許可を受けず、往来手形なしで伊勢神宮に参詣すること。▽抜参りの信心深さが神慮にかない、鳴海の野辺で金を拾った。

622 初ウ十四。雑。○草のまくら　「朝な朝な残る青葉の稀にのみ鳴海の野辺の霜の下草」(新千載集)等。○むだ夢　あだ夢。▽抜参りの途次鳴海の野辺で金を拾ったとみたのは、覚めてみれば、草枕に結んだはかない夢であった。

623 二オ一。恋(出合宿)。○ばか〳〵と　間の抜けたさま。うかうかと。○一樹の陰の…宿　「一樹の蔭の宿りも他生の縁」(謡曲・松虫)等。「草の枕」のあしらい。「草の枕の一夜の契も他生の縁ある上人の御法」(謡曲・遊行柳)。○出合宿　密会宿。▽ついうかうかと出合宿に一夜の契りを結んだが、覚めてみれば仇夢であった。恋、一句捨て。

624 他《た》生《しやう》の縁の博《ばく》奕《ち》うちども　正友

625 公《こう》儀《ぎ》沙《ざ》汰《た》かりそめながら是《これ》とても　卜尺

626 覚《おぼえ》書《がき》見て行《ゆく》使《つかひ》番《ばん》　一朝

627 門外にかし馬引《ひき》よせゆらりと乗《のり》　松意

628 まはれば三里朝《あさ》熊《くま》の山　在色

629 曇なき鏡の宮の境《さかひ》杭《ぐひ》　一鉄

630 訴状をかづくむくつけ男　志計

631 御《お》白《しら》洲《す》へ御《み》息《やす》所《どころ》やめされけん　正友

624 二オ二。雑。○他生の縁　正しくは「多生の縁」。前世からの因縁。前出謡曲・松虫等によって付く。○博奕うちども　「宿―博奕」(類)。▽一樹の陰を出合の宿として、博奕打どもが集まる。これも前世からの因縁であろう。

625 二オ三。雑。○かりそめながら　「仮初ながら値遇の縁、一樹の蔭の宿りもこの世ならぬ契なり」(謡曲・鉢木)。▽こんな博奕事でも、かりにも公儀の沙汰がある以上は、ほうっておくわけにはゆかぬ、という意。

626 二オ四。雑。○使番　徳川幕府の職名。大名の動静、役人の能否などを巡回・視察する。▽覚書に記された用向が、たとえかりそめのものであっても、これとても公儀沙汰である以上おろそかには出来ぬ、という使番の使命感。

627 二オ五。雑。○ゆらりと乗　「急ぐ心も勇める駒に、ゆらりとうち乗り、帰る姿のあとはるばると、小督は見送り」(謡曲・小督)。▽「使番」をたんなる使い走りとみて、貸馬に乗って、覚書を見ながら用先へ出向くというのである。謡曲・小督の俤取りとすると、「使番」は仲国、「覚書」には嵯峨に片折戸したる所とあったことになる。

628 二オ六。雑。○まはれば三里　「直に通へば一里十八丁、廻らば三里」(落葉集)。○朝熊の山　伊勢市の東部にある山。▽急ぐ旅でもなし、伊勢参りの貸馬に打ち乗り、朝熊山を廻れば三里の道中をゆらりと行く。

629 二オ七。神祇(鏡の宮)。○曇なき　歌語。「鏡」を導く。○鏡の宮　朝熊川を隔て朝熊神社の対岸にある。○境杭　境界を示す杭。▽朝熊山を廻ると三里のうちに鏡の宮の境杭がある、という意。

630 二オ八。雑。○訴状　「訟(ウッタヘ)―堺目」「公事―堺論」(類)。○かづく　頭上に頂く。○むくつけ男　醜く粗野な男。▽一点の疑惑もない鏡の宮の境界を争わんと、むくつけ男が訴状を差し出した、というのである。

631 二オ九。雑。○御息所　天皇の寵愛を受けた女御・更衣など。▽前句のむくつけ男は、御息所がお白洲へお召しになったのだろうかという意。謡曲・恋重荷の俳諧化。「むくつけ男」は山科の荘司の俤取り。

632 題は今宵《こよひ》の月にまつ恋　松臼

633 なく泪《なみだ》持《ち》と定むべし雁の声　一朝

634 胸よりおこす霧雲のそら　雪柴

635 大《たい》竜《りう》やひさげの水をあけつらん　在色

636 文《もん》学《がく》その時うがひせらるゝ　卜尺

637 二日酔高《たか》雄《を》の山の朝ぼらけ　志計

638 別《わかれ》にやせてとぎすとぞなく　松意

639 思ひの火四《し》花《くわ》患《くわん》門《もん》にさればこそ　一鉄

632 二オ十。秋(月)。恋(まつ恋)。○今宵の月にまつ　「今宵の月に待ち給へと、夕暮の花の蔭に立寄りて失せにけり」(謡曲・花軍)。▽歌題は「今宵の月に待つ恋」というので、御息所の催された歌会を趣向した。「御白洲」をただ白砂を敷きつめた庭の意に転じたのである。月の座を三句引上げた。

633 二オ十一。秋(雁の声)。恋(なく泪)。○なく泪　「とひ来ぬ夜―泪」(類)。○持　引分け。▽前句の歌題に対し、「なく泪云々」と「雁の声云々」の二首が詠まれたが、持とされたという意。「持と定むべし」は歌合せの判詞である。

634 二オ十二。秋(霧雲)。恋(胸の霧雲)。○胸…霧雲　「胸の霧」「胸の雲」ともに思いの晴れぬ譬え。「雲―雁の声」(類)。▽「なく泪」「雁の声」ともに同じく胸に思いの霧雲を起こす。

635 二オ十三。雑。○大竜　「雲―竜」(類)。○ひさげ　湯・酒などを温めたり運んだりする金属製の器。「胸の煙―ひさげの水」(類)。▽大竜がひさげの水をくつがえしたからであろうと、前句の原因・理由を説く。

636 二オ十四。雑。○文学　正しくは文覚。平安末・鎌倉初の僧。俗名遠藤盛遠。「その時文覚腹を立て…竜王だにも侮りてこの浪風を立つる」(幸若舞曲・文覚)、「その時文覚膝押立て…海に浮かまば六代七代八大竜王」(落葉集)等。▽大竜のあけたひさげの水で、文覚がうがいをしたという談林一流の狂言。

637 二ウ一。雑。○高雄の山　現在京都市右京区高雄山神護寺は文覚の中興。「高雄―文覚」(類)。▽高雄の山の早朝、文覚のうがいせらるるのは、二日酔のせいという意。文覚は奇行で有名だが、これは創作。

638 二ウ二。恋(別にやせ)。○別　きぬぎぬの別れ。「朝ぼらけ」に付く。○とぎす　かまきりのように痩せた人。▽「高雄」を新吉原三浦屋抱えの遊女の名に取成し、高雄との別れの切なさに痩せ細って泣く、というのである。

639 二ウ三。恋(思ひの火)。○思ひの火　燃えるような思いの譬え。○四花患門　灸のつぼ。背中の下方に四角な紙を貼り、その四隅に当たるところ。▽前句を恋煩いのぶらぶら病いととり、さればこそ四花患門に「思ひの火」の灸を据えると付けたわけ。

640 終《つひ》にかへほす人間の水　正友
641 世の中はごみに交《まじは》る雑喉《ざこ》なれや　松臼
642 宮もわら屋もたてる味噌汁　一朝
643 子取ばゞとり上《あげ》見れば盲目《めくら》也《なり》　雪柴
644 右や左に隠《をん》蜜《みつ》の事　在色
645 くどきよる中は十六計《ばかり》にて　卜尺
646 むずとくみふせ頬ずりをする　志計
647 色好みあつぱれそなたは日本一　松意

640 二ウ四。恋(句意)。○終にかへほす　「髪筋を瓢にまげて柄を入れて、衣川かへ干すほどに我ら思ふ」(鄙廼一曲)。○人間の水　腎水。「人間の水は南」(謡曲・天鼓)。▽四花患門の灸を、房事過多による腎虚のためとしたのである。

641 二ウ五。雑。○ごみに交る雑喉　諺「雑魚のとと交り」のもじり。▽世の中は、塵に混る雑魚のようなもので、人間はついには水分を失って干からびて死ぬ、というのであろう。

642 二ウ六。雑。○宮もわら屋も　「世の中はとてもかくても同じこと宮も藁屋も果てしなければ」(新古今集)。○たてる　「建てる」に沸かす意を掛ける。▽「ごみ」に「わら屋」、「雑喉」に「味噌汁」とそれぞれ付けて、高貴と卑賤を問わず味噌汁を賞味する、といったのである。

643 二ウ七。雑。○子取ばゞ　産婆。「わら屋」を産屋とみた付け。「藁—産所」(類)。「味噌汁」は産婦に飲ませる。「味噌—病人・よはきちから」(類)。○盲目　前出の本歌は盲目の蟬丸の作。また、「藁屋には盲目なる乞食こそ候ひつれ」(謡曲・景清)。▽藁屋の産所で産婆が取上げた赤子は盲目であった。

644 二ウ八。雑。○右や左に　「右左—盲の道しるべ」(類)。○隠蜜　「隠密」の宛字。秘密に事を行うこと。▽盲目の子の産まれたことを、右や左に隠す。

645 二ウ九。恋(くどきよる)。○中　「右や左」のあしらい。○十六計　女子が女として一人前になる年齢。▽右や左から口説き寄る娘は、大事に隠してはいるのだが、十六歳ばかりだ、というのであろう。

646 二ウ十。恋(句意)。▽前句を、互いに口説き寄る中はまだ十六歳ばかりの意と解し、ぎこちない首尾を付け寄せた。

647 二ウ十一。恋(色好み)。○あつぱれそなたは日本一　「あつぱれおのれは日本一の剛の者と…むずと組んで二疋が間にどうと落ち」(謡曲・実盛)。▽色好みにかけては、あっぱれそなたは日本一のつわものと、むずと組んで頬ずりをする、というのである。

648 蛍をあつめ千《ち》話《わ》文《ぶみ》をかく　一鉄
649 月はまだお町《ちやう》の涼み花《はな》莚《むしろ》　正友
650 名主を爰《ここ》にまねく瓜鉢　松臼
651 府中より武蔵野分《わけ》て籠《かご》見《み》廻《まひ》　一朝
652 むかひの岡の公《く》事《じ》の頭《とう》取《ど》リ　雪柴
653 伐《きり》たふす松のいはれをなが〱と　在色
654 尉《じよう》と姥《うば》とが臼のきね歌　卜尺
655 むかしざつと隣の娵《よめ》の名を立《たて》て　志計

648 二ウ十二。夏(蛍)。恋(千話文)。○蛍をあつめ　蛍を袋に集め、その明かりで書を読んだ晋の車胤の故事。○千話文　「痴話文」の宛字。艶書。▽車胤と同じように蛍を集めても、その光の下で、読書ではなく恋文を書くそなたは、日本一の色好みだ。

649 二ウ十三。夏(涼み)。花の定座(花莚)。○月　車胤の故事によって付く。「風月の窓に月を招き、蛍を集め」(謡曲・来殿)。○お町　七〇参照。月を「待ち」に掛ける。○花莚　花模様を織り出した莫蓙(ござ)。▽夕涼みの花莚の上で、月はまだ出ないので、蛍を集めて痴話文を書く、遊女の姿である。月の座を三句こぼした。

650 二ウ十四。夏(瓜)。○瓜鉢　底本「瓜」を「爪」に誤る。▽前句の「お町」を町役人の集会所、町会所に取成し、名主を招いて、瓜の鉢などを振舞い、夕涼みする、というのである。

651 三オ一。雑。○府中　甲州街道の宿駅。現在東京都。○籠見廻　駕籠に乗っての見舞。▽府中から武蔵野を分けてはるばる駕籠で見舞に来た名主を、瓜鉢でもてなすのであろう。「従二諸国一出古今名物。…武蔵、江戸葵瓜」(毛吹草)。

652 三オ二。雑。○むかひの岡　現在東京都文京区本郷の台地。「武蔵野―むかひの岡」(類)。○公事　訴訟。▽府中からわざわざ武蔵野を分けて駕籠で見廻りに来た人物を、向の岡の公事の頭取(とうどり)と特定した付け。

653 三オ三。雑。○松　「岡―松」(類)。▽土地の境界をめぐる訴訟か何かで、境木の老松を伐り倒すことになり、公事の頭取が松の来歴を長々と語るのであろう。

654 三オ四。雑。○尉と姥　謡曲・高砂によって「松」に付く。○臼のきね歌　杵で穀物などを打つときに歌う唄。▽謡曲・高砂に相生の松のいわれを委しく物語るところがあり、これを尉と姥の杵歌に見立てたわけである。

655 三オ五。恋(娵の名を立て)。○むかしざつと　昔話を始めるときの常套句。「尉と姥」に付く。諺「昔とった杵柄」で「きね」にも付くか。▽尉と姥とが杵つき歌に、昔々隣の嫁が浮名を流し、というふうなことを歌うというのであろう。杵・臼は男女の譬喩でもあり、艶な内容の杵歌を思わせる。

656 なすび畠の味な事見た　松意

657 夕《ゆふ》皃《がほ》をしかとにぎれば五六寸　一鉄

658 うすばの疵《きず》に肝がつぶるゝ　正友

659 常《つね》ゝ《づね》が麁《そ》相《さう》也《なり》けり納《なつ》所《しよ》坊《ぼん》　松臼

660 若《わか》衆《しゆ》のふくれもつとも至極　一朝

661 付《つけ》ざしの酒にのまれて是《これ》は扨《さて》　雪柴

662 巾《きん》着《ちやく》ふるふ後《きぬ》朝《ぎぬ》の鐘　在色

663 女房に見《み》付《つけ》られたる月の影　卜尺

656 三オ六。夏(なすび畠)。恋(句意)。〇なすび 「なれなれに、茄子、背戸やの茄子、ならねば嫁の、これの嫁の名の立つ、これの」(吉原はやり小唄総まくり・一よぎり)。〇味な事 粋なこと。洒落たこと。▽野合を暗示して、隣の嫁の浮名をあしらったのである。「見た」は「名を立て」によく合う。

657 三オ七。夏(夕皃)。〇夕皃 花後、干瓢にする長楕円形の大きな瓜を生じる。諺「瓜の蔓に茄子はならぬ」。▽茄子畠の味なこととは、五、六寸の夕皃をしかと握ったことだとすれば、一句に猥雑の意がこめられていると思われる。

658 三オ八。雑。〇うすば 薄刃庖丁。干瓢を作る庖丁。長さ「五六寸」で付く。〇疵 「疵―真桑瓜」(類)。▽夕皃をしかと握れば五、六寸の疵があり、肝を潰した、という意。「夕皃」の擬人化であろう。

659 三オ九。雑。〇麁相 軽率。〇納所坊 寺の会計・雑務を扱う下級の僧。▽施物の納入などに際して、薄刃で怪我をした。元来がそそっかしい納所坊主である。

660 三オ十。恋(若衆)。〇若衆 前句「納所坊」の男色の相手。〇ふくれ 内心の不満。▽納所坊の常々の粗忽に、若衆のふくれは尤も至極である。「麁相」に特別の意味を持たせてある。

661 三オ十一。恋(付ざし)。〇付ざし 一六八参照。〇是は扨 意外な事柄に驚くさま。▽付ざしの酒で正気を失ってしまって、これはさてあきれたことだ。若衆の不満も尤も至極なことである。

662 三オ十二。恋(後朝)。〇鐘 巾着の金に、鐘を掛ける。▽遊女の付ざしの酒に我を忘れていい調子になっていたが、さてきぬぎぬの別れに際し、これはさて、巾着の底をはたく破目になってしまった、というのである。

663 三オ十三。秋(月の影)。恋(女房)。月の定座。▽女房に女遊びを見つけられてしまった、というにすぎない。ただし、「その女房の局に、つまに月出したる扇を忘れて出でられたりければ、かたへの女房たち、これはいづくよりの月影ぞや、出で所おぼつかなしと」(平家物語 一)を背景にした俳諧か。

664 はらはんとせしもとゆひの露　志計

665 そちがいさめいかにも聞《きこ》えた虫の声　松意

666 野《の》辺《べ》のうら枯《がれ》後《ご》世《せ》をおどろく　一鉄

667 見わたせば千《せん》日《にち》寺《でら》の松の風　正友

668 常《じやう》香《かう》のけぶりみねのうき雲　松臼

669 人《ひと》中《なか》をはなれきつたる隠居住《ずみ》　一朝

670 岩《いは》井《ゐ》の流《ながれ》茶釜をあらふ　雪柴

671 二三枚木の下たよる苔《こけ》莚《むしろ》　在色

664 三オ十四。秋(露)。○もとゆひ　髪の髻(もとどり)を束ねた糸。▽元結の露を払おうとしたところを女房に見付けられた。朝帰りの趣向である。

665 三ウ一。秋(虫の声)。○虫の声　「露―虫の音」(類)。▽前句「はらはんとせしもとゆひ」を、元結を切ろうとする、すなわち剃髪しようとする意に転じ、そちの諫言はなるほど分かったと、出家の志を翻した、というのである。

666 三ウ二。秋(うら枯)。○野辺のうら枯　「虫の声」のあしらい。○後世をおどろく　後世を願う心に目覚める。▽うら枯の野に鳴く虫の声に諫められて、後世を願う心を生じた、というのであろう。

667 三ウ三。釈教(千日寺)。○千日寺　現在大阪市南区千日前の法善寺。寛永年中千日念仏を勤修してからの称(難波鑑)。付近に刑場もあった。○松の風　「おどろく」のあしらい。▽見渡せば千日寺付近の一帯はうら枯れて、松吹く風の音に後世を願う心を起こさざるを得ないというわけ。

668 三ウ四。釈教(常香)。○常香　仏前に絶やさずたく香。「千日寺」のそれ。▽見渡せば千日寺の常香の煙が、峰の浮雲となって空に棚引く。「見渡せば」に「けぶり」「うき雲」などと続けるのは和歌によくある措辞。

669 三ウ五。雑。○隠居　「坊主・入道・髪おろす―隠居」(類)。▽常香の煙が峰の浮雲をなすという前句から、世間から隔絶した山中に、ひとり行いすます隠居住の身を想像した付け。

670 三ウ六。雑。▽「隠居」を茶人、風流人とみ、山中の岩井の流れで茶釜を洗う、日常の一齣を付け出した。

671 三ウ七。雑。○木の下　「逢坂の木の下陰の岩清水流れて結ぶ契ともがな」(新拾遺集)等。○苔莚　「苔莚ただひとへなる岩が根の枕にさむき鳥籠(こと)の山風」(続千載集)等。▽木の下陰をたよりに二、三枚の莚を敷き、岩井の流れで茶釜を洗って茶を立てる、野立の風流である。

672 眠《ねぶり》をさます蟬のせつきやう　卜尺
673 夕立のあとや涼しき与七郎　志計
674 箒《はは》木《き》の先のみじか夜の月　松意
675 出来《でき》星《ぼし》は雲のいづこにきえつらん　一鉄
676 空さだめなき年代記也《なり》　正友
677 風わたるからくり芝ゐ花ちりて　松臼
678 所《しよ》望《まう》か〳〵《しよまうか》うぐひすの声　一朝
679 手本紙おそらく残《のこ》ンの雪の色　雪柴

672 三ウ八。夏(蟬)。○蟬のせつきやう　諺「蟬の経よみ」。「経―蟬」(類)。▽前句「木の下たよる苔莚」を法《ノリ》の莚とみて、蟬の説経に迷いの夢が覚めた、といったのである。

673 三ウ九。夏(夕立)。○夕立　「蟬―夕立」(類)。○涼しき「涼《スズシ》―蜩《ヒグラシ》のこゑ」(類)。○与七郎　寛永年間の大阪の説経浄瑠璃師。大阪操座の祖。「さんせう太夫」正本に「摂州東成郡生玉庄大坂天下一説経与七郎以正本開」とある(用捨箱)。前句「せつきやう」を説経節とみた付け。▽与七郎の説経節で、眠りを覚まされる、というのが付筋。一句は、与七郎が夕立の後、一息入れて涼んでいる、という意。「涼―夕立」(類)。

674 三ウ十。夏(みじか夜)。月の定座。▽与七郎を下男の通称に取成し、夕立の後、箒木を手に短夜の月を仰ぐ体に付けなしたのである。

675 三ウ十一。雑。○出来星　不意に出現した星。前句から箒星(彗星)。○雲のいづこに　「夏の夜はまだ宵ながら明けぬるを雲の何処に月宿るらん」(古今集)、「郭公雲のいづくに鳴くとだに知らで明けぬる短夜の空」(新後撰集)等。▽短夜の箒星は雲の何処に消え去ったのであろう。

676 三ウ十二。雑。○空さだめなき　「唯雲とのみ三吉野の…空定めなきむら時雨」(謡曲・六浦)等。○年代記　歴史上の事件・天災・地変などを年代順に記す。▽付筋は「出来星―さだめなき年代記」で、前句を、俄に世にときめいた者がたちまち消えさる意と解し、栄枯盛衰を記した年代記を出したのである。

677 三ウ十三。春(花ちりて)。花の定座。○風わたる　歌語。「空さだめなき」をあしらう。○からくり芝ゐ　からくり人形の芝居。寛文二年(一六六二)初代竹田近江が大阪で初興行。▽一句は「風わたるからくり」に「からくり芝ゐ」の言い掛け。年代記物を演ずるとみて、前句に付く。

678 三ウ十四。春(うぐひす)。○所望か〳〵　観客の注文を煽る口上。○うぐひすの声　「風わたる軒端の梅に鶯の鳴きて木伝ふ春の曙」(千載集)。▽「からくり芝居」にその口上を付けた。「花を散らすは鶯の羽風に落つるか、松の響か、人か、それかあらぬか、木の下風か」(謡曲・雲林院)の口調を生かした。

680 がつそうあたま春風ぞふく　在色

681 青柳《あをやぎ》の糸もてまはる鎌《かま》つかひ　卜尺

682 葛城《かづらき》山《やま》の草をたばぬる　志計

683 岩橋《いはばし》の夜のちぎりに蚊をいぶし　松意

684 枕に汗のかゝる美目《みめ》わる　一鉄

685 恋風や敗毒散《はいどくさん》にさめつらん　正友

686 なみだは袖に一ぱい半分　松臼

687 夕まぐれ貧女《ひんにょ》がともす油皿　一朝

679 名オ一。春(残ンの雪)。○残ンの雪　「鶯—雪消えし庭」(類)。▽手本紙はおそらく残雪のように所々白く残っているだけだろう。前句は手習いの師匠のことば。

680 名オ二。春(春風)。○がつそうあたま　芥子を置かず垂らしたままで、束ねるに足らぬ小児の髪。▽小児のがっそう頭に春風が吹く。おそらくこの子の手本紙は所々白く残っただけで、黒く汚れていることだろう。

681 名オ三。春(青柳)。○青柳の糸　「露にだに結ぼほれたる青柳のいとど乱れて春風ぞ吹く」(続古今集)等。「乱髪—柳の風」(類)。○鎌つかひ　鎖鎌のつかい手。▽「がつそうあたま」を束ねないで長くのばした武術家の髪に取成し、春風に髪を乱して鎖鎌をつかう男を出したのである。

682 名オ四。雑。○葛城山　大和国(奈良県)の歌枕。「葛城—青柳」(類)。▽「鎌つかひ」をたんに鎌を使う意ととり、青柳の糸で葛城山の草を束ねるといったのである。

683 名オ五。夏(蚊)。恋(夜のちぎり)。○岩橋の夜のちぎり　「岩橋の夜の契も絶えぬべし明る侘しき葛城の神」(拾遺集)。▽葛城山の草を束ねて蚊遣火とし、岩橋の夜の契りを結ぶ。

684 名オ六。夏(汗)。恋(美目わる)。○美目わる　「美目」は「見目」または「眉目」の宛字。不器量な者。「誹諧恋之詞。…みめの善悪」(毛吹草)。葛城の一言主神は眉目悪であった。「眉目悪—かづらきの神」(類)。▽蚊をいぶし、枕を汗で濡らしながら、一言主神のような眉目悪は夜の契りを結ぶ。

685 名オ七。恋(恋風)。○敗毒散　発汗作用を催す風邪薬。「排毒散の風邪薬、これぞ汗かき乗物昇」(源氏冷泉節)。▽枕にかかるほどの汗をかいた結果、恋風の熱が敗毒散でさめたようだ、という意。じつは「美目わる」のせいでさめたのであろう。

686 名オ八。恋(句意)。○一ぱい半分　敗毒散の服用量。▽一句は涙が袖に余るという意。恋風がさめて、振られた女のさま。敗毒散にさめた恋にふさわしく、涙も一杯半というわけ。

687 名オ九。雑。○貧女がともす油皿　諺「貧女の一灯」。▽夕間暮れ、わが境涯を歎きつつ、貧女が一灯を点ずる。「一ぱい半分」を油の量に取成した。

688 夜なべに籠《かご》をつくる裏《うら》店《だな》　雪柴

689 雪《せつ》隠《ちん》のあたりにすだく蛬《きりぎりす》　在色

690 りつぱに見ゆる萩垣の露　卜尺

691 はき掃《さう》除《ぢ》尻からげして今朝の月　志計

692 住《ぢう》持《ぢ》の数《す》寄《き》の山ほとゝぎす　松意

693 橘《たちばな》の喜《き》内《ない》と申《まうす》小《こ》性《しやう》衆　一鉄

694 きのふはたれが軒の宿《やど》札《ふだ》　正友

695 洪水の流《ながれ》てはやき大井川　松臼

688 名オ十。秋(夜なべ)。○裏店　路地裏の家。▽裏店の貧女は油皿に灯をともし、夜なべ仕事に竹細工の籠を作る。

689 名オ十一。秋(蛬)。○雪隠　「雪隠―炉路」(類)。○蛬「籠―虫」(類)。▽裏通りの小家で夜なべ仕事に虫籠を作っていると、雪隠のあたりできりぎりすがすだいている。

690 名オ十二。秋(萩垣・露)。○萩　「萩―虫の音」(類)。▽萩垣をめぐらした立派な構え、雪隠のあたりではきりぎりすもすだいて。

691 名オ十三。秋(月)。月の定座。▽萩垣のある立派な屋敷で、奉公人は早朝から尻からげして掃き掃除に励む。

692 名オ十四。夏(ほとゝぎす)。釈教(住持)。○住持　寺の住職。「坊主―掃除」(類)。○数寄　趣味。▽有明の月の下、裾をからげて庭を掃く人物を住持と見込み、山ほととぎすの声に耳をすます風流を付け寄せたのである。

693 名ウ一。夏(橘)。○橘の喜内　架空の人名。「喜内」は「来鳴き」のもじり。「来鳴き」は「ほととぎす来鳴きとよもす橘の花散る庭をみむ人やたれ」(万葉集)ほか、用例が多い。○小性　寺院などに仕える有髪の少年。男色の相手である場合が多い。▽「住持の数寄」を住持の色好みと解し、その相手に、「ほととぎす」にふさわしく、「橘の喜内」という小姓衆を創作したのである。

694 名ウ二。雑。○きのふ　「橘―(昔)―昨日」(類)。○軒の宿札　「橘―軒の下風」(類)。○宿札　大名・貴人などが宿泊したさい、「何々様御宿」と書く。▽前句の「小性」を大名の近習とみて、宿札にその名があるとみた付けであろう。一句は、昨日は誰がこの宿札に名を記されたか、という意。

695 名ウ三。雑。○流てはやき大井川　「大井川流れてはやき木の葉にもとまらぬ秋の色は見えけり」(続千載集)。▽洪水のために大井川が川止めになった。前句は大井川に沿った東海道の宿場のありさまである。

696 名ウ四。雑。○嵯峨丸太　「丸太―嵯峨／奥丹波より筏にして大井川へ下すをさがまるたと云」(類)。「嵯峨―大井川・杉丸田」(類)。▽大井川の洪水のために嵯峨丸太をすっかり流され、完全に倒産したというのである。

696 嵯《さ》峨《が》丸《まる》太《た》にて丸にたふるゝ　一朝

697 ぬかり道足にまかせて行《ゆく》ほどに　雪柴

698 作《そ》麼《も》生《さん》かこれ畳の古《ふる》床《どこ》　在色

699 山寺を仕まふ大《だい》八《はち》花車　卜尺

700 鳶《とび》口《ぐち》帰る春の夕暮　松意

志計十一句　雪柴十一句　松意十一句
一鉄十一句　一朝十一句　執筆　一句
松臼十一句　卜尺十一句
正友十一句　在色十一句

697 名ウ五。雑。〇ぬかり道　「千代の古道」を下心に置く。〇足にまかせて行ほどに　「足にまかせて行くほどに、都の西と聞えつる、嵯峨野の寺に参りつつ」(謡曲・百万)。▽足に任せて行くほどに、ぬかり道に足をとられ、嵯峨丸太につまずいてもろに倒れた、という意。

698 名ウ六。釈教(作麼生)。〇作麼生　底本「麼」を「广」に作る。いかに、の意の禅語。〇畳の古床　古畳を敷いた床。▽付合は無心所着の禅問答のてい。畳の古床とは是れ如何に。ぬかり道足にまかせて行くが如し、というので、共に歩行困難の意か。

699 名ウ七。春(花車)。釈教(山寺)。花の定座。〇山寺を仕まふ　「畳―古家こぼつ」(類)。〇大八　大八車。一車で八人分の働きをするによる名。寛文(一六六一―七三)末年頃江戸で創製された。〇花車　花見車。▽前句を、畳の古床をどうしたのかの意ととり、古寺をこぼち、大八車で運ぶといったのである。

700 挙句。春(春の夕暮)。〇鳶口　日傭労働者、とびのもの。〇春の夕暮　「山寺の春の夕暮来てみれば入相の鐘に花ぞ散りける」(新古今集)。▽春の夕暮、山寺をこぼった鳶のものが、大八車を引いて帰る図である。

701 夜も明《あけ》ばけんぺきうたんから衣《ごろも》　遠藤氏 正友

702 ちりけもとより秋風ぞ吹《ふく》　松臼

703 化《ばけ》ものゝすむ野の薄《すすき》穂に出《いで》て　一朝

704 毛のはへた手のきり〴〵す鳴《なく》　松意

705 大《だい》力《ちから》ふけゆく月の枕《まくら》引《びき》　一鉄

706 ゑいや〳〵に又かねのこゑ　ト尺

707 雲かゝる尾上《をのへ》をさして何千余騎　在色

701 発句。秋(うたん…衣)。○夜も明ば　「夜も明けばきつにはめなでくたかけのまだきに鳴きてせなをやりつる」(伊勢物語十四段)。○けんぺき　痃癖。頸から肩にかけて起る神経痛。○うたん　「けんぺき」と「から衣」の両方にかかる。▽夜が明けたならば、夜中砧を打ち続けたために凝った肩を打とう、というのである。千句の約束に従い、第八巻秋季の発句。

702 脇。秋(秋風)。○ちりけもと　うなじの下、中央脊椎骨第三椎の下にある灸点。「ちりけもとからぞうぞうとつかみ立てらるるやうな」(狂言・子盗人)。○秋風　「衣うつ―秋風」(類)。▽肩が凝って、襟元の首筋のあたりを秋風が吹くようにぞうぞうとする。夜が明けたら痃癖を打とう、というほどの意。

703 第三。秋(薄)。○薄穂に出て　「旅人のいる野の薄穂に出でて袖の数そふ秋風ぞ吹く」(新後撰集)。▽化物の住む野と聞いて、首筋がぞっと寒くなった。薄の招くのが化物に見えたという気味もある。

704 初オ四。秋(きり〴〵す)。○きり〴〵す鳴　「薄―虫の音」(類)。▽化物の住む野では、手に毛の生えたきりぎりすが鳴いて、薄気味が悪い。

705 初オ五。秋(月)。○大力　六六参照。○月…枕　「蕃―枕の月」(類)。○枕引　木枕を指先でつまんで引き合う遊戯。▽手に毛の生えた怪力の持主が、月を枕にして、枕引をするという意。談林一流の奇想である。月の座を二句引上げた。

706 初オ六。雑。○かねのこゑ　「鐘」に「金」を掛けたか。「月―鐘の音」(類)。▽枕引のえいやえいやの掛声に鐘の音が打ち添う。枕引に金を賭けたのであろう。

707 初オ七。雑。○雲かゝる尾上　「雲かかる尾上の松を出で初めて緑の空に晴るる月影」(新千載集)。「鐘―尾上」(類)。▽前句を軍勢がひしめきさわぐとみて、何千余騎が尾上の城を攻め上ると付けなしたのである。

708 初オ八。夏(ほとゝぎす)。○ほとゝぎす　「峰の雲―郭公」(類)。▽一句、ほととぎすには「踏代(テッ)鳥・夜床鳥・不如帰・冥途の鳥・子規・時の鳥・杜宇・田歌鳥・杜鵑・くぎら・四手のたおさ・蜀魂・田長鳥・無常鳥・恋し鳥・田うへ鳥・橘鳥・百夜鳥・勧農の鳥・いもせ鳥」(類)等異名の多いことを言ったもの。付合は、

708 仮《け》名《みやう》実《じつ》名《みやう》山ほとゝぎす　志計

709 お尋《たづね》を草の庵《いほり》の帳に見て　雪柴

710 奉《ほう》加《が》の金《かね》は太《たい》儀《ぎ》千《せん》万《ばん》　執筆

711 わる狂ひさとれば同じ此《この》世界　松臼

712 女房どもをとをくさる事　正友

713 手《て》負《おひ》かと立《たち》より見るに股をつき　松意

714 恋の重荷の青《あを》駄《だ》也《なり》けり　一朝

715 旅衣思ひの山をそろり〳〵　卜尺

何千余騎の軍兵が、おのおの仮名・実名を名乗るということろである。「名乗―郭公」(類)の「名乗る」が省略してある。

709 初ウ一。雑。○お尋　お尋ね者。○草の庵　「昔思ふ草の庵の夜の雨に涙な添へそ山ほとゝぎす」(新古今集)。▽お尋ね者の記録は普通、奉行所の犯科帳に見るのであるが、ほととぎすゆえ「草の庵の帳」に見たという滑稽。さまざまに名を変えて隠れていたという筋書であろう。

710 初ウ二。釈教(奉加)。○奉加　「帳―奉加」(類)。○太儀　「大儀」に同じ。費用の多くかかること。▽前句の「帳」を「奉加帳」とみ、奉加金を出すのは大儀千万である、といったのである。

711 初ウ三。恋(わる狂ひ)。○わる狂ひ　悪所狂い。▽奉加の金も、遊女狂いに費やす金も、悟れば同じ浮世のことである、という意。

712 初ウ四。恋(女房)。○とをくさる事　「同じ此世界」を連俳の同意とみて、同じく去嫌(さりきらい)の制を出した。「連歌のごとく五句可ㇾ隔物之事。…恋」(毛吹草)。「恋の句と恋の句と三句去也」(御傘)等。▽女色狂いの末に覚ってみれば、遊女も女房も同じ娑婆のもの。これらを共に遠ざけて仏道に入るという付筋へ連俳のことを絡めた付合。

713 初ウ五。恋(股をつき)。○股をつき　男色の誓約に股を刃物で傷つけること。外科医を必要とする場合もあった。▽手負かと立寄ってみると、股を突いたのであった。男色のことゆえ、女房どもには見せてはならぬ、というのである。

714 初ウ六。恋(恋の重荷)。○青駄　箯輿。竹や木を編んで作った粗雑な釣輿。病人などを運ぶ。▽あおだに恋の重荷、すなわち、股をついた深手の男を乗せて運ぶのである。

715 初ウ七。恋(思ひの山)。○思ひの山　積る思いの譬え。▽あおだに乗せたのが「恋の重荷」であるから、旅衣をまといそろりそろりと登る山は「恋の山」だという理屈である。

716 一首の趣向うき雲の空　一鉄

717 初《はつ》鴈《かり》は余《よ》情《せい》かぎりに羽をたゝき　志計

718 大まな板にのする月影　在色

719 水《みづ》桶《をけ》に秋こそかよへ御本陣　正友

720 いかに面〳〵火《ひ》用《よう》心《じん》〳〵《ひようじん》　雪柴

721 此《この》所けしからずふく花に風　一鉄

722 そりやこそ見たか蛇《じや》柳《やなぎ》の陰　松臼

723 消《きえ》やらで罪《つみ》科《とが》ふかき雪女　一朝

716 初ウ八。雑。▽前句「思ひの山」を、年ごろ思いをかけていた山の意と解し、旅衣を着てそろそろと登るうちに、一首の趣向が浮かんだというのである。「うき」は「浮雲」に掛けた。

717 初ウ九。秋（初鴈）。○初鴈　秋彼岸の数日後に渡ってくる。「旅―鴈のこゑ」「鴈―白雲」（類）。○余情　歌学用語。「一首の趣向」を受ける。▽初雁があらんかぎりの風情をみせて羽ばたきする。それをみて一首の趣向が浮かんだ、という意。

718 初ウ十。秋（月影）。月の定座。○月影　「雁―月」（類）。▽一句は、大まな板の上に月を乗せて料理するという寓言。付合は、勢いよく羽ばたく雁をまな板の上に乗せて調理する場面である。

719 初ウ十一。秋（秋）。○水桶　「大まな板」と共に台所にあるもの。「見れば月こそ桶にあれ」（謡曲・松風）。○秋こそかよへ　「下くぐる水に秋こそ通ふらし結ぶ泉の手さへ涼しき」（和漢朗詠集）。○御本陣　大名・貴人の宿泊した宿駅の旅館。▽御本陣の大まな板には月が乗せられ、水桶には秋が通う。

720 初ウ十二。雑。○火用心　「桶―火用心」（類）。▽前句の「水桶」を防火用水に取成し、本陣警固の武士たちが「火の用心」を疾呼するとした。謡曲調で仕立ててある。

721 初ウ十三。春（花に風）。花の定座。○けしからず　異常に。一通りでなく。○花に風　花の咲くことを花に火をともすというから、「火用心」に付く。▽このところ、異常に激しく風が花に吹き当たる。なんとおのおの方、火の用心、火の用心。

722 初ウ十四。春（柳）。○そりやこそ　はたして。○蛇柳　「大師三密の加持力にて、蛇を柳となし給ふ事人うたがふべからず…柳のなり蛇のごとくうなだれて、其形今に分明也」（高野山通念集）。▽この所、怪しく風が吹くと思ったら、見たか、案の定蛇柳が横たわる。

723 二オ一。春（消やらで…雪）。▽前世で犯した罪科が深く、成仏できない雪女が、思った通り蛇柳の陰に立ち現われた。「消やらで」は「罪科」と「雪女」に、「ふかき」は「罪科」と「雪」に、それぞれかかる語法。

724 悋《りん》気《き》つもつて山のしら雲　松意

725 通《かよ》ひ路《ち》は遠き竜《たつ》田《た》の奥座敷　在色

726 けふも蜜談さほ鹿の声　ト尺

727 あの人にやらふやるまひ姫《ひめ》萩《はぎ》を　雪柴

728 何百石の秋の野の月　志計

729 詠《なが》むれば道具一《ひと》すぢ露分《わけ》て　松臼

730 はり付《つけ》柱まつ風の音　正友

731 江戸はづれ磯に波立《たつ》むら鳥　松意

724 二オ二。恋(悋気)。〇つもつて山 「髪にはおどろの雪を戴き、…妄執の雲の塵積つて山姥となれる」(謡曲・山姥)。▽雪女のいつまでも消えぬ深い罪科とは、山のように積った悋気だというのである。

725 二オ三。恋(通ひ路)。〇通ひ路 「天つ風雲の通ひ路吹きとぢよ乙女の姿しばしとどめむ」(古今集)。〇竜田の奥 「葛城や高間の桜咲きにけり立田の奥にかかる白雲」(新古今集)。▽通い路は、はるか竜田の奥の奥座敷に通じている、の意。おそらく竜田姫に通うのであろう。竜田の山の白雲は、妻の悋気が積ってなったというわけ。

726 二オ四。秋(さほ鹿)。〇蜜談 「密談」の宛字。大文字山の西麓鹿ヶ谷に、藤原成親・俊寛らが会合して平家滅亡を謀った山荘がある。「奥座敷」に付く。〇さほ鹿 「竜田―鹿」(類)。▽遠い竜田の奥座敷で、今日も小牡鹿が密談をする。

727 二オ五。秋(姫萩)。恋(句意)。〇姫萩 萩を鹿鳴草・鹿の妻などという。「萩―鹿」(類)。▽前句の「密談」を縁組の相談に取成した付け。

728 二オ六。秋(秋の野・月)。〇秋の野 「姫萩」のあしらい。▽一句は、何百石もの収穫のある野原に月が照っている情景。付合は、知行高何百石のあの人に、姫を嫁にやろうか、やるまいかと迷うという意。月の座を七句引上げた。

729 二オ七。秋(露)。〇詠むれば 「月」のあしらい。〇道具一すぢ 槍一本。〇露分て 「秋の野」に付く。▽何百石取りの武士が、供の者に槍を立てさせて、秋の野を分けて行くさま。

730 二オ八。雑。〇まつ風 「待つ」に「松風」を言い掛けた。▽松風の音も寂しい刑場に、磔柱が刑の執行を待って立っている。前句は刑場に向かう下吏の槍である。

731 二オ九。雑。〇江戸はづれ 「大井村の刑罪場は、慶安四年より此所一段二畝を刑罪場と定め、浜川町より南の方にあり、前面の海岸に老松一株あり。故に土人、一本松獄門場といふ」(江府名跡志)。〇磯に波立 「磯の浪松風ばかりの音さびしく」(謡曲・八島)等。〇むら鳥 「骸(ｶﾊﾞﾈ)―鴉」(類)。▽前句を江戸はずれの一本松獄門場と見定め、死骸をあさる鳥が磯に群れ集うとしたのである。

732 御《ご》殿《てん》山《やま》より明《あけ》ぼのゝ空　一鉄

733 木《き》枕《まくら》に掃除坊主の夢を残し　卜尺

734 小《こ》性《しやう》の帰るあとのおもかげ　一朝

735 下帯の伽《きや》羅《ら》の烟《けぶり》を命にて　志計

736 ちやかぼこの声絶《たえ》し揚《あが》り場《ば》　在色

737 水道や水の水《みな》上《かみ》崩るらん　正友

738 立《たつ》付《つけ》あをる川おろしの風　雪柴

739 一《いち》駄《だ》荷《に》の下《げ》知《ち》して曰《いは》ク舟に乗《のれ》　一鉄

732 二オ十。雑。○御殿山　品川の裏手、東海寺の北に続く岡。○明ぼの　「烏」に付く。▽江戸はずれの御殿山から夜が明け初め、磯の波に烏が群れ立つ。

733 二オ十一。雑。○夢を残し　「うたたねの手枕寒き秋風に夢を残して月をみるかな」(新千載集)等。▽御殿山の近く東海寺の掃除坊主は、暁起きの木枕に昨夜の夢を見残すことだ。

734 二オ十二。恋(句意)。○小性　六九三参照。○おもかげ　「俤―夢」(類)。「連歌恋之詞。…夢の俤」(毛吹草)。▽掃除坊主は木枕に飽き足りぬ夢を見残し、今朝立ち別れた小姓の面影を慕う、というのである。

735 二オ十三。恋(下帯)。○下帯　ふんどし。○伽羅　沈香の一。伽羅を材とする香に「おもかげ」がある(名香目録)。「俤―反魂香」(類)。○烟　香をたきしめるときの煙。ここは匂の意。「命」の縁語。○命　唯一の頼み。▽小姓の帰ったあと、下帯に残された伽羅の匂を命として、その面影を恋うるのである。

736 二オ十四。雑。○ちやかぼこ　噂話や自慢話をがやがや言い合うこと。「今えしれぬ浮言をいふをチヤラホラといふも是なり。省きては唯ホラをふくともいへり。又くちぼこといふことと、これとを混じて、チヤラボコといふは、いよ〱わからぬ言となれり」(嬉遊笑覧)。○揚り場　風呂の脱衣場。「伽羅―風呂あがり」(類)。▽前句を、湯上りに下帯に香をたきしめるとみた付けか。「烟を命―声絶し」に無常の響もある。

737 二ウ一。雑。○水の水上　歌語。▽揚り場まで聞えていた「ちやかぼこ」という水の音が絶えた。水道の上流が崩れたのであろう。

738 二ウ二。雑。○立付　裁着。袴の膝から下を脚絆のようにした袴。▽崩れた水道の改修をする工事役人の裁着を、川おろしの風があおる。

739 二ウ三。雑。○一駄荷　馬一頭に負わせる荷の量。○下知して曰ク　「忠綱兵を下知していはく、水の逆まく所をば岩ありと知るべし」(謡曲・頼政)。▽前句「立付」の人物を、川越の道中荷物を宰領する役人に見立てた付け。

740 東《とう》国《ごく》方《がた》より出《いで》し商人《あきびと》　松臼

741 わうんべをかどはさばやと存じ候《そろ》　一朝

742 みだれたる世はたゞ風車　卜尺

743 其《その》比《ころ》は寿《じゅ》永《えい》の秋の影《かげ》灯《どう》籠《ろ》　在色

744 法《ほふ》然《ねん》已《い》後《ご》の衣《ころも》手《で》の月　松意

745 見《み》渡《わたせ》ば霊《れい》岸《がん》嶋《じま》の霧晴《はれ》て　雪柴

746 三《みつ》俣《また》をゆくふねをしぞ思ふ　志計

747 全《ぜん》盛《せい》を何にたとへん夕涼み　松臼

740 二ウ四。雑。▽「かやうに候ふ者は、東国方の人商人にて候ふ」（謡曲・桜川、自然居士）の口調を借り、一駄荷を指図する人物を東国の商人だと特定したのである。

741 二ウ五。雑。○かどはす　誘拐する。▽前句の謡曲詞章に引かれて「自然居士」の俤を取り、これまた謡曲口調で仕立てた。

742 二ウ六。雑。○風車　「わらんべ」のあしらい。▽童子誘拐のはやる乱れた世は、風車のように目まぐるしい。風車を与えて子供を騙すのである。

743 二ウ七。秋（秋）。○其比は寿永の　「いでその頃は寿永三年三月下旬の事なりしに」（謡曲・景清）。寿永二年（一一八三）秋七月平氏西走。「みだれたる世」に付く。○影灯籠　「カゲドウロ」（日葡辞書）。風車で絵の影が廻りながら映し出される仕組みの灯籠。走馬灯。▽寿永の秋に最高潮に達した戦乱の世は、影灯籠のごとく有為転変極まりない、というほどの意。

744 二ウ八。秋（月）。釈教（法然・衣手）。○法然　長承二年（一一三三）―建暦二年（一二一二）。戦乱の時代を生き抜いた僧。○衣手　「衣手―念珠くる」（類）の付合があるごとく、法衣の袖、転じて出家をいう。▽法然が浄土宗を開いて以後、戦乱の世をはかなんで出家する武将が続出した史実を背景とする付合。月の座を二句引上げた。

745 二ウ九。秋（霧）。○霊岸嶋　隅田川河口右岸。寛永元年（一六二四）浄土宗霊岸寺建立。▽見渡せば霊岸島の霧が晴れて、法然以後の真如の月が澄みのぼる。

746 二ウ十。雑。○三俣　霊岸島の上、隅田川が浅草川・新堀・霊岸島へ分岐する点。月の名所。○ふねをしぞ思ふ　「ほのぼのと明石の浦の朝霧に島がくれゆく舟をしぞ思ふ」（古今集）。▽見渡せば、霊岸島一帯の霧が晴れて、三俣を漕ぎゆく舟のことが思われる。

747 二ウ十一。夏（夕涼み）。○何にたとへん　「世の中を何にたとへん朝ぼらけ漕ぎゆく船の跡の白波」（拾遺集）。▽三俣に舟逍遥する人物の豪勢さを何に譬えようか。

748 中に名とりの大夫《たいふ》染《ぞめ》きて　正友
749 かたばちに花をさかせてぬめりぶし　ト尺
750 入日をまねく酒《しゆ》旗《き》の春風　一鉄
751 燕《つばくら》や水《すい》村《そん》はるかに渡るらん　松意
752 川浪たゝく出《だ》シの捨《すて》石《いし》　一朝
753 人柱妙《めう》の一字にとゞまりて　志計
754 まじなひの秘事物いはじとぞ　在色
755 桃李《たうり》今枝もたはゝにぶらさがり　正友

748 二ウ十二。恋(大夫)。○名とり　評判が高い意。○大夫染きて　大夫が大夫染を着て。「大夫染」は絞染の模様を型で染め出した大夫鹿子と同じものか。▽中にも評判の大夫が、大夫染を着て夕涼みをしている。その全盛ぶりを何に譬えようか。

749 二ウ十三。春(花)。恋(ぬめりぶし)。花の定座。○かたばち　片撥。撥の片面だけで弾く三味線の奏法。○花をさかせて　「かたばち」に鉢の意を効かせて、よい音色を響かせることを譬え、花の定座を満たした。○ぬめりぶし　遊里を素見するのを「ぬめる」という。その時に歌う歌謡。▽名取りの大夫の片撥の見事な音色に乗せてぬめり節を歌うのである。

750 二ウ十四。春(春風)。▽春風に翩翻とひるがえる酒旗は、夕日さえ招き返す風情。前句は酒楼での遊興。「春風―酔をすゝむる」(類)。

751 三オ一。春(燕渡る)。○水村　水辺の村。杜牧詩「千里鶯啼緑映ㇾ紅、水村山郭酒旗風」。▽酒旗の招きによって、燕が水郷はるかに渡ってくる。杜牧詩によって前句に景を付け添えたのである。

752 三オ二。雑。○出シ　水中に突き出した建物の部分。○捨石　先に備えて予め打つ手だて。前句「渡る」とともに囲碁用語。「燕―石」(類)。▽出しとなるべき捨石を川波がたたく。燕の水上を渡るさまが川波をたたくように見える意もある。

753 三オ三。雑。○人柱　いけにえとして人を水底・土中に埋めること。いわば「捨石」。○妙の一字　「妙なる法の御経を、一石に一字書きつけて、波間に沈め…妙の一字はさて如何に」(謡曲・鵜飼)。▽平清盛が島を築くべく、人柱の替りに、石に一切経を書いて沈めた故事(平家物語六・築島)による。川波がその築島の石をたたく。

754 三オ四。雑。○まじなひ　「文字―まじなひ」(類)。○物いはじ　長柄の人柱伝説の古歌「物いはじ父は長柄の橋柱鳴かずば雉も射られざらまし」。▽前句を「まじなひ」とみて、その秘事は人に語らぬということだ、と付けたのである。

755 三オ五。秋(桃李)。○桃李　「諺曰、桃李不ㇾ言、下自成ㇾ蹊」(史記)。「ものいはれぬ―桃李」(類)。▽まじないの結果、桃李がいま枝もたわわに実った。この秘法は誰にも語ら

756 猿手をのばす谷川の月　雪柴

757 杣人《そまびと》にたかる虱《しらみ》の声もなし　一鉄

758 やまひの床の縄《なは》帯《おび》の露　松臼

759 鍋《なべ》底《ぞこ》にねるやねり湯の割《わり》の粥《かゆ》　一朝

760 せつかい持《もつ》て行《ゆく》は誰《た》が子ぞ　卜尺

761 さび長《なぎ》刀《なた》木《き》の丸《まろ》殿《どの》に何事か　在色

762 やせたれど馬立《たて》し神《かみ》垣《がき》　松意

763 散《さん》銭《せん》は障子のあなたにからりとす　雪柴

ぬということだ。

756 三オ六。秋(月)。○猿　「猿―木の実」(類)。▽猿が木の枝にぶらさがり、谷川に映る月影を取ろうとしている。「猿猴取レ月」の画題による付合。月の座を七句引上げた。

757 三オ七。秋(虱…なし)。▽猿の手で取り尽くされ、杣人にたかる虱の声もない。

758 三オ八。秋(露)。○やまひ　「虱―病人」(類)。○縄帯「杣人」に付く。▽重い病の床に伏す杣人の縄帯にたかる虱もいない。人が死のうとするとき、虱が身を離れるという俗説によった付合。

759 三オ九。雑。○ねるやねり湯の　「かの岡に萩かる男子縄をなみねるやねりその砕けてぞ思ふ」(拾遺集)。「練物―薬」(類)。○割の粥　細かに砕いた米でつくった粥。本歌の「砕けて」が生きる。「粥―病人」(類)。▽鍋底に薬を煉り、割粥を炊いて、前句の病人に与えるというのである。

760 三オ十。雑。○せつかい　杓子を半分に割った形の、練物などをすくいとる具。○誰が子ぞ　「しろがねの目貫の太刀をさげ佩きて奈良の都をねるは誰が子ぞ」(拾遺集)。▽練薬を鍋底からこすり取るせっかいを持って行くのは誰か。

761 三オ十一。雑。○さび長刀　長刀の小さいものをせっかいという。○木の丸殿　筑前(福岡県)朝倉郡にあった斉明天皇の行宮。丸木造り。「朝倉や木のまろ殿にわがをれば名乗りをしつつ行くは誰が子ぞ」(新古今集)。▽さび長刀を持って行くのは、木の丸殿に何事かあったのか。

762 三オ十二。神祇(神垣)。○やせたれど　「鎌倉に御大事あれば、ちぎれたりとも此具足取つて投げかけ、錆びたりとも長刀を持ち、瘦せたりともあの馬に乗り、一番に馳せ参じ」(謡曲・鉢木)。○神垣　神社。「木丸殿(キノマルドノ)―神垣」(類)。▽佐野源左衛門常世の俤取り。錆び長刀を持ち、瘦馬を立たせ、武運を神に祈るてい。

763 三オ十三。神祇(散銭)。▽前句の瘦馬を神馬ととり、わずかな賽銭を投げる音を障子のあなたに聞く、貧しい神社の神主のさまを付けたのであろう。

764 談義の場《には》へすでに禅尼の　志計
765 ねがはくはかの西《さい》方《はう》へ鐘《し》木《もく》杖《づゑ》　松臼
766 世は山がらの一《ひと》飛《とび》の夢　正友
767 露むすぶ柿ふんどしもわかい時　卜尺
768 相撲におゐては信《しな》濃《の》のたて石　一鉄
769 風《かざ》越《ごし》山《やま》爰《ここ》なる木の根に月落《おち》て　松意
770 雲は麓にかよふ斧《をの》音《おと》　一朝
771 すは夜《や》盗《たう》野寺の門に朝《あさ》朗《ぼらけ》　志計

764 三オ十四。釈教(談義・禅尼)。○禅尼　北条時頼の母、松下禅尼が、障子の切り張りをして倹約を教えた故事。「障子—禅尼」(類)。○の　「の」留りは談林の流行。▽つづくり障子のかなたに、散銭を投げる音がからりとして、談義の場へすでに禅尼がお出ましになった。

765 三ウ一。釈教(句意)。○鐘木杖　「撞木杖」が正しいが、類船集に「鐘木(シモク)」とある。握る部分が丁字形になった杖。▽願わくは、撞木杖にすがって、かの西方極楽浄土へ参りたい、というので、前句の禅尼の談義の内容である。

766 三ウ二。秋(山がら)。○山がら　丁字形のとまり木にとまる。「鐘木—山雀籠」(類)。○一飛　山雀にもんどりを打たせたり、籠抜けの芸をさせたりした。▽浮世は、山雀の一飛の夢のごとくはかないものだから、願わくは久遠の西方浄土に往生したいものだ、というのである。

767 三ウ三。秋(露)。○むすぶ　「夢」の縁語。○柿ふんどし　柿色に染めたふんどし。遊冶郎が結んだ。「滑者(ヌメリモノ)—柿染」(類)。「柿」は山雀の縁で前句に付く。▽柿ふんどしをしめたのも若い頃のこと。この世は山雀の一飛の夢のごとく、時が過ぎやすく、直ぐに老いを迎える。

768 三ウ四。秋(相撲)。○信濃　長野県。つるし柿が有名。「柿—信濃」(類)。○たて石　庭などに立てた石。動ぜざる意か。▽若い頃は、柿ふんどしをしめ、相撲においては信濃の立石と呼ばれて、びくともしなかった。相撲取に信濃者が多かったのである。

769 三ウ五。秋(月)。○風越山　信濃国の歌枕。相撲のしこ名として前句に付くのであろう。▽ここなる木の根に相手を突落したという意か。「月」は「信濃」のあしらいである。月の座を五句引上げた。

770 三ウ六。雑。○雲は麓に　「風越の峰の上にてみる時は雲は麓の物にぞありける」(詞花集)。○斧音　「木の根」に付く。▽風越山の斧音が、峰の雲とともに麓に通ってくる。

771 三ウ七。釈教(野寺)。▽麓まで斧の音が聞えて来たという前句を、早朝野寺に押し入った野盗が、寺の門を打ち破ったのだと解した付け。

772 日比《ごろ》ためたる金《かな》仏《ぼとけ》あり　在色

773 古《こ》郷《きやう》へは錦のまもり肌に付《つけ》て　正友

774 田薗将《まさ》に安《あん》堵《ど》の御判　雪柴

775 境《さかひ》杭《ぐひ》子《し》ゝ《し》孫《そん》ゝ《そん》に至《いたる》まで　一鉄

776 舟《ふな》着《つき》見する松の大木　松臼

777 志《し》賀《が》の山花待《まち》得《え》たる旅《りよ》行《かう》の暮《くれ》　在色

778 京都のかすみのこる吸《すひ》筒《づつ》　卜尺

779 重《ぢう》の内みなれぬ鳥に雉《き》子《じ》の声　一朝

772 三ウ八。釈教(金仏)。▽日頃蓄めたる金子に金仏を言い掛けて「野寺」をあしらった。夜盗はこの金子をねらってやって来たのである。

773 三ウ九。雑。〇古郷へは錦　諺「古郷へ錦を飾る」(毛吹草)。〇まもり　「金仏」に付く。▽出稼ぎでためた金を懐に、錦のお守りを肌に付けて故郷へ帰る、というのである。

774 三ウ十。雑。〇田薗将に　陶淵明の帰去来の辞「帰去来兮、田園将レ蕪、胡不レ帰」。〇安堵　幕府・領主が旧知行地を保障すること。▽まさに安堵の御判をいただいた所領の田園へ、錦を着て帰るという意。

775 三ウ十一。雑。〇境杭　土地の境界を示す杭。〇子ゝ孫ゝに至まで　「加賀に梅田、越中に桜井、上野に松枝、合せて三箇の庄、子々孫々に至るまで、相違にあらざる自筆の状、安堵に取り添へ給びければ」(謡曲・鉢木)。▽訴訟の結果、子々孫々に至るまで、田園の境界が保障されたというわけ。

776 三ウ十二。雑。〇舟着　「杭—舟入」(類)。▽一句は、松の大木が舟着場の目じるしになっている意。松であるから子々孫々に至るまで色をかえず、境界を守りつづけるのである。

777 三ウ十三。春(花)。花の定座。〇志賀　前句の松を辛崎の一つ松とみた付け。また、「舟—志賀」(類)。〇花待得たる　「優曇華の花待ち得たる心地して」(謡曲・実盛)。〇待得たる旅行の暮　「船待ち得たる旅行の暮、かかる折にも近江の海の矢橋を渡る舟ならば、それは旅人の渡舟なり」(謡曲・兼平)。▽辛崎の一つ松に舟を着けて、旅行の暮に、待ち望んでいた志賀の山桜を見る事が出来た。

778 三ウ十四。春(かすみ)。〇かすみ　酒の異名を掛ける。「霞—花の峰」(類)。▽京都から志賀へ向かい、待望の桜を見たという趣向で、吸筒にはまだ酒も残っている、というのである。

779 名オ一。春(雉子)。〇重　重箱。〇みなれぬ鳥　「京都」に付く。「なう舟人、あれに白き鳥の見えたるは、都にては見なれぬ鳥なり」(謡曲・隅田川)。〇雉子　「雉子—霞野」(類)。▽重の内に見なれぬ鳥の料理があって、雉子の鳴く声が聞えてくる。吸筒にはまだ酒も残る。京都での遊山の景である。

780 焼野《やけの》の見《み》廻《まひ》いはれぬ事を　松意
781 塗《ぬり》垂《たれ》に妻もこもりて恙《つつが》なし　雪柴
782 三年味噌の色ふかき中　志計
783 この程のかたみの瘡《かさ》気《け》おし灸《やいと》　松臼
784 それ者《しや》を立《たて》し末の松山　正友
785 仕出しては浪にはなるゝ舟問屋　卜尺
786 秤《はかり》の棹《さを》に見る鷗《かもめ》尻《じり》　一鉄
787 白《しら》鷺《さぎ》の香《かう》を濃《こまか》に割《わり》くだき　松意

780 名オ二。雑。〇焼野　諺「焼野の雉子(きぎす)夜の鶴」。「雉子—焼野」(類)。〇いはれぬ事　言わなくてもよいこと。諺「雉子も鳴かずば打たれまい」。▽重箱を持って焼野の見舞に行き、言わでもがなのことを言った、という意か。前句の重箱の鳥は、焼鳥であろう。

781 名オ三。恋(妻)。〇塗垂　外壁・柱を土や漆喰で塗りこめた防火用の建築。「焼亡—土蔵」(類)。〇妻もこもりて「春日野はけふはな焼きそ若草の妻も籠れりわれも籠れり」(古今集)。▽口に言えぬほどお気の毒なことだという火事見舞の口上に対し、塗垂に籠っていたから妻も無事である、と挨拶。

782 名オ四。恋(色ふかき中)。〇三年味噌　仕込んで三年になる味の濃い味噌。▽塗垂に貯蔵した三年味噌のように、色深い夫婦中である、という意。

783 名オ五。恋(かたみ・瘡気)。〇この程のかたみ　「行平の中納言、三年はここに須磨の浦、都へ上り給ひしが、この程の形見とて、御立烏帽子狩衣を残し置き給へども」(謡曲・松風)。〇瘡気　梅毒。〇おし灸　味噌を塗った上にもぐさを置く味噌灸による付け。▽三年間の色深い交渉の末、形見に瘡気を貰ってしまったので味噌灸をすえて治療する、というのである。

784 名オ六。恋(それ者)。〇それ者　遊女。〇立し　それを職業とすること。「ケイセイヲタツル」(日葡辞書)。〇末の松山　陸前(宮城県)の歌枕。「立し末」に言い掛けた。「契りきなかたみに袖をしぼりつつ末の松山浪越さじとは」(後拾遺集)。▽傾城を立て通した末瘡気にかかり、灸をすえる破目になった。「松山」に遊女の名を効かしたのであろう。

785 名オ七。雑。〇仕出し　財産を作り出すこと。〇浪にはなるゝ　「霞立つ末の松山ほのぼのと波に離るる横雲の空」(新古今集)。▽一財産築いたので、船問屋の商売をやめてしまったという意。金貸しにでもなったのであろう。前句を、傾城を立たせる意に取成したか。

786 名オ八。雑。〇棹　「棹—船」(類)。〇鷗尻　秤の棹が上にはねるように量目を十分にすること。「鷗—はぬる秤」(類)。「浪にはなるゝ」をあしらった。▽船問屋の始めた商売にふさわしく、その秤の棹は鷗尻のようにはね上がる。

788 釜の湯たぎる雪の明《あけ》ぼの　在色

789 神託て松の嵐もたゆむ也《なり》　志計

790 岩根にじつと伊勢の三郎　一朝

791 夕月夜二《ふた》見《み》が浦の蚫《あはび》とり　正友

792 波も色なる蛤《はまぐり》の露　雪柴

793 状箱のかざしにさせる萩が花　一鉄

794 ようこそきたれ荻の上《うは》風《かぜ》　松臼

795 夕暮の空さだめなき約束に　在色

787 名オ九。雑。○白鷺　季は夏であるが、香の名として雑。「白鷺—薫物」（類）。前句の「鷗」に対応する。▽白鷺の香の量目が多いので、細かに割り砕いた、という意。

788 名オ十。冬（雪）。○釜の湯　「香—茶の湯」（類）。○雪「白鷺」からの連想。▽雪の早朝、茶釜に湯をたぎらせる。前句を、炉に炭をついだときに香を点ずるとみたのである。

789 名オ十一。神祇（神託）。○神託　底本「神詫」に誤る。神のお告げ。○松の嵐　小唄・しののめ「いち炉にたぎる松の風」（松の葉）。「雪—たゆむ山風・寒る松風」（類）。▽前句を、神前に釜の湯をたぎらせて吉凶を卜するとみて、神託が下り松の嵐も静まってきた、と付けたのである。

790 名オ十二。雑。○岩根　「岩根の松」の成語によって「松」に付く。○伊勢の三郎　義経の家来義盛。「伊勢」は「神託」に付く。▽「伊勢の三郎はくぼき処に隠れゐて」（平家物語十一・弓流し）により、伊勢の三郎は岩根にじっとうずくまって、神託を待つとしたのである。

791 名オ十三。秋（夕月夜）。月の定座。○二見が浦　「伊勢—二見の浦」（類）。○蚫とり　「鮑—伊勢」（類）。▽伊勢の三郎を鮑とりの海士に見立てた。

792 名オ十四。秋（露）。○波も色なる　「あすも来む野路の玉川萩こえて色なる浪に月やどりけり」（千載集）。○蛤　「二見が浦」の名産。「二見浦—貝」（類）。▽波までが色づいて美しい二見浦の夕月夜に、蛤の露が光る。

793 名ウ一。秋（萩が花）。○かざしにさせる　「花咲きて実ならぬものはわだつみのかざしにさせる沖つ白波」（後撰集等）。○萩が花　前出の本歌による。▽波模様に蛤の蒔絵を施した状箱に、萩の花を一枝挿して届けてきた、というのである。

794 名ウ二。秋（荻）。○荻の上風　「秋はなほ夕まぐれこそただならね荻の上風萩の下露」（和漢朗詠集）。▽状箱を届けてきた者にかけたことば。

795 名ウ三。恋（約束）。○空さだめなき　「秋も半になりぬれば、空定めなきむら時雨」（謡曲・六浦）。○約束　「誹諧恋之詞」（毛吹草）。▽秋の夕暮の空のごとく定めない約束なのに、よく来て下さいました。

796 日もかさなりてはらむと云《いふ》か　卜尺

797 そちに是《これ》を旅《りよ》宿《しゆく》の名《な》残《ごり》小脇指　一朝

798 落《おち》られまいぞ尋《じん》常《じやう》に死ね　松意

799 同じくは花に対して酔《ゑひ》たふれ　雪柴

800 麁《そ》相《さう》に鐘を春の日はまだ　志計

正友十一句　一鉄十一句　雪柴十一句
松臼十一句　卜尺十一句　執筆　一句
一朝十一句　在色十一句
松意十一句　志計十一句

796 名ウ四。恋(はらむ)。○日もかさなりて「空定めなき旅衣、日も重りて年月の」(謡曲・敦盛)。▽定めない夫婦約束だというのに、契る日も重なって妊娠したというのか。

797 名ウ五。恋(名残)。○名残「連歌恋之詞。…名残を惜」(毛吹草)。ここは恋離れ。▽旅の宿で仮初の契りを結び、やがて日も重なって懐妊したという女に、名残の小脇差を与えるのである。

798 名ウ六。雑。▽もはやこれ以上落ちのびることはかなうまい。そちにこの小脇指をつかわすゆえ、尋常に割腹して果てよ。落武者のことばで仕立てた発話体の句。「余波(ナゴ)—今はの別」(類)。

799 名ウ七。春(花)。花の定座。○花に対して「一身憔悴対ㇾ花眠」(三体詩)。▽同じ死ぬのなら、花見酒を喰らって酔い潰れよう、という意。

800 挙句。春(春の日)。▽春の日はまだ暮れないのに、麁相に鐘をついたものだ。「山里の春の夕暮来て見れば入相の鐘に花ぞ散りける」(新古今集)を下心に、花を散らさないでほしいという願望がある。花に対して酔倒れていたいのである。

801 革《かは》足《た》袋《び》のむかしは紅葉《もみち》踏《ふみ》分《わけ》たり　岡瀬氏 一鉄

802 尤《もつとも》頭《づ》巾《きん》の山おろしの風　在色

803 おほへいに峰の白雪めにかけて　雪柴

804 春ゆく水の材木奉《ぶ》行《ぎやう》　志計

805 青《あを》柳《やぎ》の岸のはね橋八年ぶり　一朝

806 又落《らく》書《がき》にかへるかりがね　正友

807 朧《おぼろ》夜《よ》の月をうしろに負《まけ》軍《いくさ》　松意

801 発句。冬(革足袋)。○紅葉踏分たり 「奥山に紅葉踏み分け鳴く鹿の声聞くときぞ秋はかなしき」(古今集)。「踏分たり」は「革足袋」の縁語。▽いまは革足袋と化してしまったが、昔は奥山に紅葉を踏み分けて鳴いた鹿であった。製品の現在から、原料の過去に思いを馳せるのは、談林俳諧の常套。千句の約束に従い、第九巻冬の発句。

802 脇。冬(頭巾)。○頭巾の山 頭巾の頂を山に譬えていう。「革足袋」に対する。○山おろしの風 「ほのぼのと有明の月の月影に紅葉吹き颪す山おろしの風」(新古今集)。▽なるほど、頭巾の山にその昔と同じように山颪の風が吹くと言い、発句に対応させたのである。

803 第三。冬(白雪)。○峰の白雪 「山風の音さへ疎くなりにけり松をへだつる峰の白雪」(続拾遺集)。▽前句の頭巾をかぶった人物を頑固な老人などとみて、横柄に峰の白雪を見やっているさまを付けた。

804 初オ四。春(春)。○春ゆく水 「ちくま川春ゆく水は澄みにけり消えていくかの峰の白雪」(風雅集)。▽増水した春の川に材木を流す材木奉行。付心はただ、材木奉行が横柄な態度をしているというにすぎない。

805 初オ五。春(青柳)。○青柳の岸 「春ゆく水」のあしらい。○はね橋 船の通るとき半分または全部がはね上がるようにした橋。これを架けるのは材木奉行の仕事。▽青柳の岸に、八年ぶりに刎橋が架けられた、という意。材木はこの下を流される。

806 初オ六。春(かへるかりがね)。○かへるかりがね 「青柳の岸」を同季であしらった。「文字―鴈」(類)。▽またこの刎橋に、帰雁の形のような文字で落書が書かれることだろう。

807 初オ七。春(朧夜の月)。月の定座。○朧夜の月 「朧月夜―帰る鴈」(類)。○負軍 雁の列を軍陣に譬えて雁陣というにより、「かへるかりがね」に付く。▽朧月を背に帰る雁を敗軍の兵に見立てた。負軍でまた落書がふえることだろうというのである(平家物語五・五節之沙汰等)。

808 ひつぱがれぬるあけぼのゝ空　卜尺

809 うき世《よ》町《まち》枕のかねをふきあげて　松臼

810 わすれぬ恋の荷《に》持《もち》歩《か》行《ち》持《もち》　執筆

811 しのぶ山しのびてかよふ駕《か》籠《ご》も哉《がな》　在色

812 人のこゝろのかたき岩《いは》茸《たけ》　一鉄

813 松の葉の露をがてんの隠《かくれ》家《が》に　志計

814 なる程せばき窓の月影　雪柴

815 ふいごより雲に嵐の音す也《なり》　正友

808 初オ八。雑。▽曙の空が引剝されるという無正体の句。付心は、落武者が野伏りの難に会って、丸裸にされたというのである。

809 初ウ一。恋(うき世町)。○うき世町　遊女町。○枕のかね　芸妓を買うときに払う金。また、遊客が枕の下などに置いた金。「かね」は「あけぼの」に付く。○ふきあげて　遊興のため大金を浪費する意。▽遊女町で遊びに夢中になり、枕金を使い果たし、明け方には丸裸にされていた。

810 初ウ二。恋(わすれぬ恋)。○荷持歩行持　かち荷持ち。荷物運び。馬や舟に対していう。▽遊女町で財産を蕩尽し、かち荷持ちに身をおとした、の意。一句は、未だ忘れ難い恋の重荷を負うというわけ。

811 初ウ三。恋(しのびてかよふ)。○しのぶ山…　「しのぶ山しのびて通ふ道もがな人の心の奥も見るべく」(新勅撰集)のもじり。「しのぶ山」は岩代国(福島県)の歌枕。▽忘れ得ぬ恋のかち荷持ちが、人目をしのんで通う駕籠がほしいものだ、といっているのである。

812 初ウ四。秋(岩茸)。○人のこゝろの　前引の本歌による。○岩茸　「山中大岩に生ず。高処にあるは梯をかけ、担にすがりて采る」(大和本草)。▽採り難い岩茸をとるために、すがる籠がほしい意と、ひらき難い人の心を開くために、ひそかに通う駕籠がほしい意の両意がある。

813 初ウ五。秋(露)。○松の葉　色かえぬことから、「人のこゝろのかたき」を受ける。また茸―松、「岩―松」(類)の連想もある。▽松の葉に置く露を承知で隠れ家に住む人の心は、岩のごとく固い、というほどの意。

814 初ウ六。秋(月影)。○せばき　「せばき―日かげもの」(類)。▽隠れ家に世をしのぶ片身の狭いこの身に、窓の月影もなるほど狭い。「隠家―落人・盗人」(類)の連想がある。月の座を四句引上げた。

815 初ウ七。雑。○ふいご　鞴。鍛冶屋などで風を吹き出す装置。○雲に嵐の音す也　「うつりゆく雲に嵐の声すなり散るか柾の葛城の山」(新古今集)。▽鞴より嵐のような凄まじい音がするのは、なるほど吹出し口が狭いからだ。

816 あん餅をうるかづらきの山　一朝

817 ふりにける豊《とゆ》等《ら》の寺の御開帳　卜尺

818 善の綱うらそよぐ竹の葉　松意

819 灯《とう》明《みやう》やそれより出《いで》て飛《とぶ》蛍　一鉄

820 物おもふ身のこもる神前　松臼

821 血の泪《なみだ》扨《さて》は並木の花の雨　一朝

822 親はそらにて鳥の巣ばなれ　在色

823 うはばみは霞をのたる山の岫《くき》　雪柴

816 初ウ八。雑。○あん餅　大和金剛の名物に饅頭(毛吹草)。○かづらきの山　前引の本歌による。▽葛城山修験道の霊場では、あん餅を売っている。それを作るのに鞴で火を起こすから嵐の音がする、というのである。

817 初ウ九。釈教(豊等の寺)。○ふりにける豊等の寺　「ふりにける跡とも見えず葛城や豊等の寺の雪のあけぼの」(續千載集)。「豊等」は豊浦・豊良とも。大和国(奈良県)高市郡明日香村にあった。類船集に「豊浦(トヨ)寺」。▽折から草創の古い豊浦寺で御開帳があり、門前では参詣人相手にあん餅を売っている。

818 初ウ十。釈教(善の綱)。○善の綱　本尊開帳の時など、仏像の手に掛け、その末を参詣人に引かせて、浄土引摂を思わせる五色の糸。○竹の葉　「豊浦寺―竹」(類)。▽豊等の寺の御開帳で、善の綱に縋る善男善女のざわめきを、竹の葉のそよぎに見立てたのであろう。

819 初ウ十一。夏(蛍)。釈教(灯明)。○蛍　「竹―蛍」(類)。▽竹の葉の間を飛ぶ蛍は、仏前の灯明から出てきたもののように思われる。

820 初ウ十二。恋(物おもふ身)。神祇(神前)。○物おもふ　「物思へば沢の蛍も我身よりあくがれ出づる玉かとぞ見る」(後拾遺集)。○神前　「灯明」に付く。▽神前に籠って恋を祈れば、その身より蛍が抜け出して飛ぶ。実は灯明の光なのだが。

821 初ウ十三。春(花の雨)。恋(血の泪)。花の定座。○血の泪　激しい悲しみ。○花の雨　花に降る雨とも、雨の降るごとく散る花ともいう。▽物思うわが血涙かと思えば、神前の並木に降る花の雨であった。

822 初ウ十四。春(鳥の巣ばなれ)。○親はそらにて　「親は空にて血の涙を、降らせば濡れじと菅簑や」(謡曲・善知鳥)。○鳥　「鳥―花の木」(類)。▽親鳥は空で、巣立つ子鳥との別れを悲しんで血の涙を降らすのかと思えば、じつは並木の花に降る雨であった、の意。

823 二オ一。春(霞)。○うはばみ　大蛇。「鳥の巣―蛇」(類)。○のたる　這う。○岫　山の峰。▽一句は、霞の中をのたる山の峰が、大蛇のごとく見える意。付意は、大蛇が鳥の巣の雛をねらってのたり、親鳥は空で鳴き騒ぐというのであろう。

824 鎌《かま》おつ取《とつ》てはしる柴《しば》人《びと》　志計
825 野《の》境《ざかひ》の言葉たゝかひ事おはり　松意
826 平家の方より塚をつく也《なり》　正友
827 庚《かう》申《しん》や九代の末にまつるらん　松臼
828 無《む》間《けん》の鐘にには鳥の声　一鉄
829 別《わかれ》はの思ひや胸の火の車　在色
830 なみだいくたびあげ屋の門を　卜尺
831 またるゝはそれか雪《せつ》踏《た》の音絶《たえ》て　志計

824 二オ二。雑。○鎌おつ取て　鎌を急いで手に取る。「神主松明振り立てて、御鎌を持つて岩間を伝ひ…蛇体は竜宮に飛んでぞ入りにける」(謡曲・和布刈)。○柴人　「山の軸」に付く。「柴―山路・岨伝ひ」(類)。▽大蛇をやっつけようと、柴人は鎌をおっ取って走る。

825 二オ三。雑。○言葉たゝかひ…　「その時平家の方よりも、言葉たたかひこと終り」(謡曲・八島)。▽野境をめぐる争いも、口論の段階は終わって、この上は腕ずくで決着をつけようと、柴人たちが鎌おっとって馳せ向かうというのである。

826 二オ四。雑。○平家の方より　前出八島の文句取り。▽野境を決める口争いが無事に決着をみたので、平家の方から標識の塚を築く、という意。

827 二オ五。雑。○庚申　「塚」に付く。庚申塚は、青面金剛と三猿の像を石に彫って路傍に据えた塚。○九代の末に　「これは桓武天皇九代の後胤平の知盛幽霊なり」(謡曲・船弁慶)。▽平家も九代の末になって、幽霊が出たからやっと庚申塚を築いてまつるのであろう。

828 二オ六。釈教(無間の鐘)。○無間の鐘　遠江国(静岡県)小夜中山無間山観音寺の鐘。「俗云撞二当寺鐘一者必得二福徳一、後世堕二無間地獄一」(和漢三才図会)。○には鳥　「庚申―鶏」(類)。▽無間の鐘をついて無間地獄に堕ち、九代の末にようやくまつられることになった。

829 二オ七。恋(別はの思ひ・胸の火)。○別れ　「別―鳥が音・鐘の音」(類)。○胸の火　胸中の切ない思いの譬え。○火の車　無間地獄では、罪人の皮を剝いで、火の車輪に付け、熱鉄地獄を廻らしめる。▽鐘の音、鶏の声に別れを惜しむ思いは、無間地獄の火の車に胸を焼かれるようだ、というのである。

830 二オ八。恋(なみだ・あげ屋)。○なみだ　「別―涙」(類)。○あげ屋　揚屋。▽遊女との別れの思いは胸の火となり、涙ながらに幾度揚屋の門を出たことであろう。「また車に打ち乗りて火宅の門をや出でぬらん」(謡曲・野宮)。

831 二オ九。恋(またるゝ)。▽揚屋の門前を雪踏の音が通り過ぎる。待たれる人の足音かと幾度涙を流したことか。

832 この文ひとつ犬こゝろせよ　一朝

833 むば玉の夜ばひも夜討の手立《てだて》あり　正友

834 富士のすそ野に落《おと》すふんどし　雪柴

835 白《しろ》妙《たへ》の雪の夕月厄《やく》はらひ　一鉄

836 煤《すす》をおさむる城の松風　松意

837 から鮭《ざけ》の尾上《をのへ》にちかき台所　卜尺

838 猫のにやぐ〳〵いづれ山びこ　松臼

839 杣《そま》人《びと》やなたの下より悟《さと》るらん　一朝

832 二オ十。恋(文)。○犬「文―犬」(類)。▽待てど訪れぬ人に文をやる。この文ひとつ心して届けよと、犬に託するのであろう。「犬をも使にせし事あれば」(御傘)。

833 二オ十一。恋(夜ばひ)。○むば玉の「夜」にかかる枕詞。▽夜這いにも夜討同然の方法がある。犬に吠えられぬように用心せよ。

834 二オ十二。恋(ふんどし)。○富士のすそ野「夜討」に付く。「夜討―曾我兄弟」「富士―曾我の夜討」(類)。○ふんどし「連歌恋之詞。…下の帯」(毛吹草)。▽富士の裾野で夜討ならぬ夜這いをし、ふんどしを落として帰った、というのである。

835 二オ十三。冬(雪)。月の定座(夕月)。○雪「富士―雪」(類)。○厄はらひ　厄年に年齢の数だけの銭をふんどしに包んで落とすと、災厄を免れるという俗説があった。「下帯―厄年」(類)。▽雪の夕月の下、富士の裾野にふんどしを落として来て、厄払いをすませた、という意。

836 二オ十四。冬(煤をおさむる)。○煤をおさむる　煤掃き。十二月十三日の行事。○松風「松―雪の詠め」(類)。▽厄を払い、煤をおさめた城では、白妙の雪をかぶった松に風の音がする。その松風が煤を払ったのだと聞かせるのが談林風。

837 二ウ一。雑。○から鮭　腸を去り乾燥させた鮭。「煤―干鮭」(類)。○尾上「尾上トアラバ、松」(連珠合璧集)。▽煤掃きの終わった城の台所に、乾鮭の吊り下げられているさま。

838 二ウ二。雑。○猫　諺「猫に干鮭」(毛吹草)。▽台所の乾鮭をねらって猫がにゃぐにゃぐと騒ぎ立てるが、尾上に近いところであるから、どれが山彦なのか区別がつかない、というのである。

839 二ウ三。雑。○杣人「杣人は宮木ひくらしあしびきの山の山びことよびとよむなり」(古今集)。○なたの下より悟る　諺「南泉は猫を斬つて両僧の争を鎮む」(譬喩尽)。▽どれが猫の鳴声か山彦かと争うとき、杣人は振り下ろした鉈の下から真実を悟るであろう。

840 苧《を》くずの衣《ころも》すさの塵の世　在色
841 信《しな》濃《の》なる木曾屋が蔵《くら》も荒《あれ》にけり　雪柴
842 押《おし》込《こみ》強《がう》盗《だう》みやはとがめぬ　志計
843 小《こ》男《をとこ》のさも小《こ》ざかしき同心衆　松意
844 消すに火のこのくゞる股ぐら　正友
845 長持を所せくまでかきすへて　松臼
846 此《この》殿様へ浄《じやう》留《る》り大《だ》夫《いふ》　一鉄
847 女《ぢよ》郎《らう》客《きやく》簾《れん》中《ちう》ふかく入《いり》給ふ　在色

840 二ウ四。雑。○苧くずの衣　麻糸の屑で出来た衣。「杣人」の着衣。○すさ　寸莎。壁土に混ぜる藁・苧・紙など。「なた―壁のすさ」(類)。▽苧屑の衣を鉈で刻んで寸莎にする。この世はその塵のようなものだと、杣人は鉈を振り下ろす下から悟るであろう。

841 二ウ五。雑。○信濃なる木曾　「麻衣」と続く歌語。「信濃―白苧・木曾の麻衣」(類)。▽麻衣の商人信濃の木曾屋も衰えて、蔵の壁が崩れ落ち、寸莎の塵となる荒れようである。塵の世とはまさにこのこと。

842 二ウ六。雑。○みやはとがめぬ　「信濃なる浅間の嶽に立つ煙をちこち人の見やはとがめぬ」(伊勢物語八段)。▽押込強盗が度々押入って、信濃の木曾屋の蔵も荒らされてしまった。どうしてこの強盗を見咎めないのであろうか。

843 二ウ七。雑。○同心衆　町奉行配下与力の下にある下級役人。捕方。▽小男で、さも利口ぶって生意気そうな同心衆。押込強盗を見咎めて、捕えないのか。

844 二ウ八。雑。▽前句の「同心衆」を火消組の同心に取成し、火事を消そうとするのに火の粉が股ぐらをくぐって難儀だといったのである。

845 二ウ九。雑。○長持　車長持であろう。非常の時に備え、車を取付けて移動しやすくした長持。▽火事場の様子。所狭しと長持を舁きすえたため消火に手こずるさま。明暦三年(一六五七)の江戸大火で、車長持が道をふさぎ混雑したため、禁止されたという史実がある。

846 二ウ十。雑。▽この殿様の所望で操り芝居を御覧に入れようと、浄瑠璃太夫が伺候して、操り人形・道具・衣装などを入れた長持を、所狭しと舁きすえた、というのである。

847 二ウ十一。雑。○女郎　「上臈」より転じ、貴族・大名の奥向きに勤める女性。○簾中　「桟敷―御簾」(類)。▽この殿様のもとへ参上した浄瑠璃太夫の語る浄瑠璃を聞かんものと、女郎客は御簾の奥深くへ入り給うた。

848 二ウ十二。恋(新枕)。○新枕　男女が初めて共に寝ること。▽前句を傾城の客が暖簾の奥深く入り給うたの意に取成し、衣をひき被ってはや新枕に及ぶ、と付けたのであろう。

848 衣《きぬ》引《ひき》かづきはや新《にひ》枕《まくら》　卜尺

849 花も月もなんでもない事恋の道　志計

850 わづかのなさけ春の夜の夢　一朝

851 やぶ入《いり》や世のうき橋を渡るらん　正友

852 三人笑《わらつ》てたゝく手みやげ　雪柴

853 たのしみやおはずかさずに子を愛し　一鉄

854 年のきはともしらぬ老《おい》鶴《づる》　松意

855 鎌倉の将軍以来の松《まつ》の雪　卜尺

849 二ウ十三。春(花)。恋(恋の道)。花の定座。▽恋の道には花月の風流も、べつにとり立てていうほどのこともなく、逢えば直ちに衣をひきかずき新枕を交すだけのことだ、というのである。月の座を三句こぼしたため、花・月同居となった。

850 二ウ十四。春(春の夜)。恋(なさけ)。○春の夜の夢　歌語。はかなさをいう。▽恋の道には、花も月も何もなく、ただわずかな情で契りを結ぶ、春の夜の夢のようにはかないことである。

851 三オ一。春(やぶ入)。○やぶ入　一月十六日、奉公人が雇主から暇を貰い、一、二日帰郷すること。○世のうき橋　「世の憂き」に、浮橋を掛けた。浮橋は「比㆑舟為㆑梁、加㆓板於上㆒。水急不㆑可㆑為㆑橋故、以㆓浮橋㆒渡」(和漢三才図会)。「春の夜の夢の浮橋とだえして峰に別るる横雲の空」(新古今集)。▽前句の「わづかのなさけ」を雇主のそれとみ、わずかの情をかけられて、親のもとへ帰るのだが、それも春の夜の夢のごとくはかない。世渡りは浮橋を渡るようにつらいことだ、といったのである。

852 三オ二。雑。○三人笑てたゝく手　虎渓三笑の故事。「一度にどつと手をうち笑つて、三笑の昔となりにけり」(謡曲・三笑)。▽藪入りの子の手みやげを開いて、親子三人が手をたたいて笑った、という意。

853 三オ三。雑。○おはずかさずに子　諺「負はず貸さずに子三人」。▽前句を、三人の子供が親の手土産に手をたたいて喜ぶさまとみなし、借金も貸金もなく、子供たちを愛育するのが楽しみである、と付けたのである。

854 三オ四。冬(年のきは)。○年のきは　大晦日。○老鶴「親の子を思ふこと人倫に限らず、焼野の雉子、夜の鶴」(謡曲・唐船)等。▽貸借関係がないから、掛取や借金に奔走する世間の歳末とは無関係に、ひたすら子を愛する老鶴である。

855 三オ五。冬(雪)。○鎌倉…雪　「鶴岡―鎌倉・雪の下」(類)。○松の雪　「松」に松平氏を寓する。「鶴―松」(類)。▽鎌倉の将軍以来松平氏に至る古松の雪かげに、齢の末とも知らぬ老鶴が宿っている。「年のきは」を齢のきわに取成したのである。なお鎌倉の数珠かけ松・筆捨松は有名。

856 東海道にあらし寒《さえ》ゆく　松臼

857 追《おひ》出《だ》しの鐘に目覚《ざめ》て馬やらふ　一朝

858 人間万事まよふうかれめ　在色

859 方《はう》便《べん》や今此《この》娑《しや》婆《ば》に仏《ほとけ》御《ご》前《ぜ》　雪柴

860 夫《それ》おもんみる恋のみなもと　志計

861 恨《うらみ》ては昼《ちう》夜《や》をすてぬ泪《なみだ》川《がは》　松意

862 水もたまらずあはれ一太刀　正友

863 真《まつ》向《かう》にさしかざしたる月の色　松臼

856 三オ六。冬(寒ゆく)。○東海道 「松原—海道」「海道—鎌倉」「嵐—松」(類)。▽鎌倉の将軍以来の東海道の並木の古松に雪が降り積り、嵐が冴えてゆく。

857 三オ七。恋(追出しの鐘)。○追出しの鐘 一七三参照。○馬やらふ 「海道—馬借」(類)。▽明六つの鐘の音に目を覚ました馬子が、東海道を朝立ちする旅人に馬遣ろうと呼びかける。

858 三オ八。恋(うかれめ)。○人間万事 「世の中は、人間万事塞翁が馬なれや」(謡曲・綾鼓)等。○うかれめ 遊女。「追出しの鐘」を、遊廓で客を追出す鐘の意に転じた。▽人間万事浮かれ女には迷うもの、その結果財産を蕩尽して馬子になりさがった、という心である。

859 三オ九。恋(仏御前)。○今此娑婆に 「げにや安楽世界より、今この娑婆に示現して、われらがための観世音」(謡曲・田村)。○仏御前 平清盛の寵を受けた女性。三味線・歌など門付芸をする盲目の女芸人瞽女(ごぜ)を掛けた。▽いまこの娑婆に仏が瞽女となって示現するのは、浮かれ女に迷う衆生を済度しようとする方便である、という意。

860 三オ十。恋(恋)。○夫おもんみる 「夫れつらつら惟んみれば…盧遮那仏を建立す」(謡曲・安宅)。▽よくよく考えてみると、恋の源は、煩悩即菩提を覚らしめる仏の方便にある。だからこそ、いまこの娑婆に仏御前となって示現するのだ。

861 三オ十一。恋(恨・泪川)。○昼夜をすてぬ 「子在二川上一曰、逝者如レ斯夫不レ舎二昼夜一」(論語・子罕)。○泪川 涙が激しく流れることの譬え。「涙川なに水上を尋ねけん物思ふ時のわが身なりけり」(古今集)。▽人のつれなさを恨んでは、昼夜をおかずに流れる涙川の、源をよく考えてみると、恋というものに行き当たった、というほどの意。

862 三オ十二。雑。○水もたまらず 切れ味のよいさま。ただし水が滞らず流れる意で「昼夜をすてぬ泪川」に付く。▽昼夜をおかず恨みの涙を流した末、思う敵を水もたまらずあわれ一太刀に切って捨てた、というのである。

863 三オ十三。秋(月)。月の定座。○真向に… 「太刀真向にさしかざし…月澄みわたりて」(謡曲・生田敦盛)。○さし「月」の縁語。▽一句、真正面に月が光を放つ意。付合は真向に

864 すゝみ出《いで》たるはつ鴈《かり》の声　一鉄

865 秋風の吹《ふく》につけても食《くひ》つきて　在色

866 旅なれたりし萩の下露　卜尺

867 行《ゆき》暮《くれ》て飛脚は野辺の仮《かり》枕《まくら》　志計

868 何十何里夢のかよひ路《ぢ》　一朝

869 あら海の岸による波泪《なみだ》じやもの　正友

870 誰《た》が邪《じゃ》間《ま》入《いり》て中の破《われ》舟《ぶね》　雪柴

871 うき思ひ問屋次第にともかくも　一鉄

太刀を振りかざして、水もたまらぬ手際で斬って捨てた、というのである。

864 三オ十四。秋(はつ鴈)。○はつ鴈　「月—鴈がね」(類)。▽真向に月をさしかざして進み出たのは初雁。「真向」は兜の鉢の正面を言い、そこに月の立物が輝く。雁を鎧武者に擬人化したのである。

865 三ウ一。秋(秋風)。○秋風の吹につけても　歌語。「秋風の吹くにつけても訪はぬかな荻の葉ならば音はしてまし」(後撰集)等。「秋風—初鴈がね」(類)。○食つきて　食欲が出て。▽秋風が吹くにつけても食欲が増し、進み出て初雁が鳴く。

866 三ウ二。秋(萩・下露)。▽秋風の吹くにつけても食欲の進むのは、萩の下露に伏すのも苦としないような旅なれた人物である。

867 三ウ三。雑。○行暮て　「行き暮れて木の下陰を宿とせば花や今宵の主ならまし」(謡曲・忠度)等。▽「旅なれた」人物として飛脚を出し、旅宿につかぬうちに日が暮れて、野辺に仮枕するのも平気だ、と応じたのである。

868 三ウ四。恋(かよひ路)。○夢のかよひ路　「草枕結び定めむかた知らずならはぬ野辺の夢の通ひ路」(新古今集)。▽行き暮れて野辺に仮寝の枕をした飛脚は、夢の中で何十何里もの道を行き通っていることであろう。

869 三ウ五。恋(泪)。○岸による波　「住の江の岸に寄る波寄るさへや夢の通ひ路人目よくらむ」(古今集)。▽何十何里を隔てていては、通い路も夢の中だけ。荒海の岸による波は泪でなくてなんであろう。

870 三ウ六。恋(句意)。○邪間　「邪魔」の宛字。○破舟　「割(ワ)—荒浪の船」(類)。▽誰が邪魔をして二人の仲は、荒海の破舟のように破れてしまったのか。泪は岸による波のごとくだ。

871 三ウ七。恋(うき思ひ)。○問屋　「問屋—舟着」(類)。▽破船による荷主の憂き思いは、船問屋次第でともかくも何とかなるだろう。裏に、二人の仲の修復は、ともかく仲に立つ人に任せようという意味がこめられている。

872 今此《この》さとのりんきいさかひ　松意

873 ながむれば烟《けぶり》絶《たえ》にしかせ所《じよ》帯《たい》　卜尺

874 をきわたしたる質《しち》草《ぐさ》の露　松臼

875 影てらす三《み》月《つき》切《ぎり》にや虫の声　一朝

876 一《いち》夏《げ》はすでに秋いたる也《なり》　在色

877 法《のり》の花火江《がう》湖《こ》の波の夕《ゆふ》気《げ》色《しき》　正友

878 ゆく舟《ふな》屋《や》かた終《つひ》は彼《かの》岸《きし》　志計

879 かやうとはおもはざりしをながし者　雪柴

872 三ウ八。恋(りんき)。▽前句を、問屋女郎への憂き思いは、問屋の主のはからいで何とかなった(所帯をもつことができた)、の意に解し、その結果、いまこの宿場町に悋気いさかいが起こっている、というのであろう。

873 三ウ九。恋(かせ所帯)。○烟絶にし　竈の煙が絶えてしまう意。○かせ所帯　悴所帯。貧乏所帯。▽いまこの里を眺めると、悋気いさかいの結果、貧乏所帯の竈の煙も絶え果てた。

874 三ウ十。秋(露)。○をきわたしたる　「君まさで煙絶えにし塩竈のうらさびしくも見えわたるかな」(古今集)の「見えわたる」をもじった。「をき」は「質」の縁語。○質草の露　質草に「草の露」を掛ける。▽眺めると、家財道具をすっかり質に入れてしまい、竈の煙も絶えてしまった貧乏所帯である。

875 三ウ十一。秋(虫の声)。○三月切　質入れの期限。「一、質物限月、従㆓古来㆒定之通り三ケ月切、質札に書記可㆑申事」(寛永十九年五月付、質屋仲間掟)。○虫の声　「草の露」をあしらう。▽月光の下の虫の声も秋三か月限りで聞かれなくなる意。そのように質草も三か月が期限で、流れてしまう、というのである。「影てらす…月」として天象の月をもたせ、月の座(一句こぼす)を満たした。

876 三ウ十二。秋(秋いたる)。釈教(一夏)。○一夏　陰暦四月十六日から七月十五日までの九十日間、僧侶は安居(あんご)の勤めに入る。前句「影てらす」に釈教の匂を感じ、「三月」に付けた。▽一夏三か月の安居が終わるとすでに秋が来て、月の光の下に虫の声が聞かれる。

877 三ウ十三。秋(花火)。釈教(法の花)。花の定座。○法の花火　「法の花」に「花火」を掛けた。「法の花」は仏前に供える花・蓮華・仏道の精華などの意。「花—一夏」「法—一夏籠る」(類)。○江湖　「ガゥコ」(日葡辞書)。揚子江と洞庭湖。曹洞宗の僧をもいう。▽一夏の修行が終わり、季節は秋を迎え、法の花が花火となって江湖の波の夕景色をいろどることである。

878 三ウ十四。秋(彼岸)。○舟屋かた　屋形船。「弘誓(ぐぜい)の舟」の卑俗化。「法—船」(類)。▽盂蘭盆会の花火見物。したがってこの遊山船はまちがいなく彼岸へ着く。

880 七月《ツキ》半の喰《くひ》あはせうき　一鉄

881 申さぬが脈にすゝんであだ心　松意

882 朝ゐの床《とこ》をはづる小娘　卜尺

883 しやな〳〵としゝしに行けば乱《みだれ》髪《がみ》　松臼

884 乗物出《いで》しあとの追《おひ》風《かぜ》　一朝

885 腹《はら》切《きり》やきのふはけふの峰の雲　在色

886 何百年の辻堂の月　正友

887 飛《ひ》驒《だ》の工《たくみ》爰《ここ》に沙汰してきり〴〵す　志計

879 名オ一。雑。○おもはざりしを　「つひにゆく道とはかねて聞きしかどきのふけふとは思はざりしを」(伊勢物語一二五段)。○ながし者　「船—左遷」「流人—八十嶋かけて漕舟」(類)。▽「舟屋かた」を流人船に取成し、行き着く先が配所であろうとは思いもしなかった、というのである。

380 名オ二。雑。○七月半　流罪の期間。▽前句「ながし者」に下痢の意を読みとり、それが長い間の喰い合せによると付けたのである。

881 名オ三。恋(あだ心)。▽口に出しては言わぬが、浮気心は脈にはっきり現われている。前句の「七月半」を懐妊とみて、「喰あはせ」を猥雑の意に解したわけ。

882 名オ四。恋(はづる小娘)。○朝ゐ　朝寝。▽前句の「脈にすゝんで」から恋病いを趣向。物憂くて朝寝の床にぐずぐずしているのを恥じる小娘のさまを付け出した。

883 名オ五。恋(乱髪)。○しやな〳〵と　しなやかでなまめかしい歩きぶり。○乱髪　「乱髪—寝起」(類)。▽前句の小娘が朝寝の床を抜け出して、乱れたままの髪姿で、しゃなしゃなと小便をしにゆく、という意。

884 名オ六。雑。○追風　着物に薫きしめた香の匂を送ってくる風。後から吹いてくる風と解して「乱髪」に付けた。▽前句をきぬぎぬの別れをした女のさまに読みなし、いま送り出した男の乗物の方から、風が香の匂を伝えてくる、と付けたのである。

885 名オ七。無常(腹切)。○腹切　「乗物—大名」(類)からの連想であろう。○きのふはけふの　諺「きのふはけふの昔」(毛吹草)。○峰の雲　「追風」のあしらい。▽前句の「乗物」を、大名などの遺骸を野辺に送る輿(こし)とみ、「あとの追風」から追腹切ると続けた。昨日の栄華は今日空しく、峰の浮雲のごとく定めない運命であった。

886 名オ八。秋(月)。▽何百年も昔、この辻堂で切腹があったというが、今は月が照らすばかりである。特定の故事を考える必要はあるまい。月の座を五句引上げた。

887 名オ九。秋(きり〴〵す)。○飛驒の工　飛驒国(岐阜県)から毎年交替で京に上り公役についた工匠。百済の絵師川成

888　金《かな》岡《をか》が筆くさむらの色　雪柴

889　片しぐれ価《あたひ》いくらの松の風　一鉄

890　美《み》濃《の》のお山の宿に夜あした　松意

891　洗《せん》足《そく》に垂《たる》井《ゐ》の水やむすぶらん　卜尺

892　追《おひ》剥《はぎ》しまふあとの血《ち》刀《がたな》　松臼

893　義《よし》盛《もり》がゆかりなるべし牢《らう》人《にん》　一朝

894　夜《よる》日《ひる》三《み》日《か》のくすりごしらへ　在色

895　水《すい》風《ふ》呂《ろ》や枯《こ》木《ぼく》をたゝき焼《たき》立《たて》たり　正友

と技比べをし、入ろうとすると四面の扉が閉じる小堂を作った話がある(今昔物語集二十四・百済川成飛弾工挑語)。○爰に沙汰して　ここに評判を残して。▽何百年の昔から、ここに飛驒の工の評判を伝える辻堂があり、月下にきりぎりすが鳴いている。

888　名オ十。秋(くさむらの色)。○金岡　巨勢氏。仁和・寛平(八八五-八九八)頃の絵師。清涼殿の障子に画いたはね馬の絵が抜け出て、萩の戸の萩を食った話など、説話が多い。「飛驒の工」に対応。○筆　「筆―きりぎりす」(類)。▽きりぎりすが飛驒の工の作なら、美しく紅葉した草むらは金岡の筆になるはず。

889　名オ十一。冬(片しぐれ)。○片しぐれ　片方が晴れて片方に降る時雨。一対のものの片方をいう「片し」に掛けた。○価いくら　「金岡が筆」に付く。○松の風　「金岡」の「岡」のあしらい。「松―岡」(類)。▽付筋は、金岡筆のこの絵は片しだけでも幾らの値がつくだろうか、というので、他の語はあしらい。

890　名オ十二。雑。○美濃のお山　歌枕。「美濃の小山―一松」(類)。▽美濃の小山の宿は朝な夕なに片時雨して、名物の一つ松の風情は一きわだ。これを値段にすると幾らだろうか。

891　名オ十三。雑。○垂井　岐阜県不破郡にある。「美濃―垂井」(類)。▽美濃の小山の宿では、洗足に名高い垂井の水を掬ぶことであろう。

892　名オ十四。雑。○追剥　「このあたりは垂井青墓赤坂とて…山賊夜盗の盗人等、高荷を落し里通ひの下女やはしたの者までも、うち剝ぎ取られ泣き叫ぶ」(謡曲・熊坂)。▽垂井の里の追剝は、泥足ばかりでなく、追剝に使った血刀まで垂井の水で洗うことであろう。

893　名ウ一。雑。○義盛がゆかりなるべし　「われは敦盛のゆかりの者にて候なり」(謡曲・敦盛)のもじり。義盛は義経の郎党伊勢三郎。もと伊勢国(三重県)鈴鹿山の山賊。▽前句の「追剝」を、伊勢三郎義盛にゆかりのある素牢人であろう、としたのである。

894　名ウ二。雑。○夜日三日　「源氏のつはものどもこの三日が間は臥さざりけり…判官と伊勢三郎は寝ざりけり」(平家物語十一・弓流し)。○くすりごしらへ　「牢人―医師」(類)。▽

896 こぬかみだれて晴天の雨　志計

897 まつ宵《よひ》の油こぼるゝうき泪《なみだ》　雪柴

898 かゝる思ひをねずみひかぬか　卜尺

899 恨《うらみ》ては社《やしろ》の花に五寸釘　松意

900 中をかすめてうき天満橋　松臼

一鉄十一句　一朝十一句　松臼十一句
在色十一句　正友十一句　執筆　一句
雪柴十一句　松意十一句
志計十一句　卜尺十一句

夜も日も寝ずに薬を調えているのは、義盛ゆかりの素牢人であろうと転じた。

895 名ウ三。雑。○枯木をたゝき　「三日かけて以前より、峰へ分け登り…枯木をたたき、喚き叫んで狩り下す」(幸若舞曲・夜討曾我)。▽水風呂を、枯木をたたき折ってたき立てた、の意。水風呂は前句から薬風呂であろう。

896 名ウ四。雑。○こぬか　粉糠。「水風呂」に付く。○晴天の雨　白楽天の詩「風吹二枯木一晴天雨、月照二平沙一夏夜霜」(和漢朗詠集)。▽水風呂に肌を磨く粉糠が乱れ飛び、まるで晴天の雨のごとくである。これこそ粉糠雨であるという洒落もあろう。

897 名ウ五。恋(まつ宵・うき泪)。○まつ宵　「こぬか」を「来ぬか」に取成した付け。○油　粉糠より製する油がある。▽恋人が来ぬかと待つ宵は、行灯の油のこぼれるごとく憂き涙がこぼれ、晴天の雨のごとくである。

898 名ウ六。恋(思ひ)。○かゝる　斯かる。「掛かる」に掛けて「こぼるゝ」をあしらった。○ねずみ　「油—鼠」(類)。▽待つ宵のこんな淋しい思い(類「待よひ—淋敷」)を、こぼれた油を舐めるように、鼠が引き去ってくれないものか。

899 名ウ七。春(花)。恋(恨)。花の定座。○社　「社—鼠」(類)。▽裏切った男を恨んで、丑の刻参りをし、神社の花の木に藁人形を五寸釘で打ちつける。こんな辛い思いを鼠が引いてくれぬものか。

900 挙句。春(かすめ)。恋(うき)。○天満橋　現在大阪市東区谷町一丁目と北区天満の空心町一丁目とを繋ぐ淀川の大橋。天満宮の縁で「社」に付く。▽二人の中を霞ませて、憂鬱な天満橋である。

901 雪おれやむかしに帰る笠の骨　田代氏 松意

902 落葉は土にうづむ下駄の歯　一朝

903 はきだめはあたかも軒の山と見て　志計

904 平《ひら》太《た》に雲を分《わく》る舟《ふな》入《いり》　在色

905 浪風もあたりをはらふ御《お》成《なり》先《さき》　卜尺

906 すかぬやつめが訴《そ》状《じやう》一《いつ》通《つう》　一鉄

907 新《しん》田《でん》場《ば》人をとまれな今朝の月　松臼

901 発句。冬(雪おれ)。○むかしに帰る　歌語。「いかでわれ隙ゆく駒を引とめて昔に帰る道を尋ねん」(千載集)等。▽雪に朽ちほころびた笠は竹の骨ばかりになった。雪折れ竹の昔に帰ったというべきである。「竹」の抜句。「竹の子・竹の皮―笠」(類)。千句の約束に従い、第十巻冬季の発句。

902 脇。冬(落葉)。○落葉　「落葉―竹原」(類)。○土にうづむ　「落葉」と「下駄の歯」の両方にかかる。○下駄の歯　「笠の骨」に対応。▽下駄の歯も落葉同様土に埋もれる。これも昔に帰るのである。

903 第三。雑。○はきだめはあたかも…山　諺「塵積もりて山となる」(毛吹草)。○軒の山　軒先に見える山。▽掃溜の落葉が山をなすさま。

904 初オ四。雑。○平太　平田船。船体に修羅板と呼ぶ甲板を敷いた、石積み用の船。○雲を分る　歌語。「行く末も跡もさながら埋れて雲をぞ分くる足柄の山」(続千載集)等。また「雲をも分くる沖つ船」(謡曲・知章)。「軒の山」のあしらい。○舟入　人工の舟着場。▽掃溜の山を平田舟に積んで棄てるのであろう。

905 初オ五。雑。▽「平太に」を平たにの意に解し、浪風もあたりを払い、雲を平らに分けるごとく、威風堂々、御座船で御成先へ来臨あったというのであろう。

906 初オ六。雑。○すかぬやつ　為政者にとって好ましからぬやつ。▽殿様の御成先へ、すかぬやつめが、訴状をもって直訴に及んだという意。

907 初オ七。秋(月)。月の定座。○新田場　中古以来の墾田に対して、近世開発した農地。年貢は十年間免除された。「訟(ウッタヘ)―新田」(類)。○人をとまれな　「里ばなれの人音稀に須磨の浦」(謡曲・忠度)。▽人の往来も稀な新田開発にからんだ訴えである。

908 初オ八。秋(しら露)。○むすぶ　「小家三つ四つ」と「しら露」の両方にかかる。▽人音稀な新田場の情景。

908 小《こ》家《いへ》三つ四つむすぶしら露　雪柴

909 きりぐ〵す念《ねん》仏《ぶつ》講《かう》にこゑそへて　正友

910 煮《に》しめその外萩の花など　執筆

911 はるぐ〵と野《の》路《ぢ》の玉川留《る》守《す》見《み》廻《まひ》　一朝

912 入《じつ》魂《こん》中《なか》の勢《せ》田《た》の長橋　松意

913 俵一つ御無心申《まうす》かねのこゑ　在色

914 大雨にはかによその夕暮　志計

915 ほとゝぎす万《ばん》民《みん》是《これ》を賞《しやう》翫《くわん》す　一鉄

909 初ウ一。秋(きりぐ〵す)。○きりぐ〵す　「蛬―露草」(類)。○念仏講　三四参照。「むすぶ」の縁語。○こゑそへて　「隅田川原の浪風も声立てそへて南無阿弥陀仏」(謡曲・隅田川)。▽小家三つ四つで結んだ念仏講中の称名念仏に、きりぎりすが声を添えて鳴く。

910 初ウ二。秋(萩の花)。○萩の花　萩の餅に言い掛けた。「法の声添へて花の跡とぶらふ春の風」(謡曲・藤)。▽念仏講の席には、煮しめそのほか萩餅、それに萩の花などもある、というのである。

911 初ウ三。雑。○野路の玉川　近江国(滋賀県)の歌枕。「あすも来ん野路の玉川萩こえて色なる浪に月やどりけり」(千載集)。▽煮しめそのほか萩餅などを携えて、はるばる野路の玉川へ留守見舞にやって来た。

912 初ウ四。雑。○入魂　昵懇。○勢田の長橋　近江国勢田川にかかる橋。長さ百九十六間。歌枕。▽勢田の長橋のように長い間昵懇の仲なので、はるばる野路の玉川まで留守見舞に来たというわけ。

913 初ウ五。雑。○俵　「勢多―俵藤太」(類)。俵藤太秀郷が勢田の橋から三上山のむかでを弓で射止め、米俵と釣鐘を贈られた故事による。○かねのこゑ　「金」に「鐘の声」を掛けた。▽昵懇な間柄だから、俵の形をした小判を一枚拝借したい、という意であろう。

914 初ウ六。雑。○よその夕暮　「年も経ぬ祈るちぎりは初瀬山尾上の鐘のよその夕暮」(新古今集)。▽遠方は俄な大雨で、出水の危険を報せる鐘の音が聞える。「俵一つ」の無心は、堤を補強するためか、飛橋にするための供出の頼みであろう。「俵―堤築(ツツミ ツク)・飛橋」(類)。

915 初ウ七。夏(ほとゝぎす)。○ほとゝぎす　「ほととぎす猶うとまれぬ心かな汝が鳴く里のよその夕暮」(新古今集)。「雨―ほとゝぎす」(類)。○万民是を賞翫す　「異国にも本朝にも万民これを賞翫す」(謡曲・高砂)。▽俄な大雨の降った夕暮、ほととぎすの声を聞いた。この声は万民の賞翫するところである、というのである。

916 花《はな》柚《ゆ》をゝにうける盃《さかづき》　卜尺
917 小刀の峰より月のかけ落《おち》て　雪柴
918 品《しな》玉《だま》とりや夜《よ》寒《さむ》なるらむ　松臼
919 渡る雁《かり》そも神《しん》変《べん》はいさしらず　松意
920 鳥《と》羽《ば》田《た》の面《おも》の虫のまじなひ　正友
921 庭の花伏《ふし》見《み》の山をねこぎにて　卜尺
922 霞にむせぶうけ出され者　一朝
923 春やむかし忘れ形見の革つゞら　志計

916 初ウ八。夏(花柚)。〇花柚　柚の一種。果実の切れを酒に入れ香気を賞する。「ほとゝぎす」に付く。〇うける　浮かばせる意に受ける意を掛けた。▽花柚を酒に浮かべた盃を受ける。これを賞味しない人はいない。

917 初ウ九。秋(月)。〇小刀　「花柚」に付く。「小刀―瓜」(類)。▽一句「小刀の」は序詞で、峰より月の欠け落ちてゆくさまが主。「小刀」は花柚の皮を剝く道具として付く。果実が削がれてゆくのを欠け落ちる月に見立てた。月の座を一句引上げた。

918 初ウ十。秋(夜寒)。〇品玉とり　小刀を手玉に取って操る曲芸。▽品玉とりは夜寒をわびることであろう。その小刀で月が欠け落ちるという寓言。

919 初ウ十一。秋(渡る雁)。〇そも神変はいさしらず　「ほとりも知らぬ海底に、そも神変はいさ知らず、取りえんことは不定なり」(謡曲・海士)。「神変」は人知でははかり知れぬ不思議な変化。▽「雁の渡るように品玉が手をわたります。そも神変はいさ知らず、うまく手に渡るとは限りませぬ」といった、品玉取りの口上であろう。

920 初ウ十二。秋(虫)。〇鳥羽田の面　「鳥羽田」は山城国(京都府)の歌枕。「大江山傾く月のかげさえて鳥羽田の面に落つる雁がね」(新古今集)。〇虫　「虫―鳥羽田」(類)。▽鳥羽田の面に付く害虫を駆除するまじない。そも神変はいさ知らず、このまじないの効き目はいかに。

921 初ウ十三。春(花)。花の定座。〇伏見　「鳥羽―伏見」「虫―伏見野」(類)。▽一句は伏見の山の花を根こそぎわが家の庭へ植えたという意であるが、前句につくと庭の花から伏見の山の花まで根こそぎ虫害に会った意となる。

922 初ウ十四。春(霞)。恋(うけ出され者)。〇霞にむせぶ　「朝戸あけて伏見の里を眺むれば霞にむせぶ宇治の河波」(新勅撰集)。▽伏見撞木町の名花である遊女を、根こそぎ落籍したというのである。

923 二オ一。春(春)。恋(形見)。〇春やむかし…形見　「花の香の匂ふに物の悲しきは春や昔の形見なるらむ」(続古今集)。▽受け出されるとき持参した革葛籠は、昔の栄華を忘れぬための形見である。

924 なんだ足《た》袋《び》屋《や》が板《いた》敷《じき》に落《おつ》　在色

925 ごみほこりうき名つもりて高《たか》崎《さき》や　松臼

926 いのる妙《めう》喜《ぎ》の山おろしふく　一鉄

927 手あやまち三尺計《ばかり》もえ揚《あが》リ　雪柴

928 ゆがみをなをす棒は真二つ　松意

929 人らしき心もたずばもたせうぞ　正友

930 所《しよ》帯《たい》を分《わけ》てうさもつらさも　卜尺

931 世の中はへんてつ一《いち》衣《え》かるい事　一朝

924 二オ二。恋(なんだ)。○なんだ　涙。○板敷　「うち泣きて、あばらなる板敷に月の傾くまで臥せりて、去年を思ひいでてよめる。月やあらぬ春や昔の春ならぬわが身一つはもとの身にして」(伊勢物語四段)。▽忘れ形見の革葛籠を、涙ながらに足袋屋に売り払うのであろう。

925 二オ三。恋(うき名)。○ごみほこり　「木綿―埃」(類)。○高崎　「つもりて高」に言いかけた。上州(群馬県)高崎産の木綿足袋を高崎足袋という。足首の部分が低いのが特長。▽高崎足袋を作る足袋屋の板敷に、木綿のごみ埃がうず高く積るのと同様、わが浮名も高く積って涙をこぼすことである。

926 二オ四。釈教(いのる妙喜)。○いのる　「うき名」に付く。「祈―うき人」(類)。○妙喜　「妙義」の宛字。上毛三山の一。妙義権現がある。○山おろしふく　「うかりける人を初瀬の山おろしよはげしかれとは祈らぬものを」(千載集)。「風・吹く―埃」(類)。「山」は諺「塵積もりて山となる」(毛吹草)による。▽妙義権現に辛い思いの恋を祈れば、山おろしが吹きおろす。

927 二オ五。雑。○手あやまち　失火。▽手あやまちで火の手が三尺ばかりも上がった。山おろしが吹いて危ない。

928 二オ六。雑。○棒　「棒―火事」(類)。▽棒の歪みを直そうとして火にあぶったところ、不注意で燃え上がり、真二つに折れたという意。六尺棒が二つに折れて三尺になったわけである。「六尺―棒」(類)。

929 二オ七。雑。▽前句を、歪んだ心を直す折檻の棒が二つに折れた意に取成し、人間らしい心を持たないなら持たすまでだ、と発話体で応じた句。

930 二オ八。雑。▽万事親がかりだった世帯を分けて独立させ、世間の憂さも辛さも知らせてやろう。前句を親の強意見と見た付け。

931 二オ九。雑。○へんてつ　編綴。十徳に似て袖が長く、四すそを約五寸ずつ綻ばせた衣類。▽世の中は、この編綴一衣のごとく軽いことであるよ。世帯分けをして楽隠居になった身の上である。「世の中…かるい事」は、「世を軽く思ひたる曲者」(徒然草六十段)、「とかく浮世は軽いがましよ」(淋敷座之慰・おもい物口説船歌)等参照。

932 あかつきおきの瓢《へう》箪《たん》の音　志計

933 小便やしばらく月にほとゝぎす　在色

934 病《やみ》目《め》もはるゝ夏山の雲　松臼

935 涼《すず》風《かぜ》や峰ふき送る薬師堂　一鉄

936 かけ奉《たてまつ》る虎やうそぶく　雪柴

937 花《はな》生《いけ》はもとこれ竹の林より　松意

938 相《あひ》客《きやく》七人はるのあけぼの　正友

939 比《び》丘《く》尼《に》宿《やど》はやきぬ〳〵に帰る鴈《かり》　卜尺

932 二オ十。雑。○あかつきおき　「法(ツノ)―暁起(アカツキオキ)」(類)。「鉢扣(ハチタキ)―暁の月」(類)。○瓢箪　「瓢箪・暁―鉢扣」(類)。また「かるい事」のあしらい。▽「鉢叩」の抜句。鉢叩は、十一月十三日の空也忌から四十八日間、洛中洛外を瓢箪を叩いてまわる寒念仏。前句を鉢叩の境界とみ、暁に起きて瓢箪を叩いて廻る、としたのである。

933 二オ十一。夏(ほとゝぎす)。○ほとゝぎす　「郭公―ね覚の枕・有明」(類)。▽早暁雪隠で小用を足しながら、月にほとゝぎすの声を賞する図。前句の「瓢箪」を炭取りなどに取成したのであろう。月の座を二句引上げた。

934 二オ十二。夏(夏山)。○病目　眼病。痳病であろう。「小便」に付く。○はるゝ　「病目」と「雲」の両方にかかる。○雲　「雲―子規」(類)。▽夏山の雲も晴れ、月にほとゝぎすの声を聞けば、小便も心地よく、病目もはれる思いがする。

935 二オ十三。夏(涼風)。釈教(薬師堂)。○薬師堂　江戸新井薬師(現在中野区)が眼病に霊験ありという。▽涼風が峰の上の薬師堂に吹き通い、夏山の雲同様、眼病もはれる(平癒する)。

936 二オ十四。雑。○かけ奉る　絵馬に「奉レ掛御宝前」などと書く。○虎やうそぶく　寅の日に薬師に参詣するのを寅薬師という。「虎―薬師」(類)。諺「竜吟ずれば雲起り、虎うそぶけば風生ず」。▽薬師堂に掛け奉った虎がうそぶくので、涼風が峰に吹き送られる、という意。

937 二ウ一。春(花生)。○花生　「掛ル―花生」(類)。○竹の林　「虎―竹の林」(類)。▽花生はもともと竹林から伐り出したもの。したがってこれを掛けると虎もうそぶく、という理屈。花の座を一挙に十二句引上げた。

938 二ウ二。春(はるのあけぼの)。○七人　「竹の林」から竹林の七賢。▽前句の「花生」を茶席のものとみ、相客が七人茶会に招かれたというのが付筋。

939 二ウ三。春(帰る鴈)。恋(比丘尼宿・きぬ〳〵)。○比丘尼宿　比丘尼を抱え置く宿。比丘尼は歌比丘尼・勧進比丘尼ともいい、尼僧の姿をした女郎。▽春の曙、比丘尼宿に泊った相客が後朝の別れをして帰る。

940 かはす誓紙のからす鳴《なく》也《なり》　一朝

941 終《つひ》は是《これ》死《しか》尸《ばね》さらす衆《しゆ》道《だう》事《ごと》　志計

942 豆腐のぐつ煮《に》夢かうつゝか　在色

943 す行《ぎやう》者《ざ》もこよひは爰《ここ》にかり枕　松臼

944 番《ばん》場《ば》とふげはつもる大雪　一鉄

945 駒とめて佐《さ》保《ほ》山《やま》の城打《うち》ながめ　雪柴

946 朝日にさはぐはし台の波　松意

947 苔《こけ》むすぶ石を袂に扨《さて》こそな　正友

940 二ウ四。恋(誓紙)。○誓紙　「誓文―傾城」(類)。○からす　熊野権現の使い。熊野比丘尼は色と共に熊野牛王を売ったので、「比丘尼」に付く。「鴉―熊野」「比丘尼―熊野」(類)。また明烏として「きぬ〴〵」をもあしらう。▽起請文はよく熊野牛王のお札の裏に記したので、烏が比丘尼と誓紙を交すとした。

941 二ウ五。恋(衆道事)。○死尸　「鴉―死骸」(類)。○衆道事　「衆道―喧嘩」(類)。▽前句を、衆道で誓紙を交すとみて、三角関係のもつれから刃傷に及び、終には屍をさらすことだ、というのである。

942 二ウ六。雑。○豆腐　衆道→僧→豆腐の連想か。○ぐつ煮　時間をかけて煮ること。▽一句は、盧生の邯鄲の夢、粟飯一炊の夢を豆腐のぐつ煮と俳諧化した。「つらつら人間の有様を案ずるに、百年の歓楽も命終れば夢ぞかし」(謡曲・邯鄲)。

943 二ウ七。雑。○す行者　昔男の業平が宇津の山で修行者に会い、文に書いて託した歌「駿河なる宇津の山べのうつつにも夢にも人にあはぬなりけり」(伊勢物語九段)。▽今宵ここに仮枕して、豆腐のぐつ煮に空腹を満たす修行者のさま。

944 二ウ八。冬(大雪)。○番場とふげ　番場峠。近江国(滋賀県)坂田郡。木曾街道の宿駅。▽大雪のため番場峠に足どめされた修行者が、今宵はここに仮枕する。謡曲・鉢木による趣向。

945 二ウ九。雑。○駒とめて　「駒とめて袖うち払ふかげもなし佐野のわたりの雪の夕暮」(新古今集)。○佐保山の城　近江国犬上郡にある佐保山城。▽大雪の番場峠に駒をとめて、佐保山城を眺める。

946 二ウ十。雑。○朝日にさはぐ　「駒なめて打出の浜を見渡せば朝日にさわぐ志賀の浦波」(新後拾遺集)。○はし台　佐保川の橋台。前句の「佐保山」を同名の大和国(奈良県)の歌枕に取成した。▽橋上に駒とめて佐保山の城を眺めていると、朝日に映える白浪が橋台に騒ぐ。

947 二ウ十一。雑。○苔むすぶ　「真木の板も苔むすばかりなりにけり幾世経ぬらむ瀬田の長橋」(新古今集)。○石　「石―橋」(類)。▽苔の生えた石を袂に入れて、やはり思った通り、この橋上から身を投げようとしているのだ。

948 子どもの小《こ》鬢《びん》かぜぞ過《すぎ》ゆく　卜尺

949 伽羅《きやら》のあぶらかほる芝ゐの月明《あけ》て　一朝

950 川《か》原《はら》おもての貝がらの露　志計

951 目《もく》前《ぜん》にうつす二《ふた》見《み》の秋の景　在色

952 反《はん》平《ひやう》をふむちどりなく也《なり》　松臼

953 出家おち妹《いも》がり行《ゆけ》ば小《さ》夜《よ》更《ふけ》て　一鉄

954 諸《しよ》行《ぎやう》無《む》常《じやう》とひゞくかね言《こと》　雪柴

955 付《つけ》ざしの口に飛《とび》込《こむ》気《け》色《しき》あり　松意

948 二ウ十二。雑。▽石を袂に入れているのは、やはり思った通り、石合戦をやるつもりだな。「子どもの小鬢」に石が当たったと読ませたい付句であろう。

949 二ウ十三。秋(月)。○伽羅のあぶら　鬢付油の一種。ごま油に蠟と丁子を練り混ぜたもの。▽前句の「子ども」を歌舞伎子に取成し、その小鬢につけた伽羅の油が薫るとした。「月明て」は幕明てとありたいところ、月をここにこぼしたのである。

950 二ウ十四。秋(露)。○川原おもて　「芝居―四条河原」(類)。○貝がら　伽羅の油の容器。▽四条河原に、芝居の役者に使い捨てられた鬢付油の貝殻が落ちている。

951 三オ一。秋(秋)。○二見　伊勢の二見浦。「二見浦―貝」(類)。▽二見浦の秋の景色を、貝がらなどで盆山に作り、目前に見る思いがする。源融が千賀の塩竈の景を都に移した河原の院の故事を背景とするか。

952 三オ二。冬(ちどり)。○反平をふむ　「反」は反切、「平」は平声。「反」を「仄」の誤刻とみて、仄平を踏む、すなわち詩に韻を踏むの意とも解せる。「いでさらば目前の景色を詩に作つて聞かせう」(謡曲・白楽天)。○ちどり　「二見浦―千鳥」(類)。▽二見の秋の景を、千鳥が反平を踏んで詩に吟じ、目前にうつす、というのである。

953 三オ三。恋(出家おち・妹がり行)。○出家おち　堕落還俗した僧。○妹がり行ば　「思ひかね妹がり行けば冬の夜の川風寒み千鳥鳴くなり」(拾遺集)。▽前句を酒酔の千鳥足とみて、小夜更けてから女の許へ通う破戒僧を出したのである。

954 三オ四。恋(かね言)。釈教(諸行無常)。○かね言　予言。「カネコト」(日葡辞書)。予て約束した言葉。「かね」に鐘を掛けた。▽女に通うのは出家おちだから、鐘も諸行無常と響く道理。祇園八坂神社の鐘であろう。

955 三オ五。恋(付ざし)。○付ざし　一六参照。○口に飛込気色あり　「魚木にのぼる気色あり」(謡曲・竹生島)のもじり。▽付ざしの甘い約束に乗せられて、分別を失い、その口に飛込むほどの打ち込みようである、という意。

956 蝿にならひて君に手をする　正友

957 はげあたま甲《かぶと》をぬいで旗を巻《まき》　卜尺

958 名は末代の分《ふん》別《べつ》どころ　一朝

959 有《あり》明《あけ》の月の夜すがら発《ほっ》句《く》帳《ちやう》　志計

960 京都大坂江戸の秋風　在色

961 穀物の相場さだめぬ露《つゆ》時《し》雨《ぐれ》　松臼

962 先《まづ》算《そろ》盤《ばん》に虫のかけ声　一鉄

963 綱うらは麓の野辺に御《み》影《かげ》石《いし》　雪柴

956 三オ六。夏(蝿)。恋(君)。○蝿…手をする　「手をする―蝿」(類)。▽蝿のように手をすって君に媚び、口中に飛び込まんばかりの風情だ。

957 三オ七。雑。○はげあたま　「この十四五年この方、頭に毛のなきをば、年寄のきんかつぶり、はへすべりなどとあだなをいふて、若き人たち笑ふ」(慶長見聞集)。「蝿―きんかあたま」(類)。○甲　「甲―降参」(類)。▽甲を脱ぎ、旗を巻き、降参して、手をすり、君に許しを乞う図。

958 三オ八。雑。○名は末代　諺「人は一代名は末代」。▽前句を自刃する意に取成し、名を末代まで残す、ここが分別所であると付けたのである。

959 三オ九。秋(有明の月)。▽名を末代まで残すのはこのときと、有明月の傾くまで、夜もすがら発句を案吟するさま。月の座を四句引上げた。

960 三オ十。秋(秋風)。○京都大坂江戸　談林俳諧はこの三都を中心に栄えた。「発句帳」に付く。▽京都・大坂・江戸に秋風が立ち、三都の宗匠達は有明の月の夜すがら、句作に精を出す、というのである。

961 三オ十一。秋(露時雨)。○穀物の相場　延宝三年(一六七五)当時米一石につき京都銀六二・四一匁、江戸金一・〇九両、大坂不詳。○さだめぬ露時雨　「秋も半ばになりぬれば、空定めなきむら時雨」(謡曲・六浦)。「露時雨」は、時雨のごとく露のしきりに降るさま。▽京都・大坂・江戸では、秋風の吹きようで、露時雨のごとく定めなく、穀物の相場が変動する。

962 三オ十二。秋(虫の声)。○虫のかけ声　虫の音の擬人化。「露―虫の音」(類)。▽まず算盤にかけて穀物の相場が立つ。相場の変動が露時雨のようなので、算盤をはじくのに虫が掛声をかける、というのである。

963 三オ十三。雑。○綱うら　綱の末端。○麓の野辺　「虫」に付く。○御影石　摂津国(兵庫県)御影に産する花崗岩。石の下にそろばん状のコロを置いて挽く。▽山から御影石を挽出す綱の端が、麓の野辺まで延びている。その野辺の虫が、掛声をかけるというわけ。

964 何院殿《ゐんでん》の法事なる覧《らん》　松意

965 籠払《ろうばら》ひそれらが命拾ひもの　正友

966 角《つの》のはへてや来る伝馬町《てんまちやう》　卜尺

967 胸の火をかな輪にもやす亭女《ていをんな》　一朝

968 別《わかれ》はの酒寒いにま一つ　志計

969 長枕《ながまくら》寝《ね》肌《はだ》の雪の朝ぼらけ　在色

970 待《まち》くたびれてうぐひすの声　松臼

971 峰の雲花とおどろく番太郎　一鉄

964 三オ十四。釈教(法事)。▽何院殿で法事が行われるのだろう。前句を石塔を建てるために御影石を挽くとみた付け。「綱うら」を、葬儀のさい棺に繋いで引く五色の綱、「善の綱」に見立てた趣も感じられる。

965 三ウ一。雑。○籠払ひ　将軍家などの法事が行われるとき、諸国の軽罪囚を赦免すること。▽何院殿の法事にさいして大赦が行われ、死刑囚までが命拾いをしたというのである。

966 三ウ二。雑。○角　「鬼―罪人」(類)。○伝馬町　江戸日本橋にある町奉行支配の牢舎。▽籠払いで赦免された囚人が、長の入牢で角が生えて鬼同然の姿で伝馬町の牢獄から出て来るであろう。囚人の入浴月五回、髪結年一回であった。

967 三ウ三。恋(胸の火)。○胸の火　火のような思いの譬え。○かな輪　鉄輪。金属製の輪に三または五脚をつけたもの。○亭女　亭主に対し、亭主もちの女をいうか。未詳。▽謡曲・鉄輪に「頭にいただく鼎の脚の、焰の赤き鬼となつて」とある女の俤取り。前句の「角のはへて」を、頭に頂いた鉄輪の足を介して、嫉妬に狂う意に取成したのである。伝馬町は問屋の集まるところ、問屋蓮葉に嫉妬して来る女であろう。

968 三ウ四。恋(別は)。○別は　別れぎわ。▽前句の「火をかな輪にもやす」を字義通りに解し、それで温めた酒を、別れはに寒いゆえいま一献とすすめるていを付けたのである。

969 三ウ五。恋(長枕)。○長枕　夫婦用の長い括り枕。○雪「雪―酌酒(クムサケ)」(類)。▽雪のように白い肌の女と長枕した雪の朝の別れはに、酒を酌み交すという意。

970 三ウ六。恋(待くたびれ)。○うぐひす　「鶯―雪消えし庭」(類)。▽前句の「寝肌の雪」を、空閨に冷えた雪の肌ととり、「待くたびれて」と付けた。いつまでも雪が消えず、待ちくたびれて鶯が鳴く、の意も効く。

971 三ウ七。春(花)。○峰の雲花とおどろく　「咲きそめて後こそあらめ待つほどは花にもまがへ峰の白雲」(新葉集)。○番太郎　五三八参照。▽花の春を待ちくたびれて鶯が鳴いたので、番太郎は峰の雲を花と見間違えた。花の座を六句引上げた。

972 三ウ八。春(かすむ)。○人丸　柿本人麿。人麿神社は「護㆓安産㆒、避㆓火災㆒、於㆑今其霊験数有㆑之」(和漢三才図会)。

972 人丸《ひとまろ》が目やかすむ焼亡《ぜうまう》　雪柴

973 年《とし》月《つき》と送る藁屋《わらや》のめし時《じ》分《ぶん》　松意

974 つとめの経やすみの衣手《ころもで》　正友

975 うき世かなおくれ先だつ夫婦《めをと》中《なか》　卜尺

976 大和《やまと》の国になみだ雨ふる　一朝

977 悋気《りんき》にや宇野《うの》が一党さはぐらん　志計

978 月に向ひて恋の先がけ　在色

979 文《ふみ》づかひ夕《ゆふべ》の露を七の図まで　松臼

「吉野の山桜は人麿が心には雲かとのみなむ覚えける」(古今集・仮名序)。▽人丸を番太郎に見立て、焼亡の煙たなびく峰の雲を花かと見過ったのは、霞目のせいだといったのである。

973 三ウ九。雑。○年月と送る　「と」は「を」の誤刻か。「松門独り閉ぢて幾年月を送り」(謡曲・景清)。○藁屋　「藁屋―景清」(類)。▽「人丸」を平家の侍景清の同名の娘に取成し、捕われて失明し日向国(宮崎県)の藁屋に幽居する景清を出した。謡曲・景清を下敷にした付合。炊事の煙を火事と見誤ったというのが俳諧。

974 三ウ十。釈教(つとめの経・すみの衣手)。○すみ　「墨」に「経や済み」を掛けて「めし時分」をあしらう。▽前句を謡曲・蟬丸に転じた。蟬丸は、延喜帝第四の御子、盲目のため逢坂山に捨てられ、出家して藁屋に住した。

975 三ウ十一。恋(夫婦中)。○おくれ先だつ　「末の露もとの雫や世の中のおくれ先立つためしなるらん」(新古今集)。▽二世を契った夫婦の中も、後れ先立つのは浮世の習い。残されたものは、墨の衣に勤めの経を読むことである。

976 三ウ十二。恋(なみだ雨)。○大和の国　「足引の大和の国に年久しき夫婦の者あり」(謡曲・三輪)。○なみだ　「涙―うき別」(類)。▽謡曲・三輪を背景に、夫婦の死別を悲しんで、涙の雨を降らす、といったのである。

977 三ウ十三。恋(悋気)。○宇野が一党　大和国宇野太郎親治の一党。保元物語に、家の子郎党を率いて新院の加勢に向かう途中、敵軍に包囲されて滅亡したとある。▽大和国に血の雨ならぬ涙の雨が降るのは、宇野の一党が戦ならぬ悋気いさかいで騒ぐからであろうとした滑稽。

978 三ウ十四。秋(月)。恋(恋)。○月　「宇野」を野に見立ててあしらい。▽悋気いさかい、恋の張合に先陣を争う意。月の座を四句こぼした。

979 名オ一。秋(露)。○夕の露　「月」のあしらい。○七の図　背骨の大椎部から数えて七節と八節の間。尻の上部に当たる。▽恋の先陣を争う人の文使いが、七の図まで尻を高々とからげて、夕の露を分けて急ぎに急ぐ、というのである。

980 木刀のすゑ尾《を》花《ばな》波よる　一鉄

981 一《いち》流《りう》のむさしの広く覚《おぼえ》たり　雪柴

982 千《せん》家《け》万《ばん》家《け》に分《わく》る水道　松意

983 下《くだ》り酒《ざけ》名酒にてなどなかるべき　正友

984 大江山よりすゑのかし蔵《ぐら》　卜尺

985 踏《ふみ》分《わけ》て生《いく》野《の》の道の鼠くそ　一朝

986 笹《ささ》枕《まくら》にぞたてしあら鍔《つば》　志計

987 鑓《やり》持《もち》や夢もむすばぬ玉《たま》霰《あられ》　在色

980 名オ二。秋(尾花)。▽文を結びつけて肩に掛けた木刀の先に、尾花の穂波が寄るさまか。

981 名オ三。雑。○一流のむさし　二天一流の開祖宮本武蔵。▽「木刀」をあしらうべく、「一流の」を武蔵野を呼び出す序詞とし、尾花波寄る武蔵野の広大さを言い立てたのである。

982 名オ四。雑。○水道　玉川上水道は、承応二年(一六五三)庄右衛門・清右衛門の兄弟が着工し、翌年完成。▽前句の「一流」を流儀の意から水流の意に転じ、武蔵野から引いた水道は、江戸の千家万家に分かれる、と付けた。

983 名オ五。雑。○下り酒　上方の灘・伊丹などから江戸へ輸送されてくる酒。○名酒にてなどなかるべき　「もとこれ薬の水なれば、醴酒にてなどなかるべき」(謡曲・俊寛)。▽下り酒は名酒の評判が高いから、江戸の千家万家でこれを愛飲するというのである。

984 名オ六。雑。○大江山　京都府丹後地方にある山。酒呑童子が住んだという。「大江山―酒転童子」(類)。「下り酒」に付く。○すゑ　「下り」のあしらい。○かし蔵　大名の蔵屋敷は松山・津の両藩を除いて、すべて町人の屋敷地を借りていた。河岸端に多く、河岸蔵とも書く。▽大江山より末の貸蔵に下り酒を貯蔵するという意。

985 名オ七。雑。○生野の道　丹波国天田郡にある歌枕。前句の「大江山」を山城・丹波の国境(現在京都市右京区大枝)にある歌枕に取成し、「大江山越え行く末も旅衣生野の露になほしをるらん」(新拾遺集)などを踏まえて付けた。○鼠くそ　「鼠―米蔵」(類)。▽大江山より末の貸蔵に鼠が多くいるせいで、生野の道は鼠の糞を踏み分けてゆくことになる理屈。

986 名オ八。雑。○笹枕　旅寝。○あら鍔　新しい鍔。▽鼠の糞は「鏽二腐鉄器一、鼠屎塗二新小刀表一、安二於醋桶上一得二醋気一刮二去之一肌如二古刃一」(和漢三才図会)と言われるから、旅寝の枕元に新鍔の道中差を置いたところ、一夜にして銹びたというのであろう。「銹」の抜句である。

987 名オ九。冬(玉霰)。○鑓持　「たてし」に付く。○夢もむすばぬ　「露深き野辺の小笹のかり枕臥しなれぬ夜は夢も結ばず」(新拾遺集)。○玉霰　「篠―玉霰」(類)。▽槍持は笹の枕

988 口《く》舌《ぜつ》に中は不《ふ》破《は》の関守　松臼
989 年《とし》経《へ》たる杉の木《こ》陰《かげ》の出《で》合《あひ》宿《やど》　一鉄
990 いかに待《まち》みむ魚くらひ坊　雪柴
991 一《いつ》休《きう》を真似そこなひし胸の月　松意
992 三《さん》文《もん》もせぬ筆《ふで》津《つ》虫《むし》なく　正友
993 智恵づけや先《まつ》小学の窓の露　卜尺
994 薬をきざむ軒の呉《くれ》竹《たけ》　一朝
995 箱根路を我《わが》越《こえ》来れば子をうむ音　志計

に降る玉霰に夢も結べない。

988 名オ十。恋(口舌)。○口舌　口説。痴話喧嘩。一三〇参照。○不破の関守　不破の関は美濃国(岐阜県)の歌枕。「霰もる不破の関屋に旅寝して夢をもえこそとほさざりけれ」(千載集)。▽痴話喧嘩の結果、二人の仲は不破ならぬ不和になった。関守に妨げられる心もある。鑓持の「夢もむすばぬ」理由である。

989 名オ十一。恋(出合宿)。○年経たる　「年経たる宇治の橋守こととはんいくよになりぬ水のみなかみ」(新古今集)の「宇治の橋守」を「不破の関守」に読みかえて付けた。○杉の木陰　「関—杉村」(類)。○出合宿　密会宿。▽年経た杉の木陰の密会宿で、痴話喧嘩の末、不和になったというにすぎない。

990 名オ十二。雑。○いかに待みむ　「三輪の山いかに待ちみむ年経ともたづぬる人もあらじと思へば」(古今集)。○魚くらひ坊　生臭坊主。▽前句の出合宿で、生臭坊主を待ちわびるていであろう。一句は恋離れ。

991 名オ十三。秋(胸の月)。釈教(一休)。月の定座。○一休　一休咄に、食った魚を生かして放つという一休のことばを信じて、人々の待つ話がある。▽一休を真似損なって胸の月が曇るという意。魚喰らい坊をいくら待っても放生は行われない。

992 名オ十四。秋(筆津虫)。○筆津虫　古筆が化してきりぎりすになるという俗説から、きりぎりすの異名。「筆—名僧」(類)。▽一休の筆を真似損なった書は三文の値打ちもない。

993 名ウ一。秋(露)。○小学　朱熹編、初学入門書、六巻。○窓の露　「窓の雪」とありたいところを、秋季を持たすべく「露」としたのである。▽童子の知恵づけに、まず安筆を握って小学を学ぶ。

994 名ウ二。雑。○呉竹　竹黄「治二小児驚風天弔一、去二諸風熱一、鎮レ心明レ目療二金瘡一、治二中風失音不語小児客忤癇疾一」(和漢三才図会)。「呉竹の窓の雪、夜学の人の灯」(謡曲・竹雪)。▽小学を学ぶ年頃によく知恵熱が出る。その解熱の薬を刻むというのである。

995 名ウ三。雑。○箱根路を我越来れば　「箱根路をわが越えくれば伊豆の海や沖の小島に波のよる見ゆ」(続後撰集)。「箱根路」は「薬」と「呉竹」に付く。「箱—薬」「篠—箱根山」(類)。

996 狐《きつ》にばかされ明《あけ》てくやしき　在色

997 待《まち》ぼうけまつ毛のかはく隙《ひま》もなし　松臼

998 思ひの色や辰《しん》砂《しや》なる覧《らん》　正友

999 玉垣の花をさゝげていのり事　雪柴

1000 女《によ》性《しやう》一《いち》人《にん》広《ひろ》前《まへ》の春　一鉄

松意十一句　卜尺十一句　正友十一句
一朝十一句　一鉄十一句　執筆　一句
志計十一句　松臼十一句
在色十一句　雪柴十一句

○子をうむ音　子を産むけはい。本歌の「海」を「うみ」ともじったか。▽前句を、産後の養生に薬を刻むとみた付合。

996 名ウ四。雑。○狐にばかされ　諺「箱根よりこなたに野夫と化物はなし」。○明てくやしき　諺「明けてくやしき玉手箱」。▽箱根路を越える途中、子を生む声を聞いたという前句を、狐に化かされたと転じ、夜が明けてくやしい思いをするといったのである。

997 名ウ五。恋(待ぼうけ)。○まつ毛　諺「睫を読む」。▽狐に睫を読まれないよう唾をつけたが、女狐に待ちぼうけをくわされ、一人寝の朝を迎えるばかりで、睫のかわく隙もない。

998 名ウ六。恋(思ひの色)。○思ひの色　「思ひ」の「ひ」に火を掛け、緋色をいう。○辰砂　底本「晨砂」。水銀の原鉱。緋色を呈する。顔料に用いられる。▽待ちぼうけをくわされて目を赤く泣きはらしたので、思いの色は緋色だといったわけ。

999 名ウ七。春(花)。神祇(句意)。花の定座。○玉垣　辰砂を塗料とした朱の玉垣。▽玉垣に咲く花を捧げて赤心を神に祈る。

1000 挙句。春(春)。神祇(広前)。○広前　神前を敬っていう。▽一人の女性が、神前に花を捧げて祈り事をしている意。

連俳の席にて毎度聞《きき》侍るは、去《さる》もの途中にて、紹巴《ぜうは》法橋にあひて「何方《いつかた》へか」と尋《たづぬ》る。「けふも又いつもの板がへしにまかる」と申されしなればとて、古き物を上を下、裏を表へおしかへす物と計《ばかり》心得たる族《やから》多し。さすが名人の詞、道理に叶《かな》ひて覚《おぼゆ》る。板がへしをするに、もとの古き計《ばかり》にてなるものかは。あたらしきを過半加へざれば事たらず。俳諧はおほくまぜたる程手づよし。前書にも、古きとあたらし過《すぎ》たる二《ふたつ》の悪をあげたり。あたらし過たるは、その過《すぎ》たる所をけづり捨《すつ》れば可也。ふる朽《くち》て苔のむしたるは、けづるにたよりなし。何《いつ》れの道もかく有《ある》べけれど、俳諧は其《その》手筋と心がけにてはやくたれり。此連衆《このれんじゆ》の内に、一両年つとむる作者三四人加《くはは》ル。おそらくは年老の人〻にあへてをとるべきにあらず。これにて初学の人〻能〻《よくよく》心得給ふべし。凡《およそ》世上の俳諧をわるくするは、古《ふる》功者のわざ也。初心の人〻、作意・風情を生れつくと

○紹巴法橋　大永四年(一五二四)—慶長七年(一六〇二)。連歌師。里村北家第一代。花の下知行百石を許され、法橋・法眼位に叙せられた。享年七十九歳。
○板がへし　屋根板を裏返し、新板を補って葺きかえること。

○俳諧　底本「俳偕」。以下同。

○一両年つとむる作者　松臼・一朝・志計らをいう。

いへ共《ども》、爰《ここ》を切《きり》かしこをたて入《いれ》、よならぬ事をまぜて、その作をうしなふ。一巻の点など見るに、云ひかけ・取《とり》なし、さまぐ〵ふるめかしき事を好む。世人《よひと》これをよき事と思ひて、見る〳〵あしき道へ引《ひき》おとされ畢《をはる》。頃日去《このごろさる》いそのかみの口ずさびに、「何《いづ》れも今あたらしき付合《つけあひ》をこのみ給ふ。めづらしき事おほくは侍らぬ物を、二三度用《もちひ》て付《つく》れば、それも又古し。後には付物《つけもの》に事かきてんや」と申されし。尤《もつとも》のやうにて信用しがたし。梅翁《ばいをう》若年のむかしより、今七十有余に至るまで、連俳の道、あたらしき詞に事をかゝれず。行末を案じ給ふもの哉と思ひき。をのが作のはたらかざる事をばいはず、広き難波のよしのずいから天を見るのみ、おかし。かゝる作者は、此十百韻《このとつぴやくゐん》などさだめてそしらるべし。それ程の相違なければうれしからず。今世間の俳諧より、此方《こなた》をば飛躰《とびてい》など号《なづけ》て、わけなき物のやうに思ふ、大きなるあやまりなり。神代の歌、

○爰を切かしこをたて入　「聖徳太子の御墓をかねてつかせ給ひける時も、ここをきれかしこをたて、子孫あらせじと思ふ也と侍りけるとかや」（徒然草六段）。
○よならぬ　世ならぬ（世の常ならぬ意）か、「よからぬ」の誤刻か。
○一巻の点　連句一巻に加えられた評点。
○云ひかけ　「からうすで米ふみ月のなぬか哉」（毛吹草）のごとく、「米踏み」に「文月」、「七日」に「糠」を掛ける類の手法。
○取なし　前句中の語を同音異義の他の語に読みかえて付けること。「絵所の縁はいつしかさだまりて／杉さうじまで出来る造作。縁つゞきには杉障子あるもの也。必絵を書所なり。定りてと云には造しめたる心にて付たり。此句は取なし也。俳諧は取成付を宗とすべし。連歌のいきは本意ならざる也」（安原貞室・俳諧之註）。
○いそのかみ　「古る」にかかる枕詞から転じて、古くなったもの。ここは古風俳人。
○付物　付合に用いる素材・ことば。
○梅翁　西山宗因。慶長十年（一六〇五）―天和二年（一六八二）。梅翁は俳号。大坂天満宮の連歌所宗匠をつとめるかたわら俳諧に遊び、談林風の盟主となった。延宝三年（一六七五）当時七十一歳。享年七十八歳。
○広き難波の　上の梅翁を受け、下の「よし（葦）」を導く。
○よしのずいから天を見る　諺。狭い量見で大きな問題を判断する意。
○飛躰　二句間の付合が常識を越えて飛躍的な風体。貞門は非難をこめて呼び、談林は自賛に用いた。
○神代の歌いまだ文字のかずさだまらざる　「ちはやぶる神世には、うたのもじもさだまらず」（古今集・仮名序）。

いまだ文字のかずさだまらざるとあるは、皆俳諧也。歌の姿のはじまりとは見えたれども、往昔《そのかみ》は一句二句の云捨計《いひずてばかり》にてやみぬ。はるかに守武《もりたけ》・宗鑑《そうかん》已亡して、初而《はじめて》百韻に事たる。その後俳諧にて身をたつるものおほく出《いで》て、守武・宗鑑の俳躰をあらため、程々の子細をのべ、一句に俳諧一つ二つ有《ある》事をして、惣躰皆連歌なり。その門弟京田舎にはびこる。かゝるまぎらしき事をして世をわたるは比興《ひきよう》の至り、誠口おしきわざにあらずや。此《この》連衆などおよばずながら、守武・宗鑑の旨趣を守らんとほつす。かるがゆへに是《これ》を本躰と思ふ。世上の俳諧、その付《つけ》道具はふるびにたれど、守武・宗鑑已後の異躰なれば、号《なづけ》て末躰といふ。前後する所分明にわきまへしらば、此《この》道にちかゝらん歟《か》。

延宝三卯十一月吉日

○云捨　懐紙に記録を残さず詠み捨てにすること。
○守武　文明五年(一四七三)—天文十八年(一五四九)。伊勢神宮神官の家に生まれ長官となった。連歌・俳諧に遊び、天文九年俳諧千句の嚆矢となった守武千句を完成した。享年七十七歳。
○宗鑑　生年未詳。没年は天文八、九年頃か。洛西山崎に隠栖して山崎宗鑑と呼ばれた。連歌・俳諧を嗜み、天文初年俳諧撰集犬筑波集を編んで、俳諧の鼻祖と称された。享年は推定七十七—八十六歳。
○俳諧一つ二つ　この「俳諧」は俳言の意。俳言は、和歌・連歌に用いない漢語・俗語の類。
○守武・宗鑑の旨趣を守らんとほつす　守武の「かりがねやめつきをさしてかへるらん／はげたる太刀のつばめなくころ」(守武千句)のような非論理性や宗鑑の「かすみの衣すそはぬれけり／さを姫のはるたちながらしとをして」(犬筑波集)といった虚構の表現によって、笑いを得ようとする趣旨を継承しようと思う。
○付道具　付物に同じ。

付録

連句概説

乾　裕幸

〔定義〕

連句とは、五・七・五の三句十七音節から成る長句と、七・七の二句十四音節から成る短句とを、一定の法則の下に交互に連鎖する形式の詩文芸をいう。連歌と俳諧の二種があったが、発端の長句が独立して俳句と呼ばれるようになった明治以降、俳諧を連歌や俳句から区別して連句と呼ぶに至った。連句は、俳言《はいごん》と呼ばれる、和歌・連歌に詠まれない漢語や俗語を含むことによって、連歌と区別された。発端の長句を**発句**《ほっく》または立句《たてく》、二句目の短句を**脇句**《わきく》または脇、三句目の長句を**第三**、四句目以下を平句《ひらく》、最後の短句を**挙句**《あげく》(揚句)と呼ぶ。この発句から挙句までを一巻とし、句数によって種々の形式が存在したが、連句の最小単位は三句である。これを仮にA・B・Cとすれば、**付句**《つけく》Cに対してBを**前句**《まえく》、Aを**打越**《うちこし》と呼び、隣接するCとB、BとAとは言葉や意味の上で連鎖するが、CとAとは無関係であることが要求される。付句が打越にまで響くような付合《つけあい》を**三句がらみ**、A・CがBに対して類似の関係で連鎖することを観音開《かんのんびら》きといってしりぞける。これは連句が、一貫したテーマを追求せず、変化を尊ぶ文芸であるからにほかならず、この性格から連句独得の式目・作法が生まれ、さまざまな付方がくふうされた。

〔形式〕

一巻が百句から成る連句を百韻《ひやくいん》と呼び、これを基本形式として、さまざまなバリエーションが存在した。米字《よねじ》(八十八句)・七十二候(七十二句)・易(六十四句)・源氏(六十句)・五十韻(五十句)・長歌行《ちようかこう》(四十八句)・世吉《よよし》(四十四句)・歌仙(三十六句)・二十八宿(二十八句)・短歌行(二十四句)・二十四節(箙《えびら》とも、二十四句)・十八公(十八句)などである。百韻十巻・百韻百巻は千句・万句と呼ばれる。百韻十巻を十百韻《とつぴやくいん》と呼ぶこともある(本書の『大坂独吟集』『談林十百韻』がそれ)が、千句が最初からその成立を目差した十巻一座で制作され、千句全体にわたる式目・作法があるのに対し、これは百韻をただ十巻集めたものにすぎない。貞門・談林俳諧ではほとんどもっぱら百韻形式が行われ、しばしば千句・十百韻・万句が営まれたが、芭蕉らの蕉風になると句数の少ない形式が喜ばれ、歌仙が主流を占めた。

〔書式〕

連句の清書には、檀紙《だんし》・奉書・鳥の子紙などの懐紙《かいし》を用い、これを横半切の折紙にし、折目を下にして重ね、右端を水引で綴じる。普通は紅白の水引であるが、追悼興行などの場合は黒白のものを用いる。百韻は、**初折《しよおり》**・**二の折**・**三の折**・**名残《なごり》の折**のつごう四枚の表裏八面に、それぞれ八・十四・十四・十四・十四・十四・十四・八の句割で記す。初折の表(略して初表《しよおもて》)の八句を表八句といい、懐紙の前方三分の一をあけて記し、余白の部分には、右端に興行年月日と場所、発句の前に賦物《ふしもの》や形式名などの端作《はしづくり》を、それぞれ一行書きにし、句はすべて二行に記す。名残の折の裏(略して名残の裏)の後方に生じる余白には、句引《くびき》すなわち作者別の詠句数を二段に記す。懐紙の**表**(略号オ)から**裏**(略号ウ)へ移る第一句を裏移り、各面の最初の句を発句を除いて折立《おりたて》、各面の末の句を挙句を除いて折端《おりはし》と呼ぶ。折端の内、**花の定座**《じょうざ》に近い初裏のそれを特に花の綴目《とじめ》と称する。

〔作法〕

連句一巻の付け運びに序破急の音楽理論が適用された。百韻では初表が序に当たり、名所・国名・**神祇**《じんぎ》・**釈教**《しゃっきょう》・**恋**・**無常**・述懐・懐旧など重い題材を避け、軽くさらさらと付け運ぶ。二の折が破で、句々花やかに変化を尽し、三と名残の折が急で、軽やかに進める。とりわけ名残の裏は、満尾を急いでいよいよ付味淡白に運ぶべきことが要請された。作法は特定の句にも及ぶ。発句は巻頭にあって一巻をリードするに足る格調の高さと優美さが望まれる。切字《きれじ》を用いて表現の完結と意味の重層化をはかり、季語を詠み込んで当座の儀にかなおうとする。脇句は発句の意図をじゅうぶんに理解し、それに寄り添い一体となる心持で詠む。また、「客発句・亭主脇」といって、発句に挨拶を返すように付ける。発句と同季でなければならず、韻字留《いんじどまり》(体言止め)がよいとされた。第三は、発句・脇の世界を一転し、四句目以下の新たな展開を引出すのが役目で、長高《たけ》く付け、「て」「にて」留が普通であるが、「らん」「に」「もなし」留も行われた。四句目は平句の最初であるから軽い句柄が要請され、四句目ぶりと呼ばれた。句並《くなみ》の滞りを避けるため、折端・綴目などにも軽い句が置かれた。挙句は一巻の満尾を祝い、天下泰平をことほぐ気持で、かろがろと付け納める。前句は花の定座であるから、春季ののどやかな句になることが多い。

〔題材〕

一巻中にかならず詠み込まなければならない題材があり、句数・場所の規定まであった。四季の詞は、景物の最も豊かな**春**と**秋**が三―五句、**夏**と**冬**が一―三句続けて詠む。同季は五句または七句以上隔てなければ出せず、他季に移る場合は**雑**《ぞう》の句をはさむのが無難であるが、直接他季の句を付ける季移りも行われた。四季の景物のうち月と花は、とくに賞翫すべきものとして、句数と詠むべき場所すなわち定座《じょうざ》が定められていた。百韻では、花は初裏十三句目・二裏十三句目・三裏十三句目・名残裏七句目の四、月は初表七句目・同裏十句目・二表十三句目・同裏十句目・三表十三句目・同裏十句目・名残表十三句目の七である。ただし、理由があれば、定座を厳守する必要はない。定座より前に出すことを「**引上げる**」、後に出すことを「**こぼす**」という。月はしばしばこぼされたが、花をこぼすことは嫌われた。一連の春・秋の句の中に、花・月を含まないばあいを素春《すはる》・素秋《すあき》といい、素秋は忌まれたため、助字《じょじ》の月または**投込**《なげこみ》の月といって、句意の上からは必然性に欠けても、句中に月を詠みこむ便法もあった。定座の花は正花《しょうか》と呼ばれ、花やかなものを賞美していう抽象概念として、花(桜)にとどまらず、花嫁・花婿・花鰹《はながつお》・花莚《はなむしろ》など雑の正花、余花(夏)・花火(秋)・帰り花(冬)など他季の正花、花の波・花の滝・花の雪など虚の正花もある。波の花・火花・湯の花など似せものの花や、桜の花・梅の花・桃の花・菊の花など花の品種を指すものは、正花として認めない。名残の裏の花の定座は、咲いている桜の花を詠み、匂いの花として重んじられた。恋の句は定座こそないが花・月の句に劣らず尊重され、百韻では初表を除いて各折一か所、句数は二—五句続けるべきだとされた。次句に恋を誘い出すていの句を「**恋の呼出し**《よびだし》」、恋を付け放す句を「**恋離れ**」という。連句の題材は無限にあるが、これを分類して、天象(月・日・星など)・降物《ふりもの》(雨・露・霜など)・聳物《そびきもの》(霞・霧・雲など)・人倫《じんりん》(人・亭主・兄など)・生類《しょうるい》(魚・鳥・獣など)・植物《うえもの》(木・草・竹など)・時分《じぶん》(朝・昼・夕など)・神祇(宮・社・禰宜など)・釈教(寺・堂・出家など)・夜分《やぶん》(灯火・床・夜舟など)・山類《さんるい》(山・峰・麓など)・水辺《すいへん》(海・浦・島など)・居所《きょしょ》(家・壁・軒など)・述懐(隠居・乞食・病苦など)・無常(入水・卒中・埋葬など)・旅(関送り・駒・草枕など)等としている。

〔式目〕

これらの題材を連句一巻中にほどよく配置し、付け運びに変化と綾を与えるために、一座何句という語彙の使用数、何句続けるかという句数、および何句隔てるかという去嫌《さりきらい》の制が定められていた。同季・同字または同種・類似の語が近接するのを**指合**《さしあい》(差合)といって嫌い、二語の距離を、折を替える、面を嫌う、二句去《にくざり》―五句去などと具体的に規定したのである。俳諧式目書公刊の嚆矢をなした野々口親重(立圃)著『はなひ草』(寛永十三年(一六三六)刊)によって表示すると、次のようになる。

去嫌句数	一句	一―二句	一―三句	二―五句	三―五句
二句去	天象	人倫・聳物 降物・国名 名所・異植物 異生類			
三句去	同字	衣類・時分 同生類・同植物	神祇・釈教 旅・述懐・居所 山類・水辺 夜分	恋	
五句去	月・田・煙 夢・竹・枕 衣・舟・涙 松・季		夏季・冬季		春季・秋季

注　異植物とは種類の異なる植物。木と草、木と竹など。異生類とは種類の異なる動物。魚と鳥、虫と獣など。

また、家・山・海など本体的なものを体《てい》、庭・滝・波などそれに伴う作用や属性的なものを用《ゆう》といい、用に体を付ける体付《ていづけ》は許したが、体に用を付ける用付《ゆうづけ》は前句の説明になりやすいので嫌った。三句一連の付合で、用―体―用、体―用―体と続けるのを、後へもどる気味合があるため、輪廻《りんね》といって禁じた。

〔付方〕

付合のあり方を大きく二つに分けると、**親句**《しんく》と**疎句**《そく》になる。親句とは二句間が詞や意味によって緊密に結合される付合、疎句とは景気《けいき》や情趣を契機として淡く配合される付合である。貞門・談林などの初期俳諧の付合は親句、蕉風の付合は疎句に属する。いま親句に限って説くと、最も単純な付方は、詞の縁にすがって付ける詞付《ことばづけ》(物付《ものづけ》とも)で、連句の初期の段階では、幾つもの詞の縁で切り組んだように付ける**四手付**《よつでづけ》が行われたが、やがて前句の意味に頼って付ける**心付**《こころづけ》が行われるに至った。そのさい、付合が独りよがりに陥る弊を避けるため、詞による応接をも考慮し、これを「**あしらひ**」(「あひしらひ」とも)と呼んだ。貞門のあしらいは、付心に添いつつ付句の文脈にしぜんに溶けこむふうが凝らされていたが、談林のそれは、付心を無視し、付句の文脈に歪みを与え、句境の飛躍的な転化を喜んだ。あしらいをも含め、詞付の素材には、本歌・本説による古典的な語と、日常通俗の語とがあったが、貞門は両者を融和的に、談林はその違和感が際立つように用いた。貞門・談林ともに、三句目の転じに心を配っており、前者では、前句中の語を同音異義の他の語に読みかえて付ける**取成付**《とりなしづけ》が多用され、後者では、前句中の語を多義化する方向に句意を百八十度転じる心行《こころゆき》を主に、打越に障る詞があるとき直接それと言わず余意で暗示する**抜け**(抜き・抜脱《ぬけがら》とも)などが行われた。

〔興行〕

連句を制作することを興行・張行《ちょうぎょう》、作者たちを連衆《れんじゅ》、制作の場を座と呼ぶ。『大坂独吟集』所収百韻のような単独の作者による独吟《どくぎん》と、『談林十百韻』のような複数の連衆による寄合《よりあい》とがある。二人による共作を両吟、三人による共作を三吟と称する。『談林十百韻』は九吟である。寄合には、適当な句前《くまえ》(句を付ける場所)が来ればいつでも句が付けられる出勝《でがち》(付勝とも)と、順番を決めて付け進み、連衆の句数が均等になる膝送《ひざおく》りとがある。難句・禁句が出たり、句並が渋滞したりすると、単純で軽々とした句を、式目にとらわれずに付け、連句の進行をはかった。これを**遣句**《やりく》という。宗匠が座をとりしきり、執筆《しゅひつ》が指合・去嫌を吟味して懐紙に書きつけた。執筆にはこまごまとした作法があったが、すべて遅滞なく連句を満尾に導くためのてだてにほかならなかった。

この連句概説は『初期俳諧集』の連句を読むのに最小限必要な知識を述べたもので、脚注に用いた用語は文中でゴチック体にして簡単な説明を加えた。

解説

初期俳諧の展開

乾　裕幸

貞門の成立

時代が近世へと流れるにつれ、和歌・連歌に携わる人びとのあいだで、俳諧がおびただしく流行するに至った。室町時代の昌休(一五一〇―五二)に始まり、のち専門連歌師の最高権威である花の下の朱印状を拝領、江戸幕府の御連歌始に宗匠として第一の連衆をつとめるに至った名門里村家もまたその例外ではなく、連歌の余興に俳諧の座をいとなみ、そこから初期俳壇の中枢を占める有数の人材が輩出した。里村家は初代昌休の死後、実子昌叱(一五四一―一六〇三)の子孫南家と、門人紹巴(一五二四―一六〇二)の子孫北家とに分流したが、南家からは、史上初めて俳諧の類題句集『犬子集』(寛永十年(一六三三)刊)を編集・上梓した松江重頼(後号維舟。一六〇二―八〇)や、江戸における俳書出版の嚆矢となった『誹諧初学抄』(寛永十八年刊)を著わした斎藤徳元らが、北家からは、貞門俳壇の覇者となった松永貞徳(一五七一―一六五三)が出た。傍系の猪苗代家においても事情はかわらず、ここからは、俳諧作法書公刊のさきがけとなった『はなひ草』(寛永十三年刊)を編んだ野々口親重(後号立圃。一五九五―一六六九)が出ている。

いったい、通説は「貞門」を定義して、貞徳一門の流派また俳風のこととし、代表的な貞門俳人として、先の三人に加えて、杉木望一・鶏冠井令徳・石田未得・津田休甫・高島玄札・半井卜養・山本西武・安原貞室・荻野安静・高瀬梅盛・北村季吟らの名を挙げるけれども、これには矛盾がある。右のうち貞徳門人といえるのは、令徳・未得および西武以下の人びとに限るのである。

重頼・親重にしても、寛永初年貞徳から俳諧の批点を得たことはあるけれども、これに師礼をとった事実はない。だいいち、この三人は師承系列の違いから拠るべき俳式を異にしていた。南家出身の重頼は(徳元も)、昌琢の教えに従って和漢篇をそのまま用い、北家出身の貞徳は、「少年の時連歌の執筆して、玄旨法印・法橋紹巴などの連歌過て仕給し云捨のさし合の沙汰を聞しにより、その分にさたしきたる」(『久流留』跋)法式、すなわち和漢篇をさらに緩和した式目を採用した。傍系の親重は、両者とはまた異なる句数・去嫌の法を立てていたのである。

もっとも、貞徳は地下歌壇の第一人者として、一目も二目も置かれる存在であったことはいうまでもない。『犬子集』の制作が、その着手の時点において、重頼・親重共編、貞徳監修というかたちをとったのも、三人の俳壇的立場を物語るものであったし、この人間関係がたちまちにして破綻したのも、根本的には俳系の相異によるものであろう。結局重頼の独占するところとなった『犬子集』に対し、親重が『誹諧発句帳』(寛永十年(一六三三)刊)を出して報い、さらに貞徳が西武に命じて貞門第一の俳諧撰集『鷹筑波集』(寛永十九年刊)を編ませたことは周知の通りである。

爾後、貞徳およびその代理人《エージェント》としての貞室・正式・季吟らと、重頼・徳元らとのあいだに紛争が絶えなかったが、貞門第二の俳諧撰集良徳(令徳)編『崑山集』(慶安四年(一六五一)刊)は、『鷹筑波集』の疎外した重頼・親重・徳元・玄札・卜養・望一ら他門の人びとの発句をも無記名で採り入れることによって、貞徳のものさしに服せしめる体裁をとり、貞徳をして全俳壇の覇者たらしめようと努めている。貞門俳諧史とは、要するに貞徳による俳壇支配権の確立史にほかならなかったのである。

こうして、「今、京や田舎のはいかいの躰をみれば、これは誰が流、かれは誰が流とて、りふりふ多」けれども、「今時此道を以て世に鳴人々皆貞徳子の門弟ならざるはなし」(池田是誰『玉くしげ』、寛文二年(一六六二)刊)ということになり、「貞門」は貞徳一門にとどまらず、同時代の俳人と俳風をもひろく含み込む呼称として行われるに至ったのである。

俳諧人口の増大

専門俳諧師の誕生は、俳諧人口の増大に応ずるものであった。すなわち、俳諧作者の階層的拡大と俳諧の地方への普及とが、俳諧の指導を糊口の道とする職業人《プロフエッショナル》を生み出したのである。

俳諧作者の階層的拡大は、連歌における同一現象の延長上にあり、さらにそれが飛躍的に進んだかたちとして理解されるだろう。連歌の大衆化は、重頼(大文字屋治右衛門)・立圃(雛屋庄右衛門)はもとよりのこと、たとえば个庵(淀屋三郎右衛門)・安明(塚口屋新四郎)・以春(奈良屋嘉右衛門)・増重(末吉太郎兵衛)・道節(同源太郎)・如貞(大津屋勘兵衛)など、町人作者の輩出に象徴されるけれども、これらの人びとにおいて顕著な現象は、連歌の座がそのまま俳諧の座へと横すべりしたことであり、このときこれに巻き込むようなかたちで、同じ階層の、連歌を嗜まぬ人びとをも、数多く俳諧の座へ招き入れたというわけなのだ。

俳諧人口の増大は、俳諧の地方への普及によって支えられていた。それは、撰集への入集状況にはっきりと表われてくる。こころみに、俳諧興隆期(貞門前期に当たる)の主な撰集への入集者数を、国別に整理して表示してみよう。

撰集	編者	刊年	山城	摂津	和泉	河内	大和	伊勢	武蔵	その他	合計
犬子集	重頼	寛永一〇	51	1	19			100	5	一国 2	178
誹諧発句帳	親重	同	128	1	19			99	5	二国 4	256
毛吹草	重頼	正保二	83	13	45		2	76	11	一二国 39	269
夢見草	休安	明暦二	11	230	80	8	7	56	42	一三国 68	502
玉海集	貞室	同	153	99	25	6	21	26	23	三〇国 234	587
鸚鵡集	梅盛	明暦四	333	207	89	76	51	35	31	二七国 308	1130

数字がすべてを物語っていると思うけれども、とりわけ注目されるのは、明暦二年(一六五六)すでに地方俳人じしんかなり大規模な俳諧撰集を公にし、しかも京中央俳壇をほとんど疎外してかかった事実である。『夢見草』がそれであるが、こうした現象はおそらく貞門俳諧の中央集権的なありように風穴をあけるものだったにちがいない。いずれ貞門俳諧とは異質の、地方に根ざした俳風の生れてくる、前兆でさえこれはあった。

俳言説の功罪

俳諧が連歌の大衆化にほかならぬ以上、その特質が連歌を踏まえて説かれたことはいうまでもない。立圃は、俳諧を説いて、

　連歌のたゞことをはいかいといひて、あながちにふることの跡をもおはず、今やうのよしなしごとを口にまかせていひちらす…　(『はなひ草』)

と言う。「たゞこと」とは由緒正しい歌語に対して日常通俗の語をいう。「たゞこと」による連歌が俳諧だというのである。徳元もまた、

凡誹諧句体は、連歌に俗語を加て、前句の詞をあらぬ品にとりなして付侍るさまなり。

（『誹諧初学抄』）

と説く。立圃と同じ思想である。貞徳とて例外ではありえない。

抑はじめは誹諧と連歌のわいだめなし。其中よりやさしき詞のみをつゞけて連歌といひ、俗言を嫌はず作する句を誹諧といふ也。

（『御傘』慶安四年(一六五一)刊）

これらの「ただこと」「俗語」「俗言」は、和歌・連歌から疎外された、俳諧専用のことばであるから、「俳言」と呼ばれた。正保三年(一六四六)に貞徳の説いた、「誹諧は即百韻ながら誹言にて賦する連歌」(季吟『増山井』寛文三年(一六六三)自跋)という俳言説は、しばしば形式主義の憾みをもって語られるけれども、右に挙げたような一連の俳諧観と同列に論じられるべきものであろう。連歌の文脈に俳言を投げ込むと、そこに俳諧の詩性が醗酵することを、かれらはよく知っていたのである。俳言こそ連歌を大衆の詩とする唯一の手だてだったとさえ言えるのではないか。

凡俳諧の徳義を思ふに、詩・歌・連歌の詞は申に及ず、あらゆる俗語に至る迄、大かた其嫌なくひろく云出けるにや、なべての人耳にうとからず…

（『毛吹草』寛永十五年(一六三八)自序）

と重頼は言う。これは連歌から俳諧へと踏み出してきた人びとの、実感に裏打ちされた声の集約であった。

しかし、際限のない俗語の解放にはマイナスの面があったこともまた事実である。俗語というものは時代・地域・階層を超えることはないので、俳意の伝達を阻害し、連衆のセクト化を招くおそれがあったのである。それゆえ俳諧の指導者たちは、

なにはのよしあしき俗語に付て、いまだ一むかしにもならざる事を云出るはいかゞ侍らん。思惟し給ふべし。

（『毛吹草』）

大かた百年以来の名所・人の名、又当世出来たる詞等は不レ可レ用。（中略）あまねく天下に流布し侍れば不レ苦。

（『誹諧初学抄』）

あたらしき付合とて、世にはやる猿若がすゞろごと、馬をひ共のたわごとなどを、付合と思ふは浅ましき事なり。又あたらしき詞の中にも、末の世までいひとをるべきはえらび出て用べし。（中略）所にをゐていひふるゝ事も、あまねく世にしらぬは用にたつまじ。

（立圃『河船付徳万歳』承応二年（一六五三）奥）

など、俗語の解放に制約を加えた。その意図は理解しうると思う。けれども他方、俗そのものの掣肘には、俳言説の底にアプリオリにひそむ和歌至上主義、すなわち、俳諧の基づくところはあくまでも連歌であり、連歌は和歌の一体であるから、俳諧もまた和歌の埒内にとどまらなければならない、という一種のドグマチズムがあったことも忘れてはならない。徳元の

俗語不レ苦とは申ながら、あまり道外過たる詞は如何。縦ば「此方へ御座れ」「いやで候」「是非ともおじやれ」「御座らせられぬ」「御月さま」「御日待」「虫ほえて」「鷹をくゝり付」、かやうのふつゝかなる詞は不レ可レ書。さすがに誹諧も和歌の一体なれば、道にはづれたる儀は仕ふまつるべからず。（中略）びろう千万なる詞は斟酌可レ在レ之物也。

（『誹諧初学抄』）

という所説が、そのもっとも古い証例であるが、これはやがて、

誹諧は詞こそ今やうの世話をも用ひてつらね侍れ、さすがに古今集の歌の一躰にして風雅のわざにて侍れば、其

心は歌道にいりて花をめで月を愛し、君臣父子の道をたて、妹背の中の情を忘れず、神祇をうやまひ菩提を求る心ざしをもとゝして、いひ出べきわざなれば、かの源氏・枕双紙などやうの歌書をよく見て、心を古風にそめ、詞を様々にはたらかすにあらずば、いかでまことの誹諧をしらむ。貞徳老人は細川の御流れをうけて、全躰和歌の余瀝より誹諧口をうるほせる故に、詞づかひおもしろく、心やさしくて、且は政道のたすけともなるべき事おほかりし。

（季吟『誹諧用意風躰』延宝元年(一六七三)奥）

のごとく、和歌美学によって俳諧文学を律するという、絶望的な保守主義へ転げ落ちていったのである。

通説は、貞門俳諧の詩的達成を承応二年興行の『紅梅千句』に認めているが、その俳風はややに優美な有心性を得ているとともに、その代償として俳諧性の衰弱を招いてもいるのであって、俳言説の功罪はここにおのずから明らかであった。

談林の登場

『犬子集』をめぐる争い以来、とかく貞徳一門と事を構えがちであった松江重頼は、貞徳の覇権掌握とともに京中央俳壇から疎外され、勢力の扶植を大坂・堺などの地方に求めた。とりわけ里村南家同門の誼みによる、大坂天満宮連歌所宗匠西山宗因(一六〇五―八二)との提携が功を奏し、その周辺に摂河泉の町人階層を中心とする俳諧の好士を集めることができた。この集団が談林の名で呼ばれる、反貞門の流派のルーツとなったのである。

摂河泉の俳諧人口が年を追って増大したことは、先の表に歴然とあらわれている。いま、宗因のお膝元である天満の俳人蔭山休安(季吟門)によって編まれた『夢見草』に見える大坂俳人の名を、ほぼ半世紀間にわたって刊行された貞門俳書に検してみると、顕成・以春(道寸)・玖也・保友・定房・重安・悦春・之次(意朔)・俊佐など、ほとんどすべての集に顔を出す人びとがいた。つまりこの人びとは、師承系列《セクショナリズム》を超えて自由に俳諧を愉しみうる立場にあったわけで、宗因を中心とする新しい俳集団の形成に参加することは、きわめて容易だったと考えられるのである。

わけても象徴的な出来事は重頼の捌きに服していた人びとが、これをしりぞけて宗因に従うに至ったことである。このような動きは、寛文期(一六六一―)から延宝期(―一六八一)にかけて、三都の、それも不特定多数の流派の上にもひろく及んでいった。たとえば、京都の田中常矩(季吟門)・谷口重以(同)・浜川自悦(同)・斎藤如泉(梅盛門)・富尾似船(安静門)・青木春澄(重頼門→貞恕門)・菅野谷高政(重頼門か)、大坂の伊勢村重安(梅盛門か)・松山玖也(重頼門)・梶山保友(同)・岡田悦春(同)・高滝益翁(令徳門)・伊勢村意朔(季吟門)・桜井素玄(同)・牧野西鬼(同)・榎並貞因(貞徳→貞室門)、江戸の高野幽山(重頼門か)・小西似春(季吟門)・松尾桃青(同)等々、枚挙にいとまがない。これらの人びとを、「もと何某門、のち宗因門」というふうに呼ぶのは適当ではあるまい。師承系列に基づく流派は、宗因流が全俳壇を席捲してゆく過程で、いちど解体したと解すべきではないか。その再編成は元禄期(一六八八―)をまたなければならなかったとわたくしは考えている。

とまれ、そんなわけで、べつに談林という「派」が結成されていたわけではないのである。「談林派」とはもともと、江戸の田代松意ら一派の称にすぎなかったのが、その俳諧がひろく世に伝わったために、やがて宗因派の代名詞として流通するに至ったもので、反貞門の新風として宗因流を奉ずる人びとを、貞門派に対してかりに「談林派」と汎称するにすぎないのである。

そもそも宗因には、一門を組織してその長《おさ》に就こうなどという野心はもうとうなかった。「是ほど俳諧盛なれども、何集と名付て一集の建立もなく、何の書とて一巻のものをも開板せず、多くの誹諧の発句も、みづから書とめても置せられず、只時にあたり、興によりて、つぶやき給ふ事、殊勝の事也」(『誹諧破邪顕正返答』延宝八年(一六八〇)刊)と岡西惟中は言う。これは、宗因にとって俳諧がたんなるディレッタンティズムにすぎなかったことを物語るのであって、ここが啓蒙家として積極的に衆を指導した松永貞徳と根本的に異なる点であった。

延宝二年、貞門から俳風の放埒を咎められたとき、宗因は、

古風・当風・中昔、上手は上手、下手は下手、いづれを是《ぜ》と弁ず。すいた事してあそぶにはしかじ、夢幻《ユメマボロシ》の戯《ケ》言《ゲン》也。

(木原宗円『阿蘭陀丸二番船』延宝八年跋)

と答えた。かれにとって、古風(貞門)も当風(談林)も等位・等価な存在なのであり、評価の基準はもっぱら上手か下手かという技術面に求められたのである。こんな宗因に一門を率いて立つ意志などあろうはずはなかった。つぎに挙げることばなどが、もっとも事実に近い消息を伝えているであろう。

すでに西山梅花翁出生仕給ひ、はじめは一ぶんの慰に俳灯をかゝげ給ふ所に、諸人此光を求めはせよりてうかがふに、其作天をつらぬき、句躰虚空の外にあまれり。日本一州のかたい俳諧、働かぬ趣向の氷、此光にとろけて、なべて当流の飛水となる所、是梅翁の心にはもとめざるに来る自然の道理なり。

(中村西国『雲喰ひ』延宝八年序)

論争の拡大化

寛文期(一六六一—七三)に入る頃から、貞門の談林批判が噴出する。寛文四年、貞室門の乾貞恕が宗因らによる謡曲のパ

ロディーを攻撃した(『蝿打』)のを皮切りに、同七年には立圃が連歌師の余技俳諧にみられる式目の破壊に警告を発し(『連歌誹諧相違の事』)、同十一年には山口清勝が「是こそ誰の流、軽口なりと、童戯をもとゝして句をかざり、付心に相違する事おほし」(『蛙井集』)、延宝元年(一六七三)には季吟が「わけなき事をいひあへる異風の誹諧師、これ守武が風などいふにことよせて、わけなき事の方人として、亦わけなきことをいひあひて、道のために得すくなく失おほからんは、まことにいかいの魔民とや申べからん」(『誹諧用意風躰』)と、あい次いで新来の風体を非難した。

ところで、これらによると、宗因流の俳諧は早くから「守武流」「軽口」を自称し、新奇を誇って貞門古風の顰蹙をかっていたらしい。もっとも文献的には、大坂の新進俳諧師井原鶴永(西鶴。一六四二―九三)の『生玉万句』(寛文十三年成)におけるたいへん声高な宣言が最初の用例である。

遠き伊勢国みもすそ川の流を三盃くんで、酔のあまり賤も狂句をはけば、世人阿蘭陀流などさみして、かの万句の数にものぞかれぬ。されども生玉の御神前にて一流の万句催し、すきの輩出座、その数をしらず。(中略) 数奇にはかる口の句作、そしらば誹れ、わんざくれ。

「伊勢国みもすそ川の流」を汲むとは、守武流を継承する意にほかならない。

いったい守武流とは、室町時代の天文九年(一五四〇)に成った、伊勢神宮の長官荒木田守武の『誹諧之連歌独吟千句』の風体の謂である。それは、二句間における語のあしらい(応接)が、付句の文脈に混乱を生ぜしめ、およそ現実にはありえぬことばの世界を生み出してしまう、さようなていの付合の風体であった。同千句の跋文によると、こうした風体の俳諧は、兼載・宗碩・宗牧・宗鑑ら当時の連歌師たちが、連歌の余興に言い捨てていたらしい。つまりこれは、連歌に従属する俳諧の風体なのであって、談林が守武流を標榜することは、歴史の歯車を逆に回転させることにほかならない。それゆえ、貞門からそのへんを突かれると、宗因流の革新性の根拠はにわかに揺らぎ始めるのである。そんな談林俳諧にとって喫緊の急務は、理論的武装だったにちがいない。この要請に基づいて登場したのが、理論家惟中だったのである。

惟中は俳論書『俳諧蒙求』(延宝三年刊)を著わして俳諧寓言論を展開し、宗因流俳諧に理論的裏付けを与えようとした。すなわち、「かの大小をみだり、寿夭をたがへ、虚を実にし、実を虚にし、是なるを非とし、非なるを是とする荘子が寓言」こそ「俳諧の根本」であるとする論点から、「しかあれば、おもふまゝに大言をなし、かいでまはるほどの偽をいひつゞくるを、この道の骨子とおもふべし」だの、「歌・連歌におゐては、一句の義明らかならず、いな事のやうに作り出せるは、無心所着の病と判ぜられたり。俳諧はこれにかはり、無心所着を本意とおもふべし」だのと主張したのである。

延宝二年、宗因の『蚊柱百句』が覆面子の『しぶうちわ』によって論難されたとき、惟中は『しぶ団返答』(延宝三年刊)を書き、寓言論によってこれを弁護したが、その立つところは古典主義にほかならず、論法はきわめて衒学的《ペダンティック》であった。もっとも、古典主義は宗因俳諧そのものの本有するところであって、談林はなお貞門同様知識人主導型の俳諧だったといえそうである。ところがやがて談林が全俳壇を制覇すると、この古典主義的寓言説は無用化し、惟中は指導的立場を追われて、俳壇から姿を消してゆく。

延宝七―八年の砌、高政の『誹諧中庸姿《つねのすがた》』をめぐり新旧入り乱れて舌戦が展開されたことはよく知られている。このとき応酬された論難書はつごう十五点にものぼり、この論争がいかに熾烈なものであったかを物語っている。貞門対談林の争点はすこぶる明快で、煎じつめれば俳諧は和歌の一体なのか、寓言なのかに尽きるのであるが、この紛争には事をややこしくする糸が一筋絡んでいた。惟中対難波津散人という同門間の争いである。

事の起りは、高政を難じた中嶋随流の『誹諧破邪顕正』に対し、第三者の惟中が容喙して『誹諧破邪顕正返答』を出したことである。かれはそれに、例の古典主義的衒学癖から、「誠にこの比の若輩、いさゝかも学文をはげまさず、歌学をしらず、唯口さきのかる口ばかりを好み、無法放埒をいひちらす事、是なんぢがとがむる所も一理あり」と書いて、暗に西鶴らの軽口俳諧を批判した。これが軽口の陣営に属する難波津散人の神経を逆撫でしたらしく、『誹諧破邪顕正返答之評判』が書かれ、これにまた惟中が『俳諧破邪顕正評判之返答』をもって応じ、ふたたび難波津散人から『備前海月《びぜんくらげ》』の反論を引出したのであった。難波津散人はいう、「このごろの俳風いろ〳〵まち〳〵なる物を、たゞなげかしきはむさと寓言〳〵とて、そでもなき古事のかたはし（中略）面白からぬ仕立、かゝる事のみ一偏にこのみては、この道の末と言ものなり」（『備前海月』）と。これは知識人の役割の終焉を告げるものであろう。

談林俳諧の時局性

もともと寓言論には、現実を哲学によって規制しようとする一面があり、これが無学文盲であるがゆえに何ほどか現実主義的でありえた西鶴の軽口俳諧と対立する要因となったわけだ。西鶴は、「百ゐんながらに寓言の俳諧をいひつゞくる事はかたかるべし。五句十句は、たゞ俳言の躰をもちゐて、目前の境界をいひ、また世俗の情を申つゞくるも俳諧なり」（『俳諧蒙求』）と惟中もしぶしぶ認めている、現実に根ざした俳言重視の立場に立っていたのである。

阿蘭陀流といへる俳諧は、其姿すぐれてけだかく、心ふかく、詞新しく　（『二鉄輪』）

と西鶴はいう。この「詞新しく」に示された俳言拡大の姿勢は、談林俳諧に時局性《アクチュアリティー》をもたらした。すなわち、人びとの耳目に新しい出来事や風俗が、たちまち俳諧の素材として採用されたのである。たとえば、延宝四年（一六七六）五、七月、両度にわたって大洪水が諸国を襲い、京・大坂に甚大な被害を与えたが、これはただちに、

よはりはてたる京中の腹
一さかり時疫の跡の花ちりて　常矩　（延宝五年刊『蛇之助五百韻』）

よね高し代垢離奉加なかりけり
水損時疫の秋の夕ぐれ　重以　（同）

などと詠まれ、また、延宝五年夏から七年秋にかけて、畿内筋八か国およびいくつかの幕領で総検地（いわゆる延宝の新検）が実施されると、

津の国の絵図に煙やかづくらん
検地の沙汰に泪こぼるゝ
月影も出過た蔵を引こませ　（延宝五年成『西鶴大句数』）

長う成短う成て待宵に
御検地竿のうきふしの中　和州 松井　（『阿蘭陀丸二番船』）

　　昔に違ふた袖の下風

　世也けり検地の竿に花が散　　大坂 政雪　（同）

などと、敏感にこれに反応した。こうした例は枚挙にいとまがないので、いまとりあえず、本書に収録した『大坂独吟集』と『談林十百韻』に限って、いくつか用例を拾ってみよう。

　前者では、寛文七年(一六六七)成立の鶴永独吟、

　　仕きせの羽織のこる松風

　今朝見れば霜月切の質の札

は、同年、質札を一年限りとし、質物をとるつど品目を詳しく記録し、質札を出すべしという、質屋の規制が公布されたことを背景とするであろうし、延宝二年(一六七四)春成立の素玄独吟、

　　角田がはらの浪のわれぶね

　いくたりか浅草橋にこもかぶり

は、寛文十一年の隅田川(浅草川)洪水に、同じく意楽独吟、

　米俵あらためらるゝ吉利支丹

　　大黒のある銀弐百まひ

は、寛永十五年(一六三八)以降、キリシタンの訴人に賞銀を与える旨の触れがしばしば出されている事実に、延宝二年冬成立の重安独吟、

　　十露盤の露塵埃払捨

橋の掃除は月の明ぼの

は、延宝元年に創架された錦帯橋(山口県岩国市)、俗に十露盤橋が、同二年五月流失、十一月復旧完成した事実に、

禁裏の御普請おいそぎの比

は、延宝元年五月の京都大火で、内裏・仙洞御所がすべて焼失し、当時その再建が急ピッチで進められていたことに、それぞれ基づく付合であろう。

後者では、

我宿の組中名ぬし罷出　　一朝
売渡し中軒の下風　　一鉄

は、延宝元年五月、家屋敷の売買には名主の加判を要する旨の触れが出されたことを、

ひかれ者木の葉衣を高手小手　　在色
神農のすゑ似せくすりうり　　一朝

は、寛文六年以降、近くは延宝二年二月にも、薬品偽造・偽薬売買禁止の令がしばしば出され、同犯罪が絶えなかったらしい事実を、それぞれ反映した付合であろうと思われる。

現実の出来事に対して敏感に反応するこうした時局性《アクチュアリティー》あるいは風俗詩的性格こそ、談林俳諧が大衆の心をつかんだ最大の要因であったと言えるだろう。しかし、一方、きりのない俳言領域の拡大は、付合の時間的・空間的な普遍性を阻害する一面をもつのみならず、西鶴らの「矢数俳諧」に典型的であるような俳諧連句の法外な膨張を招いたのであった。こうして、軽口の俳諧もまた寓言の俳諧と絡まりあいつつ、やがて崩壊の一途を辿る。

談林の崩壊

『歴代滑稽伝』(正徳五年(一七一五)刊)の著者森川許六は、天和期(一六八一―八四)を頂点として全俳壇を駆け抜けた漢詩文調の俳諧を、談林の終焉を告げる表徴とみて、

是より俳諧乱そめて、かたく漢字を集め、詩をきく様に成、又は字あまり、一息にはいはれぬ様なる事に成り、京・江戸共にみだれ立て、此時談林の俳諧滅亡のしるし也。

と述べた。なるほど軽口の軽妙な俳諧いきが、

為《タメ》ニ古《コ》―帝《テイ》。血《ケツ》―書《シヨフ》不如《ジヨキノ》帰経施《セ》主《シユ》杜《ト》―鵑《ケン》　玄鶴　(『安楽音』延宝九年(一六八一)刊)

煤掃《ススハクノ》之礼用《ニユ》ニ於鯨之脯《ホジ、ヲ》一　其角　(『俳諧次韻』同)

といった、詰屈聱牙な漢詩文句調によって圧殺されたことは事実である。

しかし、それだけなのか。つまり句調レベルにとどまる問題なのか。いったい、中国詩文の摂取あるいは模倣という新古典主義は、みかけは寓言論的古典主義の延長上にありながら、じつはそれにとって代り、中国詩文の荷い込んでくる浪漫主義的・異国趣味的な情趣によって、談林の風俗詩的色合を払拭するという効用を見込まれていたのである。

許六の見落していた「談林の俳諧滅亡のしるし」は、これにとどまるものではない。中国詩文のもどきぶりと揆を一にして、さまざまな非俳諧ジャンルの文体をもどく俳諧が流行したという事実がある。たとえば、

与市に酒を喰はせ雉子をのませよなんどゝあり　定之　(『ほのぼの立』延宝九年刊)

少しこと覚ぬ御所柿の目出度に似たり有　松陰　（『東日記』同）

の、散文もどき、

夏やきのふの郭公さに　其角

津の国の生田の森の初月夜　読人不知　（『俳諧次韻』）

の、和歌もどき、

とりあへず狂歌仕る月　才丸

秋の末つかた嵯峨野を

とをり侍りて　揚水

薄の院の御陵をとふ　桃青　（同）

の、狂歌の詞書もどき、旅の記もどき、

五尺の菖蒲　第三乃仕立あり　端午軒　柳燕　（『安楽音』）

の、俳諧作法書もどき、

奥にての御遊隔《ツル》レ塀恋　芭蕉　（『武蔵曲』天和二年刊）

の、歌題もどき、

雪の鮠　左勝　水-無月の鯉　芭蕉　（『虚栗』天和三年刊）

の句合せもどき、その他もろもろの様式・文体のもどきぶりが一世を風靡したことを看逃してはなるまい。これは俳意(俳諧の非和歌性・非連歌性)を俳言に求めるいわゆる俳言主義と、無心所着の非論理性に求める寓言主義からの脱出を意味するのである。

ところが、こうしたもどきぶりにみられる俳言の疎外化傾向と、無心異体からの脱却は、やがて俳諧を、連歌をもどくことによって俳諧であろうとする自己矛盾に陥れることになった。貞享期(一六八四―八八)の俳風がおしなべて連歌もどきの傾向にあったことは、「去年おとゝしよりの句のふり、世上こぞりてやすらかに好みはやりぬれば、其優美ならんとするに長じて、大かた一巻の三つがひとつは、連歌の片腕なく、歌の足みじかきなんどの類こそあれ」(芳賀一晶『丁卯集』貞享四年刊)といった言表にはっきり示されている。このとき、異体の談林俳諧は完全に崩壊し、かわって芭蕉らの元禄正風体が俳壇を覆い始めるのである。

参考文献

○『芭蕉以前俳諧集　上・下』俳諧文庫、博文社、明治三十年。
○『貞門俳諧集』日本俳書大系6、日本俳書大系刊行会、大正十五年。
○『談林俳諧集』日本俳書大系7、日本俳書大系刊行会、大正十五年。
○『俳書集覧　一・二』松宇竹冷文庫、大正十五年・昭和二年。
○『談林俳諧篇　一』近世文学未刊本叢書、養徳社、昭和二十三年。
○『貞門俳論集　上・下』古典文庫121・122、昭和三十二年。
○『季吟俳論集』古典文庫151、昭和三十五年。
○『談林俳論集　一』古典文庫193、昭和三十八年。
○『貞門俳諧集　一・二』古典俳文学大系1・2、集英社、昭和四十五年・四十六年。
○『談林俳諧集　一・二』古典俳文学大系3・4、集英社、昭和四十六年・四十七年。
○『定本西鶴全集　一〇—一三』中央公論社、昭和二十五年—五十年。
○雲英末雄『貞門談林諸家句集』笠間書院、昭和四十六年。
○『近世文学資料類従　古俳諧編　一—四八』勉誠社、昭和四十七年—五十一年。
○『談林俳諧集』天理図書館善本叢書39、八木書店、昭和五十一年。
○『近世俳諧資料集成　一』講談社、昭和五十一年。
○岡田利兵衛『鬼貫全集』三訂版、角川書店、昭和五十三年。
○『矢数俳諧集』天理図書館善本叢書77、八木書店、昭和六十一年。

○天理図書館『俳書叢刊　一―四』臨川書店、昭和六十三年。
○『貞門談林俳諧集』早稲田大学蔵資料影印叢書23、早稲田大学出版部、平成元年。

＊

○吉田義雄『芭蕉俳諧評釈　談林時代の部』明治書院、昭和二十八年。
○大谷篤蔵他『連句篇　上』校本芭蕉全集3、角川書店、昭和三十八年。
○阿部正美『芭蕉連句抄　一―三』明治書院、昭和四十年・四十四年・四十九年。
○暉峻康隆他『連歌俳諧集』日本古典文学全集32、小学館、昭和四十九年。
○飯田正一『貞徳紅梅千句　上・中・下』桜楓社、昭和五十年・五十一年・五十二年。
○前田金五郎『西鶴大矢数注釈　一―四』勉誠社、昭和六十一年・六十二年。
○乾　裕幸『西鶴俳諧集』桜楓社、昭和六十二年。
○中村幸彦『宗因独吟俳諧百韻評釈』富士見書房、平成元年。

＊

○小高敏郎『松永貞徳の研究　正・続』至文堂、昭和二十八年・三十一年。
○『俳人評伝　上』俳句講座2、明治書院、昭和三十三年。
○『俳諧史』俳句講座1、明治書院、昭和三十四年。
○森川　昭「江戸貞門俳諧の研究」成蹊論叢特別一号、昭和三十八年十月。
○小高敏郎『近世初期文壇の研究』明治書院、昭和三十九年。
○乾　裕幸『初期俳諧の展開』桜楓社、昭和四十三年。
○中村俊定『俳諧史の諸問題』笠間書院、昭和四十五年。

○早稲田大学俳諧研究会『近世文学論叢』桜楓社、昭和四十五年。
○尾形　仂『俳諧史論考』桜楓社、昭和五十二年。
○乾　裕幸『俳諧師西鶴』前田書店、昭和五十四年。
○野間光辰『補刪西鶴年譜考証』中央公論社、昭和五十八年。
○乾　裕幸『俳文学の論』塙書房、昭和五十九年。
○野間光辰『談林叢談』岩波書店、昭和六十二年。
○岡本　勝『近世俳壇史新攷』桜楓社、昭和六十三年。
○乾　裕幸『周縁の歌学史』桜楓社、平成元年。
○田中善信『初期俳諧の研究』新典社、平成元年。
○今　栄蔵『貞門談林俳人大観』中央大学出版部、平成元年。

過渡期の選集

——『犬子集』の付句を中心に——

加藤定彦

近世俳諧の曙を告げる『犬子集《えのこしゅう》』のもつ俳諧史的意義はすこぶる高いのだが、本大系では談林俳諧と抱き合わせであるため分量の関係から脚注のスペースが抑えられている。したがって、付句の部の校注担当者として是非触れておかねばならない特色についても十分触れることができなかったので、ここにまとめて述べ、補足としたい。

聞書的性格

序によると、『犬子集』は守武・宗鑑以後、約百年間の作品を集めたものであるという。実際、本文をながめていくと、のちの貞門選集にくらべて読人不知（無名氏）の句の比率が高い——発句の部（巻一—六）は、句引《くびき》によると、総句数一五二八句のうち読人不知は二三八句で、約一六パーセント、付句の部（巻七—十五）は七一〇句のうち読人不知は一五四句で、約二二パーセントとなっている——。試みに関係資料を調査・照合してみると、それら読人不知の中には作者名の判明する句も少なくない。113正重（伊勢俳諧大発句帳抜書〈以下、「伊勢句帳」と略記〉）、123為春《ためはる》（犬俤《いぬおもかげ》）、125栄甫（誹諧発句帳）、127

128 貞徳(同)、201 205 孝晴(伊勢句帳)、221 云也《うんや》(誹諧師手鑑後集)、230 重時(誹諧発句帳)、1106 徳元(塵塚誹諧集)、1108 1199 1299 云也(岩国下向之記)など、ほぼ貞徳と同時代の作と推定される句もかなりの数にのぼる——括弧内は、典拠の文献名。以下も同じ——。それらは資料蒐集、あるいは編集の過程で、不注意のために作者名が不明に帰したり、為春(紀州徳川侯家老)や云也(御典医、半井卜養)らのように身分上、名を憚った場合など、複数原因による現象と思われる。しかし、中には、416 近衛信尹《のぶただ》(醒睡笑)、418 安楽庵策伝(古今誹諧師手鑑)、508 兼載(新独吟集)、577 宗鑑(誹諧初学抄)、586 策伝(策伝和尚送答控)、768 幽斎(醒睡笑)、887 玄旨＝幽斎(崑山集)、912 三条西三光院殿実条《さねえだ》(綾錦)——『醒睡笑』では上五「秋風を」の形で、三条西実枝《さねき》作として所収——、982 永仙＝基佐《もとすけ》(誹諧初学抄)、1093 応其《おうご》(詞林金玉集)——『崑山集』では中七「いらずとくへや」の形で、木食《もくじき》興山上人応其作、「右をかぶれと其比の好士直し申されたり、と也」と注記を付して所収。『懐子《ふところご》』では「岑入之折からに」の詞書付きで、素仙作として所収——、1523 宗鑑(短冊)——『誹諧連歌抄』では「坂本より誹諧発句とて所望に」との詞書、「もし少人などの御ざしきならば、さるのかほ」との注記を付して所収。『醒睡笑』では宗長作とする——、1621 1958 玄旨(鷹筑波集)、982 2536 2537〈発句・脇・第三〉永仙・宗長・宗祇(誹諧初学抄)など、前代の連歌好士・貴顕名流の句も散見し、注目される。中世の俳諧選集『竹馬狂吟集《ちくばきょうぎんしゅう》』や『誹諧連歌抄』(通称、「犬筑波集」)では、褻《け》の場で制作された、哄笑性の強い言捨てを聞書蒐集したためであろう、作者名は全く記されていない。『犬子集』に多数入集する読人不知もだいたい事情は同じであろうが、179 1266 玄利(元理)、1096 玄旨、1249 1833 1866 1949 2146 2195 由己——以上の由己の句は、すべて『新独吟集』所収の独吟百韻を出典とする——、2533 2534〈発句・脇・第三〉実隆《さねたか》・宗長・宗鑑、のように、作者名を明記する例も幾つかある。こうした記名の有無の不統一は編者に特別な意図があったからではなく、資料蒐集が数次にわたり、しかも蒐集ルートが単一でなく、原資料の記載方針がもともと不統一であったために起きた現象であろう。また、編集の途中で作者名を調査したり、記名の方針を統一しようとしたふしも見られない。

以上とは別個に、第五冊の末尾にわざわざ「近年之聞書」と銘打って八句(付句三・発句五)を付載している。信頼できるかどうか分からないが、それらのうち、2664将軍秀忠(醒睡笑)――元和九年(一六二三)作とする――、2665発句〈前句〉は秀忠(醒睡笑)、2666〈発句・脇〉このへどの＝信尹・からす丸殿＝光広(新旧狂歌誹諧聞書)――『真木柱』は発句のみを挙げ、光広作とする――、2669秀忠(醒睡笑)――ただし、句形は「振舞の汁や度々かへる雁」。『槐記《かいき》』には発句「下さるゝ御汁いくたびかへる鴈」(作者、酒井雅楽頭《うたのかみ》)、脇「をそき給仕のあたま春風」(作者、伊達政宗)、第三「山々は辛夷《こぶし》の花の盛にて」(作者、台徳院＝秀忠)として所収――、の四句の作者が判明、その作者や出典の文献からも「聞書」であることは直ちに納得できる。なぜなら、三句の出典となっていて、『犬子集』の編集材料となったと思われる策伝の『醒睡笑』(寛永五年(一六二八)奥)そのものが、「ころはいつ、元和九年癸亥の稔《とし》、天下泰平、人民豊楽の折から、策伝某《それがし》小僧の時より、耳にふれておもしろくをかしかりつる事を、反故の端にとめ置きたり。云々」と自序に記しているように、聞書性が露わだからである。『犬子集』には既出の416 768 912 1523 2664 2665 2669の七句のほかにも、4 533 1136の春可《しゅんか》(策伝の知友)の三句、277の読人不知の一句、1625の秀忠の付句(句形に小異あり)と、計十二句の『醒睡笑』との重複句を含む。こうした事実から見ても、第一冊―第四冊の句の中にも聞書性が少なからず看取されるのである。従って、わざわざ第五冊に別載した「近年之聞書」の八句も特別な意図があったわけではなく、たまたま第四冊までに漏れてしまったり、あるいは編集に間に合わなかったりした聞書の秀作を追加したに過ぎない、と判断される。

「上古誹諧」

序によると、『犬子集』には、当初、第五冊の「上古誹諧」を収載する予定ではなかったはずである。なぜなら、関白前左大臣(二条良基)に始まり待賢門院堀川に終わる「上古誹諧」の一一九句はすべて『菟玖波集《つくばしゅう》』からの抜粋で――巻十九の「誹諧」から八十六句、巻十二から十一句、巻十三から八句、巻十四から九句、巻十六から二句、巻十七から二句、巻十八から一句――、いうまでもなく、守武・宗鑑以前の作品だからである。また内容的にも、

2566　人は秋なる我こゝろざし
置露や木の葉のうへにあまる覧　藤原親秀

といった純正連歌も散見し、厳密には「上古誹諧」とはいい兼ねる。技巧の上で俳諧の規範になるとの狙いも少しはあったかもしれないが、第五冊の付載にはもっと大きな狙いがあったはずである。

後年、貞室《ていしつ》が『玉海集追加』(寛文七年(一六六七)刊)の自跋に語ったところ、すなわち「……一集になし給へと師(貞徳)に訟へしかども、集と名づけむことをはゞかりて、しばしうけひき給はざりしを、二子頻りに懇望せしかば、黙止《もだし》がたうや思はれけむ、犬築波《(ママ)》の子かたになぞらへて犬子草といふ題号をもとめ、二弟にあたへ給ふ。云々」によると、顧問の貞徳ははじめ俳諧選集の企画には消極的で、歌壇に対する遠慮もあり、題号も謙退して「犬子草」を提案したというのである。重頼は、そうした貞徳の姿勢に不満をもち、親重と決裂後、題号を選集らしく「犬子集」と改めて刊行したのである。そうした行動の原動力となり支えとなったのは、いうまでもなく新興の庶民文芸である俳諧に対する愛着と自恃《じじ》の心で、それを発露させるためにも〝俳諧の伝統と権威〟を明確にする必要があり、第五冊に貫之以

後の名家名流・権門貴顕の俳諧（＝連歌）を麗々しく並べ立てたのである。この措置は、近世俳諧の始発にあたり、俳諧の生成・発展の歴史を振り返る機会を読者に提供し、本人だけでなく、貞徳をはじめとする作者たちに確かな自負心を植え付け、俳諧流行の大きなはずみになったと言ってよい。

しかし、反面、内容的には、

　おく山に舟こぐをとは聞ゆなり
2561 なれるこのみやうみわたるらん　貫之

　あやしくもひざより上の寒《さゆ》る哉
2571 こしのわたりに雪やふるらむ　実方朝臣

　広きそらにもすばる星かな
2625 ふかき海にかゞまる海老の有《ある》からに　西行法師

　わたのくづ迄（にて）額をぞゆふ
2645 大ひげの御車そ（ぞ）ひて（の）北南（面）　前中納言定家

　何とてかたでゆのからくなかる覧
2648 むめ水とてもすくもあらばや　従二位家隆

といった、式目が制定される以前の無心体・謎体など、多くの古態の作品が混入し、先述した多くの聞書句より以上に『犬子集』の過渡期的な一面を露呈することになったのである。

次に言及すべき『犬子集』の特色は、第四冊の後半、巻十六に収める「魚鳥付謡誹諧」と巻十七に収める前句付である。

「魚鳥付謡誹諧」は賦物《ふしもの》連歌、普通いうところの物名連歌(異体連歌とも)の系統をひく。連歌は始発の平安期においては、機知・遊戯性、すなわち滑稽性をもっぱらとし、平安末期から鎌倉初期にかけ、百韻などの長編形式が成立する過程では、賦物は一巻全体を統《す》べる役割を担った。例えば、『犬子集』第五冊「上古誹諧」(=『菟玖波集』)に収められる2645(前掲)の付合のように白黒――前句の「わた」が白、付句の「ひげ」が黒――、2573の付合のように『源氏物語』巻名と『古今集』作者――前句が「紅葉のか(賀)」、付句が「なりひら(業平)」――、そのほか魚鳥・草木・三代集作者・以呂波・名号(阿弥陀仏)・国名名所・鷹詞などが交互、もしくは句ごとに詠み込まれたのである。承久の乱(一二二一)以降、例えば、「白何何屋」「唐何何色」「何草下何」といった上下に一つずつ詠み込む複式の賦物に移行し、さらに鎌倉後期には2649の付合に見えるような単式の「何木」「何路」「何船」といった上賦や、「山何」「夕何」「花何」といった下賦の賦物が主流を占めるようになる――これらの賦物は「何」の部分に該当する一語(名詞)を句に詠み込み、熟語になるようにする。「唐何」の場合は糸・櫓・錦など、「何色」の場合は桜・山吹・紫など、「何草」の場合は千・唐・手向など、というように――。南北朝期に入ると、賦物にとって代わり寄合《よりあい》(付合《つけあい》の一種)や去嫌《さりきらい》(付録の「連句概説」参照)が一巻を統べるようになり、室町期に入るとともに賦物は次第に表八句のみ、第三まで、ついには発句のみに詠み込む、というように後退・形骸化してしまう。これはとりも直さず、賦物のもつ遊戯性に飽き足りなくなった連歌作者が、その代わりとして高い文学性を希求するようになった結果にほかならない。

『犬子集』には、当代もしくは守武・宗鑑以降の作と推定される作品、

胡蝶ひらりと飛は梅がえ
1597 爰かしこ読かすめぬる源氏にて　一正
うか〳〵と秋に鳴海の野べにきて
1649 池鯉鮒の空の月ぞながむる
月見よろこぶおくの秀衡
1679 雲霧のはるゝ西木戸(錦戸)ひらかせて　一正
2667 歌読か雪ひら(行平)めける春の空

などがあって、物名連歌の伝統を継承している。が、何といっても目立つ「物名俳諧」の作者は、巻十六に独吟の魚鳥俳諧百韻二巻(事実は三巻)から七十句が抜粋され、かつ発句の部にも、

438 花のふる役者よはやせ桜川　同(徳元)

の句が収載される斎藤徳元であろう。徳元は貞徳より十二歳年長で、早くから連歌とともに俳諧を嗜み、『犬子集』が刊行された寛永十年(一六三三)には『塵塚誹諧集』(自筆稿本)を著わしている。同書を繙くと、徳元の物名俳諧への志向はいっそう明確となる。「源氏一部の巻の名をかりて発句にいたし侍りぬ」という五十四句を初めとして、「歌の六義(諷＝そへ歌、賦＝かぞへ歌、比＝なずらへ歌、興＝たとへ歌、雅＝たゞごと歌、頌＝いはひる《ママ》歌)の詞」を詠んだ発句六、そして圧巻は『熱海千句』(寛永九年成)からの抜粋で、百韻十巻の第一は「名所」、第二は「謡」(発句は前掲438)、第三は

「源氏」、第四は「刀之銘」、第五は「薬種」、第六は「虫獣」、第七は「草木」、第八は「魚鳥」、第九は「鷹詞」、第十は「茶湯」と、すべて物名俳諧となっている。前句付や言捨ての俳諧が百韻などの長編形式のそれに移行しようとしたこの期に、徳元がことに物名俳諧に意欲的だったのは、それが遊戯性に富み、かつ長編形式をととのえるのに有効であったからに外ならない。とはいえ、後年になって、季吟が「百韻ながら誹言にて賦《ふ》する連歌」(『増山井』寛文三年(一六六三)自跋)であると規定している通り、俳諧はすでに「俳言」によってある程度まで滑稽が保証された連歌＝連句文芸である。徳元に追随して、貞徳・重頼・立圃・未得らも多くの物名俳諧を残しているが、物名俳諧は「俳言」と「物名」という二重の賦物をとるため、両者が相殺《そうさい》し合って「俳言」がつくり出す感興を削《そ》いだり、無理な修辞を取るため主意に混乱を来《きた》す恐れもまたあったのである。

前句付

巻十七に収める前句付は、「白き物こそ黒くなりけれ」の前句に貞徳・徳元・慶友の三名が百句付を試みたうちから計一五〇句を抜粋したものと、「有《あり》とは見えて又なかりけり」に無名氏が付けた十句付、「い(往)にたくもありいにたくもなし」に貞徳が試みた十句付から成る。

百句付の成立事情は、徳元著『塵塚誹諧集』に「都三条衣の棚に、貞徳とて誹諧にすきものあり。かれが庵室へ音《おと》信《づれ》侍りければ、しろき物こそくろくなりたれ(ママ)、と云《いふ》前句に百句付《つけ》たり。やつがれにもつかふまつれ、といひければかくなん」と詞書して、付句九十八(二句脱落)が記されていて、ほぼ明らかとなる。この両名の百句付が詠まれたのは寛永六年(一六二九)秋、慶友のは後れて寛永九年六月頃のことと推定される。

百句付も十句付も、一見して明らかな通り、前句はどれも対立する概念や事象を止揚したり、あるいは矛盾・撞着させたりする、謎かけ・難題ふうの仕立て方となっている。

前句付は、『犬筑波集』の時代には盛んで、潁原文庫本『誹諧連歌抄』には、

　針たむけよと夢に見へけり
　　　云《いふ》句にあまたして
なき世までさぞなくるしき水ふぐり

以下、計十二の付句を収めていて、宗鑑周辺における前句付の状況を推測させる好例となっている。そうした前句付の場の雰囲気をもっともよく伝えるのが『宗長手記』(「宗長日記」などとも)で、同書の大永三年(一五二三)歳末の記事によると、宗長は山城国の薪《たきぎ》(京都府綴喜郡田辺町)の酬恩庵に滞留中、宗鑑ら六、七人と度々参会、炉辺で田楽豆腐をつつきながら俳諧に興じたといい、自らの付句二十七句を書き留めている。そのうち九句は『犬筑波集』と前句が共通し、同集がこうした会席の積み重ねを背景に成立したことを想像させる。それにしても、宗鑑ら薪衆や山崎衆の会席に当代の一流連歌師が交っているのは意外だ。同記事の最後の方に宗長は、

　をひつかん〳〵とやはしるらん
高野ひじりのあとのやりもち　宗鑑
高野ひじりのさきの姫ごぜ　(宗長)
愚句は、をひつかんと云心付、まさり侍らん哉《や》。
　暮ばんの上に春は来にけり

鶯の巣籠りといふつくりもの　　宗鑑
朝がすみすみ〴〵までは立いらで　宗長
これも愚句、付《つけ》まさり侍らんかし。

と、宗鑑句と並べて記し、自作の優越性を主張している。滑稽味・俳諧性から見れば宗長の自賛には首をかしげざるを得ず、彼の付句が『犬筑波集』にさして入集しなかったのも頷ける。右の付句をすべて長編型俳諧からの抜粋とする見解も一部にあるが、いずれにせよ、前句付的な手法を推進しようとする宗鑑とは対照的に、俳諧にも連歌と同様の心付を持ち込もうとする宗長の姿勢が分かり、興味深い。

貞徳の俳諧秘伝書『天水抄《てんすいしょう》』(寛永二十一年成)の巻二の冒頭によると、貞徳は幽斎の膝下で文学修行をしていた頃、「まづはきれたり先はきれたり」の前句に即座に一六〇句を付けたことがあり、その頃を思い出して同じ前句に二三五句を付け試みている。句につづいて記される『天水抄』の回想によると、師の幽斎も毎日のように貞徳を相手に二十句、三十句を付けては慰藉《いしゃ》としたという。幽斎は、だいたい「付《つけ》よきをば少《すこし》御思案あり、付よからぬ句には其《その》まゝ(直ちに)付」けたという。付けやすい句にはいろいろ付け試み、最善の付句を得ようとしたからである。貞徳が試みた百句付や二三五句付などの前句付も、同様の主旨からだと思われる。

はじめ消極的であった貞徳も、『犬子集』の刊行後、時勢に押し出されて旺盛な執筆活動を展開する。寛永二十年、自ら『新増犬筑波集』二冊を著わし、刊行する。その上巻「あぶらかす」では、『犬筑波集』所収の二六〇ほどの前句に数句ずつを付け試み、自らの技量を披瀝している。主旨は、百句付や二三五句付と同じであろう。注目すべきは下巻の「淀川」で、『犬筑波集』所収の付合二七〇ほどを俎上《そじょう》に乗せ、同意・同字・用付《ゆうづけ》・無正体(無心所着体)・無俳言などの瑕瑾《かきん》を逐一点検し、「予をしはかるに、其《その》時は連歌のための狂言(余興)なれば、用付・同意も指合《さしあひ》もわざとせむさくせず、一、二句にてとよみ(響)になしてあそびしとみえたり」とか、「今は是を嫌《きらふ》也」などの短評を加えている——『犬子集』所収句2173を参照のこと——。こうした貞徳の見解は独自の発案によるものでなく、彼が若き日に指導を仰いだ好士たち、とくに紹巴《じょうは》の所説(『連歌至宝抄』ほか)を踏襲したものである。いったいに紹巴は、連歌の席に臨んでは一句々々の巧拙よりも、打越《うちこし》→前句→付句とつづく三句の間の展開と調和、さらに敷衍《ふえん》すれば百韻一巻の見渡しや連歌会の運営の円滑化を重んじ、貞徳にも「我もわかき時はふかく案じつるが、いまは毎日ある会、ただや(遣)りやうをのみこゝろにかけて、案ずる事これなし。若書《もしかき》ぬかんと思はゞ、打越より書て給はれ」(貞徳著『戴恩記《たいおんき》』)と語ったという。貞徳が「淀川」に『犬筑波集』の付合を評した後、三句目の付け方を示したのも、そうした紹巴の教えが身に染みついていたからに違いない。形は同じ前句付を試みることがあったとしても、貞徳の念頭には、前句・付句の二句で完結する所謂《いわゆる》「前句付」よりは百韻などの長編型の俳諧があったものと判断される。

そのほか、『犬子集』を見渡してみると、巻十七の百句付・十句付の他にも、巻七—十五の付句の部には為春著『犬俤』から取られた、

　　いはひのうちにうき事もあり
1544　正月の来るより老のかさなりて

以下1590 1609 1610 1703 1712 1940、あるいは無名氏の、

　　べんとうなりと人や見るらん
1564　こからとを花見の庭へ荷なはせて

たかき物をもやすくこそうれ

1625 富士の山扇にかけば二三文

といった句の前句などに「前句付」ふうの仕立てのものが散見し、やはり過渡的性格を示しているのである――『犬俤』につづく為春の家句集『野犴集《やかんしゅう》』(慶安三年(一六五〇)成)には、『菟玖波』『犬筑波集』『犬子集』『毛吹草』などと共通する前句による付句が多数含まれ、為春がとくに前句付を好んだことの証となっている。身分(紀州侯家老)の制約があって独りで前句付を試み、楽しんでいたのであろう――。

近世俳諧の成立

『犬子集』巻一―六の発句の部を見ると、

北野にて興行に

135 紅梅やうこんのばゞがはれ小袖　貞徳

以下、136「薄(箔)屋之興行」(作者貞徳)、222「かざりや興行に」(同)、435「北野にて連歌二百韻過、又誹諧を催ほされければ」(徳元)、542「或数寄者の興行に」(貞徳)、575「寺にて興行に」(望一)、860「追善興行に」(同)、877「或寺の興行に」(貞徳)、1078「薄屋之会に」(重頼)、1243「西国衆参会に」(氏重)、1312「奥衆参会之座にて」(慶友)、1338「渋谷紀州興行に」(貞徳)、1349「ひなや興行に」(同)といった詞書の句があって、『犬子集』以前に貞徳らを中心に複数作者=連衆による俳席が屡々催されていたような印象を与えるが、はたしてどうであろうか――以上の詞書中、136 1078の「薄屋」は正直、222の「かざりや」は長吉、1338の「渋谷紀州」は以重、1349の「ひなや」は親重のこと――。

元禄五年(一六九二)に刊行された『貞徳永代記』の巻一「妙満寺雪の会之事」によると、寛永六年(一六二九)十一月末、洛中妙満寺において、西武《さいむ》を亭主とする、式法に則《のっと》った俳席がはじめて催されたという。「床に天神・人丸(を描いた軸)をかけ、花瓶を立《たて》、文台をかまえ」るという連歌会並みの大仰なもので、句と連衆は、

　つみ綿かぬり桶なりの庭の雪　　松永貞徳
　火鉢めされよ雲のころも手　　山本西武
天人や寒さをこらへ兼ぬらん　　野々口親重

以下、妙満寺日如・末吉道節・本勝寺日能・鶏冠井令(良)徳・馬淵宗畔らで、執筆は須賀庄三郎である。これが事実とすれば、この時点で貞門俳諧の座、換言すれば〝近世俳諧の様式〟が確立されたことになる。しかし、同書は西武門の随流が師系を飾るために著わしたもので、事実を歪めたところが多いし、連衆の顔ぶれのうち『犬子集』に入集する作者は貞徳・西武・親重・令徳の四名のみで、後は遅れて入門した人々であることからも、すこぶる怪しい記述といわなければならない。

おおむね『犬子集』に発句が多数入集する作者は、付句も多数入集している(次ページ別表参照)。上位入集者、とくに地方在住者に共通することは、彼らがすでに独吟の百韻や千句を詠んでいたり、家句集を著わしていることで、それらの作品ははるばる加点・批評を受けるため、もしくは編集材料として編者のもとに送られ、貞徳や編者の選を経て『犬子集』に収載されたのである。それら独吟中の付句は、

　君がめす小袖姿の花やかに
1591 春は天子もだてやあそばす　　慶友

別表

＊発句・付句とも実句数による（付句は、巻七—十五までの入集句数）。

順位	作者名	発句	付句
1	貞徳	二〇〇	一三三
2	重頼	一五六	一一九
3	江戸 徳元	七八	三六
4	親重	七七	四六
5	堺 慶友	六二	七五
6	正直	五三	四
7	良徳	五〇	二
8	氏重	四九	九
9	春可	三六	〇
10	長吉	三四	三
11	伊勢 望一	三三	三四
12	休音	二八	七
13	堺 一正	一七	三三
14	正信	一六	三
15	伊勢 利清	一六	〇
16	堺 貞継	一六	二
	—下略—		

1661 出《いで》ぬる芋の数もすくなき

1662 ほうさうや露の間にたゞ仕廻らん　慶友

神と仏はすこしへだゝる

1984 額より目は程ちかき物なれや　慶友

のように同意気味であったり、

老松にあやからん我年の暮

2097 真砂ほどくふいり大豆《まめ》の数　玄札

2098 爰かしこ浜辺の里に茶ごとして　同

2099 ならべ置《おき》たるはがましほ釜　同

2100 草刈と海松《みる》刈《かる》人のやすらひに　同

のように場(海浜)の展開がほとんどなく、付け運びに渋滞を来《きた》していたりで、過渡期の作品と同様の欠陥を露呈しているものも少なくない。おそらく独吟ゆえの気ままさから、式法に縛られることもなく、各自の判断により式法の吟味も緩やかに詠んだのではあるまいか(玄札の句は、独吟百韻の表の五句目までをそのまま収めたもの)。

　ところで、『犬子集』巻七―十五の付句の部には、複数作者による三句以上の連続句はそれほど収められず、1695 1696(作者は重頼・貞徳)、1823 1824(慶友・貞継)・2021 2022(貞徳・氏重)、2023 2024(重頼・親重)、2241 1812(親重・貞徳)の五例、無名氏の交じるものを含めても1655 1656(無名氏・親重)、1787 1788(無名氏・良徳)、1907 1908(親重・無名氏)、2093 2094(無名氏・慶友)と九例にすぎない。当時の俳壇状勢をそのまま反映するものでないにしても、複数作者＝連衆による俳諧興行は思ったよりは少なく、それも京の貞徳・重頼・親重ら、堺の慶友ら、江戸の徳元ら、伊勢の望一らなど、ごく一部の好士のもとで催されていたに過ぎないと判断される。そうした俳席では、もちろん貞徳・徳元ら古老が、前代の好士たちの所説に従って一座を捌いたのであろう。しかし、いつも必ず古老の出座が得られるわけではないから、当然、中堅以下の作者たちだけでも俳席がもてるように、式目・去嫌を記した指導書をもとめる声が高くなる。そうした声に応え、貞徳は「式目歌十首」(寛永五年(一六二八)成、『新増犬筑波集』所収)を詠んで与えているが、簡略にすぎ、初心者たちにとっては満足のいくものではなかった。代って、『犬子集』以後、全国的に急増する初心者層の要望に応えて述作・刊行されたのが、貞徳のもとを去って独立した親重の手による作法書『はなひ草』(寛永十三年奥)であり、重頼による作法書兼選集『毛吹草』(寛永十五年(一六三八)序、正保二年(一六四五)刊)であった。また徳元も、京のある貴人のため著わした作法書『誹諧初学抄』(寛永十八年奥)を江戸の書肆の要請により刊行している。ここに至って貞徳一門は、『犬子集』刊行後、膨張する俳諧人口をめぐって演じられた門人獲得競争に完全に遅れをとってしまった。そこで貞徳の門人たちは、重頼の『毛吹草』に対抗して一門の選集『鷹筑波集』(西武編、寛永十五年貞徳跋・同十九年刊)を刊行するだけでなく、高齢と眼病のハンディキャップをもつ貞徳に『新増犬筑波集』(寛永二十年刊)をはじめ、秘伝書『天水抄』(翌二十一年成、未刊)や作法書『久流留《くるる》』(西武聞書、慶安三年(一六五〇)刊)、同『俳諧御傘《ごさん》』(翌四年刊)を矢継ぎ早に述作・刊行せしめ、面目を保った。こうして貞門の式法の規範は示されたのであるが、俳壇において各門流は微妙な相違を見せながらもそれぞれの信奉する式法に従って数多くの俳席を重ね、俳諧の様式を確立していったのである——複数作者による俳諧作品としては、立圃(親重の後号)が門人八名と唱和した『花月千句』(慶安二年奥)、重頼が門人梅盛ら十二名と唱和した『千句試《せんくだめし》』(『寛永廿一年俳諧千句』とも、未刊)、貞徳が正章(貞室)・季吟ら七名と唱和した『紅梅千句』(明暦元年(一六五五)刊)などが陸続と登場する——。

参考文献　＊乾裕幸解説に既掲のものは省略した。

○福井久蔵校注『菟玖波集 上・下』日本古典全書、朝日新聞社、昭和二十三・二十六年。

○鈴木棠三校注『犬つくば集』角川文庫、昭和四十年。

○大谷篤蔵・木村三四吾解題『古俳諧集』(複製) 天理図書館善本叢書22、八木書店、昭和四十九年。〈畳字連歌・竹馬狂吟集・誹諧連歌抄(二種)・守武千句(草案・成稿本)を所収〉

○木村三四吾・井口寿校注『竹馬狂吟集・新撰犬筑波集』新潮日本古典集成、昭和六十三年。

○中村俊定解題『犬子集 上・下』(複製) 古典文庫、昭和四十二年。

○伊地知鉄男校注『連歌集』日本古典文学大系39、岩波書店、昭和三十五年。

○金子金治郎「古俳諧注釈――菟玖波集俳諧――その(一)―(六)」中世文芸(広島大学) 32―34 37 41 50、昭和四十年七・十一月、四十一年三月、四十二年三月、四十三年七月、四十七年五月。

＊

○伊地知鉄男『連歌の世界』吉川弘文館、昭和四十二年。

○島津忠夫『連歌史の研究』角川書店、昭和四十四年。〈とくに「連歌と俳諧と――紹巴以後に関する一考察――」が参考となる〉

○木藤才蔵『連歌史論考 上・下』明治書院、昭和四十六・四十八年。〈とくに第十四章「貞門俳諧と連歌との交渉」が参考となる〉

○斎藤義光『中世連歌の研究』有精堂、昭和五十四年。〈とくに「紹巴連歌の特質――貞門俳諧の先蹤として――」が参考となる〉

○奥田　勲『連歌師――その行動と文学――』評論社、昭和五十一年。

○金子金治郎『菟玖波集の研究』風間書房、昭和四十年。〈広島大学本『菟玖波集』の翻刻を付録〉

○島本昌一『松永貞徳――俳諧師への道――』法政大学出版局、平成元年。

○森川昭解説『卜養狂歌絵巻』日本古典文学影印叢刊30、財団法人日本古典文学会、昭和六十年。〈「卜養軒慶友法眼百句付」(複製)および「解説」「半井卜養年譜」が参考となる〉

＊

○木藤才蔵「戦国時代の俳諧」文学・語学72、昭和四十九年八月。
○加藤定彦「前期俳諧の展開――形式と内容と――」連歌俳諧研究47、昭和四十九年八月。
○同　右「近世俳諧の成立――『犬子集』を中心に――上・下」近世文芸研究と評論10・11、昭和五十一年五月・十月。
○越智美登子「初期伊勢俳壇の問題」国語国文、昭和四十九年十月。
○浅田善二郎「「勢州山田の句帳」と犬子集」日本文学研究(帝塚山学院大学)6、昭和五十年三月。

新 日本古典文学大系 69
初期俳諧集

1991 年 5 月 20 日 第 1 刷発行
2012 年 4 月 5 日 第 4 刷発行
2025 年 4 月 10 日 オンデマンド版発行

校注者 森川《もりかわ》 昭《あきら》 加藤定彦《かとうさだひこ》 乾《いぬい》 裕幸《ひろゆき》

発行者 坂本政謙

発行所 株式会社 岩波書店
〒101-8002 東京都千代田区一ツ橋 2-5-5
電話案内 03-5210-4000
https://www.iwanami.co.jp/

印刷／製本・法令印刷

ISBN 978-4-00-731542-8 Printed in Japan

索　　　　引

発句・連句索引

1) この索引は，『初期俳諧集』の初句による索引である．句に付した数字は，本書における句番号を示す．
2) 句番号の前に付く作品名は，次の形に略した．
　犬　犬子集　　坂　大坂独吟集　　談　談林十百韻
3) 見出し語には，発句・付句・連句の初句をとり，排列は現代仮名遣いによる五十音順とした．
4) 初句が同音の場合，次に続く句を示して排列した．また，表記は便宜的に1つの形で代表させた．

い

か

け

こ

す

せ

ち

と

に

ぬ

ね

の

は

む

め

ゆ

よ

ら

り

れ

ろ

わ

人名索引

1) この索引は，『初期俳諧集』の作者および前書・後書，序・跋にみえる人物について，簡単な略歴を記し，該当する句番号を示したものである．

2) 排列は，現代仮名遣いの五十音順による．ただし，読みにくいもの，および読み方の判然としないものは，通行の漢音によった．

3) 数字に付した*は前書また後書，◇は付句，記号のない数字は発句を表わす．

4) 各作品名は次の略称で示した．

犬　犬子集
坂　大坂独吟集
談　談林十百韻

あ・い・え・お

顕国《あきくに》　村上源氏．従兄弟に藤原顕国がいる(尊卑分脈)．平安後期の歌人．藤原俊忠(俊成の父)家サロンの一員として活躍．犬 *2599, ◇2599

朝日阿闍梨《あさひのあじゃり》　犬 *2647

安嘉門院四条《あんかもんいんのしじょう》　阿仏．鎌倉期の歌人．藤原為家の側室．著作に，日記『うたたね』『十六夜日記』，歌論書『夜の鶴』がある．犬 ◇2624

安重《あんじゅう》　堺住．犬 608

安利《あんり》　京住．犬 551, 704, 785

安隆《あんりゅう》　伊勢山田住．犬 858

家隆《いえたか》　藤原氏．鎌倉初期の歌人．『新古今集』の撰者の1人．藤原俊成の門で，藤原定家と並称された．家集に『壬二(みに)集』がある．犬 ◇2648

惟玉《いぎょく》　伊勢山田住．犬 298

為松《いしょう》　伊勢山田住．犬 664

一之《いっし》　堺住．犬 21, 77, 946

一正《いっせい》　堺住．柏井庄三．『誹諧百人一句』『古今誹諧師手鑑』ほかに入集．犬 31, 227, 269, 386, 511, 546, 663, 743, 820, 926, 964, 971, 1044, 1171, 1283, 1426, 1542, ◇1565, ◇1567, ◇1568, ◇1594, ◇1597, ◇1679, ◇1689, ◇1733, ◇1748, ◇1756, ◇1815–◇1817, ◇1863, ◇1884, ◇1926, ◇1967, ◇1993, ◇2054, ◇2064, ◇2090, ◇2091, ◇2116, ◇2117, ◇2126, ◇2152, ◇2159, ◇2209, ◇2210, ◇2212, ◇2216, ◇2238

一成《いっせい》　因幡住．犬 116

一村《いっそん》　京住．鑑定家．古筆家の祖，了佐，古筆勘兵衛．寛文2年(1662)没，享年81歳．『古今誹諧師手鑑』ほかに入集．犬 835, 1101, 1434

一朝《いっちょう》　豊島氏．談 ◇7, ◇16, ◇27, ◇34, ◇45, ◇52, ◇63, ◇70, ◇81, ◇88, ◇95, ◇104, ◇113, ◇124, ◇131, ◇142, ◇149, ◇160, ◇167, ◇178, ◇185, ◇196, ◇209, ◇220, ◇227, ◇238, ◇245, ◇256, ◇263, ◇274, ◇281, ◇292, ◇299, ◇308, ◇317, ◇328, ◇335, ◇346, ◇353, ◇364, ◇371, ◇382, ◇389, ◇400, ◇403, ◇414, ◇421, ◇432, ◇439, ◇450, ◇459, ◇468, ◇479, ◇488, ◇497, 501, ◇512, ◇519, ◇530, ◇539, ◇548, ◇557, ◇566, ◇575, ◇580, ◇587, ◇606, ◇615, ◇626, ◇633, ◇642, ◇651, ◇660, ◇669, ◇678, ◇687, ◇696, ◇703, ◇714, ◇723, ◇734, ◇741, ◇752, ◇759, ◇770, ◇779, ◇790, ◇797, ◇805, ◇816, ◇821, ◇832, ◇839, ◇850, ◇857, ◇868, ◇875, ◇884, ◇893, ◇902, ◇911, ◇922, ◇931, ◇940, ◇949, ◇958, ◇967, ◇976, ◇985, ◇994

一定《いってい》　堺住．犬 18, 78

一鉄《いってつ》　三輪三左衛門．岡瀬氏とも．『談林十百韻』以後，高野幽山に属し，『江戸八百韻』に一座など活躍．談 ◇4, ◇21, ◇28, ◇39, ◇46, ◇57, ◇64, ◇75, ◇82, ◇91, ◇98, ◇103, ◇114, ◇125, ◇136, ◇143, ◇154, ◇161, ◇170, ◇177, ◇188, ◇195, ◇208, ◇217, ◇228, ◇235, ◇246, ◇253, ◇264, ◇271, ◇282, ◇289, ◇300, ◇307, ◇318, ◇325, ◇336, ◇343, ◇354, ◇361, ◇372, ◇379, ◇390, ◇397, ◇406, ◇415, ◇426, ◇433, ◇444, ◇451, ◇460, ◇469, ◇478, ◇487, ◇496, ◇509, ◇520, ◇527, ◇536, ◇545, ◇554, ◇563, ◇572, ◇581, ◇590, ◇597, ◇602, ◇611, ◇622, ◇629, ◇639, ◇648, ◇657, ◇666, ◇675, ◇684, ◇693, ◇705, ◇716, ◇721, ◇732, ◇739, ◇750, ◇757, ◇768, ◇775, ◇786, ◇793, 801, ◇812, ◇819, ◇828, ◇835, ◇846, ◇853, ◇864, ◇871, ◇880, ◇889, ◇906, ◇915, ◇926, ◇935, ◇944, ◇953, ◇962, ◇971, ◇980, ◇989, ◇1000

意楽《いらく》　辻尾氏. 後号, 江林. 通称, 太郎右衛門. 俳諧執筆を業とし,『西鶴大矢数』でも執筆をつとめた. 坂 301–◇400
永運《えいうん》　連歌作者. 南北朝期の人. 権少僧都. 救済の弟子.『菟玖波集』に 25 句入集. 犬◇2574
永氏《えいし》　伊勢山田住. 犬 1415
永治《えいじ》　京住. 畑与兵衛. 山形屋. 犬 99, 470, 571, 631, 875, 1474
益光《えきこう》　伊勢山田住. 中津氏. 犬 162, 1223
易勝《えきしょう》　伊勢山田住. 犬 372
悦春《えつしゅん》　岡田氏. 通称, 大文字屋二郎兵衛. 商賈であろう. 正保期以来主要俳書に入集する古参俳人.『誹家大系図』に「始ハ令徳ニ随ヒ, 後宗因ニ属ス」とあるが, 重頼に近い, 超流派的存在であった. 坂 801–◇900
円成《えんせい》　伊勢山田住. 犬 735
往一《おういつ》　伊勢山田住. 犬 1467

か・き・く・け・こ

歌一《かいつ》　伊勢山田住. 犬 1352
可花《かか》　堺住. 犬 336
家久《かきゅう》　伊勢山田住. 犬 970, 1147
鶴永《かくえい》　井原氏. 後号, 西鶴. 別号, 西鵬・四千翁・二万翁, 松風軒・松寿軒・松魂軒. 延宝元年(1673),『生玉万句』の興行により頭角を現わし, 矢数俳諧に名を挙げた. 晩年の 10 年は『好色一代男』以下数々の浮世草子を著し, 小説家として, より有名になった. 坂 401–◇500
覚玄《かくげん》　伊勢山田住. 犬 147
景時《かげとき》　梶原氏(平姓). 源頼朝の臣. 才知に長け, 連歌を得意とした. 犬◇2584, ◇2596, ◇2607
可勝《かしょう》　京住. 舟橋平左衛門. 犬 1370
関白《かんぱく》　→良基《よしもと》
関白前左大臣《かんぱくさきのさだいじん》　→良基
関白左大臣《かんぱくさだいじん》　→良基
幾音《きおん》　中堀氏. 柳和軒. 初号, 器音. 中堀初知の弟. 大坂の俳諧点者. 梶木町のち尼崎町に居住. 初め貞門の成安につき, のち宗因門に転じた. 著書に『家土産』がある. 坂 1–◇100
吉久《きちきゅう》　京住. 犬 105, 791, 910
吉久　伊勢山田住. 犬 840
吉次《きちじ》　堺住. 犬 466, 1162
吉長《きちちょう》　伊勢山田住. 犬 919, 1226
吉貞《きちてい》　伊勢山田住. 犬 568, 1341
吉隆《きちりゅう》　伊勢山田住. 犬 552
久永《きゅうえい》　伊勢山田住. 犬 219
休音《きゅうおん》　京住. 犬 8, 65, 66, 166, 167, 252, 253, 377–380, 531, 601, 626, 695, 731, 872, 881, 1004, 1064, 1082, 1141, 1142, 1206, 1279, 1321, 1363, 1490, ◇1854, ◇2037, ◇2053, ◇2066, ◇2122, ◇2205, ◇2253
久家《きゅうか》　京住. 犬 1170
久甫《きゅうほ》　堺住. 犬 532
休甫《きゅうほ》　大坂生玉住. 津田氏. 別号, 江斎. 明暦頃の没か, 享年 63 歳. 宇喜多(備前岡山城主秀家のことか)家に仕え, のち浪人.『西鶴名残之友』に逸話が伝えられ,『古今夷曲集』に辞世の狂歌が収められる.『休甫風流談』『朧夜の友』の著書があったという(いずれも散佚して伝わらない).『誹仙三十六人集』『誹諧百人一句』『古今誹諧師手鑑』ほかに入集. 犬 211, 224, 250, 251, 382, 383, 510, 547, 655, 694, 1143, 1144, 1275, 1423, 1424
敬心《きょうしん》　連歌作者. 生没年未詳.『菟玖波集』に 8 句入集. 犬◇2603, ◇2605, ◇2619, ◇2644, ◇2657
玉琳《ぎょくりん》　京住. 犬 311
清藤《きよふじ》　犬◇2581
近周《きんしゅう》　伊勢山田住. 老沼又左衛門. 犬 773, 812
空性《くうせい》　伊勢山田住. 犬 255
救済《ぐさい》　「きゅうせい」とも. 連歌作者. 永和 2 年(1376)没か, 享年 95 歳. 善阿の門人で, 和歌を冷泉為相に学ぶ.『菟玖波集』の編選,『応安新式(連歌新式)』の制定に協力. 南北朝期の代表的な作者で, 心敬・宗祇らに影響を与えた. 犬◇2553, ◇2577, ◇2579, ◇2594, ◇2604, ◇2611, ◇2620, ◇2629, ◇2634, ◇2637
愚道《ぐどう》　京住. 京極仏光寺僧侶.『誹仙三十六人集』『誹諧百人一句』ほかに入集. 犬 3, 55, 56, 308, 442, 623, 770, 1306
国信《くにざね》　村上源氏. 平安後期の歌人. 堀河院側近で, 内裏歌壇の中心人物と目された. 犬 *2656
慶峨《けいが》　伊勢山田住. 犬 765
慶彦《けいげん》　伊勢山田住. 度会氏. 松木主計助. 犬 822
慶友《けいゆう》　堺住. 狂歌作者・俳人. 半井氏. 本姓は和気氏. 別号, 卜養・牧羊軒など. 延宝 6 年(1678)12 月 26 日没, 享年 72 歳. 寛永 13

年(1636)頃から江戸に下り，御番医となる．『誹仙三十六人集』『誹諧百人一句』『古今誹諧師手鑑』ほかに入集．狂歌集に『卜養狂歌集』がある． 犬 5, 61–63, 141, 247–249, 373, 374, 440, 441, 561, 574, 607, 642, 649–651, 654, 659, 673, 699, 700, 730, 754, 767, 779, 781, 787, 852, 857, 924, 943, 963, 1011, 1026, 1027, 1063, 1071, 1089, 1105, 1138–1140, 1207, 1208, 1230, 1312–1315, 1420, 1421, 1465, 1491, 1492, 1497, 1510, 1535, 1536, ◇1563, ◇1569, ◇1581, ◇1582, ◇1591, ◇1598, ◇1616, ◇1660–◇1662, ◇1676, ◇1678, ◇1680, ◇1688, ◇1699, ◇1717, ◇1725, ◇1728, ◇1747, ◇1761, ◇1762, ◇1803, ◇1806–◇1809, ◇1814, ◇1818–◇1820, ◇1823, ◇1825–◇1827, ◇1862, ◇1864, ◇1865, ◇1867, ◇1883, ◇1891, ◇1892, ◇1911, ◇1912, ◇1925, ◇1948, ◇1984–◇1986, ◇1988–◇1991, ◇2062, ◇2063, ◇2085–◇2089, ◇2094, ◇2106, ◇2108, ◇2109, ◇2111–◇2113, ◇2115, ◇2125, ◇2139, ◇2140, ◇2149, ◇2156, ◇2222, ◇2232, ◇2248, ◇2455–◇2504

牽経《けんけい》 京住． 犬 1475

堅結《けんけつ》 京住． 犬 582, 707, 1365

元郷《げんきょう》 伊勢山田住． 犬 157, 715

玄佐《げんさ》 堺住． 犬 1537

玄札《げんさつ》 伊勢山田の産．江戸住．高島氏．玄道．利清の子．延宝 4 年(1676)没，享年 83 歳．医を業とし，のち俳諧点者となる．著書に門人白鷗との両吟『十種(とくさ)千句』がある．『誹仙三十六人集』『古今誹諧師手鑑』に入集． 犬 27, 918, 974, 1145, 1316, 1331, 1425, ◇1600, ◇1828–◇1832, ◇2097–◇2103

玄旨《げんし》 細川幽斎．安土桃山期の歌人・歌学者・連歌作者． 慶長 15 年(1610) 8 月 20 日没，享年 77 歳．足利将軍義晴・義昭，織田信長，豊臣秀吉に仕えたが，のち隠栖．歌壇の中心的存在で，歌集に『衆妙集』がある．『誹仙三十六人集』などに入集． 犬 1096

兼深《けんしん》 犬 ◇2568

玄心《げんしん》 伊勢山田住． 犬 345

元宣《げんせん》 堺住． 犬 1075

玄竹《げんちく》 京住． 犬 936

顕明《けんみょう》 犬 ◇2555

玄利《げんり》 元理．安土桃山期の僧．山城国相楽郡菱田の産．京住．武田氏．壮年にして禅門に入る．和歌・連歌とくに俳諧の作者として傑出． 犬 179, 1266

行一《こういつ》 伊勢山田住． 犬 226

弘円《こうえん》 犬 ◇2554

光家《こうか》 京住． 犬 97, 464, 701, 1006

興嘉《こうか》 伊勢山田住． 犬 930

興澖(興暖)《こうかん》 伊勢山田住．荒木田氏． 犬 216

光香《こうこう》 伊勢山田住． 犬 1084

幸光《こうこう》 伊勢山田住． 犬 932

興之《こうし》 堺住． 犬 9, 828, 1384

孝晴《こうせい》 伊勢山田住．村松吉右衛門．利清門．『誹諧百人一句』『古今誹諧師手鑑』ほかに入集． 犬 161, 369, 448, 449, 565, 566, 734, 813, 947

弘政《こうせい》 伊勢山田住． 犬 218, 669, 921

弘澄《こうちょう》 伊勢山田住． 犬 257, 457, 772

広直《こうちょく》 伊勢山田住． 犬 461, 717, 1330

後西園寺入道太政大臣《ごさいおんじにゅうどうだいじょうだいじん》 西園寺実兼．鎌倉期の歌人．権門として京極派を支持し，自身もその主要歌人として活躍した．家集に『実兼公集』がある． 犬 ◇2655

後嵯峨院《ごさがいん》 第 88 代天皇．土御門天皇の皇子．文永 9 年(1272)2 月 17 日没，享年 53 歳．『続後撰和歌集』『続古今和歌集』を撰進せしめた．連歌は『菟玖波集』に 22 句入集． 犬 ◇2585

さ・し・す・せ・そ

西音《さいおん》 平安末期の歌人．俗名，平時実．『続古今和歌集』などに入集． 犬 ◇2630

西行《さいぎょう》 平安末期の歌人．もと北面の武士で，俗名は佐藤義清(のりきよ)．若くして出家し，法名を円位という．高野山などで修行，のち諸国を行脚する．『新古今和歌集』に最多の 94 首が入集．家集に『山家集』などがある． 犬 ◇2625, ◇2631

在色《ざいしき》 野口甚八郎利直．享保 4 年(1719)没，享年 77 歳．材木商．神野忠知に師事．著書『暁眠起』『俳諧解脱抄』． 談 ◇3, ◇12, ◇23, ◇30, ◇41, ◇48, ◇59, ◇66, ◇77, ◇84, ◇97, ◇108, ◇117, ◇128, ◇137, ◇148, ◇155, ◇166, ◇173, ◇184, ◇191, ◇198, ◇206, ◇215, ◇226, ◇233, ◇244, ◇251, ◇262, ◇269, ◇280, ◇287, ◇296, 301, ◇312, ◇319, ◇330, ◇337, ◇348, ◇355, ◇366, ◇373, ◇384, ◇391, ◇404, ◇413, ◇424, ◇431, ◇442, ◇449, ◇457, ◇466, ◇475, ◇484, ◇493, ◇505, ◇516, ◇521, ◇532, ◇541, ◇550, ◇559, ◇568, ◇579, ◇588, ◇595, ◇608, ◇617, ◇628, ◇635, ◇644, ◇653, ◇662, ◇671, ◇680, ◇689, ◇698, ◇707, ◇718, ◇725, ◇736, ◇743, ◇754, ◇761, ◇772,

◇777, ◇788, ◇795, ◇802, ◇811, ◇822, ◇829, ◇840, ◇847, ◇858, ◇865, ◇876, ◇885, ◇894, ◇904, ◇913, ◇924, ◇933, ◇942, ◇951, ◇960, ◇969, ◇978, ◇987, ◇996

西住《さいじゅう》　平安末期の歌人．俗名，源季政．西行の同行者で，藤原俊成・寂然らと親交があった．『千載和歌集』に入集．　犬 ◇2631

西武《さいむ》　京住．俳人．山本氏．名，西武(にしたけ)．通称，九郎左衛門．別号，無外軒など．天和2年(1682)3月12日没，享年73歳．三条梅忠町の綿商人．11歳から貞徳に入門して俳諧を学び，師の執筆役をつとめた．貞門七俳仙の1人．編著に，『鷹筑波集』『沙金袋』『同後集』の撰集，式目書『久流留(くるる)』などがある．　犬 1211, 1224

左京大夫なにがし《さきょうだいぶなにがし》　犬 *2652

貞任《さだとう》　安倍氏．　平安中期の武将．前九年の役で源頼義・義家と戦い，戦死．　犬 *2587, ◇2587

実方《さねかた》　藤原氏．平安期の歌人．宮廷で花形として聞こえた風流貴公子で，さまざまな説話が伝わる．任地の陸奥国で没した．中古三十六歌仙の1人．家集に『実方朝臣集』がある．犬 ◇2571

三昌《さんしょう》　浜野氏，また高山氏．「寛文比誹諧宗匠並素人名誉人」の「三政改名」が正しいとすれば，宗因とは正保4年(1647)以来の交遊で，大坂俳壇の古老ということになる．季吟・重頼にも親しく，連俳両道をよくしたと考えられる．　坂 201–◇300

慈願《じがん》　犬 ◇2583

氏吉《しきち》　伊勢山田住．　犬 1218, 1225

氏久《しきゅう》　伊勢山田住．　犬 286

志計《しけい》　中村庄三郎．　談 ◇6, ◇15, ◇22, ◇33, ◇40, ◇51, ◇58, ◇69, ◇76, ◇87, ◇93, ◇109, ◇120, ◇127, ◇138, ◇145, ◇156, ◇163, ◇174, ◇181, ◇192, ◇199, ◇207, ◇218, ◇225, ◇236, ◇243, ◇254, ◇261, ◇272, ◇279, ◇290, ◇297, ◇305, ◇316, ◇321, ◇332, ◇339, ◇350, ◇357, ◇368, ◇375, ◇386, ◇393, ◇407, ◇418, ◇425, ◇436, ◇443, ◇454, ◇463, ◇472, ◇481, ◇490, ◇499, ◇502, ◇511, ◇522, ◇529, ◇538, ◇547, ◇556, ◇565, ◇574, ◇592, ◇599, 601, ◇612, ◇619, ◇630, ◇637, ◇646, ◇655, ◇664, ◇673, ◇682, ◇691, ◇708, ◇717, ◇728, ◇735, ◇746, ◇753, ◇764, ◇771, ◇782, ◇789, ◇800, ◇804, ◇813, ◇824, ◇831, ◇842, ◇849, ◇860, ◇867, ◇878, ◇887, ◇896, ◇903, ◇914, ◇923, ◇932, ◇941, ◇950, ◇959, ◇968, ◇977, ◇986, ◇995

重宣《しげのぶ》　藤原氏．　犬 ◇2550

重頼《しげより》　京住．松江氏．通称，大文字屋治右衛門．別号，維舟・江翁．延宝8年(1680)6月29日没，享年79歳．撰糸商であったが，俳諧に専心，家産を傾けたと伝える．連歌を昌琢に学び，俳諧は貞徳に従ったが，『犬子集』を刊行してからは独立し，『毛吹草』『同追加』『懐子(ふところご)』『佐夜中山集』『誹諧時勢粧(いまようすがた)』『大井川集・藤枝集』『武蔵野』『名取川』などを続刊し，俳壇に大きな影響を及ぼした．犬 35, 85–88, 108, 109, 120, 176, 177, 198–200, 214, 233, 271–274, 276, 301, 315, 316, 329, 330, 340, 346, 404–415, 493–507, 517, 522, 524, 529, 534, 541, 553, 572, 576, 585, 596, 597, 637, 645–647, 657, 670, 718–721, 745–748, 792–794, 801, 821, 836, 838, 855, 870, 885, 911, 937, 939, 960, 977, 980, 981, 989, 990, 998, 1002, 1008, 1010, 1016, 1017, 1021, 1024, 1032, 1035, 1057, 1062, 1078–1080, 1083, 1085, 1103, 1104, 1188–1197, 1212, 1219, 1236, 1237, 1247, 1261, 1290, 1296, 1322–1324, 1343, 1354, 1356, 1369, 1385, 1447–1452, 1481, 1501, 1502, 1506, 1509, 1519, ◇1546–◇1550, ◇1555, ◇1562, ◇1572–◇1576, ◇1586, ◇1603, ◇1608, ◇1615, ◇1624, ◇1630, ◇1635, ◇1643, ◇1646–◇1648, ◇1653, ◇1663, ◇1667, ◇1682, ◇1690, ◇1695, ◇1702, ◇1705, ◇1720, ◇1726, ◇1746, ◇1750, ◇1754, ◇1757, ◇1764–◇1767, ◇1769, ◇1770, ◇1785, ◇1793, ◇1821, ◇1822, ◇1839, ◇1841, ◇1842, ◇1844, ◇1852, ◇1855–◇1857, ◇1871, ◇1876, ◇1877, ◇1900, ◇1903, ◇1920, ◇1921, ◇1923, ◇1924, ◇1935–◇1938, ◇1965, ◇1982, ◇1983, ◇1987, ◇1992, ◇2000–◇2007, ◇2023, ◇2035, ◇2036, ◇2038, ◇2041, ◇2045–◇2049, ◇2056, ◇2057, ◇2060, ◇2083, ◇2084, ◇2105, ◇2124, ◇2150, ◇2155, ◇2162, ◇2168–◇2170, ◇2172, ◇2178–◇2180, ◇2187, ◇2189, ◇2190, ◇2202, ◇2204, ◇2206–◇2208, ◇2215, ◇2217, ◇2247

氏持《しじ》　伊勢山田住．　犬 1227

氏重《しじゅう》　京住．渡辺吉兵衛．『誹諧百人一句』『古今誹諧師手鑑』ほかに入集．　犬 15, 72, 100, 174, 175, 195, 266, 287, 317, 327, 339, 384, 385, 475–477, 521, 527, 550, 562, 581, 661, 711, 738, 789, 823, 824, 863, 884, 909, 923, 938, 965, 968, 1014, 1030, 1031, 1076, 1077, 1173–1175, 1243, 1258, 1375, 1422, 1480, 1503, 1504,

◇1596, ◇1668, ◇1870, ◇2022, ◇2082, ◇2148, ◇2250-◇2252

周阿《しゅうあ》 連歌作者. 俗名, 坂の小二郎. 永和3年(1377)没か, 享年未詳. 南北朝末期から室町初期にかけての6, 70年間, 連歌壇に大きな影響を与えた. 応安5年(1372)の『連歌新式』の制定に協力. 『菟玖波集』に22句入集. 犬 ◇2551

重安《じゅうあん》 伊勢村氏. 名は宗善. 通称, 伊勢村屋弥右衛門. 別号, 難波津散人. 天和期没か. 仏師. 大坂長堀こんや町の住. 明暦期以来の古参俳人. 初め貞門の梅盛に師事, のち宗因門. 編著に『大坂俳諧雪千句』『糸屑』がある. 坂 901-◇1000

重次《じゅうじ》 京住. 犬 22, 212, 313, 344, 467, 953, 1061, 1287, 1294, 1435, 1508, ◇1602

重次 伊勢山田住. 犬 567, 744

重勝《じゅうしょう》 京住. 青木氏. 犬 197, 295, 314, 468, 516, 570, 609, 702, 703, 755, 756, 800, 948, 992, 1001, 1029

重正《じゅうせい》 京住. 犬 759, ◇2012, ◇2077, ◇2121, ◇2157, ◇2171

十仏《じゅうぶつ》 坂氏. 連歌作者. 鎌倉後期から南北朝期の人. 善阿の門弟. 足利尊氏に仕えその寵遇をうけ, 和漢の学に長じ, 和歌・連歌にも秀でていた. 『伊勢太神宮参詣記』『拾塵抄』を著した. 『菟玖波集』に付句17句, 発句1句入集. 犬 ◇2640

俊英《しゅんえい》 京住. 犬 549

春益《しゅんえき》 京住. 犬 10, 254, 381, 463, 519

春可《しゅんか》 京住. 浪人. 俗名, 一説に鹿野文八. 別号, 朝生軒・繊毫斎. 『誹仙三十六人集』『誹諧百人一句』『古今誹諧師手鑑』ほかに入集. 犬 4, 57-60, 92, 183, 223, 376, 443, 444, 533, 537, 578, 632, 692, 693, 752, 753, 868, 871, 896, 897, 917, 929, 1003, 1136, 1137, 1205, 1215, 1241, 1274, 1309-1311, 1534

順覚《じゅんかく》 連歌作者. 鎌倉後期から南北朝期の人. 生没年未詳. 善阿の門弟. 今川了俊の連歌の師. 『菟玖波集』に付句17句, 発句2句入集. 犬 ◇2588, ◇2633

乗阿《じょうあ》 犬 ◇2546

成安《じょうあん》 堺北ノ庄住. 通称, 成安四郎右衛門. 寛文4年(1664)閏5月26日没, 享年80余歳. 正法寺住職. はじめ慶友門, のち貞徳門. 編著に『埋草』がある. 『誹仙三十六人集』『誹諧百人一句』『古今誹諧師手鑑』ほかに入集. 犬 30, 106, 390, 523, 660, 706, 819, 1067, 1358, ◇1683

松意《しょうい》 田代新左衛門. 『暁眠起』に「東府の隠士」. 著書『幕づくし』『夢助』『談林軒端の独活』『談林功用群鑑』等. 談 ◇10, ◇19, ◇26, ◇37, ◇44, ◇55, ◇62, ◇73, ◇80, ◇92, ◇99, ◇106, ◇115, ◇126, ◇133, ◇144, ◇151, ◇162, ◇169, ◇180, ◇187, ◇200, ◇203, ◇214, ◇223, ◇234, ◇241, ◇252, ◇259, ◇270, ◇277, ◇288, ◇295, ◇302, ◇311, ◇322, ◇329, ◇340, ◇347, ◇358, ◇365, ◇376, ◇383, ◇394, ◇408, ◇417, ◇428, ◇435, ◇446, ◇453, ◇462, ◇471, ◇480, ◇489, ◇498, ◇508, ◇517, ◇528, ◇537, ◇546, ◇555, ◇564, ◇573, ◇582, ◇591, ◇596, ◇609, ◇620, ◇627, ◇638, ◇647, ◇656, ◇665, ◇674, ◇683, ◇692, ◇700, ◇704, ◇713, ◇724, ◇731, ◇744, ◇751, ◇762, ◇769, ◇780, ◇787, ◇798, ◇807, ◇818, ◇825, ◇836, ◇843, ◇854, ◇861, ◇872, ◇881, ◇890, ◇899, 901, ◇912, ◇919, ◇928, ◇937, ◇946, ◇955, ◇964, ◇973, ◇982, ◇991

松一《しょういつ》 伊勢山田住. 犬 189

静円《じょうえん》 犬 ◇2646

松花《しょうか》 京住. 犬 96

松臼《しょうきゅう》 出来氏. 『談林軒端の独活』『談林功用群鑑』などに見える「出来松花跡」は後号か. 談 ◇8, ◇17, ◇24, ◇35, ◇42, ◇53, ◇60, ◇71, ◇78, ◇89, ◇94, 101, ◇112, ◇119, ◇130, ◇135, ◇146, ◇153, ◇164, ◇171, ◇182, ◇189, ◇205, ◇216, ◇221, ◇232, ◇239, ◇250, ◇257, ◇268, ◇275, ◇286, ◇293, ◇304, ◇313, ◇324, ◇331, ◇342, ◇349, ◇360, ◇367, ◇380, ◇387, ◇398, ◇402, ◇411, ◇422, ◇429, ◇440, ◇447, ◇458, ◇467, ◇476, ◇485, ◇494, ◇506, ◇515, ◇526, ◇535, ◇544, ◇553, ◇562, ◇571, ◇584, ◇589, ◇598, ◇603, ◇614, ◇621, ◇632, ◇641, ◇650, ◇659, ◇668, ◇677, ◇686, ◇695, ◇702, ◇711, ◇722, ◇729, ◇740, ◇747, ◇758, ◇765, ◇776, ◇783, ◇794, ◇809, ◇820, ◇827, ◇838, ◇845, ◇856, ◇863, ◇874, ◇883, ◇892, ◇900, ◇907, ◇918, ◇925, ◇934, ◇943, ◇952, ◇961, ◇970, ◇979, ◇988, ◇997

常好《じょうこう》 伊勢山田住. 犬 107

上西門院兵衛《じょうさいもんいんのひょうえ》 平安後期の歌人. 源顕仲の女. 待賢門院堀川とは姉妹. 犬 ◇2663

常勝《じょうしょう》 伊勢山田住. 犬 25

証心《しょうしん》 藤原俊経の法名か. 建久2年(1191)正月没, 享年78歳. 近衛・高倉両帝の侍読. 長明の伊勢下向に同行したとされる. 犬 ◇2597

乗正《じょうせい》 江戸住. 犬 1065, 1419

紹巴《じようは》 連歌作者．里村北家第1代．慶長7年(1602) 4月12日没，享年79歳．花の下知行100石を許され，法橋•法眼位に叙せられた． 談 *跋
逍遥院殿《しようよういんどの》 三条西実隆．室町後期の歌人．三条西家歌学の祖．宗祇から古今伝授を受け，聴雪と号して連歌もよくした． 犬 *2533, ◇2533
常利《じようり》 伊勢山田住． 犬 371
常廉《じようれん》 伊勢山田住． 犬 456, 766
辰彦《しんげん》 伊勢山田住． 犬 798
真利《しんり》 堺住． 犬 32
崇徳院《すとくいん》 第75代天皇．讃岐院とも．長寛2年(1164) 8月26日没，享年46歳．鳥羽天皇の第1皇子．保元の乱後，讃岐に配流され，同地で崩御．『詞花和歌集』を藤原顕輔に撰進させた．『小倉百人一首』などに入集． 犬 ◇2652
清一《せいいつ》 伊勢山田住． 犬 364, 365, 1019
盛一《せいいつ》 伊勢山田住． 犬 158, 459, 564, 776, 815, 854
正吉《せいきち》 伊勢山田住． 犬 841
正景《せいけい》 伊勢山田住． 犬 1157
正継《せいけい》 伊勢山田住． 犬 859
正慶《せいけい》 伊勢山田住． 犬 732
盛彦《せいげん》 伊勢山田住．渡会氏． 犬 146, 312, 612, 874
正綱《せいこう》 伊勢山田住．奥村氏． 犬 190, 1012
正次《せいじ》 伊勢山田住． 犬 648, 1153
正秋《せいしゆう》 伊勢山田住． 犬 1418
正重《せいじゆう》 京住． 犬 29, 1376
政重《せいじゆう》 京住． 犬 24
正章《せいしよう》 →まさあきら
政昌《せいしよう》 京住． 犬 20, 292, 1013, 1172, 1216, 1228, 1285, ◇2213, ◇2214
盛常《せいじよう》 伊勢山田住． 犬 285
正信《せいしん》 京住． 犬 23, 395, 478–480, 782, 908, 949, 1184, 1185, 1244, 1245, 1286, 1427–1429, ◇1789, ◇2186, ◇2193
清親《せいしん》 伊勢山田住． 犬 284, 450, 451, 931
盛親《せいしん》 伊勢山田住． 犬 155, 540, 592
盛澄《せいちよう》 伊勢山田住． 犬 458, 579, 862, 1273
正直《せいちよく》 京住．鈴木氏．通称，平野屋重兵衛．貞徳門． 犬 14, 70, 71, 117, 118, 169, 170, 194, 225, 267, 268, 275, 293, 326, 337, 343, 387, 388, 469, 526, 535, 610, 611, 630, 636, 644, 656, 698, 883, 907, 962, 966, 975, 1020, 1033, 1164–1169, 1209, 1235, 1257, 1289, 1361, 1430–1433, 1436, 1479, ◇1658, ◇1659, ◇1760, ◇2052
政直《せいちよく》 京住． 犬 396, 397, 614, 817, 1049, 1163, 1319, 1505
正満《せいまん》 伊勢山田住． 犬 639
正友《せいゆう》 伊勢山田住．杉木氏．長兄は望一．延宝4年(1676) 7月4日没，享年80歳．著書に『正友(まさとも)千句』，編著に『伊勢俳諧長帳』がある． 犬 26, 101, 149, 217, 455, 716, 1154, 1278
正友 遠藤伝兵衛．延宝3年(1675)宗因招待吟松亭興行に一座．松意との両吟『江戸談林三百韻』あり． 談 ◇5, ◇14, ◇25, ◇32, ◇43, ◇50, ◇61, ◇68, ◇79, ◇86, ◇100, ◇105, ◇116, ◇121, ◇132, ◇139, ◇150, ◇157, ◇168, ◇175, ◇186, ◇193, ◇202, ◇211, ◇222, ◇229, ◇240, ◇247, ◇258, ◇265, ◇276, ◇283, ◇294, ◇303, ◇314, ◇323, ◇334, ◇341, ◇352, ◇359, ◇370, ◇377, ◇388, ◇395, ◇409, ◇420, ◇427, ◇438, ◇445, ◇456, ◇465, ◇474, ◇483, ◇492, ◇500, ◇507, ◇518, ◇525, ◇533, ◇542, ◇551, ◇560, ◇569, ◇578, ◇583, ◇600, ◇604, ◇613, ◇624, ◇631, ◇640, ◇649, ◇658, ◇667, ◇676, ◇685, ◇694, 701, ◇712, ◇719, ◇730, ◇737, ◇748, ◇755, ◇766, ◇773, ◇784, ◇791, ◇806, ◇815, ◇826, ◇833, ◇844, ◇851, ◇862, ◇869, ◇877, ◇886, ◇895, ◇909, ◇920, ◇929, ◇938, ◇947, ◇956, ◇965, ◇974, ◇983, ◇992, ◇998
正利《せいり》 伊勢山田住．竜松氏． 犬 191, 736, 1018
是吉《ぜきつ》 京住． 犬 1198, 1437
雪柴《せつさい》 池村彦太夫．町与力．『談林軒端の独活』の肩書に「高師山」．著書『鱗形』(延宝6年刊)． 談 ◇2, ◇13, ◇20, ◇31, ◇38, ◇49, ◇56, ◇67, ◇74, ◇85, ◇96, ◇107, ◇118, ◇123, ◇134, ◇141, ◇152, ◇159, ◇172, ◇179, ◇190, ◇197, 201, ◇212, ◇219, ◇230, ◇237, ◇248, ◇255, ◇266, ◇273, ◇284, ◇291, ◇306, ◇315, ◇326, ◇333, ◇344, ◇351, ◇362, ◇369, ◇378, ◇385, ◇396, ◇405, ◇416, ◇423, ◇434, ◇441, ◇452, ◇461, ◇470, ◇477, ◇486, ◇495, ◇504, ◇513, ◇524, ◇531, ◇540, ◇549, ◇558, ◇567, ◇576, ◇585, ◇594, ◇605, ◇616, ◇623, ◇634, ◇643, ◇652, ◇661, ◇670, ◇679, ◇688, ◇697, ◇709, ◇720, ◇727, ◇738, ◇745, ◇756, ◇763, ◇774, ◇781, ◇792, ◇799, ◇803, ◇814, ◇823, ◇834, ◇841, ◇852, ◇859, ◇870, ◇879, ◇888, ◇897, ◇908, ◇917, ◇927, ◇936, ◇945, ◇954, ◇963, ◇972, ◇981, ◇990, ◇999
玏心《せつしん》 伊勢山田住． 犬 1413
川権《せんけん》 伊勢山田住． 犬 1466

瞻西《せんさい》　平安期の歌人．雲居寺を再興する．　犬 *2598

素阿《そあ》　連歌作者．別名，素眼．生没年未詳．救済の門弟．時宗四条道場金蓮寺の僧．能書家で，『新札往来』の著書がある．『菟玖波集』に付句 22 句，発句 2 句入集．　犬 ◇2564, ◇2569, ◇2616, ◇2627, ◇2638

曾阿弥《そあみ》　犬 *2641, ◇2641

宗鑑《そうかん》　俗名，支那弥三郎範重（のりしげ）．没年は天文 8, 9 年(1539, 40)頃の没．享年は推定 77–86 歳．洛西山崎に隠栖して山崎宗鑑と呼ばれた．連歌・俳諧を嗜み，天文初年，俳諧撰集『犬筑波集』を編んで，俳諧の鼻祖とされた．　犬 *序, *2533, ◇2534, *2534　談 *跋

宗及《そうきゅう》　安土桃山期の茶人．天正 19 年(1591)没，享年未詳．堺の豪商，津田一族の 1 人．屋号は天王寺屋．通称，助五郎．初め織田信長，のち豊臣秀吉に仕え，3000 石を賜わる．今井宗久・千利休とともに天下三宗匠と称された．著書に『津田宗及茶湯日記』がある．『鷹筑波集』に入集．　犬 ◇1651, ◇1701, ◇1904

宗二《そうじ》　京住．　犬 429, ◇1650, ◇1794, ◇1843, ◇2110, ◇2191

宗俊《そうしゅん》　京住．立売衆．屋号，井筒屋．　犬 513, 591, 635, 905, 1178, 1179, 1284

宗恕《そうじょ》　堺住．　犬 6, 187, 1146, 1489

宗長《そうちょう》　連歌作者．享禄 5 年(1532) 3 月 6 日没，享年 85 歳．宗祇の高弟．晩年，郷里の駿河に帰住，柴屋軒（さいおくけん）に隠栖した．句集に『壁草』『那智籠』など，日記紀行に『宗長手記』など多数がある．　犬 *2533, ◇2533, *2534

宗仁《そうじん》　伊勢山田住．　犬 156, 462, 593, 810

宗味《そうみ》　京住．　犬 1074

宗牟《そうむ》　堺住．　犬 757, 799, 1493

素玄《そげん》　中林氏．通称，桜井屋(「さくらや」とも)源兵衛．商賈であろう．初め季吟門か．寛文初年より活躍．　坂 101–◇200

た・ち・つ・て・と

待賢門院堀川《たいけんもんいんのほりかわ》　平安期の歌人．源顕仲の女．上西門院兵衛とは姉妹．家集に『待賢門院堀川集』がある．　犬 ◇2663

尊氏《たかうじ》　足利氏．南北朝期の武将．初名，高氏．延文 3 年(1358)4 月 30 日没，享年 54 歳．光明天皇を擁立して征夷大将軍となり，室町幕府を開く．　犬 ◇2548, ◇2600

尭重《たかしげ》　平氏．　犬 ◇2570

為家《ためいえ》　藤原氏．鎌倉期の歌人．定家の嫡男．定家没後の歌壇に君臨する．正二位権大納言に至る．連歌もよくし，『菟玖波集』に 37 句入集．　犬 ◇2573, ◇2624, ◇2632

為氏《ためうじ》　藤原氏．鎌倉期の歌人．為家の嫡男．二条家の祖．正二位大納言に至る．　犬 ◇2557, ◇2636

為守《ためもり》　藤原氏．鎌倉期の歌人．為氏の弟．母は阿仏尼．40 歳頃出家した後，関東に在住．法名を暁月といい，狂歌の祖暁月房として多くの逸話が伝えられる．　犬 ◇2654

為言《ためゆき》　藤原氏．為氏の男．初め兄為雄の子となり，のち為兼の子となる．　犬 *2655, ◇2655

為世《ためよ》　藤原氏．鎌倉期の歌人．為氏の長男．父亡き後，二条家を継ぎ，権大納言に至る．『新後撰和歌集』『続千載和歌集』の撰者．門下に浄弁・頓阿・兼好・慶運らがいる．　犬 ◇2549

親重《ちかしげ》　京住．野々口氏．通称，庄右衛門．後号，立圃．別号，松翁．寛文 9 年(1669)没，享年 75 歳．雛屋，のち画師を業とする．貞門七俳仙の 1 人．重頼と共に『犬子集』の編集にあたったが，編集上のことで確執を生じ，重頼は独断で『犬子集』を完成，親重はこれに対抗して『誹諧発句帳』を刊行した．作法書に『はなひ草』，家句集に『そらつぶて』がある．　犬 11, 67–69, 95, 168, 184, 185, 213, 232, 261–264, 310, 328, 338, 398–403, 490–492, 512, 528, 538, 548, 583, 590, 615–618, 633, 662, 696, 697, 740–742, 758, 784, 788, 808, 809, 832, 853, 882, 934, 1047, 1048, 1056, 1072, 1073, 1158–1161, 1217, 1231–1234, 1242, 1280–1282, 1317, 1332, 1374, 1382, 1477, 1478, 1540, ◇1551, ◇1554, ◇1560, ◇1587, ◇1595, ◇1654, ◇1656, ◇1665, ◇1672, ◇1674, ◇1675, ◇1719, ◇1755, ◇1759, ◇1771, ◇1798, ◇1801, ◇1802, ◇1846, ◇1847, ◇1853, ◇1858, ◇1860, ◇1861, ◇1874, ◇1907, ◇1922, ◇1943–◇1945, ◇2024, ◇2039, ◇2040, ◇2042–◇2044, ◇2076, ◇2078–◇2080, ◇2120, ◇2123, ◇2184, ◇2241, ◇2242, ◇2246

親秀《ちかひで》　藤原氏．もと中原姓．父親致のとき藤原姓に改める．鎌倉幕府の評定衆．　犬 ◇2566

知国《ちこく》　伊勢山田住．　犬 898

千宣《ちのぶ》　小槻氏．鎌倉後期の人．　犬 ◇2650

中善《ちゅうぜん》　伊勢山田住．　犬 258

千世《ちよ》 伊勢山田住．千世一，千代一とも．犬 256

長吉《ちようきち》 京住．福岡氏．通称，加左利屋吉兵衛．貞徳門．『誹諧百人一句』などに入集．犬 17, 73, 119, 171, 172, 186, 265, 394, 471, 472, 514, 515, 629, 797, 869, 906, 935, 958, 973, 991, 1176, 1177, 1210, 1229, 1259, 1293, 1364, 1383, 1444–1446, 1495, 1496, 1518, ◇1640, ◇1677, ◇2058

長継《ちようけい》 京住．犬 1380

長之《ちようし》 堺住．犬 33

長昌《ちようしよう》 伊勢山田住．犬 710, 816

長鈍《ちようどん》 伊勢山田住．犬 920

長明《ちようめい》 鴨氏．鎌倉期の歌人．『方丈記』の著者として著名．犬 ◇2597, ◇2612

貫之《つらゆき》 紀氏．平安期の歌人．『古今和歌集』の撰者の1人．『土佐日記』の著者として著名．犬 ◇2561

定家《ていか》 藤原氏．鎌倉期の代表的な歌人．京極中納言(黄門)と称される．俊成の2男．『新古今和歌集』(共撰)，『小倉百人一首』の編著のほかに，『近代秀歌』『毎月抄』などの歌論書，家集『拾遺愚草』がある．犬 ◇2645

貞継《ていけい》 堺住．駒井氏．重頼門，また堺の玉手貞直門とも．犬 13, 64, 389, 465, 520, 628, 774, 825, 945, 1007, 1045, 1099, 1260, 1511, 1538, 1539, ◇1824, ◇2249

貞光《ていこう》 伊勢山田住．犬 473, 563

貞行《ていこう》 伊勢山田住．犬 142, 584

貞成《ていせい》 伊勢山田住．犬 363

貞徳《ていとく》 京住．松永氏．名は勝熊，別号は長頭丸・逍遊軒．承応2年(1653) 11月15日没，享年83歳．細川幽斎に和歌を，紹巴に連歌を学ぶ．当代の代表的な歌人・歌学者で，俳諧・狂歌においても指導的役割を果たした．犬 2, 48–52, 93, 94, 114, 130–136, 180, 181, 222, 243–246, 282, 289–291, 294, 304–307, 320, 332–334, 342, 347, 357–362, 430–434, 525, 536, 542, 557–560, 589, 603–605, 619, 652, 653, 666–668, 671, 672, 681–688, 728, 729, 762, 763, 771, 775, 786, 796, 805, 806, 826, 850, 851, 864–867, 876–880, 892–894, 915, 916, 942, 951, 952, 955–957, 961, 976, 978, 979, 985, 1000, 1023, 1025, 1040–1042, 1052, 1053, 1059, 1060, 1069, 1070, 1088, 1122–1133, 1200–1203, 1213, 1214, 1240, 1250–1252, 1267–1272, 1291, 1292, 1295, 1297, 1307, 1308, 1328, 1329, 1335–1339, 1346–1349, 1362, 1367, 1368, 1373, 1378, 1379, 1396–1403, 1460–1464, 1485, 1486, 1513–1516, 1524–1526, ◇1543, ◇1552, ◇1557, ◇1558, ◇1561, ◇1578, ◇1592, ◇1604, ◇1620, ◇1622, ◇1632, ◇1669, ◇1670, ◇1691, ◇1692, ◇1696, ◇1698, ◇1704, ◇1709–◇1711, ◇1714, ◇1718, ◇1721, ◇1722, ◇1729–◇1732, ◇1751–◇1753, ◇1763, ◇1773, ◇1796, ◇1812, ◇1834–◇1836, ◇1840, ◇1848, ◇1849, ◇1868, ◇1869, ◇1873, ◇1882, ◇1885–◇1889, ◇1894, ◇1897–◇1899, ◇1919, ◇1929–◇1932, ◇1946, ◇1950–◇1954, ◇1963, ◇1964, ◇1966, ◇1968–◇1981, ◇1995–◇1998, ◇2008–◇2011, ◇2013–◇2017, ◇2019–◇2021, ◇2025–◇2034, ◇2055, ◇2059, ◇2107, ◇2142, ◇2143, ◇2154, ◇2158, ◇2160, ◇2161, ◇2163, ◇2166, ◇2167, ◇2174, ◇2177, ◇2181, ◇2182, ◇2185, ◇2188, ◇2192, ◇2199, ◇2218, ◇2225, ◇2234, ◇2243, ◇2355–◇2419, ◇2515–◇2524

怒一《どいつ》 伊勢山田住．犬 814, 1499

道職《どうしよく》 堺住．犬 7, 283, 1102, ◇1791, ◇2092, ◇2164

当直《とうちよく》 京住．犬 196, 837

道的《どうてき》 伊勢山田住．犬 594

道茂《どうも》 京住．犬 375

道誉(導誉)《どうよ》 連歌作者・歌人．俗名，佐々木高氏．応安6年(1373) 8月25日没，享年68歳．はじめ北条高時に仕えたが，元弘の乱以後は，足利尊氏に従い武功をたて，権勢をふるった．熱烈な連歌愛好者で，『菟玖波集』に81句入集．犬 ◇2562, ◇2576, ◇2643, ◇2662

登蓮《とうれん》 平安後期の歌人．歌林苑の会衆．『詞花和歌集』などに入集．家集に『登蓮法師集』がある．犬 *2651, ◇2651

時政《ときまさ》 北条氏(平姓)．鎌倉幕府の初代執権．源頼朝の妻政子の父．建保3年(1215)没，享年78歳．犬 ◇2560

徳元《とくげん》 江戸住．斎藤氏．名は元信，通称は斎宮頭，のち剃髪して徳元．別号は帆亭(はんてい)．美濃国の産．正保4年(1647)8月28日没，享年89歳．豊臣氏・京極氏に仕えた武人．連歌を昌琢に学び，とくに俳諧に手腕を発揮した．家句集『塵塚誹諧集』(稿本)，作法書『誹諧初学抄』などのほかに，仮名草子『尤之双紙(もっとものそうし)』の著がある．．犬 1, 53, 54, 137–140, 182, 241, 242, 302, 309, 335, 435–438, 509, 543, 599, 606, 620, 624, 625, 627, 640, 641, 689–691, 807, 831, 843, 847–849, 895, 933, 944, 967, 986,

995, 1005, 1009, 1028, 1054, 1055, 1066, 1081, 1097, 1098, 1134, 1135, 1253, 1305, 1342, 1404–1412, 1469–1471, 1487, 1488, 1512, 1527–1532, ◇1570, ◇1577, ◇1588, ◇1589, ◇1611, ◇1633, ◇1673, ◇1686, ◇1687, ◇1694, ◇1700, ◇1706, ◇1715, ◇1716, ◇1772, ◇1777, ◇1778, ◇1838, ◇1879, ◇1880, ◇1901, ◇1902, ◇1994, ◇2067–◇2075, ◇2147, ◇2153, ◇2239, ◇2240, 2254, ◇2255–◇2324, ◇2420–◇2454

俊顕《としあき》　藤原氏(中御門家). 南北朝期の歌人. 明徳 2 年(1391)没, 享年未詳. 『新千載和歌集』などに入集.　犬 ◇2593

俊成女《としなりのむすめ》　鎌倉期の歌人. 祖父俊成の養女. 家集に『俊成卿女集』, 歌論書『越部禅尼消息』がある.　犬 ◇2613

俊頼《としより》　宇多源氏. 平安期の歌人. 中古六歌仙の 1 人. 白河法皇の院宣で『金葉和歌集』を撰進. 著書に『俊頼髄脳』, 家集に『散木奇歌集』がある.　犬 ◇2599, ◇2618, ◇2656

頓阿《とんあ》　鎌倉・南北朝期の歌人. 俗名, 二階堂貞宗. 応安 5 年(1372)3 月 13 日没, 享年 84 歳. 浄弁・兼好・能与とともに二条為世門下の四天王. 『新拾遺和歌集』を完成, 歌学書『井蛙抄』, 家集『草庵集』がある. 連歌は『菟玖波集』『続草庵集』に見出される.　犬 ◇2564, ◇2623

な・に・ね・の

長泰《ながやす》　藤原氏.　犬 ◇2578

南栄《なんえい》　伊勢山田住.　犬 260, 901

二品親王《にほんしんのう》　梶井宮尊胤法親王. 南北朝期の歌人. 後伏見院皇子. 延文 4 年(1359)没, 享年 54 歳. 『風雅和歌集』などに入集.　犬 *2545, ◇2559

任口《にんこう》　別号, 如羊. 貞享 3 年(1686) 4 月 13 日没, 享年 81 歳. 伏見東本願寺派西岸寺 3 世住職, 宝誉上人. 重頼門の俳人.　坂 *401

念阿《ねんあ》　犬 ◇2642

能康《のうこう》　伊勢山田住.　犬 1156

信藤《のぶふじ》　藤原氏(坊門家). 右中将. 参議信行の男.　犬 ◇2552

は・ひ・ふ・へ・ほ

梅翁(梅花翁)《ばいおう》　西山宗因. 天和 2 年(1682) 3 月 28 日没, 享年 78 歳. 大坂天満宮の連歌所宗匠をつとめるかたわら俳諧に遊び, 談林風の盟主となった.　坂*200, 談*序, 1, *跋

繁栄《はんえい》　京住.　犬 1325

秀衡《ひでひら》　藤原氏. 平安末期の武将. 出羽押領使. 鎮守府将軍・陸奥守. 平泉に居して勢威をふるい, 頼朝に追われる義経を庇護した. 文治 3 年(1187)没, 享年未詳.　犬 *2584

不案《ふあん》　伊勢山田住.　犬 143, 439, 1148, 1149

武元《ぶげん》　伊勢山田住.　犬 163

武寿《ぶじゅ》　堺住.　犬 220, 1318

武清《ぶせい》　伊勢山田住. 荒木田姓, 榎倉氏.　犬 600, 1155

富沢《ふたく》　伊勢山田住.　犬 144, 1150, 1151, 1340

武富《ぶふ》　伊勢山田住.　犬 231, 259

文英《ぶんえい》　伊勢山田住.　犬 1500

文重《ぶんじゅう》　伊勢山田住.　犬 159

文性《ぶんせい》　伊勢山田住.　犬 215, 452, 751, 1152, 1276

文定《ぶんてい》　伊勢山田住.　犬 210, 1350

便一《べんいつ》　伊勢山田住.　犬 104

卜尺《ぼくせき》　小沢太郎兵衛. 元禄 8 年(1695) 11 月 20 日没, 享年未詳. 江戸本船町住, 名主. 北村季吟門. 芭蕉に便宜をはかったことで知られる.　談◇9, ◇18, ◇29, ◇36, ◇47, ◇54, ◇65, ◇72, ◇83, ◇90, ◇102, ◇111, ◇122, ◇129, ◇140, ◇147, ◇158, ◇165, ◇176, ◇183, ◇194, ◇204, ◇213, ◇224, ◇231, ◇242, ◇249, ◇260, ◇267, ◇278, ◇285, ◇298, ◇309, ◇320, ◇327, ◇338, ◇345, ◇356, ◇363, ◇374, ◇381, ◇392, ◇399, 401, ◇412, ◇419, ◇430, ◇437, ◇448, ◇455, ◇464, ◇473, ◇482, ◇491, ◇503, ◇514, ◇523, ◇534, ◇543, ◇552, ◇561, ◇570, ◇577, ◇586, ◇593, ◇607, ◇618, ◇625, ◇636, ◇645, ◇654, ◇663, ◇672, ◇681, ◇690, ◇699, ◇706, ◇715, ◇726, ◇733, ◇742, ◇749, ◇760, ◇767, ◇778, ◇785, ◇796, ◇808, ◇817, ◇830, ◇837, ◇848, ◇855, ◇866, ◇873, ◇882, ◇891, ◇898, ◇905, ◇916, ◇921, ◇930, ◇939, ◇948, ◇957, ◇966, ◇975, ◇984, ◇993

堀川院《ほりかわいん》　第 73 代天皇. 白河天皇の第 2 皇子. 嘉承 2 年(1107)7 月 19 日没, 享年 29 歳. 和歌・管絃を好み, 『堀河院艶書合』を行わせ, 『堀川院御時百首和歌』を編纂せしめた.　犬◇2656

ま・み・む・も

正章《まさあきら》　京住. 安原氏. 通称, 鎰屋(かぎや)彦左衛門. 後号, 貞室. 寛文 13 年(1673) 2 月 7 日没, 享年 64 歳. 三条梅忠町の紙商. 貞門七俳仙の 1 人. 著書に『かたこと』, 編著に『玉海集』などがある.　犬 34, 300, 544, 595,

997, 1186, 1187
正友《まさとも》 →せいゆう
末矩《まつく》 伊勢山田住. 犬 270
末光《まつこう》 伊勢山田住. 犬 900
末昆《まつこん》 伊勢山田住. 犬 368
末長《まつちょう》 伊勢山田住. 犬 569
末直《まつちょく》 伊勢山田住. 犬 1360
末武《まつぶ》 伊勢山田住. 犬 208
末満《まつまん》 伊勢山田住. 泉氏. 犬 588
末祐《まつゆう》 伊勢山田住. 犬 192, 209, 460
満候《まんこう》 伊勢山田住. 犬 154
未学《みがく》 渡辺氏. 大坂の香具屋. 初め数多くの堺俳書に名が見えるから堺の出身と推定される. 『大坂独吟集』所収百韻の宗因評に「人しれぬ地にうづもれたる土竜」とあるから, 当時なお無名であったと思われる. 坂 701–◇800
光貞《みつさだ》 伊勢山田住. 杉木氏. 『古今誹諧師手鑑』などに入集. 犬 103, 145
光貞妻《みつさだのつま》 伊勢山田住. 『誹諧百人一句』『古今誹諧師手鑑』『俳諧女哥仙』などに入集. 犬 148, 453, 454, 733, 922, 1417
妙葩《みょうは》 南北朝期・室町期の臨済宗の僧. 字は春屋. 相国寺を建立, 叔父夢窓疎石を開山とし, 第2世となる. 将軍足利義満の帰依を受ける. 嘉慶2年(1388)没, 享年78歳. 犬 ◇2589
無生《むしょう》 連歌作者. 鎌倉期の僧侶. 『菟玖波集』に5句入集. 犬◇2641
夢窓国師《むそうこくし》 鎌倉期・南北朝期の臨済宗の僧侶. 伊勢の人. 名は疎石. 号は夢窓. 天竜寺の開山で, 五山文学の中心的存在. 足利尊氏らの帰依を受ける. 観応2年(1351)没, 享年77歳. 犬 *2637
宗任《むねとう》 安倍氏. 平安中期の武将. 貞任の弟. 前九年の役で源頼義に敗れる. 犬 *2587
宗秀《むねひで》 藤原(長沼)氏. 鎌倉期の歌人. 『新後撰和歌集』などに入集. 犬 ◇2591
宗基《むねもと》 紀(高橋)氏. 南北朝期の歌人. 『新千載和歌集』に入集. 犬 ◇2581
望一《もいち》 伊勢山田住. 杉木氏. 正友は弟. 利濤門. 寛永20年(1643)11月4日没, 享年58歳. 伊勢の代表的な作者で, 『犬子集』編纂に際し, 守武以来の句を集めた発句帳を提供した. 独吟に『望一千句』『望一後千句』の2著, 編著に『伊勢俳諧大発句帳抜書』(没後刊)がある. 犬 28, 79–84, 102, 150–153, 188, 325, 370, 445–447, 575, 580, 712, 713, 737, 764, 783, 860, 899, 959, 1204, 1277, 1414, 1498, 1533, ◇1580, ◇1583, ◇1584, ◇1618, ◇1628, ◇1642, ◇1697, ◇1782–◇1784, ◇1810, ◇1893, ◇1905, ◇1906, ◇1909, ◇1915–◇1918, ◇1941, ◇2118, ◇2119, ◇2127, ◇2128, ◇2130, ◇2131, ◇2144, ◇2145, ◇2220, ◇2221, ◇2233, ◇2235–◇2237
木鎮《もくちん》 連歌作者. 南北朝期の人. 生没年未詳. 『文和千句』に一座し, 『菟玖波集』に19句入集. 犬 ◇2586, ◇2592
守武《もりたけ》 荒木田氏. 天文18年(1549)8月8日没, 享年77歳. 伊勢神宮神官の家に生まれ, 内宮禰宜より長官となった. 連歌・俳諧に遊び, 天文9年, 俳諧千句の嚆矢となった『守武千句』を完成した. 犬 *序 談 *跋

ゆ・よ

唯雪《ゆいせつ》 江戸住. 犬 1333, 1476
由己《ゆうこ》 京住. 大村氏. 連歌作者. 別号, 梅庵・藻虫斎. 慶長元年(1596)没, 享年61歳. 播磨の人. 豊臣秀吉のお伽衆の1人. 外典に通じた学者で, 軍記物『天正記』の著などがある. 犬 1249, ◇1833, ◇1866, ◇1949, ◇2146, ◇2195
由之《ゆうし》 京住. 犬 1507
友重《ゆうじゅう》 江戸住. 犬 173
幽松《ゆうしょう》 因幡住. 犬 98, 1473
遊城《ゆうじょう》 伊勢山田住. 犬 1416
祐伝《ゆうでん》 伊勢山田住. 犬 366
由平《ゆうへい》 前川氏. 通称, 江介(助), また由兵衛とも. 薙髪して半幽・自入・舟夕子・破瓢叟とも号する. 宝永3年(1706)以後没, 享年未詳. 能筆家和気仁兵衛(俳号由貞)の子. 大坂の俳諧点者. 元天満町に住. 坂 501–◇600, 601–◇700
倫閑《ゆかん》 京住. 犬 115, 297
行家《ゆきいえ》 藤原氏. 鎌倉期の歌人. 『続古今和歌集』の撰者の1人. 私撰集『人家(じんか)和歌集』を編纂. 犬 ◇2635
義家《よしいえ》 源氏. 平安後期の武将. 八幡太郎とも呼ばれる. 前九年の役のとき, 父頼義とともに安倍貞任を討ち, 後三年の役で平定. 和歌も巧みであった. 犬 ◇2587
善成《よしなり》 四辻氏. 南北朝期の歌人. 四辻入道左大臣. 『風雅和歌集』などに入集. 犬 ◇2580
良基《よしもと》 二条氏. 嘉慶2年(1388)6月13日没, 享年69歳. 『菟玖波集』の撰者. 犬 ◇2545,

*2563, ◇2575

頼朝《よりとも》　源氏．平安末期から鎌倉初期に活躍した武将．義朝の第3子．建久3年(1192)鎌倉に幕府を開き，征夷大将軍となる．『新古今和歌集』などに入集．　犬 *2560, ◇2560, ◇2584, ◇2596

頼義《よりよし》　源氏．　平安中期の武将．息義家とともに陸奥の安倍頼時・貞任父子を討つ．　犬 ◇2595

り・れ・ろ

利清《りせい》　伊勢山田住．松田氏．伊勢俳壇の古老的存在．『誹仙三十六人集』『誹諧百人一句』などに入集．　犬 12, 207, 321, 367, 474, 643, 714, 811, 972, 996, 1043, 1100, 1351, 1468, 1517, 1541

利治《りじ》　京住．　犬 904

利房《りぼう》　京住．　犬 705, 1046, 1288, 1320

良阿《りょうあ》　連歌作者．鎌倉後期から南北朝期の人．時宗の四条道場金蓮寺の僧か．善阿の門弟．『菟玖波集』に 20 句入集．　犬 ◇2558, ◇2590, ◇2621, ◇2628, ◇2658

了倶《りょうぐ》　京住．　犬 1255

良春《りょうしゅん》　京住．森田氏．『誹諧百人一句』などに入集．　犬 19, 164, 539, 708, 827, 842, 1254, ◇2050

良心《りょうしん》　鎌倉期の歌人．左近将監久秋の男．『続拾遺和歌集』などの他に関東の私撰集にも入集．　犬 ◇2572

良成《りょうせい》　京住．　犬 288

良政《りょうせい》　伊勢山田住．　犬 839

良徳《りょうとく》　京住．鶏冠井(かえでい)氏．通称，九郎右衛門．後に令徳と改号．延宝7年(1679)没，享年未詳．編著に『崑山集』などがある．貞門七俳仙の 1 人．　犬 16, 74–76, 165, 193, 299, 391–393, 481–489, 613, 621, 634, 709, 739, 760, 790, 830, 902, 903, 925, 987, 988, 1015, 1034, 1180–1183, 1246, 1256, 1353, 1381, 1438–1443, 1472, 1494, ◇1566, ◇1617, ◇1652, ◇1657, ◇1788, ◇1790, ◇1895, ◇2141, ◇2183, ◇2194, ◇2198

連一《れんいつ》　伊勢山田住．　犬 160, 818

六条内大臣《ろくじょうないだいじん》　鎌倉後期の歌人．源有房．六条家．通称，六条内大臣．和漢の才に優れ，能書家でもあった．　犬 ◇2582

六波羅入道前太政大臣《ろくはらにゅうどうさきのだじょうだいじん》　平清盛．平安末期の武将．保元・平治の乱後に勢力を得，従一位太政大臣となる．皇室の外戚として勢力を誇り，子弟はみな顕官となった．剃髪して浄海入道を称する．　犬 ◇2650